華東師範大學 2022 年度文化傳承創新研究專項項目
（批準號爲 2022ECNU-WHCCYJ-12）

【明清女性總集叢刊】

小檀欒室彙刻閨秀詞

01

（清）徐乃昌 ⊙ 輯

彭國忠 敬鴻章 張代會 ⊙ 彙輯點校

黄山書社

图书在版编目（CIP）数据

小檀欒室彙刻閨秀詞 /（清）徐乃昌編纂；彭國忠，敬鴻章，張代會彙輯點校．—合肥：黄山書社，2023.10

ISBN 978-7-5737-0423-8

Ⅰ．①小… Ⅱ．①徐… ②彭… ③敬… ④張… Ⅲ．①詞（文學）—作品集—中國—清代 Ⅳ．①I222.849

中國國家版本館 CIP 數據核字（2023）第 185032 號

小檀欒室彙刻閨秀詞　　（清）徐乃昌　編纂

XIAO TANLUAN SHI HUIKE GUIXIU CI　　彭國忠　敬鴻章　張代會　彙輯點校

出品人　葛永波
策　劃　湯吟菲
责任编辑　劉　春　胡曉静　江　匯　張元婷
裝幀設計　朱　錦　朱嫣然
責任印製　李　磊
出版發行　黄山書社
地　址　安徽省合肥市蜀山區翡翠路 1118 號出版傳媒廣場 7 層　郵編：230071
印　刷　安徽新華印刷股份有限公司
版　次　2024 年 9 月第 1 版
印　次　2024 年 9 月第 1 次印刷
開　本　880 mm × 1230 mm　1/32
字　數　1012 千字
印　張　57.125
書　號　ISBN 978-7-5737-0423-8
定　價　320.00 元（全三册）

服務熱綫　0551-63533706
銷售熱綫　0551-63533761
官方直營書店（https://hsss.tmall.com）

前言

《小檀欒室彙刻閨秀詞》是迄今爲止規模最大的女性詞叢書，由徐乃昌編選刊刻。

徐乃昌（一八六九—一九四三），字積餘，晚號隨庵老人，南陵（今屬安徽）人，出身望族。其父以軍功補用河南知縣，徐乃昌自幼依其伯父徐文達生活。徐文達曾任兩淮鹽運使、福建按察使，徐乃昌隨之輾轉蘇、閩。光緒十七年（一八九一），由優廪生報捐同知。十九年，中鄉試舉人。二十年，報捐知府。二十二年，江蘇試用知府。二十四年，奉委通州花布捐局差，於廣東勸辦江蘇賑捐，案内保候，補缺後以道員仍留江蘇補用。二十五年，於江北河運案内保加鹽運使銜。二十七年，委署淮安知府，金陵洋務局提調差。二十八年，兼江南高等中小學堂提調差，調查湖北學務。二十九年，同高等中小學堂總分教習，并帶陸師學堂畢業生赴日本考察學務，以道員仍留江蘇省補用。三十年，護送陸軍實業師範學生赴日本留學，保加二品銜。三十一年，會辦淮鹽總棧差，兼沙漫洲緝私差。三十三年，經前兩江總督端方奏保，奉旨仍著軍機處存記。宣統元年（一九〇九），協理南洋勸業協贊會。二年，補授江南鹽巡道。曾主辦積穀、厘捐、賑捐和督察通海墾務，督辦三江師範學堂（南京大學前身）。雖常年寓居外鄉，仍眷念鄉土，民國二十三年（一九三四），南陵遭遇大旱，鄉民飢饉，徐乃昌積極募捐，從安南購回大米，賑濟災民。辛亥革命後，徐乃昌寓居上海，絶意仕宦，與張謇一起創辦實業。

徐乃昌是晚清民國時期的重要人物，著述甚豐，有《徐乃昌日記》《日本學務考察游記》《徐乃昌友朋書札》《徐乃昌親友書信》及《鎦瑟集》《鏡景樓詩》詩集，另有與王鵬運、況周頤、盛昱、志鋭、鄭文焯、胡延、陳鋭、朱祖謀、馮煦唱和詩集《同聲集》，詞集名《冰弦詞》。此外，尚有《積學齋藏書目》《積學齋藏書記》《安徽詞鈔詞人總目》《徐乃昌藏詞目録》《積學齋書目》《積學齋善本書目》《南陵徐氏藏書目》《小檀欒室閨秀詞人姓氏》《隨庵徐氏藏書志》《積學齋藏書志》《積學齋書目》《隨庵吉金圖録》《小檀欒室鏡影》《鏡影樓鈎影》，《安徽通志·金石古物考稿》十七卷，例目一卷，附《安徽金石古物存真》《至聖林廟碑目》《積學齋集拓古錢譜》《積餘齋金石拓片目録》《南陵金石志》《隨庵藏器拓片》《隨庵所藏龍門造家拓片》《金石拓本目録》《隨庵所藏甲骨文字》等，多數以稿本、抄本存世。

徐乃昌還是重要的藏書家、刻書家，他與繆荃孫、葉昌熾、劉世布等交往密切，收藏、校勘大量古籍。其所藏書籍，範圍極廣，量極大，珍稀善本多，僅宋元刊本即有十餘種，清人文集竟不足入其藏書志。根據所藏書性質不同，分別鈐印『積學齋鎮庫』『南陵徐乃昌審定善本』『積餘秘笈識者寶之』『徐乃昌馬韵芬夫婦印』『十萬琳琅閣珍藏』『南陵徐乃昌刊誤鑒真記』等。其所編輯、刊刻之書，往往精心校勘，請刻工陶子麟精雕精印，是近代刻本上乘之作，學術價值極大。王國維曾爲《隨庵勘書圖》題詩。徐乃昌研究專家張敏慧指出：『皖籍文人徐乃昌以一己之功編纂刊刻古籍叢書九部一百八十五種，爲清末民初的安徽出版業增添了光彩，在中國近代出版史上也留下了重要的一頁。因此，繆荃孫在《積學齋叢書序》中盛贊徐乃昌：「叢書之善，至此極乎！」』（張敏慧《徐乃昌古籍叢書編纂的成就及特點》，《安徽師範大學學報》二〇〇二年第一期）鄉邦文獻及女性文學文獻，是徐氏編刻圖書一大特色，前者如《南陵建制沿革表》《安徽全省金石圖》《皖詞紀勝》》《皖辭彙刻》《安徽詞鈔》《南陵先哲遺書》《安徽叢書》，女性文學文獻則以《小檀欒室彙刻閨秀詞》爲代表。

《小檀欒彙刻閨秀詞》一百卷，收録女詞人一百家，詞集一百零二種（其中吴藻與許德蘋各收録詞集兩種），詞作五千五百餘首。其中沈宜修母女三人係明人，商景蘭、朱中楣、徐燦、顧貞立四人由明入清，九十七家均爲清代閨秀，自清初直至晚清時期，殿後者爲李慎溶（一八七八—一九〇三）。時代跨度之大、作品收集之廣，可以説幾乎囊括了有清一代的閨秀詞集。《世説新語・賢媛》云：『顧家婦清心玉映，自是閨房之秀。』閨秀本指有一定經濟基礎、社會地位的家庭中有才德的女兒，多指未出閣者，但考諸所收諸詞人，除一人婚配未詳外，餘皆爲人妻室（側室、繼室），故徐氏閨秀之目乃指有才德之女性，無論其婚配與否。其無詞集流傳者，『仿《元詩癸集》之例，凡詞之叢殘不成集者，合爲一編，曰《閨秀詞選》』（王鵬運序）。《閨秀詞選》出版時，名爲《閨秀詞鈔》，共十六卷，收録詞人五百二十一家，詞一千五百九十一首，附録於卷後。合計二者，共收詞人六百二十餘家，詞作七千餘闋，規模之大，爲古今閨秀詞之最。

在《小檀欒室彙刻閨秀詞》之前，詞集之大者有二家，其一爲明吴訥《百家詞》，然加上《花間集》《尊前集》《南唐二主詞》三種總集，亦衹有八十九家，不及百家；其二爲清初聶先、曾王孫《百名家詞鈔》，滿百家百卷之數，可與此集媲美。就女性詞叢集而言，僅此一家。此外《三閨媛詞合集》衹收三家詞别集。清初周銘《林下詞選》歷選宋、元、明、清四朝女性之詞，都二百零七家五百四十七首詞，屬於總集而非叢書，且詞人數量不及《小檀欒室彙刻閨秀詞》附録《閨秀詞鈔》之半，詞作僅及其三之一。可見，就詞集之大者言，《小檀欒室彙刻閨秀詞》是唯二之存在；就女性詞集之大者言，《小檀欒室彙刻閨秀詞》是唯一之存在。倘把《小檀欒室彙刻閨秀詞》與其附録之《閨秀詞鈔》合爲一書，則其爲詞史上獨一無二之巨册。嚴迪昌先生《清詞史》曰：『《詞鈔》（《閨秀詞鈔》）已把從清初婦女詞總集《衆香集》、選本《林下詞選》起，一直到丁紹儀《詞綜補》中的清「閨秀」詞，全部搜收入書，清代婦女詞在當時能收集的大抵已備。』這是頗爲中肯的評價。

然詞人、詞作數量之夥，規模之大，尚不足以概括其全部價值。特别值得注意的是，不少女性天壤間僅存之著述，即藉《小檀欒室彙刻閨秀詞》得以保留；有些女性詞集，亦藉《小檀欒室彙刻閨秀詞》得以保存，外此别無其他版本。這些女性及其著述，有沈榛《松籟閣詩餘》、蔣紉蘭《鮮潔亭詩餘》、陳嘉《寫麋樓詞》、吴尚憙《寫韵樓詞》、陸珊《聞妙香室詞》、唐韞貞《秋瘦閣詞》、錢湘《緑夢軒遺詞》、陳珍瑶《賦燕樓詞》、陸蓉佩《光霽樓詞》、濮文綺《彈緑詞》、高佩華《芷衫詩餘》、陶淑《菊籬詞》、左錫璇《碧梧紅蕉館詞》、劉琬懷《補欄詞》、許誦珠《雯窗瘦影詞》、曹慎儀《玉雨詞》、趙友蘭《澹音閣詞》、鍾筠《梨雲榭詞》、賀雙卿《雪壓軒詞》、孫瑩培《翠薇仙館詞》、繆珠蓀《霞珍詞》等。《小檀欒室彙刻閨秀詞》所輯刊詞集，有不少係未刻之稿，如葛宜《玉窗詩餘》、趙友蘭《澹音閣詞》、許誦珠《雯窗瘦影詞》等，在當時都爲未刊之作。還有一些女性詞集雖有其他版本，如趙我佩《碧桃館詞》另有民國二年（一九一三）《碧桃館詞鈔》，但顯然是在此之後出現之鈔本。綜合而言，百家之中，約有五十家，其全部著述或詞集，賴《小檀欒室彙刻閨秀詞》得以保存。從保存女性文獻言，《小檀欒室彙刻閨秀詞》價值巨大。故張爾田《近代詞人逸事》稱：『南陵徐積餘富藏書，尤好詞籍，嘗選閨秀百家付剞人，裒然成集。或以《元詩選》故事告之曰：行見裙釵羅列下拜。』無獨有偶，況周頤序亦稱：『金闕玉扃，齊下娥眉之拜。』藏書家明倫詩以贊之：『刊成閨秀百家詞，好事南陵合綉絲。堪筆痴兒保孤本，衹今還是宋元時。』如果裙釵、娥眉羅列下拜，當首先因其保留大量女性著述孤本善本，其次是收録女性詞人數量之多、詞作之夥。

體例上，《小檀欒室彙刻閨秀詞》及附録《閨秀詞鈔》，皆不録生存者之詞集、詞作，所謂『仍前彙刻百家詞例，生存人不録』（徐乃昌《閨秀詞鈔例言》）。《小檀欒室彙刻閨秀詞》分十集，每集先列詞人姓氏、字型大小、籍里、夫名姓職銜、簡略事迹、著述，包括詞人逸事，有的小傳中尚有簡評，次則各家詞；《閨秀詞鈔》則於詞人小傳後益以諸家評論或傳論，并於每詞注出處，『以備覆核』；因詞人數量衆多，『作者姓氏於每卷之首各例一目，又以每卷之目，彙爲姓氏韵編，以冠於全書之首，俾閲者依韵求之，便於流覽』。

來源上，根據華東師範大學圖書館所藏稿本《徐乃昌藏詞目録》著録，徐乃昌所藏詞集僅單刻本即達八百零一種，頗爲當代藏書家黄裳稱道，黄氏評價曰：『積餘萃畢生精力收清詞，尤著意於皖人著作。』（《前塵夢影新録》）故編刻《小檀欒室彙刻閨秀詞》時，主要利用其自藏詞集進行，但徐氏無疑也得到詞家和藏家之助。趙尊岳《蕙風詞史》載況周頤曾將所藏詞籍贈助徐氏：『（徐乃昌）藏書甚富，尤好詞，嘗刊《小檀欒室閨秀詞》一百家，與先生雅稱莫逆。先生所爲詞，即其所刊。又先生藏詞集最富，亦盡歸之積翁。』而據徐乃昌《閨秀詞鈔例言》，況周頤及他人所贈，乃編刻《閨秀詞鈔》而非《小檀欒室彙刻閨秀詞》：『又得繆筱珊編修荃孫假我《衆香詞》「禮」「射」「書」三集，金湘生運同武祥貽我丁杏舲先生《詞綜補》閨秀未刻本，況夔笙中翰周頤復盡發所藏，畀予采録。良友之愛，亦重可感。』夏敬觀《忍古樓詞話》：『潘蘭史題徐積餘小檀欒室校詞圖《甘州》云：「記玉臺分韻寫新詞，付與小銀箏。正翠奩研墨，錦箋按譜，一樣關情。消受尊前紅燭，艷影照娉婷。穩聽蘆簾外，湘水秋聲。此日江南倦旅，算曉風殘月，酒夢都醒。費十年心血，收拾衆香亭。是斷腸家山愁念，莽天涯歌板共飄零。應同笑，白頭紅袖，換了浮名。」』潘蘭史即南社詩人潘飛聲（一八五八—一九三四），也是詞人，著有《粵詞雅》。『收拾衆香亭』句，夏敬觀自注：『君輯《閨秀詞選》，有明一代多取材於《衆香詞》。』《衆香詞》是總集，徐氏編刻《小檀欒室彙刻閨秀詞》不可能取資於此，而《閨秀詞選》正是《閨秀詞鈔》之前名。當然，《小檀欒室彙刻閨秀詞》及《閨秀詞鈔》所得之助，不止況周頤、繆荃孫、金溎生諸家，正如況周頤所言：『并世藏弆家，審積餘之嘉願，而亦各出其奇相餉遺矣。』可見《小檀欒室彙刻閨秀詞》及《閨秀詞鈔》之編刻，非僅徐氏個人之力，而是獲得社會力量之廣泛支持。

《小檀欒室彙刻閨秀詞》於光緒二十一年（一八九五）、二十二年刊刻出版，前有光緒二十一年金武祥序、光緒二十二年王鵬運序、光緒二十一年況周頤序、王以敏題詞《惜餘春慢》一首。《閨秀詞鈔》則於宣統元年（一九〇九）刊刻，前有徐乃昌該年《閨秀詞鈔例言》。

《小檀欒室彙刻閨秀詞》問世後，影響較大，一些詞話、筆記、詩詞作品中都有積極反應；因原書部帙較大，民國四年（一九一五）上海掃葉山房約請吴灝（字木石）『就原書百家精心抉擇，共得詞一千二百餘闋，悉屬情文兼至之作。書經吴君一手校勘，即原刊訛脱之處，亦已隨時改正，并爲便於檢閲起見，諸家入選之詞，既以字數之多寡爲序，又編細目於卷首。蓋一展卷間，而小令及中調長調粲然明備。讀者手此一編，庶知閨閣詞人自有其當行本色者在焉。』（一九一五年二月十八日《申報》）此次整理，即以光緒二十二年、二十三年刊本爲底本；底本顯誤者徑改；詞格律有异者，詞調名顯誤者，隨文注出，均不出校記；先出版《小檀欒室彙刻閨秀詞》，《閨詞詞鈔》及其補遺嗣出。

整整十年前，我與門下諸生一起研討女性文學，其間用到《小檀欒室彙刻閨秀詞》，有生反映异體字太多，不便閱讀，遂動議分頭整理，王酈玉、張代會、張昕玉諸位積極參與，敬鴻章頗好書法，對釋讀文字興趣最大，出力最多。一晃十年過去，當時參與討論和整理諸君早已畢業分散各地，因爲我的懶散，書的出版一拖再拖，後得周露、劉澤華、温馨、周丹丹、許頔玉、孫車龍、凌念懿、羅楓、張雨帆、俞露、汪逸苗、蔣黔川諸位研究生幫助，終於完成校樣核對；湯吟菲總編慨然接受書稿，責編劉春女士亦多有匡正，在此謹致謝忱。

彭國忠
癸卯歲首

總目録

上册

第一集

第二集

第三集

中册

第四集

第五集

第六集

下 册

第七集

第八集

第九集

第十集

本册目録

第一集

琴清閣詞　梁溪楊芸蕊淵撰

生香館詞

長洲李佩金紉蘭撰

茝香詞　二泉顧翎羽素撰

衍波詞

仁和孫蓀意秀芬撰

鴻雪樓詞

錢塘沈善寶湘佩撰

玉雨詞

新建曹慎儀叔蕙撰

古春軒詞

錢塘梁德繩楚生撰

洞簫樓詞

山陰王倩梅卿撰

聽雪詞

琴川歸懋儀佩珊撰

古雪詩餘　西川楊繼端古雪撰

第二集

拙政園詩餘

茂苑徐燦湘蘋撰

梅花園詩餘

仁和鍾韞眉令撰

玉窗詩餘

東海葛宜南有撰

貯素樓詞

淮陰蘇穆佩蘘撰

緑月樓詞　甘泉江瑛蕊珊撰

静一齋詩餘　湘潭周詒蘩茹馨撰

冷香齋詩餘　湘潭周翼杶德媗撰

夢湘樓詞

常熟宗婉婉生撰

綉餘詞

常熟錢念生咀霞撰

簪花閣詩餘

常熟翁端恩璇華撰

第三集

栖香閣詞　梁溪顧貞立文婉撰

蠹窗詩餘

龍眠張令儀柔嘉撰

絳雪詞

古吴薛瓊素儀撰

浣紗詞 長洲沈纕蕙孫撰

青藜閣詞 甘泉江珠碧岑撰

碧桃館詞

仁和趙我佩君蘭撰

松籟閣詩餘

嘉善沈榛伯虔撰

鮮潔亭詩餘

嘉善蔣紉蘭秋佩撰

澹音閣詞　錫山趙友蘭佩芸撰

寫麋樓詞　仁和陳嘉子淑撰

序一

粵稽紅箋簪筆絳珠，進埒相如；花蕊徵詞青城，步武王建。令暉有香茗之梓，陳媛有椒花之頌。從來才士，半出閨門。矧小令慢詞，旨因調遣；別裁雋語，文以情深。思綺者春榮，響哀者秋厲。負窈窕幽閑之質，抒纏綿悱惻之忱。其有不氣奪江總，詞黜徐勉者哉？然而衛恒不遇袁昂，孰諗簪花之格；徐淑未甄仲偉，疇揚團扇之辭？故黃昇鐫花盦而中圭著，端義披貴耳而樂秋顯。剪紅刻翠，甄録尚焉。積餘觀察，承孝穆之前修，得秦嘉之佳偶。弋凫宜酒，倒鴨拈香；對月伸箋，折花弄管。問字掃眉才子，古義必竭搜牢；徵文坦腹郎君，新聲諧其昭邈。既聯鑣於閫内，永偕老於詩中。爰於豸衣行縣之餘，燕寢凝香之暇，搜集昔時名媛杰作，得若干家都若干卷，顔曰《小檀欒室彙刻閨秀詞》。殺青初汗，郵筒遥傳。不弃下蕘，教之加墨。武祥弱齡弄翰，即誤樂府妃豨；老去探懷，久奪文通彩筆。聽馮延巳唱皺一池春水，未免有情；看吴夢窗裝成七寶樓臺，忍教拆碎？炫人眼目，如墮迷香；愧我鬢眉，不禁忍俊。手披靈笈，恍疑飛燕留仙；口誦花箋，勉效徐陵作序。

乙巳仲夏，江陰金武祥。

序二

詞始於晚唐，盛於兩宋。其初多托之閨襜兒女之辭，以寫其鬱結綢繆之意。誠以女子善懷，其纏綿悱惻，如不勝情之致，於感人爲易入。然夷考其時《花間》所載，乃絶無閨彦詞，即兩宋婦人傳作，李清照、朱淑真裒然成集外，餘亦皆斷香零粉，篇幅畸零。觀松陵周氏《林下詞選》所録四朝閨秀詞，合之名妓、女冠、才鬼，不過百餘家，豈爲之者少哉？蓋生長閨闈，内言不出，無登臨、游觀、唱酬、嘯咏之樂，以發抒其才藻，故所作無多，其傳亦不能遠，更無人焉爲輯而録之。亦如春花時鳥，暫娱觀聽，已耳不重。可惜乎！吾友徐君積餘，性嗜倚聲，以閨秀詞集易致散佚，尤篤意搜羅，所藏殆逾百家，近復次第授梓，已成若干集。得若干家，又仿《元詩癸集》之例，凡詞之叢殘不成集者，合爲一編，曰《閨秀詞選》。其用力可謂勤矣！今之盱衡時局者，每以風俗頽敝，歸咎於婦教之不修，嗟乎！特患無人提倡而表章之耳。倚聲之學，於文章爲一藝，得積餘爲之捃摭收拾，尚復其盛如此，更能推而廣之，則《葛覃》《卷耳》之風，何難見於今日？填詞云乎哉？質之積餘，想不以予言爲迂闊也。

光緒甲辰花朝，臨桂王鵬運。

序 三

桃葉晚渡，蘭成倦游；東風忽來，春水欲皺。積餘先生以《小檀欒室彙刻閨秀詞》，屬蕙風爲弁言。匃奇群玉之府，騰吹衆香之國。有意皆内，無聲不雙。搓酥滴粉，尹邢鬥乎縹緗；續騷抗雅，姜張愧其裙屐。嘗考倚聲總集，導源虞山毛氏，而於國朝曾道扶王孫、聶人先《百名家詞》嘆觀止焉！大雅云邈，嗣音未聞，曷圖闖製，乃造閟纂。崇祚《花間》之集，采遺夫翠羽；勒山《林下》之選，窺囿於豹斑。以昔方今，瞠乎後已。緊唯女美之貽，寔勰我心之寫。江山如畫，青袍結客之場；花草連篇，白社推襟之券。華年荏苒，錦瑟無端；陳迹頫卬，玉璫斯在。憶蕙風與積餘，傾蓋於春明。而素心晨夕，則自乙未南轅始，而即閨秀詞琬鎸之俶落也。時則緑字紅吟，搜余蓋匧；脂然墨弄，付彼橦箋。一瓻之措异書，渾似荆州；什襲之珍慧業，詎輸蘭畹。端伯《雅詞》之輯，得自傳鈔；遵王《絶妙》之藏，未煩巧賺。辛羊曾讎，奇字逾麗；庚蟀婁易，前塵信芳。蓋彙刻各家中，若栖香顧貞立、瑶花袁綬之富於宫閨；聽雨孫雲鶴、夢影關鍈之窮極幼眇。洎夫尺縑寸璧，凡假自蕙風而屬爲斠勘者，逾全書之半焉。并世藏弆家譒積餘之嘉願，而亦各出其奇相餉遺矣。好龍龍至，香海沫乎珠塵；遏雲雲停，鬘天振其璚籟。紅絲十二，研染嫻暇；緑衣三百，沾匄膏馥。月娥吐華，諧六瑩於霓裳；星婺奂彩，紛十色於雲錦。春艷鱗萃，搴芳蟬嫣。環肥燕瘦，疑覯婥態；周情柳思，各具姸恉。琴築迭奏，非唯臺上。鳳簫莖韶，和聲可作。房中燕樂，八百珊瑚之樹；三千璹瑁之簪。雖鬱蘇异薰，綉組殊繳。莫不姒畜班謝，媵擕宋劉。謂非鴻都麟閣，美蔑以加。鴦針鳳杼，麗無遺則者哉？矧丁清時，明弼陰斅。郡廓華秀，則柔道化其慳；桃通蕰蔑，則坤靈鑰其閟。彼沈撝於樂府，容超冶其情襟。倘易安、淑真而復生，寧《漱玉》《斷腸》之自足？則以無非無儀之訓，非所論於今日，而閨秀詞未可玩忽視之也。遲梅娟春，晴雪絢夜。長干十里，人懷頌椒之筆；江南二月，家有執蘭之約。方幼婦，蒲萄芍藥之篇。彼玉臺孝穆，托喤引於香奩；金荃温尉，儷聲綦於彤管。固當斂歌當拭拂瑶函，循環珠字。澼薇泛其朝露，攬蕙當其昔風。青綾女師，觿璲珩璜之度；黄絹娥後，掩笑嫱前。至乃西樓斷雁，魏夫人款絮緘愁；仙苑幽禽，阮逸女攀桃譜恨。胡惠齋塵梅之咏，吴淑姬岸柳之吟。天空花晚，幼卿感舊之題；日暮雨疏，美奴送别之作。雖吉光各留夫片羽，而威鳳猶閟其九苞。豈若連情發藻，不下數千萬言；清角流徵，能工二十八調。以傾國之香名，爲凌波之獨步者乎？秘文傲中麓之儲，别有詞山曲海；綺語續東澤之債，何妨謳粤歈吴。朱鳥窗前，字簪花而婉孌；緑羸屏裏，音比竹以纏綿。蘼蕪徑香，春人恒聚；黄花簾卷，秋魂易銷。唯福慧之雙修，乃宫商之叶應。指泠笙寒之地，檀深鈿淺之間。迹其輕靈，每近北宋；或者穠鬱，上追南唐。釵翹慨慷，亦有蘇辛之派；琴瑟于喁，尤多趙筦之匹。家家翠袖烏絲，處處鸞弦象琯。吹嚼花蕊，雕鎪琳琅。金絲各奏而同清，蓉杏殊姿而共嫭。衡其聲價，明月夜光之上；要於温厚，時風宵雅之遺。嬗芬蕤於詞苑英華，溯馨葉於美人香草。麝塵蓮寸，猶爲駿骨之求；積餘近復編輯閨秀詞不能成帙者，爲總集付梓。金闕玉扃，齊下娥眉之拜。

光緒乙巳仲春上浣，臨桂況周儀阮盦序於金陵四象橋北寓廬之蕙風簃。

題詞

惜餘春慢

武陵王以敏夢湘

芬佩搴蘭，銖衣散錦，到眼墨雲交絢。飄燈珠箔，伫月晶樓，銷得燕愁鶯惋。不信人天感多，搗麝猶香，拗蓮難斷。恁風流也稱，玉臺新序，衍波傳遍。京國事，井華朝汲，秋水宵吟，法曲紅簫親按。去年元夜，佳節重陽，南宋倩魂還見。昔官史館，酷愛莊蓮佩女史《秋水詞》，曾手録一過，推爲國朝第一，其馨逸不減《斷腸》，高邁處駸駸入《漱玉》之室矣。艷絶珊株網闠，百平衲補琴，九華裁扇。聽瑶空、笙鶴風高，花外綺霞吹滿。

【第一集】

詞人姓氏

楊　芸　字蕊淵，金匱人。户部員外郎楊芳燦女，同邑景州知州秦承霈室。幼受四聲，慧辨琴絲，妙修簫譜，詞風美流，發在片玉冠柳之間。著有《金箱薈説》，皆古今閨閣詩話。

李佩金　字紉蘭，一字晨蘭，長洲人。虎觀司馬女，山陰何仙帆室。工詩詞，以《秋雁詩》得名，稱『秋雁詩人』。

顧　翎　字羽素，無錫人。顧敏恒女，涇縣知縣翰姊，楊敏勛室。幼習爲詩，兼工長短句。性愛梅顔，所居曰『緑梅影樓』，作填詞圖一首，名公才媛應題甚夥。

孫蓀意　原名琦，字秀芬，一字苕玉，仁和人。孫震元女，訓導蕭山高第室，舉人丙曦湖南鹽道枚之母。工詩，著《貽硯齋詩集》，洪亮吉爲之序。愛猫，著《銜蟬小譜》。

沈善寶　字湘佩，錢塘人。江西義寧州判沈學琳女，山西朔平知府來安武陵雲繼室。善畫工詩，著有《名媛詩話》《鴻雪樓詩》。女弟子百餘人。

曹慎儀　字叔蕙，新建人。禮部尚書文恪公孫女，雲浦侍郎女，同里顧侍郎清昕室。

梁德繩 字楚生，錢塘人。相國文莊公孫女，冲泉司空次女，德清許先生宗彦室，余聘室，德蘊之曾祖母。工詩詞，有《古春軒集》。

王　倩 字雅三，號梅卿，山陰人。永定兵備道王謀女，同邑諸生陳基繼室。工文善畫，著有《問花樓詩集》。

歸懋儀 字佩珊，號虞山女史，常熟人。巡道歸朝煦女，上海諸生李學璜室。工詩詞，往來江浙，爲閨塾師。著有《綉餘小草》。

楊繼端 字古雪，遂寧人。同知楊輯五女，船山太守弟主簿張問萊室。有《古雪齋詩集》。

目

琴清閣詞

梁溪楊芸蕊淵撰

叙

琴清閣、生香館詞集者，梁溪女士楊蕊淵、長洲女士李紉蘭之所作也。廊有響屧，本爲雅麗之區；徑可采香，舊是風流之地。以故紅豆度曲，白紵按歌。鬥草藏鈎之儔，調脂傅粉之侣，莫不倚蕙作質，將蘭爲心，落烟雲於頃時，攙月露於尺素。裁剪花葉，咳唾珠玉，大江之南，閨閣多秀，由來久矣。若乃中朝世系，名族令媛，翩如織錦之才，婉若飛鸞之貌。生小侍側，妙解琴聲二弦；長成問名，能賦《玉臺》一體。靈珠抱其徑寸，慧業具於三生者，尤可得而言焉。蓋蕊淵、紉蘭者，楊蓉裳、李虎觀二先生之淑女也。名人之子雅愛吟詩，不櫛之士更工按拍。世有姻舊，時相過從，每至金閶春明，荻塘秋曉，三五之月流耀，第二之泉瀉聲，結伴瀹甌，聽雨剪燭，振佩鳴釧，刻羽引商，此如弄秦女之簫，彼則擫湘妃之笛。此如陳女媧之瑟，彼則奏雙成之璈，交唱叠和，設色選聲。譬入廣寒之宫，聆羽衣之曲，洋洋焉，盈盈焉，靡可得而軒輊也。顧蕊淵家似鮑姑，閥比班氏，老親幼弟蔚爲哲匠，諸姑伯姊亦稱宗工。柳絮之吟，無輟於佳日；花萼之集，有輝於閨中。滄海一洲，盡見麟角；丹山萬里，俱爲鳳聲。勝事愜心，高風悦志。故其爲詞也，若春雲之在空，似惠風之拂樹，晴絲微颺，鳥韵乍和，群卉弄香，衆花揚馥，悠然怡人情也。而紉蘭則自爲新婦，遽賦遠征，從公子而侍親，指長天而寫怨。衛女思國，常感念於淇泉；班姬悲秋，益唏噓於紈扇。永夜還家之夢，何處望鄉之臺。銀缸在手而鮮歡，金樓發音而長嘆。故其爲詞也，若木葉微敓，哀蟬始鳴，孤雁叫雲，寒蟲咽砌，收衆音之瑟慄，并萬態之蕭索，不無愁嘆之言，惟以蒼涼爲主。此則所謂調無伯仲，遇有差池者也。或者遂以爲歡娱難工，窮愁易好，準此而論，不無絀優。予謂鶯燕之遇陽春，草木之逢素節，飛語自得，摇落詎知。佛土之國極樂，人間之天長恨。要以异曲同工殊途共軌，譜之笙簧而可咏，被之金石而足歌，斯堪尚耳。夫赤壁大江，曉風殘月，作者异境，賞者异好。然羅幃女伴，綉幕風光，止以抒遣性情、揮灑興會，必使操鐵綽板、除玉連環，有擊筑拊缶之風，無拂草依花之致，兹又乖其面目無當體製者矣。予昔居京師，曾識紉蘭之母倪夫人，尚未知蕊淵與紉蘭爲同心友也。適夫子自錦城歸，蓉裳先生以此二集屬夫子命予爲序，予雅非知音，豈當顧誤。念昔少日曾聽紅杏之詞，迨今晚年空坐青綾之障，實有恧於壇坫，莫能究其委原，聊爲弁言，道厥崖略，庶覽者知娘子之軍可以獨當一隊，美人之賦真堪并壽千秋云尔。

嘉慶甲戌孟秋月上澣，碧雲女史彭氏儷鴻叙。

菩薩蠻 春閨

東風何事多輕薄。梨花又逐桃花落。小步下蘭階。紅沾金縷鞋。　雨絲吹袖濕。窗外春雲黑。莫勸餞春杯。荼蘼尚未開。

浣溪沙 前題

雙燕歸來語不休。風前柳絮弄輕柔。梨花更作十分愁。　鬥草池塘何寂寞，傷春人倦懶梳頭。任他紅日上簾鉤。

如夢令 前題

隔院黄鸝聲近。午夢瞢騰初醒。放下水晶簾，一幀明波相映。無定。無定。飛絮游絲交影。

探春慢 春曉賦春聲

漏箭初殘，芸窗漸曉，春聲百種先應。瑶鼎香消，畫樓人倦，睡起峭寒猶凝。迴廊簾盡捲，聽穿緑、雛鶯聲近。草芽青遍芳郊，春歸幾番花信。　脉脉閑愁無據，更誰倚玉簫，催遞吟興。闌畔嬌鶯，梁間憨燕，軟語商量不定。一樹香桃艷，乍仿佛、明妝端正。戛觸金鈴，却愁薄暮風緊。

點絳唇

己未清明前一日，寄顧羽素表妹書，賦此，即書於後。

畫閣無人，深深窣地筠簾卞。燭花紅卸。夢醒春寒夜。遠道緘書，空把離愁寫。更深也。月來窗罅。一樹梨花謝。

清平樂 榆錢

東君暴富。鑄出青無數。砌角苔花圓欲妒。認是誰家寶樹。日斜片片爭飛。隨風點上春衣。換得半囊鶯粟，買他一笑薔薇。

虞美人 春日偶成

海棠花發留春住。春也無心去。怪他風雨苦相催。試看亂紅萬點撲簾來。春愁脉脉渾無據。窗外聞鶯語。勸儂把卷暫徘徊。過了清明又有牡丹開。

掃花游 緑陰

嫩晴臺樹，漸翠幄陰陰，障來如許。新凉初度。記前宵曾灑，緑天疏雨。午夢圓時，庭院晝長無暑。微吟處。覺静裏泠香，飛上詩句。　彈指春已暮。衹巷尾籠青，檐牙瀉露。年華暗數。更雲暖烟昏，幾回延佇。覓遍餘香，一片愁迷空廡。渾不語。正斜陽、濃妝那樹。

踏莎行 息園

窣地簾波，緑陰深處。穿花燕子雙飛去。名園亭榭似江南，白蘋香近紅橋路。　悄背東風，流光暗數。舊愁新恨渾無據。連朝細雨落還休，嫩晴屋角春鳩語。

采桑子 四時詞

夜凉璧月團珠露，簾捲玲瓏。可耐東風。吹落燈花黯澹紅。　沉檀小炷渾無語，悄悄疏櫳。薄霧輕籠。春到緗桃第幾叢。

銀塘一帶盈盈水，淺映紅霞。柳影風斜。鸂鶒飛烟落藕花。　簾陰小坐迴團扇，翠剪雙釵。凉暈單紗。曉試新妝玉辟邪。

瑶階露濕香蘭瘦，今夜新凉。閑憑迴廊。數盡秋更細細長。　竹梢曉挂西南月，疏影横窗。烟澹瀟湘。小夢隨風度畫廊。

玉梅花底彈棋坐，容易斜曛。冷透冰魂。細剪豐貂護鬢雲。　簷牙玉箸琤琮墮，靜掩重門。香灺燈昏。月轉明螺碧一痕。

蝶戀花 奉懷三孀母

柳外鶯啼聲嚦嚦。桃李開時，已過清明節。獨倚畫闌人寂寂。愁腸不解丁香結。　二

十四番風信急。空繫香幡，難護花如雪。遙望巴山雲似織。好憑烏使通消息。

菩薩蠻 送春

落花片片紅難定。東君遍做銷魂景。燕子不知愁。偎人語未休。　春光留不住。畢竟歸何處。庭院李花香。風吹簾影涼。

高陽臺 曉起書懷

乍試生衣，猶欹單枕，曉窗清夢初殘。香篆縈青，重扉靜掩雙鐶。嬌痴鸚鵡玲瓏語，喚雲英、移近闌干。捲疏簾、翠雨如烟，一片迷漫。　瘦人天氣人憔悴，任脂零粉膩，明鏡慵看。燕子來遲，小樓空貯春寒。閑愁祇在垂楊裏，被東風、吹上眉端。憑妝臺、細字蠶眠，

寫遍冰紈。

生查子 秋夜感懷

瑟瑟助秋風，點點驚秋雨。窗内有愁人，莫種芭蕉樹。　夢醒剔殘燈，袖薄凉如許。深夜惱寒蛩，也作悲秋語。

菩薩蠻 秋晴書示浣薌大弟

嫩凉天氣新晴後。彎彎月上疏堤柳。久病未開簾。新秋一雁邊。　海棠花自好。人怨西風早。欹枕數寒更。薄幃燈半明。

點絳唇 秋日思鄉

雨歇疏桐，晚蟬一片吟烟筱。秋情儘好。籬角寒花小。　半嚮無言，鄉思縈懷抱。空庭悄。單衣換早。滿地西風峭。

虬箭丁東，一天凉暈驚秋□。捲簾新月。花影玲瓏入。　細數歸期，又近重陽節。愁如結。滿城風色。砧杵催寒急。

南歌子 月夜病懷書感

勻泪欹珊枕，尋詩拂錦箋。晚凉如水浸明簾。低漾一層花影、一重烟。　蘭露飄殘月，桐陰罨畫檐。藥爐聲沸夜無眠。祇覺年年多病、是秋天。

洞仙歌 題雪艷圖

琉璃窗牖，愛横斜瘦影。小伴華鬘晚妝靚。看玉烟染夢，翠羽迷愁，微茫裏，寒壓一闌香暝。　珠芽纔半坼，待畫雙蛾，低鏡玲瓏巧相映。曉角莫輕吹，凍雀聲中，好約住、小樓春信。算標格、真應住瑶京，看銀地無塵，兔華千頃。

鵲踏枝

壬戌花朝後二日喜李紉蘭妹過訪作此奉柬。

記得玉蕤烟小颭。薇露香濃，好句頻吟賞。此日青絲牽步障。瓊枝自愧秋葭傍。　林下高風真散朗。冷淡相看，標格疏梅上。縹緲銖衣天際想。玉臺可許賡新唱。

小憑迴闌春晝永。爲洗冰甌，濃緑烹香茗。慧業三生今又證。依稀翠水曾相認。　已過花朝春未醒。潦草春風，紅減花多病。獨夜怯尋梨夢冷。思君吟瘦缸花影。

醉太平 題湘芷弟老松圖

烟凝翠梢。霜封玉條。空中天籟調刁。任經冬不凋。　盤根蟄蛟。虬枝挂猱。丰姿似阿龍超。看高凌斗杓。

江神子 陳雪蘭大姊幽篁團扇圖

數叢修竹净娟娟。戛明玕。露珠圓。滿院凉烟，如水浸檀欒。正是玉人凝佇處，秋影瘦，不勝寒。　六銖衣薄颼輕紈。晚妝殘。思無端。移得一痕，濃翠上眉山。縹緲仙姝天際想，標格在，緑雲間。

聲聲慢

三月望前一日，紉蘭妹招同雪蘭大姊、蘅芳三妹暨畹蘭五妹看海棠，賦此索和。

明波皺碧，纖雨飄香，佳游好是今朝。膩粉嫣紅，閑園共鬥春嬌。朦朧海棠睡醒，試新妝、艷態難描。簾影外，看幾絲垂柳，緑到無聊。　知否韶華畹晚，怕流鶯憔悴，坐老花梢。昨夜闌干，厭厭瘦盡香桃。相看共饒鄉思，話家山、烟水迢遥。風正緊，任飛紅、吹過小橋。

齊天樂 紉蘭見贈琉球箋賦謝

文窗烟暖青禽語，蠻箋擬傳蘭訊。細砑銀光，輕匀雪浪，剪取海天雲影。一緘携贈。算最愜金閨，惜花心性。寫遍蠶眠，紅鈐小印涴檀暈。夢回展餘幾幅，向墨花簾裏，漫譜清韵。硯試麋丸，燈挑鳳脛，新句記愁難穩。圓蟾窺鬢。待吟瘦春魂，露桃香暝。倦擘烏絲，焙茶消夜永。

浣溪沙 題吴蘭雪新田十憶圖

柳影風絲拂綺蘭。持觴争奉北堂歡。鵲爐香暖綉屏閑。小院輕寒偎碧樹，膽瓶新水映紅蘭。不禁惆悵憶家山。花苑奉觴

記取文窗覓句遲。淺寒吹户花落時。更無人處耐尋思。旋拂香箋書艷字，漫拈紅豆譜烏絲。未妨閑事早鶯知。草堂覓句

微步方塘印淺泥。軟風吹皺碧頗黎。苔痕延緑上漁磯。蘋葉凉生春渚静，芹絲香潤水雲低。俊游曾到若耶溪。柘塘春步

百尺高桐墜緑鮮。鎖窗曾共理芸編。雙珠争説孟家賢。露暝疏簾凉似水，葉低幽幌碧於烟。青衫消瘦伴吟蟬。桐屋讀書

晴日登臨望遠睩。石林開遍瘦松花。澹寫蠒眉橫曉黛，寒拖魚尾散朝霞。杖藜歸去葛巾斜。蘇山秋望

小坐苔茵伴翠翹。煮茶聲裏話無聊。涼沁花瓷浮緑雪，香分雲葉裹紅綃。一痕新月小窗寮。蕉陰茗話

曲曲林扉枕淺流。盟鷺合伴舊沙鷗。風急石橋飛木葉，暝生柳浦隱漁舟。晚晴聽徹采菱謳。石溪鷗伴

牛背斜陽黯淡紅。醉霜淺葉落丹楓。一笛孤秋橫緑野，半山疏籟聚烟松。蒼寒喬木畫圖中。牛坳吹笛

野隴寒梅鬥淡妝。是誰輕剪白霓裳。殘月籠烟啼翠羽，春星照夢隔銀墻。短籬風細出疏香。烟隴探梅

緑滿平疇野色侵。泠泠石溜響疏林。幽人蠟屐愛行吟。瓜架涼多含宿雨，稻塍香重護輕陰。一陂淺翠暝烟沈。稻田聽水

風入松 蕉葉整琴圖

紅蕉瀉露濕蘭襟。曉起理幽琴。瀟湘一曲翻新譜，滿園亭、都是秋心。彈泪冰絲香凝，緘愁緑玉痕深。幾番疏雨翠烟沈。爽籟散雲林。蕭蕭絡緯添涼韵，吊秋魂、悄步花陰。

次第轉將瑶軫，和他碧樹青禽。

生查子送春同紉蘭畹蘭作

無計慰春愁，把酒邀君語。簾外落花風，驀地催春去。垂柳畫橋陰，嫩碧驚疏雨。春意也闌珊，怕伴愁人住。

前調索紉蘭和送春詞

春草碧如烟，莫是春歸路。細雨織疏簾，獨坐愁無語。泪眼認春痕，點點飄香絮。翠尾小蜻蜓，穿過花陰去。

附和作

王長生畹蘭

杜宇一聲中，怪爾花無語。宛轉告愁魂，且是隨春去。樓外映垂楊，翠滴絲絲雨。芍藥唤將離，怎肯留春住。

蘇幕遮 紉蘭以葬花圖屬題

曲屏閑，深院静。新緑如烟，烟外凉雲暝。纔見繁英紅玉瑩。一霎東風，瘦盡春魂影。把鴉鋤，穿蝶徑。脉脉相憐，人與花同命。泪滴香墳殘夢冷。誰更憐儂，薄慧翻成病。

清平樂 納凉東雪蘭姊

茶香浥浥。花乳盈甌碧。露却和烟吹袖濕。天澹星痕欲滴。胡床滑簟凉生。睡餘忽聽瓶笙。仿佛一池秋雨，風吹萬柄荷聲。

臨江仙 夏夜偶成用宋詞韵

裊裊輕風吹竹樹，依稀天際聞笙。未秋先已送秋聲。愁人偏易感，無語怨深更。捲起疏簾看夜色，一鈎殘月空庭。銀河澹澹斷雲横。蕉衫烟漾碧，凉影閃流螢。

菩薩蠻 題蓮趺大伯蓮舟圖

莊嚴慧相参金粟。一杯香海波摇緑。穩坐妙蓮花。何如貫月槎。天花無著處。散作曼陀雨。一瓣漾明流。人疑太乙舟。

金縷曲 送畹蘭歸吴江

往事思量否。最難忘、踏青期近，弓鞋同綉。鬥草尋花驚蝶夢，小燕呢喃如咒。怎一霎，雨僝風僽。腸斷臨歧無一語，衹啼痕、萬點沾衣透。空彳亍，把衫袖。　離愁脉脉濃於酒。最無情、清秋殘照，兩行疏柳。行矣長途須自愛，莫共黄花争瘦。算楓落、吴江時候。烟水歸帆安穩到，寄雙魚、慰我眉間皺。家山約，盼携手。

蝶戀花 新秋

一院新凉花氣馥。乍試生衣，簟影明秋玉。砌畔寒蛩吟斷續。流螢點破苔痕緑。　燈穗如烟飄簌簌。凉月多情，移近闌干角。午夜秋聲高過竹。碧窗小夢風吹覺。

鬟雲鬆令 和紉蘭妹韵

煮新茶，消夜永。風過花梢，露滴鸚哥醒。斜月窺人穿曲徑。一桁湘簾，波漾消魂影。　篆烟殘，蓮漏静。清淺銀河，秋近明如鏡。小擘蘭箋吟未穩。點注霜豪，滿硯流雲冷。

菩薩蠻 秋懷

西風吹盡殷紅色。庭前祇有無憀碧。瘦蝶也堪憐。痴魂斷冷烟。　砧聲何處急。寒意催刀尺。吟罷月侵廊。秋更故故長。

定風波 梁溪詩冢圖

畫裏家山碧一痕。亭亭瘦影遠連雲。萬點落花紅似雨。香土。此間真合葬詩魂。　終古靈光長不滅。殘碣。定生金字照苔紋。哀壑無光泉暗瀉。深夜。凄凉鬼語唱秋墳。

洞仙歌 姑母鄒夫人邀賞桂花

明蟾屋角，照清陰如畫。羅袖飄來暗香惹。愛葉分蛾緑，蕊染宮黄，端相處，可是廣寒飛下。　晶簾剛半捲，紅釀頻傾，却憶江南共情話。仿佛小山秋，露脚吹凉，看金粟、垂垂低亞。且把盞、花前儘俄延，怕回首堂東，星辰昨夜。

踏莎行 顧眉生桃花小幅

銀鏡朝霞，瓊壺別泪。搓酥滴粉天然媚。細腰宮裏露華濃，曲闌斜倚人微醉。　照眼波明，吹香雨細。翩翩鳳子尋春至。如花人去幾多時，紅鈐好認橫波字。

百字令 寒夜生香館同紉蘭妹話感

蕙爐烟裹，避尖風掩上，雲屏六幅。翠袖不禁寒料峭，欲倚更無修竹。硯結輕冰，燈搖淺暈，瓦鼎茶初熟。遥空一碧，照窗華月如燭。　話到身世凄凉，閑愁宛宛，都上眉山曲。況是天涯摇落候，霜剪一庭衰緑。已抱冬心，猶牽愁緒，悵惘流光速。相憐瘦影，膽瓶數朵殘菊。

金縷曲

送李湘芷大弟就婚蔣氏，吉期上元後一日。

小語芻尼喜。報星橋、天風吹度，飛仙環佩。恰好良宵春艷婉，墨會靈書題字。仗玉鳳、殷勤傳意。通體花光看不定，認丰姿、可似青溪妹。香袒軟，綉巾膩。　九華燈下新妝麗。十樣步瓊臺、團圞二八，月華明媚。露井桃開紅滿鏡，掩映美人雲氣。正畫閣、遠山横翠。宫眉京兆譜，倩郎君、彩筆描來細。芙蓉幌，好雙倚。

渡江雲 爲虎觀二丈題梅梁漁隱册

舊游何處覓，冰綃尺幅，澹碧寫湖天。湖平詩意遠，覓個青蓑，小艇泛涼烟。生香不斷，訪梅花、戴雪廬邊。有數點、素鷗迎棹，仿佛石湖仙。　　他年。鱸鄉村樹，遂得初衣，佳景堪留戀。須重向、溪陰種柳，岸曲栽蓮。一帆遥指瀟湘浦，憶吴艭、聽雨閑眠。然楚竹，且分石鼎清泉。時赴永州司馬之任。

東風第一枝

癸亥元旦喜雪，邀紉蘭同作。

鳳蠟燒殘，鵝笙炙罷，艷雪瓏瓏催曙。畫闌玉戲争妍，粉鏡梅妝添嫵。裁雲剪水，纔幻出、滿庭花霧。怪謝家、摹擬難工，唤作因風吹絮。　　正百福、香奩索句。更七寶、琳華堪賦。壓枝瓊蕊齊開，按拍霓裳試舞。銀箏斜倚，恰一縷、麝薰微炷。認迷離、空外春痕，衹在六花多處。

鬢雲鬆令 春感同紉蘭作

掩青奩，彈粉泪。滿地蕪香，一縷游絲墜。待畫新愁眉樣改。弱柳多情，緑上流鶯背。　炷殘香，消淺醉。風信更番，催到紅窗外。閣雨春陰濃似黛。薄暖輕寒，好倩花枝耐。

虞美人 懷畹蘭

璚鋪靜掩春雲葉。一片玲瓏月。照人何事別愁多。不管個儂憔悴、損雙蛾。　無憀細憶年時事。共作留春計。最憐小妹忒嬌痴。戲捉栖香蝴蝶、繫紅絲。

百字令 雨中春恨同紉蘭賦

錦鳩呼雨，把春痕吹濕，綠蕪天遠。人倚雕闌寒料峭，不放樓陰簾捲。瓊葉凝愁，翠綃緘恨，脉脉含凄怨。初番風信，緗桃烟外香軟。　最憶少日情懷，蠻箋痴寫，彈指年華換。迢遞江南迷望眼，萬疊霧屏雲幔。茂苑苔深，吴宮花冷，誤却雙歸燕。明朝晴未，斷紅飛盡難管。

前調 和紉蘭春夜聞雁

蘭釭摇暈，正房櫳悄悄，畫屏塵滿。長夜雁聲來枕側，中帶江南新怨。舊苑鶯殘，遥汀鷗散，料也無佳伴。羡君歸早，燕關草碧如染。　我亦身世凄凉，難成鄉夢，抱影吟孤館。

細雨蘼蕪江岸闊，回首不勝銷黯。古瑟彈冰，閑簫裂玉，簾隔春星遠。月華全黑，一繩風外吹斷。

大江東去

二喬觀兵書圖，用坡仙韵。

英風俠氣，笑蛾眉、也似江南人物。妝罷韜鈐書對展，緑字香生椒壁。手握靈珠，胸藏慧劍，俊眼光如雪。同心借箸，奇哉兒女人杰。　難得姊娣齊肩，瓌姿相照，并蒂雙花發。一縷爐烟噴鵲尾，仿佛陣雲明滅。人已飛仙，事經塵劫，凋盡姮娥髮。抽觴吊古，吴宫何處新月。

金縷曲碧城仙夢圖

夢到仙靈境。叩瓊扉、高寒無際，水晶盤迴。依約碧城秋影外，一片琉璃光瑩。照清淺、銀潢如鏡。露脚絲絲鸞背滑，怕天風、凉透吟魂醒。捫珠斗，度瑶井。　紅霞縹緲看難定。怪玲瓏、闌干十二，更無人憑。何處玉笙吹一曲，歘歘飛香滿徑。經幾度、碧桃烟暝。好展琅玕箋百幅，儘三山、舊事閑題咏。銀毫點，墨花冷。

齊天樂 七夕紉蘭招雪蘭蘅芳蓉清蕙如集生香館分題得曝衣樓

紅樓十二闌干曲，深深曝衣庭院。時樣裁縫，稱心顏色，細認舊時針綫。涼生團扇。悵叠却方空，薄羅新换。莫檢榴裙，隔年猶有泪痕泫。　蘭期共設瓜果，約飛瓊彩伴，作意消遣。遠道音書，寒閨刀尺，能數幾家凄怨。月華如練。漸砧杵西風，鳳城吹遍。熏罷銀篝，且教秦女卷。

臨江仙

同紉蘭四妹作，即呈雪蘭大姊、蘅芳、蓉岑兩妹，并懷顧羽素表妹無錫、王畹蘭五妹吴江。

記得深閨邀女伴，相逢又早初春。愔愔小語伴黄昏。茶烟青繞榻，簾影緑於雲。行向花陰同覓句，擘箋細寫回文。最憐小妹太憨生。戲拈雙蛺蝶，替樣畫羅裙。

記得夢回欹角枕，文窗微裊晴絲。闗情最是五更時。海棠風一剪，寒暖早鶯知。螺子輕研深淺黛，起來慵畫雙眉。日痕紅過曲闌遲。雛鬟持粉箑，微笑索題詩。

記得踏青期近也，漫空朝雨生寒。故園迢遞隔烟巒。蕪香門外路，引夢到江干。塵滿湘琴憐寂寞，天涯春事初闌。殷勤拂袖更重彈。思歸三十曲，雙瑑玉連環。

記得筆床香一瓣，輕籠檀暈凄迷。憐花書遍懊儂題，伶俜花外立，橫影上春衣。　嚮晚
瓊奩妝半懶，嫩凉障袖風低。送春特到綠窗西。多情留月住，疏柳夜烏啼。
記得纔逢櫻笋候，生憐瘦減桃花。從教閑日好邀遮。敲殘雕玉局，鬥盡鬱金芽。　窣地
薄寒風料峭，博山殘篆斜斜。稱身衫袖剪輕霞。捲簾迎宿燕，憑檻數昏鴉。
記得追凉風拂鬢，曲池細漾明流。圍香畫閣似扁舟。露欹紅萬柄，清韵到茶甌。　掩映
銖衣紈扇小，窺人新月如鈎。碧山烟暝雨初收。妒羅雲影薄，空外一痕秋。
記得异書曾賭讀，分燈同傍妝臺。就中誰似謝娘才。暗將難字識，故意教人猜。　珍重
寶函裝玳瑁，牙籤甲乙親排。紅鈐小篆壓香煤。書逋償未了，相約典金釵。
記得針神同學綉，綉床恰并香肩。天生慧性可人憐。翻新花樣巧，枝葉十分妍。　傍舍
濟尼邀禮佛，玉爐小炷檀烟。買絲辛苦綉金仙。莊嚴瞻法相，十指見青蓮。
記得髫年携手處，紅橋畫舫蓉湖。別來蘭訊未曾疏。新詞箋百幅，錯落贈明珠。　竹北
花南香伴少，近時標格誰如。清心一片映冰壺。顧家新婦好，得似小姑無。懷羽素兼調蘭塘弟婦。
記得長宵妝閣畔，素蟾纔上雕櫳。明螺槅子一燈紅。玉梅初破蕊，香影最玲瓏。　鬥酒
頻拈蕉葉盞，腮渦早暈芙蓉。兜鞋微步小庭中。遲眠貪坐月，薄醉愛臨風。
記得飛瓊辭我去，潞河烟月歸艭。苦吟金縷對銀缸。清思抽乙乙，紅泪滴雙雙。　聞道

常儀初嫁了，瑤臺環佩琤琮。何時話雨□□窗。寒衾顛倒夢，楓落憶吴江。憶畹蘭。
記得醲寒過二月，更闌石葉香焦。閑將韵字帶愁挑。寄情憑緑綺，緘怨付紅綃。
拾翠
尋香懷舊侶，汀洲何處蘭苕。天青海碧路迢迢。不應耽慧業，此恨幾時消。

風入松

秋夜聽若瓊姊彈琴。用紉蘭韵。

桐枝弦澹篆烟青。人静漏聲沉。茜窗月影寒生暈，訝商風、吹滿疏林。似此星辰好夜，恰宜冰雪清襟。

雁南飛去有遺音。萬叠楚雲深。沙明水碧瀟湘路，一群群、齊落江潯。曲裏泠泠幽韵，天涯渺渺離心。時彈平沙落雁一闋。

生香館詞

長洲李佩金紉蘭撰

十六字令 雨夜

眠。點滴空階斷復連。難消遣，風雨落花天。

如夢令 春暮

夢覺緑窗天曙。燕子簾鈎私語。報與惜花人，一院落紅飛去。春去。春去。九十韶光無據。

醉花陰 寄許林風庭珠姊蜀中

强把瑶徽消永晝。香懶添金獸。對此暮秋天，别緒離情，赢得人争瘦。　夢回寂寂殘燈後。泪早盈衫袖。明月望關山，何處相逢，絮語重携手。

青衫濕 題潯陽送客圖

半帆冷月空江白，楓荻晚烟横。歸鴻無數，鄉心幾許，如此秋聲。尊前掩面，凄凄切切，細數生平。琵琶哀怨，青衫憔悴，一樣消魂。

月華清 望月感懷

久雨新晴，銀河澄練，盈盈一水清淺。雲吐冰丸，獨倚曲闌干畔。情無限、碧海青天，愁如繭、并刀難剪。誰見。正雙眉深鎖，泪痕劃面。素魄窺窗幽怨。恨小院無人，疏簾乍捲。別有傷心，寬褪舊時金釧。祇贏得、夜冷歸眠，怯羅衣、露珠點點。輕唤。恐凄凉夢影，短檠摇斷。

清平樂

暮春午睡，夢許林風姊，醒後感作。

榆錢柳絮。春去愁難去。簾捲玲瓏天欲暮。醒後驚疑何處。可憐月魄花魂。無聊怕到黄昏。倚遍闌干十二，離愁約上眉痕。

鷓鴣天 春閨

曉起心慵對鏡前。子規啼徹落花天。病中爲怯東風峭，不捲珠簾鎮日眠。　人悄悄，思綿綿。綠楊深鎖一溪烟。供愁夜半中庭雨，滴破吟魂到枕邊。

梅花引 即景

澹烟籠。碧簾櫳。一縷爐香細細風。畫樓東。月如弓。來與眉峰。兩下鬥玲瓏。　流鶯枝上春將去。杜鵑聲裏魂何處。意無窮。句難工。小立花叢。含愁數落紅。

蝶戀花 暮春雨中感作

蝶夢驚殘花已誤。怨紫愁紅，忽忽成香土。長日愛眠宵不寤。無聊覓句教鸚鵡。　檐網留春花絡住。掠斷游絲，玉剪雙飛去。杜宇聲中愁幾許。蒙蒙落絮和烟雨。

前調 閨情

隨意拈豪消永晝。兜裏愁心，怎奈眉峰皺。時節落花人病後。重簾不放東風透。　鏡裏年來非是舊。綠暗紅稀，人亦成春瘦。一夜無情風雨驟。呢喃燕子如私咒。

浪淘沙 寄懷林風

抱膝擁香篝。數盡更籌。綠波青草憶儂不。多少相思離別語，欲寫還休。　　燈火獨窗幽。新月如鈎。花魂蝶影暗牽愁。風雨連朝春去也，何計忘憂。

采桑子 月夜

低垂簾幕人聲悄，睡鴨香温。瘦影冰魂。窗外梅花月一痕。　　別離滋味誰能說，斜倚銀屏。煮罷鶤笙。虬箭丁東却二更。

西子妝 題美人曉妝圖

曉氣如烟，春寒似剪，好夢鶯聲喚轉。一番情思倦懨懨，拂菱花、碧紗窗畔。畫眉人怨。曾否念、鏡中嬌面。鎖雙彎，多少閑愁怨，歸來始展。　　東風懶。不到天涯，那有魚和雁。瘦腰無力倚樓臺，掠雲鬟、怕抬纖腕。鬟釵斜罥。記當日、花枝輕撚。指尖尖、笑染黛痕深淺。

眉嫵 新月用宋王碧山韻

乍黄昏庭院，驟雨初過，銀浦暮雲暝。撩起閑情緒，開簾拜，一彎斜過虛徑。曲闌倚穩，逗眉痕、如許離恨。蹙雙蛾、悄向花間立，夜凉怯衣冷。　爭奈愁心難問。又無端照我，憔悴鸞鏡。骨壓絲兒瘦，帶圍減、怕消三五圓景。碧天路永。盼那時、盈滿重正。此際黯消凝，扶上秋千墻影。

瀟湘夜雨 題葬花圖

雨雨風風，花花草草，一番春夢誰憐。蒙蒙庭院絮如烟。多化作、彩雲飛散，閑凝盼、底事纏綿。埋愁地，掃將舊恨，付與啼鵑。　瘦人天氣，落花時節，似水華年。想個儂病起，悄立闌邊。判幾許、泪珠緘裹，知多少、緑怨紅殘。游絲裊，韶華難綰，幽思上眉彎。

減字木蘭花 夜雨書懷

雨昏燈暝。窗外芭蕉敲夢冷。點點聲聲。故攪愁人睡不成。　更深夜永。一綫餘香摇瘦影。舊句低吟。不是傷心不要聽。

琴調相思引 題美人整琴圖

雪影條條裂一痕。夜寒誰與訴秋魂。冰弦欲整，惆悵又還停。　何處西風吹夢冷，涼絲坐向鬢邊生。迴腸縷縷，難續此時心。

露華 殘月

星疏雲斂。正蓮漏將殘，樹影低轉。忽逗惺忪，依舊一痕秋淺。憐渠那忍先眠，夜夜照人清減。還知否，眉梢恨多，偏是儂見。　小庭暑退紈扇。便誤拜深深，香裊心篆。争奈一回憔悴，一回長嘆。剩得前度閑愁，挂在寶簾銀蒜。羅衣冷，花魂和夢銷黯。

一葉落

窗外芭蕉兩叢，其一既枯復茁，雨後遂萎，賦此以吊。

一葉落。夢初覺。今宵聽雨不如昨。薄情怯暮寒，秋魂飄無著。飄無著。敲破聲聲柝。

卜算子 秋閨

殘月度簾鈎，秋夢和花瘦。墻角猧兒吠夜分，天碧斜珠斗。　手熨舊羅衣，可似眉間皺。

數盡清宵細細長，坐對燈如豆。

愁春未醒 題美人枕書圖

春魂愁鎖，不許游絲牽引。祇無奈深叢蝴蝶，約住芳魂。香霧模糊，撲簾花氣作黄昏。東君知否，生來識字，即是愁根。　倦掩道書，除非夢裏，覓個分明。那得游仙容易，一霎瞢騰。眼尾低垂，朦朧合了又還醒。卷中紅泪，相思粒粒，好認啼痕。

風馬兒 本意

夜凉如水掩秋屏。聽風也錚錚。雨也錚錚。攪亂愁心，那得夢兒成。更更。　低垂羅帳擁桃笙。見燈也冥冥。香也冥冥。斷續蛩音，不住耳中聽。聲聲。

秋夜月 夜坐病懷有感

屏山夢醒。見一點缸花，尚摇秋影。聽砌邊啼螿，暗吟聲飲。漏迢迢，無人處，别有閑愁誰省。坐瘦爐香燈暝。　半丸月冷。偏照我西窗，者番幽病。如水虚庭，凉露垂簾浸。幾孤負，良夜景。恁般凄悶，冉冉魂絲，風前無定。

菩薩蠻 題佛手便面

香圓花出纖纖手。佛前曾許拈花否。堪愛指玲瓏。柔荑一握同。　兜羅愁幾許。名重群芳譜。幻悟掌中過。靈光夜有波。

酷相思 紅豆

粒粒珊瑚金盒貯。正別緒、腸千縷。幾猜認、東風梅蕊吐。人道是、春何苦。春道是、人何苦。　記怨曲頻拈纖手數。欲寄與、天涯阻。向窗外、輕調鸚䳇語。花道是、鵑啼雨。鵑道是、花啼雨。

惜分飛

楊柳牽愁情萬縷。雲外征鴻遠度。別夢隨風去。烟波一棹江南路。　蘆荻蕭蕭明月浦。做出秋聲幾許。不管離人苦。此時欲語偏無語。

綉停針 題陳蘅芳三姊倦綉圖

小院静，見軟日烘花，鶯梭織錦。檢點芸奩，淺碧深紅，無力綉床斜憑。葉遮蓮映。刺一對、鴛鴦栖穩。彩絲欲整還停，霎時柳眠花困。愁春清晝永。聽杜宇枝頭，聲聲離恨。翠羽籠窗，鸚鵡簾前，低誦儂詩乍醒。金錢怕問。卜不出、天涯芳草，王孫歸信。遠山斷烟青迥。

剔銀燈 詠燈

可奈黄昏時候。裊裊香縈金獸。翠帳侵寒，雲屏摇影，一點疏花欲溜。含嗔輕叩。問小婢、風簾下否。　獨背銀缸枕手。衹解照人僝僽。卸髻將眠，拈豪又起，長夜撥殘紅豆。爲誰孤瘦。聽滴盡、更更玉漏。

鳳凰臺上憶吹簫 憶别用漱玉詞韵寄林風

花灺銀釭，香縈寶篆，睡横金鳳搔頭。見一絲殘月，冷浸瓊鈎。試問嫦娥知否，欲無愁、有我難休。算箏柱，年華未到，幾度春秋。　今休。飛颺蝶夢，奈不識江南，烟水迷留。望碧天如鏡，怕上層樓。記得那時分手，到此日、泪尚盈眸。更何處，聲聲玉簫，譜出離愁。

金縷曲 仲春四日以詞代柬寄林風姊於松江

斗室青燈夕。釀花天、濃陰如墨，韶華堪惜。何事春來秋又去，絮亂蓬飄踪迹。回首處、烟波遥隔。蝴蝶不來香夢杳，照儂愁、一綫彎彎魄。疏花溜，篆香熱。愁多翻道心兒窄。洗殘妝、泪珠鏡汐，柔腸暗織。花氣迷離春影瘦，懷抱離情千叠。檢那樣、深愁寫出。悄屬東風飛燕子，寄相思、來往傳佳什。須鄭重，春消息。

江城梅花引口琴

悄無人處響琤琤。月低沉。漏低沉。手撥一條冰柱訴芳心。舌叶宫商櫻顆破，倚雲屏，歷更更，剔短檠。短檠。短檠。峭寒侵。釵影横。篆香清。彈也彈也，彈不盡、千萬離情。小玉痴憨故故向前聽。鐵鑄玲瓏無玉軫，雖不是，一聲聲，也斷魂。

百字令春曉用漱玉詞韵

三分春色，却二分離緒，重簾深閉。曉日烘晴猶料峭，香暖一庭花氣。天蘸微雲，葉篩疏影，諳遍閑中味。晝長無事，生涯書卷堪寄。將次點檢羅衣，輕添半臂，掩紗屏斜倚。懊惱枝頭聞杜宇，舊恨新愁唤起。風剪裁紅，雨絲織碧，枉却東君意。海棠開否，小鬟回報還未。

虞美人 贈王畹蘭妹

飛來青鳥傳嬌病。消瘦梨花粉。東君爲惜曉妝成。止住風姨莫遣曉寒侵。　愁波皺碧春山斂。情性耽幽澹。卿卿合喚小梅仙。别有一般風韵是天然。

疏簾澹月 夢

輕陰澹斂。正月吐彎環，簾摇銀蒜。戛碎波紋浪花，片影兒清。倩魂絲欲被東風散，幾凝盼、草烟碧染。露華寒淺，芳心暗警，玉壺傳點。　綉鞋怯、花間碧蘚。驀地自回頭，曲屏人見。裙綫薔薇刺罥。膽虚嬌喘。迴廊仄徑須臾現，倚闌干、纔整釵鈿。窗前鸚鵡，枝頭杜宇，一聲喚轉。

蝶戀花

壬戌花朝後三日，喜楊蕊淵二姊枉顧，即次見贈元韵。

日午小闌花氣颺。弄粉吟香，且喜知音賞。迎得好風開錦障。許同蘭籍名依傍。　秋水冰壺神逸朗。麗句如仙，詞格周秦上。投贈雲藍勞静想。璚瑶愧報酬珠唱。

纖澹語嚼梅清味永。百和香煎，共瀹春山茗。兩載神交詩作證。花間姊妹雙雙認。

雨空庭幽夢醒。草脚愁生，碧長宵來病。捲起半簾湘水冷。東風吹墮輕雲影。

賣花聲 暮春感賦

眉影控簾釘。花補苔痕。滿身香霧嫩寒侵。怨入杜鵑聲裏血，獨自愁吟。　玉笛咽離情。草長紅心。月鈎空吊美人魂。憐爾爲花猶薄命，何况儂今。

鬢雲鬆令 得林風信後作

好風吹，鴻信至。料得書成，濕透桃花紙。宛轉迴文無限思。纔念完時，却又從頭起。　寄來情，封去泪。待到愁邊，已過當時意。認取江南紅豆子。粒粒分明，盡是離人漬。

松江許庭珠林風

采桑子 春日寄懷紉蘭妹

年年望斷春江碧，怕倚層樓。不忍凝眸。山外雲山愁更愁。　凄凉遠夢惟燈見，數盡蓮籌。閑却香篝。人在春風冷似秋。

紅櫻斗帳愁難寢，明日花朝。整備無聊。春過江南第幾橋。　碧天如水橫珠斗，豆蔻香燒。韵字紗挑。月寫花枝上綺寮。

憐君憔悴天涯遠，努力加餐。且自尋歡。無恙湖山待爾還。　昨聞青鳥傳來信，總在秋閑。準擬歸船。望得盈盈眼欲穿。

天涯消息經春斷，知否于歸。還是家居。細數郵籤紨遠書。　自從俗事關心後，詩思粗疏。心血都枯。宛轉輪腸一字無。

滿庭芳 暮春偕蕊淵雪蘭蘅芳畹蘭諸姊妹看海棠

溪水拖藍，遥山凝碧，素心聯袂佳辰。青畦緩度，雨洗一犁春。風引殘霞漾影，垂楊外、烟鎖橋横。聽花杪，梵鐘遠遞，鶯語罵金鈴。　闌邊。紅玉瑩，錦江春色，移種名根。見嬌姿淺暈，乍醒芳魂。愁在杜鵑聲裏，啼破了、新緑如雲。歸鴉急，斜陽黯淡，情思繞虚村。

生查子 送春

把酒問東風，怨入花鈴語。祇解送春歸，未肯吹愁去。　雲影蕩輕烟，簾外飄香雨。枉煞柳絲長，不繫韶華住。

附和作　　松江許庭珠林風

珠箔隔輕寒，鸚鵡玲瓏語。悄喚鎖重門，莫放春歸去。　桃李可憐，別我啼紅雨。

點點帶愁飄，吹入春江住。

菩薩蠻 題吴蘭雪新田十憶圖

半簾香雨家山遠。晴絲暖織春烟軟。况聽子規聲。思歸更不禁。花前瑶斝勸。一曲歌珠串。怊悵憶江南。穠華三月天。花院奉觴

緑蕪春遠裙腰襯。尋詩天氣新晴穩。池草夢初醒。窗紗鏤翠痕。小庭人静處。兩兩幽禽語。猶記擘吟箋。閑憑卐字闌。草堂尋句

野塘緩趁清游屐。垂楊瘦到無聊碧。風皺水粼粼。迴旋蕩縠紋。鶯梭花底織。燕剪澄波色。紅雨半溪烟。人家畫裏山。柘塘春步

香煎豆蔻屏紗透。文窗烟暝濃陰覆。蟬曳別枝風。凉飄一葉桐。芸編消永晝。山字吟肩瘦。凝睇送歸鴉。斷雲烘晚霞。桐屋讀書

水天如鏡明秋霽。晚鐘斷續山坳寺。烟外澹斜陽。松花落石床。吟魂飛不起。愁在蒼茫裏。雲逗一痕青。登臨無限情。蘇山秋望

簾櫳翠幕清如水。緑天陰裏茶烟起。湘榻設桃笙。簾波碧一痕。挑殘青鳳脛。話瘦缸花冷。瀹茗記當時。敲詩人睡遲。蕉陰茗話

荻花冷澹清溪畔。一痕晴雪蒼烟晚。淺石枕中流。盟漚磯水頭。菱歌何處起。知在

蘆叢裏。波活半江藍。纖雲弄遠天。石溪漚伴　水邊漁唱散。墟落

晴峰向晚傷心碧。幾聲縹緲橫秋笛。楓葉亂雲堆。松風颺葛衣。水天雲斷處。情繞

柴門掩。林外鳥争飛。夕陽牛背歸。牛坳吹笛

泠芳尋取携吟筊。寒烟深鎖春消息。數點綻冰花。啁啾翠羽嘩。

孤山路。仿佛到江鄉。驚回清夢香。烟隴探梅

春畦小步吟懷澹。急流如瀑飛銀練。洗石響泠泠。依稀聽雨聲。平陂新漲淺。碧影

連空遠。何日得歸耕。稻花香裏行。稻田聽水

金縷曲　壬戌暮春送湘芷大弟玉田讀書

追憶兒時事。在書窗、同心硯席，十三年紀。讀瘦紅釭蓮漏澀，月墮凉烟似水。祇餘得、而

今憔悴。潦草詩詞終是累，總無端、歷盡悲和喜。歌芍藥，將離矣。殘香支夢縈愁細。

話連宵、雖然小別，也多離味。飛羽年華須自惜，莫把光陰輕弃。更一語、丁寧須記。親爲

春風頻失意，博庭歡、望爾成名慰。止不住、盈盈泪。

鎖窗寒　題雪艷圖

鎖骨凝膏，虬珠綴玉，峭寒庭院。燈孤夢瘦，愁絶美人天遠。傍闌干、横斜數枝，恍疑雪海

珊瑚見。看春痕寫出，花疏月澹，十分清艷。簾捲。瓊瑶片。正亂點檐前，鬢絲輕罥。暗花盈袖，素萼折來低撚。料離心、正憶江南，故園幾番風信轉。送黄昏、翠羽驚寒，凍蕊霜華泫。

鬢雲鬆令 夏夜納凉邀蕊淵同作

竹庭幽，蓮漏永。蘭夜無憀，可奈愁人醒。幾點螢光流曲徑。細細荷風，捲碎玲瓏景。　翠屏深，爐篆静。臨月殘妝，雲匣開金鏡。玉笛鄰墻吹未穩。葉葉凉生，露下單衣冷。

菩薩蠻 秋夜書懷

冰輪碾破遥空碧。砧聲敲冷相思夕。望斷雁來天。瀟湘烟水寒。　玲瓏花裏月。知否人間别。一樣去年秋。如何幾樣愁。

金縷曲 仲秋送畹蘭妹歸吴江

惜别腸千縷。最關心、拈花寫韵，瑣窗絮語。瘦盡詩魂扶不起，堪嘆舊時儔侣。衹半響、萍緣歡聚。屈指到家殘菊候，正吴江、楓落秋如許。聽一舸，瀟瀟雨。　分飛雁影迷歸路。

轉丁寧、烟村水驛，薄寒宜護。珍重加餐須努力，莫把閑愁頻賦。酒醒後、今宵何處。祇我思鄉歸未得，仗西風、吹夢隨君去。雙袖濕，離情苦。

菩薩蠻 雨窗懷畹蘭

挑殘風脛釭花瞑。凉烟如水虛窗静。風雨一更更。愁多夢不成。　思歸歸不得。宛轉柔腸織。燈火照孤帆。知君眠未眠。

沁園春 秋夜病懷書感

清夜迴腸，百緒紛紜，凄然泪零。覺天涯離恨，痴魂黯黯，宵深肺病，短夢惺惺。霜葉辭枝，寒蛩咽露，粉月玲瓏上綺欞。孤光冷，偏照人庭院，别樣分明。　屏山瘦影伶俜。見背壁、殘燈死復醒。嘆身如年歷，暗知凄節，心同刻漏，記盡長更。生小工愁，從來善哭，何况而今寥落情。無憀極，倩喘絲半縷，扶住黄昏。

南鄉子 題梁溪詩冢圖

遥望九龍岑。斷碣殘碑秋草深。縹緲詩魂招不得，黄昏。冷月蒼凉山鬼吟。　好句怕飄零。肯付秦灰蕩夕曛。卜得埋愁三尺地，孤墳。十丈靈光透碧雲。

金縷曲 寒夜同蕊淵二姊茗話有感

蕭瑟閑庭院。掩文窗、薄寒料峭，暗燈頻剪。從道宵長蓮漏永，比似閑愁還短。化萬縷、縈纏如繭。款約輕魂隨夢去，繞天涯、不怕風吹斷。檐鐸語，又驚轉。　一丸冷魄霜華滿。算年年、照人如鏡，幾般愁怨。惆悵家園心縹緲，多少海思霞念。恐此日、遂成虛願。可惜江南花月好，到春來、空付鶯和燕。歸途杳，碧雲遠。

賀新郎

送湘芷大弟南歸就婚蔣氏，吉期乃新正望後一日也。

香綰同心篆。趁明蟾、良宵二八，芳梅初綻。綉仗紗籠行婀娜，是處笙歌鳳管。正璧月、瓊枝瀲灩。迎得青溪人似玉，喜璇閨、合巹鴛鴦宴。紅燭底，人爭看。　蕭郎自是神仙眷。倚屏山、衣香釧韵，幾回偷盼。惱亂燈花摇不定，斜映檀腮半面。聽蓮漏、穿花三轉。明日綠窗拈彩筆，對芙蓉、商略眉深淺。携翠袖，整金鈿。

南歌子

仲冬廿五日送湘芷南歸後，是夜擁被無眠離懷轉側，翌日有便，匆促填成，倚枕書寄。

爐篆摇寒緑，缸花墜冷紅。非關閑恨鎖眉峰。却怪年年多半，別離中。殘月明珠箔，疏星澹碧空。此時情味想應同。遥憶鷄聲茅店，曉村風。

采桑子 冬夜雜懷

冰蟾似水空簾静，瘦影玲瓏。香雪迷蒙。燈暈凝寒火不紅。薰爐獨擁無聊甚，一笛悲風。五夜疏鐘。知否凄凉兩地同。蕊淵

燈前夜夜金錢卜，細數行人。夢繞離亭。水驛烟村第幾程。年來慣是輕離別，墜雨零星。寥落詩魂。祇剩當時月一痕。湘芷

清游最憶芙蓉郭，約伴花朝。折柬相邀。戲蝶尋香上翠翹。秋風無奈歌驪曲，瘦減吟腰。泪揾鮫綃。錦水多情咽暮潮。林風

泪花沾袖紅冰薄，硯試烟丸。小叠雲藍。彩筆輕呵墨暈寒。欲將別恨從頭寄，書到平安。束竹腸攢。萬種離愁寫出難。雪蘭

最憐小妹拋儂去，青鳥音沉。消息難聞。嬌病經秋恐不勝。玉瑲緘札殷勤寄，爲語卿卿。珍重吟身。好慰堂前阿母心。畹蘭

玉梅花下凝情望，碧海青天。十二闌干。風露人閑一樣寒。含愁悄對姮娥説，纔見團圞。早又彎環。那得清光夜夜圓。蓉清

金縷曲歲暮有懷畹蘭於吴中

泪泫桃花紙。倩青鸞、殷勤寄與，萼華小妹。舊日瑶清諸女伴，都向塵寰去矣。怕此後、再來無計。祗剩常儀還未嫁，尚依然、獨處琳宫裏。人世事，知無味。寒宵坐冷缸花蕊。記當時、挑燈閑話，三山往事。慧語關心偏愜意，自許此生知己。却不料、君先歸里。同住江南猶恨遠，隔盈盈、一片吴淞水。况天末，人迢遞。

蝶戀花壬戌除夕

紅燭籠香檀篆細。雜坐離歡，倍是愁滋味。爆竹聲中愁去未。明朝又恐從新起。最憶當年今夕事。柏酒春盤，燈下藏鈎戲。斜倚屏山無限意。不情不緒清清地。

東風第一枝癸亥元旦喜雪次蕊淵二姊韵

門掩梨花，庭飛蝶粉，素彩縈窗凝素。銀裝十二闌干，喜逗烟光媚嫵。東風弄影，見吹起、半簾香霧。試麋丸、硯凍微烘，也效謝家吟絮。　細展誦、雲藍佳句。正亂撒、瑤花催賦。歌裁白紵輕翻，曲按羽衣低舞。漫揎羅袖，撥爐火、重添檀炷。眩雙眸、萬頃璚田，春在空香深處。

蝶戀花偶成

窣地簾波寒料峭。午夢惺忪，一榻茶烟裊。手撥殘灰添鵲腦。錦囊點檢焚餘稿。　倦倚銀屏愁悄悄。總覺心情，不似年時好。一髮青山雲縹緲。夕陽影裏看歸鳥。

金縷曲

自題生香館詞後，并寄林風、畹蘭。

往事思量遍。鏡臺前、雙眉青鬥，幾時曾展。費盡心魂詞百首，蠶老尚餘殘繭。認滿紙、泪痕猶泫。珍重寄君紅豆句，鎮相思、何日還相見。知兩地，共腸斷。　三生悔煞耽文翰，到而今、殘箋剩墨，依然焚硯。骨肉遠離知己別，對景不勝凄怨。料此恨、古今難免。烟水家山無恙在，到江南、重覓當時伴。算此外，無它願。

鬢雲鬆令春感和蕊淵一姊韵

玉琢相思金鑄泪。薄暝簾前，燕啄香泥墜。春色依然人事改。填就新詞，教與鸚哥背。　夢如雲，愁似醉。誰放風箏，吹墮秋千外。鏡掩葳蕤慵染黛。小病初瘳，怯怯輕寒耐。

百字令春夜聞雁

蘭釭花暝，聽沉沉蓮漏，閑愁如髮。况是殘宵聞雁語，叫得雲波欲裂。秋托蘆花，春憎燕子，辛苦關河闊。問君何事，年年來往天末。　從道繫帛傳書，當時塞外，此日何由達。知我淒凉身世感，除是窗前明月。憶弟情深，思親夢遠，泪揾羅襟濕。輪腸宛轉，此心能嚮誰説。

金縷曲

癸亥暮春初九夜，見月懷林風、畹蘭於吴中，時予將赴中州，感賦此解，即寄奉柬，不自知情之一往而深也。

月照梨花白。背銀屏、疏檠黯澹，薄寒猶怯。烟眠星摇青欲墮，幾樹香桃紅濕。恰正是、銷魂時節。夢影迷離歸路遠，聽啼鵑、染遍春山碧。飛不度、滄江闊。　柔腸細綴丁香結。想於今、去原有恨，住還無益。兩地相思終不見，何似翻然輕别。怕此後、更無消息。一點墨痕千點泪，看鸞箋、都漬殷紅色。數虬箭，四更徹。

百字令 題虎山玩月圖

香添芸餅，乍披圖省識，吾家太白。石上霜華看瀲灧，入夜游氛都滅。虚籟吟秋，明波瀉影，千頃頗黎徹。誰吹横笛，餘音空外如髮。　追昔金虎墳荒，吴宫劍冷，衹剩當時月。坐對層巒看轉碧，一綫烟痕新裂。錦瑟初停，嬌歌又起，好景無虚設。欲行又住，留連幾度難别。

前調 新秋即事

嫩晴庭院，見餘霞散綺、明河清淺。茶沸瓶笙香浥浥，刬地凉風似剪。燈暈孤青，烟摇瘦碧，夜色屏紗澹。井梧墮葉，飛來滿紙愁怨。　忽聽鈿釧聲聲，隔墻吹度，離思天涯遠。閑煞碧闌干外月，逗影潛窺銀蒜。病不禁秋，愁多怯夢，心較痴雲懶。無聊吟罷，羅衫泪點猶泫。

金縷曲 初夏兼山表母舅歸湖田

怕聽驪駒發。正無聊、將離開了，酴醾飛雪。我亦天涯商去住，一片鄉心難說。算人海、暫離鴻迹。爲有才名遭衆忌，祇五湖、風月容狂客。須不羨，二千石。河橋柳弱傷心碧。怪枝頭、聲聲杜宇，催歸太急。隨意烟霞收筆底，莫厭滄江遼闊。望珍重、雲藍頻達。信是古人詩句好，更那堪、客裏還傷別。寫不盡，巴歈拙。

前調 題碧城仙夢圖

縹緲瓊樓迥。正清宵、迷離好夢，游仙一枕。十二闌干波曲曲，紅杏枝頭香暝。却仿佛、舊曾游境，祇恐吟魂飛不起，仗天風、吹上三山嶺。明月墮，萬松頂。玉池蓮葉田田浸。怕回頭、茫茫塵海，幾層雲影。小倚碧桃花下立，右拍洪崖笑問。說此去、蓬萊遠近。同上瑶臺深處望，看五銖、衣薄星華冷。騎鶴背，碧天永。

聲聲慢

七夕招雪蘭、蕊淵、蘅芳、蓉清集生香館，分韵得同心結。

蘭雲擁鬟，麝月修眉，玉纖掐破瑶青。凉浸瓊鋪，炷香低拜雙星。女伴争纏連愛，嚮花前、重締新盟。蛛絲巧，看密牽卍字，細綴同心。宛轉愁縈萬縷，願絲絲和泪，扣入迴文。織女機中，年年錦織離情。悵望碧羅天遠，濕榆花、香露無聲。依稀聽，恍天風、吹下玉笙。

風入松 寒夜聽若瓊大姊彈琴同蕊淵作

凉烟如水漾空明。香篆細縈青。閑愁并入絲弦裏，滿疏林、散作秋聲。飛下半天哀怨，勝他瑟鼓湘靈。　夜深彈徹楚魂醒。空外有餘音。七條弦到無聲處，數峰青。□水泠泠。一曲瀟湘落雁，西風吹冷陰雲。

臺城路 冬夜書懷

茸窗悄悄籠鸚睡，蘭釭冷摇青暈。斗帳量愁，機絲織恨，央及霜風休緊。愁眠乍穩。怕叠鼓飄來，斷魂驚醒。似鐵羅衾，夜寒偎瘦碧紗影。　吟箋和泪折損，正珠繩歷歷，斜過金井。月澹垂烟，簾空化水，消得幾番清景。迴闌小憑。恁玉臂清輝，襪羅凉浸。依約遥峰，曉鐘烟外迴。

金縷曲 闌干

梵字隨花轉。正銷凝、孤鴻影裏，斜陽庭院。一桁翠簾波瑟瑟，依約隔花曾見。渺天際、嬌低徊怕嚮閑池館。十二雲弄晚。背立東風空徙倚，奈離愁、曲曲都縈滿。認千點，啼紅怨。剩依然、杏梁雙燕，惜春微嘆。寂寞海棠紅暈近，祇是看花人遠。再軟踏、苔衣尋遍。碧城天似水，嵌玲瓏、夜月春痕淺。又試拍，輕魂喚。

摸魚兒 久不得林風信，賦此代柬

夜窗虛、新正初破，驚心時序偷換。飛鴻去後無消息，誤入誰家庭院。春又轉，盼不到、梅花反怪東風懶。吟魂銷黯。正玉漏摇愁，翠烟迷夢，寒月照清怨。并州剪，難剪纏綿心繭。相思宛轉縈滿。隔帷燈映屏紗澹，微逗春星數點。離思遠，共萬縷、垂楊緑到江南岸。無眠憶遍。見蠟泪成灰，香心已死，難道此情淺。

臨江仙 寄懷雪蘭蕊淵林風畹蘭諸姊妹

記得桐花簾外影，愔愔小雨初晴。蕙爐烟冷罷調箏。傷春新病起，無力倚銀屏。對鏡妝成呼小玉，花叢曾否人行。恐驚蝴蝶一雙醒。栖香眠正穩，休去繫金鈴。

記得海棠花下立，珊珊瘦骨憐卿。智瓊嬌小太聰明。彈絲猶未熟，剛解畫眉痕。滿院凉烟春水暝，陰陰新緑如雲。閑看歸燕帶斜曛。珠簾慵不捲，風急亂春星。

記得當時游蜀道，送春天氣堪憐。盈盈十四正華年，嬌痴愁不識，逋髮尚垂肩。幾點疏星迷曉色，閑雲出岫如烟。喜登劍閣上層巒。萬山風雨裏，無處不啼鵑。
記得澡蘭時節好，彩舟争繞明湖。青綃半捻裹蜘蛛。匆匆看競渡，忘戴玉釵符。
百折
榴裙紅欲滴，個人風韻偏殊。畫闌鸜鵒笑鴉雛。日痕時過午，還縛小於菟。
記得風荷喧夜雨，燈前偷譜香詞。初吟未妥怕人知。人來佯弄筆，推畫海棠枝。
怊悵
彩鸞工寫韵，一方丸帕曾遺。真珠密字手親題。怕開金鎖匣，不忍見鄉詩。
記得飛璚邀避暑，藕花深處停艭。稱身新試越羅裳。迎凉團扇掩，同倚小蓬窗。
瓦鼎
焙茶消永日，冰甆花乳浮香。静吹蘭韵細評量。碧天疏雨過，烟外一痕凉。
記得秋河逢七夕，纖纖蘭月樓西。牽牛花下手曾攜。争持連愛縷，低拜祝星期。
碧露
泠泠吹袖濕，綉屏燭影光微。玉蕤烟冷鳳凰兒。待他珠斗轉，櫓綱幾絲垂。
記得曉妝匀面了，曲闌干外迴塘。無聊小坐擘蓮房。鴛鴦飛度處，風帶一絲凉。
放進
碧紗烟裏月，呼鬟吹滅蘭釭。緩移珊枕倚銀床。綃囊籠茉莉，冰簟夢魂香。
記得吹雲邀月姊，中庭吟玩更闌。金釵畫損碧闌干。瓊樓高處立，風露不勝寒。
寶鴨
檀絲縈篆細，惺忪短夢難圓。星房雲路恨漫漫。飛來愁一點，閣在小眉山。
記得雙成消永夜，圍爐共話無聊。燈前射覆罰香醪。愛看眉斂翠，腮斗暈紅潮。
笑撚
梅花低語道，月痕已度墻腰。醉扶小婢踏瓊瑶。怪他嬌黠性，得句倩人鈔。
記得錦江分手日，一襟離恨難兜。西風吹冷泪花浮。臨行還摻袂，欲去更回頭。
獨坐

茸窗情悄悄，月鈎鈎起新愁。凍雲如夢罨紅樓。却寒簾窣地，積素眩雙眸。

記得消寒圖四九，玉梅花下彈棋。冷香吹雪上新詩。紫茸低護鬢，斜戴辟寒犀。

屏山山六曲，夜來魂夢偏迷。柔腸凄斷五更時。天涯春又到，不解寄相思。

懊惱

茝香詞

二泉顧翎羽素撰

蝶戀花

亞字紅闌簾影繞。莫倚層樓，樓外垂楊道。極目天涯關塞杳。烟痕緑染江南草。風氣如雲窗影裊。無奈啼鵑，喚得春歸早。殘夢初醒寒料峭。閑將佳句調嬌鳥。

前調

露氣團空春院曉。翠暖紅香，半吐幽叢小。錯綉朱幡隨意造。隔簾影颭花枝杪。彈指韶華真草草。廿四番風，幽恨知多少。眉譜自描新樣稿。春山衹有愁難掃。

浪淘沙

花影鎖春眠。慵捲湘簾。墨痕濃染衍波箋。愁緒幾番拋玉局，試卜金錢。袖惹水沉烟。小立風前。羅襦緩帶瘦腰纖。樓畔垂楊空舞影，閑却秋千。

法駕導引

人間世，人間世，小謫廿年留。琪樹折殘滄海夜，瑤花吹碎碧城秋。天上有離愁。

瑤池上，瑤池上，异味出天厨。阿母待餐青鳳髓，麻姑手擘紫麟脯。游晏到金壺。

清虚府，清虚府，寶鏡影團圞。玉兔生依青桂樹，金蟆爬上白雲端。風露最高寒。

東華録，東華録，曾作散花來。凉月無塵鸞鶴夢，殘香有恨鳳凰臺。劫後辨餘灰。

太常引 七夕

烟蘿澹捲水雲輕。飛蝠拂簾旌。殘夜在中庭。移立傍、梧陰竹陰。　穿針樓畔，冰盤瓜果，往事記深盟。銀漢浪紋生。那忍看、牛星女星。

浣溪沙

椒閣春寒掩綺屏。曉雲如墨静愔愔。幽蘭憔悴惜餘陰。　慵製紅鹽翻妙曲，奈教白博冷瑤琴。爐烟微裊一痕青。

采桑子

碎蟲零杵秋聲攪，今夜西風。吹冷離鴻。爲問珠江路萬重。　雙環静掩秋衾薄，窗影微紅。幽夢惺忪。人隔蠻烟瘴雨中。

前　調

朦朧簾影梨雲薄，竹度風斜。月漾寒紗。冷逼雕梁燕子家。　夜深窗外聞轤轆，露井啼鴉。殘夢天涯。背壁秋燈墜碎花。

浣溪沙

秋到梧桐小院凉。晚烟消盡立殘陽。湔裙淺水上銀塘。　草夢冷迷青蛺蝶，花光暖覆紫鴛鴦。幾多往事費思量。

江城梅花引

獸鐶魚鑰閉重門。夜冥冥。倍凄清。敲墮殘花，秋暈落銀燈。偏是璅窗遲月上，映深竹，兩三星，逗冷螢。　暗風入簾人又驚。倚綺屏。觸綺琴。響也響也，響不住、一片凄音。

嗚咽銅虬，獨自數殘更。太覺迷離幽夢短，今夜裏，背梧桐，斷倩魂。

念奴嬌 水仙

沙明秋浦，作微茫淡月、波心輕墮。羅襪凌波烟翠外，一種輕盈微步。素艷凝霜，澹妝簪玉，皓質禁風露。天然標格，那教青女相妒。　問誰洛水移來，筠簾棐几，綠影摇窗户。獨抱芳心塵不染，汲取秋泉重注。嫩茁靈芽，香敷仙蕊，作計銀壺貯。伴子歲暮，冰魂冷到詩句。

邁陂塘 送蔄塘弟之都

顧翰 蔄塘

促行裝、征衫憔悴，醴陵賦就幽恨。牽衣訴到艱辛話，剪落小窗燈燼。朝雨冷。况趙北燕南、不是陽關近。離懷誰省。祗古堠吟蟬，津亭烟樹，人遠暮愁迥。　飄零苦，□嘆團圞情景。分攜况味初省。裁箋擘錦誰曾見，姊弟共聯吟詠。行計定。恐淼淼波空、望斷春帆影。歸期預訂。待蟹斷霜肥，漁莊楓晚，作速理歸艇。

附元作

悵離愁、燈前暗聚，團圞姊弟環語。從來離別尋常事，也值恁般淒苦。行計誤。算不抵、秋園憔悴相如卧。忍教輕負。想竹閣吟詩，蘆簾瀹茗，同聽早秋雨。分攜恨，惆悵萍踪去住。歸期更有何據。風塵笑我何曾慣，短劍便拋鄉土。歸夢阻。恐薊北、鶯花不是江南路。關山遠度。衹驢轡霜高，鷄窗月曙，詞好墜鞭譜。

臨江仙

寂寞青蕪簾不捲，春來多病懨懨。畫廊潑翠漾茶烟。斷腸芳草路，分手落花天。團絮搓綿紅袖冷，東風瘦影誰憐。可堪流水換華年。柳絲春似夢，扶影上秋千。

望江南

江南好，女伴鬥芳叢。緩束湘裙春水軟，薄梳蟬鬢綠雲鬆。低壓亞枝紅。
江南好，記得冶游朝。楊柳陰中騎細馬，藕花香裏泛蘭橈。烟晚水平橋。
江南好，最愛晚晴時。一縷斷紅收宿雨，半湖新綠漾菱絲。譜入竹枝詞。
蓉湖畔，樓閣是誰家。翠箔低窺銀蒜露，紅闌曲護綠窗斜。一樹刺桐花。

謁金門

梧陰碧。滿院秋聲蕭瑟。斜掩銀屏燈暗泣。小爐香欲爇。窗外芭蕉露滴。欲上玉樓無力。倚闌衹有玲瓏月。天澹秋河直。

清平樂

畫堂春曉。縹緑屏山繞。窗外娃鬟聲報早。一夜丁香開了。　壓雲寶枕凝愁。傷春人怯登樓。歷亂東風飛絮，任他撲上簾鈎。

臺城路 惜花

石闌紅甃胭脂泪，珠幡綉成難護。一抹凉雲，三分冷雨，催送春陰歸去。欲留難住。恐轉瞬韶華，粉消塵污。别有闗心，瑶階小立共花語。　情緒最憐春暮。有幾番香劫，燕惱鶯妒。細點苔紋，輕依草夢，總被東風曾誤。綺羅誰駐。問春縱歸時，欲歸何處。銷盡香痕，緑陰深院宇。

漢宫春 簪花

緑髪蟠雲，看犀簾乍捲，約鬢芳馨。瓊釵兩行低卸，雙彈蜻蜓。蘭烟蕙露，染湘鬟、金粉星星。回頭重、盤龍明鏡，鸞梳顧影掠蟬翎。　自嚮緑瑛瓶底，悵芳華欲墜，花瘦於人。賺伊鵝黄小蝶，繞住閑身。香凝寶鈿，冷紅蕤、莫倚瑶屏。春如夢、韶華小瑄，滿衣風露吹醒。

夜合花 護花

寶幄圍香，雕闌貯玉，梨花雙鎖嬌雲。嫩寒初褪，妝成鈿閣籠晴。裁鴛綺，綉星辰。倩護他、香雪繽紛。莫教那、殘烟疏雨，狼藉散芳塵。　韶華最易飄零。料也怯、廿番風信，珠泪瑩瑩。緗桃瘦損，不禁清露銷魂。描鳳牒，費泥金。寫璚箋、遥寄蓉城。倩東君、玉簫聲裏，留住春陰。

滿庭芳 花夢

素艷酣春，香魂醉露，寶闌低亞瓊鈿。朦朧凉魄，纖影傍秋千。一枕海棠濃睡，幽夢妥、蘸雨涵烟。誰相伴，有緑毛幺，鳳曾對春眠。　蝦鬚簾角畔，盈盈粉靨，新泪初乾。看暈紅褪粉，似怯春寒。零亂梨雲乍醒，驚回後、誰嚮誰圓。銷凝處，曉鐘樓閣，殘月又啼鵑。

前　調

紫玉釵斜，紅綿粉冷，倩魂依約誰招。酹伊鉛泪，檀暈沁鮫綃。願挽韶光留住，嚮東風、杯酒空澆。胭脂雨，簾紋輕漾，花落夢無聊。　烟痕微染處，蘼蕪春影，緑上窗寮。想幽蘭憔悴，最惜今朝。一片梨雲墮白，唱秋墳、譜入銀簫。傷心事，杜鵑凝血，鴛瓦碎青瑶。

燭影搖紅

澹白籠烟，抱花纖蝶迷無影。晚凉庭院暗香浮，紅鴨添銀餅。幽咽蛩螿斷井。又絮語、夜來相警。半枕雲垂，一簾月漾，秋痕銷凝。　紈扇拋愁，年光負却雙魚贈。誰傳錦字嚮秋河，依舊雲波冷。欲睡瞢騰還醒。問歸夢、恁時重準。銀箭流壺，銅荷飄泪，清砧敲暝。

壺中天 題蓮跌先生芙蓉湖棹歌後

迴塘數里，漸秋風剩緑、吹滿凉意。瀟灑閑園臨岸住，最稱幽人游憩。竹閣來漚，荷亭延鷺，曲檻通流水。相招蘭艇，還邀魚弟同載。　何殊泛宅龜蒙，筆床茶竈，寄賞塵囂外。從此雲波幽絶處，好聽魚歌欸乃。篷影遮晴，秋燈碎雨，幾度鱸鄉醉。湖干烟月，料應染遍吟翠。

踏莎行 題蓮跌小影

身世浮漚，塵區粟顆。圖中不似當初我。分明慧相海南來，妙蓮一瓣輕飛過。　貝帙清修，伽文香課。憑君到處參真果。蕭然瓢笠水雲中，更何意向禪關坐。

百字謡 觀魚

石闌曲護，看魚鱗細浪，緑涵幽渚。簇簇蒲梢抽短劍，演漾滿陂春水。吐沫浮花，香吹捲絮，没處圓紋起。藕邊墜雨，滿襟凉意如洗。更有葉底微行，漚邊暗避，橋影閑來聚。撒食競看浮水面，脱後猶争香餌。翠尾穿波，銀腮噀玉，潑刺空潭裏。池亭小立，波光明上眉際。

鳳栖梧

滿架凉陰遮翠幄。松鼠行邊，數點藤花落。一抹晚雲垂樹角。赭霞微襯湘痕緑。倦倚紗橱人睡足。小扇風輕，蛺蝶和烟撲。簾外忽聞聲簌簌，雪猧戲惹秋千索。

念奴嬌 題誦昭翠深小草集後

墨染烟驅，有孝標姊妹、何論忱謝。五色蠻箋螺子黛，漫向夜深謄寫。滿幅銀鈎，幾行鮫顆，願作珊瑚架。金荃一卷，紅珠掌上無價。總教新月疏桐，緑窗風細，倍把愁腸惹。篋裏雲山詩卷在，點入倪迂小畫。招損薔薇，劃殘竹粉，屐印蒼苔罅。香憔脂悴，飄零多少同社。

浣溪沙集飲水詞題馬誦光遺稿

浥浥紅箋第幾行。玉釵敲竹信茫茫。闌珊玉佩罷霓裳。　天上人間俱悵望，篆烟殘燭并迴腸。慈雲稽首返生香。

前　調

落盡繁花小院幽。夕陽無語下妝樓。濃華如夢水東流。　珠衱佩囊三合字，簟紋燈影一生愁。遺懷翻自憶從頭。

金縷曲題馬貞女誦光遺照

苦鶴遥天泣。灑秋風、蒼崖窅窅，冷埋殘魄。果是優曇纔一見，已見冰霜高節。誰更寫、愁紅怨碧。剩得蠹眠詞一卷，唱秋墳、山鬼應啼血。黄鵠眼、淚潛滴。　春容依約還如昔。爇心香、蓮華供奉，莊嚴仙骨。情到十分原殉義，歷遍粉灰香劫。抵多少、生天成佛。衹我傷心緣甚事，斷腸碑、怕檢胭脂筆。華月冷，度簾隙。

臺城路 闌干

紫桐廊畔春如畫，分明碧城十二。刻玉蟠螭，泥金寫鳳，短短迴文輕護。縈雲寶柱。恰界破方花，書成梵字。古礎苔衣，秋痕暈上幾重翠。誰教珠袖頻拂，怕桐華宵墜，吹遍青露。佛髻螺明，仙銖鈿滑，宮樣沉香小製。雪貍曾誤。祗呆覷庭陰，玲瓏穿去。冷壓柔枝，夜涼花欲語。

連環六尺珊瑚骨，遥通畫眉深廡。宛轉當階，盤紆映檻，隱約簾波如水。文蓮砌古。正涼雨湔泥，薜花凝紫。獨伫東風，愁痕凝上玉釵股。檐牙一角低敞，看冰梅紋淺，紅染秋字。剗襪行來，嚲肩并處，微露鵲裙金縷。緑塵吹起。又暗網牽絲，冷拈喜子。小揭輕羅，曲屏雙扇啓。

畫樓幾曲疑天上，天台落霞凝赤。碧濾屏欹，緑沉窗拓，縷縷烟痕疏織。月華重拂，記撫到銀簫，曼聲輕拍。涼轉芳陰，粉香飛過碧蝴蝶。　愔愔小苑深繞，記三山臺榭，七寶初飾。金葉雕蘭，銀泥圖菌，恰稱内家標格。麗情堪憶。憶茜袖憑來，一般顔色。碎墨零星，石根斜點筆。

流鶯啼遍含桃樹，溟蒙葉凉濃覆。嵌石紅凹，補花緑罅，小綴金鈴寶獸。古銅環鏽。乍搭上簾衣，海綃冰縐。小坐臨風，啼妝愁凝懶回首。　無端花氣吹冷，夕陽人倦倚，立近鴛毿。露擘蘭啼，雲分梨夢。六曲香檀寒透。綺亭深構。擬百琲低穿，五紋細鏤。芳徑無人，半庭紅影瘦。

踏莎美人

涼黯冰紗，冷抛玉局，輕摇絮夢飄幽緑。明簾烟影瘦風絲，依舊鶯愁燕恨可憐時。月約眉痕，箋裁蘭韵，雙魚知是人歸信。纖雲如水渺天涯，低屬啼鵑軟語莫驚花。

浣溪沙 憶琴清閣主

新緑飄烟約畫叉。一絲涼雨冷苕華。淺蕪幽黯隔窗紗。湘夢驚抛蘭信遠，絮痕影挂柳風斜。雙魚依舊渺天涯。

臨江仙

記得琴清妝閣畔，小紅闌角縈遮。關心夢不到天涯。暗拈紅豆子，何處寄瑶華。瘦到柳絲烟影碧，呼鬟啓了窗紗。傷春愁與病兼加。怪他鶯語滑，啼碎玉梨花。窣窣記得雛鬟窗外報，小亭開遍櫻桃。綉幡無力未曾描。偎屏嬌意懶，湘帙且須抛。簾波風似水，懨懨過了花朝。一痕新夢付芭蕉。憐他心捲處，愁重上眉梢。

記得小樓初倦綉，燕歸曲院簾垂。緑迷烟影鎖湘枝。苕凉明竹雨，雲黯冷琴知。　依約雙鬟窗外報，海棠風斷柔絲。裁箋拋局夜敲詩。孤花扶瘦夢，澹月倩新眉。

金縷曲

題黄仲則先生詞稿後，即和集中元韵。

展卷吟懷放。嘆斯人、文章歌哭，古今同望。豈止才華傾八斗，應是閑愁無量。休更似、落梅凄悵。鶴背風高仙骨冷，勝人間、塵土詩魂葬。星欲墮，月痕蕩。　玉笙寒徹瓊筵上。記當時、金徽按拍，狂吟清况。是否嫏嬛曾有約，歸去琳宫無恙。聽砧度、良宵深巷。静掩鮫紋秋夢瘦，冷西風、雪涴茱萸帳。誰擊碎，珊瑚響。

望江南秋閨

秋窗畔，烟裊一痕青。夜月冷欺蝴蝶夢，西風峭斷海棠魂。生怕近黄昏。

闌干畔，拜月試新妝。四壁蛩吟秋影瘦，一燈花落夜更長。往事不堪傷。

閑庭畔，風静約簾波。病骨怯眠愁夢斷，秋蛾緑損爲花多。彈泪背姮娥。

浣溪沙

魚子衫輕無限嬌。澹妝和泪濕紅綃。起來無力整珠翹。　鈴閣翠分湘女竹，綉床香影美人蕉。冷風凄雨過花朝。

浪淘沙

風影約簾波。摇漾紋羅。小紅闌底按清歌。摘得一枝梅似豆，笑打鸚哥。　燕惜落花多。銜襯香窠。梨雲夢醒奈愁何。開盡棠梨春又半，頻斂雙蛾。

何處杜鵑聲。不耐愁聽。珊瑚枕上解朝酲。吹落楊花飛作絮，又近清明。　雙燕拂簾旌。猩色圍屏，辛夷花底閉門深。一縷茶烟人不到，慵炙鸞笙。

菩薩蠻

相思初解拈紅豆。個儂偏替征人瘦。椒閣静愔愔。春歸蝶退翎。　緑窗寒意重。花底憐幺鳳。簾影曲闌斜。茶烟籠碧紗。

冰紗貼體凉如水。一庭竹影風敲碎。烟漾月横秋。嬌波泪暗流。　相思銷玉貌。怕與愁人道。小楷界烏闌。銀箋墨未乾。

前調 送蘭塘大弟游浙

傷心南浦江郎賦。鷓鴣省識離情苦。春草碧於烟。蓉湖送別天。長亭風景暮。帆指西泠路。今夜雨瀟瀟。楓江第一橋。

前調 懷蘭塘

桐陰澹映清於晝。湘花瘦傍秋千架。秋月冷蘼蕪。綠窗聞鷓鴣。停歌拋玉局。夢破西陵曲。昨夜雨如絲。離情憶柳枝。

前　調

湘花澹損紅脂面。獸環雙掩蘼蕪檻。箋小畫秋山。星娥翠袖間。纖雲凝夜紫。烟落迷廊處。桐閣冷拋書。琴窗月上時。

寒烟依約殘蕪碧。夜凉小夢忙秋蝶。簾影漾疏星。纖雲澹月痕。罷歌裁佩玉。遠信湘潮綠。花曉曳冰魂。雨絲飄曲門。

百字令 題琴清閣小影

桐陰澹凝，試輕衫小坐，緑窗琴静。彈瘦湘花雙袖薄，風約晴絲碧影。指冷調冰，弦清叩玉，眼底秋星近。茶烟扶夢，夜凉松雨催醒。　倦軫乍撫還停，纖抛幽素，可許知音聽。襟浣疏香，眉殘淺黛，鶴背聲凄警。描將吟思，粉箋紅泪微映。

天香 探梅惠山石浪山偕浣香弟作

我憶天涯人似玉，渺渺雲波芳訊。素影飄溪，暗瓊浮笠，珊枝海月初挂。薄絮愁香，冰霞凝翠，瘦蝶怯寒欲化。鳳簫韵遠，嘆珠閣、零紅將謝。探取鶴巢消息，倦游曲巷嘶馬。　踏歌尋春來也。寄江潭、魚書曾寫。小憑疏窗如此，吟懷高雅。寒静緑迷簾下。憐落砌脂痕半狼藉。爾許高情，傍籬繞舍。

齊天樂 殘梅

寒風飄落林梢月，歸來鶴聲凄苦。短閣埋香，破籬碎玉，不是牽蘿眉嫵。酒醒何處。對碧澗烟新，蒼崖雪古。瘦竹携將，江城吹入斷腸譜。　當時醉眠初倦，記膽瓶折取，簪上釵股。暖翠酣魂，痴雲抱夢，愁聽畫廊鸚鵡。春痕誰主。悵苔老孤岑，蘋荒遥浦。拂袖重尋，一襟涼似雨。

前調 新柳

夕陽影外吟情古，湖堤幾絲飄碧。輕染衫痕，纖描眉樣，離恨已堪消得。天涯怨別。見罨雨尋鴉，拂晴弄蝶。爾許青陰，津橋初醒倦游客。　寶釵樓畔行過，有嫩鶯幽語，啼瘦湘月。攧笛紅亭，拋箠香閣，憐我縞衣顏色。芳踪愁絕。待洗竹眠琴，補苔移石。折贈歸人，畫橈遲戴笠。

江城梅花引

涼枝嬌影過重門。是春痕。是愁痕。纖袖嬋娟，桐閣正拋箠。欲種蘼蕪芳苑改，飛紅近，傍簾前，墮玉雲。　曲廊。背語。初睡醒。霧乍冥。雨乍冥。望也望也，望不盡、一片春陰。瘦到夭桃，短柳坐啼鶯。惆悵珠塵容易隔，尋舊夢，有名香，難返魂。

衍波詞

仁和孫蓀意秀芬撰

金荃蘭畹，大都閑麗之篇；芳草夕陽，不少銷凝之句。樂府之製，緣情以生，溯源騷楚，語不尚夫倔奇；選律宮商，均獨取其清越。雖一千餘調，才雋之作爲多。而五百年來閨閣之音尤雅，《斷腸》《漱玉》，既響振於曩朝；海虞、吴江，復譽聞於當代。是則詩人之餘事，實爲女士所專門。屈指近時，盱衡秀淑。若尊古發藻，虞山佩珊揚華，歇浦季湘朗潤，琴瑟之律一均碧梧清新巽兑之爻競爽。其他四姓五陵之媛，不少六么三疊之傳，任長短而皆工，會句意於兩得，則《衍波詞》又其最焉。天邊問姓，盈盈水畔之人；花裏徵名，灼灼蓮中之的。胎瑶情於生小，地占湖山；馳鳳想於古今，家多載籍。朝霞作佩，錦綉隨其捲舒；明月爲胸，珠璣成於咳唾。芳辰待歲，早傳銘菊之辭；始卯有行，彌播頌椒之咏。紅絲一縷，倩冷月爲良媒；白玉交卮，羨洞仙之艷福。唱和之懷交暢，聲律之講逾精。或爐裊沉香，戀綉衾之殘夢；或妝閑斑管，拂鸞鏡之新妝。小別添吟，長箋寫憶。櫻桃花謝，緊簾外之春風；楊柳絲寒，瘦眉邊之秋影。芳情宛其繾綣，麗製申以纏綿。近嗣紅藕之音，遠接玉田之響。縫雲嘯雪，方此爲難；艷樹衡栖，眂兹蔑矣。僕粗聞鬲指，未諳過宮，交獲中郎，因知道韞，才慚東海，敢序玉臺？用詑示夫閨人，亦傳觀於同調。瑶華坐對，聊私譜其芳香；妝閣晝閑，倘重煩於訶潤。

嘉慶丁卯嘉平月二日德清許宗彦序。

蝶戀花

深掩重門春院静。又是年時，一段消魂景。未過花朝春尚嫩。柳梢漸覺黄金褪。睡起髻鬟斜不整。注罷沉檀，火滅香篝冷。簾外櫻桃花落盡。晚來幾陣東風緊。

點絳唇 落花

滿院繁花，無端吹落鄰家笛。風姨輕薄。不管人憐惜。斷紫零紅，補盡蒼苔缺。空愁絶。小鬟偷折。猶嚮枝頭覓。

蝶戀花 七夕

又見佳期逢七夕。烏鵲橋成，欲渡還嬌怯。一歲離情應更切。銀河執手低低説。莫怪天孫腸斷絶。修到神仙，尚有生離別。風露悄涼人寂寂。夜深獨向瑶階立。

相見歡

嬌鶯啄響花鈴。夢頻驚。又是困人時節近清明。楊花白。梨花雪。正新晴。睡起春風別院簸錢聲。

高陽臺 題李香君小影

曼臉匀紅，修蛾暈碧，内家妝束輕盈。長板橋頭，最憐歌管逢迎。無端鼙鼓驚鴛夢，悵倉皇、雲鬢飄零。黯銷凝。舊院春風，芳草還生。　桃花扇子携羅袖，問天涯何處，寄與多情。廿四樓空，白門明月凄清。江山半壁成何事，但蒼茫、一片蕪城。莫傷心，金粉南朝，猶剩娉婷。

百字令 次花海叔韵

清明近也，聽餳簫隔巷，吹來庭户。初試羅衣風尚峭，小立曲闌凝佇。柳學顰眉，花含笑靨，又見春如許。晝長人静，畫梁新燕雙語。　正值輕暖輕寒，釀花天氣，一霎晴兼雨。對此韶光須痛飲，莫説閑愁閑緒。三竺雲峰，六橋烟水，結伴嬉游去。藏鴉門外，一枝摇漾柔櫓。

沁園春 美人風箏

剪楮裁筠，塗朱施粉，多情欲迷。但如飛一去，渾疑劍女，任吹不動，却笑環妃。細骨玲瓏，芳姿飄渺，奔月行常似羿妻。鞦韆外，怪弓鞋一捻，穩步雲梯。　遥遥欲上還低。最好在、湖邊十里堤。怕巫神嫱妒，來行雨濕，封姨輕薄，肯借風吹。飛燕身輕，驚鴻態逸，天際紅霞映舞衣。絲兒斷，看緑珠墜也，倏下樓西。

點絳唇 冬夜不寐

閉却紗窗，月兒斜透窗兒縫。夜深寒重。懶卸釵頭鳳。數盡更聲，底事難成夢。愁千種。慵拈新咏。衹把燈花弄。

菩薩蠻

枝頭杜宇啼聲急。一簾絲雨和愁織。花事太匆匆。苔階甃落紅。晝長春綉懶。偏髻拖殘綫。斜倚小屏山。含情憶去年。

如夢令

又見東風欲暮。陣陣撲簾飛絮。一夜替花愁，人在小樓聽雨。無緒。無緒。衹得任他春去。

百字令 家邵庵叔花影吹笛圖

笛聲横處，鶴南飛、裂石更穿雲表。花霧蒙蒙，疏影澹、别有層樓深窈。孫楚閑情，桓伊清興，一曲超神妙。夜深人静，蟾光林罅低照。　凝想按徵移宫，含商吐羽，逸響應繚繞。忽被東風，吹散去、空際餘音猶褭。幾點遥山，半溪流水，花外鶯聲曉。披圖神爽，携尊來此聽好。

菩薩蠻 鏽毬花

叢叢晴雪闌干曲。東風碎剪玲瓏玉。蝴蝶打成團。梅花一蒂攢。　昨宵林影白。錯認團圞月。曉起捲簾看。羅衣生薄寒。

探春慢 蔣葆存學博蔣村草堂圖

山鎖空青，溪圍寒碧，幽栖近臨河渚。黄葉孤村，夕陽喬木，指點故園非誤。流水疏籬，外更繞屋、梅花千樹。想當把酒豪吟，暗香吹上詩句。　桑梓廿年心事。看三徑依稀，畫圖開處。清簟横琴，高樓弄笛，消得幽懷如許。何限閑風月，儘分付沙邊漚鷺。憑仗生綃，卧游障子描取。

柳梢青 青梅

細雨闌珊。江城四月，猶剩餘寒。青粉墻頭，綠陰枝上，一點如丸。　拈來個個勻圓。心怯處、盈盈味酸。笑蹙雙蛾，畫闌斜倚，纖手輕摶。

翠樓吟 秋柳

瑟瑟疏疏，蒙蒙澹澹，斜陽畫出秋影。自鶯聲啼老，渾不是鏡中眉暈。愁春夢醒。剩咽露涼蟬，抱枝凄緊。憑誰認。風流張緒，當年姿韵。　重省。當記年時，向灞橋驛岸，殷勤折贈。章臺人去遠，料近日楚腰消損。西風光景。看憔悴如斯，那禁離恨。長堤外，晚烟如雨，歸鴉成陣。

清平樂 夜宴

金尊瑤席。羅袖如雲列。堂上笙歌歡未徹。閑煞玉階明月。　舞餘蟬鬢惺鬆。當筵唱罷玲瓏。酒醒畫屏人去，燭花猶鬥春紅。

念奴嬌 東洋美人圖

風鬟霧鬢，記斷腸詩句，蔡郎曾賦。試嚮畫圖重省識，別是消魂眉嫵。衣曳鮫綃，釵横玳瑁，巧樣看梳裹。龜茲唱罷，背人小立無語。　遥想弱水東頭，三山宛在，定有神仙侣。玉雪雙趺高躡屐，壓倒南朝蓮步。雲海微茫，蓬萊縹緲，空惹愁千縷。真真須喚，彩雲莫共飛去。

水調歌頭 登六和塔

到眼忽金碧，塔影挂晴空。問誰爲此窣堵，卓筆寫蒼穹。最好憑闌長望，隔岸越山如笑，揖我白雲中。城郭渺茫際，鈴語墮天風。　登臨興，懷古意，兩何窮。是處江山洵美，韶景惜匆匆。莫話錢王舊事，惟有無情潮水，日夜自流東。欲去更回首，落日一江紅。

羅敷媚

玉階誰種梧桐樹，風也零星。雨也零星。作去得愁人不要聽。　病來心緒難消遣，怕也伶俜。争不伶俜。如此凄凉幾慣經。

洞仙歌 澹吟軒十姊妹花盛開席上作

清明過後，漸愁春懷抱。小白蔫紅故相惱。正梨雲墮粉，桃雨霏香，纔開處、又被蝶喧蜂鬧。芳名呼姊妹，絶似嬋娟，顧影相憐惜嬌小。最好是輕陰，作去暖烘晴，更添得、晚來斜照。且莫負、東風賞花期，便百罰深杯，也須判了。

邁陂塘 題薛可庵蓮景圖

渺臨流、翩然一葉，載將涼意如許。湖波十里澄於鏡，翠蓋亭亭無數。須小住。怕狼藉、紅衣魚浪吹香去。嫣然欲語。正曉雨初收，清風徐拂，棹入最深處。　漫容與，何必尋盟漚鷺。携來弄玉佳侣。冰紗霧縠清無暑，恰稱凌波微步。看屢誤。試照影、明流人與花同嫵。新詞待譜。更添寫雙鬟，横吹短笛，唱徹鬧紅句。

瑞鶴仙 水仙花

芳姿矜素質。倚輕寒、亭亭倩影玉立。羅衣翠綃織。但黄侵宫額，粉塗檀頰，簾飛細雪。對屏山、惱情脉脉。憶開時嘗是，殘年未許，蝶尋蜂覓。　高格雙管描香，孤弦寫韵，稱伊清絶。凌波步淺。涼露濕，生塵襪。論丰標罄弟，梅兄怎比，别是珊珊仙骨。記瑶臺月底，歸來黄冠半側。

青玉案 余慈柏廣文秋江獨釣圖

烟波萬頃秋無際。一夜扁舟摇曳。自把漁竿凌渺瀰。緑蓑青篛，浮家泛宅，合號元真子。　漚盟鷺約何須計。西風起鱸魚正美。釣罷船頭還獨醉。荻花無數，斷鴻幾點，江色蒼茫裏。

喝火令 題許玉年茂才亡室照

明慧同徐淑，才華似大家。春風容易落曇花。試問歡期幾許，屈指半年賒。　妙倩傳神手，描來萼緑華。生綃依舊臉如霞。比似年時，略瘦一些些。比似年時初見，無語翠鬟斜。

祝英臺近 露寒小立圖

花明簾，柳暗月。漸昏黄時節。初换羅衣，悄傍玉階立。過了挑菜佳辰，秋千院落，還直恁、輕寒惻惻。　漫凝憶。應惜似水華年，無言倚瑶瑟。香冷薰篝，綃帳正愁入。須知露濕蒼苔，被他蟾影，偷照見、斷紅雙屧。

摸魚子 家尋雲叔醉墨圖

愛淋漓、金壺墨汁，麯生風味差近。醉鄉別有閑天地，都付墨鄉管領。塵慮屏。看十指、酣嬉、百幅鸞箋盡。龍蟠虬影。正興溢臨池，人如中酒，此意問誰省。徵故事，長史當年堪并。狂來幾度濡頂。芸窗研席沉吟久，風雨驟驚筆陣。斜又整。便題遍羊裙、更寫幽蘭韵。叔善墨蘭。瓶梅香沁。擁萬軸牙籤，一床斑管應比百城勝。

賀新凉 題紅樓夢傳奇

情到深於此。竟甘心、爲他腸斷，爲他身死。夢醒紅樓人不見，簾影摇風驚起。漫贏得、新愁如水。爲有前身因果在，拌今生、滴盡相思泪。憑喚取，顰兒字。瀟湘館外春餘幾。襯苔痕、殘英一片，斷紅零紫。飄泊東風憐薄命，多少惜花心事。携鴉觜、爲花深瘞。歸去瑶臺塵境杳，又争知、此恨能消未。怕依舊，鎖蛾翠。

緑意 新荷葉

田田無數。自第三橋畔，遥接洲渚。榆莢同圓，柳綫難穿，翻解買將春去。折來未是佳人鏡，全不礙、游魚躍處。愛乘凉、幾點蜻蜓，立嚮中心擎住。那似鬧紅時候，采香人未到，若個延佇。點點青青，散漫澄波，已覺清芬徐度。碧筒待到非觴日，又一葉、一花相嫵。記西風、撩亂池塘，剪燭夜深聽雨。

擷芳詞 題冷月吟

離鸞咏。黄門痛。拈豪泪滴瑶箋凍。愁無據。情如許。碧海青天，玉人何處。蘅蕪夢。何時共。翠鈿零落釵頭鳳。傷心語。渾難訴。挑燈寫盡，斷腸詩句。瓊簫盈盈靨。長長眼。鏡中愛煞春山淺。多情月。無圓缺。夜夜樓頭，清光同挹。斷。行雲遠。可憐好夢如塵短。無情月。争知得，依然來照，水晶簾隙。

洞仙歌

畫堂銀燭，照氤氲瑞氣。吉日良時是誰筮。看門闌、喜聚冰上人來，人争羡，兩座輶軒太史。

曉妝雲鬢掠，玉鏡臺前，試點青螺暈眉翠。偷撿彩羅箱，倏脱雙金，循環意、袖中私繫。怪無語、人前鎮含羞，算衹有菱花，知儂心喜。

菩薩蠻

沉沉漏箭催清曉。鴨爐猶剩餘香裊。吹滅小銀燈。半窗斜月明。綉衾金壓鳳。好夢同郎共。含笑語檀郎。何須更斷腸。

虞美人 題美人釣魚圖

芙蓉落盡秋風冷。蓼溆蕭疏景。雲鬟三兩薄妝成。十二紅闌小立逞娉婷。金鈎釣處游鱗起。攪得波紋碎。誰抛石子響漣漪。須信隔花影裏有人窺。

畫堂春

鸞鏡翠鬟慵理，象床斑管停拈。不知是病是愁添。鎮日懨懨。容易年華過盡，好天良夜休嫌。玉梅香隔一重簾。月細風尖。

百字令 題吴時田黄海奇葩册子

繽紛照眼，問其中、誰作司花令史。翻盡群芳新舊譜，不信人間有此。瑶草琪花，瀛洲方丈，此地非耶是。殊芬异態，便教德裕難記。聞説雲海黄山，木蓮花放，數里氤氲氣。身作迦陵五色鳥，飛入衆香叢裏。金鈕珠冠，鶊群蝶翅，一一徵名异。今宵夢繞，三十六峰烟翠。

賣花聲

歸去郡城東。曾記相同。玉梅花下小房櫳。燭影摇紅人倚醉，綉帳香濃。小別太匆匆。好夢無踪。幾回追憶轉惺忪。擬托新愁憑燕子，訴與春風。

柳梢青 陳寶摩學博空山采蘋圖

碎緑交加。幽人一棹，小艇輕划。春水生時，青山畫裏，閑采蘋花。高吟得句偏佳。憑説是、苕溪若耶。花信風柔，苎羅衫薄，詩意凉些。

滿庭芳 美人春睡圖

數遍花鬚，吹殘柳絮，無聊掩上窗紗。深深庭院，簾幕幾重遮。漸覺相思意倦，壓綉衾紅玉欹斜。丁寧意，畫梁燕子，絮語莫驚它。知伊，當此際，人兒見否，幽恨空賒。乍墮來釵鳳，鬆却鬟鴉。摇漾柔魂一縷，倩楊花、扶向天涯。誰催覺，枕痕印處，雙頰暈朝霞。

天香 秋燈

灰燼銀荷，苔生雁足，漢宮舊製誰見。照破秋心，拋殘蠟泪。最怕昏黃庭院。長門雁過，多分是、不勝清怨。記否巴山同話，西窗那回曾剪。　幽閨夜闌人遠。祇影兒、與伊相伴。挑落金蟲紅粟，釵頭猶顫。聽盡梧桐疏雨。正斜倚、熏籠夢初斷。簾罅風來，一星微閃。

奪錦標 染指甲

麂眼籬邊，蛩聲砌畔，又見鳳仙開矣。尋遍露叢輕摘，碎搗金盆，染成霞膩。似唾絨點點，早一夜、春生纖指。惹檀郎、時泥人看，驚笑是彈紅泪。　七夕星期又是。乞巧筵前，女伴穿針偷比。更較唇間脂暈，臂上砂痕，一般妍媚。怕猩紅易褪，遮莫向、銀塘頻洗。試瑤琴、月底携來，彈作落花流水。李玉英事。

憶秦娥

桃笙滑。晚凉睡起慵梳掠。慵梳掠。鬆鬟半軃，玉釵□□。　蒙蒙澹月窺簾箔。畫闌一葉梧桐落。梧桐落。秋風又到，小亭西角。

惜黄花 菊

秋高碧宇。黄花□□，□□孤，正霜林、愁紅初舞。佳節近重陽，憔悴東籬暮。問人意、也應如許。楚騷有句。幽蘭同賦。話餐英，早湘潭、那時人去。簾捲恰新□，記年年開處。甚長是、滿城風雨。

鴻雪樓詞

錢塘沈善寶湘佩撰

憶江南 早春

風一陣，漸漸扇微和。楊柳烟開青似染，池塘水暖緑生波。疑是鏡新磨。

臨江仙 江樓晚眺

樓外長江江水上，流水東去沉沉。白雲出岫本無心。遠山浮淺黛，明月冷疏砧。來往蒲帆渾不定，忘機沙上閑禽。漁歌高唱緑楊陰。個中饒野趣，此外少知音。

一剪梅 衝寒圖

瀟灑吟情在灞橋。杖拄詩瓢。驢踏瓊瑶。陽春一曲調應高。梅正香饒。雪正蕭騷。自是清狂逸興豪。一任寒驕。肯負今朝。竹籬茅舍露山坳。幽景難描。幽思難消。

虞美人 送春

問春欲去歸何處。怪底春無語。商量無計把春留。又見杜鵑啼血蝶含愁。落花飛絮多情緒。也欲隨春去。闌干十二獨徘徊。剩得青青滿眼是莓苔。

西江月 絡緯娘

聽爾絲繅五夜，令人轂轉三更。可憐錦字織難成。金井闌邊露冷。亦有機聲軋軋，何須燈火熒熒。夢回明月半窗横。一片梧桐疏影。

河滿子 寒雁

捲地朔風陣陣，過江征雁行行。底事勞勞無定迹，祇緣辛苦隨陽。清夜月明人静，殘星幾點微茫。毛羽誰憐豐滿，書空枉費文章。嘹唳一聲愁欲絶，蘆花兩岸飛霜。玉笛小樓吹罷，碧天萬里何長。

前調 寒閨

簾幕低垂静夜，蘭膏撥盡深更。燈影模糊梅影瘦，篆香暖拂雲屏。已覺愁魂欲斷，那堪雨又淋鈴。　幾度思彈緑綺，誰家正理瑶箏。　卸罷殘妝纖手冷，霜風和月穿櫺。　無奈夜長人倦，薰籠倚到天明。

前調 寒山

寂寞疏林落日，凄迷衰草黏天。　一片凍雲歸遠岫，倪迂畫筆幽閑。　祇少尋梅踏雪，隔溪遥指吟鞭。　笑向春花叢裏，妝成秋樹村前。　轉眼風光都不是，空餘寒霧寒烟。　幸有停車歸客，還來石徑流連。

前調 寒砧

幾陣金風送響，誰家玉臂生寒。　霜袖聲聲聽斷續，攪愁驚夢無端。　催得樓頭刀尺，工夫徹夜難寬。　共月敲來漏永，隔林傳去溪喧。　惹起羈人無限恨，故鄉極目關山。　何事年年輕別，却令遠念衣單。

巫山一段雲 瘦

攬鏡頻相訝，痴心却笑儂。　不知何事攬情衷。　消削到眉峰。　簾捲西風悄，黄花寫影工。　縱教形與鶴相同。　元是沈家風。

如夢令 春暮

纔罷杜鵑啼血。又見楊花飛雪。碧蘚綉柴門，虧得落紅點綴。休説。休説。好鳥枝頭惜別。

前調 不寐

半壁燈光孤立。一縷爐烟弦直。夢斷小樓中，何處數聲長笛。幽絶。幽絶。恰好疏簾澹月。

南樓令 病中對菊

無力理殘妝。傷心泪數行。整雲鬟、翻累高堂。寸草春暉猶未報，扶瘦影，倍淒惶。　駒隙逝流光。東籬菊又黄。憶滄桑、回首茫茫。十二闌干秋寂寞，還是爾，耐風霜。

喜遷鶯 和簫樓師秋感

秋光澄澈。又落葉瀟瀟，吟蛩唧唧。幾杵疏砧，兩行新雁，更勝杜鵑啼血。惹得羈人哀感，製就新詞凄絶。低唱罷，覺愁腸自斷，愁眉頓結。幽寂。簾捲起，菊影扶疏，正一庭霜月。欲問嫦娥，相邀青女，同話廣寒宮闕。底事天邊蟾影，祇照人間離別。吟望處，對蒹葭，露冷暮雲空闊。

踏莎行 閨友以秋海棠見贈調此報謝

青粉墻邊，碧闌干右。神仙丰度元韶秀。釵横鬢亂態何慵，西風吹得胭脂瘦。割愛分來，同心許覯。冰壺貯□嬌難綉。風流誰得似卿卿，願爲蝴蝶長相守。

浪淘沙

窗外雨瀟瀟。祇在芭蕉。惹人愁思又今宵。寒逼羅帷蓮漏永，睡鴨香飄。把卷費推敲。烟水迢迢。玉人何處教吹簫。二十四橋明月夜，杜牧魂銷。

前調 紅樹

青女曉妝殘。脂盒傾翻。和霜研露潑人間。染得千林如錦幛，圍住青山。花事盡闌珊。誰駐紅顔。葭蒼水白雁聲寒。記得停橈斜照裏，緑鬢同看。

小闌干 早春

無情造物有情天。欲問總無言。一片愁城，四圍愁陣，腸斷又今年。生涯如此何堪病，觸目倍淒然。楊柳風和，梅花香冷，春也學寒暄。

如夢令

纔過禁烟節後。又值餞春時候。無語對東風，淚濕斑斑羅袖。休驟。休驟。忍見綠肥紅瘦。

解語花 題陳相之先生近湖山館小照

一篙綠水，四面青山，山水皆韶秀。東風晴晝。蘇堤外、十里平湖春透。小桃細柳。看西子、芳容依舊。棹烟波、合有高人，艷福頻消受。　蘇白風流誰復，有參軍此日，經綸抱負，平原特綉。管湖山、預兆他年太守。詞傳紅藕。誇勝迹、應多吟友。和陽春、畫倚新聲，按拍慚予後。

鳳凰臺上憶吹簫 寄慰簫樓師悼亡

雲散星沉，鳥啼花落，魂銷南浦歸舟。任萬般離恨，百種閑愁。都付西風黄葉，隨帶水、衹嚮東流。空相約、南枝梅綻，誰續斯游。　悠悠。蟾圓易缺，偏潘岳多情，頓折鴛儔。怪嫦娥底事，遽返瓊樓。疇把鸞膠再續，彈别鵠、數盡寒籌。寄魚書，丁寧青鳥，早到明州。

滿庭芳 題二十四橋明月圖

萬樹垂楊，六朝金粉，繁華獨擅千秋。平山遠水，大可豁吟眸。無怪當年杜牧，銷魂在、十里紅樓。曾聞説，神仙富貴，跨鶴也來游。　勾留。却不道，春風明月，盡付名流。看珠簾半捲，緑蟻輕浮。飛盞狂吟未了，香塵遍廿四橋頭。誰還問，玉鈎斜畔，芳草暗生愁。

點絳唇 早春寄步珊姊

簾捲東風，數聲花外聞啼鳥。此時懷抱。知有愁多少。　離恨年年，應被青山笑。春還早。萋萋芳草。緑遍長亭道。

前調 聽雨

夜雨聲聲，杏花消息何堪問。小樓人静。澹煞殘燈影。　自笑浮漚，何苦縈愁悶。當前境。花元薄命。争奈天生定。

醉太平 秋夜

風聲雨聲。蛩聲漏聲。作成一片秋聲。却教人怎生。　詩隨境更。愁隨境增。不堪愁緒詩情。總黄粱未成。

鳳凰臺上憶吹簫 寄蘭仙妹□光作

眉列春山，眼横秋水，天涯能不魂銷。况琴書落拓，蓬轉萍飄。不信離家幾日，纔餞歲、又是花朝。花朝矣，紅情寂寂，緑夢苕苕。　無聊。闌干十二，曲曲倚將來，衹合吹簫。奈玉簫聲遠，清怨偏饒。惟有多情明月，仍來伴、客館吟瓢。應相笑，沉腰瘦去，不減推敲。

前調

流水行藏，浮雲踪迹，茫茫碧海青天。嘆光陰易逝，歲月難延。底事離愁别緒，抛不去、心上眉邊。愁都艷，芙蓉秋雨，芍藥春烟。　堪憐。彩豪揮脱，徒縈得蠶絲，萬縷纏綿。縱詩成白雪，舌長青蓮。究與生平何補，誠不若、桃李無言。空惆悵，瑶臺十二，弱水三千。

滿江紅 渡揚子江感成

滾滾銀濤，瀉不盡、心頭熱血。想當年、山頭擂鼓，是何事業。肘後難懸蘇季印，囊中剩有文通筆。數古來、巾幗幾英雄，愁難説。　望北固，秋烟碧。指浮玉，秋陽赤。把篷窗倚遍，唾壺擊缺。游子征衫攙泪雨，高堂短鬢飛霜雪。問蒼蒼、生我欲何爲，空磨折。

一剪梅

夏日湖上憶蘭仙亡妹，蘭仙號湘娥。

偶逐閑鷗泛緑波。纔聽菱歌。又聽蓮歌。湖光雨後鏡新磨。山擁青螺。鋪展青羅。　風捲松聲逸韵拖。似鼓雲和。不見湘娥。眼前景物盡如它，柳比雙蛾。頰比新荷。

踏莎行 題蛺蝶圖

花落花開，春長春短。游絲裊裊東風軟。美人獨立正無聊，往來鳳子情偏眷。　芳草神迷，海棠夢暖。亂紅如雨揮羅扇。愁它化作彩雲歸，却教飛入鵝溪絹。

浪淘沙 題梨花海棠

清酒爲愁澆。夢影苕苕。闌干倚遍轉無聊。忽見階前雙艷影，不覺魂銷。　春事已花朝。脂粉香嬌。更憐紅綫伴雲翹。最好溶溶明月夜，銀燭休燒。

解語花 題梅花

竹外橫枝，小橋流水，正孤山清曉。春寒料峭尋舊夢、仿佛衣香縈繞。多情翠鳥。猶向我、嚶鳴不了。想冰姿、元是神仙，無怪紅塵杳。　何日巡檐索笑。更尊傾東閣，堂開玉照。詞裁麗藻。留芳影、金屋深藏窈窕。橫斜夭矯。且圖寫、癯仙風貌。任江城、玉笛頻吹，不怕春光老。

浪淘沙 題芍藥

昨夜夢揚州。廿四橋頭。香風吹上小紅樓。十二闌干圍錦綉，艷我吟眸。　對此抵封侯。婪尾春留。澹烟微雨助嬌柔。金帶圍開徵吉兆，紅紫誰侔。

前調 寄步珊姊

無計展眉頭。秋在心頭。暮天新雁起汀州。欲把遠書交與寄，又怕沉浮。　簾捲月如鈎。累我凝眸。離懷渺渺水悠悠。料得有人同悵望，十二層樓。

鵲橋仙 題紅綠梅

江南江北，水邊月下，一樣橫斜疏影。昨宵花底獨尋詩，又驚得、霜禽夢醒。　香生絳雪，寒生翠袖，絶似羅浮仙境。折枝欲寄隴頭（□）［雲］，應不怕、東風吹盡。

鳳凰臺上憶吹簫 聽雨

半響廉纖，霎時湔湃，忽然颯颯蕭蕭。正黄昏近也，分外聲驕。扶病小樓凝聽，聽屋角、飛瀑奔濤。淋鈴曲，何須重譜，已足魂銷。　飄飄。迷離恍惚，好似駕孤篷，一葉乘潮。想枝頭紅杏，應負花朝。贏得愁懷如織，幸窗外、未種芭蕉。無眠夜，釭花□□，還檢香燒。

鵲橋仙 七夕

夢回蕉雨，凉生銀漢，到此際鵲橋填未。神仙那有别離情，笑下界、謳吟多事。　碧天雲净，瑶階露冷，曲檻幾回閑倚。聰明誤盡世間人，肯乞巧、再添愁地。

燭影摇紅 題陳雨橋先生詩集

七寶裝成，風雲月露供描寫。浣花箋紙界烏絲，尺幅龍光射。□□酒旗□□。□□□、□□□□詫。剪燭重翻，焚香細讀，塵襟頓謝。　佇看春風，杏花壓帽容相亞。狀頭合付謫仙才，人鏡芙蓉下。方顯文章聲價。不負了、題橋司馬。□□□□，新句添來，玉堂清話。

滿江紅 題吴蘋香夫人花簾詞稿

續史才華，掃除盡、脂香粉膩。記當日、一編目睹，四年心□。殘月曉風何足道，碧雲紅藕渾難比。問神仙、底事謫塵寰，聊游戲。　寫不盡，離騷意。銷不盡，英雄氣。儘緑箋恨托，紅牙興寄。浣露迴環吟未了，瓣香私淑情難置。倘金針、許度碧紗前，當修贄。

前　調

流水高山，念今昔、幾人同調。况又是、金閨博士，玉臺仙藻。幼婦從來工織錦，美人自古傳香草。倚新聲、玉笛譜霓裳，知音杳。　花影畔，予懷渺。簾影外，東風悄。憶梅窗韵冷，梨雲夢繞。翠袖紅羅人隱約，暗香疏影詞飄緲。丁亥冬日，曾以步珊姊所繪之紅綠梅幅索題，承填小令，情致纏綿，令人神往。謹題成、尺素寄蓬萊，煩青鳥。

前調題□竹樓詩集

緑水芙蓉，羡幕府、詩才清絶。繼玉茗、低吟紅豆，高歌白雪。北固西風供作賦，南徐畫燭欣留客。泛烟波、聽徹碧簫聲，揚州月。湖海恨，泥鴻迹。古今事，烟雲滅。看江山如此，都歸彩筆。一捲龍光騰寶劍，千秋慧業傳瑶笈。爇名香、浣手細披吟，心先折。

滿庭芳寒夜對月憶蘭心夫人

滿地霜華，一庭月色，碧空萬里無雲。流光又盡，能不惜冰輪。遥望廣寒宫殿，鎖葳蕤、清絶纖塵。多情甚，素娥青女，耐冷照愁人。去年當此際，萍飄蓬合，説劍論文。自西風別去，神返瑶京。堪嘆人間聚散，轉輪與、皓魄三分。徘徊處，暗香浮動，梅影又横陳。

滿江紅重渡揚子江

撲面江風，捲不盡、怒濤如雪。憑眺處、琉璃萬頃，水天一色。釃酒又添豪杰泪，然犀漫照蛟龍窟。一星星、蟹嶼與漁汀，凝寒碧。千載夢，風花滅。六代事，漁樵説。祇江流長往，銷磨今昔。錦纜牙檣空爛漫，暮蟬衰柳猶嗚咽。笑兒家、幾度學乘查，悲歌發。

前調 登金山妙高臺

破浪揚帆，江心寺、者番纔到。又何异、人來弱水，身游蓬島。頓覺胸中天地闊，轉憐眼底江山小。御天風、我欲逐雲飛，情縹緲。　追往事，重憑吊。尋勝迹，窮幽窈。想蛾眉偉績，才人麗藻。玉帶鎮山風雅擅，鼓聲振夜烟塵掃。捲秋風、仍是舊波濤，伊人杳。

浪淘沙 舟行晚景

漁火兩三星。烟水冥冥。一行新雁起遥汀。辛苦天涯緣底事，也學飄萍。　何處唱瓏玲。腸斷聲聲。記曾好句賦湘靈。一樣曲終人不見，江上峰青。

滿江紅 端陽感成

死別生離，半年内、肝腸寸裂。數恨事、萱花萎露，荆枝壓雪。痛泪揮殘千點雨，孤懷映徹三更月。望霜幃、何處覓慈雲，悲無極。　天中序，蒲榴節。思去歲，傷今日。記西湖競渡，命題援筆。彩綫教搓長命縷，霞觴曾晋延年席。剩孤兒、孑影奠杯羹，空嗚咽。

浪淘沙 平湖秋月

皓魄映平湖。一顆驪珠。琉璃萬頃水平鋪。月色波光同浩渺，人在冰壺。　山色有還無。入望模糊。一聲漁唱出菰蒲。柔櫓忽驚鷗夢醒，詩境難圖。

前調 湖樓聽雨

霎霎復蕭蕭。梧葉芭蕉。松風四面捲波濤。并作秋聲成一片，夜雨今宵。　秋思本無聊。夢又迢迢。二分涼意透輕綃。來日湖邊新漲碧，擬泛蘭橈。

采桑子 秋夜不寐用獨木橋體

桂花香靜宵初永，露冷無聲。月澹無聲。月露無聲伴有聲。　聲聲祇嚮疏窗度，四壁蟲聲。萬樹秋聲。來助樓頭夜讀聲。

蝴蝶兒 秋海棠

點秋光。傍銀墻。嬌紅淺白鬥新妝。緣何號斷腸。　艷極神難寫，吟多齒亦香。紅絲葉背粲成行。西風蝶夢涼。

虞美人 冬夜聽雨

打窗落葉聲蕭瑟。寒氣燈前逼。病來詩思已無聊。添得者般情景，助魂銷。　霜鴻陣陣飛何急。豈有愁難説。一番疏雨一番風。知否有人憔悴，小樓中。

南樓令 聞雁感懷

霜柝已三更。思親夢不成。憶當年、血泪交迸。遍覓稻粱供菽水，甘旨計，苦難盈。　聽徹一聲聲。教儂恨更生。嘆天涯、雨雪飄零。燕雀安能知抱負，翻笑汝，字縱横。

意難忘 春夜聽雨憶孤山梅花定多零落輾轉不寐感而倚拍

一葉輕航。嚮孤山深處，載酒尋芳。疏枝花綴雪，冷蕊玉霏香。疑翠袖，映紅妝。爛漫鬥春光。步蒼苔，未能輕別，生怕斜陽。　歸來兀自難忘。悵詩魂蝶夢，不度瀟湘。何堪連夕雨，更轉九迴腸。人無寐，恨偏長。花露定飄颺。想廣平，心同鐵石，尚賦篇章。

蝶戀花 春暮

柳絮簾櫳春欲暮。極目天涯，那是春歸路。紫燕黄鶯啼不住。似曾解得文通賦。自浣薔薇吟麗句。緑展芭蕉，邀我臨懷素。無那吟懷消不去。微雲又漏催詩雨。

菩薩蠻 題拈花圖

胸羅錦綉文如鳳。才人合受名花供。三叠奏清平。春風鰲背行。黄粱猶未熟。妙手傳金粟。參透大乘禪。拈花一莞然。

風入松 讀鏡花緣作

瑶池春暖宴蟠桃。仙樂奏雲璈。花神月姊無端甚，逞機鋒、魔劫先招。上苑群芳已放，山中棋子猶敲。黄粱夢醒鬢蕭蕭。舟泛海天遥，异國神山游歷遍，老書生、清福能消。纔把奇花手植，誰知仙籍名標。

前調

孝娥千里遠尋親。生死幾艱辛。玉碑已現閨英榜，强歸來、伴結佳人。賦茗久欽黑齒，頌椒同步青雲。　蜃樓海市幻中因。意蕊艷翻新。胸中塊壘消全盡，羨蛾眉、有志俱伸。千古蘭閨吐氣，一枝筠管通神。

丁酉中秋後四日蘋香姊吴藻拜讀僭選

玉雨詞

新建曹慎儀叔蕙撰

叙

《玉雨詞》者，新建女子曹慎儀著。慎儀，前禮部尚書文恪公孫女，今兵部侍郎雲浦先生女也。適同里顧光禄。清昕侍郎於余爲從舅，舅母吴夫人素知書，止生慎儀一人，髫齡授五經卒業，女紅餘事耽尚吟律，猶工詩餘。其至到者，雖《漱玉》《斷腸》諸集不能過也。先是，吴夫人以余昆弟於慎儀有一日之長，每有篇咏，多屬賡和，故其詩詞余收録爲多。及夫人殁而慎儀之學已大成，顧子又才士，閨房酬唱一時媲美。會今天子以《全唐文》蕆成，下録事於榷淮使者。廣陵固墳典之肆，槧工雲集，有王氏者，爲弇山尚書舊人，往歲靈岩梓本多出其手，江南稱良工焉。時余伯兄預司校勘，乃以所藏慎儀長短句若干首授之剞劂，而余爲誌其事。至於裁雲鏤月之製，澒香滴粉之奇，誦其辭者莫不知之，故略之云爾。

嘉慶丙子五月儀徵汪全德識。

沁園春 秋夜病懷

爐篆烟微，瓶花香澹，寂寞倚櫳。對秋檠一點，寒蛩四壁，紛然離緒，和夢匆匆。綉幕低垂，玉鈎不挂，倦倚薰籠怯晚風。難消遣，任病顔憔悴，瘦影惺忪。　樓頭又過飛鴻。縱繫帛、天涯信怎逢。望萬山霜木，自憐凋碧，滿階落葉，誰更題紅。疏懶心情，凄涼懷抱，吟盡秋聲恨未工。銷魂處，見半彎殘月，扶上孤桐。

青玉案

疏窗緑映梧桐樹。怎約得、西風住。怕聽依依蛩泣露。花闌獨倚，粉鬟閑數，祇覺芳時誤。　寒塘影暗飛鴻度。猶記當時送春路。一霎凄涼秋又暮。白雲黄葉，翠簾朱户，總是牽愁處。

金縷曲

題擷秋圖，圖寫美人佇立，手拈紅豆，微睇若有所思。

小立顰蛾處。黯消魂、香奩記曲，紅牙按譜。謾説櫻桃春恨重，不道悲秋更苦。似金谷、飄殘玉樹。怕共朱顔輕擲去。倚湘簾、懶更調鸚鵡。算總是，團圞誤。　凄涼好夢成虚度。憶當時、花前舊誓，疏星暗數。一點離愁吹不散，却被西風約住。欲寄向天涯道阻。珍重同心牢綰結，待相逢、又恐情難訴。試看取，泪痕嫵。

月上海棠 聞雁

曲屏香燼烟絲絶。聽悲凉、雁去聲嗚咽。病裏詩魂，更春歸、落花時節。江南遠，遥望雲波萬叠。喚回鄉夢關情切。嘆飄零、也似人離別。謾説傳書，又還愁、一行吹滅。空凄斷，殘影虛窗冷月。

小重山 春夜

門掩梨香小院幽。緑陰青欲滴，雨初收。雲波微斂月光浮。心緒懶，獨自莫登樓。好夢也難留。那堪思舊事，惹新愁。湘闌倚遍晚風柔。花露冷，春影上簾鈎。

武陵春 桃花

燕掠紅襟修竹外，微雨濕穠華。細葉柔條映碧紗。簾額鎖晴霞。莫逐流波飛絮去，飄泊又天涯。香夢還留伴杏花。春影夕陽斜。

浣溪沙 和韻

春到閑庭風信知。一簾細雨養花時。嫩寒紙帳夢回遲。　柳綫織來鶯尚小，芹泥掠處燕初歸。尋芳又近踏青期。

滿江紅 風箏

細篠纖羅，倩誰把、春光巧結。正晝永、秋千人倦，尋芳初歇。萬種閑愁吹不散，一生離緒牽難絶。願天涯、有路莫飄零，香塵劫。　蝴蝶夢，輕於葉。鴻雁影，看難别。鬥韶華若許，清明時節。花落共嫌苔徑雨，絮飛同愛雲樓月。恍東風、吹墮小金鈴，和枝折。

蝶戀花 暮春

杜宇啼殘春又暮。午夢初回，寶篆籠香霧。惟祝東君須少住。莫教容易催歸去。　一院飛花兼落絮。雨雨風風，斷送春如許。倚遍闌干無意緒。滿懷愁思和誰語。

謁金門 春夜

天乍暝。深掩重門人静。獨對一燈青耿耿。香銷蓮漏永。　夢被鵑聲喚醒。斜墜玉釵慵整。料峭春寒花訊冷。窺簾殘月影。

清平樂送春

天涯離恨。春盡愁難盡。衹有枝頭鶯語近。不管粉殘香褪。一簾烟絮輕吹。銷魂怕説春歸。又見夕陽深院，東風點點花飛。

揚州慢

露濕紅妝，烟縈翠黛，東風尚逗春寒。正金猊香燼，懶倚碧闌干。又岑寂、經時小病，任秋千花外，鎮日長閑。更黄昏，細雨，愔愔蝶夢闌珊。鎖窗人静，但鶯巢、燕子呢喃。□見説飄零，紅絲曾繫，誰報平安。贏得春來秋去，傷離别、憔悴芳顔。怕韶光易老，名花還帶愁看。

賀新涼元夕

風暖傳柑夕。望雲樓、水晶簾捲，蟾光乍挹。妝點星橋春色好，萬朵金蓮堪摘。漸九陌、游人初集。簫管踏歌聲遠近，衹含愁、獨向花陰立。疏影澹，暗香襲。尋梅問柳無消息。憶當時、輕車寶馬，燈紅月碧。不似而今心緒懶，對景翻成凄惻。枉贏得、鮫綃泪濕。火樹銀花還是舊，嘆悲歡、離合人非昔。回首處，總陳迹。

前調 和韵

燕子歸來又。鬥輕寒、廉纖細雨，清明時候。綠遍階前芳草色，妝點韶華依舊。更消得、幾回僝僽。綠暗紅稀春漸老，恐凄凉、花也如人瘦。衹愁繫，萬絲柳。　瑣窗一縷香消後。夢初醒、者番憔悴，非關病酒。別有傷心無限意，試問東風知否。怎吹去、眉間顰皺。記得當年彈指處，到而今、泪點盈衫袖。思往事，怕回首。

前調 荷花

香泛横塘路。愛天然、風裳水佩，凌波仙步。看盡春英無數艷，争及一枝嬌嫵。驀花底、星星凉露。綠意紅情銷不盡，儘飄零、秋怨同誰訴。被凉思，幾回誤。　含顰欲語無人處。整風鬟、芙蓉鏡裏，濕雲飛度。萬縷愁絲牽不斷，誰識芳心獨苦。又蘭槳、摇來烟渚。三十六陂開遍未，恰宜它、素手纖纖數。載明月，過前浦。

少年游 題楊柳岸曉風殘月圖

帆影横江蟬聲咽，暮秋色滿長亭。無限離愁，尊前怕聽，一曲按秦箏。　凄凉今夜知何處，魂斷酒初醒。兩岸垂楊，半彎殘月，又帶曉風行。

吴山青 聽雨

雨絲絲。漏遲遲。簾幕低垂枕獨欹。閑吟聽雨詩。　響荷池。戛梧枝。香冷燈昏夢覺時。愁心祇自知。

采桑子

虛亭如水爐烟裊，月颺湘簾。露濕春衫。小立苔陰翠袖寒。　花魂蝶夢牽愁思，盡屬眉尖。欲展偏難。最是黄昏獨倚闌。

绿窗春去詩懷懶，冰繭銀鈎。病裏都休。祇有茶鐺藥碗留。　浮生百事渾如夢，欲遣閑愁。偏上心頭。宛轉迴腸不自由。

南鄉子

虛幌嫩凉生。庭竹蕭疏玉漏清。何處吹來深夜雨，聲聲。故向芭蕉葉上鳴。　睡鴨裊烟輕。静掩屏山剔短檠。滿耳砌蛩吟不住，更更。驚破秋窗夢怎成。

念奴嬌 暮秋即事

飄殘疏雨，又秋光九十，匆匆過半。庭竹蕭蕭楓染絳，小院簾櫳低捲。幾點蛩聲，數行鴻字，九畹芳蘭綻。西風吹老，眼前秋色清淺。一派暮景蒼然，當時宋玉，偏自多愁感。誰解秋深幽意好，別有賞心無限。況屆題糕，一城風雨，蟻緑螯黄滿。寒英頻摘，短籬又泛金盞。

前調 陶然亭秋望

雷聲車走，訪城南勝地，正逢佳日。瑟瑟凉颸天末起，幾點鴻聲嘹嚦。曲徑通幽，危亭孤聳，獨向疏窗立。蕭然晚景，惟餘楓色凝赤。一帶遥堞彎環，斜陽西下，暮靄晴峰碧。冷澹蘆花明遠水，飛起半天晴雪。雅稱秋深，偏宜雨後，砌菊香輕襲。可堪憑眺，臨風吹徹長笛。

前調 題葬花圖

困人天氣，聽聲聲杜宇，送春時節。自是彩雲吹易散，早向枝頭消歇。風雨無情，韶華似夢，草草過三月。殘英難綰，柳絲多化香雪。堪嘆瘦盡詩魂，綺窗病起，忍見春光別。

斷粉零朱飄泊感，獨把花鋤凄絶。香土埋愁，紗囊貯恨，和泪凝成血。此時幽怨，祇伊鸚鵡能説。

黄金縷 題梅邊美人紈扇

小院梅梢開雪又。索笑閑吟，雅愛巡簷後。苔徑疏疏香暗透。有人悄立黄昏候。　澹月空蒙雲影逗。夢杳羅浮，料峭寒侵袖。春色年年還似舊。東風知否人憐瘦。

浣溪沙

杳半含紅柳半烟。遲遲曉日壓雕闌。夢回斗室篆香殘。　乍暖乍寒初永晝，忽陰忽霽困人天。東風料峭懶鈎簾。

清平樂

幾番風信。又是殘春近。病起心情岑寂甚。贏得帶圍寬盡。　日長倦理瑶徽。一簾烟雨霏霏。寄語春元如客，杜鵑莫更催歸。

青衫濕

海棠枝上春將暮，吹盡幾番風。一年好景，花朝草草，寒食匆匆。困人天氣，雨收苔徑，雲澹長空。流鶯啼老，落紅庭院，飛絮簾櫳。

小闌干

疏窗小篆裊絲絲。風勁捲簾遲。澹日籠雲，遠山銜雪，又是歲寒時。閑吟索笑巡檐畔，幽趣有誰知。無限寒香，一番春信，先上早梅枝。

病懷懶更理桐絲。斗室夢回遲。最是嚴寒，偏難將息，風雪小春時。日光彈指斜陽近，花外影先知，獨坐虛窗，擁爐閑聽，凍雀噪寒枝。

柳長春題日暮倚修竹圖

滿徑烟雲，一天暝色。含愁獨傍湖山立。也應有泪灑風前，湘江舊恨空陳迹。翠袖寒生，苔陰露濕。闌干幾曲玲瓏碧。疏枝倚遍總無言，此時心緒無人識。

浣溪沙 題蝴蝶便面

堪愛南國春色妍。徘徊香徑獨留連。嬌黄嫩緑戲蹁躚。最是東風吹易老，謝家池館更堪憐。纏綿幽夢落花天。

前調

料峭春寒透素綃。困人天氣正無聊。小窗一縷篆烟消。出谷鶯兒頻唤夢，窺簾燕子又營巢。簾纖細雨近花朝。

柳梢青

可奈東風。韶華吹老，節序頻更。今夜花朝，來宵寒食，後日清明。那堪細雨黄昏。正剪燭、西窗獨聽。冷濕花魂，驚殘蝶夢，滴碎蕉聲。

醉花陰

怕説尋芳消永晝。又是黄昏後。寶鴨懶添香，獨檢芸奩，往事思量否。滿懷愁思濃於酒。泪早盈羅袖。燈燼夢無成，花影沉沉，簾幕東風透。

錦堂春

鳳炬尚留殘泪，鴨爐猶裊餘香。鳥聲驚起江南夢，檐額透晴光。　澹澹烟籠竹徑，霏霏露濕花房。粉鬟閑數芳叢裏，蝴蝶上釵梁。

留春令

竹館香銷，緑窗夢斷，嫩寒如許。倦整鸞釵，閑調珍鳥，教盡新吟句。　又恐韶華容易去。撩起春愁緒。無聊却被，半簾花霧，吹落絲絲雨。

聲聲慢 聞雁

燈昏香燼，屏掩簾垂，霜風剗地凄緊。冷落東籬，還是送秋將近。忽聽數聲哀雁，下虚窗、一行雲影。似怨語，感離魂，過盡也無鄉信。　月浸寒塘烟暝，嘆孤飛，斷葦欲栖難穩。水遠天長，博得雪泥纖印。歧途更憐矰繳，望關山、偏多別恨。又幾度，訾愁暝、清泪獨揾。

玉漏遲 咏燈

緑陰涼月暗。風簾欲下，紗籠初捲。病起支離，瘦影怕教重見。紅豆珠光一點，繫多少、春愁秋怨。思無限。香殘漏盡，酒闌歌散。　曾記舊日蘭閨，正刻燭分題，尚嫌宵短。爭似而今，衹解照人腸斷。況對疏窗冷雨，更獨倚、熏篝挑倦。鄉夢遠。心緒落花零亂。

齊天樂

疏陰月上垂檐樹，冷浸緑窗深處。小篆香縈，畫屏燭冷，一片秋心難訴。流光暗數。憶緆翠簪紅，柳橋蓮浦。回首東風，歲華草草竟虚度。　霜天更聞雁語，又殘宵唤起，羈恨如許。砌葉凋黄，籬枝剪碧，怕説飄零秋去。凄凉別緒。嘆春夢無痕，渺然難據。往事思量，似輕烟斷雨。

惜分釵

傷離緒。腸斷句。病懷凄凉送秋去。懶巡檐。怕憑闌。燈移虚幌，月下重簾。懨懨。　愁似繭。眉如綰。難道今生終莫展。漏將殘。泪空彈。夢隨香斷。心共灰寒。潸潸。

浪淘沙寄外

往事怕思量。易斷離腸。捲簾又見燕歸梁。聞説嶺梅春信早，誰寄江鄉。　愁繫柳絲長。無意尋芳。鎖窗鎮日懶添香。一任庭花開復落，風雨淒涼。

探　春

酒不澆愁，詞難排悶，空把玉罍傾倒。爐篆銷香，鵑聲啼夢，又報綠窗清曉。菱鏡慵窺影，祇照我、憂多歡少。說甚紫陌韶華，獨對閑庭靜悄。　春色終憐草草。嘆柳未垂絲，心先縈繞。春至還愁，春歸易近，風裏落花如掃。尚有經年泪。和露濕、綠梢紅杪。幾曲迴闌，猶記那番曾到。

沁園春　闌干

掩映花間，隱約簾前春痕數重。見橋橫水榭，湘紋遙接，廊環幽徑，亞字疏通。錦幔難遮，金鈴無礙，一抹斜陽下綉櫳。堪憐處、護綠陰宛轉，香影玲瓏。　舊游怕覓芳踪。憶數遍、東風冷露中。正閑吟柳絮，玉纖輕拍，倦調鸚鵡，翠袖微籠。寂寞人歸，依稀夢斷，愁似迴腸九曲同。空惆悵，剩年來別泪，相共凝紅。

夜行船　送春

萬緒千頭誰與語。憶年時、舊銷魂處。垂柳千絲，斜陽一抹，記相送天涯路。　飛絮依然吹暮雨。更何堪、別情離緒。芳草連天，東風剗地，祇夢裏隨它去。

高陽臺

露片銷紅，烟絲颺碧，梨花庭院深深。怕捲朱簾，月痕移近芳陰。依然春盡長安陌，甚催歸枝上啼禽。恐難禁。瘦褪湘衣，病擁羅衾。無聊更自添愁緒，見蘭缸微閃，蓮漏遥沉。過盡飛鴻，魚書還盼江潯。離懷渾似爐香冷，漸成灰、一寸檀心。斷魂吟，水闊天長，有夢難尋。

壺中天慢

碧窗似霧，正爐烟輕颺、屏山深閉。鎮日閑庭春寂寂，過盡養花天氣。挂柳殘陽，滴蕉細雨，總是凄凉味。病懷蕭索，錦箋書就慵寄。漸看花到將離，草成舊夢，忍把雕闌倚。香涴苔痕紅泪濕，薄暮東風又起。有限韶華，無邊愁緒，非復當時意。一杯婪尾，趁春歸去猶未。

鳳凰臺上憶吹簫

落絮風微，濕花露重，暗香飛上釵頭。正凉陰小步，眉月如鈎。葉底聽殘杜宇，芳魂冷、好夢都休。銷凝處，一春幽思，更甚三秋。　還休。凄凉此後，便送得春歸，離恨仍留。望連天烟草，懶倚危樓。莫問海棠開謝，零紅泪、似我盈眸。空腸斷，焉能并刀，剪盡新愁。

水龍吟

空階落葉蕭蕭，飛來滿紙題紅怨。前塵似夢，新愁若織，縈迴在念。玉楮拈殘，烏絲折損，纔收又展。拚無聊情緒，耽眠擁被，才思盡，江淹管。　一縷水沈香淺。便病魔、料應經遍。天涯遥想，消閑也仗，藥爐詩卷。獨坐心情，孤吟滋味，秋心易倦。悵窗前，翠竹凝斑，泪漬盡離人染。

極相思

韶華愁度年年。都付斷腸箋。幾時得共，玉枰金盞，月底花邊。　香冷屏空心更怯，最恓惶、病起燈前。一點柔魂，十分瘦影，知倩誰憐。

瑣窗寒

細雨縈愁，長更怯夢，暗傷秋意。爐灰閑撥，消盡一痕心字。記當日、嬌小蘭閨，憨生那解悲凉味。怎韶華轉瞬，凄凄變作，者般愁思。　難寐。挑燈起。便玉管拈殘，苦吟非易。

縱寫離情，怎寫病容憔悴。想天涯、夢遠書沉，幾番盼斷闌干倚。看階前、楓葉飄來，也化胭脂泪。

憶舊游

甚新愁黯黯，舊夢星星，芳序同銷。鎮日簾櫳静，任鶯閑蝶老，過了花朝。撩人况是風雨，儘度别離宵。奈面借桃花，眉偷柳葉，容易春消。　無聊。閑覓句，記刻遍西窗，畫燭雙條。底事春如夢，又絮黏羅袖，香罥金翹。往事那堪重省，清泪揾紅綃。寄此意天涯，空憐信轉人更遥。

菩薩蠻題美人便面

曉烟濕翠花魂冷。藕絲衫薄春雲影。小步下迴廊。一枝紉露香。　簪環宜碧玉，纔稱秋眉緑。記否綉羅屏，鶯聲喚夢醒。

浪淘沙

斜日半庭陰。銷盡春痕。曇花小劫付金輪。底事些兒蛛網在，猶戀香塵。　又見藥闌新。莫也銷魂。浮生難據總如雲。知否來年春再到，可似而今。

醉春風 送春

莫把辭春酒。春來渾未久。綠窗病起試羅衣，瘦。瘦。瘦。覓句闌邊，簪香鏡裏，此情非舊。折盡長堤柳。往事休回首。雨絲風片送春歸，又。又。又。芳草無邊，春歸何處，問花知否。

瑶花 芍藥

塵消珠幄，風定晶簾，愛密陰低護。題紅品綠，知幾許、粉本當時閑譜。茶烟摇曳，又夢斷、銀屏深處。見彈鬟半、卸湘衣，倦倚碧紗春嫵。銅瓶小影團圞，便一嚮金圍，應念遲暮。含嬌欲語，問怎似、參破綺情芳緒。離愁懺盡，化冉冉、彩雲飛去。向琉璃綉佛臺前，冷沁玉盤香露。

天香 牡丹

葉上新詩，吟殘鸚鵡，驚回謝庭春困。謾拂冰紈，輕撚湘管，小白蔫紅相映。緩移纖腕，閑寫出、翠華春影。佩暖羅鬆膩霞，微暈宿酲乍醒。低徊寶闌又憑。罥霓裳、綠雲欲暝。玉潤珠寒偏瑩，粉奴香鬢。幾許胭脂泪冷。算未解、東風後來訊。艷照金蓮，宮袍眩錦。

高陽臺

暮春閑步花陰，忽一蛺蝶偶墮枝下，爲小鬟所獲。因念有限韶華，無多好夢，豈忍見其摧殘，復令放之，翩翩飛去，因成此闋。

露濕薔薇，香縈芍藥，依移艷挹春亭。驀地飛來，羅襟粉墮星。東風吹斷江南夢，倩何人、輕喚愁醒。更難憑、草留舊迹，裙化它生。　憶曾鄰苑尋芳去，有彩衣幻影，畫本題名。團扇低徊，謝庭知否重經。應憐雨暗烟枝冷，問何如、燭夜孤螢。囑從今、珍重花房，莫再飄零。

摸魚子

記仙源、夢中曾到，壺中別有幽境。深扃玉户無人迹，但見烟飄金鼎。誰管領。數十二城樓，萬點秋霞影。塵空日冷。便披霧成裳，摘星爲佩，飛上最高嶺。　幾回省。碧海茫茫，急景。白雲争似高隱。洪崖右拍靈岩畔，閑語華胥乍醒。斜照暝。看紫鳳凌風，吹出簫聲緊。蓬山未迴。問悟徹空明，何時再證，鶴背度滄溟。

大酺 春晚

翠筱波微，銀鈎挂，暝色漸迷烟樹。湘闌還倚遍，向緑陰芳砌，幾回閑步。樓角疏星，柳梢澹月，暗記篆香新炷。被鵑魂喚起，剩蛛網飛紅，燕泥零絮。又獨檢芸奩，展冰絲紙，賦春歸句。　楝花風信暮。望天外、極斷峰迴浦。慢贏得、青衫泪濕，玉笛聲寒，凄凉譜出霖鈴雨。悵小屏曲榭，渾不似、舊曾經處。更休問、愁何許。鶯花短夢，都付陽關倦旅。銷盡黯然離緒。

浪淘沙

簾影碧沉沉。静掩重門。華年逝水感瑶琴。任取塵絲添玉軫，慵拭紅巾。　莫道不愁人。夢冷花魂。等閑又是一番春。最怕斜風吹細雨，偏易黄昏。

烏夜啼

曲闌一抹斜暉。暮雲微。又見柳梢晴影，燕雙飛。　梨香院。尋芳倦。綉簾垂。生怕絮風花雨，送春歸。

夜闌玉篆香消。漏聲遥。獨自鈎簾新月，上花梢。　鄉夢斷。春燈暗。鎮無聊。閑疊紅箋小字，賦櫻桃。

卜算子

微雨濕紅蕉，臺徑飛香滿。百丈游絲漾曉風，怎説春難綰。六曲小迴闌，簾影花邊捲。試問愁心幾許長，宛宛垂楊短。

庭院深深

淡月疏簾凉翠館。一樣憑闌，惆悵韶華□。仿佛羅幃秋夢轉。燈摇瘦影屏山掩。絮亂花飛春又晚。有盡東風，無限離腸斷。驀憶當時眉暗斂。泪痕點點冰綃染。

沁園春草花

細綰銀絲，巧裁玉剪，錦片成圍。愛繁英爛漫，不愁漂泊，柔枝綽約，何用栽培。聽雨春歸，惜花人倦，惆悵芳菲點翠苔。無聊甚，倩飛蚨幾許，買得重開。應教蝶怨蜂猜。恰宛似、梢頭乍折來。向青銅鏡裏，緑鬟低墮，紫金釵畔，素手輕排。香借蘭膏，暈黏粉黛，謾整新妝曉夢回。相看遍，儘艷紅嬌白，獨讓燕臺。

齊天樂

玲瓏青瑣春痕隱，紅襟護香栖穩。紙帳寒生，銀屏夢斷，繚繞爐雲微沁。疏燈碧暈。聽鈴語烟叢，鵶摇露影。寂寞簾櫳，緑陰零亂晚風緊。　花邊玉闌倦憑，又朱銷粉褪，草深苔潤。點點凉星，纖纖新月，暗逗眉梢幽恨。華年自警。鎮病酒心慵，咏蘭才盡，曉鏡塵絲，怕催雙鬢損。

五彩結同心　紫丁香

艷奪辛夷，香偷甲煎，芳陰深護羅屏。獨倚斜陽裏，還堪愛、湘簾一桁同名。魏家春影歸何處，終難似、露葉雲英。須珍重、烟光細縮，莫教容易飄零。　曾記東風薇省，也依稀濃麗，宜繫金鈴。雪暈冰肌，珠融粉泪，脂痕澹涴星星。香塵陌上看花倦，又取次、開遍閑庭。紅窗畔、誰拈綬帶，同心小結初成。

望湘人

漸墻陰墮翠，簾影蜚紅，愁鎖一庭香霧。鬥草情閑，簸錢聲杳，消得茶烟一縷。夢冷西樓，自從別後，幾番聽雨。但天涯、燕子來時，仿佛那時絮語。　回憶離亭延佇。便鷓鴣啼遍，也難留住。悵雲水迢遥，説甚玉鱗尺素。衹今剩有，舊同游處。一抹湘蘭深護。更誰伴綉縷吟箋，寂寞小窗春暮。

古春軒詞

錢塘梁德繩楚生撰

卜算子

偶見王孺人詩，愛其『五更霜月欺燈影，一樹風雅續雁聲』句，因點竄成閨怨一闋。

永夜綉屏孤，香燼金猊冷。薄帷寒透五更風，霜月欺燈影。窗外鴉聲續雁聲，不管愁人聽。落葉斷魂驚，短夢仍無定。

拋毬樂

小雨吹凉濕桂林。畫簾不捲足秋陰。吟邊意共青山遠，閑處愁隨緑酒深。日暮空庭裏，北雁飛來動遠音。

阿那曲

風吹枯葉自相語。霜洗銀蟾澹如許。梅花也惜鎖窗寒，不放清香過窗去。

蒼梧謡

周生意有所惑，作此戲之。

休。漾碧波清浣舊愁。扁舟去，無計暫句留。

痴。遍繞闌干十二時。千金意，密密祝芻尼。

尋。倩影依稀隔桂林。迴廊遍，不覺曉風侵。

愁。鎮日無言獨倚樓。月如鈎，寂寞似寒秋。

思。一棹天涯怨别離。秋江上，可有載歸時。

望。烟水吴江恨杳茫。回春意，佛力仗慈航。

吟。拍遍闌干賦不成。明鏡裏，一夜鬢星星。

憐。詩骨伶俜聳瘦肩。情脉脉，獨坐小窗前。

猜。莫是春回燕亦回。沈吟處，幾度費詳推。

空。吹落春花不見踪。東風冷，何處覓殘紅。

百字令 題生香館詞稿

秋空琴響，是清商清徵、一般淒惻。雖乏鍾期山水賞，略辨弦桐燥濕。蘭秀空山，珠明午夜，露潔涼蟬翼。眉山未接，滿襟芳意先襲。爲想結習薰脩，浮幢香海，一寸靈心納。我亦絳河曾夢去，欲訪錦機消息。思比雲忙，才如花弱，怕被天孫識。新詞吟罷，幾回惆悵胸臆。

乳燕飛

『月白風清其有意，斗量車載已無名』，先夫子自挽聯也。偶有述及，棖觸悲懷不能自已，聊賦此闋，少抒感慟耳。

十載傷心者。向常時、憶猶未忍，那堪重話。漫説生平無長物，剩有綈緗萬架。先夫子平日語。悵烟鎖、當年亭榭。一點心兼師與父，課孤兒、月白風清夜。書未竟，泪如瀉。而今墓木將成把。幾時得、青箱願遂，笑含泉下。偶爾音容頻入夢，似在五三精舍。齋名。奈落葉、蕭蕭驚灑。縱使諸孤能樹立，恐慈幃、也易春暉謝。支病骨，肩難卸。

南浦 咏萍

水暖熨靴紋，怪無端、揉碎澄湖千頃。鏡影倚嬌酣，魚龍舞、一搦纖腰初整。飛花滚滚，爲誰催作春陰冷。便擬扁舟從此去，早有桃鬟相等。幾番皺損柔蛾，誤天涯蕩子，萍飄難穩。幸自不知愁，凝妝竟、莫向翠樓輕□。黏天膩緑，添它南浦魂銷盡。待得晚來風乍定，吹雨蒙蒙愁瞑。

醉太平 月湖秋泛

雲散銀鱗。山圍翠屏。蘭橈畫碎波紋。閃漁燈一星。　弦調素琴。杯斟緑醽。人行橋上三更。遍乾坤月明。

南鄉子 寄四兒邵武

迢遞阻關山。輾轉柔腸去住難。便是華堂開夜宴，愁看柏酒雖濃未解顔。　寄語且心寬。春水生時好放船。此夕衙齋清絶處，遥憐。爆竹聲中又一年。

前調元宵賦別

去住別離同。此日心情似轉蓬。勉嚮燭龍看鬥舞，玲瓏。香霧空蒙燈暈紅。　病怯柳絲風。纔唱驪歌意緒慵。骨肉江鄉千里夢，惺忪。回首雲山隔幾重。

憶江南示蘋香、穎卿

春風裊，相約倒金尊。楊柳綠遮堤畔路，桃花紅入水邊村。何處滌愁痕。

前　調

蘋香、穎卿即席見和，復拈此解。

重簾捲，排悶集吟尊。山谷詩名傳綉閫，夢窗春恨賦江村。秀絶墨花痕。

浣溪沙望三女不至寄之

病軀孱弱不勝衣。十數年來百事非。夢魂常繞舊京畿。　心爲傷多纔學佛，人因病久竟成醫。衰顔强駐待兒歸。

金縷曲

杭有章娘者，故隸山西裴中丞家，通曉音律，從師學琴以轉授女公子。中丞與高相國姚尚書密戚也。每會集，使章娘鼓琴，無不激賞。其後嫁尚書僕某。中丞歿後，隨其夫流轉武林，傭於人，任煩辱之役。偶至余家，爲余鼓琴，因言往事，感喟者久之。嗟呼！才人厮養，念華屋而悲生；商婦琵琶，感青衫而泪下。爲譜新詞，亦庶幾有以傳章娘也。

簾捲東風冷。正花前、鶯聲澌澀，半凋紅影。花外愔愔藏楚弄，玉手明徽相映。仿佛寫熙春麗景。忽作清商翻怨調，似秋空、朔雁飛無定。沙塞迥，夜霜警。一時四座無言静。斂絲桐、逡巡再拜，細陳萍梗。憔悴朱顔今已矣，夢斷紅樓金井。更那望、知音傾聽。柳絮浮雲根蒂杳，枉嬌痴、閲盡繁華境。訴往事，意悲哽。甲第河東冠。護芳姿、金籠翡翠，盈盈仙伴。記取雙名書綫夾，衹許鸚哥偷唤。塵不到、玉娥窗畔。香影花光初學步，太憨生、時博閨中粲。朝綉幌，暮雲幔。午橋池館清幽慣。頗憎它、新聲嘈囋，穿絲透管。唤取師曹教小玉，指點吟揉抑按。算衆裏、獨推心腕。生結名香焚篆鼎，傍妝臺、細鼓清音緩。五弄罷，月初滿。姻戚崔盧貴。倒金尊、蘭堂日午，廣筵佳會。軟舞嬌歌都過了，志在高山流水。催一霎、妝成奏伎。上客低徊頻注目，爲兒家、一洗箏琶耳。嬌顧影，自矜喜。當時祇解耽游戲。一年年、桃鬟高并，柳絲難繫。弱蔓孤根無處著，隨分縈依荆杞。也算做、花開連理。茵溷飄零元不定，判百年、人事長如此。渾不計，電光駛。金谷繁華息。更驚心、喬松鶴去，大弦聲急。絲管春風前日事，悲動白楊蕭瑟。對弟子、青娥暗泣。小隊銀箏零落了，玳梁邊、誰管雙栖翼。秋燕影，浪萍迹。燕飛萍轉錢塘客。鼓飛濤、泠泠江上，尊前鬢白。換羽移宫傳别恨，回首蓬萊雲隔。但海水、數峰摇碧。停拂銀鉤增悵惘，坐幽篁、爲譜胡笳拍。詞未盡，泪盈臆。

洞簫樓詞

山陰王倩梅卿撰

滿宮花 春倦

紉湘蘭，摧玉李。春事又過半矣。釀愁風雨近清明，都被林鳩喚起。睡曹騰。情旖旎。夢墮碧桃花裏。枕函無奈鬢雲鬆，扶向鏡奩重理。

浪淘沙

天眉空山聽雨圖，即用自題元韵。

雁字遠天橫。萬樹烟平。吹來急雨逗離情。聽到凄凉眠又起，挨盡殘更。空響四山聲。知是風生。小窗孤枕薄寒清。夢醒那禁愁況味，影瘦燈明。

甘州 次韵題小蓬萊山館詞草後

新聲吹入破訝天花，朵朵向空飛。怎愁濃似酒，才清似雪，語總依依。想見山橋水驛，到處遍留題。祇有懷人夢，不隔東西。　誰寫蓮臺小影，更招呼明月，照澈沉迷。祇吟情未了，中夜倚林扉。管聽取、旗亭傳唱，絶勝它、絲綉上弓衣。商供養、碧螺茶嫩，紅豆花低。

菩薩蠻 題天眉素春圖

裙腰一帶蘼蕪草。山深那許紅塵到。昨夜幾叢開。月明人未來。　雲依花夢穩。夢入瀟湘冷。何處著春愁。烟波祇似秋。

前　調

午窗人起桐陰轉。綠雲覆滿深深院。隔水一枝低。待它幺鳳棲。　小紅呼不應。知去催春茗。最好晚凉生。玉簫吹一聲。

醉太平 題蘭村湖上雲萍圖卷

山雲水萍。風吹合并。多君乞取詩人，爲西湖寫生。　蘇堤月明。白堤柳横。秋光不异前塵，祇寒山略青。

金縷曲 花影同竹士作

到眼朦朧極。記宵來、墻陰簾角，似曾相識。四壁横陳扶不起，愁煞棱棱玉骨。訝消瘦、比儂還怯。枝葉模糊香氣澹，恁空空、怎把秦宮活。工寫照，五更月。　渾身滴露何常濕。祇無端、銀燈狡獪，弄它明滅。幾度臨風教起舞，不管阿嬌無力。怪一霎、將人抛撇。胡蝶繞階栖未穩，悵成烟、紫玉誰能即。痴小婢，欲偷折。

前調 花魂同竹士作

何處尋君迹。怪春來、落紅成陣，苦催離别。斷祇因、風銷爲雨，受盡幾番磨折。渾不信、呼之肯出。除却東皇幡一首，便上天、入地應難覓。來婉娩，去飄瞥。　投箋曾向天公乞。好教他、封姨十八，深憐輕惜。彩勝高懸鈴漫語，禁住聲聲檐鐵。勸安穩、依栖香國。那用巫陽煩帝遺，有前生、蝴蝶能相識。笑剪紙，計非得。

減蘭 謝端和女史胡蝶椒囊之贈

春風吹送。昨夜蘧蘧先入夢。竟體氤氲。不是尋常花氣熏。　頌椒無計。孤負錦囊親贈與。忍便輕焚。扣扣相依過一生。

菩薩蠻 題月季花神像

深紅淺白番番換。生來不受春拘管。相對又思家。閨中曾種它。　惜花情鄭重。小倚闌干弄。儂意要親攀。和伊簪兩鬟。

剪湘雲

蘭舟居士寫湘夫人於扇，霧鬢風鬟飄飄有凌雲之意，爲填此解。

螺髻堆烟，鮹衣剪霧。問踏浪呼龍，幾度來去。木落天空秋渺渺，極目佳人何許。訝西風、寒到洞庭波，猶弄珠延佇。　惆悵岸芷汀蘭，寄愁無處。祇月姊封姨，相伴容與。犀佩玲瓏蛟帶緩，約住巫雲縷縷。顫芙蓉、仿佛降湘君，又神靈飄雨。

百字令

題劉淳齋先生《快晴小築詞》後。

天風海水，訝如椽大筆，壓他秦柳。那得珍珠千萬斛，撒向鸞箋亂走。手捉蛟虬，脚翻鸚鵡，當代知誰偶。狂吟高唱，一聲聲徹牛斗。　休嘆綉斧輕拋，朱門客散，雲氣成蒼狗。餘事千秋誇盛業，金印何須懸肘。絲竹閑情，蒓鱸俊味，天待公消受。旗亭畫壁，謫仙也合低首。

前調

酬季湘夫人見和前韵之作，并乞題梅影圖。

秦樓天遠，喜臨風咳唾、都成珠玉。艷織迴文清散雪，掃盡紅塵十斛。倚月徘徊，折花供養，那厭千回讀。相思難寄，幾宵夢繞金屋。誰憐吴市簫殘，雕梁燕冷，江海頻漂泊。極目夫人城在望，拚把受降城築。咏絮情深，班荆緣淺，愁唱將離曲。畫圖無句，姮娥應笑人俗。

前調

叠韵送淳齋先生之邗上，兼謝聯額之贈。

杖履春風，得幾回親侍、便歌折柳。祇有湖上芙蓉月，隨著文星西走。鶴館聽簫，荷塘打槳，合喚神仙偶。元龍氣盛，高吟醉酌金斗。漫誇圍解青綾，詞翻紅豆，畫虎終疑狗。何意報瓊重握管，不怕汗揮襟肘。筆勢騰虹，墨光浮藹，福薄難消受。留公不住，花前再拜稽首。

前　調

孫平叔孝廉招同竹士陪侍淳齋先生爲管社之游，歸述其勝，三叠前韵。

拍天烟水，問何人卜築、遍栽楊柳。險絶獨山門兩扇，攔住太湖東走。環石爲城，誅茅作屋，結構原非偶。此間小隱，折腰肯换升斗。　最憐蟹簖連村，菱花拂棹，到處喧鷄狗。大好清風來四面，頓覺凉生雙肘。螺髻千層，波濤萬頃，把酒同消受。累儂神往，夢醒幾度搔首。

前調 酬淳齋先生見贈之作即次元韵

古人不作，笑紛紛餘子、浪誇綉虎。何幸洞庭張廣樂，肯和蕢洲笛譜。宦海波平，英雄氣斂，戲狎漁樵侣。梧窗把卷，吹來瑟瑟風雨。　可惜彈鋏偏遲，識荆已晚，未得依梁廡。剩有小詞供研削，樂府新題重補。駿骨徒存，蛾眉羞畫，人世誰堪語。埋憂無地，朗吟恨别諸賦。

前調

蘭舟爲盆石寫照，玲瓏入妙，屬填此解。

層巒叠嶂，怪秦人海上，驅之而走。幻成小有仇池穴，邱壑天生結構。青蝕苔痕，白蒸雲氣，皺瘦真無偶。瓦盆清供，論交惟爾還久。　却喜潑墨隨形，拈豪寫照，排立蒼髯叟。展卷芸窗相比并，便石也應點首。化訝通神，潄思礪齒，珍重藏懷袖。癖逢米老，定教下拜求友。

前調

季湘世姊索寫梅花長卷，題此奉贈用前韵。

幾生修到，算梅花有福、得依弄玉。祇是清寒貧骨相，那值珍珠百斛。挂月枝斜，扶烟影瘦，相伴人雙讀。道春去也，一分留貯金屋。　徼倖雪立程門，經傳馬帳，畫理時評拍。墨瀋淋漓香滿壁，頗憶快晴小築。千點含愁，數行留別，好當陽關曲。前身漫擬，恐它姑射嫌俗。

滿江紅 題姜冶夫晴郊放犢圖

一抹濃陰，恰遮斷、溪西茅屋。祇白石、徜徉林下，獨驅黃犢。千澗雲迷斜照澹，十圍柳卧春波緑。算眼前、受享幾何人，田園福。　塵十丈，京華轂。米五斗，天家禄。儘紛紛金紫，那如君樂。扣角無歌栖隱好，耕烟有地平生足。况神仙、肘後授奇方，能醫俗。

江神子 歸吴門舟中作

隔宵相約戴星行。醉難成。夢難成。草草妝梳，吹燭等鷄鳴。不是征人留不住，有無數，暗愁生。　芙蓉湖水接天平。望歸程。算歸程。帆飽東風，已過短長亭。多謝龍山相送遠，林缺處，一螺青。

長相思 雨夜

風瀟瀟。雨瀟瀟。燈暈紅星不耐挑。夢兒和泪抛。　醒無聊。醉無聊。似恐離人魂未消。隔窗多種蕉。

菩薩蠻

女伶索贈，即書其便面。

梧桐雨洗池塘碧。捲簾花氣絲絲濕。紈扇晚生凉。步摇簪鬢雙。冰綃通體薄。合喚玲瓏玉。記聽四弦秋。月明人欲愁。

前調 題袁麗卿夫人所繪弄玉小像

彩雲飛盡銀蟾吐。凄清自按瓊簫譜。濕透緑羅裳。人間風露凉。娉婷誰比擬。合嫁神仙婿。璧月下秦臺。招它騎鳳來。

前調 題巫娥小像

巫山月落楓林黑。朝雲暮雨尋無迹。何處楚陽臺。美人來不來。風鬟兼霧鬢。誰寫天然韵。一笑記曾逢。昨宵殘夢中。

浪淘沙 馮玉如月夜聽簫圖

酒醒夜凄清。何處簫聲。被風吹斷又零星。知有幾多愁思在，訴不分明。想得薄寒生。露濕簾旌。沉吟還自繞階行。依約碧桃花底影，斜月三更。

踏莎美人 何夢華西湖買春圖

山黛舒顰，柳眉展喜。何郎買得春歸矣。銷魂親指與嬋娟，知否十年夢繞斷橋邊。　簾捲花梢，妝成鏡裏。五湖一舸差堪擬。篷窗人影望如仙，願化鴛鴦飛傍總宜船。

昭君怨

殘夢一絲記起。衹是無頭無尾。小倦倚簾鈎。懶梳頭。　真個風狂昨夜。滿地櫻桃花謝。雙燕語闌干。訴春寒。

緑意 緑牡丹

花開頃刻。把好春占斷，穀雨時節。小院迷離，一片烟光，誤它蜂蝶尋覓。誰擎翠袖當階舞，已壓倒、濃妝濃抹。似緑華、睡醒瑶臺，霧髻風鬟堆碧。　漫數藍關舊事，并頭雙笑處，眉黛猶濕。綉幕深圍，弄影娟娟，譜入清平尤絶。生綃擬寫傾城態，拚費却、烟螺一石。怪侍兒、勸插雲翹，青鬢奈儂非昔。

南浦 春水用張玉田韵

一碧影摇空，捲晴烟、恰似奩開清曉。昨夜報方生，村南北、已把游塵净掃。棹歌何處，鴛鴦驚散圓漚小。梅雨幾番添幾尺，漸没汀洲芳草。坐來天上浮查，指彎環溪路，仙源近了。萍藻半浮沉，苔磯濕、知有浣紗人到。相思渺渺。桃花潭上離筵悄。倘見漁郎須問訊，流過落紅多少。

前調 秋水用前韵

一色遠連天，最銷凝、江上月斜烟曉。倒影浸芙蓉，澄鮮極、豈待鯉魚風掃。楓灣柳港，星星紅露漁燈小。惆悵楚魂招不起，零落幾多香草。者回夢度瀟湘，訝沙清石淺，比前退了。打槳入蘆花，野橋斷、偏有鷺鷗尋到。予懷渺渺。浮家人去烟波悄。那更霜濃洲渚冷，漸漸采菱船少。

清平樂 春盡日寄羅雲

鶯啼燕語。婉轉催春去。莫問近來愁幾許。陣陣落紅如雨。　　無聊暫理箜篌。相思欲訴還休。多謝昏黄殘月，勸人小倚樓頭。

前調 寄玳梁

傷春傷別。愁對孤花説。似水韶光留不得。又是銷魂時節。竹西消息茫茫。江干空倚斜陽。怕見遠山眉黛，教人猛著思量。

前調 雨夜寄佩珊

沉沉夜雨。夢也難尋去。留得殘釭和影語。香冷藥烟一縷。隔窗花漏遲遲。替人暗續相思。央及紅鱗六六，莫將病訴伊知。

前調 寄姍姍

橫塘一舸。有約何曾果。便是肯來花下坐。已把好春錯過。讀書寫韵生涯。神仙要算它家。安得買田湖上，就卿同種胡麻。

赤棗子

新病校，怕人憐。橫膝瑶琴待整弦。却笑柳枝還倦甚，央郎扶起又成眠。

眼兒媚本意有贈

剪水天然入鬢流。無計賺回頭。歌闌燈下，酒醒枕上，半嚮橫秋。　　背人一笑嫣然處，密意暗相酬。銷魂最是，睨郎薄怒，窺客佯羞。

采桑子

妝成池館熏香坐，何處飛花。吹落窗紗。不信春歸燕子家。　　猛然記起宵來事，爲惜韶華。夢到天涯，聽遍村村唱采茶。

疏　影

徐懶雲明經索畫梅爲贈，題此志愧，用玉田梅影詞韵。

繁枝浸月。記空山作伴，夢也幽絶。底事東風，催送春歸，彈指不堪攀折。美人天遠相思甚，怎排遣、酒醒時節。試替伊、貌出橫斜，一抹烟痕明滅。　　君是徐熙儔侣，墨花香濺處，絶代高潔。那便傾心，索畫前身，玉笛頻頻吹徹。笑儂萬事看如水，衹愛覓、此中生活。挂銀屏、莫訝清寒，冷抱久成冰雪。

調笑令

明月。明月。底事纔圓便缺。斜輝一片無情。流照羅幃冷清。清冷。清冷夢醒半床花影。

前　調

春曉。春曉。一粟銀釭焰小。綉簾風警花鈴。宿醉懨懨未醒。醒未。醒未誰教鸚哥喚起。

憶舊游 題萬小廉招香喚玉圖

記鈎簾待月，揀柳聽鶯，斟酌橋邊。冷落清游興，怎無端畫裏，重見釵鈿。倚來六柱船窗，春水亦知憐。嘆錦樣韶光，銷磨如此，要算神仙。　歌聲遏雲住，訝花扶嬌影，扇隔羞顔。誰寫銷魂意，便忘情似我，夢也纏綿。尊前按拍，年少况是杜樊川。衹易惹愁生，燈凉酒醒風滿天。

高陽臺

蔣茝香，名如蘭，曲中翹楚也。母爲大家遺妾，遂誤落烟花。冷澹性成，兼工繪事，宛仙女史爲摹拈花小影，愁容病骨，婉娩可憐，因題此解。

索笑拈花，怯寒避月，珊珊訝是飛仙。綠鬢垂絲，知它憔悴年年。漫言生小工愁甚，便無愁、瘦已堪憐。語凄然、爲問同心，祇有湘蘭。　昨宵夢去分明見，記倦眸剪水，芳氣吹烟。空谷香清，那容蝶繞裙邊。幾多幽怨憑誰訴，掩離騷、重整琴弦。笑人間、桃李尋常，并蒂争妍。

留春令 自題畫梅卷

倚竹臨溪風韵絕。索笑渾相識。美人何處，相思難寄，怕聽高樓笛。　雪壓猶花，月斜自影，一枝誰折。夢醒羅浮，賺他翠羽，誤報春消息。

聽雪詞

琴川歸懋儀佩珊撰

念奴嬌 贈綠春夫人

空山流水，悄無言、領略美人幽意。一片聰明冰雪净，吹到芳香滿紙。倩月摹神，裁雲作稿，喚得靈均起。風生懷袖，感君珍重緘寄。　遥想雅抱孤貞，清芬難閟，終作騷人佩。眉月初三新有樣，筆蘸春山濃翠。蘭韵偏清，蕙心是素，永結雙頭蕊。憐卿南郡，玉臺佳話同紀。

水龍吟 題含翠閣主人遺影

晚風環繞西湖，一樓臨水延空翠。花明柳嚲，名姝國士，一雙同倚。春夢回頭，秋風信杳，彩鸞長逝。把碧漲三篙，落紅萬點，都化作，傷心泪。　留下雲箋密字。念征人、封成未寄。絮仿仙才，花傳小影，鍾情如此。馳驟風雲，飄零琴劍，河陽憔悴。倩良工畫了，新詩題遍，喚芳魂起。

一斛珠 送春

鶯聲漸老。慵慵薄醉添煩惱。天涯緑遍王孫草。蝶倦蜂慵，宛轉春歸早。　滿院濃陰人悄悄。落紅幾點風前裊。半窗疏雨黄粱覺。兒女英雄，一樣傷懷抱。

前調 送劉春卿公子北上

片帆烟雨。送君又送春歸去。水面匆匆剛數語。漁火星星，回首江天暮。　聞道才華追七步。玉驄重踏春明路。仙子總應天上住。千里關山，莫厭風和霧。

百字令

天香正烈，被金風吹墮、滿庭黄雪。小雨幾番風幾陣，漸漸凉生衾席。香徑苔封，野塘水漲，一片傷心碧。昨宵無寐，起來梳洗無力。　縱使煉就金丹，膏肓頓起，難解眉尖結。回首三生留夢影，休與鍾情人説。敗葉吟風，寒蟲吊月，輾轉添凄惻。微吟欹枕，半窗燈火明滅。

鳳凰臺上憶吹簫 題唐陶山刺史鬢絲禪榻圖

一片靈機，三生慧業，竹爐烟裊微茫。柳外殘紅數點，飛上禪床。大好文章經濟，多半寄、茶韵花香。放衙早，避它熱惱，樂此清涼。　江鄉太湖縹渺，喜官還似佛，鬢爲民蒼。更手植、夭桃萬樹，管領春光。燕寢風恬晝静，蒲團坐、心孕清香。聽松下，沸泉細譜宫商。

一斛珠

夭桃開了。瑣窗連日春寒峭。催人鏡裏朱顔老。髻子慵梳，睡起添煩惱。　古寺鐘聲驚報曉。一宵魂夢徒顛倒。萬千愁緒收藏好。暗拭啼痕，强向人前笑。

邁陂塘 葑山觀荷

問江妃、爲卿來者，賞音千古能幾。蘭橈蕩入花深處，先愛撲襟清氣。人乍起。更難得、紅妝新掃眉山翠。倩風扶住。看帶露盈盈，凌波渺渺宿酒殢殘醉。　凝眸處，花亦銷魂無語。萍鄉相對延佇。横塘不是仙源路，可許舊游人渡。時欲暮。漫想到、愁紅怨緑迷烟霧。離愁正苦。怕荻岸秋高，鷗波夢冷，心事和誰訴。

沁園春悼四女殤

剖藕連絲，摘瓜傷蒂，尋思奈何。悵無端觸起，泪懸眼角，猛然驚醒，痛入心窩。掌上周旋，懷中摸索，想像而今得見麽。傷懷甚，算鍾情累我，薄命憐它。天呵慣把人磨。料無計、將身脱愛河。悔平時看待，幾般錯誤，病中調劑，大抵蹉跎。總角簪花，扶床覓姊，泡影匆匆一霎過。歌當哭，嘆柔腸斷盡，泪已無多。

陌上花題秋燈聽雨圖

西風漸緊，新凉微逗，寸心秋警。萬葉商聲，敲碎半窗凉影。玉壺句譜冰弦脆，幽韵和它清勁。似分明聽得，悲秋人道，此聲難聽。慣縈愁攪夢，蕭蕭瑟瑟，不是離人還醒。一點銀釭，那比昨宵清炯。夜深尚倚書帷坐，儘耐輕衫微冷。是天公付與，十分詩意，慧心人領。

鳳凰臺上憶吹簫題瘞花圖

芳草黏天，垂楊蘸水，聲聲啼鴂催春。把玉人驚覺，鏡裏眉顰。昨夜紅窗風雨，知多少、墮溷飄茵。相憐甚，花真儂命，儂是花身。紛紛。掃來還滿，將紅袖輕兜，不放沾塵。嚮水邊林下，築個花墳。讓與鶯兒燕子，寒食候、好替招魂。湖山背，何人聽來，悄揾啼痕。

摸魚兒 題王四峰文學采菱圖

蕩輕橈、緑楊花軟，蒼茫遠水無際。菱花似雪鋪湖面，掩映嫩紅嬌翠。枝葉脆。喜指爪、玲瓏不怕纖芒刺。含芳孕美，想沁雪詩腸，粲花妙舌，恰稱此清味。紅塵裏，多少虛名幻利。蕭閑懷抱能幾。沿堤采采，歸來晚、摇蕩滿湖雲氣。柔櫓曳。鷩宿雁、成行齊向沙汀避。斜陽蓬背，正細剥青冰，亂堆軟角，醉唤水仙起。

風蝶令 題美人便面

畫裏春風面，懷中明月光。緑陰消受午風凉。料得愁深夢淺，不成妝。窈窕神仙質，聰明玉雪腸。句成應是費商量，待看筆花吹作，滿身香。

水龍吟 題廖裴舟茂才雨窗懷友圖

分明夢到巴山，瀟瀟一片商聲滿。昏燈一穗，離愁萬種，和誰同剪。瘦竹枝欹，殘荷葉碎，敗蕉心顫。把錦箋擘了，新詩題就，商量覓，傳書雁。休道山長水遠。但凝思、依人如見。芝蘭臭味，雲霞交誼，見猶嫌晚。一别三秋，撫今感舊，水流雲散。問何年此夕，聯床共聽，訴離居怨。

百字令 病起即事

節過重九，負登臨、怕見遥峰秋色。剛擘雲箋書數字，病起十分無力。任爾聰明，憑它解脱，那跳愁城出。秋天難曙，聽殘蟲語啾唧。　追憶一枕邯鄲，黄粱未熟，縹緲梯瓊級。玉女瑶姬齊笑我，久嚮紅塵逃匿。月引珠宫，花招蓬島，滿袖天香襲。鷄聲驚醒，紙窗初放微白。

沁園春 題畫

春滿蓬壺，簇擁群真，綉幰降庭。看朝霞映雪，神光不定，遠山横黛，逸韵横生。一片聰明，十分慧解，妙手龍眠畫不成。憐嬌小，但櫻唇纔啓，玉頰微赬。　知音最惜惺惺。算僥倖、三生風聚萍。嘆榮華綺句，徒傳倩影，太真玉鏡，總是虚名。碗染脂痕，盂留香澤，陳迹空餘無限情。將身代化，彩雲萬朵，圍住卿卿。

清平樂 十六夜聽雨次圭齋妹春月之韵

夕陽西下。月向檐前挂。香靄空蒙花夢惹。此景宜詩宜畫。　輕寒一縷穿寮。夜深沉水添燒。樺燭清尊昨夜，昏燈冷雨今宵。

琉璃窗下。別去心常挂。最怕雨絲風片惹。一段離愁細畫。生憎燕子窺。寮春寒獸炭還燒。架上殘書幾卷，消磨白晝清宵。

附元作

水晶簾下。新月娟娟挂。料峭柳條風暗惹。花影一庭如畫。微風寒透窗寮。畫屏銀燭高燒。寄語海棠休睡，莫教負此良宵。

金縷曲 新涼

海國秋生早。向晚來、瀟瀟疏雨，蒙蒙斜照。不耐羅衣涼似水，彈指中元過了。添一種、悲秋懷抱。往事凄涼頻入夢，夢回時、徹夜蟲聲鬧。燈焰小，窗紙曉。愁來窗下翻殘稿。感知音、般般憐惜，同心同調。天半龍門高許入，也算三生修到。□到此、閑愁都掃。準備花前聯雅集，算良辰、衹有中秋好。金縷奏，玉尊倒。

探春令

疏燈一點閃窗櫺，觸萬千情緒。憶前宵、聽啞啞學語。猶伴我、吟詩句。明珠入掌留難住。乳燕辭巢去。恍啼聲在耳，霎時分散，夢也無尋處。

古雪詩餘

西川楊繼端古雪撰

畫堂春晨起

啼鶯那管別愁濃。催人小立墻東。落花和雨攪飛紅。撲上簾櫳。况味强消尊底，形容怯嚮奩中。昨宵有夢話離衷。記得喁喁。

前調憶別

春山春水繞離思。垂楊新綠絲絲。索居情緒半成痴。懶譜新詞。記得蘇臺分袂，尊前强自扶持。桃花落盡有誰知。暗蹙雙眉。

前調新燕和周碧霞韵

東風簾捲杏花開。忽驚燕子飛來。瑶光散向翠屏隈。宿近三台。《春秋運斗樞》云：『瑶光星散爲燕。』頷紫襟紅猶昨，營巢認主低徊。烏衣經過舊樓臺。芝草新胎。《酉陽雜俎》云：『句曲山有神芝種五，其三名曰燕胎芝。』

十六字令

春。懊惱深閨客裏身。難排遣，落絮况愁人。

醉太平 夜坐

拈花辟塵。題箋拂雲。携琴月上蘭薰。對春風酒尊。　傷心病身。懷清養真。三高六逸儂欣。炷名香自焚。

謁金門

關心事。流水落花春去。可惜一年風景暮。教人愁怎訴。　別後幽思幾度。自恨此情誰誤。錦字而今空屬付。鴻飛留不住。

荷葉杯

十月塞邊寒雪。初別。泪痕新。滿懷離思對誰説。腸絶，是何因。

開元樂

惆悵階前梅樹，今年幾度春花。猶帶別時淚影，郎行何日還家。

傷情怨秋夜

夜靜庭空月轉。曲闌干倚遍。惹著幽思，滿天來去雁。消息於今夢斷。待寄書、雲水程遠。淚濕羅衣，西風寒撲面。

南柯子

澹蕩和雲上，光明璧霧閑。驀地透窗來。入幃驚夢醒，起徘徊。

河傳擬百末詞咏閨中十二月詞

曉起整妝。新樣翠鈿，又翻華勝。頌椒堂上，迎禧問寢綉袿頻斂衽。鬧蛾半月燈期近。良宵永。雲母開玉鏡。綺疏梅萼香噴。試花風一信。

前調又一體

春仲。春陰如夢。剪剪輕寒。一雙燕影下雕闌。香殘。鷓鴣斑。棠梨早向東風嫁。新紅罣。閑趁花朝暇。小樓聽雨又清明。關情。錫簫處處聲。

前調又一體

送春何處。一池微雨。依依落絮。踏青還約鳳侶。寄語。湔裙臨洛浦。彈棋笑指金蟬賭。偏輸與。偷掐花枝補。蕩春愁。木蘭舟。休休。春歸不可留。

前調又一體

夢短。春遠。晝長人倦。葦箔蠶勞。桐花鳳懶。忺困忒煞無憀。亂紅飄。茶香焙得山前後。花瓷鬥。茗飲清於酒。輕雷過雨，池畔細數荷錢。入梅天。

前調又一體

綉户。重午。彩絲纏玉，寶釵簪虎。拂薰風。石榴紅。簫鼓。錦標看競渡。一霎炎蒸蕩波面。珍珠濺。浴竟新妝倦。理雲翹。試生綃。偷描。遠山痕暗銷。

前調又一體

團扇。團扇。影形相伴。蘄簟紗幮。浮瓜沉李晚風初。冰壺。迸明珠。　　絲絲茉莉簪

璫朵。蟬翼彈。夢也香無那。起來殘月下西樓。梳頭。露華清鏡流。

前調又一體

雨過林霽。嫩凉初到。新秋天氣。穿針恰上曝衣樓。同倚。晚霞如織綺。　　七襄軋軋

何時歇。經年別。人世休嫌拙。渡銀河。靈鵲多。蹉跎。海枯情不磨。

前調又一體

桂華籠霧。廣寒高處。珠宮琳宇。夜如何，聽取。素娥歌舞。誰偷仙樂譜。　　秋分恰

喜人圓。也金尊把。拂袂天香惹。碾元霜。蟾影忙。吴剛。應知不老方。

前調又一體

重九。攜手。綉窗蘭友。玉斝香醪。小園亭榭，也登高相邀。詩緘方勝招。　　人人過

盡長天雁。無書盼。不管西風晚。月籠紗。映秋花。休遮。燈屏菊影斜。

前調又一體

林杪。春小。丹楓色老。黃梅信蚤。瓦溝霜影，寒意深閨不少。翠裘紅衲襖。　瑮窗
容易殘陽墜。猧兒吠。夜永愁無寐。倚熏籠。鴛被重。香融。細然沈水烘。

前調又一體

冬至。亞歲。粉脂添。九九。圖開鳳奩。雪花五出。輕可拈，叉尖。錦心吟絮
晴旭翻疑聽雨急。懸檐滴。冰筋堅盈尺。月三更。寒色凝。鶱鷩。玉釵風
鹽。
折聲。

前調又一體

歲臘尊榼。蘭閨酬答。百子桃符。宜春又貼。終夜笑酌屠蘇。蓮花聽漏壺。　不眠等
得新妝換。銀釭燦。爐火頻添炭。願人生百歲，厮守比今宵。莫輕拋。

驀山溪寒夜聽雨

紙窗聽雨。攪碎檐牙鐵。更凍雨廉纖，和長夜、欺人情劣。心頭耳畔，打迸著銷魂，小梅

邊，修竹裏，點點真愁絶。　關山夢遠，斷送人輕別。待卜與晴時，衹除是、五更微雪。鴛衾耐冷，準擬不成眠，篆香殘，譙鼓澀，燈影看明滅。

蝶戀花 春陰

料峭春風還做冷。烟雨空蒙，花睡何曾醒。幾樹緑楊深院影。濕雲如幕愁天近。　鳩婦呼晴晴未準。載酒蘇堤，遲了尋芳信。貝葉學書消晝永。小窗閑試泥金粉。

江神子 新柳

柔情不斷恁年年。小池邊。曲闌前。誰撚絲兒，搓得緑陰圓。邐迤六橋橋畔影，宜帶雨，更拖烟。　纖腰齊舞鬥嬋娟。糝香綿。別離天。無那春愁，三起復三眠。不是東風偏愛爾，真裊娜，受人憐。

百字令 海棠

彩絲誰綰，似紅兒待聘，錦帷春鎖。粉本胭脂争畫到，無此輕盈婀娜。弱不禁風，嬌還帶雨，春有痕難裹。玉纖摘去，絳雲飛上釵朵。　早又時節中和，清明漸近，香減熏奩火。欲繫好春無氣力，遲日懨懨低彈。殘夢初迴，宿酲猶倦，判得銷魂我。高燒銀燭，夜深休放花卧。

綺羅香 病起

對月愁眠，看花懶起，瘦損東風人面。藥鼎茶鐺，春與病魔相伴。過宿雨、猶帶輕寒，喜朝旭、乍回新暖。且消凝、掃室焚香，開簾飛出畫梁燕。　琴書還自點檢。閑煞鞦韆通脉望，芸箋湘管。寂寞韶華，彈指艷陽更换。歌宛轉、紅杏妝殘，舞褭娜、緑楊烟軟。恁無言、似諱多情，曲闌時倚遍。

瑶花 咏梔子花

塗香暈色，膩粉團酥，産瑶池仙境。梅風乍拂，看六出、差與雪花相近。晶盤貯水，常伴得玉纖清潤。笑綺窗對此同心，也算合歡蠲忿。　朝凉恰好梳頭，稱蟬翼輕分，斜壓雲鬟。菱花月滿，釵朵重、不减舊時豐韵。多情蛺蝶，又栩栩、飛來相并。誤幾回夢醒紗幮，尋遍小屏山枕。

滿江紅 過林和靖先生墓次香岩詞韵

千載湖鄉，天賜與、孤山一曲。憶當日、梅花深處，先生華屋。丹詔不來心似水，白雲留住人如玉。悵而今、風雨墓門，荒春波緑。擬傲骨，淵明菊。標勁節，坡仙竹。問古今同調，清流誰屬。枝上殘香吹未盡，堤邊疏影看難足。且携將、春酒酹詩魂，梨花熟。

買陂塘 西泠送春

最難忘、六橋烟柳，清陰摇蕩如許。東風吹得春來蚤，怎不繫將春住。成寄旅。聽記拍、紅紅唱徹黄金縷。深沉院宇。漸拾翠人稀，添香夜短，獨自甚情緒。渾無據。惆悵鶯啼燕語。韶光容易飛去。青山緑水還依舊，瞥眼頓成今古。傷别否。試問取、春歸可是春來處。摧花落絮。又并作黄昏，疏疏淅淅，幾陣打窗雨。

金縷曲 憶母

兩載萱闈隔。夢魂中、相依歡笑，宛然疇昔。痛煞椿庭長逝後，蜀嶺吴山分翼。聽杜宇、催歸聲急。身不爲男終遠别，看慈烏、返哺悲何及。知甚日，侍晨夕。浮生薄宦萍踪迹。念隨行、天涯夫婿，也同爲客。兒已半生愁病裏，白髮那堪相憶。惟默祝、康强逢吉。故里重經門巷改，幸眼前、愛護佳兒媳。思往事，泪頻拭。

綺寮怨 寄懷仲嫂韵徵

雨細烟霏日暮，小樓空斷魂。京華夢、迢遞相關，舊時燕、難認重門。驪駒記曾催唱，泪滿巾、蹙損雙黛痕。悵無端、滯迹湖山，又頻歲、六橋看送春。　爐火餘香半温。連娟月色，鎖窗衹照離人。詩酒情真。知刻燭、韵常分。新詞愁吟紅豆，誰記拍、和迴文。箋成寄雲間，何日花下，同挈尊。

【第二集】

詞人姓氏

徐　燦　字湘蘋，一字明深，吴縣人，光禄丞徐子懋女，大學士海寧陳之遴繼室。善屬文，尤精書畫。詩餘得北宋風格，絶去纖佻之習，其冠冕處，即李易安亦當避席，不獨爲本朝第一也，有《拙政園集》。

鍾　韞　字眉令，仁和人，查羲室。

葛　宜　字南有，海寧人，明舉人癯庵第三女，諸生諸爾邁室。性閑静，喜讀書，日坐小樓以筆墨自娱，書畫弈算無不精妙，兼通西法，能以儀器測量星象。曾夢中得『蕭蕭木葉送殘秋』句，知爲不祥，未幾卒。其《玉窗遺稿》，女史李因序而刻之。

蘇　穆　一名姞，字佩蘘，山陽人，宜興周濟側室，工詞。殉粤匪難。

江　瑛　字蕊珊，甘泉人，解元江璧妹，汪階符室。

周詒蘩　字茹馨，湘潭人，元氏縣知縣張玠室。姊詒端即文襄左侯夫人也。蘩與姊并傳詩學於母，王文襄曾合刻其詩詞爲《慈雲詩鈔》。

周翼杶　字德媗，詒蘩侄女，長沙徐樹録室。

宗　婉　字婉生，常熟人。

錢念生　字咀霞，常熟人。

翁端恩　字璇華，常熟人，錢振倫室。

目

拙政園詩餘

茂苑徐燦湘蘋撰

丁丑通籍後，僑居都城西隅，書室數楹，頗軒敞。前有古槐，垂陰如車蓋，後庭廣數十步，中作小亭，亭前合歡樹一株，青翠扶蘇，葉葉相對，夜則交斂，侵晨乃舒。夏月吐華如朱絲，余與湘蘋觴咏其下。再歷寒暑，閑登庭右小邱，望西山雲物，朝夕殊態，時史席多暇，出有朋友之樂，入有閨房之娱。湘蘋所爲詩及長短句，多清新可誦。尋以世難去國，絶意仕進。湘蘋吟咏益廣，好長短句愈於詩，所愛玩者，南唐則後主，宋則永叔、子瞻、少游、易安，明則元美。若大晟樂正輩，以爲靡靡無足取。其論多與余合。頻年兵燹散佚，今冬蒐輯，得百首。余爲之詮次，每閲一首，輒憶歲月及轍迹所至，相對黯然。毋論海濱故第化爲荒烟斷草，諸所游歷，皆滄桑不可問矣。曩西城書室、亭榭，蒼然平楚，合歡樹已供芻蕘，獨湘蘋游覽諸詩在耳。自通籍去國，迨再入春明，不及一紀，而人事變易，賦咏零落若此，能不悲哉？湘蘋長短句，得温柔敦厚之意，佳者追宋諸家，次亦楚楚無近人語。中多凄惋之調，蓋所遇然也。湘蘋愛余詩愈於長短句，余愛湘蘋長短句愈於詩，豈非各工其所好耶？昔吴人盛傳《絡緯集》，蓋湘蘋祖姑小淑所著，徐氏女士挾彤管而躡詞壇，可謂彬彬濟美矣。

然小淑氏從范長倩先生翱翔宦途，率愉悦適志，晚節栖遲天平山，益擁苑囿泉石爲樂；而余與湘蘋流離坎壈，借三寸不律，相與短歌微吟，以消其菀結感憤，何遭逢之徑庭也？古人有言：和平之聲澹薄，愁思之聲要眇。將無窮於遇者工於辭歟？抑辭有所以工者而無與窮達歟？今兵革漸偃，輦下日以清晏，湘蘋試舒眉濡穎，視此帙何如也。

順治庚寅長至，素庵居士書。

卷上

搗練子 春怨

依舊緑，爲誰紅。草草花花滿泪叢。欲挽游絲縈好夢，一枝啼血灑春空。

望江南 燕來遲

無情燕，故故却纔來。飛傍綉簾還絮語，笑人依舊是天涯。戢翼正徘徊。

長相思 别意

花冥冥。水泠泠。雨雨風風滿碧汀。勞勞長短亭。　想凄清。倚銀屏。點點聲聲不忍聽。盈盈泪暗零。

西江月 春夜

明月照人清夜，多愁多悶輸它。夢魂無計駐飛花。展轉碧闌西下。　柳嫩慢縈春病，梅銷暗自酸牙。漏聲千點滴窗紗。未到送春先怕。

前調感舊

剪燭閑思往事，看花尚記春游。侯門東去小紅樓。曾共翠蛾杯酒。
如舊日風流。匆匆彈指十三秋。怎不教人白首。聞說傾城尚在，可

前調十五夜雨

不是人孤明月，月還負却良宵。如何三五雨瀟瀟。偏滴助愁萋草。
燈瘦影魂摇。夢歸宵短路迢迢。今夜夢歸須早。雲捲微寒入暮，一

前調感懷

又是春光將盡，東風愁煞梨花。春魂不化蝶回家。繞遍玉闌干下。
庭蕉雨交加。凄聲細雨奈何它。記得前春曾怕。燕子呢喃未了，一

前調水仙

素女乍離綺閣，水晶簾動微霜。幽情未肯便分香。怕見桃花紅浪。粉蕊含嗔抱喜，怕

它蝶亂蜂忙。一枝清瘦玉初妝。不許何郎窺望。

醉花陰 春閨

午夢沉沉香薄覆。夢醒春依舊。怕得燕雙歸，帶却愁來，偏向人心授。一剪東風寒欲逗。漸逼檀眉瘦。也擬醉花陰，膩白夭紅，凄雨先僝僽。

前調 風雨

幾日愁風和恨雨。鄉夢教留住。花外燕雙飛，等得它來，訴與傷心語。碧雲有路須歸去。青鳥書無據。殘月又模糊，空照人愁，没個分明處。

卜算子 春愁

小雨做春愁，愁到眉邊住。道是愁心春帶來，春又來何處。屈指算花期，轉眼花歸去。也擬花前學惜春，春去花無據。

如夢令 閨思

細雨落花江上。風動玉鈎簾帳。試問倚闌人，愁鎖一天春望。怊悵。怊悵。波畔雙魚輕漾。

前調

雨過幾枝紅倦。寂寂瑣窗西畔。半夢半醒時，誰向綉衾低喚。魂斷。魂斷。花也爲人長嘆。

前調 春晚

花似離顔紅少。梅學愁心酸早。生怕子規聲，啼緑庭前芳草。春老。春老。幾樹垂楊還裊。

前調 和韵

昨夜雨添春重。滴到眉端愁動。剪剪海棠風，一點殘燈紅弄。如夢。如夢。夢裏心兒還捧。

前調

貪看枝頭紅動。飛到愁邊如共。回首斷橋烟，是處畫闌朱棟。如夢。如夢。借陳好風吹送。

前　調

楊柳絲絲青縱。烟護晶簾無縫。不信玉闌干，偏得月華珍重。如夢。如夢。夢到江南春仲。

前　調

便別桃源仙洞。春到愁邊誰共。腸斷聽陽關，珠韉玉驄催控。如夢。如夢。回首柳濃鶯哄。

前　調

隔葉黃鸝嬌哢。驚起綺窗棲鳳。闌檻半簾垂，曉鏡春愁將共。如夢。如夢。一瞬水流春送。

南鄉子 秋雨

秋氣試寒初。一片鄉心點滴閑。滴到湘江多是泪，珊珊。染得無情竹也斑。　百和夜燒殘。喚起征鴻行路難。夢裏江南秋尚好，般般。皎月黃花次第看。

玉樓春 寄別四娘

風波忽起催人去。腸斷一朝分燕羽。無端殘夢怯相逢，夢破更添愁萬緒。扁舟暫艤鴛鴦渚。幾度短長亭畔雨。雨聲欲逐淚痕多，知道淚痕多幾許。

菩薩蠻 恨春

恨春不忍春光景。昏昏似醉渾難醒。撇綉寫幽蘭。綠窗風雨寒。夢回香尚裊。一枕愁痕小。負却賞梅心。杏花春又深。

前調 秋閨

西風幾弄冰肌徹。玲瓏晶枕愁雙設。時節是重陽。菊花牽恨長。魚書經歲絶。燭淚流殘月。夢也不分明。遠山雲亂橫。

前調 春閨

困花壓蕊絲絲雨。不堪祇共愁人語。斗帳抱春寒。夢中何處山。捲簾風意惡。淚與殘紅落。羨煞是楊花。輪它先到家。

前調 不雨

一春催試桃花雨。游絲衹共晴烟舞。燕也不曾來。湘簾空自開。　起看花影午。鸞鏡雙蛾俯。徙倚却黄昏。蠟如紅泪痕。

武陵春 春怨

昨夜楊花飛幾許，冷暖在心頭。萍踪浪影且隨流。切莫近紅樓。　未盡生前愁與悶，烟水古杭州。春魂黯黯繞蘭舟。却是夢中游。

木蘭花 秋夜

夜寒不耐西風勁。多情却是無情病。月痕依約到南樓，樓頭鼓角三更盡。　蟬殘韵咽魂難定。百般煩惱千般恨。起來點檢露華深，秋蛩四壁聲相競。

前調 秋感

春事茫茫秋有幾。眼前又近中秋矣。憐儂却似夢中身，夢隨蝴蝶花間雨。　七貴五侯誰爲語。瑶臺日敞悲風裏。飛雲流月總無情，有情泪滿湘江水。

前調 秋暮

纔見黄花秋又暮。滴滴蟲聲啼綉户。鴛鴦雙枕不知寒，銀蠟竟成紅泪顆。　夢裏鄉關雲滿路。釵壓緑鬟蟬半彈。月延羅帳似依依，耐它衹把人愁鎖。

少年游 有感

衰楊霜遍灞陵橋。何物似前朝。夜來明月，依然相照，還認楚宫腰。　金尊半掩琵琶恨，舊譜爲誰調。翡翠樓前，胭脂井畔，魂與落花飄。

虞美人 有感

滿枕瀟瀟今夜雨。人共孤燈語。鳳凰臺畔亂香紅。衹道尋常烟月、竟匆匆。　江上蒓絲秋未采。莫怨朱顏改。吴山幾曲碧漫漫。還有許多風景、待人看。

前調 感興

東皇也合憐芳草。不雨春先老。鵑弦纔撥帶愁來。却似當年佳月、共徘徊。　隋堤弱絮年年舞。謾惜今和古。長江淒咽爲誰流。難道雨花春色、片時休。

前調 春閨

楊花獨解隨風去。無奈廉纖雨。爲春茫未點離愁。且向辛夷花底、聽鉤輈。不知驚起雙飛燕。偷入簾前見。休將紅泪暈香腮。正是春波帶日、晚潮來。

一斛珠 有懷故園　吴儂祇合

恁般便過。元宵了、踏歌聲杳。二月燕臺猶白草。風雨寒閨，何處邀春好。江南老。雪裏枝枝紅意蚤。窗俯碧河雲半裊。綉幕纔搴，一枕梅香繞。

一絡索 春閨

慣送好春歸去。怕和花語。一簾殘夢醉醒中，禁得這番紅雨。群玉山頭仙侣。亂雲無處。不須鄉泪染江流，倩個燕兒傳與。

點絳唇 春暮

未信桃花，偷將春色争飛去。便成紅雨。不管鶯無主。曲曲瑶房，玉暖香深處。春還許。海棠枝上，留取三分住。

前調 偶成

霞剪丹楓，鴻飛錦字山橫帶。綺窗無賴。時把歸雲礙。纔捲珍珠，紫鶴如相待。花應愛。鏡中雙黛，也耐青霜在。

惜分釵 旅懷

移春檻。芳菲黯。咏絮才情渾欲減。記江南。熟吳蠶。芍藥開時，花滿澄潭。探。探。
身長泛。花相賺。新來漸把閑愁懺。夢魂甘。是烟嵐。西子湖頭，結個花龕。參。參。

前調 春閨

東風惱。鶯聲小。弄春楊柳絲絲裊。夢流連。見何年。倩個歸鴻，一寸香箋。傳。傳。
花時早。歡情少。分釵可惜妝臺老。枕雙鴛。幾層眠。且近金籠，鸚鵡能言。前。前。

憶秦娥 初曉

霜飛蚤。花冠祇向鷄窗繞。鷄窗繞。數聲不奈，一燈悄悄。　戍樓傳箭頻催曉。香寒玉枕愁心小。愁心小。泪盈秋水，鏡分多少。

前調 春感次素庵韵

春時節。昨朝似雨今朝雪。今朝雪。半春香暖，竟成拋撇。　銷魂不待君先説。凄凄似痛還如咽。還如咽。舊恩新寵，曉雲流月。

前調 春歸

東風老。起來檢點殘紅少。殘紅少。一簾疏雨，半庭烟草。　燕鶯故故將人惱。千聲萬語春歸了。春歸了。雙蛾誰遣，鏡痕愁小。

前調 感舊

春風院。花前曾見如花面。如花面。淺斟低語，畫樓春晏。　聞來已作新巢燕。看花人在花如霰。花如霰。夢中王謝，那時愁見。

訴衷情 暮春

今春何事待將休。絲雨柳梢頭。恁般心緒撩亂，還要替花愁。　江南景，緑陰稠。倦紅收。暫飛鄉夢，試看歸鴻，也算忘憂。

浪淘沙 庭樹

庭樹又秋花。做弄年華。滿城霜氣濕青笳。眼底眉頭愁未了，去數歸鴉。　殘月靄窗紗。莫便西斜。雁聲和夢落天涯。渺渺蒙蒙雲一縷，可是還家。

錦堂春 感懷

回首舊游勞夢，離亭幾度飛花。緑窗新燕周遮語，如嚮我咨嗟。　寶鏡泪痕微暈，起來紅日初斜。歸雲未整春光去，衹是在天涯。

采桑子 春宵

一春風雨和愁滴，珊枕寒時。玉漏遲遲。浪語燈花泪暗垂。　惜花未許春歸去，香鎖葳蕤。緑遍天涯。憑得闌干暖爲誰。

謁金門 聞雁

愁渺渺。禁得者番秋老。雲外南鴻音韵好。羨它歸甚早。　錦帳帶香風裊。鳳燭影分寒悄。幾點漏催天未曉。一庭星月皎。

踏莎行 初春

芳草纔芽，梨花未雨。春魂已作天涯絮。晶簾宛轉爲誰垂，金衣飛上櫻桃樹。　故國茫茫，扁舟何許。夕陽一片江流去。碧雲猶疊舊河山，月痕休到深深處。

前調 餞春

萍葉將圓，桐華飛了。雕梁不見烏衣到。想應春在五侯家，東風怕拂寒閨草。　歸計苕苕，禪心悄悄。簾前莫問花多少。試將杯酒餞春愁，從今別向修蛾繞。

前　調

水咽離亭，夢尋歸渡。今春曾向江南去。笑人柳絮不知愁，幾番弄雪還驕雨。　半榻茶烟，一絲香炷。春光有盡愁無數。杜鵑啼斷夕陽枝，月明又到花深處。

浣溪沙春閨

金斗香生繞畫簾。細風時拂兩眉尖。綉床針綫幾曾添。數點落花春寂寂，一庭芳草雨纖纖。不須春病也懨懨。

南唐浣溪沙十四夜

已試華燈照綺筵。漸添奇巧鬥新懸。明月似嫌芳景速，不輕圓。佳節最憐前一日，舊歡長算幾何年。可惜金吾猶禁夜，促游鞭。

前調十五夜

暖淺寒輕夜氣和。踏春紅袂試纖羅。月似美人慵欲睡，暈横波。懶逐香塵看火樹，自箋新調當笙歌。半側流霞三兩爵，不須多。

前調十六夜

玉亂香忙午夜天。氍毹紅暖正初筵。佳月憐人渾不減，昨宵圓。絳蠟消風歡未足，踏燈須又待明年。好倩鳳簫吹到曉，怕花眠。

卷中

臨江仙 繫舟

寂寞汀洲春欲暮，數聲杜宇帆收。夕陽斜繫小孤舟。緑沉嘶馬路，紅點榜人頭。烟柳易殘人易老，幾多閑悶閑愁。澹雲朦月伴漁鈎。一春消息事，已付水中鷗。

前調 病中寄素庵

病枕不知寒日午，起來愁雪瀰漫。玉紅箋紙膩雙鸞。懨懨半息，强寫個平安。幾日離愁愁未了，今朝又上眉端。丁寧春老且爲歡。薰風雖軟，莫便試輕紈。

□□□ 閨情

不識秋來鏡裏，個中時見啼妝。碧波清露殢紅香。蓮心羞結，多半是空房。低閣垂楊罷舞，窺簾歸雁成行。夢魂曾到水雲鄉。細風將雨，一夜冷銀塘。

唐多令 感懷

玉笛送清秋。紅蕉露未收。晚香殘、莫倚高樓。寒月羈人同是客，偏伴我、住幽州。　小院入邊愁。金戈滿舊游。問五湖、那有扁舟。夢裏江聲和泪咽，何不向、故園流。

前調 感舊

客是舊游人。花非昔日春。記合歡、樹底逡巡。曾折紅絲圍寶髻，携嬌女、坐斜曛。　芳樹起黄塵。苕溪斷錦鱗。料也應、夢繞燕雲。還向鳳城西畔路，同笑語、拂花茵。

鵲橋仙 梅花

峭寒樓閣，早春簾檻，一樹冷烟愁遍。玉容初浣不曾妝，但粉泪、盈盈香濺。　惜花還住，羞花欲去，去住總教花怨。護花雙袖惹清霜，怕風妒、花魂成片。

蘇幕遮 秋老

雨深深，秋自老。舊苑新花，莫問愁多少。玉爪侵弦寒料峭。纔奏南音，陣陣驚風攪。袖紅單，屏翠小。剪剪清霜，不許芙蓉好。故國烟蕪昏復曉。尚有青山，强向江城繞。

蝶戀花 春閨

簾捲曉寒生怕起。一種分鸞，兩地黄昏雨。爲問海棠開也未。章臺有柳君休繫。春夢惜春春幾許。又聽離弦，玉柱鴻聲細。一縷水沈烟萬縷。畫樓十二春風裏。

前調 春晚

剩紫殘紅能幾許。曉枕驚迴，無奈紛紛雨。雨過柳風吹不住。不吹愁去吹春去。莫怪東君分別遽。鏡懶釵慵，不是留春處。嫩葉漸看成緑霧。須臾又恐秋霜妒。

前調 每寄書素庵不到有感

頻寄錦書鴻不去。怕近黄昏，簾幕深深處。一寸横波愁幾許。啼痕點點成紅雨。倚遍闌干無意緒。閑理餘香，獨自誰爲語。盡日懨懨如夢裏。斜陽一瞬人千里。

前調詠事

點就迎郎雙笑靨。近日人來，真個歸期絶。盡日無言心自咽。春枝灑滿寒鵑血。女伴强來相解説。儂不相思，怎把相思歇。留取羅裙香幾摺。何時教看啼痕叠。

前　調

蝶不戀花花戀蝶。弃緑憐紅，不是它心劣。一種深情情獨切。無情衹愛同心結。幾縷春冰吹漸裂。謝得東風，肯送歸舟葉。日夜隨郎從未別。何須去共吴門月。

青玉案春曉

爲君憔悴春能幾。忘不了、東風意。燕子聲高驚曉睡。玉樓簾捲，朱扉環動，人在傷心地。　羅袖動春香不已。折得花枝倩誰寄。徘徊簪向宜春髻。收奩未竟，薰衣欲换，驀地垂嬌泪。

前調 吊古

傷心誤到蕪城路。携血泪、無揮處。半月模糊霜幾樹。紫簫低遠，翠翹明滅，隱隱羊車度。　鯨波碧浸横江鎖。故壘蕭蕭蘆荻浦。烟水不知人事錯。戈船千里，降帆一片，莫怨蓮花步。

千秋歲 感懷

簾前竹外。明月光相礙。檐影照，霜横帶。不知青歲減，衹説朱顔改。君不見，河山幾疊誰爲買。　底事頻頻□。留得惺惺在。天有恨，花長害。柳烟春帶結，燕語春心碎。消得也，一番春色當眉黛。

洞仙歌 夢江南

霜寒夜悄，嘆韶華一瞬。往日閑愁料難盡。而今無計，且凄雨憐雲，江南信，知道梅花遠近。　殘燈窺短夢，夢也無多，消得啼烏恁凌迸。展轉不成眠、却怨東風，吹春到、與愁相競。縱桃李、貪嬌也須知，近日者、眉兒不堪倒暈。

前調 夢女伴

月昏燈暈，鸂鶒衾底。行盡江南數千里。見緑窗、女伴笑靨迎人，低寶髻，斜倚瓶花小几。　問羈人邸舍，風雨鐘殘，可憶吴門舊烟水。儂道九迴腸、夜夜鄉關，幸畫舫、今朝歸矣。正紅袂、分花喜還疑，怕者度、相逢又成夢裏。

一剪梅 送春

春光九十已全拋。送也魂銷。留也魂銷。東君傳語謝嬌嬈。去也無聊。住也無聊。　玉床香被展輕綃。長也今宵。短也今宵。愁紅休怕緑陰交。早也明朝。遲也明朝。

御街行 燕京元夜

華燈看罷移香屧。正御陌、游塵絶。素裳粉袂玉爲容，人月都無分别。丹樓雲滃，金門霜冷，纖手摩娑怯。　三橋宛轉淩波躡。斂翠黛、低回説。年年長向鳳城游，曾望蕊珠宫闕。茫茫咫尺，眼前千里，况是明年月。

風中柳 春閨

春到眉端，還怕愁無著處。問年華、爲誰爲主。怨香零粉，待春來憐護。被東風、霎時吹去。　日望南雲，難道夢歸無據。遍天涯、亂紅如許。絲絲垂柳，帶恨舒千縷。者番又、一簾梅雨。

河滿子 閨情

蘭炷舊縈裙摺，玉纖新換箏弦。怊悵一聲河滿子，雙流珠泪君前。七十二峰霜色，霎時吹到愁邊。　碧海青天夜夜，綺窗綃帳年年。樓外金堤堤上月，昔人幾度偷圓。可惜紫騮嘶處，一行楊柳依然。

卷下

滿庭芳

丁丑春，賀素庵及第，時中丞翁撫薊奏捷，先太翁舉萬曆進士，亦丁丑也。

麗日重輪，祥雲五色，噌吰玉殿名傳。紫袍珠勒，偏稱少年仙。最喜重華奕葉，周花甲、剛好蟬聯。泥金報，龍旂虎帳，歌凱沸春筵。　瑶池初宴罷，冰肌雪骨，文彩翩然。拜木天新命，紫禁親詮。道是鷄窗別也，從今始、再理芸編。篝燈話，絲綸世掌，何以答堯天。

前調 姑蘇午日次素庵韵

舊柳濃耶，新蒲放也，依然風景吴閶。去年今午，何處把霞觴。贏得殘箋剩管，猶吟泛、幾曲迴塘。傷心事，飛來雙燕，絮語訴斜陽。　石榴花下飲，吊花珠泪，還倩花藏。過一番令節，如度星霜。嚮晚竹窗蕭瑟，凄凄雨、先試秋涼。難回想，彩絲艾虎，少小事微茫。

前調 寒夜別意

水點成冰，離雲愁暮，能禁幾陣淒風。綺窗吟寂，頻倚曲闌東。夢短宵長難寐，聽不了、點滴銅龍。銷魂也，梅花悴悴，飛雪斷來鴻。　翠幃□乍逗，鴛鴦香冷，兩地愁同。況天涯離別，□又匆匆。争奈多愁多病，無頭悶、一夜惺忪。風摇處，獸環雙控，銀燭影微紅。

前　調

己丑冬壽梁五夫人，夫人姓王氏。

閥閱無雙，聲名第五，鏘鏘彩鳳和鳴。黄鐘應律，綺閣覺陽生。獨有梁園春早，瑶階畔、蘭暖芝榮。當初度，佳兒似玉，頻進紫霞觥。　琪花應有種，佩連桂殿，笏滿槐庭。幸身來圓嶠，親見飛瓊。□況香閨二妙，生同月、恰好同庚。看歲歲，珠聯璧映，同聽九霄笙。

前調 寄素庵

氣吐祥光，春生紫禁，飛塵尚阻歸輪。翠屏向曉，腰瘦不勝春。黛減眉消□□，妝臺冷、擬待伊人。梨花雪，蒼苔砌玉，歸馬試蹄痕。　別離雖未久，羈窗寒月，更勝從軍。繞□□□□，越水吴雲。惟有梅花耐雪，堪冷澹、伴我黄昏。鵲聲喜，傳來鳳閣，重典舊絲綸。

前調

丙戌立春，是日除夕。

銀燭有情，今宵無限，難留一霎黄昏。頻催玉漏，街鼓促香塵。舊恨肯隨臘盡，新煩惱、休更重增。鴛枕夢，時驚爆竹，春逐曉雲生。　當年嬌小日，屠蘇争飲，肯讓它人。紫釵花勝子，鏡裏宜春。轉眼韶華偷换，回頭念、往事浮雲。而今瘦，梅花堪并，羅綺也難勝。

滿江紅示四妹

碧海苕溪，彈指又、一年離别。看過眼、倦楊青老，怨桃紅歇。相約每期燈火夜，相逢長是葵榴月。倩殘燈、唤起半生愁，今宵説。　采蓮沼，香波咽。鬥草徑，芳塵絶。痛烟蕪何處，舊家華閲。嬌小鳳毛堂構遠，飄零蟬鬢門楣孑。拂銀檠、譜向玉參差，聲聲血。

前調和王昭儀韵

一種姚黄，禁雨後、香寒□色。誰信是、露珠泡影，暫凝瑶闕。雙泪不知笳鼓夢，幾番流到君王側。嘆狂風、一霎剪鴛鴦，驚魂歇。　身自在，心先滅。也曾嚮，天公説。看南枝杜宇，祇啼清血。世事不須論覆雨，閑身且共今宵月。便姮娥、也有片時愁，圓還缺。

前調 有感

亂後家山，意中愁緒真難説。春將去、冰臺初長，綺錢重疊。爐燼水沉猶倦起，小窗依約雲和月。嘆人生、争似水中蓮，心同結。　離别泪，盈盈血。流不盡，波添咽。見鴻歸陣陣，幾增凄切。翠黛每從青鏡減，黄金時嚮床頭缺。問今春、曾夢到鄉關，鷩鶗鴂。

前調 將至京寄素庵

柳岸欹斜，帆影外、東風偏惡。人未起、旅愁先到，曉寒時作。滿眼河山牽舊恨，茫茫何處藏舟壑。記玉簫、金管振中流，今非昨。　春尚在，衣憐薄。鴻去盡，書難托。嘆征途憔悴，病腰如削。咫尺玉京人未見，又還負却朝來約。料殘更、無語把青編，愁孤酌。

前調 感事

過眼韶華，凄凄又、凉秋時節。聽是處、擣衣聲急，陣鴻凄切。往事堪悲聞玉樹，采蓮歌杳啼鵑血。嘆當年、富貴已東流，金甌缺。　風共雨，何曾歇。翹首望，鄉關月。看金戈滿地，萬山雲疊。斧鉞行邊遺恨在，樓船横海隨波滅。到而今、空有斷腸碑，英雄業。

前調 聞雁

既是隨陽，何不嚮、東吴西越。也祇在、黄塵燕市，共人凄切。幾字吹殘風雨夜，一聲叫落關山月。正瑶琴、彈到望江南，冰弦歇。　悲還喜，工還拙。廿載事，心間叠。却從頭唤起，滿前羅列。鳳沼魚磯何處是，荷衣玉佩憑誰决。且徐飛、莫便没高雲，明春别。

念奴嬌 初冬

黄花過了，見碧空雲盡，素秋無迹。薄薄羅衣寒似水，霜逗一庭花石。回首江城，高低禾黍，凉月紛紛白。眼前夢裏，不知何處鄉國。　難得此際清閑，長吟短咏，也算千金刻。象板鶯笙猶醉耳，却是酒醒今夕。有幾朱顔，鏡中暗減，不用塵沙逼。燕山一片，古今多少羈客。

前調 西湖雨感次素庵韵

雨窗閑話，嘆浮生何必，是今非昨。幾遍青山酬對好，依舊黛眉當閣。灑道輪香，潤花杯滿，不似前秋惡。綉簾纔捲，一樓空翠迴薄。　擬泛烟中片葉，但兩湖佳處，任風吹泊。山水清音聽未了，隱岸玉箏金索。頭上催詩，枕邊滴夢，謾惜瑶卮落。相看不厭，兩高天際孤削。

前　調

己丑冬，壽粱大夫人，夫人姓桂氏。

伯鸞佳偶，羡仙種桂苑，一枝清馥。葭管將迴陽律暖，人在玉堂華屋。半吐瓊芳，初圓蟾影，早弄龍章軸。綺筵雅奏，介眉春酒方熟。　頻年羈宦天涯，喜左連蘭蕙，右依珠玉。共擁獸爐歡宴處，笑舉霞觴相祝。月殿長春，天香久駐，不似凡花木。纍纍結子，滿庭垂滿金粟。

永遇樂 病中

翠帳春寒，玉爐香細，病懷如許。永晝懨懨，黃昏悄悄，金博添愁炷。薄倖楊花，多情燕子，時向瑣窗細語。怨東風、一夕無端，狼藉幾番紅雨。　曲曲闌干，沉沉簾幕，嫩草王孫歸路。短夢飛雲，冷香侵佩，別有傷心處。半暖微寒，欲晴還雨，消得許多愁否。春來也、愁隨春長，肯放春歸去。

前調 寄素庵

澹澹離雲，凄凄紫陌，香塵飛雪。泪滴鮫綃，愁盈珠勒，一霎成拋撇。別去丁寧，傳來芳信，頻寄錦書休絕。倩東風、吹嚮天涯，悄悄把離愁説。減去沉腰，霜添潘鬢，怎似前秋離別。鏡裏分鸞，燈前瘦影，羞把湘簾揭。有恨黄昏，無情玉笛，催落紅梅寒月。問今宵、多少凄凉，枕棱衾缺。

前調 舟中感舊

無恙桃花，依然燕子，春景多别。前度劉郎，重來江令，往事何堪説。逝水殘陽，龍歸劍杳，多少英雄泪血。千古恨、河山如許，豪華一瞬拋撇。白玉樓前，黄金臺畔，夜夜祇留明月。休笑垂楊，而今金盡，穠李還銷歇。世事流雲，人生飛絮，都付斷猿悲咽。西山在、愁容慘黛，如共人凄切。

前調 秋夜

團扇纔收，凉風俄透，粉紅零剪。霞捲冰綃，一天寒碧，祇有愁相見。慣愁雙黛，也須耐得，多少雨嗟雲倦。路茫茫、東籬在何處，羅襪棱棱尋遍。回頭曾念，幾番塵夢，目斷還教腸斷。葉砌層階，霜欺餘菊，去雁應相怨。玉漏頻傳，晶簾時曳，烟結香篝如霰。今宵對、依依明月，此情何限。

聲聲慢 感懷

寒寒暖暖，雨雨晴晴，無端催趲紅綠。濕燕雙雙，語語似憐幽獨。銀燈半昏碧影，十年愁、多到心曲。此際也，不銷魂斷盡，腸兒還續。　不忿青蛾元鬢，纔彈指、逢人便慚珠玉。吟遍花箋，想也半消清福。惟應冰紈寶鈿，料天公、誰妒塵俗。試看取，古今來、嵇嘯阮哭。

風流子 同素庵感舊

祇如昨日事，回頭想、早已十經秋。嚮洗墨池邊，裝成書屋，蠻箋象管，別樣風流。殘紅院、幾番春欲去，却爲個人留。宿雨低花，輕風側蝶，水晶簾捲，恰好梳頭。　西山依然在，知何意憑檻，怕舉雙眸。便把紅萱釀酒，祇動人愁。謝前度桃花，休開碧沼，舊時燕子，莫過朱樓。悔煞雙飛新翼，誤到瀛州。

水龍吟 次素庵韵感舊

合歡花下留連，當時曾嚮君家道。悲歡轉眼，花還如夢，那能長好。真個而今，臺空花盡，亂烟荒草。算一番風月，一番花柳，各自門、春風巧。　休嘆花神去杳。有題花、錦箋香稿。紅陰舒捲，緑陰濃澹，對人猶笑。把酒微吟，譬如舊侶，夢中重到。請從今、秉燭看花，切莫待、花枝老。

前調 春閨

隔花深處聞鶯，小閣鎖愁風雨驟。濃陰侵幔，飛紅堆砌，殿春時候。送晚微寒，將歸雙燕，來去迤逗。想冰弦凄鶴，寶釵分鳳，別時語、無還有。　怕聽玉壺催漏。滿珠簾、月和烟瘦。微雲捲恨，春波釀涓，爲誰眉皺。夢裏憐香，燈前顧影，一番消受。恰無聊、問取花枝，人長悶、花愁否。

梅花園詩餘

仁和鍾韞眉令撰

小重山 寄翁少君

舊日春風過旅堂。海棠初放處、倚斜陽。簾櫳手炷博山香。思往事、兩兩試紅妝。揮手恨添長。胭脂憔悴後、儘思量。懷君尋夢轉迴廊。殘紅和、泪落染羅裳。

如夢令 春暮

攬鏡朝來無緒。簾外飛花如許。林際子規鳴，又見荼蘼細雨。春去。春去。却問春歸何處。

前調 病起

抱病懨懨懶綉。怯怯腰支如柳。睡起捲珠簾，恰恰鶯啼時候。聲逗。聲逗。喚得深閨人瘦。

天仙子 送春

花飛頓覺韶光盡。黃鸝相喚愁相應。憑闌徙倚不勝情，推妝鏡。穿花徑。花枝憔悴疑同病。　愁懷怕共東風競。冉冉綠陰何驟盛。園林滿目但傷神，春無剩。留難定。琴弦慵整人初靜。

長相思 贈畫上美女

丹青手。誰人有。能描一種丰姿否。好是鴛鴦偶。　顰眉久。時低首。深情應爲春相負。春也難消受。

前調

針懶拈。香懶添。仲春天氣喜游園。相呼楊柳邊。　愛春妍。惜春旋。一夜催殘風雨天。飛花滿畫簾。

鷓鴣天 寄九妹

一春愁蹙兩蛾眉。花自芳妍人自悲。蛺蝶穿花渾似夢，少年風味杳難追。　頻折柳，試春衣。亂紅深處鳥争啼。生憎呢喃雙燕子，飛來飛去共差池。

鵲踏枝 贈鄰女

幼女性情天與慧。紅杏窗前，愛把新妝試。怨粉愁香如有意。相思未解真滋味。露濕春枝花更麗。半面含嬌，的的争明媚。深院垂楊門晝閉。春風何限登樓思。

重疊金 美人曉妝

雨聲一夜黏花足。柔枝低壓闌干曲。曉起薄羅裳。微微指甲凉。鏡中憔悴後。妝點偏宜瘦。瘦到不堪時。猶然去畫眉。

鵲踏枝 游園

眼見秋來秋已盡。紅蓼開殘，秋也無光景。竹外魚歌低自應。一溪落日平如鏡。薄暮輕寒霜降近。鬥草籬邊，翠色看猶嫩。怪煞主人常抱病。從教蕪穢黄花徑。

少年游 即事

東南日出照庭隅。風影隔窗虚。細草闌干，輕烟簾幕，天氣困人初。夢魂一晌閑無緒，擔擱綉工夫。慵整菱花，怕聽鶯語，心事尚模糊。

玉窗詩餘

東海葛宜南有撰

十六字令無題

月。映綺羅寒，愁倚闌。佳人怨，相思隔萬山。

三字令春暮

春欲去，海棠時。正相思。珠簾捲，寄書遲。君不見，愁脉脉，妾心知。空悵望，負佳期。雙燕栖。香泥蘸，畫梁低。燈黯澹，雨迷離，夢初回。

轉應曲和日觀并寄

歸燕。歸燕。飛到畫梁深院。肯寄相思玉人。楊柳依依望春。春望。春望。杜宇聲聲江上。

南鄉子 懷遠

春澹澹，柳依依。黃鸝聲裏落花時。暮雨紗窗人寂寞。愁無托。萬里相思重疊疊。

荷葉杯 納涼晚坐

微雨初消殘暑。正及。晚涼時。荷芰一池相映綠，風起。亂鸂鶒。

江城子 午日

五日筵開亭午時。泛金巵。咏新詩。草自忘憂，虛牽續命絲。獨有三閭湘水闊，流不盡，古今悲。

踏莎行 寄書

花撲珠簾，雲生烟樹。倚樓望斷人歸路。却憐一夜雨和風，落紅滿地吹無數。　新燕初飛，雛鴉拂羽。有客行行千萬里。欲寄尺書江水深，春來春去傷心處。

長相思懷遠

雨聲響，雨聲沉。雨漲溪頭溪水深。情牽綠柳陰。　春色寒。春夜闌。靜倚東風不忍看。一天雁影還。

春光好送別

梅葉放，桃花明。正啼鶯。無奈扁舟君欲行。幾含情。　愁深不日不月，春寒乍雨乍晴。南北東西芳草路，忍青青。

仲興樂春仲

鶯啼朝雨。畫閣人初起。簾外桃花嬌欲語。正及清明時矣。　含愁靜掩金閨。開奩獨整羅衣。謾舉珊珊翠袖，臨風好待君歸。

憶秦娥春半

風雨散。玉人隱隱垂楊畔。垂楊畔。聲聲杜宇，春歸將半。　溪頭桃李花正爛。多少閑愁無心看。無心看。腹裏車輪，輾轉不斷。

吴宫楚

虞美人 春感

春來春去當春仲。舊事如春夢。無情緑柳繫相思。不盡江頭流水、去遲遲。

館今誰在。嘆息年華改。一朝風雨暗芳洲。白日光輝何處、照重樓。

芭蕉

臨江仙 同查氏姊、張氏妹止溪春游

雨過芳洲春風暮，漸看芍藥花稠。姊娣相携泛小舟。一天晴日麗，滿徑亂香浮。

古衖竹林幽，止溪溪水悠悠。烹茶煮笋任淹留。便是桃源路，追隨愜勝游。

貯素樓詞

淮陰蘇穆佩蘘撰

荷葉杯 新月

昨夜蛾眉初見。西院。斜照碧闌干。杏花剛喜試春寒。纖影耐尋看。　書案半留芳曲。殘輝。掩燭不勝情。玉鈎教上畫簾旌。梁燕夢雙驚。

虞美人

捲簾不負嬋娟約。暝色連高閣。柳塘還送晚風寒。斜曳綉羅雙袖、獨憑闌。　沉吟不見歸來燕。何處尋芳甸。年年此日總花開。底事而今衹遣、暗香來。

芳草 送夫子薄游皖上

海棠酣，丁香還結，空教屋角亭亭。綉簾高捲處，暗香盈袖，怎逐江程。鶯聲啼滿樹，想遥遥、遠隔烟汀。待乘風、隨它帆勢，夢裏逢迎。　清明。池塘水碧，新月影、亂惹波輕。

竹陰閑素鶴，落花千片裏，倦舞還停。新來雙語燕，憶年時、梁上經營。喜舊巢、依然畫閣，不負初盟。

望海潮

蒙蒙疏雨，漸敲朱户，西風吹逗簾旌。深閣晝眠，重幃暗鎖，鶯啼殘夢偏驚。春盡絮飛輕。共海棠落去，千片無聲。此際魂銷，但將離恨寄春行。　清池水上橋橫。被行人遮住，隔岸初晴。斜日樹邊，檐前燕子，銜泥虛傍雕楹。人倚越山屏。是爲花憔悴，減却芳情。冷落香篝，又隨雲想度長更。

虞美人

昨宵風雨連烟暮。花落猶疑誤。今朝真個逐東流。何處殘香，偏入小樓頭。　天涯消息憑誰問。問也無憑準。含愁擬酒待黄昏。雙燕歸來，和我共消魂。

菩薩蠻

南池池上多飛絮。嬋娟弄影來還去。一釣蕩波輕。亂香魚夢驚。　小窗人久立。星映遥天碧。曉燕出雕梁。啄泥知更忙。

湘春夜月 落花

惜春葩，辭枝都向天涯。祇剩一片清陰，留取蔭苔沙。細憶去年初會，共低腰舞柳，傾國爭誇。被阮郎偷玩，嬋娟纖影，人掩窗紗。　庭前過蝶，池邊宿草，天際明霞。憔悴樓頭，裝懶便、喚春回也，難喚芳華。叢叢桂葉，料素秋、香滿鄰家。乍相別，甚愁思消得，闌干遍倚，雲亂風斜。

木蘭花慢

奈濃春雨細，共風送、落花聲。正雙燕歸來，尋巢弄剪，虛傍簾旌。黃鶯。翻從樹底，認嬋娟斂影照空明。不道蛾眉憔悴，東風獨立殘更。　雲行。伴柳絮飛輕。池畔草相迎。被幾處啼鴉，但催愁思，不解春酲。堪驚。春光似水，照朱顏攬鏡不勝情。憑仗東皇雨露，明年更簇繁英。

雨霖鈴

西南風劣。向花枝、剗地愁先絶。尋常莫道春去，王孫未老，還堪重惜。月上瓊樓，算幽恨、飛燕能説。謾寄向、烟雨天涯，一路香痕傍華轍。　荷錢點點何堪折。但清波、渺渺銜魚妾。流螢一個巧入，待伴我、重簾岑寂。夜漏頻催，擬把雙蛾，還聚愁碧。奈露盤、空盼金莖，衹嚮梧桐滴。

滿庭芳 中元感賦

幾日新秋，西風嚮晚，又吹新月團圞。畫樓人静，衣袖覺輕寒。謾道縈簾細雨，良宵也、別樣辛酸。平池上，流螢露草，何處接荒原。　憑闌。看弱柳，絲絲都是，飛絮芳年。奈纖影而今，不到鶯邊。此際魂銷灞岸，歸期早、尚隔霜天。傷心處，一聲梧葉，和露墜窗前。

迷神引 秋鶯

一曲笙簧臨碧樹。閑却了蟬無數。當時應悔，送得春歸去。一聲聲，還疑被、落花誤。怎喚得春回，迷舊路。且復約春心，傍秋住。　弱柳侵簾，裊裊尋飛絮。問畫梁間，差池羽。紫霄寒起，可傳得、儂幽素。萬種深情，凄凉調，不成譜。曾共玉樓人，移雁柱。彈遍十三弦，泪如雨。

夢芙蓉

來鷗館，芙蓉忽不發，主人譜此以吊之，命余同作。

西風吹綠碎。正瀟瀟秋影，嚮人憔悴。年時曲徑，香靨倚濃翠。怨魂和露墜。問他何處飄寄，綉閣重簾，但憑將畫稿，留得靚裝在。香發芳園曉桂。小院無人，弱柳還縈繫。霜花易結，空揾素娥泪。蟬聲猶自嘒。砌蟲啾唧相對。那是凄凉，替招回艷魄，不信驗羅袂。

摸魚兒 移蕉

對仙雲、小園籬畔，重重生翠彌漫。移來試傍瑶階種，衹恐芳魂易斷。君莫怨。早約得、潺潺疏雨宵來灌。桂香深院。可肯趁佳晨，露濃風静，綠蠟一齊展。誰相伴。小立闌干耐看。舞裙似蝶零亂。佳人扶病伶俜煞，頓覺秋添一半。春去遠。要爾殢、春情婉轉隨昏旦。柳絲千萬。繫不住銀河，嬋娟纖影，枉把綉簾捲。

湘春夜月 蕉别

雨綿綿，伴君今夜凄然。衹剩一寸柔腸，都化作秋烟。葉葉羅裙生翠，共海棠嬌映，減甚芳年。奈恩深故土，頓成小别，終是留連。三更殘月，窺簾弄影，别樣姿妍。何處魂消，酒盞送、驚鴻瘦影，直到窗前。迴廊隔住，料孤根、不隔三泉。問覆鹿，向誰家夢裏、天涯路杳，一任高眠。

芳草 蕉答

伴離情，蕭蕭瑟瑟，西風又蹙蛾眉。今宵分袂處，海棠親見，有泪都垂。瑶階還獨立，趁佳晨、帶露剛宜。助新妝、遥天一碧，曲沼雙埼。　相思。叢叢桂影，新來又、鶯語迷離。是年秋日聞鶯，曾賦詞。赤闌圍素夢，倩誰扶月起，作弄嬌痴。好秋輕過了，斂芳魂、雪壓霜欺。待明年、雲羅翠纈，小院春暉。

南浦 秋海棠

風吹艷落，剩幽芳、散作露階痕。莫道秋容憔悴，籬菊未招魂。鏡裏翠眉裝淺，料佳人、還要點朱唇。但拈來三徑，粉濃脂澹，耐可賦温存。　怪底年年纖影，傍清池、寒逗緑羅裙。暗雨驟鳴蕉屋，驚夢不成春。試看紅消翠減，便深情、萬種付湘雲。盼夜來圓月，畫簾人静伴黄昏。

惜紅衣 八月十二夜，陶谷程夫人贈荷

寂寂宵分，團團月午，一天雲散。送得香來，剛離謝池畔。紅衣翠蓋，應替却、悲秋一半。銀漢。訴與姮娥，比天涯還遠。　西風惹袖，金粟鋪階，佳人笑相玩。蓮舟纔繫，忘了采蓮伴。目斷故山歸路，一定有人凄怨。但膽瓶深護，莫把綉簾輕捲。

西湖月 十八夜，陶谷又贈荷花

瑶階悵望多時，見月上林梢，綉簾輕護。是誰又遣，瓊花來自，玉塘深處。膽瓶重拂拭，奈前度、仙雲留不住。問昨夜、獨立瑶池，可有別情離緒。　小園弱柳蕭疏，弄萬種柔情，共人凝佇。漸秋深也，袖寒嬌褪，翠消紅誤。西風吹不斷，怕艷魄、凋零和恨去。剩白石、惜到紅衣，冷吟秀句。

南歌子

細雨宵潛濕，青桐葉半凋。臨池弱柳萬千嬌。繫慣離情，繫不住魂消。　喚起重幃醉，誰家弄玉簫。秋聲怕問廣陵潮。吹入秋心，吹不展芭蕉。

湘春夜月 春水園填詞圖

惜秋來，蕭蕭瑟瑟花殘。剩有籬菊叢叢，還耐碧天寒。待訴落紅離緒，奈蕉心難展，竹泪空彈。謾傷秋老去，窗前有月，且自吟看。　樓頭夜永，西風又送，青女驂鸞。盼到回春，彩筆共、蘋洲片玉，分樣裁箋。憐它燕子，寫栖香、舊夢剛圓。掩綉閣，對流離研匣、緑雲紅雨，都付遥天。

瑞鶴仙 題湯節母楊太夫人吟釵圖

璚臺凋鶴羽。念萬種凄凉，小窗倦旅。秋風無處所。折一枝釵玉，燕隨秋去。雙飛儔侣。早碧化、鯨飆鬣雨。更間關、千里征程，還恐舊巢難住。　凝伫。思親一夜，掩泪相看，白雲紅樹。愁題秀句。清鏡裏，斷腸譜。羡輕裘叔子，朱弦彩筆，争識舊家風度。憶春暉、長似依依，膝前絮語。

一萼紅 題雨生都督雙湖夫人畫梅樓雙照

唤春魂。倩羅浮枝上，翠羽下仙雲。陶谷蒼虬，古香曾識，尋常不數江村。傍清沼、亭亭裊裊，兩三枝、留與客温存。竹外籬邊，松風檜雨，舊夢無塵。　不道西湖當日，早濃香疏影，立盡黄昏。彩筆閑題，家山重到，况禁雪護柴門。定記得、曉寒樓上，擘鸞箋、芳意藹朝暾。待到花梢月轉，再賦新痕。

虞美人 雪蕉

綉簾輕隔階前雪。腸斷何人説。一聲孤雁入遥空。剩把離愁漠漠、訴西風。緑窗猶賦裁箋句。不管魂消處。夜來明月著天流。曾照羅裙窣地、立深秋。

夢横塘

雨生都督有《劍人緣傳奇》，讀竟即題十二古琴書屋填詞圖，呈雙湖夫人。

西窗風勁，弄影寒梅，嚮人無限蕭散。月朗湖空，記對把、紅牙低按。鴉髻蟬鬟，黛眉丹靨，海棠春綻。喚羅浮舊夢，共蝶醒來，朱弦冷、塵衫换。人間俠骨仙才，借杯澆塊壘，都作秋嘆。恁好芳華，總付與、紫簫聲婉。送凄楚、斜陽一抹，照到傷心畫樓畔。海國濤生，更飛仙劍，斬鯨鯢教看。

湘春夜月

夫子爲友人寫緑陰清晝圖贈杜季翾，題詞以諷，倚聲作此，杜名小燕。

小屏山，閑看綉幕春融。一剪拂柳穿花，來睇畫樓東。那識離情離緒，會捎鶯趁蝶，占斷香濃。奈韶光彈指，朝朝暮暮，又舞殘紅。　池荷倚恨，東籬送酒，雁影横空。謾道魂銷，長笛甚、傾巢雀鼠，惱亂嬌慵。訴盡傷心，倩佳人、彩筆玲瓏。便好去，覓青山茅屋、星前月底，静對霜楓。

婆羅門引

西風過後，更無落葉作秋聲。錦機偏動幽情。萬里天涯路窄，何處月長盈。嘆滄波一片，輕换陰晴。　凝眸短檠。渾未辨、舊時明。况又瀟瀟細雨，遥夜争鳴。繁華夢久，怕相將、都付與雲屏。愁玉女、立盡殘更。

疏影 題王潤如夫人天寒有鶴守梅花圖

疏林瘦竹。作萬種凄凉，寒夢難續。謾立闌干，遥攬春暉，天涯空自盈目。紅消翠减憑誰記，且傍者、小窗横幅。任秋來、落葉無情，送盡玉蟬哀曲。　猶喜庭前素羽，碧雲明月裏，顧影忘獨。料得融融，彩勝椒盤，仙骨露華香熟。簾前陣陣南來雁，莫寄與、離愁棖觸。算世間、一例春空，衹有萼華凝緑。

春雲怨題梨花白燕圖，爲柔吉夫人作

韶華暗換。見數枝冰艷。盈盈深院。瘦骨偏宜妝澹。萬葉暮雲春思遠。暖日生香，輕陰送影，半掩離愁半清怨。簾外從它，無言桃李，閑立畫廊遍。斜陽一抹空遺嘆。寫生綃素幅，幽懷難浣。永夜姮娥易魂斷。輸與梁間，對語呢喃。舊巢依戀。動是天涯，惜春人老，柳絮趁風弄晚。

一枝春

人日，題玉戲圖，同人取梅花枝上積雪、印糕相餉遺夫子，戲作此圖。

亂積梅枝，壓檐低、欲折瓊花清玩。東風乍起，不是飛綿香軟。纖纖素手，謾摇向、翠盤零亂。但洗出、一片紅芳，裊裊占春一半。裝成羨它星粲。染脂痕、却是佳人曾慣。草堂寄與，莫道春情猶淺。春留甚處，想此夕柳眉應展。消幾許、簾外湘雲，伴人深院。

探春令 題明鴛湖女史黄皆令自畫小影

寶奩開處，嫦娥應識，愁眉春綻。自憐瘦損秋風面。渾不是、尋常見。　韶光幾度陰晴換。剩幽蘭相伴。任人間、老盡芳菲，萬種祗恁湘波遠。

探春慢

夫子夜宴集園歸，爲少海先生作孤山雪霽第二圖，命題其上。

江上新堂，乍開春宴，幻出瓊花玉樹。不借東風，吹它紅蕚，似怕韶光輕妒。但得好春迴，謾問道、何人分付。誰疑祗欠幽香，冷裝偏耐深處。　曲曲闌干凝佇。憶萬點寒聲，小窗曾賦。綉幕低垂，鈿筝龍笛，喚起湖山烟霧。不盡蒼茫意，乍銷向、翠蘡紅舞。五馬重來，六橋芳草無數。

蘇幕遮 寄贈耕畹夫人謝蕙墨蘭

寫幽蘭，香不斷。試問何人，替得東風怨。素手纖毫千萬轉。一幅冰綃，九曲湘波遠。　憑朱闌，抬望眼。綉閣簾垂，細裊沉烟篆。見説春歸將一半。寄與春雲，擬托雙雙燕。

大聖樂 落梅

瘦骨亭亭，偏宜妝澹，共春争色。裊數枝、簾外湘雲，一片清波，誰惜天涯傾國。最恨掃紅東風勁，送零亂、幽香隨翠陌。無言處，謾凝立畫闌，猶見遺迹。　多情忍教抛擲。料雙燕、歸來難自識。算春光情鍾，桃李那管，離愁狼藉。嫩柳搓黄含烟露，更嗚咽、長堤悲倦客。斜陽晚，悵空寫、生綃盈尺。

鳳凰臺上憶吹簫 風雨連夕，對瓶中杏花作

幾度東風，瀟瀟吹雨，作成春意闌珊。惜瘦影、無端憔悴，處處憑闌。誰道紅消翠嶂，一枝正、畫閣閑閑。休重問，恨在别離，情在辛酸。　呢喃。乍歸社燕，又絮語雕梁，似話前歡。要留取、芸窗長伴，几案清妍。除是調脂弄粉，風神别、着手都難。伴今夕，偏嗅片片香殘。

齊天樂 清明後風雨不已，惜花感賦

曉簾不散金猊篆，憑闌爲誰凝佇。鏡裏姿容，人間離别，舊恨新愁如許。斜陽欲暮。記一剪東風，緑窗眉嫵。怎似而今，作成疏影斷腸譜。　垂楊池上弄碧，裊千絲踠地，不遭春

妒。春本多情，花偏易落，畢竟芳年誰誤。瀟瀟細雨。向嫩葉殘英，十分調護。語燕歸來，舊巢知在否。

高陽臺 楊花

竟日東風，縈簾柳絮，霏微弄影臨池。欲倩誰扶，愁痕重上蛾眉。芳情不道春如霧，傍闌干、立够多時，要憑它、流水聲中，再續佳期。沉沉綉幕低垂處，怕驚殘午夢，難到遼西。極目天涯，斷腸忍説將離。梁間細語雙雙燕，記年來、共惹香泥。怎而今、衹替飛花，遠寄相思。

菩薩蠻

瑶階悵望春將暮。幽蘭欲倩東風護。已是不勝愁。更堪明月樓。　斷腸誰忍見。梁上雙雙燕。莫訴向嬋娟。夜來初學圓。

闌干十二春光遍。芳香暗減吹簫院。最惜故園枝。斷紅還自持。　陽羞嬌欲語。説被東風誤。夜久月生寒。綉簾相對閑。

拜新月慢

嫩柳成陰，亂紅飄砌，莫自登高臨遠。獨立雕闌，問梁間雙燕。嚮何處，特地、窺它畫閣殘夢，又誤幾番春淺。風雨凄凄，定蛾眉難展。　記當時、薄醉桃花面。甚而今、暗裏春光換。約得杜宇聲聲，奈南來無雁。正天涯、旅客愁中見。沉烟裊、一一迴文篆。漸瘦却、鏡裏朱顔，待歸來教看。

被花惱 珍叢館薔薇

小園竟日惜春歸，芳意獨留仙館。萬葉千條倚嬌軟。窗前最是，雙雙蛺蝶，襯舞和愁亂。剛欲語，又斜暉，半庭纖影凌波捲。　長記艷深時，曾賦香痕壓檐綻。新蛾謾緑，早怯東風，取次相吹散。問何人暗遣鬥芳菲，欲作弄、柔紅夢中幻。拌醉也，莫待飄零清泪盼。

徵招 緑陰

薔薇一點嬌紅剩，芳菲謾隨塵土。見説洛陽花，早簾前飛去。嬋娟無處所，問桃葉、而今誰賦。極目天涯，弄珠人老，韶光輕度。　日暮倚闌干，鶯聲亂、匆匆問春歸路。弱柳萬千條，繫春痕不住。幽懷傳尺素。料此際、湘雲難駐。自沉吟，翠黛雙蛾，倩曉風調護。

鳳銜杯

舊歡新寵未分明。嚮誰行、眉語忪惺。手把白羅扇子、掩秋星。釵朵重，鬢雲輕。　將脉脉，訴盈盈。踏春陽、綺緒難縈。尋遍吴山越水不勝情。瑶瑟倚湘靈。

大　酺

問極天涯，人何處，庭際緑陰鋪遍。湘雲連翠幕，動凄凉懷抱，又成斜眄。試問姮娥，人間苦别，誰最傷高懷遠。闌干憑來久，正斜陽暗澹，斗星偷换。剩烟縷垂楊，参差纖影，伴人深院。　新荷開又捲。流螢小、空繞銀河岸。謾蕩起、多情明月，寂寂凉生，傍清池、春光都變。不是東風裏，休再向、畫梁歸燕。訴凝緑、春深淺。回首無語，今夕斷腸誰管。墻陰一痕蕉展。

西平樂

多謝瀟瀟細雨，洗出深深翠。休探南薰消息，算得春歸幾日，一半春痕猶在。闌干憑處，直恁空枝窣地。　惜花意。渾忘却，空掩泪。祗有垂楊萬縷，禁得風風雨雨，弄影清池裏。可記省、秋容况悴。□天涯路短，人間世窄，寫尺素，嚮誰寄。雨滴蕉聲聲碎。夢殘酒醒，一寸柔腸斷矣。

燕山亭 新荷

啼鵑聲歇，紅紫誰收，盡付西園清沼。鈎上畫簾，燕掠微波，倦懷爲伊傾倒。尚捲冰心，怕逗起、炎凉多少。悄悄。漸院落斜陽，月停雲表。　針綫慵拈過却，更緊鎖雙蛾，爐烟空裊。金盤出掌，仙露侵衣，秦關夢中難到。花發何時，待別倚、南薰濃笑。聞道。香徑裏、吴宫人杳。

南歌子

社燕歸來後，春争宿雨多。水面蕩新荷。晚風吹不起，奈愁何。
竟日簾高捲，輕寒似早秋。天際暮雲稠。有人猶獨立，小層樓。
莫向高樓望，東風去不歸。小雨又絲絲。怎禁魂斷也，上燈時。
隔岸流螢小，時時度碧紗。柳影謾相遮。怕隨風直去，極天涯。

琵琶仙 寄姊

時節黄昏，月兒起、乍逗西園芳樹。連袂初試輕羅，閑階共凝佇。春正好、千紅萬紫，總輸却、緑窗眉嫵。廿四橋邊，十三樓畔，争便難阻。　蕩蘭槳、簫鼓喧闐，算難把、清游共鄰女。多少不言情味，付庭前鶯語。吹盡了、游絲萬丈，怎便能、綰得飛絮。莫損鏡裏朱顔，渡江迎汝。

長亭怨慢

乍聞得、一聲春去。料想東園，落花無主。越樣離情，黛痕祇向翠蛾聚。綉簾空捲，雲疊疊、關山暮。便訴與常儀，祇逗凄涼無數。　最苦。裊垂楊綫弱，謾欲繫情教住。天涯恁遠，怎但在、闌干斜處。拌换却、滿眼流光，夜窗聽、沉沉風雨。問燕子能言，曾唤春人醒否。

碧牡丹

莫問春何處。緑遍春歸路。可惜東風，取次催將西去。極目天涯，正淺深雲暮。斜陽還在高樹。　逗凄楚。細映霞成縷。銀鈎漸生嬌嫵。縱到團圞，解照離情幾許。不似菱花，傳綺窗愁苦。朝朝都上眉譜。

雙雙燕

凝情欲語，有簾外靈風，共人斜眄。天涯咫尺，試問阿誰書便。剛道愁懷易剪。早剩下、凄涼一片。空餘萬縷垂楊，樓外翠深天遠。　誰伴。常儀瘦損。但竟日憑闌，黛痕難展。瀟瀟疏雨，濕到畫梁如霰。應是新巢香軟。可記省、年時初見。分付杜宇休啼，遺緑窗春换。

卜算子慢

湘簾半捲，紈扇生凉，滿目緑陰清晝。曲曲闌干，立遍翠環紅袖。對斜暉、無語空低首。便待嚮、天涯極目，澹烟先暗堤柳。　夜久蟾光逗。念萬里嬋娟，爲誰消瘦。恁種凄凉，况是别離時候。儘無眠、夢怕相逢陡。算祇有、相思兩字，耐迢迢繁漏。

念奴嬌

闌干憑遍，正沉沉院落，陰陰芳樹。獨上高樓成悵望，冉冉斜陽西顧。前度東風，吹開吹落，不記離愁譜。桐花飄砌，早秋鶯報園圃。　還見萬緑枝頭，蛾眉纖影，欲倩輕雲護。曾照魂消春夜永，也照春歸無語。月自年年，朱顏鏡裏，還似年時否。蕉心猶捲，緑窗曾有人賦。

大聖樂 蘋婆果連歲秋花

颯颯西風，怯紅愁緑，作成憔悴。念幾番、春去春來，萬種柔情，都付一天香綺。繞遍畫闌還凝望，問前度、幽懷何處寄。家山畔，剩深淺艷痕，伴人殘醉。　天涯斷腸別泪。奈疏雨、黄昏難獨避。料明朝、洗盡胭脂，衹有霞光姝麗。跨鶴縱回神仙駕，也難遣、重開花并蒂。文窗掩，但羅袖、清寒相倚。

摸魚兒 餞秋

念秋來、惜離傷別，珠簾垂又還捲。西風衹會吹梧葉，那識芳園零亂。晴又晚。最怕是、重陽風雨年年慣。暮雲一片。空繞遍天涯，畫闌凝佇，怎放黛痕展。　情未倦，更上層樓望遠。嬋娟誰與爲伴。供愁惟有東籬菊，解得愁深愁淺。秋不管。也不怕、玉關舊路陰晴換。千迴萬轉。要寄取相思，庭前爲托，疏柳倩征雁。

臨江仙

莫道春歸愁已絶，殘秋别樣難支。畫闌憑遍月輕移。誰將纖影，又送極天西。　待倩征鴻傳信息，斷腸空自凝思。暗風不動小荷池。岸邊衰柳，獨舞碧絲絲。

渡江雲

片帆隨碧水，遠山惻惻，萬里起嵐烟。好風頻斷送，弱柳春花，是處總堪憐。江楓何事，也禁它、恁樣翩翩。空斷腸、斜陽隱隱，無數客歸船。　年年。天涯羈旅，試問飄零，却何人曾慣。憔悴損、吴宫眉翠，月自清圓。也知不是春光裹，剩東籬、殘菊争妍。遥天碧、傳來鴻信誰邊。

連理枝 望梅

不惜東風去。不惜金盤露。祇惜殘紅，年年慣是，飄零無主。縱常儀最解、説多情，也難留艷譜。　隱隱斜陽暮。猶被蛾眉妒。試問江梅，纔含香蕊，倩誰調護。怕元徽無處、畫朱幡，又禁風禁雨。

菩薩蠻 哭輓先師惲潔士

西風日夜摧殘葉。瀟瀟和雨階前滴。那得不潸然。抱經將十年。　瓊樓今昇昔。何處容高潔。無語憶春暉。白雲天際飛。

綺羅香

萬葉凋零，清池積就，一片幽憂誰省。尚記春歸，替盡落紅愁病。又祇被、雪壓霜欺，似殘葩、粉消香燼。甚年年、玉露金風，慣入芳菲斷腸徑。　芸窗誰傳錦字，便倩賓鴻寄遠，難尋前景。翠閣重樓，争裊舊時蟬鬢。縱忘却、客裏流光，奈敲簾、雨疏風勁。爲何人、滴遍芭蕉，泪隨殘漏永。

雨中花 冬至後二日見月，寄潤如、柔吉二女史

小院深沉留鶴影。聽殘漏、畫樓人静。梅蕊横窗，雁聲迴浦，記取年時景。　試問新來誰對咏。料白燕、差池難并。玉闕高寒，凄凉情味，夢唤梨雲醒。

虞美人 題秋江罷釣圖

江潮夜夜驚人寐。山色催人起。危磯鎖不住江流。何况纖纖風裊、一絲柔。　人閑容易珊瑚老。且嚮蓬萊島。綠蓑青箬白沙鷗。都把閑情付與、十分秋。

甘草子

疏雨。亂灑梅枝，越樣添眉嫵。是處最消魂，更有消魂處。簾幕輕寒烟籠樹。奈此際、春猶無主。日自虞淵宵自午。過月明三五。

齊天樂

一番花信東風裏，匆匆落梅多少。日暖烟輕，池清水皺，海月初生林杪。西窗夜悄。怪竟日飛英，尚縈懷抱。野寺鐘聲，暗催前夢過瓊島。天涯誰念倦旅，料嬋娟萬里，堪共吟嘯。鏡裏溶雲，簾前點雪，幾度闌干低繞。鶯聲弄巧。甚絮絮深情，向人頻道。總惜春歸，奈春歸自好。

過秦樓 柳

社燕初歸，嫩黄纔吐，却早占春一半。闌干獨憑，裊裊柔絲，最是共人腸斷。何事晝長夢回，輕染纖蛾，便成凄惋。怕秋來萬里，飄零無主，馬蹄聲遠。曾説與、芍藥開前，青梅熟外，種種緑繁紅倦。絲風院落，潺雨黄昏，一葉蕉痕長捲。多少幽情付伊，剛耐春寒，又凝春怨。向清池影裏，閑逗疏星幾點。

浣溪沙

風暖藖洲二月天。客懷何處不凄然。片帆春水度芳年。莫問天涯惆悵事，落花殘月在尊前。一行新柳自含烟。

瑶花

春光艶冶。靄暖風輕，早清明時節。萋萋芳草，料此際、緑遍尋春雙屐。落梅無數，盡付與、笛聲嗚咽。裊畫簾、萬縷垂楊，衹賦天涯離别。斷腸忍問流光，奈香滿池塘，春水凝碧。燕嗔蝶舞，似伴我、共領綺窗凄切。曲闌望久，想到處、都無人説。但試取、短夢清宵，穩耐幾番風月。

滿庭芳

甲午三月十九日，夫子手書至，述客中近狀，兼問園中花木，繫念殊深。奉讀之下，凄凄終日，賦此記之。

徑緑苔滋，墻陰樹密，小園尚剩餘寒。人留甚處，竟日獨憑闌。誰道江南夢好，清宵永、新月彎環。消凝處，痴雲難捲，繁漏又珊珊。天涯悲倦旅，愁隨更起，不共更殘。剩落花千片，清泪相看。縱自登高極目，應不似、曩日烟鬟。章臺路，垂鞭倦也，應趁好春還。

虞美人

愁多不識愁來路。鎮日空凝伫。簾前雙燕報春殘。羅袖寒輕還去、倚闌干。　花枝不記東風怨。新緑生庭院。個人窗下暗魂驚。除問嬋娟何處、得分明。

長亭怨慢

莫吹盡、枝頭花片。試剩殘紅，待儂歸見。蝶舞蜂喧，燕嗔鶯吒、倍零亂。問春不語，空拍得、闌干遍。碧樹縱多情，也衹説、春深春淺。　翠鈿。謾雲鬟半嚲，柳絮亂飛空院。芳華易歇，莫便把、綉簾輕捲。便灑出、萬點湘斑，總難把、蕉痕都展。怪昨夜姮娥，偏照年時人面。

摸魚兒 夫子久客袁浦，賦此寄之

對閑庭、翠深春老，紗窗輕報寒暖。天涯總有多情月，怎照個儂幽怨。雲一片。又耐聽、瀟瀟細雨傳更箭。畫羅團扇。且謾撲流螢，休尋舞蝶，衹恐晚晴變。　消凝處，誰把珠簾半捲。愁痕惟許蕉見。東風不解春無主，猶嚮碧荷零亂。人自遠。寫尺素、遥遥那倩南來雁。銀河隔岸。問萬里姮娥，可曾留影，照徹寸腸斷。

霜葉飛

幼失怙恃，依於徐氏。徐母鍾愛十有六載，未嘗暫離。于歸後，尚得同居。道光八年，將隨夫子返春水園，母悲不成語。良久泣曰：『吾年老矣，兒去恐難再見。』又曰：『兒去能安樂，我心亦慰。』訓語臻至，心痛拜受。一載之中，音書不絶，至十年正月，忽聞仙逝。嗚呼！疾不能親侍湯藥，亡不能撫棺一慟，撫我育我，將欲何爲！忽焉五稔，素秋欲盡，觸目傷心，爲詞以記。

斷紅衰緑。迷遥望，沉沉千里烟霧。一番秋送幾番愁，忍嚮霜天訴。縱化作、楚鴉飛去。茗茗不是天涯路。料宿草萋萋，封不斷、當時望眼，白雲深處。　謾倚淺碧闌干，迴廊繞遍，斷腸空自凝佇。月痕初上畫簾旌，慣促斜陽暮。算衹剩垂楊幾縷。臨池猶惹風姨妒。便待得、春風轉，野徑棠梨，奈它烟雨。

摸魚兒 七夕憶小池白荷

漸西風、送秋來也，天涯離思如許。銀塘獨立無人賞，脉脉此情誰訴。回首處。正月暗、樓陰愁下窺魚鷺。仙橋已度。算天上人間，都將清泪，并入冷香句。　湘雲遠，無限明珠翠羽。遥遥那見歸路。冰魂月魄黄昏後，定記小窗調護。秋且住。莫便把、仙衣輕辟書中蠹。凌波緩步。待一棹歸來，盈盈水際，相對話離緒。

齊天樂

海棠剛綻秋初遍，芳園漸疏庭柳。露重池坳，蟬鳴葉罅，又釀凄凉時候。層樓人瘦。甚竟日西風，暗盈襟袖。已是銷魂，更堪微雨弄晴晝。湘簾一桁細捲，念愁荷萬柄，空自低首。寂寞天涯，蕭條身世，碧宇高寒依舊。佳人知否。盼隔岸銀河，衹餘星斗。謾訴離思，夜窗支永漏。

疏　影

閑庭翠暖。怪梧葉無情，先送幽怨。敲響空階，不管愁人，臨風剛賦秋扇。西風最惜分離苦，便竟日、蕭蕭深院。自那時、蹙損雙蛾，怎嚮這回重展。休問年來憔悴，緑窗春去後，吟事都懶。弄影銀蟾，輕蕩湘波，偏照天涯人面。芭蕉葉葉籬邊碎，又忍捲、珠簾重看。便喚取、玉宇春回，别是一番鶯燕。

大酺 秋柳

對短檠昏，秋光澹，底事凄涼重省。小樓春去矣，念生來弱骨，怎堪愁病。謾賦梨雲，休悲絮雨，清泪那能消盡。嬋娟憑高也，更分明付與，秦臺妝鏡。便宜是飄零，春風和露，已曾身領。　桂香來深徑。奈此際、鷗鷺眠難醒。十二曲、闌干繞遍，空自凝眸，把舊詞、忍與重咏。不識天涯遠，但隔岸、都成幽境。又禁得、繁更警。回首池畔，尚剩殘荷幾柄。蕭條夜寒風勁。

卜算子慢 雪意

朔風乍起，烟樹半凋，寂寞碧霄高迴。觸目傷懷，那是去年愁病。一聲聲、怎識飛鴻信。謾損却、青山遠緑，伴取瓊臺妝鏡。　夢斷殘更警，料萬里同雲，倍增凄冷。荏苒流光，誤了素娥纖影。更天涯、歸計渾難定。但點綴、窗前緑萼，任幽人閑領。

瑶花 春雨

留寒禁暖，暗把春痕，黶芳園眉嫵。綉簾高捲，臨碧沼、但曳垂楊千縷。篆烟琴韵，盡畫閣、低回無語。記去年、滿樹幽香，不似者番凄楚。　差池雙燕還來，看涎尾紅襟，都帶離緒。萋萋芳草，料遍滿、昔日王孫行處。香泥易斬，莫更啄、江洲蘅杜。消幾許、庭院黄昏，且下重簾歸去。

虞美人 燕營巢

畫簾捲處春雲重。雙剪輕抛送。杏梁猶記去年痕。肯向笙歌隊裏、覓朱門。　夜來應濕差池羽。還又穿花去。紫騮陌上會相逢。勸整歸鞭莫待、緑陰濃。

一枝春

淺碧闌干，拂垂楊、幾點朝來疏雨。春痕乍染，不是嚮時深處。籠烟低裊，倩誰替、個儂凄楚。有畫閣、雙燕呢喃，似訴隔年離緒。　樓頭慢垂簾幕。怕嬋娟、静夜歸來無主。瓊臺試暖，鏡裏待添眉嫵。天涯恁遠，空回首、斷霞千縷。人瘦也、休報春歸，預愁春去。

綠月樓詞

甘泉江瑛蕊珊撰

踏莎行 題蘭花幀子

細葉搖春，疏花弄影。一枝曾記簪雲鬢。如何憔悴畫中看，紅心也是懨懨病。　墨散蒼烟，水分青暈。杜娘踪迹憑誰問。暗香吹遍不逢人，湘陰月上秋魂冷。

長命女 病起

斜日後。獨倚西闌痴望久。風冷羅衫袖。小園蟬聲凄咽，暮靄低籠衰柳。春去秋來還似舊。祇是人消瘦。

長相思 和秋玉病中

黯消魂。又黃昏。一陣西風一雁聲。誰家秋思深。　背銀燈。掩啼痕。藥竈飄香病骨輕。晚風愁不勝。

卜算子慢 寄許淑慧

風吹敗葉，冷翠亂烟，脉脉素雲天暮。悶倚闌干，難遣別時心緒。記花前、携手當年路。剩岑寂、深苔曲徑，怕尋舊日游處。秉燭情何許。嘆錦箧空留，斷腸詩句。待展芸箋，獨自懶吟愁賦。嚮孤燈、憔悴渾無語。聽院外、聲聲蟋蟀，伴離人清苦。

謁金門 憶大姊

雨初歇。繞樹啼烏聲咽。寂寂窗櫺寒怯怯。西風吹墮葉。又是暮秋時節。難遣別情淒切。倚檻低眉腸似結。閑階空剩月。

清平樂 寄素姊

秋聲簾底。獨自銀屏倚。正是病中新睡起。一點孤燈如水。小園敗葉飛黄。篆烟深鎖蘭房。夢裏香閨依舊，覺來無限思量。

菩薩蠻

過琴清軒，留呈智珠夫人。

空簾斜日蛛絲滿。鴨爐烟冷香痕斷。何處問歸期。聽風聽雨時。愁和天共遠。離恨難消遣。塵夢到長安。馬嘶秋塞寒。

前調 梔子花

一枝斜倚闌干外。素紗衫子嫣然態。粉泪濕香羅。空階凉月多。秋魂誰喚起。憔悴西風裏。冷艷褪紅香。有人愁晚妝。

前調 和秋玉

疏疏衰柳蟬聲咽。晚風吹墜梧桐葉。凉月照深閨。孤燈秋夢回。迢迢清漏永。依舊懨懨病。幽恨杳難尋。倚闌空斷魂。

解連環 秋暮過故園見衰柳感作

塞鴻催晚。把緑窗午睡，被它輕喚。悄步來、三徑全荒，剩衰柳絲絲，對人凄黯。織恨梭年時早霜尚淺。怎近來閲愁，絆不住、斜陽一綫。聽西風更緊，薄暮栖烏，早又啼遍。今古榮枯，更銷得、幾回歌嘆。世，已無青眼。記去春、緑到江南，送花舸香車，繫情何限。算祇有、昏烟無恙，凄然夢斷。

瑣窗寒 寄定生夫人

閑倚妝臺，病懷憔悴，含愁幾度。再消凝處，不是那時眉嫵。但懨懨、獨自香閨，凄凉夢裏前游誤。嚮晚來深院，一鈎新月，添人離緒。秋暮。西園路。剩落葉蕭蕭，暗蟲低訴。銀箋金縷，難寫斷腸詩句。念匆匆、似水年華，催教別恨深何許。掩紗窗、清漏沉沉，剪燈無半語。

解連環 寄秋玉

晚晴簾底。照幽花瘦影，月痕初霽。墮空階、幾葉梧桐，正綉幕低垂，霜風漸起。暮景凄凉，又獨自、闌干暗倚。對孤燈小閣，悶掩銀屏，病思憔悴。年時俊游誰記。念畫樓深處，岑寂羅綺。嘆如今、咫尺天涯，便錦字題成，更無人寄。離緒依依，怕一寸、柔腸難繫。忍重問、新愁舊恨，近來消未。

百字令 寄懷秋玉兼柬定生夫人

闌干乍倚，見空階一片，落紅零亂。應是與伊分別後，漸漸吟踪疏懶。減盡游情，題殘恨句，鎮日柔腸斷。征鴻又去，有誰能寄幽怨。　堪嘆迢遞歸期，凄迷烟月，還照深深院。小立花陰凝望久，泪眼看春春晚。九十韶華，匆匆過了，依舊愁難遣。甚時携手，西堂同醉金盞。

飛雲（湖）〔滿〕群山 歲暮寄懷大姊

爆竹街頭，笙簫鄰里，聽來又是春回。光陰似箭，歲華將晚，那更佳節頻催。記西堂夜飲，奈迢遞、當時翠帷。十年詩酒，多少俊游，轉眼盡傷悲。　算祇有、紗窗新月影，愔愔還照，岑寂香閨。無聊獨坐，翻書自遣，應厭笑語傳杯。但愁腸似結，人憔悴、懷抱都非。雙眉蹙損，相思夜夜春夢歸。

齊天樂 秋螢

寒星碎影蕉窗底，西風幾回吹到。碧焰愔愔，墻陰露冷，秋色重來池沼。年華易老。記醉撲花間，輕羅扇小。那日游情，如今獨自甚懷抱。　傷心更憐腐草。荒園殘月裏，誰伴凄悄。畫閣無人，紗籠向晚，岑寂珠簾頻繞。離愁多少。怕隋苑烟消，錦城秋早。孤照凄涼，一生難到曉。

菩薩蠻 題大竹兄團扇蓉桂

紅潮半落芳溪淺。畫闌叢樹天香晚。雙影翠痕低。江南秋信遲。　采香人漸老。錦篋西風早。花事幾回新。越羅塵暗生。

思歸樂

緑柳檐前雙燕舞。雲脉脉、黄昏疏雨。九十春光須記取。早又是、落梅無數。　一片苔痕迷舊路。嘆難覓、那時游處。曲房深閉聽杜宇。□韶華、可憐催去。

子夜 白秋海棠

幽芳著雨含嬌立。懨懨愁帶黄昏色。銀燭照香羅。盈盈珠泪多。　娉婷清瘦影。澹月秋魂冷。憔悴怨西風。斷腸踪迹空。

梅子黄時雨 寄許定生夫人

春晚苔深，怎幽徑難尋，那日妝閣。但破屋依然，閑了簾幕。曾記闌干同倚處，滿階盡是花飄泊。斜陽薄。别恨迢迢，往事如昨。　離索。扁舟曉角。傷心千萬里，何處棲托。料岑寂蘭閨，孤燈泪落。付與琴聲情更切，最愁人月明風惡。烟波作。夢被柳綿迷却。

菩薩蠻 答秋玉

青雲冉冉天將暮。西風如水侵朱户。敗葉墜新黄。歸鴉棲夕陽。　紗窗愁半掩。離恨難消遣。獨自倚闌干。懨懨病骨寒。

前　調

西風剪剪秋光暮。蕭蕭敗葉敲朱户。階下亂蟲鳴。幽閨愁獨聽。　愔愔窗上月，照見人凄切。不覺漏聲殘。夜深花影寒。

清平樂

庭陰漠漠。夜午西風作。砧杵聲聲催葉落。消魂更聽荒街柝。　窗前怯怯輕寒。柳衰露冷花殘。獨有愁人明月，依前還過西闌。

菩薩蠻 秋海棠同大竹兄聯句

愁紅未化秋魂影。大竹。香消別泪胭脂冷。腸斷小窗前。蕊珊。晚寒如舊年。大竹。幽花重折取。但聽空階雨。蕊珊。銀燭倍凄涼。大竹。不關春夢長。蕊珊。

浣溪沙 中秋同大竹兄聯句

小院蒼苔嚮晚深。大竹。木樨香冷一輪清。蕊珊。幾層簾影月陰陰。大竹。分寫秋光妝閣裏，西風征雁北來聲。傳來霜信滿蕪城。蕊珊。

清平樂

東風庭院。寂寞珠簾捲。小立花陰題句懶。又見舊時雙燕。樹頭一點殘陽。薄寒飄盡薔香。墻外誰家玉笛，等閑吹斷人腸。

浪淘沙

愁見暗香飄。新月梅梢。闌干悶倚嘆無聊。一片粉雲墻上影，依舊魂銷。風碎竹簾敲。簾裏燈遥。此時相對怨清宵。香盡金爐灰已冷，心字難描。

子夜 春柳

小園曾伴桃花落。絲絲還帶春烟薄。輕絮不禁風。任它西復東。　此時重折遍。依舊樓頭見。何處認離亭。黄鸝三兩聲。

臺城路 再柬梅姊

東風乍捲纖雲散，盈盈素娥如雪。照著梅花，暗情依舊，醉裏不堪攀折。屏山幾疊。怕春色重來，吟懷又別。無限消魂，此時怊悵嚮誰説。　新愁岑寂未遣，奈些些往事，還做凄切。半篋香痕，幾年燈影，難記悲歡離合。柔腸千結。嘆剪翠裁紅，冷芳都歇。閉却紗窗，綉衫和恨摺。

虞美人 題琵琶行詩意幀子

潯陽送客傷離别。船裏清歌咽。烟波夜久夢初醒。荻花楓葉伴哀吟、不勝情。　天涯飄泊朱顔老。江上西風早。紅綃一曲又清秋。誰將司馬舊時愁、畫中留。

燭影揺紅題葬花圖

花落紛紛，殘紅滿地無人管。却教丫髻荷香鋤，閑把餘芳掩。何處東風吹斷。柳陰中、別魂難返。含情不語，背却斜陽，翠蛾愁斂。

臺城路寄懷大竹兄都中

荼蘼落盡東風瘦，春鎖一簾塵影。户裊晴烟，梁空白日，何處天涯人近。不殊風景，應目斷江南，水明山暝。多少消魂，吹來吴雪點霜鬢。寒食清明過了，料官閣梅蘭，吟冷詩興。踏月天街，聽鷄禁院，料也難消離恨。南來雁盡。漸説到關河，不傳歸信。萬里孤嶺，猿啼暮緊。

一落索

澹月梨花庭院。闌干倚遍。東風簌簌墮清香，又早是、春將半。心緒依依難遣。雙眉慵展。光陰一瞬易凋殘，怕轉眼、年華晚。

菩薩蠻 留別秋玉

多愁況是頻傷別。依依不語空淒切。欲去又遲延。憐君還自憐。　團團天上月。暫滿依然缺。何苦太分明。照人離恨深。

意難忘 送別曹夫人

烟罩雲低。甚無情，草色淒迷。離塵吹遠陌，春水漲平池。傾別酒、泪盈卮。帆影夕陽西。念腸斷、明朝何處，霧暝猿啼。　河梁柳自依依。怎扁舟不繫，衹繫相思。誰憐閨裏月，今使隔天涯。牽恨縷、織離絲。聚首更何期。枉數盡、行行征雁，一字難題。

探春慢 柬秋玉

淅淅窗櫺，蕭蕭庭院，點點聲聲滴處。敲遍梅梢，東風又起，可惜繁花一樹。纔把清香放，奈還是、摧殘如許。可憐簌簌階前，薦香吹落無數。　怊悵嫩寒侵户。見寶篆烟痕，背人飄去。對此沉吟，空籌錦幕，經過幾番淒楚。縱有書千紙，待寄與、也無情緒。剪了銀燈，夜深閑聽疏雨。

露華 題蝴蝶畫册

舞衣乍折。笑綽約丰姿，去鬥春色。偶到花叢，戲把輕衫低拂。舊游慢憶西園，思煞那時香陌。風來小，滕王夢回，换了仙骨。　濃花滿砌清碧。被澹月梨魂，寫成標格。好取唾絨餘葩，綉床描得。雨絲悄嚮裙邊，可惜粉痕吹濕。芳徑冷，王孫料應凄惻。

應天長慢

梅花初放，一點暗紅，東風吹遍幽樹。瘦影嫣香無限，飄零嚮何處。年華换，芳信誤。又惹起、别離心緒。翠簾捲，深院黄昏，獨自延佇。　眼底甚光陰，小閣疏燈，懶寫舊詞句。猶記蘭閨分咏，苕苕聽春雨。今宵裏，魂夢阻。謾閉了、緑窗細數。畫橋遠，那裏人家，笛韵凄楚。

菩薩蠻 秋花

秋階片片芳魂冷。朦朧烟月黄昏影。憔悴一枝枝。早霜初過時。　墻陰愁獨立。黯澹嬌顔泣。相對不勝情。亂蟲三兩聲。

浪淘沙 春雨

嚮夕雨瀟瀟。寒逗輕綃。蘭烟未燼手頻挑。生怕曉風吹折也，窗外梅梢。　岑寂夢無聊。何處銀簫。擁衾聽徹夜苕苕。明日紅橋橋外水，添了春潮。

探春 杏花

薄暖輕寒，花朝時候，誰把冰綃裁剪。上苑栽雲，孤村滯雨，消息江南應遍。影繪斜陽裏，又偷上、畫屏争艷。沉酣多少東風，人醉玉樓天半。　底事春光獨占。自鬧亂春情，又將春戀。烟軟嫣紅，霧柔晴粉，眼見韶光都賤。深巷簫聲咽，怎消盡、蝶愁鶯怨。買得歸來，曉妝人正腸斷。

東風第一枝 白桃花

細雨梳春，晴雲抹曉，武陵一夜花遍。吹開幾叠冰綃，獨自臨溪洗艷。烟清霧白，似澹月、梨花庭院。記玉除、和露曾栽，怎謫人間重見。　沉宿醉、銀屏低掩。鎖舊恨、粉痕愁顫。自傷誤嫁東風，却把紅塵久厭。凌波人杳，更莫問、春潭深淺。應黯然、卸盡鉛華，素雲凄斷。

玉蝴蝶 梨花

一片粉痕初吐，摇烟弄雪，掩映銀屏。洗盡紅妝，素蕊和露盈盈。似飛瓊、霓裳乍换，傍玉樓、無限娉婷。念曾經。舊家寒食，門掩輕陰。　關情。溶溶深院，沉沉澹月，幾度消凝。轉眼東風，一枝帶雨又殘春。謾記省、珠房夢醒。倚新愁、芳泪紛紛。嚮黄昏。長笛凄凉，吹斷香雲。

長相思

怕黄昏。又黄昏。花底盈盈月一痕。空階烟草平。　酒初醒。夢初醒。寂寞南園春色深。捲簾無限情。

清平樂 暮春

韶光遲暮。芳草西園路。懶去踏青尋伴侣。怕見飛花飛絮。　東風簾影天涯。年時心事空嗟。衹有春燈一點，背人猶照梨花。

月下笛 送春柬秋玉

細雨催晴，殘陽還在，柳陰深處。紅衰緑減，争倩春、幡遮護。流鶯低訴韶華换，問此日、東風誰主。縱江南芳草，還生那省，踏青情緒。　吹遠，愁何許。奈不見春歸，怎教春住。春詞誰譜。新聲空憶金縷。斷腸烟景分明在，更夢落、梨花一樹。自泠澹，向銀篝，怯伴簾櫳薄暮。

一萼紅 寄懷大姊

最凄迷。是小亭疏雨，岑寂送春歸。香徑殘紅，芳池暗緑，眼底離恨菲菲。更一片、江城新草，帶東風、吹到天涯。閑殺南樓，湘簾捲處，燕子來時。　别怨經年未遣，奈支離病骨，還又依依。萬叠銀箋，千行錦字，舊來懷抱都非。算幾度、花時來往，憶西園、風影怕重題。縱有垂楊百尺，難繫愁思。

東風第一枝 題汪夢梧庾嶺探梅圖

澹雪初晴，東風乍暖，南枝消息先逗。分明驛使，傳來芳信，悄吹吟袖。蠻烟瘴雨，□催過、黄昏時候。暗記省、醉月羅浮，夢裏仙踪如舊。　啼翠羽、珍禽還又。對鏡影、縞衣人瘦。緑腰謾譜新聲，幽思漸消殘酒。香韵依然，念索笑、疏林知否。料也應、吹笛空山，閑憶江城春晝。

清平樂 見大竹兄

韶華似箭。別恨難消遣。不道故人今又見。減却年來愁怨。那堪聚首匆匆。天涯依舊萍蹤。添了一番離緒，落花春水西東。

前調 秋柳

黛眉初展。舊日東風院。緑映天涯香漸漸。曾惹深閨離怨。而今憔悴烟痕。堤邊斜日蟬聲。最是年年秋恨，陽關一曲銷魂。

蝶戀花 小素大嫂有湖上之約，賦此却寄

梅雨初晴宜喚渡。波緑鱗鱗，畫舫應無數。綺閣曲闌依舊否。烟雲遥指平山路。卍字橋邊紅萼露。地滑鞋尖，莫嚮陰濃處。料峭輕寒知幾許。東風不暖垂楊樹。

鳳凰臺上憶吹簫 題小素大嫂停琴伫月圖

素練明寒，香鬟霧濕，半庭輝接烟浮。憶雲和音杳，凄絶仙儔。目斷銀河一抹，廣寒遠、舊譜空留。更誰奏、高山流水，遺響千秋。　徒愁。知音寂寂，自立盡桐陰，對影凝眸。念鈞天夢隔，韶樂誰修。我亦蕊珠舊侣，傷共謫、恨并雲流。雲流處、人間天上，两地悠悠。

憶秦娥

官閣處。翠雲低接櫻桃樹。試花消息，釀來疏雨。　去年曾記西園路。暗香飄泊愁春暮。廿番風信，從今又數。

長相思

朔風旋。撲湘簾。孤雁聲聲深夜天。燈殘猶未眠。　嘆年年。恨難遣。愁似爐烟斷復連。篆來心字牽。

解語花

梨雲半畝，一榻茶烟，草色低迷庭户。隔墻楊柳，迎春緑、倦把花風細數。流鶯謾語，怕轉眼、天涯日暮。問韶華、如此匆匆，怎不載愁去。　回首舊游何處。裁紅縷碧，腸斷難譜。年來踪迹，憑誰説、付與子規低訴。東風又緊，塵影暗、花落無主。更小雨、碎滴空階，助我別情苦。

倦尋芳 寄梅姊

又近春宵，層層凍解，梅香初吐。迅速光陰，試問韶華知否。曾記那回飛絮雪，依依相送空凝佇。任匆匆、天涯飄泊，此情誰訴。　閉紗窗、重簾底下，懶聽新聲，六街簫鼓。病起支離，猶怯酸風侵户。欲嚮爐邊思往事，香殘灰冷離愁苦。嘆何時、再約蘭閨，剪燈共語。

綺羅香 聞江上戒嚴，寄階符夫子

屯霧催寒，戰雲壓暮，腸斷悲秋時候。兵火匆匆，哭路幾人飢走。纔閉門、怕聽笳鳴，奈隔戍、遥傳角奏。哀不盡、江北江南，孤鴻聲咽朔風驟。　故鄉喬木似舊。念人間何世，劫灰飛又。觸目驚心，多少營邊衰柳。謾説是、鳥亦含寃，便籬菊、近來都瘦。更幾處、篝火鳴狐，荒城白晝。

静一齋詩餘

湘潭周詒蘩茹馨撰

菩薩蠻 對雪

幾枝瘦菊摇殘緑。一簾雪影輝金谷。愛上小樓看。群峰展玉顔。雲開風色緩。薄酒浮杯暖。入暮凍痕融。微陽屋角紅。

憶秦娥 憶梅

桐花鳳。栖風斂翼驚寒重。驚寒重。小亭明月，惹人吟誦。一溪流水聲初凍。芳魂不醒春如夢。春如夢。未開先落，暮天三弄。

菩薩蠻 冬夜

書帷燈影微微颺。林梢澹月蒙蒙上。寒氣逼窗紗。風聲老歲華。更深蓮漏静。綉被侵人冷。雪意已安排。梅花開未開。

意難忘冬閨

露結霜濃。悵年華似水，近了殘冬。春來何緩緩，秋去太匆匆。梅冷澹、竹龍鍾。又雪舞長空。便好將、杯醽泛緑，爐火圍紅。傳書不見飛鴻。覺夜吟興倦，曉鏡妝慵。風痕疏鬢霧，寒色鎖眉峰。收黛筆，倚熏籠。待檢點詩筒。可奈它、分陰要惜，催理針絨。

百字令寄玉夫外子

布帆纔卸，甚風兒又把、扁舟吹去。落日寒烟山色遠，極目長沙何處。倦鳥飛慵，征鴻影匿，別意憑誰語。梁間雙燕，向人還訴歸緒。猶記舊歲今時，雄心初起，寫就陽關句。匹馬奔馳雙劍嘯，壯志鴻飛鵬翥。花落燕臺，雲招岳麓，更與窮愁遇。天高難問，索居閑咏新賦。

搗練子春晚

烟漠漠，雨絲絲。小院春寒步起遲。杏臉羞人紅半瘦，今年又是落花時。

滿江紅 落葉

萬馬宵奔，秋聲鬧、陰疏翠嶺。曾幾日、乍傷春老，又嗟風警。蔣徑雲封苔莫掃，吴江露結波先冷。悵東君、昔日甚關情，今誰省。　啼鳥意，栖鴉影。憐餘蔭，依殘梗。記邀凉長夏，碧梧金井。采緑事懷周道遠，題紅人怨深宫静。縱辭柯、莫便嘆飄零，春無竟。

醉太平 賞梅和外子韵

枝疏影横。今生幾生。修來玉潔冰清。信無雙是卿。　香醪共傾。雲箋細評。聯吟欲近三更。正幺禽夢醒。

一剪梅 紅梅

翠羽低飛破曉烟。傲冷風前。索笑花前。玉顔生暈醉無言。不要人憐。可動人憐。　細捻胭脂點素妍。逸似逋仙。瘦是癯仙。一枝紅占小桃先。丰韵依然。骨格依然。

前調 折梅

傲骨棱棱綴玉英。見自山城。供嚮書城。誤揉瓊蕊碎無聲。香滿雲屏。春滿雲屏。　手把疏枝氣味清。藉爾幽情。助我詩情。素娥移照小窗明。月也憐卿。燈也憐卿。

搗練子 望家信不至

時已暮，路非賒。目倦心勞日又斜。閑疊錦箋書別意，更無詩思到梅花。

如夢令 蝶

兩兩同披羅綺。款款來尋紅紫。宛轉不勝風，飛入碧紗窗裏。堪喜。堪喜。捉上小鬟纖指。

西江月 蝴蝶花

紅葉階前雨細，碧蕉闌外春遲。尋香低傍玉釵時。恰是曉妝初止。　花裏丰姿渾异，夢中身世還非。東風吹得柳依依。猶自酣眠不起。

十六字令

融。吹得花開又落紅。無聊賴，轉入緑陰中。

前調

驚。午夢初回淅瀝聲。鈎簾望，花困不勝情。

一叢花 詠紅白桃花

紅兒醉倚雪兒醒。誰似此娉婷。東風解釋凋零恨，倒金罍、快意怡情。月窟移來，赤城留得，莫道不分明。　蒙蒙細雨濕無聲。嬌靨帶愁輕。仙源舊迹憑誰問，倚雕闌、對影盈盈。一樣情懷，兩般丰韵，各自可憐生。

摸魚兒 詠蛙

怪生來、衣青紆紫，看誰如爾傲倖。怒懷不嚮滄溟吐，祇傍石窩苔徑。喧暮井。似草澤、英雄，躍馬相爭競。吟餘睡醒。愛蝌蚪文奇，將伊戲學，字比爛冰勁。　黄昏後，休道多言厭聽。當年曾荷恩命。五胡蹂躪中原路，望斷華林佳境。嘆故國、繁華已付東流盡。憑君莫問。縱往事悠悠，終宵閣閣，不盡爲官恨。

水龍吟秋望憶别

碧天雨過秋高，夕陽紅處孤村遠。捲簾凝睇，平林如畫，飛雲未返。露結蒹葭，花疏蘋蓼，別懷難遣。悵征帆一葉，久懸心曲，偏不共、歸鴉轉。暮色蒼茫莫辨。倚高樓、情長目短。帶圍風小，衣篝月澹，去時秋淺。尺素傳辭，寸箋達意，幾番遲舛。到今朝細劃，蟾光十度，又盈盈滿。

滿庭芳題衣仙女史廡下吟

湘水清腸，吴波潔胃，費它多少淘湔。颸風輕唾，珠玉自匀圓。最愛秦樓樂府，横黛筆、鏤月飛泉。紅窗下，清歌一曲，鶯燕盡留連。鸞箋吟不盡，麻衣黯澹，葛楚纏綿。信瑶池，塵劫吹墮書仙。縱有并刀學製，嗟不似、人樣連娟。憑誰奪，裁餘段錦，貽我夢中天。

鷓鴣天秋日

桐子纖纖落地輕。一年容易又秋成。芙蓉猶自多芳韵，蛺蝶何因太瘦生。心黯澹，意凄清。秋懷秋興不分明。辭巢燕子依人立，細語喃喃有别情。

前調 秋夜

倦理牙籤啓綉幃。碧天如洗片雲飛。桐孫影瘦臨風直，桂子香清著露肥。　憐夜静，到更微。新詩欲寫費敲推。別看空色描難就，玉鏡臺前月鬥輝。

沁園春 西子

濃抹澹妝，丰韵天然，其誰與侔。看凉憑玉檻，魚驚俏倩，香拈蓮萼，花讓温柔。醉舞難支，輕顰更好，不耐歡娱祇耐愁。嬌慵甚，聽長廊寂寂，綉襪遲留。　春風無限綢繆。奈梧葉、飄飄易感秋。悵臺游麋鹿，繁華自歇，苑鳴蟬雀，零落誰尤。翠黛猶新，迴腸未斷，又泛平湖一葉舟。堪悲處，把君恩萬種，付與東流。

滿江紅 虞姬

痛隱千秋，分争處、誰爲故國。論往事、殘民背約，入關先失。玉斗謀成隆凖志，楚歌聲盡重瞳力。最堪憐、天意屈英雄，真無術。　江東地，難栖息。樽前舞，徒凄惻。記當年神勇，祇今空惜。鐵甲寒沾豪杰泪，吴鈎利送傾城色。嘆從容、一死縱酬恩，悲何極。

瀟湘夜雨 小青

帶緩鴛鴦，妝銷鉛粉，年華容易蹉跎。春風染翠，蹙雙蛾。愁欲困、郎情已矣，貞不改、妾恨如何。傷懷處，幽窗冷雨，入耳偏多。　靈根夙悟，心經一卷，曾記無訛。望慈雲稽首，泪濕輕羅。形便化、原同幻夢，緣可斷、難醒痴魔。虔誠願，生生并蒂，照影向瓊波。

醉花陰 紅梅

艷質亭亭寒不折。細把胭脂捏。梅雪任爭春，愛此紅顏，莫道梅輸雪。　孤山舊日冰霜節。香影何曾别。無語憶林逋，似醉如醺，幽思憑誰説。

送入我門來 立春

彩仗爭迎，青旗慢颭，條風乍送春還。幾樹疏梅，索笑破愁顔。纖纖勝子釵頭顫，又小小箋兒簾外看。問雲車霧轡，來從甚處，倏到人間。　雙黛喜開遠岫，單衣待裁薄錦，綉榻猶寒。燼續熏爐，舊句且重删。絲傳緑韭珠盤潤，更酒薦黄柑金盞寛。算香閨此後，吟花咏柳，莫放清閑。

漢宮春 春閨

花信風柔，嚮碧紗深處，吹展雙眉。明妝已罷，翠箔猶自低垂。何因不捲，奈輕寒、尚把人欺。合寄語，窺簾燕子，銜泥緩著些歸。　剛是畫樓初下，看樓頭嫩柳，媚眼生姿。多情一闌秀色，粉艷紛披。飄揚點綴，有蘧蘧、戲蝶交飛。羅扇小，應難撲得，描來綉上春衣。

瑣窗寒 春陰

弱雨難零，痴雲不醒，積陰凝暮。窗紗靜掩，鎖得篆烟成霧。試銷閑、西園漫游，探它春色藏何處。看柳眉未展，桃腮猶斂，寂寥如故。　頻覷。溪邊樹。剩幾朵殘梅，留人緩步。韶光似此，怎續池塘佳句。問東君、因甚自遲，嫩姿祇恐風易妒。待明朝、放了新晴，著意勻紅素。

倦尋芳 春雨

翠滋蘚石，青潤蕉窗，庭院風勁。釀冷妝寒，虛却畫堂佳景。紫燕慵來梁上語，曉鶯并坐枝頭聽。問啼鳩、把痴雲喚出，幾時纔醒。　早又是、清明節候，柳弱花慵，都没些興。負了芳辰，恁地得成新咏。別泪如珠添滿掬，細絲千縷穿難定。祇虧它、助湘波，載將帆影。

百字令春風

彩幡飄後，正匆匆、没有些兒閑處。那更征帆南浦挂，也要吹開烟雨。故國垂楊，天涯芳草，總是君爲主。鶯花三月，有情隨處無誤。應已暖遍人間，皇州春色，明媚今何許。却恐輕塵黏客鬢，好嚮長途調護。蝶夢難成，蕉心未展，默坐憑誰語。笑伊如剪，不裁離思千縷。

慶清朝春晴

簾捲蝦鬚，檐喧鵲語，雲師昨夜初還。東風送將紅旭，碾破春慳。晝永不禁綉倦，拋針閑步問花闌。晴光嫩，緑楊影下，猶有輕寒。鶯與燕、蜂共蝶，祇自嚮花柳，徑裏盤桓。安知萍踪未定，人事多端。苦是鬖鬖隙影，芳菲能得幾旬看。韶華好，且須玩樂，休待闌珊。

綺羅香春景

杏臉霞蒸，桃腮酒暈，春滿林園西北。静倚高樓，晴旭照人如拭。纔褪却、幾陣輕寒，便妝就、萬般春色。最堪憐、閣雨飛烟，好風攪得渾無力。溶溶南浦緑滿，知是年時別處，行踪空覓。燕雁初歸，那識近來消息。織愁紋、柳綫鶯梭，遮望眼、亂山斜日。羨飛雲、此去長安，片時能見得。

沁園春 春望

望眼頻揩，樓下晴波，波上斜陽。看層層遠岫，青分秀黛；茸茸芳草，緑蔓吟腸。亂灑胭脂，平鋪錦綉，杏塢桃溪引興長。仙源渺，衹漁舟竹笛，響破滄浪。又東風舞困垂楊。飛絮、紛紛落野塘。笑有心栖燕，空銜墜粉，多情戲蝶，枉惜餘香。隙影難留，年華易换，誰共鶯花老醉鄉。登臨倦，把春光一片，寫入詩囊。

滿江紅 送春

九十韶華，曾費得、幾番吟誦。斜陽外、無情杜宇，頻頻催送。嫩緑千叢遮去路，飛紅萬點隨歸鞚。是東風、多事接春來，添愁重。　閑却了，壺觴供。消受了，棋枰用。便金針停也，彩豪慵弄。燕子難傳留别意，桃花不醒游仙夢。嘆蕉窗、燈燼夜闌時，晨鐘動。

十六字令

寒。雪影霏霏怕倚闌。梅花好，要我捲簾看。

如夢令 春夜

簾外晚風侵袂。正是寒消天氣。試看海紅枝，斜倚玉闌低睡。春膩。春膩。花下暗蟲聲細。

前調 夏夜

涼雨一簾飛過。睡起空階閑坐。愛殺小荷盤月，映寶珠千顆。休墮。休墮。留待素娥穿裹。

前調 秋夜

雲净月華如水。好片清凉凉地。小坐意如何，塵慮一襟初洗。休睡。休睡。蟲語碎添詩思。

前調 冬夜

梅蕊半瓶紅莞。翠鴨晚香濃軟。覓句到更闌，忽覺凍生銀管。消遣。消遣。憑藉玉壺金盞。

江月晃重山 舟中同外子玉夫作

浩渺江天一色，蒼茫雲樹千重。遥看五兩趁南風。鄉心背，飛鳥去吴中。　幾見仙人跨鶴，曾聞下士乘龍。奇奇幻幻一尊同。層波底，梁影架晴虹。

水調歌頭 春暮

春事到三月，好景易匆匆。時序推遷如此，安得巧從容。莫怨駒光難駐，且看雙鬟似舊，明歲再相逢。別有戀人處，芳草綴殘紅。　步苔徑，來杏怨，覓吟踪。惜花胡蝶，尤自飛嚮緑陰中。知是韶華將盡，祇合携壺追賞，痛飲醉東風。願彼有情者，移受酒泉封。

醉太平 偶成

枝頭鳥鳴。梁間燕聲。一般都是閑情。動愁懷怎生。　茶烟細縈。窗紗半扃。晝長清興堪乘。譜新詞謾成。

風入松 秋林

露珠零落晚秋心。霜氣結平林。幾番覓句隨吟眺，西風健、吹透層陰。新月雲邊依約，夕陽鴉背升沉。一天離思入羅襟。目斷楚江潯。疏疏寫出倪迂筆，輕烟外、綠瘦紅深。雖是家園難見，也教數費登臨。

千秋歲 秋寺

竹邊林畔。靈剎何年建。金碧輝，丹青炫。清音溪澗繞，寒色松雲亂。游不到、半山梵響聽難辨。善惡誰知岸。陵谷曾經變。鈴語碎，如吟嘆。客程秋夢冷，覺路浮名絆。車過也、一天靜思鐘聲遠。

祝英臺近 秋烟

颺西風，縈暮日，秋意冷城郭。極目騰騰，直上與雲約。莫教縷縷分開，蒙蒙如霧，恐飛去、天涯難托。散還著。近水無數人家，黃粱晚炊作。鄉夢依稀，欲附慮輕弱。祇憐無住無黏，寥空飄舉，不受一絲纏縛。

洞仙歌 秋砧

金風玉露，已天時無暑。素練家家動砧杵。綉窗閑、忽聽清響愁人，聲正急，吟對銀釭不語。薊城征路遠，涼夜丁冬，仰見雙星自心苦。待搗碎離情，可奈情堅，春葱倦、音傳何許。但願取、長纓繫樓蘭，莫負却、閨中此宵凄楚。

釵頭鳳怨 秋柝

征輪靜。西風勁。一杯清醑澆秋興。離懷弱。香衾薄。有何紛擾，爲誰驚覺。柝。柝。柝。

更籌永。銀釭冷。欲眠無寐聲聲警。山城角。街檐落。鳴鷄相和，暮蛙頻學。閣。閣。閣。

轆轤金井 秋燈

晚涼初眠，綉窗深、一點玉釭低照。焰影青熒，度疏簾風小。蓮籌數報。正坐對、謾吟聲悄。碎蕊垂垂，瑶簪未剔，飛蛾頻蹈。　蘭膏幾番欲燥。記紅閨舊日，阿姊同好。光映苔箋，看詩成誰早。鴻飛雁杳。試回憶、熱心應惱。逼出鄉愁，憑誰問訊，不如眠好。

蝶戀花 秋衾

紅隱芙蓉香欲透。疊處層層，巧緻誇金綉。薄薄吴綿輕裹就。嫩寒恰稱清秋候。　小病連朝如殢酒。欹枕相依，蝶夢伶俜瘦。記得殘春風雨後。惜花長是抛離驟。

連理枝 秋蟬

澹日桐陰靜。戛戛來清聽。激越輕揚，短長搖曳，助人吟興。晚妝餘拈韵、寫新聲，正西風淒冷。　飲露情懷迥。孑潔誰堪并。細意偏憐，慧心能學，鬢梳輕影。笑螳螂探葉、欲相窺，也應羞孤耿。

臨江仙 秋蛩

秋意淒清風露冷，小窗蛩語紛紜。鴨爐篆影靄殘雲。夜燈紅處，聲切更憐人。　籬下砌邊吟不斷，素娥留照殷勤。晚蟬低唱已宵分。有情無意，相和識其真。

鷓鴣天 悼亡

庭樹聲清秋意生。西風吹恨入銀屏。十年行止如絲縛，三載情懷空泪傾。　香未覓，賦難成。人間天上不分明。待看化鶴歸來日，同奏樓頭紅玉笙。

搗練子 冬閨

愁黯黯，病淹淹。寒透窗紗曉更添。天又不晴風又緊，梅花香裏暫開簾。

生查子 對月

輕籠薄薄雲，澹掩明明雪。點綴欲何如，皎潔終難滅。　纔道月如輪，忽道眉如月。生没本無常，銷長憑誰説。

清平樂 初度

期先上巳。酌酒添悲喜。四十行年空爾爾，瞥眼五旬來矣。　銷磨已是今生。幾時幻夢纔醒。欲把愁腸和解，那堪雙鬢星星。

一痕沙 憶舊游

憶過瀟湘千里，帆挂半江春水，蕩漾入雲烟。小游仙。　昔日山川城郭，此日林泉溪壑，風景也堪留。莫回頭。

水龍吟 暮春感事

落紅滿院春殘，雨絲柳綫籠深翠。茶烹活火，香添幽麝，纔醒午睡。蝶板空敲，鶯簧半老，遣排無計。更深林杜宇，頻催春去，何能會、悠悠意。　屈指。年華暮矣。怕思量、那時心志。迴腸九曲，舊愁未解，新愁如醉。鴻雁無憑，關山有阻，狼烟千里。問英雄伭是，飛來天上，挽銀河水。

清平樂 偶成

梅風竹雨。首夏清無暑。小小齊紈凉不舉。一曲鳴弦自譜。　春如水上浮萍。子規猶自丁寧。剩得幾分閑意，小窗蕉葉摇青。

滿江紅 寄筠心大姊

萬種閑愁，堆叠起、問誰能掃。看此日、幻朱成碧，世情顛倒。藥味便佳痴莫去，花香有韵飢難療。望玉樓、十二瑞烟飛，雲梯杳。　鶯語倦，蟬聲鬧。添别思，憐同調。聽子規啼斷，幾多悲悼。念舊不歸華表鶴，避喧枉憶南山豹。倚危樓、湘水一帆風，空憑眺。

南鄉子 夏日病起

梅雨喜初晴。滿院桐阴夏景清。落盡酴醾春去久，休争。杜宇頻啼四五聲。　小病怯纔平。薄薄吴綿著體輕。乍覺微風吹面過，凉生。且去尋芳辨藥名。

聲聲慢 夏夜

窗紗低捲，夜色清涼，銀河浪影悠悠。曲徑鳴蛩，未秋先已懷秋。飛螢乍來乍去，小齊紈、欲撲還休。看不定，向花陰深處，亂閃人眸。　纔道詩情清絕，净浮雲朗映，皓月當頭。十二闌干，應憐好景難留。當年玉笙妙韵，和瓊簫、共倚秦樓。時易過，對金波、重引舊愁。

荊州亭 秋思

心事不禁懊惱。閑步藕花池沼。觸耳又驚秋，風向梧桐到早。　怕憶勝游過了。極目蒼烟晴昊。舊恨續新愁，并入清虛幽渺。

前　調

夜涼，夢至白水洞見起新、起穀。

梧葉一聲細響。湘簟夜涼初爽。忽地御泠風，人在清溪碧嶂。　執手喜銷悒怏。醒憶癯然形狀。會得夢來因，衹合隨時調養。

夜飛鵲 七夕

明河静無浪，今夕星期。靈鵲自向南飛。泠泠玉露夜將半，筵前香靄烟霏。閨娃待分巧思，已塵昏秋水，數問蛛絲。閑情縱少，度雲軿、莫更來遲。　論到隔年離緒，歡意共愁心，重壓修眉。回憶長生情話，仙緣永在，塵世何其。悲歡聚散，算人間、此味曾知。但孤鴻心折，支持未了，願賜期頤。

唐多令 偶書

積雪暗重雲。閑愁入歲新。小紅爐、薄酒能温。無奈此中消未得，纔遣去、又還人。　寥落舊情親。繁華事易陳。話悲歡、識曲誰真。屈指古今多少事，都衹是、鏡中春。

踏莎行 送新、毅兩男之湘陰

漏點催更，鷄聲促曙。匆匆行色要人去。去時知道有歸時，離腸可奈難分付。　曉月鈎雲，殘星隱霧。疏林故隔人行處。倚閭莫訝眼成痴，此心已逐長亭路。

浣溪沙 春景

柳拂清池花滿廊。紅憨緑媚膩人腸。慢吟須要細評量。繞樹早鶯飛個個，探芳胡蝶弄雙雙。風光衹合付瑶觴。

前調 夏景

研匣塵侵新燕飛。槐陰正轉午風微。未教炎暑上羅衣。細草念春心似夢，落花隨水意如歸。紅香剩喜在薔薇。

前調 秋景

曲沼香消蓮臉紅。芭蕉緑瘦小庭空。不禁愁思感飛蓬。竹枕冷聽殘夜漏，葛襟凉怯曉窗風。秋陰近日閉門中。

前調 冬景

瓦冷鴛鴦霜氣吹。紅爐火活酒盈巵。手寒慵賭半枰棋。凍雀倦垂風外翼，小梅香秀雪中姿。年光愛此不多時。

木蘭花慢秋興

嘆春回暑往，慣留得、此中愁。看遠岫微雲，清溪落日，人在高樓。揮豪待吟短句，聽喃喃燕語不禁秋。無計除煩遣悶，碧沉聊試茶甌。　蕉心層叠含憂。魂不返、泪空流。恨罡風無信，玉釵聲折，素髮盈頭。人生幾層夢醒，問滄波、何處是瀛洲。雖信風霜易老，那能杯渡如舟。

搗練子秋感

蛩咽露，燕驚秋。户牖綢繆事事憂。試問此中方寸地，如何容得許多愁。

木蘭花慢秋日寄筠心大姊

望丹山碧水，豁塵眼、一天秋。聽紫燕啼烟，元蟬咽露，風冷平疇。登樓。試吟舊賦，嘆今來古往總悠悠。天意炎凉易换，世情翻覆多尤。　心頭。銘刻兩眉，愁知己、恨難酬。憶金分綉橐，花傳綺席，前事如流。沉憂。至今未解，奈衷腸欲訴竟無由。雖道延年有術，五雲遮斷瀛洲。

千秋歲 寄賀筠心姊遷居

鵲喧鶯語。仙眷初移府。人共樂，春長住。烟霞辭故宅，鸞鳳古新寓。誰許見，玉樓綺户春深處。　羽檄驚旁午。明慧相扶助。戎馬靖，奇勛著。雲龍聲氣合，魚水英雄遇。東閣外，扶摇直接朝天路。

如夢令 夜讀

雲被月輪推破。竹影篩簾千個。静夜興如何，書味大羹難和。頻坐。頻坐。小婢垂頭催卧。

南鄉子 中秋對月

雲凈月華流。滿挹金波瀉翠甌。坐到高寒襟袖冷，休休。病骨難禁半點秋。　如夢復如漚。已負清光四十周。舒却迴腸禁却□，悠悠。閑看池心碧玉球。

鷓鴣天 秋興

澹日微陰八月天。猶多好景曲池邊。白蘋花冷波三面，紅藕香殘玉一肩。　樓上燕，樹問蟬。問渠何事意凄然。西風吹落梧桐子，滿地秋情粒粒圓。

憶秦娥 傷逝

天蒼蒼。雨聲蕭瑟更聲長。更聲長。幾分愁病，九轉迴腸。夢魂來去空微茫。相看無語心彷徨。心彷徨。一聲鷄唱，萬種凄凉。

惜分釵 落花

芳心悄。香魂渺。玉顔秀靨風中老。意闌珊。恨無端。葉底金鈴，樹外朱幡。翻。翻。

春將了。花方惱。攪人無奈林間鳥。莫須嘆。不須看。欲待離魂，倩女重還。難。難。

鳳凰臺上憶吹簫 孫夫人

龍戰天池，鳳占皇族，豫州來卧東床。訝合歡簾内，劍影如霜。天下英雄入彀，絲幕下、仔細評量。花叢裏，心傾季女，膽怯劉郎。相將。兩心自得，鴛夢警干戈，巧促行裝。冀此身終托，山海情長。不道阿兄謀拙，舟一葉、生斷柔腸。蝗磯水，從教釀成，萬古凄凉。

水調歌頭 紅拂

天地毓奇氣，巾幗有英雄。鎖春朱户，深遠超出綉帷中。識得人間英杰，解却香閨玉佩，青眼薄楊公。妙手竟何似，蒼鶻落晴空。　跨驄馬，披紫綺，任西風。望中不意，兄妹奇遇合雲龍。不有太原公子，讓走虬髯豪士，何處表奇踪。却嘆衛公智，猶遜女郎風。

桂殿秋 鷹

衰草地，密雲天。將軍走馬獵燕然。重圍掩斷龍堆雪，六翮衝開雁塞烟。

搗練子

逢四八，過重三。輕暖微凉薄苎衫。梅子酸黄香楝苦，眼前何物可回甘。

桂殿秋

朝雨過，晚霞烘。蟲聲斷續小庭空。疏簾遠映三更月，石砌驚飛一葉桐。

前　調

風釀雨，雨牽愁。蕭蕭瑟瑟夜無休。三杯酒續三更夢，一滴聲含一點秋。

唐多令 偶成

槐日散炎氛。松風解健人。蕙蘭軒、拈韵傾尊。莫把閑愁兜攬起，風裏燭、病中身。
雛燕已成群。閑鷗未可親。寄衷懷、滄海粼粼。望斷蓬山元圃路，青鳥使、總因循。

剔銀燈 蟲聲

沉李浮瓜日午。洗不去、一襟煩暑。暮靄成陰，飄風送響，石砌亂蛩吟雨。嘈嘈在户。欹側處、病懷偏苦。　栩栩春駒能舞。更有蜂衙臣主。細意鳴秋，哀音若訴，做弄許多言語。無情少緒。祇須嚮、豆棚吞吐。

帝臺春 感舊

車轍馬迹。紅塵共驅策。曾幾載間，頓把青絲，催成華色。轉憶當年談笑處，謾思念、帝鄉風日。更誰知，好景無常，翻成愁國。　醫不識。香未覓。泪盡滴。恨難釋。嘆半世功名，幻如春夢，一領素氈猶昔。歸渡吴江萬重浪，居止楚山數椽宅。問泉路相思，可般般追憶。

江城子 辛未夏日

名花開後錦屏空。草蒙茸。樹鬖鬆。扶杖閑吟、何事意忡忡。憶到衷腸無限泪，流不下，揾難窮。　吴蠶三起欠成功。問天公。嘆無從。拌此孤魂、銷盡酒千鍾。化作紛飛胡蝶去，隨上下，任西東。

風蝶令

雨葉飛難著，風枝夢易驚。小園秋色恁心情。檻外蕭然黄菊、乍含英。　秀帶餘香薄，單衣膩粉輕。不禁清露曉泠泠，祇有疏林紅葉、共伶俜。

齊天樂 咏月

一輪推起滄溟底，高明朗開天際。冷浸銀河，光凝玉宇，人在層樓無寐。浮生倦矣。嘆春去秋來，幾團愁思。念故傷離，此宵流盡不平泪。　飛觴誰又作賦，更羈人戍婦，杯酒應醉。鐵馬宵征，金鉦夜起，亦有英雄豪氣。姮娥恁似。問煉就銀蟾，屏除纖翳。冷遍塵寰，幾人心似水。

搗練子 月夜小飲

開玉鏡，捲湘波。夜光的的走團荷。碧闌干，金叵羅。　吟未愜，醉顏酡。人生碌碌幾高歌。夜何其，莫辭多。

鷓鴣天 嬌女

晴翠雙籠秋水溶。盈盈十五學盤龍。丰姿明靚梅英月，心業温和蘭葉風。　蟬霧碧，鳳纖紅。深閨遲日綉針慵。閑吟笑問唐人句，中晚名家誰最工。

踏莎行 鬥蟋蟀

樂土初安，雄心頓起。銀盆鼓勇誇千里。陣雲紅處，彩旗開，階前蛙鼓聲如此。　露冷雕闌，風侵玉砌。生涯應憶平章第。半間堂外暮烟迷，輸贏誰下興亡泪。

十六字令

愁。少緒無端不自由。梧桐樹，新月又如鈎。

前　調

空。花映清池月在中。繁華夢，今古一輪同。

浪淘沙 秋夜

烟外碎螢流。桐葉敲愁。金尊無奈此時秋。洗盡炎氛心似水，明月當樓。　青鏡曉霜稠。塵夢無休。茫茫滄海一虚舟。掠破閑愁生逸思，飛起溪鷗。

賀新涼 中秋待月

風起雲開未。好秋宵、瓊樓夜鎖，素娥猶睡。安得高歌聲遏處，湧出冰輪似水。邀素魄、金尊同醉。莫負團圓詩酒興，倚雕闌、玉露沾衣袂。清漏轉，暗蛩細。　芳筵索寞嗟無寐。望疏林、朦朧隱見，喜如人意。羽佩珊珊何處是，爲逐天風下墜。雲路渺、幽懷誰寄。乞與靈丹勞玉兔，許相携、共作飛升計。空幻想，困塵累。

桂枝香

秋光過半。正白露霏霏，冷捐團扇。高散如來金粟，桂華初滿。丹心最愛西風冷，恁梧桐、憶月窟、仙姿粲粲。映碧海青天，露痕深淺。怊悵雲梯高絶，一枝空羡。清芬此日羞蓬鬢，算知音、鶴警蛩怨。小山塵静，小窗人醉，夢和香遠。

沁園春

短髮飛霜，病骨禁秋，觸緒自驚。憶琴堂舊夢，笙歌日暮，東陵新藝，溪壑雲横。一寸愚衷，千年笨調，鹽米堆中安此生。還堪遣，有梁間語燕，樹裏啼鶯。天公底事能平。祇歲序、催人同此情。任春華婉媚，鬑鬑老大，秋光圓滿，漸漸虧盈。卷熟殘書，杯深濁酒，銷却胸頭哀與榮。牽愁處，聽空階促織，尺寸須成。

一剪梅 中秋寄德媗侄女

良夜西風動别愁。分付金尊，一寄離憂。畫屏秋滿桂香浮。月映瀟湘，人在吴頭。別久清霜結鬢稠。醉不成眠，夢也無由。片雲飛盡意悠悠。網得江魚，未解傳郵。

木蘭花 秋日懷德媗侄女

陰陰庭院天如霧。睡鴨烟霏香一炷。雁聲遠帶别愁來，風意冷催秋色暮。屏風八幅瀟湘路。片片歸帆烟外樹。酒杯若會此時情，醉送別魂江上去。

梁州令 咏醉芙蓉憶德媗侄女

夢覺江聲繞。清霜皎然侵曉。珊珊玉骨倚西風，幽姿雅韻，更比梨花俏。貞心不嚮東君道。一醉除煩惱。故人此日芳尊遠，對此酡顏，相與共傾倒。

聲聲慢 瀟湘夜雨

波沉斜照，山吐濃雲，飛來夜雨瀟瀟。一棹輕寒，驚回遠夢無聊。歸鴻帶書乍到，爲冥迷、低度深宵。知此夜、動湘妃幽怨，泪濕輕綃。最是春秋佳處，潤岸花紅透，汀蓼香饒。桂楫疏簾，明看曉漲平篙。憑它玉琴洗耳，和清聲、流水苕苕。更未歇，倒金尊、閑讀楚騷。

水調歌頭 洞庭秋月

秋浪渺無際，皓月湧冰盤。半帆風意初定，幽思滿湖天。四望乾坤清冷，一曲霓裳誰度，清夜杳飛仙。試想廣寒殿，嬌舞鬥嬋娟。越瓊島，升碧漢，照人間。莫教有缺，惟願長似此團圓。果是清輝先得，快此扁舟游賞，一醉夢悠然。跨鶴覓佳句，飛破岳陽烟。

玲瓏四犯 江天暮雪

疊浪浮空，正暮景同雲，高結天蕊。素甲紛飛，誰喚玉龍初起。江上滚滚紅塵，忽幻做、玉田清泚。問素犯、剪水搓綿，風裏素纖皴未。小船無個漁翁倚。衹歸鴉、載飛江涘。禁寒會趁南枝約，疏蕊盈盈臨水。誰似訪戴高人，費却扁舟清思。想玉尊無價，寒不覺，春如此。

眉嫵 山市晴嵐

望長天如鏡，黛色凌空，嵐氣霽朝雨。樹裏人家在，炊烟外、空青新畫眉嫵。待揮楮素。惜未能、皴染如許。衹須索、鏡裏文君貌，有娟若空趣。千疊雲峰堪數。愛髻螺聳翠，鬟碧籠霧。一嚮金烏下，依稀見，飛霞孤鶩齊度。問誰解賦。繪色空、摩詰詩句。算千古雲山，能幾度、供吟睹。

水龍吟 烟寺晚鐘

暮烟黏住飛霞，寺鐘遠度山容紫。莊嚴粉碧，旃檀芳靄，夕陽林裏。百八聲中，空靈虚渺，醉魂驚曳。記祇園妙偈，來來去去，空空意、如斯耳。恍若慈雲過矣。震高峰、杳茫逶迤。餘陰黯澹，晴巒葱蒨，塞鴻千里。鼎食心雄，鼓詞情厭，幾人空爾。聽消沉一瞬，銀蟾浴浪，看長鯨起。

滿江紅 漁村夕照

兩兩三三，共撑起、半江風色。飛棹處、日斜檣櫓，浪翻丹碧。濁世浮沉高士志，亂流明滅詩人筆。看賓鴻、飛影過前川，霞箋赤。　蘆葦畔，鮮鱗濕。楊柳外，炊烟直。趁餘暉沽酒，醉吹横笛。芳樹斜銜新月細，遠峰横受飛鳥疾。倏然間、江影蕩明星，餘空白。

望海潮 遠浦歸帆

清流平遠，行旌隱約，樓頭望眼應真。湖海壯游，琴書雅興，當年一舸輕分。羈思感鱸蒓。正荻花捲雪，鷗鷺驚群。桂楫蘭橈，一帆風色趁歸雲。　飄飄片影輕翻。帶重湖雨色，湘浦波痕。心旆共懸，愁思并繫，曾消幾度朝昏。蘭澤芳蓀。算扣舷咏嘯，誰吊忠魂。忽忽斜陽，半鉤新月映衡門。

百字令 平沙落雁

水澄沙净，聽西風正緊，吹來燕塞。鐵畫鉤人多別意，折斷斜陽烟靄。岸柳驚霜，汀蘋泛雪，處處秋無奈。江空天遠，亂峰横影如黛。猶記海角天涯，孤臣持節，書字曾經帶。漢苑龍沙雲路近，矗矗衡峰相背。夢渺鄉關，心傷羈旅，宛頸生凝睞。暫依蘋水，幾時高翥天外。

江月晃重山 步放翁韵

本自蘧蘧無著，何須碌碌相干。白駒難與駐行鞍。遼東鶴，何日可飛還。最喜味和薑桂，偏憐臭少芝蘭。老松蒼翠菊花寒。銀瓶酒，銷却袖痕斑。

朝中措 咏水仙花

襪羅輕曳水波寒。紋石倚巑岏。伴我孤燈細照，憑誰一曲輕彈。金尊慢酌，清吟欲和，解語應難。待到三更夢裏，浮杯共渡江干。

搗練子 雪景

垂玉箸，挂冰絲。石橋殘柳想依依。好東風，何日吹。春意淺，酒休辭。消寒誰與勸金卮。小梅花，暈胭脂。

江月晃重山 雪月下賞梅花

已是黄昏院落，還疑旭日簾櫳。一輪高映玉壺中。驚鴻影，宛若畫檐東。冷浸雕欄獨倚，香盈碧罘誰同。塵氛净絶意交融。清寒味，無處著春風。

朝中措 咏卮中碎枝蠟梅、白梅

蜜脾香味漏蜂衙。相倚玉無瑕。莫訝風前殘雪，休疑雨後黄花。青燈半盞，清詞數卷，卮水生涯。細倩三杯佳釀，□消絶世丰華。

鶯啼序

壬申元夜，感舊傷逝，步吴夢窗韵。

華燈慶逢令序，喜銀蟾映户。憶當日、良宴飛觴，那知鐘漏朝暮。任嬉戲、生香解肖，紅芳自剪連枝樹。醉相邀，彤管争春，謾吟風絮。幾度隨肩，鬥草印雪，看雙鬟似霧。奈駒隙、南浦扁舟，别懷長隔情素。費清辭、燕鴻縹緲，訴離緒、吴蠶絲縷。願它年，偕隱林泉，約盟鷗鷺。雙鳧一去，獨鶴悲鳴，嘆遠羈客旅。悵此後、鳳簫聲咽，慘慘凄凄，鎖恨含憂，半庭花雨。行旌漫引，孤篷低蔭，江波平涌歸期滯，望鄉園、未許崇朝渡。垂楊兩岸，空憐在昔風流，竟成敗葉零土。仙源聚首，冷月秋圓，惹泪凝袖芒。鼓晚棹、匆匆分袂，便溯瀟湘，故里重回，彩衣隨舞。輕塵易散，萱摧蘭悴，常華今又傷重折，恁哀思、休使縈弦柱。憑教深付金尊，少樂多愁，素娥會否。

水龍吟 元夜戲咏龍燈

雲晴冰泮春生，卧龍躍破重湖浪。乘時送喜，靈光輝焕，人間天上。舞榭春融，歌樓月滿，盡懷歡暢。聽鉦鼗共奏，太平風景，尊中酒、休多讓。驀地轟雷驚放。恣回旋、星流雲蕩。滄溟望隔，玉京應在，誰探珠藏。瑞鳳斜騫，祥鸞輕翥，競呈嘉貺。問何人巧思，飛騰神物，使行諸掌。

浪淘沙 風雨遣悶

燈市恰纔收。日嫩春柔。風聲颯颯雨聲幽。蕩漾簾波寒不捲，約住閑愁。鈴語訴枝頭。倦柳迴眸。紅梅零落舊風流。謾把金尊銷未得，樹外啼鳩。

錦堂春 春夜聽雨

東閣梅魂欲斷，南園蝶夢無踪。年年春事花朝近，都在雨聲中。珠壓輕烟細細，銀荷碎蕊蒙蒙。金錢擲破燈花喜，明日曉霞紅。

前調 落梅

枝上新鶯細碎，階前嫩草蒙茸。憑闌何事牽心緒，墻下落英紅。　閑殺懷香小鳳，應憐拂水驚鴻。三山望渺名香斷，怊悵玉堂風。

南歌子 病中對水仙

旭日開冰鏡，微風暖玉柯。雪晴庭院喜春和。可奈年衰心倦，病如何。　夢醒蓮籌促，愁深竹葉多。盈盈無語助清歌。應信驚鴻仙袂，乍凌波。

沁園春 哭汝充大兄

却艾披榛，用舍惟賢，不見古人。嘆重湖浪静，臣心似水，滄溟月冷，宦夢如雲。廿載辛勞，千秋義憤，麟閣何人圖畫新。軒裳貴，祇到頭難得，清白名存。　交游此日誰親。記昔歲、長開堂上樽。看英芬尚在，香森桂樹，光風未遠，秀擢蘭蓀。往事空悲，餘年易盡，休道蘧蘧幻境真。牽愁處，又令原草緑，無限傷神。

百字令 輓孟翔侄

薤歌悲咏，嘆吾生半百，頻揮清泪。破浪雄心今已矣，瘦影梅花猶記。侄有《與梅比瘦》圖。品潔芳蘭，命艱磨蝎，事事摧人意。玉樓何處，碧雲高掩天際。　曾念學在專經，青燈風雨，彤管勤終歲。塊壘難消今古恨，杯酒且須沉醉。孝友爲懷，服勞無倦，未盡平生志。九原追步，竹林佳會應繼。汝充兄去歲八月捐館。

冷香齋詩餘

湘潭周翼杶德媗撰

畫堂春

春衫初試柳絲黃。雨餘輕暖輕凉。流鶯宛轉促晨妝。啼遍垂楊。　芳草萋萋碧色，新花冉冉幽香。消閑無事下迴廊。多少春光。

珠簾捲　春夜

珠簾捲，嫩凉輕。聲聲杜宇三更，臨罷蘭亭閑坐，風傳檐馬清。　深院花香細細，空階月影盈盈。最是一庭修竹，添韵事，助詩情。

鳳栖梧　春晚

轉瞬春光三月暮。宿雨微晴，剪剪輕寒度。滿徑落英鶯亂語。聲聲似惜春將去。　尚有薔薇開幾許。緑嫩紅香，鳳子雙雙舞。簾外花陰初轉午。日長無事敲新句。

臨江仙 暮春懷六皆妹

烟柳絲絲青妥，風花點點紅稀。懷君無緒啓羅幃。看它新燕子，仍向舊巢飛。　長日共拈彤管，閑時静理金徽。而今回首思依依。春光看又盡，何日見清輝。

菩薩蠻 晚眺

綉餘閑步青苔院。暖風微拂珠簾捲。斜日下迴廊。梨花淡淡香。　高樓閑自上。静倚朱欄望。片片晚霞新。盈盈月近人。

鷓鴣天 暮春口占

仄仄輕寒褪袷衣。清和天氣夏來時。雨餘新緑連雲暗，風過殘紅滿院飛。　焚百和，理金徽。新詞自咏送春歸。春駒不識韶華去，猶逐餘香颭粉衣。

水龍吟 白桃花

雨餘露井春生，飛瓊夜剪瑶池雪。新妝照水，繁英如玉，幾枝初發。洗盡鉛華，消除塵垢，望中幽潔。但芬芳未了，枝頭杜宇，偏祇是、啼聲徹。　愛爾丰姿清絶。倚雕欄、不言堪悦。玉蘭沁露，梨花帶雨，丰神終别。烟净池塘，日長庭院，鶯聲乍歇。趁東風、試把瓊枝摘取，緑窗陳設。

十六字令

團。一片清華映碧闌。詩情好，對影愛高寒。

清平樂 送春

斜風細雨。又送春歸去。小院流鶯時自語。似欲留春久住。雨餘綉閣寒輕。殘陽却照疏楹。試嚮妝樓閑望，林園狼藉花英。

采桑子 初夏

闌珊花事春初去，雨過園林。翠竹陰森。尚有輕寒透薄襟。緑窗日永人聲静，曲罷瑶琴。寶鴨香沉。小立階前謾短吟。

百字令 秋望憶家

登高眺遠，見長空萬里，水天一色。颯颯西風凉意動，恰是清秋時節。桂蕊香濃，芙蓉露冷，此際炎光歇。倚欄凝望，遠岫暮烟籠碧。林際幾點歸鴉，蛩聲滿耳，樹杪如鈎月。別恨淒涼吟未盡，目斷雲山千叠。岸柳蕭疏，井梧零落，總是關情切。征鴻無信，此意待憑誰說。

滿江紅 夏夜憶慎娟大姊

小雨初殘，蕉窗外、炎威半歇。試起捲、湘簾閑望，碧天如抹。一樹蟬聲清冷露，滿庭花影嬋娟月。最關情、梔子送清香，離愁結。封書字，空親切。思君意，難安帖。憶當年綉閣，相依時節。秀句頻敲元話好，瑶琴漫譜清音徹。悵而今、雲水隔千里，何能越。

夜飛鵲

七夕懷諸姊妹，和茹馨姑母原韵。

長天已無暑，佳節仙期。妝罷自啓簾幃。雙星拜後漏聲静，筵前凉氣侵衣。飛螢乍來忽去，望銀河淺澹，鳳駕將移。含情不語，逐浮雲、冉冉來時。回首舊年情緒，今夕盡安排，花果蛛絲。何意關山阻隔，清輝難見，尺素偏稀。秋容似洗，愛如鈎、月影遲遲。奈棼然離思，推排不去，轉蹙雙眉。

新雁過妝樓 新秋

酷暑初收。林園静、亂蟬遠樹清幽。歲華欲晚，梧桐又墜新秋。曲沼芙蓉半落，綉幃低捲下妝樓。引詩情，夕陽樹杪，雁陣雲頭。　新詞幾番譜就，倚朱欄眺望，月影如鈎。素紈慵舉，侵衣凉意輕柔。紗窗篆烟半燼，愛素盎、芳蘭氣味投。知何處，起一聲長笛，清韵悠悠。

減字木蘭花 晚望

綉床初下。覓句閑行來晚樹。玉露金風。幾樹疏黄間老紅。　夕陽林際。數遍歸鴻還小憩。拂面香來。籬畔秋花次第開。

倦尋芳 秋日偶書

長天雨歇，秋意蕭森，遣興清晝。翠茗時烹，沉水自添金獸。捲珠簾，步苔徑，苎衣薄薄輕凉逗。訝年華，竟匆匆近了，重陽時候。　看籬下，黄花開遍，幾陣風生，暗香盈袖。摘取歸來，終日碧窗相守。一抹殘霞天已暮，畫屏秋静黄昏後。寫風光，入詩囊，已成還又。

滿庭芳對月憶翰生妹

理罷殘妝，晚凉輕逗，小雨纔歇長天。片雲飛盡，明月映窗前。一片清華似水，吟望久、興味悠然。星稀候，聲沈萬籟，清影十分圓。　無眠更漏永，金風細細，玉露娟娟。正香添沉水，茶熟龍團。記得前時此際，虛窗下、謾擘紅箋。相望處，山河閑阻，別恨幾時捐。

憶秦娥上壽芝外子墓

風蕭瑟。行程咫尺松林側。松林側。酒漿一獻，紙錢飛雪。　斑斑不盡啼痕赤。傷心此日空相憶。空相憶。泉臺路杳，幾時見得。

連理枝冬曉憶敬媎妹

旭日虛檐映。夢轉紗窗冷。素幕低垂，玉奩塵滿，小妝慵整。對菱花不語、蹙雙蛾，奈歸期無準。　薄醉渾難醒。可耐風聲勁。舊恨新愁，別懷離緒，有誰能省。聽天邊嘹唳、塞鴻歸，叠鸞箋問訊。

浪淘沙 月夜偶成

微雨喜初殘。皓魄新圓。傳書何處覓歸翰。默坐小窗無意緒，試捲簾看。　風冷怯衣單。玉宇高寒。青天無際夜漫漫。對此清華增逸興，覓句憑闌。

水龍吟

春日刺綉，與玉耕女侄分韵。

長空小雨微晴，疏簾半捲東風緊。吴綿乍褪，越羅初試，輕寒猶剩。屏却煩囂，閑描綉譜，深閨清静。正參差未就，垂陽解意，虚窗外、摇纖影。　綉遍春三好景。愛平林、緑陰遮徑。粉蝶翩翩，花枝嫵媚，雀兒明凈。夕照低檐，針絨檢點，香添鳳餅。共推敲、秀句新詞，别有一般清興。

琴調相思引 送别少華妹

乍暖還寒雨後天。征鴻嘹唳别懷牽。可憐春半，南浦草如烟。　目斷魂消人不見。意長箋短恨難傳。不禁回首，情泪一潸然。

訴衷情舟中寄玉耕女侄

輕寒釀就暮春天。風雨別懷牽。那更雙魚信杳，目斷楚江邊。　情默默，意綿綿。擲金錢。試問歸期，是梅花後，柳花前。

燭影摇紅春暮寄懷慎姊

秋水長篇，鎖窗閑自消清晝。楝花風冷惜春歸，早是清和候。小院落英鋪綉。點蒼苔、蝶翻蜂驟。惜花心倦，對景情牽，因花懷友。　雁足無憑，伊蘭雅韵空回首。夢魂無奈幾關山，後會應難偶。眉上愁新并舊。譜離懷、新聲未就。路長誰寄，句短難宣，推敲還又。

蝶戀花秋日憶孟翔弟

風雨蕭疏秋欲盡。砌菊堆金，早又重陽近。過雁嗷嗷雲際影。一聲聲起離人恨。　小院黄昏人語静。卜鵲憑蓍，望斷雙魚信。萬縷愁腸誰可問。遣排惟有拈新韵。

憶秦娥秋夜懷歸

秋容老。蒹葭露結寒生早。寒生早。羅衣欲换，玉釭低照。　清尊謾酌歸心渺。追思往事愁多少。愁多少。吟蛩聲細，塞鴻悲悄。

憶江南 病中哭母

秋意盡，風雨更愁濃。此日傷心徒飲泣，攀號莫逐恨難窮。望斷楚山重。

前調

嗟永訣，罔極痛成空。二豎銷磨眠未穩，夜臺清夢杳無踪。何處見慈容。

琴調相思引

答慎娟、静齋二姊寄懷之作。時筠心姑母見背。

素錦裁成寫恨深。一回披玩一沉吟。寸腸如結，血泪更沾襟。　過雁聲悲殘月冷。篆浮香靄碧窗陰。此情難遣，相憶定同心。

夢湘樓詞

常熟宗婉婉生撰

海棠春 春曉

暖香縈夢春將曉。小院静、曲房深窈。翠幕一重重，那有東風到。半醒半睡聞啼鳥。似報我、海棠開了。檢點夢如何，約略春多少。

醉花陰 春暮

風捲殘紅和夢碎。夢也傷憔悴。追想夢如何，夢不分明，夢醒還如醉。夕陽影裏重門閉。别有銷魂地。怎樣不銷魂，要不銷魂，恨少留春計。

前調 暮春日謹步家慈原韵

覆地緑雲圓又碎。花比人憔悴。小語問東君，一片紅情，夕照能留未。閑愁黯黯窗紗閉。悔識詩中味。若不爲聰明，歲歲春歸，省却傷心泪。

金縷曲 送春

此恨真千古。忍匆匆、臨歧把酒，送春歸去。幾曲闌干閑倚遍，總是没情少緒。但望裏、夕陽無語。殘夢一絲風剪斷，問誰爲、題破傷心句。此别也，嗟何遽。　　畫樓無計留春住。盡銷魂、紅稀緑暗，美人遲暮。芳草連天天接水，更隔幾重雲樹。君莫問、春歸之路。流水落花遭小劫，算人間、天上無憑據。此去也，歸何處。

高陽臺 憶梅

寂寂閑庭，愔愔小院，東風消息沉沉。月地雲階，去年想到如今。嬋娟别後期無恙，奈近來、連日春陰。最愁它，冷盡芳魂。酸盡芳情。　　孤村何處吟魂渺，記殘宵有夢，流水無心。慘慘凄凄，幾回覓覓尋尋。笛聲吹落空山月，夢回時、獨自沉吟。怕來遲，花怨蹉跎，人怨飄零。

前調 憶蘭

閑窗讀遍離騷句，向香邊摩擬，畫裏猜聲。咽瑶琴，夢回遠水，空教立盡斜陽。渺渺予懷，所思霧袂風裳。心情欲托春風訴，怕春風、不到瀟湘。悄無言，一度沉吟，一度思量。

詳。一往情深，美人宛在中央。碧雲飛去秋無迹，又依稀、月澹烟凉。盡銷魂、幽抱誰通，幽怨誰償。

離亭燕 初夏病起

又是三春過了。紈扇羅衫試到。半晌倚闌神思倦，不耐侍兒言笑。樹影緑成雲，紅漏幾絲斜照。簾外湘波渺渺。簾底愁人悄悄。自是病多無好夢，夢也亂如芳草。小院静愔愔，忽被棋聲驚覺。

望湘人 秋意

漸秋容黯淡，秋氣寂寥，斷烟疏雨時候。落葉敲窗，亂峰鎖夢，夢與葉聲同墜。病感三分，二分中酒，一分憔悴。聽雁聲、遠過瀟湘，暗把秋魂驚碎。閑上高樓獨倚。正秋風裊裊，洞庭波矣。嘆吟到離騷，悵望霧鬟雲髻。夕陽林杪，暮雲天際。一片蒼凉之意。目渺渺、不見湘君，岸草汀蘭誰寄。

前調 染指

覷纖長指爪，未褪嫣痕，女兒花又開遍。懶理金針，慵抽彩筆，愛傍芳叢頻揀。小摘繁英，細删攢蒂，輕研霞片。捲袖羅、蘸上春葱，仿佛珊瑚成串。　多少深閨蘭媛。慣燈前月下，比評深淺。認紅豆初拈，幾誤鸚哥偷咽。金盆和露，玉纖流艷。染了又還重染。怪小婢、道是啼痕，一樣凝成紅點。

壺中天 花影

移來畫裏，看亭亭裊裊，東風難捲。簾角墻陰曾省識，橫把月明界斷。如此朦朧，者般黯淡，幽夢誰爲伴。悄然無語，夜深飛上窗畔。　遥憶幾曲闌干，幾重臺榭，幾處閑庭院。非霧非烟香氣襲，望去模糊一片。滿地春痕，露凉風緊，心事添凄惋。西樓月落，化爲雲氣而散。

前調 花光

百花叢裏，看神光離合，共矜明媚。暈入東風春欲笑，不定香痕如水。暖處揚輝，晴邊散彩，天氣濃於醉。看朱成碧，倏而非紫非翠。　聞説綺陌芳塵，艷魂飛處，蕩得春陰碎。

一隊鈿車相照耀，人果能如花否。作意摇紅，牽情漾碧，那解傷憔悴。錫簫休弄，恐將霞影驚墜。

前調 花魂

落紅堆裏，剩半絲一縷，呼之欲出。人在小窗扶病起，恍惚似聞聲息。玉已成烟，香拼化土，此恨終難滅。苔荒院冷，知它多少凄咽。　堪嘆從古佳人，幾多艷魄，曾與君同劫。回首澹烟凉月夜，春夢了無痕迹。悄悄冥冥，酸酸楚楚，偷向墻陰泣。曉風吹散，却從何處尋覓。

前調 花夢

一痕縹緲，怕淩空化作，彩雲飛去。胡蝶多情先入夢，暗把香魂留住。風擊難圓，雨淋易碎，儂願無風雨。睡鄉安否，莫教迷却歸路。　幽絶小院迴廊，月華滿地，花似人無語。露重烟深扶不起，春在最凄迷處。舊事朦朧，芳情摇漾，香霧空蒙護。夜凉如水，推窗猶恐驚汝。

前調 花氣

春愁未醒，忽春風吹送，春情如水。春淺春深春不覺，暗襲春人衣袂。春思朦朧，春魂澹宕，春夢霏霏墜。日高春暖，曉鶯啼破春睡。　堪愛闌亞憑香，簾低浮艷，畫到空蒙際。一片濃芬無著處，散入碧紗窗裏。不是旃檀，并非沉速，薰遍繁花地。隔墻鄰女，可曾猜是花氣。

前調 花愁

花開花謝，算年年總被，東君耽誤。欲説平生多少憾，提起不勝酸楚。幾日芳菲，幾番搖落，幾度驚風雨。夕陽影裏，容華如水流去。　知否我自春來，爲花憔悴，未忍和花訴。花果聰明應會得，祇恐更傷情緒。病裏春殘，酒邊夢繞，夢醒春何處。緑凄紅慘，有懷難向人語。

點絳唇 初夏夜作

新月如鈎，畫簾倒影雲拖地。二分還未。未有團圓意。　冷浸吟魂，悄向闌干倚。花陰底。落紅堆砌。一陣東風起。

憶秦娥 春雨

東風急。雨聲纔止西風接。西風接。吹將泪點，隔窗同滴。　夢中訊問春消息。依稀聽得凋零極。凋零極。覺來無語，又成凄咽。

高陽臺 題小青瘦影自臨春水照圖

一種愁容，十分病態，可曾真個痴心。强整新妝，東風獨自沉吟。無情有憾誰人見，衹一池、春水分明。冷清清，庭院深深，楊柳陰陰。　天荒地老尋常事，算人間衹有，此憾難平。薄命紅顔，枉教占斷才名。傷心我亦工愁者，向畫中、訂個知音。願從今，卿自憐儂，儂自憐卿。

如夢令 戲題團扇

素練裁成團扇。新樣十分圓滿。試向掌中擎，明月全身都現。如面。如面。衹當素娥相見。

潑墨親描團扇。聊把病懷消遣。畫出牡丹枝，不耐粉匀脂染。清減。清減。添了一分妍倩。

彩筆閑題團扇。小院日長門掩。不寫古人詩，須要別開生面。翻遍。翻遍。幾曲小詞香艷。

手弄生綃團扇。風動藕花香遍。病後減容光，羞説芙蓉嬌面。斜掩。斜掩。恐被采蓮人見。

皎潔最憐團扇。伴我小庭深院。一夕起秋風，凉意暗中吹遍。緣淺。緣淺。再隔幾時相見。

不是班姬團扇。不是芳姿便面。却是廣寒人，親剪一層雲片。消遣。消遣。小字自家題遍。

湘月 題繪秋圖

秋之爲氣，有千變萬化、人怎描得。不道寥寥數筆裏，竟把精神傳出。冷月無聲，寒烟有影，攝起秋魂魄。此中清景，算來衹我能識。　樓上一帶湘簾，湘簾不捲，樓下湘波白。不盡寒流去渺渺，倒浸銀河無色。桐樹中間，芭蕉側畔，添座湖山石。緑窗休閉，待儂一夢飛入。

菩薩蠻 題美人圖二幀二首

美人家在湖邊住。引儂神往圖中去。影隔小窗紗。紫薇初試花。垂楊低拂處。不礙尋詩路。吟罷意何如。魂消一卷書。

梧桐涼罩亭亭綠。美人想在闌干曲。偷向畫廊西。看時不見伊。夢隨芳草轉。覓到湖山畔。心事怕人知。回身背立時。

前調 聞桂花香偶成

秋閨寂寂秋風入。徘徊獨倚闌干立。香忽逐風來。桂花何處開。小鬟剛欲摘。却與離墻隔。墻外是鄰家。鄰家有此花。

前調 咏蠟梅

縱橫老幹蒼如鐵。因何亂點黃金屑。看到素心開。黃金買不來。道妝相似否。更比梅花瘦。一事不如梅。天寒有鶴陪。

釵頭鳳 賽社

爐烟繞。香風到。滿街錦綉光相耀。佳人在。紅樓畔。彩旗過也，侍兒低喚。看。看。看。鄰姬道。今年好。香車寶馬知多少。天將晚。游人返。夕陽西下，畫簾閑捲。散。散。散。

高陽臺 輓清河郡蘭卿表侄媳

吹氣如蘭，其人似玉，豈知命比琉璃。幸有前緣，也曾省識芳姿。秦樓一夕簫聲斷，悵香魂、化作雲飛。是耶非，鬢影衣香，夢裏依稀。從今冷落張郎筆，嘆畫眉無計，枉費歔欷。燈暗空房，忍聽枕畔兒啼。那人生小姮娥樣，果紅塵、無分留伊。最淒其，月漸團圞，人反長離。亡於十四日。

滿江紅 述懷

生不逢辰，慣消受、風波顛覆。還指望、小窗燈火，伴它勤讀。諱病強支千日恙，食貧勉學三分俗。嚮悄無人處一憑闌，吞聲哭。肩如削，腰如束。容憔悴，衣單薄。已心灰似燼，泪乾無血。自信艱難安妾命，也甘辛苦隨郎逐。算非關、造化忌聰明，儂無福。

前調

述懷，示書君女弟子。

屈指平生，無一事、堪舒眉葉。更年來、椿摧荆折，釵分鏡擘。一弟青衿憐落寞，兩兒黄口傷孤孑。嚮普天之下數愁人，無儂匹。　思往事，空陳迹。提舊恨，徒悲咽。已炎涼閲遍，世情冰雪。醉後惟餘三復嘆，人前肯下雙行泣。但相期、弱息到它年，能成立。

高陽臺賀書君女甥新婚

花醉賓筵，春濃甥館，笙歌擁滿華堂。樺燭迎來，争看玉樣東床。伊人況是金閨彦，更聰明、嬌小無雙。好承當，綺麗年華，細膩風光。　惟儂忽忽懷今昔，記絳帷啓處，桃李成行。曾幾何時，畫眉各倚檀郎。從今講席慚虚設，更阿誰、伴我芸窗。要相逢，須待來春，梅柳舒芳。

湘月題沈柔生女史寫竹小影

前身姑射，向瓊閨弄影、别具風雅。携得玲瓏五色筆，胎息文家支派。雨後修篁，風前叢筱，十指淋漓寫。徘徊尺幅，墨香宛宛縈惹。　況復縟頰豐頤，十分端麗，富貴花相亞。

合受人間清艷福，壓倒閨房林下。妝不全描，容含半笑，望裏尤瀟灑。幾時真個，許儂一接清話。

鳳凰臺上憶吹簫 題俞月卿茂才暨德配秦、王兩夫人引簫聲院合稿

才思如雲，風情似水，天生一種飄蕭。況得逢佳偶，其奏靈璈。惆悵子登仙去，重伴取、弄玉吹簫。堪誇是，才俱道韞，學并班昭。　寥寥。撫今溯古，有幾個人兒，得似伊曹。羨倡予和汝，艷福能消。豈比尋常兒女，衹解把、粉弄脂調。神仙侶，抽書擘箋，別具丰標。

前調 題粲生妹月榭尋詩圖

一片空明，數重罨畫，平分水榭雲寮。羨竭來詩境，如此清超。試向圖中覓句，應較勝、臺上吹簫。憑闌處，檀痕細掐，釵玉頻搔。　迢迢。晝長莫遣，向日裏尋詩，尋到中宵。更吟風梧葉，葉葉飄蕭。飄墮幾分秋意，和月影、暈上輕綃。憑傳語，夜寒露凉，莫盡推敲。

金縷曲 題翁月如夫人玉花閣焚餘草

讀罷臨妝句。宛相逢、一奩清影，兩彎眉嫵。機杼羹湯供婦職，還把東花録取。集有録《東花銀録偶題》一首。更靜好、瑟琴同御。吟新詩成卷帖，向東君、未肯輕流露。人靜後，方傾

吐。　雲飛樹嘯驚人語。『雲起山飛走，風回樹嘯呼』集中斷句也。最堪憐、零環碎佩，不能完聚。空際曇花纔一現，月冷斷魂何處。料已趁、天風歸去。留得數行遺墨在，付多情、奉倩傷心補。才與德，超千古。

百字令　題王佛雲明府壽邁家藏葉小鸞眉子研拓本

來從海上，嚮蘭閨分授，綠窗群彥。研亦如人詩骨秀，斫就玲瓏圓轉。石髓坳中，墨雲堆裹，眉月彎彎現。琴邊奩畔，供它書破裙練。　屈指升沉經幾度，又被錦囊收檢。八載摩挲，明府得此研已八載矣。無奈塵夢難長，曇花易散，流落瓊瑶片。一規珍重，運腕臨摹遍。愧儂鴉管，有緣亦預評點。

滿江紅　題溧水任秀才愷殉難略後

氣吐長虹，請看取、書生義烈。打叠起、尋章摘句，操觚弄筆。斷指誓同南氏八，含豪肯效秦家七。但章程十六列條條，言詳悉。　矛耀水，戈排雪。團義勇，招英杰。向萬人頭上，力殲餘孽。創重渾忘身中炮，戰酣彌覺肝横鐵。盡從容、含笑入重泉，標忠節。

金縷曲 題家書鋤侄維城小揖山樓詩稿

生小才名大。日消磨、左圖右史，等身環坐。觸撥靈機成一片，好句劈空飛墮。肯拾取、前人餘唾。吟罷莫愁無伴侶，有阿兄、慈母同商可。還更與，相酬和。　一編在手宵忘卧。盡幾多、俗情轣轆，休來煩瑣。我亦幼年耽此癖，小阮居然勝我。總不放、光陰閑過。方寸有苗憑醞釀，看筆花、艷裏心花吐。開不斷，香千朵。

虞美人 題龔純甫參軍緍熙夫人謝氏林風散朗小影

謝家林下高風好。今古憐同調。披圖莫漫著閑評。即就箋題已見、性聰明。　檀郎况復同京兆。參軍自號『畫眉生』。慣把纖眉掃。彎彎新月逗詩情。中有一痕秋氣、撲人清。

賀新郎 賀張型欽合巹

一管吟豪妙。數年來、詩仙草聖，衆皆傾倒。今日兩行花燭下，學把春山輕掃。料深淺、自家知道。况遇新人同玉立，更頌椒、家世多才調。娶陳氏。珠與璧，相輝耀。　洞房深處三星照。最宜人、滿庭秋艷，助它雙笑。良夜苕苕蓮漏永，羅帶同心香裊。願早叶、夢蘭佳兆。愧我忝隨葭誼末，綴蕪詞、也獻塗鴉稿。歌一闋，新婚好。

百字令

寇氛未靖，雨窗悶坐，燈下填此。

已交冬杪，恁蕭蕭颯颯，似將秋作。幾陣飄來斜復整，亂撲小窗燈火。風緊雲淒，天低月黑，旅夢如何度。聽殘宵柝，披衣還起愁坐。見説故里兵戈，它鄉鼙鼓，處處烽烟阻。不定行踪萍泛水，瑣尾吟成誰和。老逼人來，飢驅兒去，衹剩淒惶我。仰天而嘆，淚花和雨飛墮。

大江東去 海舶書懷

海波不作，水天外、一望茫然無際。萬頃琉璃人倒影，濯盡脂香粉膩。振袖臨風，飛觴酹月，大有髯蘇意。銅琶鐵板，許儂也吐豪氣。屈指年華過半百，須識浮生如寄。歷盡艱難，從今應悟，離合悲歡理。學書學劍，有兒幸亦摩厲。

金縷曲 京江陸吾山明經索題其先慈唐太宜人瑶花仙館遺稿

火傘當空罩。忽傳來、清凉妙劑，瑶花仙稿。讀罷盡將煩歊去，心體一齊傾倒。竟妙到、莫名其妙。見説丹青尤絶藝，更宜家、宜室多才調。真不愧，宜人號。萱花可惜凋中道。幸椿庭、蔭成雛鳳，飛鳴能早。生就一枝如椽筆，筆底千軍横掃。總不外、文章忠孝。爲痛春暉酬未得，録遺編、敬謹傳梨棗。千載下，芳徽表。

疏　影

題沈竹齋太守元配阮恭人横琴坐月圖遺照，即用太守悼亡原韵。

琴横凡玉。恁思歸操裏，譜出離鵠。變徵聲中，彈斷幺弦，長康妙筆難續。多情衹有姮娥影，尚隔著、烟林窺緑。料得它、碧海青天，也惜瘦腰人獨。　猶記揚州舊夢，寶窗共寫韵，争刻吟燭。尺幅摹愁，此日情懷，凄入庾郎心曲。洞房已絶瑯璈響，痛尚列、哀絲豪竹。恐一時、誤觸泠泠，驚起又披横幅。

菩薩蠻

鈎月將沉，窗燈未灺，仿迴文體填此，以遣旅况。

月鈎如傍栖禽宿。宿禽栖傍如鈎月。門掩又黄昏。昏黄又掩門。　碧紗窗影疊。疊影窗紗碧。扶夢旅燈孤。孤燈旅夢扶。

念奴嬌 爲聲甫甥題戲猫士女圖

披圖一笑，試從頭認取，畫中佳麗。滴粉搓酥嬌品格，更著堆雲雙髻。宜喜宜嗔，十三十四，正是芳年紀。可憐時候，耐人多少尋味。 底事不綉鴛鴦，不調鸚鵡，不把鵾弦理。象管鸞簫都不按，衹抱貍奴閑戲。睛點寒金，體團温玉，爪撲香懷裏。翻殘棋局，唐宫舊事猶記。

虞美人 又題雙美月明放棹圖

一規圓月當頭照。月底飛蘭棹。誰家兩美結同心。痴向水中共把、月痕尋。 烟波無際吟懷渺。一舸涼雲罩。不知何處藕花林。艤向緑楊影裏、且消停。

前調 爲海昌曹紫貴上舍題美人笑拈紅豆圖

漫同北地胭脂比。吟篋頻年寄。千般旖旎萬般嬌。真個芙蓉如面、柳如腰。 搓酥滴粉埋香膩。南國多佳麗。無言已足惹魂銷。那更笑拈紅豆、把人撩。

夫詞之旨難言矣！求其煉，則斤斤見斧鑿痕，不失之纖即失之滯，其病若死；求其清，則比比言之若無物，不失之率即失之散，其病若廢。并此二美而無此二病者，獨白石道人一人而已。其煉處，若『那人正睡裏，飛近蛾緑』（《疏影》）、『傷春似舊，蕩一點，春心如酒』（《角招》）、『信馬青樓去，重簾下，人妙飛燕』（《眉嫵》）。之句；其清處，若『閱人多矣，誰得似、長亭樹。樹若有情時，不會得、青青如此』（《長亭怨慢》）、『把酒臨風，不思歸去，有如此水』（《水龍吟》）之句。正如天衣無縫，光艷絶倫，野雲孤飛，去留無迹。清煉若此，浸浸乎造其極矣。蓋詞不難於煉，欲於煉中不煉，不煉中煉；不難於空，欲於空中不空，不空中空，惟白石能逮乎是矣。世鮮能師白石者，求之閨閣中，益尠其人。吾鄉宗婉生女士，幼敏慧，嘗寄其父詩云：『椿庭別後懶吟哦，聊把離懷付短歌。弟幼妹嬌兒自愛，阿娘多病奈愁何。』時年猶未笄也。論者以爲吾虞自道花夫人席佩蘭之後，以女士爲詞宗焉。其所爲詞凡五十一闋，曰《夢湘樓詞稿》，集中若『心情欲托春風訴，怕春風不到瀟湘』（《高陽臺》）、『夢與葉聲同墜，正秋風、裊裊洞庭波矣』（《望湘人》）、『認紅豆初拈，幾誤鸚哥偷咽』（《望湘人》）、『暈入東風春欲笑，不定香痕如水』（《壺中天》）之句，皆絶唱也。其清煉處，正得白石師法。讀女士詞者，宜索解於字句之間，乃可得其要矣。適小檀欒室主人集刻閨秀詞，因志數言以歸之。

戊戌七夕常熟翁之廉錦芝記於鳳城仙館，時年十七。

綉餘詞

常熟錢念生咀霞撰

謁金門 早春

春一綫。幾點梅花新綻。殘雪初融鶯未囀。青歸楊柳眼。　幾縷輕風剪剪。怕煞寒生庭院。依舊小樓簾半捲。待他雙燕轉。

雨中花 落花

風雨連綿不斷。殘韵餘香零亂。著意留春，難將春綰，轉眼紅妝换。　寂寂小庭飛片片。花夢可憐誰管，最算是多情，憐香蛺蝶，猶是尋花伴。

聲聲慢 送春

風風雨雨，暗地相催，春光到此將别。欲待款留，無計反增凄切。東君怎不體諒，促春回、把人抛撇。更望裏，盡銷魂、衹見落紅堆積。　每到春歸時候，便引起、愁腸細絲如織。

杜宇聲聲，不管舊時相識。枝頭報春去也，恁忘情、了無憐惜。怎似我，倦傷春、還戀此日。

南歌子 秋雨

風急寒吹早，燈昏綉懶挑。颼颼颯颯打芭蕉。暗把夢魂驚散，小窗寮。氣逼秋衾冷，聲和落葉飄。凄凉無限此清宵。便没些兒離緒，也魂消。

清平樂 題趙珊珊掩鏡捧心小影

閑愁如許。心小難藏貯。勾出絲絲飛欲去。又被眉峰鎖住。亭亭獨立階西。此心試問誰知。衹有懷中明鏡，照伊一點情痴。

蝶戀花 咏雪和韵

昨夜長空烟霧裊。凛冽西風，暗地生寒峭。冒冷推窗纔始曉。千山一抹青春老。日乍紅時陰變了。料也情多，怕損飛花貌。便算儂家祥瑞早。階前玉樹天然好。

踏莎行

冬月，和韵。

一樣清輝，許多寒氣。玻璃澄徹冰輪裏。近人流欲濕儂衣，萬分愛惜眠還未。光動簾珠，影橫窗綺。空階潑冷渾如水。果然暗地約姮娥，夜寒偏耐雕闌倚。

浪淘沙

冬風，和韵。

徹骨五更風。吹聚霜濃。寒帷更覺冷重重。瘦竹聲聲敲不住，濤涌虬松。澹日忽朦朧。烟霧輕籠。封姨暗暗弄神通。想是欲傳梅信息，特地尋儂。

點絳唇

盆梅將開，以紙帳護之。

出手枝高，恁般細蕾寒成簇。暗香生玉。牢把葳蕤束。最早春光，又恐春光促。低低囑。慢些開足。不許風絲觸。

國香慢

本意，和韵。

種出空山。更鉛華洗盡，別破花關。靈根近移深院，稱此幽閑。況又芳馨竟體，供瓷斗、格外清妍。孤高問誰似，野菊疏梅，伯仲之間。　護蘭情脉脉，問靈均去後，幾度淒然。從今得意，合教相對忘言。未許蓬蒿甘老，伴佳人、暗與留連。盈盈小窗畔，瘦影如儂，越地相憐。

眉嫵

殘月，和韵。

剩三分清影，一縷寒光，還又澹河漢。不改如鈎樣，低低挂，更闌人靜深院。爲誰意懶。嘆素娥、消減無限。也應戀、三五團圞好，奈容易更换。　閑算。重重離怨。想柳郎當日，曾妙詞翰。料得冰魂去，垂楊外、曉風一樣吹遠。舊情未斷。待再圓、休更剖散。便莫問盈虧，同一拜、了心願。夫子三娶彭城氏，予其季也。後半闋隱寓此意。

沁園春 贈外

約略前身。君與阿儂，有木了因。但自慚蒲柳，敢言伉儷。替司巾櫛，怎許娉婷。刺綉閑時，吟箋寄興。月底花前聊遣情。君休笑，是班門弄斧，愧不如卿。珠傾。露洗秋汀。道秋水、儂神一樣清。本桃紅杏艷，從來羞比，鶯嬌燕婉。祇是慵聽。君守清貧，妾甘澹泊，舉案光鴻記也曾。低聲囑，願百年偕老，莫負釵荆。

長相思 雨夜寄懷

山迢迢。水迢迢。夢過江南第幾橋。尋君路更遥。醒無聊。睡無聊。一點愁心無計消。那堪雨滴蕉。

釵頭鳳 燈下寫家書寄外

同心偶。分離久。自憐無日舒眉柳。妝檯角。燈花落。聽殘宵漏，又聞街柝。閣。閣。閣。秋凉後。西風透。暗愁生逼腰肢瘦。衣單薄。人蕭索。此情誰寄，倩他靈鶴。托。托。托。

緑楊風裏

闌干萬里心 春雨憶别

卍字小闌環曲折。恰似我、寸腸千結。亂愁絲和雨絲絲，盡付與、鶯梭織。傷離别。憔悴也、問誰憐惜。此情衹有彩毫知，細畫出、相思切。

多　麗

冬夜病卧不寐，倚枕賦此。

聽聲聲。城頭畫角哀鳴。怪無端、頻來枕上，夢魂欲定還驚。意懸懸、凄凄切切，人寂寂、冷冷清清。寒逼羅帷，風欺燈影，此時此際暗愁生。更窗外、蕭蕭落葉，和雨灑幽庭。那堪又、孤鴻嘹唳，似訴離情。憶别離、千里萬里，嘆幾度誤歸程。病和貧、一身獨倚，愁與恨、兩地難并。如此殘年，者般凄况，徹宵挨遍短長更。衹贏得、雙眸長醒，弱骨瘦伶俜。悲吟罷、問天何意，付我心靈。

釵頭鳳 寄懷

腰如搦。人如削。無端臂褪黄金約。燈銷暈。香銷燼。衾兒無夢，雁兒無信。悶。悶。悶。秋衫薄。秋風惡。感秋人被秋纏縛。歸期問。何時穩。籤兒無據，卦兒無準。

恨。恨。恨。

醉花陰寄外

別夢初圓風擊碎。夢醒添憔悴。一片落花飛，知道春歸，知道人歸未。東風去後重門閉。諳盡愁滋味。差勝絮飄零，江北江南，流遍離人淚。

點絳唇寄外

嶺隔雲高，夢兒欲把羊城繞。怪它雙棹。不送魂飛到。多病多愁，多恨多煩惱。誰知道。情田雖小。長遍相思草。

簪花閣詩餘

常熟翁端恩璇華撰

賣花聲 題葉小鸞眉子硯拓本

半彎眉子被雲遮。柳乍舒芽。緑窗綉罷并頭花。還向燈前題錦句，寒逗輕紗。　一片碎瓊霞。幾寸塵沙。菩提明鏡本無瑕。閑倚闌干重拂拭，月也横斜。

鳳栖梧 自題梧館吟秋圖

泠泠何處秋聲起。欲問秋聲，衹在桐陰裏。風定芙蓉香十里。烹茶唤起嬌慵婢。　把卷論文人有幾。還是芭蕉，解得儂心意。不合讀書明眼底。添將多少愁滋味。

臺城路 桃花莊春望

春遍江南風細細。正是嫩寒天氣。燕子銜泥，提壺唤雨，十里軟紅塵滓。袷衣初試。看波緑粼粼，野鷗乍起。一路桃花，淺深紅到半山裏。　回憶嶺南舊地。有萬枝香雪，月明如洗。沽酒橋邊，采桑村外，一樣嫣紅姹紫。春光無改。嘆廿載浮踪，鬢絲添矣。它日來游，溪上桃花開還未。

望江南 春日苦雨

春光好，楊柳畫樓西。簾外鸚哥初解語，檐前燕子乍銜泥。風雨又凄凄。

春光好，桃李半開時。倦倚綉床添弱綫，閑抛書卷寫新詞。可惜雨如絲。

雙調望江南 夏餅 湖俗夏至日摘鮮麥芽製餅，以餽親友

春光暮，夏至一陰旋。麥隴風來香細細，炊烟何處識紅蓮。仔細與君看。玲瓏式，月影恰團圞。纖手搓來形似玉，銀刀擘處氣如蘭。珍重勸加餐。

金縷曲 題汪小珊水部六橋烟雨圖

卅里湖邊路。帶長堤、紅橋曲折，緑楊無數。雲隔烟迷人迹遠，衹有青山當户。曾繫艇、鷗波深處。渌水粼粼濃似染，最銷魂、幾陣疏疏雨。萍萬點，散還聚。　酒痕記取襟前句。看新詩、袖中一卷，吴歈初譜。多少長洲荒苑柳，依舊春風眉嫵。可還似、西泠烟樹。佳境莫生分別想，證前修、一例天堂住。軟塵影，謾回顧。

疏影 自題種菊補籬圖

卜居幽獨。喜荒園小小，遥隔塵俗。桃柳僵眠，斷澗頹垣，幾番曾費修築。一壺尚有容身地，况占得、數椽老屋。謾思量、魏紫姚黄，守素莫如種菊。　分得鄰家佳種，輕持鴉觜去，籬畔細劚。摘蕊煎茶，猶勝餐霞，日采幽香盈掬。秋深開到黄花候，看麂眼、補來曲曲。嘆浮踪、歲月頻移，倚遍閑庭修竹。

惜分飛 寄衣

瞥見枝頭梅蕊嫩。愁到眉峰寸寸。何處砧聲恨。更無言語中心悶。　金剪裁成添弱綫。又把吴綿細選。寄與郎如見。休論縑素同貧賤。

秋夜月

咸豐癸丑春，寓武林，薄游湖上，宿翠欲滴，晴波漾空。比來吴門，居同賃廡，緬懷勝景，追維墜歡，山色湖光，付之夢想而已。今年秋，外子自杭携來陳琴齋廣文月舲雙笑圖屬題，圖爲道光丁酉秋試時事，時與王夫人寓詁經精舍，閲今幾二十年矣。鷗波如故，魚軒不來，而端恩僑居於斯，亦復轉徙無常，不能持久。然則良辰勝賞，固有數焉，存乎其間耶？不揆蕪陋，爲填此闋，且寄聲夫人，爲异日相見之資焉。時乙卯七月。

冰輪遥挂。碧沉沉，楊柳岸，秋光如畫。一棹烟波深入，片帆輕卸。展吟箋，休負了，良宵無價。簫聲澌咽，銀河高瀉。　詞人瀟灑。扣舷歌，羅袖薄，雲鬟低亞。剪燭還成雙影，幽情難寫。憑私燭，姮娥道，清輝常借。人間天上，年年今夜。

菩薩蠻

年來領略愁滋味。閑愁萬斛憑誰慰。分付與東風。黄粱一夢中。　芭蕉心不展。脉脉情何限。耐得五更寒。香殘燭也殘。

前　調

青梅累累枝頭結。狂風忽爾頻吹折。憔悴惜韶光。看它蜂蝶忙。　魚書誰可遞。怊悵真無計。望斷楚雲遥。還憐形影凋。

十六字令分題作

星。銀漢西斜點點明。流螢過，一樣照空庭。楞

雲。薄似輕羅剪水紋。微皺處，新月露眉痕。璇
溪。欸乃聲聲泛緑漪。桃源路，前度可曾迷。楞
山。曉起開門雪裏看。蒼松影，妝點翠雲鬟。璇
歡。久別方知會面難。今宵飲，傾盞徑須乾。楞
愁。細雨黄昏獨倚樓。無情緒，隨又上眉頭。璇
魚。織水梭痕約略如。從流上，傳得故人書。楞
蟲。露冷階前泣曉風。淒淒語，商略過殘冬。璇

調笑令

人靜。人靜。剩有窗前梅影。羅幃生怕春寒。忘却三更月殘。殘月。殘月。可似昨宵清絶。

謁金門 題汪小珊綉蝶奩詞鈔鳳城集

長安道。好景最饒春曉。一樹丁香花窈窕。更聽佳客到。　落葉辭枝偏早。別有傷秋懷抱。憑與鐘期賡曲調。知音從古少。

歸田樂又題渡江詞

旗亭唱罷賡酬句。吟到邗江烟樹。山色與波光，都爲行裝彩豪助。金焦兩點看飛渡。遠浦忽驚鷗鷺。風飽一帆懸，蒓羹鱸膾人歸去。

錦堂春又題蘭笙集

鳥報檐前晴好，人看陌上春還。娑羅花發題新句，佳景在壺天。蕉葉偶書錦字，蘭䃼恰敞華筵。紅牙譜出千秋歲，月又正團圓。

行香子

絮撲成烟。荷小浮錢。燕歸梁、軟語纏綿。酒醒鴛枕，詩寄魚箋。望山重重，雲澹澹，月娟娟。花影池邊。人影簾前。數更籌、獨倚闌干。欲將心事，訴與青天。是一分悲，三分恨，十分酸。

江城梅花引題士女調鸚鵡圖

又搖紈扇脱吴綿。惱人天。困人天。懶倚綉床，獨自理花鈿。柳色青青春色去，睡難穩，傍闌干、到月殘。　月殘。月殘。墮雲鬟。燭乍彈。香乍燃。小院寂寞，水檻外、鸚鵡驚寒。低語雕籠，昨夜夢初闌。唤起玉人釵影墜，調慧舌，説無聊、醒倦眠。

婆羅門令汪氏壺園看娑羅花即席贈潘夫人

滎陽第、佛香親種。平陽第、又山房親種。先是，三松老人手植娑羅花圖名道院佛香。此本乃向君家鐵芸薌綠山房移得者。分得靈根，花瓷斗、宜清供。敷美蔭，滿院鬘雲擁。孤松畔，靈石縫。簇繁英、邀得祥禽哢。嘉名比似優曇鉢，棠棣館、更交讓稱頌。旃檀馥郁，貝葉萋菶。開了酴醿，异本端藉禪天送。未藉東皇寵。

望江南

秦淮月，久羡畫圖中。處處樓臺歌落日，家家庭院泣秋風。寂寞古行宫。

秦淮月，一片可憐生。荒草斜侵蕭寺碧，殘陽空照蔣山青。流水繞孤城。

秦淮月，憔悴惜芳辰。玉樹歌殘南部曲，金鉦吹散秣陵春。屈指歲更頻。

秦淮月，望斷楚雲低。生怕風高多鬼語，還驚潮落有鶯啼。愁煞畫樓西。

鳳凰臺上憶吹簫題管夫人書璇璣圖墨刻

藕孔心多，蓮房薏苦，絲絲織出千篇。悵别懷難訴，倩彼魚傳。贏得香車遠迓，銷魂是、會面它年。還疑夢，不因弃擲，那得團圓。　姗姗。幽栖居士，細繹遍迴波，忒煞纏綿。更水晶宫畔，佳偶如仙。添出簪花妙筆，銀鈎體、濡染雲箋。從頭數，古來幾多，淑媛新編。

疏　影

種菊補籬圖，爲癸丑春瀕行所繪。旋移吴門，忽忽八年矣。歲庚申，粤匪肆擾江南，連城迭陷，倉皇轉徙，不一其地。後卒渡江而北，卜居通州之張芝山。俗多編籬爲垣者，時舟楫屢移，衣裝半失，檢篋而是圖幸存，展對之餘，恍然如隔世事。惟瀕海風腥地不宜菊，較諸吴江楓落，風景又殊矣，愴然感懷，再填此闋。

窮非我獨。嘆流離异地，難問殊俗。海曲荒陬，彈指樓臺，行窩誰與興築。卜鄰不隔東西路，也祇好、稱貞縮屋。等閑過、風雨重陽，但惜有籬無菊。　比似長沙卑濕，韓康今日至，茯苓新劚。時吴門汪枚生新至卜鄰，素精醫學。市遠盤飧，滅竈更炊，剩有寒泉堪掬。芭蕉雨滴凄涼語，却添得、迴腸屈曲。知明年、又在何方，謾葺黄岡樓竹。

賣花聲 題藏墨山房

竹屋紙明窗。聊可支床。小亭一角繞長廊。曲曲層臺如雁齒，合種花王。　草緑滿庭芳。亞字紅墻。碧桃謝却桂枝香。可惜梧桐新雨後，少個池塘。

蝶戀花 藏墨山房丁香花盛開，爲填此闋

老幹槎丫枝葉茂。待得花開，花比人還瘦。欲折一枝香在手。最憐碎朵盈羅袖。　細雨春風吹不透。簾内書聲，簾底燈如豆。笑對花神酬斗酒。明年可似今年否。

滿江紅

江陰季仙九尚書没於崇川，側室吴氏吞金以殉。

驀地波瀾，擲碎了、菱花圓月，傷心處、白楊衰草，轜車臨穴。歌舞尊前歡夢短，繁華鏡裏浮漚閱。盡纏綿、願結再生盟，孤懷潔。　巾幗女，多奇節。拼絶命，黄金屑。嘆珠沉花謝，九迴腸折。慷慨難忘斑竹恨，亂離豈戀紅塵瞥。聽夜深、愁雨灑空階，香魂冽。

醉花陰紫薇花

虛白堂前傳异種。紫綬曾邀寵。斜月上簾鈎，淺碧籠烟，幾處凉初送。柔姿羞藉東皇重。溽暑宜清供。莫道不如春，色比穠桃，瘦與黄花共。

金縷曲閏中秋作

信美非吾土。笑浮家、等閑再值，良宵三五。深院木犀香已謝，漸惜秋光欲暮。衹碎菊、籬邊方吐。謾道井梧添葉好，怕羈愁、添得心尤苦。縈悴感，嚮誰訴。紀時今日逢寒露。檢巾箱、吴綿已罄，故衣重補。青女素娥還耐冷，下界塵凡莫數。恰圓魄、重開顧兔，拜月盈盈同説餅。算鄉風、猶是江南路。何處問，舊皋廡。

生查子留别藏墨山房

天爲闢名園，留我三年住。來歲牡丹時，我又辭巢去。花也太多情，似共離人語。燕子若歸來，莫更和春駐。

鎖窗寒 雪夜懷諸兄弟

昨夜輕寒，開簾瞥見，玉龍迴舞。飛花糝徑，朵朵散時還聚。短籬邊、冷梅吐芬，曲廊緩步殊增趣。似故鄉風景，修篁斜倚，遥天將暮。　誰語。離情緒。記咏雪閑庭，圍爐覓句。韶華易改，雁影分飛幾處。到春來、棠棣半開，天涯坐惜修程阻。艱頻年、戍鼓常驚，極目燕臺樹。

望江南 題劉彦清農部古紅梅閣圖

紅梅閣，殿直昔幽栖。逋老却輸仙眷挈，侍兒曾記小名題。曲巷在橋西。

紅梅閣，小住愜平生。詞客彩豪工覓句，美人黄土尚多情。夢也忒分明。

紅梅閣，畫裏唤真真。棐几添香清有韵，雕闌倚袖净無塵。古艷此傳神。

紅梅閣，往事與誰談。響屧不堪尋舊徑，桃花并恐失空庵。何處望江南。

疏　影

庚申冬，自通州移泰州，僦屋戈氏之藏墨山房。舊有園亭小景，惟餘地苦少，藝菊不蕃耳。同治癸亥，外就清河崇實書院主講，院燬於賊。漕帥盱眙吴公購黄氏廢宅，葺之，講舍後有屋數楹，復徙寓焉。旁爲園，頗寬曠，蒔菊爲宜，三叠前調，仍題種菊補籬圖後。

靈光留獨。記纔經劫火，一洗澆俗。往日亭臺，講舍新移，老圃勞它重築。飄零我是無家客，幸庇厦、何妨茅屋。待殿春、花事闌時，分取半弓蒔菊。連歲吴陵小住，長饞躬托命，園蔌自斸。欲乞淮干，殘藥分嘗，安得刀圭盈掬。江南烽火連天地，已歷遍、羊腸九曲。知何時、真息勞踪，笑問平安修竹。

如夢令 雪霽小園探梅

曉日半窗晴照。積雪滿庭寒峭。呵手試新妝，慵把眉痕重掃。休笑。休笑。爲探小園梅早。

花非花 霧淞

初疑霜，復疑霧。玉屑霏，金葩吐。東風吹得十分匀，開遍梨花千萬樹。

金縷曲 題李宛湘夫人花陰繞步遺照

何處秋聲早。碧沉沉、梧桐樹底，嫩凉初報。覓句不妨芳徑滑，踏遍閑庭細草。漸月影、枝頭斜照。叢桂小山留不住，恨無端、偏鼓西風棹。琴韵歇，爐烟裊。　仙人見説瑶臺好。瞥紅塵、彩鸞飛去，佩環聲杳。札札鳴機燈火夜，猶寄相思遠道。今祇剩、零烟殘稿。逝水年華驚易改，認丰姿、畫裏容仍渺。追往事，泪多少。

御街行 題吴春海太史鴻恩歲寒登岱圖

朔風峭勁嚴冬節。泰岱頂、行踪絶。有人杖策獨尋幽，不管天門深鐍。兹游突過，昌黎登華，書與家人别。　一編岱覽難周列。擇勝處、新圖揭。云亭封禪久無書，誰識相如才杰。庭闈眷戀，觚棱回首，自記輪蹄轍。

【第三集】

詞人姓氏

顧貞立 原名文婉，字碧汾，自號避秦人，無錫人，中書顧貞觀姊，同邑考授州佐侯晋室。詩詞極多，恒與王仲英相唱和。

張令儀 字柔嘉，桐城人，大學士文端公英第三女，少詹事廷瓚妹，大學士文和公廷玉、禮部侍郎廷璐、工部侍郎廷瑑姊，同邑姚士封室。

薛　瓊 字素儀，無錫人，江陰李崧室，著有《緑窗小草》。崧著有《芥軒詩草》《夕陽村詩鈔》，子大本能詩，有《雲墟小稿》，長洲沈德潛序而合刻之。

沈　纕 字蕙孫，一字散花，號玉香仙子，長洲人，祁門教諭沈起鳳女，諸生林衍潮室。工詞賦及駢體文，善吹洞簫。著有《翡翠樓詩集》《文集》《簫譜》。

江　珠 字碧岑，號小維摩，甘泉人，監生江藩妹，諸生吾學海室。工詞賦，尤長駢體文，通經史并善舞劍。著有《青藜閣詩文集》《小維摩集》。

趙我佩 字君蘭，仁和人，趙慶熺女，舉人□礪軒室。

沈　榛 字伯虔，一字孟端，嘉善人，明天啓乙丑進士、南昌府推官德滋女，進士錢黯室。

蔣紉蘭　字秋佩，嘉善人，錢（□□）［以塏］室。

趙友蘭　字佩芸，一字書卿，無錫人，張曜孫表姊，同邑王□室。工詞，與《花簾詞》并稱。

陳　嘉　字子淑，仁和人，同邑高望曾室。咸豐辛酉冬，杭城再圍，食且盡，嘉購粟進姑而自食糠粃。城陷，奉姑出城，既渡江，會天雪，餒甚，乃屬姑於妯娌而死。

目

栖香閣詞

梁溪顧貞立文婉撰

滿江紅 送梁汾弟北上適中庭杏花盛開

夢草池塘，擬重續、謝庭佳咏。又早是、離愁滿載，片帆風順。千縷柳絲難挽住，一枝紅杏聊爲贐。看明年、此際日邊開，宮袍襯。　頻酌酒，須拌飲。重話別，言難盡。怕歸來庭院，故人多病。風日長途珍護好，春城寒食應相稱。倩雙魚、先寄與平安，泥金信。

望江南

東亭好，太史舊名家。望去有庭皆疊石，看來無樹不梅花。即此是烟霞。

東亭好，佛閣石爲龕。曾羡蓮臺雙并蒂，願依彌勒一花憨。還把本來參。

東亭好，疏雨逗庭梧。小西閣前山水畫，晚妝樓外輞川圖。燕子引新雛。

東亭好，青粉薜蘿墻。梅子乍圓鶯語滑，杏花微雨燕泥香。小立傍斜陽。

東亭好，最是可閑居。咏絮詩教鸚鵡念，簪花格倩玉人書。積雪滿庭除。

東亭好，青蓋緑陰圓。元覽樓前題白雪，三餘閣上駐嬋娟。一望似神仙。
東亭好，闌砌玉玲瓏。一點烟鬟留夕照，三層樓閣接垂虹。人在畫圖中。
東亭好，最憶是花朝。破寂自傾鸜鵒盞，拈題先得美人蕉。閣倚鳳凰簫。
東亭好，無事掩深閨。痛飲長歌紅燭夜，沉香小像曲屏西。何處不堪題。
東亭好，梅子乍圓時。碧玉鄰家催鬥草，青溪小妹解彈棋。吟就護蘭詩。
東亭好，石榻對茶烟。丹桂香飄金粟嶺，碧梧陰覆卧雲軒。鬥韵與飛箋。

浣溪沙和王夫人仲英韵

百囀嬌鶯唤獨眠。起來慵自整花鈿。浣衣風日試衣天。　幾日不曾樓上望，粉紅香白已争妍。柳條金嫩滯春烟。

滿江紅中秋寄梁汾弟

此夜秦淮，桃葉渡、蘭舟桂槳。回首處、金焦兩點，水天一樣。望去金波驚萬里，愁來白髮三千丈。笑閨中、羸質愧稱兄，予差長。　河橋畔，危樓上。疏林隔，征帆漾。儘斜陽送眼，秋潮初漲。十載别離勞夢寐，半生詞賦同凄愴。願重來、還補謝家吟，人無恙。

念奴嬌

甲辰送麟兒就試，有『北堂人未老，青鬢約金冠』之句，回首十年，依舊頭顱如許，可勝三嘆。

香消夢覺。黯然驚又早，浮生半百。青鬢花封當日語，添取幾絲華髮。綺思紛來，迴文自解，總是前生業。空中臺閣，醉時書破四壁。　回首辛苦三遷，鷄窗十載，千里經風雪。倚閭高堂愁日暮，望斷鳳城雙闕。杏雨黏衣，曲江春暖，此願知何日。少年莫負，花明柳綻時節。

踏莎美人 送梁汾弟

鏡裏遥山，意中雲樹。天涯約略烟深處。驪歌唱罷又重招，赢得傾城名士、擁蘭橈。　候到松風，飄殘研雨。一春長向花前語。縱教雙鯉日通潮，争似玉驄還駐、小紅橋。小紅橋

在來青閣西弓河上。

雨中花 曉起

燕語呢喃鶯語媚。渾不許、綺窗人睡。日漾湘簾，侍兒多事，又把裝奩備。　香冷畫屏

眉叠翠。都付與、鏡中憔悴。十載羈愁，盈囊詩卷，難化花前泪。

憶秦娥二首憶嫂氏

西窗月。邀人瘦影成三絶。成三絶。清愁虚冷，都無話説。金釵劃損闌干漆。爐烟裊篆屏山寂。屏山寂。侍兒促睡，單衾寒怯。

西窗月。照人夜夜如相識。如相識。穿簾入幕，故來尋覓。空閨此際真愁絶。遥知尚有秦娥泣。秦娥泣。與君嘗盡，生離死別。

卜算子前調

木葉下庭臯，針綫無心理。閑嚮黄花説可憐，依約纖腰細。孤雁泣樓頭，明月人千里。十二闌干獨自憑，嘗遍愁滋味。

天仙子

翡翠離披裝未卸。獨倚熏籠坐深夜。晚寒嶛峭入重圍，腰可把。愁難寫。相對相憐銀燭下。燭盡香殘催睡也。短夢未成魂欲化。欲擬翻然上圖畫，蓬萊界。通靈快。莫繫留仙雙錦帶。

一剪梅

九十春光半已殘。詩興闌珊。酒興闌珊。鏡中憔悴不堪看。羞畫眉彎。懶畫眉彎。

澀雨慳風特地酸。不許春閑。不許人閑。年年愁病苦相關。花也長嘆。人也長嘆。

菩薩蠻 秋宵不寐

霜砧碎搗愁腸裂。啼蛩絮語愁心切。露葉墮空庭。窗穿月倍明。　朝衾隨便擁。難續春前夢。玉匣閣輕紈。空閨一樣酸。

如夢令 二首冬夜

細雨絲絲宵永。風逗綉幃初冷。兀坐掩屏山，嘹唳雁聲難聽。孤另。孤另。最是燭殘香盡。

閑撥玉爐烟篆。陣陣北風吹幔。滴瀝小窗前，長共淋鈴淒斷。宵短。宵短。不抵離愁一半。

憶王孫

何事愁多與病緣。一宵風雨又無眠。起來羞對鏡臺前。有誰憐。探梅時節擁爐天。

浣溪沙

好夢留人悔却醒。誰教鶯語弄新晴。乍寒還暖近清明。門掩落花春寂寂，香消睡鴨晝沉沉。日長閑自理瑤琴。

前　調

盡日簾垂懶上鈎。無端春思在眉頭。絮飛花落夢悠悠。剪剪輕寒朱户寂，絲絲細雨小窗幽。東風腸斷不堪留。

踏莎行

子未出閣時，每至春月，諸姑歸寧，大父母携表姊妹數人，流連宴笑。自戊寅己卯，各各三星入户，蕡蕡宜家，不相聚首，惟寄情於暮雲春樹耳。夜月燈青，有懷難遣，遂賦此詞。

暈掩青燈，寒侵翠袖。音書望斷重陽後。昔年闉閣門新妝，而今追憶難回首。夜月連床，曉窗同綉。踏燈挑菜頻携手。夢中依約聚還分，覺來贏得愁腸逗。

蝶戀花

和逗晚香愁一綫。觸景無端，泪濕羅衫遍。悶來欹枕不成眠。夢中還慮愁難遣。人静蕭齋門獨掩。無限愁思，半刻腸千斷。欲出簾櫳邀女伴。羞看鏡裏啼痕面。

憶秦娥 本意

雲山萬叠空相憶。昨宵鱗鴻絶。暮蟬空向林梢咽。林梢咽。秦娥安否，多應傷别。魂夢曾相覓。曾相覓。小橋流水，分明記得。

玉蝴蝶 苕溪署中

一抹晴空無際，烟光澹蕩，微月當樓。點綴平蕪，樹色暮靄初收。斷霞邊、慈烏千點，看反哺、争擇枝頭。漫凝眸。親幃何處，旅夢難留。颼颼。風吹鬢影，寒生肌粟，唤起千愁。不堪回望，舊家庭院早驚秋。憶當初、栖遲三楚，今日個、落拓湖州。顧難酬。聊憑斑管，寫我心憂。

滿江紅 重九日

細雨斜風，却又早、重陽時節。登高去、小樓凝望，楚天空闊。秋水伊人家萬里，白雲親舍山重疊。是誰啼、紅泪濺霜林，楓如血。　填不滿，窮愁穴。補不盡，離愁缺。溯庭階勝事，依然陳迹。黄菊有花羞插鬢，素心欲轉憐匪石。有孤鴻、和月伴卿卿，成三絶。

前調 楚黄署中聞警

僕本恨人，那禁得、悲哉秋氣。恰又是、將歸送別，登山臨水。一派角聲烟靄外，數行雁字波光裏。試憑高、覓取舊妝樓，誰同倚。　鄉夢遠，書迢遞。人半載，辭家矣。嘆吴頭楚尾，倏然孤寄。江上空憐商女曲，閨中漫灑神州泪。算縞綦、何必讓男兒，天應忌。

清平樂

元宵前二日重過東皋，見殘雪未消，梅花欲綻，遂賦此闋。

閑愁未掃。擬向梅花告。傲骨自來貧亦好。邱壑儘供潦倒。　離魂不用人招。此生拚老漁樵。多謝天公有意，留將一地瑤瑤。

錦帳

臨江仙

梧葉飄香時別去，重來又早陽春。韶華驚見一番新。梅心檀正吐，柳眼緑初勻。香車安足羡，幽姿恰合長貧。灌畦聊且寄城闉。一池新漲水，好洗耳邊狺。

沁園春

掠鬢梳鬟，弓鞋窄袖，不慣從來。但經營理料，茶鐺茗碗，親供灑掃，職分當該。還謝天公深有意，便生就、粗疏邱壑才。將衰矣，斜陽日影，短景頻催。閑身不妨多病，且憑他位置，廢苑荒臺。伴香濃琴静，百城南面，青緗滿架，湘軸成堆。一縷茶烟和芋煮，衹數點、秋花手自栽。都休也，蠅頭蝸角，於我何哉。

前　調

嘯傲生成，薄游身世，慘憺情懷。也曾經料理，綉床花樣，迴文機杼，空裏樓臺。怕嚮針神稱弟子，但通國、閨娃受教來。今難再，看殘絲剩綫，意懶心灰。清神猶餘眼耳，便霜鬢雪鬢，任屬形骸。與青溪小妹，飛箋索賦，孀閨病嫂，險韵同裁。痼癖烟霞誰得似，有疏影、孤山一樹梅。江南夢，想群花未醒，雪裏偏開。

浪淘沙

新粉墜琅玕。荷露初團。滿城風雨忽生寒。莫便重陽時候也，一例心酸。小扇叠輕紈。空畫乘鸞。流螢飛渡曲闌干。休傍牙籤頻掩映，不是儒冠。

菩薩蠻

斷腸春色還餘幾。可憐一半催歸去。簾外草萋萋。簾前燕子泥。香塵迷紫陌。悶把闌干拍。多恨不成妝。故園天一方。

前　調

緑楊烟鎖深深院。流鶯驚起花翻亂。無處不堪憐。春三二月天。愁來無計却。腰瘦渾如削。爇盡鵲爐香。難消今夜長。

歸國遥 四姑約歸雨阻

分飛久。相約同舒雙黛皺。昨夜夢中携手。訴愁還是舊。悵望曉妝時候。正珠鈿翠袖。此恨卿卿知否。泪花看浥逗。

玉連環 問梅影

一枝斜向屏山溜。亭亭孤秀。問卿何事也顰眉，應是爲、憐人瘦。　相對爐香茗碗。伴殘銀漏。願教青帝好留春，明日玉容依舊。

減蘭 題三餘閣

雕闌玉砌。簾幕低垂香霧裏。中駐嬋娟。十五盈盈未解憐。　遥山曉翠。恰是雙螺初掃黛。恍對雲英。何必崎嶇上玉京。

清平樂 問海棠影

娟娟楚楚。借得青燈助。相對似憐還似妒。不語却因何故。　枝頭嫩蕊初開。西風且莫頻催。留與伊人爲伴，明朝還傍妝臺。

滿江紅

春寒夜雨，不能成寐，復起擁爐，命酒陶然，竟醉賦此。

摘碎花魂，鄉夢杳、擁衾還起。凄絶處、燈昏香燼，重門深閉。握管欲吟紅雨曲，啼痕先把青衫漬。卸金釵、閑自撥燈灰，書愁字。　今古事，醉而已。死歸也，生如寄。任旁人妒口，或憐或鄙。嘯傲久成哀鳳侶，粗疏好與頑仙似。問從來、淪落孰如予，應無二。

南鄉子

蹙損遠山眉。脉脉愁腸不自持。窗外含葩將放也，瓊枝。爲祝東風且莫吹。　往事不堪思。空憶拈花弄草時。幾載飄零傷薄命，如斯。浪説閨中映玉姿。

虞美人

暗傷亡國偷彈泪。此夜如何睡。月明何處斷人腸。最是依然歌舞、宴昭陽。　幾年嘗遍愁滋味。難覓無愁地。欲箋心事寄嫦娥。爲問肯容同住、廣寒麼。

卜算子 夜雨

蛩語雜寒砧，欲睡如何睡。翠冷芙蓉小帳空，慵整餘香被。　無賴倚闌干，多少思鄉憶。滴瀝芭蕉一夜聲，盡是愁人泪。

鵲橋仙 又六月七日爲天孫寫怨

輕颸乍拂，纖雲幾點，澹澹玉鈎初挂。歡期屈指是耶非，笑幾度、鈿車欲駕。　碧翁相惱，素娥相戲，底事良緣多假。從今寄語問人間，莫浪説、年年今夜。

眼兒媚 簡王夫人仲英

西風吹泪灑寒林。鄉夢杳難尋。半床月影，一聲歸雁，幾處疏砧。　可憐何事音塵絶，怊悵隔年心。泬寥風景，凄凉滋味，分付孤斟。

前調 薄暮

一痕新月挂疏桐。人倚畫樓東。徘徊獨自，黯然無語，目斷歸鴻。　數聲嘹亮樓頭泣，清露滴芳叢。羅衣漸濕，香衾乍冷，不耐秋風。

浪淘沙 意故園諸女伴

羅幕晚凉輕。葉葉秋聲。琅玕移影北窗明。懶剔銀燈花自落，素卷縱横。　底事暗心驚。舊日雲英。檻鸞圍鳳可憐生。何日西風吹夢蝶，飛度愁城。

青衫濕 題斷腸草

倒傾三峽潺潺水，墨氣染雲烟。有情花月，無端風雨，俱托毫尖。　琼箋寫泪，銀鐺煮字，送盡華年。天公何事，從來酷妒，逸韵韶顔。

南鄉子 三首思親

曉起怯梳妝。澀雨蒙烟閉藥房。逼憶親幃天際遠，思量。嘗把他鄉作故鄉。　寸草折春光。針綫重拈祇自傷。一段離愁誰問取，凄凉。折得梅花訴斷腸。

和悶倚闌干。渺渺雲山隔問安。鏡裏朱顔非舊日，難看。静掩紗窗怯早寒。　愁緒恁無端。泪眼人叢祇暗彈。最苦韶光留不得，摧殘。兩鬢年來漸似潘。

閑坐數梅花。冷澹蕭疏恰似他。耐雪經霜開獨早，堪誇。不嚮東風鬥麗華。　游子滯天涯。日斷親幃音信賒。欲寄隴頭無驛使，嗟呀。夢繞羅浮不到家。

菩薩蠻 病中不寐簡故園女伴

紅冰冷浸芙蓉被。玉壺滿貯愁人泪。天外一聲悲。離群寒雁歸。　侍兒呼不應。轉輾憐同病。幾欲夢鄰娃。通宵夢竟賒。

前調 孤鴛

羈愁慵整風前羽。沙汀悔不同歸去。顧影立池邊。低頭應自憐。　小娃强解事。故故争相戲。待學操求凰。隨他鶯燕忙。

滿江紅 憶遠時蓉濱北游

雁泣西樓，天亦瘦、慘黄愁翠。難消受、長歌當哭，孤燈瀉泪。典盡難留嫁日衣，醉來却喜書空字。問斷腸、吟就是何題，長門句。　屏山静，爐烟細。聽不了，寒蛩砌。數離愁多少，撑天塞地。故國迷漫殘照外，美人宛在瀟湘裏。坐閨中、對此可憐宵，人憔悴。

行香子

坐對芳時。卧賞璚瓊。任閑愁、不上雙眉。東風輕軟，日暖烟低。喜晝沉沉，人悄悄，幕垂垂。　醉眼迷離。醉墨淋漓。問其中、佳思誰知。熏香坐久，聽鳥妝遲。愛徑蕭蕭，香細細，柳絲絲。

前調 七夕

疊雪爲衣。削玉爲肌。賦催妝、休問機絲。疏星耿耿，銀漏遲遲。暫別雲娥，抛月妹，謝風姨。　似夢還非。乍覺還疑。再商量、明歲佳期。笑啼難處，歡合悲離。願和天老，長相見，耐相思。

卜算子 夜雨問梅花

翠被擁無眠，睡鴨沉烟縷。閑對梅花説斷腸，窗外連宵雨。　屈指十年寒，此景平分取。静掩金鋪老歲華，諳盡愁滋味。

水調歌頭 得花峰弟信即用其書中語

身世原爲客，何必嘆離居。脚跟不用綫繫，天地本吾廬。夢覺池塘芳草，酒醒曉風楊柳，縱纜采明珠。五六十本菊，三四千卷書。　渡桃葉，尋彭蠡，訪小姑。漢濱拾翠，此際能無佳句乎。諭檄題橋司馬，作賦登樓王粲，踪迹古人如。故里莫回首，聊且托雙魚。

浣溪沙 咏梅花贈畫中美人

露葉如啼欲恨誰。巡檐索笑事難追。年年燕子不曾窺。　夢去偶題濃瀋字，愁來長蹙淺深眉。一春惟有捧心悲。

滿江紅 中秋旅泊

爲問嫦娥，何事便、一生擔擱。也曾來、百子池邊，長生殿角。伴我綺窗朱户影，幸他碧海青天約。倩回風、迢遞寄愁心，隨飄泊。　五色管，今閑却。千石酒，誰斟酌。想天涯羈旅，鬢絲零落。别夢匆匆偏易醒，遠書草草渾難托。判長眠、憔悴過三秋，人如削。

菩薩蠻 咏瓶中桂花海棠影

海棠莫怨清秋寂。一枝偏傍蟾宮客。粉指印青編。亭亭玉樹前。　相看俱是影。相對難相問。試語唤真真。應憐身外身。

滿江紅

剪彩爲花，曾譜出、空中金屋。翻花樣、龍飛鳳舞，碧梧修竹。閉户再添今夜綫，停針便换明朝粟。到如今、袖手任長貧，真堪哭。　　春蠶繭，絲難續。西山日，風吹燭。笑浮生幻影，一場蕉鹿。久病不求靈兔藥，無聊再整殘書牘。腕生生、真覺筆如椽，教兒録。

前調 代人紀事

數載塵霾，猛提起、舊游堪怨。何曾并、雙鸞鏡裹，畫眉深淺。綺閣朱扉依舊是，重來願作梁間燕。似香消、一縷又重然，絲難剪。　　闌干外，簾鈎捲。清露下，催銀箭。奈闌珊燈火，曲終人遠。殘雪曉寒如夢令，梨花夜雨回心院。問前身、金粟是何人，今生見。

百字令

文窗瀟灑，青梅小、正是牡丹時節。珠箔低垂微雨過，險韵詞成新闋。輕拂烏闌，横陳緑綺，燕子香泥濕。朱櫻初熟，爐香茗碗清絶。　　消受幾日韶華，幾番風雨，杜宇聲聲泣。門外絮飛花落盡，春去誰能留得。緑葉成陰，荷錢漸長，多少閑踪迹。兩眉餘恨，至今猶是堆積。

滿江紅 贈程夫人

金粟前身，生就個、莊嚴法相。絶不似、尋常閨閣，意中嬌樣。宫錦盤腰雙鳳縷，烟螺覆額輕紗漾。七香車、一品五花封，裙釵讓。還憎厭，紅塵障。頻指點，西來相。看碧波深處，青蓮生長。題遍名花難著句，詞成白雪憐空唱。待和伊、携手禮真仙，瑶池上。

前調 閏七夕雨

細雨窗紗，正夢裏、風臺月榭。簾垂處、輕雲澹抹，玉鈎不挂。吹去幾絲烟篆冷，飛來一幅瀟湘畫。染胭脂、微暈海棠花，陪幽雅。須鳳曆，恩波下。應告却，鸞機假。算金風百廿，星橋雙駕。好會漫憐今夕占，離愁翻恨重黏惹。怪無端、烏鵲到人間，傳佳話。

賣花聲

秋分後，桂花海棠俱開，燕猶未去，戲作。

絲雨海棠黏。欲語還含。青苔小石叠層嵐。露葉如啼花似笑，無限嬌憨。梁燕戀江南。桂子銀蟾。依回斜拂水晶簾。爲愛秋香渾忘却，杏苑春酣。

南鄉子二首 憶遠

鸞鏡掩清光。莫嚮簾前試淺妝。翠嶺春雲都付與，秋霜。驗取多愁點鬢傍。殘夢倦堪傷。不待秋陰釀嫩涼。自撥爐薰垂綉幕，留香。一縷柔烟伴夜長。

移過博花影伴凄然。辜負濃香杜子天。彈指韶光如夢也，嬋娟。能得窗前幾個圓。

山烟。屏掩瀟湘獨自眠，冷逗重幃吟未就，濤箋。總有新詞莫浪傳。

百字令 秋雨懷表妹

惱離重叠，被天孫織就、絲絲細雨。剛值懨懨新病起，有得幾多心緒。慘淡幽花，凄凉紈扇，盡伴清秋泪。憶高望遠，烟鬟隔著秋水。猶記雙槳蘭舟，催人燈火，携手并肩處。萬點星球看未足，忍送秦娥歸去。香冷閑窗，詞成新調，應也愁無寐。怎生消遣，黯然魂斷此際。

減字木蘭花 寄女伴

斷雲疏雨。人在幽窗秋夢裏。綉榻今朝。畫個雙鸞又倒描。天寒倚竹。翠澹綃輕衫袖薄。佇立風前。不見飛瓊和雪箋。

賣花聲

承表妹録出拙稿，并留十年前詩詞，以此奉謝。

十載費珍潦倒振詞場。南國消香。啼箋泪墨漫平章。今夜不堪重檢點，滿紙凄凉。

藏。一縷柔腸。玉臺妝閣鎮端詳。他日相憐何處是，蘭畹同揚。

風中柳 惜海棠并哭舍妹

看斷腸花，真個柔腸斷了。泪盈盈、黄昏清曉。吟箋綉帖，付冷烟衰草。問何時、雙眉同掃。　一霎韶光，容易鬢絲催老。不如君、長眠獨早。疏香幾筆，是玉人遺照。願他生、池塘夢好。

鳳凰臺上憶吹簫

重陽前三日，月明如洗。

細雨斜風，寒砧落葉，年年做就重陽。偏今宵明月，滿地凝霜。愁絶緑窗深掩，挑蘭炧、伴過凄凉。無聊甚，瓶花影裏，獨自持觴。　流光。遷移彈指，看幾度夢中，滄海柴桑。縱烏絲千丈，難寫微茫。莫去登高臨水，料俱是、落木衰楊。添惆悵，驪歌唱罷，鴻雁離行。

鵲橋仙　松風候

疏簾瀟灑，幽窗寂静，旖旎秋花數點。拋殘彩綫與金針，消受個、等身萬卷。　到，茶烟輕漾，湘榻桃笙半捲。拚將數米與量柴，换得個、清閑安晏。

南鄉子 二首

壬子仲冬，同表妹張夫人小舟出西關。濕雲連天，欲雨不雨，凄涼景況，黯然銷魂。憶從前禮懺花藏，曾縱纜於此。風和日暖，迥异斯時，彈指韶光，抑何速耶？因記以二詞，其二和張韵，花藏多櫻桃花，故落句及之。

消盡夜來霜。落木蕭疏雁數行。一寸横波凝望處，瀟湘。無限江山送夕陽。羞說擅詞場。總是愁香怨粉章。安得長流俱化酒，千觴。一洗英雄兒女腸。

携酒載嬋娟。剪葉爲帆藕作船。重繫烏堤衰柳下，凄然。分付斜陽慘澹烟。誰與語寒泉。瘦影低鬟照可憐。不似清和風日好，湖邊。紅綻櫻桃月正圓。

減字木蘭花

予既成前二闋有頃，冷風吹鬢，閑雲叠捲，似有雲意。因命横楫西定橋，痛飲快譚。進關時已薄暮，泊舟就岸，再占此以志別。

風帆烟渚。滿載閑愁傾不去。送盡殘秋。碧海青山依舊留。難消別後。殷勤再執柔荑手。歸到幽窗。暮雨瀟瀟逼銀釭。

多麗

栖香舊閣，久成廢苑。殘歲略加修葺，中扆侄有詞題壁，予亦製此。

笑栖香。從來苑廢臺荒。憶侯門、繁華何在，分明夢覺黄粱。便經營、烏衣逆旅，衹收藏、半榻縹緗。未許容愁，豈能容膝，藥闌花榭懶商量。鏡奩移、琉璃研側，睡鴨篆烟旁。鎮相對，空庭花雨，屏上瀟湘。　拌今生、箋啼墨泪，血枯心死何妨。紉幽蘭、猶堪爲佩，栽萱草、可得憂忘。殘粉飄梅，新黄染柳，謝家風景舊池塘。標題處、清凄小閣，照乘夜珠光。莫去泛、人俱羡，長楊賦手，秋水篇章。

南鄉子 雪

高卧不知愁。報道瓊瑶已滿樓。分付侍兒休拂拭，須留。簾外冰條似玉鈎。　莫去泛扁舟。瀟灑應無我一流。嚮日豪懷依舊在，能酬。詩滿濤箋酒滿甌。

浣溪沙 閲斷腸草有感

南國佳人去不回。瓊花何必又飛來。眼前誰是謝家才。　記得釋愁人念我，擘冰留與鳳凰釵。仲英咏雪，有「鳳釵留與顧家簪」之句。鏤金小合餉妝臺。

前調

剪剪輕寒冷畫屏。深深庭院語嬌鶯。星星殘夢不分明。　點點香泥營燕壘，絲絲細雨灑含英。垂垂楊柳漾輕盈。

畫堂春 黄牡丹寄纖月閣

國花第一數姚黄。檀痕初暈新妝。嬌鶯啼午正芬芳。翠繞雲裳。　簾捲流蘇輕漾，畫梁雙燕栖香。知君研北擁縹緗。試與平章。

前調 咏十姊妹

麴塵羅帳錦如雲。楊家姊妹承恩。蛾眉澹掃最爲尊。虢國夫人。　望去紅圍翠繞，擎來舞袖綃裙。隨香泊粉儘芳春。根蒂難分。

南歌子

穠李還消歇，楊花盡作蘋。陳家宫闕漢家陵。盡被東風斜日，送還迎。　無限登臨意，都無烟火情。此身猶在不須驚。留得西鄰醽醁，勸長醒。

滿江紅

廿年前爲人題小影，偶復見之，感而作此。

綉榻花闌，記當日、輕塗嫩灑。曾有個、蛾眉蟬鬢，低頭深拜。捧研焚香舒小影，爲他題咏增慷慨。猛回頭、早是廿年前，真堪駭。　清楊句，今猶在。繁華夢，今難再。破丹青留得，文魔筆債。光景盡隨流水去，江山原是桑田海。算百年、三萬六千場，休驚怪。

水調歌頭 寄纖月閣

三月初十日，猶憶去年時。濃香畫閣，微雨花裏識冰姿。一種柔情俠骨，真解個中冷暖，一笑素心期。消釋頻年恨，還驚兩鬢絲。　多閑阻，難相會，易相離。況兼愁病，咫尺妝臺未可隨。今已緣慳若是，嚮後不知何似，聚散總難期。箋短言不盡，神與暮雲馳。

浪淘沙 三首　萱草

折簡寄忘憂。莫更多愁。額黄初印雨初收。一縷檀心開笑靨，別樣風流。　猶憶去年游。畫閣香浮。嫣紅媚紫一庭幽。常展空奩桐葉咏，絶勝封侯。

何必畏炎蒸。林下風生。梧桐葉葉露花零。姑射仙人原是雪，當暑偏清。　病起喜身

輕。如在瑶京。水晶簾捲曲闌憑。好句飛來賡險韵，筆研陶情。瘧鬼信如
潮。怕是今朝。斜陽時節又來邀。償儘紅爐冰與雪，不廢推敲。
悔不話連宵。分取無聊。如今魂夢也難招。多謝罡風吹不斷，一縷愁苗。

南鄉子 四首 賦得瘦竹如幽人秋花如處女

輕雨灑松筠。林下風清浣俗塵。瘦影蕭疏誰得似，幽人。翠袖天寒倚夕曛。嬌女艷
秋晨。淺紫輕紅未解顰。嫵媚莫嫌秋太澹，清芬。九畹芳蘭佩可紉。
兀坐憶西家。北面窗開桂影斜。無限愁悰聊説與，秋花。嫵媚幽閑恰似它。暗自數
年華。盼得秋來事事賒。七夕再逢人又病，星槎。位置依然隔彩霞。
不耐坐殘更。常祝華胥夢莫醒。却怪曉風吹薄幕，窗櫺。爲趁清光補未曾。機杼自
縱横。腕怯難拈絮一星。自笑無能如絡緯，聲聲。咽盡寒霜兩翼輕。
雁去恰鱗來。何幸孤踪繫素懷。半幅衍波緘錦字，忙開。却是明珠漾鏡臺。也擬與
追陪。聞道秋花滿徑栽。帶眼頻移憔悴盡，身材。病到秋深恐不該。

滿庭芳 乙丑元旦立春

除夕迎春，春朝歲旦，百年難遇今年。瑶枝瓊樹，光映滿堂前。無奈風鬟雨鬢，何心去、剪

勝争妍。思前事，雪堂分韵，黛筆拂雲箋。　圍爐簾半捲，裁冰煮雪，綉坐香眠。正繁華時節，月媚花娟。多少悲歡冷暖，黄粱熟、一笑茫然。今惟有，閑身尚在，子孝與孫賢。庚辰新歲大雪經旬，時在楚黄署中，裁冰弄雪，分韵題箋，四十餘年，恍如夢中矣。

南鄉子

來去影雙雙。花雨蘋泥特地忙。最是將雛時候好，栖香。宛轉間關夜話長。　忍使擲秋光。换却排空雁幾行。明歲再來人健否，休忘。記取城東第一梁。

前調

粟粒不須賒。萬斛千鍾敢自誇。夜落金錢鋪滿地，豪華。分付雙鬟莫掃他。　衰柳晚歸鴉。曲曲闌干澹澹花。爲怯西風深護好，輕紗。移過爐香供著他。

如夢令梁汾弟説歸不果

説道殘冬歸矣。何事經春還未。鉛粉褪梅妝，又報杏花微雨。留住。留住。幾叠遥山烟樹。

前調二首

月照重門閑字。心上不離愁字。樓上晚風寒，吹斷雁行一字。留住。留住。再整依然人字。

懶貼泥金勝字。書過空中怪字。疏略愧平生，不學簪花格字。機杼。機杼。織就迴文錦字。

南鄉子

何必問生涯。消受簾前繞砌花。應是天公費裁剪，秋紗。碧緑芭蕉映著他。　春事縱繁華。花到秋深韵轉加。擎露海棠嬌欲語，欹斜。欲乞名師畫著他。

滿江紅城南看菊寄纖月閣

爲訪烟霞，看不足。疏林如畫。迷離處、斷雲孤鶩，輕帆遥挂。冷澹西風甘撲面，凄清霜菊原無話。嚮晴空、長嘯寄登臨，斜陽下。　權領略，花盈把。聊假日，消憂罷。恐秋光老去，難留瀟灑。興廢總沉波影裏，古今難定青山價。待携將、此景問佳人，從頭寫。

前調 茉莉

玉骨亭亭，似不屑、俗人爲伍。堪憐處、愁懷莫釋，芳心未吐。數朵清芬羞對月，一枝瘦影嬌凝露。喜含葩、嚮晚暗生凉，消煩暑。　擎翠袖，依簾幕。移素質，纖雲護。想晚妝新浴，玉人風度。學淺愧無看雪咏，才高自有吟秋句。倩瓊姿、珍重伴栖香，相賡和。

南鄉子

閑自數黄花。三徑雖荒韵不賒。山色青青當户見，堪誇。嫵媚依然恰似它。　碧水映明霞。一簇芙蓉傍淺沙。針綫筆床移得近，窗紗。淡碧輕紅綉出它。

前調 紀夢

昨夢到瑶京。仙女飛瓊花下迎。曲徑迴廊香拂袖，閑行。滿架琴書近畫屏。　綺閣剪銀燈。彤管香奩細與評。獨有桂花天上句，偏清。一洗春愁秋怨情。

滿庭芳 劉姑惠佛手茉莉賦謝

素羽輕翻，淡然無暑，棱棱當暑偏清。梨雲門掩，甘自讓娉婷。問道葵榴争艷，應愁説、抹麗佳名。裁蕉葉，停毫倚石，香韵賦難成。　散花人不遠，拈花微笑，合掌雙擎。似纖纖指示，海筏迷津。爲問鴛鴦，綉出金緘，法度與誰曾。長相伴，紗窗清影，月上晚凉生。

武陵春 秋日見桃花

凄慘秋痕吹欲斷，香冷藕花中。塞北誰傳數點紅。春信到西風。　曾嚮武陵深處見，驚問舊時紅。許放漁郎一棹通。桂子伴芙蓉。

重叠金 吴夫人贈畫梅

粉痕猶印纖纖手。幽姿想與人同瘦。何處看花來。花如對我開。　數枝佳欲絶。相共憐香月。好句寄來看。清芬滿畫闌。

點絳唇 雪後紅梅

水潤雲孤，南枝微露經年信。瓊瑶初褪，數點胭脂暈。　半捲湘簾，清影疏香映。看難盡。壽陽宫粉。付與東風領。

天仙子 十影三首

曉鏡當窗花照影。燕子飛來醉簾影。憑高一望渺長空，孤鴻影。疏林影。天外輕帆樓外影。　自掬清流憐瘦影。遠黛遥山争翠影。平分一半與池塘，梧桐影。芭蕉影。倒挂垂楊新月影。

梅花界斷闌干影。斜陽移過殘機影。牽蘿補屋障輕寒，寒枝影。琅玕影。驚飛不定栖鴉影。　推不出月穿窗影。遮不住風摇燈影。薄游人世耐凄凉，貧無影。愁無影。繁華夢去難留影。

孤村流水丹楓影。沙汀淺水歸鴻影。百城南面等身書，牙籤影。縹緗影。揮毫點染湖山影。　拂不去霜飛鬢影。剪不斷香絲篆影。一簾春雨燕來時，雙飛影。争泥影。栖香静鎖梨花影。

浣溪沙

不道韶光二月中。深深庭院護春慵。未消殘雪月朦朧。　二十四番花有信，最凄凉是杏花風。霏烟霏霧滿簾櫳。

前　調

春事消磨雨雪中。却寒衫子未曾縫。春分寒食太匆匆。　鳳頸燈搖珠箔捲，玉簫聲遠畫樓空。落花還是舊東風。

前　調

却愛流鶯唤曉眠。一簾新月漾窗前。杏花開也記當年。　怨緑愁紅銷慧業，青溪白石浣衣天。南唐佳句寫裙邊。

蝶戀花寄纖月閣

瀟灑疏籬閑點綴。澹紫輕紅，何必隋宫彩。黄蝶自來花自媚。惜花情緒誰能會。　雨過苔青蛩語碎。新月旋生，怎撇清光睡。雁字砧聲風拂桂。伊人也與寒窗對。

百字令

雲昏雨暗，問天公、那得許多愁緒。應是瑣窗無限泪，化作千絲萬縷。病骨雖存，柔腸難續，身世真無味。先離煩惱，被人又早占去。　猶記藥碗茶烟，去年今日，相對傷羈旅。

回首妝臺秋色裏，憶著故園花媚。白髮衰翁，紅顔少婦，一別十年矣。問古今來，更誰遭際如此。

滿庭芳

弱絮輕塵，空花幻影，分明身世虚舟。笑孤雲野鶴，何事淹留。回憶從前似夢，無端別業，海市蜃樓。如今似、槿花臨暮，燕子清秋。　休休。韶華去也，便瓊花難奈，風散雲流。多少朱顔緑鬢，空耽誤、粉怨脂愁。何須問，唐宫漢苑，總屬沉浮。

鳳凰臺上憶吹簫 寄纖月閣

土木形骸，風鬟霧鬢，心情不似當年。便時移事去，總付茫然。最憶蘭閨道韞，承相念、著意相憐。鱗鴻便，纖纖粉印，頻寄瑶箋。　嬋娟。遥知此際，正簾下拈花，却伴花眠。對湘紋茗碗，露滴朱研。應是南華倦讀，屏山側、低按冰弦。爐烟細，一絲輕裊，吹上珠鈿。

賀新涼 中秋見有以月爲韵者謾賦

長嘯問明月。譜出江山、誰堪賦就，美人花月。除是沉香人醉後，曾記愁心與月。吟不了、曉風殘月。今夜瓊樓懸玉鏡，有金尊檀板，酬佳月。香盈斗，烟籠月。　殘霞斷續關山月。霧迷漫、角聲鴻影，寒沙捲月。幾處瑣窗眉黛斂，幾處流黃待月。更幾處、纖纖掬月。莫道無雲清萬里，看悲歡離合，千家月。吾長嘯，問明月。

鳳凰臺上憶吹簫 初七日雨

鳳頸無光，湘弦微潤，依然釀就重陽。問籬邊黃菊，已試輕霜。昨夜生憎明月，今宵又聽雨淒涼。寒生也，催人刀尺，倦理流黃。　堪傷。聲聲點點，頻斷送愁中，病裏時光。看芙蓉開遍，幾日紅香。莫去登山臨水，料俱是、落木枯楊。添淒愴，漁歌唱罷，鴻雁離行。

沁園春 甥侄輩讀書予家喜賦一章勉孫

蘭長新芽，梅妝試粉，柳眼回青。趁輕寒淺暖，趨庭問字，圖書半壁，雪案琴横。研雨飛來，嬌鶯初囀，似送春光、到畫屏。逢良友，有西園無忌，茂苑長卿。　文窗細雨閑評。羨蘭畹、金荃次第賡。更斜簪側帽，裙書白練，香留隔座，談笑風生。下里深慚，未諳格調，漫説詞宗宅相名。須欣慕，揣摩自勵，莫負年英。

臨江仙 瓶花

清露細研妝粉翠，綃斜映輕紅。春光留駐小屏東。高低非困雨，疏密豈欹風。　換水移枝珍重，湘簾澹月朦朧。誰言花事已成空。荼蘼香夢裏，素影畫圖中。

滿庭芳 四姑話舊

白雪閑庭，三餘小閣，昔年曾貯嬋娟。分花鬥草，何地不堪憐。剪燭西窗話舊，相倚處、携手憑肩。從別後，時移世換，腸斷各風烟。　想吳山楚水，竹樓黃署，風景依然。祇霜鬢雪鬢，不似從前。何事驚心歲月，彈指便、四十餘年。身雖在，槿花臨暮，燕子晚秋天。

前調 壽王妹六十

林下清泉，閣中秀質，蛾眉領袖天然。雲鬟宮樣，不減似當年。正是花中姚魏，蒹葭倚、玉種藍田。真堪羨、三株瓊樹，文采總翩翩。　百年從此始，于飛舉案，共慶華筵。看武陵春暖，燕子樓前。最喜芝蘭争茂，簫聲裏、翠鳳嬋娟。真堪羨，文宗理學，雙壽地行仙。

憶秦娥

鷄肋雖存，懶從人熱，索居寂寂，惟王妹時令青衣顧問兼承佳餉。

殘冬逼。迴腸百結愁難説。愁難説。有誰來問，凍雲寒雪。驚心歲月空相惜。關心姊妹猶相憶。猶相憶。笙歌影裏，簸錢時節。

憐凄切。芳茗甜香時不絶。時不絶。殷勤魚雁，妝臺咫尺。深愁夢與秦娥説。梅花影裏憑肩立。憑肩立。閨房林下，清神秀色。

浣溪沙二首

張妹惠鞋賦謝，兼呈王妹一哂。

宮樣盤雲綉鳳頭。一帆風順載春愁。可能相與五湖游。準擬朝來樓上望，美人妝閣隔重樓。暮雲春樹見無由。

養護春寒怕捲簾。吟箋綉帖不曾拈。玉人可也思㦬㦬。折去梅花鸞羽便，寄來蓮瓣鳳頭尖。粉痕猶印指纖纖。

前調　藍菊

知在東籬第幾重。佳名偏喜與蘭同。愛他開紫不開紅。爲折一枝珍護好，淺顰輕笑伴芙蓉。肯教淪落怨西風。

前調　秋紅

百葉重臺照眼明。水晶簾下伴孤吟。停車何必坐楓林。不似槿花愁日暮，儘留顏色待秋深。清霜濃露沁檀心。

一剪梅　春寒

重爐香燼漏迢迢。不似春宵。還似寒宵。薄烟深院杏花梢。難道明朝。便是花朝。凄風凍雪雨瀟瀟。鏡裏容銷。夢裏魂銷。鄰娃莫去踏春郊。吹斷秋腰。瘦減裙腰。

采桑子二首　咏秋海棠

愁來衹有秋花好，金粟新黄。翠葉秋棠。紫粉鬘花媚夕陽。花時盡日垂簾坐，本是凄涼。花落還傷。花落人愁哭一場。

絲絲細雨盈盈泪，澹澹籠烟。裊裊風前。低影愁紅似可憐。偏宜翠竹青花小，清露珠圓。別種幽妍。不受塵埃半滴泉。

前　調

正咏秋海棠，表妹張夫人適以此花見贈，更成一詞。

胭脂點破冰壺露，疏雨濃烟。石榻湘弦。曾伴飛瓊膩雪箋。檀痕粉印鶯分贈，素手親拈。唤起愁眠。今夜幽窗對影憐。

沁園春 題美人箋

佩紉幽蘭，歌拈紅豆，并倚娉婷。儘愁人揮灑，登臨觴咏，催歸送遠，邊怨閨情。携向碧窗，妝鏡側輕，唤起盈盈翠袖擎。瑶臺上，飛瓊萼緑，争似卿卿。研光清凝賦粉。待細研、石黛染就丹青。譜霜濃月暈，寒鴉落木，孤篷夜雨，長笛離亭。一抹蒼烟，鴻影看幾點，環螺接楚城。標題處，把霜毫空閣，半折雲屏。

摸魚兒

惜年華、那看短日如許。冷清清地長愁病，禁得幾宵疏雨。當年事，空憶著、雕闌玉砌，春風裏，斜陽歸去。算祇有多情，伴人瘦影，相對各無語。　思伴侶。鬥草西鄰女。別來也應憔悴。青衫翠袖知何處，脉脉盡隨流水。君聽取。君不見、紛紛今古皆如此。誰非誰是。何必問青天，本來造化、萬物總難據。

重疊金

重裀錦幄原無福。琴書半榻和愁宿。催雪上雲鬟。能消幾夜寒。　餘生知已矣。彈指韶光去。有酒可忘憂。何難飲百甌。

鵲橋仙

湘簾未捲，沉烟濃注，乍展芙蓉玉鏡。小箋雲粉滿妝臺，又製就、鬘花新咏。　嫩凉初透，停杯問月，碧海青天難并。分明一幅綺窗圖，誰解得、此時佳景。

南鄉子

疏雨滴重檐。鏡裏霜華昨夜添。一片冷雲扶不起，懨懨。拈住濃香莫捲簾。　半晌嫩寒嚴。帶減茱萸一束纖。刀尺催人雙腕弱，摻摻。愁緒如絲懶去拈。

重疊金 秋牡丹

誰云春艷秋摇落。春風到處傷飄泊。吾意愛秋花。經霜韵轉加。　標題天上桂。管領東籬媚。簇簇擁花王。齊齊淺澹妝。

剪湘雲 剪秋紗

霧縠初成，緗雲乍剪。早驚破秋窗，砧杵聲怨。錦字機絲慵去理，羅綺不勝弱腕。製輕衫，珍重餉天涯，擘藕絲爲綫。　還倩斷雁零鴻，蘆花溪畔。怕日炙霜侵，風驟雨濺。無語低鬟垂佇處，脉脉似聞長嘆。結茱萸、雙帶佩秋蘭，浥愁人泪點。

滿江紅

墮馬啼妝，學不就、閨中模樣。疏慵慣、嚼花吹葉，粉抛脂漾。多病不堪操井臼，無才敢去嫌天壤。看絲絲、雙鬢幾時青，空勞攘。　應不作，繁花想。收拾起，凄凉况。嚮牙籤境內，自尋幽賞。昨夜樓頭新夢好，輕風吹送瑶臺上。散閑愁、高枕是良方，飛瓊餉。

百字令

元宵前三日，覓得梅花、水仙、草蘭三種，清芬滿閣，恍入羅浮香夢，故賦此詞。

東風一笑，又經年、耐盡凍雲寒雪。秀骨未容輕位置，要占群芳第一。古驛書遲，深宮夢醒，香冷瑶階月。孤眠紙帳，醉淺愁深時節。　那更玉笛驚吹，瓊樓賦罷，獨自臨風立。桂葉雙蛾慵未展，何待珍珠慰寂。九畹芳蘭，凌波仙種，瑞可成三絕。栖香閣静，伴人冷澹踪迹。

金縷曲

踏歌簫鼓，火樹星樓，金吾不禁，士女成行。諺云：『誰家對月能閑坐，何處聞燈不看來。』予獨不出，因賦此詞。

對月能閑坐，似空山、更寒人静，雲深烟鎖。道甚新春愁緒減，依舊寂寥無那。誰領略、滿城燈火。看遍小屏風上畫，祇梅花、清瘦還如我。邀素月，成三個。　韶光一瞬隨風墮。鎮消停、幽蘭香裏，羅浮夢左。睡鴨頻移瓶注水，便是長宵工課。垂紙帳、擁衾高卧。鳳頸微沉門静掩，又何心問踏歌簫鼓。蓮花漏，從頭數。

浪淘沙 二首

青衣從波浪中得梅花一枝，花泪盈把，諒不肯終隨逝水者，因留作蓮臺清供，賦此志感。

曾向雪中開。没點塵埃。肯隨桃李逐波來。爲有湘靈深遣護，擲去重回。　無力傍瑤釵。泪粉盈腮。生香真色莫疑猜。好伴楊枝甘露水，供養蓮臺。

緑萼試清泉。香粉增妍。休言海筏度無船。春色原如秋水冷，未許人憐。　若過散花天。風韵依然，一枝彌勒埧尊前。不羡人間雙并蒂，願化青蓮。

昭君怨

元宵理髮，折去一梳，意非佳兆，作此自解直妄言之，非妄想也。

恰恰弓弓如月。常伴妝臺梳櫛。鏡裏一絲絲。是伊知。　償足賣釵風韵。減却纖纖一寸。從此懶雲鬟。換金冠。

浪淘沙 和纖月倒用原韵

何必羡儒冠。花滿闌干。掃眉才子是鳴鸞。得近班家明月句，願作齊紈。　痛飲不須酸。簾外輕寒。海棠枝上露團團。驚醒今宵香夢影，刻向琅玕。

滿江紅 三首　贈薛夫人

蘭畹金荃，問佳句、有誰消得。除非是、沉香亭畔，一枝傾國。數載端詳雲鬢影，如今始傍牙籤側。想曾隨、阿母禮真仙，瑶臺□。　渾不似，初相識。寒暄語，何須説。願小年如晝，清談竟日。無奈妒花窗外雨，催春去也催人別。笑歸來、魂夢尚依依，重尋覓。

萬斛愁思，誰織就、漫天風雨。難禁架、將歸送別，遣懷無計。望去畫樓烟樹遠，飛來險韵驚人句。算詞壇、端合讓裙釵，低頭矣。　人宛在，香窩裏。飛絮咏，休輕弃。似蘭吹風送，名花解語。莫把韶華和恨鎖，空花幻影尤難寄。看他年、麗句滿香奩，傳千里。

夢裏香窩，常祇在、綉窗朱户。最相宜、微風纖月，澹烟輕度。遲暮難酬香艷句，病魔隔斷鈿車路。羡耽書、深癖似伊稀，還餘我。　殘暑退，輕雷過。虹影没，斜陽暮。愛梧桐幾葉，鬘花數朵。縹緲漫憐銀漢影，參差誰是穿針侶。祇無聊、燕子故飛飛，來青瑣。

步步嬌

却又早，緑葉成陰深深院。遍小窗紗流鶯囀，問可是、城東第一妍。詞章禁苑傳謫仙。才人争羡。

殿前歡

博得個，柳枝憐。抵多少，簪花書格浣花箋。看梳雲，一字尤堪羨。

新水令

半窗晴日杏花天。殢東風，柳絲嬌軟。分題拈翡翠，折簡寄嬋娟。緑映平川踏青時，燕來庭院。

駐馬聽

宿雨朝烟。露浥胭脂紅數點。閑庭寂寞，惜花人起夢尤淹。傍妝臺，幾度懶臨鸞。整凌波，款步青苔蘚。笑嫣然，看朝陽，一朵春光綻。

桃絲自製曲

壬子九月二十一夜，夢兩仙子，烟鬟雲鬢，霧縠霞綃，芬芳襲人，珊珊而來，光彩耀室，遺予草二株。一枝條碧紅絲，非花非葉，纖纖可愛，不與垂柳似，云是桃絲。一枝翠葉淺深，如梧如菊，如桂如蕖，方圓斜整，種種可异，云是翠凌波。因其名，遂各製一詞記之。

清波難寫，流虹影喜。夢裏垂垂比似。人間枝葉昇桃絲。紅房爛煮瓊花宴，問此會何時。四十九年償慧業，歸遲。

翠凌波自製曲

香逗衾鸞，鬢欹釵鳳。斷鼓零鐘，薄醉和愁擁。哀雁啼蛩。清露重。翠生生、幻出凌波夢。靈根知是瑶臺種。艷葉柔絲，不與凡花共。待展砑粉吴綾，寫幅屏山清供。珠箔深沉，不教風雨吹送。

蠹窗詩餘

龍眠張令儀柔嘉撰

洞仙歌月夜書懷

好天良夜，添得愁多少。月滿花陰寒峭峭。漸銀河低轉，碧天如水星光渺。襯一點孤鴻小。

怪年來心緒，別樣淹煎，觸景處都成煩惱。況新霜時候，蕭瑟寒風，殘梧滿院秋聲老。縱無情、對此也難堪，可想見孤窗，深憂懷抱。

殢人嬌觀木偶戲

刻木牽絲，一樣紅顏白髮。翻舞袖、燈前遮曳。悲歡離合，啼笑無些別。相對處、同是邯鄲夢客。

兒女情場，英雄事業。隨人顛倒何時歇。勞勞名利，就裏尤真切。到頭來、付與曉風殘月。

眼兒媚 雨窗即事

料峭輕寒不捲簾。細雨壓重檐。鶯慵燕弱，花欹柳軟，特殺堪憐。替花愁絶花知否，空自鎖眉尖。天應入夢，人如中酒，常則懨懨。

一片重陰鎖畫樓。風冷杏花愁。啼妝不整，殘魂欲謝，斷送春休。斷腸人怕多情死，祇合閉雙眸。撇去還來，渾如有物，横在心頭。

滿庭芳 春閨

乍雨還晴，嫩寒輕暖，海棠不耐春暄。嬌慵如醉，特殺可人憐。深院重門静鎖，生憎殺、燕惱鶯喧。又是清明時候也，楊柳欲飛綿。年年。當此際，鸞消翠黛，鴨冷沉烟。試羅衣寬窄，較不如前。多半因春消瘦，入膏肓、愁病難痊。常則向，錦衾窩裏，挨過賣花天。

菩薩蠻 秋夜聞蟋蟀聲

窗外寒蟲聲唧唧。悲涼如訴還如泣。窗裏斷腸人。低徊泪滿巾。共當愁絶處。祇有儂和汝。涼月照梧桐。有時差勝儂。

庭院深深晚秋月夜

樹殘不礙當樓月，清光直射疏簾。霜風落葉報秋嚴。都將愁思，催上兩眉尖。　時節不憐衣袖薄，峭寒偏向人添。栖鳥側側繞窮檐。高枝宿盡，啼殺夜如年。

沁園春東皋

高柳濃陰，曲水危橋，白板扉開。正亭連遠岫，裝成翠黛，風吹新漲，皺作愁堆。碧藕飄香，菰蒲平岸，鷗鳥忘機自去來。真幽絶，是花藏小艇，竹護蕭齋。　閑庭鶴夢驚回。惱野客、無端被緑苔。笑不用求仙，何須采藥，此中真趣，合老吾儕。選勝歡游，浮生有幾，嘯咏長松亦復佳。徘徊處，看歸雲陣陣，都倩山埋。

滿江紅

喜三弟歸里，詢兩大人近况，即席有作。

天外人歸，喜雁序、燈前聚首。把臂匆匆先問取，高堂安否。報道起居清健，甚容華、鬢色都依舊。但松筠、常繫故園心，思鄉瘦。　方眷顧，君恩厚。寧易遂，田園守。嘆飄零弱女，離愁正苦。詩禮久疏趨對缺，鶺鴒方喜和凑。與諸君、詩酒得隨肩，今而後。

念奴嬌 咏雪

柴門乍啓，怪朝來、三徑瓊瑶堆積。試問青山愁底事，一夜都將頭白。灞岸尋詩，謝庭雅會，剩有風流迹。前村路斷，梅花難探消息。　小樓閑上徘徊，憑高放眼，望處尤佳絶。萬里寒雲飛鳥盡，凍合江天一色。釣艇漁翁，片帆斜挂，獨坐披蓑笠。長歌對酒，欒抵蔡州聞捷。

偷聲木蘭花 早春即事

重門悄地東風轉。紅杏枝頭春尚淺。啼鳥聲聲。喚起閨人無限情。　殘梅如雪黏羅袖。暗香寂寞冰魂瘦。冷澹韶光。寄語花姨早試妝。

浣溪沙 杏花

小砌殘梅雪未消。暖風催放杏花梢。幾枝斜傍緑楊腰。　薄襯晴光疑半醉，淡籠烟雨不勝嬌。祇愁深巷到明朝。

鷓鴣天 春晴

晴和風日減綿衣。緑遍池塘草色肥。楊柳濃時鶯百囀，海棠低處蝶交飛。茶竈寂，篆烟微。南華讀罷澹忘機。湘簾不下金鈎索，留待花間紫燕歸。

蝶戀花 夜坐聞子規

悄立花陰寒惻惻。碎補疏籬，滿地玲瓏月。絮老花殘芳事歇。賺它杜宇空悲切。露冷風寒凄欲絶。萬片殘紅，未抵三更血。正自人愁眠不得。從頭檢點和伊説。

燭影摇紅

中秋夜同諸姊弟酌月於蠹窗，復步至讀易樓，因成小詞。

秋色平分，恰天上良宵三五。誰將明鏡一輪圓，懸在空青處。幻出瓊樓玉宇。漾冰壺、蕭蕭老樹。開樽花底，遏末封胡，群賢咸與。晚風輕，桂子香飄金粟雨。起持卮酒囑諸君，不醉卿何苦。忍負清光如許。還共向、天街小步。歸來庭院，河漢西斜，砌蟲相語。

臨江仙 春閨

九十

寶枕香消殘夢破，擁衾一晌關情。春愁都向此時生。檀痕雙頰滿，黛色兩眉輕。
韶光都有幾，陌頭況近清明。緑窗何事最銷魂。落花千萬點，啼鳥兩三聲。

蝶戀花 春殘

都道

嫩緑殘紅芳事老。落絮游蜂，半雜飛花裊。午夢初回人悄悄。聲聲啼過催耕鳥。
看花宜趁早。拾翠尋芳，踏遍晴郊草。輸與小窗風味好，和愁和病春歸了。

摘紅英 春閨

烏衣

春將送。閑庭空。柳花漫結梨雲夢。衾香膩。鸚哥睡。小鬟窗外，攤錢偷戲。
巷。簾鉤控。玉人驚破春眠重。菱花對。晨妝未。殘魂一枕，費人思憶。

踏莎行

金盆沐髮

鴉羽參

玉鏡初開，蘭湯沃膩。翠鬟乍解朝來髻。青絲濯處似臨池，墨痕直蘸波心裏。

差，濕雲拖地。臨風笑倩檀郎理。嬌柔無力倚闌干，温泉浴後將無似。

月奩勻面

淡抹輕施，新妝嬌倩。薄霜偏襯芙蓉艷。瓊窗寶鏡射朝光，嫦娥何事分明現。欲去徘徊，幾時留戀。芳華衹有儂家見。桃花白雪舊曾歌，翻怪三姨誇素面。

玉頰啼痕

漢帝恩衰，蕭郎情薄。釀成種種情懷惡。兩行玉箸界殘妝，翠鬟低處珍珠落。雨打梨花，烟籠芍藥。啼多衹恐秋波涸。時時偷揾綉羅巾，背人佯整秋千索。

黛眉顰色

幾筆輕勻，雙峰碧聚。幽情都向其間露。吳宮多病捧心時，清歌聽到銷魂處。芳草凝烟，遠山含霧。珠簾獨捲嬌無語。春尖偷蹙濕啼痕，一腔心事憑誰訴。

芳塵春迹

鬥草閑階，秋千芳徑。落紅軟處依稀認。雨餘沙淺露微痕。蒼苔翠滑偷尖印。檀屑鋪勻，金蓮嬌襯。晚風欲起扶初定。馬嵬人去尚留香，屧廊枉作千秋恨。

雲窗秋夢

霧闕參差，雲樓飄渺。芳魂游遍蓬萊島。烏衣鸞佩奏清商，紅塵不羨邯鄲道。城列芙蓉，階環瑶草。蕊珠宫裏秋光好。驚回一枕小游仙，曉風殘月鷄聲早。

綉床凝思

閑裏金針，早完朝課。無端惹起閑愁大。怪它有鳥唤鴛鴦，雙雙戲處青萍破。半晌神馳，心情無那。不知簾外花陰過。嬌波凝睇九迴腸，紅絨嚼向何人唾。

金錢卜歡

鵲語無靈，燈花難卜。心期暗向青蚨祝。龍文擲罷費端詳，依稀似許歸期速。黛減螺痕，臂消紅玉。寒衾一束和香宿。高樓獨上更消魂，陌頭楊柳參差緑。

沁園春 三月晦日

春竟歸歟，昨夜三更，悄然而回。剩殘紅碎紫，蛛絲苦挽，零香斷粉，蝸蘚深埋。飛絮黏天，濃陰匝地，處處亭軒鎖碧苔。東風細，看波紋如縠，燕剪輕裁。榆錢博得成堆，嘆賤賣、韶光亦可哀。正客愁已甚，無勞杜宇，心情小惡，怕對青梅。櫻笋充盤，荼蘼瀝酒，莫負清和且舉杯。寥蕭況，憶芳華如夢，不似曾來。

浣溪沙 薄暮偶成

暝色高樓花柳迷。撲簾歸燕傍人低。一鈎新月挂窗西。寒入單衣殘雨歇，影摇疏竹暮鴉栖。可憐小膽怯空閨。

減字木蘭花 華會兄以減字木蘭花詞見贈，即步原韵

殘篇斷帙。蠹魚獨許予同席。偷譜傷心。敢擬風前柳絮吟。薄衾單褥。數粒而炊支鶴骨。作賦悲秋。遠遜騷人善語愁。

前調 冬夜偶成

爐烟茗碗。小坐攤書燒燭短。秋老無聲。樹影清癯月轉明。啼螿幾許。絮語床頭和弱女。獨擁寒衾。倦影難支夜氣侵。殘燈耿耿。枕上詩成吟未穩。紙帳香温。人與梅花夢不分。自家將息。珍重秋來多病質。身世浮漚。那得工夫檢點愁。

臨江仙 咏美人放風筝

節近清明天氣困，佳人消遣春慵。紙鳶擎出小庭中。悠然輕颺去，飄泊似郎踪。　難牽絲萬丈，笑移蓮步匆匆。身輕先自欲隨風。倩人扶不定，微暈臉潮紅。

兩同心 秋夜聽蟲聲

小院黄昏，晚凉時節。盼一輪、兔魄將升。聽幾樹、蟬嘶乍歇。早又换、絡緯吟風，終宵嗚咽。　更被草蟲饒舌。韵尤凄切。秋來况、衹有儂知，胸次惡、欲和伊説。也虧它、絮語相依，不煩深責。

虞美人 元夕

耳根聒破笙歌競。燈月無心問。梅横疏影小窗中。恰與幽人况味、略相同。　銀燈火樹非吾羨。獨愛清光遍。半生心事付沉淪。縱是如今對、月益傷神。

如夢令 步梅村先生韵

鬥草看花興懶。幽思聊憑湘管。檢點一春閑，付與吟箋茗碗。風捲。風捲。愁殺緑欹紅軟。

客路遠如天上。空倚層樓凝望。柳色緑陰陰，濃抵春江晴浪。小恙。小恙。瘦盡春前模樣。

被擁餘香痴坐。好夢爲誰驚破。窗外語綿蠻，怪殺流鶯一個。無那。無那。欲覓殘魂重卧。

忽忽清愁如病。望斷天涯歸信。薄倖慣飄零，空把金錢卜盡。愁聽。愁聽。人道清明將近。

南鄉子 春暮

又是緑陰遮。柳絮多情點碧紗。謝却海棠春老去，愁些。寂寞秋千影自斜。　冷澹作生涯。架底荼蘼夢尚賒。魏紫姚黄開也未，堪嗟。深鎖朱門富貴花。

減字木蘭花 春夜

鵑啼斜月。竹影摇窗心暗怯。倦倚闌干。花信風添半臂寒。　香熏翠被。不如覓個瞢騰睡。似有關情。夢不容人獨夜成。

玉樓春 春陰

陰雲鎖合閑庭院。花信風寒簾不捲。杏花微破粉痕新，芳草纔如眉黛淺。舊巢未返紅襟燕。寂寂深閨春夢遠。痴魂宛轉泥香衾，腰圍困比烟絲軟。

蝶戀花 不寐

綉被五更寒壓住。一點昏燈，細度清明雨。欲覓天涯芳草路。夢魂不肯拋人去。亂愁多似江南樹。密密層層，遮斷春來路。昨日柳絲今日絮。韶光也被流年誤。

玉樓春 雪夜

空階連夜風兼雪。羅幃低掩燈明滅。欲憑魂夢訪天涯，茫茫一片傷心白。正自愁人眠不得。芭蕉偏向風前折。明朝些事頗相宜，泥深或少催逋客。

踏莎行 元夕

梅蕚微舒，蘭芽初破。緑窗幽静人閑坐。依依素月冷相窺，一簾花影和愁鎖。九陌游人，千門燈火。如何著得寒酸我。不如一枕小游仙，瞢騰且掩香衾卧。

臨江仙春晚

一枕荼蘼香夢破，緑窗欲起寒微。曉風猶怯試單衣。留愁消日永，和病送春歸。又是匆匆花事了，何時滿領芳菲。天公用意似全非。偏從花減色，慣與草添肥。

念奴嬌中秋夜五畝園步月有懷兩大人

酒闌閑步，向池頭、驚起栖鴉陣陣。烟浄波光澄似練，冰鏡雙懸蟾影。疏樹停雲，老魚擲浪，望處軒窗窈冥。玉宇瓊樓，應不數神仙境。　好我搔首徘徊，無邊夜色，獨許幽人領。白髮天涯鄉思劇，夢繞雕梁藻井。睡鶴鳴霜，寒蟲泣露，閑殺秋宵永。何時簫管，一棹中流小艇。

望江南元夕

看燈節，憶殺去年中。仲虎蹣跚行未穩，季龍嬌小語初工。也解戲魚龍。

看燈節，慘絶是今年。何處青燐黏暮草，多時白骨冷荒烟。燈火自依然。

看燈節，比舍好兒郎。寶勒紅纓驄馬戲，金章紫綬宰官妝。獨使我心傷。

朝玉階 春晚

一年芳事又匆匆。奈何輕付與、病愁中。樓頭已過楝花風。柳綿飛似雪、舞晴空。
緑窗人静展書慵。愁多如中酒、鬢雲鬆。送春時候太惺忪。蛛絲偏有意、挽殘紅。

漁父 夏夜

柳鎖輕烟似遠山。霧中樓閣杳冥閑。新雨過，片雲還。洗出遥天玉一彎。
茉莉香浮茗碗清。芭蕉雨過晚凉生。新浴罷，葛衣輕。隱隱雷車天外鳴。
閑階植過海棠叢。小草尤憐霜葉紅。瓜蔓底，豆花中。安排絡緯織秋風。
露濕新荷香滿庭。匡床閑卧數流螢。風細細，夜冥冥。一笛吹殘鳥夢醒。

蝶戀花

湘門別後，大雨不止，因成二闋。

桃杏匆匆都過却。海棠簾外，又破胭脂萼。鎮日風欺和雨掠。無情最是天公虐。　復緑窗人作惡。客去天涯，何處堪栖托。野店殘燈村釀薄。征衫濕逗難温著。

別離已慣何曾悔。短蹇衝泥，那更貂裘敝。自是飢驅寧得已。凄風苦雨偏相戲。

況

晴光何日方開霽。默坐支頤，厭殺重雲膩。怪底小鬟能會意。掃晴娘向檐前繫。

前調 春夢

蘭缸半隱熏篝滅。一束單衾，鳳尾香羅叠。人共荼蘼香夢結。蘧然身世誰爲蝶。

柳花飛作關山雪。露冷烟濃，何處分吴越。欲倩離魂隨去客。杜鵑休灑三更血。

山花子 梅開悼兩大人

雲中鸞鶴杳難攀。亭樹凄凉晝掩關。屋角老梅開遍也，倩誰看。

春色年年標玉骨，幅巾何處覓蒼顔。莫上小樓還一望，泪痕斑。

鳳栖梧 新秋月夜坐柳陰小艇

碧天渺渺波同色。逗花陰，滿地玲瓏月。短葛凉輕紈扇歇。晚風細細荷香澀。

小葺幽窗烟柳接。穩載琴書，不怕風波劣。藻荇横鋪水光濕。相看但少中流楫。

朝中措 答光侄女

黄昏密雪捲銀沙。寒較夜來些。幾樹黄梅初放，幽香暗逗窗紗。

三尺焦桐，一床緗

帙，冷澹生涯。若問主人活計，朝來典到菱花。

庭院深深 登樓望五畝園

夜雨池塘新漲滿，翠痕如沐遥山。園林蕭寂不開關。輪它魚翠，來往占花灣。　舊事已隨飛絮散，海榴紅泪斑斑。樓臺高寄緑波閑。柳陰垂釣，羡殺那人閑。

生查子 月夜口占

銀海碧沉沉，綉户金波瀉。樹影落閑階，一幅倪迂畫。　叢桂露花溥，杳雨飄幽榭。我欲叩瓊樓，相邀趁清夜。

臨江仙 蟲聲

小院新凉風細細，草根蟲語吟秋。蕭蕭絡緯織成愁。寒衣未辦，蟋蟀替人憂。　亦有好懷當勝境，笛聲何處高樓。沙厨冰簟緑窗幽。香濃叢桂，傍墮玉搔頭。

杏花天 本意

鴉啼金井紗窗曉。掩重門、夢回人悄。杏花一夜齊開了。付與斜陽芳草。　曲江宴、輪啼久杳。玉樓人、眠多起少。枝上紅香看漸耗。那更賣花聲到。

虞美人雪夜

難成幽夢衾如鐵。斷送殘年雪。銀沙淅瀝響空階。多半隨風吹入、紙窗來。　早梅幾樹香先逗。愁殺冰魂瘦。化工殊失養花心。玉骨能禁幾度、苦寒侵。

鳳凰臺上憶吹簫新歲作

青帝更新，朱顏非故，韶光老去難回。正華燈照夜，簫鼓如雷。巷陌人人歡暢，酬佳節、舞榭歌臺。寒爐擁，誰其知我，心死如灰。　摧頹。行年五十，嘆過頭又二，眉未曾開。但一生胸次，塊壘成堆。大似空山老衲，懨懨守、土木形骸。惟相稱，層冰積雪，僵卧寒梅。

一剪梅春雪

積雪凝陰萬里賒。雪鎖乾坤，凍合天涯。階前無處覓蘭芽。柳眼慵開，玉箸痕斜。　僵卧危巢鳥不嘩。節到春分，未啓窗紗。東皇好尚近來差。貪看冰花，誤却梅花。

庭院深深 己亥清明

前歲清明游興暢，扁舟西子湖頭。六橋烟景望中收。極天歌吹，金粉簇層樓。　今歲石門酬令節，山光樹色清幽。暖風輕颺釣絲柔。桃花流水，別自有丹邱。

賣花聲 桃花

臨水枝枝，妝點春光如許。曉妝解、猶含宿雨。粉腮紅暈，似楚妃無語。乍離魂、亭亭倩女。　此中須著，西塞山前漁父。放扁舟、水雲深處。緑蓑青笠，長作溪山主。方消得、明霞千樹。

天仙子 南郭看桃花

南畝烟消啼布穀。雨洗夭桃朝睡足。粉霞千樹艷明妝，紅映肉。酣絲竹。陌上香塵馳鈿轂。　短短疏籬依古木。茅屋數間殊不俗。小橋流水帶垂楊，清溪曲。春波緑。風動落花紅簌簌。

蘇幕遮 雨中登樓

雨瀟瀟，風細細。霧鬢烟鬟，失盡遥山翠。雲宿虚檐天貼水。宇宙茫茫，没個埋憂地。　篆烟銷，書卷廢。獨上高樓，極目添悲思。記得年時曾共倚。水緑三篙，半是傷心泪。

意難忘 納凉有感

樹斂殘陽。正蟬鳴高柳，燕返雕梁。紫蘭圍石磴，紅藕近匡床。冰簟滑，葛衣凉。記相共徜徉。傾一樽，花前獨酌，吊古興亡。　追思往事堪傷。慟修文人去，雲路茫茫。苔痕疑鶴籀，螢火似燐光。回首處，泪黏裳。嘆三徑全荒。縱再對，良辰美景，益斷愁腸。

疏簾澹月 秋夜

晚秋時節。正灑背新霜，宵寒薄劣。一片西風似雨，蕭蕭落葉。孤懷慘淡難安頓，掩重門、寸腸千結。草根差賴，鳴蛩解事，替人嗚咽。　對繐帳、殘燈半滅。嘆邈矣音容，魂魄難接。碧海青天，何處可尋消息。烟啼露泣芙蓉老，更樓頭、斷鴻凄切。疏鐘殘露，流黄機上，半窗殘月。

庭院深深 寒夜

霜剪芙蓉寒刺骨，紙窗破處風嚴。蕭蕭落葉打疏簾。藥爐灰冷，貧與病相兼。陋巷簞瓢今已矣，一生常乏齏鹽。哀鴻和露墮窮檐。明朝雙鬢，白髮幾絲添。

憶蘿月 夜坐憶兒

寒風瑟瑟。正是愁時節。燈暈殘花紅泪滴。旅雁數聲凄切。　可憐游子天涯。短衣匹馬胡沙。异國依人遠去，鬒眉料結冰花。

滿江紅 清明悼夫子

陌上餳簫，又送到、清明時節。空回首、故人何處，音容難接。誤認天涯猶未返，驚看素旐靈風曳。滴寒灰、和泪奠香醪，空悲切。　任杜宇，千行血。喚不醒，長眠客。豈天南地北，關山阻隔。露冷燈殘天入夢，月斜風細花如雪。願此時、魂魄一來歸，從頭説。

意難忘 春夜

宿雨初晴。正海棠紅濕，楊柳烟輕。誰家銀燭宴，何處玉簫聲。花自好、月空明。嘆深院凄清。獨自把、迴廊繞遍，少個人行。　芙蓉隔斷層城。豈仙凡路杳，幻夢忘情。鵑啼催泪落，樹影乍心驚。思往事、恨難平。但塵鎖銘旌。問何日、鶴歸華表，重話三生。

鳳栖梧 薄暮

歸燕雙雙栖畫閣。風捲湘簾，幾點殘紅落。獨坐小窗滋味惡。黄昏細雨春寒薄。

倚遍闌干尤索莫，一枕瞢騰，欲訪槐安國。舊恨新愁牢束縛。未眠先自愁難著。

惜餘春慢 秋日遠峰亭感舊

叢桂香嚴，海棠睡足，亭院秋光如水。雙親晝錦，棠棣敷榮，雛燕成行花底。也學刻燭分題，翠管牙籤，硬黄摹字。但妝成畫閣，爐爇芸烟，衫裁杏子。　回首處、墓木雲封，沙堤月冷，隔四十年前事。池塘夢遠，雁序風高，天外魚書難寄。獨我泥途轗軻，病鶴摧頽，孤鸞憔悴。步蒼苔景物，依然往事，山河邈矣。

新雁過妝樓 對月

玉漏沉沉。空庭悄，漸添秋氣蕭森。月華如水，偏嚮孤影情深。紅燭歌筵多暗度，幽窗夢冷解相尋。算衹有、素娥密意，堪結同心。　因思瓊樓玉宇，怕五銖衣薄，半臂寒侵。霓裳仙樂，數隊散舞花陰。翠管紅牙按拍，勝遠笛、哀秋雜暮砧。梧桐院，但葉飄荒砌，寒蟲苦吟。

虞美人 有感用李後主原韵

匆匆霜雪蒙頭了。細數歡場少。落花無語對東風。可惜韶光都付、泪痕中。烏衣門巷今何在。回首斜陽改。羨它鷗鳥不知愁。偷食水荇花底、逐波流。

鷓鴣天 壬寅新歲作

剛獻歲，少追歡。梅花幾日不曾看。也應怕上西樓望，滿目雲山客路難。尖惻東風送峭寒。飛花亂點雪漫漫。柳絲難展青青眼，春色窮如我一般。

玉樓春 元夕感懷

蔗將啖盡良宵已自傷懷抱。簾外春寒偏料峭。銀燈光暗展書慵，紙帳香温尋睡早。無些好。五十餘年空過了。愁魔縛定不離人，夢魂顛倒添煩惱。

一叢花 樓頭望五畝園梨花

堤邊柳色但藏鴉。載酒嚮誰家。紅橋斷板斜陽外，清池涸、草長鳴蛙。雨泣烟籠，何人曾見，一樹冷梨花。　當時猶記旧繁華。回首思無涯。瑶島仙人歸去也，荒臺榭、空鎖烟霞。寂寞亭軒，流鶯獨囀，燕剪一雙斜。

憶秦娥 春暮

黄昏細雨春寒薄。風翻愁無著。畫眉人去傷離索。傷離索。芳塵凝榭，緑苔生閣。　燕尾殘紅落。殘紅落。三分春色，等閑抛却。

庭院深深 夢醒

一枕新凉殘夢破，蟲聲四壁啾啾。芭蕉微雨動人愁。寒衣猶未贖，落葉早驚秋。　弱息天涯爲索米，養親累爾羈留。山田歲歉又難收。窮愁别恨，齊集寸心頭。

風入松 秋花

秋花綽約傍苔陰。微雨薄寒侵。斑斑幾點相思泪，知何許、一往情深。幻出生前遺照，翩然洛浦初臨。　澹黄衫子映葵心。疏澹是知音。盈盈翠袖嬌無那，添丰韵、白玉斜簪。獨抱一腔幽怨，啼螿代爾悲吟。

點絳唇 憶兒鋐客長安

颯颯西風，輕烟細雨飛黄葉。雪山千叠。目斷征塵絶。　弱羽衝寒，也作天涯客。傷離别。一生嗚咽。直到頭如雪。

天遠雲低，幾行雁字書空小。臨池工妙。不寄征人耗。　掌上珠擎，一旦拋離早。愁多少。夢魂顛倒。從此長安繞。

絳雪詞

古吴薛瓊素儀撰

南歌子 慰閨人病起

雀舌難消渴，蝦鬚不閉寒。落花風起更尖酸。薄薄羅衫休傍、小闌干。　煮藥忘寒食，薰香犯禁烟。乍晴門巷賣餳天。檢點精神同步、看秋千。

前　調

嫩雨消殘暑，哀蟬噪夕陽。一溪寒吹撲空廊，剪剪輕羅，僥倖試新凉。　竹塢玲瓏碧，荷亭飄渺香。水晶爲枕玉爲床，放下簾鈎，隨意夢瀟湘。

小重山 曉過山塘

曉風吹我過山塘。山藏烟靄裏、影微茫。紅闌翠幕白堤長。輕舟動，人在畫中行。　滿路鬥芬芳。携筐争早市、賣花忙。家家樓閣試新妝。拈鮮朵，點綴鬢雲香。

相見歡 贈吹簫女子

花枝灼灼難描。正垂髫。家住緑楊津畔，跨紅橋。　眉峰秀。鶯聲溜。試瓊簫。最愛猩唇輕破，小櫻桃。

春光好

抛菱鏡，罷晨妝。倚南窗。風灑桐花點筆床，彩豪香。　夢裏曾拈佳句，醒來更費思量。一半模糊思不起，繫人腸。

望江南

消溽暑，修竹蔭軒楹。霉雨水烹茶嫩白，破甆米煮粥香清。調養避葷腥。　無個事，隨意遣閑情。細織麥柴裁畫扇，巧鏤鵝卵製螢燈。稚子戲相争。

沁園春 同芥軒賦

利鎖名繮，蠅頭蝸角，且自由它。幸瓶中鼠竊，尚餘粟菽，畦邊蟲食，還剩蔬瓜。隨意盤餐，尋常荊布，無愧風流處士家。齊眉案，看鬢霜髭雪，漸老年華。　何妨嘯傲烟霞。喜到處、徜徉景物賒。且籃輿同眺，青山紅樹，篷窗共泛，白露蒼葭。出不侵晨，歸常抵暮，稍有囊錢便買花。隨兒女，各經營耕織，檢點桑麻。

鬢云鬆 秋思

月微明，雲罅漏。倦倚屏山，斜襯羅衫袖。閑悶難消翻恨酒。瑟瑟西風，刮得霜林逗。摘黄花，隨意嗅。一種幽香，也爲經霜瘦。花似愁人憔悴久。故故遲開，錯過重陽候。

浣溪沙

拂曉花枝宿露凝。摘來朵朵滴紅冰。參差濃澹稱瓷瓶。照影流霞浸研水，倚風餘麝散溪藤。助人吟思十分清。

前調

睡思朦朧未易醒。風敲銀蒜動簾旌。殘花點點墮瓷瓶。揉碧烟中酣蝶夢，軟紅塵裏媚鶯聲。惱人天氣半陰晴。

鷓鴣天

五月家園花未疏。葵榴爛漫閑菖蒲。齒拈酸味嘗青杏，甲染清香摘紫蘇。　耽午夢，懶朝梳。挨延長日飯工夫。嗔予無過痴兒女，争繫新興續命符。

江城子

乙酉同嫂氏游吴門，諸山憶昔志慨。

昔年握别記匆匆。柳陰中。一帆風。兩岸青山、相映澹眉峰。往返難忘芳草路，歸去也，夕陽紅。　那堪今日倚樓東。與誰同。暮雲空。怊悵姮娥、獨赴廣寒宫。夢到家山山更遠，尋不出，舊游踪。

添字浣溪沙

緑遍蘼蕪水拍天。消魂橋畔拂輕烟。點點楊花點點泪，思綿綿。　畫舫載將離恨去，指寒鳴咽弄冰弦。待得月斜雲漸冷，未成眠。

如夢令 夢到故園

重過舊時緑野，再啓竹西書舍。曲澗冷清清，流水落紅輕瀉。去也。去也。月挂凄凉臺榭。

梧桐影

月欲斜，風偏冷。秋思鄰家分得來，隔墻移過梧桐影。

蝶戀花

纖月穿簾深院静。蕭瑟疏桐，攪碎瑶階影。不禁晚風吹夢醒。枕痕紅暈釵重整。香爐畫闌還獨憑。纔喜新凉，又早添秋景。唧唧蛩聲吟漏永。銀河一片烟光暝。

浣紗詞

長洲沈纕蕙孫撰

蝶戀花　春暮

百五韶光餘幾許。輕暖輕寒，漸覺芳時暮。落盡桃花飛盡絮。闌干憑到無聊處。試聽梁間雙燕子。豈解傷春，却作傷春語。打疊愁腸千萬縷。夜來那更風和雨。

月華清　春夜有懷碧岑江姊

暖翠簾櫳，燭光摇曳，百五韶光佳麗。歸燕依人，飛破乳烟香氣。過殘寒、垂柳陰中，更緑到、闌干第幾。閑倚。看多情暮景，懷人觸緒。　　曩感瑶章枉寄。悵咫尺非遥，雲天苕遞。閨閣無雙，笑掩女郎那比。姊贈余詞，有『借問閨中誰得似，斯人真個世無雙』之句。謾回首天際。妝樓想人在，銀屏近底。簾外疏欞，正澹月夜凉如此。

清平樂 題素琴畫蘭贈清溪夫人并啓

蓋聞北渚芳蘭，寫三閭大夫之怨，東籬幽菊，寄五柳先生之情。結佩可以致醉，盈把可以忘醉，則兹二者，適相當也。值三月三日之候，慨一咏一觴之虚，言念伊人，繫情彼美。俄有一婢至，言素琴内史使持一幅蘭、一幅菊見贈，余受而讀之，不覺見蘭如見静女之芳，見菊如見幽人之致，古人睹物興懷，良有以也。于是綴以俚曲，附寄尺書，望勿貽笑爲幸。獨是落英難食，寧同一束之遺，不過枝葉難紉，聊結三秋之想云爾。

香生九畹。一幅生綃展。净几明窗供雅玩。仿佛幽人作伴。　無言空谷含芳。縱然不采何妨。贏得靈均清夢，常縈畫裏瀟湘。

苦相思 春歸同清溪作

獨上妝樓斜倚立。但目斷、天南北。却恨煞、東風有底急。梨花也、吹如雪。楊花也、吹如雪。　鎮日閑愁誰共説。衹暗把、闌干拍。嘆旖旎、韶光留不得。鵑啼也、紅如血。人啼也、紅如血。

菩薩蠻 迴文

墜花紅處顰眉翠。翠眉顰處紅花墜。春惜可憐人。人憐可惜春。　隔窗疏雨急。急雨疏窗隔。門掩便黄昏。昏黄便掩門。

長相思 中遺一首

風凄清。雨凄清。秋在梧桐葉上鳴。一聲吹兩聲。思頻盈。泪頻盈。不是愁人不要聽。愁人無那情。

青玉案 落梅和心齋先生作

何人吹徹江城笛。便吹落、瓊瑶屑。曲徑閑過春寂寂。窗前影散，階前香冷，空照嬋娟月。　昨宵猶記開瑶席。今夜相思誰共説。楚些歌殘招未得。翠苔深處，紅茵鋪個，夢與冰魂接。

玉樓春 送春和素窗姊作

一宵睡過春三月。蝴蝶夢中寒尚怯。曉來驚醒落花風，怊悵芳菲容易歇。　東皇又作銷魂別。香徑閑尋濃翠結。杜鵑無語立枝頭，應悔催歸聲太切。

珍珠簾 白燕

蹁躚羅袂裁無縫。喜歸來、掩映文梁雕棟。香絮慣黏泥，補舊時來空。舞罷華胥剛一覺，却與那、梨花同夢。堪慟。念孀樓關盼，縞衣誰共。還聽絮語呢喃，似素心商略，春情種種。顧影在池塘，訝綴來霜重。莫向烏衣思舊族，已迷白雲鄉洞。輕聳。看掠入珠簾，珠簾微動。

西江月 秋蝶同紫蘩張姊作

謝逸詩情枉費，滕王粉本空誇。東鄰飛過又西家。一段幽情難寫。昔日曾栖芳草，而今獨采疏花。不知曾否悟南華。真個蘧蘧欲化。

誤佳期 玫瑰花

曲檻陡驚春去。忽聽賣花聲膩。夢回酒醒嗅偏宜，香更無濃處。梳掠是天然，愛把新妝試。紫雲輕壓緑雲邊，越樣添嬌媚。

三字令 賀壽泉兄新婚

吹鳳管，奏鸞簫。合良宵。人紅袖，帳紅綃。月玲瓏，山嫵媚，佩聲飄。　桂馥馥，漏茗茗。麝香消。銀燭艷，綉簾摇。逗巾香，拭膩粉，念奴嬌。

卜算子 海榴花

冉冉碧雲輕，灼灼紅霞吐。休笑開時不及春，避了封姨妒。　海上幾時來，洞裏誰人住。聞説層城美醖濃，應是翻名醋。

菩薩蠻 春日迴文懷素芳周姊

落花紅雨春陰薄。薄陰春雨紅花落。清院一聲鶯。鶯聲一院清。　碧波烟靄隔。隔靄烟波碧。魂斷最黄昏。昏黄最斷魂。

虞美人

窗前胭脂桃盛開，而人面桃未放，戲拈此。

窺窗映竹臨金井。一片紅芳影。盡將雙頰著胭脂。引得蜂狂蝶鬧、已多時。　玉人嬌面偏藏匿。未肯呈春色。曉風頻把曉妝催。祇是羞它穠艷、怕爭開。

前　調

胭脂桃已謝，而人面桃始開，更拈此。　　尹邢相遇

一枝寂寞窺金井。瘦減繁華影。幾番泪雨涴胭脂。不奈飄零已到洗妝時。

先偷匿。獨讓呈春色。玉人樓被燕鶯催。祇得凌紅掩素一齊開。

河傳 送春

催去。難住。聲聲杜宇。梨花春雪，杏花春雨。畢竟春歸何處。問春春不語。　　可堪

又是人離別。愁千結。唱罷陽關疊。恨匆匆。泪溶溶。郎踪。屏山十二重。

高陽臺 代家大人贈廣陵九校書作

月傍層霄，露滋香畹，蓮燈照到花闌。一片湘雲，教人疑煞仙山。迴腸脉脉誰相似，黄河

水、幾曲銀灣。笑無端。轉盡爐頭，熟熟靈丹。　　明珠穿破風流蟻，更起來爲我，妙解連

環。謝女機絲，鴦鴛綉遍雙翰。黄花插到西風鬢，記重陽、會上追歡。且盤桓。紅袖圍爐，

共爾消寒。

貂裘換酒 重贈

廿四橋頭步。聽簫聲、等閑吹過，良宵十五。偷嚮十三樓上望，謾掩四圍朱户。吹好夢、十年一度。數遍巫山峰二六，第一峰、留作行雲路。雙星照，七襄渡。　三三徑裏三生譜。傍花前、闌干六曲，三弦同訴。彈到緑腰花十八，半晌魂銷色舞。添八字、一痕眉嫵。世六鴛鴦分四角，早二分明月、三更鼓。且莫把，四愁賦。前闋隱九字，此闋亦仿玉局翁體，玉香仙子自記。

浣溪沙

東風拂面酒初醒。會向珠簾搊玉箏。緑雲懶整怕輕盈。　流水不傳簫底恨，落花空結夢中情。教人無那月斜明。

前調 春日

畫樓夕照却難描。柳鎖輕烟傍小橋。隔窗燕語麝香消。　小院春深人寂寂，碧池花落水苕苕。曉鶯啼破惜芳朝。

鳳凰臺上憶吹簫自度腔

題簫譜後奉呈心齋先生，并柬吟榭諸姊妹。

香沉宿雨。簾捲秋陰，偶譜宮商花底。正人對青峰，幽思難寄。謂清溪碧岑姊。幾處高閣春寒，并吹落、玉簫聲裏。憶當年、縹緲秦樓，依依如縷。堪喜。月夕花晨，想草堂詞伯，引商刻徵。訝寂寂梨花，盈盈溪水。一番別恨離情，都寫入、碧雲清吹。寄清溪伯姊詩中有『梨花溪水』之句，先生編入譜中。且試得、新譜閑裁，闌干留倚。

青藜閣詞

甘泉江珠碧岑撰

滿園花

讀清溪夫人詩稿，拈此戲柬，并寄同學諸姊妹。

好句吟難罷，黯然魂欲化。問何時、許結香奩社。馳想夢成勞，敢告吾廬者。恰築雲岩罅。竹石秀而野，中有琴書瀟灑。春水如醅，春山如畫。待牡丹開也。當給個歸寧假。能否畫船來，尊酒花閑把。消清話。看取分題，角勝嚮風甘拜下。

望江南 梅

風剪剪，冷澹著疏林。消得相公佳句也，個儂真個鐵爲心。雲壓一枝橫。團粉絮，香護縞衣人。記取灞橋風雪候，花妨微月月妨雲。詩影問梅魂。

翻香令 暮春偶感

緑肥紅瘦蝶蜂慵。捉花留絮恨匆匆。試倩一簾香雨，幾縷茶烟、闌住東風。有情争似可憐蟲。願消智慧變痴聾。博得酒酣飯飽，好懵騰、歸去黑甜中。

燭影摇紅 雨夜感懷

夜雨瀟瀟，殘燈點滴光如豆。文章何處哭西風，真不堪回首。憶月夕花朝候。淋漓潑、墨黏襟袖。酒酣説劍，耳熱談天，争無作有。是事休休，狂懷磨盡渾非舊。不須製恨與箋愁，命也還知否。放却眉間叠皺。脱塵緣、蒲團坐守。千聲古佛，一炷清香，好生消受。

鳳凰臺上憶吹簫 和心齋大兄題蕙孫妹浣紗詞卷作

雲母窗深，水晶簾静，吟來好句難酬。粲銀鈎小字，巧語鶯偷。爲惜光風窄窄，怎禁得、如許閑愁。腸斷也，珊瑚敲折，無地埋憂。攢眸。落紅陣陣，遺游絲斷絮，争上眉頭。是書生不櫛，獨擅風流。贏得青衫濕逗，都付與、檀板清謳。頻回首，簫聲縹緲，何處秦樓。

附原作 自度腔

任兆麟 心齋

碧窗人悄，寶篆香微，豆蔻心紅謾撚。最舊夢無憑，新愁難剪。亦知第一損人，怎還奈、風光無限。劇可憐，起自徘徊，眠還輾轉。　誰伴。才子風流，叠新詞錦字，香生蘭畹。這幽恨離情，種種拶人魂斷。吟遍月樓風逕，衹恁處、天涯人遠。人遠也，怕是綠新紅晚。

鳳凰臺上憶吹簫 再和心齋

叠叠雲箋，行行鮫顆，令人咄咄書空。把新詞吟遍，欲和難工。剔盡殘燈聽雨，真負却、作達心胸。一滴滴，聲隨腸斷，泪染綃紅。　朦朧。模糊病眼，看五色迷離，頭腦冬烘。小寶晋齋以諸君子會課卷，請余評定甲乙，是宵閱盡。嘆文章有道，何補閨中。博得一場愁夢，思量著、誤學屠龍。空自教，年年紙穴，辛苦雕蟲。

附原作

任兆麟

夢裏談禪，醉中學道，幾曾堪著浮生。詫難傾情海，不下愁城。又是春光如許，燈黯黯、冷掩銀屏。獨自嚮，窗兒守著，怎得天明。　難平。古來才子，嘆紅粉青衫，一樣飄零。教新聲翻出，爭逗芳春。妒煞五更風雨，驚曉看、紅墮簾旌。憑闌也，清明又近，隔院簫聲。

鳳凰臺上憶吹簫 三和心齋

午日穿簾，桃枝弄影，天風吹落瑤箋。誤聽明兩字，嘗盡辛酸。憎煞鶯啼燕語，牽惹起、種種愁端。難消遣，悲來看劍，病去逃禪。　　蕭閑。焚香默坐，較詞膽詩腸，總不如前。嗤江花早謝，無力爭妍。造物豈真忌汝也，應是骨相單寒。且偷占，一園春色，幾片雲山。

附原作

任兆麟

客裏風光，愁中歲月，等閑春色三分。是瑤華重贈，錦字生新。攪煞別魂離魄，來世世、切莫多情。爲殷勤，傳言玉女，囑與東君。　　前因。放懷却是，且從今以後，休要當真。趁花前月下，莫負芳辰。直把長江作灑，教寫盡、萬斛輕塵。更吹徹，玉簫聲裏，字字冰清。散花女史善簫，請余製簫譜，因即填其所作授之。

上西樓 牡丹和心齋

東西吹雨絲絲。洗妝遲。憐煞愁紅一片弱難支。　　金縷舉。天香吐。試晴時。好博玉堂仙客贈新詞。

附原作　任兆麟

蓬萊謫下瓊英。殿殘春。恰似低垂玉佩舞金裙。　風乍暖。晴初展。正芳辰。特地招尋知是惜花人。

百字令 代柬奉酬心齋

香薰石葉，劈雲箋、題遍江南風月。檢點好言君道盡，更何處求生活。换徵移宫，翻新合古，製譜真奇絶。清詞三疊，試把玉簫吹出。　添取一院濃陰，數聲啼鴂，瞬眼春光易。鎮日藥爐相伴住，墨海微塵堆積。結習無多，詩魔酒障，最是難消滅。談禪説法，慚愧舌間功德。

附原作　任兆麟

偶書代柬寄碧岑

催春風雨，霎時間、都是飄香零玉。無賴鶯啼人唤起，好夢尋思難續。千日中山，百回屈賦，衹是銷魂獨。總然無計，向維摩證因宿。曾記閑恨閑愁，吹簫三疊，不盡那心曲。七尺鑄來空骯髒，一樣悲歌痛哭。應想從今，多生結習，還懺西方竺。回頭拋却，許多人世蕉鹿。

碧桃館詞

仁和趙我佩君蘭撰

長相思 秋晚

蘆花邊。蓼花邊。曾記橫塘唱采蓮。秋風年復年。　暮雲天。暮潮天。柳外輕絲蕩細烟。沙鷗和月眠。

浣溪沙

尖月眉兒鬥晚妝。悄來簾底自熏香。薄寒新試碧羅裳。　桐葉蕭疏秋意老，豆花零落雨聲凉。惱人天氣近重陽。

菩薩蠻

綠窗幾陣黃昏雨。芭蕉葉上添愁緒。翠袖越羅單。西風吹鬢寒。　夢魂何處去。簾幕深如許。悶倚小屏山。燭花和泪彈。

南鄉子

愁鎖鬱金堂。懶對芙蓉暈晚妝。心事怕從眉際露，遮藏。獨自尋思暗斷腸。　人瘦比花黄。簾捲西風冷夕陽。鸚鵡不知儂意緒，悲凉。紅豆偏教啄一雙。

采桑子

桃笙八尺清如水，寒到衾邊。意軟鬟偏。一樣釭花瘦可憐。　近來儂也銷魂慣，長夜如年。祇是無眠。心似香燒欲化烟。

醉太平

花鄉水鄉。情長夢長。西風吹落蓮房。老鴛鴦一雙。　詩狂酒狂。愁腸恨腸。無端瘦了秋娘。怕臨波曉妝。

齊天樂 題玉人和月折梅花畫扇

瘦蟾如喚冰魂起，深深畫檐巡笑。笛韵停吹，琴絲罷理，孤立蒼苔清悄。江南信早。問緑萼芳華，幾生修到。素手拈來，滿身香霧鬢雲繞。　疏林夜凉試伫，隔花人似玉，誰訴幽插鬱銅瓶，有鶴使閑猜，兔輝微照。羅浮夢杳。小摘瓊英，低揎翠袖，指上春風多少。一枝斜更好。

滿江紅 贈別采湘外妹

一曲驪歌、猛回首、短長亭隔。誰更料、團圞難久，墜歡堪惜。節序驚心忙裏過，雲嵐洗眼愁中歷。歎塵勞、容易損朱顏，天涯客。　攜翠袖，知何益。題紅豆，思何極。認羅巾點點，泪絲如織。綉閣烟迷蝴蝶夢，荒江日落鷓鴣驛。最銷魂、晚飯坐篷窗，千山黑。

浪淘沙

斷夢倩誰招。難逐歸潮。泪痕多在舊鮫綃。心上閑愁眉上恨，暮暮朝朝。　簾外雨瀟瀟。寒雜砧敲。個人幾日瘦纖腰。怪煞西風無賴甚，魂不禁銷。

卜算子

一樣雨和風，各樣愁人聽。樓外垂陽樓上人，同是懨懨病。　低掩水文窗，莫把闌干憑。昨夜西風今夜寒，瘦却釭花影。

江梅引 寄采湘

瘦腰怯似柳枝柔。怕經秋。易經秋。容易西風，吹恨上眉頭。誰惜近來憔悴甚，心似醉，一絲絲、繞亂愁。亂愁。亂愁。數更籌。衾半兜。香半留。夢也夢也，夢不到、舊日妝樓。怪殺銷魂，簾底月如鈎。照遍花前攜手路，人去也，剩相思、泪暗流。

山漸青

花一肩。月一肩。一炷爐香裊細烟。人和花月眠。暮雲連。暮山連。一樣銷魂似去年。重來妝閣前。

虞美人

瀟湘一桁簾波隱。簾外西風緊。惜花人瘦不禁秋。料得秋花先要替儂愁。紅蕤枕倚釵聲墜。欲醒還成醉。夢回綃帳月初昏。忍見芙蓉巾上舊啼痕。

菩薩蠻 瘦

病餘何事眉峰削。珊珊墳骨衣棱弱。春已十分消。人非前日嬌。移燈羞暈粉。鏡裏渾難認。誰惜小腰支。算來羅帶知。

點絳唇 對鏡

多謝菱花，照儂眉黛青於柳。美人消瘦。明月團圞否。　顧影含情，秋水神初逗。黄昏後。眼波斜溜。燈火屏山逗。

搗練子

金鴨爐，玉蟲幽。何處瓊簫倚畫樓。窗外月明花氣冷，晚風無語弄簾鈎。

虞美人

梨雲一縷隨風度。行遍天涯路。個中心事不分明。依約關山千里短長亭。　臉霞半枕嬌紅透。睡起釵聲溜。休憎遠夢忒模糊。便是今宵有夢不如無。

楊柳枝

半捲香簾燭影摇。夜迢迢。此時情緒已魂銷。掩輕綃。　人瘦花殘秋去了。愁多少。芭蕉窗外更無聊。雨瀟瀟。

菩薩蠻 秋江晚眺

炊烟一霎遥天暝。亂鴉飛破垂楊影。何處是鄉關。白雲山外山。欲歸歸未得。楚水吴江隔。莫道不銷魂。茜衫蔫泪痕。遠峰眉黛傷心碧。荒凉古道飛黄葉。家住在江南。江天秋水涵。風前人影瘦。小立垂雙袖。但得學歸鴻。雲羅萬里通。

清平樂

愁推不去。没個藏愁處。小小眉彎擔不住。做出恨烟颦雨。連朝飛瓦青霜。病餘怕倚迴廊。已是傷秋傷别，可堪又過重陽。

虞美人 寄君蓮二妹

秋心瘦似梧桐樹。葉葉澆愁雨。畫羅屏底薄寒生。不道西窗蓮漏、已三更。錦箋欲寄情難訴。夢斷天涯路。相思無計托歸鴻。怎把平安寫向、白雲中。

臺城路題俞吉庵聽蕉圖

是何聲起簾波外，濃陰半遮庭宇。酒夢初醒，茶烟未冷，清絶翠深深處。開門看雨。正月影篩金，滿階蛩絮。小檻燈昏，此情幽抑共誰訴。西窗夜凉坐久，盡輕衫側帽，瀟灑如許。簌簌方來，疏疏忽斷，一片秋心能語。披圖認取。想葉底微吟，舊題詩句。萬疊雲箋，緑天庵外補。

步月題黄小岩秋江玩月圖

孤鶴南飛，大江東去，詩懷直恁句留。暮霞晚景，風急白蘋洲。想吹笛、魚龍起舞，千山外、遠豁雙眸。人何在、瓊樓玉宇，高曠不勝秋。悠悠。香霧繞，銷魂怕暗省，檀板歌喉。青衫泪濕，燈火話難周。延素魄、朱闌共憑，捲疏星、銀蒜齊鈎。歸去也，深情未肯逐潮收。

探春又題春江後游圖

鴻爪前塵，鴨頭新漲，樟亭潮落時候。畫鷁銜波，凉蟾出海，天水空明如畫。莫道閑花月，似赤壁、當年還又。羽衣此日翩躚，玉人應共携手。休恨秋風去久。看鏡裏青娥，照人依舊。萬古圓期，一江幽夢，忍唱曉風楊柳。重問盟鷗處，可省識、詩豪黄九。浪迹歸來，醉懷何限回首。

菩薩蠻

羅幃昨夜秋先逗。銀釭一點如紅豆。無力卸殘妝。桐陰月轉廊。　愁多偏易醉。悶擁香衾睡。不道夢難成。酒醒愁又生。

虞美人

連朝風雨黃花瘦。病過重陽候。侍兒扶起懶梳頭。謾説日高猶自掩妝樓。　琉璃格子文窗小。題遍相思稿。傷秋情緒怕逢秋。道是纖腰如柳恁禁愁。

十六字令

痴。情似春蠶不斷絲。連環結，無計解相思。

聽。窗外芭蕉夜雨聲。爐烟冷，酒醒夢難成。

金縷曲和采湘

記折河干柳。甚蕭條、斜陽古道，暮鴉時候。離恨一肩挑不起，抵死教人禁受。料潭水、情濃於酒。嘆我身如紅豆粒，便枝枝葉葉相思透。清泪濕，眼波溜。與君遥隔天涯久。憶當年、紅樓夜月，玉簫同奏。舊雨而今雲樣遠，夢也怎生難就。問兩地、是誰消瘦。寄語加餐須努力，更秋凉、珍重雙羅袖。愁病撇，解眉皺。

江城梅花引

朝來歸夢忒匆匆。怕惺忪。越惺忪。一霎南柯驚破五更鐘。昨夜畫屏凉似水。秋去也，悵天涯，目斷鴻。　斷鴻。斷鴻。信難通。雲萬重。山萬重。盼也盼也，盼不見、錦字緘封。空把闌干倚遍夕陽紅。簾捲西風人影瘦，銷魂處，濕羅巾，别泪濃。

太常引秋夜聞檐鐵聲

銷魂人在畫羅屏。著耳乍冬丁。已是不堪聽。那更雜、蛩聲雁聲。　無邊風雨，無聊情緒，觸處亂愁生。拚却夢難成。任譙鼓、三更四更。

蝴蝶兒本意

蝴蝶兒。暮春飛。風前瘦影怯穿枝。倦依芳草池。　醉粉空餘恨，憐香枉自痴。羅浮夢醒落花時。相思知不知。

眼兒媚

白蘋江上晚來秋。風定柳絲柔。今宵酒醒，昨朝人去，多少離愁。　銷魂最怕黄昏後，獨自上高樓。三更疏雨，半床殘夢，一葉扁舟。

南歌子

蛛網縈迴處，蠶眠宛轉時。憐伊辛苦笑伊痴。笑爾一生憔悴，爲情絲。

蘇幕遮

曲廊斜，深院静。樓外秋千，送過垂楊影。燕子不來春又盡。幾折闌干，獨自和愁憑。　鬢雲低，眉月冷。人瘦如花，花也如人病。小夢惺忪眠未穩。燭燼香銷，依舊今宵醒。

菩薩蠻

虬壺滴盡蓮花漏。酒醒人静黄花後。一夜剪刀風。小樓燈不紅。　被池如水凍。香冷銀屏夢。來日綺窗開。梅梢雪尚堆。

南鄉子

秋意逼輕綃。香冷重衾麝靄消。怕倚熏籠思往事，魂銷。夢斷垂虹第四橋。　人去忒無聊。門掩銅環鎖寂寥。謾嚮妝臺修尺素，苕苕。萬里雲羅雁字遥。

月上海棠

曲屏移過斜陽影。怨黄昏一霎林烟暝。小立蒼苔，隔花陰袜塵香凝。湘簾捲，深院月明人定。　暮雲春樹詩懷冷。似天公付我傷心病。夢裏閑愁，怕思量舊時風景。紅樓笛，忍把離魂喚醒。

臺城路 秋雨

簾波欲浸瀟湘碧，凉生半庭高樹。竹颭虚廊，桐飄古甃，凄絶一聲聲雨。檐鈴碎語。正滴破鄉心，亂愁如許。聽徹黄昏，玉階簫颯幾曾住。　西窗又然絳炬，憶當年話别，幽恨難訴。寶鼎香銷，銀屏夢醒，勾起傷秋情緒。流光逝羽。怕摇落江潭，緑楊千縷。夜漏苕苕，剪燈人意苦。

踏莎行 春草

徑繞苔花，庭飛柳絮。池塘寂寞清明雨。西園蝴蝶故依依，東風吹夢來何處。　別浦魂銷，畫樓人伫。離愁三月長亭路。經年緑遍舊城根，萋萋又送王孫去。

清平樂

鶯啼燕語。聽遍垂楊路。昨夜東風今夜雨。釀得春寒如許。　含顰獨倚高樓。湘簾不上銀鈎。又是花朝過也，却教人爲花愁。

浣溪沙

燕子歸來細雨中。春來春去忒匆匆。緑窗人静下簾櫳。　昨夜新寒渾似剪，梨花春雪柳花風。海棠微褪幾分紅。

漠漠春陰綉户低。悄來花下掩雙扉。生憎蝴蝶傍人飛。　録曲闌邊紅芍藥，鞦韆架上緑薔薇。踏青時節雨霏霏。

紫陌吹簫唱賣餳。江南春色可憐生。杏花寒食雨清明。　芳徑倦飛三月絮，綺窗愁聽一聲鶯。斷腸心事故園情。

翡翠衾温麝靄濃。芙蓉幔掩晚妝慵。疏燈紅逗碧紗籠。　月轉花梢人去也，倚闌無語寂寥中。羅衣不耐海棠風。

虞美人 楓橋夜泊寄采湘

桃花潭水深如許。祇是傷離緒。驪歌唱罷柳枝詞。從此江南江北兩相思。　烏啼月落人何處。難繫行舟住。還家有夢亦匆匆。何况一枝柔櫓一聲鐘。

青門引 飛絮

漂泊渾無定。可是東風薄倖。游絲無力綰應難，任它飛去，拚作天涯影。　謝娘何事詩懷冷。憔悴江南景。金縷曲歌何處，陽關一闋人愁聽。

風蝶令 落花

金谷埋香地，瑶臺散彩時。一春無奈雨霏霏。枉却尋芳蝴蝶、繞叢飛。　流水恩何薄，東風恨怎知。杜鵑啼老剩空枝。怨煞繁華如夢、鳥如痴。

臨江仙 題無人院落圖

滿院苔紋青欲滴，曉來絲雨纔收。茶烟輕颺緑窗幽。晝長啼鳥倦，風緊落花愁。小小迴廊春寂寞，珠簾不上銀鈎。玉人懶起慣嬌柔。生憎鸜鵒喚，斜日下妝樓。

菩薩蠻

綉窗一夜春眠足。暈紅嬌褪雙腮玉。簾外雨如烟。落花三月天。　畫梁新燕語。也學喁喁絮。愁煞未歸人。傳書乏錦鱗。

雨絲烟縷將愁織。泪珠成串鮫綃濕。春也不知情。花飛入錦屏。　酒醒聞杜宇。獨立渾無主。幾曲碧闌干。一鈎羅袜寒。

阮郎歸

連朝苦雨送春行。峭寒侵畫屏。鞦韆廊外作長亭。落花飛滿庭。　鶯不語，蝶含情。留春春可聽。杜鵑薄倖。費丁寧。知它是怎生。

虞美人

落紅滿地鶯聲老。春去愁難掃。背人無語蹙雙蛾。可奈桃花臉薄淚痕多。　畫樓一角斜陽悄。香篆簾波裊。是誰喚醒夢南柯。半嚮起來埋怨到鸚哥。

清平樂

魚沉雁杳。没個平安報。門外落花愁不掃。春恨知它多少。　高樓纔捲簾櫳。遠山如畫眉峰。目斷暮雲千里，誰傳錦字緘封。　一聲柔櫓。人去垂楊渡。苦雨連綿聽不住。做出淒迷情緒。　故園梅子黄時。天涯遠夢誰知。寄語畫梁雙燕，爲儂銜去相思。

南鄉子 寄采湘

腸斷灞陵詩。千里雲山雁陣遲。記得銷魂携手路，尋思。剩有河干舊柳枝。　瘦骨弱難支。先覺輕寒到被池。小夢如烟飛不去，情痴。人似蠶眠十二時。

憶秦娥

東風急。海棠紅褪胭脂色。胭脂色。鞦韆廊外，落花狼藉。　晚妝樓上誰横笛。垂楊一樹傷心碧。傷心碧。玉人何處，鳳城遥隔。

如夢令

今夜夢魂無定。多被瓊簫吹醒。廊外月如潮，翠袖宵來慵憑。人静。人静。風弄一簾花影。

添字采桑子

綉衾不暖爐烟凍，剔却銀釭。卸罷殘妝。驀見隔簾斜月影，上迴廊。　墜歡重省渾如夢，没個思量。枉費猜詳。細數别來多少事，斷人腸。

浣溪沙

簾捲春寒颭玉鈎。閑吹柳絮午風柔。尋常睡起不梳頭。　江國青衫游子夢，曲屏紅豆女兒愁。伴人小燕入妝樓。

金菊對芙蓉 秋感寄采湘

斷角聲淒，零笳韵悄，斜陽催暝荒城。正滿林黃葉，秋老旗亭。春來送別香車杳，剩臨歧、泪濕吴綾。可憐游子，生涯如夢，夢幾時醒。　舊事追憶無憑。嘆塵勞鹿鹿，水逝雲行。任樓開彈指，幻想空驚。故園寂寞休回首，悵銜泥、燕壘難成。今宵殘月，照人千里，兩地離情。

滿江紅 送慧雲四姊南還

楊柳如絲，偏不解，將人綰結。猛聽到、陽關一曲，長亭初別。細雨孤帆縈夢遠，桃花潭水傷情切。嚮天涯、把酒送君歸，蘭橈發。　春草碾，征輪捷。春波泛，飛鳧没。黯魂銷江上，數峰清絶。寶鼎燒殘心字篆，紅牙拍遍相思闋。願秋來、舊約準於潮，期休越。

采桑子

月鈎斜挂雲羅薄，秋思綿綿。却在誰邊。辜負良宵又下弦。　玉釵扣枕銀屏掩，乍起還眠。殘夢如烟。挑盡釭花夜似年。

月上海棠 哭采湘

情天有缺愁難補。嘆紅墻、碧海茫無路。畫閣重來，冷清清、倩魂何處。君休矣、零落妝臺詞句。　彩鸞不合人間住。猛罡風、吹向瑶京去。幻夢如泡，悟曇花、塵寰小度。凄凉境，紫玉香烟暮。

點絳唇

簾箔雙鈎，曉妝纔罷閑庭宇。倚闌無語。獨自傷情緒。　燕子歸來，不解留春住。春將去。亂紅如絮。一陣催花雨。

蘇幕遮

緑窗閑，紅雨静。無奈春歸，無計留春定。燕子含愁蝴蝶病。薄倖東風，短了桃花命。　畫初長，香已燼。一樹垂楊，一架鞦韆影。半捲湘簾銀蒜冷。樓外青山，樓上愁人憑。

畫堂春 湖上采蓮

畫船簫鼓泛銀塘。高挑十二紗窗。晚妝新試碧羅裳。水面風凉。　一片棹歌聲急，采蓮齊唱紅腔。蘭橈歸去藕花香。閑煞鴛鴦。

百字令 自題眠琴緑陰圖

濃陰似水，正疏疏雨過，凉生高樹。滿徑苔錢鋪翡翠，恰好携琴閑住。雲影拖藍，山光蘸碧，淺暈雙眉宇。焦桐倦理，鴨爐烟燼香炷。堪嘆海上情移，鐘期已杳，誰是知音侣。謂采湘。舊調悲凉彈不得，忍把冰弦重撫。泪濕紅綃，徽停緑綺，冷落瀟湘譜。空林人静，夕陽凄對無語。

臺城路 辛亥秋送麗軒入都

西風古道垂楊老，絲絲盡縈愁緒。角韵齊吹，笳聲遍起，陡覺銷魂如許。離觴謾舉。怕一曲驪歌，酒醒人去。寫入紅箋，相思題贈斷腸句。情深最難話别，願長安此去，瀛路休阻。畫閣香寒，妝臺筆冷，閑煞遠山眉嫵。抛殘綉譜。剩巾上斑斑，泪痕無數。目送征帆，夕陽烟外浦。

憶江南 寄外

人去也，人去短長亭。却嚮君前佯忍泪，不因别後始關情。無計阻征程。

人去也，人去費丁寧。推枕夢回茅店月，束裝風急酒旗亭。珍重曉寒生。

人去也，人去驛迢遥。曲曲琴心弦上語，斑斑情泪鏡中潮。誰寄與紅綃。

人去也，人去夢難成。綉被春寒常倚枕，畫屏香冷懶調笙。鎮日數行程。

人去也，人去怯憑闌。澹墨名題期蕊榜，軟紅塵涴卸雕鞍。夢直到長安。

人去也，人去忒無聊。夜月怕窺羅幌冷，曉妝愁煞遠山遥。心事兩眉梢。

人去也，人去掩重門。紅蠟泪乾因惜别，玉臺塵暗最銷魂。新月又黄昏。

人去也，人去幾時歸。容易風霜吹木葉，衹愁清瘦减腰圍。誰與授寒衣。

相思兒令

猶記深宵剪燭，細語比肩時。一自個人去後，衹贏得相思。妝臺彩筆慵持。怕離愁、壓損雙眉。争知别後心情，去時悔不留伊。

金縷曲辛亥除夕感懷

篆冷簾波悄。夜迢迢、香銷酒醒，燈殘夢杳。愁似藕絲抽不盡，觸處又添煩惱。料閑緒、百端齊到。嘆我身如秋去燕，舊巢居、無復當時好。思往昔，黯懷抱。　劇憐鏡裏飛霜早。感流光、韶顔易改，翠鬟人老。屈指年來怊悵事，贏得泪珠多少。都并入、斷腸詞稿。更憶天涯羈旅客，爲微名、寄迹長安道。金帖子，甚時報。

菩薩蠻

春雨連綿，園花零落，風前獨立，悵然久之，譜《餞花詞》四章，并寄麗軒。

東風吹醒韶華夢。簾外即長亭。落花無限情。花開人未去。花謝人何處。明歲此花開。知君來未來。

彩幡摇曳鈴聲碎。鞦韆墻外餘香墜。不敢怨東風。含情訴落紅。西園閑步屧。春恨和誰説。啼鳥唤春歸。雨餘花泪垂。

杏梁燕子春愁重。喃喃絮破紅窗夢。唤起惜花心。離情如水深。碧城雲樣遠。别泪羅巾滿。春去有時歸。天涯人未回。

闌干拍遍傷春曲。袜羅淺印苔痕緑。香冢替花埋。携鉏下玉階。留春春不許。花又抛春去。把酒祝東皇。明年花事長。

釵頭鳳

重門静。東風定。薄寒如水簾波暝。爐烟裊。屏山繞。金錢卜罷，玉釭花爆。報。報。報。

春偏冷。人微病。海棠睡起愁難醒。眉慵掃。情空惱。思君别後，碧天雲杳。

悄。悄。悄。

琴調相思引

滴盡蓮花夜漏殘。相思拍遍小闌干。吹簫人去，碧月又團圞。　莫向華胥尋睡蝶，夢魂飛不到長安。枕函倦倚，曲曲是關山。

憶秦娥

湘簾揭。落花滿地飛蝴蝶。飛蝴蝶。惜春人病，燕歸時節。　天涯客去音書絕。畫眉閑煞窗前月。窗前月。晚妝樓外，亂山千疊。

一剪梅

目斷天涯去路幽。芳草沙洲。斜月蘋洲。相思情比柳絲柔。半鎖春愁。半鎖離愁。　倒捲犀簾上玉鈎。閑倚樓頭。悶倚樓頭。片帆影裏水悠悠。朝盼歸舟。暮盼歸舟。

蘇幕遮

篆烟銷，燈焰滅。簾捲西風，吹作漫天雪。夢裏雲山千萬疊。便不相思，也化雙飛蝶。　漏聲殘，譙鼓歇。一霎相逢，一霎輕離別。悟到空空如水月。紙帳梅花，依舊音塵絶。

卜算子

密意亂如絲，別泪濃於酒。眉上青山臉際霞，多爲春消瘦。　記得去時言，約在梅開後。風信而今過海棠，到底歸來否。

菩薩蠻

曉鐘敲破梨花夢。綉衾如水春寒重。怕聽子規啼。歸期未有期。　妝臺和泪倚。鎮日慵梳洗。不敢畫眉彎。生憎是遠山。

惜分釵 寄君蓮

黄昏去。香三炷。緑窗人共燈花語。酒初醒。夢難成。誰家玉笛，唤起江城。聽。聽。
陽關句。傷離緒。相思多在垂楊樹。別長亭。記丁寧。愁心如醉，泪眼含情。

盈。盈。

浪淘沙 秋期

深院下簾旌。秋冷銀屏。露華如水浸中庭。一炷心香燒未滅，來拜雙星。　花底步輕輕。羅韈凉生。何人能會此時情。祇有如弓天上月，照得分明。

醉太平 西湖泛月

蓮房露傾。花窗月明。棹歌聲起漁汀。喚鴛鴦夢醒。　烏篷畫舲。簾鈎水晶。隔船初見雲英。聽輕彈玉箏。　山光黛浮。簾波月流。畫橈驚起沙鷗。笑先儂白頭。　哀蟬咽秋。吟蛩絮愁。舊游如夢難留。冷花灘釣舟。

雨中花

癸丑七月，海陵舟次悶填此解。

不是傷秋非病酒。憔悴似、風前楊柳。頰暈紅愁，眉顰緑慘，泪濕雙羅袖。　鏡裏韶顔還更瘦。算祇有、青山依舊。雲樹含情，江花無恙，别後平安否。

采桑子

緑苔深院簾垂地，風落榆錢。戲罷鞦韆。花徑人來拾翠鈿。　錦屏綉譜閑抛却，長日如年。斷續爐烟。學寫黄庭又幾篇。

鬟云鬆令

新病初痊，鬟髮半敓，晨妝梳掠，忽忽自憐。

病生愁，愁種病。病起愁添，强對芙蓉鏡。委地香雲慵不整。如剪春風，看捲晶簾影。　鈿蟬寒，釵燕冷。憔悴腰支，羞與垂楊并。一縷柔絲恨。緑膩瓊梳，指上餘香凝。

蒼梧謡

凉。如水春陰壓畫廊。秋千罷，無力倚銀床。

百字令

帳羅似水，怕輕寒剪剪、玉肌凉逗。待得海棠嬌睡醒，滿地落英如綉。鬥草庭閑，浮梅檻遠，空把良辰負。鞦韆架冷，杜鵑啼老烟柳。　争奈錦帶輕分，湘奩懶啓，别泪抛紅豆。

細雨斜風簾不捲，衹是懨懨病酒。無力釭花，相思籠鳥，都爲春來瘦。銷魂如許，鏡中何況螓首。

唐多令

人去下簾鈎。笙歌散畫樓。掩窗紗、欲睡還休。細算年來多少事，算不了、是離愁。浪迹比閑鷗。流光易白頭。洗迴腸、衹有香甌。借得酒兵攻壘塊，攻不破、是糟邱。

南鄉子 題許芷卿蕉石詞

濃緑上簾鈎。月地雲階感舊游。鹿夢惺忪茶夢熟，吟秋。好句都從筆底收。笑解驌驦裘。善病相如不善愁。詩酒生涯名士習，風流。醉折花枝插滿頭。

綺羅香

爐麝香殘，簾犀玉冷，閑却畫屏鴛譜。翠管輕抛，憔悴謝娘眉嫵。愁脉脉、月轉花眠，恨苕苕、酒醒人去。料今番、睡也無聊，東風吹夢亂如絮。年華回首易老，贏得青箋紅泪，斷腸詞句。獨倚熏籠，怕憶別來情緒。思往事、剪燭西窗，記前游、踏青南浦。更堪它、濕遍流光，夜深聽暗雨。

壺中天　題高茶庵茶夢庵詞

苔痕暈碧，悄無人院落、簾垂風静。竹榻茶烟涼似水，曲曲瓶笙徐聽。麗句敲金，新詞漱玉，眷屬神仙并。清閑賭戰，一甌同試香茗。　争羨畫壁旗亭，雙鬟妍唱，妙譜紅牙訂。半枕梨雲幽夢熟，誰把詩魂唤醒。消渴文園，傷春杜牧，不賜頭綱餅。歸來倦鶴，雪衣飛破花影。

清平樂　雪霽

夢魂潦草。簾外春寒峭。晴雪滿階慵不掃。瘦了梅花多少。　玉人懶起嬌柔。綉衾偎暖香篝。道是宵來中酒，日高猶未梳頭。

點絳唇　春日重過紅豆軒吊采湘

無恙春風，年年吹緑庭前草。楚蘭魂杳。香冷紅蕤悄。　簾外桃花，尚解迎人笑。奩冰小。玉塵誰掃。零落妝臺稿。

齊天樂 題子循弟羅浮仙夢圖爲悼亡作也

蕭條紙帳清如水，春山四圍妝靚。紫玉烟消，青衫泪濕，半枕梨雲香凝。悲懷未省。待跨鶴人來，步虛聲静。夢入羅浮，天風吹下萼華影。疏林亂飄絳雪，落英鋪滿路。知否仙境。明月前身，曇花幻相，蝴蝶飛回芳徑。釵寒鬢冷，趁一霎相逢，玉肩雙凴。翠羽無言，斷魂誰唤醒。

浣溪沙 集詩牌四首

簾影生凉綉户東。花邊小立乍相逢。玉人去後易秋風。夢冷紅窗香寂寂，愁攢翠黛月蒙蒙。思它信杳卜春葱。

菩薩蠻

翩翩烏髻圓珠小。星期私卜相逢杳。凉信到秋潮。心愁桐樹凋。綉簾鈎墮影。風裊爐香冷。窗上月生華。休彈紅蠟花。

高陽臺 西湖夜泛

古寺攢�

祝英臺近題程柯亭蝶夢詞

畫簾低，深院悄，花落靜啼鳥。泪界烏絲，怕寫斷腸稿。最憐一枕紅蕤，如烟小夢，唤不醒、痴魂顛倒。　怨春老。玉腰瘦减餘香，羅浮恨難到。廿四橋邊，明月爲誰好。相思秖有垂楊，長條似綫，猶綰住、亂愁多少。集中多懷人之作。

鳳凰臺上憶吹簫玉扇吟題詞笛樓從叔命賦

鈿委金蟬，釵分紫燕，廣寒月缺誰修。奈吹簫人杳，鳳去秦樓。怊悵遺珍宛在，湘奩啓、片玉空留。還知否，萬梅花下，笛韵歌喉。　鴛幬。定情扇小，記障面初逢，袖底香柔。甚蕖荷娟好，偏折雙頭。愁煞江天易暮，魂斷處、暗雨傷秋。幽懷冷，海棠謝了，泪債難酬。

采桑子

花間燕子無情緒，銜去春光。没個商量。閑煞鞦韆小畫廊。　天涯斷夢如飛絮，回首河梁。老却垂楊。風信闌珊過海棠。

減蘭 春分夜偶成

更長夢短。春色平分剛一半。水樣輕寒。翠袖宵來怯倚闌。亂愁如絮。無奈東風吹不去。碎雨零烟。深院梨花瘦可憐。

前調 寄君蓮

鈿車人遠。飛絮游絲無力綰。憶別臨歧。執手相看泪滿衣。韶華易老。姊妹花開春去了。珍重餘寒。料峭風前莫倚闌。

憶秦娥 掃采湘墓

東風急。白楊枝上啼鵑泣。啼鵑泣。澹烟疏雨，梨花寒食。墓門春草年年碧。斜陽慣作傷心色。傷心色。盈盈倩女，離魂難覓。

江城子 題君蓮秋江垂釣圖

一窩雲髻晚來妝。薄羅裳。藕絲香。短笛惺忪，吹夢落横塘。柔櫓無聲鷗不語，人静也，月昏黄。　露華如水浸篷窗。釣竿凉。響漁榔。怕煞銷魂，蘆荻滿秋江。舊約休忘潮信準，風又起，客思鄉。

浪淘沙 題陸芝仙女士倩影樓稿

鬟影感華年。香冷蟬鈿。舊游如夢夢如烟。可惜咏花人不見，泪灑情天。怨海恨難填。絮果誰憐。春蠶抵死尚纏綿。安得吴剛修月斧，月再團圓。

春雨抱愁眠。瘦削吟肩。迴文裁入衍波箋。羡殺掃眉才子筆，妙句金荃。斷夢落誰邊。倩影樓前。我來剛是熟梅天。怪底碧城雲樣遠，飛去詞仙。

滿江紅

丙辰春仲，余將赴吴，同人餞別湖上。山容水態，倍覺依依，別後感填此闋，以寄同人。

唱到陽關，黯魂銷、數聲殘笛。最難忘、故園風景，明湖山色。芳草年年隨意緑，垂楊樹樹傷心碧。算多情、潭水與桃花，深千尺。繁華境，常相憶。笙歌夢，空陳迹。悵踏青人杳，翠鈿愁覓。燕子歸來應寂寞，杜鵑別後無消息。惜匆匆、渡口挂輕帆，蘭橈急。

湘春夜月 舟泊長安送麗軒返杭

挂蒲帆，好風吹送輕橈。一片泪迹模糊，都付與鮫綃。我已天涯傷別，更那堪君去，楊柳河橋。怕臨歧執手，柔情欲訴，黯黯魂銷。　金尊依舊，緑鬟低嚲，酒醒今宵。奩月如鉤，想照見、曉妝人倦，懶畫眉梢。青天碧海，問常娥、可也無聊。者次第、有離愁萬縷，寸心難理，莫剪并刀。

長亭怨 舟中與笛樓從叔聯句

悵撲面、黄塵飛惹。放棹中流，翠簾深挂。笛。眉樣春山，晚妝愁見、泪痕瀉。君。澹濃休畫，懶對鏡、霜豪把。笛。乳燕學呢喃，似訴説、離情無那。君。　水榭。倚篷窗玩月，不覺燭花紅灺。笛。裁箋謝別，猶憶到、酒闌歌罷。君。儻吴郡、舊雨相逢，要約略、杭州新話。笛。怕歸夢難成，倦聽郵亭更打。君。

浣溪沙

乍試征帆二月天。故鄉回首夢如烟。篷窗人倦倚愁眠。　蘸眼輕波迷鴨緑，舉頭新月欠蟾圓。詩筒欲寄倩誰傳。

芳草無言繞畫橋。年年緑遍舊裙腰。有斜陽處最魂銷。玉笛倦吹金縷曲，春風愁送木蘭橈。西湖别後恐無聊。

醉紅妝

簾波如水篆烟浮。挂垂楊，月一鈎。東風吹夢過紅樓。空冷落，舊香篝。别來情緒似傷秋。恨無計，解眉頭。心太玲瓏人太瘦，禁不起，許多愁。

近來憔悴不勝憐。薄羅裳，瘦削肩。撩人春色困人天。嬌睡醒，尚思眠。晚妝無力整花鈿。鳳釵溜，髻雲偏。弓樣眉兒眉樣月，知何日，是團圓。

摸魚兒 清明踏青有懷故園

最銷魂、陌頭楊柳，登樓倦聽啼鳥。踏青人去天涯遠，閑煞故園芳草。鄉夢悄。悵别後、湖山誰放穿花棹。湔裙正好。怕南浦烟迷，西郊雨過，凉逗鳳鞋小。春歸早。緑遍斜陽古道。舊游回首都杳。東風不把離懷剪，吹起亂愁多少。愁未了。嘆百結迴腸，曲似爐香裊。流光暗惱。惱燕子銜來，相思一點，紅豆爲伊老。

前調 題查哲生重賃吟館圖

蕩輕舟、片帆雲水，離愁能載多少。烽烟影裏全家徙，輪與故林栖鳥。鄉夢杳。怪避地、匆匆都放桃源棹。青山住好。奈彈鋏歌新，吹簫調古，憔悴鬢霜早。河梁外，目斷斜陽戍堡。銷魂最是芳草。紅襟燕子曾相識，卅載舊游重到。幽徑悄。待種竹、鋤梅門巷經營好。巢痕再掃。儘家具安排，茶經魚計，都付袖中稿。

沁園春 瘦

怯倚銀屏，綉帶平量，香肌暗消。悵年來病減，丰姿頓改，日長睡起，意態猶嬌。臂欲鬆金，肩如削玉，雲樣衣裳水樣綃。湘裙底，更一鈎羅襪，寬褪蓮翹。鏡中薄了蘭膏。怪落盡芙蓉兩頰潮。看秋波閣泪，愁凝眼角，春山銷恨，情蹙眉梢。飛燕輕盈，小蠻憔悴，莫向東風鬥柳腰。黄昏後，怕燈前月下，顧影魂銷。

洞仙歌 題魏佩芬世妹花雪嬋娟圖

一枝凉笛，驀吹來芳徑。鶴夢惺忪雪衣冷。正梨雲乍暖、翠羽無聲，清絶處、誰把冰魂喚醒。

玉人嬌睡起，半臂寒生，入指春風暗香凝。奩月曲如鈎，移上瑶臺，早綉出、滿身花影。算仙境、分明似羅浮，待小摘瓊英、晚妝菱鏡。

渡江雲

仲春結伴來吳，忽已四閱月矣。鄰封告警，遷徙紛紜，笛樓叔爲其居停勉歸，倚裝匆促，賦詞留別。余尚逡巡，未果行也。悵惘臨歧，譜此代餞。

那回曾記否，倚篷窗剪燭，絮語別杭州。悵烽烟一霎，鼓角城邊，驚起木蘭舟。楊花似雪，早飛上、羈旅人頭。還怪它、柳絲如綫，無力綰離愁。　悠悠。千重雲樹，萬疊烟巒，便還家夢有。料夢也、風吹不到，舊日妝樓。而今反悔當時誤，甚無端、浪迹浮鷗。游倦矣，天涯何事勾留。

金縷曲

重游城東可羡園，西風戒寒，花事漸減，悵然譜此。

記得重陽後。訪瓊英、詩朋小集。東園載酒。一霎倦游原似夢，老了蓉卿菊友。更誰把、柴門重叩。我亦西風怊悵客，耐霜華、寄迹籬根久。人病也，比花瘦。　秋容蕭瑟渾非舊。剩多情、哀蛩怨蝶，芳叢寒守。粉褪香消金錯落，憔悴墻陰錦綉。又蘭若、晚鐘時候。野圃荒凉斜月冷，近黄昏、歸去銷魂否。來歲約，莫輕負。

聲聲慢 秋聲仿竹山

遠雁悲鳴，哀蟬暗咽，銷魂齊作秋聲。畫角城頭，斜陽冷帶鴉聲。怕聽荒村落葉，近黄昏、古寺鐘聲。長亭外，有黏天衰草，響送車聲。　謾嚮燈前問卜，但計程窗下，敲斷釵聲。檐鐵琤琮，小樓前後風聲。鄰家又催刀尺，擣寒衣、一片砧聲。黄花瘦，捲簾人、微褪釧聲。蕭蕭颯颯，慘慘凄凄，飛來何處秋聲。似雨還風，梧桐葉底尋聲。香老豆花籬角，怕吟蛩、絮出愁聲。　蕉窗畔，漏疏燈一點，微逗書聲。驚起惺忪茶夢，是相如病渴，爐沸泉聲。片月長安，萬家同擣衣聲。今夜板橋霜冷，唤行人野店鷄聲。荒城外，聽鳴笳寒雜漏聲。

卜算子

簾捲海棠風，門掩梨花雨。燕子香巢傍畫粱，軟語和儂絮。　來也爲誰來，去也由它去。秋至無情不戀家，悔煞留伊住。

摸魚子 哭君蓮二妹

怪西風、云羅一雁，苕苕緘札誰贈。驚心寄到江南驛，報道蘭閨人病。催畫艇。唤急棹、歸來片葉飛帆影。離懷未省。早白柰花開，紅蕖香老，短夢霎時醒。　芳魂杳，怊悵重泉路迴。空教愁絶荀令。畫眉閑煞妝臺筆，奩匣暗封塵鏡。釵燕冷。剩碎粉、零脂門掩銅環靜。淒涼幻境。料舊雨多情、相逢地下，携手共悲哽。謂采湘。

怕思量、十年前事，羅巾啼滿鵑血。劇憐凋謝椿萱早，君尚垂髫時節。悲薤葉。悵彈指、光陰廿載塵緣絶。迴腸寸結。縱畫閣重來，玉人何處，泡影似烟滅。　臨歧路，記得春風送别。河干楊柳同折。今春赴吴，遂與妹别。片帆吹我天涯去，冷落故鄉明月。愁萬疊。看眉上、青山壓損芙蓉頰，情天易缺。嘆千古傷心，紅顔不久，此恨向誰説。

最難禁、别離滋味，心如梅子酸逗。追思往事無尋處，贏得黯然回首。還記否。記絮語、妝臺剪燭同挑綉。蟾圓未久。剩江上孤篷，畫中倩影，相對兩眉皺。妹有春江垂釣遺照。魂銷甚，怪底香憔玉瘦。紅冰蔫透羅袖。步虚聲裏飛瓊去，天際碧雲依舊。君逝後。恨拆了、平原雙璧連城秀。西風斷柳。怕酒中愁邊，花看病裏，好景盡辜負。

痛連枝、無端吹折，秋風傷我懷抱。芳魂地下誰呼起，淒絶美人香草。環佩悄。盼月下、歸來夢裏相逢早。紅塵謾擾。嘆錦瑟年華，曇花身世，一霎鏡鸞杳。　蓬山遠，緘寄泪珠多少。裁箋愁付青鳥。苕苕碧落空回首，目斷彩雲仙島。歸路渺。問紫府、瑶臺可許乘風到。相思未了。祇添我悲涼，爲伊憔悴，懶把翠眉掃。

霓裳中序第一 感懷君蓮用草窗韵

青山恨萬疊。蹙損雙彎眉上葉。愁似蠶絲寸結。更怕聽亂蛩，空階啼月。香消臂雪。剩紺紗和泪留篋。傷心處，挑燈不語，忍把舊情説。　凄絶。鳳簫聲咽。嘆地下芳魂易滅。相思無限悵别。儘抛却湘奩，玉環瑶玦。素娥明鏡缺。早唱到霓裳斷闋。從今便，夢中相見，瘦影化秋蝶。

摸魚兒 許芷卿秋隱庵填詞圖

正秋風、已凉天氣，傷秋情緒如昔。相如卧病秋園久，秋冷一枝詞筆。秋似客。道愁裏、吟秋莫懶尋秋屐。秋光净拭。看澹澹秋容，疏疏秋意，滿眼盡秋色。　新秋境，最好秋人遁迹。秋懷何限蕭瑟。秋花籬落秋蟲絮，伴我秋燈凝碧。秋夢寂。待譜出、秋聲合倩秋娘拍。秋尊翠浥。且共醉秋蟾，權抛秋簟，倚檻弄秋笛。

菩薩蠻

天涯芳草無情碧。年年作盡凄凉色。日暮下簾鈎。玉人休倚樓。　雙眉攢桂葉。恨嚮青山疊。心事莫瞞它。含愁訴落花。

浣溪沙

翠掩螺屏別夢殘。羅衣香褪怯新寒。倚闌無語泪偷彈。　鬢樣春雲眉樣月，神如秋水氣如蘭。教人那不憶珊珊。

鬥草歸來拾翠鈿。日長深院罷鞦韆。綉床斜倚衹思眠。　流水光陰春似夢，落花時節雨如烟。十分無賴困人天。

百字令 病中有感

重簾皺影，捲流蘇、百結帳綃凉透。翠被輕寒渾似水，又是點燈時候。鳥妒花愁，雲痴雨怨，都把良宵負。連朝倚枕。熏籠偎暖羅袖。　因甚終日懨懨，衹緣肝病，不爲傷春瘦。藕臂鬆金肩削玉，腮際紅霞非舊。懶啓緗奩，慵抛畫譜，閑却紗窗綉。晚妝無力，泪痕界破眉柳。

虞美人

小樓一夜廉纖雨。釀得春如許。嫩寒和夢鎖銀屏。倦聽街頭喚過、賣花聲。　踏青人去清明節。廊響弓弓屧。病中心緒厭叩譁。低語小鬟簾外、步輕些。

南歌子

春雨肥紅豆，秋風瘦白蘋。柳絲無力綰離情。一任漫天飛絮，送人行。落日孤帆影。荒城斷角聲。螺鬟如畫遠山青。恰似個人樓上，晚妝成。

探芳信 湖上探梅追憶君蓮用草窗韵

趁清晝。好嶺上探芳，堤邊載酒。祇玉波無恙，青山尚依舊。東風識得詞人面，笑比梅花瘦。怕重來、嫩緑成陰，亂紅飛甃。何處笛聲驟。正夢醒烏篷，泪凝螺岫。湖水湖烟，相看斷腸否。劇憐冢畔香魂杳，往事空回首。感流光、又見春歸細柳。

蝶戀花

杜宇聲催春欲暮。春去春來，忒煞無憑據。祇恐春愁無著處。遣愁不去留春住。愁裏問春春不語。春共愁來，愁可隨春去。剩有柔情千萬緒。一齊散入垂楊樹。

减蘭 題夢雲樓詞

花生夢筆。麝墨縱横新玉册。名士才華。百幅琳琅寫韵紗。西泠感舊。第一魂銷橋畔柳。譜入烏絲。春水當年絶妙詞。夢雲千疊。紙帳羅浮飛倦蝶。玉照詞人。澹到梅花韵絶塵。

酒邊彈劍。青粉旗亭紅粉店。檀板新腔。十五盈盈唱謝娘。

高陽臺 送春用夢雲樓主人韵

濁酒慵斟，羅衣怯試，麥天涼意如秋。檐角蛛絲，絲絲綰住春愁。海棠已嫁荼蘼老，剩濃陰、緑滿枝頭。最難留。陌上香車，水上蘭舟。

離情莫向東風訴，怪啼鶻薄倖，燕子忘憂。柳色銷魂，畫眉休倚妝樓。泪痕紅染絞綃迹，怕尊前唱徹吴謳。錦屏幽。簾外花飛，碎撲銀鈎。

蘇幕遮

掩湘奩，籠翠袖。病到春分，病到春分後。百折迴闌□倚久。愁亂如絲，愁亂如絲柳。

燕巢梁，蝸篆甃。風雨連宵，風雨連宵又。欲綉苔衣描未就。紅染飛花，紅染飛花瘦。

暗香 題孤山餞歲圖用白石韵爲絅士韵梅作

四山寒色。把瘦魂唤醒，聲聲長笛。緑萼乍舒，縞袂盈盈謾攀摘。忙了催春臘鼓，休閑了、生香詞筆。趁此夕、約伴尋幽，烏舫載吟席。　花國。思岑寂。嘆歲去歲來，別緒縈積。翠禽似泣。仙夢羅浮那堪憶。凍雪蒼苔未掃，疏竹外、雲封殘碧。者暮景、將去也，問誰綰得。

疏影 前題

疏林步玉。有素禽飛倦，花底常宿。翠袖天寒，嬌影亭亭，含情半露叢竹。蕭條紙帳雲纔暖，覓勝迹、枝南枝北。倚短簫、譜出雙聲，却笑縞仙孤獨。　怊悵岩扉靜掩，菊泉未薦得，誰飲寒綠。冷抱芳心，不染繁華，合守空山茅屋。殘年剩臘匆匆去，感舊事、細翻歌曲。怕晚鐘、一霎斜陽，畫裏亂愁盈幅。

滿江紅 春日湖上遇風

斜日南屏，偏幾陣、風回畫橈。拚冷落、半湖殘夢，剩笛零簫。碎蹙烟波堆細縠，低翻草樹踠新條。更楊花、似雪撲疏，篷過斷橋。　沙堤畔，柔櫓搖。雲寺外，亂鐘敲。悵酒闌歌散，依舊無聊。近水樓臺天半隔，滿城燈火望中遙。問采香、人去甚時來，魂暗銷。

金縷曲次絅士韵

北宋南唐繼。問詞壇、雙飛健將，而今有幾。兼謂玉湖。太白才華江令筆，一樣花生夢裏。清談雅譜妙句、金荃堪擬。舊釀蒲桃新撥甕，倒芳尊、共把塵襟洗。滄海量，更誰比。總不學、眼醒吐如虹氣。騁吟懷、齊霏玉屑，麈揮難已。便化西湖波作酒，那怕劉伶醉死。我亦澆書成素癖，要青旗、買遍江南地。拚酩酊，畫屏倚。屈子。

虞美人題鍾馗覽鏡圖爲閏重午作

彈冠重下終南徑。真面須重省。紅妝小妹定嘲它。如戟鬚眉還要、照菱花。盈尊蒲釀從新倒。一醉掀髯笑。莫欺進士老龍鍾。不見當年人鏡、兆芙蓉。

玉漏遲月湖夜泛

苕苕銀漢路。嫦娥睡起，碧天雲暮。柳外凉蟾，照出暝烟千縷。雨過山青欲滴，似和泪、個人眉嫵。花不語。紅船撑入，翠鄉深處。誰家水調歌成，怕唱徹菱塘，驚它鷗鷺。薄襯冰綃，清逗滿身香露。安得今宵酒醒，把殘月、曉風留住。嘆易去。思量舊游無據。

掃花游 題羅鏡泉瓊臺夢月圖

枕函睡蝶，化瘦影飛來，晚凉瓊島。亂山翠繞。記當年倦旅，石梁慵眺。夢入天台，不辨雲深路窈。鏡波照。正月滿兔輝，風露寒峭。　芳事知未了。有洞口桃花，對人含笑。佩環韵悄。聽霓裳夜咏，玉真歸早。怨煞溪流，暗促霜華鬢老。卧游到。問蒼苔、可留鴻爪。

清平樂

愔愔院宇。愁聽紅鸚語。解事東風吹夢去。飛入謝庭深處。　玉人嬌睡銀屏。侍兒密下簾旌。忘却香添翠被，醒來半臂凉生。

紅冰試搵。淺研鮫綃暈。紈扇衹愁凉有信。冷落空箱誰問。　雨聲酸逗紗屏。晚來倦擁桃笙。最是梧桐無賴，未秋先做秋聲。

沁園春 悶

脉脉無言，鬱鬱含顰，懨懨病懷。待裁箋覓句，慵拈翠管，挑燈照夢，懶拔瑶釵。客裏傷春，愁邊中酒，心事迷藏没處猜。凝神坐，問者般方寸，誰與安排。　踏青雨阻蒼苔。怕花徑香泥污鳳鞋。况懊儂情緒，休歌紅豆，困人天氣，又到黄梅。半嚮沉吟，幾回嘆息，百事思量總不諧。雕闌畔，願和將鸚鵡，金鎖籠開。

霓裳中序第一 過舊居感賦用草窗韵

苔衣冷翠疊。亂石荒階飛敗葉。蛛網當門暗結。有古甃絮蛩，頹垣篩月。香羅膩雪。剩綉巾、和泪封奩。滄桑事、舊時燕子，軟語向儂說。悲切。短歌聲咽。嘆轉眼、浮雲變滅。妝樓曾記賦別。怕覓當時，玉佩珊玦。唾壺敲又缺。早譜就、幽蘭怨闋。休重問、花前盟約，夢斷故園蝶。此從《蕢洲漁笛譜》，後闋少一字，白石一首正同。

金縷曲 悼黄苕仙表妹

絲藕縈愁抱。悶懨懨、畫屏無睡，坐看天曉。玉鏡塵封釵股折，凉煞蜻蜓翠小。嘆容易、咏花人老。錦瑟年華如水逝，剩紅冰、漬滿烏闌稿。幽夢醒，怨啼鳥。清風明月雙溪棹。憶當時、凌波顧影，鬟鴉低照。怊悵采鸞仙去後，秋雨今年更早。早一架、牽牛開了。儂是傷秋兼惜別，鎖連環、恨葉眉嫞掃。琴韵絶，伯牙調。

鷓鴣天

密織魚鱗百尺篷。緑陰陰裏小簾櫳。水窗凉逗菰蒲雨，月榭香生菡萏風。眉斂翠，頰銷紅。病餘鸞鏡掩青銅。晚來誰弄陽關笛，吹出垂楊古苑東。

臺城路 湖樓晚眺

一絲殘照垂楊外，疏林亂鐘敲暝。暖玉闌邊，銷金簾底，烟裊藥爐香凝。奩波萬頃。看眉樣青山，晚來妝靚。喚起圓蟾，碧天如水夜雲静。良宵誰放畫艇，遥聞釵釧響，微漏花影。待月窗閑，臨風扇小，樓上有人愁憑。羅衣靠冷。笑身似梧桐，未秋先病。凉笛惺忪，醉魂吹易醒。

前調 秋夜不寐有懷昔游疊前韵

玉笙吹徹無眠夜，桐陰半階烟暝。鬢亸雲鬆，眉彎月瘦，坐看燭花紅凝。銀濤萬頃。正簾捲秋河，倚妝人靚。目斷青鸞，星橋水沍碧空静。菱塘曾記泛艇，一肩荷露重，凉墮釵影。艷譜烏絲，香浮翠盞，綉檻宵來閑憑。鷗盟未冷。奈贏得清愁，幻成新病。梵磬圓催，甚時塵夢醒。

憶舊游 題張仲甫舍人香溪泛宅圖

泛香溪一舸，帆影天邊，遠落雲潯。櫓唱斜陽外，待浮家去也，載鶴携琴。未忘五湖烟水，鷗鷺舊知音。看勝迹依然，館娃宮裏，響屧廊深。　　重尋。昔游地，聽古寺鐘敲。翠聳遥岑。易冷笙歌夢，剩酒痕濃暈，猶戀羅襟。而今鬢霜催老，憔悴少年心。祇添了新詞，旗亭畫壁扶醉吟。

風入松

遠山如畫鎖眉梢。夢斷楚天遥。咏花人去瑶窗掩，冷闌干、料也無聊。零落詞壇酒社，可憐明月良宵。　　舊時樓上記吹簫，鈿合暗香銷。離情謾借并刀剪，賴柔絲、織網成綃。織就愁根恨葉，一齊綉入心苗。

浪淘沙 題絅士小蓬萊閣詞

麝墨掃雲烟。艷譜金荃。春風香灑筆花鮮。却好旗亭人賭唱，絶妙詞箋。　　一字一珠連。綺語纏綿。蓬萊閣近大羅天。翠聳遥山山萬叠，合住吟仙。

把酒夜眠遲。檀板金卮。曉風殘月餞春時。花落花開名士泪，寫遍新詞。　　紅豆種相思。初集名《紅豆詞》。葉葉枝枝。閑愁除有白鷗知。知否當時狂杜牧，鬢早成絲。

八聲甘州 中秋苦雨寄礪軒吴門

捲輕紗翠袖嫩凉生，香銷玉爐烟。儘燈挑紅豆，秋心如醉，酒中愁邊。聽遍黄昏風雨，擁髻不成眠。孤負團圞節，冷落芳筵。　萬古有情明月，恁今宵盼斷，碧海青天。悵廣寒宫闕，雲掩路三千。料姮娥、替人垂泪，怕晚妝、金鏡向人圓。應知我、新來離別，影隻堪憐。

松籟閣詩餘

嘉善沈榛伯虔撰

荷葉杯 晚寒

驚聽春禽鬧處，曙窗。一枕夢黄粱。小樓寒逗鬱金床。凉麼凉。凉麼凉。

搗練子 客中

花破萼，柳垂絲。客夢驚回獨語時。聽徹子規腸欲斷，故園頻望數歸期。

望江南 晚步

閑晚步，綦迹印苔深。蕉響疏風來别院，烟迷宿鳥語幽林。明月出花陰。

憶王孫 春暮

繁紅落盡緑陰稠。幾度尋芳泛小舟。九十春光逐水流。點點楊花波面浮。

金字經 江上晚歸

雲横迷遠岫，波净趁輕漚。江邊傍晚一歸舟。垂楊岸，蓼花洲。天欲暝，載月任遨游。

如夢令 秋閨

兔影紗窗移過。緑竹風敲聲破。秋冷逗羅衣，形影平分兩個。孤坐。孤坐。玉漏清砧相和。

前調 春景

裊裊垂楊臨水。庭下杏花開未。明月驀移來，逗破玉床鴛被。無寐。無寐。又被鳥聲驚起。

長相思 春暮

雲悠悠。水悠悠。花落青苔觸目愁。徘徊倚畫樓。　蜂意休。蝶意休。寂寞風光却似秋。東君那可留。

昭君怨春閨

春色今年偏早。窗外杏花開了。無語倚闌干。耐輕寒。　可奈愁人時候。泪臉紅如暈酒。午夢驀然驚。恨啼鶯。

點絳唇旅思

孤館清幽，一年又是春將半。野花矜艷，梅落隨風片。　好夢誰驚，黄鳥啼還斷。紗窗畔。斜陽無限。愁見春光面。

浣溪沙答平遠翁送金桃作

露井夭桃盡落花。結成紅實點丹砂。相貽珍重勝靈瓜。　疑是瑶池王母種，柔荑試剖露金芽。東方三竊豈須誇。

前調閨思

朵朵鮮花斂暮烟。飛香風送小池蓮。隔林鳥語自綿綿。　獨倚畫闌深結恨，每憑綉榻不成眠。無心相嚮鏡臺前。

菩薩蠻 越城晚眺

茫茫薄靄橫如雨。高低夕照穿芳樹。紅蓼映清波。漁人挂網多。雪漚堤畔起。幾點孤舟裏。明月忽飛來。悠揚畫角催。

前調 迴文

白萍浮雪流波碧。碧波流雪浮萍白。春去忽驚人。人驚忽去春。雁飛高岫遠。遠岫高飛雁。樓上怯深愁。愁深怯上樓。

醜奴兒 題畫

青山碧水無窮景，漁父垂鈎。輕泛扁舟。烟霧蒼茫遠浦浮。輕雲幾點波中映，紅蓼灘頭。試啓新篘。聊以銜杯忘却愁。

前調 春情

芳菲落盡春將暮，片片飛紅。穿逗簾櫳。幾度鶯聲嚮曉風。雕闌徙倚情無極，睡醒朦朧。暗鎖眉峰。撩亂晴絲拂檻慵。

卜算子秋夜

黄菊露中開，落葉階前捲。忽聽誰家玉笛聲，斷續隨風遠。燈影燦餘光，獨坐愁難遣。試數樓頭漏點深，月照花陰轉。

巫山一段雲暑夕

微汗凝霞臉，輕風逗寶鬟。徐徐散步月彎環。時聽竹珊珊。自覺羅衣厚，難將紈扇閑。榴花含露色斑斑。烟霧遠迷山。

前調美人

睡起雲鬟亂，行來蓮步嬌。風前旖旎𢍰纖腰。膩臉暈紅潮。欲舞垂羅袖，臨妝整玉翹。踏青携伴摘蘭苕。遠望已魂銷。

減字木蘭花楊花

芳踪何處。撩亂隨風還怯雨。輕拂雕鞍。回首長亭帶醉看。飄飆難住。落盡已知春色暮。幾度妝臺。簾捲蝦鬚逐燕來。

謁金門 落花

風正陡。枝上乍驚消瘦。寂寂青條空獨秀。東君還願否。　無奈鶯啼長晝。苦自將春拖逗。片片隨風零落後。芳魂歸碧甃。

阮郎歸 題倦綉士女圖

竹窗斜日漾茶烟。佳人倦欲眠。停針無語綫慵添。徘徊意悵然。　花隱霧，柳飛綿。困人春暮天。迴文未就亂鴉還。愁情夢裏傳。

朝中措 月華五色

溶溶萬里碧天清。一鏡玉輪明。五色瑞華縈繞，燦然片片雲英。　浮光爛漫，銀蟾煜煜，霧斂霞横。露冷風輕堪愛，澄輝遠映蓬瀛。

眼兒媚 秋閨

秋草萋萋夕陽西。點點泪痕低。一聲畫角，數行疏柳，寂寞鴉啼。　雁書不見天涯杳，愁對落花蹊。沉吟無語，遼西夢斷，月照幽閨。

少年游 秋夜

桂枝裊裊静飛香。月影澹篩窗。落葉颼颼，修篁簌簌，促織弄新腔。鴻聲嘹唳雲中度，烟樹隔蒼江。幾許柔情，無端幽思，獨坐對銀釭。

前調 春晚

飛花處處滿天涯。乳燕語誰家。紅艷初稀，緑陰漸暗。蜂倦各歸衙。小窗日晚多愁緒，柳絮趁風斜。粉蝶心慵，黄鸝聲巧，寂寞負韶華。

南柯子 蓼花

野岸依幽渚，寒波浸碧空。數枝蓼蕊吐芳叢。雅澹紅妝醉舞，嚮西風。賦色雖多别，含辛總自同。寂寥低映水仙宫。弱體輕盈常傍，小橋東。

浪淘沙 春望

紅蕚吐林花。望斷天涯。遲遲旭影轉窗紗。鶯唤夢魂驚睡起，寶髻初斜。拾翠倦乘車。苕遞春賖。東風玉馬響檐牙。無限幽懷誰可語，訴與韶華。

江月晃重山 立春

雪館絮飛初散，冰池澌響旋開。東君芳訊喜纔回。雙勝好，春色上鸞釵。堤畔和風報柳，溪頭淑景催梅。宜春小字貼幽齋。盤供餅，且與醉深杯。

雨中花 旅懷

簾外冰蟾光的皪。良夜永、重門寂寂。看燭影輕飄，涼颸微度，撫景悲羈客。雲際翩翩排雁翼。頻悵望、故鄉消息。助我淒涼，幾聲清漏，泪并銅壺滴。

鷓鴣天 重陽

嘹唳飛鴻寥廓游。溶溶碧渚浪花浮。眼看菊蕊黄金笑，首插茱萸白髮愁。携桂楫，坐蘭舟。滿林紅葉正深秋。龍山此日還吹帽，笑酌香醪泛玉甌。

前調 秋風

幾度颼颼響碧霄。崢嶸秋色滿蘅皋。時來小院飄疏籜，復嚮長河捲怒濤。松謖謖，竹蕭蕭。薄羅衾冷夢無聊。那堪對此淒清候，獨坐幽窗讀楚騷。

前調 芙蓉

澹蕩微紅簇翠翹。數枝斜傍碧溪坳。風欹舞袖霓裳斂，露浥朝霞臉暈潮。依蓼渚，向蘭橈。錦帆分影映波遥。自憐貞性同黃菊，不逐丹楓到處飄。

前調 秋蟬

何處疏蟬唱晚涼。園林暑退澹秋光。隨風響振聽還遠，抱葉吟殘意自揚。張薄袂，飾殘妝。琴聲舊識蔡中郎。共知飲露清標在，不用凄其訴夕陽。

前調 漁舟

烟水蒼茫一葉舟。村醪處處獨傾甌。片帆風急從摇曳，雙槳波平任溯流。聊忘世，更無愁。緑蓑作枕睡船頭。晚來堤柳寒烟起，倚棹長歌捲釣鈎。

河傳 隋堤

容與。江浦隋堤深處。碧水依然。落花如雨。煬帝歌舞三千。閑游携絳仙。黃鸝宛轉垂楊老。瓊花好。忽失西京道。徘徊腸斷，昔人永絶迷樓。恨揚州。

虞美人 初夏

鈎簾滿院萋萋草。晛睆流鶯好。亭亭榴蕊未舒花。裊裊游絲撩亂、逐風斜。

外消凝久。緑樹清陰逗。青陽頓去曉窗空。拂拂薰風吹盡、一庭紅。

碧闌干

玉樓春 春思

芳林無數飄紅蕊。緑映裙腰芳草地。金爐繚繞自生烟，羅袖輕盈唯掩泪。

雲層起。柳綫搓綿空旖旎。三春寂寞重含情，幾處雕闌愁獨倚。

東風吹面

南鄉子 春閨

緑樹蔭庭稠。暖日烘晴蜂蝶游。香夢乍回簾未捲，悠悠。起立徘徊倚畫樓。

清甌。檻外新篁翠欲浮。春色三分看過盡，休休。點點飛花點點愁。

紫茸注

瑞鷓鴣 咏柳

幾株烟柳占韶年。葉染鵝黄鎖碧烟。枝倦恰逢新雨後，緑飄常趁晚風前。

音頻換，玉剪差池影乍遷。描得雙蛾添秀色，莫教獨倚畫闌邊。

金衣下上

踏莎行 游絲

裊裊垂風，盈盈怯雨。浮踪盡日渾難主。却看旖旎亂還閑，最憐繚繞來兼去。弱比飛埃，輕如吹絮。無端不解尋歸處。碧窗春晝盡悠颺，有時力困縈芳樹。

前調 春閨

飄拂東風，葳蕤芳草。翩翻蝶趁晴光好。房櫳寂寞倦憑闌，静看花影幽階掃。獨對韶華，慵開襟袍。博山强自添龍腦。香奩鸞鏡啓還收，任它紅杏臨窗笑。

小重山 秋閨

蕭瑟幽閨更漏長。庭前叢桂發、暗飄香。月明露白漸生凉。輕風起、時拂鬱金裳。遠雁一行行。相看還佇立、怯空房。幽懷幾許總難量。蘭釭暗、花影欲窺墻。

臨江仙 第三體　賞桂肅林

傍砌幾枝初放蕚，西風時引幽香。玲瓏金粟半舒黄。三秋佳賞，月下共持觴。影入筵前疑欲舞，幾驚世界清凉。恍聞碧落奏霓裳。姮娥此際，應自妒吴剛。

臨江仙第五體　賞荷遁溪

一曲池塘新水緑，畫橋通處清幽。娉婷小立似含羞。緑罷翻翠羽，紅映倚蘭舟。波光晴載酒，銜杯且共淹留。風吹薄醉聽吴謳。碧雲飛遠浦，白鷺起芳洲。

瀲灩

鮮潔亭詩餘

嘉善蔣紉蘭秋佩撰

長相思 病中述懷

思懸懸。望懸懸。人去天涯欲會難。音書更杳然。愁懨懨。病懨懨。愁病支離葬玉顔。問君憐不憐。

點絳脣 秋曉

霧斂雲收，亂風拂拂生楊柳。鳥啼鶯奏。簾幕寒重逗。鏡影稜稜，自覺新來瘦。雙眉皺。鬟殘翠岫。玉顔難如舊。

點絳脣 憶別

悔殺當年，別時不把歸期訂。雁魚路梗。兩地無書信。昨夜西風，夢斷愁難醒。紗窗靜。碧梧相映。疑是蕭郎影。

前調 七夕簡外

天上相逢，人間偏把佳期誤。佇看碧樹。漸覺斜陽暮。倚遍朱闌，羅袂沾瓊露。傷幽素。人迷津渡，咫尺天涯路。

前調 秋海棠

嫩緑嬌紅，無端艷奪春工巧。自憐窈窕。寂寂潛踪好。懊恨當年，誤入蕭蕭草。知音少。愁思縈抱。腸斷秋風早。

減字木蘭花 春夜和研北齋韵

風飄簾縠。何處春砧聲斷續。月色清圓。偏照愁人妝鏡奩。雙星羞覷。對景空吟腸斷句。欲問清光。何事離愁不暫忘。

誤佳期 閏六月七日爲天孫戲

無限歡情今夕，佇盼盈盈脉脉。銀河依舊鵲橋虚，暗把金釵擲。低語問牛郎，何事還相隔。佳期咫尺竟成非，屈指渾如昔。

憶秦娥 暮冬望家報不至

寒風冽。紛紛不禁飄銀雪。飄銀雪。愁懷不异，去年時節。一從別後人如月。衡陽雁斷音書絶。音書絶。驚聞又是，暮冬除夕。

前調 其二

傷情切。蒼蒼烟樹雲重叠。雲重叠。天涯苕遞，誰傳魚帖。雙眉蹙損纖纖月。容光消減心相憶。心相憶。背人無語，泪痕偷拭。

畫堂春 清明即事

澹烟漠漠鎖妝樓。嫩寒淺雨初收。東風無力柳絲柔。啼鳥含愁。引起深閨幽思，無端恨壓眉頭。花鬚偷卜問歸舟。雙泪盈眸。

三段子 牡丹

春光如綉。翠陰濃，嫩霞初逗。嬌香自許，占三春緑肥紅瘦。倚新妝，纖腰無力供長晝。臨風時展青衫。衶袛恐，東風無計留春久。

前調 秋夜雲掩月

空庭寂静。漸朧朧，碧梧弄影。西風薄倖，送閑雲、清光掩映。嘆嫦娥，何如薄命人縈恨。閑雲漠漠何時盡。天上人間，兩負良宵景。

前調 早春憶别

東風吹徹。破輕黄，畫檐柳色。落梅如雪，砌空階，寒窗寂寂。記當年，岐亭分手心如裂。羅衫常得啼痕濕。别恨離愁，脉脉和誰説。

柳梢青 湖亭晚望

曲曲青山。溶溶碧澗，堤柳垂烟。風送蘋香，松陰避日，凉浸珠簾。清溪翠竹朱闌。凝望處、心間澹澹。斜陽蕭蕭，蘆荻鴉鳥留連。

西江月 吹簫

碧樹蟬吟晴日，緑窗晝永如年。深閨寂寞倩誰憐。惟有瓊簫爲伴。不怨天涯人遠，自嗟鳳侣無緣。欲傳幽恨向君邊。祇恐西風吹斷。

醉落魄 秋思

蛾眉慵畫。蕭郎情與春冰薄。栖鴉聲裏金烏落。玉枕淒涼，羞入青綃幕。珠簾不捲添離索。梧桐月照闌干角。夜凉今夕渾如昨。獨立瑶階，無語成耽擱。

踏莎行 白蓮

天巧玲瓏，一團香雪。亭亭時恐東風折。緑波翻影澹漣漣，嬌含曉露迷蜂蝶。不近紅妝，偏憐明月。西池昨夜新開徹。芳心何事萬絲縈，秋風情薄催離别。

前調 七夕感懷

皓月初明，輕雲試巧。雙星偏向離人照。去年寂寞悵銀河，今宵又被天孫笑。水榭花庭，秋容遍繞。衡陽雁斷音書杳。孤芳獨宿恨沉沉，羅衾轉輾天難曉。

前調 仲春擬雁别燕

東閣梅殘，落紅萬點。柳絲風繞黄金綫。畫檐雙燕舞翩蹮，年年覓社來庭院。粉籜初成，梨花始艷。遥天别雁愁無限。萋萋芳草總消魂，參商隔面難爲伴。

一剪梅 中秋

離人無寐意悠悠。佳節中秋。辜負中秋。相思對景泪空流。月滿江洲。人去江洲。　夜凉高碧暮雲收。風繞南樓。雁過南樓。誰家横笛亦悲秋。何處閑愁。更惹新愁。

前調 觀并頭蓮

湘簾風捲影遲遲。月滿庭墀。露滿庭墀。呼鬟折取并頭枝。欲慰相思。偏惹相思。　濃香清艷自支持。花正開時。人未歸時。個中情緒倩誰知。付與雙眉。壓損雙眉。

前調 春夜感別

春宵漏永夢難成。寒逗羅衾。泪逗羅衾。東風惆悵別離新。無限衷情。誰識衷情。　瑞爐香盡曙微明。窗外啼鶯。怕聽啼鶯。空將幽恨托行雲。落得傷心。枉自傷心。

一叢花 暮春感事

綠窗睡起日融融。小立倚東風。瓊樓寂靜晶簾掩，分明是、巫峽雲封。室邇人遐，雁魚迢遞，幽怨倩誰通。　相逢丹桂影重重。難與訴愁衷。生憎鸚鵡能傳事，重門掩、空自啼紅。欲遣長宵，閑文遍閱，怎奈恨無窮。

意難忘 代閨人記夢

蕭瑟閑窗。任寒蛩凄切，月繞迴廊。愁深忘漏永，夢淺記情長。攜手處，舊瀟湘。低語訴參商。道別來，天涯信斷，雁字茫茫。　梧桐一葉飄黄。破深閨幽夢，玉枕生凉。羅帷添寂寞，粉泪濕殘妝。重叠恨，斷柔腸。暮雨散巫陽。知何日，花前攜手，再訴情傷。

鳳凰臺上憶吹簫 重陽憶外

小雨初收，疏烟籠柳，西風蕭瑟閑庭。漸楓林霜染，梧葉紛紜。芳草瑶階重叠，東籬菊、色遍黄金。恨此日、家鄉客邸，兩地登臨。　傷心。吴江越嶺，嘆愁雲杳隔，魂夢難尋。縱有迴文字，魚雁無憑。説甚萸囊菊液，終難解、别恨離情。空凝睇、雲山迢遞，枉自魂驚。

滿庭芳 病中春暮

簾捲東風，花飛南陌，緑窗愁病懨懨。寶奩塵滿，慵整翠雲鬟。鴛枕多情伴我，與春色、歲歲無緣。腸堪斷，容光憔悴，蹙損遠山尖。　如年深夜雨，空階滴處，偏攪孤眠。任殘英零落，風亂柔烟。一霎香消紅褪，春歸也、愁殺啼鵑。誰收管，庭除臺砌，芳草碧連天。

百字令 早春咏并頭蘭

東風晴雲，正芸窗乍暖，春光初泄。風颭湘簾香暗遞，庭畔新開連理。不鬥群芳，鉛華慵染，惟與芝相契。悠然韵質，名姿金谷難比。　堪羡兩兩同行，娟娟并蒂，似效雙鸞戲。日暖檀心香愈美，碧葉露零添翠。遥憶當年，江皋佩結，不減風流味。含情窗底，深閨可念憔悴。

澮音閣詞

錫山趙友蘭佩芸撰

憶江南

鄉思切，歸夢繞吴山。萬樹梅花香雪海，千頭橘柚洞庭灣。回首憶江關。

臨江仙 正月八日游海龍寺

人日初過詩思發，草堂佳句争妍。試燈風信逗花前。蠻鄉時節换，游賞擘吟箋。　　蘭若偶來成小憩，竹爐苦茗初煎。松間一杵磬聲圓。上方清梵寂，花雨散諸天。

如夢令

寒食前一日，見鄰家有作秋千之戲者，偶拈此調。

節近清明時候。烟柳絲絲緑瘦。女伴戲秋千，玉臂半揎羅袖。生受。生受。鬥草喃喃頻咒。

畫堂春 春暮病起即事

賣花聲過粉墻東。喚回春夢惺忪。輕寒側側睡猶濃。日上簾櫳。　病久味參黄蘗，愁深怯對青銅。海棠狼藉夜來風，滿徑殘紅。

卜算子 小園餞春感賦

燕子逐春來，杜宇催春去。剪就垂陽緑萬絲，難綰韶光住。　花事已飄零，風雨還相妒。山寺西南草似烟，夢斷春歸路。

喝火令 夏日登池上小閣茗話

不羨南皮會，閑招北渚凉。淺斟荷露過芳塘。擘得新新蓮子在，戲打睡鴦鴛。　松下安茶鼎，釵頭揀茗囊。竹陰深處倚琴床。正好吟詩，正好爇爐香。正好瓶笙寫韵，翻譜鬥棋槍。

相見歡

長夏無事檢録近作書此。

風來水檻涼多。攬池荷。珠露傾來苦茗、煮松蘿。　香篆燼，携柔翰，試烟螺。戲寫新詩故故、教鸚哥。

鵲橋仙七夕

一天雲影，一鈎新月，銀漢紅墻遥隔。盈盈階下拜雙星，看涼露、微侵羅袜。　瓜果筵開，蜘蛛網織，痴願恐有人識。携針獨自上針樓，應許靈心先得。

憶仙姿

籬菊將殘秋意深矣，拈此遣懷。

秋入雙眉頻皺。愁味將人僝僽。三徑夕陽斜，側側西風涼逗。知否。知否。籬菊讓儂消瘦。

憶秦娥 秋暮書懷

西風急。新愁都付寒蟬咽。寒蟬咽。一簾殘月，半林黃葉。　畫屏猩色重帷隔。短籬叢菊來雙蝶。來雙蝶。香殘酒冷，重陽時節。

生查子 秋夜望月，懷余佩青女士

閑拓碧紗窗，放入玲瓏月。冰簟展銀床，凉浸幽花骨。　滅燭露華滋，天外飛鴻没。千里共嬋娟，苦恨音塵闕。

百字令 夜閱婉芳女甥遺詩感填此闋

滎陽嬌女，擅班姬才調，移家蘭渚。錦里春風隨宦轍，雛鳳争傳好語。粉本留香，錦囊綉句，逸調諧宫吕。軒開寫均，那堪埋玉塵土。　應是忉利仙緣，掌書月府，逐隊霓裳舞。漏盡燈殘翻舊稿，剩有遺音酸楚。蟬咽凄凉，蟲絲繚繞，總是傷心譜。寒宵不寐，頓添幽恨如許。

漁歌子 畫菊

三徑西風雁到遲。半生傲骨與花期。摹月影，寫霜姿。潑墨屏風畫折枝。

調笑令 初秋聞雁

蕭瑟。蕭瑟。蟬噪夕陽黄葉。西風凉捲羅幃。乍見長空雁飛。飛雁。飛雁。引起鄉心無限。

調笑令

秋夜漏長，聞籬落間蟋蟀聲如助，予太息也。

蟋蟀。蟋蟀。千種離愁誰識。催殘寒漏三更。階下梧桐月明。明月。明月。疏影横窗清絶。

漁歌子 漁父

蓼溆蘋洲不繫船。漁家風月浩無邊。傾濁酒，挾飛仙。笛聲吹破洞庭烟。

漁家樂 本意

家住桐江臨曲渚。富春山色長當户。獨棹扁舟傍烟嶼。邀伴侣。桃花春水催柔櫓。　漁弟漁兄忘爾汝。生成傲骨容狂語。市散歸來沽酒煮。長歌處。月明醉脱蓑衣舞。

澹黄柳 新柳

春回綺陌。柳外烟如織。倦眼微開眉暈碧。曾與東風相識。冶葉倡條待攀折。　更屈指。山郵送行客。携樽酒，聽羌笛。出陽關、萬里無人迹。鵾鴂哀鳴，子規凄咽，盡傷春傷别。

蛺蝶兒 秋蝶

惜春游。怕經秋。飄零金粉扇頻兜。風前舞不休。　菊墅新凉怯，花房暮雨愁。又隨歸燕過紅樓。王孫芳草留。

蝶戀花 五色蝴蝶

樓畔猶餘金谷恨。十斛量珠，買得香魂醒。吹水差差添碧暈。苔痕侵入菱花鏡。
東風憑掃徑。拾翠相邀，休誤尋芳信。一匊盈盈誰與贈，綴釵飛上輕蟬鬢。
點額塗黃妝最靚。捎向花間，巧與鶯兒并。明月照人渾未省。鬱金堂畔芳心警。
蜜脾蜂乍静。逐隊晨衙，俊味誰能忍。鬥草女郎嬌欲近。妒它杏子春衫影。
紫玉成烟渾不醒。裙褶留仙，淺暈胭脂冷。開遍嫣紅春事盡。夜來風雨判花猛。
牡丹兜扇影。便與姚黃，占却芳園景。愁趁烟光雙翅緊。遥山暝色高樓迥。
萬樹梨雲圍玉茗。瘦盡東風，邀入羅浮境。柳絮月明難辨影。晚來十二珠簾冷。
鉛華殘夢醒。待得秋深，菊徑憑游騁。送酒人來拚酩酊。餐英飛過瑶峰頂。
知白言元應首肯。説與莊生，同入華胥境。一枕黑甜彈指頃。是周是蝶奇情逞。
研池花露冷。墨水三升，寫出伶俜影。却怪滕王留粉本。被人錯認黄昏景。

簾外　春滿　立傍　净洗　偷傍

寫麋樓詞

仁和陳嘉子淑撰

點絳唇 詠梅蕊

春到孤山，滿林密糝燕脂顆。翠禽啼過。祇恐繁英墮。細萼如椒，鬟角簪應可。東風大。圓苞緊鎖。不許芳心破。

柳梢青 新柳

望裏魂銷。和烟和雨，緑遍亭皋。半拂征塵，半牽離恨，亂逐風飄。踏青纔過花朝。聽一路、鶯聲畫橋。淺蹙顰眉，微開倦眼，低舞纖腰。

浣溪沙 夏日閨思

冰簟銀床暑不侵。緑陰滿地一蟬吟。簾櫳如水晝愔愔。紫蕙初開堪作佩，紅蓮雖好未宜簪。閑評花譜慣停針。

南柯子 秋夜遣懷和陸芝仙

借病常耽睡，貪閑易惹愁。舊時影事到心頭。嘆息韶華如水，付東流。　香燼還重炷，簾垂不上鈎。一星燈火黯妝樓。偏是風風雨雨，作深秋。

眼兒媚

清明時節，餘寒殢人，燕子不來，悄然有感。

停針無語倚妝臺。花信費疑猜。山桃未破，海棠猶睡，林杏初開。　今年畢竟春寒重，梁燕不曾來。清明時節，陰晴氣候，懊惱情懷。

蝶戀花 秋夜不寐，枕上口占

銀漢無聲珠露濕。一抹秋痕，沁逗詩人骨。冰簟涼生清夢愜。枕邊抹麗花如雪。　風颭羅帷燈欲滅。切切凄凄，向曙啼蛩急。遠寺鐘鳴催落月。紗窗微逗東方白。

唐多令

外子客海昌，以詞見寄，譜小令答之。

芳事倏將殘。新愁鏡裏看。薄羅衣、尚怯餘寒。不爲傷春非中酒，將一味、病闌珊。咫尺阻雲山。音書寄便難。報高堂、兩字平安。瑣屑家常君莫問，須努力，勸加餐。

踏莎行 花朝

芳草侵階，落花辭樹。韶光一半隨流去。杏餳門巷又清明，踏青試約鄰家女。旅燕初歸，流鶯欲語。垂楊緑遍閑庭宇。二分春色一分陰，一分不定晴和雨。

清平樂 題家書後寄外

宵深倦綉。細數銅壺漏。剔盡釭花紅似豆。人比影兒還瘦。窗前悔種梧桐。飄颻易感秋風。欲寫音書寄遠，天邊盼斷飛鴻。

鷓鴣天 春晚

冪歷層陰黯綺櫳。柳枝摇曳怨東風。鷓鴣聲裏春將晚，滿地蒼苔糝落紅。情默默，恨重重。一年芳事惜匆匆。蘼蕪遠道無消息，腸斷零烟剩雨中。

采桑子丁巳寒食

餳簫聲裏逢寒食，花映重簾。柳插高檐。芳草萋萋緑似烟。踏青怕上西湖路，鶯語堤邊。鵑泣山前。麥飯家家掃墓田。

減字木蘭花題孫蘋橋畫木蘭從軍圖

弓刀結束。戎裝貌出人如玉。單騎從征。也學男兒願請纓。嗟嗟奇事。深閨姓氏垂青史。絶塞冰天。衹比看羊少七年。

南鄉子題趙君蘭碧桃仙館詞

彩筆炫風神。譜入金荃認不真。如此才華誰比擬，前身。應是鍾陵寫韵人。題遍鏡湖春。縷雪裁冰句斬新。除却花簾稱敵手，謂吳蘋香夫人。紛紛。巾幗論詞合讓君。

菩薩蠻閨中四時詞

緑楊踠地春愁重。流鶯啼破紅閨夢。睡起悄憑闌。羅襦怯曉寒。賣花聲漸近。催把雲鬟整。對鏡畫雙蛾。遠山眉樣多。

梧桐漸長芭蕉大。愔愔庭院清陰鎖。曲檻繞芳塘。風來荷葉香。　晝長人意懶。盼煞斜陽晚。粉汗濕鮫綃。休將紈扇拋。

藕花開瘦紅衣落。金風襲體羅衫薄。屈指數星期。神仙還別離。　玉階鳴促織。砧杵千家急。枕簟愛新涼。夢和蓮漏長。

日高猶戀重衾卧。葱纖怯冷慵梳裹。簾外暗香來。早梅開未開。　同雲天欲雪。鴉陣盤空黑。數九約圍爐。先將窗紙糊。

浪淘沙 枕上雜聞秋聲譜成此解

鐵馬顫樓陰。風撼疏林。荒烟滿地亂蛩吟。街鼓迢迢更漏轉，月色將沉。　何處搗寒砧。搗碎秋心。天邊孤雁遞哀音。啼徹城烏雞動野，好夢難尋。

長相思 春日湖上

蘇堤長。白堤長。百卉齊開鬥艷陽。鶯鶯燕燕忙。　桃花香。柳花香。畫舫笙歌滿岸傍。銷金鍋未荒。

虞美人 題美人撲蝶圖

雲鬟裝就嬌模樣。羅帶風前颺。手拈花朵下瑤階。引得一雙蝴蝶、過墻來。　尋香摘艷來還去。欲住何曾住。飛飛飛傍玉搔頭。好把輕羅小扇、向前兜。

如夢令 春盡日聞杜宇聲有感

試問春歸何處。幾度欲留不住。樓上子規啼，似向東風説與。歸去。歸去。滿院落紅如雨。

蝶戀花 戊午秋晚寄外滬城

菊瘦黄荒秋意老。記得臨行，曾説歸期早。轉眼重陽都過了。刀環數遍愁懷悄。　別後雙蛾慵不掃。盼煞音書，喜聽匆尼報。况説它鄉知己少。遠游争似家居好。

好事近

己未冬月得外子崇川見寄詞，知有歸意，即用元韵爲答。

風雪近殘年，恁受別離滋味。本外子自題《西泠話別圖詞句》。夢中倘許相隨，奈關山迢遞。

虧它征雁帶書來，珍重萬金抵。料得羈愁難遣，早商量歸計。

洞仙歌

庚申杭城劫後遷徙者紛紛。四月朔，余隨外子東渡錢江避居蕭山之桃源鄉，就途中所見謾成此解。

錢江東去，蕩一枝柔櫓。大好溪山快重睹。算全家、數口同上租船。凝眺處，隔岸峰青無數。　桃源今尚在，黄髮垂髫，不識人間戰争苦。即此是仙鄉，千百年來，看雞犬桑麻如故。問何日、扁舟賦歸歟，待掃盡欃槍，片帆重渡。

華東師範大學 2022 年度文化傳承創新研究專項項目
（批準號爲 2022ECNU-WHCCYJ-12)

【明清女性總集叢刊】

小檀欒室彙刻閨秀詞

02

（清）徐乃昌 ⊙ 輯
彭國忠　敬鴻章　張代會 ⊙ 彙輯點校

黄山書社

本册目録

第四集

秋水軒詞

毗陵莊盤珠蓮佩撰

雨花盦詩餘

秀水錢斐仲餐霞撰

夢影樓詞

錢塘關鍈秋芙撰

澹菊軒詞

陽湖張綰英孟緹撰

緯青詞　陽湖張綳英緯青撰

和漱玉詞　茂苑許德蘋香賓撰

澗南詞

茂苑許德蘋香賓撰

濾月軒詩餘

上海趙棻儀姞撰

月樓琴語

高安蕭恒貞月樓撰

倩影樓遺詞

陽湖陸蒨芝仙撰

寫韵樓詞

南海吴尚憙小荷撰

第五集

花簾詞　仁和吴藻蘋香撰

香南雪北詞

仁和吴藻蘋香撰

秋笳詞

蘭陵呂采芝壽花撰

聞妙香室詞

元和陸珊佩珚撰

長真閣詩餘　虞山席佩蘭道花撰

秋瘦閣詞

武進唐韞貞佩蘅撰

綠夢軒遺詞

毗陵錢湘季蘋撰

賦燕樓詞

湖州陳珍瑶月史撰

光霽樓詞　蘭陵陸蓉佩□□撰

翠螺閣詞

錢唐凌祉媛茝沅撰

彈緑詞

溧水濮文綺彈緑撰

第六集

聽雨樓詞

錢塘孫雲鶴蘭友撰

瑶華閣詞　錢塘袁綬紫卿撰

九疑仙館詞

歸安談印梅緗卿撰

金粟詞 海鹽朱璵葆瑛撰

澹仙詞 如臯熊璉澹仙撰

有誠堂詩餘

儀徵方彥珍靜雲撰

玉簫詞

常熟殷秉璣莖仙

芷衫詩餘

泰州高佩華素香撰

菊籬詞

新城陶淑夢琴撰

哦月樓詩餘

溮西儲慧嘯凰撰

【第四集】

詞人姓氏

莊盤珠　字蓮佩，陽湖人，莊有均案：繆荃孫輯《國朝常州詞録》，作『莊有鈞』女，同邑舉人吴軾室，母夢珠而生，故名盤珠。幼穎慧，好讀書，女紅精巧。暇輒手一編不輟。嘉慶某年以某月某日垂絶，復蘇，謂其家人曰：『余頃見神女數輩抗手相迎，云：須往侍天后，無所苦也。』言訖遂卒，年二十有五。

錢斐仲　字餐霞，秀水人，山西布政使錢昌齡女，候選訓導德清戚士元室，工詞。著有詞話一卷。

關　鍈　字秋芙，錢塘人，諸生蔣坦室。鍈嘗學書於魏滋伯，學畫於楊渚白，學琴於李玉峰，鏡檻書床，可想文采。工愁善病，終歸學佛。坦爲鍈著《秋燈瑣憶》一卷，鍈别有《三十六芙蓉詩存》。

張綰英　字孟緹，陽湖人，知縣張琦長女，刑部員外郎常熟吴廷鈖室。詞筆秀逸，得碧山白雲之神，因《擷芳集》收閨秀詩太濫，《正始集》選閨秀詩太簡，故另選一帙，曰《國朝列女詩録》。

張姍英　字緯青，張琦次女，緭英妹，江陰章政平室。與妹綸英、紈英并工吟咏。

許德蘋　字香濱，吴縣人，自號采白仙子，本揚州鄧氏女，父母早亡，遂爲蘇州許氏女。幺鳳詞人朱和羲側室，咸豐辛酉殉粵匪難。

趙　棻　字儀姞，一字子逸，號次鴻，晚號善約老人，上海人，户部侍郎趙秉沖女，批驗大使烏程汪延澤繼室，日楨母。工詩詞，有《濾月軒集》。

蕭恒貞　字月樓，高安人，薌泉方伯妹，山西澤州知府丹徒周天麟室。天麟亦工詞，閨中倡和，人以趙管比之。

陸　蒨　字芝仙，陽湖人，浙江巡檢謝俊士室。工詩詞，從宦兩浙，事多拂意，後歸毗陵，焚稿哭兄，栖心内典。咸豐庚申，粵賊陷常州，駡賊不屈，飲刄以殉。金氏繩武爲輯其稿，魏謙升撰序。

吴尚熹　字小荷，南海人，巡撫吴榮光女。

目

秋水軒詞

毗陵莊盤珠蓮佩撰

案：吴德旋《莊蓮佩小傳》：盤珠幼穎慧，好讀書，女紅精巧。然輒手一編不輟，嘗從其兄芬佩受漢魏六朝唐人詩，因仿爲之輒工。其詩多幽怨凄麗之作，大抵似長谷集。云嘉慶某年得瘵疾，以某月某日垂絶復蘇，謂其家人曰：『余頃見神女數輩抗手相迎，云：須往侍天后，無所苦也。』言訖遂卒，年二十有五。

金捧閶《客窗筆記》：盤珠，莊有鈞上舍之女。有鈞善説詩，盤珠聽之不倦。每謂父曰：『願聞正風，不願聞變風。』有鈞授以漢唐諸家詩，諷咏終日，遂耽吟，稍長益工。將及笄，已裒然成集，古今體凡數百首。古體如《苦雨吟》《牧牛詞》《養蠶詞》，逼真古樂府；今體清新婉妙，佳句頗多，五言如『霜欺殘夜月，蟲碎一庭秋』『浮雲一片來，庭樹忽無影』『水寒魚窟静，葉落燕巢空』『庭院忽疑月，溪橋欲斷人』『山容憐雨後，秋色愛霜前』；七言如『雨意暗滋三徑草，鳥聲啼破一溪烟』『展卷却如人久别，惜花又值夢初過』『凉生池館因秋近，潤碧琴書爲雨多』『霜華欲下秋蟲覺，節序將來病骨知』『葉聲滿院秋扶病，花影半闌人課詩』『嫩柳似波春欲動，薄烟如霧月初生』，此類皆可傳誦。立庵，其外叔祖也，曾有《早春十咏》，蓮佩屬和，《咏月》結句云：『一樣閑庭清影裏，梅花含笑柳含顰』；《咏草》一聯云：『一綫柔春初見影，幾茸嫩緑遠成痕』，結句云：『無數樓臺遮不住，暗拖烟雨出城根』；《咏鳥》一聯云：『喚雨眉梢閨夢斷，弄晴雪後曉寒清』，尤膾炙人口。嫁中表吴生，字承之。翁遠宦，姑早喪，仍依母家。育子女，兼操家政，吟詩稍輟。時填小詞，亦新雋可愛。體弱多病，年二十五，值清明，填《柳梢青》云云。其父見之，驚謂不祥，對曰：『傷幼弟耳。』蓋有弟甚慧，方數齡，昨歲殤也。是歲秋，蓮佩竟患瘵疾夭亡。

《聽秋聲館詞話》：昔張子野有『雲破月來花弄影』『嬌柔懶起，簾幕捲花影』『柔柳摇摇，墜輕絮無影』句，自詡爲『張三影』，尚有『隔墻飛過秋千影』『無數楊花過無影』二語，均工絶。近時莊蓮佩女史《醉花陰》云：『蕩破斜陽，響落風箏影』；《滿宫花》云：『犬吠一簾花影』；《卜算子》云：『一路垂楊到畫橋，過盡春衫影』，亦可謂善用『影』字。女史陽湖人，母夢珠而生，故名盤珠。姿性明慧，工倚聲，著有《紫薇軒詞》。

浣溪沙 甲寅元旦

似雨如塵舊歲花。晨鴉聲動隔天涯。又分新歲到儂家。　曉枕暗占寒夜夢，殘燈猶剩去年花。算增算減總由它。

蘇幕遮 柳絮

早抽條，遲作絮。不見花開，衹見花飛處。繞砌縈簾剛欲住。打個盤旋，又被風吹一作扶去。　野棠村，荒草渡。離却枝頭，總是傷心路。待趁殘春春不顧。葬爾空池，恨結萍無數。

南柯子 病後賦贈静軒大嫂

豆蔻風難定，梧桐雨易稠。兩般滋味兩心頭。因甚殘春同病，到殘秋。　强把前塵意，難將去日留。一尊也擬共清游。又怕酒闌時候，轉添愁。

玉胡蝶 立夏

喚起眉間幽恨，一簾芳草，滿地斜陽。燕子銜泥重到，緑遍池塘。乍離魂、殘花戀樹，還顧影、弱絮縈窗。怪東君。將春歸去，忒也匆忙。　堪傷。韶光九十，蜂黏屐影，蝶趁衣香。誰把濃烟暗雨，盡付空江。算前宵、春和夢斷，到今日、愁比春長。漫銷凝。一年一度，惱亂人腸。

意難忘 重游近園

桂粟凝黄。記燈然蘭檻，月漾銀塘。紅牙低按曲，烏舫競傳觴。吹鬢影、送衣香。風也忒匆忙。問此生、開懷有幾，忍負秋光。　者番重到凄凉。似舊巢燕子，更過空梁。梅還如我瘦，草竟比人長。待去也、轉彷徨。住又費思量。衹任它、柴門深鎖，一片斜陽。

朝中措 天竹子

膽瓶淺水伴青松。也當一花紅。爲怕鴉銜雀啄，曾教幾日紗籠。　疑珠疑豆，群芳歇後，别有神工。多少争時梅杏，偏它不受春風。

滿庭芳 殘雪

瓦棱全融，墻陰還剩，幾回凍住斜陽。早梅枝上，猶壓一分香。晨起圍爐小坐，聽檐溜細響晴窗。寒消到，今番向盡，畢竟冷於霜。　池臺如古畫，粉痕界處，脱落微茫。記小鬟驚報，庭院銀裝。多少瓈林玉樹，能幾日、如此荒涼。憑闌久、回頭欲誤，殘月下空廊。

百字令 寄懷虞山大姊

重陽近矣，聽淒淒蟲語，豆花籬落。一片殘秋烟雨底，更比去年蕭索。蘭槳牽愁，菱湖悵遠，辜負題糕約。誤傳歸信，幾番空惱檐鵲。　可記疏影簾櫳，微霜池館，玉盎曾雙酌。屈指舊游經六載，花氣酒香如昨。料得而今，青山紅樹，倚檻嫌衫薄。懷人天暮，冷生江上樓閣。

醉花陰 清明

春好翻愁春欲去。燕子銜飛絮。何處響餳簫，楊柳門前，幾點清明雨。　紙灰飛過棠梨樹。斜日無情緒。芳草古今多，誰定明年，重踏青郊路。

清平樂 暮歸

月痕纔上，暝色和烟漾。撲簌沙鷗驚打槳。趁溜烏篷剛放。　溪流曲曲斜斜。轉過蓼葉蘆花。一點紅燈漸近，小橋竹屋人家。

一叢花 衰草

生於烟雨死於霜。爾壽比花長。青山絶少埋愁地，待呼起、酒籍琴康。鴻去楚南，馬嘶塞北，人世忒凄凉。　尋鈿拾翠幾回忙。舊夢隔斜陽。天涯無限愁無限，剩多少、冷蝶寒螿。誰信後來，春風吹轉，別有好時光。

剔銀燈 螢火

墻角乍驚星墜。剛待起、又遭風挫。倦憩花心，凉依豆葉，弄影輝輝漸大。幾時添個。巫山客、憶滄江我。　又向檐牙小坐。似怕蛛絲難過。隋苑流光，車囊照讀，計罪論功都可。祇應猜做。含恨死、美人磷火。

踏莎行 春柳

曉月離亭，斜陽古渡。有時遮斷行人路。桃花作伴過清明，誰家池館藏烟雨。　拂岸千絲，縈橋萬縷。影隨流水何曾去。笑他無計綰東風，東風吹起漫天絮。

南柯子 送吕氏姊赴山左

枕上眠難著，樽前泪不收。夕陽無奈上扁舟。料得舟行十里，九回頭。南雁書須寄，東風恨未休。落花紅影蕩簾鈎。不管簾兒底下，有人愁。

青玉案 秋雨

溟蒙絲雨黄昏後。道似無、却還似有。冷逼銀釭紅暈久。遥天鴻斷，空階蟲響，夜漸長時候。　香閨人醒聞檐漏。怕黄菊、今年更消瘦。開也定過重九後。那堪鄰院，攪風鈴鐸，又幾聲相湊。

長相思 秋夜

一更更。一聲聲。蟋蟀催秋雨易成。殘燈今夜青。　酒初醒。恨難平。月近中秋分外明。人間何處清。

漢宫春 春日雨後游楊氏廢園

幾日濃陰，早柳堤作絮，菜圃堆金。傳是前朝貴胄，舊闢園林。池荒路古，客來過、幾遍沉吟。蘼蕪雨，毵毵細落，餳簫響斷春深。　却憶昔年游賞，有成行翠袖，滿座朋簪。儘曾宴花醉月，誰料而今。枯松無伴，立斜陽、獨自傷心。好分付，鄰家燕子，莫還枉費追尋。

一籮金 春晚

春色拋人何處去。若向天涯，定有人曾遇。燕子如何銜得住。柳條已放漫天絮。　幾夜愁聽簾外雨。夢斷羅衾，梅子青如許。雲脚不開開又聚。便天也憑無情緒。

離亭燕 秋思

靜掩重重門户。不覺人來何處。半夜凉生白紵，夢裏忽收殘暑。露白一蟬吟，秋在碧梧高樹。　曉月簾梢斜度。早有暗蟲無數。到此時心兒便覺，先挨恁般滋味。定説不悲秋，也自無情無緒。

清平樂 春夜聞笛

溶溶漾漾。一笛清宵響。燈盡小樓人再上。月在柳梢惆悵。　梁間燕子驚猜。也教伴我徘徊。不聽怎生便睡，聽時春恨偏來。

醉紅妝 秋暮

不知何處響砧聲。到儂心，分外清。斷鴻叫落一天星。雲點點，雨冥冥。　問秋可肯，再消停。放楊柳，幾枝青。却儘西風吹個飽，全不用，半些情。

踏莎行 大兄寄示京口懷古詞

白日西馳，大江東注。朝朝暮暮相逢處。其旁坐老有青山，不愁不笑看今古。　渡口帆檣，波心鐘鼓。後人又逐前人去。莫將詞句擲寒濤，多情恐惹蛟龍怒。

粉蝶兒 游絲

似雨疑烟，飛來忽到檐外。漾晴空、春光如海。問攔春，歸去路，柳綿可礙。替東君、劃個蝶疆蜂界。　道天没情，不該有恁牽挂。散愁絲、乾坤若大。比柔腸，同宛轉，一般情態。怪東風，吹去却還仍在。

一籮金 对月夜坐

得晴幾日天難料。月照金樽，且賞今宵好。梧葉不堪秋鬧吵。五更聲比三更少。

問舍求田人易老。若有輪迴，忙到何時了。怪殺霜鐘敲不覺。滿城人在邯鄲道。

前調 殘菊

絶似佳人支病骨。又似寒儒，憔悴鶉衣結。曉怕濃霜昏怕月。重陽以後傷離别。
蘆簾紙閣塵清絶。占斷秋光，也算花豪杰。未脱塵根終有劫。爲花懊惱多時節。

蘇幕遮 落葉

露寒烟，通曉日。幾遍飄零，漸放山窗白。滿地殘秋蟲唧唧。掃處和愁，愁處重堆積。
乍蕭蕭還摵摵。疑雨疑人，一夜空猜測。已是枝頭停不得。鐘斷鴉驚，恨殺西風急。

采桑子 奉和外祖南莊先生草堂即事韵

風吹軟草纖纖影，緑到橋邊。暝放遥天。明滅孤花弄野烟。祇容琴鶴三間屋，恰對青山。老去方閑。乘興扁舟獨往還。

感恩多 秋夕

獨憐人影悄。羅袂生凉早。竹梢新月明。近黄昏。豆葉摇風亂，蛩絮響。秋聲響。

隔個窗兒，怎教人不聽。

菩薩蠻 春蘭

群芳湜媚韶光裏。一花秀影偏無比。草緑不逢人。空山忽見君。　立鷩遺世獨。獨把幽香宿。春澹袛如秋。芳心不貯愁。

前調 社日

溟蒙雨歇雲猶聚。杏花紅過秋千去。閑立又閑行。香閨針綫停。　鬢絲釵影亂。午夢風吹轉。燕子到簾前。緑拖桑柘烟。

探芳信 絡緯

冷消息。到曉露墻根，晚烟籬隙。正綉衾夢斷，豆花又風急。殘燈窗裏明還暗，月在窗前白。忽鷩猜、巷北街西，那家宵績。　何日便成匹。怪響引絲長，緩憐絲澀。静夜寒閨，幽均雜刀尺。亂愁誰漾千千縷，争把秋心織。便無愁、也自聽它不得。

菩薩蠻 秋曉

曉寒茅屋吟蟲寂。竹梢澹影秋烟白。籬角上牽牛。花明露未收。　天涯荒草路。燕子辭巢去。老父未還鄉。鄉書又幾行。

前調 秋曉

涼天雁響西風冷。海棠脉脉憐秋影。不斷藥爐聲。紅闌誰更憑。　慈親眠漸貼。稍展眉頭結。曉色尚模黏。簾痕澹欲無。

探芳信

重九前一日，大兄赴城北買菊歸，各賦小詞記事。

向城北。問野圃濃霜，者番消息。道寒花都放，莫遲去尋覓。携奴荷鍤隨黄蝶，踏斷殘蕪碧。忽驚看、一簇斜陽，滿籬霜色。　金盞爲君拭。有疏影疏香，移來書室。幾日簾前，經歲又相憶。忍寒翠袖燈花下，一一重搜剔。趁重陽、細雨輕烟澹白。

清平樂 水仙花

凌波顧影。偶爾游塵境。一笑春風心自警。夢比梅花易醒。　冰姿澹雅天然。含情欲化湘烟。未許仙山蛺蝶，相尋相見相憐。

探芳信 寒蟲

晚雨歇。聽斷續蟲鳴，聲連墮葉。恰豆棚纔作，墻根又相接。柔腸量爾多曲，有者些愁説。絮叨叨，慘慘凄凄，悲悲切切。　長夜轉幽咽。千遍濃霜，百回凉月。數盡殘更，挨過菊花節。寒蟬剩蝶都仙去，抵得昆明劫。剩秋心、不死哀吟欲絶。

朝中措 端午

滿城簫鼓競豪華。今歲數誰家。續命鬢邊緑縷，照人窗下榴花。　蒲觴吊屈，痴兒騃女儘，也由它。誰放瀟湘恨水，年年流遍天涯。

金縷曲 蜻蜓

紅藕香殘早。獨飄然、飛來亭館，無人秋悄。纖雨垂垂痴呆久，向立荒蒲池沼。似也有、幽懷愁抱。斷岸暝烟剛做冷，戀斜陽、無奈停枯蓼。紅影挂，水心小。回思炎夏天初曉。喜湖邊、晴波空闊，一竿裊裊。亂織幾番閑庭院，鬧雨前頭先到。又各處、遠縈低繞。怪底著驚驚不定，觸簾旌、響惹階前草。疑墮葉，被風掃。

一籮金 小飲石榴花下

紅榴還比儂眉縐。花曾添肥，儂却添消瘦。更看來朝花落否。不愁底事難長久。萬事無過杯在手。難定明年，人與花依舊。常向花前澆濁酒。怕它酒醒黄昏後。

一剪梅 向山草堂聽雨

儂欲留花不肯停。早也飄零。晚也飄零。銜泥燕子過空城。草忒青青。樹忒青青。輾轉羅衾夢未成。今夜三更。昨夜三更。殘春不耐雨聲聲。春也無情。雨也無情。

醉桃源 漁家

無拘無束野神仙。扁舟不記年。得魚不换酒家錢。今宵换醉眠。涼雨後，晚風前。蒲帆閑未閑。蓼花開近夕陽邊。網拖紅影天。

前調 田家

村醅肯費賃春錢。農夫幾日閑。許多野雀啄空田。斜陽笠影偏。　逢父老，話豐年。桃源别有天。人家一簇小橋邊。鷄豚聚晚烟。

菩薩蠻 酒家

雪消來問旗亭價。踏青人立秋千外。珠濺臘槽香。春風引夢長。　茅蓋三間屋。門對清溪曲。帘影半低遮。繞村紅杏家。

前調 山家

千盤石磴千竿竹。不知中有幽人屋。夜月響瑶琴。空山太古心。　階前松子落。倚樹調雙鶴。日日得清閑。何須更學仙。

沁園春 元夜侍祖父母家宴

桂魄初圓，綺席開時，花燈共輝。正簾櫳寒悄，柳條緑淺，池臺雨潤，草色青回。葉葉衣香，珊珊佩響，同上高堂捧玉卮。還思想，願年年今夕，長是如斯。　椿萱遞慶齊眉。算我著、萊衣最後隨。聽紅牙拍遍，鶯喉宛轉，紫簫吹徹，蝶夢驚疑。錦袖圍風，翠屏障曉，莫放城頭畫鼓催。梅花睡，被歌聲喚醒，伴我徘徊。

長亭怨慢 送春

晚鶯喚、道留春住。没個商量，許多飛絮。幾日輕寒，澹烟遮斷隔江路。對花無語。怨昨夜、瀟瀟雨。緑草滿汀洲，料此際、春歸難阻。　何處。有餳簫宛轉，過盡緑楊門户。閑行小立，甚春恨、上儂眉嫵。儘它去於我何干，便來也、關誰情緒。祇一度春歸，空費殘紅無數。

梁州令 送春

問春來幾日。與胡蝶纔相識。風風雨雨太顛狂，梨花强笑桃花泣。　可憐楊柳依依色。也自無人惜。阿誰昨夜横羌笛。愁心散滿江南北。

蘇幕遮 夏日荷亭即事

水亭開，槐晝永。貪看游魚，又怕危闌憑。響雨欲來風片緊。紅藕花梢，無數蜻蜓影。　瓦松明，階蘚潤。瀉玉濺珠，不許圓荷定。一霎凉雲還捲盡。梧葉含秋，簾角斜陽冷。

前調　綉球花

綠侵簾，紅糝徑。穀雨梢頭，花聚春心冷。圓月飛來池館靜。攢簇梅花，欲鬥嬋娟影。雨盤旋，風撲打。數了周遭，重數還難定。懊惱殘春拋未肯。蝴蝶成團，香夢何曾醒。

前調　紅蓼花

照清溪，明野徑。如此秋光，祇在無人境。惹個蜻蜓飛不定。紅颭波心，閑弄西風影。隱盟鷗，牽斷荇。溆轉汀迴，花底藏漁艇。宿雨初收江岸浄。客夢驚秋。爛漫斜陽冷。

滿宮花　秋夕

吹井梧，風漸緊。落葉吟蟲相迸。許多時節病懨懨，那更曉來濃冷。　月華明，更鼓定。可有玉樓人醒。小窗關了又推開，犬吠一簾花影。

風入松　秋蝶

重尋斷夢到天涯，不見昔時花。殘春去後心情懶，怕經過、燕壘蜂衙。獨自小停瓜架，依稀認得山家。　滿身文彩向誰誇。風露怎周遮。蘼蕪十里凋殘盡，祇東籬、瘦菊藏它。一霎秋魂欲化，又驚落葉寒鴉。

菩薩蠻

慎皆大弟齋頭堆菊，戲柬小詞。

底須强把殘秋哄。看來不是陶家種。籬落一枝黄。茅檐幾夜香。　此花天與瘦。氣味宜重九。霜露聚秋心。幽人祇獨尋。

前調 舟赴青霄里

兒家生長香閨住。出門便是天涯路。何處午雞啼。炊烟碧一溪。　西風吹漸急。帆影摇空立。樓閣斷斜陽。丹楓幾夜霜。

訴衷情 枯荷

再來池畔，忽然秋已如此，斜陽冷貼烟波，還記小荷未放。誰料酒人都去，剩個蜻蜓，立西風呆想。　收蘭槳。甚處吴娃越舫。折枝殘葉，幾日空凝望。湖堤上。一宵冷雨，瀟瀟不住，又添清響。再也休惆悵。

金縷曲九日

待覓秋踪迹，問疏花、可還記與，蝶兒相識。一例西風無今古，吹盡年年過客。有幾個、龍山暇日。休道昔人悲嘆事，算人間、悲嘆何時畢。絲雨細，曉烟濕。　明朝亂葉階前積。被頑冬、催秋早去，欲留不得。客去山靈應笑也，此輩登高痴極。著得破、幾雙游屐。酒不斷愁愁斷酒，聽哀鴻、叫月三更白。檐鐵驟，曉霜急。

滿庭芳秋日寄懷凝暉大姊

鐘送窗明，霜欺燈小，醒來冷壓重衾。況今回數，閨閣幾知音。綉帳春前尚共，拈鈿葉、鴉髻分簪。誰曾料，玉梅樹下，一別到而今。　天涯芳草外，雲來雁去，事事關心。記當年閑說，門對遥岑。偏我夢魂無據。鄰鷄唱、幾度難尋。知何日，雙眉翠暖，緑酒與同斟。

浪淘沙送春

簾外雨初晴。草色青青。飛花不肯再消停。幾日魂銷無數蝶，無數啼鶯。　扶病送春行。悄悄冥冥。人生何苦忒多情。不見海棠容易睡，容易飄零。

賀新涼 元夕

簾幕春寒峭。見疏梅、數枝開也，試燈風早。第一回圓今夜月，難得人天兩好。衹可惜、好光陰少。畫鼓敲開銀世界，儘相持、不放鷄催曉。深院静，漏聲悄。　誰將明鏡當頭照。記難真、唐歌漢舞，幾番喧鬧。此地却除風雨外，少也千回曾到。怕桂樹、婆娑漸老。月是主人儂是客，見嫦娥、向我盈盈笑。斜陽挂，海山小。

百字令 送大姊歸虞山

荼蘼香謝，怕春消眼底，歸期重誤。真個今番携素手，也算深閨長聚。柳外催歸，花邊送別，幾遍回頭覰。難留征棹，一宵空費風雨。　依舊鬥茗窗虛，敲棋院静，剩我無情緒。便到清宵眠不得，誰與共翻新句。萬叠離心，半江秋影，忽被雲攔住。月明風細，衹除魂夢來去。

虞美人 中秋夜聽雨寄冰懷大姊

角聲催夢清宵斷。翠被和愁捲。瀟瀟風雨響窗櫺。忽憶去年今夜、月華明。　別來兩葉眉長鎖。可也懨懨瘦。秋光强半已難留。記取雁來時節、少登樓。

多麗 春日懷七姑母

又懨懨，過了清明時節。憶西園、杏花落後，昔年於此曾別。見無情、綉帆挂也，到黄昏斷泪凝睫。萬種離愁，飛鴻難寄，擬携羅袖，剪燈細説。恨當日、舊栽楊柳，飛絮已如雪。長條盡、何時待得，玉腕輕折。　　幾多遍、柔腸宛轉，隔雲山萬千叠。步香閨一鈎羅襪，夢裏行來也生怯。剗地相逢，碧紗窗外，無端啼斷數聲鴂。乍驚起、畫簾垂地，何處更尋覓。檐鈴響，紅雨飄愁，再没休歇。

浣溪沙 初夏

睡起紅留枕上紋。病餘緑减鏡中雲。畫簾窣地又斜曛。　　倦蝶分明尋斷夢，浮萍容易悟前因。無聊天氣奈何人。

菩薩蠻 冬夜

梅枝正壓垂垂雪。梅梢又上娟娟月。雪月與梅花。都來作一家。　　也知人世暫。有聚翻成散。月落雪消時。梅花剩幾枝。

晝錦堂秋日病起

最是今番，慵尋綉綫，筆墨那更還拈。懊惱秋來情緒，却似春三。翠鎖眉痕愁對鏡，暖融酒力懶添衫。閑庭院，落葉響多，黄昏澹月疏簾。　更點。聽漸永，燈影動，深宵窗隙風尖。閣外哀鴻聲急，曉枕懨懨。不知消瘦今何似，恁般愁滋味我偏諳。流光换，多少暗蟲吟斷，泪雨廉纖。

風入松秋柳

樓臺望遠最神傷。昨夜又微霜。秋心摇落應難盡，剩疏疏、挂住斜陽。忽憶漫空飛絮，天涯斷夢茫茫。　重來倚棹向銀塘。無復舊風光。烟痕欲補如何補，費寒蟬、百遍思量。知有而今憔悴，春堤悔種千行。

浪淘沙

雙峰書屋海棠盛開，作小詞以志感。

夢斷小紅樓。宿雨初收。鬧晴蜂蝶上簾鈎。一院海棠春不管，儂替花愁。　吟賞記前游。轉眼都休。風前扶病强抬頭。知道明年人在否，花替儂愁。

前調落花

斜日滿空墀。妝閣開遲。無聊風影弄晴絲。昨日醉眠今日醒，懊惱多時。蝶也似儂痴。抱蒂尋思。明年能否見繁枝。無限闌干無限恨，幾個人知。

鵲橋仙春暮

昏昏曉曉，重門悄悄，雨意和烟做暝。水樓又到捲簾時，恰燕子、飛來花頂。淚珠滾滾，那禁他不住，況欲留春可肯。些些多在柳梢頭，衹絮墮、尋春無影。

鳳凰臺上憶吹簫夏日驟雨

岸草搖薰，衢塵漾暖，梅天十日長晴。自楝花開後，午倦難醒。强把雕闌閑憑，又宛憶、去夏蟬聲。轟雷驟，滿庭跳雨，砌響檐鳴。　神清。暑歸甚處，更幾陣橫風，衣袂涼生。趁晝簾半颭，撲入蜻蜓。多少華堂綺閣，抛紈扇、玉腕初停。穠雲散，斜陽影底，屋角猶明。

清商怨聖女古祠

神鴉啼散古廟静。衹晚風未定。零亂斜陽，紅灰飛没影。　秋花狼藉滿徑。密遠樹、野烟催暝。跨鶴歸來，雲深環佩冷。

菩薩蠻 七夕

片雲一霎還收雨。瓜筵銀燭秋光聚。人影玉階多。天孫肯渡河。　暗蛩驚澹月。忽憶兒時節。塵世太匆匆。鷄冠花又紅。

踏莎行 青霄里舟中夜歸即事

待放蘭橈，重過菊徑。人和涼月同扶病。輕帆未挂恨行遲，挂時又怕西風勁。　剪燭嫌頻，推篷怯冷。荒涼野岸三更近。草梢露重寂無聲，孤螢照見秋墳影。

臺城路 寄外

昨宵猜著今宵雨，今宵月華翻皎。露白蟲驚，風疏雁響，是我關心偏蚤。爲誰懊惱。問消瘦緣由，便天難曉。有甚方兒，可將儂病竟醫好。　和衣連悶睡倒，正朦朧著枕，忽又驚覺。池闊殘荷，門喧剩葉，尚有秋聲多少。難禁自笑。怎剛怕秋來，便悲秋老。病裏年光，也拋人去了。

七娘子 秋夕

怕聽嚮晚西風緊。護銀燈、夜久光纔定。燕怪簾虛，蟲驚砌冷。空庭露白秋無影。　近來更苦清宵永。又添個雁兒催迸。怯憑紅闌，慵行香徑。春花不病秋花病。

天仙子 春暮送别凝暉大姊

蝶到花間飛不去。人在花前留不住。春歸人去一時同，春也誤。人也誤。無數落花攔去路。　昨夜同聽簾外雨。梅子青青青幾許。留人不住，奈春何，行一步。離一步。怎怪鷓鴣啼得苦。

殢人嬌 寒鴉

一帶疏楊，飛起三三兩兩。正人倚、小樓凝望。荒村野店，記初交霜降。風信緊、雜葉蕭蕭響。　樹黑争呼，烟青并颺。離不了、愁人頭上。悲笳落日，爲殘秋摩蕩。誰潑墨、畫幅塞垣圖樣。

醉花陰

小雨乍晴天氣冷。漸漸清明近。斷夢去無踪，似趁游絲，飛過秋千頂。年時衹恁懨懨病。更舊愁新恨。人静一庭閑，蕩破斜陽，響落風箏影。

洞仙歌 寒蟬

西風近遠。在柳條池館。幾抹晴烟樹催暗。怯寒鴉、小歇又續殘聲，聲已斷。尚有游絲難斷。

蜕前原是夢，身世蒼茫，驚醒空枝夕陽滿。記槐陰翠葉，葉底初開，嘆轉眼、炎凉更换。似扶病、騷人更哦吟，怕苦調凄音，聽時也暫。

清平樂 秋夕有感

暝烟欲上。蟲在籬根響。幾許亂鴉風底颺。笛冷殘秋門巷。　柳梢一個明星。闌干短倚長憑。若要心兒不轉，除非没有黄昏。

如夢令 初夏

簾外青梅如豆。簾底燕閑人瘦。纔得展雙蛾，又被晚風吹皺。非舊。非舊。不是傷春病酒。

滿庭芳 題汪氏姑小照

恨殺人生，髫齡易過，幾年同笑同顰。征帆開後，閑想到黄昏。多少香閨舊事，空贏得、歲月猶存。消魂處，柳棉蕩日，病起見殘春。　何人傳妙筆，月添丰采，花助精神。道夢裏常逢，畢竟非真。此際披圖見也，憶當日、未掃眉痕。雲山外，近來樂否，無計共芳樽。

卜算子 游春

曉雨弄新晴，蝶夢花梢醒。一路垂楊到畫橋，過盡春衫影。　日暮欲歸來，風約虛簾定。花頂泠泠月一痕，還怯黄昏冷。

前調 秋日

秋色著人濃，門外鴉啼曉。幾葉疏楊幾個蟬，各爲秋煩惱。　煩惱幾多時，剩我長煩惱。不是斜陽便是霜，多少青山老。

新雁過妝樓 中秋對月

不醉如何。金樽滿、抬頭且勸嫦娥。看今看古，爲問可也愁麼。我踏紅塵纔廿載，已難禁蟋蟀聲多。况來宵，一分月缺，多半秋過。空將流光擲却，但有誰緑鬢，不受消磨。斷砧零葉，催送急景如梭。年年願携此月，長留照、當筵金縷歌。瑶臺近、任夢魂飛度，疏星澮河。

踏莎行

雨惱鶯閑，烟催蝶醒。逢春怎更懨懨病。縈簾弱絮已無聊，又被晚風吹不定。瘦怯憑闌，慵嫌對鏡。夢魂也怕空廊冷。濕雲慘慘夜深深，春星逗出梨花影。

長亭怨慢 除夕

又過却、小除夕了。爆竹桃符，那家春早。細雪霏霏，黄昏未歇、打窗鬧。一燈相照，看隔歲、燈花小。翠黛未曾描，偏此夜、匆匆天曉。誰料。冷清清屋角，尚有老梅含笑。朝來夜去，甚新歲、恁般囉唣。把時序、草草開除，不愁教、乾坤不老。但有底方兒，能閏窮冬都好。

柳梢青 清明

風聲鳥聲。者番病起，不似前春。針又慵拈，睡還難著，剩個愁人。　隔簾幾日濃陰。恰放出、些兒嫩晴。薄命桃花，多情楊柳，依舊清明。

踏莎行 病起

最怕殘春，落紅堆徑。今年人比花先病。不教細雨幾番催，留春一日花應肯。　風定簾閑，燕眠梁静。清明近也寒還剩。空檐病起已無花，夕陽衹照游絲影。

臨江仙 游楊氏廢園

聽説園林饒勝賞，誰知轉眼滄桑。高臺就圮曲池荒。花還如我瘦，草竟比人長。　剩有舊時雙燕子，銜泥繞遍迴廊。孤松無伴立斜陽。新詞吟宛轉，往事費商量。

南柯子

白塔城邊路，青山郭外樓。一驢駝去恰逢秋。莫爲幾枝楊柳，便生愁。　燕子都飛去，桃花尚在不。秦淮惆悵酒旗收。依舊夕陽西下，水東流。

品令 早雁

一雁驚飛早。逗孤影、長天小。水遥山杳，北雲過盡、南雲又到。紅蓼花明，雨洗楚江岸曉。

黏天沙草。帶暝宿、和烟叫。銀河低挂，簾前樓角、人兒懊惱。此後闌干，長倚短憑不少。

西江月 楊花

池面留春有影，簾前蕩月無聲。福因禍果未分明。多少黏茵墮溷。

欲趁殘英到地，忽然又睹身輕。世間何事肯消停。却道此花不定。

醉花陰 清明

多少亭臺春不住。漸落花飛絮。夢斷又餳簫，楊柳門前，幾點清明雨。

黏天芳草遮天樹。不礙雲歸去。燕子怕黄昏，風冷烟濃，已似殘秋路。

如夢令 撲蝶

戲蝶娟娟不定。碧草梢頭弄影。紈扇惹春風，幾點驚魂忽迸。難趁。難趁。飛上海棠花頂。

四換頭 寒食

日炙花鬢捲。風篩花影亂。燕子鬧雕梁。春泥一夜香。　簫聲知近遠。香閨驚夢短。明日又清明。楊枝插户青。

漁家傲 秋夕

苔生庭院塵生鏡。前宵燕去空梁静。獨坐不眠愁夜永。挑難醒，殘燈留也憐俄頃。　屋角數星猶耿耿。羅衣漸怯虚簾冷。明滅曉風吹未定。無人徑，豆棚斜月秋蟲影。

醉蓬萊 月下悼嬸姊

記晚凉庭院，抹麗生香，起來携手。獨坐思量，算此景曾有。今夜黄昏，風喧殘葉，月上梧桐後。又向閑階，澹描人影，疏簾添皺。　泉路迢遥，夢魂難到，空對秋光，幾回搔首。楊柳無情，也爲秋來瘦。何况於儂，且非達者，欲忘情能否。七夕看星，中秋待月，重陽携酒。

雨花盦詩餘

秀水錢斐仲餐霞撰

生查子 雪夜憶永安湖

蒼松十萬株，樓擁蒼松内。一面有闌干，却與明湖對。橋連曲曲堤，堤上山如黛。雪壓釣魚舟，更在梅花外。

調笑令

雲散。雲散。斜陽又來深院。輕風頻弄花枝。蛺蝶團如綰絲。絲綰。絲綰。剛被捲簾人見。

轉應曲 題倚石美人圖

可是相思難遣。可是尋芳猶懶。無語倚雲根。祇覺佩環聲顫。凝盼。凝盼。却把綉苔偎暖。

卜算子

自悔種芭蕉，故故當窗户。葉葉凄凄策策聲，夜夜添愁緒。　隔院有梧桐，落葉紛難數。自是離人易得愁，那處無風雨。

惜餘春慢 和曉廷兄豐臺剪枝芍藥

駘蕩輕陰，惺忪香雨，緑遍天涯芳草。初回夢味，正擾鄉情，早是賣花聲到。重見青筠擔頭，和露携來，翠鬟猶裊。料枝間定有，雙栖蝴蝶，被它驚覺。　聊伴取、塵榻風窗，清歌細酌，浪擬素顰紅笑。憐深怕嗅，艷極難誇，惱亂客抱。誰信穠苞破時，背後腰支，腰支看來都好。念簪花、人期不穩，轉愁春老。

卜算子

綴玉復駢珠，半是傷心句。難道無愁也説愁，總被多情誤。　把卷忘梳頭，掩卷秋窗暮。簾影初昏未上燈，淅淅梧桐雨。

浣溪沙

月影穿窗散玉錢。被人錯喚作團圞。十三圓月幾曾圓。　夢渴頻催煎鳳餅，思慵渾懶撥鵾弦。木犀香得病情添。

涼氣吹簾燭泪消。金尊傾却冷香醪。黄昏時節最無聊。　多謝幽蘭相伴住，重挑殘焰讀離騷。秋檐風雨正瀟瀟。

菩薩蠻

流鶯日日催芳草。越羅妥帖餘寒小。粉蝶一雙飛。春風香滿衣。　藤陰遮翠幔。容易窗紗暗。細雨壓花低，迷藏人不知。

浪淘沙 重游金陀園感懷

花雨濕溟蒙。樓閣重重。桂叢西畔竹叢東。爲愛香泥乾尚軟，偷印弓弓。　宛轉畫樓通。春水溶溶。橋邊垂柳柳邊風。撲住風中雙蛺蝶，浪認雌雄。

秋水濯芙蓉。月滿珠豐。長裾初曳惱嬌慵。腰細自憐環佩響，故立當風。　花是昔年紅。人面難同。傷心莫憶舊游踪。百尺晴絲垂到地，依舊融融。

清平樂

銀雲一片。雲外流晴電。風裏羅衣容易捲。剛被冷螢窺見。　來尋竹下新涼。個人先到蘭房。濃爇小爐檀炷，負它自在荷香。

蝶戀花　題自畫紫藤雙蝶便面

開到藤花春已暮。可奈東風，不肯將愁去。一任綉床黏柳絮。憐花祇繞閑階步。　蹴損苔痕無意緒。移個鸚哥，挂在花深處。教與夜來新譜句。不知花外廉纖雨。　雨壓烟迷開更密。手綰柔條，結個同心結。一霎軟風搓紫雪。花陰吹下成雙蝶。　欲笑還嚬留一瞥。澹粉輕脂，便是春消息。作弄微蟲描活脫。閑情付與匀眉筆。

點絳唇　戲題自畫緋桃新柳小幅

庭院無風，斜陽滿地游絲軟。畫簾先捲。莫認新來燕。　曲曲闌干，搭住垂楊綫。春猶淺。纔回青眼。便睹夭桃面。

相見歡

卧聞檐鐵丁東。夜來風。料是明朝無處，覓殘紅。　燈燼暗。衾未展。恨重重。誰道春宵常是倚熏籠。

聽鶯聽燕聽蛩。聽征鴻。聽到落花時節，雨兼風。　魂夢亂。春已半。未相逢。可是人生長在別離中。

春從天上來西堂舊感

冷落虛堂。恨閑庭桃李，也趁春光。敲月銅鋪，飄燈珠箔，而今都是思量。幽砌苔痕自緑，簾空捲、塵滿胡床。恁凄凉。算無多歲月，負了西窗。　堪傷。舊巢無迹，怕燕子重來，難認文梁。誰見當時，呢喃綉幕，窺人晚浴凝妝。忘了調冰雪藕，扶殘醉、猶戀荷香。費迴腸。再休尋那日，挑錦緗囊。

浪淘沙春晚

濃暖逼衾裯。宿雨初收。不知花事幾分休。本是無眠鶯又喚，獨下層樓。　自起上簾鈎。蝶侣蜂儔。年時歡事水東流。痴立海棠紅影裏，情思悠悠。

前　調

湘簟滑琉璃。薇帳低垂。海綃織就鳳凰兒。梁燕未歸人不見，午夢醒時。　香燼冷金猊。簾影參差。枕棱幾點濕胭脂。忘了鬢邊花片子，拈起尋思。

菩薩蠻 自題梅花綉枕

錦衾未展愁先重。流蘇暗罥釵頭鳳。沉水莫頻添。香濃猶不眠。　夢魂無所處。祇繞梅花住。霜冷月娟娟。玉樓今夜寒。

一斛珠

凄涼秋作。去。西風先惹窗蕉破。夢魂也被重門鎖。添了香篝，又聽雨聲過。　蝙蝠頻挑簾押𩍐。蛾兒顛殉釭花墮。餘酲漸醒愁無那。已是新涼，夜夜抱衾坐。

菩薩蠻 嬉春曲擬飛卿體

趁晴預約嬉游伴。曉妝多謝鶯聲喚。春水一篙深。畫船垂柳陰。　銀壺提玉乳。携取紅牙去。萬一有新詞。清歌佐酒巵。

羅裙翠比新荷葉。春衫低約丁香結。雙燕或先歸。湘簾莫慢垂。　畫綃携小扇。障日非遮面。怕到夕陽斜。暖烘雙臉霞。

平湖過雨琉璃浄。鴛鴦蕩曲樓臺影。臨水出秋千。水邊人可憐。　踏青隨處所。芳草迷歸路。那裏有人家。隔籬紅杏花。

浪淘沙 題曉廷兄梅花小影

村遠酒難賒。寒逗紋紗。脆貂裘裂帽檐斜。澹月昏黄風料峭，來伴梅花。　春色遍天涯。柳濯新芽。千紅萬紫競韶華。陌上青驄歸緩緩，可憶梅花。

清平樂

遲遲春晝。花盡春應瘦。砌下落紅盈寸厚。蝴蝶飛來微逗。　携將綃扇徘徊。不知蹤損莓苔。輕薄忽隨風去，撩人溜了鴛釵。

虞美人

分明斜月窗紗濾。又聽稀疏雨。往年情味往年心。依舊香殘燈炧、擁輕衾。　嫩寒約略三更過。點點敲來錯。千門萬户悄無聲。不道有人暗數、到天明。

如夢令 自題茉莉梔子雜花便面

稚緑嬌黄争媚。合助晚妝人髻。卸到鳳凰釵，纖手却還拈起。香細。香細。殘醉醒來情味。

浪淘沙

昨夜動輕雷。花被春催。蒙蒙細雨濕樓臺。一桁簾櫳垂著地，燕子頻窺。深院忍重來。户是風開。無端太息惹人猜。認取兜鞋曾踏處，都是莓苔。

南鄉子 題陳蓮汀疏香清影，是其亡姬吴氏照也

往事付朝雲。惹取愁霜染鬢新。最是畫簾垂細雨，黄昏。翠羽啁啾獨掩門。明月認前身。一段冰綃漬泪痕。祇有真真呼不起，傷神。竹外疏花又返魂。

水龍吟 題陳龍岩韜龍岩第四圖

數間野屋臨秋水，祇有閑鷗相識。烟霞伴侣，琴尊隊仗，此廬新葺。幽意蕭蕭，紅蕉露瀉，碧梧陰直。正風簾乍捲，海蟾飛上，湖光冷、摇虚白。隨地漁樵堪適。笑吴儂、蒓鱸偏

憶。牙籤玉軸，百城自擁，丹鉛細核。夢裏家山，龍眠岩屋，幾曾忘得。向故人寄語，被雲留住，作西泠客。

前調 題停琴待月圖

清秋院落初晴暮，烟散盡天如洗。殘蟬乍歇，暗螢時度，月來猶未。文簟舒波，晶簾捲玉，安排焦尾。料纖阿幽獨，姮娥澹□，尚迤邐、滄溟底。幾曲闌干遍倚。漏沉沉、凉添秋袂。香吹老桂，露溥修竹，絳河垂地。佳茗徐斟，水沉細爇，素弦重理。正天風浩浩，銀雲櫛櫛，□冰輪起。

綺羅香 咏枕

蕙帳籠香，文裀藉玉，依約水晶簾裏。好夢能圓，何必通中連理。帶三分、膩鬢花香，漬幾點、相思情淚。最愁它、蓮漏苕苕，背燈無語抱鴛被。 相依孤旅更苦。誰見塵床自拂，素衾謾啓。待托歸魂，還被曉鷄催起。慣偷窺、雙靨偎桃，也曾上、半肩行李。甚新來、愁病懨懨，日高猶倦倚。

高陽臺 戊申清明

銜肉鴉盤，飛灰蝶舞，纍纍多少荒墳。芳草萋萋，染它幾許啼痕。東風不管傷心地，放垂楊、冷眼窺人。暗銷凝、岸蓼汀蒲，都返春魂。　平橋曲水依然在，但歡情頓減，疏了清尊。摇雨孤篷，重來不是尋春。無端逗起閑情緒，恨桃花、點綴柴門。再休題、那裏芳津，那日湔裙。

緑意

戊申六月過羅浮，荷雨多，池溢，花不透水，悵然拈此解。

吟香邃館。甚綺疏静掩，花榭塵滿。笑指鴛鴦，定守空池，依然蓼溆莎岸。風裳水佩分明在，但隔了、晶簾一片。悵同舟、仙侣難携，贏取者番幽怨。　還把雕闌倚遍，襪羅遲不到，游興全懶。漬淚紅衣，捲恨遺簪，留與浣沙人看。雲痴雨老芳期誤，怕後約、年華偷换。待西風、掃盡閑蘋，來照鏡波清淺。

菩薩蠻 己酉春日

舞鸞鏡匣芳塵滿。餘酲未醒匀梳懶。時節過清明。輕陰未放晴。　閑門終日掩。誤被東風款。蝴蝶又飛來。玉階生緑苔。

鷓鴣天

臺榭新晴燕燕飛。畫闌芳草緑萋萋。自憐多病凋青鬢，可奈閑愁約翠眉。魂點點，夢依依。落花和泪點春衣。情痴枉自傷春去，迢遞東皇那得知。

解連環

拋愁含醉。啓晶奩顧影，臉霞消未。解香絲、輕付鸞篦，驗舊夢無痕，鬢雲疏翠。幾摺紋紗，可留取、那時清泪。記砌蟲唧唧，窗蕉策策，伴人不作平。寐。輕衾又還自展。更自寬羅帶，自憐腰細。慣凄凉、守盡殘更，漸忘却人間，歡娱情味。冷了熏爐，依舊是、和衣斜倚。恁禁它、月曉霜濃，叫寒雁起。

醉太平 題自畫緑牡丹

瑣窗半開。湘簾半垂。雨絲風片樓臺。映翠雲一堆。烟迷霧催。蜂疑蝶猜。曲闌干外飛來。繞羅裙數回。

高陽臺 癸丑初春西堂重有感

斷藕掔絲，兜螢借扇，方庭笑語惺忪。青粉墻高，一痕月浪先衝。追凉愛傍高荷立，夜闌時、路重香融。恁匆匆、纔褪紅衣，便動西風。　夭桃定是多情種，自探芳人去，冶萼羞紅。悄悄池臺，禁它細雨蒙蒙。當時剩有蒼苔地，者回來、苔也無踪。恨重重、謾繞迴廊，忘了西東。

生查子

昨夜月朦朧，依約鞦韆影。强起拓窗紗，還是晴難穩。　綉被倚輕寒，日永秦箏冷。檀炷似春心，寸寸都灰盡。

相見歡

跳珠白雨初收。動凉颸。又是碧梧聲顫，月當頭。　人不見。芳信斷。思悠悠。先到離人心上，一絲秋。

凄涼犯

夢魂怕入西堂路，驚心怎忍重到。壞垣那角，薔薇半死，尚懸殘照。蘭枯蕙槁。總分付、西風自掃。歡塵寰、滄桑一例，難遣此懷抱。　回憶西窗下，蠟鳳啼宵，鏡鸞鬫曉。春風詞筆，畫蛾眉、玉臺雙笑。歡境消磨，盡輸與、狐奔鼬叫。冷蕭蕭犯檐亂竹，定更擾。

湘春夜月 戊午八月二十一夜憶西堂

畫堂深，晚來烟靄冥冥。怕一任帶荔披蘿，山鬼到空庭。鎮把金魚牢合，料懸香老桂，不返秋馨。便玉簪敲斷，雕闌拍遍，可有人應。　鞦韆厭雨，迷藏恨月，夢去難尋。夜黑閑階，惟剩個、冷螢穿破，幾摺疏櫺。曲房靜掩，怎忍提、蕙帳蘭燈。恨最恨，似搏沙放手、十年舊事，訴與誰聽。

解連環

西堂賃與唐氏矣。己未三月六日，過慎宜堂，唐氏眷屬邀余過西堂，蓋不知余懷之悲也。歸而悵然，賦此解。

絮雲千點。問何年種柳，長條堪綰。繞碧沼、悄照春波，怕鬢影蕭疏，素絲偷換。燕子翩翩，定忘却、捲簾人面。指臨書棐几，學綉紋疏，翠陰還滿。　誰忺者回再見。料亭臺不語，怨人輕賺。記那時、撼雪留花，泥去。阿母深憐，隔窗頻喚。　驀地傷心，揾泪眼、闌干憑遍。恨無情、杜鵑催去，斷霞弄晚。

虞美人

庚申七夕後二日，辟寇南玉港村居，卧病感懷。

凄涼時節凄涼雨。人在凄涼裏。荒村無處訪秋花。祇有豆棚瓜架、是生涯。　安排硯墨應無地。麋鹿爲群已。牙籤玉軸委泥沙。試問客居何處、客無家。

兵戈日日催人老。豺虎仍當道。斷蓬流水各西東。難問親朋何處、寄浮踪。　離離秀苗誰家稻。共説秋來早。一行新雁點晴空。贏得離人清泪、灑西風。

夢影樓詞

錢塘關鍈秋芙撰

余學道十年，綺語之戒，誓不墮入，于歸後爲藹卿掔率，卒蹈故轍。然閨房倡酬得亦旋弃，自交沈湘佩、湘濤諸君，箋筒往來，人始有知余詞者。邇來篇章較多，藹卿爲存數十首，梓行之塵世間，於是知有夢影樓詞矣。噫！一念之妄，墮身文海，夢影樓詞豈久住五濁惡世間者？譬如鳴蜩，嘒嘒槐柳，秋霜既零，遺蜕豈惜？白雲溶溶，余其去緱山笙鶴間乎？文字贅疣耳。藹卿盍亦弃此而從我游也？咸豐四年甲寅六月妙妙道人關鍈書。

菩薩蠻

綠窗風雨苔生滿。一春夢比天還短。酒醒又梳頭。夕陽纔上樓。　舊愁銷不去。擱在雙眉宇。莫道鐵爲腸。鐵腸今也傷。

洞仙歌 寄懷藹卿越中

自君別後，便藕花紅槁。露墜蓮房盡丁倒。況半陰不雨，漸短秋天，料此際、晚飯柁樓應早。　羅幃纔病起，未寄綿衣，昨夜君邊可寒到。時節又重陽，斗酒雙萸，盼烏榜、歸來正好。怕明日、關山雪霜多，便欲寄音書，雁魚都少。

惜餘春慢 餞春同魏滋伯謙升丈作

杏燕修巢，柳鶯撤户，春事十分完九。昏昏心上，怕雨思晴，髻也不曾梳就。纔得湘簾半掀，便道西園，鼠姑開久。剩野塘風緊，晚來吹蕩，落花紅皺。　曾記向、陌上春游，調鶯撲蝶，携得雙鬟柑酒。因循幾日，脂憔粉悴，紅得夕陽都瘦。無計留春不歸，但把海棠，折來盈手。教侍兒知道，者回春色，零星還有。

金縷曲答沈湘濤

夢想今三載。忽傳來、芙蓉箋紙，新詞十賚。一樣紅顔飄泊感，鹽米光陰無奈。好珍重、玉臺詩派。明月絳紗春風裏，看金釵、盡下門生拜。浮大白、爲君快。　　相逢各有因緣在。算人生、才能妨命，病愁何怪。衹惜聰明長自誤，身世漂流文海。况愁裏、朱顔易改。不見花間雙蝴蝶，但多情、即是昇仙礙。知我者，定能解。

邁陂塘再答湘濤

又傳來、妙香箋紙，空床病爲君起。始知鋸了多時木，鋸義元如木義。水漏矣。却不道、如今水桶纔通底。一圈兒地。怕歸去靈山，問伊迦葉，也衹笑而已。　　浮生夢、鏤影吹塵何异。炊沙豈許作米。闢心臘月當三十，尋個散場歡喜。君悟未，君不見、青蓮火裏何曾死。此中關捩，便樓閣重重，也能開得，不信請彈指。

梅子黄時雨雨夜聯句

雲漏斜陽，放簾額半晴，旋又吹黑。坦。聽兩點三聲，屋檐餘滴。鍈。半墮楊花吹又起，東風摇曳如憐惜。坦。任蛛絲。空際嘿珠，欲網無力。鍈。　　凄絶。西園陳迹。坦。有陰苔凑綠，新韭肥碧。鍈。念剪燭西窗，晤言何日。坦。滿院烟蕪催暝早，隔燈聽響荒街屐。鍈。思今夕。萬一故人來得。坦。

邁陂塘西溪看蘆同藹卿

看溪山、一十八里，秋容瘦削如許。粼粼漾漾平陂水，搖盪白蘋花雨。天欲暮。任今夜、烏篷隨水隨風去。蘆花淺溆。衹第一防它，眠鷗飛起，又鬧半汀絮。人間事，從古浮名無據。百年難得蘋聚。青蓑何似歸休也，料理釣筒漁具。溪盡處。便不用扁舟，也算浮家住。柴門河渚。縱不種蒹葭，也堪約略，種帶水楊樹。

念奴嬌

雪後招同沈湘佩、善寶。鮑玉士、靓。周暖姝、來音。李佩秋、湘紉。陳湘英，雲仙。集巢園妙吉祥室。

朔風催暝，看寒鴉點點，翻啄晴雪。一片彤雲西北去，吹得夕陽明滅。瓶水膠花，溪雲沍影，燈火柴門絕。圍爐人聚，舊情同畫灰説。衹惜紙閣敲茶，明燈炙墨，我輩歡難得。明日灞橋驢背上，又是一番離别。如此征程，無多舊雨，怎不添華髮。尊前且醉，柳枝還爲君折。

高陽臺 送沈湘佩入都

泪雨飄愁，酒潮流夢，惜花人又長征。見説蘭橈，前頭已泊旗亭。垂楊元是傷心樹，怎怪它、踠地青青。向天涯、一樣纏綿，各自飄零。　　開筵且莫頻催酒，便一杯飲了，愁極還醒。且住春帆，聽儂細數郵程。壓船烟柳烏篷重，到江南、應近清明。怕紅窗、風雨瀟瀟，一路須聽。

洞仙歌 題横山草堂圖

茅堂十笏。在晚山深處。門外蕭蕭水楊樹。界琅玕多少、一半雲栖，留一半，人與燕兒同住。　　儂家溪上屋，簾榭中間，也有青山亂無數。溪水半通橋、著個蜻蜓，還容得、竹床茶具。祇可惜、秋風起蘆花，把如此烟波、讓伊鷗鷺。

臺城路 題藕花香裏填詞圖

露蟬聲裏涼生早，闌干繞花紅整。聽竹敲秋，因苔劃句，忘了篷窗燈冷。眠鷗夢醒。正放鴨橋邊，一絲風定。環佩來耶，珊珊疑有水仙聽。　　年來我亦愁病。吟朋蘋散了，閑却游興。鷗社盟秋，鳧燈夢雨，祇有一襟秋剩。絲絲瘦影。怕照見湖波，鬢兒難稱。獨寫相思，露塘風又緊。

水龍吟 落葉

西風一夜吹霜，千峰盡出荒林杪。蕭蕭摵摵，如愁漸積，有多無少。煮酒園荒，題詩石瘦，畫闌斜靠。念荒寒如此，休傷摇落，也還算、歸根早。　莫説悲秋詞稿。自新來、被愁分了。哀鴻未過，凉蟬欲斷，可憐懷抱。聚點敲窗，碎聲做雨，夜深誰掃。剩亂山深處，夕陽疏柳，有殘鴉噪。

菩薩蠻 嚴問樵保庸索題姬人背髻小影

玉釵交影銀屏叠。夕陽移上鬟雲濕。斜立小闌干。粉花紅半圈。　青螺三角小。點點春幡裊。行近問鸚哥。前頭曾見麽。

百字令 題湘濤冷月軒詩卷

桂堂西畔，憶月斜時節、寒深簫局。照見屏風三兩扇，斜靠春人如玉。嚼雪吹香，移宫變徵，刻盡琅玕竹。天寒翠袖，何人念爾幽獨。　何况慧性蘭芬，靈心藕細，生就聰明福。一種永明詩體好，絳帳才名聽熟。羞我葫蘆，年年紙上，樣子描都俗。心香一瓣，玉臺願爲君祝。

蝶戀花

幾日池塘雲不住。柳也蒙蒙，想做清明雨。半榻茶烟和夢煮。畫屏幾點江南樹。
欲捲珠簾風不許。如此黄昏，休去移箏柱。樓上晚山青不去。夕陽正在鴉歸處。

謁金門

風弄葉。篩碎半簾秋色。明月亂移釵上蝶。畫屏人影叠。　滿地落花如雪。涼皺幾重裙纈。如此長宵燈也滅。聽伊心上説。

柳梢青 題畫

江闊雲平。綠帆低處，淺水橋横。畫角斜陽，亂山堆裏，隱隱孤城。　蘆花潮落江程。看幾點、寒鴉暮晴。一夜西風，殘荷敗柳，都作秋聲。

百字令 晚秋湖上

當初湖上，記春風載酒，行吟蘭楫。一棹水雲空闊裏，隨意狂歌散髮。就柳停舟，尋梅選夢，衣浣孤山雪。十年而後，勝游多半消歇。　如今重到湖干，荒寒臺榭，楊柳風吹折。吹笛雙鬟人去矣，閑了半湖烟月。冷露凄猿，荒雲葬鶴，風走虚廊葉。傷心誰問，寒蛩除是能説。

高陽臺 夕陽

斷雁飄愁，盤鴉聚暝，一鞭殘夢歸鞍。酒醒郵程，嶺雲隴樹漫漫。渡江幾點歸帆影，近荒林、一帶楓斑。最難堪、第一峰前，立馬斜看。　而今休説鄉關路，剩蒙蒙野水，瘦柳漁灣。短帽西風，古今無此荒寒。蘆笳聲裏旌旗起，問當年、誰姓江山。有悠悠、幾處牛羊，短笛吹還。

蝶戀花 題無人庭院圖

幾個黄昏風雨惡。鬧得苔紋，緑滿闌干角。薄日熏衣春氣弱。小樓簾捲風翻却。　春到紅桃纔破萼。天做餘寒，又替花擔擱。燕子歸來全不覺。隔墻亂踏金鈴索。

卜算子 秋海棠

一雨嫩凉生，花滿斜陽外。休説啼痕幾點兒，也有風吹壞。　行近粉墻陰，挼手和烟采。

偏又花名喚斷腸，不敢將伊戴。

南樓令 題張詩舲祥河詞集

春水緑吴舲。江湖聽雨程。二十年、夢醒銀燈。又是江南梅子熟，有幾點、打窗聲。殘月冷如冰。愁人心上明。一絲絲泪寫吴綾。門外緑楊風正起，休念與、落花聽。

減蘭 題扶病刺花圖爲黄占漁玉琨悼亡作

懨懨燈火。和合窗邊人一個。風裊爐烟。不見工夫有綫添。日長思寢。夢也憑空能作。懺悔把鴛絲。不綉連枝綉折枝。

金縷曲 題汪玉卿叔娟曇花詞後

不道花朝雨。便匆匆、幾番催了，杜蘭香去。六扇文紗窗格子，曾憶舊題詩處。看幾陣、東風花絮。堆滿紅樓人不管，祇一雙、燕子還來住。塵世事，總無據。妝臺聞説全無主。祇粉箋、些兒留得，斷腸詞句。病骨黄花人比瘦，却合秋聲廿五。念儂也、悲秋情緒。蘋樣行踪花樣命，未拈豪、便有離愁聚。乍做得，玉臺序。余爲製曇花詞序。

百字令 送藹卿之毗陵

一肩行李，怪黄頭抵死，匆匆催發。一角斜陽亭堠樹，幾陣晚潮流急。畫舫遲燈，金尊醉晚，到此真須别。開帆行矣，歸期還是休説。　惟念泥枕支鬟，明燈索笑，慣了閑時節。見説鴛鴦湖上柳，猶有未銷殘雪。第一休忘，題詩雙管，更冒春寒捻。欲知相憶，天涯應有明月。

祝英臺近

綉屏深，羅帳薄，春到酒醒處。長日眉頭，少也皺千度。可堪一點春愁，分攢替結，全不見、鏡兒分去。　正延佇。見説昨夜東風，草也緑如許。釵撥青苔，不爲斷腸句。一朝一數歸程，横山直水，但細把、闌干劃做。

生查子

儂家江上頭，潮到門前住。一日兩三回，不肯江南去。　江南有暮潮，未識潮生處。還去問梅花，它是江南樹。

清平樂

畫梁春淺。簾額風驚燕。不信天涯人不見。草也池塘生遍。東風吹淺屏紗。飛飛多少楊花。何怪兒家夫婿，一春長不還家。

河傳七夕有懷藹卿客中

七月。初七。病懨懨。樓上茶瓜上筵。別離似今頭一年。天天。懶將針綫拈。驀記當初樓上坐。人兩個。上了羊燈火。一更多。傍銀河。問它鵲兒曾見麼。

南柯子

簾額因風蹙，釵痕帶月交。紅闌深院小芭蕉。任是有風無雨、也瀟瀟。病久詩才減，心恒酒氣摇。有情没緒把人撩。不到春歸不把、緑楊饒。

長相思仿獨木橋體

愛湖西。住湖西。幾點斜陽楊柳西。晚風吹過西。怕東西。又東西。湖上殘霞看已西。行人還要西。

憶江南

長相憶，最憶是江南。春水落花鷗夢闊，夕陽疏柳雁天寬。斜立各回看。

長相憶，正月十三時。記得去年今日事，半窗燈影兩人兒。一個畫烏絲。

長相憶，欲寫錦書遲。幾個傷心眠又減，一春無病瘦難醫。欲説又瞞伊。

長相憶，心上數歸鞍。一角荒城三點塔，半帆秋水四圍山。劃滿碧闌干。

長相憶，對影自徘徊。安鏡從無臺不用，行船那見水分開。不信問瑤釵。

長相憶，相憶在河干。過盡歸舟人不見，晚潮初落柳毵毵。何處望江南。

長亭怨慢

正樓上、亂山無數。點點垂楊，晚霞紅處。一片孤帆，夕陽潮落晚鴉聚。一程程路，休去問、旗亭樹。樹肯管行人，不緑到、天涯纔住。凝佇。望荒城十里，惟有亂雲堆絮。元宵過也，怕還有、打燈風雨。得知它、歸也不歸，萬一有、晚潮回去。且關了紗窗，今夜夢兒重做。

清平樂

燕簾風絮。幾叠江南樹。纔起東風天又雨。冷了一春詞句。　鏡奩消瘦朱顔。鸞箋湘管都閑。衹有未歸殘夢，畫屏繞遍春山。

菩薩蠻　喜藹卿自毗陵歸

小樓昨夜東風驟。一春花事闌珊够。斜月緑窗低。夢回聞馬嘶。　梨花明似雪。含笑開門説。昨夜結燈花。今朝真到家。

祝英臺近　題天寒修竹圖

露抽篁，風解籜，滿地碧雲皺。笋做吟鞋，不雨也凉透。可堪石上琅玕，舊題詩處，已點上、緑苔如綉。　滿岩岫。已見落盡輕花，應是立秋後。那里柴門，門内有人否。料伊一樣傷心，羅衣憔悴，也似我、暮寒時候。

卜算子　示藹卿

難得望春來，君又留難住。到得君歸没杏花，却又愁春去。　春去肯重來，花落還開否。

到得明年有杏。花又要聽春雨。

滿庭芳 餞春

桂帳扃愁，蘭釭剪夢，者番春病依然。落花飛絮，點點上琴弦。況是絲絲雨後，閑階上、長滿苔錢。瞢騰甚，十年影事，摇曳碎如烟。　韶華彈指逝，向爐香風影，細問情禪。怎輕輕過到，如此中年。手撚垂楊低問，東風裏、説甚纏綿。斜陽近，寒鴉幾點，團扇正闌干。

買陂塘 同藹卿校程去瑕廣文瑜小紅樓詞即題後

悵飄零、江湖萍梗，津亭聽斷官鼓。堆盤苜宿清寒味，换了一生羈旅。官太苦。却還算、寒氈未困先生住。扁舟竟去。早一夜西風，蒓鱸江上，歸夢托鷗鷺。　平生泪，寫入庾郎詞賦。吟成何限凄楚。江東我亦填詞手，難説浮名不誤。君見否。已點點、清霜上了江潭樹。鬢絲爾許。恐如此青山，豪絲哀竹，渾不抵遲暮。

高陽臺 題雙溪舴艋載愁圖

桐墨題歡。蒲帆捲恨，匆匆催上吴舲。何處停橈，前頭有座旗亭。緑蒙蒙地人家柳，憶當初、此地移筝。到如今、紙閣蘆簾，記不分明。　人生但似江潮水。便兩三枝槳，打也難分。已是離筵，休教酒又愁醒。湖天如夢低歸雁，怕蘆花、不算飄零。一程程、風起潮聲，雨做秋聲。

徵招 湖上感秋有懷湘佩湘濤

入秋天氣多風雨，幽懷更添凄楚。楊柳到西風也，飄零無主。蛾眉驚老去。争怪得、鬢絲如許。休去登臨，亂山祇在，晚蟬嘶處。　日暮翠衣單，清霜早、已上碧梧高樹。獨自倚闌干，念荒城砧杵。天涯誰共語。渾冷落、舊游儔侶。祇除是、第二橋邊，問那時鷗鷺。

菩薩蠻

晚烟漠漠帆如織。隔林幾點疏燈出。一鳥下蘋洲。亂山相對愁。　孤篷團野色。到此歸心極。烟水望中寬。替伊鷗鷺寒。

白蘋多處人争渡。一痕青見西陵樹。隨意夕陽明。渡江聞雁聲。　凄涼人散後。幾點鴉争柳。淺水畫橋横。可憐潮自生。

南樓令

夢醒杏花叢。春寒淺閣鐘。近黄昏、便起東風。已過今年三月半，恰祇是、雨蒙蒙。

小膽怯屏空。濃愁斂碧峰。好琴弦、怎被塵蒙。算有多情雙燕子，還肯到、舊房櫳。

臺城路 花塢紀游同藹卿賦

深山一夜驚黃葉，蕭蕭滿林風掃。瘦柳欹霜，低蘆沍水，涼得吟蟬都少。清溪半繞。已溪上炊烟，一絲青裊。知近禪扉，殘鐘隱隱出林杪。何時買山事了，賃春終下計，何似耕釣。但近村邊，能通船處，細選三間屋料。休嫌地小。任種菜栽梅，春秋都好。不見西風，晚鴉栖樹早。

賣花聲

永興寺老梅一枝，爲前明馮祭酒手植花。時春雪蒙蒙。如縞衣仙人，翩然塵世，吟咏其下，不知明月西斜矣。

樓上晚鐘殘。燈火更闌。一枝銅笛怨春寒。滿地青苔仙羽冷，風起清壇。花事易闌珊。春夢蒲團。相思人在碧雲端。衹有當時明月影，還到闌干。

望湘人 簾影

甚疏疏密密，整整斜斜，夕陽摇蕩如許。移柳兼鶯，篩花上蝶，春在綠蒙蒙處。最不分明，畫屏幾點，瀟湘烟樹。一層層做出天涯，多少青山重數。　絶憶疏燈院宇。隔空蒙一片，是烟非雨。正病起梳頭，風颭香鬟如霧。龜紋重疊，駝鈎斜轉，今夜月明寒否。却誤得、燕子歸來，又繞迴廊尋去。

一萼紅 燈影

掩羅帷。又天寒酒醒，斜月畫簾垂。冷焰凄魂，瘦花摇夢，一衾愁碎如絲。更幾點、寒鴉栖樹，有西風、吹上畫羅衣。淺碧屏深，五更凄斷，欲別人時。　誰念江湖聽雨，向銀荷背後，翠黛雙低。篝夢驚猧，篷窗低雁，天涯消息憐伊。更休説、當時羅髻，已紅樓、簾捲露螢飛。空有玉釵枕函，摇曳相思。

臺城路 弢光庵圖

夕陽欲下層巒去，柴門隔林深閉。遠水平帆，殘鐘落樹，萬疊青山簾底。愁雲亂起。正歸鳥寒邊，瘦筇斜倚。如綫青天，蒙蒙松筱墮晴翠。　當時素禽已遠，畫闌紅一角，都没荆杞。黿雨敲燈，幡花瘦露，人影一蒲團地。先生去矣。剩丹竈荒，寒晚烟堆裏。一枕潺湲，冷泉流夢細。

緑意

沈朗亭丈兆霖屬題亡室郭慧人夫人畫蝶遺幅，時落花在檐，韶華水逝，披圖棖觸不勝身世之感也。藹卿賦紅情，余拈此調譜之。

冰綃在否。怎粉香脂色，零落如許。幾處芳叢，栩栩蘧蘧，落紅猶憶前度。凄凉不恨春如夢，恨夢也、尋常不做。却輸伊、安穩雙飛，還到綉簾深處。　正是春深時候，鉄衣曬粉薄，花韵闌午。一半寒烟，一半荒蕪，緑得南園凄楚。杏花祇在高樓上，休説起、江南風雨。怕當時、畫碧羅裙，也化仙魂飛去。

附紅情同作

蔣坦藹卿

蘧蘧栩栩。認滕王畫本，多般摹取。滿地落花，點點春痕亂無主。如此南園芳草，問緑到、誰邊纔住。剩幾點、瘦影斜陽，和夢黯烟雨。　凄楚。粉生蠹。任頭白庾郎，費盡詞賦。蠟燈怨曙。欲夢羅浮怎飛度。休説如輪粉翅，仿佛得、綉羅裙否。怕明日、風起也，又都仙去。朗亭丈有前、後畫蝶二賦書絹上。

卜算子 友鶴圖

紙閣月斜時，淺水溪深處。夢繞梅花影半窗，各自垂簾做。高處是瑶臺，不肯輕歸去。
却笑三三五五裙，水上閑鷗鷺。

菩薩蠻 琴館聽濤圖

密蒙蒙處仙禽瘦。紅簾一桁留香久。燈影隔窗窩。點衣黄雪多。參差弦柱急。捲地
風吹月。門外是瀟湘。水迴人斷腸。

蝶戀花

簾外迷蒙雲不住。捲起飛花，風裊垂楊樹。燕子飛來還又去。夕陽芳草歸何處。
兩日東風三日雨。聚做浮萍，散做蒙蒙絮。殘夢亂飄香一炷。畫樓燈火聞人語。

清平樂 春盡夜同妹侣壎作

畫簾人定。更漏聲凄緊。滿枕玉釵春夢冷。斜月小樓鐘影。金猊容易香銷。落花堆
過闌腰。還有疏燈一點，酒醒不算明朝。

附和作　闕錡

晚樓鵶定。簾捲東風緊。弱酒亂澆心上冷。摇碎一窗燈影。　零魂不肯輕銷。無端瘦減儂腰。却又無愁無病，等閑過到今朝。

賀新凉 秋林著書圖藹卿屬賦

一夜清溪雨。已千山、萬山黄葉，飄流無主。何況悲秋人寂寞，那不鬢絲成素。算還是、青氈抛去。儂理絲筒君把釣，尚全家靠得漁竿住。便鷗鳥，也應許。　人生多被浮名誤。念當時、螢飄蠹老，幾人詞賦。如此葫蘆依樣畫，怎免樵夫笑汝。空贏得、塵埋玉樹。不及西風枝上葉，到飄零、尚有歸根處。君不見，杜陵墓。

好事近

遠水緑平帆，帆外一痕烟樹。隔樹青山幾點，是渡江何處。　碧天霜重雁痕低，簾捲。亂峰雨。獨倚畫屏秋管，等晚潮回去。

高陽臺皋亭攬勝圖

鷗雨分凉，魚雲織暝，一篷山色依然。瘦影斜陽，碧天摇夢成烟。仙山依舊無消息，奈東風、换了啼鵑。剩尊前、點點殘紅，飛近箏弦。　憑闌休説當時事，祇叢祠簫鼓，流水鴉邊。一片凄陰，可堪送我華年。天涯何處無芳草，到春深、便覺堪憐。好留連、未是黄昏，休促回船。

唐多令寄湘濤

斜日杏花收。微寒上玉篝。一重簾、一段春愁。見説畫屏燈也上，獨自個、下簾鈎。　無語自凝眸。螺峰斂碧秋。倚闌干、照遍春流。門外緑楊風又起，便不皺、怎教休。

澹菊軒詞

陽湖張縚英孟緹撰

菩薩蠻

雙雙蝴蝶階前舞。落紅亂逐東風去。花影動斜陽。隔簾風送香。捲簾芳草緑。燕語闌干曲。池上柳棉飛。畫屏香縷微。荒村一帶垂楊陌。斷橋曲岸無行客。斜日片帆輕。春風樵子聲。暮山青草遍。烟裏雙飛燕。江上捲簾愁。蘋開見水流。

轉應曲

春半。春半。窗外落紅不斷。空階獨立微吟。雲掩重門院深。深院。深院。綉閣畫簾高捲。

隔溪梅

春風飛絮滿天涯。望殘霞。堪恨滿園春景、暮雲遮。閑行踏落花。　不知蝶去向誰家。聽啼鴉。寂寞階前人影、倚窗紗。徘徊月又斜。

菩薩蠻 對月同緯青妹作

輕風吹落枝頭雪。杜鵑啼徹枝頭月。寶鴨暗香消。開簾花影搖。　白雲流不盡。一片横斜影。閑倚畫屏看。更深翠袖寒。

虞美人

去年燕子來無數。不住呢喃語。今年燕子恁無情。知是病餘憔悴、不堪聽。　支離三月幽閨卧。强自扶床坐。幾時散步倚闌干。已是春花落盡、未曾看。

浪淘沙

無事捲簾旌。微雨初晴。牡丹纔放已清明。結伴踏青香滿路，風送花迎。　堤柳密藏鶯。時弄新聲。歸來雙袖覺寒生。聽得玉籠鸚鵡唤，何處吹笙。

水龍吟 瓶中桃花追和先伯父元韵

曉來無賴東風，芳菲落盡春猶在。幾枝半斂，膽瓶深貯，朱顔未改。銀蒜塵輕，玉爐香細，怕它憔悴。儘清明過了，無情飛燕，銜不到、鞦韆外。　斜倚小窗欹側，想嫣然、不禁鉛泪。一縷游絲，數聲啼鴂，離愁易碎。憑遍闌干，半規新月，那堪無寐。便春歸處處，殘紅却，護得他飄墜。

轉應曲

飛絮。飛絮。衹解催將春去。池塘芳草芊芊。燕子歸來捲簾。簾捲。簾捲。花影斜欹一半。

菩薩蠻

年來憔悴慵臨鏡。鬢華悉改當年影。寂寞掩窗紗。樓頭有落花。　素娥空皎潔。有恨憑誰説。何處白雲岑。風回聽雁聲。

南浦蘆花和夫子

秋意釀寒汀，正蕭蕭、響到連番淒切。一片白雲深，波心冷、洗出亭亭清潔。潯江客去，琵琶聲斷愁時節。一幅輕帆斜捲處，灑作滿天晴雪。　應憐鬢影摧殘，感韶華、好與愁人共說。清影覆橫塘，西風緊、吹動澄波千尺。歸鴻嘹唳，一聲叫徹長天闊。望斷伊人何處也，淒絕一規霜月。

附元作　　常熟吴贊偉卿

幾陣響蕭蕭，悄西風、做出秋聲淒切。净洗綺羅香，梳妝澹、越見芳心孤潔。亭亭玉瘦，斜陽影裏愁時節。滿地哀鴻和泪聽，一夜白頭如雪。　年年孤負春光，感飄零，懶與楊花細說。祗恨不成綿，征衣薄、誤了寒砧刀尺。霜華萬里，殘荷盡後烟波闊。欸乃漁。舟歸去也，獨對一湖明月。

鳳凰臺上憶吹簫擬李易安

風暖雲屏，春深翠幄，博山香篆沉沉。恁春光一霎，愁入離亭。可奈韶華飛度，西風緊、又做秋聲。江天遠，微茫淥月，約住離魂。　青青。年時雙鬢，却霜華一度，半褪香雲。但藥爐茗碗，鎮日相親。目斷天涯尺素，征鴻過、空聽哀鳴。黄昏也，小窗夢冷，數盡殘更。

菩薩蠻有感

一庭殘月凄凉白。紗窗掩映燈明滅。欹枕不成眠。起來欲曙天。流光彈指誤。何計教愁去。强自學忘情。奈何情轉生。

買春春已無踪迹。榆錢滿地空狼藉。不敢怨東風。傷心泣斷紅。浮生渾若寄。一霎榮枯异。泪眼漸朦朧。醒來猶夢中。

祝英臺近畫芙蓉同若綺妹作

粉痕輕，脂暈冷。依約曉妝靚。一樣含顰，誰與伴孤另。年時倒影窺妝，盈盈笑靨，正香暖、波明掩映。　應自省。幾度閲遍炎凉，鴛鴦夢還醒。一尺冰綃，領取秋江影。任它無賴西風，無情秋雨，渾不是、凄清霜井。

附同作疏影

張紈英若綺

素秋凉迴。記緑莎洲畔，窺見妝靚。避却春紅，占了秋風，亭亭獨耐凄冷。澄江九曲波如練，經幾度、月昏雲暝。驀西風、吹斷冰魂，蕩却一痕香影。　誰灑靈芸紅泪，素綃點染處，愁恨都凝。夢裏盈盈，笑靨歸來，可認舊時青鏡。江南回首空怊悵，休更問、斷蓬浮梗。衹尋它、空外幽香，消我一生酸哽。

疏影 水仙同若綺妹作

蘭闥深窅。正畫簾不捲，烟篆低裊。鎮日相看，玉骨娉婷，清絕小窗晴曉。陳王曾識凌波步，想一樣、盈盈嬌小。是誰將、倩影移來，化作一枝香草。　　爲憶深宫舊事，杜鵑啼血後，幽恨多少。洗浄鉛華，展盡芳心，衹有閑愁未了。孤根已分隨冰雪，莫更被、東風吹老。算幽香、肯讓梅花，耐得十分寒峭。

附同作　　　　張紈英

鎖窗清冷。有數枝綽約，低傍妝鏡。素靨盈盈，越樣玲瓏，嫣紅恁許相并。冰魂算與璚樓遠，忍便入、等閑花徑。到夜闌、明月飛來，簾底暗窺纖影。　　還記當時憔悴，翠鬟愁不整，塵夢初醒。故國雲迷，洛水依然，幽恨訴將誰省。珊珊休憶凌波步，怕前度、佩環難認。儘深深、銀蒜低垂，不管曉來風勁。

水調歌頭 歸燕和婉紃妹

涼風袪溽暑，彈指惜流光。揭來清夢正穩，鎮日傍雕梁。可奈金商暗逗，一遞一番蕭瑟，倦羽怯清霜。歸去最無奈，凝睇繞池塘。　珠簾低，明月下，黯神傷。主人莫問行客，前路正茫茫。怊悵天涯羈旅，一樣淒涼懷抱，相顧總彷徨。惟願春光好，依舊趁歸航。

高陽臺 和若綺妹咏菊

澹月簾櫳，輕陰籬角，一枝欲擅秋光。倩影欹風，誰憐三徑幽芳。繁英銷盡春如夢，恰亭亭、獨傲清霜。記年時、香裊雲鬟，酒泛瑶觴。　天涯回首空怊悵，縱憑高凝睇，雲樹蒼蒼。却羡清吟，心情耐得淒涼。秋深一例蕭蕭雨，恐相逢、錯認啼妝。更消它、幾度涼飆，幾度斜陽。

附元作　張紈英

雲護簾櫳，霞烘庭院，一枝獨倚斜曛。净洗鉛華，西風展盡愁痕。幽懷祇有姮娥識，傍瓊臺、避却芳塵。笑東風、花信頻番，誤了春人。　玉樓好伴難重省，剩疏桐夜月，衰草重門。此日相看，休辭頻倒芳尊。碧闌干外秋如夢，有幽香、飛上羅巾。願年年、把酒疏籬，伴我黄昏。

和作　　張綸英婉紃

春夢驚回，槐陰盡捲，闌前暗逗新秋。雨細風疏，廿番花信皆休。叢殘已分同芳草，仗輕雲、扶上瑤樓。最堪憐、淺笑輕顰，還抱新愁。　東皇應是嫌幽獨，悵霜天寥迥，穠艷都收。容我清狂，一般顧影籬頭。閑情陶令長相憶，嘆江梅、沉夢汀洲。好憑它、丹桂清芬，伴我忘憂。

南浦見雪和夫子

雲密釀重陰，恰紛紛、滿地驚看飛絮。銀押正深深，西風緊、一樣縈簾欹舞。沾衣惹袖，曲闌竟日愁凝佇。祇恐長空迷雁影，遠信莫教頻誤。　應憐三徑蕭疏，好憑它、點綴瑤林玉樹。瘦影怯清寒，低徊處、依約南枝初吐。新詞一闋，彩毫妙擬梁園賦。幽怨重重和泪寫，凄絶數聲杜宇。

附元作　吴贊

碎剪玉玲瓏

碎剪玉玲瓏，當花看、好是羅浮春曉。樓閣净鋪銀，高寒處、記得舊時曾到。東風一霎，泥痕未許尋鴻爪。瞥見西山明練影，猶似夢中瑶島。堪驚如水年華，鬢星星、羞被菱花知道。衹合卧空山，炊烟斷、徑没階前衰草。休誇郢曲，新歌争説幽蘭好。差喜歲寒盟不負，一片冰心同皎。

賣花聲

病怯晚寒嚴。休捲重簾。穿窗無奈朔風尖。人與梅花同瘦損，一嚮懨懨。新月上茅檐。眉影纖纖。閑愁暗逐漏聲添。回首岳雲千里外，清泪空黏。身世等浮鷗。欲住無由。天涯幾見月如鈎。想得新來簾不捲，一樣凝愁。雁字過重樓。歸思悠悠。春來準擬趁歸舟。終日尋春春不見，何事遲留。

菩薩蠻 落梅傷緯青亡妹

江南多少離人恨。依稀記得年時影。新月正如眉。盈盈笑靨開。　巡檐曾索笑。祇道春長好。開落任東風。羅浮一夢中。

西風吹滿空山雪，冰姿自是神仙格。小劫墮塵寰。相逢一響閑。　花幡誰解護。悔煞當時誤。倩影杳難尋。幽香空外沉。

壺中天慢 病中感懷

樓頭雁字，却迴風驚起，哀鴻嘹唳。不管離人腸易斷，釀做一天愁思。扇已迎秋，蟬還泣露，一例添憔悴。飄零倦客，啼鵑省得深意。　堪嘆夢影匆匆，韶華易老，雨濺飛花碎。有恨祇應和泪咽，回首舊游難再。隙月留輝，殘燈戀影，耿耿心如醉。漏聲聽徹，獨憐欹枕無寐。

疏影 題王孝廉憲成室婉卿夫人拈花圖照

花融月定。正彩雲一朵，扶下香影。裊裊明霞，吹縐羅衣，花天恰稱妝靚。大羅舊侶同心夢，早譜得、霓裳仙咏。看一枝、人手名花，合與東風管領。　咫尺蓬瀛未遠，好相携玉佩，共住清境。黛管脂箱，都入濃春，艷絶芙蓉明鏡。芳心已向幽蘭識，算畫裏、香盟堪證。待相逢、得傍璚臺，應有瑶華持贈。

瑣窗寒 楊花

薄雨催花，輕烟罥柳，幾番春老。疏窗静掩，晴雪一庭誰掃。想當時、翠眉初展，釀成幽恨知多少。便東風、不禁疏狂，莫更和伊傾倒。　侵曉。芳徑悄。正游絲易惹，撲簾纖巧。嬌憨未減，不礙重門深窅。恁知它、容易斜暉，斷腸衹共爐烟裊。待憑闌、試覓遺踪，泪凝蘋影小。

高陽臺

雲斂層霄，鳩鳴屋角，朝來又做輕陰。雨雨風風，攬將花信無憑。東風鎮日無聊賴，蹴殘紅、點綴空林。恁消它、燕掠鶯捎，愁損花魂。　樓臺静鎖沉沉院。任湘雲低押，怕説登臨。容易斜陽，匆匆夢影難尋。不堪更睹縈簾絮，颺晴絲、欲挽殘春。最關情、展盡丁香，不展蕉心。

疏影 新月

新涼庭院。正綠陰搖曳，花光初斂。暝色籠烟，樓角微明，眉痕休約嬌倩。迷離塵夢愁難醒，算惟有清輝不減。怎新來嫞整殘妝，錯認徐妃半面。　千古興亡閱遍。有誰堪記省，幾許哀怨。絶域孤踪，獨夜長門，衹有素蛾曾見。相看永夜還怊悵，待訴與、碧天遼遠。等甚時海上查回，試問廣寒宮殿。

菩薩蠻 月夜不寐憶亡妹緯青

璚樓十二無消息。返魂難覓鴻都術。一卷篋中詩。心情衹自知。　十年餘涕泪。忽忽成憔悴。依舊月光寒。誰教特地圓。　夜深風勁侵肌骨。清暉一院飛晴雪。此度捲簾看。誰憐雙袖寒。　霜華飄鬢影。往事空追省。不敢怨宵長。知君更斷腸。

百字令 題清惠堂遺印

鸞迴鳳翥，似連城返趙，珠還合浦。二百年來無恙在，舊事前朝細數。玉斧誰磨，金甌易缺，此物猶如故。沉沙戟在，鬼神應爲呵護。　當日被黜歸山，壯懷激烈，起逐鳴鷄舞。

耿耿孤忠懸日月，百戰雄心最苦。燕子窩邊，鳳凰山上，勳業嗟遲暮。專祠清惠，至今猶仰遺宇。

菩薩蠻

芭蕉初展青鸞小。春光暗逐飛花老。雙燕引雛歸。湘簾特地開。　陰晴看未準。乍暖還輕冷。一樣困人天。惜春人自憐。

沁園春

仲春獨步小園，見風景蕭條，感而賦此。

春已將酣，三徑蕭條，小園乍窺。儘蜂叫蝶鬧，難尋香信，燕忙鶯懶，空負花期。柳漸舒黃，草纔萌綠，春到貧家也自遲。清明後，是花風第幾，未見桃枝。　江南謾說芳菲。便咫尺、相看風景殊。悵人間天上，苕苕良晤，雲階月地，黯黯相思。瀛海波迴，雲司月冷，一十三年心事違。徘徊久，願東風莫誤，紅藥開時。

緯青詞

陽湖張綳英緯青撰

菩薩蠻送春

枝頭吹盡輕輕絮。小樓乍覺春歸去。綉倦玉釵橫。開簾燕子聲。白雲飛送客。流水溪邊急。無計挽春回。空庭自把杯。

前　調

柳絲窈窕闌干曲。微風吹送薔薇落。蝴蝶一雙飛。階前碧草迷。雕梁雙燕舞。窗外黃鸝語。花眠正寒時。開簾折一枝。

綺窗深掩微微月。輕寒又是鞦韆節。花影一枝斜。疏星映碧紗。夜長人綉倦。懶把湘雲捲。玉漏一更更。聲聲聽曉鶯。

十六字令

樓。自倚闌干憶舊游。湘簾上，閑挂小銀鈎。

點絳唇

纔得春來，玉闌西畔花無數。閑游玩處。祇道春常住。　杜宇頻催，已是春將去。空凝佇。連天飛絮。不見春歸路。

更漏子

聽幽蛩，鳴玉砌。月影重門深閉。清露冷，漏聲微。敲窗敗葉飛。　簾半捲。人微倦。閑倚薰籠題扇。爐烟裊，畫屏深。添香學撫琴。

清平樂 茉莉

娉婷絶色。斜倚疏籬側。玉蕊冰綃争忍折。况照一輪明月。　羅衣逗滿清香。夜深獨倚迴廊。不減江梅風韵，影兒裊娜横塘。

菩薩蠻 月夜

瓊簫吹徹黄昏月。清光滿院如鋪雪。簾捲曲闌干。秋窗掩暮寒。疏星摇碧落。風冷羅衣薄。塞雁斷雲飛。林間影漸稀。

一規寒月欹明鏡。香消寶鼎羅幃静。細步下庭除。霜痕濕緑蕪。小窗横雁影。葉落西風冷。綉幕繫新橙。銅壺滴遠更。

浪淘沙

無事憑闌干。玉笛聲閑。嫩紅零落暗香殘。不道春風餘幾日，花已闌珊。砌下落梅寒。怎忍頻看。清池春水碧潺潺。一片隨波何處去，能否重還。

疏影 賦得蛛絲網落花

檐蛛暝織。放游絲一縷，黏住香魄。滿地餘芳，不捲重簾，正怯晚來凄寂。東風又是頻吹送，共柳絮、一般輕别。忍看它、罥盡殘紅，春去者番難覓。　　澹月深林乍影，小樓凝望處，懸布籬隙。恰似閑愁，繫得芳心，一刻幾回欹側。多情鳳子尋香夢，想葉底、雙雙憐惜。莫教它、粉翅飛來，隨著春魂狼藉。

水龍吟 瓶中桃花追和先伯父元韵

一枝掩映窗紗，殷勤留得春風在。年時記得，點脂匀粉，而今未改。爛漫嬌紅，參差嫩緑，未禁憔悴。問天涯多少，絮翻絲罥，亂點向、斜陽外。獨立銀屏無語。恐飄零、淒凉含泪。澹月飛來，疏簾乍捲，影摇風碎。又怕夜闌，子規啼處，惹它無寐。把璚鈎押下，湘雲深護，莫教輕墜。

前調 白蓮

雲光月色娟娟，玉顔素靨迎風起。嬌姿綽約，含情欲笑，亭亭步細。照水窺妝，凌波弄影，嫣紅羞避。想天孫凉夜，冰絲織就，飛落在、銀塘裏。一桁晶簾半捲。小闌干、露凝猶倚。翠合藏珠，玉盤籠粉，暗香時遞。怕是秋風，猛然驚覺，飄零容易。看明璫亂墜，芳心最苦，向人垂泪。

滿庭芳 薔薇

艷似調朱，嬌如約粉，幾枝裊娜迎風。嫣然帶笑，顔色有誰同。粉蝶枝頭時度，花影下積翠重重。蒼苔畔，清池一曲，低照影溶溶。湘簾終日捲，曲闌干外，時透香濃。好相將攜手，緩步芳叢。正對花前一醉，酒醒時兩袖飛紅。嬉游晚，一鈎明月，掩映畫橋東。

南浦 池上

檻外碧潺潺，看縠紋，乍生細浪如纈。春草緑初匀，新漲後、石隙幽泉嗚咽。飄來花片，都付與翠波流徹。粉香依約逐輕鷗，争教塵涴顔色。　垂楊蘸影依依，疏蘋微動處，魚兒剛没。歸燕掠波來，綸絲上、驚起蜻蜓雙翼。晚霽雲開，恰全浸一輪明月。小橋聯袂低吟緩，正是薄寒時節。

水龍吟 納凉

垂楊低蘸銀塘，浮蘋乍碎波紋細。一庭明月，滿園清景，晚凉天氣。石隙流泉，林梢墜鵲，微風徐起。看迴廊曲曲，蕭蕭竹影，更深後、還憑倚。　團扇羅衣自樂，捲湘簾、畫闌十二。水映疏星，階凝白露，暗蛩鳴砌。銀漢西斜，浮雲漸遠，碧天如洗。掩重門，小徑歸來，試問夕花開未。

菩薩蠻 步月偕大姊賦

遥看碧瓦清光冷。粉墻東畔重門静。佇立倚迴廊。驚飛兩袖霜。　浮雲倚寶鑑。澹影垂垂泛。漏盡曉風寒。傾低白玉盤。

前調 春夜

柳絲輕漾紗窗影。篆痕低繞雲屏錦。風細晚烟晴。奩開寶鏡明。玉階堆濕翠。露膩花如醉。簾捲曲闌低。月移林影迷。

春山月皎銀屏翠。鷓鴣香暖羅襦醉。一徑落花低。露溥梅子肥。簷篋搖懶影。斜倚薔薇冷。隨意撥金猊。流鶯窗外啼。

浪淘沙

細雨灑無聲。終日潮生。黃鸝不耐晝冥冥。却向枝頭啼宛轉，喚醒春陰。

晚照滿中庭。垂下湘雲。蛛兒也解惜新晴。百尺游絲黏落絮，不礙紅英。

花影正亭亭。捲上簾旌。素娥有意欲相親。恁耐浮雲時掩映，做弄陰晴。

碧落浪翻銀。涌上江鱗。一庭春色不分明。安得好風吹散也，依舊冰輪。

和漱玉詞

茂苑許德蘋香賓撰

如夢令荷花

落日亭亭烟暮。一棹出花迷路。聽唱采蓮歌，聲在漚波深處。沙渡。沙渡。香夢好圓鴛鷺。

前調春晚

衹恐東風歸驟。花下留伊杯酒。一樹小桃紅，已覺妖嬈非舊。知否。知否。天意惱人消瘦。

前調閨情

捲起湘簾小坐。水面錦鱗幾個。啖影出青萍，見了人人深躲。無那。無那。何處音書寄我。

生查子

薰風吹晝長，天氣將人困。魚浪白迢迢，應有佳期信。誰知無尺書，淚盡愁難盡。且自慰愁懷，屈指中秋近。

點絳唇

爲惜韶華，勸君把酒歌金縷。送春歸去。都半風和雨。有雁南飛，衹是添離緒。人何處。曲堤深樹。夢繞青青路。

前調

一曲瑶琴，泠泠譜出柔荑手。雪肥梅瘦。春色重簾逗。仔細端詳，兩眼星星溜。迴廊走。咏詩千首。攀得高花嗅。

浣溪沙 春暮

寂寞閑庭綉幕垂。蘼蕪緑處渺無涯。粼粼春浪接天梯。點點露凝花濺淚，霏霏風颺絮黏泥。丁香花下畫眉啼。

前　調

連日傷秋鬢不梳。織烏西仄起來初。一堤楊柳漸蕭疏。鷗鷺閑情常自睡，芙蓉醉意未全蘇。雁來還問有書無。

前　調

窗外梅花冒雪開。一枝斜插映紅腮。壽陽妝額費疑猜。鴛譜欲尋新恨事，鳳箋還寫舊情懷。江南春信又重來。

前　調

漠漠烟霏晚更濃。樓臺金碧日融融。秋千架冷一絲風。梅子黄時金錯落，芭蕉緑處影蓬鬆。杜鵑催放映山紅。

前　調

千尺寒潭深復深。桃花影與夕陽沉。何心起弄斷紋琴。紫燕穿殘花寂寂，黄鸝叫碎紅杏纔看勻薄粉，綠楊已見月陰陰。無聊怎得把愁禁。

前　調

煉石誰能補恨天。杜鵑啼破夕陽烟。高樓盡日枕花鈿。放輕綿。梨花院落冷秋千。

菩薩蠻

東風暗送春晴早。催開綉谷群花好。猶作拗春寒。怕春容易殘。不知天意是。惱得人心醉。迷迭幾回燒。魂消恨不消。

前　調

門前楊柳消殘碧。狂風吹得枝頭直。耐冷到天明。推窗飄雪輕。愁心隨滴漏。街静聞刁斗。欲見個人難。連宵夢也寒。

前　調

黄金滴溜釵頭雀。秋來雙鬢雲飛薄。倚榻綉芙蓉。一燈花影重。鷄鳴窗色曙。懶織迴風苣。瘦骨不勝衣。橫琴待鶴歸。范静妻張氏詩：『織作迴風苣。』

醜奴兒

月明穿户窺人悄，瘦損容光。暖貼銀簧。爲有山花門艷妝。　小窗寂寞蘭熏静，日逗衣香。寄語仙郎。珍重新秋一味凉。

訴衷情

春光黯澹放春遲。留得好花枝。一壺清酒與花共，醉須待人歸。　花默默，柳依依。眼低垂。更看佳景，更咏新詩，更待它時。

好事近

數到落梅風，枝上尚留殘雪。應記玉人攀處，正陽春佳節。　太湖石畔任欹斜，濃香漸吹滅。拈筆欲題新句，奈曉鳴鶗鴂。

清平樂 梅

梅花香裏。熏染東風醉。天放梅花天有意。枝上露凝珠泪。　橫斜緑水之涯。偏驚暗度韶華。又見玉人攀折，帽檐親插疏花。

憶秦娥 詠桐

憑山閣。綠雲擾擾羅衫薄。羅衫薄。寒蛩鳴處，暗尋籬角。那堪猶有霜風惡。銀床葉葉驚吹落。驚吹落。一番秋信，幾回寂寞。

南唐浣溪沙

未有新詩答歲華。愧無人把碧籠紗。喚婢還將梅水煮，試新茶。竹韵松聲都瀟雅，山光水色亦清佳。墻外一枝嬌欲語，碧桃花。

添字采桑子 芭蕉

芭蕉本是尋常種，綠滿空庭。綠滿空庭。雨雨風風、不覺動人情。窗紗映處題詩遍，一片聲清。一片聲清。最怕殘更、和漏幾回聽。

武陵春 春晚

花事闌珊春已了，人倚翠樓頭。往日思量今日休。溪水自東流。溪上桃花無處覓，空擬逐漁舟。便有瓜皮一葉舟。怎載得、惜花愁。

醉花陰九日

綠綺調弦消静晝。甲煎添香獸。楓葉幾重重，一夜相思，染得猩紅逗。茱萸插遍登高後。引好風吹袖。衹爲暗悲秋，人比山容，也帶三分瘦。

南歌子

竹徑涼風襲，蓮房曉露垂。新過小雨帶烟滋。卧聽朝來風訊、倍淒其。砌畔葵心冷，堤邊柳髮稀。漸添酒債漸添衣。一樣簾櫳不似、艷陽時。

怨王孫春暮

小院静悄。殘花暗惱。一片春陰，雨昏霧曉。天際還見飛紅。恨狂風。黄鶯啼近山深處。來又去。此意終孤負。一株寂寞，相對黯澹梨雲。鬥文君。

前調春暮

綉騎歸晚。深沉梨院。裊裊游絲，罥花不斷。春去芳信初傳。柳生綿。情人易被情牽惹。何曾捨。未醒愁春也。江城一片，紅雨恨煞風斜。盡飛花。

前調 賞荷

波影澄澄天渺渺。花似笑、劇憐年少。文鴛戲浴水西東，恁識得、花中好。江上晚紅

香夢老。相映處、斜陽芳草。漫天凉露逼衣單，已報道、秋來早。

賣花聲

樓角酒旗風。吹起春踪。把杯愁散古今同。樹上辛夷舒木筆，筆筆書空。江上數雲

峰。著處情濃。一番心事有無中。寫恨緘愁憑仗此，望斷歸鴻。

前調 閨情

瘦損病餘身。容易愁春。梅花喜見一枝新。倚竹凌寒凝望久，意化閑雲。羅扇掩歌

唇。聽去含嗔。魂隨飛絮落溪津。看到青山山缺處，涌出冰輪。

鷓鴣天

瘦蝶撩人撲紙窗。一林楓葉染輕霜。烟涵松翠侵鬟翠，風送橙香裛袖香。臨水曲，感

情長。梧桐瑟瑟晚來凉。籬邊又報深秋信，叢菊枝頭已綻黄。

玉樓春 紅梅

東君擘得珊瑚碎。點綴南枝開也未。却嫌玉骨冷清清，灑遍胭脂方稱意。　幾回收拾霜毫底。疏影横斜竹作平。外倚。多情野鶴不知寒，守住紅妝眠未起。

小重山

楊柳枝頭舒眼青。桃花初點注、臉霞勻。一溪風外捲香塵。思飄渺、落日澹微雲。　聽唱望仙門。阿誰聲細細、背燈昏。胡沙路遠嫁昭君。年年恨、辜負一家春。

一剪梅 秋別

一陣凉生一片秋。渺渺烟波，輕送扁舟。横空雁影叫西風，望斷天涯。更上層樓。　但見行雲逐水流。霜葉千林，盡是離愁。計程猶住古餘杭，爲避潮頭。未過江頭。

臨江仙

原序云：予酷愛歐陽公《蝶戀花》有『庭院深深深幾許』之句，用其語作『庭院深深』數闋。今則僅見兩首，依數和之，不勝滄海遺珠之嘆。

庭院深深深幾許，雲窗霧閣都扃。韶華最好近清明。鳥啼聲隔牖，花放色傾城。　蝶舞蜂喧天亦醉，江南作賦難成。夭桃一樹易飄零。冶游三月興，尋夢十分情。

其　二

庭院深深深幾許，雲窗霧閣開遲。相思恐減艷陽姿。陌頭楊柳色，盡放綠交枝。　滿路流鶯聲睍睆，笙簧暗逐風吹。一番春事問誰知。小園尋勝賞，雙燕乍來時。

蝶戀花　離情

欲寫離情呵手凍。驀地東風，催促征帆動。今夜酒杯何處共。篷窗應怯霜威重。　衣上淚珠穿綫縫。拍遍闌干，歌遍釵頭鳳。道是夜長圓好夢。那知空有琴三弄。

前　調

重記征衫清淚滿。爲意人人，尋夢天涯遍。不覺自家腸已斷。從新又到吟花館。　簾影迷離釵影亂。花落花開，斟酌愁深淺。多少愁懷分付雁。天涯雖近歸期遠。

前　調

如夢韶光晴較少。一種幽情，却向誰人道。階下海棠顏色好。捲簾自把菱花照。　欲寫無聊閑起草。梅子黄時，最覺傷懷抱。四面有山皆欲笑。笑儂也似春將老。

漁家傲 記夢

香繞窗紗迷曉霧。鈞天樂罷霓裳舞。一霎遨游皆勝所。冰人語。回頭劉阮逢仙處。　正是長安三月暮。滿池青草催詩句。簾外飄飄香袂舉。留不住。夢魂今夜誰邊去。

前調 咏梅

爲睹小園春色至。南枝已著鉛華膩。暗引東風香旎旎。亭樓際。忍寒正有人梳洗。　莫是天公珍重意。移來璚艷清清地。酒盞淺斟浮玉蟻。須沉醉。嬌桃文杏休相比。

殢人嬌 後亭梅花開有感

額粉新妝，腮霞乍散。猶深喜、占春未晚。璚樓玉館，情深意遠。池上影、梨雲被風吹捲。　長笛一聲，陽關雪滿。香濃處、幾回腸斷。天涯欲贈，爲誰輕剪。怎枉費、連番鳳箋湘管。

行香子 七夕

階下秋蛩。井畔疏桐。正今宵牛女情濃。經年別緒，愁訴重重。料星橋南，星橋北，喜相逢。　人間乞巧，好陳瓜果，也憐他離恨無窮。銀灣斜轉，砧杵聲中。剩一爐烟，一鈎月，一簾風。

青玉案 原注：次賀方回韵

流鶯恰恰聲盈路。且隨夢、尋芳去。衹覺蘭風吹暗度。衣香人影，酒邊燈底。盡是消魂處。　烟花最好三春暮。麗景迷人譜新句。試問青山應肯許。飛花片片，誰家擫笛。還逐沙頭雨。

孤雁兒

原序云：世人作梅詞，下筆便俗，予試作一篇，乃知前言不妄耳。今蘋亦效顰，未知能免俗否？

仙人破臘衝寒起。正索笑、多清思。一枝冷澹報春回，瘦影橫斜臨水。初調琴軫，彈成三弄，誰識千金意。　小心數點藏天地。恁都感、相思泪。西湖占斷好春光，惟有林逋獨倚。疏簾澹月，與花同夢，終古柔情寄。

鳳凰臺上憶吹簫 閨情

暖水池塘，輕雲臺榭，一年韶景開頭。見草生庭砌，初茁如鈎。多少蜂狂蝶鬧，空觸起、往事無休。從今記、傷春意味，勝似悲秋。　相將。二分春色，還却向花陰，密處句留。任差池雙燕，暗繞西樓。知否樓頭人倦，紅紫艷、怕展雙眸。雙眸遠，漫天飛絮，怎比儂愁。

滿庭芳 咏梅

夢繞西湖，香迷東閣，詩成誰賦清幽。飽嘗冰雪，月影挂斜鈎。記得羅浮翠羽，引仙子、飛下璚樓。爲伊剪，一枝寒玉，刀快借并州。　長宵深坐瘦，魂飛黯澹，影抱温柔。對疏花冷蕊，都是閑愁。拚得十千貰酒，向竹外、款取春留。湘簾捲，黄昏寂寂，香氣上階流。

前　調

南苑紅飛，西樓緑嫩，越溪人浣輕紗。柳枝摇曳，爲學舞腰吵。望斷蘼蕪青處，有山色、一碧無涯。憑闌看，忘憂簇簇，花影上衣摩。　人生能幾許，貂裘换酒，鸜鵒供平。茶，恁何須寶馬，不藉香車。算是良辰美景，已開殘玉洞桃花。平生事，從頭誰説，獨自嘆無那。此闋見於《樂府雅詞》，原缺八字，而過腔之韵，亦無第二韵『吵』字，遍閲韵書，俱無此字。細擬辭意，是助語辭。近于『耶』字之意。夫子在琴川，曾於書肆中獲得舊鈔宋詞一册，内有此闋，所缺八字俱全，欣然得而和之。

聲聲慢 秋情

重重覓覓。坐坐行行，朝朝暮暮戚戚。萬葉飛黄，秋意早傳消息。還添暗恨幾許，有冷砧、和笳聲急。向耳畔，訴幽情、此味阿誰能識。　蛩地鴻天愁積。冷露濕、籬花幾回攀摘。未雨雲沉，竹徑已先覺黑。銀壺更催漏點，隔簾聽、隱隱滴滴。獨自那，擁絮被、眠穩不得。

壺中天 春情

燕嬌鶯懶，正愁晴怨雨、紋窗深閉。撩亂春光三月暮，處處襲人花氣。力弱萍飄，情深絮泊，做就相思味。横琴曲罷，舊時懷抱堪寄。　還把一卷新詞，柔腸宛轉，嘆新聲難倚。瞥見風箏天外影，悄共離魂飛起。桃綬拖紅，苔錢砌緑，猶惹深深意。竹間烟裊，不知茶熟還未。

玉燭新 早梅

竹籬茅舍後。有一樹梅花，冒寒妝就。綉添弱綫，多芳緒、已覺日長蓮漏。羅浮夢醒，有野鶴林邊相候。花影弄、香動黄昏，微微襲人衫袖。東君乍到江南，問嶺上横斜，尚留香否。采蘋浪鬥。謾贏得、玉骨冰肌同瘦。深宫競秀。却占上。盡、群花魁首。還記取、月下瑶臺，霓裳曲奏。

慶清朝慢

燕影穿簾，鶯聲選樹，蘭閨倦對芳春。長吟短咏握管，空擬清真。好把低顰淺笑，幾回著意巧翻新。看湖上，澹妝濃抹，羞煞文君。梅魂清，鶴夢杳，正寸心千轉，暗逐征輪。重重幕外，飛來野馬成塵。折得一枝幽艷，和香黏露粉朱勻。�屏倚，怎樣描出，似醉昏昏。

永遇樂 元宵

月浸春城，花明燈市，游冶佳處。橋畔雲迷，樓頭采結，仙闕應也許。翠影叢中，艷歌聲裏，最怕霎時微雨。還端整、靚妝簇簇，好挈鳳儔鴛侣。千門如畫，六街閑步，不覺籤聲催五。寶馬塵飛，鈿車香惹，裙屧争楚楚。魚龍游戲，因風忽撼，勢若凌空飛去。聽鄰女、月地花天，從頭細語。

多麗 白菊

乍重陽，漫天清露珠垂。聽鳴秋、千林黃葉，颼颼寒色侵肌。也記起、玉妃貼鬢，也記起、青女低眉。三徑蕭疏，千株冷澹，不隨春艷鬥妍奇。正好趁、持螯把酒，風趣算偏宜。滿頭插，粉花玉蕊，錯認酴醾。　向園林、秋光漸老，傲霜挺秀相依。有宮人、乍吟愁賦，有倦客、重咏新詩。旅邸情懷，柴桑伴侶，頹然野鶴舊容姿。忍守著、孤標晚節，知遇雁來時。西風緊，歸來彭澤，檢點疏籬。

澗南詞

茂苑許德蘋香賓撰

拜新月

當頭見新月，細步出簾拜。待得如鏡圓，妾心方稱快。

玉樓春

夢中作春情一闋，醒後續成夏、秋、冬三詞。

閑來幾日尋芳徑。踏碎幾多楊柳影。枝頭燕子語雙雙，也學人情飛不定。　憑闌陡起傷春病。滿樹桃花如我命。碧天和露種何年，莫使風吹紅雨冷。

前調 夏情

亭亭曲沼荷風捲。驚起鴛鴦飛去遠。垂楊低挂萬千絲，遮莫青驄都不綰。　起來又把瑤琴怨。流水高山彈已遍。蒹葭深處有伊人，真個曲中人不見。

前調 秋情

秋光最是添愁緒。一霎風吹一霎雨。啼螿唧唧到天明，萬疊相思無覓處。相思憑著誰人訴。征雁剛來天際語。那人未有一行書，夢裏今宵親自去。

前調 冬情

重幃末下尖風逗。獨擁熏爐燒炭獸。養娘何事太無情，反欲催人勤刺綉。幾回拈起殘針扣。綉出平原猶未就。檐冰倒挂玉玲瓏，梅蕊爭開紅結豆。

蝶戀花

癸丑春日，將歸洞庭，閨中諸姊妹投贈詩詞，以爲祖餞之意。予亦悲感交集，譜此以別。

小劫紅羊期已滿。擾擾塵喧，烏兔飛如箭。往日苦多來日短。眉峰深鎖何曾展。從今省識東君面。捲起重簾，爲有雙飛燕。桃李穠華纔到眼。此情不比尋常見。

世味炎凉參已逗。一樹垂垂，綠遍河堤柳。放眼靜看人太瘦。吟魂怕繞屏山岫。枝上杜鵑啼已久。催得人歸，衹恐人歸後。山影自憐非似舊。黄昏泪落拋紅豆。小院重門深鎖緊。秋月春花，消得閑愁悶。道是悶愁消得盡。那知對景添長恨。昨夜東風來衮衮。墻角梅花，特報春來信。衹恐韶華真一瞬。此情脉脉縈方寸。不敢輕將西子比。覓得陶朱，欲泛五湖裏。畫舸乘風吾去矣。從今洗眼來雲水。忽聽驪歌聲細細。盡是陽春，多道傷離意。後日思量憑雁鯉。尺書時把加餐慰。

子夜歌 新秋寄懷主人

凉雲薄薄如羅綺。絲絲欲綉迴文字。鴻雁不歸來。教奴心上猜。自憐腰減舊。却憶人同瘦。驀見暗飛霜。沿堤柳色黄。

卜算子 送春感賦

乍喜好春來，何事匆匆去。爲把東皇著意留，花幛重重護。自笑太痴情，又自從頭悟。分付荼蘼不許開，春也歸何處。

浣溪沙 寄懷崔小鶯姊

駐拍停歌冷夕陽。濃烟深鎖倒垂楊。無聊獨自咏河梁。雙鬢渾忘施黛緑，滿頭猶自插花黄。閑庭寂寞晚風涼。心事謾和燈細語，愁懷衹與片片飛雲逐雁行。飄來一陣木樨香。更闌猶厭漏聲長。夢商量。無眠又見月窺窗。

點絳唇 暮春感賦

花落花開，恨春作去弄千般巧。此情誰曉。都是催人老。杜宇聲聲，偏向樓頭叫。春歸了。飛花料峭。有個蜂兒抱。

菩薩蠻 秋夜書懷

涼飆黄葉催寒色。紙窗月照無情碧。一陣雨瀟瀟。墻東悔種蕉。嘹嘹新雁過。刀尺聲相和。莫説是尋常。人情怨夜長。

唐多令

鴻雁一聲秋。江干釣未收。是何人、獨倚西樓。聽徹鄰家吹玉笛，明月下、訴揚州。驀地起邊愁。金戈載道游。説桃源、何處漁舟。霜葉圍山紅簌簌，還認是、武陵邱。

釵頭鳳秋夜不寐謾成此調

秋懷悶。秋心恨。一番秋意無人問。眼花落。燈花落。數盡蓮籌，滿街剥啄。柝。柝。柝。

風聲緊。蟲聲近。攪人魂夢何曾穩。羅衾薄。羅衫薄。坐到更殘，鷄聲已作。喔。喔。喔。

蘇幕遮夢

下羅幃，推綉被。倦態矇矓，已入甜鄉裏。意象須臾盈眼底。飛度華胥，又到遼西矣。

渡頭鴛，柯畔蟻。各自游仙，各自逢場戲。知否黄粱炊熟未。種種相思，説起無頭尾。

虞美人春日病起

曉鶯啼破愁人夢。紫燕窺簾縫。侍兒扶我過樓東。衹見琴床畫奩、被塵封。　兩肩猶覺羅衣重。瘦與梅魂共。病餘不耐訴情衷。忍看花明柳暗、一重重。

芭蕉雨 與張月娟姊雨窗夜話

并坐虛窗意切。有誰來解得、同心結。一粟燈花明滅。可耐對著愁人，將愁怎說。人生渾似夢蝶。看烏兔飄瞥。知一例收場、還分別。正誰到、斷腸時，驚聽雨滴叢蕉，風摇片鐵。

一七令 對梅花作

梅。梅。瀟灑，芳菲。玉爲骨，冰爲肌。姑射清絶，壽陽嬌奇。花分南北艷，寒忍雪霜欺。千樹初傳春信，一枝獨占花魁。誰識孤標能鑑水，除非白石更無詞。

虞美人 梅花

朝來和夢尋春迹。枝上堆殘雪。羅浮仙子却嫣然。花瘦儂憐儂瘦、被花憐。一鈎殘月朦朧照。應索何人笑。丁香已結個中詞。憑遍闌干攀折、幾回看。

壽陽曲 道旁孤梅著花睹此生感

一樹疏花發，衆芳都不如。向天涯、贈將何處。甚殷勤、暗香留幾許。輕試問、是誰爲主。

濾月軒詩餘

上海趙棻儀姞撰

蝶戀花 題戴姬顧蓉娘吹簫圖

江東詞客才名舊。獨對黄花，小試鏤冰手。可憶玉人依座右。何須記曲煩紅豆。幾日秋情濃似酒。檀口香喉，真個銷魂否。夜静不知清露逗。蒙蒙泠濕羅衫袖。

南鄉子 前題

蟾魄喜初圓。名士傾城是夙緣。月姊聞聲應亦妒，翩翩。未許乘風便上天。綽約體如仙。徙倚桐陰石磴邊。最是泥人風致也，娟娟。手握璚簫更可憐。

青玉案 茉莉花

紗厨玉枕清無暑。點綴晚妝眉嫵。一片幽懷誰與訴。盈盈素質，泠泠碧露。欲摘人何處。　暗香漸覺金風度。起傍花陰自延佇。欲問冰蟾愁幾許。越羅涼逗，楚天雲暮。脉脉渾無語。

深院月

情脉脉，思悠悠。霜滿閑庭月滿樓。何處歌聲風送到，隔鄰親案小涼州。

天仙子

滿腹閑愁皆自取。美人消息知何處。芳心許。芳魂與。偏到相逢無一語。録注：單調應是三十四字，或四，或五仄韵。疑第三句脱失。無别本可考，依刻本録之。

如夢令

昨夜霜濃風驟。祇恐梅花僝愁。曉起探園林，却喜寒香依舊。知否。知否。欲折還憐纖手。

西溪子

溪畔水仙開矣。一縷幽香如此。暗相思，何時已。無時已。不比春風桃李。問姮娥。奈冷何。

歸自謡

今夜月。千里離懷愁欲絶。歸鴻陣陣哀鳴切。　銷魂恰憶中秋别。堪嗚咽。裁箋欲寄南枝雪。

連理枝

怕讀西堂句。怕聽西窗雨。此恨何如，幾時重見，歸期又誤。憶謝庭今夜，北堂相聚，圍爐共語。

江南好 自題憶中雲樹圖

江南憶，相憶未曾經。人道江南儂故國，幾時才見故山青。歸夢杳難憑。

望江東 前題

烟水蒼茫黄歇浦。五百里、吴淞路。如何咫尺嘆修阻。難覓個、帆飛渡。　欲歸屢把歸期誤。凝望遠、空雲樹。謾勞湘管傳情愫。奈此情難賦。按：末句疑缺一字。

意難忘 前題

十載蘋洲。鎮襟懷黯黯，歲月悠悠。望雲心欲絶，懷橘願難酬。鴻北向、水東流。拚一醉新芻。把此中、無邊牢落，盡付眠鷗。　燕臺更有前游。記閑園角酒，水榭迎秋。題糕徵韵語，説餅擁香篝。憐別後、見無由。更莫上高樓。暮山横、斜陽芳草，處處生愁。

錦纏道 題丁夢樵虹文四安賽會竹枝詞

纔罷春游，剛接賽神弦管。想盈堤、舞裙歌扇。方山社會人争羡。句起詩豪，重把新聲按。　好句播風謡，情關正變。知老鐵、清詞誇獨。擅它時、定有雙鬟聽，紅牙輕拍，傳唱旗亭遍。

解佩令 題姜玉溪宫綬簫聲明月圖

冰弦停撥，閑愁暗繞。記良宵、隔水簫聲度。翠袖紅樓，把碧玉、殷勤重譜。裊餘音、低徊如訴。　一天涼月，一江冷露。渺微波、盈盈修阻。倩得荆關，爲寫出、那時情緒。却還愁、小紅生妒。

一枝花 題嚴比玉廷珏宧園倚聲圖

過眼凉秋晚。抱膝酸吟慣。蘋洲漁笛都、擁琴案。看減字偷聲，寫得詞華爛。休道豪情擅。待檀板紅牙，倩個小鬟輕按。 笑儂亦、紅裁白判。惹得吟逋絆。到如今、孌弄何曾算。羡滴粉搓酥，字字珠璣綻。肯便浮名換。一曲風流，早已是、旗亭傳遍。

百字令 題董壺山甥百花詞

生香活色，似丹青宛轉，描來情麗。滴粉搓酥成百咏，字字緑酣紅膩。十樣雲箋，三升墨露，會得惺忪意。問花無語，可能知此情未。 堪嘆駒隙流光，鴻歸燕去，不管人憔悴。雨雨風風新夢覺，別是銷魂滋味。一段纏綿，千般哀怨，盡向豪端寄。感春懷抱，遣愁儂亦無計。

青玉案 題董雙湖夫人梅窗琴趣圖

縞衣綽約闌干倚。早窗外香吹起。翠羽啁啾風月霽。雙成姿韻，庭蘭情意。祇在絲桐裏。 知音更有羅浮婿。玉茗風流君許替。撥罷金徽同覓醉。小弦彈了，大瓢沽未。共飲苔枝底。

金縷曲

春日有感子啓兄之逝，兼悼董菘園。

夢斷江鄉路。憶年時、小窗情話，共傾離緒。一別俄驚成永訣，竟使才人黄土。算總爲、浮名耽誤。隻影凄凉餘弱弟，痛聯床、聽雨人何處。休再咏，斷腸句。　同歸翻有知心侶。料重泉、相逢話舊，應悲草露。未遇孫陽終見弃，絶藝空傳豪素。更鸚鵡、當年曾賦。又是禁烟時節近，嘆殯宫、寂寞斜陽暮。還剪紙，向清滬。

前調　題董鑄范花坪長憶圖

樂事應難又。記當年、小園聯步，牡丹時候。魏紫姚黄春正麗，肯便等閑孤負。理彩綫、花幡親綉。護惜繁英芳意切，奈凄風、苦雨來偏驟。春人夢，能長否。　飛璚本是瑶池偶。恨匆匆、驂鸞歸去，幾時重覯。此日芳菲仍不改，忍對花開如斗。算衹有、香塵依舊。宛轉新詞工寫怨，繫相思、奉倩猶消瘦。還累我，泪盈袖。

前調　花朝爲花介眉限壽字

暫輟拈針手。喜今朝、百花生日，擘箋稱壽。姹紫嫣紅春富貴，盡付東皇消受。正處處、尋紗窗乍啓香初逗。更爇芳攜酒。蝶粉蜂黄渾未褪，恰娠梅、嫁杏佳時候。金錢會，休孤負。最多情、嬌憨兒女，花幡争綉。不許風欺兼雨虐，暗乞天公護佑。怕一霎、緑肥紅瘦。心香重默禱，願年年、歲歲人如舊。舒化日，共長久。

高山流水題湯雨生十二古琴書屋填詞圖

七弦拂處起春風。譜幽情、判白裁紅。閑坐理金徽，公餘雅賞誰同。揮豪際、换徵移宫。依稀有，多少新謡舊曲，付與飛龍。恁銅琶鐵板，大漢倩關東。囊中。連珠又雙月，排列著、幾許枯桐。攫醳盡深愉，一一與政相通。免平沙、落遍哀鴻。旗亭上，衹聽歌來五袴，寫出歡悰。勝耆卿、井水隨處，播芳踪。

臺城路題陸簫士長春天台采藥圖

石梁遥互天台路，斯游最饒清妙。手杖青藤，腰鑱白木，夢裏當時曾到。仙山春早。看紅遍夭桃，閑情多少。倚石迷花，千岩萬壑徑幽繞。新詞繼踪石室，畫師憑寫出，峰迴雲峭。詩咏曹唐，賦裁孫綽，輸却風流懷抱。元花蓍草。想滿貯奚囊，儘搜吟料。遠映霞標，翠屏横夕照。

江城子

小閣寒生夜有霜。掩紗窗。對銀釭。閑拂花箋，細憶譜新腔。多病多愁還自笑，文字癖，總難忘。

瑞雲濃

葉小鸞眉子研側刻八分書『疏香閣』三字，背刻小楷八十四字云：『舅氏從海上獲研材三，琢成分貽予兄弟，璚章得眉子研，云「天寶繁華事已陳，成都畫手樣能新。如今衹學初三月，怕有詩人說小顰。」「素袖輕籠金鴨烟，明窗小几展吴箋。開奩一研櫻桃雨，潤到清琴第幾弦。」己巳寒食題。』下有小印篆文『小鸞』二字，研已歸粤東某氏，余所見者，秀水計氏拓本也，爲題此闋。

紅絲片玉，螺香猶沁腴紫。素袖頻番井華洗。櫻桃雨潤，記伴著、瑶宫仙史。夢影鎮匆匆，化飛雲逝水。　十樣新圖，誰拓出、初三月子。細字銀鈎認題識。優曇花謝，想膜拜、猊床禪偈。墨暈流芬，小顰似此。

剔銀燈 題袁子才先生十三女弟子湖樓請業圖，顧紉秋夫人摹本

勝絶湖山佳處。來作吟壇盟主。夜月紅樓，春風絳帳，粲粲瑶臺仙侣。娉婷細數。剛好似、琴徽箏柱。韵事争摹畫譜。裙屐依然風度。蒲褐詩禪，芸縢婦學，解道浮名都誤。前塵電露。吾自賞、傳神豪素。

傳言玉女 計蕊仙珠儀贈所畫團扇賦謝

秀骨珊珊，想見左家風貌。綉餘閑課，仿徐黄畫稿。纖指點染，澹月疏花清妙。仙雲飛墮，墨香猶繞。入手冰輪，快新凉、更不盼。素秋來早。憶妝臺弄筆，嬌痴小茶，别恨遠山芳草。且蘭遥寄，也應傾倒。第三女曰杼，亦能學畫，時從宦雲南。

蕊珠閑 題張嘯峰鴻卓藕花香裏填詞圖

水亭開，風簾捲，閑對碧雲千柄。寫幽情，譜宫商，問花欲應。越娃歌罷，鬧紅歸艇。最宜晝長人静。曲闌憑。個中清味自領。三十六陂風景。玉簫低和，好趁彩鴛眠醒。冷香遥沁，雪箋霜穎。嫩凉暗傳秋信。

玉女摇仙佩 題蔣海珊維城貪看梅花過野橋圖

横溪略彴，著個幽人，伴鶴風神瀟灑。冷澹生涯，孤高心性，總被綺梅牽惹。破曉携笻出。望璚雲嬌墮，彩虹寒跨。暗香逗、一枝竹外，小立幺禽，凍萼低亞。詩仙最清狂，雪友霜媒，冰銜許借。　猶憶小窗夢醒，月冷芳樽，忍負相思那夜。寵柳驕花，嬉春雖好，怎及西泠茅舍。欲去重回步，繞籬落、徙倚水邊林下。怕一霎、隨波片片，玉龍哀曲，等閑吹謝。生綃寫。它年官閣助清話。

散餘霞 題雲山留客圖

名山名士成賓主。記倚笻延佇。佳處好結茅庵，莫匆匆便去。　多情小山桂樹。也勸人且住。痴絶一片烟嵐，更周遮別路。

金縷曲 題吴一峰家衘甕天圖

不解蒼蒼意。古今來、把人僝僽，者般游戲。衹有疏狂吴季子，未許碧翁維繫。早脱屣、浮雲金紫。卧甀虛齊魂夢適，笑邯鄲、瓷枕翻多事。迷與悟，總非是。　茫茫宇宙誰知己。問丹青、可能摹出，填胸豪氣。睥睨人間雙白眼，説甚幕天席地。奈一片、雄心難死。痛飲高歌聊作達，儘半生、踪迹壺中寄。真自在，有如此。

清平樂 題陳叶篪伯穎清平山館圖

閑門覓句。商略閑中趣。城市山林容小住。大好誅茅結宇。石髓凉沁吟腸。烟霞盡入奚囊。恰伴徐家高士，詩仙近在鄰墻。

蘭陵王 潯酒

一溪碧。環抱西吴釀國。春波滑，新泛緑醅，化作真珠小槽滴。鵝黄好顔色。招得高陽醉客。茅檐外，青颭杏帘，明月清風兩橋側。壺觴感今昔。記少小評量，秦黍燕秫。醉鄉日月頭將白。恁滿引村酌，麴生清味，凫花蟻蕊總不敵。有名士標格。岑寂。翠樽泣。祇日飲袁絲，曾詡歡伯。詩仙俊賞難重覓。奈土銼愁煮，瓦盆狂吸。風流公瑾，醞藉處，更孰識。隨園食單以紹興酒爲名士，又謂潯酒似紹興酒，而清洌過之。

金明池

震澤王研農藏河東君書鎮，青田石，高寸餘，刻山水亭榭，款云：『仿白石翁筆』小篆五字，面鎸『崇禎辛巳暢月，柳蘼蕪製』十字。研農方搜輯河東君詩札爲

《蘼蕪集》，將以付梓，適得此於骨董肆，云新出土者，自謂冥冥中所以酬其晨鈔暝寫之勞也。余見其拓本，因題此闋，即用《蘼蕪集》中咏寒柳韵。

片玉飛來，脂香粉艷，解佩疑臨蘭浦。誰拾得、絳雲殘燼，嘆細帙早成風絮。剩芳名、巧琢苕華，揮小草、依約芝田鶴舞。伴十樣濤箋，摩挲纖手，記否我聞聯句。　玉樹南朝霏泪雨。共紅豆春蕤，飄零何許。霑幾縷、緑珠恨血，衹畫裏、山川如故。二百年、洗出苔痕，感詞客多情，燃膏辛苦。想蘇小鄉親，三生許認，試聽深篁幽語。河東君本楊氏，小字影憐，盛澤人。

湘春夜月 題陸蕢鄉鐄鬱林山館圖

傍黃溪，小村風景偏佳。最愛老屋三椽，恰占水雲隈。不許軟紅塵到，恁釣魚磯近，鬥鴨闌開。更清芬世守，葵花石古，凉綉蒼苔。　天隨小隱，閑庭半畝，杞菊應栽。著個吟身，憑料理、劍緱琴柱，酒杓茶杯。眠鷗夢醒，認榜題、恐費疑猜。讀畫處，恍鵝峰霽雪、龍城夜月，天末飛來。

高陽臺 吴倚雲夫人婉桃緑窗吟草題詞

鶯媚能歌，花嬌欲語，比肩人倚朱棂。珊管輕拈，畫眉螺子微青。閑抛書捲閑停綉，賭尖叉、好句先成。聽分明，吟出紅窗，總是雙聲。　玉簫凄咽秦樓鳳，又天風吹送，鸞背飛璚。留取香奩，幾多斷稿零星。扁舟曾泊梅花堰，吊詩魂、冷月三更。剔寒檠，讀罷遺編，夢落瑶京。

瑶花 題陸蕢鄉傳畫樓圖

玉叉展處。小拓紅窗，正滿庭花雨。金題拂拭，還衹怕、污了茗邊寒具。樓心慣讀，儘消受、一爐香炷。愛墨痕、烘遍生綃，也合碧紗珍護。幾番丹席摩挲，抵百萬籯金，家計傳與。芝泥澹沁，看押角、小印模糊留取。奇書笄束，和此幢、鬖榼同貯。謾愁它、妙繢通神，化作彩雲飛去。

祝英臺近 徐藕香夫人延照遺稿戴銅士屬題

曉窗前，風幔底，妝罷對圖史。小擘鸞箋，薇墨彩毫試。憐它縷雪思清，剥蕉心細。渾減了、兩峰眉翠。振仙袂。吟魂飛去瑶臺，化作斷雲墜。欲遣悲懷，開篋已霑泪。怕看錦句愁多，銀鈎腕怯，剩小印、尚鈐紅字。

月下笛 用石帚韵題于辛伯源南湖柳隱圖

垂柳深深，詞仙小隱，一樓烟雨。流鶯解語，碧陰中、自來去。人間離别誰能管，祇閑舞、東風萬縷。愛陶廬幽寂，門無剥啄，飛絮盈路。　延佇，尋詩處。想品入中條，青春鸚鵡。漁鷗再譜。小長蘆客應許。湖天涼緑邀吟屐，問前夢、纖腰記否。采菱曲，欸乃聲，遥和怒鐵自度。

繞佛閣 題雷約軒葆廉蓮社圖

鶴林净土。香界結社，裙屐吟侶。三泖東滸。欲疑遁迹、廬岑遠公住。粥魚飯鼓。金粟影裏，塵劫重數。瑶盞頻注。笑它愛酒，柴桑唤難去。　憶昔弁峰頂，舌涌青蓮留法炬。聞説俊游、携笻曾久佇。想約踐嬉春，來幾新雨。世間今古。問白業因緣，殘衲能訴。更浮圖、一鈴幽語。

瑞鶴仙 題約軒德配張伴蓮綉詩圖

生綃縈墨縷。愛粥綉文章，色絲隱語。珠排好詩句。是多情夫婿，錦心纔賦。吹簫伴侣。鎮同修、妝臺眉譜。笑當年、織錦蘇娘，偶影獨鳴機杼。　看取。松陵小謫，寫韵丰神，翠鬟香霧。五紋雜組。能巧似，夜來否。想前溪曲唱，今番歸棹，花樣應翻白苎。恐鴛針、傳遍紅閨，有人偷度。

醉太平 鈕西農福疇亦有秋齋詞鈔題詞

吟春曲闌。聽秋小園。幽情都付雲箋。更鳴琴燕閑。　芳妍碧山。青超玉田。笛聲飛滿江天。對斜陽暮巒。

惜分釵

陳蓮汀銑悼其姬人吴氏，因取所畫墨梅遺幅裝池成册，并繪遺照於册首，名曰疏香清影圖。蓮汀自題一絶句云：『梅子酸心樹，桃花短命枝。可憐梅倚月，孤負月明時。』册中題詞多清虚婉約之作，余亦賦此解，書諸册尾。

芳年短。香魂斷。墨痕慘澹纏幽怨。夜凄清。峭寒生。鬥雪丰神，直恁娉婷。卿。卿。　孤吟倦。閑愁絆。相思忍到蘿窗畔。影斜橫。月朧明。夢醒羅浮，一段痴情。惺。惺。

月底修簫譜題沈蕊瓣藥月底修簫圖即用自題元韵

竹陰疏，梧影瘦，凉夜敞朱户。嬴女樓頭，偷按廣寒譜。莫教遏住行雲，太虛微滓，轉遮了、蟾輝來處。　咽清露。疑是沆瀣神仙，檀痕幾回數。貌入生綃，拈豪澹無語。笑它洛苑真珠，懸璫敲徹，更不解、引商調羽。

前調題隨園女弟子尺牘墨迹

露零豪，香拂紙。緘札記紅鯉。小别倉山，駒隙一彈指。爲言水榭張燈，湖樓請業，有多少、綺情瑶思。　憑驛使。料應折得梅花，先從隴頭寄。添個詩篇，雁足手親繫。却看黄蠟封函，朱泥押尾，衹粉暈、尚留箋膩。

多麗題葉漁莊承桂五湖漁莊圖

蕩胸襟，鱸鄉風景幽深。記當時、三高游衍，遺蹤尚許重尋。篋篷欹、撈蝦雪渚，荓茵碎放鴨烟潯。脱略簪裙，芟除絲竹，四圍山水足清音。看遠近、送青浮碧，不許軟紅侵。蕭閑意、半歸畫本，半入詩心。　愛吾廬、剪荷葺芰，門前垂柳陰陰。岸花飛、香黏屐齒，溪雲抱凉沍蓑針。伴約鷗鳧，兒呼魚鷂，霜鱗爛煮佐芳斟。想玉潤、石林書就，萬事付高吟。敲銅斗、唱漁歌子，驚起沙禽。

一痕沙 題吳平齋雲畫山水册集宋人句

景象筆鸞箋，姜夔。藜床香篆横輕霧。王安禮。又還休務。萬俟雅言。花落空庭暮。趙鼎。　趣天然，劉過。寫我吟邊句。韓淲。山無數。秦觀。夕陽烟樹。石孝友。看盡江南路。周邦彦。

前調 題陸芝田蘭生雙琯閣圖集宋人句

點翰何處君家，毛滂。柳含烟翠拖金縷。賀鑄。瑣窗璚宇。無名氏。寂寞閑庭户。謝懋。　舒箋，袁去華。總入昭華譜。李萊老。憑闌佇。陳允平。雲山烟渚。吕勝己。好個雙栖處。晏幾道。

壺中天 題記二田光炘小滄浪消夏圖集宋人句

掃蕩煩襟滄浪萬頃，俣寘。卧冰奩、仲并。冷浸一天空翠。張元幹。愛此溪山供秀潤，劉清夫。倚如洗。劉儗。料理琴書，張炎。品題風月，戴復古。别是閑滋味。李清照。蓮幽竹笛，董嗣杲。翰闌疑匪人世。劉克莊。　此地宜有詞仙，姜夔。聯鑣飛蓋，袁去華。人在行雲裏。辛弃疾。過雨凉生墨流傳知幾許，毛幵。寫出江南烟水。趙長卿。坐石談玄，李昴英。飛觴溪白，李彌遠。袂。汪藻。剨然長嘯，黄昇。半灘鷗鷺驚起。蔡伸。

月樓琴語

高安蕭恒貞月樓撰

浣溪沙 春曉

一桁簾波畫不成。嫩涼天氣半陰晴。隔墻風送賣花聲。紅杏雨香融乳燕，綠楊烟澹護啼鶯。玉鈎春影欠分明。

減字木蘭花 春晚

東風漸懶。瘦盡梨花春欲晚。隔著重愁。十二珠簾怕上鈎。紅蕤謾倚。釵彈鬟欹扶病起。燕子間關。似說輕棉半臂寒。

前調 勺湖逭暑

城西那角。碧泛蓮湖分一勺。雨過留香。薄鬢絲絲眷夕涼。何曾計左。偕隱花間應許可。鄉老温柔。卅六鴛鴦總白頭。

買陂塘 次外子自題勺湖蓮隱圖韵

傍湖濱、幾椽幽築，紅塵未許飛到。簾陰一片裙波皺，恰對盈盈荷沼。新畫稿。試占取、雕闌十二同吟靠。斜陽未了。趁拂面風來，吹香滿鏡，重理鬢雲好。　花前憶，憶著吴娘風調。此情休怕花笑。何時打槳迎桃葉，先拓是鄉終老。秋意早。記雪藕、調冰曾乞璚漿飽。停歌話悄。縱拜月盟低，臨風語細，猜已被鷗覺。作上。

念奴嬌 石君追溯舊游爲拈此解

莫愁湖畔，蚤十年、携得桃家雙槳。幾度東風芳草緑，知否個儂無恙。往事雲沉，閑情水皺，脉脉堪凝想。白門嬌柳，靚妝曾鬥眉樣。　聞道燈底秋心，親題蘭帕，偷學詞人蔣。暮雨瀟瀟篷背徹，祇似玉釵低唱。倚舵煎茶，臨波拓鏡，丰致真無兩。舊游如夢，爲君添倍惆悵。

虞美人

夜雨催花，春寒特甚，攬衣倚枕，偶成此詞。

五更風雨驚殘夢。尚怯餘寒重。一層紅暈一重紗。料是窗前開了、絳桃花。　輕陰天氣還慵起。遮莫紅蕤倚。春來生怕上簾鈎。怕是鈎簾鈎起、一春愁。

浣溪沙

花下徘徊，悄然得句。

檢點嫣紅瘦幾分。悄扶秋夢到闌根。不關蜂蝶也銷魂。　西下夕陽東上月，等閑容易又黄昏。一般花影判涼温。

闌干萬里心

聽秋閣坐雨賞荷，新涼可喜。

藕花都向晚涼開。小扇單衫香滿懷。水閣闌干憑幾回。聽秋來。萬葉跳珠雨過纔。

水調歌頭

夏晚與石君湖上納涼，填此索和。

我愛勺湖住，三伏暑全忘。誰家鬧紅，雙槳來往樂無央。暢好雨餘天氣，記取薄羅衫子，兜住水雲涼。一事與君說，花欲傲詩狂。　指城西，幾株柳，挂斜陽。有時鬟絲，風過吹上藕花香。千古高山流水，儻肯一彈再鼓，儂爲解琴裝。如此好風月，那用一錢償。

南樓令 寄外

金井露華濃。秋懷砧杵中。算經年、容易西風。悄向碧闌干外倚，又一葉、下梧桐。　何處問游蹤。水重山更重。怕楓江、冷斷吴篷。莫怪霜潮消息梗，須早晚、托鱗鴻。

生查子 書所見

殘荷紅漸稀，香老詞人筆。小立釣絲風，悄倚蕢漁笛。　雨乍收，凉眷夕。秋夢無痕迹。莫是水螢飛，誤認疏星碧。

蝶戀花

隨任隰川，見燕巢有感。

謝却殘紅飛盡絮。九十韶光，六十輕抛負。婪尾餘春餘幾許。畫簾一桁微微雨。　雨後泥香新燕乳。一樣將雛，心苦誰憐汝。江上草堂今在否。雙栖畢竟歸何處。

浪淘沙

花事將了，春愁正深，追悼雪舫、風琴兩姊。

風雨五更寒。姊妹花殘。洛陽揮手聽啼鵑。彈指光陰回首夢，卅有三年。遺稿忍輕删。鏡底重看。此中添我泪汍瀾。一讀一回腸斷處，留與青山。

前　調

前詞意有未盡，再填此闋，不覺泫然。

記否手同携。廊曲闌低。一鈎月上粉墻西。竹影參差花影亂，風露含啼。往事但重提。眉楚鬢凄。雨香寒食泣棠梨。抔土茫茫何處覓，夢境都迷。

前　調

定羌官廨後有望河樓，每一登臨，輒動歸念。

羌笛破春寒。人老邊關。十年夢已斷湖干。一様雨絲風片外，那覓吴船。高閣幾憑闌。眼底河山。料應商略去留難。燕子也知鄉思苦，相約飛還。

菩薩蠻秋夕

疏桐一葉飄金井。蘭釭背寫紅窗影。不是耐宵凉。那知更漏長。　遲眠因愛月。寂響空廊屧。蟲語恁纏綿。道它秋可憐。

清平樂雪夜

松盆籠袖。寒已交三九。梅影白描燈上候。差比吟魂消瘦。　雪花輕糝窗棂。爬沙真個堪聽。疑有縞衣入夢，覺來枕角微馨。

水調歌頭八夕

今夕復何夕，鵲駕已難留。盈盈一水相望，空際碧雲流。携得輕紈小扇，坐向冷螢光裏，人意澹於秋。襟袂極瀟灑，風露浣清愁。　倚銀床，薦冰簟，熨羅綢。不妨夜深低語，笑問女和牛。難道仙家眷屬，也似人生離合，隔歲一綢繆。終古此河漢，別恨總悠悠。

高陽臺

追和元遺山雁邱詞，同石君作。

叫月聲酸，寒波影瘦，雙雙暗度河汾。響裂驚弦，無端比翼輕分。霜閨盼斷天涯信，怕秋江、烟櫓空聞。惜離群。夢冷圓沙，合殉斜曛。　十三數到哀箏柱，衹同埋玉骨，猶紀貞珉。剩水殘山，依然青冢黄昏。相思怨魄歸何處，盡傷心、付與詞人。認啼痕。碧化蘼蕪，都長情根。

江城梅花引

石君、外子以汪幼堂明府咏梅之作，并其夫人宫漱碧秀芝。和詞見示，倩余同倚此調，依韵繼聲，殊難合拍耳。

紙窗虚掩月黄昏。是冰紋。是霜痕。謾把一枝，疏影誤横陳。夢已無聊何况醒，衹留鶴，伴癯仙、話夜分。　夜分。夜分。暗香聞。酒半醺。茶半温。倦也倦也，倦擁著、篝火餘熏。嬴得妝臺，雙寫筆花春。鏡裏東風三九過，描凍蕚，借燕支、點染匀。

百宜嬌 咏水仙，次石君韵

艷比冰清，影和春瘦，誰識個儂仙韵。小立亭亭，半眉新月，粉頰嬌烘微暈。東風背却，便夢裏、芳期無準。謾思量、我見猶憐，鏡邊愁攏雲鬢。　斜坐倚、熏籠未燼。低笑試拈來，玉葱纖印。絶世丰姿，出塵標格，詞筆將伊描盡。而今冷澹，可記得、江皋離恨。早猜詳、怨果三生，舊情休問。

木蘭花慢 石君屬爲俞逸仙明府題卧游圖册子

甚丹青點染，暮澹遠、似雲林。看幾叠浮嵐，一灣晴渌，净滌塵襟。而今。舊游何處，恁風光都向夢中尋。那用携笻著屐，空堂足寫遐心。　登臨。近水與遥岑。仿佛度山陰。問翰墨因緣，烟霞供養，此福誰禁。沉吟。莫教輕讀，怕風泉静夜作秋琴。除却少文同調，天涯更幾知音。

洞仙歌

周篤甫太守紫桐花西填詞圖册子，石君屬爲題句，填此付之。

雨香庭院。正秋桐垂乳。中有詞人倚聲處。想鵝笙活計、象管閑情，都付與，花下小鬟低度。一枝漁笛在，綽有家風，吹出蘋洲舊時譜。如幄翠陰陰、拍遍闌干，渾不覺、指尖涼聚。便坐到、長廊月西斜，儘紅豆拋殘、莫驚鸚鵡。

高陽臺

水流雲在舫主人王蕊仙誄詞，石君倩作。

風絮難團，波萍易碎，吳艭夢斷而今。打槳江頭，十年彈指光陰。啼鶯散後垂楊老，惹詞人、泪浣離襟。更誰堪、釵語盟寒，鏡約愁深。　顰眉恰似初三月，奈修娥乍見，偏促西沉。榻雨釭花，等閑涼到鴛衾。霜潮瘦盡魚箋冷，怕思量、儂也難禁。怎消它、薄劣春懷，悶損秋心。

蘇幕遮

袁浦寓廬，絳桃一株，花時炫艷，風致可人，別來十有三年矣。燕子春深，舊巢堪念，拈短調以抒懷，花如有知，得無惆悵耶？

嫩烘霞，嬌膩雨。一樹桃鬟，艷到紅如許。別後花開今幾度。門掩東風，寂寞誰爲主。　乍春來，春又去。無計留春，怎個留人住。燕子泥香晴晝午。夢影分明，記得雙栖處。

菩薩蠻以下題如皋汪氏文園緑净園兩圖

課子讀書堂。

庭前嘉樹天然秀。傳家别業承堂構。燈火易黄昏。閑身課子孫。　奇書藏萬卷。試誦先芬遠。隔竹聽吟聲。數它雛鳳清。

减字木蘭花念竹廊

萬竿森秀。鶴妥凉雲仙夢瘦。倚遍闌干。吟袖多應怯暮寒。　風枝婀娜。絶似吴興文與可。笋熟茶温。細雨春林客到門。

清平樂紫雲白雪仙槎

紫雲痕膩。人坐蘿陰底。一樹丁香花謝矣。吹得璚瑶滿地。　闌干十二欹斜。盈盈春水仙槎。仿佛江頭桃葉，烟波便擬浮家。

天仙子韵石山房

山館玲瓏凉翠滴。風泉韵繞岩前石。池臺竹樹幾經年，何處覓。詞人筆。劃破雲根蒼香暗惹，夢蘚迹。

鷓鴣天 一枝庵

月滿中庭露氣浮。一枝初白小山幽。證來金粟前身幻，按到霓裳舊拍愁。遲留。絳霄人影澹於秋。拈花且説閑中偈，供養詩庵得似否。

風中柳 小山泉閣

恰占岩阿，閑闢筱窗杉屋。撫闌干、疏筠幾曲。篁燈摇緑。風泉鳴玉。愛清泠、枕中琴築。仙禽兩兩，招得白雲同宿。嘯烟霞、悠然自足。茶烹珠瀑。尊開金粟。儘留連、小山秋馥。

臨江仙 浴月樓

池上鴛鴦方穩睡，紅衣那解閑愁。捲簾人正倚璚樓。波澄青海月，露洗碧天秋。小扇單衫庭院悄，禁它風軟香柔。空階時見暗螢流。六銖薌澤惹，一縷嫩凉兜。

鬲溪梅令讀梅書屋

萬枝香雪繞檐楹。擁書城。中有高人讀到、夜三更。月斜參影橫。　紙窗燈火一絇青。照吟情。自撥熏爐炙研、句將成。翠禽三兩聲。

四字令碧梧深處

桐花晝香。桐陰夕涼。一鈎月上長廊。照雙棲鳳凰。　蘭檠翠釭。瑤琴錦囊。聽它暗葉吟商。話秋宵漏長。

謁金門歸帆亭

孤亭脊。一角斜陽留得。鳥外風帆烟影織。歸舟天際識。　聽到蕭蕭楓荻。欲問霜潮消息。水國吟魂何處覓。一星漁火碧。

卜算子竹香齋

營得屋三間，圍繞千竿竹。一片涼雲拂綺疏，染出牙籤綠。　有鶴解聽詩，悄立闌干曲。風雨瀟瀟逼短檠，冷抱秋吟獨。

浪淘沙 藥閬

幾折畫闌低。開了將離。嫩晴烘出冶春詞。一種閑情抛不得，婪尾深卮。　紅上舊花枝。清泪彈時。而今畫裏說相思。試問玉奴妝靚後，却傍誰痴。

風蝶令 古香書屋

竹護深深屋，花圍短短窗。牙籤插架盡琳琅。留得平生手勘、舊鉛黄。　試墨螺丸膩，聽詩鶴夢凉。支琴宜傍讀書床。散帙銀魚猶發、古時香。

浣溪沙 一簣亭

四角亭空引暗香。縞衣人合倚修篁。憐它鶴夢與俱凉。　雪後園林天一白，水邊籬落月微黄。蜜梅花底夜傳觴。

倩影樓遺詞

陽湖陸蒨芝仙撰

如夢令 月下憶許佩蘭

又見月明如故。憶素心人何處。風定露寒時，碧玉搔頭斜墮。休負。休負。一歲能逢幾度。

百字令 別感

嬌柔懶起，正飛花如雪，江南春老。記得鄰家諸女伴，争綉踏青鞋小。梅雨淹魂，梨雲殢夢，怯換輕羅襖。東風無賴，捲簾驚墮啼鳥。　怎奈好事將闌，韶華暗度，離恨知多少。緑樹成陰鶯燕瘦，絮果蘭因潦草。腸斷長亭，魂銷別浦，來歲歸須早。閑愁脉脉，落紅平砌休掃。

風入松 寄淑貞姊

篝燈掩映夜涼時。紅褪海棠枝。殘蛩四壁寒聲咽，聽聲聲、說盡相思。十二闌干秋老，滿林黃葉離披。

年來雁影漸分飛。白髮日依依。故鄉莫慮烟波闊，夢魂兒、攜手同歸。霜冷鴻啼雲外，一鈎月浸窗西。

賣花聲

極目小樓東。彩徹殘虹。驚秋孤雁咽長空。漁笛一聲烟水綠，兩岸丹楓。　夜色浸簾櫳。愁倚西風。蕭疏景色別離中。秋月春風長不老，減了胭紅。

惜分飛 送別

暗裏年華愁裏換。凄絕離亭別館。客路春將半。鳥聲啼處柔腸斷。　欸乃幾聲舟去遠。一任魂銷不管。回首紅橋畔。楊花如雪斜陽岸。

柳長春

半爲離愁，半因多恨。無端花事消磨盡。梧桐泪雨又聲聲，重衾冷透眠難穩。　落葉吟秋，殘燈拖暈。霜寒金井西風緊。誰家兒女倚黄昏，玉簫吹徹梅花引。

清平樂

沉沉冥冥。一院斜陽冷。喚得春回春不醒。寒鎖梨花瘦影。　鄉關夢也難尋。小樓目斷雲深。南浦緑波芳草，凄凄牽住愁心。

月底修簫譜贈女郎秀貞

玉凝香，花解語。疑是碧城侶。隔著雲山，多少黯愁緒。掃眉偏我清狂，憐才有意。也牽惹、相思千縷。　挽春住。誰知春去難留，一日一風雨。遥憶西湖，荷塘鬧紅處。何時檀板金尊，烟波畫舫。待載了、卿卿同去。

早春怨自題拈花小影

楊柳烟斜。海棠風細，春去些些。帕冷鮫綃，塵封鸞鏡，人在天涯。　可憐錦瑟年華。儘一例、飄零落花。十二重樓，三千弱水，隔著儂家。

蝶戀花

甚的傷心呼不醒。孽海情天，都是淒涼境。從此相思重合并。將身打點和春病。長夜鐘聲圓到枕。叶。月落烏啼，歸夢吴江冷。來歲西泠呼小艇。湖堤添個愁人影。

高陽臺藏珠三妹出指甲見贈却寄

東閣紅衫，西風金剪，如花如月流年。絮果蘭因，惹將幽思纏綿。吴綾小帕沉香盒，剥青葱、包裹牢堅。驀相逢，應是三生，石上前緣。　綠陰門巷曾相識，記徵歌煮酒，逸興翩翩。一别如今，又成恨海愁天。百年身世原如寄，奈柔腸、總被情牽。待春回、香透南枝，再卜團圓。

十六字令

燈。儂自春來瘦未曾。和君問，底事不分明。

黄金縷折梅仕女圖

夢醒鎖窗剛永晝。草草情緣，記得愁時候。江北江南都泄漏。惱人祇把東風咒。　欲寄天涯憐影瘦。寄到天涯，已是梅如豆。花信不遲郎信後。無言寒倚春衫袖。

醉花陰

聽響連環雙玉鉸。睡起春寒峭。久雨乍晴初，簾幕窗紗，花影因風掉。惜春心事知多少。閑把闌干靠。無賴是東皇，央及伊行，休送年光老。

宴西園

一院小桃紅軟。長晝春明人倦。香透綠窗紗。壓闌花。翠鎖庭前芳草。夢破簾前啼鳥。醉後怪銷魂。月黄昏。

南浦月 聞杜鵑

月冷黄昏，聲聲啼斷春無信。泪痕紅印。界破桃花暈。惹得深閨，幽怨愁芳訊。眉尖嫩。怎禁春盡。鎖住千般恨。

高陽臺 題金韵仙汪玉卿評花仙館合詞

身世團沙，因緣散雪，此心何事分明。碎墨殘脂，妝臺猶剩零星。瞿曇小劫渾如夢，怪匆匆、夢也難憑。想闌干，依舊猩紅，著個詞人。叶。　蒼苔記得行吟處，記扶香綽約，袍影伶俜。儂替花愁，花還算得長生。百年佳偶成虛願，到而今、翻悔多情。儘無聊、月上簾鈎，掩却疏棂。

玉蝴蝶舟中

載著萬千離思，幾聲柔櫓，一片飛花。昨夢團圞，燈火猶照還家。隔迢遥、幾行烟樹，同落泊、幾點昏鴉。恨添些。池塘芳草，從此天涯。　堪嗟。辭巢燕子，隨春歸去，身似浮楂。遥聽烟中人語，去路還賖。更何方、緑楊橋畔，聲隱約、低按紅牙。却憎它。篷窗商婦，還弄琵琶。

天仙子

花爲雨多香夢斷。儂爲愁多圍帶緩。花愁儂病自年年，花意懶。儂意懶。胡蝶成團飛不散。　春去天涯無計挽。人去天涯音信遠。春歸人去兩難尋，春不返。人不返。一院海棠誰個管。

眉峰碧 病中與淑貞大姊夜話

寄語故鄉人，腸斷人千里。環佩無聲巷柝遥，携手同歸矣。　好夢散如花，落月凉如水。舊日闌干若有情，應許儂同倚。

孤雁兒 送大姊歸甯

那年人送春光去。曾幾度、牽愁緒。今年春又送人歸，腸斷東風不語。鶯吟燕舞，紅飛緑倦，甚計相留住。　重簾依舊深深處。人去也、春無主。年年南浦唱驪歌，極目吴江雲樹。三篙新漲，一痕倩影，魂夢隨君渡。

長亭怨慢

聽何處、鶯啼鵲噪。喚醒離魂，綉衾夢曉。一自春來，斷腸心緒惹多少。闌珊病骨，怎禁得、閑愁繞。寶鴨久慵燒，剩藥裏、堆中香裊。　悄悄。待歸來燕子，捲起一簾芳草。韶華似夢，况客裏、紅顔易老。懊惱煞、昨夜東風，又都把、梨花吹了。儘碧水流紅，誰管傷春哭倒。

蝶戀花

濃緑沉沉簾影瀉。又聽紅襟，燕子商量話。住也無聊歸也罷。小桃已逐東風嫁。病骨閑愁無計卸。睡皺羅衫，叠皺鴛鴦帕。楊柳春深芳絮謝。飛飛飛上紅樓罅。

錦纏道

幾日陰晴，又是海棠紅透。濕冰綃、泪痕依舊。斜陽樓外絲絲柳。綰住春愁，斷送春人瘦。　這凄楚黄昏，儘教挨彀。想今宵、夢應該有。把簾兒、放了衾兒叠，却卸雲鬟，獨自和燈守。

捲珠簾

依舊閑庭依舊雨。翠冷紅銷，花事全無據。凄絶青青芳草路。東風吹起漫天絮。　萬種春愁無著處。春已將歸，愁也應該去。儂替春愁春不語。一般都是無情緒。

月華清

院中木香盛開，用花簾詞韵譜之。

微雨初收，濃烟未散，憔悴幾枝低椏。携伴燈前，倩影珊珊澹寫。待分香、薜荔墻頭，支瘦骨、薔薇花架。宜野。把鉛華洗盡，亭亭疏雅。　燕子商量閑話。道萬緑成陰，小紅剛嫁。攔住殘春，有幅蛛絲如畫。可傷心、夢冷荼蘼，曾記否、月明亭榭。餘暇。看深情如訴，靚妝如砑。

江城梅花引送春

朝飛暮捲悵難留。挂簾鈎。又慵鈎。流水落花，春去曲江頭。寂寞空庭閑立遍，天不管，惜芳心、怎解愁。　解愁。解愁。夜悠悠。雲未收。雨未收。夢也夢也，夢不到、舊日紅樓。化個翩翩，蝴蝶幾生修。目斷天涯芳草路，偏歲歲，自殘春、緑到秋。

滿庭芳題周次軒離恨詩草

客裏光陰，尊前花鳥，幾番狼藉啼痕。青天碧海，歷歷記前因。情重塵緣反淺，多情處、總是愁根。堪憐那，古今佳偶，幾個白頭人。　重門。深悄悄，蘆簾紙閣，吟遍黄昏。憶調鉛弄粉，眉樣翻新。昔日妝奩研匣，而今是、錦瑟封塵。紗窗外，霜清月冷，呼起小梅魂。

慶春澤 題趙笛樓玉扇吟

紫玉烟銷，泥金字冷，釀成恨海難填。鴛鏡塵封，誰知一霎因緣，當時語讖而今悟，羨逋翁、眷屬長妍。最堪憐，廿四番風，吹損華年。　數聲鐵笛殘梅落，痛香飄粉斷，花懺生前。短夢惺忪，斷腸拚忍重泉。痴情儂亦工愁病，似春蠶、到死纏綿。儘流連，泪濕衫襟，月浸闌干。

風入松 讀阮媚川慈暉館遺集書後

青鸞飛杳鬲遥峰。玉鏡已成空。紅顔花命無多艷，怕支持、廿四番風。慧福堪憐草草，幽曇忒煞匆匆。　十年儂亦寄萍踪。陳迹感泥鴻。傷春接著悲秋病，儘消磨、歲月愁中。遥憶庾公庭畔，誰人石倚玲瓏。

金縷曲 題凌芷沅翠螺閣遺稿

獨抱牙琴怨。忒無端、一彈再鼓，朱弦重斷。天下傷心誰此似，恨海終難填滿。嘆歲月、暗中偷換。刻燭論詩人似玉，怎匆匆、鏡裏空花幻。便夢也，抑何短。　翠螺眉黛紅螺研。

最淒凉、一般閑却，張郎斑管。剩有玉臺酬唱稿，待付香檀梨板。未讀也、寸腸先亂。何况痴情儂亦累，算蠶絲、未了餘生喘。愁病味，備嘗慣。

洞仙歌 題茶夢盦詞

一番讀罷，嘆驚人才調。清澈冰壺瀉懷抱。想碧沙帷裏、字煮瓶笙，争不辨，茶影吟魂繚繞。

湖山鍾秀美，春月秋花，妙手都成好詞料。何處覓樵青、淪井烹泉，儘沁透、一腔煩惱。笑儂也、凡材愧君知，願早把平原、買絲綉了。

高陽臺 自題緑窗聽雨圖

徑竹敲寒，庭梧滴翠，六時幽夢難成。蠟泪横流，照來瘦影娉婷。芙蓉鏡裡紅潮暈，耐這般、淒楚寒更。最無聊，鈴語檐前，也自泠泠。

無端幾夜秋風雨，聽遥遥雁櫓，送到秋聲。倚著窗兒，拚教挑盡銀燈。新愁舊恨何時了，算多愁、總爲多情。儘消魂，一寸眉梢，悄惹輕顰。叶。

一剪梅 次外子見寄原韵

離恨隨秋渺渺深。風逗疏林。寒透重衾。金錢夜夜卜歸音。燈也無心。鵲也無心。　四壁殘蛩催短砧。別樣愁侵。一樣哀吟。如絲幽夢斷難尋。月又將沉。漏又將沉。

蝶戀花

卸了鸞釵雙碧玉。叠了鴛衾，薰了芙蓉褥。瘦到黄花腰一束。秋風斷夢何由續。　重捲瀟湘簾半幅。依舊闌干，幾折猩紅曲。閑倚梧桐吹鳳竹。月明天遠山微緑。

風入松 中秋無月

木樨香裏坐論詩。瘦骨倦支持。歲華容易抛人去，任西風、吹鬢成絲。遥憶江樓人倚，雲山夢裏歸期。　空庭露冷夜遲遲。鴉睡正酣時。昨宵明月今何處，料嫦娥、也怕相思。恐有悲秋兒女，檀欒不許人知。

凄凉犯 月

碧天如洗。沉沉静、嫦娥也合垂泪。可知更有，痴兒騃女，抱愁相對。簾篩影碎。把多少酸情料理。步蒼苔、瑶階迤邐，寶鼎篆香細。　一平度檀欒夜，幾處歡娱，幾人憔悴。相思徹底，想天涯、一般鈎起。風漾銀塘，笑卅平。六鴛鴦痴睡。看霜花、撲簌不管，冷似水。

倦尋芳

周暖姝夫人招吴蘋香暨余集大滌山房，登致爽臺，眺望湖上諸山，即席賦謝。

畫堂開處，杯泛紅霞，却好晴晝。握手論心，座上春風親授。更閑行，抄幽徑，緑陰如水涼衣袖。太匆匆，嘆十年塵夢，青山依舊。　忽地覺、煩襟洗盡，詩思添濃，人意銷逗。祇怪斜陽，紅上眉棱催走。重把西溪期後約，瓜皮艇子招漁婦。夫人自號西溪漁婦。問人生、這清狂，幾番消受。

南浦 憶梅

春意逗春風，最關心、却是故園香雪。驛使信沉沉，全不管、孤館個儂凄絶。一枝瘦影，美人獨向瑶階立。此際芳魂應恨我，忍把幽姿輕撇。　伴伊尚有胎禽，祇静對、黄昏相思難説。吟賞已無人，好珍重、休被笛聲吹裂。宵來有夢，多應化個羅浮蝶。萬籟無聲飛去也，低了半輪明月。

小草荷春

浪淘沙題魏滋伯攘臂吟

名遍浙西東。此老猶龍。少陵感慨古今同。願得先生橫筆陣，掃却狼烽。風。技愧雕蟲。綠窗又整舊詩筒。從此破魔還禮佛，丹桂香中。

疏影修梅圖爲暖姝夫人題

羅浮夢徑。把湖堤片月，賺出山頂。彩筆携來，寫照清波，沉沉鶴睡剛醒。紅香勒住春如海，怕玉笛、聲聲吹冷。最羨它、十二樓臺，合趁詞仙雙影。拚作去天涯萍梗，挂帆待去也，香散孤嶺。絮果因緣，草次浮生，總是人天愁境。松花墨瀋桃花紙，便有句、應無人省。更幾時、買棹重來，舊約西溪試茗。

寫韵樓詞

南海吴尚熹小荷撰

喜遷鶯令 花朝

挑菜節，百花妍。蜂蝶鬥翩翩。來回旋舞畫欄邊。補襯艷陽天。　閑庭院，春如綫。爲著芳菲留戀。紅輪斜墜月娟娟。依約到芳年。

西江月 喜雨

喜得一犁布澤，萬家欣頌知時。空蒙潤遍緑楊枝。怪道甘膏相似。　恰是豐年佳兆，剛逢霢霂先施。輕紅淺翠最相宜。來慰小窗人意。

皂羅袍 新月

乍可碧空雲散。見銀勾一曲，照上闌干。閑庭初漾百花妍。花香人影相留戀。　更籌暗轉。苔階露寒。金波清淺。玉鏡嬋娟。數良宵、看到輪兒滿。按：『皂羅袍』爲曲牌。

西江月 春夜聞笛

何處吹來雅調，彩雲乍斂當空。鸞吟鶴唳儘從容。仿佛桓伊三弄。　院静花香細細，宵深月色溶溶。落梅一曲倚東風。驚覺小窗殘夢。

憶秦娥 落花

清和節。搓朱成碧春風歇。春風歇。暗香飄墜，燕啼鶯咽。　隔窗留戀心如結。離懷欲訴憑誰説。憑誰説。緑陰無賴，昨宵新月。

南柯子 暮春

荏苒餘春駐，依微嫩旭晴。綉簾人静午風輕。一片絮花吹墜、到窗欞。　幾處雙飛燕，誰家百囀鶯。游絲摇漾繫門庭。門外朱幡緑野、正催耕。

西江月 夜月

亂打芭蕉似恨，檐前勢若奔濤。陰寒天氣已無聊。何况雨聲喧瀑。　玉漏更籌夜轉，綉窗簾幕風飄。待將一帚碧雲高。推出紅輪報曉。

憶秦娥 夜月寄懷湘君四嫂

關山隔。魚沉雁斷音書絶。音書絶。金錢遥卜，寸心如結。　小窗闌入纖纖月。孤燈乍炯香烟歇。香烟歇。苕苕更漏，訴人離别。

風入松 初夏偶感

晴絲乍綰日初長。竹影幽窗。緑陰葉底黄鸝語，隔簾櫳、風遞餘香。輕暖待裁紈扇，嫩寒猶透銀床。　一春詩事去茫茫。有甚思量。近來學得參禪味，儘花開、花謝何妨。欲把韶光留住，良辰美景華堂。

浪淘沙 端午

琥珀泛金尊。蒲艾盈門。釵符肘印襲餘芬。五色綰成長命縷，玉臂殷勤。　簫管鬥紛紛。競渡聲喧。浴蘭初罷絳羅巾。日映榴花紅似火，風景宜人。

念奴嬌 咏并頭蓮

碧池風景，記相逢翠紅，掩映嬌色。水面凌雲環佩步，越女扁舟一葉。鸂鶒同心，鴛鴦共影，消受衣香潔。憐它婀娜，金波照入凉月。　自覺湘簟生風，珠簾捲暑，有夢皆澄澈。靜對波心如解語，怎忍輕輕攀折。助我詩情，宜人畫理，清倚闌干側。嫣然一笑，江頭何處吹笛。

蝶戀花七夕

銀漢微橫雲乍斂。小別經年，又到秋清淺。初月照樓針渡綫。屏風录曲芙蓉面。　料峭凉風生小院。何處簫聲，暗逐歌聲轉。一水盈盈宵漏短。相逢迢遞雙星願。

浪淘沙秋夜

玉漏已三更。斗轉參横。凉風蕭瑟露華清。正是夜闌眠未穩，倦倚雲屏。　鶴唳與蟲聲。都付秋鳴。桂花開處月偏明。聊把烏絲填小令，記此幽情。

長相思秋感

風也清。月也清。又到黄花門玉英。秋蟲處處明。　寒幾更。暑幾更。贏得年光鬢尚青。□□那肯停。案：下片末句疑有脱漏，標之以『□』。

搗練子 閨思

花影轉，月陰移。一片寒砧觸我思。偏是懷人聽不得，凄凉惟有素娥知。

十六字令 閨情

凉。撲面西風到小堂。羅衣薄，對鏡懶成妝。
情。悶倚羅幃數漏聲。窗櫺外，小雨夢難成。

百字令 戊戌中秋

碧空雲斂，看團圓三五，古今同羡。秋滿小筳花徑裏，恰是良宵庭院。桂魄浮光，蘭心度馥，拜罷纖腰倦。倚闌遥望，星河天外微粲。　且把玉斝頻酬，綉簾全捲，舉燭開家宴。祇覺管弦聲入破，何處宫商細按。願祝椿萱，年年此夜，百歲長清健。最佳風月，幾回洗盞重勸。

雙調南鄉子 暮冬寄懷任卿四兄

屈指歲將殘。似水韶華去不還。正是懷人閑捧筆，漫漫。小雨凝冰分外寒。　雁影隔關山。書到長安仔細看。雲路苕苕何處是，珊珊。吟到棠花月未閑。

唐多令 賦小瓶中白梅

雪暖玉爲堂。雲融月在窗。羡冰心、早占群芳。裊裊藐姑仙子影，嬌不語、送寒香。　清絶澹詩腸。宜人澹素妝。念羅浮、夢斷家鄉。喜置膽瓶剛餞歲，春第一、品無雙。

臨江仙 戊戌除夕

打疊屠蘇歡餞歲，畫堂春逗梅梢。金爐吹動篆烟飄。新符添麗景，絳燭已高燒。　九十韶華剛有信，小庭芳草含嬌。椒觴頻泛碧蒲萄。玉壺催漏短，餘醉待明朝。

碧桃春 己亥元旦

燭消香透曉來天。東風入綉簾。一聲恭祝畫堂前。椿萱眉壽添。　調鳳律，獻羔筵。斑衣學古賢。融融春色報豐年。書雲快睹先。

燭影摇紅 憶遠

風送餘寒，夢回寶髻匆匆挽。新紅嫩碧映闌干，乍聽黄鶯囀。觸我離懷一片。又思量、浮沉魚雁。關山迢遞，人在天涯，寸心難展。　憑遍雕欄，臨風幾度添長嘆。黄姑聞道隔銀河，更比銀河遠。惟祝龍騰虎變。珥天衢、扶摇如願。離鴻再合，嘉耦重逢，畫堂歡忭。

如夢令

乍見碧紅深淺。幾處黄鸝學囀。恰是好良辰，怎奈蕭條庭院。難遣。難遣。睡起翠眉慵展。

憶秦娥 初夏

花陰寂。黄梅細雨檐前滴。檐前滴。落紅無影，又添新碧。　暖風猶有餘香襲。一番春景閑中易。閑中易。韶華荏苒，恁般催急。

浪淘沙 消暑

倦夢繞横塘。枕簟生凉。不須玉斝泛清觴。祇此風荷香瀉露，勝似瓊漿。　浴罷理新妝。翠黛添長。緑陰槐影送斜陽。最是宜人天欲暮，月上紗窗。

蝶戀花 賦扇

幾幅修成明月滿。袖底清風，頃刻涼秋換。撲得流螢隨手慣，井梧一葉心何限。説到班姬恩義斷。千古傷心，衹共青奴嘆。莫道驚秋容易散，多情更待來年見。

滿江紅 秋夜有感

一響清涼，西風起、吹來簾幕。恰又是、蟲鳴四壁，虛澄小閣。怪底秋聲偏著耳，窗前澹月還同昨。嘆年來、何處寄愁心，腰如削。　鄉夢遠，渾難托。琴書案，全拋却。但消磨羈旅，壯懷牢落。百歲韶華彈指事，鴻回燕去空飄泊。問襟期、原不讓男兒，天生錯。

浪淘沙 秋夜聞歌長生殿傳奇聞鈴

秋氣露爲霜。漏漸添長。無聊正欲卸殘妝。忽覺清音偏著耳，韵正淒涼。　傾國悔明皇。驛路蒼茫。馬嵬風雨□何狂。玉隕珠沉空有恨，聽到郎當。

前調 詠黄菊

品性傲秋霜。晚節含香。迎風帶露短籬傍。恰似孤高標正色，勝似春芳。瘦絶儼清妝。狂態無雙。怎生描寫好秋光。一片金精篩月影，點綴重陽。

憶江南 秋閨

梧桐落，瞬息又經秋。幾陣清風花滿徑，一簾斜照月當樓。往事任悠悠。天欲暮，雲净碧無瑕。颯颯西風敲翠竹，遲遲晚照對黄花。秋色總堪誇。

賀新郎 暮秋夜雨不寐

彈指秋將暮。聽檐前、梧桐細雨，對人如訴。隔巷寒砧驚旅夢，漏點從頭暗數。倚鳳枕、情絲半縷。影怯燈殘風又急，一聲聲、悶把長宵度。香燼也，再重炷。三秋好景匆匆誤。嘆人生、須臾泡影，終歸何處。瞬息年華容易老，若肯爲儂留住。但憑你、新新故故。欲向旃檀祈古佛，甚根因、解奪紅塵路。恰一笑，禪心悟。

長相思 消寒

梅花天。雪花天。懶把霜豪畫遠山。香薰翠被眠。　枕兒邊。夢兒邊。一覺黑甜即是仙。長宵分外寒。

前　調

雲有陰。月有陰。默倚薰籠擁素衾。嚴寒尚不禁。　酒頻斟。篆頻薰。白雪高歌帶醉吟。梅花愜素心。

一剪梅 春日美人曉妝

養花天氣困人時。風一絲絲。雨一絲絲。朝來猶自倦迷離。膏也慵施。沐也慵施。　强調贏黛畫雙眉。柳樣相宜。月樣相宜。對奩顧影默沉思。環也仙姿。燕也仙姿。

憶江南 美人眉

横玉面，未語意含顰。一帶遠山增嫵媚，半彎新月暗銷魂。澹掃更宜人。

燭影摇紅春柳

金縷含烟，河陽幾處青青色。絲絲慣惹客邊愁，挽就同心結。謾道柔條無力，綰離情、江南江北。隨風低舞，帶雨轉垂，纖腰一搦。　南陌留春，池塘影轉黄昏月。靈和殿裏最風流，是處經攀折。送盡殷勤契闊，更堪憐、飛花似雪。飄零水驛，裊裊樓前，灞橋初别。

浪淘沙送春

把酒餞殘春。鶯蝶銷魂。綢繆一霎又相分。垂柳絲長難綰住，杜宇聲聲。　闌外却休憑。觸目堪驚。斜風細雨落紅英。悄語囑春春不管，争奈無情。

憶秦娥風雨不寐

香閨悄。夜深往事縈懷抱。縈懷抱。無多風雨，助人煩惱。　欲眠争奈愁腸繞。檐前鐵馬聲聲攪。聲聲攪。聽殘玉漏，暗期天曉。

踏莎行懷家嚴客中

柳困風柔，花舒日嫩。羅衣尚怯春寒淺。憑闌屈指計行期，白雲望斷椿庭遠。　翹首長涂，魚稀雁倦。綉幃極目愁無限。試拈蓍草問平安，燈花預報雙眉展。

前調 遣懷

綉幕慵開，雕闌倦倚。金釵難綰芙蓉髻。也知檢點怕多愁，愁來渾不由人意。身似蓬飄，人如匏繫。壯懷空有鬚眉志。羡它懵懂勝才能，從來物巧招天忌。

賀新郎 春閨午倦

日影雕闌畔。看庭前、垂絲裊裊，嫩紅將展。澹澹晴空疏雨後，點綴春光滿院。隔花障、雛鶯學囀。綉户沉沉驚午夢，倚香衾、衹覺纖腰倦。釵墜枕，鬢雲亂。侍兒解意添香篆。對妝臺、幾番顧影，一聲長嘆。自是雙蛾頻鎖翠，説甚花香人面。衹恐怕、顔隨春换。舊恨新愁抛不去，向吟窗、强把幽懷散。風過處，鰕鬚捲。

浪淘沙 晨起拜佛有感

人世苦奔忙。利鎖名繮。閑悲閑悶困痴腸。數載邯鄲今始醒，雲澹天長。稽首炷心香。默禱能詳。前生夙孽賴慈航。伏願大悲憐薄命，避却炎凉。

賀新郎

庚子暮秋，侍母鄉旋，舟中作。

落日天將晚。望前涂、烟雲一抹，江澄如練。三載風塵羈异地，喜得歸帆如箭。經幾處、白蘋斜岸。水態山容觀不盡，見谿村、頗動林泉念。何日裏，適吾願。　自憐身似秋帆轉。怎禁它、寒砧畫角，吟蟲征雁。水葉驚飛霜乍結，陣陣金風拂面。觸旅況、凄懷無限。計歷關山將兩月，恨長涂、鄉國何時見。心轉切，眉慵展。

滿庭芳 懷仙

打破痴情，三生了悟，繁華蝶夢全抛。空花幻影，紛沓亦徒勞。道甚五花紫誥，黄金屋、鳳友鸞膠。空回首，西山月好，寫韵正吹簫。　抽身須及早，神仙游戲，萬事逍遥。向潭邊垂釣，樹底傾瓢。比似藐姑冰雪，人間世、塵慮都消。從今後，小樓一卷，幽景倩誰描。

浪淘沙

庚子八月二十一日，弋陽舟次，寄薌泠七叔父。

舟静月將闌。記送河干。深蒙厚意每周旋。祇爲鄉心歸去急，强別慈顔。　旅夢幾曾安。泪濕征衫。依依膝下別應難。宦海風塵祈鄭重，後晤何年。

蝶戀花

辛丑秋，家嚴出秋聲、秋色、秋心、秋影，命題秋聲。

剪剪輕風穿綉幕。倚檻閑聽，滿樹驚蕭索。幾處寒蟲□四壁，巡檐鐵馬無休歇。鶴唳澄虛天一抹。歷歷霜砧，遥逗心如結。寶鴨香消燈欲滅，庭前送入梧桐月。

臨江仙 秋色

萬里清輝新月皎，碧痕摇曳風斜。江涌雁字寄天涯。星河雲影净，何處著殘霞。點綴飛鴻天際外，一行秋水蒹葭。夜寒花影上窗紗。更尋霜有信，庭樹正栖鴉。

行香子 秋心

清夜溶溶，花影重重。乍聽來四壁寒蟲。雲屏倦倚，愁緒偏濃。問翠眉邊，錦腸内，不言中。　輾轉幽懷，料峭芳踪，儘平分、一點絲桐。年華迅速，去雁來鴻。任金爐冷，銀釭澹，晚妝慵。

唐多令 秋影

寒露散空蒙。明霞在遠峰。愛冰蟬、斜挂疏桐。瑟瑟西風催漏去，頻移向、畫簾中。　小徑百花叢。花間爾伴儂。對清譚、却又無踪。翠袖添寒燈欲暗，還疑是、隔紗籠。

唐多令 夏日村居

獨倚小明窗。垂簾納晚凉。愛桐陰、一片斜陽。碧沼風荷消倦意，抛翠黛、懶成妝。　彈指惜流光。匆匆歲月忙。幸村居、幽僻山莊。閑撥玉爐焚寶篆，風過處、興偏長。

浪淘沙

壬寅初春，侍嚴慈游桂林，舟中作。

細雨作輕寒。山色含烟。清波瀲灩小舟前。碧樹人家如畫裏，叠翠層巒。　一霎轉輕帆。回首重看。韶華流水自年年。屈指重來經七載，依舊山川。

滿庭芳 舟行即景

楊柳垂青，梨花晾白，來風乍暖輕寒。篷窗悄倚，聊自破愁眠。遥見晴峰送翠，斜陽外、幾點炊烟。問多少，平橋古道，風舞落榆錢。　輕帆剛一轉，黄鶯細語，對我堪憐。更歸鴻一一，睇燕翩翩。書就錦函芳訊，憑伊去、好報平安。揮毫處，雲閑天澹，紅日已西殘。

燭影摇紅 寒食舟中作

桃李催人，禁烟時候春寒淺。佳節好况逼清明，嫩柳垂金綫。何處留人顧盼。聽枝頭、流鶯啼遍。闗山滿目，緑水新波，壯游未倦。　如此春風，重陰叠翠斜陽岸。新紅一片水茗茗。望處如銀漢。雨過平沙凌亂。更猶疑、畫屏深遠。鵑啼芳草，鷺宿前灘，輕帆幾轉。

漁歌子 漁人

占取烟波風露清。一竿斜裊小舟横。收網坐，帶蓑行。緑水春山欸乃聲。

鳳凰臺上憶吹簫

癸卯春，偕李凝仙姊、采芝妹同游月牙山。

嫩緑頻舒，輕紅方綻，佳游幸喜春晴。趁香塵綺陌，緩步東城。轉過浮橋曲徑，遥望見、石壁題名。回眸處，波紋瀲灩，巧囀黄鶯。同登。黛眉秀色，似素月彎彎，不隔蓬瀛。念山靈無限，柳眼青青。何處飛來仙境，洗人間、百慮消清。莊田外，菜花數朵，布穀催耕。

百字令

先大人周年哭奠作。

几筵奠罷，對遺真揮泪、痛懷無限。掌上擎珠膝下玉，海水量恩還淺。唤地難聞，呼天何酷，促我靈椿返。百身莫贖，柔腸斷處如剪。憑記畫法曾傳，詞章屢訓，猶把身名勉。衹道百年長奉侍，愁煞泉台夢遠。欲拚餘生，奈爲萱戀，强把眉痕展。俄驚周歲，素衾紅泪積滿。

浪淘沙

癸卯冬寓居李凝仙姊處時值除夕感賦

羈旅正蕭條。除夕無聊。嚴寒凛冽朔風飄。賴有朋簪蘭契重，雅意相邀。萱老痛椿凋。泪似江潮。歷來冬盡又春朝。尚做寄人籬下客，百感難消。

阮郎歸 不寐觀書

銅壺數盡漏將殘。朦朧欲曉天。敧衾欲自伴書眠。離懷泪暗彈。觀内則，對瑶編。行行風化宣。金爐還倩侍兒添。消遣墨中緣。

鷓鴣天

甲辰秋，舟次全州，寄懷李凝仙姊。

冷怯西風撲鬢絲。寒砧畫角雁歸遲。試觀皎潔天邊月，又向篷窗照别離。思寄語，勸添衣。嫦娥應亦笑人痴。夢魂未隔三千里，已轉柔腸十二時。

念奴嬌

甲辰秋，重至湘江有感。

波平如鏡，暢襟懷、最是雲峰烟壑。蘆雁成群，沙際處、點綴水天一色。木葉剛凋，霜花再結，不耐羅衣□。篷窗遥望，素娥滉漾如雪。還想九載飄零，東閩西粤，曾與江山别。今日重來，應笑我、猶恐鬢絲添白。渺渺離情，茫茫故里，祇惹愁千摺。溪村魚市，羡它消受風月。

金菊對芙蓉

甲辰冬，舟次即景。

調雨爲冰，催風做凍，連朝漸漸凝寒。更丹楓秋老，霧鎖蒼烟。信鴻斷續聲相送，動閨人、素泪輕彈。離歌一曲，歸鴉幾點，雁宿沙田。驚暝旅夢懨懨。儘金釵敲遍，數到更殘。試霜毫帶濕，凍墨微乾。吟鞭計歷匝月，謝長涂、穩渡輕帆。篷窗悄閉，單衾倦倚，吟逗征衫。

念奴嬌

舟中晨起，見大霧作。

水窗纔起，訝長空一色、江山何處。渺渺茫茫無畔岸，那是溪村烟樹。恍若雲騰，紛如雨驟，却怪蛟龍吐。洛妃妝罷，揚波倩爾遮護。還憶海市凌虛。蜃樓幻影，隔斷紅塵路。曉日無光烟澹澹，猶似晨鷄未曙。柔櫓閑聲，征帆莫辨，留我冰壺住。東輪乍轉，輕舟依舊飛渡。

唐多令

甲辰冬，武林旅館對雪。

小閣獨挑燈。閑愁無數生。怯嚴寒、倚倦雲屏。一夜朔風驚旅夢，晨起望、粉妝成。　碎玉遍山橫。璚瑶布滿庭。念崎嶇、客路江程。料得梅花將報信，清態度、費詩評。

搗練子　消寒

長夜靜，朔風迎。獨背銀燈數漏聲。小卧鸞衾眠未穩，嚴寒先向枕邊生。

浪淘沙　題陳菊如二世嫂夫人小照

圖畫寄閑身。宛肖風神。支頤石畔對斜曛。執筆凝思思底事，擬賦陽春。　巾幗一全人。若個如君。宜嗔宜喜艷陽温。綉帶臨風添婀娜，似動湘裙。

滿江紅　武林留别織雲、誦芬兩女史

旅思無聊，憑闌處、泪痕重叠。喜擎掌、雙珠耀玉，聰明冰雪。慰我蕭條同剪燭，憐它嬌小關情切。奈匆匆、買棹又登程，添凄咽。須記取，春宵節。頻擘袂，難言別。念關山渺渺，杜鵑啼血。別夢人生偏易醒，風塵宦海渾難脱。怕臨風、怊悵各西東，心如結。

前　調

乙巳春，由杭買棹赴山右芑由夫子署，寄懷湘君四嫂。

蘭棹纔移，去匆匆、錦帆難緩。抬望眼、春波渺渺，素心人遠。攲枕羅巾紅泪在，拂衾別夢清宵短。念知音、判袂幾時逢，腸先斷。空對著，垂楊岸。青青柳，絲難綰。嘆天涯羈旅，孤燈相伴。跋涉卿憐西去路，殷勤我盼南來雁。倩迴風、迢遞寄愁心，人如見。

南歌子 邳州道中寄懷湘君四嫂

暖護桃花蕊，寒飄燕子翎。東風吹夢似浮蘋。且把一衾愁緒、伴啼鶯。月影揺山店，垂絲拂驛亭。凄凉誰識此時情。索向客窗尋句、寄惺惺。

念奴嬌 渡揚子江作

大江東去，好乘風破浪，扁舟一葉。滉漾錦帆争渡險，滚滚怒濤如雪。香霧微茫，寒波浩渺，都助襟胸闊。水窗閑眺，遼天大地皆徹。猶若身在冰壺，如萍似絮，轉逗愁千疊。

此去鄉關知漸遠，心與江流同咽。隱現金焦，去來潮汐，掩映浮雙闕。海門一調，離懷歌向明月。

雙調南鄉子 永樂署寄懷湘君四嫂

春暖晝添長。欲渡金針轉自傷。記得畫堂同并綉，端相。裁罷吴綾玉尺量。　今日雁分行。閨課琴書久已荒。獨把泪珠穿綉綫，凄凉。綫短珠多更斷腸。

蝶戀花

乙巳冬節鄉旋涂次寒甚，車行口占。

纔住征車重就道。毷氉頻年，命薄難相拗。憔悴天涯歸夢杳，霜風裂體驚魂繞。　身在長途親未曉。萬種凄凉，甚日開懷抱。鏡掩塵封眉不掃，空餘泪點知多少。

唐多令 涂次寄家書作

悶倚水窗寒。波紋似泪斑。仗輕身、暫放心間。書罷家言心耿耿，□□□、上眉端。　遥憶母慈顔。何時繞膝前。悵雲天、别緒頻年。喜得歸寧期已近，憑尺素、報平安。按：上片結句缺三字，疑有脱漏，以『□』標出。

踏莎行 旅夜聞笛

寂寂銀燈，苕苕漏箭。宵深正自情懷倦。關山一調却飛來，聲聲都送篷窗畔。　儘蹙眉顰，消磨腸斷。無聊孤影空長嘆。客心已是不禁愁，何堪三弄增幽怨。

滿江紅

乙未冬，行抵長沙，回憶壬辰歲先嚴撫楚時，平定武崗猺匪，督兵剿辦，竭盡心力，迄今忽忽十四年。化境重來，口碑載道，知先君之德政入於人者深，而往事低徊，曷勝悲慨！

夢斷天涯，重又抵、瀟湘旅次。增余感、豐碑手迹，先人舊治。仗劍滿酬平虜願，拂衣早作歸田計。有士民、德政尚相傳，功非易。　纔轉眼，韶華逝。塵世夢，渾如戲。望岳峰秀色，景同人异。痛背椿顔三載渺，傳心一七年前事。剩羅巾、徒染泪千行，悲歌起。

賀新郎 乙巳暮冬旅次，對雪有感

默對寒江畔。望長天、朔風凜凜，凍雲千點。兩岸銀沙迷去路，萬片鵝毛如剪。看歷亂、芳村不辨。料得璚花開六出，鬥寒姿、欲作梅魂伴。想佳兆，豐年見。　旅懷欲把高歌按。

奈愁多、唾壺敲破，翻吟腸斷。誰識天涯憔悴客，凄絶水窗空掩。倚綉枕、鸞釵壓扁。寂寞孤舟經歲杪，念韶華、屈指東風换。吹愁去，眉應展。

念奴嬌

乙巳除夕，行抵湘潭，舟中感賦。

三湘風景，看桃符乍换，鼓簫聲繞。爆竹頻催蓮漏短，堪惜韶華迅速。歡向春回，愁隨臘去，數語遥相祝。心香一炷，孤舟猶守銀燭。　遥念嬌小依親。高堂膝下，笑飲尊浮緑。鏡裏宜春釵綰髻，彩勝紅絨斜束。今日天涯，當年閨内，心似彈棋局。旅懷轉切，金錢頻向神卜。

浪淘沙 旅次對月

素影照愁腸。默對蟾光。年年旅邸嘆悲凉。脉脉離懷何處寄，鬢點秋霜。　歷遍水雲鄉。渺渺涂長。戍樓殘角隱斜陽。衹有多情天上月，伴我篷窗。

念奴嬌 丙午初春舟中作

春來幾日，怎東風已换，餘寒猶峭。轉眼燒燈時節過，碧盡天涯芳草。兩岸濃烟，半篙新漲，日向溪山繞。嫩黄吹綻，數枝楊柳絲裊。遥聽何處漁歌。幾聲柔櫓，日暮孤村渺。對景消愁愁欲破，怎奈更增懷抱。懶擘魚箋，聊攲鳳枕，悶倚篷窗悄。侍兒遥指，梅花今又開了。

賀新郎

丙午夏赴都省母，因水阻王家營，對月感懷。

憔悴荒村驛。對空庭、茅檐土壁，旅愁千叠。倦倚單衾懷往事，心比亂絲還結。恨苕苕、玉京遥隔。羈此异鄉如斷梗，望白雲、渺渺思親切。何日裏，慰離别。　飄零心緒同誰説。算祗有、孤燈素影，天邊皓月。彈指悲歡離合事，又是幾回圓缺。這凄凉、似鵑啼血。千古蛾眉磨折恨，待從頭、細告蟾宫魄。瑶闕遠，楚天闊。

唐多令旅夜聞蛩

澹月射迴廊。西風送晚凉。嘆無端、漂泊它鄉。銅漏添寒驚夜永，看玉露、欲凝霜。　歲月怎匆忙。秋風斷客腸。聽凄凄、枕畔寒蛩。訴到愁心卿且住，儂已是、泪千行。

鳳凰臺上憶吹簫

丙午秋，到京省母，憶余幼年，隨侍先嚴自都赴陝，忽忽念有七年矣。今重至京華，往事低回，不勝蓼莪之感。

萬里崎嶇，重來帝闕，繁華舊數神京。看秋高氣爽，新月微明。夢繞慈闈幾度，平安字、鴻雁難憑。今日裏，斈衣膝下，好慰離情。　還記。長安昔別，尚丫髻、兩鬢披纓。憶韶華電影，南北行程。隨侍閩黔湘浙，嗟薄命、凋謝椿庭。今昔感，風光依舊，泪點珠零。

賀新郎 題粹鵑姊真容畫册後

開卷添凄惋。憶當日、高才咏絮，蘭閨相伴。讀畫敲詩重剪燭，倦綉月明同玩。又豈料、彩雲易散。九載悠悠魂夢杳，嘆緣慳、知己人天判。回首處，柔腸斷。　飛瓊久已瑶臺近。奈人間、天荒地老，此懷怎遣。剩墨零箋餘舊恨，試較新愁深淺。想凄惋、情痴奉倩。玉軫朱弦芳韵寂，結鸞膠、何日能如願。空領略，真真喚。

雙調南鄉子 寒天作畫戲占

悶對小窗櫺。凍緑凝脂落筆輕。繪到四時風露態，分明。望去繁枝蝶欲迎。　嬌色若聞馨。敢較徐熙舊有名。聊借丹青消旅思，閑評。忘却圍爐素手冰。

滿庭芳

丙午暮冬，長夜不寐志感。

雪意將舒，梅魂乍綻，枝頭凍雀無聲。寒侵翠被，旅枕夢難成。博得消寒長夜，垂紙帳、燈火青熒。憑誰問，茫茫百感，清淚已如冰。　心情零落盡，瘦顏絲鬢，種種堪驚。念悲歡離合，取次飄零。怎得槐安夢破，塵根在、何日方醒。尖風捲，頻催烏兔，彈指歲華更。

浪淘沙

丁未暮春，寄樸園三叔父。

去歲晚春天。叩別尊前。世情似紙慣涼炎。幸托慈恩憐弱息，萬種周全。　今又整吟鞭。遥記經年。離懷默默淚重添。獨憶報瓊知甚日，銘刻銜環。

踏莎行

己丑冬，永樂署對雪。

冰露雲濃，飛花四起。飄來萬點空庭裏。堆成玉樹自玲瓏，啼鳥怎樣枝頭寄。　綉幕輕垂，朱扉悄閉。圍爐遥念人天際。嚴寒先向客邊生。叮嚀莫灑征人騎。

清平樂 秋思

涼雲澹月。又到黄花節。幾陣西風催落葉。驚起亂蟲悲咽。　那更斷腸人聽。畫樓愁倚銀屏。囑語今宵好夢，夢中切莫愁生。

鷓鴣天 惜花春起早

曉起輕寒别綉幃。庭前薄露潤芳菲。憐嬌葉底鶯聲嫩，選艷枝頭蝶繞飛。　心眷眷，步依依。更將錦帳護香籬。好邀月姊多情照，莫任風姨無賴欺。

蝶戀花 愛月夜眠遲

乍捲香簾天已暮。蟾影娟娟，遠挂梧桐樹。斜倚雕闌看未足，嫦娥切莫抛人去。　銀漢若能今夕渡。玉宇無塵，細把衷懷訴。坐久忽驚花底露，銅壺又報三更鼓。

蝶戀花 閨病

雲鬢蓬鬆釵欲墜。日過紗窗，猶自懨懨睡。一綫情思常似醉，身慵半擁紅鴛被。　臉際銷紅眉鎖翠。無語沉吟，總似多情泪。一縷尖風侵綉袂，鏡兒偏曉人憔悴。

賀新郎 閨課

曉露飄階次。製晨妝、菱花輕拂，金盆初試。梳罷雲鬟更翠服，問省高堂眠食。好打叠、綉妝架起。刺鳳描鸞紅較綠，喜餘閑、猶把琴書理。拋針處，讀閨史。　興來柳絮新詞記。按譜圖、籤分四部，偷聲減字。香爇龍涎花插架，點綴膽瓶風致。怎負它、明窗净几。楚楚工夫黃昏後，尚敲棋、煮茗青燈繼。中庭外，月如水。

【第五集】

詞人姓氏

吴　藻　字蘋香，仁和人，同邑黄□室。工詞翰，善鼓琴，旁及繪事，自稱玉岑子。

吕采芝　字壽華，陽湖人，吕子珏女，同邑趙鏞謨室。

陸　珊　字佩琄，一字珊珊，元和人，内閣中書錢唐張應昌側室。

席佩蘭　字道華，一字韵芬，昭文人，翰林院庶吉士常熟孫原湘室。夫婦工詩，一時稱羡。

唐韞貞　字佩蘅，武進人，唐與忠女，同邑董介貴室。

錢　湘　字季蘋，武進人，趙仁基室。

陳珍瑶　字月史，歸安人，陳泰女，楊□室。

陸蓉佩　字□□，陽湖人，陸鼎晋女，同邑趙念植聘室。念植亡，過門守貞。

凌祉媛　字茝沅，錢唐人，光禄寺署正凌咏女，江蘇候補知縣丁丙室。生而穎慧，幼即通音律，能吟咏。歸丁後，因母患風疾，動止需人，常歸寧侍疾。母病劇，禱神以身代。未幾母果愈，而祉媛卒，年二十有二。有《翠螺閣詩稿》。

濮文琦　字彈綠，溧水人，四川涪州知州濮瑗女，典史何鏡海室。

目

花簾詞

仁和吴藻蘋香撰

浪淘沙

蓮漏正迢迢。涼館燈挑。畫屏秋冷一枝簫。真個曲終人不見，月轉花梢。何處暮鐘敲。黯黯魂銷。斷腸詩句可憐宵。莫向枕根尋舊夢，夢也無聊。

清平樂

一庭苦雨。送了秋歸去。衹有詩情無著處。散入碧雲紅樹。黄昏月冷烟愁。湘簾不下銀鉤。今夜夢隨風度，忍寒飛上瓊樓。

滿江紅

門掩斜陽，滿院裏、零花瘦草。疏簾捲、紙窗風緊，玉爐烟裊。天末數聲征雁過，林邊幾點歸鴉噪。悄無人、落葉冷空階，紅誰掃。題不盡，傷心稿。消不盡，閑煩惱。算眼前愁境，又添詩料。翠影自憐雙袖薄，病魂已約三秋老。待巡檐、索笑問寒梅，春還早。

行香子

長夜迢迢。落葉蕭蕭。紙窗兒、不住風敲。茶温烟冷，爐暗香銷。正小庭空，雙扉掩，一燈挑。　愁也難抛，夢也難招。擁寒衾、睡也無聊。凄凉景況，齊作去今宵。有漏聲沉，鈴聲苦，雁聲高。

滿江紅

謝叠山遺琴二首，琴名號鐘，爲新安吴素江明經家藏。

半壁江山，渾不是、鶯花故業。嘆回首、蕭條野寺，凄凉落月。鄉國烽烟何處認，橋亭卜卦誰人識。記孤城、隻手挽銀河，心如鐵。　纔賦罷，無家别。早殉此，餘生節。儘年年茶坂，杜鵑啼血。三尺焦桐遺古調，一抔黄土埋忠穴。想哀弦、泉底瘦蛟蟠，苔花熱。

怨羽愁宫，算歷劫、沉埋燕代。慟今古、電光石火，人亡琴在。南國穿雲誰挈去，西臺如意空敲壞。剩孤臣、尚有未灰心，垂千載。　冬青落，花無賴。枯桐活，天都快。試一彈再鼓，祇增悲慨。凄烈似聞山寺泣，蕭騷不減松風籟。嘆伯牙、辛苦舊時情，知音解。

調笑令

花徑。花徑。添個愁人孤影。夜深月冷風寒。何處高樓笛殘。殘笛。殘笛。吹破早梅消息。

金縷曲 題王蘭佩女士静好樓遺集

一覽遺芳稿。認當時、青綾幛裏，班才薛貌。忍把無窮思親苦，寫出大家聲調。更莫問、瑶琴静好。縱有窗前京兆筆，料年年、衹合和愁掃。怎舒得，翠眉笑。玉臺人本工煩惱。也非關、蘭因絮果，春風劫小。自古清才妨濃福，畢竟聰明誤了。豈懺向、空王不早。我試問天天語我，説仙娥、偶謫紅塵道。今悔過，太虚召。

一痕沙

莫把韶華細算。九十今猶未半。春縱不嫌多。奈愁何。　衹是日長無緒。添上水沉幾炷。窗外影移花。夕陽斜。

虞美人

曉窗睡起簾初捲。入指寒如剪。一宵疏雨一宵風。無數海棠瘦得、可憐紅。　分明人也因花病。幾度慵拈鏡。日高獨自不梳頭。祇聽喃喃燕子、話春愁。

秋波媚 題汪沅蘭女史白蓮畫卷

西風凉入藕花秋。占斷白蘋洲。澹妝無語，凌波微步，幾許閑愁。　夕陽過盡亭亭影，嬌睡熟曾不。黄昏近也，月明何處，一片香浮。

賀新凉

六曲屏山角。有絲絲、柳條綰住，一痕春脚。却怪天公偏耐冷，作去就輕陰漠漠。正曉睡、被鶯催覺。病怯餘寒禁不得，檢青箱、重把湖綿著。梳裹罷，啓湘箔。　心情祇似今非昨。報庭前、殘紅謝也，又添離索。狼籍胭脂香滿地，多半隔宵風惡。翻悟到、人生榮落。回首繁華原若夢，再休提、命合如花薄。茵與溷，偶然錯。

訴衷情

紅衾香冷隔宵和。曉日澹簾波。睡起記它蝶板，一一點鶯歌。　晴未穩，雨新過。落花多。問春無語，遣春不去，奈此春何。

祝英臺近 影

曲闌低，深院鎖。人晚倦梳裹。恨海茫茫，已覺此身墮。可堪多事青燈，黄昏纔到，更添上、影兒一個。　最無那。縱然著意憐卿，卿不解憐我。怎又書窗，依依伴行坐。算來驅去原難，避時尚易，索掩却、綉幃推卧。

賣花聲

深院晚妝慵。鬟彈髮鬆。忍寒和月下簾櫳。掩却碧紗屏小小，不許燈紅。　好夢忒惺忪。去也匆匆。池塘春影又成空。一片吟魂無著處，隨住東風。

風中柳 游絲

何處游絲，吹到没人庭院。忒纏綿、和愁掔絆。祝風休驟，倩柳條私綰。算今番、留春一綫。

落紅低罥。　無賴鶯梭，偏又將伊織斷。剩星星、飄零不見。怎如蛛網，尚憐香心慣。把墻角、

金縷曲

悶欲呼天説。問蒼蒼、生人在世，忍偏磨滅。從古難消豪士氣，也衹書空咄咄。正自檢、斷腸詩閲。看到傷心翻失笑，笑公然、愁是吾家物。都并入、筆端結。　英雄兒女原無別。歎千秋、收場一例，泪皆成血。待把柔情輕放下，不唱柳邊風月。且整頓、銅琶鐵撥。讀罷離騷還酌酒，向大江、東去歌殘闋。聲早遏，碧雲裂。

如夢令　燕子

燕子未隨春去。飛到綉簾深處。軟語話多時，莫是要和儂住。延佇。延佇。含笑回它不許。

沁園春　花朝

雨雨風風，釀就微陰，春魂暗銷。鎮支離病骨，茶鐺藥裹，禁持瘦影，翠袖冰綃。簾捲雙鈎，窗開六扇，燕子偏來話寂寥。妝成也，記年年此日，曾買輕艘。　關心碧柳緗桃，總負却

明湖十二橋。自湔裙人散，閑居有賦，踏青期阻，枯坐無聊。知趣東皇，似嫌著色，翻把繁華用白描。闌干外，但紅痴緑醉，不作去花朝。

齊天樂 有懷茝香姊

陰陰曉院重門閉。鳴鳩數聲花底。簟冷如冰，窗虚似水，知道今朝晴未。懨懨睡起。正叠雪衫輕，盤雲髪膩。回首春游，一杯殘酒到芟尾。　分明幽恨幾許。盡將來放在，心裏眉裏。六曲屏前，雙鈎箔下，冷落紅腔誰記。伊人去矣。縱獨按宫商，也應無味。衹把凉簫，碧闌干外倚。

酷相思

寂寂重門深院鎖。正睡起、愁無那。覺鬢影微鬆、釵半嚲。清曉也、慵梳裹。黄昏也、慵梳裹。　竹簟紗幮誰耐卧。苦病境、牢擔荷。怎廿載光陰、如夢過。當初也、傷心我。而今也、傷心我。

蘇幕遮 聽茝香姊彈瑟

曲初終，人未杳。指下泠泠，一片悲風繞。酒醒西窗殘月到。二十五弦，彈得天應曉。碧空寒，湘水渺。千古傷心，祇剩遺音好。江上數峰青不了。木落烟波，誰把雲和抱。

邁陂塘憶趙茗香姊

看天街、嫩涼如水，知它今夕何夕。曲終酒醒人歸去，怎遣者番岑寂。愁默默，但屈指連宵，不鼓雲和瑟。病懷碎積。嘆心似回潮，身同殘燭，百感正交集。　紅樓外，猛地誰家倚笛。一聲聲又凄惻。故園楊柳依然在，報甚秋風消息。燈半壁。偏照得、紗幮有夢難尋覓。窗兒漸黑，早月墮迴廊，鐘敲遠寺，滿院曉烟碧。

喝火令

竹簟涼如洗，蕉屏夢未招。欲眠又起整冰綃。且向碧紗窗下，悄地檢香燒。　愁怕和天説，詩多帶病敲。今宵依舊似前宵。一樣燈紅，一樣漏迢迢。一樣酒醒時節，斜月上花梢。

壽樓春七夕

覺新涼如波。報佳期到了，鵲早填河。屈指頻移玉漏，乍抛金梭。蟾影澹、銀潢拖。望碧空、秋雲羅羅。恰紅袖同携，畫屏無睡，相約拜星娥。　良宵好，休輕過。有天酬情債，人惹詩魔。儘夜憑闌徙倚，把杯吟哦。幽夢短，離愁多。較世間、塵緣蹉跎。笑暮暮朝朝，神仙奈它兒女何。

菩薩蠻

雨晴天氣秋如畫。屏山幾曲垂簾亞。花徑爲誰開。美人來未來。　日斜階下立。不耐西風急。靠住小闌干。一雙羅（單袖）［袖單］。

陌上花

重門閉也，天涯何處，一枝横笛。衹隔紅墻，吹得柳絲無力。栖鴉不管銷魂况，猶帶夕陽顔色。又懨懨、睡起爐香燒罷，玉階閑立。　悵年來、病裏嫌寒怯暖，負了許多佳日。轉眼重陽，尚恐雨晴難必。流光容易抛人去，誰見柱移瑤瑟。便尋思、二十五條弦上，已過三七。

三字令

秋色裏，畫屏空。晚來風。楊柳瘦，海棠紅。月移簾，簾鎖月，兩朦朧。　人未散，曲先終。聽歸鴻。銀甲冷，玉弦鬆。坐無聊，眠也罷，莫惺忪。

乳燕飛 愁

不信愁來早。自生成、如形共影，依依相繞。一點靈根隨處有，閱盡古今誰掃。問散作、幾般懷抱。豪士悲歌兒女泪，更文園、善病河陽老。感斯意，即同調。助愁尚有閑中料。滿天涯、曉風殘月，夕陽芳草。我亦人間淪落者，此味儘教嘗到。況早晚、又添多少。眼底眉頭擔不住，向紗窗、握管還吟嘯。打一幅，寫愁稿。

虞美人

黄昏月黑秋聲鬧。隔個窗兒小。聽風聽雨未分明。衹是瀟瀟颯颯滿空庭。寒釭剔燼吟懷倦。長夜應過半。池塘春草總模糊。轉覺今宵有夢不如無。

菩薩蠻

夕陽庭角歸鴉噪。銀屏翠幕生寒峭。暝色上花枝。曲終人去時。黄昏深院鎖。衹是薰香坐。一夜雨和風。小窗燈不紅。

江城梅花引

昨宵疏雨滴空齋。怕春來。竟春來。真個春來。百事費安排。整了薄妝眉未掃，鎮無語，悄鈎簾、步碧苔。　碧苔。碧苔。上閑階。停綉鞋。倚玉臺。數也，數也，數不盡、花落花開。祇問柳梢，青眼爲誰抬。紫燕黄鸝都不語，還待要，背東風、各自猜。

菩薩蠻　燈

梨雲漠漠圍春院。藥爐茗碗温存慣。風雨又黄昏。有人深閉門。　落花流水去。忽憶年時句。燈燼不禁挑。玉釵何忍敲。

連理枝

不怕花枝惱。不怕花枝笑。祇怪春風，年年此日，又吹愁到。正下帷趺坐、没多時，早蜂喧蝶鬧。　天也何曾老。月也何曾好。眼底眉頭，無情有恨，問誰知道。算生來并未、負清才，豈聰明誤了。

十六字令 燈

青。花落花開半壁燈。江湖夢，和雨不分明。

念奴嬌 題韵香空山聽雨圖

珠眉月面，記前身、是否散花天女。寂莫琳宮清梵歇，人在最深深處。一縷涼烟，四圍冷翠，幾陣瀟瀟雨。剪燈人倦，鶴房仙夢如煮。　恰好寫到黄庭，畫成金粟，總合天真趣。疏竹芳蘭傳色相，不似謝家風絮。香火因緣，語言文字，唱絶雲山侶。拈來一笑，玉梅春又何許。

菩薩蠻

小屏古畫層層列。小山窠石重重叠。一剪牡丹芽。幾叢蝴蝶花。　袖羅香不已。人在東風裏。妨了綉工夫。緑窗調女奴。

摸魚兒

不多時、韶光漸老，輕陰依舊如墨。條條楊柳星星絮，已有二分春色。晴未必，又小雨簾纖、作去弄紗窗濕。燕來定識，記青粉墻邊，紅泥亭畔，一桁畫簾隔。江南路，知否杏花消息。明朝已是寒食。平頭鞋子雙鸞穩，還怕踏青無力。愁不得，但當面、逢人背面秋千立。尋尋覓覓。却埋怨東風，等閑多事，吹皺半池碧。

河傳

春睡。剛起。自兜鞋。立近東風費猜。綉簾欲鈎人不來。徘徊。海棠開未開。料得曉寒如此重。烟雨凍。一定留香夢。甚繁華。故遲些，輸它。碧桃容易花。

洞仙歌 奉題梁溪顧羽素夫人緑梅影樓填詞圖

陰陰薄冥，悄黄昏時候。幾樹梅開暗香逗。又疏簾，半捲和月和烟，分不出、花影風篩翠袖。

小窗燈火裏，擁髻微吟，想見伊人正呵手。清極不知寒，坐到宵深，有青入，兩眉痕瘦。看一角、樓臺似羅浮，算除却詞仙，更誰消受。

蘭陵王

杜宇。春歸也，無力挽留，一任東君自爲主。愁懷黯如煮。已數遍殘紅，搓盡飛絮。深藏怕春去。把酒和春對語。天涯路，花落水流，究竟韶華靠誰住。垂楊萬萬縷。何處。

幾回還待開簾覷。正滿地芳草，半痕斜照，飛來蝴蝶尚栩栩。諒知我吟緒。頻著。斷腸句。嘆過客光陰，真個無據。闌干拍損空延佇。祇數點香暈，兩行烟樹。黄昏剛到，又禁着，一陣雨。

惜分釵 聞蛩

閑庭宇，秋如許。還添幾個寒蟲語。一聲聲。一更更。難道今宵，說到天明。聽聽。茶分乳。香銷炷。紅衾欲整從新住。且消停。再呼燈。麂眼籬邊，蛤粉墻陰。尋尋。

十六字令

寒。人立西風翠袖單。斜陽暮，花影上闌干。

金縷曲

生本青蓮界。自翻來、幾重愁案，替誰交代。願掬銀河三千丈，一洗女兒故態。收拾起、斷脂零黛。莫學蘭臺悲秋語，但大言、打破乾坤隘。拔長劍，倚天外。人間不少鶯花海。儘饒它旗亭畫壁，雙鬟低拜。酒散歌闌仍撒手，萬事總歸無奈。問昔日、劫灰安在。識得無無真道理，便神仙、也被虛空礙。塵世事，復何怪。

酷相思

炙了銀燈剛一會。獨自把、紗屏背。怎幾個、黄昏偏不寐。心上也、愁難諱。眉上也、愁難諱。　薄紙窗兒寒似水。一陣陣、風敲碎。已坐到、纖纖殘月墜。有夢也、應該睡。無夢也、應該睡。

點絳唇

倚竹拈花，生寒翠袖無人問。一天風緊。雁字來成陣。　畫角城樓，又早催霜信。憑闌認。亂山隱隱，祇與斜陽近。

卜算子

時節未清明，小雨剛剛歇。獨倚銀屏避曉寒，祇把羅衣熨。　一陣海棠風，幾點梅花雪。打疊春愁不下簾，待燕歸來説。

風流子

闌干十二曲，重回首、争忍酌金巵。悵昨夜雨疏，今朝風驟，落花流水，飛絮平池。餞春會、離歌三兩闋，添譜懊儂詞。芳草有情，緑應如此，夕陽無主，紅不多時。韶華歸何處，垂楊繫不定，裊裊烟絲。一霎人間天上，香冷雲痴。近黄昏院落，湘簾半捲，玉階小立，數遍胭脂。腸斷數聲啼鳥，都在空枝。

摸魚子

同人重建和靖先生祠於孤山，許玉年明府爲補梅飼鶴填詞記事，屬和原韵。

緑裙腰，年年芳草，春風老却和靖。段家橋畔西泠路，寂莫古梅香冷。空自省。便薦菊泉甘、那許吴儂認。舊游放艇。記圖畫中間，玻璃深處，曾吊夕陽影。先生去，抱月餐霞無定。幾時鶴夢能醒。重來風景全非昔，一角樓臺新證。闌欲凴。覺樹底、霜禽小語留清聽。行吟翠嶺。把謝句閑携，巴歈拭和，對面碧山應。

千秋歲

斷無人處。緑遍深深樹。燕子静，鶯兒語。落花春色老，流水年華去。聽不得，打窗幾陣黄梅雨。病起閑凝佇。滿院痴雲聚。簾放押，香銷炷。莫吹江上笛，已盡天涯絮。薰風起，柳絲又作愁千縷。

鬢雲鬆令 題自鋤明月種梅花圖

碧無痕，香滿把。小劚金鋤，雪片摇空下。一徑凉烟都碎也。疏影横枝，補到闌干罅。畫中詩，詩中畫。畫裏詩人，可是神仙亞。好個江南花月夜。翠羽飛來，説甚啾啾話。

憶秦娥

鸜哥語。昨宵有陣催花雨。催花雨。碧紗窗下，曉寒如許。侍兒幾度鈎簾覷。玉梅開在深深樹。深深樹。疏香小艷，是春來處。

唐多令

春水一江流。春山面面愁。鎖春光、百尺高樓。樓上美人眠未起，嗔小玉、上簾鈎。碧醮滿眶秋。紅添兩頰羞。忒惺忪、好夢難留。怪底雙鬟籠不住，知溜却、鳳釵頭。

金縷曲 題李海帆太守海上釣鼇圖

放眼乾坤小。猛翻來、銀濤萬疊，海門秋早。一帶滄溟雲氣涌，裝點樓臺七寶。算十丈、紅塵不到。綫樣虹霓鈎樣月，讓先生、散髮垂綸釣。揮手處，復長嘯。詩狂酒俠心難老。拂珊瑚、一竿纔下，六鼇齊掉。陡覺天風吹日近，望裏蓬瀛了了。問仙骨、更誰同調。不信騎鯨千載下，有如來、金粟重留照。閑把卷，識奇表。

邁陂塘題王竹嶼通守夕陽花影圖

忒惺忪、一場花夢，和春驀地來去。斜陽本是銷魂物，紅到曲闌芳樹。留不住。覺過眼韶華，空色都無據。惱人情緒。祇幅幅生綃，亭亭倩影，添寫斷腸句。天涯路，悵悵綠陰如許。不知香冢何處。朝雲誦偈坡仙老，一種傷心誰與。頻聽取。有幾個黃昏，幾陣垂簾雨。離愁萬縷。便錦瑟重調，玉環再見，已作隔生侶。

轉應詞月夜憶茝香姊

人去。人去。影也留它不住。晚來風捲簾旌。又見花前月明。明月。明月。何苦陰晴圓缺。

貂裘換酒題葛秋生茂才橫橋吟館詩畫册

幾輩推清望。正才人、評花醉月，冷吟閑賞。一帶河橋橫雁齒，畫出輞川新樣。有幅幅、柔藍低漾。小拓軒窗三兩處，把筆床、茶竈都安放。添設到、絳紗帳。十年前打吳門槳。

挂烟波、輕帆葉葉，歸來無恙。問訊盟漚回舊日，續了蘭陵高唱。算詩虎、酒龍誰讓。却怪雲泥分手畀，又無端、小別成怊悵。能不作，望風想。

洞仙歌 贈吴門青林校書

珊珊瑣骨，似碧城仙侶。一笑相逢澹忘語。鎮拈花倚竹、翠袖生寒，空谷裏，相見個儂幽緒。　蘭釭低照影，賭酒評詩，便唱江南斷腸句。一樣掃眉才、偏我清狂，要消受、玉人心許。正漠漠、烟波五湖春，待買個紅船，載卿同去。

高陽臺

芳草黏天，落花糝地，啼鵑枝上頻催。把酒臨風，問春幾時回。荼蘪不管東皇去，一絲絲、翠罨香圍。好徘徊。六曲屏開，半幅簾垂。　踏青已負年時約，任柳綿如雪，飛滿紅閨。緑意愔愔，夢中胡蝶忘歸。打窗一樣懨懨雨，不多時、聽到黄梅。懶搴幃。銀甲長抛，玉笛休吹。

蝶戀花 題魏雨人明經緑天覓句圖

如水蕉陰天欲礙。不放斜陽，紅到書窗外。移得筆床茶竈在。分明人占清凉界。　夢草池塘春色改。寫遍蠻箋，剪取秋林代。聽殺黄昏風雨大，一聲聲又催詩快。

連理枝 立夏

新樣蟬紗試。拂面微風至。簌簌殘紅，蒙蒙落絮，惱人情思。鎮妝成重插、玉搔頭，戴櫻桃梅子。　宿釀梨花漬。蠶豆香盈指。撲蝶期過，餞春會了，綉窗無事。好韶華一嚮、便催歸，怨啼鵑不是。

喝火令

扇引團團月，衫更薄薄羅。水晶簾子漾微波。梳罷一緺雲髻，池上看新荷。　無意留春住，驚心怕病磨。好天能幾日清和。等得花飛，等得柳絲拖。等得芭蕉葉大，夜夜雨聲多。

金縷曲 題張雲裳女士錦槎軒詩集

一夜觀星墮。步珊珊、碧空飛下，水仙花朵。名將儒風從來少，況有雛凰親課。喜嬌小、才偏勝左。硯匣琉璃隨身抱，拂紅箋、吟盡書窗火。九天外，落珠唾。　凝妝鎮日臨池坐。好清閑，書禪畫聖，香名早播。始信大家聲調別，福慧它年誰過。覺展卷、自慚形涴。儂是人間傷心者，怕郊寒、島瘦詩難可。拈此闋，代酬和。

十六字令

纔。人報花梢月上來。停琴坐，秋影落空階。

憶秦娥

花簾開。月華如水浮天街。浮天街。冷螢一點，飛上涼釵。　輕羅小扇紅羅鞋。夜深相約橫琴來。橫琴來。曲終香燼，澹殺吟懷。

摸魚子

歌者沈嘉珍，向客淮陰汪已山員外家，閱歷歡場，垂垂老矣。有招涼圖行看子名作林立，許玉年明府轉爲索題，因誦少陵岐王宅裏之句，不能無感，聊復倚聲。

是誰工、霓裳舊譜，一聲聲斷還續。飄零淮海頭將白，賴有隨身竿木。花簌簌。嘆老矣龜年、紅豆傷心曲。兩三間屋。正白紵全翻，青衫對坐，石銚茗初熟。　江南憶，我亦挂帆六幅。扁舟來剪波綠。平生結習惟躭此，聽遍哀絲豪竹。春去速。算檀板、登場曾記唐衢哭。昆刀切玉。覺删盡柔聲，唱成絶調，高響遏雲谷。

江城梅花引

黄昏無語把金巵。正愁時。耐回思。記得當年，此夕坐填詞。依舊玉階涼似水，倚横笛，但聲聲、唱柳枝。　柳枝。柳枝。一絲絲。力不支。風又篩。瘦也，瘦也，瘦不過、近日腰肢。誰道秋來，心事没人知。自有娟娟簾外月，長照我，晚妝殘、夜卧遲。

齊天樂

虧它一夜芭蕉雨，園亭作去成秋景。薄病懨懨，殘妝草草，茉莉晚香幽靚。疏烟送暝。恰小扇羅輕，流螢風定。獨倚屏山，滿身明月露華冷。　文窗欲啓未啓。怕晶簾捲碎、花影人影。掩却鮫幮，燒殘麝炷，忘了紗衾教整。銅壺漏永，算如此秋光，儘儂消領。多少紅樓，酒魂涼不醒。

清平樂 題桐陰聽雨圖

絶無塵俗。糝地桐陰緑。石鼎松風茶未熟。瑟瑟涼生滿幅。　畫中人正看鴉。孤山鶴已還家。貪洗兩三竿竹，不知誤了梅花。

醉太平

疏簾一層。疏燈一星。夜凉飛入流螢。照琴書亂橫。　寒蟬暫停。寒螿又鳴。一聲聲和秋聲。怕愁人不聽。

虞美人 本意題畫

生綃尺幅胭脂冷。省識東風影。二分嬌艷一分愁。和月和烟不是楚天秋。　春泥底事埋香早。宿了紅心草。憑誰畫出美人魂。我欲拈花去吊懊王墳。

邁陂塘 題李紉蘭女史《生香館遺集》

裊香絲、文心一縷，纏綿幽緒難理。落花庭院春將老，多少泠吟閑倚。愁不已。問早向蓮臺，懺得聰明未。華年有幾。漸結損紅蘅，歌殘秋雁，界面泪如洗。　傷心事，除却蘭姨瓊姊。眼前誰復知己。瑶清舊侶和烟散，親舍白雲無際。仙去矣。剩一串驪珠，怕逐天風起。碧空苕遞。莫追憶前塵，纔完小劫，珍重玉京裏。

疏簾澹月

黄昏人醉。又幾陣西風，紙窗敲碎。昨日今宵，一樣薄寒如水。釵敧鬢亸紗屏背，不成眠，夢來無謂。瓶花香細，筆花艷冷，釭花紅萎。算何必蓮臺懺悔。悔愁根未剪，休言聰慧。幅幅雲箋，灑滿數行清泪。羅襟長把秋蘭佩。一聲聲、歌斷山鬼。況禁病裏，年光去也，祇添憔悴。

清平樂

彎彎月子，照入紅閨裏。病骨珊珊扶不起。祇把碧窗深閉。幾家銀燭金荷。幾人檀板笙歌。一樣黄昏院落。傷心不似儂多。

滿江紅 江秬香學博，新得晋任城太守孫夫人碑拓本徵題，爲填此解

斷碣沉埋，問誰辨、宜官鉅鹿。搜剔到、夕陽蒼蘚，秋風古木。金石未磨彤管記，玻璃空艷温泉浴。似曹娥、黄絹遇中郎，摩挲熟。一片石，韓陵續。三尺土，胭脂覆。羨生花妙筆，雙鉤滿幅。前代名碑遺篆隸，後來詞客揮珠玉。屬書星、拓本好收藏，千回讀。

江城梅花引

夕陽西下水東流。怕經秋。又經秋。目送飛鴻，陣陣過南樓。猛覺尖風寒翠袖，埋怨到，挂簾櫳、玉一鈎。　一鈎。一鈎。月當頭。酒半甌。香半篝。唱也唱也，唱不了、一曲涼州。笑問嫦娥，靈藥幾時偷。圓缺陰晴天不管，誰管得，古今來、萬斛愁。

買陂塘 初冬湖上

放輕舟，短長堤畔。玉驄金勒誰跨。水痕已減三篙緑，幅幅柔藍不瀉。秋去也，衹睡裏、烟鬟山色仍如畫。段家橋下。看楓葉霜乾，蘆花雪冷，衰柳不堪把。　湖光好，何必深春淺夏。四時風景都雅。飛飛漚鷺疏疏影，難認荷灣菱汊。歸未捨，但紅了斜陽，是處鐘初打。碧琉璃瓦。看古寺僧還，佛樓梵起，樓外暮雲亞。

蘭陵王

綉窗閉。窗外紅簾垂地。黄昏後，一點燈疏，曲几深屏不曾倚。添衣唤侍婢。半臂綿温香膩。澹妝就，月轉花陰，炙罷銀簧試雙髻。　幽意。碎難理。漸翠袖慵抬，鉛淚如洗。斷腸詩草闌珊味，早猛上心頭，又來眉際。檀痕暗掐玉纖記。譜入鳳笙細。　階砌。亂蛩起。正如慕似泣，欲斷還繼。秋宵謾把閑愁比。悵寒蟬瘦盡，霜雁回未。芙蓉零落，吊艷影，歲暮矣。

如夢令

玉笛數聲何處。吹盡落梅飛絮。樓外有紅墻，不把夕陽圍住。春去。春去。愁殺好花一樹。

百字令 讀綉餘續草題寄歸佩珊夫人

似曾探到，者驪珠、顆顆光輝不滅。妙手都從天際得，果是裁雲縫月。半面緣慳，千回夢想，一瓣名香爇。驚才絶艷，玉臺無此人物。　聞道近日宣文，絳紗幃裏，弟子紅妝列。別有傷心圓缺感，漸漸鬢華如雪。日暮天寒，賣珠補屋，此境和誰説。讀君詩罷，爲君宛轉愁絶。

菩薩蠻

一年難得韶華住。墻圍青粉風團絮。飛絮撲簾香。柳絲多少長。　闌干紅幾摺，軟靠羅衣碧。不見夕陽還。畫屏山外山。

卜算子

愁不共春歸，界入雙娥裏。門外飛花幾尺深，個是埋愁地。　芳草何曾解斷腸，人自傷心耳。立近碧闌干，泪濕羅衫子。

虞美人

風漪八尺玲瓏展。午睡何曾慣。閑分藥裏倦攤書。長日如年强半病銷除。　清凉引。熱惱須臾盡。斜陽偏到小窗紅。怎得階前添種碧梧桐。緑沉瓜是

南鄉子

吹到鯉魚風。凉殺秋花一朵紅。怪得黄昏寒又力，蒙蒙。人在疏簾細雨中。　香篆裊房櫳。倦倚薰篝鬢影鬆。多事青燈挑不盡，重重。偏向釵頭綴玉蟲。

高陽臺上陳雲伯先生謹次見寄原韵即以代柬

玉局人遥，碧城路迴，仙雲一朵飛來。盥罷薔薇，幾回吟向妝臺。扶風許執金釵贄，悵何時、立雪閑階。向紗帷，席近春風，箋展秋苔。　琳琅金薤花前讀，嘆青蓮去後，無此天

才。落月梁間，澹然想見高懷。蘭姨瓊姊瑶清約，待明年、拜識芳徽。好徘徊。綺閣紅窗，筆陣書堆。

浣溪沙

掩却屏山十二重。不知明月到簾櫳。一窗燈火碧紗紅。　書爲心松開卷少，琴緣腕弱上弦鬆。夜寒争忍減香筒。

青玉案

沈采石夫人爲余繪苎村烟雨箑子兼以寫生尺幅見惠，填此報謝。

畫圖別樣開生面。恰快似并州剪。如此江村能幾見。美人何處，青山不老，一片烟波遠。　折枝花倚東風軟。更活色生香滿。何日翠樽湖上款。故鄉山水，勞君點筆，寫入鵝溪絹。

清平樂 汪小韞世嫂屬題紅梨白燕寫生便面

夢回清絶。小院溶溶月。香又不寒雲又熱，釀作滿庭紅雪。　參差玉剪東西。幾時换却烏衣。不是花留艷影，瓊樓誰見雙飛。

浪淘沙

吴門返棹，雲裳妹欲送不果，寄此留别。

雙槳打横塘。何限江鄉。綠波争似别愁長。最憶前宵曾剪燭，同話西窗。　無計共離觴。踠地垂楊。數聲風笛斷人腸。從此天涯明月夜，各自凄凉。

虞美人 病

散花小劫誰能避。祇把紗屏閉。病懷底事太纏綿。窗外藥爐風裊幾絲烟。　新凉羅幕寒如水。日日和衣睡。一般聽雨一般秋。不信今年人比去年愁。

賀新凉 寄懷雲裳妹疊前題錦槎軒稿韵

桐葉驚秋墮。望茗茗、碧空無際，停雲幾朵。忽憶故人當此日，定整新凉詩課。記曾在、香邊硯左。煨茗清談今昔話，感楊花、作雪蓮開火。評月旦，笑還唾。　何時再向青綾坐。約聯吟、二三知己，蘭陵争播。小叙珠宫追往事，一霎天風吹過。祇襟上、酒痕猶涴。莫怪雙魚遲尺素，爲傷離、卧病愁難可。歌一闋、索君和。

江城梅花引再寄雲裳

沉沉蓮漏入秋長。怕昏黄。易昏黄。最憶當時，聽雨話聯床。一樣宵深閑不寐，問誰共，剪紅燈、坐碧窗。　碧窗。碧窗。夜初凉。月半廊。花半墻。夢也夢也，夢不到、春草池塘。陣陣西風，吹露未成霜。十幅蒲帆何日到，空望殺，美人兮、水一方。

摸魚兒

吴門潘榕皋先生官農部，時夢華亭董太史於水光雲影間，因乞太史書。太史爲書尺幅而去。解組後追憶前夢，爲寫水雲圖，徵題及余，爰拈是解。

忒分明，水西雲北，卧游歷歷能道。高情已逐滄浪去，畫省爐香猶裊。歌復嘯。趁萬頃烟波，一葉扁舟棹。紅塵擾擾。算身在鸞坡，心盟鷗渚，名宦幾人到。　同鄉同夢同調。書裙潑墨華亭筆，替寫九峰三泖。歸去好。説老我江鄉，鱸膾秋風古貌。掉頭一笑。看脱却朝衫，携將粉本，打幅遂初稿。

南樓令寄懷汪小韞世嫂吴中

福慧證雙修。神仙第一流。碧城高、何處瓊樓。吹氣如蘭人似玉，蘭秀雅、玉温柔。

別夢繞蘇州。雲山無盡頭。望江南、黯黯生愁。愁煞一方秋水闊，知甚日、得重游。

臺城路 題陳小雲世兄湘烟小録

渡江桃葉歌聲歇，傷心竟成春恨。打槳親迎，横琴側坐，想煞那回清韵。護花最穩。有障掩青綾，墻圍青粉。刻翠裁紅，肩隨妝閣索詩印。香奩拚負曉夢。但蘭羞早潔，纖手同進。璧月難圓，彩雲易散，艷福從來非分。東風太緊。悵芳草天涯，柳綿吹盡。聽雨黄昏，畫簾三兩陣。

沁園春

新安齊梅麓先生性愛梅，得林處士像一幀，忽悟爲前身小影，因顔之曰《梅花居士圖》，屬題此解。

歸去來兮，仙吏蓬萊，三年宦成。羡種梅繞屋，前身君復，看雲出岫，此日淵明。香作因緣，月參色相，展卷春風誤影形。翻然悟，記水邊籬落，雪後園亭。移家合住西泠。莫忘却、孤山一角青。有當時竹閣，仍容高士，而今仙鶴，解識先生。七百年餘，大千境裏，總與疏花結澹盟。能來否，向白沙堤畔，重築詩城。

蝶戀花

舊句新吟窗下比。一種淒凉，兩樣愁滋味。往日傷心誰得已。而今怕又從頭起。　攬鬢剛窺明鏡裏。青入長眉，那有悲愁意。一笑拋書簾自啓。携琴去向花前理。

金縷曲 題蔡丈木龕小像

屋外青山笑。笑先生、洗桐澆竹，幾曾閑了。可是未能除結習，清癖倪迂同調。又三徑、樓緣客掃。出世無妨同入世，倚南窗，猶覺陶潛傲。真樸性，古今少。　一龕休説蝸廬小。達人心，水流不競，雲眠都好。澹到忘言方得意，静裏天機入妙。算何必、冷吟長嘯。添種碧桃花萬樹，溯仙源、即在紅塵道。渾不借，武陵棹。

緑意 翠雲草

春泥翠濕，任柳絲一把，拖地無迹。夢覺池塘，捲起疏簾，濃藍暗染吟席。曹騰蜻眼偷窺處，笑没個、踏青人識。漸緑陰、紅到斜陽，尚恐看朱成碧。　見説花鈿墜了，幾回唤小玉，階畔難覓。鬥向窗前，籠袖拈來，紺唾輸他顔色。東風吹透長堤路，又想像、纖羅裙褶。問甚時、長遍空山，高下冷烟同滴。

水調歌頭 撲螢

手弄白團扇，階下撲流螢。碧天今夜如水，三兩點秋星。却繞井闌尋去，又被惺忪花影，遮得不分明。小步鳳鞋困，籠袖倚山屏。　月籬外，烟砌畔，猛相迎。回身欲覺，無賴飛上玉釵停。門掩一層簾子，簾護一重窗子，偏解入疏櫺。應是會儂意，來作讀書燈。

千秋歲 題停針教子圖

綉工妨了。紗幕傳經早。人影瘦，妝樓悄。熨忘金斗冷，輝借蘭釭照。聽不厭，琅琅鳳囀桐花小。　機樣停鴛教。書味丸熊飽。一寸荻，三春草。碧桃和雪繢，玉樹臨風皎。試看取，他年紫錦鸞回誥。

疏影 冬夜對月

空庭似雪，有滿天露氣，滿地明月。纔看團團，又唱彎彎，無端多此圓缺。秋來已是難消領，况病過、薄寒時節。望碧雲、隱約瓊樓，想見素娥愁絶。　待把傷心細問，欲眠更强起，羅幕重揭。幾處笙歌，幾處關山，幾處照人離別。西風了不知霜信，但亂撲、打窗紅葉。甚夜深、猶倚闌干，翠袖冷將花折。

風流子 題江秬香學博北渚載花圖

黃河遠上曲，旗亭句、唱到木蘭舟。正北里胭脂，玉人窈窕，東山絲竹，名士風流。綠波外、垂楊千萬樹，恰恰囀鶯喉。茶竈書床，短篷雙槳，羅衫團扇，錦字銀鉤。　蓮心紅徹底。鴛鴦七十二，飛過回頭。不記西湖湖水，閑了盟漚。甚前塵如夢，青春十載，落花萬點，點點生愁。惆悵鵲華山色，畫裏成秋。

鈎船笛 題吴香輪夫人梅雀卷子

何處覓幽香，展卷幽香盈幅。記得紅羅亭外，有人吹橫竹。　飛飛寒雀啅疏枝，争向畫檐撲。留取月明花底，看翠禽同宿。

乳燕飛 讀紅樓夢

欲補天何用。儘銷魂、紅樓深處。翠圍香擁，騃女痴兒愁不醒，日日苦將情種。問誰個、是真情種。頑石有靈仙有恨，衹蠶絲、燭泪三生共。勾却了、太虚夢。　喁喁話向蒼苔空。似依依、玉釵頭上，桐花小鳳。黃土茜紗成語讖，消得美人心痛。何處吊、埋香故冢。花落花開人不見，哭春風、有泪和花慟。花不語，泪如涌。

祝英臺近

夏松如茂才愛女伊蘭工吟咏，著有《吟紅館詩》，歿年十五。瀕危云：歸天上雷部去。松如撰《略徵詩》，一時題咏殆遍，倚聲及之。

解吟椒，工咏絮。湘管墨花吐。綺歲盈盈，明月正三五。想它闌寫烏絲，團香鏤雪，有密字、珍珠無數。　仙何處。等閑一現優曇，天風自來去。夜半雲車，傳呼阿香御。定知六甲靈飛，步虛聲裏，先問訊、投壺玉女。

百字令 題玉燕巢雙聲合刻

春來何處，甚東風、種出一雙紅豆。嚼蕊吹花新様子，吟得蓮心作藕。不隔微波，可猜明月，累爾填詞手。珍珠密字，墨香長在懷袖。　一似玳瑁梁間，飛飛燕子，軟語商量久。從此情天無缺陷，艷福清才都有。紙閣蘆簾，蠻箋彩筆，或是秦嘉耦。唱隨宛轉，瑶琴静好時奏。

洞仙歌 題李丈西齋亡女問字圖

天風環佩，謫瑶臺清曉。見説飛瓊最嬌小。向庭前、問字花下横經，春去也，妨了綉工多少。　三生脩慧業，畫閣疏香，似水年華好才調。白傅泪青衫，兒女情鍾，空紫石，摩挲墨妙。聽潮落潮生、又秋期，祇半幅驚鴻、載將征棹。

壽樓春 新歲

驚東風吹來。有紅情緑意，綴上瑶釵。恰喜椒盤頌好，畫堂筵開。殘臘盡、韶光回。費一番、天公安排。正彩燕翩翩，新鶯嚦嚦，笑語到妝臺。　鼇山結，嬉游纔。又試燈天氣，縱酒襟懷。幾處銀花影合，玉梅香猜。城不夜，春無涯。趁踏歌、銅壺休催。但明月隨人，人間暗塵飛六街。

南鄉子 元夜獨坐

把酒對青天。今月還同古月圓。合起古人花下問，團圞。桂影山河幾萬年。　佳節若爲歡。簫鼓春城鬧上元。祇有玉樓清似水，仙仙。欲我乘風跨彩鸞。

如夢令 落燈夜

不見梅梢微雪。祇見柳梢殘月。今夕落燈風，火樹銀花吹滅。清絶。清絶。正是酒闌時節。

洞仙歌 殘菊

深黄淺白，記重陽前後。滿把幽香一樽酒。甚西風、簾捲人澹於花，能幾日，花漸比人消瘦。　誰開三徑望，冷艷無情，蝶夢荒寒雁來久。紅了木芙蓉、静女娟娟，對老去、東籬詩叟。愛寂寞、秋容抱冬心，便十月青霜、一枝還有。

柳梢青

舊雨人遥，緑波春皺，江南草長鶯啼，正昔年聯袂時也。悵觸余懷，謾拈此解。

楊柳風和。昔年此日，曾聽笙歌。東閣官梅，西窗畫燭，南浦烟波。　無端眉上心窩。有别恨、離愁許多。春去還來，愁來不去，春奈愁何。

水調歌頭 題柳暗花明又一村圖

佳士愛名句，粉本拓烟霞。峰迴路轉何處，茅屋兩三家。如在山陰道上，步步引人入勝，望望酒帘斜。一帶水楊柳，萬樹碧桃花。　繞村郭，聞鷄犬，見桑麻。不因蠟屐，誰信春色到天涯。好個緑蒙蒙地，添段夕陽罨畫，無處不繁華。仙亦在塵境，何必武陵誇。

減蘭 題汪静芳女士眠琴緑陰圖

横琴選石。三弄冰弦無氣力。庭院愔愔。姑射仙姿太古心。　凉雲仙水。深護海棠嬌欲睡。一曲梅花。清絶香魂正夢它。

長相思 重三日有懷雲裳小韞

望江南。夢江南。夢見春波幅幅藍。幾時重挂帆。　憶清談。阻清談。萬樹桃花水一潭。離愁三月三。

水龍吟

匆匆九十韶華，者番玉指將輪遍。知它門外，風來幾陣，花飛幾片。又值新晴，明朝縠雨，牡丹應剪。想畫梁深處，栖香正穩，誰能似、雙雙燕。　却怪絲楊成綫，不藏鶯、藏鴉隨便。如潮病信，如山心事，最難消遣。浮白杯空，踏青期阻，洗紅衫淺。任春來春去，綺窗朱户，總無人見。

洞仙歌 五色罌粟花

吴罌小小，看非瓷非玉。似飽花神萬鍾粟。有飯鈔、雲子囊鎖雲羅，春盡也，蝶稅蜂糧自足。　問誰明月下，劚罷金鋤，鸞帚輕勻畫闌曲。艷絶女兒妝、粉白香紅，又衣裏、回黄轉緑。配崖蜜、煎來十分甜，笑一盞新嘗、味逾餳粥。

邁陂塘

一年年、花開花謝，春來還又春去。無人會得東皇意，錯怨枝頭杜宇。春縱住。問簌簌殘紅，可有安排處。春應笑語。説碧桃花開，黑罡風起，也合作香雨。　銷魂路，楊柳千絲萬縷。絲絲難綰飛絮。天涯何必多芳草，門巷緑茵如許。誰復主。君不見、月樓花院留春寓。茫無意緒。但流水聲中，夕陽影裏，添了送春句。

鵲橋仙

沈湘佩女士屬題紅白梅花卷子，圖亦女士所作。

斷橋流水，小窗橫幅，一樣黄昏時候。和烟和月寫生難，定寒了、玉人翠袖。　紅羅曲罷，縞衣夢醒，枝上霜禽覷逗。隨他羌笛再三吹，吹不到、十分清瘦。

臺城路 題近湖山館圖

兩三間屋臨湖岸，青山對人如笑。十里鶯花，半床書畫，仙吏合居蓬島。幽栖最好。好問訊林逋，結鄰蘇小。面面軒窗，水風開掩客尋到。　波光一碧萬頃，看屏前鏡裏，時度雲鳥。紅壓闌干，緑侵簾幌，地近馬塍春早。閑吟未了。聽蘭槳歌來，玉驄嘶杳。陶洗詩襟，亂絲叢笛鬧。

虞美人

孟夏偕兄姊就居裏湖趙氏莊，作十日游。莊有樓，面孤山，名鏡水樓。

裏湖湖水清如鏡。倒浸樓臺影。樓前楊柳兩三株。恰與咸平處士對門居。　藕花多在西泠潞。細把荷錢數。孤山應不笑儂痴。日日紅船催去采蒓絲。

浣溪沙 湖心亭

楊柳如絲織萬條。水風四面不通橋。紅泥一角緑周遭。　此地未經嘶寶馬，居人疑是踏金鼇。東西南北倚蘭橈。

清平樂 薄暮自南山歸西泠

湖烟湖水。一棹玻璃碎。落日四山橫晚翠。西子妝殘欲睡。　歸來雲樹冥冥。模糊難認西泠。忽聽上方鐘響，舟人猶指南屏。

柳梢青

登寶石山，天然圖畫閣小憩，遂至保俶塔下。

圖畫天然。偶來絶頂，小别塵寰。清咽泉流，陰生石磴，翠撲峰巒。　上方何處花關。白雲與，山僧往還。梵唄無聲，塔鈴不語，静證詩禪。

喝火令

四月十六夜，泛棹。北山月色正中，湖面若鎔銀。戲拈小石投水，波光相激，月纍纍如貫珠。時薄酒微醺，繁弦乍歇，浩歌一闋，四山皆應，不自知其身在塵世也。

放眼壺天隘，當頭璧月圓。玻璃十頃不嫌寬。金管玉簫檀板，齊奏木蘭船。　片石投如矢，層波漾作圈。明珠散走水晶盤。那得山靈，借我仙掌小於拳。那得虹霓成綫，萬顆一齊穿。

點絳唇

彩筆蠻箋，悲秋人續驚春句。斷難留住。逝水年華去。　怕不傷心，無可傷心處。闌珊緒。聽風聽雨。多在芭蕉樹。

風中柳 花影

春壓闌干，是否紅圍翠擁。夕陽收、月明相送。疏疏密密，衹暗香浮動。蝶難栖、不成仙夢。　綉閣人人，誤把玉纖拈弄。滿羅衣、篩來無縫。簾櫳如畫，問描將幾種。抵十幅、生綃清供。

憶江南 寄懷雲裳妹八首

江南憶，最憶識君時。潭水桃花紅萬點，蘇臺楊柳緑千絲。相見尚嫌遲。

江南憶，最憶綺筵開。阿母瑶池飛玉盞，女兒絳帳列金釵。座中除沈采石外皆碧城弟子。誰是謫仙才。

江南憶，最憶好才華。春曉嫩寒香雪海，小窗横幅折枝花。詩畫本名家。雲裳有鄧尉探梅詩牡丹畫幅。

江南憶，最憶夜聯床。讀曲簾櫳花氣暖，吹簫庭榭月華凉。殘燭剪西窗。
江南憶，最憶緑陰濃。東閣引杯看寶劍，西園連袂控花驄。兒女亦英雄。
江南憶，最憶餞春筵。三月渡頭花似霧，一杯婪尾酒如泉。小别也留連。
江南憶，最憶碧城招。咏絮君應稱謝女，買絲儂欲綉班昭。謂小韞。墨會記靈霄。
江南憶，最憶試歸帆。錦字香初盈素袖，酒痕紅未减輕衫。能不憶江南。

金縷曲四首

小韞世嫂自失所天後，音問久闊，填此寄懷，即題其自然好學齋詩集。

一唱傷心曲。古今來、才原妨命，慧難修福。見説玉樓詞賦手，偶向軟紅托足。回首處、山邱華屋。目斷湘江雲萬叠，泪斑斑，不到千竿竹。歌楚些，放聲哭。小雲世兄殁於楚中。秦嘉逝矣悲徐淑。不如它、尋常燕子，雙飛雙宿。自是文章知己感，豈爲天寒幽獨。願長茂、女貞花木。留得大家椽筆在，輯仙郎、遺稿聯吟軸。彤管吏，更須續。

别久渾如夢。望江南、平安竹報，經年未捧。問訊故人無恙否，莫更愁煎病擁。漸獵獵、西風吹動。兩字加餐傳尺素，怕薄寒、還向羅衣中。須爲我，好珍重。本來高格疏梅共。認前身、冰心雪貌，瑶池仙種。冬日松筠清見操，春草庭闈代奉。待秋晚、黄花香送。菊有芳兮蘭有秀，况丹山、十里桐先種。聲激發，聽雛鳳。

雙槳橫塘打。記當年、金釵問字，絳紗帷下。鶴市春深桃李放，親見一門風雅。斗室裏、圍香不灺。娓娓清談霏玉屑，儘叢殘、史事從頭話。聽未倦，忍輕捨。離懷無奈歸帆挂。最關心，一聲珍重，擢頭行也。投贈詩篇珍似璧，十幅衍波長把。有顆顆、珠光照夜。入夢故人明我憶，屋梁間、落月秋如畫。情一往，易縈惹。

水調歌頭 題高飲江茂才讀未完書齋圖

最喜窺全豹。快傳來，瑶篇雕就，香梨綉棗。夫子文章驚海内，家學源流浩渺。豈宋憲、班昭同調。祇覺天風環佩響，雜仙心，詩意超雲表。脂粉習，一齊掃。扶輪大雅開聲教。小韞有《明詩三十家選》，各繫以詩。費工夫、玉臺新選，品題都到。家國滄桑花月感，一例閑憑閑吊。詩筆與、史才俱妙。盥罷薔薇窗下讀，瓣香拈、敬爲南豐禱。名媛集，似君少。

恨不十年讀，空剩百城開。男兒意氣如是，動足即天涯。浪説籤排甲乙，安得經陳庚子，螢雪冷荒齋。但識斷虀處，千古築書臺。或登臨，或嘯咏，亦佳哉。蠹魚食字，常笑未必盡仙才。且撰等身著述，更帶隨身圖史，莫爲此身哀。太白匡山下，頭白可歸來。

浣溪沙

一卷騷一卷經。十年心事十年燈。芭蕉葉上幾秋聲。欲哭不成還强笑，諱愁無奈學忘情。誤人猶是説聰明。

念奴嬌 題魏母吴太恭人桂庭行樂圖遺照

衆香國裏，護慈雲、一朵靈根長結。微笑拈花參佛旨，不著滿身黄雪。至性關人，弱齡盡孝，名與曹娥列。割肌誰見，羅襟記涴餘血。太恭人曾封臂療母。　最羡捧檄承歡，循陔善養，采采蘭羞潔。封鮓寄書賢母教，能勵仲先清節。錦誥銜來，板輿奉去，此地曾經别。春暉逝矣，桂庭愁對秋月。

鬢雲鬆令

漏沉沉，香裊裊。燭影移花，簾幕風來小。試拍紅牙歌水調。尺半霜�，吹得霜天老。　醉顔酡，開口笑。絲竹中年，已覺輸年少。此境等閑看過了。往後追思，又説而今好。

賣花聲

花落又花開。秋去春來。昔年天氣舊池臺。一樣夕陽芳草句，兩樣吟懷。　燕子莫相猜。庭院荒苔。筆床茶竈欠安排。抛擲流光人不覺，減了清才。

柳梢青 花朝夜

簾捲香銷。輕寒側側，良夜迢迢。春到春分，月圓月半，花發花朝。　年年此夕春饒，花月下，金樽酒澆。邀月長空，祝花生日，且盡今宵。

滿江紅 洪忠宣公祠和俞少卿世兄作

北去孤臣，在漢代、蘇卿之列。傷心處、桃梨誰獻，薪芻自掇。一寸丹忱傳密奏，千秋青史垂清節。恨南歸、不奉兩宫還，肝腸裂。　十五載，燕山雪。三十里，西湖月。復中原反掌，金甌誤缺。故國已消天水碧，靈祠猶薦寒泉冽。半閑堂、蟋蟀幾秋風，無人謁。

洞仙歌 新月

初三下九，略無些分別。一樣纖纖兩頭月。怕佳人、誤拜未到更闌，最好是，剛近點燈時節。　問天緣底事，喜動嫦娥，黄氣新添上眉葉。何處覓瓊樓，瓦縫參差，隱隱露、廣寒宫闕。聽不盡、連宵唱彎彎，恐盼到圓期、又將愁缺。

蝶戀花

愁散如雲天不管。分付眉山，兩點休輕展。一寸蕉心重疊捲。任吹多少東風軟。手把羅衣窗下換。花影篩來，葉葉枝枝滿。小鴨薰香香自暖。日長春盡閑庭院。

摸魚兒 題魏雨人明經滁山吟館圖册

似擎來、一峰天柱，青山九鎖迴抱。吟窩許傍仙岩結，茶竈却鄰丹竈。看不了。正福地嫏環，萬軸圖書飽。探奇定到。訪玉室金堂，翠鮫白鼠，擊節賞坡老。長歌處，何必驚人謝朓。新詩句句皆好。思陵輦路苔花碧，別有滄桑憑吊。歸太早。算如此，軒窗合坐先生嘯。泥鴻印爪。想粉絹留題，苔箋盈幅，讀畫當詩稿。

南樓令 題秋燈課讀圖

秋色幾叢花。秋燈一幕紗。有庭階、玉樹蘭芽。課到等身書卷熟，又窗外、月鈎斜。咏絮本名家。瞻雲合拜它。記丸熊、畫荻非誇。後日瀧岡阡表裏，愁令德、掩才華。

鵲橋仙 湖上聞子規

春深夏淺，綠肥紅瘦，枝上微聞杜宇。曉晴我正看山來，翻勸我、不如歸去。一湖蘸碧，兩峰撲翠，忽憶年時小住。每逢四月踏青游，也難怪、啼鵑聲絮。

疏影 綠陰二首和魏雨人明經作

疏檐不礙，漸愔愔一碧，圍住窗外。料得高樓，簪鬢香消，凝妝好鬥眉黛。韶華小劫滄桑感，巧變換、綠天花海。喚起它、蝶夢惺忪，來認清涼仙界。回首春三二月，飛英薦酒後，佳會難再。如水空庭，選石眠琴，衹有斜陽紅隘。芭蕉葉嫩薔薇老，隨意任、東皇分派。甚惱人、梅子黃時，聽雨聽風無賴。

前 調

帷天席地，儘柳遮畫閣，苔襯香砌。接葉成陰，似水如雲，簾波一色無際。涼生滿院琴書潤，暈遍了、綺窗烏几。但著將、淺碧羅衫，隱約曲闌干裏。長記鶯啼草長，江南兩岸樹，翠合篷底。唱老紅情，綠意初翻，試把玉箏重理。嘗梅鬥茗燒新筍，又遠勝、花時風味。笑杏梁、燕燕飛來，還問好春歸未。

壺中天 題某宿衛蓮塘銷夏行看子

明光長侍，自生來、鎖骨仙乎非俗。面面風凉亭壓水，人意澹如秋菊。萬柄荷香，千竿竹秀，半畝桐陰緑。將軍何好，床頭書卷連屋。　抛却天上樓臺，名園小住，此境娱休沐。緩帶輕裘羊叔子，换了冰紗雪縠。白羽頻揮，紅塵不到，花氣薰僮僕。石闌點筆，倩誰描就横幅。

壽樓春

垂湘簾黄昏。映疏花琴瑟，凉月紛紛。漸覺輕羅稱體，薄寒中人。誰似我、雙蛾顰。有素娥、涓涓啼痕。况墨會靈霄，瑶清仙侣，聚散半如雲。　春歸去，秋平分。感華年逝水，影事前塵。空自偷聲減字，斷腸迴文。扶病骨，招詩魂。懺舊愁、愁還翻新。但閑了琴床，金爐博山香不温。

洞仙歌

舊時月色，照舊時窗户，懶覓窗前舊笙譜。任春長春短、花落花開，從未見，去去流光重度。　無端新夢覺，記得分明，夢裏華年竟如故。一樣好凉秋，一樣傷心，又一樣、雲和不鼓。何必要、還丹駐紅顔，但胡蝶飛飛、總忘遲暮。

祝英臺近 題魏雨人明經花灘漁唱詞

水西樓，城北路。漁唱起烟浦。樓外青山，山外夕陽補。樓前幾扇疏篷，一枝横竹，又翻出、蕢洲新譜。　月華吐，此境絶少人知，除非問鷗鷺。鬲指聲清，圓沙夢難作去。分明鏤雪團香，搓酥滴粉，便貰酒、旗亭應賭。

浪淘沙 久不得吴中信月夜有懷

簾外一重窗。窗外迴廊。斷無人處斷人腸。閑殺玉階明月夜，分外凄凉。　舊夢冷池塘，秋草都黄。芙蓉庭院又經霜。潮落潮生芳信阻，水遠山長。

金縷曲 題魏春松侍御曉窗讀書圖

八九間茅屋。拓軒窗，曉清清地，數峰凝緑。唱罷花冠燈未殺，料理牙籤玉軸。三萬卷、鄴侯都熟。誰寫草堂新畫本，有漚波、小印鵝溪幅。圖爲淑儷秦硯雲夫人作。一分水，二分竹。　蘭臺共説秋霜肅。話甘棠、蒼生又仰，春風和燠。錦袋緋魚抛擲久，三徑未荒松菊。諒心與，白雲相逐。傳世文章公莫秘，讀書臺、例向匡山築。千載下，想高躅。

東風幅幅窗紗。

柳梢青 題無人院落圖

不索燒茶。一重簾捲，幾摺闌遮。楊柳樓臺，桃花世界，燕子人家。望翠袖、非耶是耶。鸚鵡前頭，秋千背面，没處尋它。

洞仙歌 題趙秋舲香銷酒醒詞集

花窗細讀，十年前名句。一瓣香曾爲君炷。甚空空妙手、綉出鴛鴦，誰信道，肯把金針度與。　才華清似水，脱口輕圓，北宋南唐最佳處。酒醒又今宵、拍遍紅牙，儘高唱、大江東去。笑一顆驪珠、幾人探，但白石梅溪、紛紛儂汝。

暗香 闌天竹花和俞少卿世兄作

是花是竹。有葉分個字，香含皴玉。種傍粉垣，小樣娟娟數叢緑。空谷佳人自倚，籠翠袖、肌膚生粟。料不爲、去去春光，芳意碎如蹙。　梅熟。雨又足。似未拆柳綿，那怕風逐。曉禽亂撲，紅豆相思幾時啄。長記瑶瓶供養，傷歲暮、寒盟難續。試看取、開遍也，一枝怨獨。

疏影 秋海棠葉同前

東風點筆，似描來倩影，剛暈濃碧。大葉烟疏，小朵香遲，胭脂未染顔色。紅妝面面何曾見，錯認作、翠鈿抛擲。一兩叢、移近南墻，好待捲簾人立。花事前番過也，秋千坼遍了，撩鬢無力。不借春陰，不到秋陰，閑殺緑草詩客。斷腸欲寄迴文錦，奈幾縷、朱絲難織。最可憐、低覆凉階，怕照半痕斜日。

虞美人

一杯婪尾香邊酒。花事無何有。今年忘了送春詞。春短春長難道没人知。夕陽依舊銷魂色，紅對池塘碧。緑陰移上小闌干。不是傷心不會捲簾看。

西江月 題種紙學書圖

硾碧偏多樣子，砑紅也費工夫。何如鴉嘴劚金鋤。種出凉蕉萬樹。題葉新詩遍寫，擘窠大字横書。雲烟揮灑日無虚。倦聽緑天風雨。

雪獅兒 咏猫

買魚穿柳，將鹽裹箬，聘來無價。錦帶雲圖，共戲緑紗帷下。鸚哥教打。但説著、名兒先怕。初浴過、翠生桃葉，香濃冰麝。飽卧薔薇花樹。漸雙睛、圓到夕陽紅亞。小樣痴肥，響踏樓頭鴛瓦。銜蟬記畫。笑我獨、霜毫慵把。新吟罷。似補海棠詩話。夢蕉家兄嘗屬題壽猫圖，不應，戲以子美海棠爲喻。

江城梅花引 題西湖采芡圖

西湖湖水碧羅羅。采蓮歌。采菱歌。采到蒓絲，記得泛烟波。説著鷄頭儂未省，祇認取，有田田、葉許多。許多。許多。似圓荷。翠幾科。香一渦。采也采也，采不盡、斜日紅矬。兩兩瓜皮，艇子往來過。論斗明珠堪細剥，誰信道，是銷金、一寸鍋。

香南雪北詞

仁和吴藻蘋香撰

余自道光己丑歲訂所作《花簾詞》，陳頣道先生暨趙秋舲、魏滋伯兩君序而刊之，聊以自怡，非敢問世。丁酉移家南湖古城，野水地多梅花，取梵夾語顔其室，曰『香南雪北廬』。樊榭老人昔嘗卜宅於此，文采風流今尚存，不獨王孫桂隱遺迹未湮也。十年來憂患餘生，人事有不可言者。引商刻羽，吟事遂廢。此後恐不更作。因檢叢殘剩稿，恕而存焉。即以居室之名名之。自今以往，掃除文字，潛心奉道。香山南，雪山北，皈依净土。幾生修得到梅花乎？甲辰春暇蘋香自記。

點絳脣

庭院秋清，木樨開謝人幽獨。餘花簌簌，把卷花前讀。　淺碧羅衫，稱體新妝束。西風撲，一肩香玉，皴起黃金粟。

高陽臺林秋園表兄二十四橋醉月圖

金碧山川，烟花世界，輕帆葉葉揚州。明月三分，二分此夕當頭。春風上下雷塘路，看珠簾、十里齊鈎。好凝眸。鬢影眉痕，多少妝樓。　三生杜牧重來地，有酒杯長把，詩卷長留。紅板橋邊，凉螢飛過深秋。玉人何處吹簫去，剩邗江、一片清流。幾生修。我欲它年，騎鶴來游。

酷相思

一樣黃昏深院宇。一樣有、箋愁句。又一樣、秋燈和夢煮。昨夜也、瀟瀟雨。今夜也、瀟瀟雨。　滴到天明還不住。衹少種、芭蕉樹。問幾個、凉蛩階下語。窗外也、聲聲絮。墻外也、聲聲絮。

沁園春 嚏

忽注橫波，漸透華池，靈犀暗通。似香參禪味，雨花飛白，真傳仙笈，日影移紅。呼吸難調，瞢騰欲醉，幾點荷珠瀉碧筒。嬌喉錯，把九天咳唾，粉碎虛空。無端愁上眉峰。算寂寞、何人念玉容。縱未輕一笑，也能噴飯，自從多病，更怕傷風。咒并鴉娘，占同蟢子，慎莫偷窺隔綺櫳。誰曾見，衹誤疑清映，聲出瑤宮。

前調 息

鼻觀香通，息息停勻，如蘭氣和。問秋千扶下，喘絲定否，房櫳病起，脉候如何。細畫長蛾，近窺明鏡，似月籠雲不待呵。茶溫未，鎮顰甌無語，乳面生波。樽前已覺顏酡。偏酒力難勝笑語多。比深宮晝漏，六時頻驗，華胥仙夢，一曲能歌。半嚮誰調，幾回欲屏，花底迷藏慣避它。黃昏後，聽聲聲衹在，斗帳紅羅。

醉翁操

斜廊。深房。閑窗。剪金釭。昏黃。微風暗吹羅衣裳。木樨天氣花香。蓮漏涼。二十五聲長。薄酒醒可憐晚妝。昔年聽雨，秋爲愁鄉。昔年對月，簫譜新腔舊腔。怨雨聲兮床床。感月華兮茫茫。今年十度霜。挑燈重思量。小令斷人腸。素箋澹墨三兩行。

滿江紅

叢桂遲開，又掃盡、滿庭黄雪。重陽節。下晶簾、不許月窺人，人窺月。羅衾捲、好秋難卧，凉宵翻熱。把酒欲拚長夜飲，題糕又負霜未飽，枝頭葉。香正暖，花間蝶。記舊游如夢，夢中還説。春去横塘人事改，菱荒茂苑歌聲歇。一年年、惟有寸心遥，雲山疊。

洞仙歌 湯母楊太淑人吟釵圖

紅閨賦茗，是十三十四。小樣魚鱗拜親賜。配温家玉鏡，一股瓏璁，花燭下，曾記上頭新試。傷心鸞影隻，東閣官梅，折脚猶聞課兒字。蓬鬢又秋霜、却月梁除，忽追話，髫年舊事。肯留證它時、墜釵洲，先化燕飛回，觸人吟思。

摸魚子 陳雲伯先生桃花漁隱圖

自先生、題襟漢上，湖山風月誰主。緑蓑畫出元真子，料理釣筒茶具。千萬樹、問流水桃花、春色來何處。武陵伴侶。有舊夢盟鷗，比鄰放鴨，值得故鄉住。全家隱，休認漁兒漁女。神仙眷屬團聚。海懷不盡添霞想，高唱入雲詩句。君看取、看一碧彎環，漸到天台去。胡麻飯煮。著兩兩蛾眉，翛翛鸞尾，洞口掃紅雨。

探　春

落燈後四日，夢蕉兄招同西溪探梅。

料峭風痕，微茫雪意，嫩晴天氣春曙。水曲環花，舟輕泛葉，棹入空明深處。枝北枝南路，一半與、秋蘆分住。攲斜澹墨吴箋，冷香吟上詩句。回首鈿車曾駐，記寒碧西湖，壓波千樹。皺玉肌膚，夢雲身世，偷眼翠禽無語。横竹吹來未，怕仙佩，縞衣飛去。待過芳期，緑陰愁聽疏雨。

醉太平 舟中口占

東風太狂。梅花正香。遠山青似眉長。勝儂家曉妝。　紅罏酒鐺。烏篷水窗。是誰消領春光。兩三人野航。

浪淘沙

垂柳緑毶毶。雨洗烟含。滿天飛絮落花攙。記得畫船曾載酒，簫鼓江南。　睡折碧雲篸。怯試單衫。一春辛苦似紅蠶。三起三眠三月病，病過重三。

水調歌頭 俞少卿屬題銜杯課子圖

載酒問奇字，千古想經師。別開生面，何許名父與佳兒。嬌小豈圖梨栗，老大偏親麴糵，應怪阿翁痴。春勝索揮灑，秋水好丰姿。　鯉方趨，鶯乍囀，鶴能知。鳳毛新長，桐樹花發萬千枝。丁字笑它不識。朋字笑它不正，夙慧已如斯。但得神仙食，莫作蠹魚嗤。

平韵滿江紅 悼猫

繞膝聲疏，剩雪片、魚傾翠籃。無復伴、書床鏡檻，砌左窗南。似入醉鄉呼不醒，本來佛土想非凡。上乘禪、悟到死猫頭，應細參。　花影暮，香已酣。泡影滅，水空涵。嘆物猶如此，人亦何堪。白鳳曾傳春九九，紅羊又到劫三三。猫死於三月二十三日。向圖中、省識舊東風，新署銜。余家昔有《壽猫圖》，二九謂其年數，此猫亦十餘載矣。

賣花聲

漸漸緑成帷。青子纍纍。廿番風信不停吹。病是愁根愁是葉，葉是雙眉。　無藥補清羸。悶倚紅蕤。碧紗窗外又斜暉。明日落花香滿徑，一道春歸。

臺城路 湯雨生將軍董雙湖夫人合寫畫梅樓雙照

一家終日樓中住，千株萬株花繞。借月傳神，團香入指，點筆嫩寒春曉。鷗波夢悄，正寫出雙身，索來雙笑。如水瑤臺，問君修得幾生到。　和雲低覆紙帳，看床頭捲軸，深護多少。玉茗清才，縞衣仙侶，蛾緑兩彎剛掃。重商畫稿，記東閣吟餘，西湖吹老。解事雛鬟，并栖憐翠鳥。

疏　影

雙湖夫人善鼓琴，工詩畫，性愛梅。自毘陵隨宦來杭，以梅窗琴趣圖屬題，云：昔居塞北無梅，追憶故園春色而作，即用白石老仙韵譜之。

伊人似玉。記黄昏小院，曾伴花宿。不斷生香，寫入冰絲，高樓謾倚横竹。無端拋却家山去，祇夢繞、江南江北，有故園、仙鶴飛來，説與藐姑愁獨。　難忘清寒唤起，一枝素手折，簪上鬟緑。薄薄銖衣，短短琴床，冷畫兩三間屋。霜笳吹到鄉心切，又譜出、相思新曲。總負它、澹月疏窗，印滿碧羅十平幅。

水調歌頭 又題琴隱圖

大隱在朝市，小隱在林泉。雲臺多少名將，肯羨釣臺閑。畫圖一邱一壑，伴侶一笻一笠，一劍倚青天。共識好才子，自署作𪊨官。詩印有此二字。謫文星，傳草聖，證詩禪。放衙無事，花下時藉緑陰眠。或鼓霜宵鐵馬，或跨長川赤鯉，眷屬盡神仙。比似趙清獻，寄興七條弦。

念奴嬌 又題十二古琴書屋填詞圖

鶯開細柳，墮飛飛、絮影吹來詞卷。硯漬梨花春雨過，好個緑陰庭院。面面屏風，垂垂簾子，曲曲闌干轉。桐枝排比，小鬟一例痴算。見説新唱鐃歌，重尋笙譜，虎帳談兵倦。蘭畹金荃儂未讀，輪與奚囊香滿。佇月無聲，裁雲入手，琴趣愔愔遠。玉梅窗下，有人同握湘管。

掃花游

鏡泉羅君兩過天台，不獲一覽其勝。作瓊臺夢月圖，自譜《掃花游》詞，索余題和。

石梁到否，記倦旅天涯，素襟塵涴。勝游未果。便滄洲四壁，少文空卧。夢入瓊臺，不辨芙蓉萬朵。曉風大。怕碧海夜寒，明月吹墮。　瑶佩聲瑣瑣。定誤認王喬，玉笙教和。好春又左。算桃花洞口，幾番紅過。一箸胡麻，一道溪流翠鎖。似真個。化仙衣、蝶飛雲破。

蘇幕遮

曲闌干，深院宇。依舊春來，依舊春來去。一片殘紅無著處。緑遍天涯，緑遍天涯樹。　柳花飛，蘋葉聚。梅子黄時，梅子黄時雨。小令翻香詞太絮。句句愁人，句句愁人句。

戀綉衾題畫扇寫悶，尋鸚鵡説無聊詩意

東風楊柳花外拖。好池臺、斜照未矬。悄不見、驚鴻影，是誰來、調弄翠哥。　玉籠小啄雙紅豆，問相思、心内幾多。隴山遠、蓬山隔，説無聊、都唤奈何。

高陽臺 秋月琴心畫箑

碧按冰絲，紅拋石薦，花間膝上琴横。無限秋懷，爐香心事分明。月娥有約消停坐，便消停、坐到三更。最娉婷。嬌太憨生，瘦可憐卿。　青天靈藥愁多少，比風前緑綺，一様瑶情。除却凉蟾，夜深彈與誰聽。本來隔斷銀河水，莫猜它、丫髻吹笙。問芳名。想是飛瓊，不是雙成。

邁陂塘 徐星谿都督春波洗硯圖

挽銀河、甲兵浄洗，黄金印大如斗。圖開筆陣龍蛇舞，一片紫雲新剖。磨盾手、看運腕風生，著紙光穿透。芳塘半畝。誤鴨鴨呼群，魚魚避影，鸜鵒眼雙溜。　臨池坐，出水芙蓉吐秀。紅絲漾得春皺。郊原野色連天碧，不耐玉驄馳驟。曾畫否、合寫個、凌波微步，淬妃瘦。承平歲久。喜横槊詩歌，輕裘風度，草聖妙無耦。

喝火令 挽采石夫人即題曾笑匡參軍讀畫圖

北苑南宫筆，牽蘿補屋人。鴛鴦湖上水粼粼。圓到鷗波小夢，一霎夢如塵。　腸斷方迴句，神傷奉倩身。璇閨曾記共芳樽。衹有藤花，衹有越溪春。衹有吉光片羽，供養作烟雲。

夫人曾爲余繪苎村烟雨簟子，并以藤花尺幅見貽。

清平樂

已涼庭院。叢桂天香滿。幾個黄昏閑坐慣。疏了花箋竹管。　玉階依舊蛩鳴。緑窗依舊儂聽。又是一宵風雨，不知多少秋燈。

水調歌頭

風雨慳晴，詞以撥悶。

十日九風雨，一日是層陰。春秋絶少佳日，無地可登臨。不見西來秋色，但誦南華秋水，愁坐怨秋霖。屈指幾明月，凝想到如今。　樹蕭蕭，泥滑滑，院沉沉。緑蓑青笠，江上漁父也難禁。挑盡幢幢燈影，聽遍床床屋漏，餘潤逼羅衾。潑墨襄陽畫，催我短長吟。

鵲橋仙 張松谿花影吹笙圖

涼烟滿徑，碎香滿院，誰把玉韡笙理。仙人我識董雙成，怪不是、那回丫髻。　前身子晋，今生子野，雲破月來花底。緱山祇隔一銀河，怕兩袖、天風吹起。

洞仙歌 陳二山空房對月圖

年時綉户，記清輝雙照。香霧蒙蒙翠鬟繞。剩縷金裙在，無計留仙，仙去久，夜夜佩環聲杳。　繐幃銀燭冷，如水凉秋，長簟空床夢多少。眉樣又初三，印入妝樓，總棖觸、畫眉京兆。便月不長圓、也能圓，算第一傷心、有情天老。

金縷曲

徐問蘧六橋草堂圖，堂在西湖葛嶺麓，乃徐君十世祖別業，今搜剔得之，將闢新居於孤山歲寒岩，仍襲六橋之名，爲填此解。

一角青山側。是何年、仙人樓閣，歲寒岩，南宋時建西太乙宫。幽人泉石。見説鸞驂飛去久，高隱又成遺迹。閑却了、半湖春色。斷碣殘陽迷故址，短長條、楊柳烟如織。誰問到，幾時碧。　清門雅望今猶昔。拓軒窗、西泠橋畔，招來游屐。日日置身圖畫裏，不放酒樽吟筆。看翠挹、峰南峰北。笑指梅花林處士，喜舊時、明月君能識。試吹起，一枝笛。

南鄉子 孫嫻卿夫人停琴佇月圖

三尺素琴横。香暗羅衣曲未成。彈到梅花無月色，消停。坐待凉蟾一暈生。　庭院漸分明。幾葉芭蕉緑上屏。格調近來心自許，高清。不是嫦娥不要聽。

洞仙歌

二月初九日，偕蘅香大姊、苣香二姊、萝蕉三兄超山探梅。寒葩未坼，游屐不喧，風雨篷窗，悶人殊甚，賦此解嘲。

圖開九九，尚清寒如許。有約扁舟探梅去。甚翠禽無影，紅萼無言，尋不出、雪後疏香半樹。祠山生日過，愁水愁風，卧聽瀟瀟打篷雨。衹少緑蓑衣，玉笛横吹，似一隊、漁兒漁女。便笑索花枝、訂重游，已遲了春來，咏花新句。

前調

二十六日再過超山，梅花盛開，復拈前調寫之。

蘭舟催發，趁嫩寒清曉。碧水彎環路多少。有香南雪北，三兩人家，閑指點、認得那回曾到。空山雲漸暖，縞袂相逢，伴我微吟似微笑。辛苦探芳時，緑屩弓弓，春泥沁、襪羅纖小。看不足、横斜萬千枝，早一角僧樓，夕陽紅了。

高陽臺

清明泛湖，用玉田韵。

漲緑平堤，匀紅綴樹，東風吹上湖船。見説芳期，峭寒不似今年。玉梅隨意閑開落，便春遲、春早誰憐。正嫣然。桃艷朝霞，柳暈朝烟。嫩晴初蠟游人屐，趁清明時節，金碧山川。第一樓頭，還勝第二橋邊。繁弦脆管西陵路，夕陽中、驚起鷗眠。捲珠簾。暮雨歸來，滿耳啼鵑。

前調 皋亭山看桃花

閣雨雲疏，弄晴風小，薄寒惻惻如秋。有約湔裙，紅羅先綉蓮鈎。酒槍茶具安排慣，倩移來、三板輕舟。莫因循，歲歲芳時，日日清游。水鄉曲折疑無路，又花隨柁尾，轉個彎頭。謝了緋桃，二分春色全休。短篷移入香深處，載新詩、不載閑愁。好溪山，除却西湖，一半句留。

祝英臺近 春杪游花塢

小橋横，幽徑曲。千畝渭濱竹。剪翠衫兒，一色暈濃緑。分明花裏迷藏，彎環難覓，又何處、白雲茅屋。　快心目。自覺熱惱銷除，塵襟澹如菊。碧澗泉多，僧房報茶熟。幾時携榼來游，山厨清供，先看取，笋香新斸。

西江月 周氏秋水堂圖

一樣涼秋風景，百年喬木人家。圖書東晋客南華。盡日西窗高挂。　多了柳塘竹屋，少些荷葉菱花。白鷗三兩起圓沙。聽慣水天閑話。

清平樂

許雲林夫人畫秋花紈扇，爲其妹仲絢夫人作。

羅紈似月，不斷生香拂。冷翠一叢紅一捻。試撲一雙胡蝶。　疏疏幾筆秋花。玉人纖指涼些。怕寫春風姊妹，雁行愁隔天涯。

賣花聲

花嶼讀書圖，鮑玉士妹爲人索題。

空翠撲山窗。紅亞書床。春來把卷日初長。不比涼秋疏樹下，容易斜陽。　清響聽琅琅。齒頰生香。落花水面亦文章。衹有黄鸝嫌太熟，鼓吹詩腸。

臺城路

南湖徐氏水樓，厲樊榭徵君故居，後爲名流觴咏之地。以樊榭自號華隱，故顔之曰『華隱樓』，宋丈芝山繪圖，戴金溪、李西齋、倪米樓諸老輩皆填詞。近爲振綺堂汪氏所得，徵題及余，即用圖中《臺城路》原調。

南湖緑净無今古，年年夕陽紅濕。賣酒人家，試香池館，一樣簾波三尺。荒凉故迹。想曲曲闌干，玉纖曾拍。舊日妝臺，杏梁除是燕相識。　袈裟初地又改，剩横枝瘦影，吹透鄰笛。老去秋娘，後來詞史，畫裏依然裙屐。垂楊自碧。便啼殺春禽，不成春色。花月滄桑，水樓傳賦筆。

金縷曲和吴仲雲太守自題閑雲圖之作

五色蓬萊路。似收將、乾坤清氣，凌雲詞賦。太史登臺書節物，曾記官階級數。圖畫裏、非烟非霧。茅屋半間容小隱，好林泉、幾朵飛來補。放一片，月華吐。　年時見説霓旌駐。望鄉關、苕苕親舍，正傷心處。萬個修篁凉翠擁，絶勝千山紅樹。問舒捲、行藏誰主。却趁天風眠更起，最高峰，商略爲霖雨。閑不得，又吹去。

臺城路

一重簾子凉波淺，新秋尚經闌暑。香獸金疏，酒螺翠減，盡日文窗關住。何曾聽雨。自過了黃梅，夕陽紅駐。玉井闌邊，不應忘却候蛩語。　羅紈誰待去手，暗蚊雙鬢繞，輕鬥飛絮。滅燭臨風，停琴佇月，坐暖惺忪花樹。桃笙似煮。便薄薄紗幃，夢來無處。欲傍瓊樓，素娥愁未許。

邁陂塘 陸次山蜀游圖

問誰歌、青天蜀道，書生筆健能寫。蛾眉雪化岷江水，幅幅詩人圖畫。君看者，看翠劈雙峰、劍閣連雲挂。碧鷄試馬。正紅友春招，緑章夜奏，莫任海棠謝。　奚童背，古錦一囊又卸。浣花箋紙無價。杜陵茅屋秋風冷，三峽詞源長瀉。游倦也，但聽雨巴山，剪燭西窗話。鵝谿絹把。算家近蓬萊，夢回關塞，且乞鏡湖假。

清平樂 竹垞遺印

曝書亭遠。千古留詩卷。一握銅香春不管。付與才人清玩。　迴環四角當中。分明骰子玲瓏。巧勝米家凍玉，印來面面泥紅。印六面鐫篆。

姑射煉魂春似水，羅浮索笑夢非烟。王郎何福作逋仙。

浣溪沙 周暖姝夫人脩梅小影

脩到今生并蒂蓮。前身明月十分圓。梅花如雪悟香禪。

踏莎行 松風庭院行看子

石補闌空，泉隨徑轉。幽栖好個閑庭院。百年喬木晋人家，清風吹得紅塵斷。　翠合無痕，凉生不暖。何須脱帽看詩卷。月明仙鶴又飛來，松花松子琴床滿。

臺城路 西湖花隱詩畫册

麴塵波暖閑鷗夢，盟鷗又添佳士。柳浪平橋，梅陰小嶼，游屐一雙初試。荷花桂子。謾凉入陂塘，月明山寺。半築雲窩，半鄰酒市半茶市。　誅茅曾記舊隱，自逋仙去後，何限芳思。畫裏偎香，吟邊飲緑，分列琴樽圖史。兒童笑指。笑胡蝶飛來，墜紅黏翅。點染春濃，兩峰凝翠紫。

賣花聲

黄均珊帝女花傳奇，譜長平公主事。

法曲冷霓裳。重譜紅腔。修簫人愛月華凉。吹得秦臺仙夢暖，小鳳雛凰。家國感滄桑。滿地斜陽。瑶天笙鶴散花忙。江管一枝春易著，不斷生香。

高陽臺題悲秋圖

秋娘林氏，吴趨人。美而慧，幼爲宦家婢，既長，宦家子納爲妾。已而失寵，復遭大婦撻辱，父母挈之去，奔走天涯，流離失所。題詩岔河驛壁，首叙駢語，備述梗概。戊子冬，許金橋公車北上，夜宿驛中，捫壁讀之，歸而繪圖記事，蓋傷其才之不遇也，感填此解。

咏絮才高，量珠聘薄，春人冰透冬心。擁髻凄然，知它翠袖寒深。郵亭一夜閑燈火，諒苕苕、夢冷秋衾。不風流。羑酒誰家斗帳銷金。蓮胎縱把荷絲殺，奈橋霜店月。煮鶴燒琴，彩筆題殘，杜蘭香去難尋。更無鈴索將花護，怕天涯、緑葉成陰。儘生綃，供養雲烟，添寫愁吟。

南鄉子 王仲瞿孝廉繼室金雲門夫人墨梅畫卷

棐几墨花幽。翠袖天寒日暮愁。玉笛横吹春不老，香修。修到深深選畫樓。仲瞿有《選畫樓》諸卷，皆夫人繪事。　彈指幾經秋。萼緑華來影尚留。見説青山工點染，羅浮。祇少烟鬟在上頭。

臺城路

積雨初收，嫩晴未穩，皋亭桃花盛開，游舫群集。午後偕蘅香、苣香買舟，由小港抵甘墩村。一路橋低岸曲，水複峰迴，穠李千株，花繁似雪。此中幽境，別有天地，非人間矣。

曉鶯啼破紗窗夢，東風又催花舫。水傍花流，花圍水住，春水桃花新漲。蘭橈畫槳。有人影如雲，坐來天上。認得仙源，一襟芳思幻霞想。　清游放舟最小，葦綃千萬樹，都在幽港。飲渌開樽，吹香試笛，不盡淺斟低唱。蘆芽漸長。看鴨鴨闌邊，白鷗三兩。落日柴門，老漁閑曬網。

戀綉衾

一春風雨難放晴。倩誰描、帖子丙丁。捲不起，簾衣重，蝶銷魂、花太瘦生。韶華百五無佳日，誤簫聲、深巷賣餳。西湖約，何時準，翠衫兒、叠皺四停。

臺城路

鈿車不到西泠路，今年任教花瘦。雨急跳珠，雲痴潑墨，愁水愁風時候。春餘夏首。看纔放些晴，緑陰濃逗。買個蜻蛉，段家橋畔載詩酒。　孤山山下坐久。見圓姿翠影，無數梅豆。蝶夢如塵，魚天似鏡，漸老藏鴉深柳。誰開笑口。有第一樓頭，碧窗紅袖。曲曲闌干，玉人垂素手。

念奴嬌湖上坐瓜皮船用石帚韵

瓜皮船小，泛明湖千頃，閑盟鷗侶。采采蓮塘歌尚早，荷葉青錢無數。艇子摇烟，浪花濺碧，似灑疏疏雨。鮫宫能到，冷吟高唱仙句。　依約水佩風裳，玉簫金管，羅襪凌波去。偶現全身圖畫裏，不是女兒秋浦。三尺篷拋，一枝槳活，祇有天圍住。蘭舟何限，笑它都隔塵路。

臺城路

小滿後十日，重游皋亭，花海緑天，時光又换。復拈前調，同趙丈筱珊暨秋舲作。

緑陰濃到山深處，溪流半灣如瀉。步屧邀凉，移篷礙翠，青子垂垂高下。芳期過也。衹桃葉桃根，萬枝齊亞。曲港橋頭，斷無人看楝花謝。

桑梯似聞笑語，正柔條碎剪，蠶事將罷。碧碗初縣，金盤未薦，四月村居難畫。清游俊雅。算相約重來，定須槐夏。煮酒弦詩，玉纖梅豆把。

戀綉衾 前題

半山山下水半塘。緑陰陰、梅子正黄。記前度，桃花舫，更無人、重到翠鄉。　單衫小扇莓苔坐，恰清和、天氣正凉。莫頻唱，江南句，一聲聲、空自斷腸。

臺城路 四月杪秋舲招游皋亭重賦

筆床茶竈安排慣，重游翠深深處。寺小埋雲，橋低壓水，惟有幽人來去。蠶房笑語。看抽雪成絲，繭香新煮。一兩三家，半藏農具半漁具。

清和天氣正好，夕陽紅澹薄，圓蓋千樹。曲渚撈蝦，迴塘放鴨，萬緑蒙蒙圍住。光陰未暑。怕梅子黄時，又愁風雨。載酒明年，碧桃花定許。

清平樂 梅雪讀書圖

天公玉戲。粉畫嫏環地。何必添香紅袖倚。香在萬梅花裏。　枝枝和雪空明，曉窗不點書燈。仙鶴飛來識字，翠禽驚起無聲。

十六字令

誰。尺八鈿簫花外吹。無人見，明月滿羅帷。

高陽臺 雲林姊屬題湖月沁琴小影

選石横琴，摩山入畫，年年小住西泠。三弄冰弦，三潭涼月俱清。紅橋十二無人到，削芙蓉、兩朵峰青。不分明。水佩風裳，錯認湘靈。　成連海上知音少，但七條絲動，移我瑶情。彔曲闌干，問誰素手同憑。幾時共結湖邊屋，待修簫、來和雙聲。且消停。一段秋懷，彈與儂聽。

一剪梅

七夕雲林姊招同席，怡珊夫人、茝香姊乞巧。

雲幕初開挂月鈎。深閉妝樓。同倚針樓。羅衫團扇最風流。髻子平頭。鞋子叢頭。見説銀河日夕浮，一日三秋。七夕千秋。畫屏圍坐笑牽牛。天上多愁。人世無愁。

虞美人

已凉天氣黄昏後。愁味濃於酒。緑莎蛩語未分明。第一秋聲先訴與儂聽。房櫳寂寂燒銀燭。淺醉敧紅玉。桂花香裏露華多。不捲珠簾無那月明何。

洞仙歌 題曇影夢痕圖

雲林姊適孫氏，季女静闌，生於二月十二日，爲外祖母梁楚生太夫人所鍾愛，跬步不離，年十二殤。後數夕，太夫人夢至一處，碧山玉洞，桃花萬株，女鴉髻翠衫凝立，若有所俟，急前携手而覺。繪圖記夢，自題七絶二十首，屬填此解。

生逢花誕，祝花枝長好。一現曇花太嬌小。看雙鴉髻子、剪翠衫兒，圖畫裏，認得那回花貌。外家妝閣伴，慧絶生憐，玉鏡臺曾下温嶠。先一載，締婣中表儀徵阮氏子。綉到紫姑鞋，虬箭丁丁，痛隔夜、蘭芽催早。殞前一夕，手製紫姑鞋，漏三下始寢。趁不斷天風、夢痕圓，又回首仙山、碧桃紅了。

行香子

樓外殘霞，柳外栖鴉。逗西風、落葉窗紗。都將秋思，吹在儂家。算幾宵蛩，幾分月，幾叢花。　冷了紅牙，住了銅琶。一年年、減盡才華。翠尊銀燭，淺醉消它。縱夢無多，愁有數，病添些。

南樓令金宛釵夫人聽秋圖

人影下妝樓。簾聲上玉鈎。碧梧桐、庭院凉秋。竹外芭蕉三兩樹，縱不雨、也颼颼。　明月又當頭。西風聽未休。問詞仙、曾幾生脩。修到玲瓏心路活，無一點、古今愁。

虞美人玉簪花

瑤池宴罷飛瓊醉。月冷瑤笄墜。冰姿翠葉可憐秋。恰好水晶簾下又梳頭。　石闌澹貯幽香滿。小摘疑敲斷，凉釵斜插鬢雲鬆。簪上花枝一樣玉玲瓏。

惜秋華 秋海棠

葉葉叢叢，自綠章奏罷，春嬌餘恨。不挂翠簾，涼階更無人問。秋千架底回思，記舊日匆匆撩鬢。秋陰，護南樓怕染，斜陽金粉。扶病睡難穩。甚檀心似醉，臉霞紅暈。幾個候蛩，知否斷腸芳訊。伶俜瘦蝶飛來，便夢冷、香疏重認。風緊。又燒殘、燭花一寸。

臺城路 秋蝶

一絲殘照西園路，飛飛漸忘春事。凍抱孤芳，輕團落葉，聊伴哀蟬身世。琉璃扇子。自撲過流螢，粉痕羞漬。瘦草荒烟，謝家庭院黯詩思。幽叢墜紅數朵，月斜風露冷，涼透雙翅。寶髻香疏，羅裙翠減，歌板不堪重試。秋心未死。問明日黃花，斷愁何似。學畫窗前，阿嬌寒素指。

柳梢青 秋晚同人河渚看蘆花

一抹遥峰。蘆環秋雪，柏借春紅。北郭灣頭，西湖背面，來叩花宫。水樓窗户玲瓏。問幾度，移將翠篷。人立斜陽，蟬嘶敗柳，鴨語西風。

金縷曲

石敦夫司馬酒邊花外詞，怡珊屬題。

酒地花天内。別江南、宦游人愛，詩囊童背。看遍鏡湖春漠漠，約略錢湖烟翠。問幾度、紅牙拍碎。殘月曉風圖畫裏，也難禁、司馬青衫泪。玉箏急，紫簫脆。劉綱夫婦神仙配。百年緣、多生修到，雙雙福慧。消領淺斟低唱否，想被浮名輕累。羨風雅、一門相對。蘭畹清才傳誦久，聽黄河、遠上旗亭醉。波不斷，井華水。

蝶戀花 題屠筱園廣文姊歸行後

筱園，會稽人，其先僑寓揚州，有二姊，長望舒，次靈香，均未嫁而逝，厝棺邗江。筱園既成立，親爲扶歸營葬。感其教育之恩，作姊歸行志痛。

記得兒時妝閣戲。邀月成三，都是飛瓊姊。騎鶴揚州仙去矣。珊珊環佩魂歸來。砧斷女嬃悲屈子。寒食梨花，麥飯重來祭。宿草秋墳斜照裏。埋香埋玉埋愁地。

浪淘沙 冬日法華山歸涂有感

一路看山歸。路轉山迴，薄陰閣雨黯斜暉。白了蘆花三兩處，獵獵風吹。千古冢纍纍。何限殘碑。幾人埋骨幾人悲。雪點紅爐爐又冷，歷劫成灰。

踏莎行

臘月初旬，湖上大雪。

濕粉模糊，尖風料峭。忍寒去泛西泠棹。樓臺金碧忽迷藏，斷紅界出闌干小。　咏絮詩新，吹梅笛早。玉龍起舞長空繞。嚮來無恙是青山，如何一髮青山老。

水調歌頭 孫子勤看劍引杯圖，雲林姊屬題

長劍倚天外，白眼舉觴空。蓮花千朵出匣，珠滴小槽紅。澆盡層層塊壘，露盡森森芒角，雲夢蕩吾胸。春水變醽醁，秋水淬芙蓉。　飲如鯨，詩如虎，氣如虹。狂歌斫地，恨不移向酒泉封。百煉剛難繞指，百甕香頻到口，百尺卧元龍。磊落平生志，破浪去乘風。

清平樂 女士天香圖

秋風金粟。花下人如玉。坐久滿庭香撲撲。閑了水沉一握。　月痕都化凉波。翠衫不暖雲羅。寫入小窗橫幅，累儂錯認嫦娥。

南鄉子

楚生太夫人招同怡珊玉士集鑑止水齋，觀殘雪，雲林出示小詞，依調奉酬。

翠失一房山。本色空明欲畫難。濕粉樓臺清似水，闌干。挂起珠簾面面寒。　吹氣盡如蘭。添酒圍燈帶笑看。見説謝家工小令，香翻。柳絮因風句合删。

清平樂

花朝後一日，寓居湖上富春山館，小遂幽棲，如隔塵世，倚聲寄興，不自計其詞之工拙也。

湖邊小住。不著閑鷗侶。開落玉梅花一樹。伴我冷吟幽句。　今宵未泛烟波。月輪明日如何。過了圓期三五，祇愁瘦却嫦娥。

陌上花

風日清美，游氛撲人，屏居不出，殊愜幽意。

游塵撲撲，東風吹碎，亂絲叢笛。小住西湖，怕見一湖春色。玉驄嘶過紅樓外，多少香車油壁。想凝妝綉閣，探芳起早，幾曾將息。　繞長堤。是柳相逢半面，青眼笑儂不識。除却梅花，祇有月輪知得。移家入畫神仙福，翻把畫中人隔。任窗兒簾子，重重遮斷，四圍空碧。

木蘭花慢 擬草窗

明湖千萬頃，正春曉、鏡奩張。看日脚烟浮，魚天漲碧，鷗夢迷香。橫塘。鈿車綉幄，趁流蘇髻子鬱金裳。空翠遥分鬟影，亂紅低颭釵梁。垂楊。嫩緑回黄。開燕剪、弄鶯簧。認第三橋外，花驄慣識，酒市深藏。匆忙。畫船去也，漸鐘催暝色入斜陽。銀鑰重關乍掩，半山皓月飛光。

浪淘沙

徑曲石闌空。窗户玲瓏。試香池館費春工。吹落梅花殘照裏，撲面東風。　點屧響弓弓。懶去移篷。湖光祇隔一墻紅。却被青山濃笑我，枉作吴儂。

南鄉子

遲雲林不至，書來述病狀，賦此代柬。

門外水粼粼。春色三分已二分。舊雨不來同聽雨，黄昏。剪燭西窗少個人。　小病自温存。薄暮飛將一朵雲。若問湖山消領未，琴樽。不上蘭舟祇待君。

浣溪沙

冰雪心腸句欲仙。此身衹合老湖邊。水房春暗落梅天。　拾翠幾人抛鈿朵，添香獨自理琴弦。好懷漸不似當年。

前　調

一榻茶烟晝掩關。杏花消息燕鶯瞞。未忺梳掠鬅雲鬟。　翠袖自拈湘玉管，紅氍還坐暖金船。幾時月子唱彎彎。

鶯啼序

明湖鏡奩乍展，恰高翻翠漲。散微雨、遲日烘晴，畫鷁如坐天上。斷橋外、尋詩載酒。梅花落盡春無恙。甚逋翁秋菊，寒泉水仙祠傍。　一帶長堤，細柳自碧，映嬌波淺漾。謾憑吊、蘇小墳頭，玉人何處門巷。夕陽中、飛來燕子，舊巢識、紅泥亭敞。綠裙腰，芳草年年，酒旗歌舫。　雙峰對影，半塔擎空，插雲似露掌。想像到、曉梳螺髻，鈿朵香疏，黛葉青描，阿儂能仿。蘭棹占岸，雕軿争路，南屏烟鎖鐘聲起，但芳洲、儘把眠鷗讓。重城悄隔，黃昏鳳鑰頻催，澹月鶴夢孤往。　三潭夜午，一色鎔銀，浸桂輪素浪。問幾曲、闌干誰拍。步襪生涼，冷照風鬟，暗添霞想。瓊樓未啓，珠宮深閉，圓期三五輕辜負，待良宵、須買扁舟放。吹笙緱嶺非遥，試鼓銅琴，四山送響。

虞美人

東風吹瘦梅花樹。先有啼鵑語。春波漲緑拍長空。堤畔行人如在水當中。　此生合作蘇門隱。坐嘯孤山應。月明亭外理琴絲。定似成連海上刺船時。

點絳唇

二月春寒，放船薄暮西泠去。垂楊縷縷，未是藏鶯處。　撲面尖風，不許吴儂住。無情緒，讓它鷗侶，自作湖山主。

蝶戀花 葛嶺

石磴穿雲修竹繞。未到羅浮，衹説西泠好。眷屬神仙春不老。玉龍呼起耕瑶草。　試向初陽臺上眺。日月跳丸，擾擾紅塵道。鶴夢千年迷翠窈。香泥何處尋丹竈。

卜算子

一幅小簾櫳，四面明窗格。屋裏鶯花門外山，忙了春風筆。　薄霧籠輕陰，細雨催寒食。獨上湖樓看六橋，楊柳無人碧。

生查子

閑中秀句多，静裏塵襟少。泉石助彈琴，清響琅然好。　臨水捲書帷，隔竹支茶竈。幽緑一壺寒，添入詩人料。

蝶戀花

快剪并刀風又急。不捲珠簾，重把羅衫叠。湖上樓臺春水拍。杏花何處人吹笛。　萬樹垂楊和雨織。第一橋連，第六橋頭碧。有約踏青無好日。明朝況是逢寒食。

滿江紅 西湖咏古十首

鳳凰山宋高宗

雪窖刀環，祇説道、兩宫無恙。消領到、偏安世界，承平氣象。御教場中羅綺隊，鈞容部裏笙歌唱。鳳凰山、山色似蓬萊，開仙仗。燈火院，烟波舫。桂子落，荷花放。颺柳絲禁苑，翠華天上。尺五皂紗儂解戰，十三玉版君能仿。笑官家、不是帝王才，西湖長。

表忠觀錢武肅王

王氣錢塘，看一樣、飛龍舞鳳。保障得、仙州十四，蒼生歡頌。天府丹書京洛賜，名碑玉局行人誦。黯斜陽、無處覓荒邱，英雄冢。銀釭冷，麻膏夢。金樓薦，青絲籠。嘆六陵掘遍，叢祠誰奉。風滿靈旗春柳裊，水沉犀弩秋濤涌。是耶非、還我舊山河，開南宋。

棲霞嶺岳武穆王

血戰中原，吊不盡、忠魂辛苦。紛紛見、旌旗北指，衣冠南渡。半壁鶯花天水碧，十圍松柏雲山古。最傷心、杯酒未能酬，黃龍府。金牌急，無人阻。金甌缺，何人補。但銷金鍋裹，怕傳金鼓。墻角讀碑斜照冷，墓門鑄鐵春泥污。爇名香、歲歲拜靈祠，棲霞路。

翠微亭韓蘄王

膽落强金，黃天蕩、樓船飛繞。雨點樣、打來征鼓，玉纖花貌。名并千秋思報國，獄成三字悲同調。幾何時、絶口不言兵，無人曉。紅粉瘦，青山老。兒女話，英雄笑。看清凉居士，騎驢側帽。詩句翠微亭上夢，劍瘢春水湖邊照。把中興、事業付東風，閑憑吊。

白公堤白香山

名宦來游，是第一、西湖知己。平橋外、芳堤界斷，江流無際。桂子天香秋冷澹，繁弦脆管春排比。郡亭中、攲枕看潮頭，詩成未。　風華句，錢塘伎。烟波夢，蓬萊吏。坐孤山竹閣，緑楊陰裏。壓擔雲根雙石耳，戀人翠黛三年矣。剩酒痕、襟上説杭州，紅休洗。

蘇公堤蘇東坡

管領湖山，天付與、仙人玉局。能會到、傳神西子，嫣然眉目。終古高風懷吏隱，前身明月尋僧屋。遍長堤、楊柳屬蘇家，垂垂緑。　三兩處，軒窗拓。千萬首，詩篇足。記年時放鵠，絮花撲撲。雨濕翠翹雲舫女，凉生金縷瑶臺曲。試參寥、泉水碧無痕，茶香熟。

孤山林和靖

世外高風，隱君子、當年和靖。早占却、湖天一角，水窗烟徑。殘雪斷橋寒著屐，夕陽孤嶼春回艇。問幾生、修得到梅花，先生聘。　雲木下，鈎輈聽。圖畫裏，笙歌屏。甚泉香薦菊，可曾消領。石老苔荒仙鶴夢，横枝小朵詩人影。月明中、我欲抱琴來，青山應。

葛嶺葛稚川

句漏當年，早金鼎、丹砂九轉。無人識、人間仙令，人家仙眷。碧霧衣凉風蝶舞，紅蓮飯熟荷蜂幻。看初陽、臺上又斜陽，苔花滿。　占一角，湖山半。望兩朵，羅浮遠。笑曼都未醉，流霞注碗。古井照星雲母冷，靈泉浴日玻璃暖。想天壇、明月鶴歸來，吹鵝管。

南屏濟顛

金粟前身，認得是、飛來峰石。又聽到、數聲茶板，南屏挂錫。千世界中開寶地，一袈裟裏籠山色。醉模糊、打破者謎團，東西壁。　斷尾後，螺還碧。焦尾後，魚還白。算放生湖水，主人功德。玉版新禪參笋疏，銀床古井鄰香積。正斜陽、幾杵暮鐘敲，紅塵隔。

西泠蘇小

蘇小錢塘，想當日、烟花世界。西泠下、美人黄土，一抔千載。垂柳樓臺歌舞歇，笑桃門巷滄桑改。葬秋墳、不斷雨和風，愁如海。　遥山抹，横眉黛。新蒲展，掇裙帶。結同心松柏，緑陰圓蓋。翠燭有光詩境冷，鈿車何處春魂待。可憐生、杯酒踏青澆，嬋娟拜。

蝶戀花 女史柳陰垂釣圖遺照

庭院深深芳草碧。小影淩波，唼絮魚兒識。春水池塘三兩尺。曉妝照見傾城色。　一縷釣絲風外直。飛去蜻蜓，白玉搔頭立。踠地垂楊無氣力，棠梨花發逢寒食。

虞美人 題鋤月種梅詩畫卷

月華滿地梨雲碎。自劚金鴉嘴。尋常一様碧窗紗。縱此玉臺夜夜咏梅花。　苔枝三尺和烟種。羅襪春泥凍。翠禽飛到不成瞑。認得前身原是藐姑仙。

前　調

夜來香，緑花尖瓣，或謂即海南緑茉莉，其説近是。有以緑花結爲鸚鵡，白花作架者，楚生太夫人持示屬題，爲填二解。

碧叢叢綴鸚哥翅。合喚多花子。不將花鳥作雙身。海國仙人原是緑朝雲。　玲瓏玉作迴環架。解語還應罵。雪衣新换翠衣裳。記得唐宫曾伴荔枝香。

翠襟紅嘴清無熱。壓架霏霏雪。是花是鳥是迷藏。可是靈芸名字夜來香。　玉人小立前頭影。仿佛斜簪鬢。蘭燈初上夢何如。滿院月明凉浸碧紗幮。

十六字令詠釧

圓。斫粟金多兩臂纏。交相看，似解九連環。

金縷曲送秋舲入都謁選

羌笛誰家奏。問天涯、勞勞亭子，幾行秋柳。儂是江潭摇落樹，獵獵西風吹瘦。算往事、不堪回首。閲盡滄桑多少恨，古今人、有我傷心否。歌未發，泪沾袖。　浮漚幻泡都參透。萬緣空、堅持半偈，縣崖撒手。小謫知君香案吏，又向軟紅塵走。祇合綰、銅章墨綬。指日雲泥分兩地，看河陽、滿縣花如綉。且快飲，一杯酒。

如夢令

橘瓤作腊名楊妃舌，湘佩即席賦詩，余亦拈小令以和。

誰把洞庭風味，唤作唐宫妃子。齒熱玉魚凉，妙舌粲花無比。香膩。香膩。還勝當年紅荔。

金縷曲

滋伯以五言古詩見贈，倚聲奉酬。

一掬傷心泪。印啼痕、舊紅衫子，洗多紅退。唱斷夕陽芳草句，轉眼行雲流水。静夜向、金仙懺悔。却怪火中蓮不死，上乘禪、悟到虚空碎。戒生定，定生慧。望秋蒲柳根同脆。再休題、女嫛有恨，靈均非醉。冠蓋京華看袞袞，知否才人憔悴。祇滿紙、歌吟山鬼。五字長城詩格老，子言愁、我怕愁城壘。正明月，屋梁墜。

摘得新

初夏遣伻至滋伯園中摘蠶豆，滋伯媵以詞，遂和之。

翠一畦。吴蠶作繭時。謝君分緑玉，寫烏絲。江鄉風味閑消領，讀新詞。

清平樂

銀梅小院。十二重簾捲。雪北香南春不斷。無奈咏花人倦。　滿城初試華燈，滿庭濕粉空明。雲母屏風月上，高寒如在瑶清。

大江東去 金亞伯太常大江泛月圖

乘風萬里，看片帆、剪破大江秋色。天水蒼茫明月涌，約略槎浮今夕。瓜步潮平，海門露冷，雨點金焦白。玻璃世界，晚山難辨遥碧。　我欲閑却紅牙，換來鐵板，試與坡翁説。星使閩南持節去，驚起魚龍能識。諫草焚餘，詩囊貯滿，賦有凌雲筆。畫中何處，蓬瀛飛下仙客。

南鄉子

小立曲廊腰。月地横枝影澹描。除却庭前香雪海，今宵。花外何人倚玉簫。　往事夢迢迢。酒盞詩筒盡日抛。屈指三分春未半，明朝。湖上何人倚畫橈。

臺城路 自鋤明月種梅花圖

一襟幽思無人會，園林暮寒時候。小閣遲燈，閑階就月，漠漠香凝衫袖。花師替否。恰鴉嘴輕鋤，軟苔冰溜。遍插横枝，碧紗窗外畫闌右。　姮娥乍驚睡起，鏡奩凉照影，清艷同瘦。警夢霜禽，梳翎雪鶴，偷掠疏烟尋久。梨雲半畝。似金屋安排，未容春漏。謾唤紅兒，弄妝呵素手。

浪淘沙

蕙蘇室填詞圖，爲粤東黄君蓉石賦。

梧葉碧痕流。簫譜凉修。疏花籬落兩般秋。琴趣愔愔圖畫裏，忘了閑愁。　有約返羅浮。梅蕊香稠。垂虹雪意壓歸舟。合付小紅低唱個，水調歌頭。

金縷曲 清吟閣主勘碑圖

禹碣傳蝌蚪。又紛紛、幾家漢隸，幾家秦籀。碧落苕苕奇字幻，消得陽冰低首。一片石、韓陵快友。慢憶秋風殘照裏，是何年、雨剔烟挲久。渾不見、古苔綉。　肅齋合許和雲構。擘窠書、移來飛白，運如鸞帚。佳士座中開拓本，窗外蕉陰凉透。問定武、蘭亭真否。翠墨香濃雙鈎筆，冷金箋、摹到花生韭。正小試，换鵝手。

風入松 聽月圖

山河雲外桂花浮。霞想廣寒游。飯餐玉屑黄昏後，謫仙人、清絶無愁。冷濬心期印月，聰明耳性通秋。　蛾妝不爲夜凉休。圓鏡正當頭。阿誰驚起紅塵夢，謾丁丁、寶斧頻修。忽憶坡翁佳句，乘風欲上瓊樓。

月華清

柳稚匀黄，梅嬌墮粉，綺櫳春暗如霧。曉鏡圓冰，羞見遠山眉嫵。計芳信、逝水年華，疏俊侣、畫船簫鼓。輕誤。問舊時羅袖，泪痕紅杏。　棐几重尋笙譜。説鬥草無心，減蘭空賦。燕去塵梁，强半綉簾香阻。玉纖冷、怨寫琴絲，銀燭短、悶敲釵股。遲暮。又碧雲四合，晚陰窗户。

前調 春日暖姝招同玉士、莒香集春草廬

溜碧泉圓，梯青山淺，曲闌隨處低亞。點筆倪迂，西子黛痕遥寫。絶輕塵、窗眼簾釘，扶軟綉、竹垣花架。疏野。勝藏嬌金屋，玉人閑雅。　俊侣芳時茶話。恰燕子頻來，海棠初嫁。微步珊珊，讀遍小屏風畫。指後約、乞巧針樓，負前度、討春詩榭。休暇。有銀樽先擘，粉香新砑。

夏初臨

初夏苦雨，追憶湖上舊游，用樊榭韵。

夢雨飄簾，痴雲壓屋，吴綿欲卸還遲。新緑溪橋，花香洗净明漪。玉笙寒了休吹。蟬鬢鴉、釵燕參差。單衫輕舸，依依餞春，除是當時。　故園櫻筍，芳事闌珊，濕烟鎖斷，酒市青旗。垂楊自碧，畫樓覓句人非。草色萋迷。鈿車塵、不到湖西。短長堤、催歸杜鵑，啼老深枝。

前　調

梅雨連旬，湖上觀漲。

斷碧山迷，亞紅闌濕，漲痕欲没平橋。一緑冥蒙，難分垂柳條條。隔堤曾記樓高。水鄉寬、低了疏寮。圓荷香冷，輕鷗四三，閑到無聊。　方回愁唱，梅子黄時，可憐此日，雨似珠跳。芳情何處，笛聲忽度烟橈。忍憶花朝。蕩蘭舟、我亦吹簫。莫魂銷、催人歲華，如夢如潮。

雪獅兒

暖姝游臯亭山，歸以泥猫見贈，戲成此調。

臯亭山上，衒蟬巧樣，裝成如虎。小市連群，也費青錢無數。跳梁不捕。便置向、書窗何補。翻一笑、搏人舊事，笙媧盤古。　痴絶秦家嬌女。問等身、金化幾分塵土。函谷輕丸，改作北門長護。春纖謾撫。怕粉汗、紅黏香污。西湖路。黄胖泥孩同塑。

玉漏遲

又製羹鶴見贈索賦

軟波空蕩碧。錦鱗回首，舊游陳迹。記否厨娘，雋味玉珧同擘。休笑枯形閲世，似丁令、飛來能識。塵夢隔，吴鹽一把，雪翎梳白。　多生修到胎仙，甚蜕骨靈星，不成抛擲。雙鯉苕苕，懊惱緑箋誰摺。小字郎君又觸，倩素素、重傳消息。歸未得，江樓任吹横笛。『郎君羨好江琲脆』，宋本舶上謡也。

高陽臺

平湖秋月亭，故址重新，游者雲集，舟過不得上，沿堤自斷橋入裏湖。

山遠浮烟，湖圓抱玉，絲絲楊柳輕柔。未老游情，累人催上蘭舟。香塵漠漠西泠路，占紅闌、笑語臨流。一篷幽。摇碧誰來，第二橋頭。　自從不作傷心句，負夕陽芳草，滿地閑愁。寂寂寥寥，襟期澹過眠鷗。東風幾陣回橈急，峭寒生、欲裏重裘。懶句留。花似濃香，雨似凉秋。

秋笳詞

蘭陵呂采芝壽花撰

浪淘沙 春夜

爐裊麝香濃。花影重重。夢醒攲枕意還慵。試問海棠知道否，昨夜東風。　憔悴鬢雲鬆。蹙損眉峰。銜泥雛燕覓芳踪。無那新愁愁怎解，明月簾櫳。

醉花陰 冬夜

拚却無聊微帶醉。寒壓羅衾翠。香圃落花深。雨點風聲。迸亂鶯儂睡。　譙樓更鼓分明在。聽徹聲聲淚。莫道不須愁，愁已深時，消却非容易。

高陽臺 秋夕有懷

雁徹層霄，蛩鳴斷砌，乍寒慵自開簾。又是黄昏，窺人月影纖纖。紗窗悄静誰爲語，獨徘徊底事心憐。更何堪。蛛網飛灰，積滿牙籤。　天涯一路迷芳草，總深情欲寄，怎上鸞箋。

小立闌干，銷魂暗惜流年。秋風那管人憔悴，一聲聲敲響重簾。最無端。愁是偷愁，泪是偷霑。

望江南 四時幽居即景

江村好，柳眼乍舒青。水漲紅橋浮嫩鴨，陰濃綠樹聽啼鶯。游賞及時新。

江村好，小閣數間寬。曲沼荷香清十里，夜窗竹影上千竿。新葛稱輕紈。

江村好，秋氣入幽居。籬畔菊花香對酒，樓頭皓月坐觀書。風急雁來初。

江村好，集霰景偏佳。松徑風寒堆白玉，紙窗夢冷綻梅花。掃雪煮新茶。

一剪梅

病裏年光去似流。有計難留。有泪難收。侍兒莫便捲簾鈎。儂亦多愁。花亦多愁。試將雛燕問情由。秋到知不。秋去知不。含情幾度倚層樓。不欲凝眸。却又凝眸。

菩薩蠻 有感

韶華又是匆匆甚。催人不管人愁悶。花自看芬芳。儂看都斷腸。塵生明鏡暗。一任朱顏改。莫把綉簾開。怕它雙燕來。

凄涼意緒逢佳節。一番情事和誰説。小院逗東風。傷心泪自紅。梅花如昔瘦。往事難回首。不忍倚闌干。夜深翠袖寒。

東皇既漏春消息。雨絲風片摧何急。鎮日畫簾斜。無心閲歲花。滿庭芳草緑。知否眉峰蹙。和泪證前因。始終却負君。

如夢令

樓上翠帷怕捲。滿目春光難看。屈指記前情，争禁寸心不轉。腸斷。腸斷。蜂蝶謾來庭院。

怪煞物花似舊。又到傷心時候。乍暖更還寒，不許愁人不過。消瘦。消瘦。儂共影兒兩個。

高陽臺 病起

瘦褪腮紅，愁消黛緑，病中辜負年光。連日春晴，捲簾幾陣花香。空教贏得春光好，到如今、怕説春長。又何須、藥駐紅顔，衣鬥新妝。　驚回一枕當年夢，問兒家往事，説也堪傷。芳草無情，依然緑遍池塘。啼痕鎮日縈羅帕，儘由它、濕逗鴛鴦。謾凄涼、身似春蠶，心似秋霜。

菩薩蠻 春暮

遠山蹙損傷心黛。柔腸未滿傷心債。聞説又春歸。殘紅撲綉帷。　懨懨支病骨。偷傍桃花泣。燕子亦多情。尋春到舊欞。

念奴嬌 春暮偶見落花有感

曉風殘月，乍匆匆又是、一年過了。遍地飛花兼舞絮，没個人兒去掃。雨洗香消，風催綠褪，倍覺春歸早。紅顏難駐，東皇也促人老。　痛我一樣飄零，問花知否，和爾成同調。花到來年依舊艷，人事更傷草草。打點枯腸，拼將情泪，聊共花容槁。一般淪落，此生空負懷抱。

菩薩蠻 挽五弟婦董孺人

無端幾夜西風急。瓊花一樹輕輕折。雨暗玉闌干。依稀翠袖單。　簾垂環佩冷。衰草迷荒徑。妝鏡爲誰開。彩雲何日回。

調琴乍喜知音遇。緣慳不道反成誤。紅粉慣飄零。傷心不獨君。　羅巾殘泪漬。細喘隨風絶。香燼阿誰燒。空懸碧玉簫。

高陽臺 自題停琴佇月圖小影

鶴友琴交，雲盟月契，也曾自許清幽。桐葉風翻，泠然已是新秋。輕綃謾試羅襦薄，恨年光、總付悠悠。問長空、一樣清輝，爲惩遲留。　從今憶昔都如夢，自賞音人去，未譜清謳。雲暗銀屏，憑闌觸目牽牛。今生命薄原如紙，又何消、寫出新愁。最堪憐、石上三生，緣在情休。

百字令

留别祐甫四姊、擷芬二妹、逸青三妹。

秋深紅樹，正長空雨洗、行裝初整。一夜西風催曉夢，别恨又堆雙鬢。素手重携，啼痕謾拭，把酒無心飲。銷魂玉笛，不堪回首重聽。　曾記永晝敲棋，長宵清話，往事空相證。此去鄉關如落絮，身世飄零莫定。千疊雲山，一江清水，辜負歸帆順。酸辛情緒，却教清泪盈枕。

重簾怕捲，乍樓頭寒壓、沉吟别意。真個今番分手也，雨雨風風難避。衰柳無情，落花惹恨，況又關同氣。叮嚀保重，不須雙袖凝泪。　任它佇月樓虚，評花院冷，莫把離愁繫。薄命自知非獨我，今古傷心一例。斷梗飄蓬，浮萍敗葉，悟徹今生味。分飛千里，祇期魚雁勤寄。

高陽臺 平湖秋感

敗葉凝黄，枯蘆减碧，長堤已是秋深。無限凄凉，扁舟獨倚紗櫺。湖光一片清如畫，對愁顔、倍覺銷魂。嘆年來、瘦骨支離，照影分明。　寒蛩不用吟衰草，縱哀吟百遍，誰解憐卿。天闊雲低，孤鴻共我南征。青衫非是江州濕，掩啼痕、别有傷心。任憑它、冷月澄輝，難證前身。

如夢令 春雨

香夢乍回綉枕。春色半簾人静。風雨妒芳菲，不管葉柔枝嫩。休問。休問。應是緑殘紅褪。

滿江紅

韵玉六妹赴陜，賦此送别。

畫角霜城，早引起、一天離别。更那堪、砌蛩聲住，塞鴻聲切。君賦于歸隨挽鹿，儂傷往事聽啼鴂。嘆知音、從此隔天涯，空相憶。　灞橋柳，函關雪。咸陽草，長安月。看啼痕滿袖，泪珠盈睫。欲寄嶺梅煩驛使，好憑河鯉傳消息。最凄然、執手問歸期，應難説。

高陽臺

庭有白海棠一株，花時甚芳，忽經夜雨摧殘，觸緒感懷，偶填一闋志之。

月被雲迷，花逢雨折，古今缺事難全。一夜江風，無端吹墜塵寰。芳心枉自如霜潔，怎禁它、一例摧殘。證前生、欲訴梅花，夢斷孤山。　含葩自是濃於畫，到飄零狼藉，同此凄然。綠章誰奏，柔魂莫問青天。斜陽依舊迷蝴蝶，妒雙飛、怕捲簾看。任東風、收拾春光，莫惜華年。

蝶戀花 清明

幽院初晴簾不捲。彩管慵拈，辜負爐烟滿。見說清明腸已斷。柳絲莫繫斜陽岸。　寬褪釧金眉不轉。病倚薰籠，情緒天難管。著雨桃花枝上顫，任它零落胭脂染。

別夢無端魂不定。容易春來，容易懨懨病。一縷新愁添綠鬢。柔腸中酒何時醒。　極目層樓休去憑。望遍天涯，飛絮渾無準。敲斷玉釵人不問。隔墻怕見秋千影。

高陽臺 夜雨

蓉帳香消，桐階葉亂，潺潺攪碎愁腸。一縷涼颸，颼飀逗入疏窗。梅花遜我三分澹，亦難禁、如此昏黃。最無聊、紅燭凝輝，翠被增凉。殷勤贏得如鉛泪，怕它時泪盡，更没商量。已是宵深，那堪不住浪浪，麈飛玉鏡霜飛鬢，儘消磨、幾許韶光。莫憑闌、草潤平堤，水漲横塘。

如夢令 送春

報道一聲春去。滿泪游絲飛絮。囑咐燕和鶯，可否留春暫住。無緒。無緒。怕聽妒花風雨。

菩薩蠻 寄懷擷芬二妹即和原韵

年年生怕清明節。惜花人杳空相憶。何處鷓鴣啼，春深蝶自迷。 畫橋流水碧。悵望雲山叠。情緒醉還醒。那堪更憶君。

一剪梅

深院無聊香懶焚。生怕黄昏。又是黄昏。鎖窗無語悄愁生。人自飄零。夢自忪惺。

芭蕉細雨一聲聲。攪亂春心。滴碎春魂。鴛鴦倦綉冷金針。倚遍桃笙。數遍殘更。

浪淘沙

泠月照疏桐。雪艷花濃。小闌深處倚還慵。瘦損非干因病酒，愁思千重。　潦倒逐飄蓬。不怨東風。焚蘭煮鶴古今同。天上神仙猶有劫，何况於儂。

菩薩蠻

金猊香冷苕苕夜。一輪皓魄當庭瀉。鄰院悄無人。梅花瘦影横。　依稀長中酒。百結柔腸鎖。虬漏一聲聲。愁人不忍聽。

綺窗曾記調鸚鵡。海棠依舊嬌如許。小謫幾多年。幾回欲問天。　有情天易老。遺恨知多少。青鬢已成霜。銷魂在异鄉。

緑苔深鎖蘼蕪院。薄凉時節添人倦。雨雨又風風。花痕澹復濃。　寶奩閑未啓。鏡裏慵梳洗。一點曉霞明。四圍山色青。

芳塵不礙行人路。花驄欲繫知何處。暝色入疏簾。春風軟似棉。　故園空悵望。烽火連雲嶂。楊柳緑如絲。斷腸誰得知。

夢中猶憶鄉關好。醒來轉覺鄉關杳。泪眼問青天。海枯恨莫填。　杜鵑啼不住。斷送華年去。夜雨又瀟瀟。愁心捲緑蕉。

臨江仙

簾外一庭芳草，墻頭幾樹桃花。碧波低映小橋斜。韶光明媚甚，春色十分賒。知否玉關消息，依舊烽火黄沙。故鄉欲去恨無家。紅樓殘夢醒，情思滯天涯。

一夜春風料峭，醒來花落階墀。燕雛鶯怯費尋思。昨宵因中酒，今日起偏遲。青鬢已非疇昔，多愁不減當時。陌頭垂柳萬千絲。危闌慵去憑，心事有誰知。

阮郎歸

一春閑著最無聊。寶爐香懶燒。金鈴空自護花梢。難禁飛絮飄。楊柳岸，木蘭橈。江南景色饒。乍寒乍暖易魂銷。泪珠紅豆拋。

高陽臺 咏垂絲海棠

艷奪明霞，朗含仙露，風流旖旎天然。萬縷垂垂，搓脂匀粉鮮妍。啼痕不與秋紅并，豈容它、蝶妒蜂憐。倩柔情、綰住春光，綰住華年。　依稀記得團圞景，對名花麗卉，共醉瑤筵。憔悴而今，鏡中青鬢成烟。緑章舊事驚塵夢，儘銷魂、幾度纏綿。伴嬌憨，芳草萋萋，蓮葉田田。

蝶戀花

春暮憶擷芬二妹、逸青三妹。

寂寞重簾庭院悄。門掩梨花，燕子歸來早。寒食清明都過了。池塘又見荷錢小。極目荒烟迷古道。冀北江南，夢逐征鴻渺。盼得魚書偏草草。近來肥瘦誰知曉。

如夢令 柳絮

摇漾碧空如霰。又被東風吹綻。落處比輕塵，生怕惜花人見。撩亂。撩亂。疑似謝家庭院。

聞妙香室詞

元和陸珊佩琄撰

河傳 蘭

空谷。幽獨。誰知我者，月明風穆。衆香叢裏抱遐心。瑶琴。一彈山氣深。　綠窗人靜珠簾下。芳情寫。艷想都抛謝。望湘沅。路漫漫。無言。楚騷吟又嘆。

唐多令 用草窗韵

謝了木芙蓉。一年花事空。望家鄉心事歸鴻。越水胥江天咫尺，飛不過，數山峰。　畫燭影摇紅。亂蛩吟砌東。待消愁酒淺愁濃。病骨支床眠不得，聽疏雨，打梧桐。

謁金門 題芳草胡蝶便面

春欲去。不管落紅如雨。蝴蝶留春春不住。依依芳草路。　寫上滕王圖譜。錦翼對飛雙舞。愛傍畫裙香重處。夜來仙夢度。

菩薩蠻 簪茉莉美人

畫眉纔了臨妝鏡。一枝斜颭生嬌韻。倦壓鬢雲偏。呼鬟整翠鈿。夜香燒月下。細步吹蘭麝。卸向枕函旁。涼宵夢也香。

十六字令

露階蛩語聲嗚咽。玉爐香盡天街寂。明月半窺簾。思鄉人未眠。望雲空佇立。歲歲傷離別。生小本多愁。聽風怕到秋。

聽。何處臨風玉笛鳴。高樓倚，吹起故鄉情。

玉樓春 庭中新植牡丹放花

玉環百媚盈盈笑。羅綺三千都壓倒。裝成金屋護風欺，燒起銀釭當夜照。人間富貴難徵兆。祇願畫堂春莫老。露花酣染幾朝昏，獨倚闌干頻起早。

浣溪沙 并蒂荷

白水盟心兩意同。顫盈盈立態何穠。臉霞偎得十分紅。　貯穩一枝金屋裏，照來雙影畫屏中。對花人語自喁喁。金屋，花觚也。見袁宏道《瓶史》。

清平樂

夢迴鶯囀。催起情還懶。畫了娥眉雲鬢綰。已自賣花聲遠。　韶光暗裏消磨。閑愁可奈春何。燕子也憐人病，去來頻拂簾波。

謁金門

秋滿院。莫道秋花寒賤。紫姹紅嫣紛在眼。濃於春圃絢。　晨起殷勤手灌。相映曉妝容倩。簾捲西風人特健。傲它霜片片。

南歌子 泥美人

滴粉搓酥巧，深脂淺黛妍。澹妝縞袂意翩躚。笑倚東風欲語，又無言。　宜喜望嗔面，多情少恨顏。盈盈我見也生憐。伴我青燈黄嬭，夜窗前。

南鄉子 春雨寫悶

無賴是東風。吹出愁雲恨雨濃。花落春城飛不得，流紅。都付長溝暗水中。寂寞掩簾櫳。滑滑禽聲喚懊儂。燕姹鶯嬌何處去，天公。一片蒼烟皜霧重。

喝火令

買醉紅螺酌，游仙緑綺彈。愁思難得片時闌。偏又抬頭瞥見，鏡樣月兒圓。悶掩窗朱鳥，慵偎被彩鸞。待尋幽夢到鄉關。無奈千川，無奈萬重山。無奈層層春樹，叠叠暮雲攔。

蝶戀花

春色三分拋一半。陣陣芳紅，飛去難留綰。欲折好花休更緩。怕它鶯老啼聲换。蜂音燕語增煩惋。夢比河長，愁比天涯遠。雨雨風風還逼趲。瞢騰祇把杯斟滿。

長相思

風絲絲。雨絲絲。織到愁人腸斷時。緑楊還亂吹。晝遲遲。日遲遲。無數飛紅吹下枝。流鶯偏又知。

掃花游 西湖新緑

兩峰霽雨，正艷艷盈盈，冶鬟如笑。畫眉未了。試新黃淺緑，澹籠輕掃。翠色生生，燕子釵頭細裊。鏡奩曉。似漢殿新妝，簾捲人俏。　堤岸圖畫繞。襯麴色裙痕，暖波芳草。暮烟更好。蘸斜陽一片，水雲深窈。數點嬌紅，逗出宮桃瘦小。聽鶯早。莫教它翠陰春老。

浣溪沙 咏一足踢帳

六柱湘�一指攓。碧紗舒捲漾輕烟。夢回錯認短篷圓。　曲榭憑張雲作幄，扁舟不礙月盈肩。倦來隨處好游仙。

雙鸂鶒 鷄冠花

絳幘峩峩雲簇。穠艷紅於霜木。渲染錦翰黃緑。端立衆花中獨。　似鐵心腸攢束。不是軟脂嬌縠。却也愁多如斛。團成百曲千曲。

生查子 楊妃病齒圖

睡起海棠慵，鬥蹙雙蛾暈。渾懶啓朱唇，反怪君王問。　停進荔支漿，尚困梨花醖。歌曲歇霓裳，多少閑愁恨。

前調 太真出浴圖

羅袂護春寒，小立屏山畔。出水玉芙蓉，一段巫雲現。嬌倩侍兒扶，皓腕橫金釧。女伴見猶憐，披與輕綃茜。

南歌子 七月八日坐夜

暮雨銀河洗，微凉綉幕招。月鈎金挂翠雲綃。正是新秋第一、好良宵。扇懶流螢撲，香殘寶鴨燒。倚樓何處學吹簫。閑看一庭花影、上林梢。

菩薩蠻 初秋湖上

繞堤荷蓋田田立。萬叢緑裏嬌紅出。朝露染花膚。搴花羅袂濡。牽牛花數點。掩映秋容澹。小立六橋西。水痕嵐翠低。

江城子 夜雪

被池難熨夜寒生。夢初醒。小窗明。看月開門、正待下階庭。吹下滿天楊柳絮，黏翠袖，冷無聲。曉來不怕剪風輕。捲紗櫺。拓銀屏。極目遠山、遮却幾分青。層疊遠山全不見，惟一抹、白雲橫。

霜天曉角 除夕

韶華暗徙。爆竹聲聲裏。守到燭花成片，留不住、年如水。閨房占吉利。金錢羅玉几。歲歲年年如願，團圞夜、總歡喜。

清平樂 秋蛩

嘈嘈切切。多少閑愁説。不管愁人腸百結。一夜小樓聽徹。聲聲夢斷西窗。奈何秋夜偏長。推枕攬衣起坐，床前明月如霜。

疏　影

千迴百折。頓悲來滿臆，甚於針刺。酸上心頭，泪下襟頭，寸腸渾似梭織。愁時怕把啼痕揾，越揾住越和愁結。算生來瘦骨柔魂，禁得幾番凄惻。懊惱鄰家兒女，話黄昏妮妮，添助蕭瑟。倚枕摩挲，夢又驚殘，欲睡何曾睡得。深宵萬種柔情緒，衹一點夜燈知悉。道無人説與愁思，量取畫裙寬窄。

南歌子 山陰道上

金碎明霞散，脂紅落日懸。晚來鄉思驀悠然。遥想當樓殘照、小窗閑。　漁夢醒殘月，江村起曙烟。曉來鄉思驀悠然。雁度晴空祇少、素書傳。

憶秦娥 越中旅舍

輕離別。一枝聊借身如葉。身如葉。寸眉雙鎖，寸腸千摺。　夜窗虚幌明如雪。羈人怕見天邊月。天邊月。舉頭誰共，大江瀾疊。

醉太平

蟲聲雁聲。砧清笛清。喚回幽夢無成。數三更四更。　愁形病形。花零絮零。翠裙斜倚銀屏。怕新寒暮生。

憶秦娥

秋凄凄。秋聲秋聲酸心脾。酸心脾。蘚階蛩絮，楓岸烏啼。　月盈南浦花東籬。玉簫金管誰家吹。誰家吹。畫堂春夜，忽憶當時。

前調 題大漠行旅圖

明駝疾。咸陽古道西風急。西風急。連天衰草，四無人迹。　解鞍下騎聊休息。擁裘閑話家山隔。家山隔。天涯夢見，翠樓春色。

長真閣詩餘

虞山席佩蘭道花撰

聲聲慢題風木圖

蕭蕭瑟瑟。慘慘凄凄，嗚嗚哽哽咽咽。一片秋陰搖弄，晚天如墨。三絲兩絲細雨，更助它、白楊風急。雁過也，遍寒林、盡是斷腸聲息。　有客天涯孤立。回首望、高堂更無人一。寒食梨花麥飯，幾曾親設。空含兩行血淚，灑枯枝、點點滴滴。待反哺，學一個、烏烏不得。

霜天曉角賦素心蘭

獨秀瑤林，雪侵香爭奈。雪尚風吹得化，吹不轉、是春心。　雲陰莫尋，尋時雲更深。人自愛花心素，花豈爲、要知音。

蘇幕遮　送春寄子瀟

緑陰深，深院閉。怕倚闌干，春在斜陽裏。幾片飛花纔到地。多事東風，又促花飛起。　篆絲長，簾影細。一徑無人，遮斷春歸計。人縱留春春去矣。點點楊花，還替花垂泪。『點點楊花』二句，一作『明日池塘，惟有東流水』。

憶真妃　題墨梅

墨痕潴到如詩。瘦横枝。絶似孤山風雪，立多時。　清如許。寒無語。少人知。惟有隔溪明月，最相思。

踏莎行　桐陰雙美圖

石抱池清，闌紆徑碧。蒼苔一片秋無迹。雙鬟何處覓詩情。秋聲已在梧桐葉。　小語駢肩，幽吟比舌。不知心可同如結。兩心惟有月明知，何曾肯對西風説。

減蘭　咏翠雲草

幽情一簇。脱盡窗前顔色熟。是夕陽天，裊裊秋羅欲化烟。　緩尋休蹴。不比春痕隨意緑。就是天邊，如此嬌霞亦可憐。

卜算子

幽絶可憐生，衹避驕陽面。染就絲絲學晚霞，不怕風吹斷。莫使天孫織作裳，織恐羅紋亂。牽引太纏綿，綉得閑愁滿。

天仙子 宛仙屬題墨水仙

一片瀟湘閑自碧，飛過寒香春欲濕。仙人元自不知春，波愁絶。雲愁絶。彈到哀弦聲更徹。滄海茗茗歸未得，却向人間凄獨立。夜深不語奈情何，心無迹。魂無迹。月落天空何處覓。

搗練子 憶梅

山杳杳，雪深深。不露枝頭一點心。踏遍洞天春似夢，去年今日到如今。

齊天樂 題潘榕臯農部歸帆圖

片帆挂起秋風急，載得一船秋思。兩岸青山，數株老樹，不似軟紅塵世。歸心何駛。把雨笠烟蓑，從容料理。笑指蒓鱸，樽前尚有故鄉味。朝衫者回換却，問沙漚渚鷺，盟成還未。櫓帶雲深，篷穿月澹，清福能修如此。中流不繫。任花滿長安，香難薰醉。莫又東山，重催安石起。

被花惱 題宛仙落梅便面

東風作意釀輕寒，簾外謝池春曉。香雪枝頭剩多少。一分是病，三分是恨，瘦得詩難肖。長記乍相逢，生怕朝雲去時早。參橫月落，幾曲闌情脉脉，思冥冥，自將疏影憐清沼。干，處處思量到。問青谿流夢去誰邊，爭留得閑愁共波繞。撇不下，一幅羅浮春恨稿。

壺中天 歸佩珊雨窗填詞圖

水雲如墨，弄秋陰、釀出一天詩意。恰好個、人新病起，愁又挾秋而至。草褪紅心，苔酣緑髮，綉遍淒凉地。簾兒風揭，窗兒却被風閉。一任小女題糕，雙鬟送酒，有甚閑情致。衹看雨零蕉葉上，悟出美人前世。痴惜花魂，嬌憐蝶病，減盡眉邊翠。擲□而起，干卿畢竟何事。

虞美人 周服卿蓮渚文禽圖

芳塘長遍相思草。水亦瀠洄抱。花花葉葉總相依。護在文禽一對，不分飛。　剖開蓮子拗殘藕。離別從來有。人天歡喜此圖中。那識江湖蕭瑟，有秋風。

洞仙歌 陳雲伯大令秋雪漁莊圖

西溪西去，蕩谿光如雪。道是梅花未堪折。有不成、村落三兩漁家，剛占却，一片冷雲秋窟。　掉頭吾去矣，料理烟蓑，截取樵青好浮宅。生怕白漚知、屑屑秋聲，偏摇破、水天空碧。問同是、漁郎棹舟回，比晋代、桃花阿誰幽絶。

琵琶仙 席芍階姬人黄花比瘦遺照

人澹如秋，抱清影、瘦與黄花爲伴。剜翠同住寒山，冰紋奈弦斷。生撇下、紅綃玉舞，數錦瑟、年華剛滿。寄恨東籬，珊珊璚佩，凉月分半。　還記取、稱藥添香，爲夫婿、沉疴禮星漢。消却一奩穠翠，付霜邊愁管。縱覓得、前番獺髓，定難醫、蝶夢春短。想見鸚鵡無聲，夜蟲凄怨。

菩薩蠻 屈宛仙葉茗芳合寫春蘭秋菊圖

群芳各占春秋妙。芭蕉雪裏人争笑。畫手是凡才。非時不并開。　仙心無隔礙。合寫如相愛。好在不同時。同時轉不奇。

采桑子 雨窗懷餐花

經旬小别難相見，細雨如烟。昏晝如年。不是懷人也祇眠。　料應一樣抛書倦，眉重鬟偏。致冷情妍。瘦比秋花更可憐。

菩薩蠻 題謝雪卿綉餘遺草

緑窗解道因風句，果然命薄如風絮。詩讖忒匆匆，還思得再逢。稿中句。　它生須帶福，脩到梅花足。祇似雪聰明，休如雪易傾。

秋瘦閣詞

武進唐韞貞佩蘅撰

唐多令 秋海棠

何處問紅妝。花開總斷腸。便無風也淒愴。者是離魂魂外景，有寒月，總昏黄。巧與借韶光。斜陽冷到窗。奈朱顔已是秋娘。澹染胭脂輕著粉，恁消受，晚來涼。

浣溪沙 秋千

一簇嬌紅一縷烟。東風妝點杏花天。垂陽景裏架秋千。素綺衫飄蟬翼薄，紅羅鞋綉鳳頭尖。踏青偏有許多閑。

踏莎行 花朝

緑擁螺髻，青描燕尾。天涯芳信垂楊裏。二分春色到花朝，一分先自隨流水。闌曲堪憑，樓高休倚。東風怕到消魂地。莫言對酒便忘愁，千杯難潑愁如海。

桂殿秋 晚眺

帆影去，緑潺湲。鸕鷀飛破白蘆烟。閑雲來去渾無定，山影依稀日半銜。

揚州慢 題白石小像

一代詞宗，半生落拓，布衣空老江湖。論先生□□，合伴林逋。記吹得、玉簫聲澈，小紅低唱，此亦仙乎。□馬藤花下，不堪泪灑啼鴣。　暗香疏影，問梅花、消息何如。縱烏帽風流，龍眠圖畫，但寫眉鬚。三十六陂烟雨，更誰憐、一棹菰蒲。獨巢湖一曲，至今猶自追摹。

念奴嬌 白荷花

天然愛好，却輕妝澹冶、盈盈堪掬。記得楊妃新浴罷，早與安排金屋。水佩低徊，冰肌綽約，可許消塵俗。素娥多態，廣寒移去同宿。　不見帶雨梨花，迷離疏影外，嬌容似沐。祇恐西風容易起，寫入相思一曲。争似凌波，雲鬟霧鬢，映得人如玉。橫塘秋悄，相看應妒波緑。

臺城路和雁邱詞

扣空秋影涵江碧，雙雙死生相許。矰羽飛來，柔腸遽折，望斷瀟湘烟雨。斜陽遠渡。祇隴上西風，尚留咽語。汾水鶩瀧，至今猶□帶凄楚。　誰歌河滿古調，爲君雙泪落，憑吊千古。蓼影分紅，殘碑暈緑，別有傷心無數。返魂香炷。願化作鴛鴦，依然飛去，譜入哀弦，一聲聲更苦。

減字木蘭花舟中晚眺

盈盈一水。澹緑濃青分燕尾。天際蒼茫。不是征人不斷腸。　夕陽倒影。風定波平船自穩。碧草苕苕。過了長橋又短橋。

醉花陰步漱玉韵

午睡偏宜消永晝。香爇金爐獸。花影故遲遲，捲起珠簾，簾外凉颸逗。　敲棋直到三更後。映緑燈紅袖。休道不尋思，鬥得雙眉，暗蹙春山瘦。

雙雙燕 歸燕

花朝過了，看簾幕深深，乍暄還冷。雕梁似昨，寂寂綉窗人靜。且向花間問訊。怎花亦無言似恨。飄然渡過前軒，忙煞秋千月影。　斜趁。東風去迅。正結伴歸來，夕陽紅盡。似曾相識，暗把烏衣重認。認是江山粉本。又無奈黄昏時近。愁損。曲曲柔腸，化作相思寸寸。

踏莎行 送春

草軟晴郊，花飛南浦。春歸即是春來處。留春無計送春行，行行目斷西陵路。　寂寂池塘，深深院宇。年年好景愁中度。今朝纔却送愁歸，無端又被愁留住。

相見歡

歸期總是無期。寄相思。祇在澹紅芍、藥白薔薇。　人如醉。空垂泪。立多時。不覺隔簾凉逗、一絲絲。

如夢令

遥夜夜凉如水。曉起冷清清地。小雨一絲絲，欲避愁城無計。無計。無計。簾外海棠花睡。

綺羅香 雪意和錢唐吴誦芬

霧影低迷，烟痕作態，爲釀一天寒艷。清冷如斯，誰把玉妃頻唤。看尊前、起舞因風，漸簾外、飛花成片。甚閑情、鎮日懨懨，望雲不遠望人遠。　是誰高卧偃蹇，不覺光陰暗度，梅花開遍。做不成春，偏向春來消散。問灞橋、詩思誰傳，算衹有、幽人繾綣。更那堪、白髮蕭蕭，望青山不見。

長亭怨慢 臘梅

饒枝綴、黄金嬌蕊。綽有微香，嚼來無味。記取春闌，海棠花下燭頻灺。岸容何似，偏未解、垂憐意。不是素心人，怎怪得、朦朧如睡。　古驛。待持將贈遠，此去故人千里。江南消息，早又報、時逢臘尾。料應、是笑我冬烘，嘆衹有、籬邊堪倚。莫去逐芳菲，還共幽人垂泪。

臺城路

兒子受祺通籍後，仍從戎。山左軍事方殷，不容以思親誤之，書此以勖其志。

宫袍不把兜牟換，應憐絶裾温嶠。旗擁銀螭，符分玉虎，未許刀環唱早。欃槍待掃。願繪上麒麟，傳來畫稿。千里燕雲，多應回首授懷抱。　秋風蒓膾縱好，便早脱征衫，依舊難了。塞雁歸遲，戍人望遠，夢裏泰山雲繞。關山非道。知汝意皇皇，余懷渺渺，月朗明湖，此情應共照。

疏影 菊花

芳江盡歇。剩逸艷幽香，還更清絶。花瘦如人，情澹於春，閲盡幾多炎熱。蛾眉雖自傷遲暮，珍重得、此生晚節。對一尊、疏影横斜，釄得醉來顔色。　人道秋光老也，縱霜嚴露冷，猶任催折。寂寂東籬，幾度黄昏，剩有殘枝待月。幽人不與憐憔悴，更何許、空山太息。儘斷魂、風雨重陽，守我向時孤潔。

長相思

秋風清，秋雲輕，鏡裏秋人病不禁。秋聲枕上聽。　秋山青，秋水平，江上秋花送客程。

秋潮逐恨生。

轉應曲

芳草。芳草。緑遍西陵古道。小樓生怕登臨。况值江南暮春。春暮。春暮。簾幕家家飛絮。

醉春風

玉碗冰蛆酒。銀甲調筝手。甘州歌罷又伊州，驟，驟，驟。南浦春歸，小園花落，緑窗人瘦。　舴艋瞿塘口。載得相思否。午潮落盡暮潮生，咒，咒，咒。南浦春回，小園花好，緑窗人壽。

緑夢軒遺詞

毗陵錢湘季蘋撰

菩薩蠻

緑雲如幄圍深宇。晚來釀作纖纖雨。窗内有人聽。芭蕉窗外聲。　蕉心猶自捲。怪煞愁難展。殘夢已無憑。空階滴又醒。

虞美人

野禽百囀鳴春曉。閨夢醒偏早。楊枝踠地一絲絲。屈指禁烟纔過、不多時。　名園古木參差在。祇是亭臺改。緑陰夾岸一溪遥。記得溪流轉處、是斜橋。

鳳凰臺上憶吹簫　讀姑母浣青夫人詩稿

一卷新詩，百年舊族，謝家風範猶留。是掃眉才子，咏絮名流。爲有江山奇氣，不僅是、閨閣温柔。還堪羡，人生難得，福慧兼修。　都休。烏衣門巷，祇雨雨風風，寥落堪愁。剩當時燕子，來往啁啾。我恨絳紗未倚，音塵杳、幾度春秋。頻回首，無端感人，清泪難收。

洞仙歌 咏緑萼梅

東風幾日，訝南枝開早。點點璚英逗清曉。記昨宵香夢，紙帳分明，料應是、萼緑仙人曾到。　鄰園開絳雪，別樣妍花，點染春光看原好。品格細評論、脂暈濃添，似不及、蛾眉澹掃。正積雪、空庭月三更，伴疏影横斜，稱伊素縞。

蝶戀花 落梅

已恨妒花風雨急。誰倚樓頭，又擫江城笛。不信璚姿留不得。般般催送香魂別。門掩黄昏空寂寂。月也無情，雪也無顔色。好夢羅浮都已歇，夜寒紙帳重相憶。

謾道繁花春似海。來占春先，去不因春待。祇恐春光還易改。看花虚費留春泪。群玉山頭仙侣在，霧帳雲屏，遠隔璚瑶界。小住人間愁不耐，夜深歸去珊珊佩。

羅敷媚 賃廡中有竹屋三椽謾題此解

是誰仿得柯亭竹，不減三春。却够三分。到此何須問主人。一般帶得瀟湘緑，妒煞青筠。忙煞紅輪，終日何曾別此君。

一椽也算吾廬寄，敲也宜棋。誦也宜詩。珍重平安日報知。闌干每到愁時倚，風也離披。月也凄迷。又是天寒日暮時。

滿江紅 向外乞詞譜

一卷金荃，抵多少秋風紅豆。細領略偷聲減字，長吟短讀。鐵撥銅琶君自唱，曉風殘月吾還又。烏絲格，描來瘦。蠶眠字，書來就。悟無弦琴趣，共商量、小閣静焚香，閑消受。愧我未工天上曲，向君聊乞花間奏。待從今珍重手循環，逾璚玖。

惜餘春慢 春草

刬盡還生，拔餘不死，衹有春來芳草。含烟襯碧，帶雨浮青，消盡三冬枯槁。何事萋萋滿庭，惹蘚縈苔，更無分曉。儘教它生意，濃添羅襪、不曾輕到。還又向、斜日樓頭，浮雲檻外，遥望晴痕一道。花驄去後，油壁來，時今古離愁多少。試問長亭短亭，芳意年年，幾時纔了。祇愁它、緑遍天涯，不管閑庭人老。

菩薩蠻

移來鳳尾檀欒竹。隔年春到青如玉。却盼筍兒生。閑從竹下行。　昨宵曾細數。今日還成誤。預想緑成陰。寒拚翠袖禁。

浪淘沙

屋後小桃一株，移根未榮，賦此惜之。

灼灼武陵源。風日暄妍。移來花塢夕陽邊。不見從前春爛漫，人爲花憐。　清泪祇如泉。灑向春烟。年年瘦損在春前。花更開時人在否，花爲人憐。

金縷曲 柳綫

一縷柔絲漾。被東風、烟拖雨曳，纖成萬丈。轉緑回黄勻染就，垂遍三春陌上。更譜得、新翻花樣。綫脚分明浮水面，祇鴛鴦、綉出從人仿。日色映、紫絲障。　深閨驀倚樓頭望。記長條同心曾綰，幾時重放。金綫年年辛苦壓，祇是者般情况。漸散作、吴綿飄蕩。待得穿針時節近，早亂絲、憔悴添惆悵。繫不住，青春鞅。

念奴嬌 松針

涼宵月影，照碧紗窗外、刺來欲逗。冬心深護寒風裏，正是縫裳時候。雲軟鋪綃，雪深捲絮，乞與蒼髯叟。針神誰擅，天衣無縫能就。　却怪春色年年，名園桃李，畢竟誰工綉。偏是翠釵甘寂寞，依舊空空妙手。製芰成衣，紉蘭爲佩，或是同心友。離離山上，緑苗新吐還又。

望湘人 鶯梭

是誰工弄杼，軋軋咿咿，一春不解停息。喚夢初回，驚眠乍起，錯認西風促織。葉密烟迎，枝繁雨送，欲抛無力。乍分明一點嬌黃，深樹窺人不隔。　花柳匆匆堪惜。怕流光如許，被它輕擲。憑寄語金衣，莫遣傳梭太急。迴文機上，錦書初就，可有者般凄切。聽到它金縷歌殘，又聽寒聲刀尺。

臺城路 燕剪

憑誰巧試東風手，梁間紫燕雙舞。花底裁紅，葉間縷碧，拚得三春辛苦。綺窗對語。笑工女無端，倦停綉譜。直待秋深，看人刻彩始歸去。　紅樓無奈此際，祇游絲落絮。幾許情緒。理處偏多，截來難斷，擬借并刀剪取。烏衣去住。怕自己離愁，尚難裁處。舊日纏綿，認紅絲一縷。

菩薩蠻

紅薔一丈開如錦。胭脂映逗紗窗影。風急五更頭。殘英滿地愁。年年春欲去。開放花無數。祇解罥羅巾。何曾留住春。

前　調

階前遍種雙胡蝶。花開裊娜春無力。風動護花鈴。迎風粉翅輕。緑窗回夢短。夢影偏淩亂。花裏見深深。當階子細尋。

前　調

緑盆種得青荷小。花枝消息尋來早。斜倚葉田田。開成并蒂蓮。昨宵逢七夕。艷鬥秋花色。折取供筵前。雙星應見憐。

高陽臺

年年小池左側秋海棠盛開，今花時過矣，紅苞寂然，賦此寓感。

葉碧低遮，花紅散綴，年年深護秋陰。倩影含嬌，亭亭照出波心。西風又是花時節，倚雕闌、消息重尋。一日閑幾度徘徊，幾遍沉吟。　芳魂一縷知何處，但苔深静掩，雨細斜侵。空自凄凉，早秋望到而今。名花應怕人腸斷，祇者番、腸斷偏深。待重新、灑向階前，清泪涔涔。

賀新凉　秋燕

猶是梁間語。記來時、綠波對掠，紅簾雙舞。閲歷光陰香壘外，無限落花飛絮。又早被、凉秋催去。雨細風斜都別意，祇依依、尚爲纏紅縷。重相見，定何許。　茫茫雲海無邊路。問烏衣、往來何處，是伊家住。一半年華拋客裏，底事者般辛苦。且喜得、相隨伴侣。差比人間離別少，便天涯地角長相聚。書付爾，莫傳誤。

虞美人　花盒子

銀絲織得鸞紋細。開合雙環繫。個中不斷四時花。較勝笑蘭香貯、一囊紗。　羅帷舒捲雲痕碧。挂個團團月。秋來何處桂花濃。正是夜深香滿、一輪中。

摸魚兒

庭有雙桂，年來憔悴甚矣，感賦。

記年時、空庭桂樹。無聲暗濕凉露。霏霏金粟黄千粒，吹滿一庭香霧。抛綉譜。衹此是、秋風秋雨憑闌處。年花細數。看此樹婆娑，斜陽重倚，舊夢總無據。　禪心悟。試問天香幾度。閲人青鬢成故。一枝倦付人閑賞，似擬小山隱去。花且住。還衹怕、秋江人去秋無主。一尊酹汝。聊共對銀蟾，濃添金粉，莫便嘆遲暮。

鳳凰臺上憶吹簫

買菊數本，雜植苔砌，楚楚可愛

風晚摇姿，霜晨弄色，開來别樣鮮妍。向斜陽圃外，移種闌邊。不用花堂鬥艷，工位置、酒後燈前。如人澹，亂頭粗服，楚楚堪憐。　年年。晚秋時節，消瘦盡西風，凉夢如烟。總一般清瘦，花亞人肩。可奈描成瘦影，宵來月、又照離筵。離筵畔，金盤露零，清泪涓涓。

摸魚兒

九月十五夜對月送外之楚

玉琴停、幾回延佇。空明摇漾庭宇。姮娥不管人間别，自放一輪寒素。從細數，曾幾番雙清人月籠香霧。明朝何處，憑寄語嬋娟，深宵暫對，莫便向西去。　前身悟。長記團圞桂樹。清光歲歲如許。謾將離合同盈缺，再見可能如故。君此去，算衹有、茫茫江月隨行路。楚山無數，料月似今宵，片帆孤影，添得幾愁緒。

右亡繼室錢季蘋遺詞一卷。季蘋幼入家塾，隨諸兄讀五經四子書，未卒業也。年二十三，歸於余，始學爲詞翰。授以漢魏六朝唐宋諸詩，口誦心解，無所留滯，先後熟讀至二千餘首。閑嘗自爲之，思致清逸，惟邊幅稍狹，未能縱筆所如。顧獨喜填詞，爲之一年，所詣遠出詩上，今所存者是也。季蘋好爲憂傷憔悴之語，余嘗以爲非宜。然余遭遇屯蹇，每有所作，因心爲聲，既不能自禁，而亦無以禁季蘋也。季蘋歸余四年，余以貧故，數出游，不別者僅有兩年餘耳。季蘋又素弱，自以不得永年，憂傷憔悴固有不能已者。最後余又遠游，而季蘋遂死。則自今以往，余之憂傷憔悴當益甚於前，尚何能讀季蘋之詞耶？然季蘋憂傷憔悴之意，寄於此詞，偶一展卷，而其生平仿佛見焉，則此詞固不得而弃也。因付之梓，且志崖略。趙仁基跋。

賦燕樓詞

湖州陳珍瑶月史撰

相見歡 春日

柳絲摇曳簾前。乍晴天。小坐茜紗窗下、整花鈿。　曲闌干外、聽啼鵑。啜香茗。心寂净。也悠然。笑立

擣練子 夢與秋伊姊玩月

愁思繫，别懷縈。幾回入夢訴離情。依然執手歡無限，記立風廊話月明。

清平樂 春晴

春將一半。垂柳柔於綫。睡醒重樓簾不捲。樓外呢喃雙燕。　晝長人静無嘩。嫩寒翠幕低遮。起看碧紗窗畔，東風紅遍桃花。

歸自謡月夜

行曲徑。凝望碧天星耿耿。風摇墻角梨花影。　一鈎月照銀屏冷。黄昏近。香殘漏永虚廊静。

憶秦娥題湘清女士觀花小照

簾波蹙。畫堂有個人如玉。人如玉。臨風翠袖，雲鬟新沐。　妝成約婢開金屋。日長愛立花陰曲。花陰曲。一雙鳳子，翩翩飛逐。

清平樂春曉

宵來雨驟。繁響喧檐漏。開遍海棠春意逗。又是禁烟時候。　夢回小閣初晴。憑闌聽賣花聲。何處秋千笑語，東風吹送分明。

虞美人春暮

夜來忽聽東風惡。定把花催落。忍寒早起捲簾看。喜得海棠依舊、未摧殘。　紅闌十二閑憑遍。懶去拈針綫。笑呼女伴話陰晴。記否去年今日、是清明。

少年游 送春

絮飛花舞，紅消香暗，樓外夕陽斜。庭院深深，簾櫳悄悄，春去到誰家。　夢回怕見梨花落，静掩緑窗紗。不管鶯愁，任它蝶怨，閑坐讀南華。

憶秦娥 夜雨懷二三兩姊

紅樓静。湘簾不捲闌慵憑。闌慵憑。怕它芳草，逗人離恨。　梨花門掩黄昏近。芭蕉徹夜敲窗冷。敲窗冷。何時聯袂，剪燈同聽。

減字木蘭花 初夏

朦朧睡起。緑暗紅稀初夏矣。乍换羅裳。整罷雲鬟倚綉床。　雨晴深院。柳外雛鶯新學囀。竹徑風來。吹落桐花點碧苔。

憶王孫 端午

香醪蒲玉百花杯。綉虎朱符巧剪裁。偶簪艾葉傍妝臺。小窗開。一帶紅榴照眼來。

卜算子 初秋夜景

雨霽碧天清，暑退新涼足。高捲風廊十二簾，烟裊茶剛熟。　翻閱白雲篇，得意從頭讀。驀見西窗竹影斜，月轉闌干曲。

采桑子 夜坐偶成

香温茶熟清宵静，試理琴囊。又點書囊。小院無人怯嫩涼。　裁將半幅泥金紙，寫了雲章。印了璚章。擬貼風軒與月廊。

眼兒媚 秋夜

一痕新月上花枝。夜静漏聲遲。燈摇几畔，蟲吟砌下，風逗書幃。　獸爐烟裊湘簾捲，妝卸緑雲鼓。輕磨翠墨，謾調銀管，閑譜新詞。

十六字令 蟋蟀

聽。窗外寒蟲徹夜鳴。聲聲絮，莫也訴離情。

虞美人 冬夜有懷蓉谿嫂

重幃瑟瑟西風逗。又是黄昏後。那堪樓外雨闌珊。轉覺今宵猶較、昨宵寒。知音一去添悽惻。別恨和誰説。挑燈聽盡漏迢迢。懶向碧紗窗下、把琴調。

如夢令 小詞代柬，約妹歸寧

莫爲離情消瘦。轉瞬紅閨携手。屈指近元宵，姊妹團圞如舊。知否。知否。恰好月圓時候。

光霽樓詞

蘭陵陸蓉佩□□撰

案：夏子錫撰《陸貞女傳》：貞女姓陸氏，父鼎晋，郡庠生，母趙孺人。幼而聰慧，讀書即通大義，舅氏振祁愛之，請於孺人，爲第三子念植聘焉。比長學爲詩詞，與兄廣敷太史唱和無虚口，所造益工。沉摯悱惻，見者不知爲女子所作也。年十七，念植以瘵疾卒，父母以貞女性剛，知志不可奪，且事不能終，秘告之貞女，慨然曰：『所遭至此，復何言！但勿貽堂上憂，足矣。』有弟方幼，對之泣，反慰之曰：『若勿爲吾悲，命也。』翼日奔喪，成服，哭泣如禮。自是往還兩家，甚得舅姑歡心，叔祖葆善喜佛法，引而教之，聞徹悟，似有夙慧。爰博觀内典，研究不倦，遇有心得，則作偈語，妙達禪理，多前人所未道。性明决，戚黨以疑事相質者，必據理告，盡言無隱。有某氏婦，不得於姑，來泣訴，作《禽語》一章示之，其人感悟，卒以孝聞。時粤賊方踞金陵，而官軍復鎮江上下，恬熙貞女獨憂之，有句云：『所嗟不在邇，沉慮何人識。』未幾郡陷，隨父母轉輾遷徙，最後寓如皋，饘粥幾不繼。兄應禮部試，急盼捷，以慰庭闈，晝夜誦佛號默佑之。兄成進士而貞女疾大作，屈指盼兄歸期，聞風聲則曰：『行人至葉耶？』卒後八日，而兄抵里，撫棺大慟，曰：『失吾妹，是失吾畏友也！後吾之學勸勉者，誰乎？吾之過痛規者誰乎？』作挽詩數章示余，余不忍卒讀。

壺中天慢

廣夷大兄久别忽歸，喜填一闋。

閑階小立，忽一鈎月到、亂花影碎。玉砌雕闌凉意足，别换一番歡意。萬斛離愁，一時頓釋，且是尋閑味。臨風獨想，舊愁更莫提起。　小窗鎮日慵慵，嫦娥應笑，惜泪珠空費。露浸羅衣蓮漏永，不把窗兒深閉。螢逗疏簾，凉生團扇，金獸香銷未。桐陰坐久，嘐嘐何處犬吠。

蝶戀花

思家，時避亂北渚，即寄琴如姑母。

别恨無端濃似酒。掃去還來，夜夜添銷瘦。百八牟尼常在手。堪憐怊悵還依舊。　紙閣蘆簾寒乍逗。無緒無情，生怕黄昏後。一點燈兒呆獨坐。燈花還解憐儂否。

前調 蘆花

一縷秋魂纖欲化。似有疑無，却在斜陽外。飄泊天涯何處著。思量悔把枝頭捨。　野岸孤村天半夜。開處凄凉，零落人誰話。欲舞徘徊還自罷。依依一種情難畫。

風緊霜濃秋漸瘦。小住孤村，應是寒難受。朱户荒臺隨意逗。可憐一捻渾無有。　轉眼炎凉非復舊。縱使飄零，肯把穠華鬥。試問依依堤上柳。那時風景還存否。

賀新涼 聞雁

書幌燈初滅。聽孤鴻、幾聲嘹唳，柔腸已結。苦恨流光如水過，漂泊而今誰惜。又欲下、寒塘還歇。極目蕭條風露冷，最堪憐、舊侶渾無迹。多少恨，從何説。　蒼茫身世長爲客。恨苕苕、故鄉路遠，欲歸未得。我本閑愁千萬縷，入耳偏關情切。嘆寄迹、天涯何益。鎮日雲間頻作字，料難將、悲怨都書絶。月欲墜，霜天白。

摸魚兒 秋海棠

是誰人、斷腸已久。啼痕化此芳秀。蕭條庭院西風冷，漠漠背人愁鎖。妝莫鬥。儘染透胭脂，難并黄花壽。晚秋時候。悵小影亭亭，露華濃漬，一捻嘆伊瘦。　凄凉處，猶記小梅開後。緑章曾爲宵奏。繁華何處堪回首，苦雨凄風消受。知也否。縱花事依然，人事難如舊。無香也可。剩倦蝶伶俜，夢兒未醒，霜冷怕飛墮。

賀新凉 秋夜懷琴如姑母

秋雨聲初歇。悵苕苕、夜凉無寐，泪珠盈睫。曾記當時𥸷衣處，誰道幾成長別。嘆海内、烽烟方急。料得扁舟將欲發，向天涯、多少愁難説。從此便、江南北。　茫茫我亦嗟爲客。盼征鴻、數行過盡，更無消息。二十年來如昨夢，往事何堪重憶。應稽首、空王禮寂。鄉國難禁回首望，入琴心、更恐哀弦絶。書不盡，恨千叠。

水調歌頭 寒夜不寐起坐對月口占

人生如寄耳，感慨亦徒然。起來且對明月，能有幾回圓。莫憶江南舊夢，且抱眼前真樂，無事既神仙。流水識人意，向我自涓涓。　興亡事，千古恨，付雲烟。三間五架，茅屋别有小壺天。要種桑麻千樹，變作桃源深杳，不與世人傳。多少塵寰事，一笑向嬋娟。

如夢令 懷芝仙姑母

愁重却嫌清晝。鏡裏驚看消瘦。離别太匆匆，知道重逢能否。非舊。非舊。鄉國不堪回首。

綺羅香 咏燈花

彩筆難描，金刀未剪，芳事忽驚如許。多少愁心，漠漠背人初吐。伴小樓、永夜長吟，却幾度、疑風疑雨。總非花、也當花憐，風簾低下爲深護。　盈盈能否解語，一樣嫣紅燦爛，不教春妒。驀地驚看，問卜幾番疑誤。愛繽紛、巧勝天工，恐化作、彩霞飛去。費騷人、百遍思量，夢醒知何處。

長亭怨慢 送丁藴珏表姨

緑窗幾度留難住。懊惱相逢，反添離緒。剪燭清談，一般懷抱愁如許。悄悵無計，祇怕聽、臨歧語。皓月太無情，却照盡、悲歡千古。　便總把吴剛斧借，也怎剗愁千縷。炎凉閲遍，况秋更悲羈旅。第一是、祇恨江潮，但浩漫、偏催人去。念此别天涯，重話滄桑何處。

案：『况秋更悲羈旅』疑漏缺一字。

前　調

中秋前三日雨後待月，感而填此，寄懷琴如姑母。

怪底是、愁深如許。又近中秋，怕聽風雨。悄悵年年，一般岑寂悲羈旅。亂紅零落，更莫問江南路。竟夕向嬋娟，且悵望璚樓玉宇。　恨極目雲山萬疊，怎渺渺音塵阻。闌干倚遍，聽清角更添淒楚。但衹見征鴻過盡，也難寄愁心半縷。嘆獨立蒼茫，一例傷今弔古。

滿庭芳 中秋對月

千古清輝，一年佳節，匆匆又到中秋。桂叢香逼，絕勝廣寒游。難得姮娥此夜，放銀蟾萬里光流。徘徊久，閑階露冷，獨自豁吟眸。　年年當此夜，天涯寄迹，無計消愁。且莫思天上，玉宇璚樓。憔悴而今意緒，不堪聞玉管清謳。宵深也，風疏氣爽，更莫下簾鈎。

菩薩蠻

八月十七夜待月，有懷琴如姑母。

思君待月清宵坐。無聊衹覺雙眉鎖。鎮日盼征鴻。經年書未通。　瑶階涼似水。顧影憐憔悴。生怕捲珠簾。新寒病要添。

前調 月下待蘊珏表姨不至

獨憐咫尺天涯隔。匆匆小別愁千疊。昨夜月同看。羅衣怯嫩寒。　空階閑佇立。悵望遥天碧。皓魄一分虧。簾疏花影移。

浪淘沙 冬夜有懷廣敷大兄

隨意下璚鉤。皓魄光浮。蕭條庭院已無秋。屈指雁兒應到也，幾度凝眸。　异地苦淹留。没處埋愁。匆匆無計挽扁舟。回首鄉關無限恨，齊上心頭。

菩薩蠻 落葉

疏林一夜風微過。飄飄却共霜花墮。摇落太無端。零星誰更看。　匆匆秋漸老。珍重和愁掃。瘦蝶忒多情。飛來似不禁。

前調 掃葉

曉寒獨自行芳徑。蕭條不似尋常景。風雨做飄零。階前積漸深。　淮南悲落木。而我偏多觸。鎮日掃難開，如愁去復來。

前調 紅葉

霜林忽訝紅如許。生憎不入群芳譜。渲染十分工。可憐不耐風。　飄飄貪弄影。寂寞吴江冷。萬里夕陽明。空山忽作春。

前調 黃葉

蕭疏仄徑秋容瘦。捲簾生怕西風驟。憔悴不勝寒。戀枝將欲殘。凄迷風雨亂。時序匆匆換。一樹尚垂垂。如儂病起時。

前調 惜花

露濃仄徑蒼苔濕。惜花曉起渾無力。蝶夢尚惺忪。金鈴護幾重。珠簾慵未捲。幾陣微香軟。不忍折濃枝，繁華能幾時。

前調 落花

園林寂寂天初曉。捲簾花落知多少。容易泣殘紅。生憎昨夜風。一番新雨後。空色參應逗。水面亦文章。沉思欲斷腸。

前調 掃花

萋萋芳草如茵軟。落紅滿地無人管。生就惜花心。可憐掃更深。堪嗟春似海。轉眼傷憔悴。小立獨凝愁。休教逐水流。

前調 葬花

斜陽庭院深深處。荷鋤閑覓荒苔路。幾度費沉吟。殷勤護惜深。　匆匆芳事改，一半

隨流水。蝶夢謾驚疑。魂歸明月時。

前調 畫蝶

輕軀摇颺群芳膩。可憐難畫腰肢細。一撚太輕盈。描來魂欲驚。　疏簾風力軟。點筆

春應捲。半幅看依稀。回眸恐欲飛。

前調 撲蝶

紅闌曲折通幽徑。海棠帶雨梨花病。驀地見斜飛。輕輕紈扇揮。　臨風閑自弄。春去

渾如夢。無力下階行。林深何處尋。

前調 秋蝶

荒園露冷花枝少。匆匆舊夢春前杳。抱蔕似尋思。伶俜弱不支。　天涯風景换。霜緊

飛應倦。黄菊耐秋風。蕭疏獨伴儂。

前調 仙蝶

軟紅塵海春前誤。辛勤乍識羅浮路。不憶舊繁華。憐它空色花。滕王休畫影。幻夢年時醒。生怪去匆匆。山深雲亂封。

前調 雁字

數行斜草渾無意。尺書能否如儂寄。臨水慣摹空。秋高霜露濃。橫排初見迹。絶勝凌雲筆。仔細暗端相，餘音空外長。

前調 聞雁

月明孤館生虛白。蕭條旅况愁千疊。客裏獨關心。殷勤滅燭聽。宵長飛欲倦。苕遞鄉關遠。側耳費尋思。寒窗夢斷時。

前調 寒雁

玉關風雪連天暗。匆匆衹恨流光換。辛苦賦南征。寒塘欲下驚。空江初過雨。吊影悲羈旅。鎮日盼春風。歸程山幾重。

前調 孤雁

平沙漠漠空江闊。相呼舊侶渾無迹。嘹唳碧雲中。難禁霜露濃。蒹葭涼似水。風景年時改。終日不成書。月明吊影孤。

前調 簾影

撩人花氣濃如霧。風迴驀地留香住。深院晝垂垂。妨它燕子歸。游絲閑未定。似織迴文影。蝴蝶忽飛來。波痕蕩颺開。

前調 燈影

檢書伴我深宵讀。蘭釭焰短寒如粟。幾度共徘徊。金爐香漸灰。月明簾未捲。掩映羅幃暖。寂寂避迴風。屏山鬲幾重。

前調 鏡影

年時憔悴常扶病。開奩怕見菱花影。相對是耶非。端相還自疑。嚬眉非復舊。幻相參應破。拂拭費工夫。模糊看欲無。

前調 花影

背燈幾度愁難折。模糊一片參空色。明月夜窗虛。蕭疏澹欲無。　閑庭春氣暖。生怕和簾捲。約略似凝嬌。生綃半幅描。

探春慢 蠟梅花

絳蠟凝黃，瓊枝綴蕊，一夜微香初逗。月冷雲封，霜欺雪壓，剛是峭寒時候。幾度臨風看，怎玉骨、者番消瘦。綺窗紙帳輕籠，殷勤珍護知否。　獨鶴也應閑守。想皓腕輕攀，冷香盈袖。伴我孤吟，一般清絕，不許春風吹逗。忍記年時，紅紫零落，那堪回首。插向銅瓶，歲寒標格如舊。

南浦 水仙花

明月逗疏簾，夜沉沉、扶起一枝纖影。微步慣凌波，寒窗裏、合伴梅花淒冷。風裳水佩，珊珊瘦骨疑扶病。洗浄鉛華清欲絶，果似神仙孤迥。　前身應是飛瓊，照亭亭、一片水痕如鏡。粉靨謾凝愁，蕭疏處、誰識孤高情性。苕苕銀浦，魂歸那更游塵境。風雪天涯欲勒，又被素琴彈醒。

暗香白梅花

一分月色。照綺窗門影，娟娟清絶。縞袂初逢，緑萼仙人似相識。回首鄉關舊夢，渾難問、南枝消息。看一樹、瘦影横斜，寒素謝雕飾。　殘雪。伴孤潔。正捲幔忽驚，竹外瓊積。幾回暗惜。玉質冰姿謾輕摘。多少嫣紅姹紫，更莫妒、天然風骨。應好護、開遍也，休教狼藉。

疏影紅梅花

闌干曲曲。探南枝信早，占到春足。弄影姗姗，偶點輕紅，横斜那更妝束。空山雪滿添寥寂，倩紙帳、輕籠低覆。祇此間、合住清華，耐冷傍儂茅屋。　描取香魂一縷，待巡檐索笑，搴動簾幕。淺水波明，掩映芳痕，不似尋常夭灼。疏枝縱染胭脂色，冷艷天然幽獨按：此句疑缺一字。。對夕陽、一抹晴封，欲畫生綃幾幅。

摸魚兒待雪

倚危闌、幾回凝佇，凄凉庭院深處。天涯極目西風冷，難得玉龍起舞。香篆縷。但悵望、長空密密彤雲布。凝愁不語。算祇有殷勤，捲簾人瘦，鎮日覓新句。　梅花夢，誰把金鈴深護。巡檐索笑如許。蕭疏共結盟寒侶。嬴得清幽無數。寒欲聚。閑自檢、竹間松裏烹茶具。微吟正苦。繞檻獨徘徊，無端怊悵，何日便飛絮。

八聲甘州 寒窗夜坐，有懷琴如姑母

對銀釭耿耿夜窗虚，捲簾月初來。正霜花飄墮，新寒料峭，爐篆成灰。無限蕭疏景物，顧影獨徘徊。回首鄉關恨，掃更難開。　小倚闌干閑自，弄數枝瘦影，開到寒梅。嘆頻年羈旅，寥落亦堪哀。聽征鴻、一行過盡，盼音書、幾度費疑猜。怎知我、此時情緒，一例愁堆。

滿江紅

壬戌之冬避居崇川，感而填此。

細雨孤燈，感往事、悶來閑寫。記舊日、江南烟景，風流雲謝。吴苑荒凉麋鹿走，金山寂寞寒潮打。算古今、興廢幾回更，蒼蒼者。　狐兔竄，聞悲角。蹂躪遍，無全瓦。盼降幡一片，石頭城下。浩劫茫茫惟涕泪，鄉關遠望臨風灑。問元戎、恢復竟何時，洗兵馬。

金縷曲 冰花

鏤就玲瓏質。愛亭亭、者還不藉，東風吹拂。幾夜銀塘霜露迸，算是清寒第一。看滿地、嶙峋瘦骨。休共素娥閑鬥影，記前因、一片參空色。吹乍散，冷還結。琉璃世界瑤瑤積。問浮漚、無端幻此，甚時了得。冷澹生涯塵不染，難道堅原如鐵。好與共、梅魂幽絕。誰唱陽春高格調，助精神、雪萼三分白。閑指點，信孤潔。

琵琶仙 對雪恭和家大人韵

一夜嚴寒，綺窗外、散作漫空香絮。小閣閑撥紅爐，清吟對飛舞。看萬里、無端幻化，怎能得、遍開瑤樹。斷岸横斜，荒村約略，閑過迷誤。更愁是、苕遞關河，想冒冷、天涯感長路。時廣專大兄方作北游。極目板橋茅店，正飄飄堆素。記舊日、尋梅踏凍，問故園、消息誰去。細看六出紛紛，欲收還吐。

探春慢 咏愁

掃更難開，斷還重續，未信并刀能剪。渺渺無因，絲絲織就，好似冰輪雲掩。幾度防偏至，恁終古、難消如煉。怪它乍上眉頭，來時那更能遣。何地可埋千片，想賦罷張衡，剩來點點。湖畔誰名，盧家魂杳，此後休論深淺。謾説新添多少，浩蕩不堪重檢。無計閑驅，任教難絕如綫。

摸魚兒 寒夜對月，恭和家大人韵

夜窗虛、漏聲聽徹，冰輪高擁如洗。人生難得當頭照，謾道愁深似海，無限意。料青女、姮娥鬥影寒何悔。銀波無際。恰伴我徘徊，故國長望，渺渺隔江水。　蕭條處、嚴城悲角初起。闌干怯冷慵倚。年來怊悵多離別，那更清宵對此。更闌矣。看樓閣、參差遠樹朦朧裏。苦吟欲止。恨極目關山，苕苕雁序，對影共千里。時廣敷大兄、霖生弟均客都中。

水調歌頭

十一月望夜對月，同蘊珏表姨話別。

休論塵世事，對影共吟哦。捲簾空外長望，還欲問嫦娥。照盡悲歡萬古，便有陰晴圓缺，祇是不銷磨。我欲乘風去，一笑定如何。　徘徊處，霜露迸，冷偏多。當頭此夜，難得一擲恐輕過。回首家山何處，同有離愁千斛，寂寞冷關河。秉燭更重話，怕聽唱驪歌。

翠螺閣詞

錢唐凌祉媛茝沅撰

菩薩蠻

檐鈴驚破紅閨夢。曉妝人怯餘寒重。纖手捲簾衣。風前放燕飛。　落紅紛似雪。倦了尋香蝶。樓外易斜暉。春歸人未歸。

賣花聲 題美人拜月圖

燈影掩蘭房。寂寂昏黃。春人拜月理殘妝。花徑風來烟暗裊，一縷心香。　倩影倚迴廊。羅帶輕颺。弓鞋立盡露華涼。却怪嫦娥無一語，没個商量。

念奴嬌

季夏偕同人泛舟湖上，時三潭荷花盛開，柳陰小泊，花枝壓船，冷香醉人，素影留客。

更於遠處望之，見緑陰摇動，時露靚妝，帶笑含顰，仿佛西子浣紗時也。

緑雲迷望，繫吟舟人在、藕花香裏。摇曳舞衣渾不定，挹取滿襟凉意。素影凌波，清芬入夢，都把鉛華洗。千枝玉立，四圍烟水無際。　當此小集裙釵，碧筒唤飲，幾度吟箋理。世外軟紅吹不到，消受湖天風味。瑟瑟驚秋，亭亭寫照，送到斜陽末。漁舟歸晚，沙邊鷗鷺飛起。

調笑令

紅豆。紅豆。苦爲相思銷瘦。遠憐風雪歸途。彈得雙行泪珠。珠泪。珠泪。人坐一燈無寐。

金縷曲銀瓶井吊岳娥

不愧英雄後。俯澄波、翩然長逝，貞魂誰偶。當日風波悲父子，三字獄成何有。嘆恨海、終難填就。殉國縱非兒女事，抱銀瓶、竟向泉臺走。智井畔，漫回首。　援枹肯學韓家婦，便江山、烽烟頓息，奇冤昊剖。一樣趙家乾净土，贏得芳名長久。看鴛甃、苔痕如綉。環佩歸來潭影静，早月華、流照常如舊。懷古恨，酹杯酒。

柳梢青 清明日柬步香妹申江

不定陰晴。釀花天氣，又屆清明。記得年時，櫻桃花下，同聽鶯聲。而今隔却郵程。數不盡、長亭短亭。望斷天涯，斜陽芳草，無限離情。

侍香金童

七月晦日爲金地藏誕辰，謹拈此解以代香花之獻。

會過盂蘭，佛誕今宵屆。放大光明通下界。幾處焚香庭院外。貼地蓮燈，向風紅擺。祝長生一樣，如來觀自在。道常此、金身不壞。真個愁魂超孽海。多少痴兒，下階膜拜。

摸魚兒

己酉九月歸自唐栖，布帆十幅，穩渡秋水，一路烟水郵程，繫人吟思，喜歸懷之可遣，更游迹之難忘，即景倚聲，遂成此解。

暢游悰、匆匆幾日，西風重打歸槳。扁舟一葉斜陽裏，帆影和雲摇漾。嵐岫敞。看倒映、波心遠黛延秋爽。蕭蕭送響。更蓼溆飛烟，蘆汀捲雪，寒色動蒼莽。天涯路，陳迹都如夢想。獨憐漚侣無恙。疏疏秃柳長亭外，眉際都添愁況。閑眺賞。向篷背、弦詩頓覺吟懷曠。鄉關試望。指野水平橋，一燈紅處，晚渡雜漁唱。

唐多令 年糕

切玉妙能工。香調桂米濃。快登筵、粉膩酥融。仿佛劉郎題字在，誰印取、口脂紅。佳號復誰同。年年祝歲豐。更團花、簇滿盤中。市上攜來紛餽餉，須買到、落燈風。『上燈圓子落燈糕』，杭諺也。

柳 枝

牽春恨。柳枝。牽離恨。柳枝。折贈深情流水知。訂歸期。柳枝。寫黛眉。柳枝。數腰圍。柳枝。一縷纏綿萬縷絲。寄相思。柳枝。

齊天樂

萬籟初寂，涼月在庭，清風徐來，響動檐鐵，攲枕聽之，使人黯然欲絶也。

蓮壺漏靜蘭房悄，清聲送來何處。碎響循廊，繁音繞屋，好向風檐尋去。敲殘夜雨。似一曲淋鈴，隔簾聽取。好夢難成，半窗燈影黯愁緒。秋深涼意漸緊，玉關離思切，遥和砧杵。亭角烟荒，樓陰月暗，驚起栖枝鴉侶。無人院宇。更落葉蕭蕭，響攙蛩絮。擾碎香魂，枕邊如共語。

蝶戀花 夏夜坐翠螺閣納凉

亭院燈昏烟暗鎖。静夜迎凉，斜憑闌干坐。庭樹鴉栖清夢妥。凉蟾飛上雲陰破。　銀漢無聲秋瀋沱。露濕釵翹，漸覺鬟雙嚲。竹外流螢三兩個。隨風又向衣邊墮。

浪淘沙 偕鶴清姊游香山蘭若

蒼翠聳層巒。苔磴躋攀。重來梵刹訪香山。三徑白雲秋色冷，岩桂香殘。　幽壑水潺潺。六月猶寒。繽紛花雨散旃檀。一杵晚鐘斜日裏，落葉聲乾。

洞仙歌

朔風釀寒，斜陽無信，花飛成陣，梅冷洌香，斗室圍爐，疑在瓊樓玉宇中也，愧無謝女清才，殊覺辜負此景耳。

凍雲撥墨，正釀寒時候。六出飛花滿岩岫。似瑶臺仙子、碎剪瓊霙，看頃刻、世界琉璃裝就。　玉龍誰喚醒，起舞迴風，鱗甲紛紛撲窗牖。消息問南枝，漏泄春痕，笑梅影、也如人瘦。且獨擁、熏爐倚妝臺，道日暮、天寒早停針綉。

釵頭鳳

春盡日，松生以病中所製《春恨辭》見示，因倚此聲答之。嗟呼！青春不常，白日難駐，草無情而自緑，花將離而褪紅。撫景傷時，實有所同慨者矣。

春光杳。春懷悄。一場春事闌珊了。絮飛盡。花飛盡。咒駡東風，者般薄倖。忍。忍。忍。
啼鵑老。啼鶯少。緑陰滿地餘芳草。恨相引。愁相引。日暮憑闌，香銷酒醒。怎。怎。怎。

風蝶令 秋宵獨坐擷芳軒有作

舊夢憐釵鳳，寒聲數箭虬。經旬小別動新愁。怕聽璚簫飛響、上南樓。
蠟泪燒銀燭，香心熨玉篝。瘦腰扶病不勝秋。獨倚畫屏無睡、待牽牛。

虞美人 閏中秋

木犀香裏飛黄雪。又届中秋節。賞秋須索酒腸寬。難得今年明月、兩回圓。
瓊樓玉宇懷仙侣。重訂游仙去。嫦娥最是博人憐。爲問廣寒風景、可如前。

念奴嬌 題茶夢庵詞稿

琴心欲語，向花間、奏出閑情無數。舞榭歌樓游歷處，莫笑詞仙吟苦。舊迹青邱，新聲白石，訂就金荃譜。酒杯跌宕，鬢絲休嘆遲暮。　曾羨韵事流傳，雙鬟畫壁，唱遍旗亭路。一笛東風吹夢醒，不是尋常簫鼓。側帽狂懷，題璚俊筆，都把紅腔度。江南春暖，客愁堆滿烟浦。

浣溪沙

柳絮飄零滿徑飛。酴醿落盡雪霏霏。一年花事又將離。　坐樹啼鶯窺鏡檻，銜泥飛燕甃簾衣。無人庭院綠陰肥。

彈緑詞

溧水濮文綺彈緑撰

雙調望江南

風不定，吹亂一簾香。花氣暖薰羅帕子，月痕凉著素衣裳。何事日匆忙。　雲欲散，疏雨又嫌凉。誰插緑楊留燕子，自書紅粉餞花王。春去莫商量。

憶王孫

朝寒未定夜寒生。冷雨幽窗滴到明。風曳簾鈎三兩聲。暗驚人。儂不知愁也斷魂。
落紅散亂柳飛棉。斜倚疏欞眼倦看。辜負鶯花春一年。怨天天。空把閑愁托杜鵑。

相見歡

匆匆又過清明。月黄昏。那處緑楊庭院、落花深。　已別去。總無計。苦叮嚀。可是六朝春夢、未醒人。

浣溪沙

題沈鶴子表叔荷花册頁，蓋其悼亡之粉本也。

重雨輕雲兩奈何。紅塵難免不風波。將他移種到銀河。　秋色已醒池館夢，澹烟空染碧紋羅。春蠶絲少藕絲多。

更漏子 寄外

晚風柔，紅雨嫩。早是病花霜信。空惜別，枉相思。天涯無見時。　子規聲，蝴蝶影。不道秋心盡冷。書未就，泪先凝。離愁寫不成。

菩薩蠻 寄外

霜濃月澹重陽後。餐英人可如花瘦。寒意入窗來。閑愁漫自猜。　江楓紅欲滴。醉煞潯陽客。莫使對琴尊。青衫多泪痕。

南柯子 病中

拜月庭空閉，簪花病早添。素娥今夜可能眠。聞得瓊樓人説，不勝寒。鬟鬢抛釵鳳，塵香膩鏡鸞。落花流水奈何天。閑却一雙飛燕，傍鈎簾。

踏莎行 歸雁

蘆笋新抽，柳芽猶澹。天涯人不如歸雁。含愁相望泪闌干，鳳凰縱好何由見。疏夢無痕，朵雲還散。何心更約秋來便。年華容易擲東風，未抛錦瑟先腸斷。

減字木蘭花

添香又懶。人別小桃妝閣掩。何處尋春。一半東風一半塵。曉鶯無語。烟重柳棉飛不起。莫問伊人。細雨梨花小病成。

柳梢青

風雨無端。吹香盡冷，情緒何堪。楊柳陰中，桃花塢裏，燕子簾前。手拈紅豆無言。

望人在、天涯那邊。千古相思，五更春夢，一世紅顔。

菩薩蠻 寄外

秋蟲替補寒更漏。蘭閨憶別多時候。相見自無因。誰憐兩處人。　閑情花外等。立瘦黄花影。斜月被風篩。玉人來不來。

添字昭君怨 秋蝶

香冷畫樓空閉。都是傷春情緒。繁華六代夢纔醒。怨莊生。　何處玉鈎簾捲。方信惜花人遠。叮嚀紈扇意難猜。爲誰來。

柳梢青 秋柳寄外

翠減柔梢。驚秋怨別，瘦了郎腰。陌上花飛，年年人去，折盡長條。　相逢南雁迢遥。問何處、離愁未銷。無信春風，無聊夜月，無恙紅橋。

如夢令

昨夜曉窗寒甚。紫燕弄巢不定。何處覓東風，夢過月塘烟徑。休問。休問。耽誤梅花春病。

踏莎行 題自畫荷花

曲檻風生，水亭香在。澹烟疏雨斜陽外。洛波仙佩静無聲，清凉不受塵埃拜。曉鏡初開紅妝無奈。瑶池碧落前生界。丰神寫入畫圖中，免他顔色隨秋敗。

菩薩蠻 書牡丹花瓣

軟烟薄霧妝纔就。年華不解傷春瘦。相見畫欄邊。風絲兜佩環。春宫三十六。雙燕飛還宿。辜負玉樓恩。簪花先斷魂。

醉花陰

同次泉聯句，題牡丹花瓣。

緑楊深處春鶯并。説道春將盡。泉。詞客暗憐春。紅雨紛紛，何處題春韵。緑。愁春燕子春風恨。泉。春夢渾無定。緑。春外覓花魂。泉。檢點春工，寫出傷春影。緑。

眼兒媚 暮春

空庭日澹舞楊花。風裊篆烟斜。幽蘭香謝，乳鶯啼懶，春夢誰家。　有情青帝都歸去，一度一堪嗟。東風庭院，緑陰世界，流水年華。

虞美人 種桃花

劉郎去後無音信。春色飄零盡。莫隨流水去人間。未到花開先護、小闌干。　香泥潤透連宵雨。澹影斜陽裏。畫簾春困緑窗人。別有一天幽恨、不分明。

長相思 愁

春已深。夢已醒。纔下眉窩又上心。愁來真不明。　針也停。筆也停。亂似蠶絲織未成。滿懷多少情。

菩薩蠻 咏荷花

南湖一帶薰風晚。夜凉浴罷紅衣軟。西子幾時來。姑蘇月滿臺。　水深人不見。祇有鴛鴦伴。何處著秋塵。六郎殘醉醒。

一剪梅 秋夜

雨後涼蟬隔院鳴。花影中庭。月影桐陰。碧天雲斷雁無聲。閑裏秋情。忙裏秋心。蟲語凄涼雜夜吟。幾個黄昏。幾處銷魂。高樓歸夢故鄉人。無數寒砧。無限思尋。

柳梢青 楊花

著雨纔停，因風又起，恁地銷魂。飛亂春心，做來春恨，化作春萍。黏衣無限殷勤。把風月、因緣認真。夢警痴鶯，影迷痴燕，情悟痴人。

浣溪沙

花耐西風月耐霜。桂陰庭院晚香廊。伴人秋思夜茫茫。天氣做秋悲宋玉，時光多恨感江郎。人間何事是情長。

黄花慢 月

銀漢無烟。正碧雲露重，秋宇寒添。去年樓上，銷魂似我，今年簾外，消瘦誰看。鏡中未改嬋娟影，怎辜負今夜檀欒。海天圓。方諸清泪，滴損華年。多情伴你無眠。願美人花底，名士尊前。爐香影熱，玉琴韵冷，夜明風静，好景無邊。清光照滿梅花夢，再休問缺陷因緣。甚愁煩。人天多少纏綿。

摘紅英

秋聲惡。秋雲薄。花陰漸上闌干角。依稀見。分明怨。夢警璚樓，露梢風亂。心無著。愁難説。月明又負嬋娟約。教誰管。憑誰遣。夜香盡冷，人天同遠。

菩薩蠻送外之作

小桃泪冷東風倦。陽關薄酒殷勤薦。此去不言歸。知君思已灰。雲山千萬叠。都是傷心色。紅豆不勝情。何堪贈遠人。

祝英臺近重過余氏園

菊英殘，梅霧醒，花落已成泪。雪意雲情，多少别來味。銷魂何處簾鈎，誰家池館，可記得、酒邊人醉。添憔悴。空憶夢影如塵，何堪再相對。回首天涯，話别正春水。殷勤説與東風，遞將燕子，休再問、主人歸未。

【第六集】

詞人姓氏

孫雲鶴 字蘭友，一字仙品，錢塘人。春岩觀察女，雲鳳妹，金瑋室。工詩善畫，受業隨園。

袁綬 字紫卿，錢塘人。袁枚孫女，福建南平知縣袁通女，上元吳國俊室。別有《簪芸閣詩稿》。

談印梅 字緗卿，歸安人。談學庭次女，南河主簿孫亭崑均室。詩學得孫秋士先生指授，與姊印蓮、夫族姑佩芬稱『歸安三女史』，有《菱湖三女史集》合刻。

朱璵 字葆瑛，海鹽人。内閣學士兼禮部侍郎朱方增女，内閣中書曲阜孔憲彝繼室。有《小蓮花室遺稿》。

熊璉 字商珍，號澹仙，亦號茹雪山人，如皋人。早許字同里陳遵，遵旋得廢疾。遵父請毁婚，璉堅不可。卒歸於陳，慕德者賢之。

方彦珍 字静雲，號岫君，儀徵人。國學方國祥女。幼從父讀，七八歲即解四聲，長，工吟咏。適陳立基，亦俊才。閨門倡和，穆如也。著《有誠堂詩集》。

殷秉璣　字莖仙，常熟人。陳錫祺室。有《隱梅廬遺詩》。

高佩華　字素香，泰州人。葉雨樓室。能詩，著有《芷衫吟草》。

陶　淑　字夢琴，新城人。卓亭司馬第四女，寧陽周炳如室。工詩，有《綠雲樓詩存》。

儲　慧　字嘯凰，宜興人。同邑蔣萼室。著有《哦月樓詩存》。

目

聽雨樓詞

錢塘孫雲鶴蘭友撰

自序

此詞上卷，半屬兒時所爲，藏之篋中十餘稔矣。次卷庚申後作，多傷離憶遠、撫今追昔之言，録爲自遣之計。去歲吴石華先生著《女文選》一書，於鐵峰武妹處索去，既附名卷中，復鈔是編，將并付棗，且徵鶴自序。昔先嚴有言：『閨中兒女子之言，不足爲外人道。』然而結習未忘，人情不免。多年心血，若聽其散失無存，亦覺可惜，令自録而藏之。今之此舉，固非所望，然不敢固辭者，蓋因先嚴平日溺愛之心，且重違先生一時表彰之意，是以略加删校，并志數言。至於詞之工拙，非鶴之所得而知也。嘉慶十九年甲戌歲七月，錢塘女史孫雲鶴自序於廣州邸舍。

賀新凉 答隨園先生除夕告存詩

一紙飛書至。報隨園、烟霞杖履，依然人世。梨棗思傳多少客，挽住先生歸轡。正好在、紅塵游戲。混沌初分老蝙蝠，問生時、誰識何年始。郭璞算，虚言耳。賀詩此日應千紙。想開緘、梅花風裹，猿歡鶴喜。詩世界寬無歷劫，如此神仙有幾。真別有、人間天地。明日歲華新又是，□壺中、甲子從頭起。松柏壽，自難紀。

菩薩蠻

疏簾燕去芳菲歇。梧桐門掩清秋月。羈客夢難成。暗蟲啼到明。薄霞消醉臉。燈濇銀屏掩。風露小闌干。畫樓寒漏殘。

前調

新槐綠潤螢光小。銀屏寒淺爐烟裊。漏斷雨聲殘。燭花和泪彈。白雲何處定。目盡歸鴻影。今夜布帆風。亂山知幾重。

更漏子

緑陰濃，紅雨亂。無奈春歸人遠。梁燕去，塞鴻來。閑階生暗苔。　長亭路。分襟處。惆悵畫屏烟樹。流水遠，夕陽沉。倚闌千里心。

沁園春□

薄染輕朱，艷傳樊素，一點紅凝。愛杏花樓畔，吹簫氣怯，海棠風裏，擪笛音清。玉甲偎腮，金釵剔齒，界破盈盈半顆櫻。嚴妝罷，吮豪端螺子，染上微青。　鞦韆欲上還停。怕汗濕冰膚喘未勝。憶午窗慵綉，彩絨半唾，春潮消渴，花露偷噙。斂黛將吁，低鬟欲笑，一度沉吟萬種情。堪憐甚，更戲調鸚鵡，軟語輕輕。

前調 指甲

雲母裁成，春冰碾就，裹住葱尖。憶緑窗人静，蘭湯悄試，銀屏風細，絳臘輕彈。愛染仙葩，偶挑香粉，點上些兒玳瑁斑。支頤久，有一痕鈎影，斜印腮間。　摘花清露微沾。剖綉綫雙虹挂月邊。把霓裳悄拍，代它象板，藕絲自雪，掐個連環。未斷先愁，將修更惜，女伴燈前比并看。消魂處，向紫荆花上，故逞纖纖。

少年游

紅袖傳杯，琵琶度曲，常記共清游。杏子香中，海棠花底，低按小梁州。十年多少滄桑事，水逝與雲流。引鳳臺空，弄簫人遠，回首不勝愁。

點絳唇

一幅輕帆，白蘋香裏西風滿。洞庭秋晚。木落山容淺。隔浦人家，望處炊烟斷。斜陽轉。落霞孤雁。歸夢瀟湘遠。

清平樂

小庭深處。雙燕窺簾語。柳到春闌無意緒。禁不住東風絮。杏梢殘日啼鶯。池塘草暖烟生。却憶年時景况，滿城疏雨清明。

沁園春題拈花微笑圖

幾葉華嚴，五千道德，今歸一家。喜丹爐燒罷，長留詩卷，蒲團坐破，不著袈裟。稱意如斯，無憂果爾，消受朝嵐與夕霞。披圖處，羨人間清福，幾個如它。東風蘭又生芽。正歡喜庭前繞膝譁。寫心中静境，半橋流水，眼前真趣，萬樹梅花。三昧同參，夙根頓悟，却索蕪詞到絳紗。拈枝笑，把江豪剩彩，分與些些。

點絳唇 草

酥雨匀來，萋萋先遍江南地。杏花風細。漠漠和烟翠。燕子歸時，休向高樓倚。斜陽裏。天涯無際。離恨年年起。

前調 楊花

啼老鶯聲，亂飄晴雪無人徑。小闌閑憑。撲袖東風冷。冉冉濛濛，晝永垂簾静。孀難整。雨餘烟暝。一片春愁影。

前調

黄鶴樓頭，塞鴻聲裏清秋暮。水邊歸路。人立斜陽渡。十二屏山，有個人凝佇。知何處。暝烟殘霧。幾點瀟湘樹。

菩薩蠻 中秋

纖雲散盡蟬聲歇。一杯自酹團圞月。人在小層樓。星河處處秋。闌干清影滿。光近嫦娥遠。來歲復如何。去年風雨多。

前調

苕苕不斷天涯路。今宵又向蘆汀住。夢斷酒初醒。雁聲疑櫓聲。滿篷霜似水。渺渺情千里。殘月在孤舟。故人何處樓。

前調

一番凉意梧桐雨。流螢飛入簾深處。燈背小屏風。玉階啼暗蟲。漏殘秋夢短。那更聞新雁。消盡水沉香。客愁今夜長。

昭君怨

風起滿庭飛絮。花落一簾春雨。芳草似離情。逐時生。昔日天涯舊路。攲枕屏山無數。故里又清明。語流鶯。

齊天樂 題松枝引鶴圖

長天過雨塵氛少，遥峰正銜西景。寫倦黄庭，翻餘秋水，半榻茶烟人静。輕衫笠冷。趁滿目烟霞，怡神適興。萬壑松濤，翠陰吹下羽衣影。

翛然倚風長唳，亭亭塵外表，吟韵相應。珠樹秋寒，瑶臺夜永，清夢三更露警。高懷誰領。但自把松枝，引來幽徑。却過前溪，爲人留畫境。

點絳唇 晚泛

欸乃聲來，一行驚起銜波鷺。柳邊柔櫓。落日人争渡。

水色山光，載得歸南浦。天將暮。殘鐘何處。却指烟中樹。

清平樂

澹烟濃霧。一幅凄凉譜。人在江南啼鳥處。行盡緑蕪春雨。

杏花梢際簾鈎。玉簫聲裏瓊甌。離夢不知近遠，月明夜夜層樓。

點絳唇

杏子寒輕，西樓人怯慵梳掠。釵頭金雀。鬥草還輸却。紅袖花前，扶上鞦韆索。閒清角。燈殘月落。驀地思量著。

前調

村柝聲寒，鄉關夢斷三更過。紙窗風破。一點殘燈墮。静院無人，獨自開簾坐。重門鎖。梅花和我。對月成三個。

前調

院宇深沉，碧紗窗挂殘絨唾。晝長門鎖，風軟楊花墮。燕子初來，綉幕香泥涴。些兒個。别添功課。細數青梅顆。

謁金門

春欲盡。疏雨薄寒幾陣。待得暖晴寒食近。落花風又緊。階下露濃苔潤。爐内香消灰燼。半夜月高雲有暈。踏青期未穩。

齊天樂 題紫霞女史畫蘭卷子

綉床晝永楊花捲。金爐暗消香篆。燕影低簾，鶯聲繞樹，睡起緑窗人懶。沉沉深院。乍困倚熏籠，戲拈斑管。半嚮凝思，素綃閑向晚風展。　梅寒竹瘦菊澹。幽懷無著處，聊寄湘畹。淺暈微烘，纖毫側吮，忘把口脂痕染。風敧雨偃。似空谷幽人，者回重見。瀟灑靈均，楚江春正晚。

一落索

遥峰過雨還凝碧。一天秋色。畫樓昨夜陡生寒，應念我、關山客。　衣上酒痕塵迹。倦途難息。白雲紅樹已消魂，更何處、斜陽笛。

柳梢青 題净香女史小照

紅藕池塘，緑楊庭院，晝永人閑。風露香清，烟波夢遠，脉脉憑闌。　望中無限雲山。何處聽、珊珊佩環。渺渺予懷，盈盈秋水，凌亂高寒。

卜算子

秋老旅情深，潮落沙痕露。一片疏篷荻岸風，似昨夜、蕉窗雨。曉起莫憑闌，觸目傷離緒。樹裏人家霧裏山，都不是、來時路。

點絳唇

露重秋初，流螢無力光難定。暗苔幽徑。別是清凉境。何處簫聲，夜半憑闌聽。重門靜。月明風冷。一院梧桐影。

邁陂塘題三娭翰墨

問閩江、幾重雲水，伊人知在何許。小樓相伴惟形影，冷落丸熊情緒。清節苦。想烟斷燈昏，破壁吟風雨。孤懷誰語。有鄭母高標，黄媛淑範，結作歲寒侶。謀生處。分付殘煤斷楮。愁心腕底如訴。將軍雅抱琴書癖，搜索畫圖詩句。染毫素。把松竹梅花，寫幅三清譜。柏舟有賦。看藝苑芳蹤，戟門盛事，不朽共千古。

沁園春 題佩蘭女史拈花小照

乍捲珠簾，初離明鏡，雲垂翠鬟。正碧窗香細，晴添午倦，緑陰晝永，風減春寒。静聽流鶯，輕拈香草，小立空庭意自閑。幽懷好，正素心相契，清極忘言。　東風乍識朱顔。念欲綴蕪詞下筆難。况新詩風致，吟時楚楚，倦人環佩，聽處珊珊。韵寫烏絲，神傳粉本，人在盈盈一水間。披圖久，喜芬芳氣味，吹上毫端。

柳梢青 聽蟲

井上螢飛，樹頭雲静，何處秋聲。床下聽來，草根吟出，一片離情。　夢回月轉閑庭。酒醒後、凄凄四更。蕉葉陰中，梧桐影裏，露冷風清。

虞美人

緑楊三月成飛絮。散入閑庭宇。荼蘼猶未著東風。生怕鶯催春去、太匆匆。　夜深不寐寒生壁。香燼爐烟息。小窗人定一燈紅。無限離情都在、雨聲中。

水龍吟

幾番微雨微寒，禁烟節近新晴矣。游絲趁暖，殘紅鋪徑，樹頭青子。鏡匣凝塵，綉簾垂晝，有人獨自。更鶯慵燕懶，春光幾許，愁中過、三之二。　錦字魚書難寄。負西園、東風桃李。高臺芳樹，清游正暢，忍摇征轡。樓外斜陽，堤邊芳草，一江春水。念天涯此際，深情遠恨，萬重千里。

齊天樂

重門半掩清秋節，孤帆角聲催去。金鴨香微，銀屏夢短，一種傷離情緒。蘆汀烟渚。記衰柳殘陽，長亭初暮。漫倚高樓，亂雲遮斷去時路。　依然秋色如許，更歸鴉幾點，飛繞疏樹。千里關山，舊時明月，今夜照人何處。憑闌無語。怕雁逐書沉，又更霜露。立遍空階，影寒銀漢渡。

清平樂

蘭舟催泊。風静潮初落。正是客懷無處著。那更暝烟殘角。　紗窗閑鎖屏山。羅衣莫憑闌干。楊柳陰中暮雨，杜宇聲裏春寒。

齊天樂

立夏，懷家大人建陽道中。

暮潮初退蘭橈發，啼鵑正逢春晚。盤薦櫻桃，簾黏柳絮，又把東風催換。掠檐新燕。記院宇年時，薄雷輕電。節物依然，倚樓凝望白雲遠。征程苕遞未已，熟梅天近也，微冷還暖。團扇臨風，生衣對酒，何處水村山館。流光如箭。想到日尊前，荔枝紅淺。屈指歸來，好開叢桂宴。

前調

午日，懷家大人游閩。

鄉園又是端陽宴，琴尊正游天際。艾虎懸絲，桃人對酒，風味它鄉同否。梅黄雨細。任遍拂南薰，未消寒意。院宇陰陰，紵衣葵扇尚慵試。芳辰今日共賞，客中看競渡，天氣晴未。乳燕簾櫳，新槐池館，誰結蒲符爲佩。闌干閑倚。謾極目雲山，午餘人醉。晝永香微，髻榴紅欲墜。

梅子黄時雨 立夏前一日

單衣趁暖春將去。又滿目、吹風絮。漲緑池塘閑院宇。潤侵屏幛，雲生庭户。却似山深處。　碧蕪千里天涯路。小立謾干謾凝佇。佳節篷窗樽酒度。幾重烟水，半川雲樹。一霎黄梅雨。

秦樓月

寒漏寂。月明風滿梅花笛。梅花笛。江南春色，曲中先得。　一襟離思誰能識。故園應怨無消息。無消息。畫樓今夜，黛眉凝碧。

水調歌頭 題三朵花綉合卷

芍藥筱園盛，占斷古揚州。多少雙頭并蒂，相對也應羞。二十四番風信，二十四橋月色，都付與梢頭。恰是三山客，來作五雲游。　聚三花，圍五萼，起重樓。知爲使君風雅，芳譜教重修。韵倩黄荃筆寫，色借靈芸絲綉，名仗探花留。低却瓊花品，贏得牡丹籌。

點絳脣

晝漏沉沉，綠陰轉午人初醒。小闌風定。點點楊花影。　一縷游絲，趁暖縈芳徑。香消鼎。畫堂巢冷。燕去簾鈎靜。

浣溪沙

一抹青山曉霧遮。半塘春水畫橋斜。垂鞭無語聽啼鴉。　玉笛聲中飛燕子，鞦韆影裏出桃花。綠楊門巷是誰家。

菩薩蠻

綉簾風定爐烟直。碧紗窗外垂楊色。微雨杏花殘。小庭生薄寒。　天涯幽思遠。雙燕歸來晚。烟草滿平蕪。春山聞鷓鴣。

前調 秋夜同碧梧姊聯句

玉階人靜啼蟲寂。銀屏夢斷砧聲急。碧梧。疏樹帶微霜。小樓秋思長。　一窗燈欲燼。葉葉西風緊。蘭友。深夜莫憑闌。月高清影寒。碧梧。

臨江仙

回首鳳山門外路，夕陽無限雲山。黯然行矣幾時還。別離從此始，（咫尺）［咫尺］欲歸難。　依約高堂同話別，夢回清泪闌干。耳邊猶似勸加餐。暗燈風舵響，攲枕水窗寒。

謁金門 舟次觀音岩

帆半落。人在雨村雲郭。依約孤山梅際泊。隔花呼睡鶴。　閑憶水邊高閣。風雨動畫檐鈴索。碧樹灣頭闌一抹。晚烟晴漠漠。

綺羅香

客中秋晚，鄉信杳然，窗外葉聲，風落如雨。憶昔新秋夜霽，侍家大人寢後，與碧梧姊坐南廊月色中，聽文翰、賓南兩妹樓頭笑語時，不禁黯然魂銷。詞以紀之，兼寄碧梧姊。

小扇揮螢，輕綃□霧，猶記年時庭宇。風露闌干，坐聽小樓人語。道此際、枕簟生涼，又誰信、西風殘暑。料如今、對月臨風，綠窗不似舊情緒。　天涯知否倦旅，多少離愁往恨，紅箋難訴。千里關山，夢繞白雲鄉樹。奈秋來、雁帶書遥，但落葉、打窗無數。正瀟瀟、思入烟波，夜江篷背雨。

南歌子

憶木香書室，時杭信云欲移居。

檐雨窗多薛，瓶風研有花。室中舊聯。夜深歸去月西斜。長認一燈紅出、碧窗紗。　往事隨流水，鄉心托暮霞。縱教身似返林鴉。祇恐木香棚外、已天涯。

臨江仙

常記壽松堂畔住，捲簾初上朝暾。藕花風露散氤氲。曉屏銀燭冷，秋帳玉爐温。　水絮風蘋真一夢，今宵羈館重門。故園人遠與誰論。苔階蟲瑣碎，竹院月黄昏。

齊天樂 芙蓉贈仁齋夫人

西風一夜傳芳信，芙蓉院中開遍。翠蔭風摇，珠簾晝捲，掩映畫樓人面。日烘霜染。對鏡裏穠華，粉輕朱淺。如此秋容，倩誰收入寫生管。　匡床應念病客，經旬猶未識，愁思難遣。遥想清標，自吟楚賦，聊把羈懷寄遠。蓼汀楓岸。記臨水亭亭，繫舟曾見。影照斜陽，暮潮江上晚。

浣溪沙 憶碧山樓

長記園林暑乍消。永顔同話薄涼宵。緑楊風度小横橋。花下闌干秋對酒，水邊樓閣夜聽簫。舊游回首碧山遥。

清平樂

片帆初捲。風静波如練。日落楚天聞過雁。歸客洞庭秋晚。松梢月映虚廊。舊游回首蒼涼。花氣蟲聲露井，燈光人影雲窗。

謁金門

秋已半。悶掩小門深院。望斷碧雲書不見。嶺南無過雁。閑却綉床針綫。裊盡玉爐香篆。歸去枕屏山六扇。夢中家近遠。

點絳唇

點點楊花，東風亂攪離心碎。羅衣香膩。多少分襟泪。雙燕歸時，特地愁無際。空凝睇。緑蕪春水。長共人千里。

憶秦娥

闌獨倚。月明萬里人千里。人千里。秦中雲樹，越中烟水。　蘋蹤何處書難寄。故園應念歸無計。歸無計。幾重離緒，數行鄉泪。

唐多令 答碧梧姊

鄉思逐歸鴉。關山隔暮霞。寫離情、人在窗紗。深院日高簾不捲，應念我、夢天涯。　秦塞路偏賒。鑾方日又斜。舊游情、記得些些。桂徑松堂聯袂處，花作餌、雪烹茶。

金縷曲

壬戌二月十九日，題碧梧姊癸丑歲畫梅。

重檢東風筆。記當年、晴窗呵凍，木香書室。三載羈人羅浮夢，誰問南枝消息。但泪眼、酸心頻拭。悔把江城三弄引，竟匆匆、吹入陽關笛。回首處，今非昔。　故園又近黄梅節。料愁多、畫盆慵理，粉脂狼藉。客舍脆圓還薦酒，却憶曉寒妝額。怕憔悴、舊時顔色。若向孤山還放艇，念天涯、展卷遥相憶。思折取，寄離别。

念奴嬌 春草寄碧梧姊

海棠開後，正萋萋一片，春愁無際。悵觸羈人南浦恨，不盡東風晴翠。近映苔痕，遥迷柳色，軟藉輕花墜。西堂夢遠，別來應減吟思。　那更望斷春暉，寸心難報，多少天涯泪。嶺外年年無杜宇，誤却王孫歸計。燕掠平烟，馬嘶微雨，畫出江南意。和它流水，伴人還又千里。

浣溪沙 憶龍井掃墓所見

箬笠鬟遮映粉腮。竹籃腰束絶纖埃。小姑相伴采茶回。　花氣半縈嵐翠袖，露痕微濕笋衣鞋。見人和笑入堂來。

前調 寄碧梧姊

桂月松風舊館虚。秦中雲樹復何如。薄寒天氣病懷孤。　半夜秋聲千里夢，三年心事數行書。故園知我斷腸無。

唐多令寄懷張仁齋夫人

病骨不禁秋。清燈伴夜愁。映璚窗、月轉銀鈎。一水盈盈還惜別，波渺渺、思悠悠。　針綫午餘休。烟帆望裏收。記年時、茗碗香篝。檻外芙蓉簾半捲，人正在、小紅樓。

浣溪沙

細雨和風灑竹扉。憑闌心逐濕雲歸。故山回首夢依微。　罥樹花疏蛛網密，翻書人瘦蠹魚肥。病深愁重易沾衣。

菩薩蠻

霞光斂盡山光暝。櫓聲歇處江聲静。新月照菰蒲。漁燈時有無。　背屏銀燭短。簾外風如剪。離夢繞汀洲。有人敧枕愁。

邁陂塘寄題汪孝廉許王兩孺人合傳

一星星、悼亡潘岳，誄詞親述斑管。文情一片相生處，寫出兩番悲惋。箋乍展。記幾度尊韶華短。又是宮前，曾識春風面。幽閑婉轉。想秉德無愆，修身有法，堪補女宗傳。念瘴雨蠻烟，三載塵移羽换。膠弦續來還斷。蘭灾蕙劫清芬在，留得靈芽雙畹。豪謾染。封研。天長水遠。嘆故里枌榆，西湖松柏，回首亂山晚。

水龍吟

新會南倉住屋西偏即爨所，茅舍竹籬，宛然村店。黄昏人静，霜月在檐，一燈熒然射出籬外，望之有旅人曉發意。寫此以寄碧梧姊，當仿佛共吟『出店馬馱殘夢客，隔籬燈照正啼鷄』時也。

一痕烟斂黄昏，重門静掩閑庭宇。茅檐月色，竹籬燈影，依稀行旅。深巷傳更，高樓吹笛，動增離緒。記北窗舊日，梅花如雪，曾同咏、鷄鳴句。　應憶羅浮客信，渺蒼波、難逢魚素。浮踪天外，故人夢裏，家山何處。松菊秋懷，蒓鱸風味，望迷雲樹。但微茫一片，寒光遠籟，寫銷魂譜。

二郎神

斷雲褪月，早寫出、半墻松影。記自捲珠簾，閑聽玉笛，金鴨宵長篆冷。翠袖憑闌西風薄，有人似、嫦娥多病。愛桂蕊點波，荷香團露，小池如鏡。　休省。畫堂近日，塵踪應凝。

問念否天涯，秋燈倦客，歸夢才成又醒。紫竹編屏，黄橙對酒，誰話异鄉風景。最怕是，蝙蝠空庭暮繞，角聲初静。

浣溪沙 憶湖上

隔樹烟鐘出翠微。繞堤風柳蕩晴暉。畫船猶記六橋西。　春水蜻蜓深碧眼，菜花蝴蝶澹黄衣。湖山何處不思歸。

齊天樂 落荷花寄碧梧姊

天涯又是清秋節，蓮衣乍凋輕粉。待雁書成，采香人遠，逗起一襟離恨。擘箋分韵。怕舊日吟懷，别來銷盡。月曉風清，練塘烟景有誰問。　鄉園猶記往事，田田錢樣小，初薦櫻笋。簾影篩凉，簟紋回潤，風色先傳雨信。流光箭緊。念客裏看花，幾番紅褪。歸去江南，夢中無遠近。

暗香 見菊花作，用姜白石韵

晚香澹色。有幾回伴我，銀屏聽笛。曲罷酒闌，更薦寒泉帶霜摘。誰把西風點染，還付與、丹青妙筆。念采采、老圃秋容，常入介眉席。　鄉國。嘆寂寂。料舊徑漸荒，落葉愁積。

亂蟲夜泣。倦倚東籬定相憶。空對天涯瘦影，簾捲處、苔痕凝碧。問近日、人意也，可能會得。

沁園春 後鬢

青縷針長，靈犀梳小，妝成内家。正蘭膏試後，微黏綉領，紅絲繫處，低襯銀叉。背面丰神，鏡中側影，愛好工夫著意加。端詳久，要雙分燕尾，雅稱盤鴉。春寒較重些些。被護耳貂茸一半遮。甚羅巾風掩，輕籠頸玉，鬟雲醉舞，欲度腮霞。蟬翼玲瓏，鸞釵句惹，髻畔斜承半墜花。香閨伴，問垂髫攏上，幾許年花。

念奴嬌 癸亥元日作寄碧梧姊

柏香椒酒，憶多少新歲，鄉園風物。小字宜春從别後，應是塵封素壁。凍茗含温，灰爐抱暖，深夜微聞雪。擁寒情味，衹今知與誰説。還想爆竹催梅，畫檐低映處，疏花先發。送臘迎春簫鼓閒，上壽高堂華髪。客裏流光，尊前心緒，往事雲明滅。照人無奈，紙窗惟有燈爇。

玉樓春

畫堂日日開秋宴。桂蕊堆枝香滿院。傳花半醉酒杯停，鬥葉將闌人意倦。明河如練蟲聲遠。月上珠簾和影捲。金風初緊翠鬟鬆，玉漏漸長銀燭短。

鷓鴣天 寄鵬、鴣兩妹

兩兩紅閨理綉針。緑窗香篆畫簾深。眼前花鳥描成譜，耳底松風寫入琴。人遠近，信浮沉。天涯踪迹故園心。五更歸夢三秋恨，付與寒蟲一夜吟。

點絳唇 粉撲答姊

壓粉香濃，暖雲帶雪晶奩貯。玉腮著處。鏡裏花蒙霧。五采摶來，練出離愁譜。渾如許。千絲萬縷。總祇無頭緒。

望江南 答碧梧姊五憶詩

追隨處，點綴出心裁。畫障秋圍噴水菊，苔盆寒護折枝梅。長得玩芳菲。

追隨處，幽事夏來多。芳徑凌晨收草露，畫檐將雨看風荷。凉思逼衣羅。

追隨處，拈筆寫無聊。殘帖春風摹蛺蝶，小窗秋雨譜芭蕉。剪燭話長宵。
追隨處，袖手暮寒時。翠柏和香燒睡鴨，黄虀有味煮蹲鴟。欲雪雀争枝。
追隨處，聽曲擲紅綃。筝韵急飛蕉葉雨，酒痕紅暈海棠潮。有個雪兒嬌。

前調 寄碧梧姊七首

相辭去，短棹别西湖。長路烟波春浩蕩，故鄉雲樹晚模糊。好景倩誰圖。
相辭去，佳節過常山。風雨正侵游子袂，杯盤强進客途餐。烟鎖柳條寒。
相辭去，光景静中諳。塔影横江斜日磬，書聲翻水午風帆。吟思入烟嵐。
相辭去，女伴得同踪。聯袂月階聽蟋蟀，捲簾風檻對芙蓉。夜語一燈紅。
相辭去，居處异吾廬。竹壁逗風燈瑣碎，瓊窗帶露月模糊。花木望中無。
相辭去，食品野人家。山館秋香嘗橘柚，水鄉風味飽魚蝦。新荔擘丹霞。
相辭去，修日事紛紛。鄉思晚征人字雁，壯懷秋獵獸形雲。極目對斜曛。

好事近

癸亥上元寄芳圃伯母、瑞蓉叔母。

同是客中人，聯袂又還分袂。回首畫堂尚遠，况西湖烟水。新年風景病餘身，誰知此情味。擬倩宵來明月，寄離心千里。

綺羅香

甲子上元前二夜對月，寄姊。

碧宇雲輕，瓊窗露重，深巷漏停銀箭。挑菜傳柑，客裏物華催換。儘它鄉、火樹星橋，總不入、離人心眼。況天涯、草草杯盤，良宵空負月如練。還想故園千里，今夜清輝，不怕水遥山遠。照到梅花，應見倚闌人面。料年來、南浦情深，問誰共、西窗燭剪。想畫堂、近日歡游，試燈簫鼓宴。

邁陂塘送女静儀偕婿歸贛感賦

望盈盈、緑波春水，依然向時來路。長途但恐多愁思，忍把羈懷訴與。聊送汝。念義往難留，留亦終須去。推篷延佇。嘆滿目雲山，無窮烟草，鄉井在何處。輕帆住，若見天涯舊侶。身心爲報非故。病餘客久情形改，禁得又添離緒。閑院宇。任聽雨聽風，誰伴晨昏語。增人酸楚。祇憶姊丁寧，牽衣宛轉，繞膝小兒女。

謁金門

書不至。百里遠於千里。念否有人門日倚。望迷雲共水。　雨過月華如洗。照見數年心事。嘗盡酸辛多少味。可能知此意。

點絳唇寄江西信口占

雲水茗茗，八行書裏千重意。個中心事。難托賓鴻寄。　骨肉相關，情况應能會。常須記。有人縈繫。衹乞平安字。

題水仙册子十二首

望江南

魁春侶，偏殿萬花開。翠葉凌寒先照水，冷香吹夢乍疑梅。知是茁靈胎。孕。

柳梢青

苞坼瓊英。葉披翠帶，石瀨沙汀。香比蘭濃，容如菊澹，品似蓮清。纖毫移得盈盈。早占斷、東風畫屏。竹秀梅蒼，春寒日暖，雪小冰輕。放。

浣溪沙

薄薄春寒淺淺沙。一塵不染水爲家。豐肌柔骨占清華。文穀正宜輕曳霧，精神應自飽餐霞。甘將瘦影讓梅花。肥。

望江南

亭亭態，檀口與冰膚。勁葉似書歐柳體，丰神如寫洛川圖。仙骨自清癯。瘦。

齊天樂

東風欲譜凌波夢，舒毫却嫌纖娜。煉玉爲神，裁冰作骨，自是鉛華都掃。誰留芳槁。想素影離披，燭高屏小。紙閣圍寒，暖香應共墨香繞。鄉園曾記妝點，古瓶梅映處，簾護清曉。淺水涵沙，方盆疊石，聚得春光多少。孑懷渺渺。正極目天涯，無窮烟草。一曲湘靈，晚山青未了。矮。

水龍吟

柔毫濬墨輕描，傳來脉脉江妃意。沙攲石壓，根盤苞褪，半開瓊蕊。未展芭蕉，將舒蓮葉，同伊幽致。看横斜側影，芬芳含藴，渾不羨、湘蘭佩。漫咏蒹葭舊句，欲通辭、盈盈隔水。畫簾風静，研屏日暖，正縈茶味。夢入烟波，心澄冰雪，有誰堪比。似佳人翠袖，天寒修竹，悄無言倚。卷。

卜算子

泉石出塵姿，氣味如蘭臭。不是陳思夢裏神，合向東風剖。芳意倩誰傳，應托拈毫手。忽憶伊人水一湄，信斷花知否。剖。

點絳唇

風勢紛披，瑶琴誰鼓成連操。箏情飄渺。似泛神仙棹。環佩珊珊，别有凌虚貌。春寒峭。清冰淺照。一幅飛瓊稿。風。

前調

烟鎖濃香，葉低花彈經微雨。湘妃無語。灑泪臨沙渚。　門掩春寒，翻却梨花句。清如許。玉盤擎處。雅勝銅仙露。雨。

唐多令

霜意滿生綃。幽香點素毫。傲維摩、雪裏芭蕉。欲與冰花傳雅操，縱冷澹、自丰標。　葉上薄難消。瓊霏碧玉綠。好陪它、凍折梅梢。洛浦人游明月下，披鶴氅、更飄颻。霜。

水龍吟

幾番薄染濃句，幽姿寫到闌珊矣。神情仿佛，瀟湘哀怨，江潭憔悴。欲斂先垂，將枯更捲，低徊棐几。怯凌波微步，亭亭玉瘦又還似、人扶醉。　真色生香如此。肯和它、隨風桃李。仙人標格，怕黏塵土，但依泉水。扇冷秋紈，豪空夢彩，漸消芳意。恰冰魂一縷，招來紙上，別餘風味。殘。

邁陂塘

甚紛紛、繁花亂葉，重開生面如許。巢湖貌出群仙會，水佩風裳無數。相映處。看兩兩三三，似共盈盈語。馮夷起舞。想桂楫雲旌，水天空闊，飄渺翠瀾句。迎神曲。待喚詞人重賦。江鄉幾回凝伫。柳堤花港春波遠，休問古祠高樹。西湖有水仙祠。問藝圃。但竹菊梅蘭，自昔聯芳侶。伊誰豪素。把石勢沙痕，風形雨態，別寫歲寒譜。叢。

水龍吟 答碧梧姊秋夜彈琴詩

明河澹月疏星，閑房永夜珠簾捲。紗窗風緊，銀屏燈暗，慵開書卷。樹杪秋深，天涯信斷，有懷難遣。算幾多離恨，憑誰共語，都付與、清商怨。謾把金徽輕按。怕因愁、指隨心亂。人琴無恙，山長水闊，甚時重見。弦外知音，意中同調，目窮鴻遠。但柔腸一縷，和它香篆，百迴千轉。

青玉案 乙丑九月十九日登粵秀山

丹臺石檻芙蓉頂。秋氣爽、羅衣冷。別有幽懷誰共領。天涯風景，故園霜露，難遣登臨興。

林巒三竺應堪并。回首烟霞舊游境。何處塵襟都洗净。青山眼界，白雲身世，一片斜陽磬。

綺羅香 題縞仙女史小照

碧宇澄秋，黄萱浥露，天净月華如水。羽扇綃衣，分得翠蕉凉意。映清輝、香霧雲鬟，恍吹下、瑶臺環佩。最宜人、石几磁甌，試茶閑領静中味。　良宵佳景自賞，幽吟料應不減，鮑家才思。冰雪襟懷，悟澈廣寒身世。誰寫出、絶代丰神，恰伴取、一枝仙桂。好和它、金粟西風，芬芳傳卷裏。

水龍吟 寄題嫺卿妹《停琴佇月圖》

素琴良夜閑調，焚香謾把蘭襟遺。瑶階露冷，羅衣風薄，畫簾高捲。流水聲停，揮弦意懶，悄然凝盼。待更闌再鼓，誰陪深坐，還邀個、嫦娥伴。　應憶雁行何處，隔關山、望穿心眼。拈豪自寫，新圖半幅，幽懷一片。指下徽音，卷中人面，碧雲天遠。但清光照處，盈盈千里，舉頭同見。

齊天樂 丁卯上元寄姊

上元燈火千門夜，殊方又還輕度。帖寫宜春，歌裁如意，聊遣新年情緒。高堂宴處。記銀燭金爐，瑞烟成霧。鬥葉催花，漏分猶試太平鼓。　鄉園重值此節，別來多少事，三徑非故。舊日簾櫳，今宵月色，知映何人眉嫵。天涯荊樹。料憶遠憑闌，幾回凝佇。爲報平安，好風傳尺素。

綺羅香 元宵遇雨寄姊

客館春遲，芳街泥滑，休問星橋火樹。燈月良宵，偏是晚來風雨。想嫦娥、亦解持盈，不肯露、十分圓處。却宜人、剪燭幽窗，畫檐點滴助清趣。　更深還又微住。凝望朦朧澹影，憑闌無語。碧宇雲寒，雁字遠迷箏柱。料圍爐、人在重簾，應念我、旅懷誰訴。正天涯、夢入梅花，共吟香雪句。

浣溪沙

簾捲虛堂夜氣清。梅花風裏嫩涼生。羅衣團扇數流螢。　蟋蟀閑階秋一片，芙蓉小院月三更。倚闌無限十年情。

齊天樂

到廣八年，未知元宵風景。今正十四日，於武鐵峰妹處晚歸，一路燈棚奪月，妝點太平。到寓，適羅定有書，填此紀之，即寄碧梧姊。時戊辰元宵之次日也。

殊方爆竹催佳節，良宵恰當三五。火樹花明，星橋彩焕，深巷時聞簫鼓。冰蟾又吐。笑客裏年年，總成輕度。此際鄉園，有人對景正凝伫。梅梢消息已逗，巡檐和雪探，知惹離緒。元夜風光，中天月色，應憶關山幾處。天涯羈旅。乍試罷宜春，旋裁尺素。憑仗春波，便鱗傳吉語。

菩薩蠻 舟次中塘寄芳圃伯姑

烟濤渺渺中塘路。海雲黑處明飛鷺。何處石灣圍。漁燈波上微。緘書心共遠。別思隨潮滿。風雨在汀洲。有人憑檻愁。

點絳唇

山雨初晴，沙頭水漲人喧渡。隔溪烟樹。點點明飛鷺。十載天涯，夢遠湖南路。憑高處。亂峰無數。返照羅浮暮。

前調題鐵峰妹迴文詩

紈扇迴文，靈心巧把天衣剪。絶非針綫。雲錦成章燦。小字瑤箋，細讀還如面。伊人遠。碧空霞捲。烟樹溪山晚。

前調題鐵峰妹畫麻姑

水佩風鬟，揮豪人亦餐仙露。綃衣曳霧。貌出瑶池侶。一水盈盈，遠似蓬萊路。披圖處。迷津可渡。我欲乘槎去。

前　調

落日銜山，羅浮濃翠開餘景。隔林疏磬。漁火溪烟暝。望遠懷人，漫把長闌憑。鴉栖定。板橋人静。月上高槐影。

齊天樂見螢火寄碧梧姊

纖雲捲盡星河澹，疏螢乍飛幽徑。樹杪篩風，蘿梢挂月，山氣經秋先冷。流光不定。看點點吹來，槐烟破暝。十載離鄉，舊游回首漫重省。新凉初散餘暑，瑶階曾見處，梧墜金井。羅扇輕揮，珠簾巧入，浴後畫闌同憑。添輝弄影。想静映琴書，自生吟興。此夕天涯，照人清漏永。

唐多令 題鐵峰妹畫麻姑采芝圖

弱水浩無涯。蓬萊自有家。剪滄波、半葉輕查。笑曳銖衣歸去也，山可即、路非賒。靈藥一籃花。壺丹九轉砂。駐芝顔、莫問年華。回首仙風吹世遠，吹不斷、海天霞。

邁陂塘 題羅綉雲夫人聽鶯小影

剪東風、一聲聲喚，蘭閨逗起詩思。春衣團扇閑聽處，簾捲半庭晴翠。闌獨倚。愛軟語綿蠻，嚦嚦新鶯胞脆。幽懷會。正花點微波，魚吹淺浪，影蘸碧池水。沉吟久，應憶雙柑舊事。陰陰柳邊亭子。香羅小幕呢喃燕，輸與珠喉流麗。丁寧記。算衹有鸚哥，拾得三分慧。抛書情味。便紅豆休彈，碧桃莫打，免得夢千里。

前調 題對廬書屋圖

對匡廬、數椽矮屋，幽栖待抛簪組。林泉一幅倪迂筆，寫出皋魚風樹。憑述取。道晚歲天涯，念切田園趣。東山杖履。悵箕尾神歸，爐峰夢斷，月冷讀書處。平生志，手澤關心珍護。星星更題縑素。白雲親舍依稀在，指點屏風瀑布。紅塵誤。算水碧山青，面目長如故。那忘歸去。念卷裏烟霞，胸中邱壑，五柳舊門户。

滿庭芳 題荔村草堂圖

鹿□幽居，龍眠妙筆，蒼然畫裏人家。溪山幽折，水木自清華。況有千頭荔子，離離實、結似丹砂。柴扉外，紫雲深護，不數赤城霞。　比鄰同小隱，荆籬枳圃，略帶桑麻。記香分，三百風味偏佳。好助研朱滴露，詩脾沁、絶勝浮瓜。薫風裏，攤書坐對，紅映絳帷紗。

酹江月 題秋江罷釣圖

雨蓑烟笠，儘寄托萬里，封侯懷抱。水闊沙平但俯仰，天迥山高月小。射虎雄心，雕龍絶技，肯任烟波老。雲帆風便，磯邊終豈垂釣。　應是慷慨投竿，拂衣仗劍，鷗夢閑紅蓼。緩帶輕裘回首處，寫幅秋江畫稿。忠孝家風，文章世業，自是千秋少。滄浪一捲，舊游都付清嘯。

瑶華閣詞

錢塘袁綬紫卿撰

浣溪沙

綉幌低垂燕未還。鴨爐添炷水沉檀。妝成慵自倚雕闌。　却愛輕風醒酒力，生憎微雨釀春寒。可憐時候杏花殘。

賀新郎 賀蓮甫十六舅氏就婚浦口

陌上春光换。正華堂、雀屏開處，玳筵春滿。十二瓊樓花似海，幾處湘簾低捲。雙影并、碧闌干畔。好向玉臺尋艷句，譜新聲、吹入紅牙琯。和一縷，簫聲軟。　別來歲月從頭算。記當年、謝庭小宴，似曾相見。今日紅羅新手揭，還是舊時人面。祇添了、九雛釵顫。付與丙丁雙綬帶，待明朝、共把同心綰。鸞鳳侣，神仙伴。

滿江紅送雲裳姨母之嘉定

怕説行期，乍領略、别離滋味。况又是、江南三月，餞春天氣。兩岸柔條和泪折，一襟幽怨憑誰洗。向尊前、莫爲唱陽關，添憔悴。　游冶處，從頭記。多少恨，從今起。算花深闌曲，長相依倚。如舊山眉窺綉檻，檻前人影今天際。剩銀鈎、題壁字分明，空凝睇。

月底修簫譜春夜乘月登倉山

渡溪橋，攀石磴，尋月上岩頂。萬竹玲瓏，摇碎冰輪影。憑闌不盡低回，一亭如笠，算今夜、更籌須閏。　鬥香茗。輕烟吹處成絲，風細裊三徑。回首紅樓，隱隱一燈靚。璚簫譜出新愁，梅花落遍，却半臂、嫩寒初勁。

風入松送華玉五姑母歸瓦梁

相依幾夕數觥籌。溝水忽分流。楊枝待折還延佇，憑輕帆、欲去難留。悵恨石城橋畔，一年一送歸舟。　歌殘金縷不勝愁。無語注雙眸。江南剩有歡場在，料隔江、夢也回頭。却怪鶯聲啼處，緑陰遮斷紅樓。

八聲甘州 秋日侍蓮甫舅氏游攝山

認丹崖、翠巘影鈎連，别有洞中天。恰秋空雲净，斜陽一抹，紅挂峰前。樓閣玲瓏不斷，祇合住飛仙。何處晚鐘起，敲破蒼烟。　重倚松亭佇立，指水流花澹，泉噴珠圓。忽怒濤風捲，暝色上松巔。有衝寒、兩三來雁，寫新愁、欲下又迴旋。低回處、再來蠟屐，知是何年。

菩薩蠻 登最高峰

一峰秀起群峰小。東流如帶山腰繞。日落數歸船。江村起暮烟。　來時松下路。半被雲迷住。一笑問山靈。還離天幾層。

謁金門

微雨歇。正是晚凉時節。午睡起來人寂寂。無聊閑佇立。　柳外輕雷纔息。花上夕陽明滅。獨上小樓情脉脉。遠山青欲滴。

喝火令 寄懷雲裳姨母

點點秋聲碎，絲絲夢影殘。露凉如水怯憑闌。辜負水晶簾外，月團圞。　已覺鷄籌閏，生憐蠟泪乾。金猊熏逗鷓鴣斑。可也無聊，可也掩屏山。可也數它歸雁，愁上兩眉彎。

洞仙歌 冬日與柔吉妹圍爐賞雪

紅闌六曲，向風前憑遍。曉雪霏霏撲人面。笑雛鬟睡起，倦眼惺忪，猶認是，一夜柳綿飛滿。　水邊梅破蕊，疏影横斜，不似年時等閑見。翠袖黯香凝，料峭寒生，拚醉倒、博山爐畔。更枝北、枝南酹芳醪，祝萼緑仙人，月明相伴。

清平樂 冬夜偶成

宵長人静。剗地東風緊。冷逼羅幬眠未穩。難遣離愁千頃。　起來閑倚窗紗。夜深誰撥琵琶。聽得小鬟私語，月鈎初上梅花。

蝶戀花 感懷

記得常儀分手去。别恨縈懷，怕咏相思句。鸜鵒不知人意緒。聰明故故撩人語。　一夜小樓沉細雨。吹盡嫣紅，春又歸何處。戲把榆錢千萬數。可能買得流光住。

慶清朝

春光明媚，撫景懷人，偶倚此解。

新柳搓烟，暖風熨草，東皇著意安排。鶯啼燕語，小園紅紫催開。又是花朝近也，秋千雙索影徘徊。輕塵外，誰家冶伴，戲蝶歸來。　悄悵鎖窗朱户，自挂帆人去，蛛罥塵埃。眉山一角，翠顰多少愁懷。向晚薄寒料峭，半簾疏雨潤蒼苔。凝情處，闌干十二，敲遍鸞釵。

買陂塘 題華玉五姑母《深柳讀書堂圖》

數東風、幾番花信，愔愔香絮吹倦。千條萬縷争牽惹，緑罥謝家庭院。春影蒨。正午日遲遲，一桁窗紗掩。簾波半捲。任軟搭檐牙，低拖闌角，不唱玉關怨。　烟絲暖。次第眉痕笑展。有人翻遍黄卷。落花片片飛如雨，咫尺翠雲遮斷。塵思遠。恁殺粉調鉛，一寸愁心綰。流光似箭。甚水碧樓臺，泥紅門巷，貪聽早鶯囀。

卜算子 書懷

秋似有心來，雁竟無書至。獨自憑闌憶舊游，越恁添離思。　疏雨滴梧桐，澹月明幽砌。一片蛩聲和笛聲，不許愁人睡。

百字令 奉懷雲裳姨母

湘簾捲處，怪新凉如許，作成秋意。颯颯西風吹落葉，又聽亂蛩吟砌。滿院砧聲，半窗月影，好伴人無寐。定知今夕，鱗鴻一樣難寄。　轉憶舊日游踪，近來情緒，領略淒凉味。篆字香銷羅袂薄，懶向玉闌閑倚。盼斷花冠，剔殘金穗，没個商量地。幽階佇立，碧雲回望千里。

踏莎行 春游

倩影迷離，東風料峭。清明過後園林好。桃花波暖泛輕舟，烟絲無力縈蘭棹。　病酒心情，傷離懷抱。畫屏展翠春山曉。擬將幽怨托朱弦，曲終不信知音少。

南樓令 秋夜懷柔吉妹

深院一燈青。孤吟睡未成。聽蕭蕭、葉打疏櫺。斷雁數聲更四轉，霜墜影、峭寒生。　花瘦太伶俜。凉蟾繞畫屏。記年時、笑語分明。不信歡場如夢短，尋夢去、夢難成。

喜遷鶯

夜初長，燈欲盡，深院漏聲遲。輕寒漠漠逗羅衣。正是雁歸時。　夢成烟，愁著絮。怕聽啼螿如雨。畫闌憑倦玉繩低。凉月下樓西。

浪淘沙 春夜

香霧濕紅英。玉漏初停。庭閑如水竹聲清。人在隔花闌畔倚，倩影伶俜。　夜静罷調笙。月上疏櫺。微風輕颺綉簾旌。料峭春寒欺薄袂，逼醒餘酲。

蕭蕭雨 秋日懷嘉定表妹

正清秋天氣雨初晴，薄暮嫩凉侵。漸白蘋風起，蓮衣零落，桐葉蕭森。來雁不傳芳訊，雲樹影沉沉。減却清游興，冷醉孤吟。　望處半竿殘照，共炊烟一縷，閣住疏林。却高樓誰倚，横笛訴離心。怕思量、八年前事，任疏花、紅瘦倦幽尋。無聊甚、倩如鈎月，來伴更深。

百宜嬌

剪柳風柔，養花雨細，催就幾番春訊。彈指流光，驚心往事，早是踏青期近。秋千倦倚，恰鎮日、慵翻唐韵。試輕衫、重又裝棉，餘寒無奈猶藴。　芳徑裏、落紅成陣。日影轉迴廊，緑窗人困。燕蹴簾鈎，鶯啼闌曲，不管愁縈方寸。深深院宇，乍夢覺、綉屏香燼。恁新來、瘦減桃花，釧環寬褪。

如此江山

月當頭，夜偕諸姊妹過雙湖亭，登渡鶴橋望月，繞堤而歸。冰輪碾空，玉壺濯魄，幾不知此身尚在塵壒也。

百年幾度逢今夕，當頭月明如鏡。曲繞花陰，閑憑闌角，酒面被風吹醒。霜寒鶴迴。指樓閣參差，塔燈紅映。敲破塵心，一聲清磬出峰頂。　良宵偏愛漏永。向溪橋佇立，無限幽興。樹色迷蒙，水痕清淺，凉浸一天星影。此時此景。訝玉宇蓬壺，還在人境。便欲乘風，謾愁鸞背冷。

買陂塘 題汪鄴樓師《倉山讀書圖》

問山靈、烟雲無恙，頻年會此吟嘯。溪流宛轉亭臺曲，不數十洲三島。香霧裊。恁竹外梅邊，慣聽書聲早。峰屏緑繞。指矮几眠琴，横窗停盞，不放片塵到。　流光速，那信知音還少。傳紅猶記嬌小。絳幃十載春風暖，早識秋蟾懷抱。臨墨沼。感青眼殷勤，矜許巴巫調。憑高遠眺。念鷗縱圓盟，燕偏辭壘，何日認歸棹。

木蘭花慢寄小芬二妹洛中

指烟巒一角，認十載、舊歡場。記花塢題紅，柳堤拾翠，春滿江鄉。芳塘。半篙漲暖，約蘭閨、彩伴泛輕航。不識閑愁滋味，憨嬉九十韶光。神傷。驀地飲離觴。分袂悵河梁。縱雁足傳情，蠅頭寄恨，輪轉柔腸。凄凉。夜來細雨，慰無聊、誰與話西窗。一夕心馳洛浦，夢回人隔瀟湘。

前調惜花

背紅閨彩伴，侵曉起、繞苔墀。待數樹分鈴，懸幡酹酒，不放春歸。枝枝。競芳弄影，最魂消、月底上燈時。好伴笙清笛暖，莫教燕妒蜂痴。霏霏。紅雪撲簾飛。吹落怨風姨。嘆九十韶光，三分春色，多付香泥。心期。隔年再見，却何堪、一載費相思。誰唱陽關送別，可憐祇有鶯兒。

慶春澤慢

黛潑山眉，青回柳眼，愔愔天氣初晴。又到花朝，彩幡紅颭苔陰。曲闌干外東風軟，破春桃花潭主殷勤甚，借名流池館，小盍朋簪。佇月林疏，一痕新緑黏雲。銀燈細綴星光璨，聽誰歌、金縷聲清。囑啼鶯，綰住韶光，莫便飄零。

壺中天 祝汪紫珊姑丈五十壽

堂開緑野，羡群真低首，藕花香裏。清福消來兼艷福，信是歲星游戲。揮手豪情，軒眉峻骨，江左伊誰比。峭拈紅豆，有人屏後偷記。　猶憶膝下憨嬉，倚嬌索果，一一垂髫事。未遂搴裳擎玉斝，怊悵隔江烟水。蔭庇萱幃，祥徵蘭夢，私頌新聲倚。蒼生多少，望公霖雨重起。

齊天樂 竹夫人

靈根舊是瀟湘種，生來便矜風質。瘦玉玲瓏，澹雲孤冷，依倚底因人熱。横陳七尺。恁一段秋心，未秋先活。午夢初回，桃笙如水嫩凉逼。　廉纖疏雨乍歇。正微酲倚遍，嬌惰無力。静掩金鋪，低垂銀蒜，又是黄昏時節。中宵轉側。愛寵妒全消，自然傾國。碧擁紗厨，奈花香沁骨。

臨江仙 月當頭夜即事感懷

見説當頭今夜月，鑒來瘦影都無。悜松扶醉下庭除。霜華欺酒面，寒逗鏤金襦。笑問常儀應識我，故吾可似今吾。倉山風景擬蓬壺。何當成小謫，無分住仙都。

前調 中秋即事

三五圓期容易過，良宵拚得遲眠。謝庭佳會泛觥船。晶屏開翠幌，邀月墮璚筵。記與英翘花下立，聯來韵語纏綿。繁華過眼小游仙。玉壺重濯魄，翹首又今年。

夢橫塘 春日感舊

石髮梳雲，柳絲牽雨，微凉深閉池館。纔過燒燈，驀又聽、餳簫吹暖。倦不成妝，慵還覓睡，舊情都懶。向危闌悄倚，望斷平蕪，裙腰路、烟痕軟。　歡悰墮了難尋，任梨花落盡，雛鶯嬌婉。拍遍紅牙，渾不是、者般消遣。怕暗裏、韶華偷换。小叠蠻箋寫春怨。燕壘泥融，鵲爐香潤，奈相思人遠。

摸魚子 青溪春泛

趁新晴、相邀彩伴，河干同上烟艇。垂楊陰裏蘭橈捷，劃破琉璃千頃。風力緊。度隔岸、紅樓一縷簫聲迴。斜陽弄暝。指青粉亭臺，碧油窗户，依約晚妝靚。雙飛燕，掠水争誇輕俊。墻邊來去無定。三彎兩曲春如海，多少六朝金粉。鷗夢穩。渾不管、凉波摇瘦秋千影。船唇小憑。看霧薄籠烟，星疏綴月，畫出可憐景。

漁家傲

秋到江城風景异。山空葉落商飆起。此際袪愁須緑蟻。知也未。酒醒依舊愁難洗。望斷長安何處是。碧雲日暮凉如水。來雁不將芳訊至。添别思。書空又寫人人字。

聲聲慢

雨窗無寐，别緒盈懷，慢倚此解，并寄都門。

綿綿密密，颯颯蕭蕭，悠悠颼颼日日。攙入紅蕉，似和亂蛩催織。金鋪夜深静掩，閃蘭釭、玉蟲明滅。翠袖薄，恁新凉如水，倚闌無力。此際渾疑中酒，待説與、心期又誰知得。點滴西窗，不管有人凄絶。歡場甚時再省，聽高樓、一聲横笛。謾凝睇，怕秋風、吹瘦倦客。

江城子

舊家池館怕重經。雨初晴。柳初青。暢好韶光，没個咏花人。把酒酹花花不語，知也未，此時情。　雙堤壓水小橋横。畫船停。畫闌憑。訴與新愁，鶯燕也銷魂。欲倩東風吹夢去，應不隔，短長亭。

踏莎行

湘畹妹委化經年，每憶舊游，益增新感，謾倚此解，用寫吊懷。

過雨花蘇，迴風竹瀁。并刀難剪愁千丈。一抔香土隔春山，鵑聲并作銷魂況。　鏡檻塵埋，妝樓蛛網。舊游重省添怊悵。待憑幽夢訴無聊，衹憐又被湘屏障。

鳳凰臺上憶吹簫

鑿石通泉，編籬護竹，一番梅雨初晴。漸濃陰緑逗，池館愔愔。望裏烟鬟翠濕，蛙聲亂、老却啼鶯。消長晝，玉笙低按，妨了閑吟。　瞢騰，近來情緒，算不是傷春，底事銷魂。恁桃枝簟滑，凉浸梨雲。夢斷楚天何處，簾櫳静、早又黄昏。添怊悵，而今始知，情種愁根。

百字令 題二喬觀兵書圖

披圖神往，恁東吴佳麗，内家裝束。雙倚東風閑展卷，三略六韜都熟。頰暈紅酣，鬢痕緑彈，傾國殊凡俗。樞機參逗，運籌好在帷幄。　却羡擲戟神亭，鏖兵赤壁，夫婿人如玉。富貴英雄聯吉偶，不數漢家金屋。一炬東風，三分南國，捷報先閨淑。阿瞞無賴，高臺銅雀空築。

賀新郎 送儀吉妹于歸袁浦

之子于歸矣。記垂髫、鎖窗朱户，常相依倚。花蕚春濃真似海，底事十年彈指。早料理、遥情離思。簫鳳聲中分袂速，算今番、歸妹爻占四。徵舊夢，渺雲水。　年來我亦愁難洗。怪西風、雁行吹散，白雲天際。家有倉山如畫裏，無復泠吟閑醉。料花月、也添憔悴。聽水聽風知未慣，更憐伊、初試羹湯味。雙鯉訊，須頻寄。

前調

颯颯霜風勁。恁無端、秋心摇碎，香盟篆冷。極目寒江烟水闊，望斷弄珠人影。似半枕、游仙難證。爪雪空留腸九轉，指翠微、一角斜陽暝。津鼓促，亂愁競。　瑶觴欲盡情難盡。

嘆從今、畫闌池館，與誰同憑。荆樹分枝花一色，那比尋常離恨。盼何日、墜歡重省。衰柳蕭疏和泪折，願柔條、早繫南歸艇。待看取，畫眉俊。

浪淘沙 題瀟湘八景選四江天暮雪

江闊水雲寬。暮景蕭然。花飛六出玉成團。風急潮回沙不起，壓損琅玕。暝色上層巒。木葉聲乾。踏枝翠羽不知寒。喚醒梅魂紅欲綻，瞥眼春還。

明月生南浦 遠浦歸帆

望裏江光明似鏡。一葉孤帆，摇曳斜陽影。聽水聽風愁未穩。個儂歸計今番準。知否小樓人瘦損。説與歸期，好共樵青等。别緒鄉心消不盡。故鄉無恙鷗盟證。

虞美人 漁村夕照

陂塘十里横橋路。日日嗚柔櫓。蓼花紅瘦鯉魚肥。無事薜蘿深處、掩柴扉。斜陽影裏愁容老。流水孤村繞。賣魚沽酒不知愁。説甚人間談笑、覓封侯。

南柯子 烟寺晚鐘

徑曲松花落，林疏塔影紅。雲深何處梵王宮。敲破塵心清夜、一聲鐘。斷續隨風度，相思有夢通。韶華催去恁匆匆。不管征人愁絶、月明中。

臨江仙 月當頭，夜待月

未許嬋娟全面露，當頭虚説相逢。痴雲深護廣寒宫。中宵明鏡掩，可是晚妝慵。窗外蜜梅初破蕊，生憐香影迷蒙。簫聲吹徹玉玲瓏。幽懷何處訴，怊悵倚西風。

無俗念 題王小鶴詩態圖

纖塵不著，甚傳神妙筆，寫來清景。望裏松杉凉翠合，三徑愔愔濃蔭。泉咽雲根，瀑飛樹杪，仙籟如相應。遠山延佇，斜陽未許催暝。最好冷醉閑吟，苔陰選石，小憩凝思静。五字詩成還獨笑，佳句玉溪差并。鶴唳蒼烟，花明艷雪，點綴瑯環境。披圖認處，無弦琴趣誰省。

前調 題柔吉妹梨花白燕圖

一枝玉雪，倩邊鸞寫出，澹妝丰韻。添個呢喃迎社燕，錯認釵飛不定。素羽分烟，碧紗籠月，莫辨伶俜影。清明過了，憎寒怯暖誰省。却憶咏絮清才，縞衣翠袖，風調真相并。神女多情憐寂寞，來伴鎖窗孤冷。選夢雲窩，驅愁香國，一樣單棲穩。紅絲親繫，故人無恙應認。

買陂塘 題小村仲弟松陰把卷圖

鎖蒼烟、一叢凉翠，斜陽葉底紅閃。虬枝聳作拿雲勢，望裏濃陰如幔。閑展卷。聽仙籟、泠泠似和書聲緩。雲根坐暖。早楓冷燒霞，林疏罥霧，暝色起天半。披圖認，恰是翠微西畔。當時此景游倦。十年雁影分南北，知否花愁月怨。離思遠。剩三徑、苔痕軟襯松花滿。流光電轉。盼緑野堂開，青雲路穩，衣錦遂初願。

前調 送伯英夫子之邢邱

又匆匆、送君南浦，離心無限愁思。高堂垂白兒童幼，要妾扶持調理。君但記。恁陌上、層樓凝睇人常倚。風塵况味。嘆負米行蹤，勞薪生計，誰念倦游子。斜陽裏，遥指關河迢遞。潮寒休滯雙鯉。門前緑遍垂楊樹，何日繫君歸騎。花月底。怕鏡裏、春紅容易添憔悴。年華似水。盼捧檄歸來，板輿同奉，把盞共君醉。

清平樂 寄外

風尖葉裂。簌簌飛瓊璚按：『璚』字當刪屑。凍合關河天一色。不辨去程南北。天涯游子單寒。客中誰勸加餐。便有今宵歸夢，可能尋到長干。

卜算子 寒夜聞雁

一字畫遥空，響似箏弦度。雲路苕苕倦欲栖，繞遍相思樹。見説帶霜來，可解將書去。夢穩凉波影不分，妒煞鴛鴦侣。

買陂塘 寄綺筠妹山左

剪梧陰、一絲凉翠，西風先到金井。亂蟲吟瘦疏林月，香霧暗迷三徑。人語静。剩竹外闌邊，翠袖伶俜影。宵長漏迥。待選石弦琴，倚樓横笛，玉臂阿誰并。年來事，覆雨翻雲無定。鱗鴻偏滯芳訊。歡踪輸與山靈笑，嫩約十年難省。痴欲問。恁絮果蘭因，曾指姮娥證。心香篆冷。便社燕多情，盟漚無恙，離緒甚時罄。

虞美人

郵籛細

宵長漏盡蘭燈灺。殘雪明鴛瓦。月波凉浸小庭心。睡鴨香銷慵展、九華衾。

數程過半。腸逐車輪轉。一番離别一番愁。待不思量偏又、上心頭。

過秦樓慢 花魂

夢短成烟，身輕逐絮，好倩曉風扶定。蜂鬚慢惹，蛛網潛穿，不怕妒花風勁。還向樹底幽尋，埋玉泥香，瘞愁徑冷。怨東皇何事，催將春去，付將凄哽。　空記憶、艷奪朝霞，嬌籠凉月，幾費詞人吟咏。珠簾望裏，玉笛聲中，飛過闌干無影。怊悵留仙，未能盼斷珊珊，容消金鏡。便重來有約，衹恐鶯盟難證。

疏影 題洪容生表弟婦秋容攬鏡圖遺照

新圖展處。認玉臺倩影，謝家丰度。袖彈鬟低，標格亭亭，獨倚迴闌凝佇。秋凉池館霜華艷，看幾簇、冷紅初吐。怕柳絲、碧剪西風，好影又成遲暮。　荀令神傷舊夢，彩雲已散矣，空恁凄楚。想像仙姿，憑仗丹青，仿佛帳中重睹。郎君縱應芙蓉兆，剩此恨、媧皇難補。嘆緑窗、鏡影圓時，不是故人眉嫵。

木蘭花慢春柳

裊涼颸一剪，裁萬縷、冪晴烟。漸媚眼舒青，修眉暈緑，丰態翩躚。嫣然。乍眠未起，便餐它、秀色也生憐。點綴園林入畫，日斜扶出秋千。　年年。腸斷灞橋邊。難繫別離船。争葉密藏鶯，絲長罥蝶，不似春前。纏綿。嫩黄褪盡，怕韶光、還未肯留連。休説蘋因絮果，玉關芳訊誰傳。

菩薩蠻春不老

一畦種向荒園裏。一繩曬向晴窗底。細灑水晶鹽。曾勞玉指尖。　佳名聽便好。真個春難老。甘脆醒微酲。尊前最憶卿。

清平樂女兒紅

脂紅粉白。可是閨娃植。鏡裏嬌容同一色。怎忍金刀輕劈。　登筵曾佐辛盤。漬來糖醋微酸。不爲傷春傷別，也應棖觸團欒。

月底修簫譜雪等伴

積庭陰，鋪屋鏄，酥粉是誰瀉。眩眼花生，虛白射精舍。任教雀啅風翻，斜陽暖熨，甚冷抱、冬心難化。　凍鴛瓦。待邀月姊星姨，來慰可憐夜。盼斷珊珊，誰速玉清駕。不看爪印猶存，深情未泯，問何日、飆輪重下。

蝶戀花

即景偶成，寄懷少蘭、小村弟，柔吉妹。

怯試春杉寒尚峭。細雨斜風，不管鶯花惱。上巳清明都過了。杜鵑聲裏韶光老。　寂寂重簾香篆裊。乍喜新晴，靈鵲穿花噪。宿酒醒來情悄悄。綠窗自譜相思調。

前調

少蘭弟招飲牡丹花下，即席偶成。

幾日輕陰游冶懶。燕子來時，已負韶光半。落盡榆錢風力軟。春愁暗逐蕉心展。　却喜雨絲吹乍斷。月姊多情，特放蟾光滿。錦瑟雲璈紅玉管。隔花試聽歌喉囀。

前調

羯鼓催開花爛漫。人倚東風，花與人争艷。雲母窗前簾盡捲。參差樓閣燈懸遍。良夜稱觴開綺宴。酒滿紅螺，笑語殷勤勸。願祝萱幃添鶴算。芝蘭常護春暉暖。

《消夏九咏》選六

惜餘春慢 平臺觀瀑

露洗烟巒，霞蒸雲岫，望裏翠微斜矗。峰巔樹杪，匹練晴飛，冷挂一條幽瀑。静日奔騰，斷虹懸處，界破遥山新緑。又噴珠吹雪，銀河倒瀉，濺空難掬。還錯認、玉女妝成，水晶簾下，依約螺鬟如沐。泠泠漱石，曲曲穿林，天籟暗喧岩麓。酷暑潛消，憑高目眩，滌盡俗塵千斛。恁雨餘清景，倩誰摹上，素綃横幅。

憶舊游 柳谷聽蟬

恁陰陰翠柳，密罥溪廊，秀妒山眉。篩碎斜陽影裏，新蟬三兩，露咽風嘶。爲誰暗傳秋信，曳響過深枝。聽嘒嘒哀音，驚回午夢，瘦怯綃衣。幽思。動人處，愛抱葉身輕，凉入琴絲。撫罷清商怨，把一襟餘恨，分付新詞。噪晚和誰吟嘯，仙蛻悵栖遲。記玉手挼挲，無弦有韵空自知。

探春慢 南軒茗話

撥火留香，汲泉試茗，游興新來都懶。暑簟頻移，風簾盡捲，小雨乍過庭院。向緑窗圍坐，聽笑語、盈盈不斷。候它蟹眼鳴時，定磁先選宫碗。　愛此香清色淺。早齒頰凉生，睡魔潛竄。寫景分題，賦情聯句，次第競争奇艷。吟罷推敲處，悄不覺、花陰影轉。紅上罘罳，一痕斜照催晚。

鎖窗寒 竹塢納凉

半畝清陰，千竿凉翠，坐來忘燠。苔邊選石，料理筆床棋局。聽蟬琴、和弦未休，采菱艷唱遥相續。向修篁倚處，禪參鼻觀，露荷芬馥。　注目。真無俗。正落日篩金，暗風戛玉。人閑境雅，不數淇園幽谷。掩輕紈、餘醒乍醒，遠山暈入雙黛緑。近黄昏、澹月窺簾，冷映螢穿竹。

百字令 雙湖垂釣

湖亭幽寂，愛邀凉最好，曲闌同憑。煮茗翻書消永晝，遣興釣竿閑整。緩勒輕桴，徐安香餌，界破琉璃瑩。繞堤垂柳，陰陰一碧清潤。　向晚雨滴銀塘，波紋圓處，叠出連環印。隱約游魚浮水面，來唼鬣邊花影。軟曳蘋衣，低牽荷蓋，風裊絲難定。金鱗獲得，隔窗彩伴争問。

聲聲慢 山亭眺雨

霧冪檐牙，雲堆屋角，苔痕緑滿閑庭。乍密旋疏，無端又復盆傾。新凉暗消溽暑，泛方塘、泡影晶瑩。風過處，聽竹敲清響，荷戛繁聲。　那更蕭蕭颯颯，攪柔腸欲碎，愁損雙成。水態山容，微茫望不分明。遥峰瀑飛銀練，映撑烟、一塔伶俜。憑畫檻，盼何時、來眺晚晴。

金縷曲 題秋雨懷人圖

夜静商飆起。戰梧陰、葉飛愁碧，雨聲敲砌。點點絲絲還颯颯，作弄深秋天氣。悄不管、逗人幽思。攪碎離心攙清漏，甚長宵、醖釀凄凉味。尋舊夢，渺天際。　墜歡約略從頭記。嘆尊前、酒徒雲散，共誰吟醉。寒逼西窗燈暈緑，懶向危闌孤倚。空目極、亂雲千里。欲倩赬鱗傳遠訊，怕濤箋、不盡纏綿意。盟未冷，恨難寄。

如此江山 餞花詞

流光撚指逢芒種，藥闌吹盡紅雨。剪彩紉幡，裁綃貼輦，待餞花神歸去。千絲萬縷。擬繞向花梢，可能留住。燈火連宵，綉窗忙煞小兒女。芳春紅紫競艷，記飛觴醉月，生恐辜負。燕惜泥香，蝶憐粉褪，換了清和時序。深情幾許。聽唱到陽關，更添離緒。酹酒風前，隔林啼杜宇。

踏莎行 賞牡丹

綠潤紅酣，香濃粉艷。牡丹初放閑庭院。一春常恐負花期，妝成静日珠簾捲。倚笑娉婷，含情繾綣。若教解語應腸斷。東皇料也惜韶華，倩它月姊來相伴。

臺城路

園中春日，來游者麗人甚多，偶擬此解。

園林風景疑蓬島，莫辭長日閑佇。柳庵溪橋，花迷樓閣，誰在闌干笑語。嬉春好女。指影轉斜廊，怯遲纖步。半晌低懷，被人偷認靚妝去。斜陽紅挂樹杪，怪游絲無力，難綰春住。屐印明量，衣香暗襲，多是繫人情處。新詞謾賦。待説與姮娥，又防相妒。不放清光，照伊愁獨訴。

水調歌頭 送少蘭弟謁選赴都

風雪載途日，君又賦遐征。高堂且喜尚健，内政可經營。休慮家貧歲歉，莫損男兒壯志，身世重功名。努力奮霜翮，萬里展鵬程。　向臨歧，還有語，再丁寧。人心險巇難測，著眼要分明。慎接疏狂親友，善察逢迎僮僕，花柳謾牽情。祖德未湮没，盼爾振家聲。

前調

消得幾番别，添與十分愁。人生碌碌無味，歲月去難留。浪説山川靈秀，終是因人成事，有志未能酬。智慧兩無用，不櫛恨悠悠。　滯長安，憐季子，敝貂裘。風塵誰識英俊，何處覓封侯。兼謂伯英。挽鹿尚虚初願，夢犬猶存厚望，生計拙營謀。富貴爾何物，雙鬢不禁秋。

前調

知己最難得，况復本連枝。襟懷磊落相似，真僞任人嗤。兩載花吟月醉，猶記圍爐煮雪，賦茗門新詞。行雁聚還散，重見在何時。　霜飆緊，衰草盡，夕陽微。離筵相對無語，别緒亂如絲。此去烏亭鷺堠，珍重風餐水宿，眠食自扶持。逢鯉寄芳訊，早慰倚閭思。

前調

緻屐視簪袯，雅尚慕樵漁。百年駒過隙耳，莫被利名拘。家有園林如畫，室有琴書樂志，花竹繞吾廬。此景若輕負，猿鶴笑人愚。　况平生，思反哺，效慈烏。願儲升斗微禄，相與賦歸與。花下板輿奉母，窗下蒲編教子，荆樹茂庭除。佳日介眉壽，醉共捧屠蘇。

一枝春寄外

倚酒驅愁，留香款夢，過了燒燈時序。韶光有限，争忍更攙風雨。沉陰作暝，謾贏得、晝長無緒。寒尚峭、慵捲犀簾，怕聽畫檐鳩語。　長安久羈倦旅。縱春來、未減離情千縷。三秋一日，夢也有憑無據。天長人遠，奈魚雁、不將愁去。教省識、瘦比疏梅，折枝寄與。

鎖窗寒和鶴潭大兄又村仲弟原韵

暗雨疏花，沉雲翳月，漏殘忘曉。愁深夢淺，怕説别來懷抱。憶當時、寒螯共吟，智璚雅製新聲好。向萬梅影裏，紅牙低拍，覆觴同笑。　誰料。分飛早。剩綉户題箋，尚留印爪。苔侵畫檻，襯緑一庭芳草。甚春歸、人猶未歸，片帆望斷離思峭。願晴絲、繫住流光，慢遣芳華老。

浣溪沙

月子彎彎瘦一分。可因離思澹秋痕。緑窗幽寂罥香塵。剩有烟絲縈遠夢，更無花片約吟魂。不成閑醉又黄昏。

木蘭花慢寄少蘭弟

問苕苕雙鯉，怎不爲、遞芳音。自籬菊開時，嶺梅謝後，盼到而今。沉沉。半池凍解，蕩長空雁字寫離心。眉月暗窺簾額，暮烟深鎖遥岑。疏林。選石自弦琴。驚起欲栖禽。便撫冷冰絲，倚寒翠袖，誰伴孤吟。愔愔。乍晴又雪，任花憔鶴悴怕登臨。何日重圍舊夢，不辭同醉苔陰。

卜算子

紅疏檻外花，緑减庭前樹。雁背斜陽澹不明，秋老蒹葭浦。掩却小屏山，遮斷愁來路。剗地西風釀暮寒，又聽瀟瀟雨。

高陽臺 閏七夕

鴛杼重停，鵲橋又渡，銀潢瑟瑟涵秋。笑指星榆，明蟾已上枝頭。含情欲話三旬別，問仙郎、可省離愁。算佳期，不分今年，兩度綢繆。　人間共盼軿車過，早心香篆裊，眉案光浮。露濕蛛絲，穿針猶倚高樓。花冠莫便潛催曙，願凉宵、更閏蓮籌。乞天孫，富貴長生，吉語仍留。

采桑子 送春

春陰過了芳菲節，雨細風尖。蝶怨蜂嫌。輕暖輕寒起未忺。　舊游約略和誰話，彩筆慵拈。蕙炷慵添。滿院飛花怕捲簾。

踏莎行 四時曲寄汪静宜表姊

香夢慵醒，綠雲倦綰。綺窗睡起晴光滿。垂楊纔染幾分黄，搓絲無力東風軟。　梁燕雙飛，林鶯乍囀。鰕鬚半捲閑庭院。畫屏倚處暗思量，去年此日初相見。春

曲曲溪廊，聲聲檐溜。風荷香沁紅衣皺。桃笙如水縠紋平，燭奴刻遍燈疑豆。　遠夢驚迴，添人僝僽。蕭蕭颯颯攙清漏。尋常已是不堪聞，如何更值黄昏候。夏

霜老空林，霞燒遠岫。井梧摇落西風驟。東籬黄菊又堆金，當筵誰勸茱萸酒。心較雲閑，人如花瘦。六銖衣薄凉初逗。小樓容易入深宵，薰爐倚暖香凝袖。秋

落葉沉雲，岩飆捲竹。衝寒漫繞闌干曲。璚瑶踏碎認梅花，枝南笑綻胭脂萼。香裊金猊，杯浮紅玉。花前按譜新聲續。雙雙凍雀繞枝啼，萬山欲暝寒烟緑。冬

意難忘 春日感舊

小院春深。暫苔陰門草，樹底調笙。柳烟迷燕夢，香雪鎖花城。閑佇立，夕陽沉。又暝色黄昏。憶舊游，蘭姨别後，偏繫離心。　當時共坐更深。記紅窗病酒，慵倚銀屏。留香薰寶鴨，送月度簾旌。春去也，怕聞鶯。怎知有而今。懶重理、斷箋殘句，誰是知音。

月底修簫譜 柬蘭似表姐

篆烟微，人語静，寂寞畫闌憑。鄰院簫聲，悄悵共誰聽。當時月底嬉游，迷藏閑捉，記踏碎、滿階花影。　盼芳訊。别後雙鯉迢遥，莫是阻潮汛。舊事凄凉，腸斷怕人問。八年形影相依，一朝分手，嘆它日、香盟誰證。

臨江仙

鵲鼎

記得曉妝臨寶鏡，萬梅花繞紅樓。髻雲同綰兩鬟秋。賣花聲過了，猶未捲簾鈎。香温烟乍颤，微風細揭羅幬。鸞箋拂罷揀詩籌。吟成先脱稿，贏得玉搔頭。

前　調

樂玉

記得綺窗初罷綉，無聊同步迴廊。廉纖梅雨過銀塘。露荷香沁骨，風遞一絲凉。舟深斟琥珀，柳陰陰處傳觴。采蓮呼婢泛輕艭。紅衣愁觸損，欲折更商量。

前　調

乞得

記得秋期逢七夕，緑陰猶嘒殘蟬。針樓瓜果正當筵。一痕雲際月，剛是近初弦。星娥今夕巧，彩絲穿睹誰先。桐梢一抹鎖蒼烟。露華凉似水，誰畫此時天。

前　調

報道

記得長宵纖影并，虬壺聽徹更闌。犀簾不辟小庭寒。抽簪閑撥火，薌揀鷓鴣斑。玉梅花綻了，數來二九將殘。更看飛雪曉漫漫。似聞璚姊説，真個玉爲山。

一叢花寄懷瓊芝表姊

曉妝纔罷倚雕闌。花上露初乾。湘簾半捲荷風細，綠楊外、三兩吟蟬。曾記舊時，雙湖亭畔，同理釣魚竿。　玉簫聲裏恨漫漫。紅泪背人彈。丁寧莫更歌金縷，空贏得、愁上眉彎。十二畫樓，憑高目斷，知隔幾重山。

菩薩蠻春日偶成

海棠枝上鶯聲軟。輕衫乍試春寒淺。風撼護花鈴。驚它蝶夢醒。　晝長深院静。彈指清明近。芳徑燕泥香。新愁上綠楊。

赤棗子秋日西樓晚眺

風力峭，雁聲寒。象管鸞箋鎮日閑。獨倚危樓凝望處，澹烟疏雨暗遥山。

蝶戀花即景

重到舊時游冶處。花底無人，花外流鶯語。翠幌低垂深院宇。落紅幾片隨風舞。　依舊雕闌横玉础。一角斜陽，漸下西窗去。惹起新愁紛似絮。和雲直到天涯住。

點絳唇

久不得嘉定諸姊妹信，詞以訊之。

盼斷雙魚，不知尺素從何寄。水雲迢遞。難得相思字。　十二紅闌，寂寞和誰倚。當年事。而今猶記。祇是愁難洗。

鬟雲鬆令

譜瑶笙，憑綺牖。誰捲湘簾，微露纖纖手。又是井梧摇落後。霜葉紅肥，秋老黄花瘦。　綉慵時，吟倦候。薄醉旋消，羅袂輕寒逗。漫説離情濃似酒。爲問西風，吹冷盟鷗否。

南柯子

風裏荷香細，庭前露氣清。銀蟾朗徹透疏櫺。笑指粉墻角上、倍分明。　人影當窗見，簫聲隔院聞。常儀嬌小太憨生。閑約雛鬟月下、撲流螢。

采桑子 閏中秋即事

百年難得中秋閏，月又團圞。人又團圞。一碧長空轉玉盤。　重逢二八嬋娟面，倦倚雕闌。醉倚雕闌。金粟香中笑語歡。

秋光皎潔逾前度，花影屏山。竹影屏山。香霧黏衣不覺寒。　璚樓玉宇知何處，坐到更闌。話到更闌。如此良宵再遇難。

鎖窗寒 銷寒第三集寒蟹

歲晚村荒，日斜潮落，凍開湖嘴。蘆根吐沫，又聽爬沙聲細。愛雙螯、霜濃更肥，橫行那識漁人計。任�筐罩住，寒蒲縛好，賣來城市。　還憶。瓶花底。記解甲吹香，酒邊親遞。秋光過了，又被釀成秋意。便無腸、離情未諳，稻粱也合思故里。負頻年、獨數尖團，盼到看燈裏。

鷓鴣天

三載京華誤守株。馮（煖）［諼］依舊食無魚。貂裘已敝黄金盡，風雪迎人返故廬。

纔息影，又飢驅。歸遲別速怨征車。欲將眠食殷勤囑，生恐啼痕染客裾。

菩薩蠻

翠禽啼破相思夢。紅蕤一角鮫珠凍。好夢耐尋思。生憐入夢時。　梨雲容易散，不管柔腸斷。强起試妝遲。眉愁怕鏡知。

水龍吟 題聯司馬璧夫人遺詔

蘭因絮果茫茫，丹青留得曇花影。低鬟凝睇，弄珠無語，内家妝靚。見説當時，天孫下嫁，璇宫春永。羡比肩靈匹，畫眉佳偶，期白首、雙栖穩。　怊悵彩雲易散。證香盟、神傷荀令。天人標格，春游曾見，夫人游隨園，曾仰丰采。披圖重認。釵鳳分飛，鏡鸞孤舞，情天難問。料紅樓碧落，雲魂月夢，盼青禽信。

蝶戀花 題蛺蝶圖

鳳子低飛芳草徑。一碧陰陰，軟襯苔痕潤。露浥風翻香夢冷。六朝餘韵黏金粉。　點筆吟窗添畫景。綠慘紅孱，花事成銷凝。不管春酲慵未醒。向人舞倦翩躚影。

步蟾宫秋夜不寐有懷黛華姊

屏山倚

珠簾綉闥人聲悄。任落葉、滿階慵掃。西風颯颯雨瀟瀟，更添起、離愁多少。遍閑情繞。問誰識、此時懷抱。夢中剛是話分携，却又被、花冠催覺。

金縷曲送外

垂老何堪別。况茗茗、閩南冀北，山川重叠。十萬腰纏同轉餉，又值炎威酷烈。蚕夢繞、玉京瑶闕。輸與閑鷗眠浪穩，嘆勞生、銷盡輪蹄鐵。漫青鏡，添華髮。催歸莫負鵑啼切。更誰憐、傷貧念遠，寸腸千結。看碧成朱還自笑，常恐福因才折。容易過、好春時節。説與旁人渾未省，待宵來、細訴多情月。凝望處，碧天闊。

踏莎行暮春

仝月林

蝶粉猶酣，鶯聲漸老。碧雲望斷魚書杳。連宵有夢踏莎行，柔魂緑繞池塘草。深，題鈎石巧。墮紅糝徑無人掃。歸來倦倚茜紗窗，博山香燼餘烟裊。

金菊對芙蓉自題桐陰待月圖

斷雁縈雲，暗蛩喧雨，露華涼沁空庭。正微醒乍醒，笛弄淒清。轆轤金井桐陰晚，剪西風、作盡秋聲。墜歡何處，盟寒舊日，夢瘦而今。　夜深薄袂伶俜。向緑天影裏，敲竹低吟。恰爐温鵲尾，燈暈花身。素娥不解相思苦，照離人、直恁分明。畫闌憑遍，無聊心緒，説與誰聽。

相見歡

隔花清漏沉沉。又三更。祇恐夜寒指冷、罷調笙。　庭月滿。簾慵捲。雁聲聲。知否有人攲枕、夢難成。

江南好

深院静，簾捲辟寒犀。羌笛數聲吹夢斷，屏山一角玉蟾低。冷露濕苔衣。　人别後，又是探梅時。風送歸鴉棲不定，阿誰花底掩雙扉。驚起翠禽啼。

九疑仙館詞

歸安談印梅緗卿撰

百字令 題秋院填詞圖

梧桐院静，把瓊簫吹徹，聲聲流水。樂府新翻金縷曲，誰道唾壺敲碎。翠黛輕顰，烟鬟斜彈，猶是裙釵輩。高燒銀燭，海棠花恐驚睡。　何意飄入青雲，銀河倒瀉，亂見天花墜。風透羅衣如紙薄，遮莫凝成紅泪。樹底啼鶯，花梢弄月，非夢兼非醉。明朝窺鏡，玉容添得憔悴。

金縷曲

『落花人獨立，微雨燕雙飛』小影。

花與人同瘦。記無聊、栖香弄影，芳心微逗。數點眉峰横遠黛，早被東風吹皺。薄中了、懨懨病酒。已過踏青寒食節，問江南、雙燕歸來否。思往事，碑銜口。　柔情曲曲腸迴九。數不盡、尋消問息，幾番辜負。一寸心頭愁萬斛，憑爾春濃如綉。干甚事、青袍淹透。深院梨花門半掩，耐凄清、小雨黄昏後。雲路迴，但搔首。

探芳信春訪玉樓圖

甚時到。看樓外春深，鶯花正鬧。奈一絲牽處，蜂蝶鬢雲繞。平分北地胭脂色，定比江南好。倩東風、暗入疏窗，篆香徐裊。　千里綠楊道。恨樹也無情，重關遮了。咫尺紅墻，如隔玉山杳。嬉春響屧村村遍，曾憶簾櫳悄。付周郎、唱徹芳游短調。

解佩令題女兄詩稿

囊如錦綉，句成咳唾。喜閨中、入室升堂早。抱病呻吟，問愈得、頭風多少。乞題詞、幸垂梨棗。　卿當獨秀，我慚學步。嘆年來、僅成腔調。偶和新吟，似貂尾、空貽人笑。學君苗、不如焚了。

如夢令

笛裏梅花三弄。燈下吟肩雙聳。倦倚綉屏寒，卸却釵頭幺鳳。珍重。珍重。驚破一簾春夢。

買陂塘

題林雲貞女史寄外書後，爲林小桐上舍作。

惜分飛、胭脂塞遠，十年征戍凄絶。烏絲纍幅盤中寄，錦字織來難滅。生死別。問底事、天公鑄錯人間鐵。芳心百結。便放得金鷄，重圓破鏡，對影恐華髮。楓亭路，流水聲聲似咽。吟魂何處飛越。春鶯多事頻饒舌，驚散夢中蝴蝶。千百折。算此恨、逢人怎便分明説。書藏莫泄。有無限愁衷，銀箋漬透，字與泪成血。

前調 題葦村秋泛圖

指中流、緑波生處，蘆花楓葉千頃。浮家大好乘槎去，不似斷蓬飛梗。重記省。祇可惜、鷗邊短夢防驚醒。惟容舴艋。趁酒熟茶香，咿啞柔櫓，催動五湖興。瀟湘意，合讓詞家管領。逼人秋氣新冷。醉來穩卧蓬窗底，瑟瑟野風吹鬢。天欲暝。有無數、山光水色藏孤艇。做成閑景。正兩岸湖寬，一溪烟斂，片月逐帆影。

大江東去 題嚴茂才徐卿詞稿

一絲纏繭，儘沉沉抽緒，長篇小令。多少花間腸斷句，惱殺江南春信。滴粉搓酥，偷聲減字，莫是張三影。金荃怨曲，騷人此際愁聽。休學刻意傷春，詞人紅豆，近漸飄零盡。吟瘦曉風殘月下，柳七名心應冷。慘緑年華，蘇黄才調，傳寫空中恨。詞壇拔幟，封侯誰道無分。

貂裘换酒

題『楊柳晚風深巷酒，桃花春水隔簾人』小影。

暖氣餳簫透。乍披圖、裁紅暈碧，艷陽如綉。記得灞橋携手處，摇曳風前楊柳。千萬緒、向誰分剖。樓上晚妝簾半捲，料個人、定爲傷春瘦。人不見，漫回首。　盈盈鴨緑空江皺。望參差、濃陰蘸影，小窗低覆。兩岸夭桃紅未了，已被雲迷洞口。但隱約、輕羅衣袖。春色撩人無賴甚，向前村、且醉如淮酒。風景好，忍辜負。

前調 與女兄夜話

秋掩重門裏。坐西窗、聯床剪燭，良宵能幾。去日匆匆蒼狗幻，嘗盡愁中滋味。恨四壁、埋憂無地。驀念光威分手日，到那時、憶著歸寧未。人一别，便千里。　名山著述成何計。嘆年來、東塗西抹，半供游戲。女伴過從元不少，眼底紛紛羅綺。算誰是、閨中知己。我有吟情拋未得，更憐卿、骨相都寒矣。一燈灺，浩歌起。

壺中天 喜女兄至自平洛

珊珊環佩，果伊人來也，驚疑纔定。一自香車歸去後，望斷大雷芳信。塵榻空懸，金錢屢卜，倚樓燈前影。竹梢風過，打窗落葉成陣。　回憶綺閣論心，彈棋擊鉢，茜幔搓肩并。雨散雲飛剛一霎，往事從頭休問。入夢尋詩，臨流結屋，我欲偕君隱。楝花萍水，隔溪先買吟艇。

臺城路 送女兄歸平洛

一行雁影分飛驟，匆匆又催歸棹。畫裏看山，溪邊得句，此去秋光應好。離多會少。將怨雨愁雲，做成懷抱。小住爲佳，北堂雙鬢已垂老。　刀環歸計尚杳。對花開姊妹，離夢頻繞。集號聯珠，詩工咏絮，料理浮名須早。牽衣未了。但泪濕羅襟，我心如搗。驀地回頭，夕陽迷古道。

前調 題種花圖

兩肩疏影和烟雨，春光載將多少。負耒携鋤，披雲帶月，竹外斜枝更好。狂來脱帽。似花底秦宫，願隨花老。曲曲屏山，個人獨倚衆香抱。　催花應喜信早。惹枝頭幾許，蜂蝶爭鬧。畫閣湘簾，輕車寶馬，定有尋芳人到。安排草草。便無數香魂，夕陽憑吊。待喚園丁，更添栽翠筱。

水龍吟 題廬山真面圖

望中朵朵芙蓉，憑欄遥指匡廬阜。鬟眉照水，烟鬟小立，依然消瘦。問訊山靈，香爐日暖，玉淵雲逗。記潯陽夜泊，青衫司馬，千嶂月、一杯酒。　　吴質病愁都有。正來游、豫章秋柳。雲烟夢繞，登臨心往，當前肯負。隔浦招邀，未窺半面，竟成疑竇。嘆人間鑄錯，看花霧裏，十當餘九。

滿江紅 前題

霧裏凝眸，遥指點、青攢紅簇。渾不識、匡山遠近，廬山面目。峽口雙龍波底吼，峰前五老雲中矗。羨此間、風景异人間，康王谷。　　停游屐，溪橋熟。漾帆影，春江緑。愛蓮花嶺下，堪留信宿。王粲新添懷古句，步兵不作窮途哭。待船頭、冷月向東升，吹黄竹。

沁園春 題再生圖

五載支離，病榻餘生，瘦到幾分。憶清才濃福，爭推絶世，問形顧影，知是何人。證去來緣，談今古事，比似生還入玉門。躊躇久，笑夢中説夢，春夢無痕。紅塵淡若浮雲。漫遠逐漁郎去問津。嘆詼諧曼倩，還留片舌，鶯花子野，認取前身。藥餌相隨，頭顱如許，游戲人間更幾春。休辜負，好暗中拔劍，斬斷情根。

念奴嬌 題若有所思圖

幾番遐想，便天荒地老，春蠶難死。一點靈犀憑往復，半在無何鄉裏。妙手空空，余懷渺渺，領略間中味。蒼茫獨立，少陵詩癖成矣。贏得十斛閑愁，迴腸轉盡，風月消無計。駿馬名姬多變幻，衹算文章游戲。顧影徘徊，凝眸悵望，情竟深如此。江南大好，尋春莫恨無地。

前調

丁女史《曇花圖》，爲吴茂才穎其作。

六萌未駕，忽瓊枝摧折，夭桃零落。留得崔徽風貌在，想見丰姿如昨。十載天涯，浮萍飛絮，苦恨郎情薄。深宵篝火，書成誰付鸞鶴。從此天上人間，生離死別，一樣情懷惡。子夜歌成腸已斷，休唱丁娘十索。最苦金閨，年年壓綫，都爲他人作。埋香何處，白楊衰草城郭。

齊天樂

女兄自臨平至武林，擬泛西湖，雨阻不果，譜詞志悵，遂和其韵。

片帆纔到西泠路，無端濕雲低掃。雨帶龍腥，風行鷁退，却被角張相擾。山靈應笑。嘆薄命生成，冶游難料。碎墨零箋，扣舷打個斷魂稿。　　游踪休恨草草。待小紅歷亂，沙棠重到。姊妹花嬌，湖山境靚，任我坐吟行嘯。前緣未了。也留得天涯，雪泥鴻爪。祇恐登臨，六橋秋又老。

念奴嬌 題湖樓感舊圖

西泠曾到，悵風流裙屐，當年孫楚。一縷香魂何處覓，樓外落紅無數。誰與凌波，自饒戲水，兩兩閑鷗鷺。重尋門巷，緑陰遮斷歸路。　　愁甚別後劉郎，桃花人面，放眼非前度。贏得六橋烟柳在，認取秋娘眉嫵。畫舫初停，酒樽低唱，此味從頭悟。不如歸去，杜宇聲聲如訴。

金縷曲 檢得亡姊遺詩悲成此調

偶把遺編讀。覺凄清、風生滿紙，哀音裂竹。貌比左芬年更少，况又才逾徐淑。肯久戀、紅塵千斛。試問埋香何處好，料青山、也有修來福。泉路下，鬼應哭。　朝朝暮暮相追逐。怎而今、雲消雨散，形孤影獨。後會自然來世有，誰道他生未卜。可邀我、同登仙籙。昨夜分明驚入夢，羡容顔、依舊温如玉。便携手，訴心曲。

前調 題秋士師寒窗燈影圖

自小傷孤露。對煢煢、窗沉黯碧，三雛一母。兒未成名親已逝，悵望春暉易暮。償不盡、生前勞苦。更痛松楸猶未植，問麥舟、高誼何人助。孤子恨，那堪數。　春明凄絶招魂路。記窮嫠、麻衣如雪，同歸故土。甑釜生塵風破壁，弱綫難支門户。誰想到、烏能返哺。此日山房燈影在，悵傳經、人杳無由睹。頭已白，空孺慕。

念奴嬌

封姨何苦，把天邊一縷，彩雲吹散。誰道紅絲能繫住，赢得清愁無限。偕老難期，定情空賦，眉未齊鴻案。芳魂歸去，滿天飛絮撩亂。　遥想青鳥西游，招尋舊侶，人在瑶池畔。

二十三年塵夢醒，又許者回重見。碧奈花開，黄粱飯熟，暗裏星霜换。神傷荀令，放歌釵爲敲斷。

買陂塘

題奚虚白上舍《榆樓感舊圖》，圖爲嚴茂才修能作。

嘆人生、夢痕泡影，喬松誰見同壽。客星忽墮餘杯水，失却詞壇高手。名不朽。料夜夜、珠光劍氣騰牛斗。圖成感舊。問榆緑風薫，梅黄水漲，魂得暫歸否。重泉下，徐淑秦嘉并秀。追隨無异良友。鳥原共命花連理，生死總成佳偶。茂才夫人嵇良清工詩。愁尚有。曾記得、秋風畫扇吟紅豆。柔腸迴九。便分付雲林，生綃寫出，此意向誰剖。

金縷曲

代秋士師題榆樓感舊圖

爲索長安米。竟無端、天南地北，長辭知己。今日單車苕上返，怕過山陽舊里。問落落、晨星餘幾。身後琴書誰可托，道挺之、尚有兒能繼。始而恨，繼而喜。天生君等原非易。竟憑他、死能不朽，生如不繫。一管江花開五色，非杜非韓非李。惜如此、才埋地底。屈指生平交最久，剩今吾、雪上頭顱矣。須早把，姓名理。

沁園春 自題小影

來自何方，去自何年，孑然一身。向花間小立，瘦真露骨，燈前密坐，交已忘形。卿本工愁，我猶落魄，同作天涯薄倖人。何妨遁入空門。早拋却紅塵換白雲。奈乾啼濕哭，未能免俗，風磨雨折，不若無生。萱草長枯，春暉久老，無復爺娘喚女聲。披圖處，獨卿能知我，我也憐卿。君因怎，也心如棋局，抱恨難平。

點絳唇 寒夜感懷

寂寞深閨，當窗月色凉如水。夜闌無睡。濕透重重泪。輾轉匡床，祇有蘭釭對。閑庭內。蟲鳴鶴唳。攪得心兒碎。

齊天樂

高人久抱烟霞癖，山邊頗營茅屋。好手摹成，閑情繪出，空有新詩盈幅。幽栖早卜。算鋤月披雲，十分清福。與世長辭，寓形何必戀塵俗。重重嵐翠欲活。更低垂井檻，濃蔭花竹。偕隱何人，速來有客，耕罷還須勤讀。名場懶逐。便料理移家，載賡薖軸。莫負鷗盟，隔溪春水緑。

買陂塘 送秋士師重赴都門

最無情、天生兩轂，驅人萬里千里。文人處處文星照，四海皆成兄弟。行未已。算北去南來，總是銷魂地。征鞍且繫。看瘦損腰圍，凋殘鬢影，憔悴已如此。垂髫日，憐我煢煢無倚。叨公十載青睇。同貧未了還同病，如此師生能幾。思仔細。若負了公恩，有似江心水。一聲去矣。覺絳帳何情，吟壇何主，留住也無計。

憶漢月 題美人春思圖

開卷春風滿幅。喜見其人如玉。鬖鬖華髮乍垂肩，三五年猶未足。眉痕春尚淺，教若個、藏他金屋。第三橋畔記相逢，一片蘼蕪正綠。

秋蕊香

偶把金箏調撫。如怨如悲如慕。曲中彈出鴛鴦譜。定惹周郎回顧。芳心更比蓮心苦。怎分付。隔窗軟語丁寧訴。簾外喜無鸚鵡。

鵲橋仙

錦字偷裁，青鸞漸杳，語盡情偏難盡。爲伊憔悴寄伊看，還衹怕、伊人未信。　歌喉細喘，金釵欲墮，幾日雲鬟懶整。一分春色二分愁，更添了、三分酒病。

滿宮花第二體

寒意新，添半臂。瘦影誰憐孤倚。偶成曉夢到遼西，却被黃鶯驚起。　妝罷翻嫌脂粉膩。嬌怯不勝羅綺。斷腸花對斷腸人，又值斷腸天氣。

點絳唇

惜別年年，游絲撩亂東風裏。如憎如喜。微露聰明意。　折盡柔腸，隔水還凝睇。渾無計。燈前月底。没個商量地。

杏花天

瘦桃艷李穠芳歇。又一霎、花殘月缺。天心不管人悲切。不鑄黃金鑄鐵。　心比似、冰清玉潔。身比似、浮萍落葉。免教日日肝腸結。生別何如死別。

洛陽春

望斷江長海闊。雲端天末。垂楊不肯繫青驄，何不把、垂楊折。

存歿。好隨鴻雁到天涯，悄悄把、心兒説。

誤佳期

別後車輪常轉。死後蠶絲難斷。千般懊惱萬般嬌，憐爾何曾慣。

妨散。明知歸信尚難憑，先把歸程算。

閱盡悲歡離合。死生

愛極轉生憎，聚久何

金粟詞

海鹽朱璵葆瑛撰

南歌子 春日懷人

細雨開新霽，春風送嫩寒。畫樓徙倚思漫漫。正是懷人時候、杏花天。

琴調相思引 寄外

紙閣閑吟興頗幽。無端鞭影去齊州。一年三度，別緒上心頭。　獨坐緑窗情默默，黄梅初放暖香浮。消寒時候，更覺動離愁。

浪淘沙 水仙

翠帶恁横斜。冷艷清葩。凌波仙子自堪誇。品格孤高誰可伴，衹許梅花。　瀟灑澹烟遮。洗净鉛華。前身應是水爲家。石鉢新裁香有韵，移向窗紗。

隔溪沙　春日書懷

小閣晴窗烟篆輕。檐前海燕弄新聲。倚闌無語自含情。　楊柳初垂逢社日，杏花欲放近清明。思鄉可奈又愁生。

鬲溪梅令　柏芳閣賞梅

綴成碎玉景天然。態娟娟。當日壽陽宮裏早春天。點點受人憐。　半含半放露華鮮。月争妍。更助詩人清興擘花箋。雅集草堂前。

昭君怨　題娟紅女史題壁詩

已去青衣江畔。劍外鄉雲望斷。旅舍暗傷神。柳眉顰。　堪嘆才多命薄。此日恨憑誰托。題壁欲銷魂。半啼痕。

減字木蘭花　晚香玉

形同小玉。月下含葩香不俗。曲院深藏。襲襲清芬送晚凉。　澹妝低舞。美人昨夜來元圃。脂粉何施。猶恐鉛華污妙姿。

前調 病中偶成

木樨香滿。花影一簾題句懶。瘦骨堪憐。伏枕懨懨夜廢眠。　　鄉愁離緒。病裏情懷添幾許。怕聽殘荷。滴瀝秋聲細雨多。

點絳唇 寄外

籬菊初黃，匆匆分手秋將暮。別情幾度。悵望京華路。　　又恐成名，翻把歸期誤。愁無數。花陰閑步。密向姮娥訴。

極相思 前題

小蓮香滿屏帷。寒重軟簾垂。吟窗獨倚，紅爐自擁，此意誰知。　　欲寄魚函情脉脉，擘花箋、下筆還遲。休言別恨，莫書憔悴，衹寫相思。

踏莎行 題青筠軒遺稿

汶水情深，皖江恨隔。頻年海右長爲客。飄零旅况不堪陳，秋風秋雨愁如織。　　滴露研朱，臨池飛白。機聲燈影紗窗碧。一編賴有故人臧，謂柏芳老人。青筠此日傳遺集。

武陵春 夾竹桃

窗外横斜摇倩影，紅雨態娟娟。分得瀟湘翠色妍。含笑報平安。露井清華紅淺暈，無語自嫣然。幾度春風看未闌。開過菊花天。

浪淘沙 蓮蓬人

綽約舊丰神。香遠留芬。偶來游戲作漁人。獨立亭亭應解語，不染微塵。巧製緑衣新。露曆烟顰。苦心一縷爲何因。洛浦風姿君子品，早證前身。

子夜歌 效迴文體夏閨和施浣溪女史韵

碧荷香透紗窗北。北窗紗透香荷碧。清露比珠明。明珠比露清。竹穿螢燦緑。緑燦螢穿竹。纖月映疏簾。簾疏映月纖。

菩薩蠻 小窗即事

紗窗隱隱花如織。重重翠蓋新荷碧。玩月上簾鈎。陡生無限愁。玉爐香篆熄。隔院蛙鳴急。蕉影滿雕闌。紅閨人未眠。

臨江仙 秋柳

金縷拋殘鎮掩門。輕烟澹澹黄昏。幾行秋色滿江村。陌頭人去，惆悵欲銷魂。細雨夕陽飛客燕，蕭疏猶憶曲江濱。榮枯何必問前因。春風轉瞬，依舊緑絲新。

連理枝 謝張霞城太夫人惠并蒂菊花

簾捲西風静。乍見花枝并。斜月窺叢，香霏四照，偏多清景。似素娥青女鬥寒時，弄翩翩雙影。遥想東籬境。霜滿塵氛屏。晚節彌芬，祥徵益壽，水分甘井。羡范村佳種冠秋芳，任君身管領。

附和作　　長洲張絢霄岅城

繞徑秋容静。却喜花開并。倚闌頻看，拋書欲問，自饒佳景。遲賞音邀月品寒香，對雙雙瘦影。位置清虚境。不怕霜來屏。陶令籬荒，羅含宅冷，夢遥鄉井。剩一叢嘉種好徵詩，贈司花總領。

澹仙詞

如皋熊璉澹仙撰

滿庭芳 雨後月

蕉葉無聲，桐陰猶濕，長空洗净塵埃。素華千里，一色徹清淮。應是姮娥新浴，晚妝罷、海上飛來。雲鬟動，輕風披拂，香霧滿天街。　玉簫，何處是，隔花庭院，臨水樓臺。怕良宵易度，著意徘徊。十二珠簾乍捲，松梢鶴、夢覺還猜。問誰向，浮雲深處，弦管試吹開。

菩薩蠻 月下口占

西風瑟瑟敲檐鐵。含凄獨步空階月。冷露滴寒輝。徘徊人未歸。　詩成重自省。脉脉頻憐影。若使此生休。無情不識愁。

憶秦娥 閑情

漏聲寂，窗前疏雨瀟瀟滴。瀟瀟滴。殘燈背倚，安風吹入。　天高有夢難尋覓。瑶琴一曲無人識。無人識。白頭吟罷，泪痕偷拭。

賀新涼 感懷

把卷無心讀。已拚著、燒苓煮鶴，鋤松砍菊。不是才人多挫折，自信生來薄福。更休説、窮途欲哭。昨夜夢中身有翼，聽雲邊、誰唱飛仙曲。又却是，風敲竹。人生到處難求足。最留意、爐香茗碗，山青水緑。長願避人歸浄業，暗得三間茅屋。便逃出、紅塵碌碌。鞠育深恩還未報，頻稽首、私向慈雲祝。身後事，何暇卜。

西江月 秋閨

夢裏不堪蕭瑟，起來驚數年華。碧梧深院雁行斜。掩鏡愁眉倦畫。餘恨尚縈烟柳，芳心半逐風花。夜深凉露逼單紗。獨步秋香月下。

百字令 書感

終天抱怨，記床前執手，殷勤數語。頻説掌中珠可惜，誤使它年失所。生既傷心，死難瞑目，渺渺成今古。深恩未卜，何時能返烏哺。幾回苦殺西風，泪殘冷月，落魄身無主。泉下長眠呼不醒，誰念兒家辛苦。事有千端，腸應百折，多少難言處。黄昏獨立，燈前數盡秋雨。

望江南 柳枝曲

池上柳，風裊早春時。向曉烟拖花外緑，美人臨水折輕絲。紅袖打鶯兒。

樓外柳，南陌好風吹。是處征人歸未得，誰家少婦蹙雙眉。權把畫簾垂。

長亭柳，掩映水東流。十里春風遥送別，一鞭斜日謾回頭。處處繫離愁。

堤上柳，長日尚眠三。六代繁華都夢盡，曉風殘月憶江南。寂寞緑烟含。

湖畔柳，一抹碧苕苕。畫槳輕摇春水曲，微風低度玉人簫。烟外酒旗飄。

蝶戀花 寫懷

湖海作風天作雪。浩浩茫茫，何處逃磨劫。薄倖一生真百折。無家燕子秋風葉。稽首遥空先慘咽。欲訴嫦娥，花外雲遮月。偏是深情無可説。冤魂都迸啼鵑血。

如夢令 冬夜

熏罷玉爐香裊。夜夜風吹夢杳。依舊五更寒，覺後霜清月皎。情悄。情悄。枕上疏鐘驚老。

點絳唇 病後感懷

寬褪羅衫，碧梧深院秋風早。雁兒來了。回首天涯杳。　幾個黃昏，人向愁中老。魂縹緲。寒更悄悄。數徹紗窗曉。

如夢令 野桃

掩抑綠楊深處。隔水向人如訴。誰指武陵源，雲鎖當年舊路。春去。春去。飄盡一溪紅雨。

前調 楊花

不把東風闌住。斷送春光滿路。莫點少年頭，蘇小門前無數。回顧。回顧。又是韶華一度。

滿江紅 秋蝶

送盡繁花，餘幾個、青陵殘蝶。端的爲、西風蕭颯，欲飛還歇。芳草徑中秋露冷，海棠花下寒螿咽。繞空階、何事更依依，情猶熱。　吹欲下，園亭雪。銷不盡，鶯花業。問莊周醒否，霜枝寒折。往日風流成宿夢，而今飄泊同黃葉。想半生、金粉自難消，經磨滅。

百字令 月夕

捲簾人在，碧流離世界，素華千頃。深信嫦娥貪皎潔，夜夜霜清露冷。天漢非遥，廣寒何處，往事難重省。松梢栖鶴，疏鐘隔院敲醒。　重門深鎖無譁，玉簫吹徹，寂寞良宵永。多少紅樓春夢好，幾個空階孤影。羅袖驚寒，烟鬟滴翠，陣陣西風緊。憑闌悵望，南飛烏鵲誰憫。

好女兒 春閨

苔雨初乾。窗日猶寒。獨自凄凄無一事，但凝佇空簾，低徊深院，徙倚迴闌。　又是去年時候，魂欲黯、夢將殘。怎有限、韶光無限怨，爲楊柳情牽，桃花命薄，梅子心酸。

滿庭芳 七夕

新月知情，西風有約，競傳此夕良宵。爐中香爇，兒女拜青霄。爲問雙星何處，誰曾見、鵲架星橋。千秋夢，文章本幻，遺話到今朝。　鍾情原不易，人間魔障，天上難逃。想銀河耿耿，玉漏迢迢。應怕天鷄誤唱，彩雲裏、幾度魂消。依舊是，盈盈一水，回首怨迢遥。

如夢令 梨花

又是傷春時節。一片芳心如雪。深院怯黄昏，多少閑情誰説。清絶。清絶。香入溶溶夜月。

浣溪沙 幽居

小築巉扉隱薜蘿。山流翠黛水迴波。窗開衹有片雲過。　紅杏花時春酒熟，緑楊深處釣船多。月明誰唱采芝歌。

滿庭芳 柳

漢苑芳踪，隋堤舊事，和雲和水苕苕。年年攀折，離恨有千條。何必渭城灞岸，風流態、今古魂消。應牽盡，江南好夢，烟雨短長橋。　一鞭回首處，濃陰兩岸，十里笙簫。愛輕絲無力，漫舞宫腰。長怕繫春不住，東風裏、點點花飄。空贏得，暮鴉殘照，憔悴幾人描。

鵲橋仙 早秋

茫茫雲水，蒙蒙烟雨，寂寞空山翠袖。哀蛩滿壁吊黄昏，正宋玉、消魂時候。　蒼葭夢杳，銅壺漏永，一夜霜花寒逗。愁顏莫向鏡中看，多應是、西風吹瘦。

浪淘沙 夜雨

淅淅更颼颼。好夢誰留。夜長寒逼滿庭秋。挑盡一燈香燼暗，風動簾鈎。舊事與新愁。齊上心頭。芭蕉如怨訴難休。好似琵琶江上曲，彈泪孤舟。

念奴嬌 春草

萋萋窗下，任空庭鋪遍，輕陰遥隔。風裊湘簾芳徑軟，深鎖謝池春色。拾翠重來，王孫何處，一抹傷心碧。牽情不斷，籠烟籠雨如滴。　遥憐緑水橋頭，斜陽低照，回首愁成織。南浦一鞭從此去，柳外高樓難覓。蝶夢迷離，花魂蕩漾，門掩黄昏夕。羅裙掩映，個人苔砌空立。

眼兒媚 彈琴美人

落花流水總關情。明月滿空庭。輕籠翠袖，頻舒玉指，彈徹春冰。　聲聲譜出傷心調，花外有人聽。胡笳一拍，陽關三叠，無限凄清。

重叠金 看花美人

海棠枝上鶯啼巧。聲聲唤起春眠早。紅露濕弓鞋。亭亭下玉階。千枝開遍處。纖手還重數。蛺蝶繞釵梁。歸來兩鬢香。

滿庭芳 題十二金釵圖

日暖花梢，香飄簾幕，十分春在紅樓。傳杯滿酌，笑語不知愁。試問偎紅倚翠，東風裏、誰最温柔。都猜作，神仙謫降，笙鶴下瀛洲。賞心人已醉，闌干倚遍，一片雲頭。任輕翻舞袂，慢囀歌喉。誰道書中有女，終輸與、金谷風流。多應是，明珠買艷，花月儘勾留。

滿庭芳 題松鶴圖

邵母郁太夫人，蓉江先生之母也，望重鬚眉，賢傳閨閫。母儀内則，儼陶孟之風徽；高節孤標，同菊松之品格。一自風凄鴻案，寡鵠哀深堪憐，月冷機窗，修篁泪染。朝朝畫荻課讀空閨，夜夜挑梭篝燈小閣。克勤克儉，經屢易之星霜；爲母爲師，竭半生之心力。以致秀發蘭階，輝騰玉樹。欣看繞膝，承菽水之歡；笑對斑衣，占庭闈之樂。然而頻年茹蘗，素抱冰心。晚歲持齋，惟甘道味，布荆之外，屏絶繁華。紝織之餘，經營卷帙。蓉江先生，藝苑名流，吟壇雅士，登臨則感慨長歌，揮灑則烟雲滿幅，而且善體親心，能敦孝道。奉板輿而適意，日暖萱花；持壽酒而稱觴，籌添海屋。於是倩閨中之妙筆，寫此秋光。圖爲沈夫人畫。祝堂上之遐齡，慶當令節。璉展卷興懷，清風遥沐，松蒼鶴健，如謁慈顔，鐵骨霜姿，何殊雅操？聊呈俚句，敬獻南山。

茶糵餐餘，艱危歷過，心同月照邗江。松顔鶴骨，畫裏伴青蒼。廿載空閨清苦，纔望到、玉樹芬芳。傳家有，縹緗舊物，萬卷壓書倉。　白頭甘澹泊，長齋繡佛，茗碗爐香。把禪機參透，世味冰凉。歲歲南山秋色，西風起、勁節凌霜。仁臻壽，星輝寶婺，掩映紫霞觴。

沁園春 題蒲塘女史鄒懷潔畫菊

紙上幽花，閨中妙手，點染多姿。是目空桃李，留心晚節，情耽泉石，寄興陶詩。不屑争春，應同倚竹，秋遍荒山人未知。機窗畔，啓琉璃硯匣，香露淋漓。　雲屏一幅相宜。覺巧極金針總未奇。看紛披數葉，微分翠黛，蕭疏幾朵，澹研紅脂。耐冷襟懷，凌霜品格，想見拈豪欲寫時。分明似，是清風林下，霽月東籬。

百字令 秋蓮

臨流一望，數闌珊幾朵，餘香猶冽。水國炎氛原不著，一種芳心冰雪。冷處逾清，描來益澹，影伴蒼葭月。簾垂池上，繁華依舊凄切。　試看落落疏疏，波光掩映，畫舫笙歌歇。消受湖天風露凈，越覺美人幽絶。翠蓋將欹，紅衣半褪，柳岸殘蟬咽。西亭秋早，夢回應自涼徹。

百字令

聞南村居人極占雲水之樂，因賦《水村圖》二闋，以寄興焉。

輞川莊杳，問幾家塵外，天然幽僻。誰在桃花深處住，遥映窗紗一色。紅雨春霏，緑波晴縐，紫燕香泥濕。鋤雲釣月，山歌時和漁笛。　何須姚魏穠華，樓臺金粉，適興惟衡泌。水檻籬門偏有趣，祇是解人難得。縱對烟雲，未能陶寫，孤負閑朝夕。此間清況，邯鄲道上寧識。

江鄉無暑，愛涼風吹到，賣瓜棚下。十頃青秧環草閣，一帶槐陰如畫。荻港觀魚，菱塘放鴨，處處堪消夏。碧天雨過，泉聲萬斛如瀉。　日長瀹茗披圖，倦時高卧，檐角斜陽挂。推枕荷香新睡起，閑聽漁樵清話。紙上興亡，人間榮辱，静裏尋思怕。奔馳駒隙，紅塵多少車馬。

滿庭芳 追懷業師江片石先生

海鶴同清，孤松比傲，高懷洗净塵氛。牢騷身世，蕭瑟筆花春。難問茫茫天道，西風緊、斷送吟魂。今和古，誰能不死，最苦是才人。　斯文同骨肉，千秋師友，不話寒温。但相逢一嘆，欲哭聲吞。一自玉樓仙去，知音絶、没個評論。從今後，烟霞杖履，無復過柴門。

如夢令 有感

轉眼炎凉堪畏。人在軟紅如醉。落葉打虚櫺，驚醒昏燈殘睡。知否。知否。秋雨秋風情味。

沁園春 水仙花

仙乎仙乎，飄然塵外，一潔如斯。避三春穠艷，軟紅無分，一生位置，書案相宜。韵繞瑶琴，冰凝殘夜，爲伴梅花冷不知。憑誰賞，携壺中清茗，雪裏新詞。　湘皋竟爾輕離。問何處蒼茫繫遠思。看鮫綃澹澹，依然約素，芳心倦放，未免含凄。水墨能傳，雙鈎最好，常憶珊珊欲畫遲。香風近，恰凌波驚見，幽夢回時。

百字令 題江西吴退庵先生詩草

愁中展卷，訝傷心字字，窮途滋味。時俗争高薪米價，紙上珠璣不貴。孤棹空江，荒山斜日，木葉紛紛墜。艱辛客况，白頭未了塵累。　説甚吊古評今，吟風嘯月，都是才人泪。慟哭文章纔絶世，清澈一泓秋水。笑口難開，賞音有幾，衹合沉沉醉。蒼茫獨咏，瑶笙原吹鶴背。

蘇幕遮 春夜

漏凄清，風縹緲。月上梨花，陣陣爐烟裊。一曲冰弦彈未了。十二屏山，錦帳人空老。　泪痕多，鮫帕小。澹酒三杯，能解愁多少。醉裏朦朧天外繞。好夢誰驚，又是鶯啼曉。

鵲橋仙 落花

珠簾不捲，畫闌人去，風舞滿庭香雪。歌終酒散餞春歸，誰唱出、陽關三叠。　韶華錦片，芳菲好夢，都被子規啼徹。餘情未肯逐東流，分付與、曉烟殘月。

清平樂 春恨

啼鶯弄巧。百囀知音少。雨雨風風深院悄。又是清明過了。任它緑遍紅稠。都成柳怨花愁。孤負年年春色，珠簾莫上銀鈎。

點絳唇 雁字

書破遥天，一行飛向妝樓近。閨人誤認。猜作封侯信。萬里關山，寂寞寒沙印。長空净。高天難問。誰寫江南恨。

重疊金 美人

芳姿皎若梅花雪。幽情澹若梨花月。小立玉珊珊。春風鬟影間。畫闌人静處。宛轉調鸚鵡。笑語隔瑶階。輕紈遮面來。

望江南 江南詞

江南好，緑水傍紅橋。釣艇移來垂柳岸，風箏繫在杏花梢。一帶酒旗飄。

江南好，載酒聽啼鶯。金碧樓臺花裏寺，悠揚弦管水中亭。最喜一春晴。

江南好，烟雨暗春山。市上櫻桃紅帶露，開園嫩笋緑堆盤。柳拂畫闌干。

江南好，紅粉鬥輕盈。覆額香雲簪抹麗，泥金小扇寫迴文。宫様碧紗裙。

江南好，牛背唱斜暉。紅葉村深香稻秀，平湖秋老鯉魚肥。燈火夜船歸。

江南好，清景在誰家。待月高樓横短笛，臧秋老圃種黄花。風起雁行斜。

南鄉子 題畫

放鶴上烟霄。隔岸誰吹紫玉簫。冷澹詩情都入畫，堪描。破帽迎風過板橋。　信步踏璚瑶。沽酒前村雪未消。笑指吾廬何處是，梅梢。陳陳幽香竹裏飄。

點絳唇 美人蕉

羞鬥春光，紅顔冷澹離塵俗。芳心一束。輕展宫衣緑。　開遍秋棠，相伴何曾獨。湖山曲。蕭蕭簌簌。風雨敲寒玉。

前調 美人圖

閑坐清宵，遲遲宫漏穿花永。幽情誰省。小婢烹香茗。　澹月疏松，十二闌干静。春纖冷。冰弦慢引。風漾爐烟影。

滿江紅 隔岸桃花

隱隱紅摇，東風裏、誰家艷色。錯認着、天台洞口，遠香徐拂。劉阮已無瑶島夢，落花曾把紅塵隔。任小橋、流水自年年，波空碧。斜照歛，明如拭。疏雨過，脂如滴。看一雙彩蝶，沿溪飛入。是處緑楊還半掩，一枝微露春消息。問當時、何事誤漁郎，難重覓。

百字令 有感

無端世事，把兩眉愁鎖，寸腸悲裂。焚研燒書原不錯，省却三生慧業。彩筆空揮，瑶琴謾撫，都是啼鵑血。加餐高卧，隨緣便抵佳節。任它騃女痴兒，歡場慣占，天不加磨折。試問繁華春夢裏，幾個風流人物。花月凄涼，文章歌哭，今古無分别。英雄眼冷，等閑白了華髮。

望江南 咏藕

紅衣落，皎潔出污泥。冰玉肌膚渾不染，玲瓏心孔却多絲。縷縷繫相思。

鵲橋仙 讀文通恨賦

悲歡夢裏，興亡紙上，轉瞬浮生易老。生憎彩筆寫淒涼，傳盡個、傷心懷抱。升沉古今，微茫身世，誰問茫茫天道。千秋第一有情人，同化了、平原蔓草。

點絳唇 柳岸

人去難留，輕烟影裏千絲裊。離魂應繞。牽惹情多少。夢斷孤帆，回首長亭杳。開篷了。月斜風曉。一幅相思稿。

前調 花堤

萬紫千紅，垂楊影裏香風度。綉裙微露。拾翠人無數。隱隱樓高，蛺蝶雙飛去。簾開處。誰家別墅。指點春游路。

前調 曲榭

隔岸香飄，周迴一帶珠簾捲。畫樓翠館。四望春山遠。十二闌干，誰把璚簫按。清輝滿。行吟繞遍。月向花陰轉。

前調 江村

近水人家，蘆花掩映黄茅屋。臨流濯足。驚起雙鴛浴。　沽酒歸來，唱個吴江曲。吹横竹。鱸魚正熟。醉看秋山緑。

祝英臺近 殘菊

酒尊閑，詩侣散，寂寞鎖深院。冷蝶尋來，尚有幾枝顫。可憐風緊霜濃，東籬秋老，愁殺個、淵明無伴。　相思怨。眼前多少凄凉，空自付歸雁。休説消魂，人瘦有誰管。趁它疏影殘香，餘情同訴，依舊把、黄昏簾捲。

百字令 呈院長黄澹人夫子

騷壇領袖，賴表揚千載，幽光潛德。時修邑志。落手文章秋水潔，洗浄六朝風格。桃李盈門，圖書叠案，富貴神仙客。遲遲長晝，梧陰滿院凝碧。　此時銘節傳貞，獎忠褒孝，胸次羅今昔。一曲冰弦彈古調，白雪陽春誰識。志切經綸，情耽風雅，好句尊前得。閨闈何幸，庸才承此吹拭。

百字令 跋黄艮男先生金鹵志餘

閑揮彩筆，抵一編青史，情關今古。耆舊凋殘騷雅歇，憑吊斷烟零雨。把酒興懷，挑燈感往，一一經心數。詩成月旦，搜羅不畏吟苦。　而况屐冷青山，床空白社，録鬼誰爲簿。宋玉悲哉秋欲老，獨有招魂詞賦。風幌清哦，月樓高咏，都付雙鬟譜。亭留野史，千秋須讓韋布。

望江南 題黄楚橋先生獨立圖

雙眼闊，祇有太虛高。湖海飄浮形逐影，軟紅塵裏厭喧囂。抗志在雲霄。

斜陽館，雁斷不成行。今古才人都冷落，一腔歌哭付文章。把卷立蒼茫。

鳳栖梧 聞歌

咫尺重門深似水。是處春多，但覺鸎喉脆。隱隱風來敲玉佩。輕絲裊入晴空翠。　澹月無言花欲睡。唱到凄凉，一刻千金貴。詞客當筵休拭泪。幾人能向花前醉。

瑞鶴仙 桃花

垂楊相掩映。訝紅争人面，名標露井。穠華耐淒冷。又清明到了，東風吹醒。蒸霞燦錦。更誰參、三生悟境。一任它、遍野漫山，指點春光千頃。　回省。紫陌紅塵，斷岸疏籬，飄零是恁。香夢怯，仙路永。悵青鸞信杳，飛瓊何處，難記瑶池風景。最銷魂、臨水亭亭，夕陽描影。

百字令 題黄楚橋先生讀書秋樹根圖

凝神獨坐，聽西風落葉，蕭蕭簌簌。處士名山期不朽，肯向紅塵歌哭。石上開函，林間抱膝，萬卷千回讀。故人堪質，絲綸應自滿腹。　曾記館對斜陽，園留春色，總是臧書塾。冷却騷場弦管歇，往事依依心目。三徑雖荒，遺經自守，一脉書香續。知音何處，一任聲出空谷。

金縷曲 中元聞梵

梵閣流離敞。繞經筵、萬盞紅燈，蓮花夜放。指點浮生都是幻，幾處靈幡飄蕩。羅蔬果、馨香供養。渺渺白楊荒草外，料孤魂、寂寞無依傍。當此際，應來饗。　三更月照松梢亮。

紙灰寒、佛號高宣，鐘聲齊響。縱使綉帷鴛夢好，未免驚回枕上。何況是、窮愁境況。露冷庭空形伴影，步荒階、聽徹鄰鷄唱。多少事，頻回想。

沁園春 題徐湘浦世叔臨江觀奕圖

羽扇輕衫，層臺小立，興趣悠然。愛江流滚滚，征帆一片，棋聲落落，玉子盈盤。手戰何人，輸贏一著，便作千秋勝負看。消塵累，想招來佳客，合是神仙。　數峰江上青山。正拂面清風出樹間。笑争心紙上，誰甘退後，旁觀局外，我轉偷閑。放眼高瞻，開懷遠寄，萬頃蒼茫映碧天。披圖畫，知宦情如水，總付雲烟。

更漏子 雪窗夜課題冒芥原先生編年圖録八闋

夜窗虚，嚴訓督。膝畔依依課讀。添活火，裊爐烟，宵深未許眠。　竹頻敲，風乍咽，閣外亂飄瓊屑。燈影碧，紙聲酸，翻書呵手寒。

清平樂 泮水芹香

文壇勁敵。總角花生筆。短短春衫垂柳色。兩袖芹香應滴。　桃花馬上揚鞭。高樓捲盡珠簾。借問誰家玉樹，黌宫第一青年。

減字木蘭花 萱闈侍疾

蓼莪堪痛。榻畔雁行形影共。血是鵑啼。腸斷靈萱欲瘁時。何曾解帶。報答劬勞剛一載。回憶心酸。長夜西風陣陣寒。

浣溪沙 纂修應聘

學識才兼始擅長。風雲月露總尋常。乾坤大義付平章。爲念重泉埋烈魄，更搜潛德發幽光。千秋筆底姓名香。

點絳唇 秀水親迎

月滿良宵，樓高秀水香塵繞。鳳簫縹緲。咫尺仙車到。寸草同心，未得春暉照。傷懷抱。思親夢杳。泪滴鴛帷曉。

畫堂春 圜橋受饁

黑貂裘敝幾多年。一朝領袖文壇。儒生風味祇清寒。鬢髮將斑。遲暮纔霑天禄，高堂已隔重泉。回思往事益心酸。菽水無歡。

望江南 城闉送別

牽袂處，風急雁飛遥。幾度床前重握手，臨歧一別已魂消。永訣是河橋。

浪淘沙 藐孤受托

榻畔記叮嚀。字字凄清。遺孤付托任非輕。纍世宗祧香火繫，一脉相承。念念孔懷情。死者如生。白頭猶自撫零丁。克盡友慈原是孝，永慰幽冥。

望江南 月詞

長門月，永夜怨凄凉。露濕瑶階羅襪冷，一簾風静百花香。樹色隱昭陽。

關塞月，老將夢魂凄。絶域經年添白髮，清輝徹夜冷征衣。帳外馬頻嘶。

高樓月，簾捲碧雲端。十二風鬟香霧濕，美人吹徹玉笙寒。皎皎畫闌干。

江上月，水國湛清華。涌入頗黎流不去，空明萬頃白無涯。釣艇出蘆花。

墳上月，玉鑒挂疏松。一碧光寒人迹杳，孤魂隱隱咽秋風。蔓草露華濃。

百字令 題黄佩芸憶菊圖

秋光滿目，嘆種花人逝，花還依舊。聞道花時同剪燭，堂上塤篪迭奏。玉樹孤森，謝池夢杳，往事空回首。清吟抱膝，凄凉滋味消受。應是對景傷心，霜枝難看，懶醉東籬酒。鴻雁聲凄深院寂，坐聽苕苕清漏。賦豈招魂，秋尤動感，泪滴三更後。梧風竹月，小闌干外寒透。

滿庭芳 題沈氏廢園

曲折雕廊，玲瓏綺户，當年巧費安排。珠簾捲處，燕子逐春來。想見紅圍緑障，東風早、熏逗蘭階。香泥軟，尋芳拾翠，曾印縷金鞋。名花猶出色，幾枝錦綉，還傍誰開。對湖山半塌，滿徑荒萊。冷却歌茵舞席，空留得、月上平臺。無人到，遮窗疏柳，殘夜影徘徊。

百字令 吊陳氏女

佳人淪落，訝詩書未習，天然絶俗。生小蓬門知禮數，鄰里争傳賢淑。不厭荆釵，能甘蔬水，想見如冰玉。含凄斂怨，雙眉那肯輕蹙。可憐一載因緣，百端磨折，轉眼天年促。斷送青春愁病死，説甚洞房花燭。薄命如斯，幽閨誰念，我爲傷心哭。霜催雨打，芳蘭竟萎空谷。

滿江紅

鄰女歸寧，未幾，別母悲啼，聞之惻然，遂成一闋，以志感焉。

掩面悲啼，誰忍見、這般情況。分明是、琵琶塞外，明妃馬上。楚峽哀猿驚斷續，長空過雁同凄愴。較尋常、話別更酸心，堪惆悵。雲隱樹，波平港。臨歧咽，回頭望。看斜暉低照，野花寒放。百里天遥離夢繞，一帆風起輕舟蕩。嘆當年、我個中人，重思想。

蝶戀花 題挑燈閑看牡丹亭圖

門掩黄昏深院宇。窗裏孤燈，窗外芭蕉雨。萬種低徊無可語。蟲聲四壁凉如許。怪底臨川遺恨譜。死死生生，看到傷心處。薄命情痴同是苦。古今多少聰明誤。紙上一幅秋光愁萬頃。妙手空空，畫出當時景。獨坐攤書清夜永。泪珠低落雲鬟冷。芳魂憐玉茗。疑幻疑真，夢裏凄凉境。是否亭亭呼欲醒。夕陽曾見桃花影。

金縷曲 咏西施夢花

黄土埋金粉。想吴宫、何异南柯，歡場俄頃。斷送江山顰笑裏，梧葉秋深風緊。更誰問、屧廊香徑。過眼烟花原幻迹，現花身、身後還留影。依舊是，嬌如病。當時占斷繁華境。

一任取、歌酣舞倦，君王醉領。生怕春宵容易度，多少迷離光景。竟付與、五湖萍梗。聽到子規淒絶處，感滄桑、千載芳魂冷。喚不得，紅顔醒。

百字令送吴梅原夫子北上

騷壇樹幟，把詩文吐盡，山川秀氣。直恁才高偏不遇，讓與膏粱豎子。白首傳經，青燈誤老，夜夜藜光裏。消磨慧業，從來天意如此。　又同伯道淒凉，擔囊獨往，迢遞三千里。胸富五車雙眼闊，誰是天涯知己。醉帽風前，吟鞭柳外，暗灑英雄涕。鵬飛何日，佳音頻望雙鯉。

浪淘沙春雨

水墨畫遥天。緑漲平川。東風寒上七條弦。料得當筵人薄醉，半臂頻添。　淅瀝灑窗前。春色誰憐。海棠垂泪柳拖烟。一帶高樓簾不捲，閑煞秋千。

百字令送邑侯曹星湖父師入闈

旌旗載道，愛清風拂拂，新凉天氣。携得詩囊雲錦燦，勒馬桂花香裏。雅化遥欽，奎光遍照，一路弦歌起。山高月皎，文心争似秋水。　而况繞樹嘉禽，盈郊瑞麥，德政昭奇异。

雉水文風應秀拔，都是門墻桃李。鑒別群英，平章萬卷，一片辛勤意。歸來酒熟，滿城黄菊開矣。

滿江紅 題徐湘浦世叔樂耕圖

避却塵囂，天付與、烟霞清福。消遣是、輕衫蒲褐，開懷遠矚。雨後秧針臨水插，陰深夏木環溪緑。把吟鞭、揮向晚凉時，閑驅犢。　宦夢醒，世情熟。雲隱岫，書臧塾。愛淵明千載，清風遥續。高唱新詞誰與和，月中便好吹横竹。聽飛泉、滚滚桔槔聲，如敲玉。

點絳唇 秋望

一帶江樓，蒹葭夢好誰驚醒。漁歌相應。點點波浮艇。　畫出蒼茫，遠樹烟光暝。秋千頃。荻花風緊。雁背斜陽冷。

沁園春 題片石夫子獨立圖

有句驚人，無錢使鬼，與水同清。望長空萬里，蕭蕭暮景，荒原一帶，浩浩秋聲。胸裏奇書，意中往哲，此外何妨影伴形。餘何有、有奚囊錦爛，彩筆花生。　詞流從古飄零。惟揮灑千言舒不平。嘆青雲夢冷，才人薄命，紅塵福濁，豎子成名。門掩疏燈，村叢黄竹，風冷霜高鶴自鳴。誰堪擬、似蒼松獨秀，皓月孤明。

金縷曲牡丹

絶世非常艶。試相看、第一韶光，瓊樓不遠。春到洛陽春已去，彩鳳飛來天半。占遍了、豪華庭院。生怕流鶯輕覷見，錦屏風、垂下銷金幔。綺筵設，華燈燦。　驚人富貴何妨晚。仗天工、著意栽培，奇葩滿眼。到此群芳都減價，一夜狂風吹散。越顯出、雲霞爛熳。花裏清歌花外月，倚闌干、誰把紅簫按。多應是，神仙眷。

前調挽鄰姬

半面嬌還隱。記相逢、羅袖籠香，玉釵拖鬢。年少風光空自愛，一霎虚花泡影。端的爲、紅顔薄命。倩女驚從何處去，夜沉沉、泉路誰相引。也應是，步難穩。　靈幡挂壁斜陽暝。風吹來、法鼓金鐃，凄凉相應。寂寂朱門歸也未，可記黄粱舊境。怕畫上、丹青難認。泪點經聲殘月裏，掩流蘇、綉帳香飄冷。誰唤得，夢魂醒。

滿庭芳七夕

彩鳳同驂，藍橋踐約，神仙雅解情痴。雙星纔會，未必肯分離。便是年年一度，也赢得、萬古佳期。銀河畔，輕雲一片，似曳美人衣。金風偏著意，纔侵扇影，不斷荷絲。想珊珊望久，渺渺來遲。今夜深閨客館，挑動了、多少相思。蘿陰暗，輕衫凉逗，月落畫檐西。

西江月 水廊印月題霽峰園十八景録八闋

碧沼層層皎潔，迴廊處處空明。水光月影十分清。摇動頗黎千頃。鏡裏冰壺争爽，階前荇藻交横。天風吹下玉簫聲。人在瑶池仙境。

南鄉子 桐屋秋聲

葉葉打窗櫺，絡緯絲多徹夜鳴。覆屋陰疏秋到枕，三更。不是風聲即雨聲。有客夢難成。起坐敲詩剔短檠。十二雲屏凉似水，凄清。捲上湘簾月倍明。

點絳唇 鐘樓霜曉

斜月穿窗，游仙幽夢誰驚覺。霜華寒俏。花上猶眠鳥。白了人頭，天地何曾老。風吹杳。聲聲聽飽。催得千家曉。

重叠金 小樓畫雨

黏花濕柳春千頃。樓前便是西湖景。澹墨灑生綃。青山帶雨描。　窗紗凝曉緑。倚遍闌干曲。蕩漾一溪雲。揮毫畫更新。

減字木蘭花 夕檻波光

凉亭近水。檻外紅橋横晚翠。滿壁波光。捲上珠簾對夕陽。　風來閃閃。畫出蒼茫渾一片。徙倚何人。薄暮高歌響入雲。

朝中措 湘閣烟波

圖書四壁畫蒼茫。滿室蕙蘭香。試把虚窗洞啓，波光倒浸天光。　闌干曲曲，晴霞片片，點染斜陽。烟際數聲漁笛，此身疑在瀟湘。

望江南 九松清籟

遮窗碧，樹樹勢凌霄。千尺龍蛇風動影，寒生六月響蕭蕭。渾似奏雲璈。

浪淘沙 平臺擫笛

極望總玲瓏。似在雲峰。橫吹一曲月明中。片片梅花何處落，響入高空。古調許誰同。跨鶴仙翁。飄然亦欲御天風。十指寒生雙袖薄，喚醒蛟龍。

百字令 中秋

飛來寶鏡，正光華散滿，瑤臺玉闕。誰向風前歌水調，應把洞簫吹徹。天上佳期，姮娥今夜，別樣新妝抹。風披露洗，尋常無此皎潔。　可堪多病多愁，凋殘兩鬢，心事寒於鐵。十載淒惶無限恨，誤了年年圓月。月自長情，人偏薄倖，直恁經磨滅。一尊清酒，幾回和泪同咽。

金縷曲 述懷

整日愁無限。恁年來、貧病相兼，雙眉不展。長恨煢煢無可告，也似孤舟別館。經多少、風蕭雨暗。燕子依人非得已，枉呢喃、銜盡殘花片。辛勤處，何人見。　棲棲爭甚恩和怨。猛尋思、石上三生，餘香未散。百首新詩誰擊節，付與自吟自嘆。定有個、千秋青眼。窗外嗷嗷聲過也，望天涯、遥訴西風雁。霜月裏，同淒惋。

如夢令 即景

曉起湘簾半揭。那有天香堪折。文采付風流，驚見雙飛蝴蝶。凄切。凄切。飄落滿階黃葉。
爐裊香烟人静。隔院葵花摇影。新雁過遥天，一枕睡情初醒。風緊。風緊。窗外蕭蕭日冷。
望斷碧雲天遠。門掩黃昏深院。風雨壓頹垣，幾朵秋棠紅顫。誰念。誰念。蟲語疏砧一片。
孤館深垂空帳。一盞燈兒相傍。清夜未成眠，檐馬風來敲響。思想。思想。月在豆花棚上。

花心動 木香花

日暖風和，正滿架、濃陰柴門深掩。籬□蕭疏，墻角清幽，望去瓊瑶一片。澹香飄向無人處，試問在、誰家庭院。儘任著、山村水郭，牽籐布蔓。　林下風情未遠。縱富貴、何辭也甘貧賤。杏子青垂，柳帶長拖，多少繁華先占。殿春芍藥同時放，不羡它、雕闌畫檻。須知道，生來野性蕭散。

前調 荷花

出水紅芳，信污泥、不染冰心皎皎。如睡初醒，有恨無情，幾度風清月曉。采蓮歌起輕摇槳，任葉底、鴛鴦夢好。香飄處、黏天相碧，烟雲縹緲。　萬里湖山一棹。問滿載、歸來并頭多少。佛國靈根，海島鮮葩，回首滄江路杳。香消翠被寒初覺，長怕是、西亭秋老。青筒酒，須將瓊漿飲飽。

滿江紅 春懷

雨雨風風，直把个、韶光看賤。猛尋思、舊夢無憑，新愁難剪。多病久疏青鏡照，斷炊時解春衣典。甚殘紅、銜過短墻來，雙飛燕。　書生蠹，研生蘚。小窗静，柴門掩。想緑陰肥了，牡丹開遍。幾處尊前喧鼓吹，誰家月下開清宴。是何人、占斷好風光，花臺殿。

望江南 題有是園圖

蝴蝶夢，何處白雲鄉。金谷輞川皆幻境，胸中邱壑是文章。把卷足徜徉。

金縷曲 偶成

暮雨蕭蕭冷。背昏燈、掩卷徘徊，愴然思省。浮世悲歡同一夢，幾個邯鄲佳境。也休怨、黄粱催醒。聞道淒凉歸覺路，把殘鐘、斷鼓留心領。諸想幻，太虛静。　春光未遠秋光近。怎禁它、雁背霜濃，蘆花風緊。從古多情人易老，况是工愁善病。先白了、飛蓬兩鬢。彩筆生花渾艷絶，付文通、衹寫千秋恨。今古事，憑誰問。

鳳凰臺上憶吹簫 病中不寐

燈昏斗帳，葉響空階，虛壁風來枕底。正痛苦無端，淒然欲涕。種種舊恨新愁，都并在、五更鐘裏。怎禁它，夢又難成，起還未起。　如此。爍骨銷魂，問弱息何堪，浮生有幾。想落落乾坤，茫茫青史。多少錦綉心傳，幸千古、才人不死。且强自，擁被清吟，放懷高寄。

卜算子 對酒

浮世等糟邱，千載靈均醒。可是評花酌月宜，窗外西風緊。　杯深得泪多，量窄嫌壺冷。塊壘難澆醉亦愁，不許愁人飲。

長相思 秋詞

蓼花秋。荻花秋。白露蒼葭秋夢幽。秋江天際流。　風颼颼。雨颼颼。吹徹闗山笛裏愁。夕陽人倚樓。

日如梭。月如梭。但覺流光鏡裏過。漸看雙鬢皤。　愁也磨。病也磨。凉夜西風吹薜蘿。模黏秋夢多。

百字令 憶母

驚心觸目，記去年此際，高堂痛苦。別後淒惶多少事，更與何人細數。大夢醒時，愛緣斷否，竟忍飄然去。畫圖空挂，依依相對無語。　便是海北天南，追尋有路，泉下知何許。血泪一箋誰與寄，風送紙灰如雨。望影摹聲，疑蹤問迹，夢裏渾難據。魂招不返，五更淒斷鐘鼓。

沁園春

喜石渚陳十村、葛野航兩先生過訪，作此贈別。

連夜燈花，幾番鵲噪，剥啄朝驚。喜詩人結伴，遠尋幽寂，河干停棹，重叩柴荆。詩酒神仙，烟霞杖履，塵外相看眼白青。春光藹、感荒蕪不弃，翰墨交情。　菲才空有虚名。奈貧病兼攻百感增。笑寒窗枯坐，一編愁握，苔階倦掃，四壁塵生。疏水羞將，壺觴未具，草草巴詞作餞行。真堪愧、愧等閑負了，月霽風清。

踏莎行 秋魂 《九秋吟》録四闋

黯澹堪悲，迷離欲化。除非宋玉能描畫。茗茗疑有復疑無，寒生毛髮教人怕。　古冢燐飄，荒階雨打。六朝敗柳西風挂。幾番夢裏費追尋，驚看木葉紛紛下。

鷓鴣天 秋夢

暫避愁魔有睡鄉。宵清如水簟生凉。梧風吹遠魂疑斷，蕉雨驚回夜正長。　參幻景，惜流光。空幃明滅映銀釭。安能盡是邯鄲境，冷逗人間富貴場。

浣溪沙 秋況

冷境誰將冷筆描。愁人百感鬢先凋。夢回一縷篆烟飄。　荒砌風凄蟲語碎，海棠紅慘蝶魂消。催寒疏雨又蕭蕭。

浪淘沙 秋感

身世悟蜉蝣。歲歲驚秋。蕉心易冷藕絲抽。無雨無風都慘切，况是颼颼。　催白少年頭。第一窮愁。蒼山不改水長流。滚滚浮生如夢裏，駒隙彌留。

滿庭芳留別蕙窗女史陳純如

榴火紅舒，蕉陰緑展，簾開晴晝遲遲。謝庭重晤，冰玉照人時。珍重千金片刻，鄉城隔、容易分携。清談久，陽關愁叠，斜日晝闌西。　歸輿風送緊，匆忙行色，酒泛瓊卮。記燈前乍别，花影迷離。多少紅閨脂粉，最難得、翰墨相知。從今後，蒼葭秋水，脉脉繫遥思。

滿江紅明妃詞

萬里塵沙，誰不嘆、紅顔零落。須知道、無多絶代，同兹命薄。金屋繁華能幾日，秋風紈扇凉先覺。問何如、青冢自年年，春猶昨。　關塞遠，雲垂漠。毳帳冷，霜侵角。想琵琶一曲，愁中悟却。傾國都因紅粉誤，畫圖豈怨丹青錯。况浮生、到處是南柯，空裁酌。

漁家傲幽居

平湖錦爛芙蓉簇。小橋流水當門緑。寫取秋光歸畫幅。渾不俗。白雲幾片遮茅屋。　籬裏幽芳籬外竹。林臯戞戞風生麓。閑倚松根吹紫玉。歌一曲。月明自伴梅花宿。

水晶簾 綠牡丹

碧玉無消息。訝相逢、天然傾國。對試新茶，是翠羽銜來，歐家春色。謾買胭脂傳富貴，澹抹處、贏兒染出。認花光，葉影迷離，蜂藏蝶覓。　湖山曉清寂。愛垂楊掩映，露華同浥。隔疏櫳誰見，窗紗是碧。金谷前身應記取，壓多少、紅妝舊識。逗相思、無語風前，蘭心脉脉。

解語花 白桃花

净洗胭脂，香生艷雪，不爲紅顏誤。輕盈如許。消魂煞、半面文君縞素。天臺舊路。怕玉洞、更無尋處。聽墻東、子夜歌殘，脉脉憑誰訴。　露井春光無數。訝千紅隊裏，瓊瑶一樹。娟娟楚楚。任飄泊、未染人間塵土。芳魂誰主。被澹月、清風留住。小窗前、夢入梨花，同按霓裳譜。

酹江月 虞美人花

亭亭艷秀，縱托根垓下，飄零誰主。記否當年亡國恨，絶似低鬟不語。豈戀殘春，况逢啼鴂，凄斷黄昏雨。繁華幻境，何妨開近環堵。　休説傾國傾城，青青冢上，衹許明妃伍。

多少紅顔都是夢，誰吊紛紛黄土。一代貞魂，千秋薄命，仍向風前舞。漢宫何在，此花終是屬楚。

鳳凰臺上憶吹簫

題吴中女史自度腔，書任心齋先生《簫譜》後。

泪點成斑，關情不少，傳來字字生香。任尊前拍手，高唱何妨。爲報西風可否，將此意、吹到吴江。試看取，夢回月榭，人倚吟窗。　悠揚。个中無賴，怕鳳管聲聲，吹斷人腸。把新詩疊奏，盡䙰宫商。響徹碧雲天際，問誰個、正舞霓裳。料應是，驚鴻顧影，夜月如霜。

曲譜吴腔，情傳紫竹，知誰巧語鶯偷。是佳人名士，雅擅風流。贏得青衫紅粉，都并作、一片清謳。應有個，雲間弄玉，跨鳳來游。　悠悠。騷場何處，恁萬種相思，又上心頭。縱參空色相，難斷閑愁。我亦天涯淪落，消魂處、無限悲秋。遥想到，玉簫聲裏，簾捲高樓。

百字令 對月

閑階伫立，悄無人深院，梧飄金井。寶鏡澄空秋似水，一洗塵心俱净。撫劍長吟，無家可托，望斷天街迴。冰弦象管，是誰消此清景。　愛它萬里幽輝，彩雲深處，縹緲瓊樓影。借問霓裳諸女伴，可念人間凄冷。枕上游仙，風前盼鶴，好夢驚還醒。羅幃强入，遲遲秋漏初永。

瑞鶴仙 游仙詞

輕絲雙髻小。携�籃采遍，三山芝草。繁花夢雖好。嘆黄金難買，童顔長少。邯鄲醒了。把閑中、滄桑看飽。猛尋思、古往今來，泪滴千年華表。　縹緲。遥天萬里，鶴背風清，雲衣澹裊。仙路迴，迷津杳。怕道情高唱，數聲鐵笛，吹得閻浮易老。謾歸來、玉洞烟深，桃花春曉。

百字令 感悼

艷妝濃抹，記麗娘嬌小，遠山眉黛。一種風情摇曳甚，絶似浣紗人再。花壓闌干，香飄簾幕，宛轉渾無賴。韶華珍惜，千金應自長買。　那知春夢難留，好花易謝，漠漠雲歸海。妒寵争妍原是錯，今日有誰思愛。寶鏡埋塵，高樓换主，往事成千載。蓬山何處，可能無挂無礙。

金縷曲 書扇贈徐湘浦世叔

草色侵書幌。晝初長、燕語雕梁，山明翠嶂。積雨新晴天一碧，夜夜風清月朗。最好是、松間石上。世味炎凉禪味遠，篆烟輕、隔院鐘敲響。游仙夢，蓬瀛想。　幽人此際詩情爽。占韶華、有酒須傾，有花須賞。萬緑陰遮臨水閣，試把紗窗洞敞。一任取、憑闌四望。手拍紅牙翻水調，出詩詞、付與青童唱。檐櫻熟，薔薇放。

百字令 夜坐

孤燈殘照，正亂鐘敲動，五更時候。白髮孀親魂欲絶，枕上衰顔非舊。薄命兒家，慈烏未及，血泪空黏袖。徘徊顧影，從兹心緒灰逗。　尋思夜夜挑梭，零針斷綫，往事歸何有。三十餘年緣分盡，多少不堪回首。此後凄凉，寒衾蔬水，却共誰消受。香焚一炷，蒼天肯否相佑。

金縷曲 感懷

幽恨無人省。最堪憐、電光石火，年華轉瞬。猛上心來思往事，難遣五更初醒。夢裏唤、高堂不應。挑盡殘燈窗月暗，隔花鐘、敲動情千頃。寸腸斷，泪珠滚。　一春常抱愁兼病。更何況、終天慟絶，蓼莪罷咏。弱息煢煢曾未死，生受消魂光景。頻念到、泉臺凄冷。日落荒原誰是伴，近清明、幾樹棠梨影。歸鴉噪，東風緊。

滿庭芳 呈學博宋雲溪老師

主宰斯文，維持大雅，衙齋坐擁縹緗。登仙有日，臺閣久相望。況是廣平才調，梅花賦、雪裏標芳。絳紗啓，和風遠拂，弦誦出鱣堂。　微才慚咏絮，許同桃李，也傍門墻。荷栽培格外，緺棗何當。敢乞玉臺新序，珊瑚架、筆染餘香。榮華衮，千秋一字，卷帙倍生光。

鳳栖梧 題沈介庵望雲圖

慘澹雲天愁萬頃。夢裏慈顔，往事頻回省。十七年來如轉瞬。揮殘血泪猶悲哽。　一紙圖成空望影。返哺何能，我亦傷心境。渺渺荒原呼不應。高岡獨立西風冷。

百字令 題平山女史詩卷

清才慧性，是碧翁親付，蕊珠仙子。玉手薔薇花露涴，净洗脂濃粉艷。筆落珠圓，詩成錦燦，一種幽芬氣。平山不遠，菁華鍾自邗水。　堪敬梁孟丰標，閨房詩友，千載金蘭契。夜月高樓香霧濕，秋在鳳簫聲裏。愧我微才，瑶編幸接，展卷驚還喜。一詞莫贊，惟知拜讀而已。

鳳栖梧 蓮堂放艇題徐浦世叔消夏圖選三

香滿陂塘三十六。翠蓋迎凉，萬頃遮天緑。畫槳珠簾雲錦簇。摘花驚起雙鷗浴。　水佩風裳看不足。一棹輕移，蕩過藏書屋。今夜鬧紅深處宿。月明聽唱凌波曲。

浣溪沙 竹間留客

覆院陰濃月上遲。清風戛戛玉參差。客來留坐晚凉時。　石上分題情似水，尊前按板曲如絲。清譚定許隔籬知。

鷓鴣天 花陰度曲

滿座凉生小院清。呼童拍板奏新聲。香應撲面花争放，響欲凌霄月倍明。　紈扇動，酒杯停。風吹裊裊一絲輕。陽春白雪誰堪和，鶴背人來按玉笙。

金縷曲 題邑侯曹星湖父師西凉游草

夾岸桃花放。送行程、弱柳烟拖，柔波緑漾。百首詩投雲錦燦，更聽驪歌祖帳。題不盡、離筵情况。雪積羌關春倍晚，緩摇鞭、頻把江南望。山勢峻，濤聲壯。　馳驅萬里精神爽。

携新詩、滿貯囊中，清吟馬上。王事劬勞曾不覺，到處風光自賞。贏得是、天高月朗。半載歸來霜點鬢，遍歡呼、萬姓重瞻仰。春雨到，長培養。

滿庭芳 題黄楚橋先生古春園圖

老屋書藏，名花手植，當時雨榭燈窗。一番凋謝，桃李不成行。記得瓊簫象板，何曾讓、水繪風光。重回省，歌殘舞歇，往事付黄粱。　凄涼應滿目，謝家春夢，猶繞池塘。幸千秋不朽，祇有文章。此夕飄零四海，隨身是、纍世青箱。圖畫裏，歡場依舊，把卷爲傍徨。

浪淘沙 寒食感懷

風雨落花天。緑漲平川。長堤一帶柳含烟。九十春光容易老，哭殺啼鵑。　孤冢倍堪憐。蔓草荒田。古來豪杰盡長眠。身後不知誰吊我，掩卷凄然。

如夢令 髫年就塾　《紀事》八闋

轉瞬白頭人老。曾記雙丫髻小。抛綉學尋師，花裏鶯聲縹緲。清悄。清悄。簾捲書堂春曉。

踏莎行 趨庭泣血

手澤消磨，終天慟絶。傷心衹共鵑聲咽。賓朋散盡寂無人，柴門静掩車塵歇。　總角零丁，白頭淒切。萱花寂寞椿先折。穗帷風透五更寒，孀機敲落虚窗月。

鷓鴣天 機窗課織

失怙孤雛痛此生。萱堂紡織撫零丁。嬌痴未解劬勞苦，懶傍機窗待五更。　兒已倦，母難寧。但覺蕭蕭響不停。深宵驚醒寒衾夢，案上燈猶一點明。

生查子 隴首瞻雲

脉脉立斜陽，雁過長空浄。十里亦天涯，寂寞荒鄉景。　高堂極望遥，徒倚憐孤影。清泪落平岡，兩袖西風冷。

小重山 佛閣聽鐘

滿目弓繒夢亦譁。荒山歸未得，已無家。便同征雁寄蒼葭。禪扉静，一徑薜蘿遮。　清響出窗紗。碧雲敲欲破，落霜華。愁人衹合悟空花。和泪聽，坐到月西斜。

西江月 秋窗扶病

弱息偏禁百折，多磨宜有千端。閻浮滋味總心酸。參到藥爐經卷。　夜月窗前影怯，西風鏡裏眉攢。幾番愁對菊花寒。不把疏簾輕捲。

點絳脣 茅檐望月

絶少清緣，惟憐夜月懸空際。嫦娥知己。不以荒寒弃。　何必雕闌，處處瑶輝麗。西風裏。蘆簾乍啓。有个人凝睇。

更漏子 篝燈哭母

慟劬勞，思疾苦。往事何堪細數。機絶響，夢難真。萱花不復春。　壁風凄，窗月冷。總是傷心光景。魂寂寂，夜苕苕。孤檠帶泪挑。

鳳栖梧 題于秋渚先生聽秋樓圖

百尺樓頭烟樹渺。獨倚危闌，短髮愁催老。萬里碧空風浩浩。梧桐葉上秋先到。　吹散三春花共鳥。不是知音，誰聆凄凉調。天許騷人聽不了。一編宋玉消魂稿。

此日披圖思舊景。三十年來，多少滄桑境。楓落吴江詩句冷。幾人喚不吟魂醒。落落層樓孤鶴影。聽慣秋聲，歲歲西風緊。久矣清才推絶頂。蕭蕭颯颯空千頃。

百字令 題邵蓉江先生詩集

蕭疏風雅，是賢推孟母，功成課讀。意氣能超千載上，往哲依依心目。花管頻揮，賞音人少，獨奏陽春曲。布衣不朽，斯文第一清福。　幾番憑吊登臨，悲凉感慨，眼界空流俗。參透繁華塵夢幻，衹合偕松友菊。客館耽書，家山占月，得句清霏玉。懷才甘隱，白雲原傍幽谷。

爲親負米，悵庭闈少隔，晨昏蕭索。抱膝旅窗燈火夜，荻影機聲如昨。孺慕情深，倚閭望切，清泪天涯落。生成純孝，淵源應本詩學。　歸時戲舞斑衣，家常菽水，婉轉天倫樂。它日板輿花裏奉，百歲筵開高閣。華髮歡增，霞觴笑對，老健同秋鶴。奚囊獻出，珠璣顆顆交錯。

滿庭芳

蓉江先生過訪，别後寄贈。

歲暮離家，天涯作客，依人亦自無聊。河干夜駐，蹋凍訪蓬茅。幾個憐才青眼，繁華境、不停留剛兩日，西風乍起，催上蘭橈。擬烹茶厭塵囂。誰輕肯，尋幽慰寂，坐久燭花挑。灰清興，一杯未餞，怊悵水雲遥。靜待，索句來朝。報道詩人去也，征帆挂、望已苕苕。

沁園春

富家女嫁歸海上，風景之苦，聞而感賦。

萬頃平坡，幾處荒場，海上人家。把春光隔絶，漫階白草，愁眉望斷，撲面黄沙。雲鬟霜凋，鏡奩塵掩，不見東風桃李花。無聊賴、怕天還易老，日又難斜。與誰同話繁華。縱回首蘭閨夢已賒。記鶯啼燕繞，當時庭院，紅遮翠障，舊日窗紗。遠水驚號，悲風驟起，何异文姬帳外笳。遥知道、那殘妝獨坐，粉泪嗟呀。

金縷曲 題洪介石先生别梅圖

顧影同凄惋。傍冰魂、舊愛吾廬，今成鄰院。此夜尚能花下立，來日短墻隔斷。怊悵煞、羅浮夢遠。聊把一杯和泪飲，恁才華、偏被天公算。窮愁累，蕭條感。紅雲滿樹香飄暗。繞虚檐、索笑何堪，芳心如怨。如許横斜消不得，付與誰人閑玩。料祗有、風憐月伴。未解清吟空對汝，訝逋仙、翻向圖中看。詩思冷，停毫嘆。

有誠堂詩餘

儀徵方彥珍靜雲撰

如夢令 夜咏

金鴨香殘烟盡。翠竹無聲風定。舉袖欲挑燈，回見月光東映。人靜。人靜。猶自推敲詩韵。

前調 題落花胡蝶卷子

芳草天涯青遍，滿地落花風旋。春去太無情，怊悵雨絲風片。休怨。胡怨。蝴蝶殷勤留戀。

憶王孫 初春即事

朱樓晨起碧窗推。砌草蒙茸春漸回。猛雨一宵妒早梅。惜花魁。一半猶開一半摧。

前調仲夏即事

當空紅日暑增炎。小艇深灣清沼邊。女伴相將戲采蓮。味偏妍。一半清心一半甜。

前調新秋即事

疏簾花影月光籠。暑退凉生詩思濃。忽訝鏦錚響遠空。戛梧桐。一半砧聲一半風。

前調隆冬即事

隔宵寒雪喜初晴。隱隱陽烏窗隙明。自折檀梅插膽瓶。嗅寒英。一半濃香一半清。

憶秦娥秋夜懷月儀

寒飆冽。江鄉又近重陽節。重陽節。臨風感昔，知音耗絶。共此殘秋同此月。斯人也合傷離別。傷離別。焉得重來，紫萸同擷。

前調秋夜即事

燈明滅。牢騷幾許愁懷結。愁懷結。栖鴉繞樹，争啼皓月。款步蒼苔尋落葉。驚聞斷續哀音切。哀音切。何處飄來，數聲風笛。

玲瓏四犯 簾影次蔚峰宗兄原韵

卸却珊鈎，忽掩映珠櫳，渾似凝翠。叠叠湘筠，恍惚墨花塗地。瞬息繪上東墻，祇怪那、陽烏西墜。喚小鬟、添助爐香，莫在闌邊痴睡。畫堂如許春光膩。更堪憐、重重遮避。風檐好把晶燈耀，何用管弦歌吹。呢喃宿燕歸梁，增得幽人詩思。看綉屏書几，縹緲雲波烟穗。

前調 書中乾胡蝶

展玩牙籤，惜粉翅如新，猶綴荃翠。別却芳叢，那管落紅鋪地。且喜風雅常親，更不逐、花風飄墜。待欲隨、脉望餐仙，可怕高吟驚睡。幽齋滿架雲箋膩。一任它、蚋趨螢避。笑儂末技雕蟲手，借和郢都清吹。惟學謝逸生憐，難效元嬰才思。想是魂何處，應憶碧苞丹穗。

新雁過妝樓 秋閨即事

剪燭樓東。秋宵爽、拈針刺綉芙蓉。彩絨輕理，配合澹緑深紅。病質雖如籬菊瘦，縈懷恰比露華濃。聽凄清。征鴻嘹唳，目送長空。　人在紗窗小坐，擬賦詩遣興，樹杪摇風。颯颯蕭蕭，頻攬井上疏桐。尤驚梵音聒耳，是何處闍黎鳴夜鐘。迴眸處，見一彎殘月、斜挂高松。

月上海棠 對酒

東墻皓月移花影。是誰人、宜此良宵景。把酒吟秋，有嬌紅、助儂詩興。高歌唱、未識海棠曾聽。　頻唤花仙花不應。這宿酲、醉到何時醒。輾轉回思，想嫦娥、共伊清韵。待醉了、好去同游幻境。

行香子 述懷

既惡囂喧，又厭煩言。更堪嫌、家務紛纏。惟欣默坐，閑玩詩篇。也不喜游，不好耍，不貪眠。　新茶自煮，名花學養。掩紗窗、静護爐烟。針工之暇，筆墨自遣。參書中義，詩中味，静中禪。

八聲甘州 乞痴

笑幽人、無計遣窮愁，徒自費疑猜。悵風霜屢歷，被誰播弄，不許開懷。想必嗔儂好學，天不喜憐才。故設牢騷境，巧作安排。　是癖如教盡改，問穹蒼可肯，賜我痴呆。果真因爲此，何用更徘徊。久情願、愚頑懞懂，若然能、急速換靈臺。也堪算、輪迴摘貶，另付形骸。

意難忘

與夫子夜坐，書此述懷。

前世何緣。喜今生聚首，聲氣相聯。伯鸞偕德耀，玉樹配青蓮。言既合，意雙虔。更避俗心堅。最堪欣，案眉朝夕，彼此生憐。　不須悟道參禪。領衡門幽趣，紙閣蘆簾。埋名追隱士，養性學閑仙。棋共着，韵同拈。每并坐齊肩。志清高、心存忠恕，仁義求全。

臨江仙看芍藥歸舟即事

瑞芍亭前紅藥，丰神嫣媚難描。翻階凝露不勝嬌。香宜罌粟妒，色并鼠姑饒。　尤愛魄全明月，晶瑩光澈層霄。錦燈千盞映虹橋。鄰舟度新曲，檀板雜笙簫。

玉簫詞

常熟殷秉璣莖仙撰

南浦 春水用玉田韵

十里暖雲烘，趁晴烟、放鴨人來侵曉。一碧凈無塵，東風軟、已遣游絲先掃。垂陽影裏，釣鈎挂出�竿小。有女浣紗偏耐坐，茵襯漁磯芳草。　幾篙新漲粼粼，指紅橋雁齒，前痕沒了。正喜報方生，雙雙鯉、知有天涯書到。綠波渺渺。漁郎去後桃源悄。遮莫重來尋舊路，流盡落花多少。

前調 秋水用前韵

一色遠連天，影澄清、有夢閑鷗先曉。極浦易凄迷，菱花瘦、鏡裏眉波難掃。相逢何處，前生曾記圓萍小。冷落楚江魂不定，怨煞美人芳草。　是誰點出清矑，看澄澄涵碧，銀奩開了。涼露濕芙蓉，西風起、猶有采蓮船到。伊人渺渺。棹歌歇後池塘悄。一半年華流欲盡，紅葉相思應少。

高陽臺 藤花書巢送春

鬞柳含烟，病花泣雨，離筵端整長亭。誰唱陽關，斷腸怕聽啼鶯。游絲不繫東風住，遍天涯、没處追尋。指江潯，潭水悠悠，不抵愁深。　商量欲折楊枝贈，倩緑波流去，寄與柔情。已別今番，相逢忍説它生。斜陽挂出銷魂影，便桃花、樹也飄零。燕何心，纔送春歸，已把秋迎。

鎖窗寒 苔

幾度春來，連番雨過，舊時庭宇。沿緣漸緑，也有東風吹汝。傍墻陰、荒寒自憐，落花飛絮都無緒。任空階長遍，錢錢難買，韶華常住。　閑佇。題詩處。認石上模黏，剥殘如許。土花誰掃，一片蘚黏疏樹。衹殘碑、凉露卧烟，碎紋剔净青未去。看紅橋、瘦柱波痕，碧綉千年古。

湘江静 萍

颯颯西風秋欲去。翠零星、蕩摇無主。東皇別後，天涯踪迹，更相逢何處。倘果問前身，記春影、那時飛絮。　翠鈿抛却，銀奩自窺，還認是、舊時序。水漸寒，天又雨。傍江鄉、芙蓉相住。春光已老，秋光難買，任青錢無數。開煞有誰看，纖纖影、自家憐取。它生未合，今生依舊，飄流不聚。

憶秦娥 清曠閣賞寒月

清輝寒。夜深閑煞紅闌干。紅闌干。似儂心事，宛轉團環。　窅如烟。有人相守梅花邊。梅花邊。好將梅瓣，細數華年。

東風第一枝 春曉蕩舟三橋看柳色

翠抹妝濃，清澄影瘦，好山迎我先笑。一篙花外輕回，認得去年芳草。東風破夢，强扶起、腰肢低裊。聽杜鵑、頻喚春歸，不解春歸猶早。　須自惜、瘦容婉妙。還自把、黛眉暗掃。嫩陰壓平住楊花，瞞却燕鶯分曉。漫天飛起，恐竟把、佳人催老。待春痕、它日飄零，衹有亂萍知道。

合歡帶 張麗華鏡

月明飛下瑶天。喜圓暈尚依然。金粉南朝消欲盡，勝菱花、還伴嬋娟。春山索笑，秋波對語，心事先傳。看君王、比肩雙坐，桂宫人影如仙。　畫樓結綺靚妝妍。是燈前、是花前。一夢繁華酣未醒，早璚魂、化了飛烟。殘脂艷井，清歌玉樹，記否當年。照佳人、玉容香頸，可曾還照舊山川。

長亭怨慢 柳如是小印

悵人已、玉平樓仙去。片石多情，人間留取。兩字茗華，阿誰鎸出篆文古。綢繆花乳，料印遍、簪花譜。玉指記秋風，當紅豆、相思靡撫。《紅豆詩序》云：河東君探枝得之。香墓。傍荒莊拂水，衹剩蘼蕪盈路。河東君墓，在虞山拂水岩下。紅豆山莊，前明錢司寇别墅。妝樓如故，今昭文縣署中有絳雲樓，爲柳如是梳妝處。問老去、尚書在否。更欲問、芳姓誰傳，借垂柳、春時飛絮。甚私記雙描，不似鴛鴦相聚。

摸魚子 送秋

看愁雲、天半飛起，吹來離緒縈繞。樓頭消瘦垂楊影，拖入夕陽低照。殘葉少。還怨煞、飄零都被西風掃。無端别了。把蕉葉裁箋，蘆枝作管，且寫餞秋稿。　江皋外，新雁曾經帶到。而今歸也偏早。長亭一路追尋去，剩有冷風衰草。秋易老。最怕是、霜砧偏近寒閨搗。清樽已杳。衹敗籜催行，哀笳促别，料理放歸棹。

憶舊游 維摩寺探梅和瘦青師韵

怪深山僻處，幾樹梅花，花發先春。瞞却探花客，向上方翹首，一白疑雲。暗香逗來林外，一平縷曳松陰。恰沁入詩脾，狂歌水調，歌與花聽。吟聲。滿山谷，早驚落梅花，朵朵霑襟。清福曾修到，是前生錯過，消受今生。雪深自然眠冷，香夢幾時醒。恐夢入羅浮，它生有約何處尋。

念奴嬌 桃源澗觀瀑

揭來閑眺，恰天風御我，穿雲而上。昨夜山中新雨過，萬壑千岩奔放。清不迷烟，白還若霰，一澗潺潺響。衣襟沾濕，撲來詩思飛蕩。亭外鳥喚醍醐，堪同觴咏，好和歸樵唱。石壁爲屏苔作席，更有松陰如帳。林果供肴，岩泉釀酒，也可充吟臟。山靈休笑，塵懷誰是清曠。

霜葉飛

石屋中有泉一泓，碧無遁影，深邃莫測。投以石，久之錚然。上漏天光如窗隙，旁有級，可循而上，冷逼宜夏游，至秋冬時，丹楓滿谷，若錦綉，亦勝觀也。古重陽同人游此，爲填此解。

幾時不見。秋光面，紅顔老已如許。翠微高聳洞天低，此是尋秋處。喜一徑、幽無人遇。深林衹有山魈語。滴古瀑層檐，石牖外、天光浸緑，似賞疏雨。指顧斷壁危崖，蓬萊直接，飄然我欲飛去。修篁瘦影認依稀，塵慮而今悟。照一碧、玉平潭秋聚。伶俜恍憶前身住。半晌閑、茫茫也，嶺外疏鐘，隔花風度。

綺羅香 黄葉

幾處人家，數間僧寺，記得看花曾到。一棹江南，漂泊不如歸好。看疏林、挨過斜陽，偏攙和、天涯衰草。怎西風、簾捲佳人，病容消瘦比秋早。　陰陰梅子熟後，雨雨風風凄緊，春先催老。零落東籬，滿地殘英難掃。最愁是、踏碎征塵，又還怕、冷楓相笑。任題詩、不寫相思，寸紅流共杳。

長亭怨慢 夕陽

看一平角、高樓紅暈。望斷遥天，畫欄偷憑。柳外長虹，艷魂早已化秋冷。落花三徑，吹不去、春風影。萬古此茫茫，算多少、英華消盡。　重認。已孤村不見，衹見遠山明净。幾番雨過，又小小、新蟾相映。最愁是、一纖匆匆，共荒渡、片帆剛趁。正鴉背歸來，餘恨人間猶剩。

浪淘沙 送春

簾外緑陰濃。簾裏春慵。風風雨雨夢魂中。睡起不知春已去，一晌惺忪。　去也怎匆匆。何處重逢。落花飛絮各西東。蕩颺春愁收不得，付與東風。

沁園春 白燕

莫訝紅襟，此日重逢，相看已非。笑主人簾箔，換來銀蒜，舊家門巷，褪了烏衣。柳絮池塘，梨花院落，飛入叢中影欲迷。穿花去，共尋芳蝴蝶，到處相依。　水精怎捲風微。問何處銜泥帶月歸。喜拖餘半頸，玉釵綽約，舞殘雙剪，雪羽差池。夕照都沉，粉墻不隔，休向佳人鬢上飛。喃喃語，與雪衣娘子，共話依稀。

邁陂塘

六月廿一日曉起，偕外子伯唐弟泛舟尚湖，烟水一片，荷香四聞，十里五里，紅白相間，翠影亭亭，臨波欲笑，正錦峰倒映，開奩曉妝時也。扣舷曼歌，花若解語欲答。

趁輕橈、滿船凉翠，載將明月同去。蟬聲喚醒紅閨夢，引我花閑容與。天乍曙。渾不辨、瀰瀰萬頃湖田路。烟波深處。看架樹爲巢，結蘆作屋，衹有老漁住。看花意，安得與花常聚。芳情領略何許。荷花似儂相識，隔浦盈盈欲語。且慢訴。還怕被、閑鷗聽去先相妒。重來恐阻。索折取卿卿，携歸珍重，付與膽瓶貯。

綠　意

山中觀綠陰作，調從玉田之名，律則仍遵石帚。

憑高望極。訝滿天黯黯，如幄深密。四面遮闌，不平是濃雲，嵐光萬里都濕。東風葬了飛花後，又那有、殘香收拾。剩夕陽、一點孤紅，化作亂山重疊。　猶記尋芳到此，好春正冶艷，游逐蝴蝶。一徑穿來，如雨如烟，罨斷天涯行客。何曾罨斷天涯路，莫說起、落紅凄絶。怕再來、連葉飄零，更是可憐時節。

鵲橋仙七夕

羅雲衣錦，銀河奩鏡，風致去年曾記。年年常見月如鈎，慣鈎起、百年離思。　相離一歲，相逢一夕，抛了幾多珠泪。天孫枉自號雙星，怎不及、人間伉儷。

沁園春

小病兼旬，緑窗新起，過可園拜紅軒，飛絮糁徑，落紅襯茵，雙柳低垂，卧波照影。徘徊池上，不自知其春光已去矣，感填此解。

小院無人，鎮日垂簾，孤負好春。正春愁難繫，游絲撩亂，春魂不定，飛絮飄零。濃緑欺紅，殘紅泣緑，泪向東風莫浪傾。群花譜，把香絨幾縷，欲綉難成。　無情最是啼鶯。更驚起蘭閨午夢醒。怕一泓菱鏡，照來消瘦，一聲梅笛，吹徹凄清。柳色湔衣，苔痕綴石，樓外斜陽易感人。臨波立，折楊枝作管，寫出詞新。

探春慢

出阜城門一里許，由拂水岩入山，登劍門，奇峰插雲，千仞壁立。俯瞰東西兩湖，若奩鏡，水木清華，宜晴宜雨，蓋吾虞絶勝境也。偶偕霰芝二妹、婉清三妹、伯唐弟、外子携酒游此，溯流滌盞，選石鋪箋。天外湖光，欲上衣袂。臨風倚聲，彌愜幽賞，山靈有知，當亦破笑。時四月十有一日，春去時也。

水拂風裾，路攀虹帶，逆著崖流堪上。高欲挐雲，危如驅石，劈破丹扉分兩。滿壑青如滴，襯天外、烟波摇蕩。照來鏡樣湖光，凝眸真覺清曠。　稱我登臨幽賞，共俊侶清游，俯仰何妨去。刻翠題詩，選紅酹酒，山也笑容相望。可惜尋春晚，衹剩得、紫苔花放。誰送樵歸，夕陽斜閣青嶂。

水龍吟秋海棠

小名尚列春芳，相思偏避春風面。佳人薄命，年華不再，甚時相見。細數三生，前生歡笑，今生哀怨。正秋心寂寞，無言淒抑，苔涼處、泪如綫。　不爲飄零腸斷。爲聲聲、砌蟲頻喚。有誰憐惜，更無紅燭，照儂妝倩。瘦不勝扶，滿身清露，墻陰低掩。任闌干獨倚，天寒翠袖，被西風捲。

前調白秋海棠

相思妒煞肥環，自憐澹掃無人見。玉容寂寞，鉛華不御，别饒幽艷。病不成香，三生薄命，一生淒怨。正露凉如水，亭亭閑立，闌干外、霜欺面。　已是不堪腸斷。况繁華、夢魂初變。新妝乍卸，盈盈脂澤，爲誰消减。綃素全身，羅衣偏帶，一絲紅染。把酸香一縷，泪珠一掬，灑墻陰遍。

鶯啼序

上巳日，蕩舟三橋，修禊事也。湖波泛樽，山翠撲袂，虹梁垂柳，倒影而窺。曲岸芳菲，繽紛亂落。飲酒樂甚，夕陽下矣。同游者七人，霞芝、婉清、伯唐，一童、兩婢侍焉，時外子有玉峰之行，用夢窗韵填此，兼以志別，扣舷歌闋，欸乃歸去。

餘寒正深料峭，喜春風逗户。預分付、留住韶華，恐被芳草催暮。繫蘭棹、花深柳密，重來認得三橋樹。囑東皇休放，楊花漫天飛絮。　十丈芳塵，陌上走馬，襯花開軟霧。看花外、先繫柔條，它時堪寄魚素。怕柔條、相思可寄，寄不盡、相思千縷。未相離，且把相思，暫交鷗鷺。　携鷗浮白，揖鷺題紅，此間共嘯旅。怎摒擋、志和家具，載了詩酒，一任逍遥，尚湖烟雨。波流眼細，峰含眉瘦，有人不爲尋芳出。試湔裙、棹楫斜陽渡。蘼蕪綉遍，訪它拂水荒莊，有酒且酹香土。　吟懷正暢，共拍清歌，案醉遍白苎。曲岸畔、垂楊凝睇，倒影窺窗，引客偷攀，對人酣舞。清歡未已，新詞纔闋，啼鵑莫訴傷春事，倩雙鬟、吹入瑶箏柱。銷魂春去江南，燕燕鶯鶯，舊游記否。

摸魚子　自題乘槎入海圖小影

去尋親、輕槎載我，可能還載愁緒。思量總在青天裏，莫向天邊尋去。天不語。天衹把、天風吹我輕帆度。仙山何處。怎到了仙山，雙親尋見，索性一同住。　寒飆緊，不怕石尤暗阻。愁波深又何許。何如化作纖雲影，省了水程無數。瀛海苦。偏說是、相逢須要慈航渡。而又怨否。算衹怨工師，圖成妙幅，不畫一條路。

賀新涼 寄懷婉清於瀛洲

極目南沙地。悵分携、水流花落，海天無際。九畹幽姿香國領，況是連枝同氣。早省識、同心臭味。我處能開花頃刻，問年來、姊妹花開未。先結個，海鷗契。余避地師山，與崑山李寶瑜女史最善。　夢中幾度欣聯袂。乍醒來、牽牢羅袂，錯疑把臂。愧我疏慵拋錦軸，未解迴文織字。恨欲寄、相思無自。縱使織成千字錦，怕魚因、海闊終難寄。寄不盡，書中意。

菩薩蠻 得婉清書感作

羡君破浪先飛渡。嗟余戀棧幾成誤。虎口脱危灾。孤舟涉海來。　兩年暌兩地。鴻雁書頻寄。雁信縱堪傳。雁行終未聯。

前　調

田園回首成拋弃。邱塋極目都荒廢。有弟未分離。無家衹益悲。　逆氛將次靖。末劫終須定。何日共南旋。欣看月再圓。

前調 聞霞芝于歸作此寄賀

良緣千里絲牽定。客中巧把絲蘿訂。君子氣干雲。清操自出群。　緑窗春色麗。眉譜修成未。道蘊解吟詩。玉郎合倡隨。

金縷曲 瘦蝶

怕到苔涼處。見雙雙、倦飛輕翅，弄愁如許。剩粉零香須自惜，消瘦何堪再舞。休蹴向、流仙裙住。携扇忍看今日態，最憐卿、生小尋芳誤。餘此怨，共誰訴。　春風芳草思前度。憶年時、玉腰婀娜，花間來去。轉眼繁華驚夢醒，簾外斜陽又暮。笑欲畫、滕王成否。寂寞蘭閨秋意懶，怯翻箱、檢點殘金縷。曾記曬，花枝午。

前調 秋燕

猶記春時節。正江南、落花如畫，相逢三月。認得謝家庭院好，一桁雕梁栖歇。喜春社、當時曾結。轉眼年光先已去，看舞殘、雙剪憐今日。思往事，共愁絶。　比它消瘦花間蝶。更傷心、烏衣門巷，斜陽一抹。幾日深閨無賴甚，情緒何堪同説。還莫向、簾前喋喋。已是飄零如客寄，況淒風、苦雨將催別。歸去也，海天闊。

如夢令寄懷伯唐

烽火逼人離境。潮汐渡人憑信。潮已送人來，人復羈栖無定。無定。無定。隔斷雁行難并。

前調

堪嘆江干柳樹。青眼閲人無數。何事太輕狂，鎮日因風飛絮。飛絮。飛絮。莫入硯池沾污。

芷衫詩餘

泰州高佩華素香撰

十六字令 春暮

痴。累我闌干立幾時。花飛去，蜂蝶已先知。

前調 白秋海棠

嬌。清泪零零露未消。秋魂澹，玉照倩誰描。

桂殿秋 秋夜

宵未半，月剛圓。羅衫新覺嫩凉添。秋心合并成愁字，風弄芭蕉不許眠。

比梅 苔

辨不清花間路。屐齒伊誰閑步。曉起捲簾櫳，幾訝尋芳蝶誤。春去。春去。誰與殘紅遮住。

憶王孫 望遠曲

金錢暗擲拜嫦娥。昨伩燈花報喜多。行人依舊不曾過。更誰何。百事無靈莫信他。

惜分飛 落花

怎怪留春留不住。窗外落紅無數。零落胭脂雨。不堪回首江南路。可惜彩雲都散去。争奈風狂雨妒。輾轉斜陽暮。它生莫化相思樹。

憶蘿月 春雨

好夢驚回。夢醒人依舊。夜半風狂兼雨驟。一點殘燈似豆。關心不俟深秋。教人添得新愁。試問杏花開未，明朝且看枝頭。

菩薩蠻

沉沉簾幕霏霏霧。蒙蒙細雨連朝暮。終日掩柴扉。燕兒猶未歸。闌邊花事了。誰惜春光老。明月幾時來。濕雲吹不開。

賣花聲

清息漏聲中。夜雨濛濛。一竿曉日逗窗紅。知是有人樓上坐，鬢影蓬鬆。小婢喚匆匆。捲起簾櫳。餘音縹緲散西東。仿佛垂楊深處去，幾陣香風。

菩薩蠻 載咏落花

枝頭忽訝容顏改。一年一度花開謝。何苦怨東風。繁華如此終。　幾番梅雨足。子滿濃陰緑。萬物荷生成。須知天地心。

浣溪沙 暮春

簾幕垂垂漾晚風。落花飛去各西東。墻邊芍藥爲誰紅。　孤負韶華還自惜，佳辰仄弟雨聲中。流光屈指去匆匆。

前調 七夕

銀漢迢遥月半彎。虔陳瓜果任雙鬟。鵲橋穩駕白雲灣。　爲訴經年離別苦，仙踪料想五更還。那能分巧到人間。

卜算子 己亥元日

萬象盡更新，消息東風裏。吹出梅花幾陣香，春至人間矣。郎譜合歡詞，儂剪宜春紙。依舊今年似去年，七事從頭起。

前調 燭泪

風雨夜窗寒，添得愁多少。一寸相思一寸灰，還是無心好。底事太多情，惜別伊誰曉。不到天明不肯乾，也替人煩惱。

前　調

草長蝶尋芳，風暖鶯調舌。開到桃花不算春，何忍輕攀折。燕子去仍來，明月圓還缺。不敢登樓望遠人，所怕鸎哥説。

巫山一段雲

草色參差碧，花情歷亂香。不知燕子爲誰忙。銜泥上畫梁。春日貪眠未起。針綫小窗慵理。鴛鴦綉罷倚妝臺。雙眉不放開。

偷聲木蘭花 病中作

淒涼月澹梅花冷。妝臺照向愁人影。夜不成眠。已累郎君九十天。匣中重檢鴛鴦譜。幾度思量難自主。安得金針。綉出從前一段情。

柳梢青

吹出東風，傳來消息，絶世丰姿。陌上毵毵，雨中裊裊，月下依依。誰言少婦無知。怕回首、天涯別離。獨自登樓，修眉未展，望眼都迷。

踏莎行 哭桂兒

冷冷清清，參横月落。夢魂顛倒人如醉。可憐小婢正酣睡，模糊猜認兒安睡。重剔殘燈，幾番憔悴。漏聲滴向心頭碎。霜清露白不知寒，和他蠟炬垂雙泪。

減字木蘭花 秋思

羅衫拋却。底事浮雲如此薄。風動簾鈎。蕩起瀟湘十里秋。闌干西角。又見梧桐黄葉落。夕照難留。一抹胭脂上畫樓。

風蝶令 題乞巧圖

靈鵲橋千疊，新蟾月半梭。遥遥雲漢閑無波。想是雙星今夜、渡銀河。　設果庭前滿，穿針户外多。小鬟低語問嫦娥。不識今宵乞巧、巧如何。

南柯子 槐陰

喜鵲巢初穩，新蜩響欲沉。一重簾幕一重深。不種芭蕉緑到、粉墻陰。　雨過清如洗，風來暑不侵。何年絲竹夜成音。久爲郎君盼望、到而今。

剔銀燈

簾外鸚哥剛睡。偏又被、征鴻驚起。落葉空階，吹來片片，冷逼一燈紅細。雨聲零碎。都不管、它人憔悴。　重掩銀屏十二。却正是、新涼天氣。悄坐三更，羅衫輕薄，領略幾分秋意。無聊情思。好夢更誰能記。按：末句缺一字。

虞美人 戊戌中秋對月

髫年望月深閨裏。風景依然記。前年望月傍妝臺。兒女喃喃燈下、笑顔開。　今年望月心如碎。灑盡思兒泪。幾番望月月高懸。拜問嫦娥今夜、爲誰圓。

風入松 春日即事

階前草色碧於油。粉蝶夢魂留。閑來偶爾裁詩句，對殘花惹起新愁。正是海棠開足，斜陽一抹紅樓。　風筝猶挂樹梢頭。彩綫不曾收。鸚哥對我喃喃説，便教人早上簾鈎。莫被好風吹散，爐香幾縷清幽。

滿庭芳 咏新蝶

小院苔濃，曲闌花放，趁風吹到窗前。那堪離别，相見又經年。一種痴情誰覺，都愛此、草色芊芊。斜陽裏，尋芳何處，風致最翩躚。　休貪春色好，匆匆過了，瘦影誰憐。剩零星殘粉，冷落西園。何不乘風化去，便從此栩栩登仙。真超脱，芳魂差勝，葉底抱香眠。

沁園春 楊花

無力支持，脱却輕棉，千條萬條。看乍寒乍暖，抛殘紫陌，和烟和雨，亂點紅橋。色怕泥污，肌如玉潔，妙手何人擅白描。推窗望，讓謝家道韞，咏雪才高。　春來争不魂銷。更自喜身輕分外嬌。訝花間新蝶，紛紛起舞，枝頭殘凍，點點難消。淺碧池塘，濃香樓閣，一望珠簾影動摇。東風好，免拖泥帶水，吹上雲霄。

前調 葬花

捲起紅幡，解却金鈴，泪珠滿腮。記清明纔過，畫圖半幅，芳菲未改，錦綉成堆。争奈枝頭，一經夜雨，狼藉脂痕處處皆。飄零甚，怎覓來净土，好把香埋。　幾番費我疑猜。便嫁與東風也不才。早階前延佇，從容收拾，闌邊憑倚，妥帖安排。不識今番，關它何事，蝶浪蜂狂去復來。斜陽外，問芳魂何處，酹爾三杯。

菊籬詞

新城陶淑夢琴撰

清平樂 菊

澹香初逗。寂寂人何瘦。十二湘簾纔捲後。祇有東籬如舊。　何妨品自孤芳。任它未合時妝。耐得風霜已耳，從來不藉春光。

浪淘沙 夏夜同鄉甫鎔兄捧琴姊作

熱得苦分明。小立閑庭。合來花下展桃笙。忽見一星和露墮，添個流螢。　烟不上銀屏。竹亦無聲。薄雲幾片太淒清。正把疏簾纔下也，已是三更。

虞美人 秋夜共亦琴五妹望月

長河萬里光如洗。明月飛來矣。桐陰滿地幾分寒。又見隨風一葉上闌干。　蝦鬚不捲猊香冷。漏是今宵永。幾回呼妹看螢流。恰喜輕羅小扇未曾收。

臨江仙 苔

滿地蒙蒙鋪未遍，望來非霧非烟。幾行惟借屐痕添。綠憑分細草，青不上疏簾。幾日東風寒又重，奈它亭下臺邊。采桑時節落花天。不關春長養，惟愛雨廉纖。

謁金門 簾同鄉甫二兄作

游絲裊。隔住綠窗初曉。一桁波紋青未了。雨餘涼更好。　幾縷篆烟低繞。映上半階芳草。十二迴闌遮不少。燕來休又蚤。

菩薩蠻 冬夜

女紅夜半忙無了。北風冷逗燈光小。幾縷擘紅絲。芙蓉穿一枝。　三更窗乍白。莫是天將雪。呼婢捲簾看。滿階清月寒。

望江南 舟中同外周炳如文耀作

雪如積，舟已入空冥。十里山光隨岸綠，半江蒲影壓篷青。天正晚來晴。帆初卸，過了幾多程。近水人家全板屋，沿村戍堠老行營。此地太淒清。

前調

天將夕，四望又迷蒙。遠樹傍村全罩黑，亂山涵日尚餘紅。鷺影入沙中。
烟初瞑，路不辨西東。數點江燈知有艇，一聲清磬在何峰。奈此去匆匆。

采桑子 初秋同外合江樓望新月

高樓西畔平闌北，天凈如波。雲薄如羅。白鶴峰前光幾多。　一鈎乍乍寒於水，鬟正修螺。江又浮鵝。祇此秋容無奈何。

浣溪沙 秋夜

銀漏聲沉篆半殘。幾回親自注沉檀。莫將纖指故輕彈。　怕向水晶簾下立，今宵偏是十分寒。桐陰扶月上闌干。

醉太平 小西湖夜望

湖光似秋。月光似鈎。是誰開放扁舟。在湖中夜游。　蕭蕭寺樓。蒙蒙渡頭。西風黃葉悠悠。六如亭上愁。

眼兒媚 鏡

誰把雲中月取來。置向小妝臺。等閑正好，銀鈎高捲，紅幔輕開。曉時準料雙眉畫，相照又低回。我心似爾，明真如水，清得無埃。

菩薩蠻 夜坐待月不至

一庭人立花如霧。闌干紅上羅衣素。待月月何遲。薄簾初捲時。幾迴煩未語。蝙蝠來還去。夜已二更殘。碧雲階下寒。

金縷曲 落花

無計春光老，悵迴廊、蝶魂剛醒，鶯愁未了。悶把銀鈎垂不上，偏是沾衣風小。任鋪遍、一階慵掃。每借闌干低護住，幾多時、却又依芳草。休獨立，空庭悄。夢回怎奈紗窗曉。轉妨它、蛛絲半罥，蜂鬚乍攬。兩架秋千人已去，落向墻頭更好。莫須怨、玉簫聲渺。□□□□□□□，月明時、特地添煩惱。誰又管，緑陰蚤。

滿江紅 闌干同外

數處回環，把十二、畫簾圍上。恰依住、粉墻半角，緑窗一桁。夜静有時人小憑，月明惟聽釵傳響。記春時、幾度落花輕，閑同賞。　纖雲護，微風蕩。迴廊隔，平臺傍。愛紙鳶欲墮，游絲低網。垂柳半遮紅不鎖，荒苔無奈青初長。怕鶯啼、哭被小句留，心還悵。

三臺令 春雨柬陳淑芬杏

微雨。微雨。添得薄寒如許。金猊幾縷香沉。銀蠟雙臺夜深。深夜。深夜。又怕酴醾花謝。

虞美人 望月

圓如玉釧明如水。清影同千里。三更好把畫簾開。祇聽笛聲遥共雁聲來。　廣寒宫遠人何在。欲問情無奈。青天碧海一年秋。不識鏡中添得幾多愁。

卜算子 舟行

雲重壓篷低，沙積闌篙住。雨後山光緑不分，送入天邊去。　岸闊見長蘆，村遠惟疏樹。

薄暮漁人泛艇歸，泊向荒烟際。

菩薩蠻羊石

昔年羊與仙同至。仙人已去羊留矣。天外海風來。仙羊亦化哉。祇今惟有石。説是羊留迹。問石石無言。仙人何日還。

前調睡佛

西方大法如來説。衆生一切咸無著。此佛悟真元。遽然幾萬年。人生原是夢。何事紛争控。佛已示人疲。人閑猶未知。

踏莎行白燕同外作

玉鏡多情，烏衣無夢。春寒側側疏簾重。誰家初試素羅衣，滿階微雨梨花凍。不入紅樓，不來畫棟。纖纖剪向雲間弄。竹窗筠几主人貧，年年與爾閑居共。

醉太平柳影

前溪後溪。長堤短堤。闌干半角迷離。是斜陽下時。望來似絲。畫來似眉。解人惟有黃鸝。向烟中一啼。

菩薩蠻 七夕

鵲橋早向雲中駕。銀軿近夕帷初下。莫謾説相逢。一年今夜中。離情知共訴。泣下淒淒露。明日隔天河。黃姑愁更多。

前調

聘錢二萬何妨贈。要償未必償難盡。底事一年年。銀河遠似天。既爲天帝女。婿又天孫許。何處有離愁。人間忙不休。

前調

花瓜小向庭中設。素馨織得燈如雪。新樣合歡鞋。七雙筵上排。笑它兒女小。祇管求些巧。蛛網結成羅。是誰求最多。

前調

西風瑟瑟秋如畫。月鉤懶向西樓挂。不必曝羅衣。玉簪開一枝。燭光花結小。坐到天初曉。暮便掩銀屏。來宵又拜星。

南歌子 秋夜寄外

金篆三更澹，銀燈半壁紅。無聊自起掩簾櫳。祇見一階花影、月明中。　霜角遥催曙，寒衾尚怯風。秋聲無奈感歸鴻。遮莫離愁遠道、兩相同。

點絳唇 秋柳

可奈秋深，西風斜日荒城晚。蕭蕭淺淺。幾里鄉關遠。　添個寒鴉，免得愁無伴。憑誰管。水村山館。別恨同長短。

菩薩蠻 舟夜

荒江嚮晚烟如水。一舟泊向蘆花裏。幾處浸寒罾。水摇三兩星。　遠山蒙似墨。雁影沙中出。忽聽竹篙聲。四更潮又生。

玉連環影 送春寄外

春去。寂寂人何處。試立迴闌，好對荼蘼語。篆霏霏。晝遲遲。愁聽子規聲裏雨如絲。

南鄉子 雨夜不寐

疏雨太零星。點滴聲隨漏未停。怕是猊爐香乍上，銀屏。斜裊烟絲幾縷青。　此夜夢難成。紅燭金臺半不明。莫向輕紗窗下立，東丁。羊角風搏鐵馬鳴。

金縷曲 蟋蟀

瑟瑟秋何處，祇此間、籬邊墻外，荒凉如許。豆架半棚亭一角，著下數聲微雨。怎今夜、風寒於水。似惜隔鄰機正急，對輕篝、不敢啼來苦。紙窗外，凄凄語。　宵深莫入荒苔去。怕階前、銀床剛冷，玉繩低指。畫角孤城高樓笛，同是一般酸楚。簾乍捲、篆銷烟阻。寂寂闌干煩未了，奈梧桐、葉落堆無數。莫聽到，更傳五。

高陽臺 中秋望月同外作

銀漢雲寒，玉闌風細，半天全是凉秋。明月飛來，一更先上高樓。千家燈火光於晝，息些時、烟霧都收。滿城頭，誰弄笙簫，誰按歌喉。　中庭共立羅衣薄，似碧天如水，珠箔初鈎。説到前身，前身想是多愁。清輝願得全年滿，更團圓、萬古無休。可能不，此恨此情，兩共悠悠。

菩薩蠻

采蓮，鄭氏嚮甫二兄侍婢也，頃以《春草詞》來，依韵寫之。

蒙蒙緑遍天涯路。青抱未免妨相妒。日落上西樓。閨中亦有愁。　長亭三十里。都是春光矣。墻外曉鶯啼。惱人惟此時。

附原作鄭蓮采蓮

春風二月江南路。春山如畫春光妒。緑幔捲高樓，黛痕眉上愁。　薄烟團幾里。拾翠人歸矣。又聽子規啼。如絲雨下時。

高陽臺秋雨同外作

冷冷清清，凄凄瑟瑟，一簾燈影無聊。何處秋聲，聲聲送入芭蕉。銀屏半掩銀鈎墮，剔銀爐、香篆剛燒。怎今宵，寒柝偏長，寒夢偏遥。　碧紗窗外鈴如訴，况深宵寂寂，遠道迢迢。落葉啼蛩，聽來都足魂銷。那堪更向荒江泊，打孤篷、萬里奔潮。總蕭條，明日闌干，損了紅綃。

喝火令 春日携建章大兒上粤秀山望朝漢臺

絶頂初登也，雄風亦壯哉。三城霸氣望中開。想見當時，按：第四句缺兩字。奉使賈生來。何處任囂墓，空餘朝漢臺。蠻夷大長果奇才。四十九年，猶記抱孫回。今日紅棉青草，衹有鷓鴣哀。

行香子 秋柳寄外

前日依依，今日絲絲。最無聊、月落烏啼。莫來芳榭，莫點春衣。怕雨凄凄，烟寂寂，漏遲遲。　誰掃長眉，誰管長堤。悵西風、不送人歸。闌干紅處，蝴蝶黄時。對葉蕭蕭，蘆颯颯，草離離。

菩薩蠻 除夕同外戲作

六街爆竹三更柝。桃符寫就新年樂。聽説喜神來。家家門大開。　明朝是歲始。相見都恭喜。糕果送來多。無如鄰佑何。

憶秦娥

春風多寒，咳疾增劇，閑坐無聊，寫此柬姚少蕊嫂、侍者采蓮。

春深淺。重簾幾日風如剪。風如剪。落花無數，滿階紅軟。　舊年病到今年倦。藥爐火細銀屏掩。銀屏掩。閑愁多少，與春同遠。

菩薩蠻

頻年咳疾不愈，近又咯血，鬱鬱不樂，作此遣之。

四年咳疾原難好。况兼咯血時相擾。就使可能醫。精神已不支。　人生終有死。大地同歸矣。何去復何來。人間又一回。

哦月樓詩餘

渦西儲慧嘯凰撰

一剪梅

旭日東升上海棠。紅映雕梁。緑映瑶窗。曉妝纔罷出蘭房。羅袂生香。錦襪生凉。
風送飛花處處颺。鴨唼回塘。燕啄迴廊。流鶯也解惜春光。半學調簧。半勸飛觴。

少年游 美人足

玉笋纔芽，金蓮未蕊，裂帛裹初成。兜罷弓鞋，藏來錦襪，點地更輕盈。　　香塵留得纖纖印，軟步悄無聲。藕覆輕移，榴裙低掩，瘦處可憐情。

憶江南

梅風緊，冷逗綺羅裳。悄地正懷天末意，畫堂忽訝報芹香。喜拆錦書忙。

相見歡

月明纔上簾鈎，正凝眸。忽憶去年今日、動離愁。　柳初緑。征帆促。恨難留。寂寞而今經歲、鎖眉頭。

鬢雲鬆令

步花陰，移藕覆。盼得春來，又是春歸後。怪底柳眉渾似皺。裊娜花枝，也向東風瘦。　倦拈針，慵刺綉。繞遍闌干，覓句消長晝。怕的黄昏風雨候。夢斷江南，枉把離情逗。

擣練子

鶯語急，蝶魂驚。風雨催春一霎行。繞遍闌干愁獨倚，傷春何必爲離情。

惜分飛

簾幕深沉人静悄。杜宇數聲啼了。夢醒紗窗曉。博山寶篆香猶裊。　睡起凝妝渾覺早。窺鏡眉痕略掃。著意東風小。海棠一夜開多少。

醉花陰

曲沼芙蕖香乍逗。看睡鴛如綉。惱的是蟬聲，紈扇頻摇，無計消炎晝。新詞按拍清商奏。喜晚凉還驟。攀取碧筒杯，試酌金波，小飲黄昏後。

南鄉子

流火恰纔收。南院先驚一葉秋。絡緯啼殘金井裏，含愁。倦倚雕闌看女牛。蓮瓣墮溪流。雨裼紅妝水國幽。未卜征鴻何日到，凝眸。丹桂飄香罷倚樓。

秋蕊香 七夕

簾捲星輝如畫。織女渡河時候。龍梭此際應離手。博得鵲橋填就。一年一度光陰驟。滯清漏。支機石畔重逢又。不似塵寰别久。

散餘霞 前題

粉墻低亞重重影。漸玉階人静。道是天上良宵，正秋清夜永。人間曲闌獨憑。引茗離恨。舉酒暗祝雙星，願團圞共證。

滴滴金 病中自述

蕉陰黯澹斜陽色。恁遲遲，過窗隙。鎮日如年挨向夕。更昏沉無力。那堪千里音塵隔。渺難聞，空相憶。脉脉衷情何處説。縱離魂誰惜。

少年游 喜外鄉捷

小病懨懨，重陽過了，鎮日下簾櫳。盼煞江南，音書未到，相對話喁喁。泥金忽報登科信，喜色上眉峰。願祝郎君，明年及第，人鏡艷芙蓉。

蝶戀花 憶外京邸病狀

獨對殘紅眉暗皺。青鳥來時，正是春歸後。怊悵京華人病久。而今不識平安否。想是芸窗攻苦驟。更爲思親，憶别成消瘦。盼到玉堂歡聚首。妝臺細把衷情剖。

減字木蘭花 贈仙芝姑母

冰霜懷抱。十載欽遲勞遠道。把臂而今。喜借閨中當竹林。相憐非偶。石上三生緣夙有。豁達如君。肯比嫦娥遜幾分。

蝶戀花寄仙芝姑母

綉閣依依分袂後。一日三秋，試問君知否。早約重來期莫負。而今底事遷延久。況是重陽難聚首。寂寞黄花，也似人消瘦。待得相逢開口笑。金尊共倒花前酒。

減字木蘭花爲從二姑作

悶懷遮掩。强似無愁含笑臉。便問飄流。訴到傷心話即休。明知無奈。不肯將身填孽債。却怪靈媧。曾補青天缺幾些。

南鄉子

新葺秦郵學署，并建柏蔭軒，落成，寄懷仙芝姑母。

槐市最清嚴。喜闢新居敞畫檐。月轉迴廊花映檻，垂簾。風弄銀鈎戛響尖。伴侣故鄉淹。辜負琴樽樂事兼。綉閣依依渾似夢，愁黏。便飲香醪不喜添。

惜分飛憶從二姑

欲別還期相聚首。記得丁寧時候。一去音沉久。病餘弱骨摧殘否。匪石貞心終自守。荼毒怎生禁受。玉質應非舊。連宵夢見分明瘦。

南鄉子 冬夜即事

月色澹銀蟾。陣陣風聲到畫檐。應是晚來天欲雪，廉纖。細雨如絲凍不黏。爐火閣中添。坐擁金貂下綉簾。滿室春温寒不到，紅酣。數朵盆花映鏡奩。房中月季數盆，方盛開。

華東師範大學 2022 年度文化傳承創新研究專項項目
（批準號爲 2022ECNU-WHCCYJ-12)

【明清女性總集叢刊】

小檀欒室彙刻閨秀詞

03

（清）徐乃昌 ⊙ 輯
彭國忠 敬鴻章 張代會 ⊙ 彙輯點校

黄山書社

本册目録

第七集

嘯雪庵詩餘

茂苑吴綃冰仙撰

綉閑詞　甘泉徐元端延香撰

三秀齋詞

丹徒鮑之芬药繽撰

德風亭詞

江寧王貞儀德卿撰

碧梧紅蕉館詞

陽湖左錫璇芙江撰

冷吟仙館詩餘　陽湖左錫嘉冰如撰

蓮因室詞

錢塘鄭蘭孫娱清撰

慈暉館詞

儀徵阮恩灤媚川撰

曇花詞　錢塘汪淑娟玉卿撰

蕉窗詞

金匱鄧瑜慧珏撰

第八集

錦囊詩餘　會稽商景蘭眉生撰

澹香樓詞

吴門葛秀英玉貞撰

補欄詞

陽湖劉琬懷韞如撰

晚香居詞

華亭張玉珍藍生撰

瘦吟詞

青浦許淑慧定生撰

浣清詩餘

毗陵錢孟鈿冠之撰

茶香閣詞　寧鄉黃婉瓊葆儀撰

雯窗瘦影詞　海昌許誦珠寶娟撰

佩秋閣詞　吴縣吴茝佩纕撰

慧福樓詞

德清俞綉孫彩裳撰

第九集

鏡閣新聲　吉水朱中楣遠山撰

古香樓詞

仁和錢鳳綸雲儀撰

梨雲榭詞

仁和鍾筠蕢若撰

湘筠館詞

仁和孫雲鳳碧梧撰

韞玉樓詞

常熟屈秉筠宛仙撰

楚畹閣詩餘　常熟季蘭韵湘娟撰

壽研山房詞　吴縣曹景芝宜仙撰

含青閣詩餘

臨海屈蕙纕逸珊撰

綉墨軒詞　德清俞慶曾吉初撰

飲露詞

合肥李道清味蘭撰

第十集

鸝吹詞

吴江沈宜修宛君撰

芳雪軒詞　吴江葉紈紈昭齊撰

疏香閣詞　吴江葉小鸞瓊章撰

雪壓軒詞

丹陽賀雙卿秋碧撰

倚雲閣詞　丹徒張友書静宜撰

翠薇仙館詞

錢塘孫瑩培□□撰

唾絨詞　瓊山吴小姑□□撰

霞珍詞　江陰繆珠蓀稺青撰

崦樓詞

侯官沈鵲應孟雅撰

花影吹笙室詞

閩縣李慎溶樨清撰

【第七集】

詞人姓氏

吴　綃　字冰仙，一字片霞，又字素公，長洲人。通判吴水蒼女，川北道常熟許瑶室。冰仙工小楷，善丹青，兼擅絲竹，家有古琴，時撫弄之。其詩清麗婉約，集中有與梅村祭酒相倡和者，稱祭酒曰兄，殆梅村之女弟也。

徐元端　字延香，甘泉人，徐石麒女。

鮑之芬　字苭繽，一字澣雲，丹徒人。諸生鮑皋女，户部郎中之鍾妹，徐（□）〔彬〕室。與姊之蕙、之蘭并工吟咏。

王貞儀　字德卿，江寧人。宣化知府王者輔孫女，王錫琛女，宣城詹枚室。記誦淹貫，最嗜梅氏天算之學，著有《術算簡存》五卷、《籌算易知》《重訂策算證訛》《西洋籌算增删》《女蒙拾誦》《沉痾囈語》各一卷、《象數窺餘》四卷、《文選詩賦參評》十卷、《綉帙餘箋》十卷、《德風亭初集》十四卷《二集》六卷。

左錫璇　字芙江，陽湖人。大理寺丞左昂女，幼受藝於張孟緹，工詩詞，畫宗南田，亦秀潤有法。歸武進袁厚安太史績懋爲繼室，未十年，太史觀督閩之延平，督師剿賊，殉節，時年甫三十。留居閫嶠，畫荻教子，有賢母風。著有《碧梧紅蕉館詩稿》，藏於家。

左錫嘉　字冰如，又字小雲，陽湖人。左昂第三女，錫璇妹，吉安知府華陽曾咏室，有《冷吟仙館詩》。

鄭蘭孫　字娱清，錢唐人。揚州府經歷仁和徐鴻謨室，琪母。

阮恩灤　字媚川，儀徵人。文達公元弟三孫女，錢唐沈霖室。

汪淑娟　字玉卿，錢唐人。孝廉金繩武室，繩武有《泡影詞》。

鄧　瑜　字慧珏，金匱人。縣丞鄧恩錫女，江蘇崑山縣知縣錢唐諸可寶繼室。

目

嘯雪庵詩餘

茂苑吴綃冰仙撰

滿江紅 和曹顧庵年伯

秋近江南，荷香處、緑波烟漲。消永晝、一觴一咏，葛巾無恙。文宴不須陳玳瑁，淋漓醉墨瑶箋上。鱠松陵、新釣四腮鱸，漁家餉。　小鼎中，輕雲漾。險韻句，頻頻唱。也勝它黄公爐畔，共斟村釀。細雨曾催杜老詩，花開不待三郎杖。看群賢、滿座似神仙，蘭亭狀。

前調

讀曹太史原詞，再和端陽之作。

八斗才華，似大海、紫瀾初漲。愛楚俗、年年端節，彩絲駈恙。榴噴早紅開午宴，揮毫擊鉢蒲筵上。締金蘭、珠玉盡名流，歡相餉。　墨花濃，香飄漾。郢市曲，争先唱。笑韻成金谷，漫傾醇釀。何如風雪苦情思，不勞蠟屐携笻杖。比芙蓉、出水更天然，難形狀。

前調乞叙

弄筆塗鴉，愁來似、雲興波漲。許屈指、年華易去，可禁頻恙。噩夢幾番擲過了，半生心事豪端上。檢殘篇、醁酒若爲消，誰相餉。　風景好，春摇漾。題咏處，曾酬唱。奈尋香摘艷，蝶銜蜂釀。玄晏當今文學老，校書天禄燃藜杖。比無言、桃李却多言，雨花狀。

前調述懷

陵谷紛紜，魚龍混、一江春漲。回首□、平生孤介，弱軀多恙。盼望雲霄凡骨重，寸心常鎖雙尖上。閉深閨、栖處似鷦鷯，齊眉餉。　行樂事，全抛漾。琴書好，休題唱。但夢殘吟罷，閑愁醖釀。痴想蓬萊弱水隔，難求縮地壺公杖。嘆風風、雨雨度餘年，凄凉狀。

四犯玲瓏海棠

醉紅微折，怕白露階前，曉寒疏滴。如醉如慵，别是一般標格。嫦娥十分光彩，照娟娟、濃妝顔色。此際那教絡緯報，燕歸消息。　想畫堂人起珠簾隔。向鏡臺鬢邊輕摘。看盡嬌嬈態，堪憐堪惜。早來胭脂雨洗，更那勝伴伊愁寂。莫似杜陵老去，悔當年不曾題得。

憶江南四時

江南憶，風暖換春衣。如畫樓臺花夾路，香街人醉玉驄肥。年少踏青歸。

江南憶，女伴采蓮期。水似玻璃人似玉，薄妝偏稱晚凉時。蘭槳日遲遲。

江南憶，秋氣夜方清。鱸膾鮮肥蒓菜滑，千人石上月亭亭。到處按歌聲。

江南憶，地暖早梅香。長夜不禁朝起早，一枝如玉鬢雲旁。呵手試新妝。

梅花引

曉風寒。曉妝難。玉破簾前冬又殘。倚闌干。倚闌干。閑把一枝，無人惟自看。年年愁過芳菲節。今朝又見花如雪。泪珠彈。泪珠彈。抛却粉奩，不教問鏡鸞。

東坡引聽弦

冰弦何處曲。弦畔纖纖玉。珍珠亂瀉聲聲續。斷腸銷畫燭。斷腸銷畫燭。愁多怕聽，春山暗蹙。恨往事，心頭觸。廿年噩夢將人促。殘棋剛半局。殘棋剛半局。

瑞鷓鴣 出歌姬

筵前檀板試新聲。嬌喉囀處聽春鶯。短髮齊肩，似束腰肢小，更喜雙眸片月清。　楊花本是無情物，等閑化作浮萍。當年費盡黄金，辛苦緣歌舞、教初成。雨散雲飛一夢醒。

千秋歲 畫梅花扇贈尼

半夜窗前，一枝墻角。其處春光到廖廓。東君已許陽和放，笛聲何故翻教落。不禁風，偏宜月，休抛却。　笑我半生真命薄。没事被它閑事縛。暗把梅花自評度。清香此際無多日，明朝再到還蕭索。駕三車，皈三寶，心相約。

漢宫春 夏景

午夢初回，見滿庭花影，烟罩香階。一架淺紅深緑，蜀纈匀排。纖鈎長帶，亂紛紛，掩映樓臺。暢好似、鄰墻上，笑隱雙腮。　多是天公有意，怕春光歸去，羯鼓相催。倩它暖風濃露，剩染繁開。闌干那畔，無聊長月，幾遍徘徊。記得我、因貪艷朵，半空抓住金釵。

杏花天

今年一倍春光早。燕子話、杏園消耗。馬啼踏遍青青草。惹袖東風偏好。　賀大厦、羡伊飛繞。對美景、歡情多少。宵來驚蟄雷聲報。滿眼曲江花笑。

聲聲慢 夏景

鶯啼柳外，燕到簾間，雨歇晚凉堪惜。永日苕苕，唯見石榴紅折。閑思個人千里，馬蹄何處塵陌。新篁解，嚮數竿青玉，金釵愁畫。　塘上荷錢潑露，還似我、相思泪珠常滴。怕點紅妝，止寫遠山雙碧。怎生紗厨象簟，清光借、素秋消息。有如雪，挂長空、此夜皓魄。

菩薩蠻 閨情

開到薔薇花事了。雙蛾翠叠愁難掃。樓外是天涯。紅塵去路賒。　不禁春夢亂。消息經年斷。綉帶幾圍寬。薰爐愁夜闌。

畫堂春 萱花

一枝花發北堂幽。無聊長日悠悠。輕風濃日畫闌頭。緑嫩紅柔。　粉蝶不知人意，紛紛來往綢繆。雙眉常自曲如鈎。莫説忘憂。

浣溪沙

曾見西施出浣紗。一鈎香迹印弓鞋。綠波紅映臉邊花。重到没人山寂寂，滿灘銀礫净無瑕。夜來春雨水痕加。

漁家傲春曉

春日春光何處好。窗前數朶梅花早。殘夢乍回雲縹緲。魂去杳。香風陣陣吹來巧。枝上青禽聲繚悄。分明問我情多少。萬斛閑愁渾不了。無聊自把寒衾攬。

江城子

澄波如練漾殘霞。日光斜。照平沙。隔岸酒旗，招颭是誰家。紅袖壚邊人似玉，留客處，綠楊遮。落帆風裏轉船檛。柁咿啞。浪生花。可惜明朝，此地又天涯。拚取十千沽一斗，須笑飲，莫嫌奢。

鵲橋仙 步秦少游韵

花針穿月，蜘絲織巧，河畔鵲橋催渡。相逢謾道是新歡，反惹起、舊懷無數。沉沉鳳幄，依依鴛夢，愁煞曉寒歸路。羲和若肯做人情，成就它、雲朝雨暮。

春光好

風力軟，弄晴天。柳如烟。水滿平湖看畫船。簇神仙。百舌黄鸝交語，一聲一囀堪憐。好花多在鬢雲邊。曉妝鮮。

憶王孫 秋夜

寒砧風急擣衣秋。木落聲中人倚樓。月午凉陰滿地愁。恨悠悠。一夜江南千里舟。

前　調

方諸影轉欲黄昏。消息沉沉暗斷魂。拜月無心心自焚。憶王孫。深院凄凉獨掩門。

蝶戀花病懷

早潮揚子舟難艤。一曲湘江，送斷危弦指。風雨落花明月底。芭蕉寸寸銜心裏。粉融濕透風前泪。花飯誰餐，伏枕知何計。王孫不來儂自去。游魂頃刻追千里。

醉花陰望遠

游子天涯音信久。盼到西風瘦。昨夜夢兒圓，祇道郎歸，翠幄薰香透。覺來依舊黄昏後，有苕苕更漏。報道睡來些，好夢難憑，索性天明候。

疏簾淡月咏懷

雲收烟霽。見澹月疏簾，芳心欲碎。聲斷玉簫，鳳遠秦樓如水。凄凄畫角殘更遲，香篝冷、薰消鴛被。孤燈昏照，三星慘烈，闌干倚徙。　嘆寂寞，長門深閉。紅於泪染，黄花憔悴。展掩西風，寒悄歸期垂切。花箋難綴離情味。記行雲、馳神千里。鸞音盼斷，陽臺夢隔，躊躇無寐。

蝶戀花 送舉

陌上槐花人欲去。萬種思量，無計教伊住。枕畔星星和泪語。傷心此夜天將曙。旅舍風塵留客處。僕馬紛紜，千里京華路。月裏一枝君自許。看花好與花爲主。

前調 (問)［聞］第

正是紅閨三月暮。鵲喜雙雙，莫道無憑據。拭盡啼痕千點雨。泥金兩字傳佳語。莫問離情愁幾許。壁上屏間，題遍懷人句。得意馬蹄狂似絮。不知今夜眠何處。

賀新郎

花滿藍橋路。畫眉郎、春情似海，屏開金雀。錦綉香車珠翠擁，一派銀箏畫鼓。看鸞鳳、繞身飛舞。椽燭花紅光似畫，彩毡鋪、(□□)［旋旋］移蓮步。烟篆起，博山霧。人間天上相逢處。隱羅帷、千迴萬轉，未容輕許。漏點不禁良夜短，月落嫦娥厮妒。回玉枕、鴛鴦交語。兩兩同心雙結取。笑楚臺，當日巫山雨。常比翼，白頭誓。

鵲橋仙 七夕

鵲橋高架，銀河水淺，看一搦、纖身輕度。離多會少不堪言，謾道是、歡娛有數。斗回珠影，月分半鏡，愁對客槎來路。相思相守似伊時，險羞煞、巫山朝暮。

卜算子 咏蓮

誰種白蓮花，秋到花開處。陶令騰騰醉欲歸，香滿廬山路。莫笑出青泥，心浄還如許。一片琉璃照影空，常向波中住。

玉樓春

九十風光愁裏度。鶯聲燕影春將暮。玉樓一望柳如烟，門外可憐千里路。夢中何事頻頻語。夢覺莫知雲去處。傍人虚自妒娥眉，對鏡不禁愁黛聚。

一斛珠 歌伎

錦堂春曉。鏡前拂綽新妝了。容華南國如伊少。豆蔻梢頭，似柳腰肢小。鸞袖動香飛雪繞。烟中一朵芙蓉裊。莫惜明珠，買取傾城笑。

雙雙燕

穿花度柳，覓曾來住處，舊時王謝。烏衣巷口，多少珠樓鴛瓦。剗地高高下下。都變做、尋常茅舍。這回却羡鶺鴒，尚有一枝堪借。　猶喜。盧家富貴。正蘭室香生，莫愁初嫁。珠簾不捲，相得杏梁香雅。且賀新成大厦。春泥軟、落紅芳藉。看取弄影雙雙，一搦纖身烟惹。

憶秦娥

春蕭索。愁紅滿眼風吹落。風吹落。柳絲烟雨，曚曨樓閣。　美人妝罷開朱箔。纔過寒食羅衫薄。羅衫薄。正思閑事，舉頭問鵲。

減字木蘭花

夢殘鶯溜。渡頭桃葉春波皺。何處香風。擲果輕車驀地逢。　珠喉戛玉。紅豆拋來眉黛蹙。畫棟飛塵。猶共餘香戀錦茵。

前調 題畫梨花白燕

綺窗春淺，香熟梨雲深小院。斜彈東風，零亂殘妝粉半融。差池并語，剪剪飛來雙玉羽。静掩重門，人與花枝總斷魂。

憶秦娥 春景

花如雪。匆匆又過清明節。輕明節。輕寒漸退，好風和悦。蝶兒粉翅鶯兒舌。曲闌香徑多周折。多周折。踏青人散，一年離别。

前調 夏景

争笑語。澹妝出避朝來暑。朝來暑。水濺雙橈，翠萍開處。生凉一陣疏疏雨。芰荷香裏人歸去。人歸去。湘簟紗櫥，那時何許。

前調 秋景

蟲聲咽。星星螢影飛不迭。飛不迭。碧梧風細，夜聲凄切。長空雲静音鴻絶。天公誰解修明月。修明月。嫦娥薄命，不勝圓缺。

前調 冬景

蘭膏竭。長宵最苦燈兒滅。燈兒滅。夢回無語，紙窗風裂。　茗茗玉漏聲悲咽。霜飆攪動檐邊鐵。檐邊鐵。頻敲枕上，擁衾聽雪。

河滿子 自題彈琴小像

最愛朱絲聲澹，花前漫撫瑶琴。世上幾人能好古，高山流水空尋。目送飛鴻天外，白雲遠樹愔愔。　彈到孤鸞别鶴，凄凄還自沾襟。指下宫商多激烈，平生一片冰心。若話無弦妙處，何須更問知音。

鳳凰臺上憶吹簫 别緒

似夢如雲，堪憐聚散，魂消烟雨汀洲。見錦帆高舉，去也難留。可惜酒濃春暖，陽關唱、一霎成秋。黯然别，無言有泪，半晌低頭。　休休。歸期知記否，枉自凝眸。嘆鳳簫聲遠，空憶綢繆。惟是多情月姊，應照我、兩處悠悠。悠悠處，柔腸宛轉，寸寸離愁。

青玉案

姑蘇舊是繁華處。嘆寂寞、閑來往。轉眼年光三月暮。幾朝晴暖，幾番風雨。容易春來去。　簾前隱隱門前路。腸斷梁邊燕飛去。但是情來惟獨語。花間詩酒，塘邊簫鼓。烟景漫空絮。

一叢花

天空露爽火西流。籬下一叢秋。翠綃香澹黄花早，聽絡緯啾啾。隴水悲凉，衡鴻凄惻，種種助人憂。　風清月冷旅窗幽。何處弄箜篌。如思似怨聲忉怛，却難怪宋玉多愁。腸斷王孫，魂消蝶夢，百憾在心頭。

前調又一體

畫梁春晝燕來時。桃李一枝枝。愁腸似柳千絲亂，衹幾日、瘦了腰肢。午夢乍回，湘簾不捲，一晌是誰知。　蘭膏紅豆記相思。拈着皺雙眉。鵲聲報盡都無凖，妒粉蝶、對舞遲遲。鸞鏡塵生，鴛衾香冷，紅泪滴胭脂。

憶漢月

爲底愁多歡少。幾度夢回人杳。羅幃春暖又春寒，不覺東風過了。　闌干閑倚遍，辜負滿庭花草。日斜樹影過簾前，燕子不歸還早。

如夢令

燈與前宵一樣。月與前宵一樣。斗帳綉羅衾，也與前宵一樣。兩樣。兩樣。不見五更天亮。

點絳唇 春思

春雨春風，睡起花飛霰。無心勻面。悶倚闌干遍。　自捲珠簾，放出雙雙燕。垂楊院。深下葳蕤，光景渾如電。

綉帶子

秋到海棠紅。珠露滴芳叢。此際禪心如水，階下數聲蛩。　色色更空空。多少事、暮鼓晨鐘。須教領取，一庭花影，別是宗風。

長相思

風也秋。月也秋。數聲促織夜悠悠。石畔畫闌頭。　花也愁。蝶也愁。色空空色夢難留。人事水東流。

醉落魄

做秋風雨。一夜海棠開如許。粉融脂暈新妝嫵。曉夢猶迷，瞥見嬌魂栩。　喑喑絡緯如語。關心惹起愁千縷。莫嫌楚客情偏苦。游子天涯，羈緒無今古。

鬥百花

一片韶光明媚。當日吴王醉處。園林萬點胭脂，人面紛紛相覷。滿眼繁華，共看閬苑千年，莫有武陵人住。蜂蝶争來去。　香徑花洲，聞道謳歌盈路。行春五馬，悠悠隼旟沾絮。戟户森嚴，幾枝乍折紅芳，最喜連朝甘雨。

雙雙燕

樓臺日暖，倒影池塘，動摇金碧。闌干愁倚，垂楊無力。門外青青草滿，埋没、盡當時行迹。

争堪白晝遲遲，光射紗窗塵隙。陌上金鞍綉轂，恨薄倖無端，五陵狂客。撩花惹柳，誤煞錦屏琴瑟。轉眼匆匆九十，又紅雨桃蹊狼藉。愁眠雨過黄昏，一夢等閑抛擲。

黄鶯兒 畫蘋果花　按：此《黄鶯兒》爲曲牌，與詞調《黄鶯兒》异。

別様不勝嬌。軟絲絲，綴碧條。海棠姿態些兒較。嫩紅酥欲消。澹胭脂帶潮。香生玉靨輕含笑。最難描。風情無限，半晌却停毫。

前調 櫻桃花

小朵及春開。怪秦源，未解栽。成蹊無語君休愛。微紅粉腮。宜妝笑來。花飛樊素朱唇在。閑根荄。珍禽偏惜，含到莫疑猜。

前調 虞美人草

纖影弄清風。記聞歌，楚帳中。盈盈欲舞輕身動。英雄路窮。佳人泪紅。蓮花恨血胭脂重。別重瞳。千年艷魄，争忍過江東。

前調梅花

經歲謾相思。到窗前，破臘時。問伊清瘦因何事。怕東君未知。看南枝放遲。苕苕驛使誰堪寄。夜來宜。無風有月，把酒對冰姿。

前調洛陽花

幾點守宫砂。蒨紅生，剪彩斜。一叢嫩緑纖枝亞。輕輕碎霞。茸茸細芽。胭脂拂綽徐熙畫。莫言誇。洛陽名好，休羡牡丹花。

前調杏花

二月正芳晨。賣花聲，滿路春。紅酥朵朵胭脂印。海棠是後身。緗桃是緊鄰。美人粉汗含潮暈。一枝新曲江筵上，探使屬何人。

前調澹竹葉

嫩碧長階前。似新篁，葉葉烟。黛痕細折天生蒨。銅花也欠鮮。石花也未妍。青螺一點枝頭顫。翠爲鈿。玉臺妝罷，宜貼兩眉邊。

前調 蝴蝶花

日暖草花芳。滿叢開、粉拍光。分明栩栩韓憑樣。似臨風采香。怕輕飛過墻。垂鬟展翅青枝上。石闌傍。幾回欲畫，點筆笑滕王。

前調 夾竹桃

疏影碧雲斜。倘嫣生，茜色加。丹葩嫩節春無價。秦人種它。王猷愛它。纖纖桃竹勾闌下。不争差。香筠苒弱，細碎貼朝霞。

前調 壽李花

葉葉自相當。愛翩翩、一樹芳。交輝花蕚歡無恙。懷思正長。同根莫妨。緑情體物多名狀。細斟量。田荆比并，猶恨雁分行。

綉閑詞

甘泉徐元端延香撰

搗練子 夜雨

人寂寂，夜蕭蕭。斗帳寒侵香印消。枕上誰驚春夢短，數聲疏雨近芭蕉。

點絳唇 沐髮

鶴唳晴空，月明不著朦朧睡。緑窗驚起，小立蒼苔砌。　自解香雲，俯首臨風篦。花陰碎。枝枝斜墜，薄露侵羅袂。

浣溪沙 贈美人

裊娜風前翠袖偏。宮鞋三寸綉雙蓮。朱唇新點内家圓。　紫燕偷晴窺粉靨，緑楊留意挽香肩。無情花鳥亦相憐。

重疊金 春恨

晝長睡起垂簾坐。新詩題遍無人和。稽首怨天公。生成薄命儂。　問天天不應。眉鎖千重恨。和泪理瑶箏。曲終空嘆聲。

前調 睡鸚鵡

雪衣巧舌花棚外。修翎立向斜陽曬。半晌不聞言。驚尋到翠軒。　笑聲嗔小婢。不要驚他睡。風響緑窗紗。醒來抖落花。

卜算子 閨情

花信幾番催，桃李争穠艷。不敢頻來倚畫闌，怕與春相見。　纔把綉針拈，又覺心兒倦。試唤青鬟捲翠簾，撚出雙雙燕。

清平樂 春歸

綉窗無那。自捲簾兒坐。羞睹黄鶯枝上卧。抛去青梅數顆。　東風陣陣相催。胭脂滿地蒼苔。春色依然歸去，爲誰留下愁來。

前調 蠟梅

冰清玉映。耐得驕寒性。日暮闌干猶獨憑。多少詩情酒興。天然厭學濃妝。幾點瘦影横窗。著意不須顔色，尋它一段幽香。

前調 憶别

珠簾輕揭。憔悴憐黄葉。忽憶小亭人與别。正是重陽時節。當初一段清秋。平分兩下離愁。試向西風寄問，知他還似儂不。

畫堂春 春懶

東風又作困人天。玉階堆滿榆錢。翠羅衫縐髻雲偏。鎮日欹眠。泪妒三春宿雨，愁兼午夜啼鵑。綉綳閑閣緑窗前。羞刺雙鴛。

朝中措 春情

鏡中蹙損小雙蛾。憔悴却因何。新作傷春一曲，緑窗教取鸚哥。瀟瀟風雨，懨懨愁緒，九十都過。試問落花流泪，一春誰少誰多。

醉花陰卜歸

小步閑庭香馥馥。柳眼新垂綠。游賞共誰歡，寂寞今春，祇是調鶯熟。銀筝錯亂難成曲。纖手臨池浴。昨夜夢中歸，自向花前，暗擲金錢卜。

南柯子畫扇美人

拂砌垂新柳，臨窗蘸綠蕉。含情脉脉自無聊，立向花陰深處怕人瞧。却月雙蛾淺，春風笑臉嬌。朱脣一點奪櫻桃，不待向人私語勾魂消。

賣花聲春愁

春色滿庭芳。蝶亂蜂狂。玉梅風細襲人香。纔過花朝寒食近，催斷儂腸。夜夜小紗窗。多少思量。待君歸訴怕相忘。試寫賣花聲一首，記取凄涼。

前調春暮

屈指怕春歸。不展雙眉。柳絲無計繫斜暉。又是黃昏時候也，烟靄如迷。綉户閉簾衣。兀坐窗西。無情燈慣把人欺。夜夜虚開花一穗，賺我歸期。

鷓鴣天 暮春日即事

宿雨纔收暖氣侵。清明過了覺春深。斜推玉枕抛殘夢，輕閣犀梳聽鳥音。　邀女伴，到芳林。碧苔浄掃坐花陰。閑尋鬥草消長日，輸却搔頭小玉簪。

虞美人 冬閨

起來慵向妝臺倚。亂綰凌雲髻。歸期曾說柳青時。鎮日懨懨祇是惱春遲。　小園昨夜西風劣。吹落漫天雪。侍兒佯笑捲簾紗。却道玉梅已放滿枝花。

玉樓春 秋閨

西風習習生秋扇。黄菊東籬開欲遍。畫樓近日懶妝梳，閑却釵頭雙紫燕。　朦朧晝卧湘紋簟。欲起沉吟心力倦。依稀夢冷不多時，疑在芙蓉深小院。

南鄉子 村望

纔值暮春天。暖氣侵人懶著綿。閑倚妝樓無個事，移肩。捲幔青青草色鮮。　隔岸酒旗偏。半枕垂楊半枕烟。遥望夕陽紅處也，橋邊。一對黧黄小犢眠。

前調 聞笛

殘月下迴廊。陣陣飛來葉打窗。小婢背燈疑睡穩，凄涼。欲睡還攲繡枕旁。何處笛聲長。那管深閨聽者傷。央及西風吹去也，它鄉。不信無情不斷腸。

前調 春情

獨坐數歸期。花影重重日影低。無計徘徊思好句，支頤。除却春愁没個題。閑倚畫樓西。芳草青青失舊堤。猶記當時人去處，依依。紅杏花邊卓酒旗。

踏莎行 秋夜

繡幕低垂，銀鈎雙控。闌干十二花陰重。空餘今夜月華明，畫樓寂寞無人共。鬐亂驚鴉，釵攲金鳳。避愁無計惟尋夢。幾番展轉不成眠，誰家玉笛聲三弄。

臨江仙 送春，和陳簡齋韵

携酒一尊池上飲，春歸滿地紅英。遥聞林外杜鵑聲。不如歸去也，欲聽未分明。獨抱琵琶彈一曲，曲終水冷魚驚。風前泪眼幾時晴。月高星數點，人倦夜三更。

蝶戀花 惜花

睡覺蘭房人静悄。伴我清清，一點燈兒小。風雨五更寒料峭。不知剩得春多少。　簾捲妝樓天色曉。未整雲鬟，滿地尋芳草。枝上海棠都謝了。倩誰臨作凄凉稿。

蘇幕遮 春曉

錦衾寒，初睡覺。簾幕重重，瞞却珠樓曉。忽聽檐前乾鵲噪。起向妝臺、怕對菱花照。小園深，人不到。昨夜東風，撚去春多少。獨倚雕闌尋句好。半晌無言，自把花枝拗。

醉春風 秋閨

池上殘荷盡。籬下黄花嫩。重陽還有幾多時。近。近。近。曾記當年，有人同和，花箋新韵。　不似今來困。憔悴誰相問。珠簾摇曳晚風來，陣。陣。陣。翠袖生寒，銀燈明滅，玉爐香燼。

行香子 春暮

不貼花鈿。不畫涵烟。在愁中、晝永如年。自春歸去，未到亭園。怕燕兒啼，花兒謝，柳兒眠。　纖纖素指，寶墨輕研。自書成、一幅霞箋。拈來簾下，試告蒼天。問有誰評，有誰和，有誰憐。

鳳皇閣 秋晚苦雨

看西風吹起，滿庭碎葉。閉朱户獨坐還怯。窗外芭蕉點點，做盡凄切。禁不住、芳心欲折。　殘燈挑盡，隱隱半明半滅。羅衾衹借香温熱。今夜裏，這愁腸、勝似離別。寬褪了、裙兒幾褶。

鳳凰臺上憶吹簫 夢中送別

柳外烟迷，花梢日暮，畫堂酒意闌珊。聽一聲去也，瘦損朱顔。寸寸柔腸千斷，携素手、密贈雙環。離情苦，幾番欲訴，先揾羅衫。　羞看。水邊白鷺，一對對閑游，紅蓼花灘。恨西風吹急，遠送征帆。望斷天涯不見，難回首、背倚雕闌。從今後，相逢何處，依舊巫山。

三秀齋詞

丹徒鮑之芬药繽撰

百字令 題鮑邱送別圖

天高海闊，任翱翔塵外，白鷗黄鶴。驀地西風吹客袂，湖上蒓鱸曾約。楓染林丹，葭飛渚雪，帆挂斜陽脚。蓬窗揮手，碧空烟净雲薄。　遥憶邱水潺湲，叔牙山好，在根盤枝錯。西晋東川多感慨，一葉天涯重落。十載鄉心，三秋歸夢，想故寓安樂。飛鴻目送，素衣悃悵京洛。

谷香 題九畹芝蘭圖

湘岸遺馨，托芳根九畹，尺幅叢生。素枝自摇，緑葉色秀香貞。衹合松筠爲友，更和來、林下風生。何須畏霜雪，馥郁長依，謝傅階庭。　墨痕凝蕙露，寫苔蒼蘚碧，秋蕪春榮。放懷楚客，千古猶寄幽情。可是西風江上，尚依稀、杜若芳汀。瑶琴乍成曲，鶴唳長空，石瀨泠泠。

臺城路 詠瓶菊

十風九雨重陽過，秋光更饒籬菊。敗葉階除，疏桐院落，秀色一天霜足。堆黄熨緑。自不爲春華，不因寒肅。野韵幽芳，獨開遲暮塵俗。　書窗分取一束。稱詩懷濃澹，瓶水新掬。瘦影離披，清燈暗月，添寫屏山六幅。翛然溪谷。伴楚客狂吟，陶家清福。爪擘霜螯，冷香沁尊醁。

百字令 題駱佩香秋燈課女圖

井梧秋勁，敞風疏露檻，塵空碧落。機杼初停勤荻訓，一卷書抽故槖。蕙質方柔，焦心獨展，幽裛憐閨閣。令師賢母，鳳雛清和孤鶴。　休怨伯道無兒，中郎今有女，堪承家學。習禮明詩應不愧，舅氏賓王姓駱。竇婺光寒，蓼莪篇掩，吹徹江城角。琴臺音窅，清燈辛苦紗幕。

如夢令 憶燕

紅杏枝頭春吐。不定班班社雨。輕暖又輕寒，總把歸期耽誤。何處。何處。悄立珠簾綉户。

歸計苕

踏莎行 春日有懷

芳草池塘，秋千院落。舊游回首渾如昨。東風吹夢各天涯，詩懷酒興縈離索。遥，音書耽擱。春來春去閑簾幕。青梅結子燕營巢，一年又負花前約。

金縷曲 和韵題問秋圖

何處秋深矣。望汀州、蕭蕭蘆葦，秋應在水。雪正紛披霞錯落，秋在楓林散綺。嗽泉石秋聲迸齒。摇落江南楊柳岸，送燕山九月披裘至。饒逸興，雲鄉爾。有斜陽處西風裏。小橋横、琴尊逐謝，奚囊從李。秋色二分餘幾許，秋滿寒山詩思。正杖倚、推敲一字。秋也何心秋著色，更宜人、濃澹誰爲此。青女力，霜華使。

臺城路 病中答方采芝

芳蘭秀菊馨香换，難禁异鄉羈旅。卧病心情，惜花時節，牽惹愁醒離緒。佳人别去。恨湘水湘雲，將伊留住。昨日南風，錦鱗江上寄新句。鶯花堪占吟譜。甚屈原歌辯，宋玉詞賦。熨去清漪，裁成瘦月，别是采珠儔侣。知音幾許。得懷袖長存，沉疴如愈。何日春歸，夢中鶯杜宇。

賀新涼七夕詞，侯心齋調秀亭作也，予依韵和之

梧井涼生矣。喜天上、絳河不隔，一痕秋水。衣薄五銖應耐冷，絶勝人間羅綺。看鵲駕、遥聯雁齒。獨倚西樓尋句冷，恰燈前、袖得雲箋至。傳韵語，良宵爾。　那堪客裏兼愁裏。向天涯、瓣香遥祝，陳瓜薦李。試問長生秋殿裏，多少濃情艶思。都記取、宫紗紅字。縹緲空傳金鈿盒，令人間、長恨頻歌此。誰更見，蓬萊使。

前調疊韵再和

逸句花生管。賦離居、西風落葉，鄉心自遣。紅豆從來多寫怨，總是啼春鶯燕。誰畫出碧天涼漢。一片宫商雲外度，頓鉛華、洗盡箏琶掩。屈宋後，詞人見。　賞心此夕還誰羡。想姮娥、白團扇底，佳期暗判。抛擲流黄機上錦，十二闌干倚遍。也分領、客懷一半。何日秦樓聯彩鳳，續簫聲、共待銀河絢。畫屏暖，人無倦。

風蝶令題春園撲蝶圖

石蘚侵裙碧，苔花印屐微。西園桃李惜芳菲。暗惱無情蝴蝶、送春歸。　似夢猶迷草，尋香故繞衣。逡巡把扇怕驚飛。要撲一雙粉本、畫屏幃。

踏莎行 坐月

翠幕風單，晶屏月墮。一番凉思中秋過。素娥高處不勝寒，合來伴我明窗坐。　砧杵頻催，更籌暗和。丁丁攪得聲無那。料應別夢又難成，獸爐龍腦添些個。

臺城路 感懷

夢中冉冉韶華度，情懷迥非疇昔。命也如何，時哉不與，底事十年爲客。人情閱歷。嘆火暖冰寒，自憐心迹。莫怪東風，嶺梅枝各向南北。　真言不醒頑石。縱詩書千卷，何用今日。庸福如人，虛名老我，半世窮愁消得。青衫泪濕。恨瑟柱添膠，琴材被炙。厚薄前因，料難增寸尺。

沁園春 題陳夫人遺照

芳草池塘，緑蔭階除，清和暇時。有膝前愛子，牽衣問字，閨中博士，習禮明詩。暖律調鶯，新聲囀鳳，賢母由來即令師。韶華暮，對東君悒悵，忍賦將離。　人生百歲難期。最寒燠中年費護持。嘆華胥短夢，霜蘭坐萎，春暉寸草，風樹含悲。合浦明珠，空梁夜月，應有安仁百首詞。瞻遺照，羡千秋彤管，一代蛾眉。

菩薩蠻 寄長姊

別君江上舒梅萼。思君旅邸秋蕭索。塞雁又南飛。羈人何日歸。　愁心題不得。没個量愁尺。消瘦對黄花。應知我憶家。

綺羅香 題畫眉圖

玉鏡鸞新，晶簾燕悄，朝露襲人蘭氣。欲效當年，京兆閨房韵事。入時宜、最要長蛾，喜宫樣、匀分八字。占風流、石黛南都，生花妙筆殷勤試。　春風吹上眉嫵，掩映明眸皓齒，花鈿雲髻。淺笑清顰，流盼更添嬌媚。臨瘦月、波剪秋痕，帶遠山、柳舒晴翠。祝相莊、鴻雁長齊，孫曾同壽介。

前調 題同里許翁雙美圖

竹抱孫枝，桐垂美蔭，人在小山幽處。寫出秋心，水鏡倒沉天宇。勞舊夢、世外烟霞，品新詩、閑中風趣。問仙居、丁卯橋邊，姓名更繼昔時許。　明珠雙换白璧，還似嬌梅倩杏，紫雲紅雨。玉管金爐，消遣蕙烟香縷。正好是、公子歸來，莫謾言、詩人老去。鬥輕盈、燕燕鶯鶯，嫩凉生白紵。

前調 題杏花樓曉妝圖

中酒高樓，賣花小巷，一枕春眠初醒。鏡裏惺忪，雙臉斷霞還暈。約纖腰、一幅雲拖，掃眉黛、一分月印。待妝成、簪上紅香，露痕濃染鬢雲潤。風番吹已過半，楊柳青青不隔，天涯芳信。料峭餘寒，十二闌干休憑。儘關心、鶯踏鈴聲，似相識、燕窺簾影。自嬌憨、生小無愁，畫梁延素頸。

臨江仙 消寒十咏　糊窗

故紙窗櫺風雨破，幾日嫌寒，不敢臨窗坐。數幅雲箋功力大，糊來頓使寒威挫。從此書燈添夜課，愛惜燈花，不怕風吹墮。三五銀盤雖隔個，相扶梅影分明過。

踏莎行 補裘

夏日常拋，冬時更戀。炎涼顛倒殊紈扇。年年熨帖綻重縫，春暉腸斷餘衣綫。經緯須分，元黄自辨。綈袍故好何心羡。黑貂雖敝志猶存，牛衣未必長貧賤。

菩薩蠻 曝背

廣庭滿貯三冬日。重檐梅蕊香初炙。簾幕向陽開。曦暉入户來。　丹心原自暖。不爲紅輪轉。遍體沐恩光。春生荆布香。

眉峰碧 圍爐

裘敝山眉叠，惟擁詩腸熱。寶鴨温香不敵寒，更榾柮金爐爇。　酒暖香芬烈，茶熟烟凝結。旋貯陽和虚室春，憑它一尺門前雪。

卜算子 呵筆

簾幕朔風寒，凍結毫如刺。定國安邦不用伊，何必鋒芒利。　暖氣借吹嘘，漸轉融和意。墨瀋方濃酒正酣，揮灑龍蛇勢。

清平樂 炙硯

窗南硯北。凛凛冰堅石。脆質難憑敲鑿力。爐火温馨微炙。　融融暖玉生烟。東風凍解春先。頃刻香騰墨海，何能荒我良田。

柳梢青 烹茶

勺貯寒江，瓢傾凍雪，火活銅鐺。蟹眼翻圓，松濤響徹，一桁烟縈。蒙芽岕片争清。泛碧乳、泉甘露馨。暖沁詩脾，濃消酒渴，七碗春生。

思佳客 煮酒

醞釀糟仙學杜康。生嫌味烈熟尤芳。銀屏金鼎諳時煮，黄菊青梅别樣香。寒可敵，醉堪鄉。不愁斗費十千償。需時慣把貂裘换，風雪床頭一甕藏。

憶秦娥 踏雪

山光白。山光白襯天光黑。天光黑。沉沉遠水，玻璃凍墨。羔裘粘滿花魂魄。芒鞋印滿人踪迹。人蹤迹。高低路徑，杖藜須策。

風蝶令 尋梅

夢裏香生處，窗前月到時。晴檐鳥語報南枝。定有咏花人已、得先期。殘雪逡巡踏，輕風料峭吹。清溪曲處小橋欹。一樹寒葩掩映、出疏籬。

德風亭詞

江寧王貞儀德卿撰

如夢令 漁景

月下一溪烟濸。溪裏漁叉夜響。知有小漁舟，叉得寒魚初返。同伴。同伴。（掉）［棹］向白蘋花港。

憶秦娥 春暮錢塘舟中

春雨歇。楊花兩岸飛晴雪。飛晴雪。江途渺渺，揚舲三浙。潮來胥口聲悲咽。烟波一棹真浮葉。真浮葉。篷窗閑坐，書翻越絶。

長相思 偶作

雁南歸。客難歸。一紙家書寄每遲。愁心没盡期。曉風嘶。曉星稀。夢到家園覺後疑。鄰鷄喔喔啼。

生查子 閨怨

宵來風雨多，應妒花嬌姹。穠艷一時空，忍煞芳華謝。無語倚闌干，悶對花枝下。紅淚落雙眸，簌簌如花灑。

菩薩蠻 病起

日長深院垂簾幕。夕陽芳草愁心擱。纔換夾衣裳。輕紅杏子衫。匆匆春去候。人病偏消瘦。不敢斂雙蛾。含顰對鏡多。

卜算子 夏晚

雨後晚涼多，衫葛含風細。小摘庭前茉莉花，弱縷穿連蒂。團扇葉裁蕉，閑坐荷花砌。剥取池荷帶濕看，蓮子生還未。

南柯子 咏霞

水氣烘晴靄，何殊吐蜺腥。赤城曾道爛奇形。最好落隨孤鶩、下烟汀。日脚成丹紫，天衣疊綺青。微風吹碎斷雲停。記否曼卿傳飲、自天廷。

解語花 詠梅

暗香乍襲，冷艷亭亭，丰韵真無比。十分旖旎。羞并語、東園桃李。香含雪霽。別自有、一般嫵媚。祇須看、空色凝妝，在黃昏影裏。　長想烟霞湖上，聽啾啁翠羽，清夢初起。佳人絕世。凌縞袂，却勝朱紈緑綺。此情難擬。且相伴、雲階月地。對仙姿、玉骨兩神清，作閨中知己。

眼兒媚 舟泊江浦道中

小泊行艖路偏賒。雲影雁行斜。數株疏柳，一痕殘照，幾點歸鴉。　蘆花兩岸如飛雪，潮汐下寒沙。水國西風，竹篷夜月，人在天涯。

菩薩蠻 惜花，次季容女士韵

嫣紅姹紫開偏早。看來顏色同人好。花貌媚於人。春光正十分。　雨風難作主。浮艷歸塵土。灑泪怨殘叢。無端減玉容。

明月棹孤舟 悲秋

到得秋來愁便闊。悲風又剪桐枝落。天際哀鴻，林間病葉，斷送秋光寂寞。剩對黄花憐瘦索。澹容冷艷枝枝弱。一盞香醪，半簾殘月，强把詩情咀嚼。

秦樓月 自泰州至張夏鎮作

東風峭。一車軋軋長安道。長安道。瓦天青翠，雲封岳嶠。軟紅撲面飛沙罩。客途空惹梅花笑。梅花笑。家園回憶，玉窗冰照。

滿江紅

過平原縣東門，謁顔魯公祠。

殘照城東，風急處、暮笳聲咽。正卸轂、平原祠外，前行瞻謁。作郡回思天寶日，九重樂極金甌缺。驀然間、鼙鼓起漁陽，霓裳歇。衛彈邑，千秋節。争坐位，千金帖。祇拒降斬使，是何忠烈。猶有祠堂傳俎豆，更存心迹書碑碣。羡雙雙、姓字弟兄香，常山舌。

調笑令 閨情

白露。白露。結作清霜雕樹。樹頭愁殺烏栖。隔個窗兒亂啼。啼亂。啼亂。驚醒羅幃夢斷。

江城子 夜雨

無端寒雨促秋光。晚風凉。野雲蒼。纔有梧桐，助響落銀床。窗外聲聲渾不住，愁絶處，夜偏長。　况添低砌又啼螿。亂迴腸。更心傷。爐内寒烟，銷盡水沉香。欹枕難堪聽到曉，心滴碎，怯空房。

浪淘沙 吉林秋感次鶴仙夫人韵

關塞冷西風。沙霧迷蒙。可憐秋去又匆匆。凝望亂烟衰草外，離恨無窮。　最好故園中。黄菊丹楓。蟹螯雙擘酒盈鐘。此景那堪回首憶，愁見歸鴻。

浣溪沙 梅魂，次吴小蓮女士韵

庾嶺烟迷夜寂寥。羅浮月冷路迢遥。可堪空色不相遭。　風笛吹殘渾欲斷，霜笳聽罷慣能銷。依依脉脉迴難招。

風流子 春草，次陳姊宛玉韵

日色暖平津，鄉夢杳、尋屐忒愁人。想金勒驕嘶，夕陽烟瀋，玉樓人望，廣陌痕新。碧影萋萋三月暮，南浦獨傷神。蜀魄叫殘，楚魂招罷，瘦餘中婦，眉黛空顰。淒涼青冢上，香坏埋艷骨，偏自成茵。更有長門參差，輦路徒親。却幾多縈得，新愁舊怨，天涯故國，泣雨迷塵。腸斷芳晨，綉幃日掩青春。

減字木蘭花 感作

構思下筆。漢魏齊梁求并立。底事心忙。才學韓蘇又柳王。　拘牽潦草。面目何曾收拾好。縱效西顰。没奈生成嫫母形。

踏莎行 松花江望雨

黑水驚流，黄雲隱霧。曉峰新翠埋千樹。片帆剛渡半烟江，不知何處吹來雨。　歕雪濤飛，搏沙風駐。翻盆挂瀑横空布。風波如此棹回船，星紅一綫雷車舞。

滿庭芳 冬夜吉林作

楊柳枝疏，枇杷花落，天涯别有時光。朔吹如箭，草白與沙黄。九九寒凝回憶，轉眼處、飛雪鋪霜。重檐□，冰釵堪數，隨溜挂簾旁。　含情。成小立，戍樓更冷，野柝聲揚。看庭中殘月，已上東墻。此際感縈懷抱，空打疊、百結迴腸。凄凉煞，江南塞北，萬里□家鄉。

玉樓春 夜雨有懷蘭畹姊

春來開得花成綺。遥憶美人睽萬里。天涯同是客中身，好夢何曾空度擬。　雙魚未寄雄州水。欲整瑶琴愁待理。夜來吹雨散芭蕉，故作寒聲驚客耳。

小重山 燈花

玉樓傳聲月白時。青缸光隱約、發新蕤。金葩璀璨細開遲。飛丹鳳、摇曳故留姿。　雨露不須滋。蕊生火樹花、映銀池。朝來先報好音知。輕霞暈、應是吉祥枝。

清平樂 由平原過東方曼倩故里

衛河西去，斜指沙洲路。此是歲星名里處。大隱金門堪慕。　懸珠編貝空游。書生嘆息封侯。歸念細君分賜，詠諧竟爾風流。

桃源憶故人

再入都中，留别淝上許燕珍夫人。

浮波又泛扁舟去。來日故人何處。後會迢迢愁無數。夢也難憑據。美酒高懷還小住。拚醉盈尊紅玉。北地風嚴日暮。腸斷幽燕路。

沁園春過羊叔子故里

路指前途，汶水之南，太傅江鄉。羨戈戟臨戎，輕裘裝束。旌旗領隊，緩帶飄颺。談笑兵符，風流將術，卓識誰能與抗行。還回想，想東吴信壓，西晋功揚。偶來此地堪傷。想蓋世才華百戰場。剩麥穗千畦，實垂宿雨，棗林萬樹，花發新香。舊里嘗存，殘碑可讀，揮泪何須上峴岡。而今事，□推賢已矣，更謬青囊。

行香子過一笠園賞桂

綉屋初凉，寂寞秋光。正整斜、雁字成行。遣愁無計，桐落銀床。奈曉來風，朝來雨，夜來霜。連蜷古幹，花發鄰墻。恰相邀、女伴尋芳。蕊含金粟，衣襲天香。趁月當軒，人滿座，酒盈觴。

歸朝歡 咏雁，次吉林德巽齋太史韵

水落平沙潮下渚。瑟瑟蘆花飛白雨。江南秋好恰長征，塞天霜冷携新侣。漸逵聯素羽。榆關朝發看無數。下江皋，斜斜整整，烟月滿湘浦。　落日況當人逆旅。草帛書成思寄語。聽到淒聲不忍聞，誰家夜静調冰柱。天涯悲歲暮。故鄉望斷雲迷樹。嘆嗷嗷，留心矰繳，空爲稻粱苦。

臨江仙 哭汪夫人

豈料賢媛真死别，不堪泪下聲吞。同思相見話寒温。孀聲悲苦節，噩夢愴離魂。　嘆息交情流水逝，傷懷却共誰論。天涯知己幾人存。容華芳歲盡，霜雪晚心尊。

漁家傲 嶺南作

海上風高吹瘴雨。時過十月猶嚴暑。零落紅蕖花滿渚。愁正聚。一撾初起樓頭鼓。　修得書成煩雁羽。家鄉程遠如何許。一穗青燈人閉户。懷别緒。夜深怕聽寒螿語。

虞美人 粤東九日

金風嚮晚飀飀起。時叙如流水。蟹螯初滿（月）［菊］初黄。又是一年秋老、過重陽。
龍山誰是登高客。負了家園節。廣州九月似春中。梅放桃開千樹、映丹楓。

月中行 游湖心亭戲作

樓臺高矗水中央。倒影漾湖光。畫船歌舫聽如狂。多半載紅妝。偶來雨後翻成趣，
尋勝迹、單袷迎凉。水雲滌盡粉脂香。清淢愜詩腸。

桃源憶故人 游姑蘇臺

館娃舊日沉歌舞。闔閭城邊鼙鼓。月冷宫梧幾許。夜夜啼烏苦。麋鹿可憐群走去。
霸業消磨何處。響屧空存舊語。草色侵廊廡。

菩薩蠻 過貞娘墓和韵

春來繞墓飛蝴蝶。芳草青青渾未歇。此地葬傾城。偏縈過客心。香魂愁斷絶。鵑叫
泉臺月。玉貌冠三吴。風流曉夢孤。

惜餘春慢

同許燕珍夫人登燕子磯，即次原韵。

暖水霞蒸，黛痕烟亂，百戰濤聲天半。多情燕子，何處飛來，雌伏一磯高矙。爲問當年風流，王謝華堂，雪消冰泮。漫回思舊日，烏衣簾幕，似曾相見。　祇眼底、碧樹晴江，滔滔鬱鬱，催人夢斷。山靈應笑，玉樹丰神，逝浪關情誰管。虎踞龍蟠，且休空壘輸將，自成奇巘。壯南邦、二水三山，天塹巢成絶險。

滿江紅甲寅冬至日雪

至日陽回，剛好趁、歌調白雪。侵寒起、玉堆階下，無聲騷屑。斫桂未妨才女咏，披蘭欲動先春色。較當年、䪴面并熏衣，風懷越。　三徑外，琅玕折。一室裏，珠簾揭。喜六出紛霏，梅開時節。香馥金爐烟篆漾，茗烹石鼎詩清澈。祇工閑、組綉綫新添，輕寒絶。

念奴嬌祀竈

行厨烟散，剛入夜、炊餘寒徹。爆竹鄰家初競響，正是交年節。床脚燒燈，灰堆擊帚，五祀辰方接。底須祈報，但教香水無缺。　不學致富陰家，刲羊供酒，叩禱紛煩熱。餅豆一年慚一餞，言事憑君朝闕。再拜尊前，非緣求媚，文字嗟薪積。封塵莫笑，爨火每自清潔。

浣溪沙 閑題

院落纔晴日又西。紅香初綻有薔薇。小窗閑坐偶拈題。蟬翼乍成雙翠鈿，鳳頭新綉小紅鞮。嫩陰天氣怯春泥。

南鄉子 春暮

長晝鎮無聊。閑坐拈針倦又拋。捲上湘簾看小苑，芭蕉。綠（欏）［擺］檐牙葉漸高。燕子護兒嬌。風細楊花冉冉飄。眼底韶光留不得，櫻桃。紅顆枝頭鳥啄消。

沁園春 題柳如是像

彼美人兮，河東舊氏，名姓爭傳。問底事蛾眉，愛才念切，改裝巾幘，擇士心堅。翠袖相投，紅裙難認，老去尚書已可憐。休記取，恁茸城詩句，久地長天。祇今回首當年。驀京口、扁舟桴鼓闐。更不較顧娘，泥塗容面，羞它卞女，泪灑蘭箋。道服隨身，青絲畢命，含笑章臺質獨捐。尤堪嘆，便平康如許，若個名全。

訴衷情 秋望

偶然乘興一登樓。江色俯晴流。試看千山楓老，無那又殘秋。　雲影碧，晚峰浮，雁聲悠。闌干倚遍，地上天邊，何處銷愁。

踏莎行 題梅花水仙芝草合景小幅

庾嶺春遲，洛川波迥，一般幽思誰能領。個儂同住水雲鄉，黄裳絳服欣聯影。　世外芳姿，寰中仙品，靈根堪結芝林隱。好將三秀擬三香，襟期冰雪偏宜冷。

碧梧紅蕉館詞

陽湖左錫璇芙江撰

水調歌頭 小除夕

離合自今古，斬不斷情關。東流流水不盡，何日復西還。欲借吴鈎三尺，掃浄邊塵萬里，巾幗事征鞍。多少心頭恨，清泪不勝彈。　酒樽間，人影瘦，夜燈寒。不知今夕何夕，獨醉不成歡。人世悲歡不定，歲月一年已盡，無語倚闌干。風雨荒村夜，歸夢到長安。

卜算子 紅梅盛開作此志喜

去歲此花開，紅綴枝頭小。不是殷勤愛護深，那得重嬌好。　今歲此花開，獨占春光早。一夜東風度玉鈎，香影重重繞。

虞美人 元夜

去年花下同吟玩。夜月春風院。綺羅香裏暗塵輕。譜得新詞，彩筆共題燈。　而今花月妍如故。人向天涯去。無聊懶倚曲闌干。却下簾兒，怕見月團圞。

漢宮春 梅

玉骨冰肌，任霜欺雪壓，越見丰神。亭亭倩影獨立，籬角黃昏。春風料峭，奈輕寒、勒住花魂。待夜來、晶簾月上，一枝疏影橫陳。　本是玉堂仙侶，看孤高標格，不染纖塵。無端風雨不息，吹散芳根。玉容寂寞，嘆蓬萊、欲返無因。惟是有、多情詞客，尋檐略解温存。

青玉案

湘簾不捲金鈎控。燈焰小、蘭膏凍。指冷玉笙閑不弄。羅幃深掩，綉衾低覆，漠漠輕寒送。　春愁壓得眉尖重。抛不下、情千種。欲飲香醪誰與共。小闌花影，紙窗明月，夜夜曾同夢。

意難忘 寄弟婦謝湘洲

宿雨初晴。看茸茸細草，緑遍空庭。飛花縈遠思，啼鳥弄新聲。春易老，意堪驚。屈指近清明。更與誰、題詩曲陌，沽酒江城。　夜闌風露伶俜。對一天星斗，離思怦怦。影寒花露重，酒薄不勝情。雲澹蕩，夜淒清。寂寞已三更。疏簾外、海棠月澹，楊柳風輕。

賀新凉

多少分離話。細思量、柔腸欲斷，泪珠如灑。此去蓉江祇一水，山色波光似畫。聞説道、海棠開也。料得那人花底立，小桃邊、一帶朱闌亞。明月裏，春風夜。　羅衣寬盡鴛鴦帶。鎮日閑、不情不緒，鎖眉難解。愁裏光陰容易過，須識好春難買。將別後、離懷細寫。目送飛鴻天際遠，意遲遲、悶倚秋千架。慵自把，殘妝卸。

眼兒媚

清淺銀河澹不流。風軟笛聲柔。一彎新月，半窗燈影，無限離愁。　惜分偏是多離別，此恨幾時休。惱人春色，撩人花氣，蕩漾簾鈎。

千秋歲

碧紗窗外。綠樹陰如蓋。夜寂静，蟲聲碎。海棠含宿露，憔悴偏多態。頻盼睞，流光易逝花難再。　金樽空自醉。對飲人何在。惟月影，常相對。錦書和泪寄，莫把歸期改。情無賴，香羅綰盡同心帶。

翠樓吟

紫陌花薰，青蕪草軟，轉瞬好春將半。燕歌悲遠別，望京洛、離愁如繭。關山迢遞，但脉脉此情，怎生消遣。長天遠。雁沉書杳，畫闌憑遍。　目斷。烽火連天，認白門楊柳，亂絲空綰。荒烟迷宿草，碧燐舞、夜隨風轉。長江如練。嘆六代繁華，風流雲散。愁難展。那堪明月，照來孤館。

點絳唇

懶畫雙蛾，眉尖春恨無人省。菱花照影。强把雲鬟整。　雨驟風狂，吹夢渾無準。非關病。離愁難醒。人遠天涯近。

柳梢青 花朝

好景難描。春光如綉，又是花朝。楊柳多情，海棠無力，風雨飄飖。曉妝情味無聊。有多少、餘酲未消。一縷離愁，三分春思，都上眉梢。

清平樂 春陰

陰晴天氣。鎮日懵騰睡。簾捲落花紅粉膩。夢也扶頭不起。羨它紫燕雙雙。年年棲穩雕梁。恨煞樓頭楊柳，一春擾亂愁腸。

點絳唇

曉枕初回，怕聽枝上流鶯語。五更風雨。斷送春歸去。泪是難乾，夢也渾無據。休凝佇。幾行烟樹。遮遍長亭路。

烏夜啼

山色遠分螺黛，芭蕉緑襯窗紗。酒醒漸覺羅衾薄，春在阿誰家。月館曾敲雙陸，雨窗同夢梨花。分明眼底人千里，門外即天涯。

如夢令 桃花

細葉緑分璃佩。嫩蕊凝香欲醉。簾捲午風輕，剛值曉寒初退。嫵媚。嫵媚。竹外一枝斜對。

齊天樂 題竹君六姨母桐陰撫琴圖

一痕月色迷人影，亭亭碧陰深處。輕掃倉苔，閑調珠柱，消受園林佳趣。孤懷誰語。算修竹高梧，自成儔侶。林下風清，此中未許俗塵去。　流光回首如夢，嘆程門雪擁，瑶軫凄楚。時寄父已逝世。病葉驚秋，枯柯耐冷，空剩哀弦幾縷。離愁莫訴。且剪燭琴窗，玉徽低撫。一曲清商，碧雲晴破曙。

疏影 題蔣夫人吕擷芬梅隱小照

花間小隱。是幾生艷福，修到清影。畫裏娉婷，鏡裏容顔，明妝一樣相映。枝頭翠羽啁啾處，正姑射、芳魂初醒。待夜深、明月飛來，好把前身重證。　更喜春風詞筆。謂子良太史。液池清淺處，剛照蓉鏡。蔣徑香濃，仙侣歸來，記取闌干同憑。祇愁塞北隨春去。時聞有北上之信。空望斷天涯芳信。向花前、携手端詳，恰與玉人相稱。

高陽臺

細雨欺寒，微風做冷，無端已是殘秋。姹紫嫣紅，一年好景都休。宵來衹有蟲吟草，向西風、數盡綢繆。又凄然，滿院桐陰，無限離愁。　一彎清淺銀河水，悵雙星相隔，欲度無由。吊古傷今，閑愁又上眉頭。無心去玩樓頭月，縱憑高、不見歸舟。到黄昏，聽盡征鴻，數盡更籌。

金縷曲

江上秋風急。看幾行、白蘋紅蓼，不勝清絶。野岸荒凉蘆荻冷，千里水天一色。經多少、短亭長驛。此夜知君何處泊，者相思、兩地誰能識。休爲我，暗凄切。　別來漸覺腰圍窄。鎮無聊、行思坐憶，柔腸欲折。静掩屏山燈焰黯，常恨影雙人隻。雁過也、更無消息。聽徹沉沉虬漏永，又瀟瀟、疏雨空階滴。眉尖鎖，甚時撇。

點絳唇上元

月色如銀，踏歌聲裏燈如畫。酒寒花瘦，此境難消受。　悵望天涯，獨自憑闌久。重回首。春風依舊。寂寞君知否。

解佩環

梅爲風雨所敗，感而作此。

夜來風雨。悵小園梅萼，飄墜無數。纔見花開，又見花飛，轉眼便成塵土。但教落去人知惜，更何必、重幡深護。祇愁它、没個知音，枉自魂銷千古。　日暮憑高不見，嘆繁華似夢，韶光迅羽。乍雨乍晴，輕暖輕寒，種種惱人情緒。天心到此應難問，漫惆悵留春不住。看枝頭點點殘英，空剩寒香一縷。

燭影摇紅

嚮晚春寒，羅衣不奈東風冷。屏山寂寂帶斜陽，但見鴉成陣。檻外落梅如粉。又匆匆、清明相近。桃花依舊，碧水自流，海棠未醒。　酒宿燈昏，無聊怕到黄昏静。月明倚遍曲闌干，少個年時影。柳外離鴻相應。悵因循、歸期未定。伯勞東去，歸燕西飛，此情誰省。

更漏子 寄淑生七姊

柳絲長，春雨細。宿醒酥，午睡醒。欹枕怕臨鸞鏡。愁黛淺，晚妝殘。微風簾幕寒。　花氣著人如醉。人别後，燕歸時。相思空泪垂。

如夢令雨窗夜坐

靜對殘燈一縷。觸起離懷如許。獨自不勝情，靠個影兒爲侶。無緒。無緒。生怕黄昏疏雨。

法駕導引

春草碧，腸斷憶王孫。昔日玉驄從此去，如何不見馬蹄痕。無語暗消魂。

點絳唇

蹙損春山，阿誰解得相思苦。更無情緒。况著風和雨。　年去年來，衹有愁如故。長安路。亂雲遮住。悵望情何許。

南鄉子

寂寞又黄昏。小院無人半掩門。最是難忘離別夜，銷魂。紅燭無情照泪痕。　春色太撩人。月過西廊夜已分。謾取玉樽聊自醉，醺醺。茶熱香殘被未温。

憶秦娥 柳

連天碧。沿堤楊柳愁如織。愁如織。長條非舊，那堪攀折。　鶯梭燕舞春三月。臨風裊娜嬌無力。嬌無力。送人南浦，年年惜別。

南樓令

細雨鎖連朝。梨花香暗消。醉瞢騰清緒無聊。好夢又教鶯喚起，將一枕緑雲拋。　帶減舊圍腰。誰憐腕玉銷。甚心情螺黛重描。桃李不知人意懶，猶衹是趁春嬌。

解佩令

暮春以來，連日風雨，落英繽紛，狼藉滿地。感時序頻遷，良游多阻，作此聊寄悵觸耳。

朝來風雨。晚來風雨。怎耐它朝朝暮暮。花事闌珊，怪春已暗拋人去。更無方留將春住。　鶯兒慵語。燕兒慵舞。冷清清緑陰庭户。明歲花時，知人在天涯何處。待重來花還知否。

卜算子

蛙唱起三更，夢醒燈而黑。月過西窗一角明，樹影疏疏隔。　輾轉不成愁，觸起愁千叠。盼到歸期欲盡時，依舊無消息。

燭影摇紅

幾日春陰，等閑辜負芳菲節。小闌静日更無人，祇見花飛雪。滿地榆錢堆積。柳絲長、暮烟雲碧。蓬山路遠，雁字無憑，金錢暗擲。　一枕餘酲，嫩寒鎖夢慵無力。起來心事正闌珊，畢竟和誰説。舊恨新愁□□。更何堪、啼鵑聲切。一番細雨，幾夜狂風，春歸無迹。

如夢令

憶自個人去了。襟上泪痕多少。鴛夢乍成時，又被鳥聲驚覺。煩惱。煩惱。一枕雲屏寒峭。

蝶戀花

萱草凝烟花濕露。庭户無人，惟有流鶯語。柳絮飄颻□不住。匆匆又過墻東去。　連日輕寒風又雨。游子情懷，目斷天涯路。舊恨新愁知幾許。亂山疊疊無重數。

閑中好

閑中好，月色窗穿冷。幸有合歡花，低徊伴孤影。

前調

閑中好，夜月黄昏候。小静院無人，寂寞花爲偶。

浪淘沙

獨自倚空闌。情緒闌珊。流光如矢去無還。多少思親離别泪，暗裏偷彈。　七載失承歡。雲路漫漫。聊憑雁足寄修翰。安得乘風生彩翼，飛到長安。

生查子

玉階生夜凉，雨過寒初退。十二碧闌干，花影風敲碎。　青山隔遠愁，隱隱遥峰翠。不見畫眉人，無意添螺黛。

行香子 懷小雲六妹

綠晚紅稀。景物都非。嘆華年、弃我如遺。悵花吊酒，衹爲傷離。更宿酲酥，殘夢覺，五更時。　賓鴻不見，錦書望斷，□空教、兩下相思。天長地遠，莫問歸期。奈別離多，歡會少，待何之。

南柯子

惜別慵臨鏡，啼多斂黛痕。幾回無語暗銷魂。衹有多情簾月、共相親。　夜久愁難寐，衾寒被未温。數聲征雁度層雲。况是凄凉時候、又黄昏。

賀新郎

外子以詞見示，作此奉答。

一紙書來速。道空齋、翛然對影，不勝幽獨。欲倩主人爲留意，覓取如花碧玉。待它日、貯之金屋。若得可人如我願，更何妨、拚却珠千斛。但衹恐，難從欲。　風流好個良司牧。向風塵、猶耽吟咏，公然脱俗。衹有纏綿情不改，恣意尋歡取樂。渾不解、鬢絲如擢。寄語東君宜自遣，還須留意於官牘。書中意，容徐覆。

小重山

天半疏星澹欲流。小庭人不至，月如鈎。晚凉如水露華浮。微風動，花影碎難收。雁字過南樓。聲聲啼別怨，助離愁。乘槎我欲覓歸舟。凝眸望，何處是皇州。

滿江紅

聞外子復有邵武之行，作此寄慨。

歲月如馳，早換了、一番秋色。曾記得、春時始聚，匆匆又別。仲春朔日，自泉州歸。三月中，復帶兵至延防堵。匝地峰烟何日靖，連番羽檄催行急。恨無端、按劍又從戎，爲征客。兒女泪，空教□。離別恨，何從説。願旌旗西去，早爲奏捷。聞又有邵武之行。談笑謾揮諸葛扇，運籌好畫張良策。愧浮生、不復事長征，隨車輒。

好事近寄懷婉洵大姊

憶自別君顔，已易一翻寒暑。多少別離情况，訴西風寄與。秋來容易損柔腸，不獨黄昏雨。偏是一檠燈影，照相思最苦。

虞美人 寄畹香四姊、小雲六妹

涼風吹壁蟲吟草。節序驚心早。一聲征雁過南樓。喚醒秋閨無恨、別離愁。　天涯我獨嗟迢遞。閩海全家寄。幾回無語撫危闌。烽火連天何日始平安。

思佳客 即景寫懷寄外子

夜夜驚魂入夢頻，驚心烽火滿江城。如今風雨西窗下，怕聽芭蕉點滴聲。　思往事，意猶驚。升沉何必卜君平。它生願學鴛鴦老，無浪無風了此生。

菩薩蠻 爲葉淑嬈夫人繢菊花便面

裁紅暈碧明窗静，無聊戲爲花留影。傲骨本珊珊。霜華獨耐寒。　連朝風又雨。夢鎖天涯路。烽火滿江城。何時解甲兵。

西江月 感懷寄外子

皎月每教雲掩，好花都爲香消。何須學共斗山高。反被浮名誤了。　天氣陰晴不定，世情反覆堪嘲。茫茫宦海足波濤。畢竟知音人少。

菩薩蠻

蕉窗夜夜風和雨。一燈瘦影愁爲侶。檢點別時衾。空餘舊泪痕。　晨妝慵攬鏡。積思都成恨。翠黛待重描。憐無昔日嬌。

鵲踏枝

月過西窗衾似水。人在天涯，秋在蟲聲裏。一院濕烟飛不起。臨風諳盡相思味。　珠楯玉闌閑徙倚。良夜迢迢，欲遣愁無計。卜得燈花私自喜。無言悄立簾兒底。

清平樂

秋風蕭瑟。觸耳蟲聲急。花影横窗燈照壁。添倍凄凉顔色。　年來別思頻添。愁生兩葉眉尖。試問樓頭明月，清光却向誰圓。

醉花陰 雨夜

淅瀝虛窗敲暗雨。睡鴨銷蘭炷。薄醉不成歡，屈指西風，恨事無重數。　似綺年華如水度。秋也拋人去。夢斷五更頭，芳草無情，緑遍天涯路。

朝中措

晚風庭院倍蕭條。秋色不堪描。鏡檻蹙殘雙黛，羅衣寬褪纖腰。　個人去也，相思如許，有酒難澆。料得詩餘酒後，芳情一樣魂銷。

蘇幕遮

別離多，歡會少。嘶馬秋風，人在斜陽道。盼斷寒雲無雁到。身不能飛，願化爲長堤草。　荻花殘，梧葉老。不待悲秋，已是愁難了。明月天涯曾共照。夢味闌珊，愁擁秋衾曉。

南樓令

鎮日掩簾櫳。春寒細雨中。嫩苔痕、緑到墻東。院角小桃香欲折，枝頭露、一猩紅。　遠岫暮雲封。樓高芳草空。倚危闌、離思千重。瘦減沉腰非爲別，都祇是、客愁濃。

冷吟仙館詩餘

陽湖左錫嘉冰如撰

清平樂 寄懷諸姊

揉紅剪翠。春漾簾如水。簾隙度香香欲醉。香影被風篩碎。　翠絲茸帽重幃。銀屏界破愁圍。長記別離時節，江南草長鶯飛。

憶仙姿 贈鄰女

玉滴香渦紅靨。犀管試描春色。簾底好年華，每到花時相憶。相憶。相憶。深院月斜風寂。

錦字機邊紅女。拾翠年時芳侶。相送小蓮灣，抱月飄烟無語。無語。無語。暗織春愁如縷。

菩薩蠻 秋閨

綠蕪偷長閑庭院。簾波半窣銷香篆。玉甃海棠絲。紅香三兩枝。晚風垂罣罭。小遲去輕衫薄。誰剪玉瓏玲。竹聲鏗畫屏。

月明如水虛廊靜。玉繩低亞珠簾影。庭院嫩涼天。花枝瘦可憐。枕香紅印粉。夢懶愁無準。銀燭冷棋枰。秋窗夜夜情。

前調 春閨

曉燈明滅春寒重。暗風吹破離人夢。夢斷意闌珊。泪珠和粉彈。鏡波寒漾綠。對影空悵觸。纖手折紅蘭。怕簪雙鬟鬟。

井闌曲曲梨花院。羅幃叠叠和愁捲。紫燕乍來雙。楝風春晝長。暗塵吹隙影。往事何堪省。小步轉花叢。啼鵑泣斷紅。

憶秦娥 送三姊婉靜南歸

吴天遠。雁飛殘月歸期緩。歸期緩。星河一角，纖雲四捲。幽蘭露浥紅芽短。海棠無力烟絲軟。烟絲軟。池塘夢冷，別離魂斷。

滿江紅 感懷

夢裏江南，問花事、可還依舊。恐怊悵、東風如掃，緑稀紅瘦。滿地烽烟猿鶴警，掀天波浪蛟鼉吼。恁匆匆、歲月去如流，空回首。　春去也，花知否。人去也，家何有。聽子規啼血，泪盈衫袖。浩劫蒼茫天莫問，浮生飄泊詩同瘦。但一燈。和影說相思，黄昏候。

菩薩蠻 春晝

蒙蒙漠漠梨花雨。喃喃紫燕春風語。眉黛鎖春山。別來妝鏡閑。　翠螺銅雀研。金縷鴛鴦釧。點筆寫花枝。輕紅泛荇絲。雨絲風剪清明後。東風着意搓烟柳。雨過墨香濡。裁書付雁奴。　小桃含笑靨。心事和誰說。午篆尚留香。蘭閨春晝長。

醉春風 柳

春影津亭漾。章臺何處訪。一絲絲裊酒旗風，颺。颺。颺。彈雨籠烟，飄綿拂水，做些愁樣。　遠浦遥相望。遮莫添凄愴。那回牽袖唱陽關，悵。悵。悵。青鬢誰憐，舞腰新瘦，別來情況。

金縷曲

讀黄仲則先生《兩當軒集》，即題其《竹眠詞》後。

開卷光芒放。憶髫齡、草堂侍坐，早欽名望。先生與先大父同里至交，集中贈答最多。太白前身重入世，依舊風流自賞。便鶴立、丰姿無兩。不道仙才遭物忌。衹青山一例深深葬。抔土畔，碧蕪長。　江南家在雲溪上。想當年、篝燈課子，白頭情況。葛帔天涯歸骨後，應有吟魂悄傍。但風雨、蘧廬無恙。知否孤弦音調澀，共啼鵑、夜月凄黄壤。留鶴背，笛聲響。

蘇幕遮 苦雨

雨冥冥，波瀰瀰。積水空階，隙地成芳沚。尺素無由煩驛使。浪泛桃花，目斷雙雙鯉。　翠簾垂，紅粉膩。瑣瑣飛花，點點離人泪。吴水燕山家萬里。夜夜思鄉，夢在烟波裏。

梧桐影 初夏二闋

柘葉濃，蒲芽短。天氣熟梅晴半陰，吴蠶上箔將成繭。麥浪浮，荷衣展。風捲柳花零粉香，青萍貼水隨波軟。

拜新月 七夕

一縷雲纖，三篙水淺，月向花梢斜挂。開了牽牛，正新秋良夜，問烏鵲，記否、填橋歲歲辛苦，却爲雙星催駕。織就機絲，抵相思詞帊。　度金針、女伴聯吟社，但偷乞巧思誰多寡。此際銀漢苕苕，衹玉繩低亞。便今宵、別緒從頭話。知多少、暗泪臨風灑。料應省、天上人間，總離愁難寫。

如夢令 秋思

蘭汁釃傾金甕。未醉亂愁常擁。凉夜看星河，花裛露華愁重。如夢。如夢。枝上月寒香凍。

風漾緑波鱗起。目送雙雙紅鯉。南雁也無憑，惆悵美人秋水。千里。千里。夢裊白雲鄉裏。

別後心情知否。濃睡非關中酒。丰骨太珊珊，憔悴不殊秋柳。消瘦。消瘦。長是翠眉低皺。

瘦比黄花如許。獨坐數殘更鼓。夢懶思如雲，歲月弃余何苦。無語。無語。泪似隔簾秋雨。

門掩翠環魚鎖。綉幄香籠篝火。蟲語怨清秋，簾外紫桐花彈。愁我。愁我。伴個影兒深坐。

緑意對梅有感

風凄雪警。想南枝正好，故山春冷。月又昏黄，籬落横斜，分付暗香疏影。天涯一笛吹愁墮，莫悄把、芳魂驚醒。悵者番、驛使遲來，問訊綺窗誰省。　回首鄉關劫火，記曾聽、鶴唳倍添悲哽。便許重來，看遍園林，不是當時風景。而今雲水相思闊，那更惜、玉闌孤憑。且伴它、淺醉閑吟，索笑也應還肯。

菩薩蠻不寐

珍珠罳索流蘇帳。翠衾藂枕愁相傍。展轉不成眠。飛花香滿天。　闌干紅屈曲。露滴娟娟竹。螢火隔簾青。錯疑燈一星。

夜深默坐愁如海。月華皎皎流光彩。帶影下閑階。凉花含露開。　銅荷紅蠟泪。漏轉渾無寐。何處白雲峰。悠然度遠鐘。

凉飆瑟瑟蘆飛雪。愁連一片關山月。相對不勝情。長空雁字横。　井梧飄落葉。蟲語嗚凄切。此調叶清商。做成今夜凉。

曉星脉脉疑私語。荷塘露漬香如許。殘月下庭梧。雲痕澹欲無。　微波詞謾托。寶鏡開妝閣。妝罷自沉吟。隔簾環佩聲。

點絳唇 夢返江南

斜月三更。薄幃夜捲西風冷。半床花影。寂寂愁難醒。　萬里關山，付與紅蕤枕。烽烟警。音書偏梗，夢越梅花嶺。

城郭全非。劫灰未燼蟲沙泣。斷垣頹壁。野火燐燐碧。　安得欃槍，掃盡中原賊。江南北。幾行殘柳，都是傷心色。

梧桐影 春陰

豆蔻梢，丁香結。門掩落花深院深，游絲蕩漾明還滅。翡翠環，葳蕤鎖。飛絮入簾春已深，閑花背客嬌無那。柳絮風，梨花雪。何處乳鳩三兩聲，春愁喚上青青葉。燕剪長，鶯梭短。人静緑窗花氣寒，園亭付與痴雲管。

一枝春 憶別

已恨宵長，怎禁它、隔巷疏砧敲碎。桃笙乍薦，無奈嫩凉如水。鴛幃悄閉。聽修竹、譜成商吹。憑一粟、燈剪秋心，絮盡别離滋味。　依然擁衾無寐。便蘭篝、香燼蝶魂來未。紅蕤枕角，濕透幾絲清泪。三分酒病，更拚抵、十分憔悴。還衹怕、鸚䳇驚寒，唤人早起。

重叠金 白紫薇

緑陰深處藏春色。芳菲不借東風力。花瓣太玲瓏。問心同不同。　冷香裁月魄。清影憐幽寂。虚白照空明。楚雲舒捲經。

臨江仙 白荷

仙骨珊珊湖上住，天然水佩風裳。不須濃抹靚時妝。凌波微試步，的的暗生香。　月墮横塘留粉本，閑鷗夢亦清凉。拚將心苦駐年芳。但教參净果，甘老水雲鄉。

一葉落 秋思

小院落。秋陰薄。夕陽一片畫闌角。井梧已漸凋，新凉誰先覺。誰先覺。滿眼西風惡。

萬籟寂。霜天碧。月明滿地夜砧急。雁飛紫塞遥，相思無終極。無終極。夢破蛩吟壁。

鳳凰臺上憶吹簫 隨外子之吉安府任途次感懷

薄宦相隨，長征共賦，儘多店月橋霜。正曉鷄纔唱，又促行裝。歸夢將成又破，雲棧遠、親舍何方。悲游子，門閭白髮，日暮還望。　茫茫。乍經宦海，從此便抽帆，也怕瀾狂。趁者番風利，飛送滕王。誰識清貧太守，空留得、詩壓琴囊。愁吟苦，知君又添，幾曲離腸。

意難忘 寄懷諸姊妹

風雨黄昏。正剪燈無語，虚掩重門。烟花縈旅思，雲樹暗離魂。裁錦字，織迴文。都付與紅鱗。一任它，萍踪聚散，流水前因。　當年女伴如雲。記同翻綉譜，蘭麝氤氲。蠶絲春理緒，鴨火夜留温。吟緑芷，咏青蘋。閑却了芳樽。待异時、看花節序，莫厭來頻。

菩薩蠻 秋閨

半塘玉露秋逾潔。一簾風竹敲殘月。人倚曲闌干。璃花壓兩鬟。　長空横雁影。人遠天涯近。書寄一分愁。蕭蕭蘆荻秋。

芙蓉鏡裏花憔悴。海棠雨蘸胭脂泪。雲捲碧天長。疏簾透薄凉。　紗窗籠夜火。兀自凝愁坐。玉佩戛東丁。微吟偏耐聽。

南浦 舟次滕王閣感賦

長江滾滾，憶前唐、高閣駕飛虹。道是當年佳宴，都督仰閻公。記否玉鸞歌舞，正西山、雨歇畫簾櫳。笑我來遲暮，也思僥倖，神助一帆風。今日停橈烟渚，嘆興亡、無乃太匆匆。祇有江天孤鶩，飛傍落霞紅。爲問起騰蛟鳳，更何人、克繼舊詞宗。祇半潭秋影，伴它漁火夢青楓。

十二時 春思

紗窗幽窈，低垂綉箔，裙波微動。春風獨無語，怕驚它花夢。玉顫釵頭雙翠鳳，壓眉梢似嫌愁重。年華數紅豆，問相思誰種。

雙雙燕 秋燕

一年過半，正花底栖遲，又逢秋社。商量軟語，欲別也應難捨。閑煞風廊月榭。更那覓、當時王謝。西風去忒匆匆，海屋相思空惹。生怕。凄凉客舍。似倦羽低飛，自春徂夏。天涯人遠，紅雨泪曾輕灑。應待明年杏嫁。許依舊、雕梁栖借。須知盼爾歸來，肯把畫簾早下。

菩薩蠻 幽憤

天風吹破芙蓉鏡。鏡花零落相思影。秋水浸愁魂。空餘血泪痕。孤燈凄欲斷。素幔和愁捲。金縷舊羅裳。依稀鴛與鴦。

蜀山一抹傷心碧。迢迢親舍南雲隔。頭白泣孤雛。雙雙泪眼枯。問天天不語。煉石將安補。月黑夜漫漫。霜風刺骨寒。

輕攜八口舟如葉。傷心没個慈航接。生死奈何天。吟魂應解憐。巫山雲作障。巴水風生浪。素旐阻危灘。白楊蕭寺寒。

歸自謠 扶柩舟次巫峽

山峃岌。駭浪掀天天地窄。峽聲倒捲蛟龍泣。哀猿四嘯驚魂魄。憑棺立。愁心一片隨波急。

杏花天 浴蠶

湔裙波蘸蘼蕪碧。冷雨釀、新烟寒食。青桑紫柘苞初坼。楊柳杏花巷陌。　春陰重、啼鳩乍寂。纔上箔、潤餘芳澤。蠶娘早賽祈生色。縷縷情絲繅出。

采桑子 采桑

小家碧玉無妝束，綠樹陰中。携得筠籠。曲陌長堤剪剪風。　新條嫩葉從頭選，纖手春葱。人面花紅。襟袖歸來露氣濃。

好時光 分箔

試看吴蠶眠起，纔過了，艷陽辰。龍女者番光簇簇，餘香細細薰。　此際須密省，把翠箔，及時分。五色留佳種，護惜費殷勤。

一落索 上簇

計取三眠時候。困如烟柳。神祠祇祀馬頭娘，疊鼓聲聲又。　滿腹絲綸抛負。苦心知否。白茅碧筱總無聊，緣底事、徵休咎。

滴滴金 下繭

番風廿四尋常過。石泉新、取槐火。密密情絲身自裹，悔相思偏左。欒盆一一都安妥。喜盈筐、免租課。如此辛勤總無那，算愁煎惟我。

金縷曲 宵紡

繅盡絲千尺。恁殷勤、分經布緯，七襄雲織。錦上易翻新花様，依舊愁深似昔。看雪練、濤飛盈匹。軋軋聲中悲嫠婦。背篝燈、自掩殘宵泣。心緒苦，暗蟲識。秋閨我亦傷心極。坐深更、寒侵十指，幾曾抛得。舊夢春明淒迷處，空對霜天月白。便霧縠、烟綃誰惜。宛轉離腸迴不盡。課孤兒、夜讀鳴機側。無一語，泪沾臆。

雙調望江南 本意

懷故土，鎮日望江南。簾押春深紅雨亂，鏡奩秋冷緑波涵。幽思繞烟嵐。懷故土，烽火劫誰堪。鄉夢不離新病枕，啼痕都滿舊吟衫。雁影逐歸帆。

海棠春秋海棠

是誰留下相思種。睡未足喚回秋夢。莫是倩魂銷，瘦怯西風重。嬌啼的的檀心痛。問翠袖倚闌誰共。滿地葬胭脂，露濕苔衣縫。

雨中花慢孤雁

水國秋深，關山月落，孤飛杳杳冥冥。况風高木杪，烟冷蘆汀。异地悲凉已極，故鄉消息何憑。江城砧杵，塞垣笳角，無此凄清。棲遲何處，怊悵當年，空解脉脉惺惺。休再説、天涯隻影，烽火曾經。别緒抛原不得，吟魂喚也難醒。誰憐寒杼，較它長笛，添倍傷情。

憶舊游寒夜呈湯年伯母陳季婉潘太夫人趙悟蓮

聽驚飆四起，木葉蕭騷，譜出清商。碧月愁無語，任嗚機軋軋，篝火星凉。衆雛此時眠也，争奈夜更長。怕計算來朝，塵封甑冷，没個商量。彷徨。孰憐我，但醒枕低徊，啼碎寒螿。幸有蘭閨伴，向天涯傳訊，差慰離腸。舊事不堪重省，贏得滿頭霜。衹獨立空庭，伶俜顧影神黯傷。

海棠春 本意

錦城二月花如許。夢乍醒春陰壓住。莫放海棠顛，裊裊籠香霧。紫棉薄薄紅絲縷。向午夜燒殘蠟炬。一味睡懨懨，簾捲絲絲雨。

菩薩蠻 柳絮

滿庭斜日晴烟澹。璚瑶不借胭脂染。香影一團團。還疑春雪看。簾旌低拂處。春也難留住。浪迹苦風塵。隨波欲化萍。

滿江紅 凉夜

雨雨風風，偏又近、重陽時節。更愁聽、寒蛩低訴，者般淒切。一味清凉詩骨瘦，百端交集愁腸結。且料量、刀尺夜燈前，頭如雪。　人去也，音書絶。秋去也，芳華歇。祇傷今吊古，待和誰説。似我春蠶絲上箔，惱它風馬檐敲鐵。况商聲、一夕戰庭柯，身如葉。

謁金門 幽怨

愁夢醒。月碎一庭花影。星斗滿天霜氣冷。暗蛩啼露井。望斷青鸞芳訊。十載空懸孤鏡。帶得三分秋後病。背燈蓮漏永。

望遠行第六體蜀國懷古

繁華錦綉。今何處，玉壘珠江依舊。浣花人去，折柳橋横，衹剩斷碑殘甃。怕聽鵑聲，啼破一場春夢，都付緑稀紅瘦。對西山、憑吊春歸時候。　知否。王孟故宫零落，便殿宇、盡成溪阜。拾翠錦江，踏青綺陌，誰貰卓文君酒。還幸芙蓉屏障，海棠香國，留得斜陽亭堠。但雲低天暮，何堪回首。

點絳唇寒夜諸女刺綉

一粟寒燈，五紋刺綉添金綫。鈿蟬釵燕。幸結蘭閨伴。　指冷於冰，着手成花片。更兒轉。唾絨吹罷，顔色評深淺。

蝶戀花題蝴蝶落花圖

借問東風春幾許。芳草天涯，一霎飄紅雨。怪底鶯聲啼不住。翩翩鳳子來何處。　南朝剩粉銷金縷。瘦到纖腰，畫也難描取。説著游仙應羡汝。年年夢繞羅浮路。

解語花 寒夜自製通草花感而有作

光陰草草，世界花花，何處幽懷寫。數椽鴛瓦。霜華重、課子一燈初灺。機聲軋軋去。祇贏得、泪珠盈把。誰爲憐、生計難拋，剪彩消長夜。　休説寒閨韵雅。甚天然工巧，奚辨真假。葉攢花亞。檀心苦、宛轉細薰蘭麝。并刀試乍。并不向、東風輕借。待賣來、深巷明朝，增洛陽聲價。

滿江紅 浣花草堂

憑吊蒼茫，衰草外、夕陽殘堠。空留得、浣花詩老，草堂依舊。幕府十年栖息强，兵戈滿地倉皇走。祇鄉愁、并入蜀鵑啼，頻搔首。　花徑外，春星瘦。茅屋底，秋風吼。嘆詞人漂泊，古今誰偶。憂國文章知己泪，倦游身世成都酒。甚而今、景仰説詩王，君知否。

雙頭蓮 并蒂白蓮

拋盡明珠，聽乍歇吴歌，碧天無際。花開并蒂。正白雨纔過，紅妝如洗。似此織就雲裳，隔重重烟水。鸞鏡底。玉立亭亭，鴛鴦料諳情味。　皎皎不染污泥，試凌波刬襪，香塵微起。銀塘月墜。料此際、儘許個儂雙倚。爲問一捻冰魂，者夜凉知未。但剩有宛轉情絲，纏綿自理。

滿江紅 答蕭太夫人宗婉生

月杵霜砧，覺風送、聲來庭樹。方夜坐、一偏低首，燭花新吐。迢遞雲中勞驛使，殷勤天末傳魚素。乍開緘、細細讀從頭，更三鼓。珠璣字，琅玕句。抵多少，離情緒。嘆天涯霜鬢，一般荼苦。君有璚貽音入妙，我慚瓦奏心先許。算閨中、知己泪尤多，紛如雨。

桃園憶故人 寄趙佩芸悟蓮

重衾夢冷流蘇帳。一夜梅花都放。別後相思情況。畢竟和誰講。雁聲斜掠南樓上。知否天涯惆悵。十二闌干無恙。夜夜吟魂傍。

重疊金 壬午夏送岷兒入都秋試至寶店遇雨

一鞭斜指西風雨。濕烟濃鎖村邊樹。茅店卸征鞍。草蟲驚乍寒。鳥歌泥滑滑。山翠濃如抹。遠道思綿綿。長安何處邊。

簾内殘釭簾外月。鄉情客思都凄切。飢鼠暗窺人。夢兒成未成。琴書還伴我。兀自中宵坐。瘦馬嚙空槽。壯心千里遥。

前調

骨肉親誼，廿載重逢，京華小住，將歸定署，離懷各悵，因調數闋，藉以志別。

匆匆二十年前別。蜀山何處鵑啼血。燕市忽重逢。悲歡疑夢中。　流光驚電掣。贏得頭如雪。骨肉嘆飄零。問天天不應。己未別後，象如、科芝兩弟相繼而逝，二弟媳猶居都門。

涵秋閣上今宵月。當年記得題桐葉。昔四姊畹香寓閣左，予與五姊芙江常相過從，并和落葉諸篇。月尚缺時多。人生當奈何。　藤延虬篆古。葡萄一架今又累累。花月更新主。此宅昔憚次山舅氏所居，今繆仲英舅氏居此。余與仲英舅氏在蜀相識，頗承關愛，表弟媳莊瑩如親如手足，庚歲泣別，意難重逢，不意都門握手。姊妹且言歡。捻花開笑顏。余在蜀以通草花生色，瑩如愛而效之，今相見，各以花贈。

一燈相對悲疇昔。寒螿絮盡苔岑碧。秋月竟重圓。幾回攜手看。中秋同四姊玩月。　殷勤還寄語。莫種相思樹。珍重再來緣。相看各黯然。

匆匆小住匆匆去。臨歧脉脉偏無語。果否學忘情。丁寧訂後盟。　加餐須努力。魚雁傳消息。驛路繞秋山。白雲紅樹間。

金縷曲

李蓉初二姊函訊近況，以此代簡。

未了三生債。算天涯、別離情緒，最無聊賴。鏡裏年華容易老，青鬢絲絲暗改。悵缺月、圓時能再。獨我孤燈偎影瘦。聽哀鴻、聲斷長空外。欹枕想，夜如海。　年來貧病都堪耐。祇難堪、參差骨肉，夢沉關塞。隔歲歸期今未準，知否妝樓久待。幸入手、魚書先拆上。滿腹相思還細剖，讀從頭、乍展秋眉黛。翻喜極，泪珠灑。

鳳凰臺上憶吹簫 由都返晋作函寄懷都中姊妹

天遣悲歡，地經離合，黯然魂已都消。記藕花生日，昨歲今朝。一覺春明好夢，涵秋閣、翠聳晴郊。留虛座，招雲款月，酒斝詩瓢。　迢迢。者番判袂，長笛裏關山，木落風高。悔不應輕別，結想徒勞。縱有魚箋雁帛，那當得、同話涼宵。涼宵永，空餘泪珠，濕透鮫綃。

如夢令 蝴蝶

春漾游絲庭院。薄翼香黏花片。瘦影乞誰憐，簾低女郎窺見。窺見。窺見。飛上畫羅團扇。

門閉西園芳草。栩栩不離闌角上。何處是羅浮，一縷夢魂縹緲。休惱。休惱。滿地落紅誰掃。

東風齊着力 紅石榴

細葉新攢，繁花初放，看碧成朱。蒂凝蜜蠟，皺瓣蹙珊瑚。照眼疑然野火，明霞燦，曉旭晴初。池塘外、胭脂點染，妒煞芙蕖。西極降丹珠。風露夜，阿誰綴遍瑛琚。美人對立，艷絕想裙裾。省識黄昏月下，芳心鬱、料也難舒。凝思處、臨風舞態，慵倩人扶。

鳳凰臺上憶吹簫 題宗婉生夢湘樓詩集

好句如仙，新聲絶妙，碧雲吹斷參差。把滿腔幽怨，寫出蘭思。天與生花雙管，紗幔設、韋母堪師夫人曾設帳課女子弟。空贏得、篝燈一粟，霜鬢千絲。遲遲。雁書遠闊，搔首問雲天，握手何時。況茹冰含蘗，各有孤兒。同向并州聽鼓，琴堂静、合補笙詩。笙詩外，從今又添，唱和新詞。

金縷曲

讀周石君太守《倚月樓合稿》，詞清意婉，欽仰曷深。嘉未識宫商，素難合拍，感今念昔，不免悵懷，勉力依聲，猶懷錯謬耳。

快讀蘋漁稿。問君家、當年笛譜，賞音多少。百尺樓頭明月滿，緣底淚痕雙照。料別恨、天涯曾抱。却羨清才兼福慧。有聲聲、琴瑟賡同調。餘韵歇，畫梁繞。論交兩世苔岑好。怕重提、東華聯巷，雪泥留爪。昔與先夫同官都門，相隔數武，時相往還，素稱莫逆。卅載滄桑增感觸，知否杜鵑啼老。奈老尚、風塵潦倒。倘念故人猶有子，勉循良、最待三年報。應許跨，阿翁竈。

蓮因室詞

錢塘鄭蘭孫娱清撰

憶秦娥 舟中鄉思

風帆急。鄉關漸遠雲山隔。雲山隔。鎮日思親，無由解得。　別離情緒從今識。深宵看盡燈花結。燈花結。滿腹牢愁，天涯行客。

漁家傲 至吴門舟中晚眺

昏鴉陣陣投林黑。好山迎面如相識。閑倚篷窗心似織。蒲帆直。西風吹夢來無力。　斜照將沉烟水碧。鄉心撩亂天涯客。雁自南飛燕自北。韶華易。蘆花兩岸秋江白。

金縷曲

三月十七日乃孫補年外祖父仙游之辰，撫今追昔，愴然於懷，爰賦此闋，聊當一哭。

千里關山隔，痛慈顔、仙游去也，今生永訣。寒食棠梨風共雨，又是期年時節。盼一拜、靈帷難得。寸寸柔腸非劍斷，更行行、清泪如珠滴。精衛恨，杜鵑血。星移物换堪愁絶。悵而今、南雲回首，頓傷疇昔。飄渺予懷天際遠，潦倒自憐羈客。況塵世、升沉難必。聚散浮漚無定影，嘆流光、瞥眼如駒隙。窮途感，與誰説。

明月生南浦爲孫子竺弟寫叢蘭便面

情懷冷澹天涯客。弄墨調鉛，强作銷愁策。自嘆窮途無長物，贈君聊寫崇蘭碧。幽艷中含貞静德，抱道深藏，不爲炎凉易。珍重春華宜護惜，年年便面常相識。

菩薩蠻憶夫子

垂垂簾幕深深院。綉床風緊紅絲亂。微雨又新秋。客心愁不愁。登樓眉黛蹙。江水依然緑。酒醒一燈殘。離多夢轉難。

酷相思秋窗聽雨

蓮衣未褪星期早。奈風雨、窗兒攪。見寶鴨、香殘燈暈小。人意思、花知道。花意思、人知道。別後益憐相聚好。甚獨自、傷懷抱。聽簾外沉沉聲到曉。人去也、花愁老。花謝也、人愁老。

前調 送夫子赴都

曉夢如烟慵欲睡。又門外、催人起。問行李、匆匆安也未。君去也、留無計。儂住也、行無計。　眼底離情衣上泪。珍重長安地。盼桂子香清秋月媚。雁到也、凉須記。花放也、歸須記。

雙調南鄉子 自題玉窗春曉圖小影

羅袖曉寒添。纔罷晨妝掩鏡奩。臉暈消紅眉減翠，懨懨。修到梅花亦可憐。　花艷尚如前。詠月吟風句懶拈。斜倚玉窗人倦也，仙仙。疏影清香撲畫簾。

前調

錦幕怯春寒。金鴨烟沉曉月殘。一色花痕清似雪，漫漫。着意相憐起早看。　拍遍玉闌干。似絮愁腸畫出難。多謝傳神雙管筆，珊珊。顧影何須換骨丹。

前　調

庭院雨痕收。侵曉珠簾乍上鈎。紅雪裝成香世界，悠悠。不是凝妝獨倚樓。　回首憶前游。鑄錯何須説九州。月地雲階無限感，休休。萬點春痕洗舊愁。

前　調

香霧透紅綃。壓鬢濃芬上翠翹。强起扶頭心意懶，朝朝。酒病詩魔兩不聊。　記得放蘭橈。香暖孤山雪未消。怊悵故園雲路迴，迢迢。江北江南客夢遥。

金縷曲

被酒歸來，春寒較甚，客懷棖觸，萬感紛如。此時欲眠，其可得乎。爰挑燈拂紙，作一百十六字，時孟春下浣五日。

今夜如何睡。倚薰籠、香濃寶鴨，燈明金穗。瘦影偎人清似此，相對自憐明媚。怎禁得、頻年况瘁。觸緒關心心易感，枉羅衫、搵透雙紅泪。愁如許，幾曾醉。　茫茫甚處埋憂地。悄黄昏、半階月色，滿庭霜意。料峭春風簾怕捲，領略無聊滋味。驀聽得、漏聲三次。半臂綿輕釵玉冷，静沉沉、四下重門閉。悲歡事，忍頻記。

臺城路己酉正月十三日哭次女通兒

八年繞膝今成夢，傷心不堪回首。掌上珠沉，懷中月冷，恰是燒燈時候。韶光依舊。嘆一現曇花，罡風吹瘦。盼爾重來，今生已矣那能彀。　聰明怎偏不壽。檢斷紙零箋，泪痕盈袖。女寫仿字甚工，每見壁上對句，必用筆摹寫，盡善。病前不遠，猶寫數紙藏書篋中。飄渺泉臺，凄凉人世，幾個黄昏清晝。茶前飯後。每誤喚兒餐，寸心酸透。空奠椒漿，冥途知也否。

前調哭山雲侄

朝來忽接驚心報，憶別光陰非久。濟世才華，匡時抱負，天不假其年壽。關山回首。痛病骨支離，吟箋猶袖。調夫侄孫來信云病革時猶袖予詩句吟咏不輟。此語凄凉，予腸斷矣泪如豆。　記送歸舟時候。感往日書來，殷勤問又。煮茗清談，題箋和韵，正是小庭春晝。而今知否，嘆泉路茫茫，空澆殘酒。爲賦哀詞，衷懷已酸透。

前　調

寒窗人悄，雨夜燈昏，黯黯離愁，盈盈客思，信筆賦此，以寫悶懷。

雨聲不盡離人恨，宵來倍添情思。抱影回燈，偎衾卸髻，待睡又還休睡。消紅减翠。嘆聚散匆匆，泥人清泪。縮地無由，柔腸不飲已如醉。黄昏悄然門閉。正瓶花玉凍，爐烟香細。漏永寒添，幃低風峭，誰識此時滋味。愁來怎避，想秋月春花，碧窗幽意。下九初三，予懷渺天際。

一剪梅

病骨初痊，離懷易觸，因寄夫子皖江信匆匆附書二闋於尾。

病骨迎寒瘦不支。倚着床兒，偎着衾兒。不言不語强支頤。想起行期。望到歸期。江闊天空雁倦飛。雨也霏霏，雪也霏霏。小窗風静篆烟微。燭剪窗西。人憶窗西。

臺城路

年來憔悴腰圍減，無眠每看侵曉。錦幔圍香，銀篝倚玉，風雨送春歸早。天涯芳草。問别後而今，怎生懷抱。煞是無聊，屋梁月落畫屏悄。　　俊游回首堪憶。憶酒痕碧凝，燭花紅小。篆裊清愁，塵封匣鏡，絲鬢催人易老。相逢最好。奈地北天南，夢雲難到。欲寄音書，雙魚江上杳。

前調 壬子七月二十夜紀夢

銅壺蓮漏聲頻滴，蓉枕夜涼初倦。酒力消慵，愁腸暫解，夢到何方庭院。花如人面。看曲曲銀屏，碧天雲漢。玉宇璚宮，神仙莫是舊時眷。　低徊者般依戀。奈怯怯柔魂，曉風吹轉。翠幕燈昏，篆爐香澹，零落鈿蟬金燕。琉璃匣畔。怕彈指華年，等閑偷換。悶壓鴛衾，袖羅松寶釧。

轉應詞 寄禾中孫葆麓弟

明月。明月。記照還鄉時節。扁舟小住鴛湖，怊悵天涯隙駒。駒隙。駒隙。回首俊游愁絕。

浣溪沙

細雨霏微，疏燈明滅。舊游如昨，人感重生；幻夢疑烟，情悲隔世。明明玉鏡，晚妝慵寫雙蛾；薄薄羅衾，瘦骨自憐新病。春蠶未死，空餘舊日纏綿；秋燕慵飛，已識營巢辛苦。琉璃硯匣，一任塵生；綺麗花晨，何須簾捲。紅蔫綠悴好句遲，拈月暗雲迷，畫闌怕倚，雪鴻踪迹，浮生何啻萍逢；草木形骸，幻質非同金石。塵緣難悟，客思難消；旅館清寥，聊成短闋，信筆直書，殊不覺愁痕之深也。

悶倚龍鬚八尺床。隔簾微雨送淒凉。銀釭剔了又昏黄。夢欲尋時偏寐少，事難言處最情長。不堪回首耐思量。

前調 題菊花便面爲宗友石作

采采東籬菊正黄。西風簾捲近重陽。揮毫寫得幾痕霜。雅韵也如人意澹，秋容偏耐月波凉。高懷晚節豈尋常。

減字木蘭花 爲宗友石畫梅

暗香清絶。獨抱冰心幽韵别。疏影横斜。玉作精神雪作花。雲階月地。回首孤山添客思。寫向窗前。疑是飛來姑射仙。

金縷曲 謝答張海門太史

落寞天涯客。避烽烟、東臯小住，自傷萍迹。故國迢迢千里遠，憔悴低飛倦翮。回首處、流光虚擲。謾説黄金堪作屋，奈立錐無地乾坤窄。顧稚弱，悵巾幗。塵沙撲面何由拭。望前途、茫茫身世，不勝凄惻。惟有高懷知拙計，穩護一枝栖息。勞雅意、殷勤培植。我欲報公難以報，衹畢生、感佩存胸臆。吟短句，藉松墨。

前調和宗友石韵

捧得瑶華句。向晴窗、迴環雒誦，瓣香重炷。戛玉敲金誇絶調，久仰先生名著。雙管筆、鸞翔鳳翥。白傅高懷貪隱逸，伴林泉、種竹雲深處。超塵境，樂真趣。閨中末學勞虛譽。愧微才、未工織錦，難追咏絮。辛苦天涯傷寄迹，客裏年光偷度。空夢斷、故鄉雲樹。不盡滄桑身世感，悵窮途、飄泊誰青顧。愁如許，那堪訴。

如夢令題秋海棠便面

露濕玉階時候。妝點秋容消瘦。試寫畫中看，脂暈粉香盈袖。知否。知否。清影憐它如舊。

金缕曲再疊前韵答友石先生

敏捷成奇句。走龍蛇、烟雲落紙，蘭釭添炷。斗酒百篇誰得似，名共謫仙争著。非凡格、所能隨翥。雛鳳聲清應并繼，定它年、穩步青雲處。先生兩賢嗣俱穎悟异常，不可限量。萊衣舞，得天趣。九齡稚子邀深譽。賜琳琅、珠璣一卷，豈同吟絮。襲錦薰香常展讀，此是慈航普度。等七尺、珊瑚璚樹。先生以大作示幼子，并賜教言感何如之。惟我俗懷殊碌碌，索枯腸、恐誤殷勤顧。陳腐語，勉申訴。

沁園春 爲梅閣姊丈題美人小幅

乍展鵝溪，忽驚鴻影，依稀個人。看雲鬟初攏，濬妝增艷，柳眉如畫，遠黛微顰。淺暈紅腮，香籠翠袖，鴉緑單衫穩稱身。端詳處，似當年何地，曾見真真。嫣然別樣丰神。怎無語含情帶薄嗔。任千聲低喚，未回嬌盼，一燈相對，難問仙津。飛燕輕盈，緑珠明媚，懶步凌波不染塵。銀屏悄，擬量珠十斛，買取芳春。

金縷曲 題卜母蔣太夫人詩卷

三復悲凉語。寫平生、艱難況味，傷心幾許。縷雪裁冰詞一卷，節孝千秋昭著。霜夜冷、青燈機杼。風木空餘人子恨，更孤鸞、鏡影尤凄楚。松筠志，耐寒暑。無端驟雨摧璚樹。幸天公、栽培深意，賢孫繼祖。雛鳳聲清堪慰望，萬里雲程健羽。應不負、當年辛苦。愧我吟懷殊草草，勉題箋、敢步騷壇主。謂集中諸公題句。欽佩意，賦金縷。

雙調南鄉子 題美人畫幅

深院杏花天。垂柳絲絲未作綿。宜雨宜晴人意倦，窗前。覓句聊題玉版箋。無語聳吟肩。懶畫眉痕黯自憐。聞説江南風景好，華年。羅綺争誇富貴仙。

賀新凉 題宗友石小影

一幅雲藍紙。寫少文、悠然獨立，胸襟如此。蝸角蠅頭何所計，世態任它非是。又豈羨、等閑青紫。李杜文章歐柳筆，擅詞壇風雅聞遐邇。清名盛，久傾耳。　杖鄉時節居鄉里。享林泉、優游清福，有誰能比。松柏歲寒姿益茂，鶴筭頻添無已。好閉户、閑研經史。酒盞詩筒塵俗遠，更輕衫羽扇傳神似。壽者相，共瞻視。

點絳唇 題斷簡殘篇便面

檢點零星，香薰錦襲留餘馥。長篇短幅，曾飽文人腹。　字蝕蟲殘，何處牙籤簇。愁重讀。當年珍惜，爲有千鍾粟。

减字木蘭花 寫扇頭菊花爲周紫卿婣嫂夫人作

重陽時候。簾捲小窗凉乍透。弄粉調脂。試吮霜毫點染遲。　晚香幽艷。雅韵三秋應獨占。一握風清。遥企芳儀未識荆。

前調 宗友石囑題其友人畫紅樓夢歌伶紈扇

即空即色。幻境荒唐人不識。恨海情天。黄土朱顔儘可憐。韶華難駐。幾個聰明能覺悟。曲度雲屏。多少紅樓夢未醒。

憶秦娥 題陳卓齋姬人雪窗梅影遺照

空勞憶。曇花一現傷心色。傷心色。雪窗夢冷，雲階月黑。冰肌玉骨曾相識。暗香清影添淒惻。添淒惻。返魂無計，佳人難得。

賀新涼

錢奎卿見貽佳句，又爲余《蓮因室稿》作序，賦此以謝。

耳熟清名久。數東皋、騷壇名士，君應居首。健筆凌雲誰復似，合稱才量八斗。定不讓、當年歐柳。何幸蕪詞勞染翰，賜題箋敏速誇神手。九天外，落瓊玖。浣薇三復臨窗牖。好珍藏、襲之古錦，常携座右。末學閨中何足道，下里聲同瓦缶。賴雅韵、冀傳不朽。自愧客途無以報，勉濡毫敢步詩人後。吟短句，代尊酒。

菩薩蠻 爲徐東園寫梅竹便面

江南江北春光好。一枝嶺上開偏早。占得衆芳先。凌寒瘦影妍。　羅浮清夢足。翠倚琅玕玉。寫向畫中看。香飛上筆端。

明月生南浦 題錢奎卿詩詞集

携來戛玉敲金句。不弃荒蕪，囑我從頭注。價重鷄林雲錦護。閨中竊恐塗鴉誤。　迴環雒誦匪朝暮。一爽塵襟，似嚼寒梅素。想見吟成誇七步。珊瑚筆底花常吐。

前調

評花醉月才人事。倚馬千言，獨樹騷壇幟。開府參軍多逸思。清新別具天然致。　琳琅一卷藏瑶笥。麗句仙心，密密珍珠字。此日胸存湖海志。它年風送摩天翅。

前調

新聲響遏穿雲裂。鄭重題箋，字字霏香屑。鳳吹鸞鳴清韵别。艷花風舞回璚雪。　西窗有客堪愁絶。回首蟾光，幾度圓還缺。不盡羈懷增感咽。長生何處求仙訣。曾爲予題西窗坐月圖小影。

前　調

百篇斗酒文何綺。好句拈來，寫遍銀光紙。午夢未成推枕起。捲簾讀向西風裏。驪珠一串差堪擬。楚客工愁，寫出愁如此。階下秋花凉玉蕊。薜蘿烟冷懷湘水。日昨又以咏盆蘭秋海棠詞見示。

前　調

自憐憔悴低飛翮。宦海浮沉，往事餘鴻迹。西子湖邊烟水碧。平山堂下繁花易。而今又作東皋客。百感中來，天地爲之窄。衹合逃禪聊自適。藥爐經卷虚堂夕。

前　調

雨過銀屏風暗度。雲洗天空，又見冰輪吐。窗下水沉香細護。五銖衣薄凉生素。擬欲報璚還又住。幾度裁箋，自愧難追步。減盡吟懷無好句。宵深自把蘭釭炷。

慈暉館詞

儀徵阮恩灤媚川撰

燭影摇紅 元宵燈宴

明月隨人，碧空一色烟巒照。鳳城火樹燦銀花，争向雲階耀。疑似紅梅放了。衹須臾、暖烘林表。霞觴泛艷，冰盞燒脂，樓臺低峭。　彩射千層，此時倍覺春容好。南油西漆愛輝煌，羅綺紛環繞。最是妝成鬧掃。説虬籤、休來報曉。今宵不禁，更買來宵，金錢多少。

漢宫春

揚州隋文選樓巷，見於宋王象之《輿地紀勝》等書。隋曹憲以文選學開之，唐李善等以注選繼之，非昭明太子讀書處也。予家在文選巷，嘉慶十年，先文達公始於隙地築樓五楹，即名曰隋文選樓。樓之上奉曹憲及魏模、公孫羅、李善、魏景倩、李邕、許淹七栗主左右，爲藏書所，樓之下爲西塾。庚戌暮春，偶步選樓下，因溯厥由來，謾賦此闋。

曹氏開先，更諸儒繼後，選學遥傳。回思舊時堂構，都付榛烟。幸存故址，記吾家、卜築林泉。願自此、蘋蘩永祀，馨香俎豆年年。莫道風流雲散，念門墻桃李，多士班聯。昔曹憲居此聚徒教授凡數百人，公卿多從之。尋來雪泥鴻爪，餘韵留連。依依斜照，喜高樓、百尺參天。任羅貯、名書萬卷，未教媿美前賢。

玉京秋 湖上看桂

烟水遠。凉飆動群木，桂花初綻。低雲密護，頹陽微渲。淺碧深黄相半。最留人、風送香暖。凝眸看。幾枝斜倚，小山亭畔。林外殘霞催晚。喜餘芬常留仙館。瑶砌珠塵，畫欄金粟，十分秋滿。試問天台，料萬樹、應亦同時開遍。漫飄散。爲惜芳華太短。

高山流水 選樓理琴

選樓修竹峭寒侵。按冰絲、指冷瑶琴。彈到月明時，蟾輝朗徹遥岑。試回首、落雁沉沉。聲停處、别有悠揚逸韵，暗度疏林。祇鐘期難覓，山水意何深。披襟。清風入懷抱，愛泠然、古調愔愔。出土憶號鐘，廿字獨矢丹忱。感滄桑、觸物驚心。武林吴君素江，嘗得古琴於土中，背有銘曰：東山之桐，西山之梓，合而爲一，垂千萬古。上曰號鐘，下曰叠山，古色斑斕，斷文隱約，知爲宋謝文節公故物也。惜余生也晚，未獲一寫懷古之思。念今日、但問移宫换羽。誰是知音。况無弦真趣，三昧費研尋。

洞仙歌 送秋

青林紅樹，幾日霜風警。纔説悲秋又秋盡。想金焦、兩點瘦却愁蛾，無限恨、殆比送春更甚。　寒雲催雁陣，雁去無聲，碧漢迢迢夜清迥。楚客賦情疏，搖落江蘺，忍重憶、故園風景。到此際、匆匆苦難留，問有酒盈尊，可能消領。

瑣窗寒 消寒

凍雪拳鴉，深松隱鶴，綺窗風緊。貂茸護暖，減了弄妝清興。問園梅、將開未開，小闌淺壓苔枝冷。憶六朝山色，愁蛾難畫，峭寒同警。　雲影。西樓暝。正酒熟楓根，笛飄竹徑。燈簾自倚，銷得玉釭蘭燼。怕窺檐、霜月半棱，夜階漸覺瑤漏靜。且圍爐、小試龍團，也勝椒花飲。

慶清朝慢 除夕聽爆竹聲

蛇壑年華，鳳城燈火，東風催動春聲。神弦乍歌迎送，上燭霄明。聽向南鄰北舍，流光電掣總心驚。纔一瞥，蝶衣碎迸，翻訝飛霙。　歲已盡，漏正永，試問夜何許，夜轉三更。最是銅街叠鼓，依約雷鳴。猶記椒筵散後，千門歌吹雜簫笙。銀臺畔，蠟花送喜，還綴璚英。

迎春樂

四時美景知多少。算惟有、春光好。園梅争報齊開了。祇幾日、東風峭。　問何處、玉簫聲繞。倚亭畔、暗香縹緲。那得瑶臺月夜，醉索巡檐笑。

夏初臨 平山堂看龍舟

高閣淩霄，長坂掣練，正逢競渡芳游。遥指旌旗，回旋三兩龍舟。滿湖烟景齊收。沸笙歌、亂逐中流。錦波蕩槳，春雷叠鼓，作勢昂頭。　當年闌檻，種柳依依，醉翁陳迹，鴻雪空留。青山無恙，哀絲豪竹都休。羅綺雲稠，笑無端、極目憑樓。惹閑愁。幾多鱗爪，驚起沙鷗。

揚州慢

壬子五月，道出姑蘇，聞是晚虎丘燈舟極盛，吾母暨葵農四兄、竹齋主人及余偕往觀焉。月采燈輝，朗徹如畫，因填此解，以記其盛。

萬點疑星，四圍如畫，往來半是燈舟。正繁弦急管，響徹大江流。憶邗上湖亭逭暑，清歌檀板，鼓吹都休。怎人移、星换旬餘，疑隔三秋。　一輪皓月，喜此時、同照山邱。更燭影搖紅，波光耀彩，幾費凝眸。生怕汝南鷄唱，知慈雲、返棹難留。吾母擬俟明晨即分袂回邗矣。這餘輝良夜，頓添無限新愁。

浣溪沙 吴江舟次

江北江南暮靄平。蒙蒙烟樹雨初晴。萬家燈火隔湖明。　風送歸雲栖斷嶺，星連寒月帶孤城。輕帆一刻過松陵。

前調

何處幽人玉笛吹。聞隔岸笛聲。新愁遥寄落梅時。隔汀鷗鷺未教知。　江渚風濤羈客恨，水窗弦索女郎詞。夢回朱舫漏遲遲。

十六字令

愁。羽檄紛馳又一秋。頻回首，怊悵水西流。

剔銀燈 硯屏

悄坐夜窗孤眠。不減臨池清興。試啓銀屏，照來瓦硯，隱約墨痕深映。凝眸細認，注瀲灩、筆花流影。格寫眠蠶秀整。光凍研螺清冷。玳几燈疏，金星奩小，比似暈妝窺鏡。蘭箋書盡，覺恍惚、有人遥領。

碧桃春

予性酷嗜山水，在室時或泛舟湖上，或寄迹名園，情之所到，月必屢焉。自于歸來杭，塵事沓來，未及一覽湖山之勝，思之憮然。癸丑春，以楚氛逼近江淛，予隨君姑避居新城。董灣雖地屬鄉隅，而水光山渌，縱横無際。群峰似笑，遠樹如簪，俯仰流連，頗娱心目。因爲倚聲，以寫其勝。

錢江山水秀靈鍾。茫茫天地空。避居聊借作游踪。風光堪慰儂。雲漠漠，雨蒙蒙。青松羅數峰。依稀身入畫圖中。何期逆旅逢。

前　調

數椽茅屋接松杉。晴風明翠嵐。碧林深處夕陽銜。依依春色酣。城市遠，水雲涵。

終朝送客帆。門外小港通長江，遥望行舟，歷歷可見。祇憐病骨似眠蠶。輕寒怯茜衫。時病初起。

撲蝴蝶月夜看菊感懷

霜英弄晚，清絶東籬景。秋容太澹，蟾波相掩映。幾重簾捲風疏，一曲闌迴露冷。何如未荒三徑。　峭寒警。年華逝羽，風雨重陽怕回省。亭亭照見，恍如儂瘦影。最憐壓鬢簪低，况是燒燈院静。銷磨醉吟清興。

訴衷情

綉絨窗底捲銀鉤。蟬鬢理還休。星期暗數零匹，河漢正西流。　思往事，觸新愁。莫憑樓。梧桐夜雨，點點聲聲，漸做深秋。

掃花游

自雲栖寺歸，泛舟西湖，游覽竟日，倚聲成歌。

萬篁徑裹，正翠滴籃輿，海霞初曉。寺門漸杳。更明湖蕩槳，鏡波迴抱。極目群峰，百變雲容盡掃。晚春好。問堤柳舊栽，添種多少。先文達公撫浙時，浚西湖，曾命海塘兵剪柳三千餘枝，遍插蘇堤，并令逐年添插千枝。　何事羸懊惱。指絢碧亭臺，俊游曾到。謝墩自小。嘆而今剩有，冷烟衰草。先文達公又於湖心積葑成堆，中建小亭，遍栽桃柳。杭人呼爲『阮公墩』，今圮廢有年矣。無限悲懷，且聽鶯啼樹杪。日西了。儘徘徊，晚花池沼。日暮舟抵涌金門，復游朱氏園，時丁香大放，霍靡可愛。

曇花詞

錢塘汪淑娟玉卿撰

相思兒令

挽就鬆鬆髻子，畫閣晚妝初。自向小闌延伫，花影半身扶。明月纔上銀鋪。悄無言、低拜黄姑。新凉不耐衣單，天風吹動羅襦。

洞仙歌 荷包牡丹

猩紅一捻，有粉痕飄蕩。疑出纖纖美人掌。怕飛來蝴蝶，盡是金錢，是昨夜、妃子筵前親賞。　者般真錦地，可惜天公，不把苔紋綉添上。要向畫奩，尋比與郎看，可勝得、儂家花樣。悔衹悔、春愁萬千千，未囑付、東風替儂安放。

眼兒媚 秋海棠

幾天風雨掩屏紗。人也懶如花。除非蝴蝶，小山背後，還去尋它。　摘來細向風前看，泪點没些些。斷腸是你，傷心是我，一樣生涯。

相見歡 柬雯卿妹

者番上了香車。抵天涯。侍奉北堂歡笑要君家。　從別後，肥與瘦，不多差。衹是評花妝閣又閑些。

虞美人 再柬雯卿

秋千影落閑庭院。明月移花轉。幾天不挂玉簾鈎。難道春來總是、不梳頭。　緑窗還是攤書好。何苦尋煩惱。自家去驗小腰肢。却比垂楊肥了、那絲絲。

沁園春 題石頭記

何處紅樓，幾日西風，嬌顏悴零。悔輕輕羅帊，打伊呆雁，些些詩句，教熟籠鸚。不及芙蓉，女兒墳上，猶受怡紅一哭情。堪傷處，是絳珠有泪，頑石無靈。　秋窗風雨凄清。問絮果蘭因是怎生。算瀟湘一夢，了完公案，袈裟半襲，救了神瑛。祇怪桃花，和它柳絮，恁把憑空識作成。痴兒女，被聰明兩字，斷送伊行。

琴調相思引 送韻仙主人赴南宮試

銀燭深宵酒一樽。教人無可再銷魂。心情撩亂，相對掩啼痕。便是離愁難撇却，也須珍重兩三分。紅箋消息，早報畫樓人。

賣花聲

離筵未終，東方既白，重拈此解，以代贈言。

綉帳病纏綿。悶極今年。捲簾日日望秋天。望到木樨花放了，望著歸鞭。燈火已闌珊。無可相憐。囑君今夜莫開船。祇怕夜深儂有夢，尋向君邊。

愁倚欄令 春日懷韻仙燕臺

闌干外，雨如絲。悄憑時。擱著一汪兒泪，没人知。怪底幾天愁重，懨懨損腰肢。原是當胸綿却月，叫相思。

夢江口

儂命薄，悔不作飛花。一路春風無管束，替兒夫婿送行車。影也不離它。

賣花聲寄韵仙

獨自展鴛衾。情思昏沉。芭蕉滴雨好難禁。便是當時心也碎，何況如今。坐起費搜尋。調弄徽音。七弦原是一條心。千萬休將心冷了，叮囑瑶琴。

月上海棠

紅絨初就，青禽未來，重剔殘燈，爲填此闋。

搓酥滴粉尋幽韵。正移窗、月落曙光近。客館今宵，夢魂兒、可曾安穩。相思意，寫到如何便准。　　鸞箋泪點模糊認。有鴛鴦、小字雙紅印。臨發開封，再拈毫、筆端都窘。催書去，怪它青禽忒忍。

賣花聲

韵仙别三月，以客中所製《賣花聲詞》郵寄，泪影離聲，恍惚紙上，因用原韵倚聲，以報來雁。

春信又今年。柳絮飛綿。去年曾記晚鶯天。替檢青梅頭上戴，鏡裏移肩。　别後感瑶箋。心地誰憐。紅羅斗帳薄如烟，夜夜爲伊長夢見，風雨河邊。

消息問而今。愁絶瑶琴。知君异地也難禁。千萬花開三四月，休去登臨。　應是動鄉心。燈暈昏沉。和衣睡醒驀兜衾，不信凄惶儂一個，影也難尋。

蝶戀花

蝴蝶天天花底住。花謝今番，蝶也應該去。抵死春風强作主。又吹伊入簾深處。　一日斜陽三日雨。鬧得如今，天也無憑據。何怪樓頭楊柳樹。有絲没處尋頭緒。

青玉案送春

小桃忍受黄鶯罵。便幾日、懨懨謝。雪樣荼蘼開滿架。芳情灰冷，泪痕珠瀉。忙了鴛鴦帊。　落紅堆滿闌干罅。愁與恨、無從卸。獨對殘燈明又灺。傷心樓上，曉鐘催打。斷送春歸也。

風蝶令前題

帳額因風蹙，簾衣帶雨抬。落花幾日點蒼苔。哭問風姨，何事苦相催。　　泪冷銷紅粉，愁深怨紫釵。斟杯滿酒滴空階。低祝春光，此去勿重來。

南鄉子

藁砧忽歸刀夢，停唱觴月薦夜筵花蕩春，用譜雙聲，并暢遥夜，釵冠交錯，不知圓蜍西上海棠矣。時壬子五月十五日。

獨自理琴弦。睡起慵梳髻半偏。新樣初三眉子月，娟娟。盼到如今漸漸圓。　　此意忒纏綿。背著銀釭笑拍肩。如此風光如此夜，天天。安放痴魂在那邊。

賣花聲

韵仙藏有古金數十品，并藏金錯刀，爲平原校書素雲所貽。脂花閑紅，蘚瘢斐緑，既見君子，我思美人，爲剪杮蒂綾製方録貯之，譬如度地排花，亦自信位置得宜也。

古月出彎彎。綉澀苔瘢。定情消受美人難。如此相貽原抵得，約指連環。　　檢録替伊安。更剪羅紈。中央四角蝠雲蟠。仿作盤中詩樣子，畫與伊看。

金縷曲

董子寶生與主人韵仙年從齠齔，交比雲霞，自從燕北之游，遂有山陽之痛。床琴無恙，嗟別予以何期？墓草雖生，尚過門而欲哭；形神既悴，諷誺俱難，情難已，於一言效竊，冀夫七發所期，王霸或知，妻子多情。莫似劉伶，竟以婦人笑我。

無計堪憐汝。祇躊躇、秋來瘦得，腰圍如許。君本多愁多病者，那禁者般情緒。又幾日、眠餐無主。疊了羅衾全不寐，聽瀟瀟、如此西窗雨。恁怪我，太煩絮。　珠漚槿艷無憑據。算人生、因緣離合，偶然萍聚。儂縱於君相結愛，其奈痛無分處。况儂也、悲秋兒女。一日傷心三日病，命懨懨、抵死支持住。休忘了，者番語。

十六字令

休。第一枝香便斷頭。愁郎見，不敢理熏篝。

夢江口 題自繪落花蝴蝶箑子

雙蝴蝶，畫裏見些些。好夢作成三個月，痴情鬧了一生花。風怎肯饒它。

綺羅香

落雁驚寒，歸鴉噪晚，幾日霜風吹急。直恁匆匆，作老一番秋色。强支吾、剩翠零膏，禁不住、淒陽慘月。聽寒螿、咽斷空階。舊愁句起亂如織。傷心追念往事，燈火宵深畫閣，耐人思憶。回首春風，泡影浮漚堪惜。却怎的、挨過前宵，没商量、安排今夕。衹背人、自理朱弦，華年悲錦瑟。

玉瓏璁 病

紅羅軟。汗香澣。半鬆雲髻瑶釵顫。愁相守。恨相守。腰肢半怯，龐兒非舊。瘦。瘦。瘦。

苔紋捲。花茵展。支頤鎮日懨懨倦。難消受。須消受。起更天氣，酒醒時候。又。又。又。

憶舊游

薄冷初除，芳菲未晚，春人約我，畫舫迎人。柳依依以可憐，花嫣嫣而欲笑。晚鐘催黑，被酒忘歸，獨立蒼茫，不知此身猶在塵世也。同游者，姑母紉茞，三妹雯卿。

恁水涵愁影，烟鎖愁容，山掩愁妝。更聽聲聲櫓，作聲聲欸乃，折盡愁腸。今春花事消歇，歸路忒微茫。有點點飢鴉，行行疏柳，澹澹斜陽。　花香。陌頭未問，當日軿車，誰嫁錢王。回首登臨處，祇荒陵水碧，斷塔皮黄。荼蘼可憐春暮，風雨苦收場。怕明日西湖，又應謝了蘭蕙芳。

蕉窗詞

金匱鄧瑜慧珏撰

南柯子

掃簟欹瓷枕，開窗隔綉簾。重重花影壓闌前。無那綠陰庭院、日如年。　倦眼惺忪霧，慵心裊娜烟。抛書謾理紫牙籤。偏是惱人燕語、一聲尖。

菩薩蠻 留別景姜杜表姊

深閨相伴無相隔。而今衹有長相憶。剪燭話三更。應知同此心。　一箋携手贈。莫抱天涯恨。別泪枉黏巾。年時當再親。

浪淘沙 寄懷景姜

悄月轉花枝。心事誰知。博山香燼夜遲遲。不是當年同賞處，空惹相思。　世亂嘆紛馳。難定歸時。海雲千里遞愁絲。何日題襟重刻燭，分韵尋詩。

虞美人 渡海

風聲滿耳檣帆急。極望蒼茫色。雲迷滄海海連雲。一片浪花如雪、打詩魂。水天以外空諸相。對此添遐想。凌波東去是蓬瀛。安得憑虛樓閣、結層層。

踏莎行 招寶山望海

危磴盤來，層臺行到。浮屠絶頂游踪少。蒼茫畫意一條烟，海天空處風帆小。半壁深林，四山荒草。戍樓古堞頑雲罩。忽聞雲外幾聲鐘，鐘聲遠落潮聲悄。

金縷曲 寄懷家祥玉姊

雪釀梅花白。意沉吟、故鄉何在，舊家遥隔。鐵馬金戈盈大地，同是天涯寄迹。又幾處、輕成離别。泛宅浮家重渡海，各傷心、珍重殷勤説。分袂也，泪痕濕。無端冷雨敲窗疾。最魂消、深宵傾聽，一番蕭槭。海水天風欺客夢，此際愁心山叠。况漏斷燈殘人寂。獨個裁箋憑達意，寄相思、欲寫還停筆。傳語道，遠相憶。

柳梢青

同譜趙蓮卿姊將有越行，以二詞留別，依調和之。

秋到雲天。今宵別夢，夢落誰邊。蛟水留人，鑒湖約客，離緒絲牽。別人那解纏綿。應笑我，臨岐泪漣。枕角磨愁，燭心捲恨，一夜如年。

浪淘沙 前題

話別月明中。幾陣霜風。潮聲帆影忒匆匆。不管離人情戀戀，吹送孤蓬。天曉望雲峰。心事相同。花開姊妹正初紅。此去前途逢雁字，繫帛休空。

湘春夜月 旅思和韵

乍微凉，不堪回首鑪塘。已是寇亂連年，驚看互欃槍。是年五月下澣，彗星見於西北。愁對一簾風露，聽隔花蟲語，度到迴廊。悵關河阻客，它鄉明月，故國斜陽。疏欞悄掩，横闌罷倚，烟裊殘香。旅館無聊，每惜此、如花才藻，似水韶光。誰家玉笛，更賺人、相憶垂楊。怪世上，儘紅羊歷劫，勞勞塵夢，難熟黃粱。

清平樂 晚凉和憶僑弟韵

芭蕉秋戰。雨過閑庭院。水面風來簾乍捲。吹得鬢絲微亂。　桃笙凉透昏黄。蛙聲鬧出池塘。緑遍夢中春草，渾忘人在它鄉。

賣花聲 納凉

簾捲背銀燈。冰簟鋪平。遥天明月未三更。睡鴨香銷花影上，衫袖凉生。　蓮漏一聲聲。珠露輕輕。飛來星火小流螢。最是多情蕉葉扇，欲却還停。

虞美人 題倪扶亭夫人優曇留影册

散花天女生花筆，如入維摩室。零綃碎錦認詩心。合印青田小篆、女雲林。　匆匆擲筆驂鸞去，影在人何許。媵觴閣裏翠簾空。夫人于歸時携有巨觥，後顔其閣曰「媵觴閣」。忍道調鉛吮粉、對秋風。

桃園憶故人 哭伯嫂蔡孺人

天涯竟夢游仙去。風雨傷心無數。此别竟成千古。痛定憑棺訴。　憐它稚子剛能語。

忍聽喃喃索乳。令我更添酸楚。難把人留住。

惜分飛 送別閨友

堤畔楊枝親手折。忍泪依依送別。此去宜珍攝。留君無計心如結。已是驪歌聲漸急。更惱無情片月。偏照人愁絶。酒痕和泪離襟濕。

柳長春 柳眉

蛾影晴烘，螺紋春逗。一般嫵媚臨風鬥。陌頭深淺畫難成，恐它京兆還低首。新月同纖，遥峰比瘦。翠痕一展天生秀。管人離別替人愁，含顰自映春波皺。

玉樓春 春雨

小樓人倚闌干立。酥雨和烟宵未息。階前潤遍緑苔痕，花底流鶯聲寂寂。阿儂空有憐花癖。爲替花愁眠不得。忍寒燕剪掠波還，零落香泥多帶濕。

賣花聲

清明日，距伯嫂歿已十旬，泫然紀之。

鶯燕互尋盟。滿院飛英。惜花人去暗心驚。何日桐棺歸故里，魂妥山塋。　事事減心情。悶坐閑行。一腔塵俗撇難清。拾翠尋芳都懶問，負了清明。

滿庭芳 柳絮

如霧如烟，非花非雪，趁風吹過窗西。隋宮漢苑，行遍短長堤。怪底撩人千里，梅花弄、最惹人思。鶯啼也，纔依曲砌，又見入柴扉。　迷離。甘冷落，無根無蒂，一任風欺。笑誰拘誰管，隨聚隨飛。縱作新萍水面，曾任爾、漂泊無依。須知道，生涯不定，世路有高低。

桃源憶故人 尋梅

庭前一夜風吹急。雪意妒花飛白。欲覓孤芳難得。踏碎瓊瑤迹。　徘徊幾度穿林出。想見瓊姿仙格。未許俗人輕識。悵悵無消息。

醉花陰 供梅

爲恐江城風信動。折取宜珍重。瘦極更無詩，紙閣蘆簾，位置癯仙供。銅瓶雪水初含凍。清入羅浮夢。點綴鏡奩邊，一種孤芳，還與君相共。

念奴嬌 初夏客中病感寄景姜

久疏吟咏，嘆年來多病，朱顏消損。花事又隨流水去，漸覺日長人困。酥雨濺梅，軟塵颺麴，天也全無準。數聲鄰笛，夜闌棖觸離恨。　愁對寂寞房櫳，藥爐火黑，氣息香微醞。遠道河梁人幾處，盼斷翠鴛佳訊。半擁紗衾，悄然獨坐，鬆挽絲絲鬢。窺窗梳月，有情來照方寸。

訴衷情令 寄懷閨友

懷人天氣早秋時。離恨兩心知。惺忪倚枕無語，腸百轉，夢偏遲。　門以外，水之涯。望如痴。秋燈一點，秋雨三更，無限相思。

南鄉子 題家大人清可亭論詩圖

今古幾詩魂。飛入秋窗月一痕。如此溪山如此夜，閑身。派別源流子細分。　問字共論文。往日趨庭憶舊聞。今對畫圖饒樂意，凝神。指點龍山認里門。

剔銀燈 題江館聽秋圖

獨坐梧桐陰裏。聽一片、秋聲瑣細。砧杵敲凉，菰蒲遞響，書卷替人翻起。此時庭際。問何事、蕭疏未已。　山色波光如此。人静薄寒天氣。蛩韵啁啾，雁群嘹亮，添得幾多鄉思。西風過耳。應别有、一般詩味。

一剪梅 與景姜不負齋賞紅梅口占

冷艷迎春獨占先。斜倚窗前。斜對樽前。茜紗格子濇如烟。春在誰邊。月在誰邊。　悄背紅芳整翠鈿。人比花妍。花妒人妍。亭亭相對各無言。花可人憐。人可花憐。

菩薩蠻

不負齋梅花盛開，與景姜分咏，得憶梅、簪梅、梅影三題。

芳園悄悵春無迹。巡檐空自探消息。寂寞咏花人。闌干都倚遍。驛使何時見。莫是隱深山。紅塵不耐看。憶梅。

醉花陰

綉閣天寒容懶整。瞥見冰姿净。呵凍試新妝，纖手拈來，商略安雙鬢。疏疏斜帖雲鬟潤。瘦極偏相稱。伴我一枝春，卸了釵環，紙帳香猶剩。簪梅。

前　調

夢醒羅浮人去後。約略龐兒瘦。月下細端詳，尺幅真真，瀋墨描初就。天寒合倩胎禽守。憐惜情都有。一様態珊珊，鏡裏嫦娥，厮并堪稱偶。梅影。

一剪梅 題畫梅摺箑贈別景姜

繪就羅浮絶世妝。客裏流光。扇裏春光。一枝横處月昏黄。逗入詩腸。沁入離腸。摺疊玲瓏袖底藏。贈到它鄉。携到家鄉。願君珍重惜餘芳。展向篷窗。記向芸窗。

如此江山 游慈湖有懷景姜

一痕蛾岫迎人笑，鱗鱗綉漪摇碧。水面風皺，雲頭雨洗，此際塵襟都滌。蘼蕪一色。猛觸起幽懷，殢人追憶。湖畔橋邊，那年何處記同立。於今重認舊迹，是同行過此，徘徊痴覓。夢裏家山，望中雲樹，兩地離愁應積。關河目極。祇方寸柔絲，往來難隔。待寄相思，綠波雙鯉缺。

金縷曲 不負齋白桃忽萎賦吊之

不是尋常質。記當年、儂猶少小，此花初植。劫後重逢依舊好，露井傳神愈潔。看正好、聯吟朝夕。不料連宵風雨惡，猛傳將、花萎心驚絶。痴蝶倦，亂鶯歇。芳魂倩影尋消息。悵閑階、垂楊自舞，蘚痕空碧。知爾潔身歸幻境，仍入司花玉闕。每獨坐、無聊痴憶。畢竟如伊真命薄，捲簾櫳、愁殺憐花客。情與緒，向誰説。

祝英臺近

彭城民女高婉姬貞娥，少以孝聞，年十七，適郝氏子，守身潔，頗不得於庶姑。庶姑以女之异己也，銜之，譏以蜚語，而故聞其夫，夫果惑。日加棰楚，女不堪其辱，且無以自明，仰藥死。郝氏子諉以暴疾，女父疑，訟於銅山令。驗之得死狀，郝氏子殊不承。旋有蝶大如碗，黑質而斑彩，繞尸飛不去，睨郝氏子，若與仇；且撲其面，於是令叱之曰：『此爾妻也！自來鳴冤矣，尚可遁乎？』鞫之，遂得實。蝶乃轉投令前，若稽首謝。又投女父懷，若永訣然。翩翩向西南逝。銅山令高在午丙謀首唱二十絶，表其异。家蓉沼從父司鐸是邑，書來徵和，因填此解。

儘伶俜，憑折挫。藩溷幾曾墮。影瘦腰纖，幽恨一身裹。可奈雨雨風風，凄凄慘慘，等閑把、浮生輕過。　情無那。幻出弱態翩躚，分明示因果。怊悵芳魂，漂泊倩誰妥。適從何處飛來，還歸何處，也不管、柳昏花嚲。

踏莎行 題沁玉妹湖山春曉圖

濺渌侵衣，澄波揩鏡。有人悄把闌干憑。幾分春色破烟來，一夜紅嚲雙蟬影。　翠窅香深，日高風定。惜花記否當年景。故鄉詩夢幾時圓，天涯儘是銷魂徑。

臨江仙 前題慈命代作

一幅江南春寫就，湖光山色分明。小紅橋畔趁新晴。曉風楊柳岸，好是放船行。　堤外海棠剛睡足，蘚痕緑過閑亭。靚妝初罷怯寒生。碧桃花徑遠，剛對數峰青。

點絳唇 前題代景姜作

無恙湖山，那年曾記分離日。換紅移碧。風景從頭憶。尺幅傳來，猶是銷魂色。天涯隔。峭寒同怯。休傍闌干立。

西子妝 白蓮

碾雪摶魂，搓霜靧面，秋水亭亭玉立。笑它桃李鬥春風，染妖紅、競誇顏色。璚姿艷絶。算祇有、湘娥堪匹。最銷魂，是緑房迎曉，素波澄夕。珊珊骨。不染污泥，愛潔真成癖。滿身清露立銀塘，證前身、一丸涼月。裁冰濯雪。待洗盡、人間炎熱。者心情，除却白鷗誰識。

玉漏遲 月夜湖上和閨友韵

玉盤秋皎潔，烟消水定，十分澄澈。萬壑千峰，黛重螺濃如滴。真個無邊風月，全不費、青錢能得。萬籟寂。緑陰滿地，偶留人迹。素娥似識幽懷抱，三五清輝，照伊詞客。隔斷飛塵，恍到玉樓璚闕。此際囊中無句，恐難對、多情山色。空明絶。人與湖光如滌。

金縷曲 題畫

雲水蒼茫處。恁匆匆、乘桴於海，飄然而去。富貴功名來亦好，一聽悠悠之數。想塵世、幾人千古。鯤化滄溟鯨跋浪，有蒙莊、先得逍遥趣。潮自涌，老蛟怒。　三千弱水憑飛渡。問前途、蓬萊方丈，尚離何許。闔闢陰陽多變幻，略盡廣川一賦。獨有客、乘風起舞。星宿羅胸芒角出，看一丸、冷月當頭駐。天與地，爲誰主。

前調 丁卯春日初游西湖

第五橋邊去。繞横堤殘山剩水，柳髭如許。我與西湖初識面，風景淒清細數。有幾帶、望中烟樹。岳鄂王墳蘇小墓，信英雄兒女分千古。移畫舫，向何所。　水天别映孤山路。放中流、斜陽影澹，一支柔櫓。乍聽鐘聲風外落，知在雲深深處。又背轉、蘋洲菱渚。留得殘荷依弱蓋，可憐紅猶作凌波步。閑意態，問鷗鷺。

湘月 題長沙鄭淑荃女史雲璈閣詩草

瀟湘江上，有郵筒寄我，玉臺新咏。睥睨吟壇，雄樹幟、肯讓須眉辭騁。刻玉爲腸，鏤冰爲骨，團雪爲情性。鯉魚風好，送詩吹過烟艇。　除却蘇氏蘭言，謝家絮語，今日應推鄭。

密咏恬吟，渾不厭、雲外尚留餘韵。笑我壺廬，愛君錦綉，樣子描無準。瓣香私爇，寸心當可遥證。

踏莎行 題籬下尋秋圖悼景姜也

踏遍疏籬，可憐秋冷。柴桑依舊當年景。越天覓遍又吴天，替秋寫出亭亭影。幾陣西風，一條芳徑。荒苔細草零星剩。落英憔悴正黄昏，無情零雨重陽近。

前調 前題

魂不勝銷，夢還無據。悲秋情向籬邊訴。紅塵碧落兩茫茫，疑形疑影知何處。恨海誰填，情天莫補。此情此恨同千古。寫生祇算返生香，年年秋到儂爲主。

慶春澤 冬夜盼家書

圓月凝愁，寒燈暈影，偏驚長夜如年。盼絶家書，恨它千里俄延。誤人魚雁無情甚，漫思量、尺素遥傳。怕累伊，一陣霜風，吹落江烟。　　思親太急胸頭惡，嘆蛛絲宛轉，方寸長牽。極目憑闌，白雲摇曳南天。吴頭楚尾傷心路，縱凝眸、親舍何邊。最難禁，百叠千行，有泪無言。

乳燕飛

己巳初春，微疴偶作，百感紛來，欹枕無眠，信口賦此。

世事何堪問。念椿庭、一官寄迹，總歸無定。廿載匏懸貧轉累，贏得霜痕滿鬢。衹手板、消磨相證。畢竟有誰能點鐵，嘆空炊、無米慈勞甚。長太息，懨懨病。　離家以後難消恨。走天涯、女兒身世，從人行徑。回憶孩提真樂趣，二十餘年一瞬。常謾把、思親泪揾。何日歸寧償我願，效斑衣舞彩承歡景。心切切，夢難穩。

鵲橋仙七夕詞索和璞齋

涼風瑟瑟，羅雲冉冉，又是纖纖明月。謾將奇巧乞雙星，怕弄巧、依然成拙。　無情河漢，有情烏鵲，萬古千秋此夕。一年一度一相逢，總贏得、傷離惜別。

滿江紅

辛未仲春，歸寧有日，留别璞齋夫子。

如此江山，歸帆裹、子規聲急。纔賦就、原泉淇水，暫時輕别。劇飲莫和春醒醉，訂期好數輪圓缺。衹聲聲、珍重不多言，心如結。　蘼蕪外，靈妃瑟。楊柳畔，桓伊笛。總一般滋味，百般情節。摺疊衣裳防冷暖，殷勤筆研傳消息。但書來、兩地說加餐，長相憶。

滿庭芳 題韵梅女史畫扇

粉膩蜂痴，香甜蝶懶，替花寫出風神。窺來月子，點綴越清新。但識韵梅小字，也莫問、何處真真。豐臺路，因緣翰墨，誰是畫中人。　冰紈剛一握，勾紅劃翠，別樣輕勻。想石華、吮罷猶帶脂痕。略帶一分墨暈，更澹澹、活色三分。秋風惡，珍藏什襲，休便染微塵。

洞仙歌 題羅瑟青譜妹瓊臺詩草

柳陰陰處，恰黄鸝三請。爲寫司空那詩品。算詞鋒剪彩，心眼縲絲，纔著就、大集江東香茗。　好花開姊妹，聯袖題襟，翰墨因緣更僥倖。贈答粉奩邊，牙撥銀箏，願删去、別離情境。料伯玉盤中讀迴文，蚤四角中央，目迷雲錦。

憶蘿月 辛巳閏秋病感

新涼天氣。已逗深秋意。愁病也如秋閏起。慵戀半床羅被。　伶仃母弟江鄉。可憐夜短憂長。似此中年哀樂，教人那不迴腸。

高陽臺 初夏有懷

花雨消紅，苔烟鎖碧，果然如水流年。物候驚心，無端離思相牽。天涯咫尺人千里，覓封侯、未整絲鞭。問歸期，幼女嬌憨，絮語纏綿。　零愁碎恨星星記，且和衣倚枕，轉側無眠。梅雨濺寒，聲聲祇滴窗前。等閑過了芳菲節，意闌珊、瘦損吟肩。盼東華，一紙書來，默禱平安。

玉交校

題桃花畫扇，璞齋爲陶子縝學使製。

龍翁筆。等閑染就香君血。香君血。美人名士，而今難得。　春來花向東風惜。秋來扇奈西風急。西風急。年年常好，瑶池標格。

一萼紅

余癖梅成性，每形咏謡，自累塵俗，近遂荒廢。昨讀肖菊兄公白雪紅梅詩畫，不禁見獵之思，輒有寫懷之句，譜爲慢詞，并約璞齋夫子同作。

歲朝春。丙戌元旦立春。喜和脂和粉，梅雪一般新。虚白含緋，嫣紅碾玉，妝點還勝春人。也人事、天工巧占，好煮茗、花底暖芳樽。正月平頭，百年笑口，難得今辰。都道幾生修到，便桃緗李素，總落凡塵。萼緑嬌羞，飛瓊薄醉，争似雙頰潮痕。有如此、幽香冷艷，要屏風、猩色替傳神。越是清寒那枝，越自清芬。

相見歡 郵題似周六弟湘烟閣填詞圖小影

天涯草色萋迷。月平西。畫出小紅無語，怨鶯啼。千里外，親風采，女嬃題。題起萬般心事，付江蘺。

浪淘沙 雨夜懷遠

簾外雨瀟瀟。凉透疏寮。玉釭與我兩無聊。自是愁人心易碎，休怨芭蕉。望遠暗魂消。雙鯉迢迢。青溪柳色白門潮。爲語西風須著力，早送歸橈。

慶春澤 庚寅元宵春詞索和璞齋

律轉天心，陽回地氣，雨餘剛好新晴。佳節從頭，難逢元夜同更。幾年冷澹梅花雪，記聯吟、緑意紅情。丙戌歲朝立春，曾與璞齋同咏白雪紅梅。喜今朝，春滿江東，月滿中庭。故鄉重到懷今昔，嘆當初鬟角，點了星星。嘉淑虛傳，奈伊鹽米光陰。也知花市燈如晝，愛清幽、自掩疏櫺。笑通宵、遠近人家，爆竹聲聲。

紅　情

題吴興周侍御丈縵雲先生《茗邊填詞第二圖》，同璞齋作。

此翁仙侣，耐半甌沁雪，松篁如許。往事從頭，依舊茶經配圖譜。師弟傳神畫裏，圖出費山人丹旭手，第二圖爲陸大令昀製，大令是山人弟子。休定認、後游前度。但側耳、便有瓶笙，相和沸疏雨。

雲霧。夢同煮。料裊入篆烟，蕩漾心縷。引商刻羽。隔院呼鬟試鸚鵡。幾遍迴甘忍俊，慣消息、腋風脾露。是江表、家世也，曲終善顧。

【第八集】

詞人姓氏

商景蘭　字眉生，會稽人。明吏部尚書商周祚女，祁忠惠公彪佳室。

葛秀英　字玉貞，吴門人。梁溪秦鏊側室，其母夢吞梅花而生，玉貞性又愛梅，故以澹香名其樓，卒年十九。

劉琬懷　字韞如，一字撰芳，陽湖人。劉汝器女，嗣綰妹，金壇虞朗峰室。有《問月樓集》。

張玉珍　字藍生，華亭人。金鐲室。

許淑慧　字定生，青浦人。善畫工詩，適夫而寡，歸而養母，以節孝稱。

錢孟鈿　字冠之，武進人。刑部尚書錢文敏公維城女，荆宜施道永濟崔龍見室，至孝。嘗剪臂療父疾，嫻《史記》，擅吟咏，著有《鳴秋合籟浣青詩草》。

黄婉瓊　字葆儀，寧鄉人。黄本騏女，工詩詞，適歐陽，早卒。著有《茶香閣遺草》，其季父本驥刻入《三長物齋叢書》。

許誦珠　字寶娟，自號悟空道人。海寧人，江蘇督糧道槤季女，舉人歸安朱鏡仁室。

吴　苣　字佩纕，一字紉之，吴縣人。以苦節旌表建坊，入祀節孝，内閣中書汪鍾霖母。

俞綉孫　字彩裳，德清人。河南學政俞樾女，蘇州知府錢塘許佑身室。

目

錦囊詩餘

會稽商景蘭眉生撰

十六字令懷遠　代人作

瓜。今歲須教早吐花。圓如月，郎馬定歸家。

菩薩蠻憶外　代人作

臘花香動烟中影。紗窗半掩羅幃冷。孤雁宿沙汀。寒砧夢裏聲。夢到相思地。難訴相思意。夜雨渡芭蕉。懷人正此宵。

憶秦娥前題

寒夜冷。終日離愁如斷梗。如斷梗。日久時長，銀瓶落井。落梧驚夢憑誰醒。窗前窗後花枝影。花枝影。玉漏催殘，孤燈半隱。

如夢令寓園有感

此地春光如綉。畫檻名花依舊。獨立悄無言，梅比腰肢還瘦。僝僽。僝僽。林外鳥聲拖逗。

長相思暮歸

過橋西。花滿堤。步印香泥小徑歸。烟籠萬户低。月初輝。星漸稀。光到窗前知未知。何處夜烏啼。

浪淘沙秋興

窗外雨聲催。燭盡香微。衾寒不耐五更鷄。無限相思魂夢裏，帶緩腰圍。隙月到羅幃。孤雁南歸。玉爐寶篆拂輕衣。花氣參差簾影動，葉落梅肥。

長相思賦惜花春起早

月剛斜。日影些。一路香風繞碧紗。忙忙貼鬢花。冷莓[□]。遍地遮。滿院春情委露華。枝頭宿鳥喳。

擣練子 夜坐

長相思，久離別。爲誰憔悴憑誰説。捲簾貪看月明多，斜風恰打銀釭滅。

春光好 代姊別妹

楓樹冷，菊花黄。伴行妝。畫舫歸途十里塘。爲誰忙。烟水蘋絲荇菜，沙汀鸂鶒鴛鴦。多少離情此際有，待佳章。

浣溪沙 送女歸　代人作

唱罷驪駒神暗傷。欄干小月印虛堂。花枝影度隔簾香。人去空留千里夢，寒深午夜怯銀床。獨留燈燼照荒凉。

眼兒媚 懷遠　代人作

將入黄昏枕倍寒。銀漢指闌干。半輪澹月，一行鳴雁，雲老霜殘。憑著飄英風自掃，小院掩雙鐶。離情難鎖，迢迢江水，何處關山。

憶秦娥 前題

雲將暮。寒砧聲送愁無數。愁無數。孤鴻隻影，極天難訴。　片帆不返金陵渡。相思難到相思路。相思路，千里風塵，一簾霜露。

如夢令 前題

寂寞寒深孤枕。風度羅幃夢醒。夢醒却無情，此際離愁謾整。夜冷。夜冷。花動閑窗月影。

憶秦娥 前題

清風節。金風陡起悲離別。悲離別。長天月影，常圓常缺。　空階蕭瑟聲聲葉。霜花點點腸千結。腸千結。雲外翔鴻，夢中蝴蝶。

長相思 即事

水繞溪。花滿堤。鸚鵡聲高烟柳迷。愁多恨鳥啼。　香霏霏。泪淒淒。坐看西山虹影低。詩成雪亂飛。

前調 前題

花影圓。月正妍。隔林啼烏夜聲傳。相看情倍牽。整翠鈿。拂朱弦。熏盡羅幃未肯眠。庭前霜滿天。

前調 春景

芳草齊。鷓鴣啼。滿院花光傍竹籬。行行日已西。柳條長，寶馬嘶。問爾王孫歸未歸。樓高望轉遲。

搗練子 秋思

風草草，露濃濃。築起愁城幾萬重。黄葉滿庭人未掃，一聲哀雁五雲中。

少年游 冬景

梅頭未綻，朔風如厲，白雪暗飛香。輕寒到枕，愁腸頓起，小膽怯空房。滿天雲氣，一爐烟燼，迢遞此韶光。高唐路杳，楚臺無夢，何處寫鴛鴦。

上西樓夜闌聞雨

江城雲暗星稀。鳥孤飛。簾外緑殘紅瘦、漏聲催。　正風雨。淒凉處。燭花微。驚醒夢魂時節，捲羅幃。

畫樓春前題　按：此即《畫堂春》。

城樓吹漏聲長。玉爐寶篆生光。亂紅落盡暗遺香。浴後殘妝。　畫檻雕樓花鳥，曲屏遠挂瀟湘。窗前謾整薄羅裳。無限淒凉。

點絳唇暮景

時候黄昏，蘭房獨坐愁多少。寒雲飄渺。深把梅枝繞。　海月初升，遠寺鐘聲蚤。爐烟裊。離情未了。步即蘭池小。

探春令暮歸

斜陽遠樹晚鴉栖，薄暮愁雲閉。又朔風吹入孤舟裏。滿目荒凉際。　蕩雙橈月浮江碎。過沙汀三四。看漁燈隱隱，蘆葦岸、一派朧深天氣。

釵頭鳳 春游

東風厚。花如剖。滿園芳氣長堤柳。鶯聲弱。浮雲薄。韶光易老，春容零落。莫。莫。莫。
梅空瘦。情難究。菌蘭未放香先透。真珠箔。鞦韆索。沉沉亭院，相思難托。錯。錯。錯。

長相思 前題 代人作

思悠悠。恨悠悠。懶整殘妝獨倚樓。寒光動玉鈎。　星也愁。月也愁。不耐孤衾擁碧秋。離懷未肯休。

醉花陰 閨怨　按：當作《醉春風》

論愁腸如醉。寫愁顔如睡。銀釭冉冉影隨身，畏。畏。畏。半簾明月，一庭花氣，時光容易。
無數衾邊泪。難向天涯會。夜寒故故啓離情，碎。碎。碎。夢中細語，誰爲分訴，何如不寐。

思帝鄉前題

鴛帳冷，燭光浮。帳冷光浮夢短，思悠悠。添得滿腔憔悴，滿身愁。縱到花間月底。意難留。

漁家傲雪景

雪霰紛紛流竹路。數聲烏鵲窗前度。一帶寒光凝臘樹。時如故。樓臺頃刻成紈素。茅店布帘横古渡。寺鐘（戍）［戍］鼓催天暮。驢背小橋栖白鷺。真堪賦。何如柳絮風中句。

憶秦娥前題

同雲惡。六花片片穿簾幕。穿簾幕。鳥栖深樹，人登高閣。茫茫無際愁烟薄。玉龍鹽虎添蕭索。添蕭索。一天飛影，半林松鶴。

前調雪中别谷虚大師

冰壺夜月凝光殿。朔風空留戀。楊花裊裊隨風戰。隨風戰。彌天道遠，流光如箭。剪碎鵝毛片。鵝毛片。飛翔莫定，何時相見。

憶王孫雪夜即事

凄風夜夜打空林。金鎖烟寒上綉衾。春滯鶯黄未敢鳴。倍多情。寄恨鵾弦三兩聲。

浣溪沙初春夜坐

玉漏頻催夜氣清。篆烟深鎖綉幃輕。滿庭明月照殘更。　雁柱十三空寄恨，關河百二總離情。春風何事巧相侵。

點絳唇春日游寓園

春色溶溶，兩堤楊柳舒金綫。韶光如電。頃刻飛花片。　金谷依然，景在人難見。閑游遍。深深庭院。半是蠨蛸罥。

醉太平春恨

水緑山青。花飛柳輕。捲簾無事調箏。寫愁腸數聲。　情牽意縈。夢杳難成。香飄一片魂驚。見窗前月明。

醉花間 前題

愁離別。偏離別。别恨多周折。無計解離情，獨倚天邊月。窗外子規啼，正與春風雜。問鳥語花光，何時皆愁絶。

長相思 雪中作寄寶姑娘

梅蕊青。雪花縈。雪重梅寒萬里平。微風窗紙聲。問卿卿。定有情。篆冷香銷却怎生。同心兩地明。

訴衷情 雪夜懷女僧谷虚

無端小立瑣窗前。飛絮影連天。蒲團雪深三尺，參透幾多禪。花欲綻，鳥猶寒。孰相憐。歌翻白雪，笛弄梅花，兩鬢霜添。

生查子 春日晚妝

無意整雲鈿，鏡裏雙鸞去。百舌最無知，慣作深閨語。梁燕恰雙飛，春色歸何處。妝罷拂羅裳，一陣梨花雨。

搗練子 春日舟中見月

烟漠漠，路茫茫。桃李無言萬樹芳。百囀黄鶯催日暮，白雲深處透微光。

臨江仙 坐河邊新樓

水映玉樓樓上影，微風飄送蟬鳴。澹雲流月小窗明。夜闌江上槳，遠寺暮鐘聲。　人倚闌干如畫裏，凉波渺渺堪驚。不知春色爲誰增。湖光摇蕩處，突兀衆山横。

春光好 前題

山色秀，水紋清。落花輕。沙上鴛鴦泛緑汀。棹歸聲。　小鳥如啼如話，春光乍雨乍晴。一派霞光催日暮，月東升。

菩薩蠻 前題　代人作

畫樓檻外啼黄鳥。山光横斷殘陽渺。春色杳難留。銜杯花下愁。　綉窗籠曉日。紫燕穿簾急。柳拂水痕清。漁歌度遠汀。

前調 前題

春光難駐傷心色。遠山暮影烟如織。花氣傍高樓。游人在上頭。　閑倚闌干敞。湖水平如掌。浪影亂晴空。漁舟蕩晚風。

海棠春 贈任女吴子

緑窗春透垂陽影。更多少、月明風冷。花枝黄鳥聲，綉閣酣初醒。　被底鴛鴦，階前白璧，都是歡時美景。慚愧白頭人，空嘆時如錦。

更漏子 閨中四景詞　春

艷陽天，流水曲。處處鶯啼柳緑。初睡足，曉妝遲。簾開燕子飛。　桃如火，梅如豆。添得玉顔消瘦。眉澹澹，鬢星星。王孫草正青。

前調 前題　夏

湘簾外，池水側。雙燕風前歸急。移玉簟，弄霜紈。黄梅雨正翻。　薰風起，芙蓉亂。葉底鴛鴦尋伴。一隊隊，一雙雙。聯翩宿野塘。

海棠春 前題 秋

西風蕭瑟梧桐老。聞處處、寒砧夜擣。羅袂拂霜輕，霧髻侵雲裊。　緑窗聲送孤鴻早。紈扇上、離愁多少。月下桂香浮，限殺秋光好。

前調 前題 冬

朔風剪出鵝毛片。柳絮與、梅花相見。木落萬山空，正大江如練。　紅爐撥盡寒猶戰。况夜夜、玉壺添箭。耐得歲寒心，又苦桃花面。

卜算子 初春游寓山看花

春半緑茵齊，處處香風透。滿目青山點翠苔，景色依然秀。　盡道柳絲黄，不解梅花瘦。回首鶯啼深樹時，正是鞦韆候。

憶秦娥 初春剩國憶子

鶯聲咽。柳梢烟雨梅梢月。梅梢月。誰家玉笛，十分凄切。　迢迢子去傷離別。空亭寂寞愁心結。愁心結。梨花飛碎，香飄塵絶。

洞天春 初春同友坐剩國書屋

黃鸝檻外聲小。曲徑殘梅未掃。淑氣含春遍芳草。正晴光繚繞。　閑庭竟日悄悄。無耐佳人去蚤。蛺蝶輕飛，風飄花亂，新愁多少。

卜算子 春日寓山看花

烟暖碧雲樓，樓迴春山秀。風落殘紅水面飄，池内清波縐。　柳外小鶯啼，花鳥聲相鬥。喚起當年萬種愁。泪濕青衫袖。

青玉案 即席賦贈友言别

一簾蕭颯梧桐雨。秋色與人歸去。花底雙樽留薄暮。雲深千里，雁來寒度。客有愁無數。　片帆明日東皋路。送别恨、重重烟樹。越水吴山知何處。舞移燈影，筝調弦柱。且盡杯中趣。

臨江仙 題牡丹

錦樹一闌無氣力，隨風婀娜枝頭。艷陽却被夕陽收。春光有恨，待欲控雙鈎。　香入美人銷不盡，依然別樣嬌羞。太真西子并風流。小窗倚遍，明月更相留。

燭影摇紅 詠雛堂憶舊

春入華堂，玉階草色重重暗。寒波一片映闌干，望處如銀漢。風動花枝深淺。忽思量、時光如箭。歌聲撩亂，環佩玎璫，繁華未斷。游賞池臺，滄桑頃刻風雲換。中宵笳角惱人腸，泣向庭闈遠。何處堪留顧眄。更可憐、子規啼遍。滿壁圖書，一枝殘蠟，幾聲長嘆。

搗練子 留别

人去也，情難捨。花枝吹散風瀟灑。霜天宿鳥静無聲，流蘇錦帳含愁下。

隔浦蓮

園林日涉轉邃。灌棗春深翠。乍見花争吐，如金粟，疑青檖。風條香暗墜。多生刺，善護防，叢落影偏委。村南巷北，繅車懸響閑倚。清陰拂袂，樂氏曾栽無异。取得池心留報賜。笄贄。玉文何況仙餌。據馮乾《古今名媛百花詩餘》補。

澹香樓詞

吴門葛秀英玉貞撰

十六字令 梅影

斜。梅影移窗映碧紗。依它寫，寒受月些些。

前調 彈琴

琴。調急弦繁哀怨深。難成弄，料是少知音。

如夢令 春閨

燕語呢喃春晝。花事闌珊時候。斜倚畫屏前，半嚲低垂紅袖。消瘦。消瘦。鏡裏雙蛾長皺。

浣溪沙 題曉妝圖

鶯催日影上窗紗。睡起羅幃遠夢賒。水晶屏曲綉簾遮。　一縷香雲金釧滑，二分明月玉梳斜。澹妝生愛不簪花。

臨江仙 春閨即事

隔院鶯聲催早起，昨宵杏雨輕寒。一庭春色捲簾看。緑烟雙燕語，紅樹百花攢。整頓琴書消晝永，妝成不去憑欄。鵲爐呼婢爇沉檀。新詞翻白雪，小楷界烏闌。

減字木蘭花 楊花

柳棉如許。攪碎春魂漂泊去。風約萍開。一半相逢在水隈。漫天飛舞。簾外斜陽黏忽住。咏絮無才。孤負東風爲送來。

四字令 新竹

新筠澹描。含香嫩苞。些時勁節干霄。笑春風柳腰。黏雲亂梢。梳風碎敲。一叢寒玉蕭蕭。拂檐牙鳳毛。

蝶戀花 落花

簾外飛花愁挂樹。柳綫搓烟，欲綰春難住。蛺蝶成團慵對舞。宿花香夢尋無處。幾度問花花不語。瘦盡嫣紅，散落胭脂雨。踏作春泥香滿路。多情燕子銜將去。

如夢令 題畫

棋譜半盤打就。獨與銀釭廝守。侍女去煎茶，驀地梨雲夢透。醒否。醒否。夜静秋寒燈瘦。

柳梢青 泥美人

撮土猶香，塑成嬌艷，絶世風神。月下娟娟，松間小小，畫裏真真。美人黄土生春，向何處，藍橋問津。憨態無言，羞顔似笑，注眼如顰。

浣溪沙 題夏閨圖

雨過荷香暑氣消。奩開月影黛重描。閑階獨立似無聊。藕覆半籠金縷襪，鳳釵斜彈翠雲翹。内家妝束不勝嬌。

醉花陰 染指甲

曲欄鳳子花開後。搗入金盆瘦。銀甲暫教除，染上春纖，一夜深紅透。點絳輕濡籠翠袖。數亂相思豆。曉起試新妝，畫到眉彎，紅雨春山逗。

生查子 自題秋夜圖

殘夜碧天明。月挂梧桐井。小院寂無人，滿地芭蕉影。　銀漢已横斜，獨立衣裳冷。不忍負良宵，自煮天池茗。

柳梢青 中秋西湖泛月

湖上清秋，南屏鐘遞，嵐翠烟浮。衣怯新凉，月扶殘醉，人倚蘭舟。　月明正好勾留，且放棹，湖心上頭。鏡净浮光，潭空瀉影，人在瀛洲。

桂殿秋 聽雨

衣袂冷，上高樓。繁雲遮斷碧山頭。小窗獨坐聽秋雨，荷葉芭蕉各自愁。

憶王孫 集舊句寄呈夫子

畫堂深處麝烟微。顧敻。閑立風吹金縷衣。韓偓。紅綃帶緩緑鬟低。白居易。落花飛。王勃。不見人歸見燕歸。崔魯。

虞美人 前題

庭前芳樹朝朝改。李嶠。尚有餘芳在。韋莊。年光背我去悠悠。沈叔安。恰似一江春水、向東流。李後主。　此時欲別魂魂俱斷。韓偓。試取鴛鴦看。李遠。不挑紅燼正含愁。鄭谷。別有一般滋味、在心頭。李後主。

巫山一段雲 前題

麗日催遲景，公乘憶。羅幃坐晚風。趙嘏。自盤金綫綉真容。王建。翻疑夢裏逢。戴叔倫。　離恨却如春草。李後主。滿地落花慵掃。李珣。思量長自暗銷魂。韓偓。蛾眉向影顰。劉希夷。

卜算子 前題

花繞玉屏風，鄭遂初。氤氳蘭麝馥。白居易。何事吹簫向碧空，王維。鸞鳳調琴曲。張説。　惜別酒頻添，杜甫。侍兒催畫燭。錢起。此後相思幾上樓，黄滔。終日求人卜。杜牧。

生查子

集古贈雙妹，兼以送別。

桃花落臉紅，陳子良。困立攀花久。白居易。垂柳拂妝臺，歐陽瑾。掬翠香盈袖。趙嘏。不敢苦相留。盧綸。去是黄昏後。韓偓。欲去又依依，韋莊。幾日還携手。韓偓。

浪淘沙集古送張湘蘭之湖南

華屋艷神仙。杜甫。冶態嬌妍。陸龜蒙。纖腰婉約步金蓮。毛震熙。多事春風入閨闥，權德輿。獨立花前。馮延巳。遥指夕陽邊。劉長卿。嫩草如烟。歐陽炯。離人獨上洞庭船。李頻。一去那知行近遠，崔顥。目斷遥天。馮延巳。

惜分飛送春

泪漬胭脂花濕露。簾外飛紅無數。芳草江南路。春魂一縷斜陽暮。可惜彩雲留不住。恨煞風僝雨妒。願化相思樹。古來剩有鴛鴦墓。

沁園春 新緑

青帝纔臨，雨似調酥，風似剪刀。看乍寒乍暖，催歸柳綫，半明半暗，染就芳郊。雲約晴峰，烟酣遠岫，同倩天工淺澹描。無人處，早蒼苔一片，又上紅橋。　魂銷春水迢迢，歸未得、王孫路更遥。恨多情飛夢，西樓憶遠，無端送別，南浦停橈。小院池塘，曲欄幽砌，一着東風別樣嬌。凝眸望，惟孤山松柏，不受寒凋。

月華清 中秋玩月

秋半月中，月圓名半，素輝千里如畫。高捲珠簾，一片玻璃凉透。晚風起、霧約柔鬟，銀漢斜、露侵羅袖。稽首。向嫦娥借問，廣寒寒否。　最愛深閨獨守。如此良宵，儘堪消受。覓句孤行，踏損蒼苔微溜。問前生、千古同心，期後會、一年別久。孤負。怕雲遮光掩，秋催人瘦。

瀟湘神 秋思

暮烟含。暮烟含。殘荷衰柳映寒潭。夕照遠山紅樹外，斷腸秋色在江南。

補欄詞

陽湖劉琬懷韞如撰

浣溪沙 看花

消遣閑愁百卉中。金鈴小宕語丁冬。海棠紅暖一簾風。

謾學唐宮傳鼓促，未煩隋院剪刀工。輕衫薄袖倚欄東。

前調 聽雨

坐對銀釭細細挑。停針忽聽響蕭蕭。幾聲風驟打窗寮。

多事檐前懸鐵馬，無端庭畔種紅蕉。總拚不寐到明朝。

前調 望月

淺澹銀河一鏡升。滿庭花影轉參橫。最閑時候最分明。

何處簫聲游舫過，幾家詩興

畫樓生。思鄉有客不勝情。

前調 踏雪

宿酒初醒興未賒。光摇銀海望無涯。幾間茅舍即林家。一徑冰聲雙屐翠，半簾風色
折巾斜。羨它老鶴守梅花。

點絳唇 登樓晚眺

一望長天。荆關圖就難分辨。雲山無限。儘付迢迢眼。對此蒼茫，那許閑愁免。寒
烟散。夕陽紅淺。飛上瀟湘雁。

前調 重陽後二日

落帽題糕。蕭蕭又是重陽後。將開笑口。幾陣寒香逗。遥望疏林，隱隱南山透。須
携酒。西風來驟。轉眼秋容瘦。

沁園春 早春雪後同諸姊妹游惠山

有興衝寒，仙侣同來，輕舟片帆。望湖光渺渺，初融殘雪，林端隱隱，遠逗晴嵐。鳥語清幽，

人踪闃寂，冷逼名園鎮日關。緣溪轉，老梅一樹，已破瓊顏。二泉勝景全探。更何必、奇峰高處攀。看九龍塔聳，鈴聲摇蕩，六朝松古，黛色斕斑。淮海祠邊，香花橋畔，記否前年三月三。紅裙遍，訝如雲繚繞，如蟻迴環。

前　調

大樹園年來以半賃與它姓，存三十餘間，池館花木尚足游玩。每當春秋佳日，合家聚集之處，諸昆仲常吟咏其中，各成一闋。

大樹園林，半繭分開，絲牽寸腸。剩平泉花木，未曾摧折，輞川書畫，依舊收藏。竹圃荷亭，藥欄松牖，不改吟窩聚集場。春秋日，溪邊垂釣，閣上飛觴。追思往事茫茫，記卅載、烟巒緑野堂。有求羊往返，掃除曲徑，周張相接，環堵銀墻。鶴迹盤旋，禽言互答，頓覺人間俗慮忘。它年裏，待完全璧返，叢桂添香。

前　調

池上釣魚，同人分作。

不着烟蓑，小坐溪邊，持竿自由。破青萍萬點，錦鱗作隊，翠蘅幾片，銀沫噴漚。立上蜻蜓，掠過燕子，鏡面波平漾直鈎。須相待，趁時連貫，繞澗深游。濠梁樂意成愁，聽唼唼、無聲動碧流。笑富春灘畔，千秋避迹，淮陰臺下，一旦封侯。香餌頻添，垂絲穩宕，浪影圓時雙尾投。居然得，勝臨淵暗羨，緣木長求。

前調 同諸嫂鬥馬吊戲作

净几明窗，吊譜頻翻，南唐韵長。每秋宵庭畔，悄聞葉落，春風座上，圍試茶香。蝴蝶雙飛，麒麟獨獲，頃散仙花佛頂光。無言處，沉吟計算，次第移莊。豈同盧雉清狂，更不比、彈棋生殺忙。愛珠簾倒捲，天然趣美，龍門乍躍，奪錦飛揚。拖逗閑情，展舒逸興，多謝湘蘭曾細商。循環久，將牙籌檢點，且作收場。

臨江仙 咏蕉扇

質潤光溶骨秀，剪成小樣玲瓏。九華六角總輸工。遥侵鬟影緑，暗灑汗斑紅。記得夢中覆鹿，炎凉悟徹空空。伴人閑倚曲欄東。揮開楊柳月，摇散藕花風。

前　調

猶憶西窗聽雨，緑陰乍展如雲。生憎修竹上彈文。移來消暑氣，撲處净塵氛。別擅清幽風致，行行側理成紋。蒲葵一任鬥紛紛。斜偎蝴蝶袖，低宕石榴裙。

浣溪沙 聞畫眉作

何處清音唤暮春。鶯啼燕囀與争新。緑陰如水聽來真。　驚夢畫簾剛寂寂。催妝小院暮頻頻。天涯猶有未歸人。

虞美人 秋夜同舜音姊作

閑譚坐盡梧桐影。微覺吟肩冷。誰家玉笛忽飛聲。頓見雲開月色、倍分明。　呷啞幾陣賓鴻語。報道秋如許。怪它青女太無情。慣逼一天霜氣、轉三更。

前調 舟行即目

船窗不掩雲波冷，面面秋山影。灘頭幾處賣魚蝦，半幅輕帆低落、夕陽斜。　緑陰隱隱茅檐結，鄰舍家家接。門前開遍水葓花，瞥見一行女伴、浣溪紗。

金縷曲 菊影

簾捲秋光裏。正寒花、亭亭冉冉，移來眼底。超出紅塵如此淡，始信陶潛歸矣。爲料理、明窗净几。醉後幾回難采摘，費參詳、幻迹知誰寄。倩窄袖，欲扶起。　蕭疏骨格烟雲氣。

儘拋辭、蜂忙蝶鬧，香清色膩。仿彿騷人成落魄，瘦到十分難比。剩一片、凄凉滋味。要向西風留小像，傍闌干、月冷霜華細。寫不盡，個中意。

前調竹影

曲徑停雲黑。繞闌前、幾竿依約，助人凄切。裁得鵝溪三尺絹，難仿此中孤潔。又移上、半庭明月。衹合天寒來薄袖，倚西風、弄翠摇晴碧。比清瘦，夜深立。凌虚自寫凌霜節。展瀟湘、畫圖一幅，參差圓活。中有閑愁題不盡，點滴英皇啼血。都分付、蕭蕭瑟瑟。莫道梅花枝幹好，總輸它、懷抱亭亭直。塵不染，獨幽絶。

前調見新燕作

也占樓居福。借清幽、盧家堂畔，香巢小築。翠剪紅襟多點染，毛羽不堪諧俗。總一例、東風拘束。九陌塵高春漸老，蹴飛花慣向瓊筵落。妨新睡，避銀燭。喃喃若個知心曲。最思量、舊時烟雨，幾番栖宿。莫入烏衣門巷裏，回首易添棖觸。終輸與、疏籬茅屋。結伴差池隨上下，傍春城、消受陰陰緑。簾捲未，一鈎玉。

前　調

題嬸汪玉英拈花倚鹿小照，并挽之。

畫裏添嗚咽。記茫茫、幾番歡聚，幾番離別。十數年來渾似夢，愁緒那堪細説。剩幼女、情懷難割。何事天公耽播弄，起寒灰、滚滚都成劫。盈串泪，向空滴。　孤墳母子遥相接。最凄凉、荒烟細雨，白楊蕭瑟。料得泉臺長夜裏，不省傷心欲絶。早悟徹、紅塵完缺。一笑拈花芳草地，算今生、疑案先歸結。回首處，暮雲合。

前調春日感作

夢影雙丸逐。漸消磨、輞川烟水，平泉花木。龍腦一爐茶七碗，悔不襟期偏俗。分領略、人間清福。謾問禁烟明日事，且懵騰、閑展離騷讀。山鬼笑，湘君哭。　也知生世原空谷。太匆匆、隙塵過馬，隍陰覆鹿。我是個中參透慣，冷眼花前銀燭。獨倚遍、碧闌干曲。滿徑雲停門自掩，種琅玕、幾樹森森玉。聽春雨，長新緑。

前　調

結屋東頭老。問今生、閑愁種種，幾時能掃。贏得吟魂猶澹蕩，祗繞謝池新草。又陣陣、東風吹早。殘夢却隨流水斷，聽鶯聲、但逐桃花杳。剩楊柳，絲絲裊。空亭容膝休嫌小。獨徘徊、疏簾一桁，半留晴照。收拾春衣從笑取，紫鳳天吴顛倒。莫更説、舊針神稿。辛苦工蠶原自分，奈成都、桑樹年來少。絲欲吐，食難飽。

天香 秋日憩鄒氏園

一棹纔停，雙扉乍啓，鄒陽舊日池館。三徑盤紆，幾層濕翠，泉語泠泠成串。亭臺曲折，正一帶、疏簾盡捲。桂樹濃香閣下，飛來恍行天半。最好斜陽紅澹。倒遥山、高低影轉。仿佛米家圖畫，座中補滿。如此園林偏是，客應約、明春重來玩。輸與幽禽，烟巒長伴。

臨江仙

余幼時好吹簫，購得前朝人所遺一枝，音韵和平，甚寶之，錫其名曰『紫雲』。每當針黹之餘，納凉庭院，必案一二曲爲事。後于歸金沙，所居樓高廣，張南周北之中也。竊思音律，本非閨閣所宜，豈可鄰舍傳聞，即將紫雲盛以錦囊，藏之篋衍。忽忽數十年來，竟成絶響。雖無人琴之感，能免中心悵悵耶？作此以表。

謾説秦樓引鳳，可憐弃置無聲。怕聞鄰女鬥彈箏。吟風成往事，伴月是前生。記否桂花影裏，闌干共倚三更。嗚嗚如訴最分明。暗傳吴市恨，遥渡楚江情。

裊裊餘音竟絶，移商換徵心灰。思伊欲上鳳凰臺。柳殘何處折，梅落不重開。　宛爾琵琶出塞，幽情逸韻難追。王褒賦就總堪哀。潛蛟難起舞，唳鶴獨遲徊。

望江南 雜咏

江南好，往事繞迴腸。棠棣花前争刻燭，椿萱堂上笑傳觴。此樂最難忘。

江南好，錦里是儂家。緑野堂前餘竹石，翠微亭外接烟霞。清景望中賒。

江南好，生小未知愁。移燭敲棋驚宿燕，持竿垂釣散群鷗。書卷與爲儔。

江南好，惠麓約看花。湖岸斜停詩客舫，山樓遠接酒人家。一路入烟霞。

江南好，曲院銷濃香。坐樹流鶯談兩晋，當窗鸚鵡誦三唐。小管賦春陽。

江南好，昆仲集群賢。賭酒每從明月裏，聯吟常在惠風前。不減永和年。

江南好，最憶二泉亭。遠樹倪迂新色畫，清茶陸羽舊時經。塔影錫山青。

江南好，風雨不凄凄。花信早紅江總宅，水光長緑伯鸞溪。滿目盡詩題。

江南好，衆緑護平堤。挑菜兒童騎竹馬，育蠶婢女掇桑梯。村巷盡鳴機。

江南好，暖意逼清明。門葉疏簾春寂寂，投壺小院夜錚錚。回想不勝情。

江南好，修禊趁溪光。楊柳風微鶯嘴滑，桃花漲足鴨頭香。幾處浣衣裳。

江南好，企望夕陽邊。梅里高風吴泰伯，蘭陵雅迹宋坡仙。雲樹接蒼烟。

江南好，樓上獨徘徊。古調瑶琴彈落雁，清商鐵笛奏寒梅。幽興已成灰。

江南好，晝永緩風和。紅暖櫻桃垂曲檻，粉香蛺蝶戀晴莎。階下幾回過。

江南好，門外即蓉江。載酒客尋楊子閣，擁書人泛米家艭。兩岸長蘭茳。

江南好，熱鬧過花朝。賽社沿村喧擊鼓，賣餳隔巷聽吹簫。新漲没平橋。

江南好，風雅幾傳人。舊社碧山曾仰杜，古祠淮海每談秦。春色爲它新。

江南好，還首憶金沙。長蕩湖邊千頃月，顧龍山上四時花。清興屬吾家。

江南好，上巳換衣單。勁節臨窗多翠竹，素心入室有芳蘭。盡日與盤桓。

江南好，往事記紛紜。杏雨歸來虞學士，蕪城賦就鮑參軍。一例等浮雲。

江南好，草緑寄奴城。沽酒客來雙屐滑，打魚人去一舟輕。浮玉望中明。

江南好，白下早春來。三閣斜陽新第宅，六朝細雨舊樓臺。庾信合重哀。

江南好，第一莫愁家。巷口烏衣飛乳燕，門前緑柳着歸鴉。風月足堪誇。

江南好，巧製擅姑蘇。織就襉裙西子樣，裁成團扇放翁圖。争説古吴都。

江南好，桃李易成蹊。碧色池塘雙鷺立，緑陰樓閣一鳩啼。隨地任心栖。

江南好，歌吹是山塘。銀燭通宵游客興，珠簾十里美人妝。此地覺荒唐。

江南好，香霧養花天。午倦簾櫳多蝶舞，曉寒庭院正蠶眠。風脆紙鳶弦。

江南好，彩筆發新思。惲氏畫圖留粉本，陳家詞譜界烏絲。終古有名馳。

江南好，風味不尋常。席上春盤青笋嫩，茶邊寒具玉蘭香。那免一思量。
江南好，家在水雲隈。門外鶯愁幾樹柳，庭前鶴守一株梅。應與賦歸來。

沁園春 鴉

寥落晴光，陣陣西風，吹歸暮鴉。正小樓晚色，夕陽黯澹，平原遠景，老樹杈枒。秋燕辭南，賓鴻戀北，畢竟雲山何處家。都同調，蕭蕭索索，如此生涯。　　天然圖畫堪誇。宛一幅、倪迂墨筆斜。補柴門流水，半灣新月，孤篷斷岸，幾點蘆花。漫説凄凉，休悲寂寞，終古垂楊意未賒。蒼茫裏，看相依翼翼，互語啞啞。

前調 中秋後一日夜坐感作

纔過中秋，幾處砧敲，冰輪倍明。憶桂花香滿，濃侵庭院，梧桐陰碧，低覆軒楹。無伴飛觴，何人擊鉢，總有新詩勉强成。空階畔，暗蛩相答，亦訴難平。　　嫦娥苦愛長生，也耐盡、瓊樓冷澹情。望迢迢銀漢，初更已報，茫茫玉宇，萬籟無聲。枚乘觀濤，謝莊賦月，各抱幽懷天地清。沉吟久，正露華如水，斗轉參横。

前調 悼梅

玉骨冰肌，獨步衝寒，風光幾何。憶西湖十里，留連清咏，南窗五夜，嘯傲當歌。我本多愁，君偏不語，幾度巡檐索笑過。仙踪返，紅塵歲月，未肯蹉跎。　幽情如隔雲波。乍萬片、紛紛墮碧莎。怪蒼穹無恨，依然明月，陽春有興，不改吟窩。疏影横斜，餘香飄泊，翠羽深宵夢亦訛。凄凉甚，看巢居閣畔，鶴迹空多。

前調 咏水仙花

异卉奇葩，携取磁盆，清泉灌培。認根原盤結，蒜山因在，葉分戍削，葱嶺經來。雲護前身，水流今日，金玉鑲成一種才。爐烟畔，琴床研匣，儘可相陪。　芳姿已出塵埃。故不向、春風暖處開。近闌干曉日，晴香乍吐，紗窗夜月，素影低徊。洛浦情遥，湘江意隔，解佩幽懷莫浪猜。端詳久，想珊珊風骨，纔下蓬萊。

滿江紅 題赤壁圖

碧浪滔滔，極目處、鏖兵遺迹。都銷盡、曹瞞雄壯，周郎俊杰。烏鵲千秋依樹宿，東風一夜飛灰滅。剩江山、灑落到坡仙，才難絶。　倚桂棹，心幽切。携斗酒，神怡悦。綴畫圖片幅，古今披閱。羽扇無人談笑望，洞簫有客聲音咽。正清宵、唳鶴過翩翩，空明徹。

前調　冬窗感作

長至纔過，正九九、消寒時節。紗窗掩、壺冰不化，爐烟易滅。印雪試看鴻爪聚，補巢應嘆鳩身拙。憶鄉園、開遍蠟梅花，金丸裂。　思往事，成幽咽，尋遠夢，徒清切。展南華一卷，從頭參徹。水上魚龍原幻態，雲中鷄犬都仙骨。論人生、須學虎頭痴，傳三絶。

沁園春　聞玉如大姑揚州訃挽作

片紙傳來，愴絶驚魂，沉疴弗瘳。計春江握別，纔逾半載，暮雲企望，竟訣千秋。憶女情遥，訓兒念切，凡事縈懷衹獨憂。匆匆渺，何年華表，化鶴來游。　余生花甲同周，更交接、蘭言意最投。記曩時共綉，拈針畫閣，深宵分韵，刻燭重樓。棠棣花殘，壎篪雨散，卅載人琴痛未休。今相聚，想一家骨肉，地下無愁。

前　調

南北睽違，每捧瑶篇，離懷萬般。慕一生純孝，白華怡色，廿年隨宦，紫誥榮頒。不憚勤勞，偏多疾厄，家計支持亦是艱。回頭想，向平事畢，正可投閑。　頓教籍注仙班，惟詩卷、猶留天地間。別揚州明月，二分有恨，金沙碧水，一棹無還。感逝黃門，含悲鮑妹，各向風前涕泗潸。酸心甚，數雁行寥落，餘我衰顏。

蝶戀花 烹茶

滿汲新泉分碧莽。一徑松聲，雜得旗槍戰。幾縷輕烟吹不斷。游絲共裊閑庭院。日正長時消午倦。清入詩腸，好句都成串。水厄何須遭客怨。春風小試平臺畔。

前調 種樹

携取鴉鋤庭畔鑿。細草芟除，根節先盤錯。謾訪橐駝人姓郭。栽培性理須深度。滋露流雲良不惡。幾度春秋，枝葉欣欣托。它日著書青覆閣。龍鱗豈獨蒼松作。

前調 曬書

檢點瑶簽抽甲乙。鄴架頻翻，携麈先揮拂。幾處斷紋仙字失。蠹魚竟爾飄然逸。不共曝衣交月七。添上芸香，辟惡宜除濕。三味何年嘗到溢。衹須捫腹當晴日。

前調 掃花

燕蹴鶯捎春事廢。鸞尾親持，小學蓬萊使。曲徑幾曾緣客至。落紅如雨牽愁思。低徊珍惜東皇意。踏踏歌成，蓮步無須避。收拾殘香歸净地。忍看逐絮浮踪寄。

清平樂 打漁圖

沿溪結網。風定輕浮槳。遥看鷺鷗來兩兩。篷頂柳陰摇蕩。武陵路隔前途。朝餐夕宿菰蒲。劃破一天曉霧，低頭欲拂珊瑚。

前調 飯牛圖

無聲喘月。村景連天闊。樹底牧童衣短褐。長笛横吹乍歇。西疇南畝犁過。飽眠兩岸晴莎。白石年年不爛，休愁扣角來歌。

前調 述懷

飽嘗世味。都付酸心泪。弱草輕塵原是寄。命凑天公薄意。偏同伯道無兒。箕裘先業難支。長夜漫漫不曉，隱憂耿耿誰知。

前　調

已過花甲。前路惟成狹。種樹徙薪空有法。心事泰山暗壓。蓬萊不少神仙。茫茫薄隔雲烟。古調怕彈別鶴，青琴衹合無弦。

前　調

階前寸草。碧色因誰好。難答春暉春更老。雲斷喬陰望杳。兒時針綫珍藏。嫁衣猶疊空箱。中有萬千慈意，裁量教誨無忘。

前　調

忝稱班妹。續史焉能代。藜閣家聲清望在。接踵未知何輩。京華滾滾紅塵。眼前冠蓋翻新。回首昔年踪迹，腸中日轉車輪。

前　調

春光遍地。草草無滋味。冷眼看花花失意。底事獨醒未醉。池塘草色青齊。惠連好句新題。遠夢關山不阻，夜來合到梁溪。

前　調

暗風側側。簾外雲如墨。一樹垂楊無氣力。中着啼鵑愴惻。乍寒乍暖清明。飛過蛺蝶灰輕。例合禁烟戒酒，芳樽難倒先瑩。

前　調

江南天遠。往事迴腸轉。去日苦長來日短。一縷離情不斷。最思小阮英才。賓鴻曾寄書回。良馬豈堪伏櫪，壯游須上燕臺。

前　調

陌頭楊柳。故把韶光剖。樓上幾家凝望久。悔到不堪回首。一簾晚色晴莎。夕陽紅影無多。自分生涯寂寞，笑人鄧禹休過。

前　調

折花選樹。寫上黃箋譜。爲惜春心無限苦。莫使落紅亂舞。生來悔不懵騰。百端容易填膺。柑酒懶携興淺，也知鶯燕生憎。

前　調

浮踪小住。無恙爲佳耳。過隙流光何太駛。猛省此生如此。　閑愁交集紛紜。吟懷强剩三分。苦語怕人賞識，待它鬼唱秋墳。

蝶戀花 海棠下感作

一院春陰雲似墨。捲起疏簾，小向閑庭立。幾樹海棠凝露濕。垂絲綰上心頭結。　人爲花愁花自識。驀地銷魂，黯澹無顏色。十載游踪回首憶。殘紅合化斑斑血。

滿江紅 接籍山皖中札却寄

捧讀瑶函，稔近日、客懷安適。自别後、望風泪下，看雲恨積。謾放長歌驚老驥，幸占再索誇連璧。算人生、何事可舒眉，箕裘襲。　干霄志，飛鵬息。殘雪印，賓鴻迹。羸凌顔轢謝，談經奪席。涉水登山多著作，養心健飯宜珍惜。待明秋、得意到東華，瓊林集。

前調 續寄籍山

滿目紅塵，正滾滾、風高儿陌。遥望處、子由住皖，阿咸赴粤。卓犖惟堅黄檗志，支持孰贈青蚨血。獨憑欄、又見雁南翔，添凄惻。　流光速，駒過隙。人情薄，書空咄。剩花間冷眼，泥中幻迹。最憶飛觴分咏夜，難忘讓棗推梨日。每深宵、夢繞兩親前，同疇昔。

前調 讀大兄尚絅堂遺集感作

梨棗鐫成，試聽取、金聲擲地。思當日、筆花入夢，衍波叠几。生面别開珠玉色，幽懷都雜烟霞氣。十年中、閬苑咏霓裳，揮毫易。　暗鬼唱，凡夫避。真宰訴，天公忌。總功名已渺，英華長粹。叉手飛卿曾共捷，嘔心昌谷原無异。爲留傳、焦尾有知音，千秋意。因首卷爨餘及之。

沁園春 咏瓶中芍藥

如此丰姿，超出紅塵，春光正闌。勝牡丹亭北，獨矜富貴，梅花嶺上，惟占孤寒。滿吐甜香，暗翻濃態，何忍輕離贈亦難。疏簾放，午風宜避，莫使摧殘。　徐熙没骨同看，更一種、盈盈似露盤。羡豐臺玉質，雨餘争買，廣陵金帶，酒後傳觀。謝賦當階，柳吟臨牖，收拾幽香襲筆端。情深盛，待群芳零落，與我盤桓。

臨江仙

得子寬粤中來札，知歲底决計來京，慰甚，作此。

草草行裝遠涉，年光未肯蹉跎。蠻烟瘴雨一身過。論交前輩厚，推義古人多。屈指歸期秋後，布帆無恙如梭。季冬準待渡黄河。别懷將解釋，望眼獨摩挲。

前調 重九前病中作

身世已經潦倒，那堪日卧匡床。吟聲四壁尚啼螿。有懷同子美，無賦學歐陽。閑却持螯左手，拚教辜負秋光。一籬黄菊也凄凉。幕遮燈火黯，窗掩藥爐香。

前調 望雪

可惜燕臺雪色，從來未著梅花。瑶姿玉質委塵沙。檐空栖野雀，樹古踏寒鴉。幾處淺斟低唱，黨家風味争誇。何人清興和尖叉。圍爐呵凍筆，携銚煮新茶。

鷓鴣天 長至後二日病起

病裏年光倍覺忙。葭灰律管又飛揚。消停針指經三月，彩綫無心較日長。伶俜影，欲扶將。低徊又過鏡臺傍。忽驚骨相同仙鶴，短髮全沾秋後霜。

前調 橘

遥憶江鄉千樹栽。晚秋時節錦成堆。古人作頌非無意，獨擅光華南國才。香和潤，抵濃醅。幾回珍重渡淮來。當筵不共瓜桃剖，留待年朝枕畔開。南中人諺云：年朝枕畔剖橘，百事大吉。

前調 栗

幾日秋風打滿筐。肯輸鶴俸助猴糧。登盤薦客傳高會，每與安期棗共嘗。宜自采，慢蒸黄。杜陵風致最思量。燕山也有龍山味，酒後茶邊夜夜香。九龍山桂花栗甚佳。

前調 芋

別號蹲鴟作一團。岷山异種紫成斑。爐邊小試農家味，身世無須問懶殘。調玉糝，佐朝餐。也强芹菜性偏寒。客來莫笑同羊贈，俗例留充餞歲盤。

前調 筍

不待雷聲驚蟄過。烏鍵折土遍山阿。青青未挺參差節，一捻春纖似琢磨。穿石罅，渡泥窠。鷄腔燕尾美如何。祇須玉版頻參透，便抵胸中成竹多。

沁園春 題織山水圖畫幅

數尺丹青，似練平鋪，絲絲繞洄。宛天孫機上，瓊梭纔輟，鮫人海底，綃帕新裁。樹碧如薺，峰青如黛，謾擬南唐粉本猜。微茫裏，雲霞幾縷，遠隱樓臺。曾憑玉尺量來。取中挍、光華經緯才。捲湘波千頃，羅紋萬叠，吴淞一片，并剪分開。未藉毫端，罷翻圖譜，刻劃蘇家文錦迴。移情處，聽成連音渺，極目徘徊。

前調 送春

九十韶光，如駛匆匆，芳菲亂飄。捲榆錢滿地，悶懷同積，楊花撲帳，倦眼無聊。飛燕呢喃，流鶯絮聒，各抱離魂一樣銷。休携酒，殘紅庭院，祇合寥寥。東皇乍返雲橈。嘆望裏、分明南浦遥。憶蘭亭聚咏，幽情暗助，平臺試茗，清興相邀。歸路無涯，行踪何着，怕聽歌聲連臂招。來年會，約探梅曲塢，問柳長橋。

三臺令 曉起觀盆荷作

風定。風定。不動芰荷幾柄。承來仙露珠明。瀉上衣襟絶清。清絶。清絶。小學鷺鷥獨立。

前　調

無語。無語。心在謝家詩裏。緑雲摇漾清流。中有湖天景幽。幽景。幽景。轉憶鬧紅一艇。

鵲橋仙 七夕雨霽

片雲乍捲，暮烟消盡，隱約鵲橋望裏。年年織室此時開，羡風浪銀河不起。　殿前蜜誓，樓頭乞巧，那有閑情管理。祇將别恨與離愁，都分付詞人賦擬。

沁園春 題莊川媚　盤珠紫薇軒詞稿

一卷清詞，挑燈細翻，凄惻纏綿。想紫薇軒畔，空餘冷月，青松宅上，已鎖荒烟。鮑妹才留，蘇娘錦斷，儘付傷心柳絮天。思當日，吟毫五色，濡染霞箋。　芳名貫耳從前。况門第、聲華王謝聯。嘆黄花比瘦，秋風簾外，烏絲門妙，春雨闌邊。鴻案情遥，鷄窗韵遠，折桂人歸恨總牽。悲遺挂，檢綉囊剩墨，彙集瑶篇。

蘇幕遮 踏歌聲

按鸞笙，催羯鼓。片片梁塵，散作霓裳譜。畢竟清音何處度。滿院楊花，尋遍春歸路。

聽筝堂，飛雪舞。嚼羽含商，顧也何曾誤。衹怕步虚留不住。一雨三聲，吹上群仙府。

前調 賣花聲

曉雲輕，晴旭早。摘取紅英，欲换榆錢小。唤過短墻經曲道。清脆吟腔，遠遠酬啼鳥。

雨初晴，春正好。忍貸韶光，不管東皇惱。閑倚樓頭聽漸杳。幾陣迴風，微送餘香裊。

前調 泉聲

繞漁磯，穿石磴。低咽餘情，瀉過藤蘿徑。碧色半灣流不定。洗耳無塵，清徹涓涓影。

謾垂鉤，思放艇。一派琤琮，領取悠然興。翠濕空階人迹静。操入青琴，試請知音聽。

前調 鳥聲

雨蒙蒙，春悄悄。柳陌花堤，宛轉千回繞。綉舌姣喉容易掉。玉潤珠圓，相和相爭巧。　過池塘，穿樹杪。愛學清歌，宫羽翻顛倒。短夢驚殘晴色好。香霧迷離，一帶樓臺曉。

補欄詞記

昔年家園中有紅藥數十叢，臺榭參差，欄干曲折，與諸昆仲及同堂姊妹常聚集其間，分題吟咏，填有長短調六十闋，名《紅藥欄詞》，後置之架上，忽爾遺失，未知何人將覆瓿耶。每思及，甚懊惱，僅記得數十首，餘竟茫然。今來京邸，閑窗獨坐，悵觸無聊，將所記録出，又成數十闋，爲之補欄，續成前夢，亦不計其工拙，聊自一嘆耳。琬懷記。

晚香居詞

華亭張玉珍藍生撰

踏莎行 重陽

籬菊攢金，江楓染赤。秋光如許休輕擲。悄無人處倚闌看，一行雁破晴天碧。　閑插丹萸，淺斟瓊液。隔鄰誰弄桓伊笛。端陽纔過又重陽，斜陽澹抹遥山脊。

壺中天 曉起

寂寥深閣，正朝暾乍上、瓊窗初啓。漠漠寒雲消欲盡，早又雁歸時矣。香潤衣篝，釵横奩匣，猶是慵梳髻。翠幃斜揭，小鬟教疊羅被。　連日綉綫閑抛，評量好景，消受吟邊味。却怪枝頭啼鳥亂，清夢被伊驚起。雨潤如膏，風輕似剪，釀作陽春意。試看庭畔，玉梅曾著花未。

菩薩蠻　迴文

碧天遥映微雲白。白雲微映遥天碧。秋水近簾鈎。鈎簾近水秋。片花飛曲院。院曲飛花片。吟苦費閑心。心閑費苦吟。

鵲踏枝　花朝

已十餘番風信透。花到生朝，點染春如綉。忍怯輕寒籠翠袖。紅綃閑繫爲花壽。碧玉妝成池上柳。聽徹鶯聲，舌勝調簧溜。此日過尤容易否。一梳明月穿窗又。

念奴嬌

余於戊戌仲冬歸妻江，倏又季春時矣。離思縈懷，填此寄悔堂弟。

紙鳶聲動，算離家、又過清明時節。一昔東風吹夢斷，此際離愁難説。菊檻評花，桐窗煮茗，曾記三秋别。片帆迢遞，遠山如阻千叠。　遥想綺閣春融，尊開良夜，同盼團圞月。玉對瓊枝看漸長，添得堂前歡悦。屈指歸期，歸期偏杳，柳岸應飛雪。最堪憐處，小桃紅綻如血。

醉花陰

碧窗香静停殘綫。閑憑闌干遍。蛺蝶鬥高飛，飛過花陰，葉底重窺見。　鞦韆院落苔痕軟。暗裏流光换。莫自卜珠簾，恐有歸來，舊日紅襟燕。

惜紅衣 苦熱用白石詞韵

翠簟炎蒸，吟床夢斷，扇紈無力。難覓新凉，井華汲深碧。調冰雪藕，有幾個、清閑詞客。岑寂。高閣捲簾，待封姨消息。　芳亭野陌。久斷甘霖，餘花半狼藉。迢迢長日雲影，净南北。一舸鬧紅深處，猶記那回游歷。聽晚蟬頻噪，何日飽看秋色。

踏莎行 納凉

棋局初抛，琴徽閑按。新凉一縷生庭院。下階茉莉正開時，幽香小摘裝花鈿。　風逗羅衫，月併素扇。姮娥知否愁深淺。倚闌無語望明河，碧雲深鎖人難見。

倦尋芳 次友硯舅氏觀荷寄懷原韵

晶簾乍捲，一鑒芳塘，艷粉交藉。色相空來，那許點塵輕惹。曉烟前，斜陽外，背人開處偏嬌冶。倚迴闌，對千重翠影，緘題分寫。　最好是、碧筒淺酌，浥取幽芬。消受清暇，白苎齊紈，怯試晚風水榭。祇恐匆匆秋信早，紅衣憔悴波紋瀉。把離愁，付凉蟬、細吟林罅。

綺羅香 秋雨

芳榭香消，野塘波冷，又是乍寒天氣。疏雨朦朧，故弄一庭秋意。吹數片、林葉輕黄，添幾寸、苔痕深翠。算時光、已屆重陽，東籬應訪菊開未。　西窗簾幕静掩，怪底瀟瀟颯颯，排愁無地。暗逗離心，别有凄凉滋味。畫橋外、烟柳低垂，碧檻畔、露蛩聲細。更何堪、滴向梧桐，夜闌渾不寐。

卜算子 題織雲女史畫梅册

何處問春光，飛上瑶臺矣。蜜蜜疏疏幾許情，寫出吟毫底。　認取墨痕香，瘦影臨清沚。不是江妃是玉妃，獨占群芳裏。

青玉案 題采芝徐女史山水圖

生綃半幅籠輕霧。愛點筆，秋光暮。如此秋光清且楚。澹烟微雨，白蘋紅蓼，認取江南路。　遠山曲抱重重樹。樹杪斜陽飛不去。著個耽吟人獨步。一彎溪水，數椽茅屋，家在雲深處。

謝池春 秋日寄懷遠春弟

雁影横空，觸忤情懷難説。記西窗、匆匆話别。盈盈秋水，渺行舟如葉。剩凝眸、暮雲千疊。

虚堂簾捲，不奈雨絲初歇。聽蛩聲、離心百結。年來憔悴，最深秋時節。待歸期、早梅如雪。

柳梢青

愁化輕烟。了無消處，忽墮燈前。豈怨離多，應憐病久，瘦削吟肩。

夜寒頻數瓊籤。敲不盡、苕苕似年。木葉飄兮，霜鴻過也，難寄紅箋。

滿江紅

壬寅春暮，王述庵先生偕同人展禊檀園，分韵屬賦，得九字。

賓主風流，占盡了，山川英秀。携屐處、苔痕重印，春韶依舊。花片紅飛鶯語滑，柳絲碧蘸波紋縐。算前期、禊飲未成旬，纔過九。

尋异境，閑仙綬，臨曲岸，聯吟袖。更纔飛鴻藻，晶盤珠走。益友同盟三徑竹，深情那厭千尊酒。羡蘭亭、佳話古來傳，今還又。

多麗

秋光蕭瑟，撫景增愁，填此遣興，兼悼歸程氏先姊。時九月初七，姊亡日也。

暮山岑，斜陽一抹初沉。聽寥天、征鴻過也，燕歸盼到而今。小窗虛、風敲殘葉，荒村靜衣擣清砧。春記重三，秋憐重九，慣看疏雨弄輕陰。暗染却、閑愁幾許，脉脉感幽襟。憑消遣。琴弦箏柱，總帶商音。　憶嬋娟、當時聚首，蘭閨何限歡心。倚苓床、挑絲共綉，携硯匣、握管聯吟。舊事空題，前期不再，重求鹿夢杳難尋。忍對此、數叢籬菊，花正綻黄金。花知否、年來憔悴，半爲情深。

柳梢青

怕是芳春。春寒春困，偏易傷人。墻外秋千，階前花片，靜掩重門。　新愁觸損眉痕。相擾處、吟魂夢魂。細篆飄殘，短檠分到，又近黄昏。

前調

目送殘春。慽慽離思，説與何人。一徑新篁，半畦芳草，緑到柴門。　闌干掐遍愁痕。聽杜宇、聲聲斷魂。錦樣箋裁，雲般墨潑，難遣晨昏。

前　調

燕惜餘春。呢喃雙語，也解憐人。丁字簾垂，迴文褥冷，寂寂閑門。遠山消盡雲痕。頻望斷、天涯旅魂。幾點疏星，一聲長笛，小閣燈昏。

前　調

何處尋春。者回去也，愁煞詩人。風裊游絲，蝶銜殘蕊，飛過籬門。相思夢去無痕。吟遍了、尊前醉魂。江水迢迢，魚書渺渺，碧樹烟昏。

渡江雲送外北上

雨迷芳草路，春光去也，苒苒緑成陰。奈征人欲別，幾夜挑燈，話到曉鐘沉。揮毫蘸泪，擘濤箋、還寫離心。回首處、鞭絲茸帽，無限感幽襟。　從今。萬里烟樹，千叠青山，剩愁痕夢影。空費却、一函紅豆，兩地孤吟。瑶雲路近天香早，願殷勤、折取秋深。休負我、閑窗盼望佳音。

采桑子 雨中簡悔堂弟

緑陰庭院無吟屐，静掩雲屏。一種離情。譜入瓊簫未忍聽。　惱人最是黄梅雨，滴到深更。夢冷桃笙。焉得明朝便放晴。

減字木蘭花

愁絲萬縷。繚繞尊前飛不去。自是情深。寂寞閑窗倚素琴。　檢書覆茗。燈火寒宵同説餅。此去它鄉。盼煞秋風桂早香。

鵲橋仙 七夕寄外

纖雲弄巧，玉鈎低挂，又值雙星良會。鵲回露冷夜何其，訴不盡、離愁無寐。　人間别後，夢沉書遠，隔斷萬重烟水。遥憐客館對孤尊，也定憶、秋來憔悴。

前　調

得悔堂弟札，知偕遠春弟於七夕前一日赴金陵鄉試，填此寄懷。

雲箋半幅，墨花光燦，讀罷離愁何許。扁舟此夕赴秦淮，應過了、幾重烟樹。　疏燈影澹，孤篷人悄，料有唱酬新句。姮娥一昔賜天香，頻囑道、争先折取。

蒼梧謡 立秋

秋。一葉飄來便是愁。良宵静，况見月當頭。

秋。觸忤離心著處愁。風來也，獨是下簾鈎。

東風第一枝 秋感

露墜紅蓮，烟消翠柳，秋光冷澹如許。苔階不住鳴蛩，桐陰更吹疏雨。閑窗香燼，聊題遍、碧箋新句。奈懨懨、瘦却吟肩，添得幾多愁緒。　風細細、畫闌漫撫。雲漠漠、錦書又阻。夢隨流水千條，意如亂絲萬縷。凉生枕簟，腸斷是、天涯羈旅。怪秋來、偏易傷人，何不早將秋去。

清平樂

藥鐺茶臼。病骨閑消受。愁到眉心頻斂皺。不是秋來纔瘦。　無言悶拍闌干。西風早報輕寒。回首鄉園迢遞，負它紅樹青山。

蝶戀花

久不接家書，歌以遣悶。

楊柳絲長烟漠漠。節近清明，雨潤鞦韆索。底事流鶯驚夢覺。起來默坐垂珠箔。　庭畔小桃將吐萼。幾日春寒，好景俱拋却。焉得雙魚雲外落。一函慰我離愁惡。

如夢令

鶯語催殘紅雨。好景頻添離緒。無奈是東風，吹散一庭香絮。人去。人去。夢到五雲深處。

驀山溪 送春

寂寥簾幕，惻惻餘寒淺。又是落花時，風緊處、飄來千片。登高望遠，楊柳最牽愁，低拂水，澹籠烟，祇恐離人見。　啼紅憐碧，惱亂鶯和燕。日永却如年，乍起也、雙眸還倦。消魂此際，無計綰春暉，題錦字，倒芳尊，聊把行旌餞。

鵲橋仙 七夕

香消碧篆，燭沉紅影，此夕深閨頻禱。難將舊恨織迴文，惟願取蛛絲分巧。虚庭露冷，疏簾風逗，銅箭聲聲催曉。雙星莫怨别離多，如較是、人間還少。

城頭月

友硯舅氏過舍，出示近作，賦呈一闋。

盈盈一水離情苦。把袂欣重晤。坐到深更，半鈎澹月，却向松梢吐。錦囊添得新詞富。炫目蛟龍舞。今夜分吟，明朝惜别，望斷江村路。

前調 寄外書

墨痕淺淡雲箋碧。謾寫愁如織。祇恐匆匆，欲言未盡，燈下重開折。三千里外新詞積。雁也無消息。葉墮秋聲，砧催日影，坐待窗紗黑。

齊天樂 消寒分咏得煮雪

一天寒意雲邊重，霏霏六花飄到。細壓梅梢，匀鋪草脚，片霎裝成瑶島。隨風飛繞。正喚紅爐圍坐小院，看銅鐺滿貯，珠露般起陶家，幽情多少。待浣冰心，幾回頻帶落英掃。傾甌味好。勝仙液瓊漿，渴消應早。莫管豪門，皎。點入龍團，煎過蟹眼，沸處松聲并鬧。暗中偷欲笑。

踏莎行

季蘋妹歸桐川後，别已五年。今秋始得聚首，甫及兩月，又將遄返，作此送之。

越水蒼看瘦黄花，吟凋紅葉。雁行聯序深秋節。未能談盡五年心，無端又作銷魂别。茫，吴天青叠。相思兩地情難遏。扁舟今夜泊江干，一聲漁笛吹愁咽。

鼓笛令 題莊磐山表姊吟菊圖

一番細雨剛重九。正東籬、餐英時候。簾捲西風秋意逗。更添個、苦吟人瘦。題遍冷香千首。澹如斯、花應爲友。謝女才華今恰又。者回認取仙姿秀。

虞美人 元夕

去年元夕華燈裏。諳盡愁滋味。今年元夕月孤明。依舊無聊默坐、聽深更。江梅消息東風漏，人也如梅瘦。冷香幽韵譜琴絲，却笑此情偏有、侍兒知。

采桑子 夜坐

半簾澹月篩疏影，坐到深宵。悶到深宵。燒盡閑窗燭幾條。燕山近日音書斷，路也迢迢。夢也迢迢。卜盡金錢倍寂寥。

暗香 咏梅用白石韵

花中絶色。但繞花看遍，莫愁横笛。曉鏡妝成，珍重瓊英未輕摘。軟玉箋裁秀句，惟記省、坡仙詞筆。最好是澹月黄昏，疏影上芳席。鄉國。慰寥寂。奈竹外輕寒，露華微積。離情欲泣。歲歲春初苦相憶。幾樹斜臨曲岸，香浸也、半池空碧。算燕燕、瘦盡了，那能學得。

疏影 咏梅用白石詞韵

玲瓏碎玉。憶羅浮舊夢，那回初宿。誰是朋儔，除了寒松，應添幾個修竹。姗姗遥倚東風裏，春祇在、溪南溪北。正嫩寒，紙閣無聊，合伴個儂幽獨。還恐蒙蒙細雨，枝頭吹遍也，妝點新緑。欲寄相思，何處尋踪。記取雪深茅屋。晶簾乍捲瑶臺静，更三弄、素琴清曲。把生綃、澹寫芳姿，但覺暗香盈幅。

沁園春　游知止山莊呈王梅影表叔

小舫蜻蜓，却任西風，輕吹畫橈。愛寒山黛擁，細眉高髻，殘楊碧裊，短縷長條。路入溪灣，門涵水影，人立西湖第幾橋。循廊步，早窗紗齊拓，翠袖頻招。何當曲奏雲璈。聽字、字清真叶鳳簫。正楓丹兩岸，霜文受記，菊黄三徑，粉本争描。綉斧閑居，班衣樂志，此福人間未易消。耽游處，又斜陽一抹，瞥下花梢。

玉樓春　杏花

芳期愛是今番早。默倚東風殊窈窕。小橋曲水燕初飛，細雨濇烟春正好。酒旗掩映孤村杪。寂寂紅樓寒尚峭。枝頭留得幾回看，隔巷賣花聲唤到。

點絳唇　得外書

雁足纏書，憑風吹過三千路。閑愁觸忤。芳草斜陽暮。濇墨紅箋，寫遍離人苦。離人苦。者番新句。填就相思譜。

行香子

寒食雨窗，約遠春弟同作。

霧斂芳汀。香冷雲屏。奈韶華、又過清明。賣餳聲裏，打叠閑情。算幾番風，幾番雨，幾番晴。　綠酒頻傾，麗句催成。話游踪、合到西泠。小紅橋外，水碧烟横。正杏花嬌，桃花媚，柳花輕。

霜天曉角 家園散步

柳困花顰。愛春韶遍新。雙燕掠波飛到，渾尚識、去年人。　東風吹面温，澹烟消遠村。隔院秋千弄影，纔一霎、又斜曛。

踏莎行 洙濕道中

柔櫓伊啞，明波不斷。輕帆吹過斜塘遠。消魂最在短長橋，垂楊低拂千條綫。　疏雨疏烟，輕寒輕暖。小桃已是花開遍。尖風漸逗到篷窗，多愁又被閑愁纏。

祝英臺近 病起偶成用竹垞集中韵

雁書沉，芳信遠。麗句寫紈扇。小極無聊，睡也幾曾倦。縱有鴻雪行踪，絮泥心事，都付與舊時鶯燕。　蠟燈泫。早又院落黄昏，螢火兩三點。曲録闌干，不語苦憑遍。倩携緑綺輕彈，一天離恨，任香影、迴風低捲。

百字令

將歸婁江，寄友研舅氏，時主講徐州書院。

匆匆駒隙，記歸來正是，重陽時節。共剪西窗凉夜燭，細把離愁同説。荷渚紅稀，桐陰碧漏，花事憐消歇。西風一霎，香林堆滿黄雪。　最憶江路迢迢，山深芒碭，雁影無由覓。讀史豪情還訪古，應譜新詞稠疊。天末停雲，階前落葉，此際難爲别。扁舟催發，野塘漁火明滅。

臨江仙

仲冬接舅氏札，并索近咏却寄。

目極晴江秋杪，書來獨雁雲邊。墨痕香漬浣花箋。吟懷真澹蕩，離思轉紛然。　苦憶西窗問字，消寒險韵同拈。難將近況告坡仙。琴囊餘藥物，病榻裊茶烟。

點絳唇

悔堂弟將至，走筆迎之。

蘭月團圞，愁中令節今宵又。吟橈來否。衹在燒燈候。　別恨難消，悶也拋紅豆。拋紅豆。一尊芳酒。同嚼梅英瘦。

生查子

記得別離時，猶道相逢易。無計熨眉痕，寒暑三更矣。　落月與殘砧，盡是傷心地。縱有七香車，難載愁千里。

憶舊游

寒宵聽雨，回憶甲辰冬，偕亡妹季蘋挑燈清話，聚首歡然，而今不可復得矣。托之短闋，以寫悲懷。

記當時聽雨，小閣聯吟，正是寒天。不盡清游興，儘敲棋鬥茗，何限纏綿。漏聲縱催深夜，刻燭竟忘眠。被一霎西風，驚分雁侶，隔斷荒烟。　情牽。片帆遠，悵越尾吳頭，尺素茫然。碧海珠難合，便芳魂入夢，夢也堪憐。斷腸暗垂清泪，蘸墨寫雲箋。想如寄人生，多愁乃爾空少年。

鷓鴣天

元日約悔堂弟，用白石詞韵。

嫩旭窺簾曙色新。釵梁初整曉妝人。堂前柏酒綏眉壽，案上詩箋賀好春。調玉軫，憶金門。幾多芳景負閑身。而今消得看花福，吟瘦江梅自寫真。

柳梢青

答姚令韓表弟題拙稿後作，即次原韵。

草碧天涯。清明時也，細雨香沙。山閣排愁，雲箋學句，未是才華。何當筆底生花。翻博得、陽春調佳。珠顆拈初，玉盤承乍，籠合輕紗。

南鄉子不寐

離恨與愁并，簟冷方花夢不成。起坐重温銅鴨火，閑聽。兩部蛙聲鬧緑汀。銀箭殺殘更。静理新詞獨剪燈。四五蟾蜍光又缺，窗櫺。移過花枝弄影横。

踏莎行

綉雲山房聽劉河女子沈素貞彈詞，偕悔堂弟作。

燕燕輕盈，鶯鶯嬌軟。歌喉一似拋珠串，無多綺語最撩人。晝長靜聽渾忘倦。離合難憑，悲歡易變。古今祇爲情留戀。分明江上舊琵琶，青衫司馬休輕見。

踏莎行 正月十二夜對月

蘭夜沉沉，燈期近了。纖雲捲盡冰輪皎。横階如水弄清寒，隔簾篩取疏陰到。綺席歌殘，離人思悄。林梅浮動幽香好。寂寥庭院許徘徊，一天吟緒和誰道。

前調 月下看梅叠前韵

横笛聲邊，梅開遍了。千林妝點霜華皎。冰肌月姊也相憐，夜分特送清光到。拂水陰疏，沾衣香悄。孤吟祇合花前好。分明人已在羅浮，何須更訪羅浮道。

前　調

十四日夜對月有懷，三叠前韵。

煮茗甌風約重簾，爐烟滅了。蟾輝比似前宵皎。一年能得幾回圓，天涯海角憑伊到。香，剪燈漏悄。賞心苦憶聯吟好。人間偏是別離多，蒼茫烟水愁難道。

慶春宮

小窗孤寂，雨意綿綿，賦此遣興。

鳧藻香生，蝦鬚簾捲，半庭細雨如塵。柳困花欹，燕昏鶯曉，幾番作弄殘春。別情無限，望不盡、遥天暮雲。石尤風緊，三板吟船，怎渡仙津。　年嫌甲子平分。剩有詩魔，難熨眉痕。月底尊前，酒邊茶畔，等閑負了良辰。欲彈焦尾，猶衹恐、相思調陳。輕寒似水，守著窗兒，釀得愁新。

南樓令

密雨潤花枝。東風剪柳絲。愛粼粼、水碧芳池。簾押犀垂渾未捲，早又是、燕來時。　夢訪路難知。春來書更遲。算多情、畢竟情痴。十樣錦箋題舊恨，題不了、苦相思。

洞仙歌 咏成窑鷄缸

人間磁碗，算成窑尤巧。似玉晶瑩色逾好。況名齊定汝、樣別嘉隆，渲染就，一幅錦鷄花草。　雙行留細款，斟酌春醪，携向芳筵盡傾倒。記得小紅樓、蘭月窺時，三兩盞、添入詩料。剩此際摩挲愛彌深，早萬縷愁痕、爲伊都掃。鷄缸三兩盞，竹垞《静志居詞》中語也。

踏莎行 送春

恨正難消，愁來何處。離人怎奈春韶去。乍時相見了無因，霎時不見空題句。　細雨香塵，東風香絮。曲闌倚遍還延佇。者回惜別又經年，雙飛燕也呢喃語。

探芳信 暮春寄懷四舅氏

惜春晝。正睡思縈人，幾回倦綉。喜畫梁雙燕，銜泥尚如舊。東風不爲吹愁去，花片飄紅瘦。又新陰、緑到階除，懶携尊酒。　閑自倚闌久。望雲影低垂，波痕微皺。吟舫蜻蜓，偏阻申江口。何當共説經年別，拍案蘇黄手。恐怕逢、已過茶香節候。

沙塞子 食蒓

鴨頭波暖碧粼粼，烏篷小、新載香蒓。和羹俊、光凝釵股，半點無塵。　憑將薑豉細調勻，渾不數、多少山珍。堪愁處、西風和老。觸忤歸人。

四和香 午日雨窗憶亡兒紹澤感賦

續命絲長誰共纈。衹有愁千結。草唤忘憂憂未絶。空負了端陽節。玉雪嬌兒成永別。此恨和誰説。蛙鼓聲中疏雨歇。早又見、纖纖月。

眉嫵 夏夜有懷

正微風穿竹，澹月梳雲，如水夜天碧。生怕圓時少，凄凉影，深宵常伴孤客。五年別恨，料素娥知也憐惜。憑闌久，漏點銅壺悄，廣庭露虚滴。多少閑愁堆積。便製成麗曲，誰倚瓊笛。目極三千里，銷魂處、青鸞難遞消息。女牛會阻，待幾時、同訴岑寂。看清淺銀河，偏亘兩情脉脉。

踏莎行 咏盆中閩蘭

楚楚柔姿，娟娟弱態。曾憐碧玉年還待。開時偏喜近新秋，春風蕙草焉能賽。伴我愁消，問誰意會。香生一室炎氛解。十分珍重護紗櫥，總教紉佩休輕采。

天仙子 蘭開有作并蒂者喜填

翠葉紫莖花并蒂。交飛蝴蝶栖無計。楚詞讀罷惹相思，娥皇姊。女英妹。雙坐同行湘澤裏。

水龍吟 白蓮

銀塘十里波澄，仙人掌上芙蓉吐。亭亭弄影，粉光交暈，天然幽素。雨浥珠明，風撩香浄，翠盤低舞。自喜芳姿無污。那容它、蝶猜蜂妒。料玉娥携艇，夜凉月上，渾難辨，花間路。

含情隔水，鉛華都洗，盈盈不語。雲母屏前，水晶簾外，頓消殘暑。倩伊誰剪取，生綃一幅，寫崔吴譜。

秋夜雨

池蓮欲墜紅欹側。桐陰吹下輕碧。疏疏微雨後，似洗出、新秋顔色。年年觸忤吟腰瘦。白紵凉、還自憐惜。夜静人更寂，早有個、蟲兒催織。

齊天樂 詠蟬

虚堂簾捲初聞處，重重緑陰低映。抱葉嘶風，栖枝吸露，高潔天生誰并。哀吟不定。怕寫入琴絲，亂愁交并。最是難忘，曉凉清夢爲伊醒。　　驚飛還向別樹，更聲聲斷續，無奈時聽。細雨微晴，斜陽澹抹，喧遍條條槐徑。迴闌小憑。把秋意三分，暗中偷領。觸忤吟情，幾回羞鬢影。

踏莎行 夜坐

蘭蒂香含，荷衣紅褪。溪堂一雨炎歊盡。濕螢時墮兩三星，寂寥最是黄昏近。　　抛却冰紈，調將玉軫。天涯空有平安信。病餘情緒易傷秋，方花小簟眠難穩。

鳳孤飛 立秋日思家感賦

隔樹蟬聲疏欲斷。難記得去年時候，雁侶聯芳翰。此際新秋恨滿。早瘦了、吟腰半。　　忘處、那回別怨。梧院凉生簾不捲。任流光偷换。

金縷曲

余自遭變以來，久抛筆研，春光過半，腸斷泪流，無可自解，聊寄長調，以寫悲懷。

小院春寒冽。又無端、過了清明，斷腸時節。剪紙招魂招不得，路黑關山影滅。但祇有、愁心凝結。五載離情空繾綣，苦而今、踪迹成鴻雪。歌宛轉，復嗚咽。　林中杜宇應啼血。看天邊、月缺猶圓，幾曾常缺。命薄蛾眉千古恨，舊事何堪重説。化夢裹、雙飛蝴蝶。一霎光陰如露電，願黄泉碧落休言别。生已負，死同穴。

高陽臺

癸卯歲與外子别後，每逢七夕，填詞寄懷。今又戊申七夕矣，撫今追昔，不勝悲感，因填此闋。

片月撩愁，尖風撥悶，星橋迢遞雲邊。六度今宵，凄凉最是今年。柔腸寸斷渾如醉，剩殘燈、孤影窗前。恨綿綿。萬種幽情，幾叠吟箋。　它生未卜能相見，嘆人間離合，那比神仙。静掩針樓，秋蟲細語如憐。此生已冷繁華夢，尚難抛、筆研清緣。盼遥天，舊日離亭，一抹荒烟。

滿江紅 春日課兒感悼外子

雙燕穿簾，渾不解、倚樓人獨。纔瞥眼、春光已盡，滿前新緑。舊夢竟隨流水去，遺書苦喚嬌兒讀。嘆辛勤、窗底母兼師，愁盈掬。　思往事，眉常簇。憐別緒，情猶續。願相期一笑，同登仙籙。識字由來憂患始，有才偏使年華促。剩中心、抱恨最難平，抛棋局。

清平樂 雨夜

短檠孤影。密雨敲窗冷。不奈頻驚鄉夢醒。况是愁中閑聽。　銅壺漏水迢迢。凄涼最是今宵。斷送離人憔悴，幾聲滴上芭蕉。

卜算子

不奈泬寥天，又遇黄昏雨。泠泠清清滴到明，蛩語人無語。　舊恨并新愁，此際紛然起。斷送華年白髮新，衹在秋聲裏。

徵招 九日書感

一天風雨過重九。東籬更誰携酒。獨客最銷魂，正而今時候。登高愁望眼，怕遥見、燕山孤岫。采得紅萸，懶題新句，故園回首。　　哀雁兩三聲，凄凉意，那得雙眉解縐。莫漫捲珠簾，有黄花共瘦。人生如寄耳，猶令節、幾番空負。真無奈、舊日心情，付藥鐺茶臼。

一剪梅

澹月窺林夜色清。纔報初更。又報深更。玉簫誰弄斷腸聲。怕是愁聽。偏是愁聽。　　静剪蘭燈夢不成。半爲離情。半爲傷情。舊時别路短長亭。泪盡三生。誤盡三生。

浪淘沙 題《遠春詞》後

按拍倚新聲。字字輕清。春寒春困幾多情。付與雙鬟花外唱，一樣娉婷。　　名已著瑶京。未破愁城。章臺柳色怕凋零。紅粉青衫今古恨，誤了聰明。

百字令

賀悔堂弟得子，即用遠春韵。

燈垂紅穗，早雙魚喜報，新添猶子。此際閑愁都掃盡，笑對浣花箋紙。蘭秀階前，珠擎掌上，頓慰平生志。筵陳湯餅，爲招詞客齊至。　　却喜聰慧無灾，瓊枝漸長，貌更佳於姊。黽勉青箱仔舊業，定許光榮閭里。旗角懸鈴，雲端化鳳，嘉兆依稀似。真成英物，小名應唤温字。

滿江紅 書慈溪鄭母張孺人節孝事

今古娥眉，推第一、榮揚節孝。倉皇處、難痊夫病，還愁姑老。玉笛正吹連理曲，瑤琴忽轉傷心調。剩呱呱、七日試哀啼，遺孤藐。　奩鏡冷，離鸞杳，妝閣掩，釵分早。算幾番摒擋，鄰逋纔了。職代陔蘭謀色養，教傳灰荻邀旌表。抱冰心，常共月爭光，千秋皎。

杏花天

遠春弟自都中歸，茶話清宵，因填此解。

五年離索情無那。喜重向、尊前團坐。春韶如水休輕過。新句聯吟同和。　思往事、蘭因絮果，空誤了、名繮利鎖。譚深銀蠟紅花墮。窗外雨疏風大。

蘇幕遮 小樓夜坐

竹風凉，梅雨霽。淡月當樓，樓上人孤倚。顧影傷懷無一語。打疊排愁，没個排愁地。　惜芳時，憐別緒。燕去巢空，那得留春住。離合如雲風散易。酒洗詩脾，衹有銷魂句。

金縷曲

余自九歲學詩詞，迄今二十餘載，近得咯血疾，强或一吟，輒不成寐。遂爾戒作，歲云暮矣。憂從中來，偶填此解，不復計工拙也。

燈下閑尋憶。記髫年、便學哦詩，吟情偏適。一自琴調香閣裏，題遍花時月夕。渾未許、光陰輕擲。詎料瑶京人去後，望垂楊、路斷重泉隔。凄絶也，鏡鸞隻。　事隨雲散空陳迹。最難禁百病攢身，千愁交集。搜索枯腸成一字，頓使夢魂攲側。縱信手、塗鴉難黑。筆墨清緣猶少福，嘆餘生、畢竟成何益。相對處，藥烟碧。

邁陂塘

壬子二月，舟次姑蘇，欲游不果，即事有作。

聽呀啞、柔波打槳，東風吹放孤艇。笙歌七里山塘路，誰向紅樓斜憑。渾不定。愛鬟影妝光，簾捲交相映。閑情重省。嘆磨劍池荒，采蓮人去，剩有月華冷。　清游地，偏奈歸心愁迸。渡頭夕照催暝。此來偷被鶯花笑，笑我花時常病。憐好景。總收拾詩囊，却也饒清興。前期遥訂。怕春色三分，柳絲千縷，飛絮糝香徑。

沁園春 咏七字

北斗闌干，猜是銀河，三更四更。記凉瓜食候，蘭期空誤，巧針穿處，弦月將生。里數山塘，賢留竹塢，若個才華展步成。無聊賴，學盧仝茶癖，風味偏清。　　畫樓十二春晴。算五處、閑扃懶未登。愛寶釵徐整，閑情脉脉，琴弦低撥，幽韵泠泠。扶下香車，織殘襄錦，六一爐縈碧篆輕。於中意，付詞人秦柳，寫倚新聲。唐詩閑燒六一爐。

惜黄花 對菊次家大人韵

曉霜初逗、嫩寒微透。愛離披、幾枝攢秀。屏護寫陰，疏簾捲，留香久。更未許、蝶窺蜂誘。　　黄昏清晝，酒邊茶後。鎮相看，澹無言，個人同瘦。麗句被催成，好景休輕負，總記取、暮秋時候。

浣溪沙

螺髻晴峰歷歷排。秋光無際雁飛來。登臨騁目愜幽懷。　　吟對黄花人也瘦，香浮緑蟻酒初開。一簾疏雨落松釵。

碧雲深聞雁

風颼颼，雁聲冷喚蘆花秋。蘆花秋，夢沉别浦，燈灺南樓。去時繫足書空修。而今隻影牽新愁。牽新愁。幾回忘了，又上心頭。

江城梅花引

風敲林葉響疏窗。怕昏黄。又昏黄。祇覺暮寒，潛透薄綿裳。紅颭疏花燈欲墜，雁鴻遠，一聲聲，唤斷腸。斷腸。斷腸。漏偏長。墨幾行。泪幾行。夢也夢也，夢不到，殘月空梁。何限情懷，閑自倚銀床。自嘆工愁兼善病，消瘦影，似黄花、冷耐霜。

賣花聲冬至和梅堂弟韵

林雀噪新晴。曉夢初驚。深深斗帳峭寒生。早是黄梅開遍了，香透疏屏。绿酒且閑傾。醉也還醒。綉絲欲理又關情。祇恐添將愁一綫，説與誰聽。

一枝春

清明日，坐柳風春水吟船聽雨，用周草窗韵，偕兩弟同作。

作暖欺寒，釀清明、潤逼簾櫳疏雨。芳晨暗數。負了惜花情緒。遥山送翠，似愁鎖、一痕眉嫵。閑坐到，春水吟船，却喜雁行同聚。思量踏青何處。任東風弄柳，都成柔縷。頭綱活火，好與細評茶譜。新晴欲乞，怕天際、濕雲猶妒。聊聽取、嬌燕梁間，一雙軟語。

琴調相思引吴茂才屬題其令妹雪庭聯咏圖遺照

漠漠輕寒糝玉塵。吟香咏絮謝庭春。幾多清興，付與畫中人。　璧月韜輝蘭漏永，瑶雲弄影雁行分。封胡愁思，和泪寫梅魂。

法曲獻仙音爲織雲題撫琴圖

凉浸梧雲，翠摇竹露，寫出清虚仙境。睡鴨香初，苓床綉罷，蛩吟緑階苔净。有無數難言處，冰弦撥秋暝。　碧窗静。按聲聲玉徽都應。鸞鏡裏、偏奈舞迴隻影。君自遣愁心，怕愁邊、還有人聽。玉宇璚樓，唤姮娥、同耐孤冷。把瀟湘哀怨，付與此時消領。

一葉落

紫燕語。春將去。小樓此際甚情緒。捲簾復下簾，簾前吹香絮。吹香絮。數點黄昏雨。

桂殿秋 題黄雪女史照

花徑畔，畫闌東。一天秋影落梧桐。石弦閑倚玲瓏曲，銀漢無聲月正中。

瀟湘夜雨 李寧圃太守屬題管夫人畫竹

松雪齋前，鷗波亭畔，倚吟緑浄無塵。休將芳草怨王孫。珠腕寫、千枝碧玉，鵝絹剪、一幅寒雲。還應有、瀟瀟雨意，細捲秋痕。　文湖州派，想隨承旨，徵譜閑論。任吾家私印，倒押朱文。看最好、烟梢鳳尾，吟不到、月夜湘魂。猶贏得、香凝燕寢，珍護墨長新。

桃源憶故人 寄懷閨友王麗則

松濤聲和瀟瀟雨。六月溪塘無暑。彼美人兮何處。日對相思樹。　花時翻悔會相聚。添得者回離緒。目極行雲來去。脉脉和誰語。

踏莎行 題緑波春泛圖

魚浪吹香，鷗波弄影。柳絲碧罩春烟暝。蔚藍倒寫鏡中天，盈盈著個蜻蜓艇。　雁櫓頻搖，吴歌閑聽。綺懷觸處饒吟興。底須顔色寫桃花，柁樓人與花相映。

風入松

吴門金纖纖擅吟咏，適陳竹士茂才，有虎山唱和詩。甫及年餘，而纖纖物化，竹士欲作虎山尋夢圖以寄意。忽得陸定子畫幅，若預爲留贈者。翰墨因緣，信非偶然也。王夢樓先生爲之跋，并索題。

澹烟疏雨惜春陰。佳話記聯吟。虎山橋畔來游路，一絲柳、一寸愁心。鏡裏良緣難再，畫中幽夢還尋。　百年遺迹到而今。天意付知音。佩環歸處瑶池遠，有空閨、也感人琴。何况多情潘令，泪痕應漬青襟。

踏莎美人

冬日喜接畢素溪夫人札，填此寄懷。

燈吐紅英，雀喧碧樹。瑶華遠贈加餐語。心隨江水向東流，記得桂花香裏、棹扁舟。　桐檻煎茶，風簾咏絮。生無仙骨留難住。曾約余同請乩仙不果。別來消瘦不關秋。争奈詩囊難貯、幾多愁。

金縷曲哭程氏女甥

道遠情難已。憶當年、掌珠憐惜，隨親旋里。一霎霜催萱草萎，背裏晨昏流涕。算祇有、椿庭堪倚。粹玉盈盈欣漸長，早蘭言、花笑嬌無比。吟與綉，總能記。人生泡電原如寄。最傷心、瓊枝吹折，秋風偏厲。渺渺魂游應索母，轉得相逢諸弟。女甥三弟俱先夭折。苦地下、偕歸無計。待賦桃夭緣忽斷，對遺容、倍感凄凉意。女甥許字閔中丞長孫，擬於明春遣嫁，今來展奠，定難爲情。歌至此，泪痕洗。

惜紅衣　題姚蘇卿表弟觀荷圖

翠蓋摇烟，紅衣墜露，水天如鏡。小院生凉，亭亭弄秋影。雕闌十二，簾捲處、風來都净。閑省。少個畫船，泛西湖佳景。無言獨憑，心事誰盟，眠鷗夢初静。吟情幾許不奈，扇紈冷。好是碧筒微醉，一縷暗香吹醒。倩卯君詞管，寫出者回清興。圖即其令弟所寫。

踏莎行　題王述庵先生三泖漁莊圖

鷗浴明波，烟梳細柳。釣船泊近漁村口。江鄉八月泖湖秋，持竿有個詩翁瘦。虎帳談兵，鳳池待漏。歸田好是蒓鱸候。生綃寫遍輞川圖，無邊清福閑消受。

解連環

丁巳閏六月初七夜，爲牛女解嘲，和悔堂、遠春兩弟作。

寂寥亭榭。正桐陰斂碧，月鈎低挂。算好景、已屆仙期，奈緣阻新秋，閏逢長夏。數隔三旬，料未許、鵲橋先駕。盼纖雲四卷，耿耿銀河，素影斜瀉。　頻催漏聲幾下。想天孫此際，離情難寫。爲寄語、莫漫縈愁，譬青女姮娥，一生常寡。小別無多，又奚必、織停梳罷。惹人間、畫樓數處，納凉夜話。

殢人嬌 題曉妝圖

雨潤桐窗，風撩蓉帳。驚睡起、露蛩聲響。曉妝欲整，含情半晌。無一語、悄把鳳釵戴上。　濕翠猶凝，露紅齊放。任雛鬟、摘花閑賞。鏡圓窺影，瘦非前樣。問畢竟、秋來爲誰惆悵。

瀟瀟雨 本意

黄梅前後雨，苦兼旬、獨自帶愁聽。早池塘水滿，魚蝦欲上，鷗鷺堪盟。偏是畫簾深掩，檐際瀉泉聲。六月生秋意，翠袖凉輕。　記得西窗舊事，慣挑燈款語，共譜茶經。奈年華如矢，清夢冷桃笙。任氤氳、爐篆香細，暗撩人、幾許別離情。無聊賴，把金錢卜，甚日新晴。

鵲橋仙 題織雲寒香瘦影圖

一林秋影，一天雲影，漸見兔華圓了。天香瑟瑟廣寒虚，早有個、尋香人到。　袖羅翠潤，襪羅凉透，此際吟踪偏悄。較量清興更誰如，算祇許、姮娥同調。

行香子 咏柳

渡口橋邊。陌上樓前。碧參差、弄影堪憐。并刀裁出，二月春天。看也宜風，也宜烟。　　高颺秋千。低拂吟船。最消魂、折贈離筵。靈和殿裏，別樣争妍。看幾回斜，幾回起，幾回眠。

清平樂 題墨蘭畫幀

幽貞如許。祇合空山住。夢影愁痕無著處。一片瀟湘烟雨。　　墨雲吹墮生綃。清香暗襲吟毫。移挂琴檯斜側，夜凉伴讀離騷。

西子妝

題《蕊宫花史圖》。圖凡十二幅，寫四時花卉，諸女史就其性所愛者，各指一花爲記，亦佳話也。袁簡齋先生作跋，吴竹橋太史徵詩。

瑶草含香，琪花吐艷，巧綴蕊珠宫殿。闌干十二碧瓏玲，鬥妍姿、玉人憑遍。低回眷戀。恐花也、羞窺人面。自鋤雲，把好春常護，休教吹散。　　新妝倩。翠羽明璫，影若驚鴻現。披圖我欲覓青鸞，步天風、祇愁緣淺。情懷更羡。道佳句、吟來百煉。算千秋、韵事金閨妙擅。

瘦吟詞

青浦許淑慧定生撰

蘇幕遮

竹烟斜，蘭影瘦。露濕無聲，花底西風透。捲了珠簾還似舊。曲檻重憑，腸斷清秋後。　往時歡，何日又。雁字飄零，雲冷金飆驟。猶記昨宵聽玉漏。今夜挑燈，獨自雙眉縐。

前調 重陽

畫屏空，香閣靜。菊酒盈樽，愁怯新來病。一霎西風吹又暝。細雨星星，做出重陽景。　竹梢聲，桐葉影。澹月穿雲，雲破秋空冷。寂寞闌干還獨憑。無限消魂，却把花鈿整。

荷葉杯 落葉

落葉階前堆積。凄惻。簾捲夕陽紅。一番濃緑又成空。那不怨西風。　岑寂畫廊閑繞。秋老。樓上月朦朧。新愁舊恨萬千重。腸斷晚烟中。

昭君怨

日暮天寒翠袖。秋思年年依舊。桐葉舞西風。亂烟中。　十二闌干憑遍。底事離懷難遣。愁緒上眉峰。憶無窮。

一剪梅 送別江蕊珊妹

細雨寒林灑驛塵。秋思紛紛。離思紛紛。送君歸去更誰親。行也消魂。坐也消魂。　回首鷄窗笑語頻。昨日黄昏。今日黄昏。闌干月影寫愁痕。隔斷重雲。望斷重雲。

前調 憶葉竹君姊

澹月玲瓏映竹林。欲共幽尋。誰共幽尋。曲闌干外薄寒侵。蟲也閑吟。人也閑吟。　芳景當前恨轉深。不是秋心。却是秋心。焚香獨自理瑶琴。待覓知音。難覓知音。

如夢令畫竹

石罅新篁半吐。簾底緑雲微度。昨夜小窗紗，添得嫩涼如許。聽取。聽取。可似瀟湘秋雨。

菩薩蠻

斜暉漠漠東風驟。緑陰影裏雛鶯瘦。羅袖薄如烟。江南三月天。　庭階閑佇立。好句猶難覓。何處按笙歌。聽來愁轉多。

卜算子畫菊

松下短籬邊，開謝都無主。畫出凌霜一點心，不怕風和雨。　著意染生綃，秋影深深許。試問羅含宅裏花，還似當年否。

玉樓春畫牡丹贈謝淑眉世妹

名花過雨烟光濕。淺白深紅渾一色。五雲樓閣晝陰陰，百寶闌干春寂寂。　天香暗惹題花筆。冰絹輕盈芳影窄。畫成持贈問誰宜，衹有玉臺人第一。

如夢令 題慈鬘夫人梅花山茶畫軸

昨夜江鄉夢醒。紙帳一枝香冷。更有曼陀羅，低伴綺窗春影。閑省。閑省。人日畫堂烟景。

前　調

聞道南園春晝。鳳子飛來還又。孤夢繞天涯，誰念緑陰消瘦。依舊。依舊。腸斷落花時候。

浪淘沙 寄竹君姊

江北蓼花秋。天自悠悠。一生離恨幾時休。聽到夜深更漏轉，點點生愁。雲影向東流。月上邗溝。何時同泛菊花舟。説盡相思千萬語，纔下心頭。

浣溪沙 題照

衰柳江南感舊游。謝家池館正新秋。不堪回首向西州。往日風光猶自好，少年心事未全休。緑陰如水恨悠悠。

清平樂 咏西瓜

綠瓊圓潔。秋水紅冰結。飽食且須除内熱。莫問豳風幾月。　當年玉碗金刀。分甘曾趁良宵。又是秋期近也，不堪歸路迢迢。

菩薩蠻 殘菊

冷香獨抱烟痕濕。落英滿地空陳迹。簾捲正西風。小窗秋露濃。　憐它消瘦影。也似深閨病。晚節耐霜寒。無言空倚闌。

卜算子 畫山水

落日晚山秋，楓葉稍稍響。行過溪橋不見人，白鳥銜烟上。　凉翠撲輕衫，獨自閑來往。聽到疏鐘薄暮時，寂寞生遐想。

疏影 咏菊影

繁花似雪，正晚風、悄悄吹上檐鐵。開遍東籬，斜月初明，枝枝瘦影幽絶。流雲千點瓊英碎，看細葉、和花一抹。任教它、玉女春葱，鏡裏總難攀折。　怊悵星河欲曙，露寒翠袖薄，幽恨空切。短笛凄凉，不管生愁，舊痕又還重疊。依依莫把銀墻度，怕轉眼、韶光催別。待夜來、携酒花間，重醉昔年風月。

滿江紅 聽雨

簾幕輕寒，虛閣外、暮烟如織。最苦是、黄昏細雨，乍停還滴。不管愁人腸易斷，碎聲遍在花梢急。縱青梅、酸盡　春心，誰堪擲。　芳恨遠，眉峰窄。清泪掩，春衫濕。算今生消受，孤燈岑寂。香漏迢迢春暈淺，緑窗静掩梨花白。待夜闌、雲破月來時，吹横笛。

點絳唇

獨捲湘簾，垂楊緑遍天涯道。杜鵑聲悄。耳畔添煩惱。　閑處愁多，静處知多少。春將老。落花休掃。猶有芳情繞。

菩薩蠻 壬辰閏月九日復同師氏二妹登禹王臺看菊

層臺高聳青霄碧。冷雲低護花光濕。携手共徘徊，尋秋兩度來。　秋深深幾許。木葉霏如雨。佳節又重陽。風生落帽狂。

浣溪沙

花掩重門恨已休。粉雲曾綰玉搔頭。冷香憔悴不勝愁。　重向生綃摹倩影，也同芳苑感清秋。黄昏疏雨夢悠悠。

風蝶令

鄭蘋香大姊以詞見寄，即和原調奉酬。

蟲語蒼苔冷，斜陽雨過天。秋光到此最堪憐。正嘆無聊、喜奉小鸞箋。　多感纏綿思，含情寄短篇。又添愁緒到吟邊。却是海棠、零落滿階前。

前調題畫蝶

纖草鋪雲毯，輕花綴錦衣。春深日暖愛雙飛。不管冷紅、落絮送春歸。　舞怯香魂亂，兜迴扇影低。粉痕漸褪瘦來時。争不教人、相對惜芳菲。

浣青詩餘

毗陵錢孟鈿冠之撰

蝶戀花

著雨林花紅暈濕。風裊晴絲，吹入眉峰碧。緑遍池塘芳草色。催歸杜宇聲聲急。　病起緑窗春事寂。何處留春，深院濛濛月。金縷歌殘檀板歇。海棠夢醒梨雲白。

浪淘沙 題畫

秋色落柴關。心與雲還。斷橋流水碧潺潺。回望千峰嵐翠合，策杖溪灣。　地僻鳥聲閑。白石横灘。林泉容與看飛鷳。何事鏡湖賒月色，爲浣風顔。

百字令 早春即事寄懷弟婦循之

薄寒料峭，正梅花索笑，離懷如織。一夜打窗風雨惡，不忿乳鶯饒舌。青鎖眉峰，春歸芳草，辜負西園蝶。闌干十二，曉來還挂新月。　遥想京國繁華，艷陽風景，望裏雲千疊。可耐相思牽遠夢，又被緑楊低曳。舊事嬉游，它時吟賞，勝地俱陳迹。探巢旅燕，呢喃似向人説。

澹黄柳

晴光艷漪。吹上修眉碧。彈倚東風困無力。三疊陽關唱遍，休折盡、河橋春色。正岑寂。絮花飄似雪。問前度、章臺陌。但麴塵、暖颺游絲拂。金縷抛殘，鵝黄微褪。别是閑消息。

楊柳枝 送許從母　按：調名當作《添聲楊柳枝》。

爲倩疏枝繫落暉。黯愁眉。津亭攀折思依依。惜銜卮。　回首白雲千萬疊。魂欲絶。含情江水碧參差。兩心知。

眉峰碧 送許表妹

何事歸帆急。蹙損眉峰碧。執手相看意欲迷，争忍向、河橋折。　暮柳催行色。離思愁如織。相見時難别更難，從今好夢分吴越。

十六字令

嚑。幾曲屏山掩暮雲。銀河悄，新月暗窺人。

滿江紅 立秋

秋到銀床，闌干外、暮雲千叠。凝望眼、一天涼露，斷蟬凄咽。玉宇猶涵遥海霧，金風欲動高梧葉。更誰家、少婦倚樓時，聞孤笛。　楊柳岸，菱歌歇。摇落盡，江潭色。倩長繩難繫，儘教虚擲。紈扇不須憐素影，銀河亦自傷離别。問何人、吹徹玉笙寒，眉峰碧。

卜算子 新秋

新月挂高樓，一點窺人小。是處簾櫳是處風，惟覺今宵好。　天澹失明河，片片涼雲悄。屈指星槎幾日通，報道秋期早。

鵲橋仙 七夕

冰蟾初吐，銀河如洗，閑却機絲多少。金風雨露不多時，生怕是、曉星上早。　油花試卜，針樓暗度，兒女芳筵競禱。盈盈隔歲一相逢，更那得、工夫賜巧。

月華清 中秋

碧海流輝，瓊樓倒影，珠簾一片初捲。河漢迢遥，冷浸虚皇宫殿。瑶天迥、雲静無聲。金鏡滿，月明誰看。閑盼。想南樓舊事，風光何限。　回首天涯夢斷。正塞雁行歸，玉簫聲遠。病怯秋風，霜信早摧紈扇。問昔日、幾曲闌干，可還記、倚闌人面。繾綣。祇天邊娥月，多情長伴。

傳言玉女 題玉女采芝圖

弄影丹厓，笑把玉芝容與。五銖衣薄，倚迴風如許。蓬山何處，一片彩雲旋吐。摇溶出水，輕盈曳霧。　回首瑶宫，記霓裳、曾按譜。大羅往事，問吹簫伴侣。娥眉蕭颯，祇有月華常駐。情多無那，珊珊歸去。

兩同心 自題紉秋小照

露滿高梧，秋光容與，伫闌干、誰逞腰肢，展芭蕉、欲分眉嫵。謝姮娥，早付天香，婆娑深護。　别有幽聲盈掬。繫情湘浦。掩映處、幾疊屏山，消受得、芳華如許。君看取，風葉含丹，月波流素。

浪淘沙題梅花仕女小幅

冷艷倚娉婷。幽夢難尋。臨來素月寫空明。何處珊珊遺佩影，浸入梅魂。　紅袖并輕盈。小立閑庭。東風幾許最關情。索笑相逢知近遠，一片雲横。

鳳凰臺上憶吹簫九日

憔悴黄花，蕭森緑鬢，近來怕上層樓。正關河迢遞，菊徑香浮。回首天涯人在，多少恨、一寸眉頭。丹楓冷，茱萸寂寞，雁字横秋。　凝眸。黄昏到也，又疏風疏雨，畫角城頭。念故園松竹，秋老田疇。摇落江潭疏影，登臨處、目盡東流。江南夢，霜天素月，供我離愁。

酹江月

桐梢月下，漾晴空如水，天涯漠漠。爲問西風緣底事，做弄愁人蕭索。秦嶺西連，燕雲北亘，棖觸情懷惡。故人何處，鱗鴻負却前約。　還念故園蒓鱸，東籬秋色，正繞南枝鵲。風景還同人事异，猶是它時簾幕。不盡山川，無邊離思，木葉蕭蕭落。闌干十二，助愁一片殘角。

鷓鴣天 春游

落盡梅花空故枝。柳條猶解寄相思。晴絲和入眉峰碧，乳燕銜殘別院泥。　烟漠漠，雨霏霏。赤闌橋畔水生衣。欲知芳草天涯路，牛背斜陽出酒旗。

滿庭芳 水仙花

綽約雲環，輕雲翠帶，凌霜見此風流。鉛華洗盡，春到水晶樓。遺我瓊珠堪佩，凌波步、擬托仙舟。空悵望，江南月夜，含睇翠蛾愁。　曉風，寒素影，沾泥凡卉，對此應羞。怕玉釵低墮，清鏡波流。夢冷瑤臺何處，仙踪杳、也衹難留。瀟湘浦，澹烟晴雪，我與爾爲儔。

生查子

春山落翠微，柳色開青眼。小立背東風，燕子穿花轉。　揉碎碧桃花，團作相思繭。芳草滿天涯，此意憑誰遣。

青玉案 杏花

輕雲籠霧飄紅雨。又取次、春如許。活色生香饒態度。鳳釵斜溜，月眉新約，一曲山薌舞。　鶯簧燕剪紛無數。濕鬢輕盈踏花去。却憶江南芳草路。舊游如夢，斷魂應在，烟柳迷離處。

長亭慢 楊花

似花似雪渾無緒。過眼韶光，者般滋味。數點霏微，畫檐飄盡向何許。斷腸堪寄，更莫問、章臺路。便折得長條，已不是、舊時眉嫵。　遲暮。望天涯漠漠，忍見亂紅無數。池塘夢醒，倩鶯兒、喚它重訴。却又被曉風吹去，更凄冷、一天烟雨。算衹有、灞橋，幾曲綰愁千縷。

點絳唇

細雨廉纖，曉來燕子銜春去。殘紅飄砌。滴盡珍珠泪。　幾曲闌干，蹙損眉峰翠。渾無緒，天涯凝睇。有個人愁倚。

百字令 題張中翰夫人采芝養鶴遺照

珊珊何處，向圖中、猶見銖衣烟霧。十二瑶臺清夢好，謾把玉芝容與。閑看梳翎，相將弄影，雅稱神仙侣。軟紅塵外，東風吹上眉嫵。　不道花落花開，綰春無計，過眼流光度。

環佩江皋空寄恨，剩有月明如素。錦瑟塵埋，瑶編蠹食，化鶴歸來誤。天香借問，冷烟一片凝佇。

臨江仙題仕女圖

雲笈早鎸雙籍，玉簫遠度深宫。鈿蟬零亂倚迴風。赤霄雙跨鳳，留夢翠梧中。回首鈞天何處，三山萬里浮空。佩環聲杳暮雲封。碧鷄虚作畤，青鳥若爲通。鳳臺仙偶。

前　調

一片若耶溪水，春風洗净鉛華。苎蘿西去那人家。澹烟籠薄霧，新緑襯啼鴉。惆悵蘇臺麋鹿，凄凉吴苑鶯花。浪傳曾泛五湖槎。青臺明月夜，冷落舊雲霞。越溪艷色。

前　調

毳帳凄凉青冢，畫圖空誤朱顔。娥眉自惜鏡中彎。黄金能作賦，玉佩幾時還。落日牛羊影下，月明故國家山。雁飛難到玉門關。撥殘渾不似，夢斷大刀環。紫塞春風。

前調

長信宮中秋草，履綦舊夢初成。當時辭輦動聲名。君恩常似水，眉黛怯逢春。　別院笙
歌按徹，夜凉銀漢空横。西風篋笥不勝情。團圞金殿月，迢遞玉階明。紈扇秋懷。

前調

寶輅迎來天上，清風暗送香塵。絳紗初試臂痕新。雙啼紅玉筯，輕剪碧雲春。　花壓六
宮夢曉，芳菲譜入針神。嫣然一笑沐君恩。敢矜補衮力，聊備捲衣人。睡壺紅玉。

前調

金谷繁花春滿，香迷錦障塵浮。珍珠十斛换温柔。舞餘紅避影，曲罷月如鈎。　一樹濃
花委地，千秋名爲君留。季倫原自解風流。蛾眉争絶代，紅粉幾高樓。金谷香塵。

前調

勸爾回波旨酒，九重春色争開。樓頭但賞夜珠來。衙官驅屈宋，不及内家才。　玉尺平
衡文苑，毫端光散瓊瑰。彩書寄怨冷宫槐。景龍傳盛事，風俗變鸞臺。書樓韵事。

前　調

一曲霓裳按拍，海棠著雨初醒。東風微度入雲屏。催花停小輦，拜月誓雙星。　環上羅衣夢斷，秋魂冷落宮庭。三山何處覓娉婷。鈿釵空寄泪，哀怨寫淋鈴。玉笛閑情。

青玉案 咏蘭

含情一種清如許。鎮花伴、幽人住。啼眼初開愁著露。翠帶縈烟，高鬟掩霧。不倩鶯花主。　楚歌重疊蘅皋暮。澹到忘言心欲素。謾與簾櫳深淺護。日長風静，緑窗微度。夢入瀟湘浦。

茶香閣詞

寧鄉黄婉璚葆儀撰

十六字令

醒。聽得檐前溜雨聲。纔驚夢，欲記不能真。

閑中好

閑中好，深夜對銀釭。琴語松風細，羅衣生嫩凉。

南歌子 夜雨二首

琴潤音初澀，香寒篆易消。凉夜雨瀟瀟，窗前清可聽，没芭蕉。

小雨穿澄練，輕風蹙淺漣。寒似早春天。單衫依舊怯，换吴棉。

前　調

柳暗蟬聲靜，花深蝶夢酣。碧天如水月光寒。更有何人，同倚玉闌干。

夢江南

閑階悄，更轉漏聲闌。瑞腦香銷金鴨冷，闌干倚遍靜無言。雲破露嬋娟。

擣練子 落葉二首

飄上下，落西東。霜林樹樹不禁風。一葉先驚秋信到，教人長是恨梧桐。

依岸積，逐溪流。故枝無計暫相留。若比春花還後落，算渠耐久到深秋。

前　調

銀蠟燼，寶香凝。夢轉紗窗坐曉晴。門掩梨花深院靜，流鶯時送兩三聲。

憶江南

閑庭悄，小步晚凉生。雨過桐陰天欲霽，偶來花下聽流鶯。入耳便關情。

前調 元日

天漸曉，簾外聽啼鵑。紅濺梅花樓外雨，碧籠楊柳陌頭烟。春色又今年。

前調 咏梳

修琢巧，犀象并檀槽。掠遍香絲珂響細，颼憑纖手月痕高。紅浸半規潮。

桂殿秋

鶯睍睆，燕呢喃。聲聲有意鬧春天。窗前唤起閨人夢，斷句吟成衹自憐。

調笑令 送春

春去。春去。無計可留春住。飛來飛去晴霞。千樹萬樹落花。花落。花落。天涯數聲殘角。

前　調

啼鳥。啼鳥。催得碧窗侵曉。枕邊香汗微紅，噩夢驚來起慵。慵起。慵起。又是暮春天氣。

甘州子

乍寒乍暖暮春天。梅豆小，麥花妍。風梳碧柳一村連。遠岫抹晴烟。殘照外、啼鳥和流泉。

如夢令

一帶晴山如沐。十里濃花似簇。鷄犬静無聲，幽絶水通茅屋。摇緑。摇緑。門外數竿修竹。

前調

曉向高樓凝望。遠樹枝枝紅釀。睡起眼朦朧，道是芙蓉初放。霜降。霜降。那是丹楓江上。

江城子 秋花

秋花錦簇畫堂空。露濃濃。影重重。闌干九曲，紅袖倚人慵。輕暖輕寒簾不捲，雲澹澹，月蒙蒙。

楊柳枝

寂寞閑階夜悄時。漏遲遲。傳秋一葉井桐知。雨如絲。　殘夢闌珊人倚醉，釵斜綴。香銷瑞腦冷金猊，畫簾垂。

浣溪沙 初秋

露井高桐落葉疏。黄花消息雁來初。夜凉風透碧紗幮。　幾曲紅闌人倚倦，湘簾卒地妥真珠。龍涎香燼博山爐。

好事近 長春花

移傍玉闌栽，幾簇花開秋曉。雨潤胭脂匀染，點枝頭紅小。　嫣然錦爛鏡中妝，朱顔四時好。不斷繁英如許，算春光難老。

浪淘沙

節序忽驚心。重九將臨。四時悲樂總由人。若使椿萱今健在，佳節堪欣。　椿樹又凋零。一載悲生。黄花開處最傷神。從此莫將佳節唤，唤作蕭辰。

更漏子 睡起

碧天澄，清露滴。花外數聲殘笛。金鴨冷，玉屏空。滿庭秋影重。新睡起。鳳釵墜。簾捲月光如水。羅袖薄，晚寒輕。小闌人倦憑。

錦堂春

柳外斜陽門掩，花間曲水橋通。小亭西畔疏籬短，步屧儘從容。鴨唼浮萍聲細，蜂黏落蕊香濃。池邊小立微凉透，一陣藕絲風。

西江月

良夜風來小院，遥天月到疏櫺。相携姊妹且同行。踏碎一庭花影。細葛衫黏宿汗，輕羅扇撲流螢。人間暑氣霎時清。身在廣寒仙境。

醉花陰 茉莉花

翠袖冰肌摇澹月。萬蕊艷晴雪。沆瀣滴花梢，點入茶瓶，緑乳澆銅葉。凉熏眠箔香清絶。正倦梳妝髮。偎枕夢醒時，玉顫葳蕤，絲紐珠毬纈。

前調 蟬

窗碧陰沉天欲暮。烟斷夕陽路。一曲奏清商，樹冷頻移，暗曳烟深處。　關城摇落嘶涼露。更月殘荒戍。薄倖怨齊姬，飛入瑶琴，彈盡秋千縷。

踏莎行 中秋

一幀長天，影涵秋水。月磨明鏡冰壺裏。金波瀲灧碎光流，嫦娥妝就新梳洗。　秋色中分，秋心萬里。關城望斷秋風起。香飄丹桂入頗黎，良宵拚得簾邊醉。

前調 玉簪花

分植窗陰，森森立玉。天然澹佇幽闌曲。香匀麝粉沁冰筒，長須細罥黄金粟。　露冷烟涼，丰神幽獨。風姨月姊貪妝束。枝枝琢就白瑶篸，鬌邊斜綴搔頭緑。

鳳栖梧 秋聲

乍暖還寒秋欲暮。不斷蕭蕭，萬籟生庭樹。寂寞莎階蛩碎語。西風暗度殘更午。　一桁簾垂深院宇。静對銀燈，焰短留殘炬。葉響芭蕉聲最苦。瀟瀟幾陣黄昏雨。

前調 重九

落木蕭蕭愁永晝。秋雨秋風，佳節逢重九。糕字尋常難賦就，風流帽落何人又。簾捲清香盈兩袖。黄壓疏籬，菊短秋容瘦。幾度花前開笑口，一杯酣醉茱萸酒。

前調 秋暮

靄薄烟昏添暝色。叫斷歸鴻，何處傳書帛。庭院荒閑秋寂寂，離愁無限砧聲急。亞字迴闌人佇立。短鬢寒生，幾陣西風逼。碎響空階疏雨滴，暮山一帶凝愁碧。

黄金縷 送春

庭院深深聞杜宇。無計留春，拚送春歸去。問春畢竟歸何處。桃花亂落楊花舞。回首家山曾小住。鬥草尋芳，姊妹歡如許。不道而今離緒苦。尊前唱斷黄金縷。

七娘子 七夕

閑庭永夜金風細。看銀灣、共説雙星會。好夢今宵，離愁隔歲。兩情脉脉從頭記。明晨還向璇宮裏。算聘錢、應悔黄姑貰。畢竟仙家，不同人世。一年一度雲軿至。

漁家傲

小院游絲飛縷縷。凄凉又聽芭蕉雨。憶得家庭春栩栩。今索處。惱人更有著意留春春又去。海棠落盡紅如許。睡起紗窗天正午。愁無主。銷閑衹共鸚哥語。

行香子 寄表妹唐慧儀

騃兒女。

相別多時。相見無期。記從前、圍坐深閨。藏鈎研北，刺綉樓西。正月初明，雲初斂，雁初飛。　亞字闌迴，丁字簾垂，夜將殘、寒透羅衣。欲譜瑶琴，難寄離思。悵岳雲遥，湘水隔，錦鱗稀。

滿庭芳 江樓晚眺

雲擁遥青，山拖殘碧，暝色飛上層樓。柳絲摇夢，分緑挂簾鈎。何處書傳錦字，南來雁、聲斷蘋洲。蕭疏甚，烟栖岸樹，蒼染半江秋。　凝眸。天渺渺，帆摇楚尾，心遠吴頭。算多少征魂，空載扁舟。怕聽湘騷寫怨，銷不盡、香草風流。蒼茫裏，愁痕界破，飛起一汀鷗。

鳳凰臺上憶吹簫 聽潤儀彈琴

如水新秋，稱心良夜，無端詩思盈囊。正碧天雲褪，月朗東廂。聽得松風竹籟，一聲聲、飛墮琴床。移情甚，虛中嚼徵，空際敲商。　餘音。入耳琅琅，衹冰絲幾縷，手語都香。念千秋塵網，頃刻滄桑。賴有寒泉瘦玉，儘忘却、華屋黃粱。聊共汝，塵襟頓爽，消受清凉。

雯窗瘦影詞

海昌許誦珠寶娟撰

重疊金 寄外

亞檐紅綻荆桃小。枝頭影閃相思鳥。對鏡抹元綃。遠山慵不描。　愁牽楊柳月。夢斷梨花雪。杜宇盡情啼。問君歸不歸。

滿江紅 江行即日

千片征帆，風送處、驚濤飛雪。空明裏、金焦如畫，競誇奇絶。一帶紅墻禪喜地，雙扉白板神仙窟。是何人、長笛倚危樓，聲嗚咽。　繁華夢，鶯花孽。英雄恨，蛟龍血。話六朝遺事，雨零烟滅。歷歷山光相掩映，滔滔浪影無休歇。待夜深、篷背舉杯邀，江心月。

秦樓月

孟湖道中，借風挂席，篷窗徙倚，涉筆成章。

秦郵路。層冰凍裂溪聲怒。溪聲怒。扁舟顛簸，浪花飛舞。　烏篷倦倚心驚怖。聯吟賴有吹簫侶。吹簫侶。戲拈紅豆，共調鸚鵡。

清平樂 舟窗晚眺次外子韵

遠山如睡。禿樹蒼茫裏。隱約漁歌烟外起。裊裊餘音未已。　荒村三五人家。柴門多傍梅花。我欲停帆小憩，好風飛送輕槎。

貂裘換酒

一笑搴幃起。笑年年、擔風襆雪，卸裝斯地。呼婢壁間尋舊句，已共苔磨蘚洗。更說甚、碧紗籠此。砌下蛩聲雲外雁。一般般、助酒窮途泪。身世事，總如寄。　家山回首逾千里。儘飽嘗、炎凉世態，病貧滋味。箸劃金爐灰焰冷，寫出飢寒兩字。算我誤、聰明如是。還願稿砧鞭早著，宴瓊林、索得金門米。天許否，此衷意。

南浦月

外子計偕留滯都下，緘書寄遠，媵以小詞。

書蠹琴塵，劇憐風雪長安道。一燈孤照。夢醒羅幃悄。衣食溫寒，兩地心知曉。傷懷抱。炷香私禱。祝取加餐好。

訴衷情 寄芸齋

未拈湘管已神傷。一字一迴腸。都將百幅藤紙，半揾透、墨華香。傳書雁，太匆忙。意徬徨。怨情千疊，別泪雙垂，并寄它鄉。

惜分飛

稿砧遠別，書以緘情。

好夢難成魚雁杳。鏡裏眉峰懶掃。此恨憑誰曉。援琴譜出想思調。千縷情絲如柳繞。織就離愁多少。望斷長安道。一燈似豆搖紅小。

如夢令 寄外

浪説花開雙蒂。寫入輕羅扇裏。未到晚凉天，已作秋風捐弃。何意。何意。一語問君遥寄。

薄倖

秋閨漏永，顧影凄然，涉筆成章，封題寄遠。

樹迎風鬥。正簾外、新凉乍逗。雁過也、殷勤先問，兩字平安有否。記年時、分韵聯吟，瑶階待月同携手。向竹裏彈琴，花前瀹茗，共羨神仙佳偶。　最難禁、分飛後。消瘦得、腰支非舊。鏡中顧形影，凄紅顰黛，丰姿憔悴難回首。泪霑襟袖。聽吟蛩似訴，哀音慘逼燈如豆。離魂一縷，入夢尋君細剖。

鳳凰臺上憶吹簫 寄外子京師

黄葉堆鞍，白雲埋屐，西風殘照長安。恁蹇驢孤跨，長鋏虚彈。諳盡離愁别苦，憔悴損、去日容顔。凄凉處，思親有泪，獨灑燈前。　堪憐。空閨夜永，聽點點秋鉦，滴得心酸。念個人雲遠，影隻形單。惱煞中天明月，圓如鏡、故傲團欒。團欒想、何時携手，共話悲歡。

洞仙歌 白桃花

鉛華净洗。認人間尤物。底事無言對明月。恁文君瘦影、倩女柔魂，悲薄命，同向東風嗚咽。　江頭雙姊妹，淺澹梳妝，素手纖纖弄輕艓。水暖鱖魚肥、鬥艷争輝，看一樣、冰肌玉骨。謾寄語、重來問津人，早洞口春深、斷雲殘雪。

春雲怨 志感

芻尼曉聒。喜好音傳到，泥金三捷。奈是隔墻春色，細雨杏花人自折。攬鏡含瞋，挑燈勻泪，似夢如塵最凄切。逐客天涯，愁人樓上，兩地共嗚咽。　逢人强解眉頭結。試輕羅小扇，佯遮雙蝶。梁燕金堂污去泥甈。妒煞呢喃，兩兩于飛，向人痴絶。雨柳腰纖，露桃肌瘦，此恨向誰訴説。

浪淘沙

丙子禮闈揭曉，芸齋又報罷，蓋已三黜於春官矣，寄示一解，次韵奉慰。

雁鶩亂池塘。啄稻争粱。是誰竿木早逢場。一樣玉昆難競爽，迢水烏傷。同治庚午，外子與仲兄，并義烏朱蓉生、苗生兄弟，皆以同懷領浙薦今科，蓉生偕仲兄同與館選，而外子及苗生均此下第。　夢短别情長。泪滴千行。莫言前後有沉揚。戡破功名如泡影，心地清凉。

減　蘭

沈倩雯夫人絢屬畫墨蘭便面，并題是解。

離騷舊恨。雨萼烟枝和墨醞。楚楚丰神。寫出湘波一點魂。　水仙爲偶。月樣玲瓏雲漾瘦。清韵幽香。莫是蘇娘淺澹妝。

金縷曲

對月有感，却寄外子京師。

月色明如許。助秋心、流螢焰冷，晚蟬吟苦。百種淒凉千種恨。訴與嫦娥不語。但寂寂、清光來去。空外一繩雲雁影，似傳情、代把衷音譜。蟲韵急，亂如雨。　鸞飄鳳泊關河阻。想見那、殘書蠹蝕，蔽裘貂補。文字無靈金欲盡，可是紅顔誤汝。失十里、看花歸路。願乞天孫書姓氏，錦還時、重賦團圞句。天聽近，定憐取。

如夢令口占

世事如棋如影。閱盡繁華心冷。苦海猛回頭，別有蓬萊仙境。清浄。清浄。空外一聲山磬。

惜分飛寄外

日轉花梢妝懶就。黦翠凄紅罷綉。悶倚闌干久。一池波縠因風縐。去歲扁舟同載酒。寂寞離亭別後。泪濕羅衫袖，鏡中人比黄花瘦。

思佳客寄外

曲曲闌干十二紅。瀟瀟暮雨灑簾櫳。籬邊替瘦多情菊，窗外添愁無賴桐。羅袖冷，泣西風。相思兩字倩征鴻。玉容不是因花減，目斷長安夢未通。

菩薩蠻

丸月又圓，家書久杳，倚聲成句，簡寄宣南。

銀釭冷颭空閨影。銅壺滴得秋魂醒。欲向夢中尋。山高水又深。水紋幽恨結。山色離愁疊。閑煞月團圞。無人共倚闌。

意難忘感憶靖甫四兄

丸月穿窗。愛流晶射縞，光奪蘭釭。素娥憐我獨，畫閣伴人雙。蓮漏静、篆烟凉。聽雁去衡陽。最苦伊、魂銷瀚海，影度邊墻。含顰不語神傷。嘆冤沉伏社，讖散毬場。兄出山時，夢有人贈句云：『伏社冤沉君子獄，毬場春散美人群。』竟成詩讖。鮑家空有妹，寄遠不成章。關月白、塞雲黄。願早整歸鞅。漫禱求、心香一瓣，蠟泪千行。

點絳唇

過夏人遥，吟秋恨積，因度此闋，以紓離懷。

月怨花悲，翠簾蕩樣雲垂地。賦情將寄。泪沁相思字。獨掩深閨，且把絲桐理。琴聲細。塞鴻孤唳。影落瀟湘水。

釵頭鳳 閨情

烟籠户。香成霧。一枝疏影横斜舞。天瑩澈。冰紋纈。幾竿修竹，半鈎新月。潔。潔。潔。揮毫賦。相思句。研池潤到梧桐雨。經年别。離愁切。露蛩雲雁，一般凄絶。咽。咽。咽。

醉落魄

外子久客不歸，賦此速駕。

綺窗月透。一枝梅影如儂瘦。脂愁粉怨人僝僽。剩有年時，別泪翫紅袖。　焚香輕合纖纖手。金錢暗卜平安否。幾時早整歸鞍驟。計算腰圍，寬減定非舊。

高陽臺 歲暮感懷

徑竹饕風，園梅鬥月，驚心歲序將更。冷擁衾孤，夜深好夢難成。凉雲蕩得燈花碎，半模糊、碧閃殘檠。最愁人，臘鼓鼕鼕，寒漏丁丁。　年時不盡團圞樂，記桃符共寫，柏酒同傾。一別天涯，等閑換蟀移鶊。朱顏難駐流光易，誤青春、兩字功名。漫無聊，懶整金鈿，慵理瑶箏。

人月圓 喜外至

月明如鏡簾櫳静，驀聽遠人還。相逢無語，雙眸暗覷，衆裏偏憐。　最難消受，有情紅泪，無恙青衫。蓮花憔悴，梨花慘澹，同是辛酸。

點絳唇 閨怨

紫燕歸來，畫梁玳瑁盧家屋。對飛群宿。妒煞雙禽福。　顧影春流，自惜顏如玉。迴腸曲。別愁盈斛。泪沁鮫綃幅。

憶秦娥 得外書

簾櫳悄。無言羞把菱花照。菱花照。愁眉懶畫，鬧妝慵掃。　檐前靈鵲聲聲報。平安兩字來青鳥。來青鳥。柔情一縷，繫人懷抱。

蝶戀花 春閨

晴旭烘花風繚繞。媚紫嬌紅，競鬥春光好。蜂蝶戀香枝上鬧。羅幃好夢鶯啼覺。　起弄參差思遠道。一曲迷離，蕩得柔情杳。瘦影瞥臨春水照。眼前勝景皆煩惱。

點絳唇

某上舍介芸齋索題行看子，率成是解。

妙筆春風，繪成艷李穠桃色。姹紅嬌白。小坐臨流石。　米價如何，莫問江東客。誇標格。岸巾簪幘。名士風流劇。

點絳唇

自畫墨梅便面贈莫九嫂，并成是解。

春透疏櫺，一枝晴雪和烟冷。乍斜還整。寫出江南景。　姑射仙人，清夢呼初醒。新妝靚。暗香浮嶺。明月前身影。

佩秋閣詞

吴縣吴茝佩纕撰

臺城路紅葉

楓林坐晚霜痕染，嫣然酒顔新醉。驛路魂消，吴江夢冷，都是者般風味。詩情漫擬。似付與寒姿，冶春争麗。半壁殘山，斷霞横抹夕陽外。　長亭多少送客，數程如畫本，鞭影遥指。艷却非花，鮮宜著雨，攬作去聲離人紅泪。休隨逝水。便吹去閑階，海棠秋比。樂府吟來，恐餘愁未洗。

霜葉飛黄葉

夕陽村路。詩筇瘦，平林秋意如許。天涯可奈感飄零，恁打頭飛處。向晚菊、籬邊認誤。漫教倦客吟愁句。祇一夜霜華，頓減了濃陰，儘西風便吹去。　何况畫裏江南，幾人家在，此時歸棹無主。那禁摇落好年光，散似摶沙聚。向穲稏、村頭且住。柴扉亂逐昏鴉舞。

剩有著書身，槭槭蕭蕭，閉門聽雨。

瑣窗寒 題夏令儀墨竹扇

露浥風清，猗猗萬個，澹摇空翠。腕底蕭疏，都是吴江秋意。記横窗、夜月朦朧，碧紗篩影重重碎。更孤燈聽雨，黯銷魂者，籟聲徐起。　增媚。三分水。便醉墨欹斜，儘醫俗味。彈琴坐嘯，想見幽閨詩思。襯嶙峋、白石蒼苔，舊愁細寫雲烟裏。怪無端、篋笥抛殘，不減湘妃泪。

暗香 咏梅

空山雪滿。又携笻吟繞，疏烟籠岸。不似梨花，幾度東風怕吹散。環佩湘妃迹杳，思洛浦、夢魂飛見。倩醉墨、寫影生綃，籬落水清淺。　殊羨。漸春轉。試翠禽一聲，酒醒人遠。殘冰流澗。一種詩情苦清怨。寂寂巡檐索笑，怎未許、小紅輕换。衹夜静、聽鶴唳，一聲天半。

疏影 前題

茶烟颺碧。有疏花數點，寒照山色。寄迹瑶京，濯魄冰壺，問是幾生修得。溶溶澹月江村路，却又訝、曉霜輕抹。記依稀、乍睹瓊姿，擬向廣寒宮闕。不斷清愁縷縷，夢魂戀紙帳，燈影明滅。淺隔晶簾，冷拂銖衣，恍對謝庭香雪。素娥不慣人間住，合伴我、緑窗幽寂。恁無端、吹下罡風，領袖一春標格。

滿江紅 聽雨

已黑疏窗，聽不了、雨聲蕭瑟。似訴到、别離兒女，臨歧嗚咽。點滴不堪和雁下，凄清如向吟蛩説。把銀釭、剔盡不成眠，明還滅。　雲黯黯，籠纖月。風細細，透重幂。正漏壺欲斷，檐牙猶滴。似我頻揮斑竹泪，憐它碎盡枯荷葉。儘黄昏、凄絶九迴腸，愁重叠。

露華 題聽秋讀騷圖

西風瑟瑟。正滿院商聲，獨坐愁絶。一卷荃蓀，對影釭花明滅。憶到玉簟凉生，况是候蟲吟壁。閑階悄，蟾蜍挂空，冷露珠白。　梧桐葉落遥夕。訝幾許幽懷，横竹吹徹。更和清砧敲遍，寒聳詩骨。剩與楚些招魂，聊伴海天岑寂。空悵望，瀟湘暮雲凝碧。

齊天樂 蟬

緑槐庭院陰如許，聲聲度來林杪。翅薄風多，身高露重，獨把纖枝危抱。哀音漫裊。顧鬢年年曾記聽處，五更疏欲斷，幽思多少。冷咽齊宮，凄迷漢苑，身世西風殘照。迴腸正攪。憶歸棹横塘，柳陰吟繞。剩取餘音，砌蛩相和好。

影成絲，暗驚秋早。驀起凉飆，曉窗繁響恐沉了。

留春令 禁體　水仙

韭葉紛披，蘭芽掩映，歲華如許。月澹銀屏，雲寒蕊闕，怎見愁烟雨。驀睹瓊姿渾不語。疑似黄冠侶。刺船人杳，詞仙夢遠，并作清商譜。

點絳唇 禁體　天竹

一種篔簹，紺珠萬顆累累結。頌椒元日。歷亂猩屏色。耐此天寒，何事因人熱。彈丸脱。湘娥夜泣。血泪看成碧。

清平樂 禁體　山茶

空山雪霽。照見紅妝麗。迎曉香殘宮粉膩，悄和梅邊風味。韶華并占冬春。錯疑岩桂前身。一捻清芬如許，細吟佳茗佳人。

憶漢月 禁體　臘梅

天末音書誰寄。消息故園開未。幾聲江笛度殘年，恐有銅仙垂泪。黄昏丸月細。怕暈去、酒邊燈次。一般清興動揚州，莫道嚼來無味。

紅情 紅梅用玉田韵

無多春色。訝玉顔笑淺，暗窺籬密。換了霓裳，不似羅浮舊相識。薄醉朦朧未醒，疑夜雨、小樓遥憶。算九九、匀遍胭脂，和露曉妝濕。　欹立。帽檐側。似九英映人，趁迎朝日。煉砂剩液。寒鶴低頭啄苔碧。應憶洗多漸減，仍冷抱、冰魂如昔。甚出塞、聲斷續，坐聞怨笛。

緑意 緑梅用玉田韵

玉苔比潔。正净無可唾，纖塵俱絶。渡了烟江，滌向冰壺，不與春心争熱。幽姿别染眉螺淺，好畫取、雪蕉同説。峭一枝、占斷東風，細字隴頭書疊。　猶憶江南訊早，嫩寒倚翠竹，衫袖輕摺。夢冷揚州，吟繞西湖，怎見小窗飛雪。蒼苔么鳳迷無影，算一種、暗香堪折。待晚來、木末遥窺，猶似舊時明月。

臺城路

閑庭寂寂，春光暮矣，舊恨新愁殊不禁，棖觸於懷也。

飛花競逐春光去，年華暗驚催箭。夢斷難連，酒殘易醒，棖觸離宮荒苑。天涯路遠。縱消息青鸞，好春愁晚。數遍闌干，迴腸一曲一回斷。依依多少舊恨，儘鶗聲啼老，難訴幽怨。心字成灰，眉山更鎖，怎説愁痕能剪。湘簾謾捲。任蕉緑櫻紅，幾番更换。罷撫瑶琴，又迴廊繞遍。

菩薩蠻 茶烟

氤氲小院茶香細。漸縈古篆疏簾裏。無力衹隨風。輕颺幾縷濃。虚廊撩鶴夢。棐几爐烟擁。蟹眼謾評量。敲棋日正長。

前調 蕉雨

緑天陰罩閑庭院。隔窗風雨愁凌亂。五夜總瀟瀟。新詞一枕敲。酒醒人意濇。夢斷屏山暗。却憶宿江邊。打篷秋滿船。

前調 桐月

一鈎新月凉如許。娟娟飛上梧桐樹。客思怕禁秋。簫聲何處樓。篩風渾不定。絡緯鳴金井。和露憑闌干。夜深么鳳寒。

前調 松風

林間謖謖無人覺。山深一徑松花落。相對譜瑶琴。泠然太古音。翠濤空際捲。静晝濃陰轉。仿佛傍棋枰。石床墮子聲。

尾犯

江鄉無聊，買鱸作鱠，頗動歸思，乃譜此解。

西風弄眠。又思引横塘，早催霜信。白波徐動，鮮鱗跳網，渡頭人等。故鄉小别，繫住季鷹歸艇。趁携筐、買向江邊，日斜紅樹風定。食譜而今須訂。比雕胡，味較勝。正雪鬆酥膩，細斫并刀，玉花低映。奈蒓絲秋老。衹悄和、蜀薑風韵。儘一箸、解得清饞，酒邊滋味重省。

憶舊游

舟次吴淞，水天雲漠，雪意滿林，扣舷度此，旅懷黯然。

認湖雲涷雨，浦水摶冰，春意蕭閑。一抹疏林遠，趁寒潮夜發，又度重關。江梅幾樹紛照，詩思不禁寒。儘古柳鴉翻，平沙雁劃，悵望山川。堪憐。念鄉國，衹今宵酒醒，夢冷刀環。待譜湘娥怨，奈刺船人杳，易折冰弦。懊儂小海低按，誰共扣吴舷。恁寂寞篷窗，清樽款曲行路難。

慧福樓詞

德清俞綉孫彩裳撰

解語花 咏牡丹

繁華獨占，艷色無雙，桃李春光賤。玉人情倦。東風裏、錦幛半遮嬌面。紅深翠淺。似碎剪、斷霞千片。應算來、傾國傾城，會向瑶臺見。不放蜂偷蝶戀。倚新妝無語，渾是嬌懶。惜春將半。消魂處、别有背人深願。華年似箭。但歲歲、花時常健。休負他、酒滿金樽，更畫屏深院。

高陽臺 咏水仙

衣鏤春冰，香含暖玉，珊珊影隔簾櫳。謾撫哀弦，芳心原自難同。凌波步襪空遺恨，伴梅魂、澹月朦朧。一憑它穠李夭桃，占盡東風。嬌多不奈春寒重，更温泉浴罷，嫩日微烘。清絶無塵，羞隨鄭婢泥中。多情莫解明珠佩，問仙踪、何處相逢。剩當時、謝女前身，幽夢曾通。

齊天樂 春雪

翠衾昨夜春寒重，朝來頓成淒冷。密護瓊窗，輕霏玉屑，疑把梨魂喚醒。瑶華糝徑。怕草色青青，惹人離恨。醉裏凝眸，莫教顔色上青鬢。

庭空風力似剪，玉梅休怨寂，飛去相趁。柳未三眠，春無一半，何事楊花成陣。飛霙弄暝。問誰向東皇，誤傳芳信。極目天涯，素娥羞避影。

江城子 落梅

風流空想壽陽春。喚梨雲。夢難分。昨夜東風，庭院悄無人。倩影亭亭扶不起，珠委地，玉生塵。

檀心一點倩誰温。怨黄昏。拭啼痕。月地雲階，何處覓香魂。記否那回曾索笑，深雪裏，掩重門。

南樓令

自題小影，兼懷侍蘐、仲蘐小姑。

前夢去匆匆。情懷誰與同。倚屏山、兩個愁儂。何事近來消瘦甚，已非復、舊時容。

相對不言中。愁多意自慵。更休教、弃擲塵封。它日彩雲難覓處，好留與、識春風。

祝英臺近

靜壹主人宴飲湖上，折梅花數枝而歸。憶季英仲嫂瀕行時，欲作湖上游，束裝不果，對花惜別，不禁黯然，倚此寄之。

惜匆匆，分手易，寂寞怨朝暮。幾日東風，春色頓如許。探芳舊約蹉跎，六橋烟柳，未識我、別時情緒。　泪如雨。一枝欲寄憑誰，相對更無語。水遠山長，空賦斷腸句。憐它一段幽香，綉幃今夜，能否伴、夢魂飛去。

如夢令

春色漸歸芳樹。愁思暗和疏雨。莫去倚闌干，簾外輕寒如許。無語。無語。誰識此時情緒。

摸魚兒 寄懷侍蘐小姑

憶當初、綺窗朱户，妝成青鏡同照。而今久作關山隔，空有夢魂飛繞。千里道。曾記得、梁園是我兒時到。風清月好。想酒滿金樽，香濃寶鼎，隨意寄吟嘯。　年來事，應愧浮生草草。新愁添得多少。良辰勝景偏惆悵，減却舊時懷抱。還自笑。笑倚遍、新聲總是相思調。魚沉雁杳。已幾度、春殘，幾番花落，幽恨有誰曉。

聲聲慢寄懷仲蘐小姑

聽殘梅雨，立盡桐陰，無聊静掩房櫳。倦倚屏山，釵横欲整還慵。消魂怕提前事，惱蘭舟、催發匆匆。從別後，任羅衣香褪，寶鏡塵封。　腸斷吹簫院落，自伊人去也，烟鎖苔空。明月樽前，相思兩處應同。休教爲儂憔悴，勸加餐、錦字常通。空極目，渺天涯、雲水萬重。

虞美人前題

當時玉笛紅窗裏。不識愁滋味。無端一别各西東。負了闌干幾度月明中。　年來折盡離亭柳。贏得人消瘦。雲山總是萬重遮。昨夜相思有夢、到天涯。

長亭怨慢

春暮隨家大人返吴下，静壹主人坐小舟送至城外，賦《南浦》一闋見贈，别後舟窗無事，因倚此調寄之。

正三月、落花飛絮。歲歲魂消，緑波南浦。剩有紅箋，斷腸留得斷腸句。一江春水，量不盡、情如許。欲别更徘徊，但泪眼、盈盈相覷。　日暮。縱歸舟不遠，已抵萬重雲樹。無眠强睡，怕辜負、翠衾分與。想別後、獨自歸來，對羅帳、凄凉誰語。祇兩地相思，挑盡一燈疏雨。

洞仙歌 寄静壹主人

無端一別，隔雲山千里。錦字緘愁倩誰寄。算浮生、總是會少離多，判負却，燈下花前月底。　記曾留後約，何事蹉跎，冷落銀屏舊時意。寄語遠游人，知否閨中，空望斷、歸舟天際。更莫問、相思幾多深，也不説、相思者般滋味。

浪淘沙

記得昔同游。楊柳灣頭。落花流水兩悠悠。莫道春愁禁不起，還是春愁。　欸乃櫓聲柔。夢也難留。輕寒翠被冷香篝。睡起斜陽明雉堞，錯認杭州。

前調 七夕

風緊暮雲浮。獨倚危樓。傷心轉自恨牽牛。何事聘錢償未得，歲歲離愁。　佳節喜逢秋。靈鵲橋頭。銀河風浪夜悠悠。莫道人間容易別，天上難留。

青玉案

一樽淺注菖蒲緑。漸醉倚、屏山曲。戲綰彩絲長命續。瑶階烟草，翠簾風竹。庭院清無俗。　輕衫乍换冰綃縠。也不學、新妝束。午睡醒來釵墜玉。聯吟人去，對花人獨。歸燕梁間宿。此與宜人端節同咏，嗣後不復作矣，思之泫然。祐身識。

【第九集】

詞人姓氏

朱中楣 原名懿則，字遠山，吉水人。前明宗室議汶女，兵部尚書李元鼎室，禮部尚書振裕母，著有《石園五集》，錢牧齋宗伯爲序。熊雪堂少宰稱其詩餘『穠纖倩麗，不減易安』。陳伯璣、李雲田遴選《國雅》，海内閨秀，僅得二人，惟夫人與黄皆令而已。

錢鳳綸 字雲儀，仁和人。翰林錢繩庵女，侍御肇修姊，同邑貢生黄式序室。少承母氏顧夫人之瓊教，拈弄筆墨，品題花鳥，有謝家風致，父母絶愛憐之。賦詩諸體皆工，取材於漢魏，覽典於騷雅，與姊静婉柔嘉、柴季嫻如光、顧仲楣啓姬、李端芳、馮又令弟婦林亞清，結社湖上之蕉園，即景填詞，一時稱盛。著有《古香樓集》《散花灘集》。

鍾　筠 字蕢若，仁和人。明忠惠公孫女，仲雪亭室，田叔詩人母。

孫雲鳳 字碧梧，仁和人。孫令宜廉使長女，雲鶴姊，適程氏。爲隨園女弟子，郭頻伽評《湘筠詞》：『寄意杳微，含情幽渺，置之《花間集》中，當在飛卿、延巳之間。』

屈秉筠 字宛仙，常熟人。同邑秀才趙同鈺室，夫婦工詩。錢塘袁枚昭文吴蔚光比之鷗波眷屬。宛仙復工書，尤善白描。著有《韞玉樓詩集》四卷。

季蘭韵　字湘娟，常熟人。屈文學宙甫室，屈少穎异，爲擘窠書、詩、畫，學即工。季博涉經史，亦工詩畫，一時閨閣有徐淑、秦嘉之目。

曹景芝　字宜仙，吴縣人。同邑陸元第室，毓秀、毓英胞姊，均工詞。毓秀有《桐華館詞》，毓英有《鋤梅館詞》，彙刻爲《花萼聯咏集》。

屈蕙纕　字逸珊，臨海人。前署鳳陽府知府王咏霓室，有詩集。妹蓮纕亦工詩詞。

俞慶曾　字吉初，德清人。前河南學使俞樾孫女。

李道清　字味蘭，合肥人。編修李經畬女，常熟舉人楊鑑瑩元室。

目

鏡閣新聲

吉水朱中楣遠山撰

如夢令 垂絲海棠和湘蘋夫人

露浥海棠絲重。雲破曉鐘初動。無力尚微酣，遥映一簾紅弄。如夢。如夢。醒後心兒獨捧。

前調 懷歸

桂子香風暗透。又是中秋時候。帶月捲簾窺，眉映碧波紋皺。消受。消受。惟有燕山依舊。

前調 泛湖

天與湖光一派。惟有青山稍礙。水落岸痕深，還恐魚龍嗔怪。欸乃。欸乃。個個菰菱滿載。

前調 詠嬌小

自小嬌憨親縱。惱著情兒没縫。萬唤衹低頭，故故嗔人珍重。如夢。如夢。姊妹仙行居仲。

前調 悼媳陳氏

愁砌一腔新悶。萬斛千航難盛。何處最傷情，兒嚮書幃誰問。孤另。孤另。應掩關雎不咏。

減字木蘭花 次康小池夫人韵

杏園春暮。艷奪朝霞沾雨露。翠黛痕收。笑對桃花小檻幽。　雕梁燕語。草長蘼蕪知幾處。彤管輕描。和罷陽春柳絮飄。

菩薩蠻 立秋贈梅君

凉風款款驚愁客。蕭蕭短髮衣衫窄。秋色入園林。新蛩鳴夕陰。　江南蒓正美。欲趁蘆花水。簾捲月痕收。砧聲隔畫樓。

前調 閨春

惜春自是因春瘦。欲寫新詞應未就。人苦戀春情。春歸不戀人。　春道歸非早。百二還嫌少。人不解春情。反云春撇人。

西江月 暮春雨夜

細雨欲收春去，殘花暗約鶯留。無心閑玩强登樓。陌上行人還有。　泥滑難將舊恨，提壺喚起新愁。天涯芳草共悠悠。零落海棠消瘦。

前調 咏小白猫

彌月狸奴堪玩，新池魚婢應忙。時時偷覷水中央。躲在薔薇架上。　卧似緑茵滯雪，蹴疑錦幔飛霜。穿林似兔忒輕狂。撲着蟲兒誰讓。

浪淘沙 七夕前一日晚坐聞隔墻王玉娘琴聲

新月映眉妝。露滴花房。香風暗透薄羅裳。何處清音偏著耳，恰在東墻。　切切指生香。韵雅悠揚。凄凄楚楚斷人腸。流水調高人不見，遥隔長廊。

南鄉子 送熊雪堂少宰年嫂杜猗蘭南旋

秋色澹晴光。又聽呢喃話別長。隨趁蒓鱸歸去早，稱觴。帆曳西風還芰香。何日逐歸檣。不爲驚秋泪染裳。雁足那堪傳客信，悲傷。眉黛牽愁酒數行。

木蘭花 秋雨

囊空幸有書堆案。柳斂青眉秋已半。急風斜雨助輕寒。消瘦芭蕉驚夢斷。芙蓉醉雨真堪玩。户外一聲初度雁。清霜有意妒芳華。故使年光容易換。

鳳栖梧 看家五弦宫保陳姬遺照

無限心愁緘素口。却恨東風，吹折花枝久。摹寫丹青描未就。淋鈴已濕春衫皺。猶記尊前閑戲走。緑暗紅稀，那管人消瘦。一曲琵琶今在否。相思還問調羹手。

風中柳 春歸咏燕

滿地榆錢，恰是贖將春去。亂紅飄殘鶯無語。薄情春去。又值黄梅雨。燕慵飛綉簾偷覷。嗔婢垂簾，幾向枝頭如訴。故銜泥把花箋污。晚香浮處。見薔薇半吐。翠烟鎖一林飛絮。

行香子 上巳

小小園亭。百卉芳馨。水邊花下任怡情。憑誰妙手，繪幅丹青。仿王摩詰，吴道子，倪雲林。　風動波平，景物撩人。緑穠翻燕剪紅輕。欣逢上巳，共賞良辰。擬蘭亭禊，飛英會，鷺鷗盟。

前調 題畫册美人

的的丹青。裊裊匀匀。神情纖悉恁輕盈。朱唇欲啓，羅帶初縈。似紅樓艷，緑窗麗，漢宫春。　桃源期伴，隔院邀盟。薔薇翠舀石榴裙。凝眸顰覰，倚樹含情，羨一溪水，一林石，一雙禽。

前調 初霽看牡丹

好鳥初耕。坐老啼鶯。桑鳩唤婦晚窗明。牡丹初放，尚帶微醒。看青猊白，蓬萊紫，玉樓春。　雨中過半，些子新晴。閑拈小調咏芳卿。怕春歸早，似笑還顰。有酴醾伴，凌霄侣，惜花人。

前調 題陳伯璣浣花居圖

半束羲琴。一段巫雲。輕衫澹染竹根青。蒼龍斜倚，寶鴨新熏。似妝初罷，風初裊，韵初生。　仙塵遥隔，幸睹芳真。何時攬袂羡寧馨。秋高月小，花滿庭芬。期憐香伴，清閨裏，共論文。

千秋歲 別横波顧年嫂南歸

天涯分袂。更覺愁千倍。憑寂寞，添憔悴。風移蟬唱短，雨滴梧桐碎。方信道，離懷未飲心先醉。　濕花疑有意。點點如紅泪。新荷碧，殘葭翠。秋清人漸遠，水静鴛濃睡。知音少，斯時別去何時會。

前調 春雪

璚花飄砌。點額新妝媚。微雨間，輕風起。同雲迷雁杳，綉閣添香沸。囊罄也，惟餘薄釀還堪醉。　幸識貧滋味。衕舍清如水。冰欲泮，寒應已。心隨殘夢遠，意攬繁英碎。春又也，人歸不似春歸易。

滿江紅 讀陳相國徐夫人湘蘋詞

泪眼愁懷，聊祇把、芳詞翻閱。句清新、堪齊絡緯，并稱雙絶。字字香傳今古憒，行行畫破英雄策。倩玉簫、吹徹漢宮秋，聲聲咽。　離别悶，仍猶結。舊游處，燕臺月。（□）[恨]一番風雨，亂紅愁疊。玉樹森森連紫苑，英才盡是人中杰。盼相逢、約略在何年，從頭説。

前調 丁酉仲夏讀陳素庵夫人詩餘感和

乍雨還晴，怨怨怨、天無分别。更那堪、淮流涇水，共人悲咽。佳節每從愁裏過，清光又向雲中没。怪啼痕，欲續調難成，柔腸絶。　花弄影，紅殘纈。冰荷覆，瑶琴歇。問梁間燕子，共誰凄切。舉目關河空拭泪，傷心杯酒空邀月。嘆人生、如夢許多般，皆虚擲。

滿庭芳

花朝偕陳浣花君、朱女琴士宴集熊姑母東湖草堂，隨過杏花村舍，風雨驟作而歸，因訂尼庵之約。

纔過春分，又將寒食，烟光處處宜人。欲邀仙侣，選勝趁芳辰。尚卜陰晴未穩，重游意、兀自逡巡。城南畔，招提小小，桃李亦紛紜。　閑評。傷往事，王孫草緑，帝女花芬。漸苔侵古逕，蒿滿閑門。剩有方池碧漲，凝情處、樹古亭新。還惆悵，踏青期阻，微雨杏花村。

【補】

虞美人

燕臺似隔天台杳。忽夢騰騰到。寒温猶序舊繁華。但看青松斜映、若浮槎。　龍啖舌亦尖新聲。幻境多奇趣。莊生栩栩逗禎祥。或道龍松貫日、定名揚。此據李丹《詩餘花鈿集》補。

古香樓詞

仁和錢鳳綸雲儀撰

憶王孫 與顧仲楣對弈

青梅如豆又春殘。燕啄飛花到畫闌。午夢初回清晝閑。爇沉檀。紅子輕敲賭鳳團。

柳枝 雨後海棠

空階冷雨濕胭脂。減芳姿。終宵不斷泪千絲。爲誰痴。却似綉幃新睡足。欹紅玉。一腔幽恨没人知。可憐時。

愁倚闌令 哭柔嘉姊

憑欄久，覓芳踪。思無窮。記得玉鈎微步處，印殘紅。小園花醉春濃。香馥馥、帶惹春風。悔殺從前歡宴處，總匆匆。

浣溪沙偶題

渌水縈迴石徑斜。繞溪一帶種梅花。萬花深處是儂家。　自寫閑情依翠竹，愛看清影浣春紗。小庭風静穩栖鴉。

菩薩蠻早春湖頭掃墓

六橋積雪晴光射。蕭疏疑是雲林畫。幾點遠山横。一湖春水平。　墓門斜日静。翠竹迎人冷。極目總消魂。羅巾揾泪痕。

眼兒媚與雙成弟婦雨窗話别

一望迷離雨聲凄。雲壓暮山低。蕭蕭落葉，嗷嗷哀雁，話到樓西。　料得今宵人静後，惆悵掩羅幃。秋蛩吟罷，殘燈滅後，有夢初歸。

海棠春立春日作

佳人占得春光早。濃艷處新妝偏好。紅穗緑雲斜，玉燕金釵裊。　輕籠翠袖低聲道。願歲歲春光不老。看遍上林花，着意憐芳草。

清平樂 與柔嘉娣宿河渚看梅

乳鶯初囀。曉夢梨雲斷。朝日篷窗穿一綫。個裏春光偷換。　惜春暮爲春愁。羅浮更約重游。記取連床絮語，梅花深處山樓。

眉峰碧 春日與亞清弈

深院閑春晝。小篆噴金獸。一杯清茗一枰棋，正杏雨香飛候。　鸜鵒新聲溜。驀地驚回首。無端輸却玉搔頭，倚屏笑撚花枝嗅。

攤破浣溪沙 懷亞清

月落空庭花影遲。綉屏欹枕夢回時。咫尺城闉鴻雁斷，即天涯。　半壁青燈臨衛帖，一窗寒雨讀陶詩。別後深閨無限事，總堪悲。

鵲橋仙 寄外

鴻雁初來，梧桐乍落，正是早秋時節。夜深無計遣愁懷，那更又、燈兒將滅。　羅襦慵解，篆烟微爐，無限幽情難説。低回脉脉少人知，還幸有、今宵明月。

虞美人 本意

楚歌畫角聲聲發。吹落邊城月。八千子弟久從龍。一夜雕鞍金甲、散長空。　寧教玉碎君王側。血染征袍赤。貞魂不肯入關中。歲歲烏江波漲、泣春紅。

踏莎行 秋暮雨霽偕柔嘉娣游河渚

雲暗山光，風和竹韵。晚來庭院寒成陣。玉纖無力整殘妝，倩人花下扶蟬鬢。　爲愛登臨，頓消愁悶。烟霞似與蓬萊近。乍宵雨過嫩苔生，歸來踏得雙鴛潤。

前調

秋日偕馮又令過米山堂，時子新痛亡，侄又令復傷仲子，感賦。

羅幕長垂，愁城難破。岑岑病怯慵梳裹。貧居曲徑悄無人，籬門一帶愁烟鎖。　鄰女傳來，香車初過。眉峰輕拂雲鬟嚲。相邀花圃共談心，臨流斜倚寒山坐。

鵲踏枝 寄長嫂查楣思

乍暖餘寒春日永。未許鶯啼，清晝深閨静。嫩緑柔黄堆小徑。曉風催放枝頭杏。　悵望瑶姬仙闕迴。數闋新詞，鎮日和愁咏。幾曲闌干還獨憑。夜深月過蒼苔冷。

鳳栖梧春游

聞道海棠開欲謝。日上璚樓，雲髻新梳罷。翠黛輕輕纖手畫。春衫薄薄熏蘭麝。燕子鶯兒飛綠野。游女翩躚，鬥草貪歡耍。奪得柔枝盈一把。碎揉花片將人打。

傳春玉女

簾捲西風，却又早秋時節。藥爐聲沸，和涼蟬凄切。羅帷嚮晚，伴我半規新月。噓噓愁嘆，岑岑病怯。尺素難憑，乍臨箋倦又歇。故人何處，似楚天遼闊。相逢甚日，試剔銀燈重說。前期難料，怎教輕別。

滿江紅庚午五日哭母

猶記春時，新夢破、乳鶯初囀。曾幾日、韶光都盡，驟驚心眼。蒲葉欹風寒翠色，榴花着雨垂紅瓣。最傷情、時物總如前，親難見。　懸艾虎，飄金綫。敲畫鼓，轟雷電。看兒童繞膝，更教腸斷。楚些空傳騷客恨，江濤似訴曹娥怨。願相逢、角黍入重淵，逢親面。

滿庭芳 湖莊觀游女

綠染芭蕉，紅催芍藥，紛紛盡鬥鮮妍。小樓妝罷，獨坐悄無言。自汲流泉煮茗，香細細、清興泠然。捲簾看，日高烟斂，一抹澹春山。　　堤邊。游女伴，娟娟楚楚，弱柳風前。更澄波弄影，恍若飛仙。怪殺斜陽西墮，空目斷遠水長天。願化作，萋萋芳草，輕襯一雙鴛。

燭影摇紅 送幼鯤弟北上

潦倒明湖，頻年事事傷心臆。無端忽又唱驪歌，雁陣分南北。歲暮長途作客，整行裝、半肩書笈。千山雪擁，萬壑雲連，大江孤楫。　　勝景標題，一枝錦綉江淹筆。遥空時有雁南來，憑寄雙飛翼。何日倦游燕國。賦歸來、陶輿謝屐。黄鶯聲裏，綠柳陰中，雨蓑烟笠。

孤　鸞

爲林寅三表兄咏孤雁，時嫂重楣新殁。

韶華易促。早簾幕封塵，佩環零玉。燕子多情，也伴主人幽獨。不向烏衣覓偶，度春秋、依然孤宿。一任文禽比翼，趁晴波雙浴。　　憶當年、舊巢相對築。更銜雨銜泥，同栖華屋。新雛初學語，喜呢喃聲熟。忽被曉風吹散，泣離鸞、斷弦難續。隻影悲鳴花下，總愁紅怨緑。

換巢鸞鳳 送顧啓姬之燕京

日暖春穠。羡雙飛彩鳳，上國遨游。金樽斟别酒，玉版寫新愁。驪歌未唱泪先流。忽輕説，乘扁舟去休。也曾念，共綉閣、論文人否。　携手。何日又。剪燭窗前，絮語黄昏候。吴岫雲停，薊門月落，兩地應知眉皺。韵事千秋遍傳聞，題橋添個文君友。鈿車寶馬，上林看遍花柳。

水龍吟 懷柴季嫻表嫂兼謝畫梅

朱闌曲檻閑憑，松篁掩映深深院。丹楓染遍，黄花初放，色深香淺。玉案聯吟，錦箋分韵，珠璣新燦。最無端牧笛，聲聲起處，催日落、横塘晚。　别後蒹葭水遠。正空閨、梨雲夢斷。丹青一幅，天風吹墮，羅浮春滿。疏影横斜，暗香浮動，毫端如見。怕朝來翠羽，雙雙飛去，暮晶簾捲。

綺羅香

初夏偕同社壽季嫻凝香室宴集，别後賦謝。

宿雨飛來，輕雲不散，掩映遥山黛色。鶴馭凌風，霧髻雲鬟微濕。傾玉夜、翠羽流觴，燦晴霞、珠光盈壁。最堪誇、青鳥翩翩，銜將丹詔降層碧。　避塵小築書齋，看栽梅放竹，携琴枕石。何處吹來，天上玉簫鐵笛。聲緩緩、遏響行雲，影遲遲、花翻瑶席。更相期、月逗前溪，踏歌還綺陌。

梨雲榭詞

仁和鍾筠蕡若撰

十六字令

堤。畔柳翩躚長短亭。行人去，幾長見青青。

生查子 和錢淑儀查夫人

斜月逗湘簾，捲映銀河淺。蟋蟀入床頭，似訴幽人怨。清影到梧桐，寂寞閑庭院。翠幕暮寒生，陣陣西風剪。

點絳唇 秋閨

萬籟無聲，小園恰是深山静。惜花人病。懶向雕闌憑。月上高枝，枕弄芭蕉影。簾櫳扃。西風纔定。挑落燈花冷。

浣溪沙 題楊倩玉閨友《遠山遺稿》

悵望巫山一段雲。落花飛絮奈温存。莫教容易訴離魂。蝴蝶枕前思舊夢，杜鵑聲裏泣餘春。凄風苦雨作黄昏。

前調 和楊倩玉那不教人説可憐起句

那不教人説可憐。彩雲吹斷惜花天。嬌春楊柳泣朝烟。蓮子蜂房猶未結，桐絲鳳啄已難粘。夕陽樓閣水如天。

前調 初夏

開到荼蘼花已殘。垂簾猶自怯春寒。困人時候雨連纖。燕子將雛聲細細，荷錢雖小葉團團。一庭芳草緑如烟。

減字木蘭花 春曉

曉鶯破夢。九十春光誰與共。望眼迷離。粉蝶梨花一處飛。東風無力。小院迴廊春寂寂。悄傍妝臺。明鏡無端引恨來。

前調 讀余夫人蘭馨集偶摘佳句填詞寄懷

深深庭院。乍捲珠簾朝雨散。雲外清江。花裏琵琶應繞梁。　夢魂飛去。却怪韶光留不住。遠樹風微。但見青山列畫眉。

前調 前題

風來水面。片片落花隨澗轉。鶯語垂楊。佳句題成吐异香。　曈曈旭日。惆悵春風空獨立。嫩緑殘紅。人在芙蓉水閣中。

前調 前題

菱花嬌映。巧畫娥眉難與并。上苑花開。無數飛紅逐浪迴。　融融淑氣。裊裊芙蕖初出水。燕語流香。寂寞重門春恨長。

阮郎歸 送別長姊父夫人

臨風灑泪唱驪歌。啼痕沁薄羅。小樓又見雁南過。秋風秋雨多。　思綣繾，怨蹉跎。愁腸似擲梭。開軒對月問姮娥。此情可奈何。

西江月 題海昌陳相國夫人徐湘蘋拙政園詞後

燈火平津閣上，鶯花拙政園中。五雲深處鳳樓東。一枕遼西幽夢。蘇蕙迴文錦字，班家團扇秋風。龍吟鶴和幾人同。聲壓南唐北宋。

南歌子 寄七姊查夫人眉令

翠鈿同時換，冰弦對月調。蛾眉猶憶一般描。腸斷離人，風雨聽吹簫。寂寞愁春晝，殷勤記昨宵。休將短棹逐春潮。何日重來，研露共題蕉。

前調 寄四姊吳夫人山容

刺綉功夫巧，評棊逸興賒。西園携手看蜂衙。無數閑情，都付夕陽斜。世事流如水，人情幻似花。一庭香雪冷窗紗。兩地愁懷，應共此些些。

南鄉子 送七姊還海昌

細雨動離愁。牙尺并力記小樓。不道今宵真個別，難留。怪殺風前一葉舟。錦字莫沉浮。雙鯉頻看溪水流。三尺瑶琴還在壁，凝眸。指上宫商嘆白頭。

蝶戀花 春閨

爲惜名花春起早。人比花嬌，添個鶯簧巧。十二闌干都倚到。東風牽惹游絲裊。嫩日窺窗清景好。青粉墻東，紅紫光相照。結伴踏青閑鬥草。祇愁花信催人老。

爪茉莉 寄如嫂方眉士

獨坐紗窗，聽風凄雨苦。雕欄外、雲歌柳舞。獸爐烟裊，有誰共、知心密語。又幾回、漫托瑶琴，争奈琴心不許。　寄題分韵，倚屏山、顰眉膴。驀地裏、閑愁無數。花箋研就，難寫愁、腸千縷。細沉吟、試問愁來何處。爲甚竟迷去路。

滿江紅 春去

九十春光，看飛絮、憑空瀟灑。晝漸永、短紅長緑，香飄蘭麝。寂寞燕歸芳草岸，凄凉烟鎖斜陽下。怎風輕雲澹養花天，都催謝。　梅花賦，蓮花社。菱波皺，春山畫。倚雲屏兀坐，鸞箋慵研。架上荼蘼吹曉雨，簾前鸚鵡調新話。更杜鵑、啼血到無聲，難留也。

意難忘 春日感懷寄七妹查夫人

曉日烘窗。看柳眠花笑，做盡春光。遠山横黛緑，碧水卸餘香。千叠意、九迴腸。但撫景凄愴。任滿庭、紅情紫態，蝶亂蜂忙。　堪傷去路茫茫。見尋春士女，逸興如狂。偎花識面去，對月又相將。帆影斷、暮雲傍。有歸雁成行。更那堪、花陰寂寂，月轉西廊。

多麗 秋夜

倚迴廊。西風初透羅裳。夜沉沉、碧天如畫，銀河遠瀉垂楊。問何處、野猿啼嘯，曾經見、孤雁翱翔。綉户寒砧，譙樓戍鼓，數聲和月到紗窗。迴文字、争傳蘇蕙，愧殺謝秋娘。更何須、鶯調蝶拍，柳舞桃妝。　憶年時、花開舊院，黄鸝巧弄笙簧。按紅牙、歌翻新律，擎玉斝、杯底生香。露冷烟青，桑移海换，教人底處問秋光。又無端、砌蛩悲咽，桐葉響銀床。凝思裏，夜闌人静，燈影幢幢。

湘筠館詞

仁和孫雲鳳碧梧撰

菩薩蠻

玉階露冷蟲聲咽。珠簾影透玲瓏月。長夜夢難成。秋窗不肯明。　柳眉花似臉。鎮日深閨掩。人立小闌干。鶯花春正殘。

如夢令 落梅

睡起捲簾無力。薄暮闌干閑立。細雨勒輕寒，一陣落梅風急。堪惜。堪惜。吹散滿庭香雪。

蝶戀花 春暮

一枕梨雲天欲暮。春夢模糊，又被啼鶯妒。髻子半偏無意緒。金爐慵把沉檀炷。　留得殘春無繫處。怪底東風，吹向天涯去。蝶粉暗粘簾外絮。黄昏幾點催花雨。

訴衷情

紅樓夢斷曉啼鶯。綉幕峭寒生。二月江南春晚，深巷賣花聲。　苔蘚薄，柳烟輕。最凄清。昨宵風雨，今朝寒食，來日清明。

少年游

澹掃娥眉，輕盤螺髻，妝罷更塗黄。雲母屏前，水晶簾外，荷氣雜衣香。　晚來放艇波心去，獨自覓清凉。笑摘青蓮，故驚女伴，隔水打鴛鴦。

菩薩蠻

小庭日午東風暖。絮飛花落春過半。鄉思隔關山。開籠放白鷴。　夜深燈有暈。烟斷香初燼。玉漏莫教催。夢和潮水回。

浣溪沙

舊夢依依睡起遲。春慵無力試單衣。薄寒天氣賣花時。　細雨輕烟鶯百囀，暖風斜日燕雙飛。畫樓東畔小堂西。

賀新涼 題隨園先生歸娶圖

驄馬東風立。有丹青、公然留住，少年顏色。閑把生綃重展處，脉脉自憐陳迹。回首憶、玉堂瑶席。故我今吾誰解認，喜妝臺、猶有人能識。春夢語，感而述。金蓮寶炬人難得。况而今、杖朝已近，尚調琴瑟。如此恩榮如此壽，千古才人第一。真不羡、蓬萊仙客。佳話流傳如隔世，念門人、生晚從何説。長短句，聊塞責。

菩薩蠻 秋夜與仙品妹聯句

玉階人静啼蟲寂。銀屏夢斷砧聲急。碧梧。疏樹帶微霜。小堂秋思長。仙品。隔窗燈閃暈。淅瀝西風緊。仙品。深夜莫憑闌。月高清影寒。碧梧。

點絳唇

扇怯輕羅，捲簾漸覺秋光冷。小庭人静。疏柳和烟暝。點點流螢，入户飛難定。闌重憑。風聲月影。還是當年境。

相見歡

年時小立苔茵。燕依人。記得柳花如雪，正殘春。　砧聲急。蟲聲咽。忍教聞。又是梧桐深院，月黄昏。

昭君怨

斜日半簾飛絮。昨夜小樓風雨。闌外不勝情。晚寒生。　芳草緑迷歸路。門掩落花無數。春夢不分明。恨啼鶯。

浣溪沙 茉莉

纖手分來點鬢疏。幽香開遍一株株。星星如玉復如珠。　團扇夢回新雨後，緑窗人浴晚凉初。小廊風透碧紗幮。

菩薩蠻

華堂宴罷笙歌歇。夜深香裊爐烟碧。酒醒小屏風。燭花相對紅。　玉釵金翠鈿。柳葉雙蛾淺。日午未成妝。綉裙雙鳳凰。

前　調

翠衾錦帳春寒夜。銀屏風細燈花謝。鴛枕夢難成。綠窗啼曉鶯。　愁來天不管。鬢墮眉痕淺。燕子不還家。東風天一涯。

如夢令

簾捲綠窗風定。雲鬢起來慵整。羅襪下階行，還是去年風景。人靜。人靜。日午鳥啼花影。

前　調

啼鴂一聲何處。芳草綠迷歸路。風暖日初長，午倦倚闌無緒。春去。春去。掩落花紅雨。

沁園春眉

纖似蛾兒，翠分螺子，柳葉半彎。憶錦屏嬌倚，月横秋水，綉衾慵起，霧鎖春山。翻譜鮮新，入時深淺，女伴端詳可否間。消魂處，向碧紗窗下，畫了重看。　含情醉撥么弦。覺紅泛、桃腮黛更妍。但傾城一笑，舒來堪愛，捧心無語，顰亦增憐。秀襯風鬟，長侵雲鬢，昔日文君欲比肩。風流甚，怕脂凝粉污，淡掃朝天。

前調 鬟

掠月梳雲，宜貼花鈿，低叢玉容。怕凉秋微脱，薄施螺翠，朔風易透，密護貂茸。粉項初垂，香腮欲度，半倚屏山記乍逢。嬌慵甚，怪金釵斜溜，一縷兜鬆。水晶簾子玲瓏。看睡起分明曉霧籠。愛雛年新攏，鏡臨秋水，雙星悄拜，指拂春葱。膩刷鴨青，輕裁蟬翼，却稱單衫杏子紅。華筵散，隔香燈悵望，兩兩巫峰。

浣溪沙

十二珠簾掩碧窗。懶吟慵綉不成妝。困人時節日初長。湖水雨餘浮鴨緑，柳絲風暖漾鵝黄。畫船猶記落花香。

十六字令

明。雨過南軒月影横。疏簾捲，滅燭坐調笙。

南鄉子 與仙品妹話別

無計可商量。離思千重泪萬行。庭院晚來天欲雨，風狂。明日扁舟莫渡江。十二碧紗窗。裊盡金爐小篆香。説著舊游心轉悶，難忘。雪月花時最斷腸。

清平樂 與仙品妹聯句

月明風細。碧梧。雲澹魚鱗碎。仙品。身倚闌干心似醉。碧梧。種種別離滋味。仙品。今宵燭剪窗紗。碧梧。明年書寄天涯。仙品。簾幕秋深燕子。碧梧。烟波夢繞蘆花。仙品。

憶秦娥 送仙品妹

鶯啼急。落花滿地無人惜。無人惜。尊前別酒，天涯行客。匆匆折柳流觴節。孤舟風味誰禁得。誰禁得。暮鴉殘照，水聲山色。

臨江仙

晝永深閨簾不捲，紗窗風裊爐烟。最無聊賴是今年。夜闌消夢雨，春盡落花天。記得陽關低唱處，河梁回首潸然。從來聚散總前緣。行雲無去住，明月有虧圓。

少年游 立夏

著柳烟濃，送春雨細，猶覺峭寒生。簾影參差，緑陰長晝，枝上杜鵑聲。去年今日闌干外，日暖午風輕。紅摘櫻桃，青拈梅子，何處寄離情。

柳梢青

紅藥東風，緑陰疏雨，何處鳴鳩。門掩殘春，簾垂清晝，人倚高樓。綿綿不斷離愁。似芳草、萋萋遍洲。天若有情，月如無恨，水亦西流。

蘇幕遮

白蘋洲，黄葉渡。雲静秋空，人逐飛鴻去。目斷高樓天欲暮。遠水孤帆，衰草斜陽路。漏聲沉，桐影午。江闊山遥，有夢還難渡。簾外霜寒風不住。明月蘆花，今夜知何處。

浪淘沙

風静綉簾閑。燕語梁間。小樓詩酒憶當年。今日西窗重剪燭，細雨輕寒。花事正闌珊。又唱陽關。夕陽春水木蘭船。斜立畫屏烟篆冷，月到闌干。

憶故人

桂子香清，燭影寒，正玉殿、開瑶闕。圍棋花底惜更闌，人静爐烟歇。又是中秋時節，獨憑闌、西風淅淅。一天凉露，滿院蛩聲，半階明月。

菩薩蠻

小庭春去重簾下。東風一霎吹花謝。底事惜分飛。隔窗啼子規。舉頭還見月。脉脉傷行色。今夜莫教寒。有人羅袂單。

點絳唇

折柳尊前，離亭歌罷西風冷。路遥酒醒，立盡斜陽影。流水行雲，從此知難定。闌休憑。月殘烟暝。總是凄凉境。

清平樂

看花賭酒。樂事何年又。門巷消魂重插柳。細雨禁烟時候。庭中明月團圞。天涯芳草芊綿。夜夜小樓春夢，隨風飛渡關山。

菩薩蠻

晴絲摇曳東風午。紗窗夢繞屏山路。日暖杏花香。小庭春晝長。　燕歸簾乍捲。幽思天涯遠。新月半黄昏。行人江上村。

水龍吟

日斜微雨初晴，薄寒天氣清明矣。重門半掩，疏簾低捲，單羅衫子。芳草池塘，落花庭院，黄昏獨自。裊紗窗篆縷，東風乍暖，闌干外，春過二。　回首舊時游處。問年來、幾番桃李。浮雲一別，暮烟孤棹，曉霜征轡。雁字無憑，秋聲又起，魚沉江水。但團圞今夜，小樓明月，照人千里。

菩薩蠻

日長深柳黄鸝囀。綉床風緊紅絲亂。微雨又殘春。落花深掩門。　高樓眉暗蹙。芳草依然緑。酒醒一燈昏。思多夢似真。

前調

爐烟裊裊人初定。紗窗月上梨花影。春色自年年。故人山上山。　露寒風更急。此景還如昔。記得倚闌干。夜深人未眠。

點絳唇

一枕秋聲，殘燈夢斷分襟處。一番愁緒。階下梧桐雨。　記得匆匆，深院留春住。簾垂户。鶯啼燕語。日暖花陰午。

一落索寄仙品

茸茸芳草烟籠碧。又逢春色。落花啼鳥已消魂，忍更作、天涯客。　階下苔生行迹。斷無消息。小樓一夜雨和風，都吹入、凄凉笛。

清平樂

綉簾慵捲。篆縷迴腸轉。臨鏡自思人近遠。忘了畫眉深淺。　單衣初試寒輕。錦屏閑却銀箏。又是清明時節，落花窗外啼鶯。

菩薩蠻

陰陰細柳深深院。日長睡起簾初捲。花底蝶成團。背人偷倚闌。　緑窗春綉倦。意緒柔絲亂。枝上子規啼。遼陽音信稀。

相見歡

梧桐澹影層樓。下簾鈎。消得幾番疏雨、幾番秋。　金爐篆。風吹亂。寫春愁。何處飛來殘夢、五更頭。

清平樂

日長春去。祇是無情緒。柳下重門花下路。記得舊曾游處。　輕寒小雨初晴。暖風處處啼鶯。闌外海棠花謝，天涯歸信無憑。

前　調

留春不住。一任春歸去。門外馬嘶芳草路。花落子規啼處。　陌頭柳色青青。絲絲欲綰離情。閑却鴛鴦綉譜，畫屏獨背銀燈。

憶秦娥 立夏寄仙品

人天末。綠肥紅瘦和誰説。和誰説。故鄉櫻笋，他鄉風月。　閑庭春去愁還結。脆圓薦酒酴醾節。酴醾節。此時此景，一般傷别。

邁陂塘 燈花

問青燈、今夕何夕，空閨向人花吐。愁多翠葉眉常聚，又禁密珠如語。秋又暮。更窗外蕭蕭，幾陣芭蕉雨。無聊心緒。怕玉子敲殘，金釵撥墜，千里阻魚素。　凝思處。綉幕蘭膏月午。微風影摇烟縷。酒闌背壁垂垂影，似妒江郎仙句。占屢誤。但冷結閑開，報喜偏難據。蟲聲正苦。伴淺碧輕紅，遠情深恨，相對共凄楚。

水龍吟 游絲

雨晴乍暖猶寒，清明時節閑庭院。飛花簾幕，輕烟池館，綉床針綫。曲曲迴腸，悠悠愁緒，隨伊縈轉。颺芳郊翠陌，流雲去水，渾無著，教誰管。　九十韶華過半。記南園踏青歸晚。紅香影裏，綠陰疏處，飄揚近遠。摇漾吟魂，懵騰午夢，頓成春懶。但垂垂斜日，小闌人静，晝長風軟。

百字令 和花海叔韵兼寄仙品

喧蜂鬧蝶，倚薰籠綉倦，緑窗殘縷。闌外風傳花信息，廿四番今過五。杏雨霏紅，柳波漾碧，芳草無情緒。重門深掩，任他春色如許。猶記社日停針，雕梁燕子，還覓年時侣。舊恨新愁抛未得，種種都來眉嫵。芳信魚沉，新詞韵險，没個商量處。黄昏月冷，畫屏斜立無語。

虞美人

昨年燕子銜花去。春色難留住。前年人倚畫樓東。惆悵一簾飛絮、暮烟中。今年又是酴醿節。此景還如昔。小廊立盡看歸鴉。却恨無情芳草、遍天涯。

點絳唇 春草憶仙品

翠倚疏簾，昨宵夢冷池塘雨。天涯離緒。歲歲和春住。又是年時，烟鎖垂楊渡。斜陽暮。片帆何處。緑遍歸來路。

浣溪沙

愁裏韶華别後心。冷吟閑坐又春深。青梅如豆柳成陰。曉鏡睏尼啼緑樹，夜窗蟢子上羅襟。天涯何事信沉沉。

清平樂 雨夜懷仙品妹

風寒雨細。釀作愁滋味。鴛枕半欹人不寐。點滴緑蕉聲碎。當時剪燭窗西。而今月黑雲迷。記共海棠深夜，玉階飛上羅衣。

聲聲慢 題花海叔惜花春起早圖

柳塘殘月，水閣明霞，闌干十二新晴。弄影霏香，東風吹遍園亭。簾前幾番芳訊，勒花梢、燕子寒輕。最怕是，隔紅墻彈鵲，綴上金鈴。吟罷焦桐漫撫，嚮疏窗曲檻，獨自閑憑。百五韶華，都教付與啼鶯。催動千林曉色，聽數聲、畫鼓春城。無人會，是搓酥滴露，一種柔情。

菩薩蠻 迴文寄仙品妹

小簾疏雨花飛曉。曉飛花雨疏簾小。寒峭覺衾單。單衾覺峭寒。　燕歸傷客遠。遠客傷歸燕。愁莫倚高樓。樓高倚莫愁。

浪淘沙 風螢

青影亂簾旌。點點春星。碧天如水月華明。深院夜涼人乍定，吹墮銀屏。　闌外竹聲清。半臂紗輕。玉階猶憶那時情。團扇軟羅兜不住，茉莉釵橫。

沁園春 粉撲

薄絮團雲，紅綿裹雪，製擬圓蟾。見幾回睡起，枕痕徐拭，七盤舞倦，香汗微粘。朱户春閑，絳臺晝永，暖玉無瑕掩翠奩。看花去，愛女郎代撲，一笑輕拈。　五絲纏勝吴蠶。更熨貼還將綉樣添。漫愁多慵抹，柳眉翠減，酒深羞揾，杏頰朝酣。浴罷銀屏，妝成珠箔，白覆蘭胸透茜衫。難忘處，羡芙蓉鏡畔，得近纖纖。

鷓鴣天 贈度曲女郎

細雨和風濕綉簾。春寒初試越羅衫。綠楊影裏鶯聲滑，紅杏香中蝶夢酣。　思往事，憶江南。翠屏銀燭黛蛾纖。而今冷夢閑窗夜，明月無情墮畫檐。

清平樂 懷仙品妹

麝爐烟亂。燭影瓶花短。魚雁不來消息斷。寂寞錦屏人遠。　任他女伴嬉游。一春常掩高樓。除却雕梁燕子，無人解得春愁。

浣溪沙

小院濃陰綠更幽。鷓鴣聲裏夕陽收。棗花微雨釀成秋。　涼月玉簫懷舊夢，東風池草惹新愁。一春心事倚高樓。

長亭怨慢 畫梅寄仙品作此闋題其上

看點點、林梢初透。倚竹無言，暗香盈袖。水遠天長，素心獨抱向誰剖。粉融脂溜，纔過却、燒燈後。望斷隴頭雲，鎮寂寞、雙蛾頻皺。　記否。共巡檐索句，手撚一枝還嗅。江城玉笛，翻吹出、關山楊柳。早又是、澹月疏簾，照清影、和人俱瘦。縱筆吐江花，難寫春風如舊。

菩薩蠻 七夕

年時女伴年時院。迎門鬥巧誇針綫。拜罷燭花明。羅衣香暗生。　事隨流水去。此恨憑誰語。涼動畫屏秋。黄昏月一鈎。

祝英臺近 端午寄仙品妹

綉簾垂，朱户静，庭午柳陰直。階下榴花，獨自忍攀摘。那堪艾虎懸絲，鬢絨貼勝。空凝望、海天空闊。　總休説。猶記葵扇題詩，釵映越羅雪。撚指流光，眉翠總成結。負他兩度薰風，幾番梅雨。想懷抱、也應非昔。

眼兒媚 題仕女圖

雲鬟玉貌小庭深。閑却紫瓊琴。春纖乍露，銀毫未落，幾度沉吟。　井梧攬得西風碎，清露滴羅襟。三分月色，半痕烟影，一點秋心。

少年游 夢

梨雲縹緲，東風料峭，寒戀綉衾重。庭院游絲，池塘芳草，句惹一春中。　錦屏晝永無聊甚，鴛枕乍朦朧。莫打黄鶯，隨他蝴蝶，飛入杏花叢。

念奴嬌 玉蘭寄仙品妹

玉梅未落，早東風作弄，浴蠶時節。衣卸湖綿猶道暖，直似殘春無別。柳眼全舒，蕉心欲展，芳草連天末。闌干凝望，玉蘭開遍如雪。　猶記昔日東墻，海棠嬌倚，半被輕寒勒。最是黄昏疏雨過，掩映晶簾明月。摘粉香清，煎酥色膩，庭下曾攀折。緑窗人遠，此情還共誰説。

憶秦娥

秋蕭瑟。黄昏獨坐窗兒黑。窗兒黑。風風雨雨，怎生眠得。　魚沉雁杳關山隔。故園又近茱萸節。茱萸節。遠書不至，燈花空結。

滿江紅 題燭溪叔祖篷窗聽雨圖

一舸西風，吹暮雨、沙清渚白。儘吟嘯、水雲深處，鷺閑鷗逸。帆挂鄉心生遠浦，艫摇凉夢

依秋荻。響蕭蕭、夜半聽無眠，情懷別。　漁火亂，篷窗寂。峰隱翠，波涵碧。（止）
［正］暗潮吞吐、斷崖千尺。點點輕迷天際樹，聲聲清入烟中笛。展新圖，忽憶下瀟湘，渾如昔。

浣溪沙

簾捲東風燕子飛。杏花天氣賣餳時。年年孤却踏青期。　綉榻春閑人悄悄，畫屏寒淺漏遲遲。小窗和月寫橫枝。

祝英臺近 自題畫木芙蓉

碧雲高，黄葉捲。霜冷小庭院。聞説芙蓉，隔岸已開遍。最憐寫入西風，美人清怨。暗驚覺、流光催换。　慢留戀。試看無語盈盈，露濕絳羅軟。渺渺余懷，天際緑波遠。恍疑蘭槳歸來，醉紅零亂。正一片、暮江秋晚。

喝火令 題余慈柏秋江獨釣圖

天净明霞斂，山遥翠黛浮。瀟湘烟景畫中收。輸與長竿裊裊，獨自釣清流。　逸思冥冥雁，閑情點點鷗。斷無人處一扁舟。衹有斜陽，衹有晚風柔。衹有荻花楓葉，月冷半江秋。

疏簾淡月　題李晨蘭女史茶烟煮夢圖

蕉陰竹影，并攪碎斜陽，雨晴庭院。静倚妝臺，衣怯軟羅寒淺。鳳團初熟瓶笙沸。悄無人、綉幃低捲。星眸乍合，雲鬟半墮，緑窗吟倦。又何處、西風吹斷。正池生謝草，花開江管。緑雪冰泉，肯許煩襟同浣。憑誰喚醒靈心問，望吴江、波闊天遠。碧烟空繞，清香漫惹，畫屏秋晚。

鵲橋仙　七夕

蛛絲屋角，蟬琴樹杪，雨歇黄昏新霽。月鈎半吐畫屏秋，早逗得、一番凉意。　吟箋争擘，綉絨分剖，不是年時風味。調脂膩粉染幽花，要乞取、天孫巧思。

十六字令

輕。日暖紗窗風細生。瓶花落，蝴蝶上簾旌。

前　調

聽。六曲屏山倚曉晴。流鶯囀，風遞隔花聲。

菩薩蠻 寄仙品妹

綉衾不寐愁如織。玉爐烟裊紗窗碧。殘月照簾鈎。雁聲寒帶秋。　　夜闌人寂寂。何處高樓笛。燈背小屏孤。夢無書也無。

如夢令 游絲

裊裊亂拈花絮。撩擾緑窗情緒。無賴是東風，依約欲飛還住。無據。無據。爲我帶將愁去。

清平樂 次花海叔湖上韵

晴絲風亂。花裏紅墻短。一抹柳烟疏欲斷。春色六橋重見。　　衣香鬟影輕舟。金尊檀板層樓。獨嚮小窗閑坐，滿庭細草生愁。

浣溪沙 自題畫梅

冷蕊飛香上筆端。早春消息隴雲寒。東風欲寄一枝難。　　似色似空和月折，非烟非霧捲簾看。黄昏清影到闌干。

沁園春 簾

玳瑁斑勻，水精波静，十二闌干。記看花樓上，捲殘暮雨，畫眉窗下，遮却朝寒。鏡映青環，曲傳紅豆，魂斷房櫳隱隱間。東風峭，愛玉纖半揭，杏子衫單。玲瓏明月團圞。莫深坐、顰眉永夜看。想畫廊人倦，銀鈎斜控，雕梁燕穩，彩索低懸。草色遥侵，花香不礙，鏡匣無塵裊篆烟。湘紋隔，悵蒙蒙絮影，庭院春閑。

浪淘沙 題嫻卿妹停琴佇月圖

金鴨篆烟沉。風滿羅襟。暮霞紅斷碧雲深。輸與阿連清興好，石上横琴。獨坐漫沉吟。空際餘音。待他蟾影挂疏林。一院嫩凉閑不寐，無限秋心。

點絳唇 題俌之叔醉墨圖

座上春風，捲簾爐篆飄窗牖。娱清晝。墨花香透。滋味濃於酒。滿紙淋漓，一試揮毫手。披圖久。硯池波皺。腕底烟雲走。据譜前段娱清晝句誤多。

十二時 題郭頻迦浮眉樓圖

霏霏烟影，蒙蒙柳色，盈盈秋水。高樓正相對，有伊人凝睇。十幅蒲帆歸去矣。錦屏前、水晶簾底。雙蛾代描却，比遥山還翠。

虞美人 自題海棠畫幀

鹿盧破夢鶯啼曉。庭外春多少。禁烟時節柳絲風。吹得海棠枝上、幾分紅。黄昏月澹紗窗薄。掩映闌干角。脂鮮黛緑總難描。猶比桃花丰韵、杏花嬌。

減字木蘭花 自題畫梅

疏窗寒色。獨抱冰心誰似得。瘦格玲瓏。人倚珠簾第幾重。風多霧重。昨夜冷香吹入夢。檢點繁枝。猶勝春前雪壓時。

齊天樂 題汪姑母感燕圖

鏡容已自分鸞影，喃喃更聞孤語。漠漠春深，陰陰晝永，似怨東風無侶。將飛又住。念憔悴紅窗，伴人閑處。那更黄昏，杏梁相對暗酸楚。迴腸繫將彩縷。鎮沉吟小坐，纖指頻撫。柳絮池塘，梨花簾幕，不是年時情緒。流光暗度。記社日停針，幾回延佇。莫便秋來，嫩凉催欲去。

疏影 題梁蕉屏表叔撫梅圖

古梅瘦石。似隱栖九里，斷無塵迹。枝北枝南，雪後霜前，幾度問他消息。沉吟樹底摩挲遍，定寫入、春風仙筆。愛滿庭、澹影疏香，□有幾人消得。　猶記孤山山下，凍雲吹散也，一湖寒碧。渺矣林逋，寂寞空亭，何似此中清絶。幽懷盡日忘言坐，共抱却、冬心高潔。想月明、烟冷黄昏，還有翠禽曾識。

賣花聲 題邵庵叔桃花流水圖

深樹罥晴烟。栖處悠然。游踪常共白雲還。細認仙凡都不是，好個溪山。　黄鳥聽間關。翠草芊綿。紙窗竹屋小吟箋。飛盡桃花渾不語，贏得春閑。

應天長

錦衾香冷消蘭麝。明鏡黛眉慵不畫。重簾下。憐深夜。細雨短檠寒穗謝。　柳梢新月挂。記得晚凉初夏。花底酒闌歌罷。個儂蟬鬢卸。

浪淘沙 題郭頻迦春山埋玉圖

香篆鎖重雲。夢也還真。年年芳草認羅裙。衹有玉梅花萬點，月逗春痕。寂寞軟紅塵。玉碎珠分。雪膚花貌可憐人。隔個緑波招不得，黯盡吟魂。

轉應詞

庭院。庭院。薄暮東風吹遍。畫梁雙燕初歸。惆悵天涯絮飛。飛絮。飛絮。人在綉簾深處。

虞美人 題秀芬妹額粉庵聯吟圖

翠屏良夜疏簾曉。雪月花時好。鸞箋争擘句先成。應憶謝庭風絮、那時情。池塘夢草籠烟碧。江水盈盈隔。靈心試問緑窗人。分得畫眉仙筆、幾分春。

前調 題蒔花小築春餞圖送許宜芳女史于歸吳門

屏開孔雀杯浮緑。有個人如玉。東風明日片帆輕。兩點修蛾新門、遠山青。瑶笙翠管相催去。紫燕雙飛處。一庭春影醉斜陽。無限濃花薰得、綺羅香。

探春慢 題管湘玉女史小鷗波館小影

高閣凌空，層樓倒影，一片澄波如練。鬥鴨闌邊，聽鸝柳外，隱映春風人面。愛茜紗窗曲，半遮住、畫屏山遠。最好明月圓時，溶溶摇漾光滿。　絶代名姝有幾，羨玉貌清才，仲姬重見。白雪吟成，緑筠寫罷，閑却生花銀管。無語閑憑處，掩翠袖、越羅香軟。烟斂黄昏，碧痕飛上眉淺。

齊天樂 咏白秋海棠兼憶仙品妹

蓮衣未褪星期過，閑庭嫩凉天氣。寂寂墻陰，深深苔罅，花吐幾分秋意。冰清玉瘦，瘦字應叶。正掩映紅窗，伴儂憔悴。月澹烟疏，露螢點點短叢綴。　年時夜闌不寐。絳紗籠燭照，微雨初霽。素靨凝愁，幽香釀韵，别有一般風味。天涯此際。定蕭瑟空階，悵思前事。淅淅西風，怕吹成粉泪。

西江月 自題詞稿兼寄仙品妹

一自雁行雲散，幾番别緒逗將吟緒，愁心翻作閑心。美人香草意偏深。説與旁人不省。　番月色花陰。何時一鼓海風琴。共對西窗燭影。

韞玉樓詞

常熟屈秉筠宛仙撰

菩薩蠻 納凉美人圖

凉雲悄度花陰碧。月鈎勾起相思夕。捲上水明簾。驚回蝶夢纖。　玉階閑立定。未覺弓鞋冷。生怕好風來。羅衣被揭開。

太平時 春風

取次花香過檻前。半鈎簾。綉裙吹動褶痕鮮。暗相憐。　蝴蝶雙雙栖不定，草如烟。輕寒掠夢破朝眠。嫩晴天。

越溪春 春陰

天影蒙蒙春色澹，香霧隔花浮。碧紗半展紅闌掩，恰新妝、人倦高樓。初暖仍寒，微晴尚輕風暗颺簾鈎。烟篆結香篝。有時三點兩點似雨，吹來撩亂雙眸。憐晦，如夢還愁。絶海棠含醉，絲絲鎮自垂頭。

虞美人影

一番花信千回夢。没個些兒閑空。早起簾鈎未控。已有禽聲弄。開奩祇覺眉山重。掃殺宣毫無用。幾片花飛不動。愛殘春斷送。

重叠金梨花雙燕便面

東風吹得梨雲老。苔茵幾尺埋香早。蝴蝶夢無踪。殘妝不肯濃。看他雙燕子。憐惜還如此。銜得一星星。無非是好春。

菩薩蠻題扇

長天緑瀉蟾波濕。擣衣聲裏秋無迹。雙影玉駢肩。苔階剗襪蓮。幽懷延好夢。隔著巫雲重。生未識湘皋。心知是二姚。

南鄉子翠雲草

貼遍玉階前。秀比雙鬟色更鮮。認是烟絲吹不斷，纏綿。肯學餘霞散碧天。　弱步不勝憐。誤向秋陰拾碎鈿。爲囑采藍人子細，裙邊。些小根苗鎮自牽。

醉太平

陳寶月夫人結璘，爲瞿留守子婦，詩畫俱娟逸，其翰墨流傳絶少。嘉慶庚申，吴竹橋太史獲其詩畫便面各一，疑留守歸骨後隱居東皋别業所作，櫝以見示，爲填此詞。

山川劫塵，繁華夢醒。金閨何限傷情，(□)［隱］東皋數楹。　蘭姿蕙心，毫仙墨靈。休嗟舊業飄零，化烟雲自新。

獻衷心子梁心佛圖

料佛飛輕易，心許凡人。多則爲，種前因。嚮妙蓮花座，頂禮功深。還不若，方寸地，自家尋。　無佛處，佛纔真。此中空洞即檀林。把至情堅鑄，不壞金身。毋退志，休褻念，莫分心。

慶清朝 山寺觀梅

雲拂衣輕，風梳鬢薄，香來古佛龕中。清寒一片旃檀，和氣交融。此地誰橫鐵笛，尋春喚醒玉虬龍。問凝佇，四圍冷翠，裏住芳叢。是畫是詩是夢，恰憑欄閑想，雪意朦朧。羅浮世界，前生蝴蝶曾逢。歸鳥不知倦去，夕陽斜貯一山空。飛樓峭，衆峰争赴，袖底玲瓏。

漁家傲 楊花

水外堤邊春影瘦。依稀似夢和情逗。正是高樓簾捲候。斜陽漏。半窗晴雪紋紗透。撇却綉茵温又厚。迎風衹愛天涯走。化作浮萍緣亦偶。心知否。一池春水剛吹縐。

青玉案 五更

一燈紅剩殘花滴。覺帳底、濃寒襲。倚枕聽時聲響寂。鐘兒敲畢。鷄兒啼歇。窗影依然黑。此時小夢剛收拾。又幾許、閑愁積。耐得綉衾頻轉側。凄凄惻惻。思思憶憶。誤了東方白。

刻嚮詩

踏莎行 燭

歎月清寒，助人艷冶。最宜畫閣藏春夜。怯風翠袖要深遮，惜花金剪休輕下。
圍，燒來酒社。隔簾摇影紅初灺。生憎雙泪對儂拋，可憐餘焰憑誰借。

金縷曲 題前朝女史李今生水墨花鳥卷用卷中錢浣青夫人元韵

烟水縈歸艇。剩蕭蕭、秋畦夕照，菊松三徑。愁聽念家山唱破，清泪明珠比瑩。借筆墨、閑情聊騁。繪出凄凉花鳥意，軟紅塵、不點生綃净。脂粉斷，倍幽靚。　宣和舊譜重思省。問當年、南朝烟月，雪泥鴻影。竹笑軒中春去久，一點佛燈低映。又收拾、筆床嚴整。展卷風流如可接，想鷗波、小夢同鷗醒。寫不盡，韶光冷。

蝶戀花 寒夕與徐姬蓮卿閑坐

紙閣梅花寒不凍。身坐花前，香在心頭動。碎却爐熏無可用。幾枝艷雪春人擁。語
笑移時杯茗共。燭外霜鐘，又把昏黄送。今夜餘情應入夢。天高月瘦詩魂縱。

楚畹閣詩餘

常熟季蘭韵湘娟撰

如夢令 雨夜懷珧書妹

深户綉簾風動。細雨黄昏愁重。憶得送行時，一把泪珠相送。如夢。如夢。祇有自家心懂。

長相思 寄珧書

贈鮫綃。答鮫綃。兩地相思怎樣消。將心托寸毫。　路迢迢。夢迢迢。一片魂隨早晚潮。知君招不招。

清平樂 春日遣懷

春愁難遣。摇颺東風軟。午夢醒來簾不捲。底事新添慵懶。　難消脉脉閑情。晝長弄筆窗楹。却被雪衣娘子，花前細聽吟聲。

一剪梅 暮春

九十春光欲盡天。愁緒今年。更勝前年。依人新燕惹人憐。學語纏綿。學舞翩躚。遣悶還臨鏡檻邊。幾幅詩箋。一炷爐烟。無聊終覺□難傳。風已蕭然。雨又凄然。

點絳唇 鷄冠花

一種奇花，素秋濃染胭脂色。岸然高幘。細麗紋如織。五德兼全，笑爾名空得。東方白。不聞聲息。悄嚮霜風立。

清平樂 春分日感懷

傷心難説。往事都鴻雪。痛憶前年生死别。正是落花時節。當時笑語花晨。而今寂歷黄昏。泣到眼枯血盡。尋它一縷精魂。

蝶戀花 暮春花下

纔説春來春便去。百轉思量，無計留春住。泪眼問春春不語。匆匆究欲歸何處。花謝花開能幾許。過了清明，漸漸飛紅雨。花却笑人心不悟。青春畢竟誰能駐。

搗練子 聞鐘

良夜靜，碧天空。悄地花陰下綉櫳。一念不生塵意絶，數聲敲徹月明中。

點絳唇 瓶菊

折得霜葩，膽瓶插處寒香襲。捲簾風入。秋在枝頭惜。几净窗明，點染真幽絶。重陽節。記曾相覓。猶自無消息。

清平樂 偶成

朝來鵲噪。噪得儂煩惱。且把離情吟草草。一幅花箋殘稿。無聊獨倚闌干。思思想想心酸。嘗盡世間愁味。幾時泪眼纔乾。

采桑子 夢妹

朦朧見妹歸歡聚，并坐房櫳。細話離悰。握手依依舊日同。鷄聲驚醒天將曉，纔喜相逢。怎便拋儂。贏得鮫綃泪點濃。

聲聲慢

春宵獨坐，風雨凄然，珧書適因小極，過從話雨未能也，用漱玉調譜此以寫幽懷。

蕭蕭瑟瑟。做弄春寒，相思寄與脆笛。寫韵紅樓，天樣一般遥隔。前宵記曾聚首，轉添儂、者番傷别。便算是、再相逢，怎抵斷腸時節。此際離愁如織。燈焰小、惺忪欲眠難得。病耗傳來，試問有誰憐惜。東風又吹冷雨，打窗紗、助我慘咽。此況味，兩地裏、青鬢易白。

東風第一枝

宿雨初晴，春光欲盡，用渼溪調聯句。

碧釀新寒，香牽舊恨，春痕黯澹如許。湘娟。怨情密化游絲，杜鵑替人寄語。礪之。殘紅飛盡，但悄憶、東風前度。湘。把泪珠、抛沁香泥，夢裏翠陰如雨。礪。烟影瘦、半天弄絮。湘。空自嚮、畫檐暗訴。礪。嫩晴閣住斜陽，倚闌自吟怨句。湘。澹雲摇暝，又細繪、銷魂庭宇。礪。甚亂愁、隨了春來，不解也隨春去。湘。

唐多令

連朝苦雨，情緒無聊，礪之偶填此調，詞旨凄婉，倚聲和之，即次原韵。

細雨冪寒烟。懷人晝似年。倦抛書、且自閑眠。已自工愁愁未了，又遇此、作愁天。剩冷戀吴綿。孤紅瘦可憐。泪珠濃、彈碎雲箋。玉笛一聲春去也，春恨在、兩眉邊。

貂裘換酒

丙子春，余爲仙客製鴛鴦綉囊，未竟而仙客謝世。越七載，織雲侄女請綉成之，旋即病瘵，於丙戌冬殁。斯囊終未成也。余悲彩雲之易散，傷綉譜之不終，填此以當挽歌，亦聊以自遣云爾。

殘綉鴛鴦譜。未模糊、針痕綫迹，助儂凄楚。記得當年紅窗暇，悄聽畫眉人語。將一幅、吴綾裁取。誰料罡風摧比翼，忍愁絲、怨縷都抛置。未了事，向伊訴。　茫茫碧海驂鸞去。問天孫、織殘雲錦，甚時重補。依舊空箱深深鎖，添了啼痕幾許。但消受、連番愁緒。夜雨孤燈重展處，寄相思、譜作銷魂句。人去也，恨千古。

高陽臺見楊花感悼仙客

舊夢隋堤，新愁謝砌，和烟細撲簾旌。已苦春歸，被伊碎盡春心。吟魂凄共游絲渺，趁東風、自去追尋。認分明。點點香毬，并做啼痕。飄零也似殘紅樣，任無人憐惜，自管離情。散入池塘，倩誰扶起輕盈。化萍縱使還能聚，奈相逢、已是來生。更凄清。待得重圓，記否前因。

壺中天子瀟太史復以叔美錢君所畫隱湖偕隱圖屬題

尚湖千頃，鏡奩光、蕩得吟情如許。別有古梅花世界，一笑春無尋處。鷺老吹凉，魚眠選夢，一葉飄然去。玉臺雙影，暗香飛上眉宇。還記仙署當年，珊珊佩振，妙奏淩雲賦。拋却軟紅塵十丈，料理天隨漁具。寫韵樓臺，漚波亭館，一樣同圓聚。菱歌四面，紫簫還按新譜。

醉花陰

送春日大雪竟日，惜春光之已盡，驚歲月之如流，對景懷人，漫填小令以寄珧書。

苦雨聲中春已去。春去無尋處。雨慣阻人歸。問雨如何，難阻春歸路。惜別惜春愁莫訴。并作新詞句。不識到明年，相送春時，可是人如故。

前調

擁髻閑聽終日雨。添得愁如許。泪眼已流乾。不信天心，更比儂心苦。　遥想畫樓人獨處。此際生離緒。慰語莫悲酸，須有相逢時節情償補。

菩薩蠻

妒花風雨來何速。空庭一夜埋香玉。惜玉與憐香。愁人欲斷腸。　斷腸非獨我。鎮日含愁坐。知爾在高樓。如儂一樣愁。

金縷曲 秋夜夢外醒後感成

秋雨敲窗急。夢驚回、曉鐘乍動，殘燈將滅。片刻相逢留不住，宛轉深情如昔。渾未改、舊時形迹。醒後音容何處去，但贏來、滿枕啼痕濕。身世恨，一時集。　追思往事心傷絶。痛而今、生誠有怨，死尤無益。祇悔當年儂負約，不合任君輕別。何苦把、孱軀偷活。輸與鴛鴦能并命，枉千回、百轉空相憶。心祇願，早同穴。

摸魚子

題外姑母素真夫人遺照，後附其幼子遺容共裝。

問生綃、連番畫出，如何畫得愁緒。碧雲天外秋如水，中有飛仙歸路。仙不語。仙已在瑶臺，十二珊珊步。披圖認取。甚玉鏡緣慳，金環夢冷，并作斷腸譜。前生恨。祇結三年鴛侣。招魂還唱騷賦。未容仙果人間種，也被春風吹去。留且住。空剩了曇花，小影薰香護。零烟斷絮。潘鬢已星星，兩般□□，付與玉簫訴。

調笑令 春夜與墨香聽雨

春雨。春雨。却好洗將愁去。常時聲滴庭隅。攪得離人夢無。無夢。無夢。歡喜今宵聽共。

南樓令 雨夜懷墨香

入夜雨淋浪。風聲助勢狂。對孤燈、膽怯空房。憶得前宵同聽際，渾不是、恁凄凉。酒怕入愁腸。無言黯自傷。且拈毫、消遣更長。怪煞離情吟不盡，吟罷了、又思量。

壽研山房詞

吴縣曹景芝宜仙撰

浣溪沙 清明

静掩妝樓不踏青。斷腸時節是清明。又聽墻外賣餳聲。　楊柳有情常怨别，桃花命薄易飄零。依人燕子尚多情。

菩薩蠻 素姊去後愴然有感

相逢又是匆匆别。留君無計心如結。未去泪痕多。去時將奈何。　倚欄人已去。獨自和愁語。料得小眉峰。也添愁一重。

浪淘沙 聽雨懷素芝

夜雨打疏寮。不住瀟瀟。一燈紅瘦不禁挑。脉脉懷人愁，獨坐坐又無聊。　聽盡漏迢迢。心字香消。相思人遠夢都遥。何日西窗同剪燭，絮語深宵。

減蘭 和素姊雙儂妝樓作

疏簾低捲。每看妝臺勻素面。怕記從前。舊事凄迷夢似烟。相思一盒。臨別盈盈持贈物。玉手親封。猶帶脂痕與唾絨。垂楊幾樹。記得尋常吟咏處。今日愁邊。無限銷魂憶翠鈿。

鳳凰臺上憶吹簫 題徐芍蘭五月落梅圖

花徑塵封，苔枝玉瘦，東風啼遍紅鵑。有芳魂縹緲，來吊春妍。聽徹江城細雨，心酸透、有泪無言。難留住，香消粉褪，薄命如烟。凄然。美人去遠，便夢到羅浮，蝶也無緣。祇蕭條紙帳，依約當年。添盡相思一縷，憑欄處、處處生憐。還痴想，佩環來也，月下燈前。

金縷曲 重九憶亡妹掌珠

最是關心處，算年年、重陽時節，凄風苦雨。一自三秋分雁字，忍把茱萸重數。便剪紙、招魂來否。寂寞夜臺塵土隔，問黄泉、可有悲凉句。參不破，幽明路。眼前事事添愁緒。

況天邊、幾行征雁，雁聲凄楚。觸景傷情雙淚落，不道此生難聚。更不道、夢魂無據。轉眼紅顔成白骨，冷清清、一片埋愁土。惟此恨，足千古。

浣溪沙 題李静芳女史墨梅小影

不用胭脂點染新。墨花落紙自生春。好憑毫素見精神。合共詩人留小影，擬來姑射是前身。超超風格兩無倫。

采桑子

月夜憶素芝妻東，次元韵。

凌波立盡花陰月，窗掩文紗。衣捲輕紗。一樹梧桐影又斜。姮娥可解儂心事，汝怕雲遮。儂怕愁遮。衹恨伊人在水涯。

虞美人 蟋蟀

墻根籬下聲凄切。冷露深宵咽。凄凉已是可憐秋。還要勞伊絮絮、訴離愁。深秋落葉深更雨。并作愁如許。便無離恨已銷魂。試問愁人禁得、幾黄昏。

浪淘沙

丙辰九月十四夜，同素姊、實甫、紫荃兩弟聯句。

燈火小紅樓。素。未下簾鈎。實。清風掠竹響颼颼。紫。何處憑欄人擫笛，景。勾起新愁。素。蕭瑟況經秋。實。霜滿枝頭。紫。年華奈與水同流。景。明月易殘花易謝，素。何計能留。景。

高陽臺

芝姊去後，忽忽不樂，譜此寄之。

小閣燈明，瑣窗人去，眼前事事凄清。曾記前宵，聯床細訴離情。那堪吟到傷心句。泪模糊、慘絶臨行。料如今，冷雨酸風，兩地愁生。　沉沉玉漏更深矣，聽凄聲何處，雲雁哀鳴。欲諱情痴，人前强忍啼聲。明知憔悴原同調，轉愁伊比我飄零。勸知心，努力加餐，好記丁寧。

蘇幕遮悼素芝姊

爲多情，雙眉蹙。記得當時，有個人如玉。同倚小欄干一曲。對月聯吟，還把新詩續。　到而今，愁萬斛。無限酸心，獨背人前哭。不道清才多命薄。如此年華，撇我緣何速。

憶舊游 春草

看香痕零亂，翠色輕遮。烟霧蒙蒙。六曲欄干側，剩蘼蕪一剪，軟襯殘紅。蝴蝶翩翩飛過，猶自戀蒙茸。更緑滿階前，清清冷冷，恨煞西風。　芳踪。渺何處，恁多少凄迷，尋到墻東。不見伶仃影，衹苔紋幾點，淺印弓弓。生怕個儂遺迹，又被土花封。正觸景傷心，飛英似雪埋一重。

卜算子

明月照紗窗，可似當時景。幾度思量欲見君，没處尋君影。　獨坐更無聊，掩上菱花鏡。衹爲思君不見君，添我懨懨病。

蝶戀花

謝了玉梅花一樹。猶有餘香，悄向簾櫳度。明月不諳離別苦。清光偏照飛英處。　心上愁絲縈萬縷。未覺春來，怎負春光去。窗外幾聲啼杜宇。驚殘好夢渾無據。

菩薩蠻

東風摇曳金鈴索。海棠小折猩紅蕚。簾外雨如絲。新寒燕子知。　落梅庭院悄。又是黄昏了。無計遣春愁。熏香倚一篝。

憶舊游

春日過素姊妝樓，見棠梨一樹，觸傷心，爲譜是解。

正瑣窗寂静，綉閣凄凉。觸景酸辛。和泪庭前立，便遺容如在，難替招魂。一紙相思寫出，悄向玉爐焚。縱路隔幽明，寸心不斷，離緒難論。　思君。渺何處，惹多少新愁，挨到黄昏。未見伶俜影，剩棠梨一樹，爲寫春痕。悵殺謝娘去後，没個惜花人。祇獨倚迴欄，追思往日空愴去神。

虞美人 憶素芝用納蘭韵

罡風吹起名花散。寂寞憐長嘆。者番慘别總無因。未識此生何處、再相親。　昨宵夢裏何曾至。難寄相思字。些些往事費思量。且倚紅欄獨自、看斜陽。

清平樂 題瑣窗明月圖

棗花簾捲。一片清光滿。悄對姮娥腸欲斷。衹恨瑣窗天遠。　自憐命薄如雲。知心更有何人。孤負團欒明月，夜深無限銷魂。

鳳凰臺上憶吹簫 白蓮憶素姊同兩弟作

玉骨亭亭，香痕澹澹，朦朧月照湖邊。有倩妝仙子，瘦影堪憐。含泪盈盈不語，空房裏、涼露珠圓。更難解，個儂情緒，雪藕絲牽。　凄然。飛璚已去，算冰雪聰明，早誤嬋娟。恨罡風吹散，命薄如烟，猶記花開姊妹，纏綿煞、心素頻傳。到今後，搴芳人至，不住心酸。

齊天樂 蟬

庭梧摇曳栖難穩，高吟乍聞林杪。咽露身輕，受風翅薄，唱出凄聲多少。新愁未了。想葉底輕翻，暗驚秋早。一碧無情，哀音斷續正清曉。　瑣窗人夢喚醒，吟魂飛不定，添我幽抱。秦樹斜陽，齊宫舊事，幾許伊涼誰道。空成賦稿。衹嘒嘒傳來，危枝苦調。鏡裏相看，鬢絲愁更老。

高陽臺 秋窗風雨圖

切切凄凄，蕭蕭瑟瑟，聽來都是酸辛。一種無聊，能消幾個黄昏。梧桐灑泪芭蕉響，捲芳心、百結難分。且挑燈，起作秋詩，獨抱吟身。　那能忘却當時景，記連床絮語，忒煞温存。好夢難留，休言影事前塵。伊凉吟罷離騷曲，倚屏山祇哭靈均。冷清清，脉坐思量，儘够銷魂。

金縷曲 題素姊遺稿用秋水軒韵

檢點殘書卷，想從前、瑣窗吟句，閑情自遣。仿宋摹唐凄艷絶，字字泪珠紅泫。便做盡、春蠶絲繭。猶記妝前曾問字，到而今、終悔因緣淺。心上恨，幾時展。　開函一紙聰明顯。認玲瓏，簪花妙格，壽萱書扁。不道殘年多變幻，轉瞬浮雲蒼犬。算薄命、詩人不免。剩有零星珠玉在，付梓人、拚把春衫典。詩細校，夜燈剪。

臨江仙 寒柳

一别西風憔悴盡，江頭繫馬無人。漫天飛絮凍烟昏。歸鴉三四點，風雪認孤村。　瘦損腰支非舊樣，誰憐舞態温存。笛聲哀怨不堪論。好留蠻樣在，重鬥小眉痕。

浪淘沙

深院鎖葳蕤。六幅簾垂。金爐寒了獸烟微。今夜新霜鴛瓦重，須要添衣。　心事總淒迷。恨縷愁絲。蘭釭風閃一花低。除却梅花除却月，更有誰知。

生查子

獨自背窗紗，聽盡風和雨。新燕一雙雙，飛過樓頭去。　楊柳綠堆烟，簾幕無重數。不見捲簾人，添得傷心處。

柳梢青 題竹林仕女圖

蘭月如烟。夜深人静，凉露涓涓。一摺朱欄，幾竿翠竹，倩影堪憐。　盈盈小立風前。病新起、釵横鬢偏。澹墨裙兒，褪紅衫子，畫裏嬋娟。

十六字令 和二波軒韵

愁。未到秋時心已秋。非關病，常自蹙眉頭。

清平樂

眼看春去。便自愁如許。窗外鷓鴣啼不住。日日風風雨雨。　曉來梳洗都慵。怯寒下了簾櫳。簾底落花如夢，有誰解惜殘紅。

金縷曲 芝姊周期有感

一別經年矣。問黄泉、芳魂縹緲，與誰相倚。剪紙招來招未得，空對冷清清地。更覺得、埋愁無計。悔不當初休識面，到而今、少了傷心事。揮灑盡，兩行泪。　今宵我已拚憔悴。况又是、敲窗風雨，助人悶意。怎及軟紅塵裏客，終日醉生夢死。渾莫解、相思滋味。若解相思多薄命，道君生、也受情痴累。知己感，一而已。

風蝶令

疏雨釀愁，孤燈吊影，歌以寫幽。

風雨敲簾響，黄昏倚枕聽。一番淅瀝一番停。不道秋聲似此太零星。　弄暝燈如豆，澆愁酒欠靈。吟蟲况復近紗欞，攪得今宵玉漏也無憑。

高陽臺 蓼花

枝弱難扶，花疏更艷，空塘畫出魂銷。幾簇籠烟，斜陽低襯長橋。滿天新雁涵秋影，裊西風、水國蕭蕭。惹詞人，冷澹情懷，寫透冰綃。　萍飄梗泛同惆悵，記江湖作客，鷗侶迢遥。如許凄迷，紅衣一半都消。蜻蜓也有尋芳意，看伶仃、薄翼輕捎。最堪憐，淺拂魚磯，暗長新潮。

柳梢青 寒鴉

古渡烟荒。蕭疏墨點，尚繞枯楊。萬翅迴風，半天欲雪，畫出蒼凉。　聲聲啼近黄昏。又驚起、星光月光。倦旅天涯，看伊覓宿，一例思鄉。

浣溪紗

睡起惺忪强自支。幾多愁緒没人知。欲尋殘夢立斜暉。　碧樹雨餘鶯亂語，綉簾風軟燕低飛。雛晴天氣養花時。

金縷曲二月十七寄霞夫子十周期拈此焚寄

十載傷心事。到而今，遺容空對。拋殘血泪。聞説當時君永訣。正是葬花天氣。算此恨、綿綿何已。雨雨風風腸欲斷，恁蕭條、難覓埋愁地。嗟薄命，竟如此。　泉臺那有雙魚寄。怎識道、白頭親老，更添憔悴。我自相思渾不覺，衹覺人間無味。擬結個、他生知己。還怕高堂思子切，縱酸辛、强作加餐計。杯酒酹，紙灰起。

菩薩蠻秋夜用朱淑真韵

紗窗幾陣尖風冷。屏山扶上孤燈影。夢短覺宵長。金爐裊細香。　凄凉人憶舊。病怯腰支瘦。月印小闌干。雁聲雲外寒。

臺城路題吕簫史一鳳秋夜讀書圖

江南烽火連天熾，移家鹿門深處。落拓青衫，凄迷紅泪，還讀蘭成詞賦。蕭蕭亂舞。剩落葉西風，幾株枯樹。門掩黄昏，一燈挑盡冷吟苦。　小窗閑坐抱膝，離騷披半帙，魂斷如許。歐子秋聲，白公長恨，并作今宵愁緒。零砧碎杵。更瑟瑟飛來，和成凄楚。掩卷傷心，又聽山鬼語。

鷓鴣天　題莘溪凌蔭周萍游詞

銀鴨爐熏心字焦，瘦吟燭底苦無聊。怕翻樂府凄涼曲，念到家山泪暗拋。　身世感，等萍飄，蕭蕭幾葉響芭蕉。今宵秋雨紗窗裏，夢斷松陵十四橋。

綺羅香　梅魂

院宇蕭條，美人何處，腸斷黄昏片月。誰吊芳妍，枝上數聲啼鴂。依約似，襌袖來耶，悄地共華燈明滅。影亭亭小立蒼苔，乍驚清露更凄絶。　東風輕颺似許，尋遍闌干，衹有半庭春雪。澹霧空蒙，誤却栖香蝴蝶。但一縷縈住湘雲，扶不起珊珊瘦骨。還衹怕玉笛吹殘，亂愁千萬叠。

采桑子

落花春去黄梅又，乍暖還寒。乍暖還寒。此際教人將息難。　忘憂何處尋萱草，倚遍闌干。拍遍闌干。心緒凄迷衹剩酸。

含青閣詩餘

臨海屈蕙纕逸珊撰

浪淘沙和雲姊韵

夜静漏聲沉。悄立庭陰。苔階蛩語訴秋心。怊悵芭蕉依舊在，鹿夢難尋。　冷露濕眠琴。三徑愔愔。風前無復奏清音。雁落平沙秋思遠，况是從今。

減蘭和黍薌詞韵

栖鴉流水。錦瑟玉簫塵土委。怊悵黄昏。新月娟娟影到門。　畫堂舊恨。梁燕歸來愁問訊。絳蠟分明。悶飲璃杯醉易成。

臨江仙

庭院秋千聲寂寂，映階草色凄迷。東風争奈又將歸。枝頭香雨，片片撲人飛。　一晌低徊簾下立，却驚日影沉西。落花怊悵鳥空啼。怪它啼鳥，何故向儂啼。

菩薩蠻

湘娥泪染湘筠紫。洞庭波冷金風起。夢斷九疑雲。簫韶聲不聞。　依依江上柳。也覺驚秋瘦。木落夜猿啼。天空星欲稀。

金鳳鈎 春暮感賦

滴不盡、殘春雨。添綉閣、幾多情緒。韶華如夢，東風薄倖，斷送落花歸去。　明知開謝由春主。却不道、闌珊如許。黄昏庭院，畫屏烟鎖。愁聽梁間燕語。

步蟾宫 題江干送別圖

長堤楊柳絲千縷。怎不解、繫將船住。早知見面即分離，悔多此、一番蘋聚。　西風落日空延伫。暮天遠、故人何處。欲從雲際望孤帆，却又被、青山遮住。

迎春樂 題雲姊吟梅圖

珠簾澹月黄昏候。翠袖輕寒透。玉樓人、更比梅花瘦。真一個神仙友。　憑畫檻，沉吟許久。寒意重、同根知否。未識人間清福，怎地能消受。

金縷曲 春陰

春在溟蒙處。怪眼底、韶華都被，濃陰遮住。庭院深深簾不捲，祇把沉檀香炷。辜負却、陽春幾許。屈指清明時已近，有何人、約伴尋芳去。試先綉，踏青履。　却將花事從頭數。恨幾番、芳菲縈夢，游踪遲暮。萬緑模糊天欲暝，不放斜陽一縷。又奚待、緑章催護。閑煞海棠花下立，祇聽它、雙燕呢喃語。似相對，訴愁緒。

卜算子 和芙蓉秋水詞韵

梁燕話春愁，飛絮穿簾幕。憶否金鈴昨夜聲，紅惜庭花落。　春去幾曾回，夢醒眠難著。羅袖雙垂避曉風，冷惜衫兒薄。

澹月照疏窗，鈴語風初定。曲曲闌干夢亦迷，俏倚梨花影。　舊事去如雲，脉脉閑追省。香靄空蒙夜色深，露濕雲鬟冷。

菩薩蠻 和韵

玉臺曉啓芙蓉鏡。畫樓遮斷垂楊影。春在海棠紅。蒙蒙細雨中。　鷓鴣聲不住。似怨啼鵑誤。別夢繞飛花。茫茫天一涯。

珊瑚枕畔釵欹鳳。流鶯啼破紅窗夢。睡起倚妝樓。飛花點點愁。　綠波江上水。流迸離人淚。脉脉背闌干。顰眉低遠山。

荻花楓葉秋蕭瑟。水雲迢遞重山隔。涼思繞烟汀，漁燈一點青。　蒲帆風未穩。又阻江潮信。涼月照波心。鈎人離恨深。

高陽臺

和秋日泛舟湖上，用玉田『春感』韵。

綠柳梳風，紅蓮墜粉，泛秋同上游船。曾幾何時，西風暗換流年。銷金多少繁華夢，倚斜陽、脉脉偷憐。感蒼茫，菱葉蘋花，摇蕩湖烟。　南朝宮殿無尋處，但愁凝松柏，夢阻山川。燕燕鶯鶯，而今知在誰邊。笙歌棖觸天涯恨，對金樽、贏得無眠。更禁它、冷雨冬青，啼苦春鵑。

前調 寄懷雲姊疊前韵

紅熟櫻桃，青舒蕉葉，幾回空盼歸船。飛絮飛花，送春又是今年。雲天凝望情何限，倚東風、消瘦誰憐。遍天涯，草色依依，青接寒烟。　錦鱗卅六愁難寄，悵雲迷湖樹，路隔晴川。彈淚清波，隨潮流到伊邊。疏燈摇暈紗窗冷，憶前宵、聽雨難眠。問此時、回首家鄉，那更聞鵑。

金縷曲 送外

碧草迷南浦。望天涯、暮雲重叠，亂山無數。去去烟波今更遠，夢影猶迷前路。惟願取、情深無阻。一點靈犀相照處。寄魚函、密密休遲誤。多少恨，向誰訴。　緑陰容易閑庭暮。掩簾櫳、低徊脉脉，瑶琴愁撫。遥想星軺催早發，遮斷瘴雲腥霧。更烈日、當空如火。暑雨寒風關塞隔，願君身、眠食須調護。借金縷，寄情愫。

前調 寄外叠前韵

帆影沉雲浦。倚妝樓、幾回凝望，郵程愁數。欲織錦機傳遠思，萬轉千迴心路。待寄與、湘波又阻。却爲垂楊偏礙目。致錦鱗、屢被秋潮誤。心抑鬱，幾曾訴。　歲華荏苒行將暮。聽霜天、烏啼午夜，玉徽慵撫。無限傷心無限恨，贏得斷魂迷霧。祇冷對、幽窗燈火。故里梅花君念否，受霜欺、雪壓憑誰護。又何處，達離愫。

前調 寄外三叠前韵

送別仍南浦。黯消魂、春波渺渺，飛花無數。緑遍天涯芳草色，迷却來時舊路。空凝睇、關河修阻。雲水千重山萬疊。便模糊、夢影尋還誤。情脉脉，敢輕訴。藥闌紅瘦春光暮。倚東風、玉杯誰賞，綺琴誰撫。閑煞窗前青玉案，静掩碧紗如霧。重燒取、博山爐火。密緒纏綿緘尺楮，押銀泥、小印重重護。拈舊韵，寫幽愫。

減蘭楊花和夫子韵

春魂喚起。扶夢隨郎行萬里。縱别長條。猶有離情繞灞橋。東風欲盡。消息天涯何處。問漫舞簾前。催送春歸亦可憐。

菩薩蠻懷李楚娟如妹

春風記執纖纖手。窗前共酌盈盈酒。舊事怕思量。愁情和夢長。海棠花上月。偏照人離别。含思獨徘徊。鞋痕遍緑苔。

前調春日偶成

梨花和雪春寒淺。秋千影散閑庭院。忽忽又清明。東風幾日晴。畫簾垂細雨。脉脉添愁緒。燕子不歸來。重門掩緑苔。

高陽臺 秋柳三疊前韵

脉脉含秋，依依鎖夢，春游記拂蘭船。祇解牽愁，何曾綰得華年。關山笛裏西風冷，便纖腰、瘦盡誰憐。裊情絲，亭短亭長，一抹荒烟。　天涯凝望斜陽遠，但平蕪接影，澹靄籠川。纖手攀條，舊痕猶認堤邊。栖鴉流水添蕭瑟，唤柔魂、欲起還眠。更能消，幾度春歸，幾度聽鵑。

菩薩蠻 早秋偶成

緑槐雨過閑庭静。模糊澹月迷花影。脉脉望銀河。秋含幽思多。　爐香風裊裊。漏斷人聲悄。倚遍玉闌干。風生羅袖寒。

醉花陰

一葉風凉疏雨後。羅帳輕寒透。倚枕夢難成，唧唧吟蛩，怎避愁時候。　蘭缸黯澹光如豆。聽徹蓮花漏。月冷畫屏深，楊柳依依，也覺和秋瘦。

一萼紅 秋花

繞疏籬。正嬌黄澹白，艷綴一枝枝。露洗明妝，霜添弱態，低徊似有縈思。看是處、苔荒徑冷，祇依依、寒蝶夢魂痴。瘦影欹烟，芳心逗晚，開也誰知。　怊悵西風庭院，便尋秋吟玩，争及春時。愁鬢慵簪，殘杯卷賞，芳華爲底偏遲。問此際、粉香消減，繫金鈴、可解惜柔姿。惟有多情夜月，冷伴幽墀。

高陽臺 題湖山尋夢圖四疊前韵

浣月亭空，樵雲閣倚，幾回共泛吟船。岸柳垂青，分明張緒當年。琴樽泥醉流連處，悄尋思、夢影堪憐。似南花、蕉鹿成陰，栩蝶成烟。　水光山色還依舊，祇鬢絲禪榻，老去樊川。畫裏相尋，鄉心夜夜湖邊。天涯重話聯床雨，莫羨它、沙上鷗眠。認巾峰、塔外斜陽，林外鳴鵑。

望湘人 秋蘭

恰娟娟緑葉，裊裊紫莖，碧闌羅幌深護。瘦倚金風，凉含玉露。寫出嬋媛眉嫵。楚畹烟迷，沅湘雲遠，芳懷誰訴。聽隔簾、曲奏清琴，極目愁生江浦。　比似秋人遲暮。抱幽香自愛，澹然無語。恁吟遍離騷，添得幾多情緒。采馨紉佩，依稀記取。曾否素心相許。厮覷著、竟體芬芳，夢影欲尋何處。

鵲橋仙七夕

沉沉玉宇，垂垂銀漢，正好新秋良夜。彩雲天上會佳期，可真個、橋憑鵲駕。深宵風露，冷筵瓜果，幾處穿針庭榭。星河迢遞恨難填，悔十萬、聘錢曾借。

菩薩蠻桃源圖爲程清泉先生題

緑溪無限桃花樹。漁舟誤入花深處。流水自成村。數峰青到門。避秦人在否。芳草年年有。世外事紛紛。山中空白雲。新安亦有桃源地。畫圖試續淵明記。波影落漁槎。斜陽明斷霞。誰家花裏住。不在雲深處。莫誤武陵人。重尋溪上春。

望江南溪堂對月

溪上月，如鑒復如弦。幾處畫樓人悵望，一年能得幾回圓。流影澹秋烟。

高陽臺 春日泛舟西湖五叠前韵

柳困青垂，桃慵紅褪，兩宜遲放輕船。從想湖山，勝游纔得今年。六橋春色三潭月，驀韶光、處處堪憐。罥東風，花事如塵，絮影如烟。　香車油壁歸何處，望西泠松柏，緑暗斜川。人散亭空，夕陽猶戀堤邊。南朝多少繁華夢，却輸它、冷占鷗眠。祇聲聲，老却啼鶯，閑煞啼鵑。

菩薩蠻 冬夜

千林摇落群芳歇。梅花冷伴中庭月。巷柝一聲聲。幽閨香夢驚。　錦衾羞彩鳳。燈影和愁共。夢影杳如烟。烏啼霜滿天。

如此江山

爲李藝淵觀察題姚簡叔《潯陽琵琶圖》，次集中《題船山詩書册》韵。

扁舟送客潯陽上，琵琶夜半深語。五指分明，四條歷亂，老大飄零終古。天涯爾汝。訴往事尊前，教坊曾譜。濕盡青衫，最憐司馬酒醒處。　年來薄宦如許。剩一船書畫，同聽漁鼓。南部新愁，西江舊夢，秋月玉鈎初吐。蹉跎何補。嘆解佩伊誰，未逢交甫。説與周郎，拂弦容易誤。

望江南 對鏡

菱花鏡，無意照梳頭。怊悵朱顔容易改，生憎青鬢欲成秋。脉脉共含愁。　菱花鏡，冷伴緑窗前。照處分明知我瘦，情痴轉欲倩卿憐。夢影幾時圓。

相見歡

春歸忒煞匆匆。怨殘紅。爲問金鈴誰護、夜來風。　荼蘼院，重門掩，畫闌空。一任秋千閑却、月明中。

情久長 和外閏午日追悼韵

裙腰草色，依然夢影和烟遠。禁幾度、鳥啼花落，春去［誰］管。妝樓重過處，還追憶、笑臉盈盈顧盼。祇留得、驚鴻小影，畫扇羅衣，雲鬢薄、春山淺。　舊綉香囊，燈下低徊看。添怊悵、韋郎老去，芳思渾懶。玉簫雖再世，也要待、一十五年相見。覓西域、胡香四兩，願返芳魂，花更好、月長滿。

長亭怨慢 又和外絮字韵

帳飛盡、桐花桐絮。塵鎖妝樓，網縈珠户。柳外闌干，昔時羅袖共憑處。翠眉安在，又緑暗、垂陽樹。惜逝水華年，忍更憶、瑣窗歡聚。　薄暮。正晝簾微雨，點點漏聲頻數。夢殘酒醒，那復伴、夜深低語。最苦是、紅謝榴花，問燕子、雕梁誰主。算一例端陽，佳節兩番愁度。

踏莎行 佩卿夫人賜題一詞和韵答謝

白雪詞工，青琴調古。瑤箋飛下新題句。熏香珍護碧紗籠，神交夢繞龍舒路。　水繪名園，謝庭飛絮。金閨喜得知音侶。燈前不厭百回吟，空階涼滴梧桐雨。

綉墨軒詞

德清俞慶曾吉初撰

憶江南 消夏之作

紅閨裏，晨起未梳妝。爲愛早凉抛角枕，因憐曉色倚迴廊。霞影認微茫。

紅閨裏，蝶粉曬花枝。修竹陰濃風細細，紗厨人定日遲遲。午倦睡些時。

紅閨裏，多事惱雛鬟。偶觸簾鈎驚夢醒，偷窺庭榭報花開。又道有人來。

紅閨裏，浴罷晚風凉。横竹閑和新笛譜，添香重换薄羅裳。小步繞荷塘。

紅閨裏，螢火撲西東。一樹刺桐花爛漫，半鈎新月影玲瓏。末麗晚香濃。

紅閨裏，消盡水沉香。曲檻風微花影静，鳴蟲聲亂露華凉。愛月不關窗。

紅閨裏，無賴是檀郎。惟恐凉風欺翠袖，頻呼小婢閉紗窗。絮絮惱人腸。

紅閨裏，露重怯微寒。白覆羅衾長簟滑，遥聞銀箭短更殘。夢裏憶江南。

海棠春 夜坐

玉簫聲裏冰輪涌。霜氣冷、宵寒偏重。幾度倚銀屏，慵整釵頭鳳。　心情恍忽旌摇動。經小别、翻愁夜永。人静展羅衾，試覓天涯夢。

木蘭花慢 秋夜同階青弟作

更深霜氣勁，楊柳外、碧天高。看花影暝香，桐陰倚水，冷却璚簫。清宵。西風落葉，似秋江午夜聽寒潮。蛩語閑階寂寂，漏聲隔院苕苕。　燈挑。何處砧敲。簾欲捲、倦題蕉。記明湖載酒，幽溪選笛，畫槳輕舠。魂銷。無情歲月，好風光都向暗中抛。幾度攤書話舊，渾忘却斗移杓。

南鄉子 和弟北上韵

塵海太勞勞。雁字分飛第幾遭。卜盡金錢占盡卦，朝朝。柳汁相期染客袍。　回首潞河舠。舊夢如雲暗暗消。見説窗前栽杏樹，遥遥。能否移根向碧霄。

一剪梅 咏臘梅

仙人不着緑衣裳。半染鵝黄。半染鴉黄。宛如瘦菊媚斜陽。道是秋光。却是春光。　素心磬口异尋常。心吐清香。口吐清香。膽瓶斜插傍紗窗。紅蠟無光。緑蠟無光。

滿庭芳

游塘西丁山湖，復至超山觀古梅。

燕剪雙開，扁舟獨往，乘小舟名燕尾船。丁湖别具清幽。小橋撑入，香色目難收。始信江南好景，從今後、不羡羅浮。香雪海，舒懷一笑，心迹可盟鷗。　憑高回首望，青山重叠，知是杭州。問縞衣仙子，幾世清修。遥指山腰疏影，恍疑是、身住在瀛洲。蓬萊頂，慚余未及，踏翠一來游。

金縷曲 題唐伯虎集後

抛却功名後。莽生涯、惟憑詩酒。懶把文章傳後世，祇喜尋花問柳。又何論、金章紫綬。醉裏年華狂態在，看諸公、觸熱人閑走。杯在手，眉休皺。　消盡英雄豪氣否。想當時、長辭簪笏，大開笑口。小謫須知蓬島客，偶向紅塵羈逗。應自笑、烟霞痼久。祇嘆江淹才若此，抱雲和、未向王門奏。剩仙館，桃如舊。

金縷曲

用兩當軒韵咏落花，乃祖父命書院課題戲效之。

慢把鴨鋤放。小樓頭、綠陰濃遍，倚闌悵望。一縷情絲烟共化，春水此情難量。都付與、啼鵑悄悵。不信東皇情最重，五更風、竟把花魂葬。空剩得，彩幡蕩。　前生本在蓬萊上。返瑶池、回頭俯視，人間景况。雨妒風欺歸亦好，塵世本來多恙。休苦戀、朱門蓬巷。後果前因難細問，意迷離、且醉青紗帳。任花底，金鈴響。

鳳凰臺上憶吹簫題桃花人面圖

仙夢迷離，春光依舊，劉郎前度重來。剩小桃無語，嫩蕊偷開。一抹胭脂照水，算當時、鏡裏紅腮。臨風態，教人回首，枉自疑猜。　徘徊。成陰綠葉，憐往日匆匆，車走輕雷。望巫山雲杳，何處天台。一幅生綃留影，花醉露、人立蒼苔。凝眸看，錯疑弄波，羅襪新裁。

蝶戀花月下懷抱珠表妹

腰支不爲悲秋瘦。百種情懷，種種難依舊。痴立階前非中酒。片時歸夢蟲聲驟。　斷續惱人花外漏。幾度無言，偷把雙眉皺。回憶當年同聚首。月明涼露徘徊久。

高陽臺 送瑟庵應春官試

惜别情懷，銷魂滋味，從今漸漸都嫺。此去長途，怎生消受春寒。愁心定逐輪蹄去，對銀燈、坐到更闌。意綿綿。絮語千般，携手窗前。送君去後登樓望，指晴烟漠漠，重叠雲山。寄語西風，幾時吹轉征帆。相思料得蓬窗底，擁寒衾、離恨難删。卜金錢。剛盼泥金，又盼歸鞍。

鳳凰臺上憶吹簫 月下懷修梅表妹

皎潔冰輪，朦朧烟柳，宵深露濕春衫。望碧天無際，何處長安。回首當年踪迹，花影下、同倚紅闌。心如醉，一書欲寄，幾度重看。漫漫。閑愁閑恨，向夢裏尋君，細訴情端。料芸閨無事，也念前歡。記否臨歧握手，千萬語、祇勸加餐。還自愧，浮生若萍，舊約盟寒。

南鄉子 綉罷偶填

薄暮閉紅窗。忽漫回頭自忖量。壓綫爲誰寒素指，端詳。袖底西風一味凉。懶去綉鴛鴦。試上樓頭望故鄉。歸雁幾行鴉幾點，蒼茫。遠樹依依挂夕陽。

踏莎行 秋夜

秋露泠泠，秋風細細。秋蟲切切如私語。有人不寐倚秋燈，銀屏疏影秋如水。　秋入愁腸，愁生秋際。秋聲聽徹無情緒。開簾獨自看秋星，秋河隱隱微波起。

御街行 和秦小芸夫人見贈用原韵

葳蕤深閨銅龍滴。梅未落、尖風逼。伊人念我正無聊，惠我朵雲相憶。韶華易老，世情難詰，愁病勞君惜。　自憐况味今非昔。迂疏性、烟霞疾。廢材爨下遇知音。弦底聲聲掩抑。詩心互證，詞源乍發，大好塵襟滌。

浪淘沙

往事慣消魂。銀甲金尊。蛛絲應罩舊題痕。孤館簾垂燈上早，疏雨江村。　夢裏暫温存。衹欠分明。花陰燕子鎖重門。兩地酒醒香灺後，一樣黄昏。

采桑子 秋夕

西風猛撼疏窗夢，窗外鈴聲。鈴外蛩聲。并作新秋一夜聽。　枕函低映羅幬月，香是前身。烟是前因。人倚熏爐悟夙生。

南鄉子 素心蘭

脉脉素心中。可耐春來澹蕩風。記得當時空谷裏，尋踪。月地雲階第幾峰。　金屋翠烟籠。第一幽香鎖綺櫳。夢遠湘雲歸未得，青葱。移向紅閨好伴儂。

浣溪沙

惜別情懷幾度猜。熏籠閑倚漏聲殘。霜濃鴛瓦綉衾寒。　度曲怕拈紅豆子，送人記泊綠楊灣。消魂又是月初三。

踏莎行 月下寄許修梅妹

霜冷雲輕，露寒月朗。珠簾一桁無心放。秋鴻來處是長安，相思有夢心兒上。　疏柳鴉栖，閑庭蛛網。離愁暗逐流波往。當時細語綠窗前，憐它好月多情况。

柳梢青 秋夜不寐書寄修梅

黯黯秋燈。瀟瀟秋雨，漠漠秋風。遠遠秋砧，微微秋露，切切秋蟲。　離情秋日偏濃。

更無限、秋聲助儂。秋水湖邊，秋雲天外，何處秋鴻。

玉漏遲 西湖夜泛

半篙涼露濕，漁燈隱隱，垂楊裊裊。明月隨人，放棹緑波蓬島。纜解魚鷗破夢，更幾點、疏星斜照。舒懷抱。雲階月地，任吾歌嘯。　遠山不隔冰壺，弄畫槳中流，烟波渺渺。洗盡胸襟，月到夜闌倍皎。萬籟無聲寂寂，把一派、繁華净掃。渾忘曉。猶向汀州環繞。

拂霓裳 落花

蝶魂驚。東皇辭我返蓬瀛。留不住，雨絲風片太無情。愁紅飄逝水，恨紫落空庭。惱流鶯。傍迴闌、有意喚聲聲。　平鋪曲徑，黏翠袖、拂雕欞。簾半捲，尚看天女散瓊英。風前情脉脉，月下影婷婷。更相盟。約明年、亭畔獻瑶觥。

喝火令 園中小坐簡抱珠妹

梅熟愔愔雨，花飛颯颯風。一般楊柳緑陰中。少個伊人笑語，寂寞好簾櫳。　幽谷蘭香遠，新篁翠影濃。金錢卜得喜相逢。不信今朝，不信路千重。不信花前燈下，不信不思儂。

金縷曲 懷徐杏文寄妹

重把陽關奏。嘆河梁、一枝摇落。忍歌折柳。明日依然分兩地，此後可禁消瘦。思往事、那堪回首。欲問天涯羈旅客，見離人、如此傷心否。毫欲染，泪沾袖。紅塵擾擾參能透。最消魂、三宵小聚，匆匆分手。惆悵空江烟水闊，渾似當年別後。惟願取、長教厮守。差喜相逢時不遠，記西湖、早桂飄香候。離別恨，濃於酒。

南鄉子 秋宵玩月寄懷修梅

花影認朦朧。碧漢苕苕玉露濃。新雁數行雲影渡，匆匆。書此芸箋寄遠衷。羅袖怯金風，萬籟無聲獨聽蛩。小立廊前窺月色，溶溶。照盡閑愁總是空。

滿庭芳 秋夜偶成

寶篆銷沉，寒蛩凄咽，征鴻天際哀鳴。一鈎斜月，四壁静無聲。獵獵西風和夢，聞夜柝、逆旅心驚。銀燈黯，空階墮葉，關塞不勝情。疏砧，添客思，倚闌無語，一片愁心。聽丁丁虬箭，漸近三更。小步花陰寂寂，玉露冷、庭院風輕。樓頭笛，誰家吹起，午夜更凄清。

浪淘沙 賦桂

丹桂暗飄香。瘦影橫窗。蜂黃初映越羅裳。金谷夢回人語寂，悄整新妝。　斜倚曲闌傍。雨霽風涼。玉杯承露醉仙鄉。不媚東皇甘寂寞，占盡秋光。

南樓令 秋夜與階青弟作

有意聽疏砧。悠悠客思深。笑年來、每逐征塵。千里家山清夜夢，天際月、最關情。　金粟認前身。心如秋水明。繞東籬、戲撲流螢。漫擫玉簫吹古怨，驚宿鳥、振雙翎。

柳梢青

七月二十四乃賀穉宜表妹生日，書此寄之。

憶昔西湖，匆匆分袂，折柳堤邊。飛絮光陰，垂楊樓閣，一縷情牽。　別來情緒懨懨。倚綠窗、慵整翠鈿。苕遞關河，壽君何物，一幅吟箋。

踏莎行 題九九消寒圖

小閣圍爐，疏林暖酒。沉吟無語籠雙袖。幾番停筆費評量，今朝四九驚寒驟。梅影橫斜，吟肩消瘦。一簾冷月和霜鬥。慢言枯管不知春，漸看春色從今逗。

前調 寒梅

冷耐西風，嬌含宿酒。任它霜雪催寒驟。平生傲骨木棱棱，花前一拜甘低首。澹寞誰知，清高吾友。繁華閱盡何能久。雲廊月殿影欹斜，知君不是思春瘦。

醉花陰 和瑟庵韵

一抹晚霞花氣暝。琴韵書聲應。香篆鎖窗紗，下了簾櫳，小語防人聽。月明如水人初定。郎識儂情性。笑促卸殘妝，卸了殘妝，相倚同窺鏡。

聲聲慢

還蘇州後至修梅舊居，未免室邇人遥之感，悵然倚聲。

窈窕文窗，朦朧花影，無聊舊徑重游。草緑閑階珠簾，不上銀鈎。無情垂楊自碧，弄絲絲、未解人愁。記當日，釵蟲對剔，細語綢繆。　惆悵而今兩地，望盈盈一水，難瀉離憂。徙倚江亭，教人錯認行舟。一幅芸箋欲寄，勸加餐，難覓庾郵。頻屈指，倚風前，惟盼三秋。

菩薩蠻 三月初七夜寄瑟庵於京師

星稀月墮迴風冷。雙枝畫燭旃檀静。細語祝平安。還憐翠袖單。　韶華三月膩。紅杏東風裏。鰲背浪花翻。相期穩步來。

浪淘沙

月夜西湖放舟，由小瀛洲至三潭印月放花礮，書此柬修梅、抱珠。

人静櫓聲柔。驚起閑鷗。樓臺倒影晚烟浮。火樹銀花明月裏，真到瀛洲。　回首憶前游。頓觸離愁。蓬窗同倚話綢繆。清景依然人兩地，湖水悠悠。

臺城路 冬夜寄絢華抱珠兩妹

北風昨夜催寒緊，羅衾夢中凉透。壓綫光陰，懷人情緒，無語但籠雙袖。眉痕低皺。憐燭冷虛幃，霜濃短牖。何處難堪，一尊薄酒初醒後。　背燈自知影瘦。望白雲親舍，故園回首。逝水年華，轉蓬身世，又到歲闌時候。玉龍正鬥。看枝北枝南，柳花飛驟。日暮天寒，無奈鄉心暗逗。

浪淘沙 七夕

羅襪縱情多。不解凌波。年年此夕問嫦娥。碧海青天明月裏，畢竟如何。　凉露濕金梭。風捲雲羅。相思細細訴黄姑。無賴天鷄催曉處，寂寞銀河。

减字木蘭花

去年今日。南浦緑波曾送别。又到凉秋。贏得天涯攬鏡愁。　蟬鳴深柳。懶步花陰非中酒。目斷遥天。一點征鴻破碧烟。

前調 七夕

相逢今日。流黄機畔和愁説。一道銀河。贏得年年别泪多。　明星皎皎。綺閣紅閨争乞巧。人静更深。可有天孫送巧臨。

如夢令 寒意

寒重清樽懶舉。醉後敝裘能禦。怕倚最高樓，簾外霜濃如許。何處。何處。鸚鵡檐前細語。

一萼紅 紅梅

霜涓涓。似微醺乍醒，無力倚闌干。霞透銖衣，脂凝瘦骨，羨君顧影翩翩。曾思否、紅羅亭外，明月底、能受曉風尖。一點冰心，輕它凡艷，鬥色争妍。　手撚一枝春色，正頻思寄遠，喜遇鴻旋。混迹紅塵，猶懷丹竈，未許桃李隨肩。因疑是、杏花顔色，立花陰、細細認嬌顔。記起相逢舊日，玉照堂前。

高陽臺

聞抱珠二妹將北上，賦詩贈之，意有未盡，復填此解。

風落梧桐，雨殘蕉葉，替人寫盡離愁。十載論交，西風吹送行舟。緑窗生小同心伴，問何因、去也難留。算從今、憶遠無言，倚遍樓頭。　陽關豈料頻頻唱，記三春花底，曾送人游。折柳河梁，者番細語綢繆。長安何處關山隔，夢長安、路遠無由。轉沉吟、明歲相逢，一日三秋。

金菊對芙蓉即事寄修梅

春雨分襟，秋風憶遠，情如弱柳千條。掩銀屏露冷，涼透叢蕉。鴻聲嘹唳蟲聲雜，伴窗前、落葉蕭蕭。當時回首，曲闌雙倚，慢品瓊簫。　釵盟鏡約難拋。倚珠簾清影，紅燭同燒。悵天涯何處，愁逐江潮。爐烟影裏低相祝，祝明春、聚首花朝。憑高無語，水重雲複，掩斷歸橈。

拍闌干

沉吟眉黛。連朝情緒真無奈。六曲屏山簾一帶。纔罷晨妝，力弱還思睡。有時小立紅闌外，絮問檀奴，因甚無聊賴。　腰支都道新來改。鎮日懨懨，底事翻成懶。旁人私語儂難解，不信今春芳草，宜男曾佩。

臨江仙

簾幕幾重親放好，攤書低擁銀燈。之無粗識悔今生。秋深風自急，香冷火猶温。　百樣思量都已遍，人生何苦鍾情。青山它日葬愁痕。紅梨花一樹，消受月黄昏。

沁園春七夕戲擬織女贈牽牛

下望人間，比目名魚，比翼名鶼。悵銀河無鯉，難通尺素，蓬萊少雁，不解傳箋。機上紅絲，機中錦字，總把儂心別恨牽。君知否，有家家蛛盒，替寫纏綿。　未償十萬天錢。怎會少離多若個憐。羨劉綱證果，朝朝暮暮，彩鸞寫韵，歲歲年年。手弄金梭，輸它玉杵。未許洪崖日并肩。從頭訴，喜相逢今夕，烏鵲橋填。

青玉案代牽牛答織女

三千弱水飛難渡。卿不解、凌波步。雲飲霞餐朝又暮。天上多愁，人間多恨，總是靈心誤。　星帷月帳情如許。無賴天鷄又催曙。殘月曉風歸去路。清虛紫府，丹山碧海，種遍相思樹。

浣溪沙七夕寄抱珠

花裏星河隱碧天。針樓瓜果又當筵。秋風消息自年年。　無那情懷銀燭底，有情明月玉階前。思君今夕不成眠。

木蘭花慢和瑟庵韵

悵伊人隔浦，纔鏡裏、又眉邊。憶春水長安，輕帆天際，夢斷寒烟。腰圍那禁瘦損，擁重衾、羞道夜如年。痴望閑雲漠漠，懶窺素魄娟娟。　燈前。顧影生憐。千萬語，寫雲箋。看疏柳低闌，黄花繞砌，此意綿綿。欲解相思無計，趁青山、紅樹放歸船。私訂行期三五，與他明月同圓。

武陵春湖上觀荷

細雨迎寒秋已近，雙槳泛輕舠。人醉花邊十二橋。暮暮更朝朝。　月曉風清情脉脉，珠露透冰綃。紅藕香中碧玉簫。歌一曲、助花嬌。

南鄉子舟至登雲橋懷修梅

北望五雲高。四叠陽關記此橋。畫就雙眉閑擁髻，魂銷。憶否花栽姊妹嬌。　細認柳千條。手種楊枝解舞腰。縱有青山前約在，迢遥。且把愁心寄早潮。

虞美人 長至前五日

退紅簾底西風緊。妝卸慵開鏡。今宵還比昨宵寒。呼起銀燈回首、影兒單。尋常小別難禁受。忍説輕分手。春來容易燕銜泥，子細安排怎樣、看雙棲。

高陽臺 獨坐

荆棘山中，風波江上，人間處處堪憐。清淨蓮花，如何也墮情天。芷蘭蕭艾渾難辨。願東君、莫漫纏綿。鎮無聊、梅子黄時，雨直風尖。樓臺鏡裏從頭認，忽放懷一笑，萬事雲烟。身是浮雲，等閑易感因緣。添香煮茗晶簾下，悔當初、輕負華年。且消它、鴨緑鵝黄，淺醉閑眠。

前調 書賀瑟庵置媵

移得明珠，聘來碧玉，須知我見猶憐。打槳親迎，歸帆鷗夢同圓。銀屏十二香深處。耐春寒、半臂應添。好留連、翠幕朱闌，月静花妍。海門秋老魚龍定，稱詞人采筆，黛染輕烟。一斛香螺，替描十樣眉尖。爲它更祝宜男佩，慰含飴、笑卜堂前。捲湘簾、回首東風，流水當年。

飲露詞

合肥李道清味蘭撰

浣溪沙

小閣紅簫韵未休。碧烟狼藉百花洲。春陰暗暗夢悠悠。　蝴蝶路迷芳草遠，黄鸝聲住水東流。古來誰得倩春留。

臨江仙

丁酉之秋，雲史赴金陵，填《臨江仙》一闋寄示，率和之。

一寸離愁千里夢，近來夢也無踪。清秋凉意入房櫳。片雲來月地，疏雨落晴空。　雲鬟清凉花氣潽，夜深獨聽梧桐。下簾聲在雨聲中。一腔離别意，料得與君同。

憶王孫

丁酉七夕，雲史將有秣陵之行，原調和之。

坐聽烟露下叢蘭。秋月今宵共指看。明知小別總難歡。已秋寒。別後君休獨倚闌。

浪淘沙 春閨

柳葉澹如烟。柳絮如棉。黄鶯紫燕共纏綿。一片飛花斜日裏，紅過秋千。無語下珠簾。怕聽啼鵑。閑愁悵觸上眉尖。一曲琵琶渾不是，廿五冰弦。

浣溪沙

促織凄鳴月亦秋。蘭橈輕泊藕花洲。碧梧梢影小樓頭。階下綠蕪留別夢，陌頭楊柳繫離愁。金風時動玉簾鈎。

前　調

春水悠悠澹遠空。無言閑立畫橋東。夕陽影裏落花中。有恨門開千嶺綠，無情簾捲一庭紅。黄昏怊悵雨和風。

青玉案暮春

海棠澹白胭脂褪。更寂寞、無人問。九曲迴腸君莫訊。如今猜透，春愁離恨。總是詞人分。博山一綫春寒緊。侍女初將翠衾進。何處銷魂銷不盡。碧紗簾外，飛花成陣。又是黄昏近。

減字木蘭花

孤城雲外。當日樓臺今何在。細雨紅樓。一夜江聲枕上愁。山川如許。彩筆題詩深夜語。入耳砧聲。揚子江頭月自明。

更漏子秋思

菡萏香，龍鬢冷。簾子風摇難定。還對鏡，更添衣。玉墀清漏稀。畫樓近，天涯遠。夢裏醉中恩怨。無可奈，不堪尋。小庭秋雨深。

臨江仙

錦帳香微雲鬢揾，春肌沁暖瑶簪。殘宵有夢待重尋。人歸還有恨，春去未關心。休説從前多少事，從前怎及如今。小橋流水暗沉沉。月明人弄笛，青鎖杏花深。

少年游

遥波無際，片帆不動，烟雨繞江樓。洞房春曉，珠簾半捲，人在柳梢頭。　桃花浪漲春愁遠，此意倩誰留。訴與春庭落花知，道又恐、落花愁。

浣溪沙 秋夕夜起納凉和雲史

露脚無聲雲髻拖。銀床低吹玉笙和。藕風一綫晃簾波。　近水闌干人坐處，滿身明月望秋河。此間清影納凉多。

前　調

水榭燒香雲滿天。月明花底蕩秋船。玉人無寐睡妝殘。　白露蒙蒙花夢冷，銀河澹澹水聲寒。清歌一曲水雲間。

前調 又一體

轆轤金井誰家院。銀河明滅參差見。一桁珠簾難放捲。　朱闌六曲憑千遍，慵爇金猊沉水片。一砌秋蟲清夜怨。

菩薩蠻

博山香定烟絲直。薄妝閑坐西窗側。棋罷正思眠。畫屏春夜寒。玉階苔蘚薄。花雨簾纖落。春恨自闌珊。梨花半不開。

相見歡

晝長正自堪眠。雨簾纖。半是開花時候，落花天。春如夢。閑愁重。總堪憐。無奈去年今日、到今年。

菩薩蠻

蓮塘夜静簫聲起。銀屏夢覺凉如水。玉臂捲湘簾。星河秋滿天。悠悠今夜怨。祇有鴛鴦見。清影不分明。巧雲移月行。

【第十集】

詞人姓氏

沈宜修　字宛君，吴江人，葉紹袁室。紹袁有才名，子女俱工文詞。宛君集名《鸝吹》，又有《伊人思》輯閨秀詩文甚備，子燮登康熙庚戌榜進士。

葉紈紈　字昭齊，吴江人，沈宛君長女。適袁了凡孫，年二十三卒。有遺稿名《愁言》，《名媛集》稱其詩『俊逸蕭永，如新桐初引，青山照人』，其詞亦復爾爾。

葉小鸞　字瓊章，一字瑶期，自號煮夢子，吴江人，沈宛君之季女，年十七未嫁而亡。有遺集名《返生香》。

賀雙卿　字秋碧，丹陽人，負絶世才，秉絶代姿，爲農家婦。姑惡夫暴，勞瘁以死，生平所爲詩詞，不欲留墨迹。每以粉筆書蘆葉上，以粉易脱、葉易碎也。其旨幽深窈曲，怨而不怒，古今逸品，史梧岡《西青散記》載雙卿事甚詳。

張友書　字静宜，丹徒人，諸生壬女，同邑拔貢生陳宗起室。起亡，年甫三十，撫二子成立，皆無違行。以苦節，得旌於朝。

孫瑩培　字□□，錢塘人，仁和阮子祥室。

吴小姑　字□□，號海山仙人，瓊州人，邱玉珊秀才側室。

繆珠蓀　字霞珍，一字穉青，江陰人，繆玉藻女，編修荃蓀堂妹，金匱鄧乃溥室。

沈鵲應　字孟雅，侯官人，前江西巡撫沈瑜慶女，同邑前參政林旭室。旭遭戊戌政變之禍，鵲應以死殉。

李慎溶　字穉清，閩縣人，同縣孫員外鴻謨室，江蘇同知李宣龔妹。

目

鸝吹詞

吴江沈宜修宛君撰

憶王孫

天涯隨夢草青青。柳色遥遮長短亭。枝上黄鸝怨落英。遠山横。不盡飛雲自在行。

前調

風吹曉夢别關山。斜月人歸窗影殘。蝶怨蜂愁春意闌。隔雕欄。露濕飛花緑雨寒。

前調

芳箋題罷困紅綃。小夢無端過斷橋。月影江聲送去潮。漫魂勞。簾外輕風到柳條。

前調

雲屏寂寂鎖殘春。錦瑟年華已半塵。芳草留香燕語新。綉苔茵。金鈿瓊簫總殢人。

前　調

梨花夢轉杏花寒。碧葉琅玕玉佩珊。零落春花恨遠山。倚闌看。又見烟籠日半竿。

前　調

銀燈花謝酒初醒。夢去愁來月半明。玉漏沉沉夜色清。翠生生。芳草能消幾許情。

前　調

翩翻蝶粉落梅梢。金井烏啼隔絳綃。春樹迷津歸路遥。暗香消。長把閑情逐水飄。

前　調

海棠枝上杜鵑啼。憔悴春光燕子泥。香冷爐烟花影移。柳綿飛。落盡紅英水拍堤。

前　調

芳菲誰向夢中憐。楊柳長亭幾處烟。雲斷霞飛獨黯然。浪書傳。細草空連落日邊。

前　調

錦川珠浦憶仙游。花落横江逐夢浮。夢覺紗窗月半鈎。影悠悠。依舊王孫桂樹留。

前　調歲暮舟行

疏烟平野望蒼茫。草色蕭蕭帶葉黄。一片青山繞斷腸。雁歸忙。衹剩寒波送夕陽。

如夢令別恨

殘月斜窺簾色。香燼夢回難覓。正是斷腸時，禁得許多相憶。岑寂。岑寂。雁唳一聲寒碧。

前調元夕感懷

人静夜寒如昨。兩度春風蕭索。疏影月朦朧，依約半庭秋籜。垂幕。垂幕。窗外那知梅落。

前調 夜月

月暈天邊常有。心緒渾如中酒。酒醒是何時，樓外烏啼楊柳。依舊。依舊。贏得梅花消瘦。

前調

明月影斜花綰。故向畫屏寒透。雲鬢幾勝情，脉脉斷魂時候。知否。知否。今夜綠窗紅袖。

前調 秋暮

平野遥連湘渚。暮色凉生碧樹。待望月華明，愁聽閑宵風雨。無緒。無緒。最是寒烟數縷。

前調

蕭瑟西風初動。又是一番凉送。燈蕊小窗斜，往事不堪新夢。愁重。愁重。綆短銀瓶水凍。

前調 寒夕

風月天邊長美。佳興如之何矣。蕭瑟滿疏林，慣與愁懷相倚。何似。何似。楓落年年流水。

長相思 秋夜

風蕭蕭。雨蕭蕭。四壁吟蛩入夢遥。愁腸酒不消。　燈影摇。帳影飄。聽盡窗前一夜蕉。斷魂難自招。

前　調

路漫漫。恨漫漫。竹葉撩風送響繁。凄清滿畫欄。　夜將闌。漏聲殘。看盡餘燈伴曉寒。愁懷欲遣難。

點絳唇 春閨

啼鳥嬌春，細風吹向愁邊近。斷腸難問。嫩籜含新粉。　夢繞天涯，總是無憑準。黄昏信。落紅成陣。買盡東風恨。

前調代人寫恨

滿目秋光，厭聽反舌啼聲（□）［惱］。泪流多少。回望巫山杳。幾度思量，落得空煩惱。須知道。斷腸難告。總付平波渺。

前調

寶鏡空圓，薄情猶憶當初否。指環在手。對面成拖逗。自悔無端，信得虚名驟。重陽後。安排消瘦。愁病長相守。

前調

往事堪悲，斷魂最是風光好。又彈別調。再續應休了。待欲拋開，忍見雙歡笑。清燈悄。黄花愁老，恨逐西風曉。

浣溪沙暮春感別

芳草連天不耐芟。柳絲無力繫征帆。垂條空折手纖纖。人去河梁生寂寞，燕歸簾榭自呢喃。可堪對酒濕青衫。

前　調

飛絮江干雨乍晴。風前密葉綴紅英。落霞偏映夕陽明。不爲春愁慵簇蝶，自多閑悶
惱啼鶯。斷腸魂夢兩無憑。

前調春情

澹薄輕陰拾翠天。細腰柔似柳飛綿。吹簫閑向畫屏前。詩句半緣芳草斷，鳥啼多爲
杏花殘。夜寒紅露濕秋千。

前　調

檻外游絲樹樹穿。斷腸柳色最連天。春風偏爲悶嬋娟。細雨自留金鈿夢，野花偏襯
玉驄烟。暮霞飛盡月明邊。

前調和君晦

抛擲瓊簫懶弈棋。粉香融汗潤酥肌。花時常自怨春遲。上苑宮鴉啼落日，畫屏香鴨
鎖離思。澹匀酒色暈紅腮。

前調

春思縈人引綫添。井梧初葉露餘沾。荼縻開到雨廉纖。午枕夢聽新乳燕，花篩日轉

舊垂簾。無情風絮碧苔黏。

前調秋思

東盡纖羅不禁秋。白蘋風浪幾時休。斷腸明月又如鈎。露濕叢花三徑老，簾移疏影

一庭幽。清砧久欲倚重樓。

前調

細雨浮烟隔絳紗。銀床寂寞鎖寒花。可堪秋思正無涯。半渚西風催怨葉，一天落日

送歸笳。奈教閑悶暮雲賒。

前調

桂蕊侵香樹影斜。平蕪遠映畫闌遮。洞庭秋望幾人家。蛩露濕殘山夜月，雁風飛落

暮天霞。自憐妝鏡減容華。

前調　七夕

落日妝成罷錦梭。步摇仙佩紫雲羅。銀河風静出金珂。青鵲妝催眉月小，紫鸞彩簇
步雲多。雙栖玉樹笑嫦娥。

前調　閨情

泛水浮紅自在流。風前花落思悠悠。堤邊楊柳弄輕柔。細雨澹烟芳樹寂，輕香淺夢
畫屏幽。寸腸禁得許多愁。

前　調

倚遍闌干對夕陽。柳條閑自挂愁長。小池新緑卧鴛鴦。黄鳥啼殘憐夜月，梨花吹瘦
惜餘香。東風不管斷人腸。

前調　秋閨

新月桐簾影上鈎。露寒庭院一天秋。金風颯颯夜悠悠。砧杵帶愁敲遠夢，雁聲銜恨
落高樓。碧雲流斷暮江幽。

前調時往金陵贈別張倩倩表妹

楓葉無愁緑正肥。多情空自繞鷗磯。今宵千里斷腸時。一棹青山人正遠，半床紅豆雨初飛。別離無奈思依依。

前　調

侍女隨春破瓜時，善作嬌憨之態，諸女咏之，余亦戲作。

袖惹飛烟緑鬢輕。翠裙拖出粉雲屏。飄殘柳絮未知情。千喚懶回佯看蝶，半含嬌語恰如鶯。嗔人無頼惱秦筝。

前　調

春滿簾櫳不耐愁。蔚藍衫子趁身柔。楚臺風月那禁留。畫扇半遮微艷面，薄鬟推掠衹低頭。覰人偷自溜雙眸。

前調春日

細雨庭臯濕翠苕。深紅淺碧綴良宵。東風惹得燕嗔嬌。楊柳絲摇春不定，梨花粉褪月無聊。年年空自鎖春饒。

前　調

誰送春風特地來。漫憐情思怨花猜。被花猜着衹徘徊。舊恨無人能捉摸，新愁獨我未安排。眼前何處可忘懷。

前調 和仲韶寄韵

春事闌珊可怨嗟。愁看柳絮逐風斜。碧雲天際正無涯。莫問燕臺曾落日，休憐吴地有飛花。春風總不屬儂家。

前調 仲夏即事

喜得新來幾日閑。半晴梅雨緑窗間。小池初漲碧灣灣。處處鳩啼簾不捲，時時花落草成斑。輕雲飛去隔青山。

前調 秋夜

露滴梧桐葉葉黄。流鶯時度小迴廊。畫屏愁掩是瀟湘。何處碧笙吹斷月，此時玉鈿蓺清香。消魂時候漏初長。

前調 早春感悼

休問樓前柳色勻。祇應贏得鏡中顰。年年此日作愁人。草欲妒裙還似舊，月來窺夢却如新。可憐無處覓無春。

前　調

簾外青燈幾縷斜。天邊寒色逗明霞。疏梅點點綴璚葩。凍蕊自教秦管咽，飛花還向蜀弦賒。畫樓窗上祇餘紗。

前調 秋思

盡日輕陰鎖畫闌。橫陳錦瑟曲聲殘。一庭秋色半闌珊。覽卷意慵添睡思，憑（□）[冗] 花落惜天寒。篆烟聊撥裊屏山。

前　調

細草侵階映碧闌。薄雲天際鳥飛殘。晚風庭院葉珊珊。自是多情何處問，枉教魂斷不知寒。幾回搔首杳如山。

前調 偶成

日午庭皋一葉飛。世間莫問是和非。且看征雁傍雲低。苔上淺痕隨步緩，闌前閑影任花移。不須重論古今時。

前調 寒夜有懷

薜碧莎平草（□）［漫］陳。畫闌十二月初新。寥寥疏景一庭勻。露冷半天迷極望，雲（□）［銜］幾樹映寒津。紫簫聲裏隔行人。

前調 咏雪

昨夜銀屏透峭寒。朝來庭霰繞闌干。天涯遥憶漫相看。千里不分鸞袖色，三湘欲斷雁書難。碎瓊雜佩舞珊珊。

前調

細剪瑶華屑作塵。梅花長怨柳花春。梁園詞客賦交陳。淅瀝半添修竹韵，紛紜偏作緑苔茵。璚枝玉樹一時新。

前調

古蔓柴扉寂寂村。六花飛遍净無痕。催殘絲草滯王孫。幾度映窗慵展卷，回看積路好關門。羈人應自獨銷魂。

前調

淅淅隨風入畫廊。沾來彩袖恨非香。故教撒粉惱何郎。千片紈絲裁扇冷，一庭柳絮鬥鹽忙。灞橋可是勝瀟湘。

前調

萬里龍沙一望平。月明蘆管作邊聲。征人何處不關情。織盡迴文俱白錦，落殘珠泪伴青燈。斷腸脉脉夜寒凝。

前　調

瀟灑幽窗徹夜明。飄飆散影積閑庭。謝莊衣上點盈盈。喚女欲將呵手醼，呼兒捻取作茶烹。松風颯颯滿簾生。

前　調

洛渚翻雲隴樹幽。素華飄落樹枝頭。風隨白羽傍檐浮。竹葉樽清疑匣粉，梨花夢冷入香篝。長亭此日最生愁。

前調雪霽

萬樹蒼茫盡夕烟。庭梅半吐小窗前。星河耿耿月初懸。寒漏聲中消蕙草，臘花影裏潤芸蟬。此時良夜更堪憐。

菩薩蠻春閨迴文

絮鶯啼夢春光曙。曙光春夢啼鶯絮。遲日下簾垂。垂簾下日遲。看花憑玉腕。腕玉憑花看。紅袖暖香籠。籠香暖袖紅。

前　調

碧烟凄影疏梅白。白梅疏影凄烟碧。春早又傷人。人傷又早春。　亂魂隨夢斷。斷夢隨魂亂。愁寄暮雲流。流雲暮寄愁。

前　調

鳥啼憐遍春庭草。草庭春遍憐啼鳥。絲柳乍烟霏。霏烟乍柳絲。　竹窗摇影緑。緑影摇窗竹。簾逗月纖纖。纖纖月逗簾。

前調春閨

紫騮嘶遍垂楊曉。緑窗人正腰肢小。紅袖拂璚簫。含情注小桃。　春歸人去遠。春去人歸晚。莫把杏花吹。夜聲啼子規。

前調送仲韶北上迴文

碧烟凄繞愁行客。客行愁繞凄烟碧。腸斷隔山長。長山隔斷腸。　曉風凄月小。小月凄風曉。樓倚奈人愁。愁人奈倚樓。

前　調

柳疏垂映長亭酒。酒亭長映垂疏柳。人去促飛塵。塵飛促去人。雁征愁信遠。遠信
愁征雁。彈泪染綃紈。紈綃染泪彈。

前　調

葉飛愁別驚寒怯。怯寒驚別愁飛葉。流水送行舟。舟行送水流。亂鴉歸樹晚。晚樹
歸鴉亂。樽酒對銷魂。魂銷對酒樽。

前　調

舊容銷盡寒梅瘦。瘦梅寒盡銷容舊。新恨別傷人。人傷別恨新。杏林春醉景。景醉
春林杏。嘶馬聽歸期。期歸聽馬嘶。

前調重午

薄羅皓腕籠香結。詩題紈扇初裁雪。日影下重樓。波浮菰黍流。黄鸝啼乍歇。緑柳
吹新月。芳草遍天涯。王孫歸正賒。

前調 贈張倩倩表妹

雁行吹亂雲邊字。青衫拭遍天涯泪。樽酒話愁長。相看各斷腸。　此番人意熱。不似前時節。留語待王孫。應思一飯恩。

前調 暮秋夜雨時在金陵

閑庭滴瀝秋宵雨。紗窗燈影愁無語。明月幾時來。芙蓉何處開。　小樓應寂寞。一夜江楓落。雁唳碧天長。殘更敲斷腸。

前調 秋思迴文

荇風摇碧簾遮影。影遮簾碧摇風荇。凉月照宵長。長宵照月凉。　暮雲飛寂露，露寂飛雲暮。幽思伴香篝。篝香伴思幽。

前　調

燕鶯歸候悲紈扇。扇紈悲候歸鶯燕。蕉雨隔窗綃。綃窗隔雨蕉。　豆含花似瘦。瘦似花含豆。腸斷正更長。長更正斷腸。

前　調

月圓空自長離別。別離長自空圓月。蟲露泣殘紅。紅殘泣露蟲。竹敲風弄菊。菊弄
風敲竹。愁夜一聲秋。秋聲一夜愁。

前　調

碧天連渚秋雲夕。夕雲秋渚連天碧。山遠共江寒。寒江共遠山。素裙飄薄霧。霧薄
飄裙素。明月映波平。平波映月明。

前　調

白蘋淒影悲秋客。客秋悲影淒蘋白。魚渚恨無書。書無恨渚魚。玉肌涼夜獨。獨夜
涼肌玉。銀枕夢花蘭。蘭花夢枕銀。

前　調

古今流水愁南浦。浦南愁水流今古。清淺棹人行。行人棹淺清。問誰憑去信。信去
憑誰問。多恨怯裁歌。歌裁怯恨多。

前　調

小屏蘿蔭餘香裊。裊香餘蔭蘿屏小。衣袖半烟霏。霏烟半袖衣。日斜彈怨瑟。瑟怨
彈斜日。低柳挂蟬嘶。嘶蟬挂柳低。

前　調

曲闌憑遍看漪緑。緑漪看遍憑闌曲。流水去時愁。愁時去水流。井桐疏葉冷。冷葉
疏桐井。横笛晚舟輕。輕舟晚笛横。

前　調

釧金鬆冷澄江練。練江澄冷鬆金釧。唇點罷桃匀。匀桃罷點唇。綉簾窺月逗。逗月
窺簾綉。情寄楚山清。清山楚寄情。

前　調

落紅催雨平陰薄。薄陰平雨催紅落。烟樹靄長川。川長靄樹烟。搗衣驚夢悄。悄夢
驚衣搗。哀雁暮歸來。來歸暮雁哀。

前調 詠懷

吐壺擊破心灰折。舊游回首西風冽。疏柳一絲絲。夕陽長自垂。　畫簾閑夜月。霜冷凝珂雪。雲去碧天秋。花含無限愁。

前調 元夕

疏風弄影梅初放。月圓春樹籠烟颺。細霧拂燈華。璚卮落彩霞。　輕雲飛送碧。寒雪凝光白。一管紫璚簫。聲聲出畫綃。

前　調

紅飄滿路春風撲。柳絲烟繞雲連閣。香裊篆霏浮。簾移影月流。　更隨塵暗去。人散飛霞處。春露滴花來。寒枝一半開。

前調 元夕後送別長女昭齊

畫屏開宴燒銀燭。一樽重按陽關曲。小院罷燈紅。落梅吹斷風。　簾前今夜月。明晚傷離別。到得看花時。依然愁獨知。

前調春思

輕分驟別傷情黯。惜花悶月香消減。愁緩縷金裳。纖羅透薄凉。輕蛾顰淺黛。山遠（□□）［行雲］靉。天碧晚來晴。啼鴉更幾聲。

前　調

蒙蒙細雨絲紅落。亂鶯啼樹春愁惡。風絮舞閑庭。花寒鎖晝清。雕闌憑獨遍。飛入雙雙燕。春色與歸期。歸遲春去遲。

前調仲春望前夜景

琅玕戛翠敲寒玉。參差弄影迴廊曲。月色净無塵。花含一半春。輕烟弄嫩柳。梅落疏風候。横碧挂星稀。閑雲寂不飛。

前調對雪憶亡女

疏梅香吐西闌曲。娟娟一片瀟湘緑。白雪繞庭飛。彤雲接樹低。謝娘何處去。辜負因風句。莫把舊詩看。空憐花正寒。

憶秦娥 春雪

東風劣。芳菲釀出花朝節。花朝節。夜來微雨，海棠啼頰。午窗人寂喧翻蝶。閑愁閑悶何時歇。何時歇。鶗鴂聲斷，梨花飄雪。

前　調

風蕭蕭。露桃井上嫣紅飄。嫣紅飄。清明近也，細雨連朝。柳絲籠雨摇纖腰。畫簾飛燕愁春宵。愁春宵。澹烟草葉，薄靄花梢。

前調 寒夜不寐憶亡女

西風冽。竹聲敲雨凄寒切。凄寒切。寸心百折，迴腸千結。瑶華早逗梨花雪。疏香人遠愁難説。愁難説。舊時歡笑，而今泪血。

更漏子 寄君晦

舊愁新，新夢去。長恨畫簾鶯語。堤草軟，野花輕。隨帆送棹行。鸞鏡掩。翠蛾斂。襟袖空餘泪點。生别恨，伴銷魂。（月□吹）［風吹月］照門。按：底本下片『月□吹照門』句，

《午夢》本作『風吹月照門』。

清平樂代人閨怨

王孫何處。草遍羞回顧。啼鳥簾籠吹日暮。依舊春風空度。泪流滴盡鮫綃。月明吹斷璚簫。愁看樓前楊柳，倚闌獨自魂消。

前調爲侍女隨春作似仲韶

凌波微步。已入陳王賦。薄命誰憐愁似霧。惱亂燈前無數。櫻桃紅雨難禁。梨花白雪空吟。落得春風消瘦，斷腸泪滴瑶琴。

前　調

楊花無力。拂袖憐春色。長愛嬌嗔人不識。水剪雙眸欲滴。春風寶帳多情。襄王空惹雲行。惱得東君惆悵，夜寒脉脉愁盈。

前調春暮

東風弄曉。緑柳堤邊裊。何事絲絲垂繚繞。惹盡空閑煩惱。落花舞絮盈盈。難禁春色飄零。日暮雲天碧外，那堪百囀鶯聲。

前　調

柔情如結。着意憑誰説。春去風翻簾外鐵。幾度天涯明月。　無端故故思量。緑窗夢遠瀟湘。啼鳥不知人恨，數聲喚落斜陽。

三字令 春暮

花落盡，柳陰低。雨絲飛。香霧濕，彩雲迷。帶愁飛，飛去也，武陵西。　新夢短，漏依依。剩相思。殘月冷，曉烟淒。蝶香濃，鶯語碎，斷腸時。

桃園憶故人 寄君晦

若天雁盡梅花曉。又是元宵過了。松月小窗殘照。春雨池塘草。　亂雲烟樹憑青鳥。江上風帆越杳。莫待燕歸花老。舊約應須早。

前調 思倩倩表妹

故人別後空明月。倏忽清明時節。簾外子規啼徹。芳草春絲結。　盈盈一水同吴越。

愁看東風吹歇。世事浮雲升滅。休問涼和熱。

烏夜啼 愁思

井梧未墜，如悲宋玉之秋；堤柳猶垂，已動繁欽之思。幽花弄影，散麗藻以參差；壁月飛輝，蕩青蘋而瀟灑。於時星河凝碧，耀流火於階前；露氣霏微，濕芳枝於檐畔。北書之來雁無聞，南苑之啼鶯正暖。桂香半冷，欲傳搗練之情；松韵偏清，可訴寒螿之怨。有愁難遣，聊爾云焉。

一樹薇花競艷，半廊蘿蔭含秋。秋風未冷江蒓老，清怨鎖高樓。　夢斷碧雲易散，花飛明月空留。映階細草茸茸緑，無意寄人愁。

前　調

黛掃何如修桂，腸銷渾似嬌棠。新愁遍染羅巾泪，涼月墜瓊璫。　脉脉籠殘斜日，微微薰罷餘香。綉窗花落瀟湘雨，憔悴立西廊。

前　調

枕上細蟲悄悄，窗前暗竹蕭蕭。殘燈酒醒還（□）［如］舊，何處覓魂遥。　楊柳今宵斜挂，芙蓉昨夜初潮。愁城日日隨人鎖，空怨碧璚簫。

前　調

一片雨聲淅瀝，半窗燈影淒其。雨絲滴碎燈花墜，往事不勝悲。天際濕雲憔悴，人前乾夢依稀。薄羅涼透西風夜，春泪作秋漪。

前　調

南浦依然柳色，西園猶剩鶯聲。無聊獨向闌干倚，徙倚送雲行。樹影長留夕照，鏡花不似春情。斷腸時候難重省，忽（□）［忽］暗愁生。

前　調

雨過暮蟬輕噪，天開遠鷺低飛。清光原似當年好，人事古今非。燕子尚留春恨，蓮房又落秋衣。斜陽休問愁多少，遮莫盡鷗磯。

前調

心碎芭蕉悴綠，情隨菡萏飄紅。無端不是尋惆悵，幾度自忡忡。
正遇悲涼初候，可堪憀慄西風。強將樽酒排閑悶，愁暈楚江楓。

前調

天外雲籠餘碧，窗前砌積殘黃。秋聲弄出秋無數，總是一凄涼。
好月欲邀誰看，亂風吹向人忙。江天黯澹催蕭瑟，飛雁又河梁。

前調

風動月光欲溜，天空雲影長搖。尋涼暫起湘簾捲，人共竹蕭條。
曙景休追殘夢，斷魂莫問良宵。羞將愁鏡臨愁鬢，無語伴無聊。

前調

人事何如昔日，月明猶似當時。韶華本是無情物，過去不堪思。
一瞬漫教重憶，半生忽自凄悲。鹿蛸拂落還縈網，休問幾千絲。

柳梢青 初夏

緑暗薔屏。紅飄荇鏡，春付浮萍。東素寒消，薄羅香細，數盡歸程。新篁翠徑初成。微雨後、荷珠濺傾。玉管聲沉，桐花影外，一段閑情。

瑶池燕 和君晦韵

游絲撲絮酣嬌困。落盡。寒香素華留恨。檀融暈，鏡中休問，還羞認。隔花梢、鶯語新悶。芳菲損。能消幾度花信。情難訊。春風幽韵。愁青鬢。

前調

輕寒陣陣欺花困。半裊。垂楊乍籠餘恨。藏微暈，羅巾愁濕，妝前認。傍簾櫳、花影堆悶。香消損。東風幾負春信。憑誰訊。平波正遠。憐雙鬢。

望江南 湖上曲十二闋

余自初笄時，姑大人（住）[往] 天竺禮大士，過西湖堤上，時值暮秋，疏柳環烟，嵐光凄碧，迴波清淺，掩映空山，恨不能周覽湖光山色，悵然 [別] 歸，徒然神往。

至戊辰歲已二十年矣。復隨姑大人再禮大士過此，時落紅將盡，餘綺翻風，細草茸青，鳥啼碧野，聊欲登覽，又已斜日銜山，暝烟籠樹。大人急問歸途，已月出矣。時正暮春十日，遥憶湖光泛影，山色浮嵐，此際不知是何景也。聊作《望江南》十二闋，以紀其略。惜余之游非游，愧余之詞非詞爾。

湖上柳，羅帶舞風輕。烟裊千條眠曉日，絲垂萬縷拂春城。飛絮落繁英。寒食後，緑鏡遠山横。自少灞陵橋上折，長如芳苑殿前盈。渾欲不勝情。

前　調

湖上山，一抹鏡中彎。南北峰高青日日，東西塔鎖碧環環。澹掃作雲環。微雨過，滿袖翠紅斑。石磴半連烟繚繞，蔓蘿深護澗潺湲。遥望四天間。

前　調

湖上女，高髻簇金鈿。脂粉邀人隨意傳，綺羅趁體及時穿。綽約晚風前。勞望眼，何處最嬋娟。可是行雲歸楚峽，疑來解佩出湘川。空惹惱人憐。

前　調

湖上酒，（□□）［五石］泛瓊巵。一石休辭傾竹葉，十千堪買醉蘭枝。玉碗緑浮蟻。
春景媚，帘影曳芳時。色映水晶甘露滴，光分琥珀落霞飛。人在習家池。

前　調

湖上水，流繞斷橋横。渺渺泛連遥岫碧，溶溶浮向落花明。魚浪簇青萍。環曲岸，漪
練浸雲平。棹引纖羅香拂拂，鏡窺嬌粉艷盈盈。歌管作波聲。

前　調

湖上風，縹緲楚江東。入面凉生（□）［春］粉白，飄衣態捲舞衫紅。花落水流中。
光轉蕙，泛漾正無窮。十里杏香吹不盡，四圍麥隴拂來重。清氣獵芳叢。

前調

湖上雲，流影日絪緼。天上千重成蜃市，人間五彩作迴文。徐起合還分。浮遠蓋，玉葉散晴曛。仙女瑤臺衣作想，楚王巫峽夢曾聞。郁郁更紛紛。

前調

湖上月，白露暖空游。瑤彩圓澄蒼落皎，素光遥接絳槎流。蟾影最宜秋。三五夜，潔映雪華浮。初見蛾眉臨玉鏡，還看團扇下瓊樓。千里謝莊愁。

前調

湖上雪，銀礫散奩華。黄竹歌殘山夜月，瑀林玉墜鏡臺花。沙雁泣悲笳。梅竹畔，粉蕊落輕紗。柳葉不分張黛巧，絮團還繞謝簾斜。白屋萬人家。

前調

湖上雨，絲縷望朦朧。幾度花催春夢曉，數聲鳥唤畫船蒙。芳徑灑流風。瑤草碧，望裏失山峰。裊裊飄來沾袂濕，霏霏散去沐枝濃。回首暮雲重。

前　調

湖上草，金谷鬥芳菲。細軟昔承游輦駐，芊眠新襯勒驄肥。香露滴依依。游子遠，平蕪弄斜暉。自有青袍比秀色，從教寶靨見羅衣。百卉正萋遲。

前調冬景八闋

寒夜月，景墅最凄然。風雪可堪疏影照，嬋娟偏惹冷香憐。羅袖掩金鈿。清漏永，玉露濕餘烟。一片薄疑霜滿地，千河迷漫凍無邊。燈火酒多緣。

前　調

堤上柳，寂寂對霜葭。斷盡愁絲難挂月，送殘客酒未還家。羌笛怨天涯。明月夜，風露冷垂霞。西子眉消歃點麝，楚宫腰怯怨栖鴉。青向渭城賒。

前　調

天際雁，嘹唳唤人愁。幾陣字排秦塞晚，一聲笛落楚江秋。楓葉在吴洲。湘浦别，寄恨托銀鈎。思婦高樓曾入夢，征夫沙磧漫回頭。明月影悠悠。

前　調

冬暮雨，幽響滴空階。細細猶疑隨葉下，絲絲時趁瀉珠來。清泪濕乾苔。芭蕉畔，零落舊蕭齋。香斷漏殘添寂寞，窗寒影弄助離懷。門掩獨徘徊。

前　調

風陡峭，透户更穿屏。碎片時敲檐畔鐵，凄聲常作竹間筝。摇影亂花棚。閑佇立，小院佩飄珩。葉盡梧桐空有意，絲殘楊柳最無情。吹雁落江汀。

前　調

花落盡，欄外曉烟空。拾翠芳洲人寂寂，題紅深院月朧朧。嬌鳥静簾櫳。沉香倚，傾國想芳容。百卉庭前凋玉露，一枝隴上報春風。折向膽瓶中。

前　調

簾外雪，飛舞下梁園。夢入梨花妝鏡粉，吹寒梅蕊夜香魂。姑射佩環紛。遥望處，明月碎荒村。拂草還教蒿徑寂，點池不妒荇波分。瀟灑玉氛氲。

前　調

河畔草，一望盡淒迷。金勒不嘶新寂寞，青袍難覓舊葳蕤。野燒又風吹。蝴蝶去，何處問歸期。一架鞦韆寒月老，滿庭鵾鴂故園非。空自怨萋萋。

南鄉子 曉起感懷

細雨寂疏櫳。綉帳熏篝翠影重。嬌鳥數聲香夢杳，芳紅。一片烟絲弄曉風。小蕊長茸茸。嫩柳輕桃染漸濃。又是春愁縈不了，忡忡。減盡容華玉鏡中。

鵲橋仙 七夕

流螢度影，疏簾捲暮，銀漢波橫月小。鸞機停織晚妝新，看此候、吹簫人繞。湘裙帶緩，霧鬟釵墜，總有離懷休告。人間惆悵負佳期，枉目斷、乘槎去杳。

前　調

輕花拂露，長空挂月，人在秋香院小。盈盈一水兩相思，（□）［甫］能得、佩環聲繞。銖衣羅薄，翠蛾愁損，試向瓊綃低告。無端窗外曉光催，掩泣望、星橋又杳。

虞美人 瓶中臘梅

生香素面檀融暈。懶傅何郎粉。膽瓶折取貯仙葩。試看漸將春色、逗些些。纖枝不鬥東風巧。耐雪衝寒早。鏡前新寫漢宮妝。却把玉顏澹澹、拂輕黄。

前調 立春

東風已上堤邊柳。雪意還依舊。畫羅彩勝學裁新。不道閑愁又送、許多春。年華祇是侵蓬鬢。花信何須問。待看雙燕幾時來。猶憶杏花長對、月徘徊。

前調 春雪

玉樓吹落東風月。樹樹梨花發。江南春信碧雲賒。偏引粉香隨蝶、夢天涯。歸鴻欲度迷湘渚。遠恨渾如許。休憐縹緲碎瓊飛。却是助人幽思、怯春衣。

前調 閏六月初七

年年新月鈎簾小。鵲語星橋早。鴛鴦樓上罷流黄。正是香生碧簟、夜來凉。今宵空惹迴腸切。數盡螢明滅。雙娥蹙泪濕嬌愁。拚取恨隨槎影、再悠悠。

踏莎行

君庸屢約，歸期無定，忽爾夢歸。覺後不勝悲，感賦此寄情。

粉篠初成，薔薇欲褪。斷腸池草年年恨。東風忽把夢吹來，醒時添得千重悶。驛路迢迢，離情寸寸。雙魚幾度無真信。不如休想再相逢，此生拚却愁消盡。

前調

夢斷心灰，詩成泪滴。欲尋再夢難重覓。雲山歷歷望中迷，無窮烟樹連天碧。客舍雲深，它鄉路隔。難教夜夜長相識。天涯衹爲夢無憑，參横月落茫茫黑。

前調

和凝雲春思，翻教阿母疑余以破瓜年，亦何須疑，直當信耳，作《問疑詞》戲示瓊章。

芳草青歸，梨花白潤。春風又入昭陽鬢。綉窗日静綺羅閑，金鈿二八人如蕣。碧字題眉，紅香寫暈。青鸞玉綫裙榴襯。若教阿母不須疑，妝臺試向飛瓊問。

前調春暮

緑鬧春殘，紅銜蕊少。水流依舊平堤杳。東風楊柳挂愁絲，杏花衹送啼鵑老。燕子飛，征帆渺渺。天涯盡是王孫草。晝長屏掩博山寒，烟光日日屏前繞。

前　調

雪亂楊花，豆圓梅子。簾前漸覺消春意。東風特爲送春來，又教春去愁難避。遲日窺簾，晴花落地。游絲拂逼行人袂。平橋（□緑）［緑水］自流紅，鶯聲欲向斜陽醉。

前調夜月感舊

葉露浮青，草烟凝碧。月明一片傷心色。無端花影落西墻，看看移伴迴廊寂。往事堪嗟，閑愁重覓。闌珊竹紙行行墨。子規枝上自聲聲，可憐盡被風吹入。

前調寒食悼女

梅萼驚風，梨花謝雨。疏香點點猶如故。鶯啼燕語一番新，無言桃李朝還暮。春色三分，二分已過。算來總是愁難數。迴腸催盡泪空流，芳魂渺渺知何處。

臨江仙 對雪憶君晦寄六妹

窗外瀟瀟疏竹響，一簾柳絮輕飄。暮寒庭院逼璚瑶。謝家芳玉樹，相對在梅梢。　團扇空思歌白紵，湘天雁語無聊。自憐杯酒獨寒宵。故鄉今夜月，剡曲泛舟還。

蝶戀花

桂、竹、梅、柳、蕉、薇六影，次楚女子朱瓊蕤韵，不得言影，不得言本色。

蟾兔清輝浮碧樹。簾榭横枝，恍惚淹留處。畫出淮南招隱譜。光寒却趁幽芳注。　葉底金鵝愁欲曙。蠹餌（□□）［空蒙］，以滴廬山露。漢殿靈波奇艷吐。風來雲外飄香暮。桂。按：底本下片『蠹餌□□』句，《午夢》本作『蠹餌空蒙』。

前調

曲徑扶疏栖鳳羽。細數花階，露冷桃枝聚。歷亂湘妃羅襪步。斑斑泪點渾難睹。　拂袖檀欒低映户。緑蔭葳蕤，柯笛森如許。仙人壇石遥相顧。琅玕粉拂紅妝婦。竹。

前調

幾度春來眉黛嫵。一夜池塘，楚女腰肢妒。栖得啼鴉垂遠浦。梨花好共風前覷。

緑倩東君曾作主。欲繫行人，難綰征鞍住。灞上依依芳草護。斜陽去後章臺路。柳。

前調

庾嶺南枝看漸誤。清淺浮香，空憶詩人賦。上苑同心誰并數。江城笛裏吹還膴。

公主猶憐妝額素。千里江南，又把穠陰度。雪夜揚州非似故。咏花樹下成新句。梅。

前調

嫩緑輕翻巫峽楚。長倚湖山，縹緲臨風舉。翠袖不禁霜下舞。霓裳恐化雲飛去。

夢入瀟湘疏雨助。淅瑟清宵，似向纖阿語。花露潤堪消肺暑。藥闌晚弄移陰覆。蕉。

前調

濃染胭脂初雨過。綺閣紅霞，滿地餘烟霧。偏向黄昏重疊布。繁枝不比梅花五。

却憶元郎聊共侶。官舍潯陽，不與春風據。一樹堪憐難折取。開樽且自歌金縷。紫薇。

前調感懷

猶見梅寒枝上小。昨夜東風，又向庭前繞。夢破紗窗啼曙鳥。無端不斷閑煩惱。却恨疏簾簾外渺。愁裏光陰，脉脉誰知道。心緒一砧空自搗。沿階依舊生芳草。

前調元夕

疏影横簾烟景暮。萬樹銀花，一夜東風吐。粉片落梅吹綉户。畫堂香縷飄紅霧。人約黄昏明月妒。何似芸箋，彩袖題三五。莫問沉沉壺漏度。夜深還草鷦鷯賦。

前調七夕

佳節漫憑真與誤。聊設罍樽，看取橋成渡。倩得蟬聲邀日暮。斜河一帶疏雲度。乘興花陰杯莫負。望裏星飛，却是流螢錯。遥憶難堪歸去路。明朝愁殺殘機坐。

前調和張倩倩思君庸作

竹影蕭森凄曲院。那管愁人，吹破西風面。一日柔腸千刻斷。殘燈結泪空成片。細雨傷情過夜半。陣陣南飛，都是無書雁。薄倖難憑歸計遠。梨花雨對羅巾伴。

前調偶感

昨夜月明花濺泪。落盡寒英，心緒渾如醉。風裏烟絲將染翠。紗窗曉鳥啼聲碎。驀地愁來何處避。百轉思量，掉下全無計。更被萋萋芳草殢。悠悠長自相縈繫。

前調

小婢尋香，婀娜有致，楚楚如秋棠可憐，年十二而死，愴然哀之，賦此。

巫女腰肢天與慧。淺髮盈盈，碧嫩紅蘭蕙。滿地鶯聲花落碎。春茸剪破難重綴。蝴蝶尋飛香入袂。不道東風，拍斷游絲脆。最是雙眸秋水媚。可憐雨濺胭脂退。

繫裙腰春情

東風薄劣絮飛斜。紅香落、亂朝霞。榆錢不買春風住，人未還家。翠綃泪滴點無涯。小浣重重芳草緑，屏半掩、夢梨花。鶻聲又喚黄昏近，幾陣歸鴉。漸看月影到窗紗。

風中柳 感舊

青小荷錢，蓮底藕絲縈抱。憶當年、璚簫繚繞。妝臺簾捲，看穠桃夭好。有誰憐、杜鵑啼老。　掩盡重門，祇恐春風吹到。對朝雲、西樓半繞。愁懷如許，料天還知道。碧窗月、舊時曾照。

江城子 重陽感懷

霜飛深院又重陽。漫銜觴。遣愁腸。爲問籬邊、能得幾枝黄。聊落西風吹塞雁，羅袖薄，晚飄香。　韶華荏苒夢凄凉。望瀟湘。正茫茫。木落庭皋、秋色滿迴廊。泣盡寒蛩悲蕙草，空惆悵，暮年光。

前調

西風自古不禁愁。奈窮秋。思悠悠。何似長江、滾滾祇東流。霽景蕭疏催晚色，新月影，挂簾鈎。　芙蓉寂寞水痕收。澹烟浮。冷芳洲。斷靄殘雲、猶自倚重樓。總有茱萸堪插鬢，須不是，少年頭。

風入松 思君晦

柳絲籠碧碧雲低。淑景遲遲。問春幾許枝頭也，野花處處芳菲。夢繞池塘青草，愁聽枝上黄鸝。　小庭疏雨又薔薇。瘦損紅衣。欲憑遠信青鸞杳，望天邊、江樹依依。往事不堪重憶，雲山極目魂迷。

滿庭芳 春怨

簾月光微，屏山晝寂，斷魂長繞離亭。小窗人静，無語正傷情。獨對殘燈明滅，空憔悴、難問寒英。熏籠倚，香銷鏤枕，愁極不聞更。　清清。聽塞雁，天邊嘹嚦，往事頻驚。嘆薇花夢杳，翠黛凝横。漫説流黄錦字，何處寄、天上瑶京。多少恨，憑風吹去，飛繞鳳凰城。

前調 端午

團扇裁冰，宫盤射粉，畫簾不上銀鈎。綉符艾虎，雙繞玉搔頭。皓腕輕籠彩縷，蒲英泛、蟻緑金甌。雕欄外，桐花低映，紅袖賞扶留。　香浮。風澹澹，迴廊轉午，人倚重樓。問當年菰黍，誰爲飄流。楊柳斜陽歸晚，人去後、曲散梁州。空餘下，暮雲淒靄，長繞楚江秋。

前調 七夕

玉樹香浮，金波彩泛，細風輕送雲行。橋邊烏鵲，千古説多情。何事歡娱易散，空怊悵、玉鏡銀屏。堪憐處，年年芳草，青黛鎖秋横。　盈盈。增悵望，更更漏點，處處鷄聲。看疏星漸曉，珠露飛英。腸斷鮫綃帕上，休回首、枉自魂驚。還須問，長河渺渺，流向幾時平。

前調 感懷

秋色將分，暮雲初合，四壁蛩韵悲憀。薄紅微雨，幾度自清宵。多少西風蕭瑟，吹不盡、楚夢秦簫。疏楊外，芙蕖映水，清露鏡中凋。　聊聊。無語處，酒凝杯冷，爐緩香飄。又驚愁蝶倦，花草烟消。且把殘燈重剔，尋舊句、看取紅綃。從今後，憑他風月，暮暮與朝朝。

鳳凰臺上憶吹簫 步月

簾影横階，翠（□）［綃］垂幌，畫闌芳徑苔肥。看小庭烟醉，白月澄漪。簾外將舒玉蕊，尋夢夢、雪汗凝蕤。金壺送，迴廊静悄，墨灑花篩。　微微。羅衣耐冷，雙繶向輕陰，夜漸闌時。想夕陽初下，雲樹參差。又是嬋娟千里，長相見、澹景霏霏。還待去，濃香軟疊，綉幕重幃。按：『簾影横階，翠□垂幌』句，《午夢堂集》作『簾影横階，翠綃垂幌』。

前調 代人恨别

好事多磨，重雲掩月，曉風驚夢難留。又一番春色，惱亂枝頭。湘浦佩沉波冷，花影裏、枉自凝眸。添怊悵，燕來鴻去，鎖盡閑愁。　休休。楚臺已遠，生惹得情深，何處忘憂。嘆幽懷（計許）［幾許］，總付東流。那更闌前芳暮，縈人思、恨滿銀鈎。空回首，從今風雨，兩（他）［地］悠悠。

聲聲慢 仿舊人作韵，用八聲字

春光難問，烟草忘情，憑將彩管新聲。宫額初消，雕梁紫燕聲聲。湘簾半掩影碧，畫闌干幾樹鶻聲。杏花下，把璚簫低按，試學秦聲。　綺陌香車競艷，聽清歌緩緩，是處春聲。小院人閑，飛花悄悄無聲。松風忽來綉户，韵生凉吹作濤聲。更有那，楊柳外、鶯語數聲。

金菊對芙蓉 暮秋

凉雨人清，悄寒夜静，片霞天際斜飛。看青烟縈樹，白月侵衣。松梢露催殘葉，碧苔上、花影參差。雁應來早，怨蟲喧砌，綉幕低垂。　自念獨鎖愁眉。漸畫闌影轉，斗柄初遲。又重陽去遠，菊冷東籬。芙蓉寂寞澄江晚，問姮娥、乍耐凄其。秋光又老，難留好景，莫負良時。

玉蝴蝶思張倩倩表妹

驀地流光驚換，畫闌一帶，烟柳初齊。乍暖輕寒，庭院盡日簾垂。送愁來、數聲啼鳥，牽夢去、幾樹游絲。憶當年。情含寶帳，未解春思。　堪悲。盈盈極目，幾多江水，隔若天涯。恨結丁香，也應還自怪香綦。漫思量、花前舊約，空怊悵、虛負芳期。又誰知，夜窗魂斷，曉鏡低眉。

念奴嬌閨情

鶯啼燕語，正芳菲時候，紅嬌翠小。日日東風吹細柳，縷縷似人煩惱。徑近花香，欄遮蝶夢，掩盡重門老。清明近也，隔簾愁遍芳草。　枝上杜宇聲殘，紗窗嚮晚，天碧橫空杳。悄悄姮娥來伴我，沉水瓊綃青鳥。綉帶垂裙，金釵墜枕，脉脉餘情繞。起來惟有，畫檐風馬敲曉。

百字令重午悼亡兼感懷

傷心時候，又端陽景色，依然滿目。暗柳藏鶯千百囀，聲繞畫簾風竹。舊恨吟花，新愁泣休説簫鼓年年，龍舟競渡，玉碗傾醽醁。夢，細雨凝蒲緑。泪殘芳草，斷魂何處難續。今古興衰多少事，不盡沅湘萬曲。明月山空，青松露寂，烟水飛雲鶩。落霞影裏，乍如數椽茅屋。

絳都春上元後

輕烟逗雨。把陣陣柔風，低縈庭樹。草色乍芳，梅影初斜消幾許。春光早暗驚驚時，序上元也無端來去。鴨香蕙翠，鵲聲弄喜，畫闌私語。漸近。飛花引燕，簾前舞、又惹人添離句。鐵鎖星殘，玉膽瓶欹銀屏晚，松梢月冷浮清露。淺寒濇、碧雲横暮。知見紅緑争妍，總堪愁處。

憶舊游感懷思倩倩表妹

嘆無邊景色，緑遍垂楊，紅褪薔薇。寂寂湘簾晚，是東風過盡，燕子還飛。畫闌幾曲慵倚，清露半烟肥。悵舊恨驚心，閑愁蹙黛，帶減羅衣。雲迷。望何處，有寶鏡銀奩，箏雁依依。想杏花梢下，把紅桃玉笛，風月初吹。故人别後深怨，螺冷絳仙眉。更粉蝶雙翻，階前懶自織履移。

水龍吟

丁卯余隨宦（治臣）［冶城］，諸兄弟應秋試，俱得相晤。後仲韶遷北，獨［赴］燕中，余幽居忽忽，恍焉三載，賦此志慨。

西風昨夜吹來，閑愁喚起依然舊。苔錢綉澀，蓉姿粉澹，悴絲摇柳。烟褪餘香，露流初引，一番還又。想秦淮故迹，六朝遺恨，江山不堪回首。　莫問當年秋色，瑣窗長自簾垂綉。淹留歲月，消殘今古，落花波皺。客夢初回，鐘聲半曙，雁飛歸候。便追尋、錦字春綃多何，與寒笳奏。

前　調

砧聲敲動千門，渡頭斜日疏烟逗。蓮歌又罷，萸房將采，愁凝翠岫。巫峽波平，蘅皋木脱，粉雲凉透。嘆無端心緒，臺城柳色，難禁許多消瘦。　古道長安，漫説小庭閑晝。應憐否、紅綃雨細，碧闌天杳，三更銀漏。塞雁無書，清燈空蕊，但餘緑酒。想當年、白傅青衫還倩，泪留雙袖。

前調 六月二十四日和仲韶

碧天清暑凉生，流鶯啼徹閑庭院。又逢佳景，誰家游冶，芰裳蘭釧。曲岸扶疏，遥山晻映，鉛華月遍。看盈盈、無數簾鈎畫舫烟渚，落霞千片。　一望胭脂簇錦，恍當年、館娃遺鈿。朱顔既醉，妝窺水鏡，珠翻團扇。露濕雲凝，六郎無似，比將花面。還羡取十里，香風皓月，素波長見。

前調 悼女

緑陰慘結閑庭，捲簾不耐看風雨。竹深烟徑，柳鋪雲影，澹然秋浦。小閣凄凉，畫屏寂寞，恨知何許。（□）［聽］杜鵑啼罷，落紅吹散，祇剩得愁如縷。　一自楚些賦後，又嬋娟幾番三五。琴書晝永，衣香猶在，綺窗無語。雪絮吟殘，梨花夢杳，傷心千古。倚闌干、祇有芊綿芳草，碧絲難數。

前　調

澹烟浮翠枝頭，熟梅時候偏憐雨。蕉翻恨緑，梔含怨粉，何堪勝數。紫燕低飛，黄鸝巧囀，漸驚徂暑。向風前搔首，彩雲易散，不盡泪痕千縷。　寂寂綉床深鎖，芸箋錦字成遺堵。

月殘香冷，紅消碧碎，熱腸相許。欲覓仙踪，難尋方士，海天路阻。漫思量、窗有南山雲竹，怎書愁譜。

前　調

庚午秋日，余作《水龍吟》二闋，兒［輩］俱屬和，書之扇頭。今經三載，偶簡篋中，扇上之詞宛然，二女已物是人非矣。可勝斷腸，不禁泪沾衫袖，因續舊韵賦此。

空明擊碎流光，迴腸一霎難尋舊。芳華消盡，凉蟾何意，半垂疏柳。飛葉恨驚，凝雲愁結，重重還又。愴秋宵寥廓，夜蟲凄楚，傷心幾回低首。　盼望音容永絶，斷腸祇剩文如綉。横烟拂（□）［萍］，征鴻將度，月寒花皺。斜日銜江，圍山欹陌，昔年時候。痛而今、泪與江流，總向西風同奏。按：《午夢》本小序中『兒』下有『輩』字。又，底本『横烟拂□』句，《午夢》本作『横烟拂萍』。

前　調

石城潮打千秋，消磨不盡還相逗。閑雲無定，野水長縈，繽紛繞岫。古古今今，朝朝暮暮，如何參透。嘆依然風景，茫茫交集，但憑得秋容瘦。　看取嬋娟秋色，西風摇落應憐否。碧天空闊，寒烟無數，怨砧凄漏。把杯邀月，醉濃愁極，情同苦酒。悵幽山、叢桂飄殘，何處斷香盈袖。

花心動 憶懷

芳草含烟，送斜陽、枝頭鳥聲啼歇。弱柳弄條，輕碧分絲，過了上元佳節。峭寒庭院簾櫳晚，燃燈罷、蟾光初缺。暗香滿，東風影裏，歲華驚瞥。　却恨無端薄劣。縈損盡柔腸，百迴千折。曉色入幃，惜別匆匆，別語何曾共說。而今徒有魂旋繞，争知人心空切。衹贏得，悠悠黯然愁結。

霜葉飛 題君善祝髮圖

悶懷難表。西風弄，愁人踪迹顛倒。笑拚華髮付淒凉，露泣芙蓉老。夢破柳烟蝴蝶曉。沉吟擲鏡寒雲掃。世事總休休，但倩取幽窗月影，夜半留照。　憔悴，動處非狂，愁時非醉，畫裏人應知道。繞崖黄葉正紛紛，好共哀猿嘯。落蕊楚江君莫惱。芳洲處處悲秋草。自有閑雲飛伴，松月山空，桂叢烟渺。

芳雪軒詞

吴江葉紈紈昭齊撰

點絳唇早春有感

小院黄昏，一庭澹月人聲悄。梅花開了。春信知多少。又是一番，芳草天涯道。傷懷抱。年年憔悴，不似春歸早。

前調

往事堪傷，舊游緑遍池塘上。閑愁千丈。暗逐庭蕪長。自古多情，偏惹多怊悵。添凄愴。寒宵淡月，一片凄凉況。

浣溪沙春恨

窗外梅花落素英。隔簾啼鳥弄春晴。斷腸芳草又青青。獨倚畫鸞愁日暮，半籠金鴨怯寒生。閑思心事暗傷情。

前　調

幾日輕寒懶上樓。重簾低控小銀鈎。東風深鎖一窗幽。　晝永半消春寂寂，夢殘獨語思悠悠。近來長自衹知愁。

前　調

風雨閑庭鎖寂寥。又看春色一分消。翠屏斜倚思無聊。　夢覺情踪無處問，悶來心緒最難描。殢人殘病恨今朝。

前　調

清晝沉沉掩碧紗。困慵梳洗髻鬆鴉。蕙爐閑裊篆烟斜。　剪剪輕寒生綉户，霏霏細雨着庭花。一窗新夢晚風賒。

前　調

憔悴東風鬢影輕。年年春色苦關情。消魂無奈酒初醒。　啼鳥數聲人睡起，催花一霎雨還晴。斷腸時節正清明。

前　調

芳草依依道路斜。白雲何處是仙家。空餘遠碧暮天賒。紅泪滴殘清夜月，夢魂長繞澹梨花。幾番臨鏡黯傷嗟。

前　調

昨夜輕寒透薄羅。曉來微雨忽相過。紅英一半已看無。好句漫成嫌未切，那知總爲恨難模。日長雙黛奈顰何。

前　調

正是黄昏欲斷凝。不堪簾外雨餘聲。倚屏愁絶最難聽。紅燭來時朱户掩，篆香消處翠爐清。又看新月照疏櫺。

前　調

寂寂重簾晝影沉。網絲牽恨入愁吟。泪痕和夢怨春深。羅袂暗鬆金縷扣，惜花潛減舊時心。小樓幾日怯登臨。

前　調

燕子初來壘故巢。曉鶯啼恨更添嬌。一春都是等閑拋。不怨滿庭風雨惡，祇教終日夢魂消。東風空鎖緑楊腰。

前　調

一段春慵曉鏡中。怕聞花氣入簾櫳。夜來思遍舊情踪。粉蝶迷殘烟草緑，晚風落盡海棠紅。憑欄千里暮雲重。

前　調

日日枝頭墮粉香。東君何事苦匆忙。鳥啼花落送韶光。泪蹙翠山情杳杳，悶連青海思茫茫。含顰無語立斜陽。

前　調

閑悶閑愁不自持。幾回消盡又如絲。小庭怊悵日遲遲。細雨斜風寒食後，子規殘月夢回時。此情誰問有誰知。

前　調

鬥草亭邊事已遷。畫闌花影祗依然。紫簫凄斷緑窗前。
柳垂烟。東風回首總堪憐。寥落春深人病酒，蕭條香徑

前調 同兩妹戲贈母婢隨春

楊柳風初縷縷輕。曉妝無力倚雲屏。簾前草色最關情。欲折花枝嗔舞蝶，半回春夢
惱啼鶯。日長深院理秦箏。

前調 前闋與妹同韵，妹以未盡，更作再贈

翠黛輕描桂葉新。柳腰裊娜襪生塵。風前斜立不勝春。細雨嬌聲羞覓婿，清矑粉面
慣嗔人。無□長自惱芳心。

前調 新竹

百尺高抽出畫墻。娟娟含粉秀冰霜。静臨深院日初長。翠靄蒙空籠曙色，清陰摇月

照宵凉。南薰池館占風光。

菩薩蠻 代閨人春怨

羅巾拭遍傷春泪。夜長香冷人無寐。獨坐小窗前。孤燈照黯然。關情雙紫燕。腸斷鴛鴦伴。無奈武陵迷。恨如芳草萋。

前調 春閨

輕風庭院將寒食。海棠雨過嬌無力。春思暗縈人。春愁更斷魂。夢迷芳草遠。殢酒屏山掩。蝴蝶撲花忙。深閨日正長。

前 調

早春日暮，共兩妹坐小閣中，時風竹蕭蕭，恍如秋夜，慨焉賦此。

遲遲暝色籠庭院。小窗静掩香猶暖。風弄竹聲幽。蕭蕭却似秋。愁懷長自訴。共語憐今夜。舊意與新情。湘江未是深。

前　調

寂寥小閣黄昏暮。依依恍若天涯遇。窗外月光寒。映窗書幾删。話長嫌漏促。香燼應須續。幾種可傷心。訴君君細聽。

前調感懷

茫茫春夢誰知道。緑楊一霎東風老。自恨枉多情。浮塵長苦憎。草堂青嶂繞。曲岸溪聲小。何日遂平生。相携上玉京。

前　調

憑君莫問烟霞路。悠悠總是無心處。人世自顛狂。空驚日月忙。萋萋階下草。日日階前繞。切莫繫閑愁。閑愁無盡頭。

前調和老母贈别

樽前香焰消紅燭。可憐今夜傷心曲。衫袖泪痕紅。離歌凄晚風。匆匆苦歲月。相聚還相别。腸斷月明時。後期難自知。

前調 秋思

蒹葭一望連天碧。蘼蕪消盡傷心色。孤雁正横空。夕陽更又紅。烟波多少事。難作歸山計。秋浪拍堤寒。浮生共渺漫。

三字令 咏香撲

疑是鏡，又如蟾。最嬋娟。紅袖裏，緑窗前。殢人憐。蓋錦帶，妒花鈿。蘭浴罷，襯春纖。撲還拈。添粉艷，玉肌妍。麝氤氳，香馥郁，透湘簾。

玉樓春 立秋

微雲日暮庭花紫。一葉飄輕澹羅綺。扇驚長信泣佳人，山冷蒼梧悲帝子。樓前莫問相思字。深院螢飛照砧杵。西風燕去幾時歸，秋夢芙蓉江上水。

踏莎行 暮春

花落閑庭，春歸小院。沉沉嫩緑鶯初囀。晝長人盡掩重門，楞嚴讀罷花陰轉。清思幽然，塵情盡遣。一簾幽靄東風晚。數聲啼鳥欲黄昏，滿階月影澄澄見。

前調

粉絮吹綿，紅英飄綺。又看一度春歸矣。子規啼破夢初醒，憑闌目斷傷千里。塵世堪嗟，流光難倚。浮生冉冉知何似。舊游回首總休題，斷腸祇有愁如此。

前調 秋海棠

媚暈輕妝，芳姿映砌。檀心一點清香細。對人無語似凝羞，嫣然風韻多流麗。酒意將酣，柔情欲繫。盈盈泣向西風閉。祇愁人夢月寒時，斷腸無那燈前睇。

蝶戀花 秋懷

盡日重簾垂不捲。庭院蕭條，已是秋光半。一片閑愁難自遣。空憐鏡裏容華換。寂寞香殘屏半掩。脉脉無端，往事思量遍。正是消魂腸欲斷。數聲新雁南樓晚。

繫裙腰 仿劉叔儗

窗兒半掩簟兒清。庭兒静、袖兒輕。春兒老去傷情。景兒明。愁懶把，步兒行。黛兒蹙蹙髻兒傾。闌兒倚、悶盈盈。萋萋緑草兒，迷斷歸程。嘆聲聲。祇贏得、病兒成。

滿江紅 秋思

桂苑香消，芙蓉老、白蘋浪起。又漸是、寒烟古木，夕陽流水。玉笛悲凉秋旅怨，金砧凄楚關山思。看斷霞、明月照凉輝，黯凝倚。　詩酒興，消殘矣。愁與悶，偏無已。念啼鶯別後，水雲烟瀰。怊悵不通天際信，江南風景空如此。聽秋聲、蕭瑟夜蛩清，心如死。

前　調

秋色澄清，烟光净、碧天寥廓。正此際、悲凉滿目，歲華摇落。鏡裏流光私自惜，瑶臺無路愁難托。奈新來、秋鬢不勝悲，渾蕭索。　問何處，堪栖泊。想蕙帳，悲猿鶴。更疏籬叢菊，草堂風籜。無奈都成虚負了，塵勞客夢何時却。被西風、消息暗驚心，空思着。

前調 聞雁

梧葉飄翻，花陰轉、露華明月。風正起、深閨乍冷，羅衣寒怯。絡緯啼寒催短夢，怨蛩聲咽悲長別。嘆可憐、回首又關情，新鶗鴂。　憔悴盡，清秋節。增悵望，腸如結。見幾行征雁，錦書周折。唳落西樓飛不定，音傳塞北渾難説。問天涯、歸去是何時，情凄切。

鎖窗寒 憶妹

蕭瑟西風，啼螿滿院，轆轤聲歇。流螢暗照，歸思頓添淒切。更那堪、近來信稀，盈盈一水如迢遞。想當初相聚，而今難再，愁腸空結。　從別。數更節。念契闊情悰，驚心歲月。舊游夢斷，此恨憑誰堪說。漸江天、香老蘋洲，征鴻不向愁時缺。待聽殘、暮雨梧桐，一夜啼紅血。

玉蝴蝶 感春四首

滿目韶光明麗，東風拂拂，花影悠悠。簾捲重樓十二，禁火初收。草青青、游人金勒，春寂寂、深院銀鈎。暗香浮。誰家陌上，幾處津頭。　凝眸。天涯信斷，王孫何處，閨夢多愁。雙燕無憑，日長憑遍小紅樓。對鶯花、滿懷幽怨，臨寶鏡、幾許情柔。空消受。月寒錦帳，香冷衣篝。

前　調

天氣困人時節，寒輕暖淺，烟裊雲流。十里春風消瘦，酒殢花憂。倚橫闌、斷魂難續，問錦帶、春去誰留。鎖閑愁。重門晝永，花落庭幽。　風流。凝妝挈伴，尋香拾翠，何處堪游。一片閑情，無端都上兩眉頭。恨庭花、飛成黯黯，隨去蝶、夢冷悠悠。縱休休。韶華易老，好景難酬。

前　調

景色穠芳清晝，游絲無力，裊裊輕柔。欲挽春光同住，堪笑難留。碧烟侵、舊時羅袖，紅香濟、獨自妝樓。綉簾幽。弄晴啼鳥，喚雨鳴鳩。　多憂。憑高一望，江南春色，千古揚州。回首繁華，斷腸都付水東流。黯魂銷、一番懷古，空目斷、萬縷新愁。幾時休。緑楊芳草，春夢如秋。

前　調

窗外曉鶯初囀，柳黄條上，聲過西樓。好夢驚回深院，簾捲蝦鈎。霧蒙蒙、杏花無語，人寂寂、芳草如羞。恨綢繆。謝娘慵憮，斜倚箜篌。　薰篝。新妝鏡裏，東風無計，吹破春愁。粉褪香消，長門花月半沉浮。問年年、惱人紅緑，看日日、伴我幃幬。鎖眉頭。黄昏雨後，勝似悲秋。

前調 咏柳

拂地含顰寫黛，無端贈折，緑遍郵亭。縱有風流萬種，都是離情。恨攀枝、渭城客泪，空送別、灞岸歌聲。舞腰傾。年年弱力，無恨銷凝。　春晴。樓前憑望，東風老去，不耐柔縈。澹碧輕黄，酒旗村舍半橋横。向園中、但傷鬱鬱，看陌上、莫怨盈盈。黯心驚。千絲萬縷，總是愁生。

前調 秋思

惆悵别來歲换，清秋風月，幾度悲傷。極目蒹葭，烟水一片微茫。黯魂飛、閑愁空斷，還悵望、孤悶偏長。對池塘。紅消殘（□）［碧］，緑怨初黄。　凄凉。蛩吟小院，露寒金井，月繞迴廊。詩酒蕭疏，舊游新恨最難忘。掩重門、卧殘清晝，理瑶瑟、燒盡爐香。數流光。秋燈閃澹，無限徬徨。

百字令 秋懷

秋光瀟灑，正清江收潦，芙蕖寫頰。扇影辭人凉入苎，嘆故國經時别。月皎風凄，夢回花謝，多少鄉情切。憑高對酒，幽懷幾度凄結。　無奈窗户蕭條，閑情冷落，篆縷消金鴨。

客夢悠悠何日了，舊恨新愁萬叠。病骨支離，年華屢换，羅袖長啼血。可憐雙鬢，應知一夜堪鑷。

水龍吟 次母韵早秋感舊同兩妹作

秋來憶别江頭，依稀如昨皆成舊。羅巾滴泪，魂銷古渡，折殘烟柳。砌冷蛩悲，月寒風嘯，幾□驚秋又。嘆人生世上，無端忽忽，空題往事搔首。　猶記當初曾約，石城淮、水山如綉。追游難許，空嗟兩地，一番眉皺。枕簟凉生，天涯夢破，□腸斷時候。願從今、但向花前，莫問流光如奏。

前　調

蕭蕭風雨江天，凄凉一片秋聲逗。香消菡萏，緑摧蕙草，烟迷遠岫。浪捲長空，雲輕碧漢，尋薄羅凉透。恨西風吹起，一腔閑悶，那勝鏡中消瘦。　寂寞文園秋色，這情懷、問天知否。檐鈴敲鐵，琅玕折玉，聽殘更漏。澹月疏簾，小庭曲檻，且還斟酒。算從來、千古堪悲，何用空沾衫袖。

補遺一首

菩薩蠻

緑綃笙冷秋光老。斜陽護住花枝小。薄夢楚天雲。英英簇素裙。蒲塘流水緩。楓葉新紅短。人在暮憑欄。西風莫驟寒。按：此據《午夢堂集・愁言》，詞後注曰：二詩一詞，寫一白帨上，疊羅衫中。頃開箱檢其故衣，典賣供拾得之。

疏香閣詞

吴江葉小鸞瓊章撰

搗練子 暮春月夜

春寂寂，月溶溶。落盡紅香剩緑濃。明月清風同翠幕，夜深人静小窗空。

後庭花 夜思

朝來烟雨繁。金爐香縷翻。坐久還慵立，眠多愁夢煩。掩重門，落花流水，依稀隨斷魂。

如夢令 辛未除夕

風雨簾前初動。早又黄昏催送。明日總然來，一歲空憐如夢。如夢。如夢。惟有一宵相共。

前　調

雁唳西風天際。檻外梅花香細。今夜與明朝，試共相看不睡。且睡。且睡。守歲何如別歲。

生查子 送春

風飄萬點紅，零落胭脂色。柳絮入簾櫳，似問人愁寂。憑闌望遠山，芳草連天碧。深院鎖春光，去盡無尋覓。

點絳唇 戲爲一閨人代作春怨

新柳垂條，困人天氣簾慵捲。瘦寬金釧。珠泪流妝面。凝佇憑闌，忽睹雙飛燕。閑愁倦。黛眉淺澹。誰畫青山遠。

前調 暮景

薄捲紅綃，斷霞西角斜陽遠。晝長無伴。閑去題花扇。獨倚闌干，看盡歸鴉遍。輕雲亂。涼風吹散。新月中天見。

前調 詠采蓮女

粉面新妝，澹紅衫子輕羅扇。昨宵鄰伴。來約蓮塘玩。　棹泛扁舟，影共蓮花亂。深深見。緑楊風晚。空載閑愁返。

前調 夏日雨景

竹徑深深，流雲曉度羅幃静。雨絲幾陣。滿地桐花冷。　濕翠侵眉，纖暈蒼苔影。看無盡。綺屏人映。一片瀟湘景。

浣溪沙 早春

燈夕初過冷未平。乍看今日試微晴。東風已解向人迎。　梨蕊幾時飄弱韵，柳條如欲蕩柔情。隔墻何處按歌聲。

前調 春思

紅袖香濃日上初。幾番無力倩風扶。緑窗時掩悶妝梳。　一向多慵嫌刺綉，近來聊喜學臨書。鳥啼春困落花疏。

前調 春閨

幾日東風倚畫樓。碧天清靄半空浮。韶光多半杏梢頭。垂柳有情留夕照，飛花無計
却春愁。但憑天氣困人休。

前調 春暮

曲曲闌干繞樹遮。半庭花影帶簾斜。又看暝色入窗紗。樓外遠山横寶髻，天邊明月
伴菱花。空教芳草怨年華。

前調 春閨

曲榭鶯啼翠影重。紅妝春惱澹芳容。疏香滿院閉簾櫳。流水畫橋愁落日，飛花飄絮
怨東風。不禁憔悴一春中。

前調 春夜

柳絮飛殘不見春。近來閑殺惜花心。無聊獨自步庭陰。紫燕未歸餘畫棟，黄昏先到
怯囊琴。燈花月影兩深深。

前調 春暮

一瞬春光最可嗟。東風老去夕陽斜。斷腸芳草遍天涯。粉蝶眠春隨夢去，游絲繫樹帶花賒。可知春思在誰家。

前調 小窗即事

竹徑烟迷薜荔墻。好風摇曳弄垂楊。無情啼鳥向人忙。一曲瑶琴消午夢，半爐沉水爇春香。倚闌無語又斜陽。

前調 送春近作

春色三分付水流。風風雨雨送花休。韶光原自不能留。夢裏有山堪遁世，醒來無酒可澆愁。獨憐閑處最難求。

前調 初夏

香到荼蘼送晚凉。荇風輕約薄羅裳。曲闌憑遍思偏長。自是幽情慵卷幌，不關春色惱人腸。誤他雙燕未歸梁。

前調 秋夕

風透疏櫺景色清。凄凄四壁怨蛩鳴。夜深微濕露無聲。砌上落花和月落，簾前明月近花明。又看河漢半斜傾。

前調 同兩姊戲贈母婢隨春

欲比飛花態更輕。低回紅頰背銀屏。半嬌斜倚似含情。嗔帶濬霞籠白雪，語偷新燕怯黃鶯。不勝力弱懶調箏。

前調 書懷

幾欲呼天天更賒。自知山水此生遐。誰教生性是烟霞。屈指數來驚歲月，流光閑去厭繁華。何時驂鶴到仙家。

菩薩蠻 元宵無月

畫樓春弄東風軟。燈山處處笙歌滿。幾點落梅花。侯家醉麗華。歌聲還喚酒。夜色頻催漏。雲幕掩嫦娥。清光不放多。

前　調

繁雲遮住遥天月。綉屏圍處珠簾揭。風度綺羅香。穠姿映畫堂。銀花開火樹。一夜
星移曙。莫羡管弦聲。還愁月未明。

前調春日

輕烟一抹連天碧。簾前規月和烟白。翠竹落梅疏。相憐雪霽初。博山香欲燼。風透
紗窗冷。四望寂寥寥。閑階花影摇。

前　調

小窗前梅花一樹正開，爲風雨狼藉，作此志悼。

嫩寒初放枝頭雪。倚窗深夜窺花月。曉起捲簾看。飄零滿畫闌。飛殘千點白。點破
蒼苔碧。風雨幾時休。巡檐索共愁。

前調初秋

池塘碧浸芙蓉面。蓮房怨粉驚團扇。何處一聲聲。隔溪歌采菱。輕雲流影急。秋入

平蕪色。塞雁幾曾還。一江烟水寒。

前調 秋夜

秋聲又到梧桐井。半廊花霧籠虛影。試喚侍兒來。紗窗帶月開。　浮光憐露葉。暗草蛩淒切。何似獨愁予。新詞吟未知。

訴衷情

蛩聲泣罷夜初闌。香潤彩籠殘。多情明月相映，一似伴人閑。　燈蕊細，漏聲單。透輕寒。蕭蕭瑟瑟，惻惻淒淒，落葉聲乾。

減字木蘭花 秋思

暮蟲淒切。獨倚疏簾清夜月。悵望瑤臺。不見飛瓊步月來。　秋光如練。江上芙蓉開欲遍。流水殘霞。斷送西風入鬢華。

前　調

睡花蝴蝶。枕上夢魂輕似葉。幾許秋聲。惱亂琴心病茂陵。　雲橫霧靄。天外青山何處在。蕉雨瀟瀟。不管人愁衹亂敲。

卜算子 秋思

天澹水雲平，風裊花枝動。羅幕凉生翠袖輕，柳外飛烟共。獨坐思悠揚，簫管慵拈弄。帳冷西窗一夜香，寂寞添幽夢。

謁金門 秋晚憶兩姊

情脉脉。簾捲西風爭入。漫倚危樓窺遠色。晚山留落日。芳樹重重凝碧。影浸澄波欲濕。人向暮烟深處憶。綉裙愁獨立。

前調 秋雨

秋雨急。釀就曉寒相逼。竹籜凄迷芳徑窄。一庭閑翠積。雁字無人寄得。落葉紛紛如摘。懶捻金針推指澀。綉床連夜濕。

清平樂 命紅于折秋海棠花

斷烟撩亂。霽景穿庭院。草色苔痕添一半。染得秋光堪玩。流蘇帳曉花開。海棠幾蕊簪來。昨夜薰籠香冷，新寒多上妝臺。

憶秦娥 秋思

湘鈎揭。梧桐落向銀床咽。銀床咽。半庭斜日，數堆黄葉。綉屏一縷銷香怯。花闌又見飛蝴蝶。飛蝴蝶。怪他輕薄，搗衣時節。

上陽春 咏柳

無數灞陵橋畔。離人泪染。一生空自管消魂，衹贏得、腰肢軟。陌上樓頭長見。翠絲分綫。和烟幾度蕩斜暉，誤紫燕、歸來晚。

前調 柳絮

點點離魂如雨。輕狂隨處。天涯不識舊章臺，更阻斷、游人路。驀地送將春去。燕慵鶯憮。飄飄閃閃去還來，拾取問、渾無語。

阮郎歸 秋思

紅綃秋鎖小樓西。緑鬟鸞鏡低。曉妝初罷思依依。徘徊花影移。沉水爇，綺櫳垂。

閑愁不上眉。鴛鴦新綉裌羅衣。初寒半暖時。

前調 秋夜

風飄黄葉愴辭枝。樓前處處飛。閑來無悶亦淒其。方知秋氣悲。堪嘆處，可憐時。倚闌空自知。徘徊魂夢欲何依。沉吟黯黯思。

虞美人影 春日

海棠睡惹流鶯惱。又是清明過了。楊柳水邊多少。愁緒縈芳草。杜鵑枝上東風悄。碧玉闌前人杳。一夜緑嬌紅老。衹恐春歸早。

鳳來朝 春日書懷近作

小院閑無事。步花陰、嫩苔雨漬。弄明光、幾叠琴弦膩。曲檻畔、情何似。静對聖賢書史。一爐香、盡消夢思。翠幕外、東風起。不覺又、欲眠矣。

滿宫花 咏游春人

日融和，花媚嫵。粉蝶摇枝嬌舞。輕風吹落小桃紅，燕子銜歸綉户。草芊綿，人容與。

共羡春光如許。紫騮金勒繫垂楊，拾翠尋芳伴侶。

南柯子 秋夜

門掩瑶琴静，窗消畫卷閑。半庭香霧繞闌干。一帶澹烟紅樹、隔樓看。雲散青天瘦，風來翠袖寒。嫦娥眉又小檀彎。照得滿階花影、衹難攀。

前　調

庭際花枝裊，簾前漢渚横。斷腸何必問吹笙。但見海棠葉上、露星星。墻月深深照，爐香細細零。誰家閨婦又砧聲。攪得夢魂無賴、不堪情。

前調 九日

日暖茱萸好，霜飛菡萏衰。碧雲山外夕陽催。自有竹籬斜徑、菊花開。烟重迷疏柳，陰濃籠濕苔。畫樓時送暗香來。且去待看明月、倒金杯。

浪淘沙 春閨

終日掩重門。鶯燕紛紛。晝眠微醒覓殘魂。强起亭亭臨鏡看，重整雙雲。倦倚碧羅裙。又早黃昏。侵階草長舊愁痕。惟有垂楊千尺綫，綰住餘曛。

前　調

薄暮峭寒分。羅簟香焚。粉墻留影弄微曛。一縷茶烟和夢煮，却又黃昏。曲曲畫湘文。靜掩巫雲。花開花落負東君。嫌取花開花又落，都是東君。

前調 春景

楊柳弄柔黃。縷縷纖長。海棠風醉艷紅妝。折取一枝歸綉户，細玩春光。春日對春妝。鶯燕笙簧。横塘三月水流香。貼水荷錢波動處，兩兩鴛鴦。

前調 秋懷近作

青女降枝頭。已解添愁。暮蟬聲咽冷箜篌。試看夜來多少露，草際珠流。身世一浮鷗。歲月悠悠。問天肯借片雲游。裊裊乘風歸去也，直上瀛洲。

杏花天

翠烟無意撩書幌。帶芳草、侵雲漸長。晚風初作落花聲，九十將闌未賞。南園路、風光暗想。聽喚雨、鳴鳩兩兩。小池水皺萍漪緑，泛得紅香惝悃。

雨中花 梨花

泪雨瓊姿嬌半吐。又一夜、風摇鬟霧。綉陌啼鶯，畫梁歸燕，莫便催春去。　脉脉柔情慵未足，嘆寂寞、玉容難賦。今夜黄昏，明朝庭院，空鎖重門暮。

鷓鴣天 春懷

日上花梢睡未醒。綉衾香暖夢留人。依依柳眼天邊碧，澹澹山眉鏡裏青。　無意緒，惜娉婷。緑階芳草伴愁生。東風吹夢知何處，空聽流鶯檻外聲。

前調 夏日

處處蟬聲咽柳亭。隆隆日午正當庭。蓮香有水紅妝倩，竹粉無風翠影停。　揮扇子，候凉生。疏簾小簟却銀屏。南薰日暮無行雨，喚殺啼鳩不耐聽。

前調 壬申春夜夢中作五首

一卷楞嚴一炷香。蒲團爲伴世相忘。三山碧水魂非遠，半枕清風夢引長。　依曲徑，傍迴廊。竹籬茅舍盡風光。空憐燕子歸來去，何事營巢日日忙。

前　調

春雨山中翠色來。蘿門欹向夕陽開。朝來携伴尋芝去，到晚提壺沽酒回。身倚石，手持杯。醉時何惜玉山頽。今朝未識明朝事，不醉空教日月催。

前　調

野徑春來草放齊。碧雲天曉亂鶯啼。紫笙吹徹繚山上，清磬敲殘鷲嶺西。紅馥馥，緑萋萋。桃花楊柳共山蹊。遥看一抹烟雲處，帶雨春帆近日低。

前　調

雨後青山色更佳。飛流瀑布欲侵階。無邊藥草誰人識，有意山花待我開。閑登眺，莫安排。嘯吟歌咏自忘懷。飄飄似欲乘風去，去住瑶池白玉臺。

前　調

西去曾游王母池。瓊蘇酒泛九霞卮。滿天星斗如堪摘，遍體雲烟似作衣。騎白鹿，駕青螭。群仙齊和步虛詞。臨行更有雙成贈，贈我金莖五色芝。

玉樓春 春寒

南園蝴蝶飛無數。滿院春寒簾幕護。深深人在小樓中，悄悄花開寒食路。映階日色時將午。添得羅衣窗影暮。寂寥孤館閉閑春，但見斜陽窺綉户。

鵲橋仙 題畫山水

柴扉不掩，翠微欲滴，斷岸蘆花風寂。遠峰雲樹兩朦朧，曲徑杳、崎嶇難覓。平波澹澹，長松歷歷，玉洞仙床咫尺。閑來看盡思悠然，恨不得、將身飛入。

河傳 秋景

雲散。風澹。疏陰凉淺。碧漢悠悠。玉鈎。柳邊挂斜西畫樓。初秋。井梧先自愁。小幔輕雲澄練綺。清光美。好把鏡奩比。倚闌干。嚲鬟鬟。遠山。秋烟點黛彎。

前調七夕

橋畔。鸞扇。星鈿霞釧。暫撇殘機。步移。思量去年今夕時。凄其。未期先慘離。借得

嫦娥初月鏡。窺瘦影。拂拭翠眉整。駕雲蜺。河漢西。凄迷。祇愁鷄暗啼。

前　調

婀娜。人坐。佳時瓜果。氣朗長空。月宫。斷霞半天衫袖紅。重重。紫薇花影濃。曲沼

芙蕖香滿院。人正宴。數點晚螢見。倚針樓。看女牛。莫愁。今宵猶未秋。

臨江仙端午

團扇新裁明月影，珠簾半上瓊鈎。榴花紅到玉釵頭。彩絲宜續命，緑砌繞忘憂。酒泛

菖蒲香玉碎，嫩紅雙靨横秋。畫船何處鬧歌樓。蕭蕭烟雨外，還鎖楚江愁。

虞美人看花

闌干曲護閑庭小。猶恐春寒峭。隔墻影送一枝紅。却是杏花消瘦、舊東風。海棠睡

去梨花褪。欲語渾難問。祇知婀娜共争妍。不道有人爲伊、惜流年。

前　調

看花日日尋春早。檢點春光好。輕羅香潤步青春。可惜對花無酒、坐花茵。　昨宵細雨催春驟。枕上驚花瘦。東君爲甚最無情。祇見花開不久、便飄零。

前　調

一杯澹茗聊相賞，莫怪人怊悵。近來多病損紅妝，不耐蕭條清晝、卧琴床。　侍兒漫把胭脂掃。委地還餘俏。春風着意半蹉跎。燕子不知花事、已無多。

前調殘燈

深深一點紅光小。薄縷微微裊。錦屏斜背漢宮中。曾照阿嬌金屋、泪痕濃。　朦朧穗落輕烟散。顧影渾無伴。愴然一夜漫凝思。恰似去年秋夜、雨窗時。

小重山曉起

春夢朦朧睡起濃。緑鬟浮膩滑、落香紅。妝臺人倦思難窮。斜簪玉、低照鏡鸞中。　徐步出房櫳。閑將羅袖倚、立東風。日高烟静碧綃空。春如畫、一片杏花叢。

踏莎行 早春即事

檐畔梅殘，堤邊柳細。暖風先送游人意。流鶯猶未弄歌聲，海棠欲點胭脂醉。鳥踏風低，烟横雲倚。湘簾常把春寒閉。無端昨夜夢春闌，絲絲小雨花爲泪。

前調 閨情

意怯花箋，心慵綉譜。送春總是無情緒。多情芳草帶愁來，無情燕子銜春去。倚遍闌干，斜陽幾許。望殘山水蒙蒙處。青山隔斷碧天低，依稀想得春歸路。

前調

昨夜疏風，今朝細雨。做成滿地和烟絮。花開若使不須春，年年何必春來住。樓外鶯飛，簾前燕乳。東君漫把韶光與。未知春去已多時，向人猶作愁春語。

前調 紫薇花

細剪胭脂，輕含茜露。芳菲百日濃輝聚。紅妝懶去鬥春妍，薰風獨據珊瑚樹。翠葉籠霞，璚葩綴霧。湘簾影捲猩姿雨。仙郎禁院舊傳名，亭亭好伴西窗暮。

前調 秋景

片雨涼生，小風波皺。疏疏翠玉琅玕逗。斷雲飛盡碧天長，數枝烟柳斜陽瘦。　悴葉零愁，清香入綉。王孫桂小塗黄就。畫簾日影上銀鈎，松風一枕消清晝。

前調 憶沈六舅父

回首天涯，愁腸縈寸。東風空遞雙魚信。幾番歸約竟無憑，可憐衹有情難盡。　枝上香殘，樹頭花褪。紛紛共作春歸恨。十年客夢未曾醒，子規莫訴長離悶。

唐多令 秋夜

羅被夜涼清。凄然夢亦驚。透紗窗、月影縱横。幾遍鷄聲啼又曉，空蹙損、兩山青。　燈暈伴殘更。蕭蕭落葉輕。訴窮愁、草際蟲聲。闌外芭蕉新嫩緑，仍做出、舊秋聲。

蝶戀花 春閨

一春半餘寒猶未褪。雨雨風風，賺得清明近。楊柳垂腰消酒困。海棠點靨藏春暈。　樹桃花紅雨陣。片片飛來，鋪盡蒼苔印。燕子不歸難借問。東風易去還因甚。

前調春愁

驀地東風池上路。綠怨紅消，竟是誰分付。不斷行雲迷楚樹。閉門寒食梨花雨。雨後斜陽芳草處。閑把情懷，付與東君主。便向西園飄柳絮。不能飄散愁千縷。

前調立秋

屈指西風秋已到。薄簟單衾，頓覺凉生早。疏雨數聲敲葉小。小亭殘暑渾如掃。流水年華容易老。秋月春花，總是知多少。準備夜深新夢好。露蟲又欲啼衰草。

前調七夕

飛鵲年年真不誤。機石停梭，掩映河邊渡。清露未銷楊柳暮。落花借點疏螢度。月色風光都莫負。酒酌芳樽，不把佳時錯。女伴隨凉池上路。海棠花畔吹簫坐。

前調蘭花

碧玉裁成瓊作蕊。馥郁清香，長向風前倚。楚畹當年思帝子。紫莖綠葉娟娟美。自道全無脂粉氣。笑殺春風，紅白匀桃李。幽谷芳菲誰得比。猗猗獨寄琴聲裏。

前調 秋海棠

淺緑嫣紅開幾許。誰料西風，也解傾城嫵。酒暈盈盈嬌欲佇。檀心半吐輕含雨。　剪向屏山深處貯。似笑如愁，旖旎憐還憮。低髀對人渾不語。斷腸應恐人無緒。

千秋歲 即用秦少游韵

草邊花外。春意思將退。新夢斷，閑愁碎。慵嫌金葉釧，瘦減香羅帶。庭院悄，祇和鏡裏人相對。　過了鞦韆會。荷葉將成蓋。春不語，難留在。幾番花雨候，一霎東風改。腸斷也，每年賺得愁如海。

碧芙蓉 秋思

曲徑繞蒼苔，秋意平鋪，蕭散無數。澹日移階，幾度尋花誤。西風怨、露草寒蛩，夜天淒、霜林烟樹。隔橋楊柳，翠減長條，猶自依依故。　青山雲去杳，紅樓日又催暮。羅箪生寒，漫引新桐句。池塘映、芙蓉一葉，簾幕驚、海棠疏雨。闌干憑遍，妝臺漸冷，黯黯無語空凝佇。

玉蝴蝶春愁

夢破曉風庭院，粉墻花影，睡起慵慵。幾日雙蛾愁損，鏡裏春尖。看盡他、鶯梭柳綫，都織就、霧錦雲縑。最難忺。催花小雨，依舊廉纖。　堪憐。韶光淑景，芊芊芳草，寂寂鈎簾。燕子歸來，花香都向緑琴添。散閑愁、流紅泛去，消酒困、濕翠飛粘。怯春衫。香烘裊裊，袖護摻摻。

疏簾澹月秋夜

窗紗欲暮。漸暝色朦朧，暗迷平楚。斷雁凄哀，點點遠天無數。蒼烟染遍西風路。剪江楓飄紅荻浦。畫闌東角，疏簾底畔，徘徊閑伫。　漫贏得長宵如許。又錦屏香冷，綉幃寒據。滿耳秋聲，長向樹梢來去。蕭蕭竹響還疑雨。悄窺人嫦娥寒兔。壁摇燈影，空階露結，怨蟲相語。

水龍吟次父六月二十四日作

晝長人静沉沉，緑楊正裊深深院。畫簾低映，薄羅無暑，汗消珠釧。蘭畹香清，湘筠影瘦，翠陰遮遍。聽蓮歌處處，悠揚逸韵，半入水風烟片。　一霎雨餘明净，晚雲如黛花如鈿。

舟移萍亂，芳香袖惹，媚風輕扇。一色紅妝，千重翠蓋，參差江面。更堪憐、歸路平波，杳杳夕陽斜見。

前調　秋思次母憶舊之作，時父在都門

井梧幾樹凉飄，滿庭景色仍如舊。啼鴉數點，斜陽一縷，挂殘疏柳。有恨林花，無情衰草，風吹重又。看輕陰帶雨，天涯萬里，樓高漫頻搔首。記泊石城烟渚，落紅孤鶩常如綉。輕舟畫舫，布帆蘭枻，暮雲天皺。水静初澄，蓼紅將醉，早秋時候。對庭前、蕭瑟西風，惟有寒蟬高奏。

前調

芭蕉細雨瀟瀟，雨聲斷續砧聲逗。憑闌極目，平林如畫，雲低晚岫。初起金風，乍零玉露，薄寒輕透。想江頭木葉，紛紛落盡，衹餘得青山瘦。且問泬寥秋氣，當年宋玉應知否。半簾香霧，一庭烟月，幾聲殘漏。四壁吟蛩，數行征雁，漫消杯酒。待東籬、綻滿黄花，摘取暗香盈袖。

踏莎行 過芳雪軒憶昭齊姊

芳草雨乾，垂楊烟結。鵑聲又過清明節。空梁燕子不歸來，梨花零落如殘雪。　春事闌珊，春愁重叠。篆烟一縷銷金鴨。憑欄寂寂對東風，十年離恨和天説。

前　調

萱草緑階，桐花垂户。陰陰緑映清涼宇。輕風摇曳綉簾斜，畫屏難掩愁來路。　世事浮雲，人情飛絮。懨懨愁緒絲千縷。無聊常自鎖窗紗，嬌鶯百囀知何處。

前　調

憔悴零愁，清香入綉。小山叢桂塗黄就。畫樓日影上簾鈎，松風一枕消清晝。　片雨涼生，小風波皺。疏疏碎玉琅玕逗。斷雲飛盡碧天長，數枝烟柳斜陽瘦。按：以上《踏莎行》三闋據《歷代詩餘》補。

訴衷情

剪刀初放夜將闌。花落一燈殘。多情明月相映，一似伴人閑。　珠箔掩，翠衾單。透輕寒。

蕭蕭瑟瑟，惻惻凄凄，落葉聲乾。按：此據《歷代閨秀詩餘》補。

黃鶯兒

有一女年甚長而未偶，衆共笑之，戲爲此作。

倚遍玉闌干。數春愁幾日閑。香肌瘦盡腸還斷。羅衫漸斑。鶯花漸殘。紅顏聊去空長嘆。掩重關。玉簫聲怨。何日駕雙鸞。按：此據《全明散曲》補。

雪壓軒詞

丹陽賀雙卿秋碧撰

浣溪沙

暖雨無情漏幾絲。牧童斜插嫩花枝。小田新麥上場時。　汲水種瓜偏怒早，忍烟炊黍又嗔遲。日長酸透軟腰支。

望江南

春不見，尋過野橋西。染夢澹紅欺粉蝶，鎖愁濃緑騙黄鸝。幽恨莫重提。

前　調

人不見，相見是還非。拜月有香空惹袖，惜花無泪可黏衣。山遠夕陽低。按：張壽林先生《雪壓軒集》校後記中指出此二闋『本爲雙調《望江南》一闋』。

濕羅衣

世間難吐是幽情。泪珠嚥盡還生。手撚殘花，無言倚屏。　鏡裏相看自驚。瘦亭亭。春容不是，秋容不是，可是雙卿。按：底本此詞爲第十首，據張壽林先生考定，此詞在原集中當爲第三首，今從之。

玉京秋 自題種瓜小影

眉半斂。春紅已全褪，舊愁還欠。畫中瘦影，羞人難閃。新病三分未醒，澹胭脂空費輕染。涼生夜，月華如洗，素娥無玷。　翠袖啼痕堪驗。海棠邊曾黏萬點。怪近來尋常梳裏，酸鹹都厭。粉汗凝香，蘸碧水，羅帕時揩冰簟。有誰念。原是花神暫貶。

二郎神 菊花

絲絲脆柳。裊破澹烟依舊。向落日、秋山影裏，還喜花枝未瘦。苦雨重陽挨過了，虧耐到、小春時候。知今夜蘸微霜，蝶去自垂首。　生受。新寒浸骨，病來還又。可是我、雙卿薄倖，撇你黄昏静後。月冷闌干人不寐，鎮幾夜、未鬆金釦。枉孤卻、開向貧家，愁處欲澆無酒。

孤　鸞

午寒偏準。早瘧意初來，碧衫添襯。宿髻慵梳，亂裏帕羅齊鬢。忙中素裙未浣，摺痕邊、斷絲雙損。玉腕近看如藕，叩香腮還嫩。　算一生、淒楚也拚忍。便化粉成灰，嫁時先忖。錦思花情，敢被爨烟薰盡。東菑却嫌餉緩，冷潮回、熱潮誰問。歸去將棉曬取，又晚炊相近。

惜黃花慢 孤雁

碧盡遥天。但暮霞散綺，碎剪紅鮮。聽時愁近，望時怕遠，孤鴻一個，去向誰邊。素霜已冷蘆花渚，更休猜鷗鷺相憐。暗自瞑。鳳凰縱好，寧是姻緣。　淒涼勸你無言。趁一沙半水，且度流年。稻粱初盡，網羅正苦，夢魂易警，幾處寒烟。斷腸可似嬋娟意，寸心裏、多少纏綿。夜未闌。便倦宿平田。

鳳凰臺上憶吹簫 殘燈

已暗忘吹，欲明誰剔，向儂無焰如螢。聽土階寒雨，滴破殘更。獨自懨懨耿耿，難斷處、也忒多情。香膏盡，芳心未冷，且伴雙卿。　星星。漸微不動，還望你淹煎，有個花生。勝野塘風亂，摇曳漁燈。辛苦秋娥散後，人已病、病減何曾。相看久，朦朧成睡，睡去還驚。

薄倖 咏瘧

依依孤影。渾似夢、憑誰唤醒。受多少、蝶嗔蜂怒，漫説炎凉無準。怪朝來、有藥難醫，凄凉自整紅爐等。總訴盡濃愁，滴乾清泪，冤煞蛾眉不省。　去過酉、來先午，偏放却、更深宵永。正千迴萬轉，欲眠仍起，斷鴻叫破斜陽冷。晚山如鏡。小柴扉静鎖，愔愔殘喘看看盡。春歸望早，衹恐東風未肯。

太常引

玉人愁道遠行難。風雪怕衣單。日落到姬山。先去看、梅花倚闌。　新詞半卷，泪痕淹透，來與趙郎看。何忍便空還。第一夜、孤眠最寒。按：此史震林訪趙闇叔時所作，張壽林在編輯《雪壓軒集》時已作考正。

摸魚兒

喜初晴、晚霞西現，寒山烟外青淺。苔紋乾處容香履，尖印紫泥猶軟。人語亂。忙去倚、柴扉空負深深願。相思一綫。向新月搓圓，穿愁貫恨，珠泪總成串。　黄昏後，殘熱誰憐細喘。小窗風射如箭。春紅秋白無情艷，一朵似儂難選。重見遠。聽説道、傷心已受殷勤餞。斜陽刺眼。休更望天涯，天涯衹是，幾片冷雲展。

鳳凰臺上憶吹簫

寸寸微雲，絲絲殘照，有無明滅難消。正斷魂魂斷，閃閃摇摇。望望山山水水，人去去、隱隱迢迢。從今後，酸酸楚楚，衹似今宵。　　青遥。問天不應，看小小雙卿，裊裊無聊。更見誰誰見，誰痛花嬌。誰望歡歡喜喜，偷素粉、寫寫描描。誰還管，生生世世，暮暮朝朝。

春從天上來 梅花

自笑懨懨。費半晌春忙，去省花尖。玉容憔悴，知爲誰添。病來分與花嫌。正臘衣催洗，春波冷、素腕愁黏。硬東風，枉寒香一度，新月纖纖。　　多情滿天墜粉，偏衹累雙親，夢裏空拈。與蝶招魂，替鶯拭泪，夜深偷誦楞嚴。有傷春佳句，酸和苦、生死俱甜。祝華年。向觀音稽首，掣遍靈籤。

前調 餉耕

紫陌春情。慢頷裏春紗，自餉春耕。小梅春瘦，細草春明。春田步步春生。記那年春好，向春燕、説破春情。到於今，想春箋春泪，都化春冰。　憐春痛春春幾，被一片春烟，鎖住春鶯。贈與春儂，遞將春你，是儂是你春靈。算春頭春尾，也難算、春夢春醒。甚春魔，做一春春病，春誤雙卿。

一剪梅

寒熱如潮勢未平。病起無言，自掃前庭。璚花魂斷碧天愁，推下凄凉，一個雙卿。　夜冷荒鷄懶不鳴。擬雪猜霜，怕雨貪晴。最閑時候妾偏忙，纔喜雙卿，又怒雙卿。

倚雲閣詞

丹徒張友書静宜撰

憶江南 早春

晴日影，初照緑窗紗。鏡裏畫眉人未起，簾前鸚鵡唤煎茶。香透玉梅花。

前　調

春至也，先至美人家。畫閣和風來燕子，緑窗晴日艷梅花。簾捲玉鴉叉。

搗練子 春晚

風似剪，柳如綿。爲怯輕寒却下簾。卸了棠梨花一樹，杜鵑聲裏又經年。

轉應曲 春曉

春曉。春曉。風雨夜來多少。窗前曙色凄迷。枕畔時聞鳥啼。啼鳥。啼鳥。偏是把人夢攪。

點絳唇 鞦韆

舞袖凌空，彩絲摇曳垂楊徑。樹梢花頂。時見弓鞋影。似燕乘風，欲住渾難定。憑牽引。纏綿無盡。弱絮游絲并。

蝶戀花 春閨即事

入耳餳簫無近遠。纔近清明，便覺輕寒淺。寶鴨烟深香未换。賣花聲已街頭遍。遲日照臨窗六扇。病怯微風，不把湘簾捲。寶鏡窺人留半面。棠梨簪向釵頭顫。

醉花間 送春

愁春去。送春去。春去何方住。滿院緑陰濃，便是春歸處。落花飛野渡。渡口鳴柔櫓。何處送春船，一霎河濱遇。

菩薩蠻 春暮書事

韶華負却春三月。愁多寬褪羅裙摺。笑煞小鬟痴。猶疑花滿枝。　侵晨花徑去。花落兼飛絮。何苦喚春歸。杜鵑聲亂啼。

步蟾宫 閨情

露華初濕蒼苔滑。背人偷弄凌波襪。又看殘月照簾櫳，已過了、歸期十八。　燈前暗把金錢擲。香燼也那堪愁煞。畫闌憑遍更低徊，盼不到、一緘書札。

滿江紅 北固山晚眺

怪石松根，寫木落、江寒時節。吟未了、金山老樹，象山殘雪。獨自臨江亭上望，風濤兩岸無休歇。問憑今、吊古幾回來，皆空裂。　千古事，翻風葉。千古恨，橫江鐵。望秣陵何處，晚霞明滅。林際蟾光猶未吐，空中雁影遥相接。聽怒潮、東下海門來，聲嗚咽。

西江月 憶燕

王謝堂前舊侣，年年偏向天涯。重來消息待梨花。屈指明朝春社。　閑却舊營巢處，傍誰門户爲家。劇憐望眼已將賒。爲爾湘簾不下。

憶江南 題畫扇

垂柳緑，茅屋阿誰家。山色蒼茫飛獨鳥，小橋流水繞平沙。何處有桃花。

點絳唇 午節感懷

蒲酒家家，年光又是逢重午。彩絲角黍。俗尚沿荆楚。　佳節年年，總在他鄉度。添愁緒。汀蘭岸杜。緑遍天涯路。

憶少年 寄羅耦廉外甥

飛鴻時序，夕陽門徑，西風庭院。秋光宛如昨，惜吟詩人遠。　一曲陽春詞獨擅。訴平生，哀怨。年來，可相憶，算多時不見。

浪淘沙 聽蟋蟀有感

深坐意悠悠。新月如鈎。澹烟花影小窗浮。底事添人羈旅恨，吟盡清秋。　唧唧總無休。問爾何由。爲伊憔悴五更頭。轉念浮生真大夢，著甚閑愁。

西江月 九日憶兄妹

絶少催租風雨，秋光宛似春光。山容明净不須妝。滿眼秋高氣爽。　回首故園兄妹，怕看鴻雁成行。可憐辜負好重陽。開遍黄花誰賞。

真珠簾 客中感懷示兒輩

風鳴檐鐵驚人寤。更啾啾、唧唧階前蛩語。憂患餘生嘗遍，世間辛苦。老至尚居人廡下，嘆客裏、光陰虚度。誰顧。似孤鴻天際，北來南去。　爾輩文章非誤，便齏鹽憔悴，奇懷休負。鸞鳳暫羈囚，豈山鷄爲侣。我已年華將六十，依舊是、累緣兒女。凝佇。待祖鞭先著，慰余遲暮。

江南好 本意

江南好，早韭薦初春。竹外輕雷抽嫩笋，江頭春水上河豚。風味總宜人。

前調

江南好，十里芰荷香。翠竹凉生蟬噪晚，茶瓜留客晝偏長。疏柳挂斜陽。

前　調

江南好，丹桂正芳菲。天澹雲閑秋禾老，橙黄橘緑蟹初肥。鱸膾客思歸。

前　調

江南好，瑞雪灑瓊瑤。火撥紅爐添獸炭，杯傾緑蟻泛香醪。詩思在梅梢。

賣花聲　暮春

飛絮燕泥香。人立迴廊。新萍點緑滿池塘。抛盡榆錢千萬個，難買春光。　小苑近昏黄。樹杪斜陽。殘霞暮靄兩茫茫。高下亂鴉歸去也，觸目思鄉。

滿江紅　梅雨

冷暖陰晴，做弄得、年光都別。乍樹外、晚霞低映，輕雷未歇。寂寂房櫳凉似水，夕陰一片生梧葉。又黄昏、近也掩重門，情凄切。　檐外滴，聲初絕。風竹韵，遥相接。漸星星螢火，高低飛越。青草池塘新水足，坐聽兩岸蛙聲聒。問恁般、叫噪爲官私，情難說。

點絳唇寄羅甥耦廉

孤燭它鄉，正平狂態相違久。持杯在手。咄咄因卮酒。人是當年，意氣應如舊。謀升斗。折腰能否。可似先生柳。

菩薩蠻盼次男克常不歸

歸鴉幾點垂楊外。愁人此際渾無賴。新月半昏黄。微風生夜凉。不眠長太息。獨自悲孤寂。寄語遠游人。朝來白髮新。

十六字令春日偶成

清。雨過遥天無片雲。垂楊外，時囀一聲鶯。

憶江南題畫

春光好，茅屋野人家。風嫋緑波摇翠柳，日暄紅雨灑桃花。山外夕陽斜。

點絳脣 春陰

門徑愔愔，苔痕濃澹籬根繞。過春社了。燕子歸來早。　鄉夢初回，一覺晨鐘曉。簾櫳悄。篆烟猶褭。此際愁多少。

轉應曲 暮春

飛雪。飛雪。柳絮漫天時節。青青芳草池塘。斜日閑階晝長。長晝。長晝。深院下簾人瘦。

滿江紅

虎阜王子達，故世家子，工詩嗜酒，貧如朱翁子，而豪氣不衰。歲庚申，余以避地僑徙主其家。知余能詩，請於兒輩，願得一言爲重，賦此贈之。

磊落如君，問抑塞、奇才誰拔。空抱負、滿懷壯志，一身俠骨。家學青箱堪世守，何門朱履容輕袚。問買臣、窮困有誰憐，心空熱。　年正富，才無敵。酒户大，詩懷闊。每悲歌慷慨，其音清越。天驥呈才終展足，干將出冶難藏匣。莫效它、兒女訴窮愁，牛衣泣。

唐多令

與蘭仙夫人别逾年矣。近聞其病，廢村居老，懷悵觸難已於言，率成此調。

過眼總雲烟。斯人各一天。記當時、訪戴河邊。楊柳小橋緣岸曲，帆影過、夕陽懸。詩酒話纏綿。波心月正圓。聽漁歌、又近門前。回憶昔時如夢寐，嗟不見、又經年。

琴調相思引 寄懷宜寰宓三女弟

梦尾開殘又送春。將雛燕子繞重門。愁懷誰遣，相伴祗琴尊。離思漫漫無曉夜，落花飛絮總消魂。不勝惆悵，新月送黄昏。

蒼梧謡 夜雨書懷

眠。何處秋聲到枕邊。芭蕉雨，點滴畫檐前。

愁。底事依人不去休。難抛却，心上與眉頭。

減字木蘭花 秋夜

床前明月。惹起鄉心今夜切。何處秋風。蕭瑟偏來小院中。芭蕉桐葉。攪亂愁懷向誰説。嘹唳雲間。又聽征鴻自北還。

如夢令

素患肝疾，經亂彌甚，每一舉發，輒不能食飲。克劭兄弟恐余旦夕難保，延畫手李君爲寫斯照，爲將來奉祀地也。迄今丙寅，十一年矣。暇日展視，自顧竟若兩人。蓋不特年齒日衰，抑亦憔悴日甚也。有慨於中，悄然成咏。

展軸全非故我。相對渾疑兩個。甚矣嘆吾衰，不是尋常摧挫。無那。無那。此事怎生躲過。

菩薩蠻

克劭北上旬日，計程未達帝都，寒夜不寐，悄然念之。

迢迢客路三千里。心牽游子情難已。離思黯然生。挑燈憶遠人。　孱孱羸瘦質。怎慣長爲客。午夜板橋霜。憐伊風露凉。

國香慢 咏水仙

沅湘何處。嘆蘼蕪杜若，飄零無數。洛浦寒深，宛宛流年，望斷美人遲暮。江皋風雨朝還夕，祇相伴、寒梅千樹。悵蒼梧、落木蕭蕭，一派江聲流去。　最好移來妝閣，看星眸素靨，翠幃低護。盆盎波深，照影亭亭，羅襪不教塵污。明璫翠佩今何在，又怨入、東風無語。暗香風露。問甚時、寫入瑤琴，待倩伯牙重譜。

翠薇仙館詞

錢塘孫瑩培□□撰

蝶戀花 示兒輩

子孝臣忠須自曉。奮志攻書，不讀如何了。白髮高堂年已老。諸凡豈可仍草草。自古英雄原讓少。難再光陰，知道不知道。萬里關山家路杳。青春漸長還非小。

浪淘沙 思親

午後雨初收。孺慕思悠悠。珠淚長流。無言日日倚西樓。杜宇數聲春已去，一霎成秋。黃菊開稠。思量欲待解些憂。忽見半鈎眉月上，句起新愁。

醉花陰 梅花

小園昨夜霜花驟。點點寒葩瘦。放出玉精神，雪意風情，無限春光逗。珊珊弄影黃昏後。景似羅浮否。婢忽拗香來，綽約流霞，報道紅梅又。

玉樓春

鄭夫人將旋粤東，索余畫小影，并題詞以贈。

閑庭秋色娱游目。桐蔭桂香都不俗。湘簾高捲對黄花，消受人間清供福。　摶沙相聚浮踪托。聽到驪歌憐索寞。它鄉欲寄折枝難，應遣它階前雙鶴。

菩薩蠻 鄭麗芳女史南旋作此送别

一從拋却西湖去。故山苕遞難爲主。親友四凋零。宦游同此情。　蠻鄉悲寂寞。幸得浮踪托。忽地道歸期。教人恨莫支。

前調 前題

紛紛心緒縈懷索。兩開辜負新秋菊。深喜遇蘇程。連朝話未贏。　忽覯征駕速。又觸離愁惡。隔歲約重臨。春波畫舫輕。

長相思 歲暮送三兒維廉偕表侄徐大椿上桂林

茶一尊。酒一尊。明日輕裝又遠行。凄凉此夜燈。　風一程。雨一程。長路苕苕兩個人。心隨馬後塵。

調笑令 即景

長夜。長夜。坐得愁人愁絶。滿樓花霧香清。隱着一簾明月。明月。明月。不管人間離别。

釵頭鳳 即景

爐烟裊。幽閨悄。簾櫳斜捲人稀到。梧桐蔭。桃花嫩。者番春色，登樓待恁。憑。憑。憑。　風聲峭。雲情渺。遠山一角如含笑。魚無信。鴻難問。天涯人遠，歸期難定。悶。悶。悶。

東風第一枝 題梅花帳檐

老幹渾苔，虬枝綴玉，此花端的幽獨。江南江北風光，譜入徐熙畫幅。横陳紙帳，抵多少、水邊籬落。再添個、翠羽幽禽，或抵得縞衣孤鶴。　香撲簌、粉光澹薄。紅一抹、脂痕綽約。寫來筆底精神，轉憶舊游東閣。黄昏清境，稱高眠、絶塵遠俗。聽枝頭、翠羽啾嘈，早已參横月落。

如夢令汪淑娟女史過寄園見訪口占

曾記去年春曉。斜倚闌干同笑。有句正聯吟，忽報海棠開了。開了。開了。今日此情又肖。

鷓鴣天

摹元人『門闌臨暮靄，樓閣抹殘霞』詞句作畫，并題以詞。

樓閣玲瓏隱翠微。小橋返照夕陽西。閑情無限隨流水，惟見殘霞一抹飛。　風瀸瀸，柳依依。波光嵐氣映餘暉。閉門静寂人何處，放鶴携琴歸未歸。

重疊金摹花落水流紅詞意

飛英歷亂如紅雨。東風斷送春歸去。飄泊正愁生。深閨萬里情。　留春應不住。獨倚慵無語。際此奈何天。教人鎮日閑。

一剪梅 紀別

相隔天涯已半秋。魚也頻投。雁也頻投。一朝相見喜盈眸。細訴僝愁。再訴離愁。　看酒盈巵且唱酬。花上魚鈎。月上簾鈎。無端重別恨悠悠。風亦難留。雨亦難留。

滿江紅 七夕

銀漢横秋，早又是、曝衣時節。□□□、□□□□，□□□□。歲歲縱教欣聚會。年年何用傷離別。預安排、瓜果設閑階，巧遥乞。　一庭秋，花枝叠。暮雲飛，長空碧。正斜月如鈎，晚凉清絶。玉露霏霏魂欲斷，銀河耿耿愁無極。想神仙、此夕尚分離，心凄切。

山花子 陸川榕根村墓次秋夜有感

蒙蒙凉月夜清寥。傷逝悲今魂欲飄。廬墓凄其愁莫及，恨難消。　松凋柏老思無盡，日暮山頹憶轉遥。宿墓獨吟眠不得，雨瀟瀟。

唾絨詞

瓊山吴小姑□□撰

念奴嬌 楊氏娣偕游玉龍泉

蒼山一桁，過橋頭古刹，此身如畫。樹罩小溪雲浛浛，真向羅衫輕瀉。導路春婆，携箋小侄，興會淋漓者。銀濤噴涌，訝龍頭欲變化。正合滌筆冰池，泛觴石瀨，任鳳鞋游冶。新荷幽香通佛座，四面陰寒苔瓦。半幅村墟，闔家行樂，添幾重佳話。摹成粉本，後人情亦牽惹。

步蟾宫

陶公山，道書稱仙家二十四福地，中有清泉，灑於厓壁。居人産女尤美，隨金門夫子游此，前往桃客村，拜先太翁媪墓。

琪花瑶草滿山底，玉液飛、空香味美。誰家嬌鳥最玲瓏，蛺蝶繽紛隨鬢尾。銀雲侵袂涼如水，朱頂鶴、傳仙姬意。導人前去拜先墳，保佑兒孫咸鵠起。

七娘子 高坡曉望

銀雲鋪遍千株樹。此中大有幽人住。忽睹遥村，微聞犬吠，荷樵人踏山花路。月香猶炷。小姑偕向門前步。羅襪輕寒，筠簾映影，曉鴉啼破璠城霧。昨宵看

滿江紅 梁山謁譙國冼太夫人廟

巾幗英雄，擅兩世、忠貞威烈。想當日、錦幢寶幰，靈旂獵獵。銅鼓聲傳儋耳峒，銀刀影冷驪龍穴。到而今、奇甸仰鴻慈，留旌節。　千載後，鍾豪杰。迎香火，平山賊。大功成告廟，雷轟電掣。都督非常誰早識，嶺南奠定華夷悦。咄哉今、將帥畏寇讎，空咋舌。

買陂塘

由海日所回高坡經大雲寺，正值璠城一帶刺桐花開，即景呈金門夫子。

望晴空、天半朱霞，疑將墮赤城赤。嬉游每逐裙榴隊，共踏遍紅塵陌。遮不得。那古刹墻兒，襯染都生色。艷陽天，似火傘擎霄，丹砂煉鼎，春已過三月。　休停屐，學士莊瑶峰側，是儂家第宅。炎州文苑誰稱最，定有祥雲爛漫。常栖息，暢好是，檀郎欲等餐桃客。麻

姑同伴，挽一朵靈芝，一乘丹鳳，點破碧天碧。

法駕導引 隨金門夫子渡瓊海

珠帆挂，珠帆挂，碧海蹙銀濤。漫説湘靈能鼓瑟，天風不藉紫檀槽。龍女興尤豪。

前調 前題

家鄉別，家鄉別，回首望瑤臺。烟樹微茫山一髮，思親不覺泪流腮。夫婿眼中來。

南鄉子 古長樂州旅次

地近珠池清。浩浩江波送月明。三五珠娘咸問訊，鍾情。家在瑤臺第幾層。儂是女書生。小住靈山山秀靈。夫婿善調金縷曲，詞成。常付雙鬟唱不停。

踏莎美人 村居樂

竹外有梅，柳間有月。况兼泉澗流聲活。便携鴉嘴掩柴門，好把唐詩幾句教稚孫。燈影機聲，茶香松韵。商量明白開香醖。夫君家塾説書回，好事多陳蔬果共傳杯。

消息

李紫黼先生惠寄《香夢春寒館詩選》，吟謝。

燕掠風簾，桃紅蘚砌，先生知否。漫説春寒鴛夢暖，却訝鶯啼柳。新詩一卷，芸窗細讀，合把濃香薰透。笑檀郎，耽清坐，難掩儂、短長吟口。　花魂月魄，釧痕釵影，怎教多情消受。才子佳人，天長地久，總入詞人手。消閑却憶，小園梅綻，曾釀半壺冬酒。好沉醉、研墨私評，那人領首。

雨中花 絶命辭

妾命危如花上露。持不律待檀郎顧。寫不成詩，醒翻成夢，身暫塵寰住。　金甲神君來保護。恨祇恨命難逃數。鴛枕輕抛，雲軿急駕，忍向蓬萊渡。

霞珍詞

江陰繆珠蓀穉青撰

相見歡

惺忪霧影迷離。可憐伊。無那春寒消瘦、一分肌。　螺峰意。秋波媚。個儂知。試向卿卿斜掠、鬢絲絲。

十六字令七夕

涼。耿耿星河此夜長。悲歡意，天上未能忘。

連理枝

纔説春來好。偏又春歸早。容易春分，無端春暮，一年春了。向落紅紅處、惜春陰，替花枝寫照。　連理花枝少。婪尾花枝小。梅蕊春殘，夭桃春謝，海棠春老。且晴團紅粉、護春烟，漫拈花微笑。

南柯子 折枝梅紈扇

冷倚團團月，晴烘薄薄霞。烟鬟恰稱一枝斜。簪向東風還認，小桃花。

憶秦娥

春睡足。春深悄傍闌干曲。闌干曲。雲裳楚楚，幾分新緑。　惺忪慣挽秋千索。羡它蝴蝶深枝宿。深枝宿。庭陰欲午，可憐腰束。

喜遷鶯 隨宦鄂城憶燕蜀姊妹

燕樹渺，蜀雲低。嬌小慣相依。而今勞燕各東西。偏是説雙飛。　天涯路，凌波步。相憶何如相晤。杜鵑枝上盡情啼。紅透落花泥。

生查子

心清聞妙香，間把柔毫弄。條脱響丁東，褪壓雲箋縫。　雲箋寫葉長，滴露和烟種。青上鬢雲邊，宛似釵頭鳳。

醉花間

花妝靚。醉妝靚。妝靚還相映。儂醉笑花痴，花醉將儂迎。　花枝凝露净。倚醉穿花徑。無言意自親，香拍花間令。

點絳唇

睡鴨猶温，綉幃人起妝臺曉。鬢雲鬆繞。初日芙蓉皦。　紅滴櫻珠，潤抹香痕小。菱花照。個人嚬笑。影裏春知道。

十六字令

風。成陣飛花舞落紅。軒軒意，衫袖欲凌空。

前　調

風。賣杏花聲小院東。春寒峭，侵曉聽矇矓。

前　調

風。解阜胥歸一曲中。男兒事，羞説大王雄。

前　調

風。鳳尾香羅薄幾重。吴江冷，庭院徑堆紅。一作『落葉妒花紅』。

前　調

風。林下争傳咏絮工。寒宵静，檐鐵自丁東。

轉應曲

香色。香色。自向枝頭攀得。東風昨夜紅勻。一剪羅浮曉春。春曉。春曉。不爲惜花起早。

憶秦娥雨窗論畫謾記小詞

畫畫畫。貴知宗派。平章凡事，從來上大方。　花枝明媚交相映。紅紫都循性飛鳴。

小小禽蟲各有情。

桂殿秋 白海棠

留月影，澹香魂。冰階誰與話温存。緑翻翡翠霜初信，紅褪胭脂雨後痕。

長相思

醒難安。醉難安。乍上輕舟夢亦酸。蜀江灘復灘。　水漫漫。路漫漫。重疊螺峰和恨攢。蜀山巒外巒。

南鄉子 題自畫

膩粉團香雪，融酥護彩雲。紅情初賦五花紋。記取一枝深色、酒微醺。　嬌怯伊驚夢，穠芳我自聞。離離花影欲摇春。知是誰家亭子、午晴新。

菩薩蠻 題自畫

葳蕤蘭葉青於黛。清芬自昔堪爲佩。幽谷許相尋。紅心同素心。　娉婷芳思永。花氣如人静。微雨嫩晴天。春風年復年。

前　調

銀鱗撥刺穿金柳。烹鮮小試調羹手。螺黛不勝顰。剛逢中酒辰。桃花紅灼灼。江上風波惡。眉翠逐顔開。歸帆帶雨來。

前　調

插花挂畫人前話。塵寰别有清涼界。空翠雨餘滋。新紅三兩枝。乍晴涼意足。書幌雲摇緑。箏語玉纖纖。清風生座筵。

訴衷情

呵凍。青綫。波影送。遠山春。嬌叵耐。凝黛。月痕新。生小解含嗔。顰顰。無言螺翠匀。意逡巡。

醉花陰 中秋

泛緑偎紅消永夜。佳節團圞也。羅薄未更衣，霧影雲容，花氣穿窗罅。冰紋窈窕枝低亞。萬里清光瀉。扶醉話西風，天上人間，秋色平分乍。

江南好

顏紅借，沉醉可相嘲。嗤我低吟輸倚馬，泥它小飲點離騷。商略把愁澆。　涼新透，花氣襲人嬌。對影不須銀燭照。飛觴願向素娥邀。最好是清宵。

桂殿秋 銀桂

風剪快，露華涼。蟾宮不禁木樨黃。疑它仙子揮清汗，灑向人間點滴香。

減字木蘭花

家書不盡，附詞二闋。

重陽將近。佳節天涯誰借問。同是吟情。風雨清宵瘦幾分。　綠窗人悄。儂比黃花秋思早。厭説加餐。減字新聲寄木蘭。

偷聲木蘭花

臨書先恨蠻箋小。未及書成愁又繞。拆了重封。記得箋旁句已重。　長言不及相思字。方勝疊成愁半紙。莫道偷聲。塗乙塗鴉墨未勻。

南鄉子 雙拍迴文戲消長日

英落舞紅輕。惜我吟香酒病身。烟礴柳眉春好弄，啼鶯。裏院笙調乍晝晴。晴晝乍調笙。院裏鶯啼弄好春。眉柳礴烟身病酒，香吟。我惜輕紅舞落英。

菩薩蠻

陌南樓影波摇碧。碧摇波影樓南陌。羅薄颺風和。和風颺薄羅。奈何愁翠黛。黛翠愁何奈。雲鬢帖花新。新花帖鬢雲。

鷓鴣天

戛玉裁雲韵自奢。窗陰句鳳上紋紗。琅玕雅愛夫人竹，錦綉新吟命婦花。香旖旎，翠交加。沉沉簾影日初斜。綉餘欲待重商略，羞被旁人一再誇。

虞美人

簾疏不礙銀鈎影。往事從頭省。簪花格好記分明。學得些兒模樣、怕人評。落霞秋水重游賦。阿母親鈔句。年年什襲付塵封。一檢一回腸斷、泣東風。

憶秦娥 憶胞妹

妹妹妹。小曾親誨。分離一樣，相思各自悲。　何年重剪燈花語。年少堪憐汝蹉跎。我被兄譏奈汝何。

卜算子

閑傍玉臺吟，拾得零星字。集錦硾雲句未成，忽被風吹去。　詩思渺秋烟，欲覓無尋處。抹遍銀箋不愜心，揉作團團絮。

四字令

花芳鬢雲。羅輕縐裙。東風惻惻寒新。醒春宵酒人。　更籌靜聞。衣裳夜熏。朦朧月影黄昏。爇名香自温。

浣溪沙

乞得芳華倚石栽。春妝宜面小徘徊。新增詩思到莓苔。　絮柳香蘭花作骨，鏡鸞釵鳳玉爲臺。清芬和雨入簾來。

黃梅時節

瑞鷓鴣　夏窗戲拍

天時人事兩難衡。覆雨翻雲孰定評。醉豈堪醒彭澤意，醒原如醉楚騷情。家家雨，梅子黃時日日晴。至竟是晴還是雨，熟梅天氣不分明。

崦樓詞

侯官沈鵲應孟雅撰

點絳唇 對鏡用周美成韵

深院無人，夢醒小雨敲窗潤。算來春近。故遣催花信。　慵自梳頭，怕見落平紅陣。非關悶。寶奩頻趁。慰此因循恨。

前調 千葉水仙

黃暈冰綃，并刀剪就明璣碎。自然仙態。仿佛添環佩。　昔日淩波，依舊丰姿在。功夫耐。層層輕裁。欲共梅花賽。

前　調

春早尤寒，闌干倚遍人微困。征鴻飛盡。苒苒無音信。　獨隔天涯，萱草難蠲忿。誰行問。從行無分。多少思親恨。

少年游

難追往事去如波。歲月又蹉跎。衣袂京塵，昔曾染處，何日重過。　而今日近長安遠，回首夕陽多。少年曾聽，鳳凰池上，過客鳴珂。

淡黄柳 春雨

小樓曉色。一片同雲黑。做雨飛來聲滴滴。欲訪芳菲徑裏。争奈空階幾番濕。　最堪惜。韶光任虚擲。杏花信、杳消息。嘆西園、寂寞天涯隔。最是無情，一池春水，比似當初更碧。

如夢令 簾鈎

明月一彎新樣。終日傍人簾幌。挂起玉纖纖，草色增人怊悵。低放。低放。莫對平蕪凝望。

虞美人 賦鯰魚風箏

野塘春水連天碧。化作烟波色。忽聽何處弄鳴箏。又是東風捲入、碧雲聲。　苕苕直上干霄漢。兒女爭呼喚。從容不傍逆風飛。何事竹竿難上、笑男兒。

祝英臺近 燈花

漏聲微，香燼灺。夜永寂人語。瞥眼銀釭，金穗垂垂吐。忽驚一朵紅纛，游蜂尋到，又却是、飛蛾翩舞。　正無緒。細認凝笑蛾眉，爲伊久延佇。護住風簾，紅焰尚如許。是他報與人知，休教落去，儘無寐、替防飢鼠。

湘春夜月 晴天養片雲

正新晴，閑閑一片低垂。莫道出處無心，此便恰宜時。欲問遲回何待，待青天護養，渺爾神怡。怪前宵風雨，深藏遠岫，此意誰知。　高横天際，静依日下，不解迷離。澹影輕身，氤氳氣、任人遥指，難與幽栖。多情美蔭，怕日光、曬上酴醿。憑似汝，作無知誤信、司天台說，佳氣能奇。

解連環 用姜白石韵代書寄棣先

西樓裁倚。被楊花千點，勾人離思。念去年、南浦牽衣，如今眼穿，南浦唯春水。回首傾襟，小窗對、鏡同梳洗。踏青湖畔路，那日游春，依約曾記。東風又吹雨霽。問音書斷絶，何事相弃。空欲往、難越關山，算衹有今宵，夢魂能至。綉户誰推，似行近、疏簾下底。又却是、銜泥燕子，攪人午睡。

高陽臺 懷蘋妹西洋女塾

海上春風，淮堧寒食，相望獨自離家。街北高樓，記曾携手同車。鯨鏗報午停鉛槧，顫金釵、蹴踘喧嘩。共流連、一半吴娃，一半蠻花。如今姊妹勤相憶，况亞洲昇日，天共人遐。欲寄魚書，江長不到天涯。危闌獨倚斜陽下，似苕苕、一水蒹葭。最無聊、滿耳鵑啼，滿目雲遮。

角招 豫留别季蘭三妹

春還又。如何一點離情，暗逗垂柳。新愁相合就。悔却舊時，何事厮守。别時尚久。早苦透、心花前後。明月低穿窗牖。聽二十五弦聲，問誰家還奏。相對。俱成消瘦。頻年歡笑，化作愁盈袖。擬同拚撒手。行路遲遲，寸心難朽。思量僝僽。且共此、論文尊酒。休想長亭時候。天涯若、比鄰君，曾知否。

惜紅衣 綠陰清潤似花時

潑綠淋漓，殘紅狼藉。春歸無迹。罨畫林塘，如今盡成碧。重重翠幄，似障斷、花開消息。難得。晴日暖風，似江南寒食。依依綺陌。天氣清和，連朝弄春色。韶光莫絆，却解伴詩客。岑寂丰姿依舊，何事無人追惜。倩畫圖誰寫，掩映嚮來詞筆。

摸魚兒 織竹團扇

弄團圞、組成蘄竹，傳看纖手難釋。生綃紈素難比似，換却嚮來成式。霜雪質。更隱映、斜紋不與甘蕉匹。細看成碧。似綠水生波，雁行雲外，疑是個人織。誰行倩，妙手絲絲輕擘。此君再世踪迹。從來尤物難長久，止恐秋風先逼。須護惜。爲巧奪、天工造物偏乘隙。深藏滿月。怕瘦減清輝，雪香飄墮，無處覓消息。

洞仙歌 文君當壚

門前柳色，浸入羅衣碧。斜倚壚邊倒金液。最消魂、更拔剔火金釵，釵欲墜，猶自新妝半額。　往事成陳迹，酤肆琴臺，化作尋常酒家宅。舊日笑春風、嬌眼難醒，柳花碎、也無人惜。思慨慨、已作白頭吟，甚問訊、離居茂陵病客。

綺羅香 花露水

紅袖香風，璚筵佳氣，都异麝塵蘭炷。吹馥欺花，偏要氤氳如許。噴羅綺、珍重堪嗤，惹蝶蜂、痴迷無數。甚揚州、十里繁華，美人認作金莖露。　銅仙愁緒萬縷，羞見琉璃滿貯，泪零如雨。臭味差池，總覺惱人無語。記當時、滴粉搓酥，從此便、不須相妒。嘆而今、柏上囊空，誤求仙漢武。

琵琶仙 櫻桃

春雨纔過，正無數、浪蕊浮花開遍。一綹紅溜低垂，宮中摘初薦。嬌欲滴、朱盤滿貯，記曾飣、照園歡宴。圓比明珠，紅疑赤玉，凝仁生眩。　最無據、縹渺青衣，賺游子、瑶臺夢留戀。漫笑荔枝盧橘，見蔗漿還羨。鸚啄出、珊瑚粒粒，落個人、寂歷庭院。遥想樊素當年，微遮歌扇。

甘州 懷金陵梁間燕子

嘆一年一度此淹留。軟語話温柔。傍雕梁綉户，驚人好夢，故蹴簾鈎。舊宅重來風景，换却一番愁。可念征蓬轉，淮海漂流。同是倦游羈旅，誤匆匆柳色，豈爲封侯。止憑誰分付，珍重羽毛脩。向天涯、殷勤凝望，對斜暉、不見舊妝樓。遄歸罷、悵繁華謝，金谷荒丘。

蘭陵王 鷄聲

夢初閣。殘倦餘醒尚著。紗窗外，晴報遠鐘，曙色陰陰透簾幕。醒來夜情惡。更聽膠膠聲作。中心警，顛倒著衣，却被蒼蠅弄聽錯。長鳴意誰托。甚風雨凄凄，都未忘却。寧同宛轉調弦索。驚茅店羈旅，金閨朝士，一例繁雄并冷落。底更促梳掠。寂寞。豈漂泊。攬無睡殘更，翻依鳴柝。同聲唱曉天涯各。悵問寢猶隔，櫛笄如昨。干卿何事，向耳畔，觸悲樂。

長亭怨慢 西湖吊厲樊榭

向湖畔、停船閑步。遠望東園，个人門户。寂歷春空，柳絲深鎖若烟霧。湖州羈旅，偏載取、桃根去。去得幾何時，已化作、飄零風絮。　郎主。對芭蕉灑泪，芳草殯宫天暮。夜來月上，向誰訴、此時情苦。悵望是、今日蕭條，恨重入、江淹詞賦。始會得才華，天忌凄凉如許。

鷓鴣天 寄鄭氏舅母憶堂子巷小樓

回憶樓頭賞雪時。鐘山如黛照傳卮。如今赢得離愁苦，惟有檐前風絮飛。　春寂寂，夢依依。風流林下繫人思。憑高不見江南路，元鳥歸時人未歸。

臨江仙

屋上斜陽墻上草，晚來相映清幽。小窗頻倚獨凝眸。角聲欲斷，嗚咽總添愁。　雙鯉不來音信杳，惱人欲説還休。春秋佳日去難留。離情一縷，隨水去悠悠。

浪淘沙 虬髯客傳

越國意揚揚。不惜紅妝。劇令深夜出嚴裝。蹀躞叩門茅店裏，顔色倉皇。　慧眼識三郎。委地青長。虬髯顧盼思如狂。鎖鑰儘教將一妹，來佐秦王。

燕山亭 讀列女傳

薄晚寒閨，輕盈弱質，井水心情自守。觸目驚心，棟折榱崩，何恤玉顔消瘦。針笎慵拈，誤幾度、窗前停綉。回首。嘆周道游觀，將非君有。　嗟彼女伴何知，把慷慨情懷，認縈絲藕。葵踐兄亡，冷眼年來，已知大弓難彀。無限傷心，當商女、後庭歌奏。能否。比例似、無鹽覓偶。

西河 江州琵琶

行復止。歸舟尚滯沙際。荻花瑟瑟夜江頭，月明似水。未歸反作送歸人，臨風愁殺居士。　尋聲問，幽寂地。哀弦一曲誰理。京華舊迹已茫然，錚錚又起。相逢一樣可憐生，天涯淪落憔悴。　蕭娘暮灑老大泪。感當時、司馬情意。漫撥數聲無俚。剩長歌、寫恨孤亭，憑吊千載悠悠，傷心事。

攤破浣溪沙 題馮龕枝詞

錦瑟華年惬藴真。竹枝詞卷伴吟身。爲惜分陰勤點綴，肯因循。　説法欲敲如意碎，遣愁時劈錦箋新。銀字譜成新曲妙，和陽春。

少年游

華燈番市影苕苕。夜夜似元宵。流水過車，暗塵逐馬，歌響雲飄。　春風還共荒城裏，客思獨無憀。昨宵夢去，慈親温藉，小妹招邀。

南鄉子呈馮盦先生兼别季蘭妹

學識綜群流。絳帷教女預從游。長日書聲知可惜，難由。淮水東流身上舟。　阿妹莫深愁。掩卷還應相憶不。問字元亭須已矣，誰儔。難與爲言是可憂。

鳳凰臺上憶吹簫憶菊花

楓冷吴江，雁飛南浦，家家黄葉堆門。聽暮砧聲急，日已黄昏。記憶當時三徑，儘飄零、松菊猶存。荒城裏，止看摇落，未見花繁。　銷魂。故鄉此際，佳節醉西園，籬畔芳樽。念秋光狼藉，安得移根。屈指重陽將近，思往事、杳杳無痕。傷情處，但看鴉飛，水繞孤村。

渡江雲重九

秋深風漸緊，蟲聲應和，唧唧透窗紗。异鄉佳節至，何處登高，隔水盡蒹葭。登樓凝望，祇一片、疏柳啼鴉。想此日、茱萸遍插，分不到天涯。　堪嗟。捲簾人瘦，瑞腦香斜，念舊時籬下。孤負了、黄昏時候，誰對黄花。如今且盡樽前酒，怕秋光、又落誰家。秋有信、奈何水隔天遮。

浪淘沙

報國志難酬。碧血誰收。篋中遺稿自千秋。腸斷招魂魂不到，雲黯江頭。　綉佛舊妝樓。我已君休。萬千悔恨更何尤。拚得眼前無盡泪，共水長流。

菩薩蠻

舊時月色穿簾幌。那堪鏡裏顔非昨。掩鏡檢君詩。泪痕沾素衣。　明燈空照影。幽恨無人省。輾轉夢難成。漏殘天又明。

如夢令

歲月真如彈指。又是苦寒天氣。簾外雨和風，攪起一腔愁思。無寐。無寐。別有凄凉滋味。

前調蠟梅

蟬翼黏霜初透。别樣風光中酒。偏占玉奴先，一例暗香盈袖。三九。三九。試過宫黄時候。

凄涼犯墨梅

幽奇妙筆。傳神處、横斜一片難折。水邊竹外，無言獨自，盈盈清絶。墨香染頰。任羌笛飛聲自咽。但凄然、冰魂一縷，掩映夜深月。　索笑人何處，弄蕊吹香，歡情銷歇。羅浮夢斷，思懨懨、怨懷誰説。洗盡殘妝，入横幅餘姿更潔。有凌波、縹渺冷澹，不可接。

花影吹笙室詞

閩縣李慎溶樨清撰

海棠春 花鈴

花房静鎖春深窈。蒨影外、彩絲環繞。做弄暗中聲，送得愁多少。　惜春還被春喧惱。向瘦枕、摇昏曳曉。夢醒却無人，一院風枝裊。

蝶戀花 螢

舊苑秋蕪興廢警。怯小愁單，短夢何時醒。明月不來天又暝。竹邊水面光無定。　庭院沉沉街鼓静。三兩斜飛，做就凉宵景。携扇兜裙風露冷。幾回踏碎梧桐影。

踏莎行 春日感舊并示江右諸妹

乳鴨池塘，初鶯院落。回頭往事全如昨。人生那得似東風，東風依舊穿簾幕。　萬里苕苕，尺書空托。一春但見離懷惡。勝游別後負南園，花間閑殺秋千索。

蝶戀花

一夕涼飆辭舊暑。颯颯墻蕉，恐是秋來路。轉眼薰風時節去。不知燕子歸何處。　抽紙吟商無意緒。短檻疏窗，難寫黄昏句。今夜夜深知更苦。階前葉葉枝枝雨。

一落索 春雨纏綿偶以遣悶

曉霧溟蒙庭樹。弄晴無據。深垂簾幕護輕寒，却約得、爐香住。　燕燕鶯鶯無語。惱將春去。祇多落絮與飛花，還未到、聽秋雨。

浪淘沙

瓦罅墮微霜。飄葉初黄。寒鴉聲外度斜陽。回首綠陰門巷异，荏苒時光。　何處聽清商。竹院梧廊。夜闌却訝雨敲窗。有夢欲尋尋不得，秋在胡床。

念奴嬌 寄杭州蕙愉大姑

故園秋暮，悵光陰別後，風梭過眼。欲把離愁傳尺素，争奈銀箋嫌短。聽雨簾櫳，掃花臺榭，處處多少勝迹前朝，香車畫楫，塵影如潮滿。明月江山曾入夢，却被簫聲吹斷。遮莫年來，鏡中雲鬢，湖柳絲偷換。新游須記，酒痕襟上休浣。尋思遍。回頭歡境，算來空付微嘆。

百字令 和林畏廬詩丈泛湖之作

越山清絶，泛湖光中夜，翛然孤引。一片玲瓏驚驟冷，月底楊花吹鬢。漁屋風生，篷窗人悄，誰解聽高韵。細波輕槳，睡鷗沙際難穩。長嘆繫夢西泠，夷猶片棹，欲去頻無準。聞説交蘆庵外樹，猶怨當年先隱。半霎沈埋，水孤天闊，渺渺游人恨。傳來新句，舊愁平地盈寸。

慶春宫 水仙花

湘江夜水如雲冷，甚驚鴻、來往翩翩。曾否凌波，何人爲擬飛仙。新暈移盆，濃香墜几，相逢正在梅邊。從教風露欺難到，料宫黄纖小，無奈冰天。算殷勤，解訴清愁，衹有幽弦。南園花信猶遲滯，占春光、偏在春先。一笑搴芳，人間又换華年。定歸期，梨夢初醒，柳色初妍。

疏影 菊影

黃昏院宇。有秋魂一片，消瘦如許。載酒籬根，醉眼模糊，誤得幾回驚顧。夜闌徙倚猶相對，紙檻外、疑烟疑霧。但蕭然、澹影難描，不上畫家新譜。　繞砌鳴蛩舊識，涼宵厭寂寞，來伴低語。隔歲園亭，約略吟秋，曾采幽芳題句。重逢却訝分明甚，正泠月、無聲窺户。更誰憐、立盡霜華，又度小庭寒曙。

齊天樂 小西湖秋泛

浮嵐不散繁華影，層峰尚含秋嫵。已老蘋根，全欹藕葉，過了晶宫佳處。橋陰靜佇。愛漠漠羅衣，水花香聚。瘦柳枯蟬，向人憔悴看人去。　平漪遥望似鏡，忽澄烟裂碧，篷響驚度。野吹無聲，殘陽弄影，猛見霜紅翻樹。沉吟漸苦。甚一樣江山，頓傷心素。脉脉迴橈，破蟾窺暗渚。

長亭怨慢 戊戌二月寄拔可長兄杭州

恨輕被、紅塵纏著。往歲湖山，似曾留約。夢裏滄波，去帆摇曳向何托。竹窗燈火，歡笑地、渾如昨。暢好故園春，却孤我、聽鶯闌角。　蕭索。恁蘇堤柳色，猶倚翠腰新削。湔裙又近，有多少、畫橈芳酌。奈别後、惻惻寒輕，怕征袂、和人飄泊。漫細數歸期，容易江蓮香落。

月上海棠

戊戌閏月，拔兄春闈報罷，復爲西湖之游，作以寄意。

征衣浣盡長安土。到西湖、試向舊鷗語。再挂雲帆，甚津亭、緑漲來路。無人地、恨筆誰題瘦句。　携歌行樂休頻阻。半陰晴、減了看花侶。已是飄零，况湖山、怨春良苦。還鄉夢，肯信南園亂絮。

壺中天春陰

簾衣深下，但溟蒙一片，頻飛輕霧。十里紅樓都似水，唯有鶯聲低度。楊柳多情，和春共瘦，還替春凄苦。挼昏搓暝，粉香猶未成絮。　生怕燕子歸來，沉沉緑暗，换了門前路。見説鈿車南陌少，幾日芳游輕誤。山枕餘薰，雲屏縈夢，絆得清寒住。無聊人起，灑窗時響疏雨。

長亭怨慢 探梅

是誰訪、孤山前道。幾日詩魂，被花相惱。暗瓦殘霜，故溪新雪候猶早。夢游程熟，峰影下、天淒窈。此度見峨妝，定不惜、年光輕老。　寒峭。甚愁鬟厭整，冷落水邊人縞。多情翠羽，忍忘却、綺窗音報。正悵惘、菊盡籬根，又縈惹、吹香吟抱。待喚起娉婷，一笛苕苕飛到。

解連環 爲王碧栖詞丈題寒城旅眺圖

倚笻人懶。正昏鴉禿樹，古城秋晚。驀憶著、王粲當時，擱歸計，西風鬢霜輕換。异地登臨，恨猶帶、故園心眼。問鄉愁此際，不用悲笳，已是難緩。　年芳去人漸遠。對沉吟尚有，圖畫疏散。縱賺得、詞賦江關，嘆踪迹平生，倩誰能綰。有限回程，奈也被、暮雲遮斷。更淒迷夕陽，盡處數聲過雁。

一萼紅

碧栖詞丈歸自滬江，爲寄江南梅，遲延未到，作此以速之。

步空坡。正凝思望遠，無語憶幽姿。津國清霜，柴門流水，關河魂夢參差。待料理、江南舊怨，甚東風、猶滯在横枝。浮海春回，吟芳人老，餘想鶩非。　苕遞平烟千驛，更平波千頃，冷浸冰肌。歲晏情懷，天涯滋味，寒邊事事輕違。渺何處、吴船載雨，較花候、却比故山遲。長爲嬋娟瘦損，此意誰知。